590수의 게송, 나고 죽음이 없는 도리를 노래하다

# 불교 재齋의례 게송

590수의 게송, 나고 죽음이 없는 도리를 노래하다

불교 재齋의례 게송

지홍 법상

문연
Literary Solidarity

# 불교 재齋의례 게송을 펴내며

　불교의 의례는 수행의 일상이라고 하여도 지나친 말이 아니다. 그만큼 의례가 차지하는 비중이 크다는 방증이기도 하다. 의례의 구조를 보면 문사(文辭), 게송(偈頌), 진언(眞言) 등으로 이루어져 있다. 그 가운데 게송의 내용을 정리하고 살펴보고자 천지명양수륙재의범음산보집[天地冥陽水陸齋義梵音刪補集]과 작법귀감[作法龜鑑] 등에서 발췌한 게송이 무려 600여 개나 되었다. 하지만 여기서는 590개의 게송을 수록하여 그 대강(大綱)을 설명하였다.

　불교 의례의 게송은 모두 한문으로 이루어져 있다. 그러나 한자의 특성은 축약하는 언어구조로 되어 있어서 이를 풀이하지 아니하면 문사(文辭)는 물론이고, 게송(偈頌)이 뜻하는 바를 알기 어렵게 되어 있다. 천학(淺學)한 낙동강 변의 납승(衲僧)이 게송을 들여다보았으나 눈 밝은 이가 보면 겨우 언저리만 보았다고 여길 수도 있을 것이다. 그러나 이 작은 한 걸음이 시작이 되어 훗날에 눈 밝은 이가 이를 보태고, 구부려진 것을 바로잡는 데 작은 밑거름이라도 되었으면 하는 마음이 크다. 정리하는 기간은 대략 10개월 정도가 걸렸다.

　뜻 모르는 염불은 올바른 염불이 아니다. 경(經)을 풍송(諷誦)하는 것만 염불이 아니고, 의례를 행하는 소리까지가 염불이므로 이를 범음(梵音)이라 한다. 까닭에 범음도 그 뜻을 알고 봉행해야 한다.

4

이 책에 앞서서 『사찰에서 만나는 벽화』, 『사찰에서 만나는 주련』 등을 발간한 바 있다. 그것은 불교가 좀 더 대중 앞에 가까이 나아갔으면 하는 마음에서 나온 나의 몸부림과 안간힘이었다. 이번에 발간하는 의례에 수록된 게송집 강해 역시 같은 마음의 연장선에 있다. 아무쪼록 눈 밝을 때 부지런히 수행하여 성불하기를 기원해 본다.

불교만세. 佛教萬歲.

2022년 사월초파일에 맞추며
지홍 법상 합장

# 차례

## (ㅇ)

# 가락번화공십왕 駕洛繁華共十王

## 가락국십위영 駕洛國十位詠

**駕洛繁華共十王 從今物色盡凄凉**
가락번화공십왕 종금물색진처량

**新羅當世歸降伏 也知三百歲休長**
신라당세귀항복 야지삼백세휴장

번화했던 가락국의 열 명 왕
지금의 형편은 모두 처량하도다.
신라국 시대에 항복하여 귀속되게 되었으니
알겠도다. 3백 년의 긴 세월을 쉬게 되었네.

산보집 종실단작법의(宗室壇作法儀)에서 가락국십위청(駕洛國十位請)에 나오는 가영(歌詠)이다.

## 가락번화공십왕 駕洛繁華共十王
### 번화했던 가락국의 열 명 왕

가락국은 신라 유리왕 19년인 42년에 낙동강 하류 지역을 바탕으로 하여 김수로왕(金首露王) 형제들이 세운 여섯 나라를 말한다. 그러나 562년에 대가야(大伽倻)가 마지막으로 신라에 병합되어 역사 속으로 사라진다.

번화(繁華)는 '번창하고 화려함'을 말하고, 이는 가락국의 번성했던 문화를 표현한 말이다. 그리고 공십왕(共十王)은 '가락국의 왕이 모두 열 명이었다'는 표현으로 이를 나열해보면 가락국 시조 수로(首露)왕, 거등(居登)왕, 마품(麻品)왕, 거비(居比)왕, 미이(彌伊)왕, 시품(尸品)왕, 좌지(坐知)왕, 차희(次希)왕, 질지(銍知)왕, 감지(鉗知)왕,

구형(仇衡)왕 등이다.

## 종금물색진처량 從今物色盡凄凉
**지금의 형편은 모두 처량하도다.**

종금(從今)은 '지금으로부터' 이러한 표현이다. 물색(物色)은 까닭이나 형편을 말한다. 처량(凄凉)은 '보기에 거칠고, 황폐하여 초라하고 구슬프다'는 표현으로 여기서는 망국(亡國)의 한을 나타내고 있다.

## 신라당세귀항복 新羅當世歸降伏
**신라국 시대에 항복하여 귀속되게 되었으니**

당세(當世)는 '그 시대' 이러한 뜻이다. 신라국 당시에 항복해서 신라국으로 귀속(歸屬)이 되었다는 의미이다.

## 야지삼백세휴장 也知三百歲休長
**알겠도다. 3백 년의 긴 세월을 쉬게 되었네.**

야지(也知)는 '알았도다' 이러한 표현이다. 삼백세는 가야국의 존속 기한을 말하며, 휴장(休長)은 '이제 그 막을 내려서 역사 속으로 사라졌다'는 것을 말하고 있다.

# 가사은애구공처 假使恩愛久共處

## 출가간청 出家懇請

**假使恩愛久共處 時至命終有別離**
가사은애구공처 시지명종유별리

**見此無常須臾間 是故我今求解脫**
견차무상수유간 시고아금구해탈

설령 은애를 입은 이와 오래도록 같이 산다고 하여도
때가 되어 목숨이 다하면 이별이 있기 마련이거늘
이를 보면 무상한 순간 잠시 잠깐이니
이러한 까닭에 제가 이제 해탈을 구하고자 합니다.

작법귀감에서 출가한 사미에게 십계를 주는 사미십계(沙彌十戒) 가운데 출가자가 자기 부모에게 출가를 위해 간청하는 내용이다. 그러나 어떤 이는 이와 다른 견해를 보이기도 한다. 출가자의 부모가 자식의 출가를 허락하고 난 뒤, 막상 삭발한 자식을 보고 후회하는 일이 생기자 출가자가 부모에게 다시 간청하는 것이라는 견해이다. 불본행집경(佛本行集經) 제22 체발염의품의 게송에서 인용하였다.

## 가사은애구공처 假使恩愛久共處
설령 은애를 입은 이와 오래도록 같이 산다고 하여도

가사(假使)는 '가령' 이러한 표현이다. '임시로 예를 들어 말하면' 이러한 뜻으로 이를 이해하려면 다음 나오는 내용을 살펴보면 된다. 은애(恩愛)는 '은혜와 사랑'을 말한다. 여기서는 부모와 자식 간의 관계를 말하기에 '부모'를 나타내는 말이다. 공처(共處)는 '함께 산다' 이러한 표현이며, 여기에 구(久)가 있기에 비록 '부모님과 함께 오래도록 같이 산다'라는 표현으로 시문을 열고 있다.

시지명종유별리 時至命終有別離
때가 되어 목숨이 다하면 이별이 있기 마련이거늘

시지(時至)는 때가 다하면 명종(命終)이 있기 마련으로, 부모가 백수 천수를 누린다고 하여도 반드시 이별이 있는 게 당연하다는 표현으로 출가의 당위성을 나타내고 있다.


견차무상수유간 見此無常須臾間
이를 보면 무상한 순간 잠시 잠깐이니

견차(見此)는 '이를 보면 모든 것이 덧없는' 것이다. 그러므로 무상(無常)이라는 표현을 이끌어서 나타내고 있다. 수유(須臾)는 '잠시, 잠깐' 이러한 표현이다.


시고아금구해탈 是故我今救解脫
이러한 까닭에 제가 이제 해탈을 구하고자 합니다.

시고(是故)는 '이러한 까닭'에 또는 '이러한 연유(緣由)'이다. 제가 지금 해탈을 구하고자 한다. 다시 말하면 '출가하고자 한다'는 다짐이다.

# 가섭봉의미이추 迦葉捧衣眉已皺

## 석가영 釋迦詠

迦葉捧衣眉已皺 金棺將火足猶懸
가섭봉의미이추 금관장화족유현

誰知摩竭當年事 落日雙林噪暮蟬
수지마갈당년사 낙일쌍림조모선

가섭이 가사를 받쳐들자 양미간을 이미 찌푸리고
금관(金棺)에 불을 놓으려고 하자 발이 오히려 나왔네.
그 누가 알리요, 마갈타국(摩竭陀國)에 있었던 일을.
해 저무는 저녁 무렵 쌍림에는 매미 소리만 들리는구나.

산보집에서 선문의 조사에게 예참을 올리는 선문조사예참(禪門祖師禮懺) 가운데 거불(擧佛)을 마치고 본사이신 석가모니 부처님께 귀명하는 가영이다. 송나라 때 불국유백(佛國惟白)이 엮은 건중정국속등록(建中靖國續燈錄) 제29에서 인용하였다.

## 가섭봉의미이추 迦葉捧衣眉已皺
가섭이 가사를 받쳐들자 양미간을 이미 찌푸리고

가섭(迦葉)은 부처님의 십대제자 가운데 한 분으로 마하가섭(摩訶迦葉)을 말한다. 부처님이 사라쌍수(娑羅雙樹)에서 열반에 드셨을 때 가섭은 포교를 위하여 바이샬리에 머물다가 돌아오는 길이었다. 그때 부처님께서 열반에 드셨다는 소식을 접하고 즉시 말라국의 수도인 쿠시나가라에 있는 천관사(天冠寺)로 가서 부처님 발에 예배를 올린 뒤 다비(茶毘)를 거행하였던 제자이다.

'가사를 받쳐들고 양미간을 찌푸렸다'고 하는 것은 부처님께서 열반에 드시자 슬픔에

젖은 것을 나타낸 표현이다. 경(經)에 보면 마하가섭은 '말라'의 성소(聖所)인 쿠시나가라 '천관사'에 있는 부처님의 다비장으로 다가가 한쪽 어깨에 가사를 걸치고 합장하였다. 그리고 예를 올리고자 다비장을 오른쪽으로 세 번 돌고 나서 세존의 발에 정례(頂禮)하였다.

## 금관장화족유현 金棺將火足猶懸
**금관(金棺)에 불을 놓으려고 하자 발이 오히려 나왔네.**

금관(金棺)은 금으로 만든 관(棺)이 아니라 불신(佛身)을 모신 관(棺)을 높여 표현한 말이다. 그리고 장화(將火)는 '다비'하기 위해 '장차 불을 붙이려고 하자' 이러한 표현이다.

부처님께서 열반에 드시고 7일 만에 가섭이 뒤늦게 나타나 관(棺)에 이르러 목놓아 슬피 울며 부처님과의 사별을 이기지 못하고 부처님을 찬탄하자 부처님의 두 발이 금관 밖으로 나타났다. 이 대목을 이르는 표현으로 여기서는 족유현(足猶懸)이라고 하며, 이러한 불전고사(佛傳故事)를 곽시쌍부(槨示雙趺) 또는 금관출현(金棺出現)이라고 한다.

선문염송(禪門拈頌) 제37칙에 보면, '부처님이 사라쌍수에서 열반에 드신 지 7일이 지난 후 가섭이 돌아와 관을 세 번 돌며 경례하니 세존께서 관 밖으로 두 발을 내보이셨다. 이에 가섭이 예를 올리자 대중들은 어리둥절하였다'는 말씀이 있다. 世尊。在娑羅雙樹。入般涅槃。已經七日。大迦葉後至。遶棺三匝。世尊。槨示雙趺。迦葉作禮。大衆罔措。

## 수지마갈당년사 誰知摩竭當年事
**그 누가 알리요, 마갈타국(摩竭陀國)에 있었던 일을.**

마갈(摩竭)은 마갈제국(摩竭提國)을 말하며, 이는 부처님 당시 인도의 16대국 가운데 한 나라로써 수도는 왕사성(王舍城)이고 국왕은 빈비사라(頻毘娑羅)였다. 우리에게 익숙한 부처님께서 성도하신 곳이 보드가야인데, 이곳도 '마갈제국'에 속하는 도시다.

다시 본문으로 돌아와 보면 '그 누가 알리요, 마갈타국(摩竭陀國)에 있었던 일을', 이러한 표현으로 '곽시쌍부의 고사(故事)를 분별심 많은 훗날의 중생들이 어찌 이러한 도리를 알겠느냐'고 선문답의 표현으로 묻는 것이다.


**낙일쌍림조모선 落日雙林噪暮蟬**
**해 저무는 저녁 무렵 쌍림에는 매미 소리만 들리는구나.**

낙일(落日)은 해가 뉘엿뉘엿 넘어가는 석양 무렵을 말하는데, 이어서 나오는 문구를 다시 들여다보면 '해 저물 무렵 부처님께서 열반에 드신 사라(紗羅) 쌍림에는 매미 소리만 들릴 뿐이라'고 하였다.

위의 구절과 아래 구절을 같이 보아 이를 이해하고자 선림송구집(禪林頌句集)을 살펴보면 한결 알기가 쉬울 것이다.

誰知鷲嶺當年事 一念回光尚宛然
수지취령당년사 일념회광상완연

그 누가 아는가, 그 당시 취령(鷲嶺)에 있었던 일을.
한 생각 지혜 광명으로 돌려보면 오히려 완연한 것을.

여기서 취봉(鷲峯)은 영축산을 말함이며, 여기가 부처님께서 법화경을 설하신 곳이지만 여기서는 이러한 뜻으로 쓰인 것은 아니다. 부처님께서 연꽃을 들자 이를 마하가섭이 알아차린 염화미소(拈花微笑)의 도리를 말하는 것이다.

# 가애년소예종천 可哀年少叡宗天

## 예종 양도 襄悼 대왕

**可哀年少叡宗天 幸得王身只一年**
**가애년소예종천 행득왕신지일년**

**福壽俱全千古罕 不如意事世間纏**
**복수구전천고한 부여의사세간전**

가히 애달프다. 예종의 나이 어린 시절이여,
요행으로 왕의 몸 되었으나 겨우 1년뿐.
복(福)과 수(壽) 모두 갖춘 이 천고(千古)에 드문 일이니
일과 뜻이 같지 않아 세간사에 얽매임 때문이라네.

산보집 종실단 작법의식인 종실단작법의(宗室壇)에서 조선의 제8대 왕인 예종(睿宗)의 선가에 대한 가영(歌詠)이다. 여기서 '종실단'이라고 하는 것은 왕과 왕후를 위한 재단(齋壇)을 말한다.

**가애년소예종천 可哀年少叡宗天**
**가히 애달프다. 예종의 나이 어린 시절이여,**

예종(睿宗 1450~1469)의 휘(諱)는 황(晄)이며, 세조의 아들로서 조선국 제8대 왕이다. 재위 기간이 1468~1469년으로 재위 13개월 만에 죽음을 맞이하였으며, 첫째 부인은 한명회(韓明澮)의 딸이었다. 슬하에 첫 원자(元子)를 출산하고 이내 죽었으며 얼마 되지 않아 원자마저도 죽었다. 예종은 어린 나이에 임금이 되었으나 법치주의를 지향하며 엄격한 통치를 하였다. 신숙주(申叔舟 1417~1475), 한명회(韓明澮 1415~1487) 등 훈구파(勳舊派)의 견제를 늘 받았으며 더군다나 자기 모친인 정희왕후(貞熹王后)마저 아들 예종을 지지하지 않았다. 그러기에 예종의 죽음을 두고 훈구

파에 의해 독살되었다는 설도 꾸준히 제기되고 있다. 능(陵)은 경기도 고양시 덕양구 용두동에 있으며 창릉(昌陵)이다.


행득왕신지일년 幸得王身只一年
요행으로 왕의 몸 되었으나 겨우 1년뿐.

'요행으로 왕의 신분을 얻었으나 겨우 1년뿐이었네' 이러한 표현으로, 여기에 관한 내용은 위에서 이미 서술하였으니 참고하길 바란다.


복수구전천고한 福壽俱全千古罕
복(福)과 수(壽) 모두 갖춘 이 천고(千古)에 드문 일이니

대저 복(福)과 수(壽)를 완전하게 갖춘 이는 보기가 어렵다는 표현이다. 그러므로 천고(千古)는 '아주 먼 옛적부터' 이러한 표현이다. 그리고 한(罕)은 그물이라는 뜻도 있지만 여기서는 '드물다'는 의미로 쓰였다.


부여의사세간전 不如意事世間纏
일과 뜻이 같지 않아 세간사에 얽매임 때문이라네.

하고자 하는 일이 마음대로 되지 않았으니 이는 세간의 얽히고설킨 풍파 때문이다. 정치는 언제나 이해관계에 따라 배반의 연속이 반복된다. 그러므로 이를 풀 수 없는 솜뭉치에 비유하여 '전(纏)'이라는 표현을 썼다.

# 가언도덕만조선 嘉言道德滿朝鮮

## 퇴은장휴 退隱莊休 선사

**嘉言道德滿朝鮮 勤侍王師度幾年**
가언도덕만조선 근시왕사도기년

**凡有道心誰不見 多年執筆坐無便**
범유도심수불견 다년집필좌무변

본받을 만한 좋은 말과 도덕은 조선을 가득 채우고
삼가 왕을 모시는 왕사로 몇 해이던가.
무릇 도의 마음을 누군들 보지 못하랴.
여러 해 붓을 잡고 있어 편안히 앉은 날 없었네.

산보집 종실단작법의(宗室壇作法儀)에 나오는 탄백으로 퇴은휴(退隱休 ?~?) 선사의 청사(請詞)에 딸린 게송이다. 여기서 '퇴은휴' 선사는 무학자초(無學自超 1327~1405) 스님의 법을 이은 퇴은장휴 스님을 말한다. 그러나 아쉽게도 퇴은장휴 스님에 대한 기록은 전하는 것이 없다. 다만 해동불조원류(海東佛祖源流)에 보면 무학자초의 제자로 함허기화(涵虛己和 1376~1433) 스님과 함께 법명만 전하고 있을 뿐이다. 산보집에서 퇴은장휴 스님을 청하는 청사를 소개하면 다음과 같다.

일심으로 받들어 청합니다. 마음을 씀에 조작이 없으시고, 도의 모습은 무성하시어, 늘 마음을 낮추기에 이를 보고는 교만을 없애게 하고, 행실이 곧아서 이를 남들이 들으면 자신을 스스로 바르게 하시는 명성이 있으신 큰 덕을 구족하신 퇴은휴(退隱休) 선사를 이 자리에 청합니다. 一心奉請。心無造作。道態沉沉。心下而見者。自除行直。而聞人自正。名賢大德。退隱休禪師。

**가언도덕만조선 嘉言道德滿朝鮮**
**본받을 만한 좋은 말과 도덕은 조선을 가득 채우고**

가언(嘉言)은 본받을 만한 좋은 말을 말하며, 이를 달리 표현하여 미언(美言)이라고
도 한다. 도덕(道德)은 인간으로 마땅히 지켜야 할 도리를 말한다. 유교에서 삼강오륜
(三綱五倫)이 기본 도덕이라면, 불교에서는 삼악(三惡)을 경계함이기에 무탐(無貪),
무진(無瞋), 무치(無癡)를 내세운다. 그러므로 '퇴은장휴' 선사의 도품(道品)은 이미
조선에 널리 알려진 바라고 말하고 있다.


**근시왕사도기년 勤侍王師度幾年**
**삼가 왕을 모시는 왕사로 몇 해이던가.**

왕사(王師)로서 왕을 모신 지가 몇 해나 되었던가? 이러한 표현으로 퇴은(退隱) 선사
가 왕사로 있었음을 알 수가 있다. 그리고 기년(幾年)은 몇 해, 이러한 뜻이다.


**범유도심수불견 凡有道心誰不見**
**무릇 도의 마음을 누군들 보지 못하랴.**

무릇 도의 마음이라는 것은 누구인들 보지 못하겠느냐고 하였으니, 모든 사람이 도심
(道心)을 가지고 있지만 이를 실천하기가 어렵다는 것을 나타내고 있다.


**다년집필좌무변 多年執筆坐無便**
**여러 해 붓을 잡고 있어 편안히 앉은 날 없었네.**

다년(多年)은 여러 해, 이러한 표현이고 집필(執筆)은 글을 쓴다는 표현이다. 불도를
수행해야 함은 물론이고, 왕사로서 역할도 해야 하기에 하루도 편할 날이 없었다고
하면서 퇴은장휴 스님의 노고를 위로하고 있다.

# 가지감로수 加持甘露水

## 수수게 漱水偈

加持甘露水 普施幽人類
가지감로수 보시유인류

永願滅飢虛 當證無生理
영원멸기허 당증무생리

가지한 감로수를
유명계의 모든 이들에게 널리 베푸나니
바라나니 영원토록 굶주림을 멸하시어
마땅히 무생의 이치를 깨달아 얻으시옵소서.

산보집 무주고혼단(無主孤魂壇)에 나오는 게송으로 양치질과 세수를 권하는 게송이다. 수수(漱水)는 양치질하는 물로 입가심을 하는 것을 말하지만 이를 폭넓게 적용하여 양치질과 세수를 하는 것으로 쓰였다.

### 가지감로수 加持甘露水
### 가지한 감로수를

가지(加持)에서 가(加)는 가피(加被)를 말함이고, 지(持)는 섭지(攝持), 소지(所持), 호념(護念) 등의 뜻이다. 가피는 가호(加護)를 말하며 여기에 역(力)을 더하여 '지배하는 힘'으로 말하므로 신위력(神威力), 또는 위신력을 뜻한다. 이는 부처님께서 중생에게 베푸는 은총을 말함이다.

감로(甘露)는 단맛이 나기에 붙여진 이름이며 중생이 이를 마시면 죽지 않는다고 하는데, 이는 부처님의 가르침을 이렇게 비유를 한 것이다. 그러므로 이를 문(門)에 비

27

유하면 감로문(甘露門)이라 하고, 도(道)에 비유하면 감로도(甘露道)라 하고, 법(法)에 비유하면 감로법(甘露法)이며, 북에 비유하면 감로고(甘露鼓) 등으로 표현한다. 여기서는 물에 비유하였기에 감로수(甘露水)라고 한다. 그러므로 이렇게 비유하든 저렇게 비유하든 부처님의 진리를 나타낸 것이다.


## 보시유인류 普施幽人類
## 유명계의 모든 이들에게 널리 베푸나니

보시(普施)는 '널리 베푼다'는 표현이며, 이어서 나오는 유(幽)는 '저승세계인 유명계(幽冥界)를 말함'이며, 그리고 인류(人類)는 '여러 모든 사람'을 나타내는 복수의 의미로 쓰였다. 그러기에 이 시문을 보면 감로수를 지옥 중생에게 베풀고자 함이라는 것을 알 수 있다.


## 영원멸기허 永願滅飢虛
## 바라나니 영원토록 굶주림을 멸하시어

기허(飢虛)는 굶주림을 말한다. 그렇다면 유명계의 사람들은 무엇에 굶주려 있는가. 진리에 굶주려 있다. 고로 부처님께서 베푸신 감로의 진리에 의지하지 아니하면 유명계에서 빠져나올 수가 없기에 지금 감로수를 베푸나니 이를 마시는 자는 영원토록 기허에서 벗어날 것이라고 말하고 있다.


## 당증무생리 當證無生理
## 마땅히 무생의 이치를 깨달아 얻으시옵소서.

그러므로 응당 이러한 이치를 깨달아 얻으라 권장하고 있다. 부처님의 가르침은 아는 것으로 끝나는 것이 아니고, 이를 깨달아 얻지 아니하면 알음알이만 늘어나는 것이기에 깨달아 얻으라고 하는 것이다.

# 각자사종육십이 各自嗣宗六十二

## 제산종사영 諸山宗師詠

各自嗣宗六十二 東西南北盡歸依
각자사종육십이 동서남북진귀의

行看佛教無人我 坐入祖禪捕法衣
행간불교무인아 좌입조선포법의

각자 종지(宗旨)를 이은 예순두 분의 스님들
동서남북에서 모두 다 귀의하네.
간화선을 행하는 불교에선 너와 내가 없으니
법의를 펴고 앉아 조사선에 드시네.

제산종사청(諸山宗師請)에 종사(宗師) 영가를 청함에 있어서 나오는 게송이다.

각자사종육십이 **各自嗣宗六十二**
각자 종지(宗旨)를 이은 예순두 분의 스님들

각자(各自)는 종지(宗旨)를 지닌 62명의 스님을 나타내고 있으며 이를 모두 소개하면 다음과 같다. 허응당보우(虛應堂普雨), 사명당유정(四溟堂惟政), 부휴선수(浮休善修), 조사를 이어 교학을 강론하신 편양언기(鞭羊彦機), 교학을 이으신 강사 백봉천순(白峯天順), 선교(禪教)를 두루 강론하신 소요태능(逍遙太能), 능엄삼매(楞嚴三昧)에 드셨던 진묵일옥(震默一玉), 교학을 담론하고 선학(禪學)을 설하셨던 침굉현변(枕肱懸辯), 명성을 떨치신 대덕(大德) 벽암각성(碧巖覺性), 강사로 명성을 떨치신 모운진언(暮雲震言), 초제(招提)(사찰)를 수리하고 운영하셨던 수미(守眉), 신미(信眉), 자취를 숨기고 광명을 감추셨던 학조(學祖), 강주(講主)로 명성을 떨치신 풍담의심(楓潭義諶), 교학을 전하신 강사 취미수초(翠微守初), 교학과 문학에 통하셨던 강사

29

우운진희(友雲眞熙), 유교와 불교를 다 통달하신 기암법견(奇巖法堅), 문장과 명성이 세상에 드러난 백곡처능(白谷處能), 마음을 관하면서 곡식을 먹지 않으신 환적의천(幻寂義天), 선과 교를 유포하신 백암성총(栢庵性聰), 화엄을 강송(講誦)하신 월저도안(月渚道安), 선문에 우뚝한 숙문(淑文), 깊은 산에서 나오지 않았던 월곡계오(月谷繼悟), 용문산의 강주 쌍봉 정원(雙峯淨源), 부처님을 도우며 충성스럽고 어지셨던 응준(應峻), 산문을 벗어나지 않았던 소영신경(昭影神鏡), 유교와 불교를 조양(助揚)한 영규(靈圭) 총섭(摠攝), 취서산(鷲棲山) 강주 한계신묵(寒溪信默), 서운(瑞雲) 강사, 단식(壇), 옥련(玉蓮) 강사, 청신(淸信), 유교와 불교를 분파(分派)한 진일(眞一) 총섭, 대둔산(大芚山) 강주 문신(文信), 송파의흠(松坡義欽), 청파각흠(靑坡覺欽), 춘파쌍언(春坡雙彦), 허백명조(虛白明照), 교학과 문학을 강하신 강주 취운지일(翠雲智一), 법문에 우뚝 높은 설제(雪霽), 남악(南岳)의 강주 석실명안(石室明眼), 설암 추붕(雪岩秋鵬), 조계산(曹溪山) 강주 무용수연(無用秀演), 세속 티끌에 물들지 않았던 옥혜(玉惠), 운파의준(雲坡義俊), 늘 미타경(彌陀經)을 독송했던 수화(守和), 항상 염불을 외운 약휴(若休), 황악산(黃岳山) 강주 수영(首英), 사해(四海)에 머무름이 없었던 묘정(妙玎), 조사의 범패를 이은 국융(國融) 어산(魚山), 세상에 명성을 드날린 응준(應俊) 어산, 조사 범음(梵音)의 맥락을 이은 혜운(惠雲) 어산, 어산 범패로 세상에 뛰어났던 천휘(天輝) 어산, 여러 산문에 명성이 드러났던 석주(石柱) 어산, 웅대한 음악으로 명성을 드러낸 연청(演淸) 어산, 여러 산문에 명성을 드러내신 상환(尙還) 어산, 명성을 드날린 설호(雪湖) 어산, 명성을 드러낸 죽근(竹根) 어산, 명성을 나타낸 승관(勝寬) 어산, 법음(法音)으로 하늘을 뒤흔들었던 증계(證戒) 어산, 명성을 나타내었던 유이(唯頤) 어산, 명성을 나타내었던 해운(海雲) 어산, 명성을 나타내었던 계옥(戒玉) 어산, 세상에 뛰어났던 능택(能擇) 어산과 온 나라 여러 산문에 명호를 알지 못하는 일체 존숙(尊宿) 등의 영가를 말함이다.


**동서남북진귀의 東西南北盡歸依**
**동서남북에서 모두 다 귀의하네.**

이렇듯 사방의 스님들이 모두 부처님께 귀의하기는 마찬가지다. 고로 여기서 동서남북은 '사방천지'라는 표현이다.


**행간불교무인아 行看佛教無人我**
**간화선을 행하는 불교에선 너와 내가 없으니**

행간(行看)은 간화선을 수행하는 것을 말한다. 그러므로 이판승이든 사판승이든 모두가 간화선을 수행하기는 모두 마찬가지였다. 그만큼 조선시대의 간화선은 수행자에게는 당연하게 받아들이는 수행법의 하나였다는 것을 알 수가 있다.

## 좌입조선포법의 坐入祖禪捕法衣
### 법의를 펴고 앉아 조사선에 드시네.

조사선(祖師禪), 다시 말하면 간화선(看話禪)을 수행하고자 자리를 펴고 앉아서 수행하여 조사선의 우수함을 널리 세상에 펼치셨다는 뜻이다. 포(捕)는 사로잡다, 구하다, 찾다, 이러한 표현이기에 법의(法衣)를 구하였다고 하는 것은 화두를 타파하여 부처님의 법을 이어가고자 하였다는 것이다.

# 강석화품유작몽 講釋華品猶昨夢

## 원효화상영 元曉和尙詠

**講釋華品猶昨夢 謳歌般若亦非功**
강석화품유작몽 구가반약역비공

**麒麟鸞鳳難成聚 獨有嘉朋義相翁**
기린난봉난성취 독유가붕의상옹

화엄을 강론하던 일이 간밤의 꿈과 같고
반야경을 구가(謳歌)하는 것도 별로 힘이 안 들었네.
기린이나 난(鸞) 새가 함께 모이기가 어렵거늘
오직 좋은 벗 의상(義湘) 스님만 있었다네.

산보집에서 선문의 조사에게 예참을 올리는 선문조사예참(禪門祖師禮懺) 가운데 해동조사(海東祖師)로, 예나 지금이나 추앙을 받으며 화엄경의 대가로 널리 알려진 원효(元曉 617~686) 스님께 귀명례(歸命禮)를 올리는 문언에 나타나는 게송이다. 원효는 신라 시대 경산 자인면에서 태어났다. 의상(義湘)과 함께 당나라로 유학하러 가다가 노천노숙(露天露宿)을 하면서 한밤중에 목이 말라 물을 마셨는데, 아침에 일어나 보니 해골에 괸 물이라는 것을 알고 구역질을 하다가 이는 마음의 인식 작용이라는 것을 깨닫고 도로 신라로 돌아와 일심과 화쟁(和諍) 사상으로 대중포교에 힘썼다. 설총(薛聰)을 낳은 뒤로는 소성거사(小性居士) 또는 복성거사(卜性居士)로 불렸다. 저서로는 금강삼매경론(金剛三昧經論), 대승기신론소(大乘起信論疏) 등의 많은 저술을 남겼다.


**강석화품유작몽 講釋華品猶昨夢**
화엄을 강론하던 일이 간밤의 꿈과 같고

강석(講釋)은 '강의하여 그 뜻을 풀이하는 것'을 말하며, 뒤이어서 화품(華品)이라고 하였기에 화엄경을 풀이하였다는 것을 알 수가 있다. 그러나 원효 스님이 이 세상에 계시지 아니하니 그 일도 간밤의 꿈같은 일이라고 무척 아쉬워하고 있다. 작몽(昨夢)은 어젯밤의 꿈을 뜻하므로 이미 지나간 일을 말한다.


## 구가반약역비공 謳歌般若亦非功
### 반야경을 구가(謳歌)하는 것도 별로 힘이 안 들었네.

구가(謳歌)는 많은 사람이 입을 모아 칭송하여 노래로 부른다는 뜻이다. 고로 원효 스님이 반야경(般若經)을 강해함에 있어서 힘들이지 아니하고, 술술 풀어나가기에 이러한 표현을 쓴 것이다. 이로써 '원효 스님은 경학에 아주 뛰어난 고승(高僧)이라' 고 칭송을 하고 있다.


## 기린난봉난성취 麒麟鸞鳳難成聚
### 기린이나 난(鸞) 새가 함께 모이기가 어렵거늘

기린(麒麟)은 이 세상에 성인이 출현할 때 나온다는 상상의 동물이며, 봉황(鳳凰)도 역시 상서로운 새로 여기는 상상의 새이기에 여기서는 기린이나 봉황은 모두 성현을 빗대어 은유적으로 쓴 표현이다. 원효가 기린이면 의상은 봉황이고, 원효가 봉황이면 의상(義湘)은 기린으로 표현한 것이다. 그러기에 기린도 보기 어렵고 봉황도 보기 어렵거늘 기린과 봉황이 어우러져 함께 볼 수 있다는 것은 더 말할 것도 없다. 그만큼 원효와 의상 스님 두 분을 동시대에 볼 수 있다는 것은 마치 기린과 봉황을 함께 본 것이나 다름이 없다는 표현으로 걸출한 두 스님을 칭송하는 말이다.


## 독유가붕의상옹 獨有嘉朋義相翁
### 오직 좋은 벗 의상(義湘) 스님만 있었다네.

독(獨)은 '홀로' 이러한 표현이며, 가붕(嘉朋)은 '아름다운 벗'이라는 표현이다. 여기서는 둘도 없는 도반(道伴)이라는 표현이며, 뒤이어서 이를 의상(義湘)이라고 밝혀두었다. 다만 여기서 옹(翁)이라는 표현은 '늙었다'라는 표현으로 쓰인 것은 아니고, 의존명사(依存名詞)로 써서 사회적으로 존경받는 남자 뒤에 붙이는 존칭으로 쓰였다.

# 강월헌전시자신 江月軒前侍者身

## 야운각우영 埜雲覺牛詠

**江月軒前侍者身 松都滋味日新新**
강월헌전시자신 송도자미일신신

**忘形結契頻頻聚 幾處同歡有味賓**
망형결결빈빈취 기처동환유미빈

강월헌(江月軒) 앞에서 시자(侍者) 노릇하던 몸
송도의 재미가 날이면 날마다 새롭구나.
모습을 잊은 채 계를 맺어 자주자주 모이니
몇몇 곳에서 함께 기뻐하는 객들과 즐겼는가?

산보집 시왕단(十王壇) 작법에서 고승을 청하는 청사 가운데, 야운각우(埜雲覺牛) 선사를 청하는 게송에 나오는 내용이다. 야운(埜雲) 스님은 고려 말의 나옹혜근(懶翁惠勤 1320~1376)의 제자로 법호는 각우(覺牛)이며 저서로는 자경문(自警文)이 있다.

**강월헌전시자신 江月軒前侍者身**
강월헌(江月軒) 앞에서 시자(侍者) 노릇하던 몸

야운 스님은 은사인 나옹(懶翁) 스님이 입적하자 각웅중영(覺雄仲英)과 함께 중국으로 유학하려고 하였다. 이때 권근(權近 1352~1409)이 야운을 위하여 야운송(埜雲頌)을 지어 올렸는데 이는 양촌집(陽村集) 권 15에 실려있으며 그 내용은 다음과 같다.

江月軒前江月白 埜雲堂上埜雲閑
강월헌전강월백 야운당상야운한

雲光月色交輝處 一室含虛體自安
운광월색교휘처 일실함허체자안

강월헌 앞에는 강월(江月)이 밝고
야운(埜雲)의 집에선 야운(埜雲)이 자욱하구나.
구름 빛과 달 색이 서로 통하니
방안은 고요하여 체(體)가 스스로 편안하도다.

이렇듯 강월헌(江月軒)은 고려 후기의 고승이며, 야운 스님의 은사가 되는 나옹혜근
(懶翁惠勤) 스님을 말함이다. 나옹 스님의 법호(法號)는 나옹(懶翁) 외에도 강월헌
(江月軒)이라는 법호도 즐겨 사용을 했다. 그리고 나옹 스님의 법은 '야운' 외에도 무
학자초(無學自超)로 이어져서 조선불교의 초석을 세우게 된다.


## 송도자미일신신 松都滋味日新新
### 송도의 재미가 날이면 날마다 새롭구나.

송도(松都)는 고려의 도읍지인 개성(開城)을 말함이며, 이를 또 다르게 표현하여 송
악(松岳)이라고도 한다. 그러나 여기서 송도에 국한된 것은 아니고, 고려(高麗)를 이
렇게 나타낸 것이라고 보아야 한다. 자미(滋味)는 우리말로 고치면 '재미있다'는 표현
이다. 그러므로 '개성에서 법을 펼치는 재미가 날마다 새롭다'고 하였다. 여기서 일신
신(日新新)은 대학(大學)에 나오는 가르침으로 은(殷)나라를 세운 탕 임금의 세숫대
야에 새긴 글에 이르기를, '진실로 날로 새롭거든 나날이 새롭게 하고 또 날로 새롭게
하라'는 구절을 줄여서 인용한 것이다. 湯之盤銘曰。苟日新。日日新。又日新。


## 망형결결빈빈취 忘形結契頻頻聚
### 모습을 잊은 채 계를 맺어 자주자주 모이니

망형(忘形)은 '자기의 형체를 잊는다'는 뜻도 있지만, 여기서는 그러한 뜻으로 쓰인
것은 아니다. 나이에 있어서 '노소(老少)가 차이 나는 것을 잊고 서로 벗으로 사귀는
것'을 말한다. 또한 이어지는 결계(結契)는 의기를 투합하여 친교를 맺는 것을 말하
니, 망형결계(忘形結契)는 '빈부귀천을 가리지 아니하고 폭넓게 교류를 하여 자주 만
나는 것'을 말한다. 그러나 여기서 자주 만나는 모임은 음주와 가무가 곁들여지는 연
회(宴會)가 아니라 법회를 말함이다. 다시 사족을 달면 빈빈(頻頻)은 '자주자주' 또는

'빈번히' 이러한 표현이고, 취(聚)는 '모인다'는 표현이다. 여기에 대해서는 이미 전반적인 설명을 하였기에 이를 잘 살펴보기 바란다.


**기처동환유미빈 幾處同歡有味賓**
**몇몇 곳에서 함께 기뻐하는 객들과 즐겼는가?**

기처(幾處)는 일찍부터 여기저기라는 뜻이며, 동환(同歡)은 '함께 기뻐한다'는 표현이다. 그러므로 이를 다시 살펴보면 일찍부터 이곳저곳 법회를 가져서 빈객(賓客)들의 환영을 받으며 몇 곳에서 같이 즐겼느냐 하는 표현이다. 여기서 빈객(賓客)은 사부대중을 말함이다.

# 개벽건곤시오제 開闢乾坤始五帝

## 태고제왕영 太古帝王詠

開闢乾坤始五帝 九州百郡化蒼生
개벽건곤시오제 구주백군화창생

繼天立極萬千世 各自威風濟有情
계천입극만천세 각자위풍제유정

천지가 개벽할 때 비로소 나타난 다섯 제왕이
아홉 주(州) 백 고을의 창생을 교화하셨네.
하늘을 이어 천만세토록 인간세계의 법도를 세워
각자의 위풍으로 중생들을 제도하셨네.

산보집(刪補集) 종실단작법의(宗室壇作法儀)에 실린 태고제왕청(太古帝王請)에 나오는 한 부분이다. 태고 제왕에 대해서는 이어지는 설명을 참고하길 바란다.

### 개벽건곤시오제 開闢乾坤始五帝
### 천지가 개벽할 때 비로소 나타난 다섯 제왕이

개벽(開闢)은 천지가 처음으로 생김을 말한다. 그러므로 개벽으로 인하여 천지(天地)가 나타나게 되는 천(天)은 건(乾)과 같은 뜻이고, 지(地)는 곤(坤)과 같은 뜻이다. 개벽으로 인하여 천지가 생겨났으니 천(天)은 양(陽)이 되고, 지(地)는 음(陰)이 된다. 역(易)에서는 천지가 생기기 이전 만물의 원시(原始) 상태를 태극(太極)이라고 한다. 그러므로 태극에서 음양으로 나누어지게 되는 것이다.

오제(五帝)는 고대 중국의 다섯 성군(聖君)으로 곧 소호(少昊), 전욱(顓頊), 제곡(帝嚳), 요(堯), 순(舜)을 말함이다. 그러나 사기(史記)에서는 소호 대신 황제(黃帝)로 되어 있으며, 모두 전설적인 제왕이다. 그러나 문헌에 따라 다르게 나타나기도 한다. 다만 산보집에서는 삼황(三皇)을 천황씨(天皇氏), 지황씨(地皇氏), 인황씨(人皇氏)라 하고, 여기에다 유소씨(有巢氏), 수인씨(燧人氏)를 합하여 오제(五帝)라고 한다. 이해를 돕기 위해 산보집을 바탕으로 하여 간단하게 살펴보고자 한다.

當體獨一 從頭十二 兄弟二六 萬八千歲 天皇氏
당체(當體)는 유독 하나이나 우두머리를 쫓아 열두 분이 나오니 그 12명의 형제가 각각 1만 8천 년씩 임금 노릇을 누리신 천황씨.

隨身其一 從首十一 兄弟十一 萬八千歲 地皇氏
그 몸은 하나이나 우두머리를 쫓아 열한 분이 나오니 그 형제도 11명의 형제가 각각 1만 8천 년씩 임금 노릇을 누리신 지황씨.

一身九頭 兄第九人 分長九州 人皇氏
한 몸에 우두머리 아홉 분이니 9명의 형제가 구주(九州)로 나누어 다스린 인황씨.

不紀年代 構木作巢 木實爲食 有巢氏
연대를 기록하지 않고 나무를 얽어매어 집 짓는 방법을 가르쳐 주고 나무 열매로 음식을 만들어 먹게 하도록 가르친 유소씨.

始其攢燧 教人火食 燧人氏
처음으로 나무 구멍을 뚫어 불을 만들고 사람들에게 불에 익혀 먹는 법을 가르치신 수인씨.


## 구주백군화창생 九州百郡化蒼生
아홉 주(州), 백 고을의 창생을 교화하셨네.

인황씨(人皇氏)가 구주(九州)를 다스렸다고는 하지만 구주(九州)가 어디를 가리키는지 명확하게 기록된 것은 없다. 다만 중국 우(禹) 임금이 행정구역을 9개 주(州)로 나누어 통치하였다고 하는데, 이는 기주(冀州), 연주(兗州), 청주(靑州), 서주(徐州), 양주(楊州), 형주(荊州), 예주(豫州), 양주(梁州), 옹주(雍洲)를 말함이다. 이어서 백군(百郡)은 100개의 고을 말함이고, 창생(蒼生)은 세상의 모든 사람을 말하기에 곧 구주(九州)의 모든 백성들을 말함이다.

**계천입극만천세 繼天立極萬千世**
**하늘을 이어 천만세토록 인간세계의 법도를 세워**

계천(繼天)은 '하늘의 뜻을 이어' 이러한 표현이고, 입극(立極)은 최고의 표준이 되는 법도를 말함이다. 고로 계천입극(繼天立極)은 '하늘의 뜻을 이어가고자 최고의 법도를 만들었다'는 뜻이다. 그리고 이러한 법이 천만세에 이어졌다는 표현이다.

여기서 계천입극(繼天立極)은 중용장구서(中庸章句序)에 나오는 표현이다. 이를 살펴보면 '중용은 어찌하여 지었는가? 자사(子思) 선생께서 도학(道學)의 전(傳)함을 잃을까 걱정하여 지으신 것이다. 상고시대로부터 신령스러운 성인들이 하늘의 뜻을 이어 최고의 표준을 세우시어 도통(道統)의 전함이 유례가 있게 되었다.'라는 구절에 있는 내용을 인용하였다. 그리고 극(極)이라는 표현은 여러 표현이 있지만 여기서는 '표준'이라는 의미로 쓰였다. 中庸何爲而作。子思子。憂道學之失其傳而作也。蓋自上古。聖神繼天立極而道統之傳。有自來矣。

**각자위풍제유정 各自威風濟有情**
**각자의 위풍으로 중생들을 제도하셨네.**

각자(各自)는 각각의 자신을 말하므로 여기서는 삼황오제(三皇五帝)를 말함이다. 위풍(威風)은 나라를 다스림에 있어서 행하는 위엄 있는 풍채를 말한다. 그리고 유정(有情)은 모든 중생을 말하며, 여기에다 제(濟)라는 표현을 이끌어 제도(濟度)하였다는 뜻으로 쓰였다. 고로 삼황오제는 모든 백성을 다스림에 있어서 그 위풍을 잃지 아니하고 백성들을 다스렸다고 찬탄하는 내용이다.

# 거의초종수시년 擧義初從水豕年

## 인조 헌문 獻文 대왕

**擧義初從水豕年 文經武緯兩俱全 太平聖德何煩問 野老山童祝壽延**
거의초종수시년 문경무위양구전 태평성덕하번문 야로산동축수연

의로운 거사(擧事)를 처음 계해년(癸亥年. 水豕年)에 일으키니
문장과 무예 경(經)과 위(緯)를 둘 다 온전하게 갖추었네.
태평성대(太平聖代)한 덕을 어찌 번거롭게 물으리.
야인, 노승과 산문의 동자들도 수명장수를 기도하였네.

산보집 종실단작법의(宗室壇作法儀)에서 인조(仁祖)를 청하는 청사(請詞)가 끝나고
나오는 가영(歌詠)에 있는 게송이다. 인조는 조선의 제16대 임금으로 이름은 종(倧
1595~1649)이다. 선조(宣祖)의 손자이다. 인조는 반정(反正)에 의하여 서인(西人)으
로부터 옹위(擁衛)되어 광해군(光海君)을 축출하고 즉위하였다. 인조는 병자호란(丙
子胡亂) 때 청(淸)나라에 항복하는 수모를 겪기도 하였다.

인조반정(仁祖反正)은 1623년인 광해군 15년에 김류(金瑬), 이서(李溆), 이귀(李貴),
이괄(李适) 등 서인(西人)의 일파가 인목대비(仁穆大妃)와 비밀리에 서로 공모하여
광해군과 권력을 잡고 있던 대북파(大北派)를 몰아내고 능양군(綾陽君)을 즉위하게
하였다. 그가 곧 인조(仁祖)다. 그리고 청사(請詞)에 보면 인조를 헌문대왕(憲文大王)
이라고 하였는데, 이는 인조가 붕어하자 내려진 시호(諡號)로 헌문열무명숙순효대왕
(憲文烈武明肅純孝大王)이다. 이를 줄여서 헌문대왕이라고 한 것이다. 그리고 능호
(陵號)는 장릉(長陵)이며, 경기도 파주시 탄현면 갈현리에 있다.

**거의초종수시년 擧義初從水豕年**
의로운 거사(擧事)를 처음 계해년(癸亥年. 水豕年)에 일으키니

거의(擧義)는 거사(擧事)를 말하며 이는 반란이나 혁명 같은 큰일을 일으키는 것을 말한다. 이를 병력을 모아 이루는 일이라면 거병(擧兵)이라고 한다. 이어서 초종(初從)은 '처음으로' 이러한 표현이다.

수시년(水豕年)에서 수시(水豕)는 좀 어려운 표현으로 이를 살펴보아야 한다. 먼저 물을 나타내는 수(水)는 계(癸)가 북방 수(水)에 해당하므로 곧 계(癸)를 의미하고, 시(豕)는 12지지(地支)에서 해(亥)에 해당하므로 수시(水豕)는 곧 계해(癸亥)를 말한다. 그러므로 여기서는 인조반정이 일어난 1623년인 계해년을 말하는 것이다.


## 문경무위양구전 文經武緯兩俱全
### 문장과 무예 경(經)과 위(緯)를 둘 다 온전하게 갖추었네.

문경무위(文經武緯)는 문(文)과 무(武) 두 방면을 좇아서 국가를 다스리는 것을 가리키는 표현이다. 그리고 경위(經緯)는 편직(編織)을 함에 있어서 세로줄과 가로줄을 말하기에 이는 문무를 온전하게 갖추었다는 표현이다.


## 태평성덕하번문 太平聖德何煩問
### 태평성대(太平聖代)한 덕을 어찌 번거롭게 물으리.

태평(太平)은 세상이 안정되어 온 나라가 평안한 것을 말하며 성덕(聖德)은 성스러운 덕을 말하기에 여기서는 인조의 덕치를 말한다. 번문(煩問)은 번거로운 질문을 말한다. 고로 인조의 통치를 아주 높게 표현하고 있음이다.


## 야로산동축수연 野老山童祝壽延
### 야인, 노승과 산문의 동자들도 수명장수를 기도하였네.

야로(野老)는 시골 사는 노인을 말하고 산동(山童)은 두메산골의 어린아이를 말하기에 '백성이라면 누구라도' 이러한 표현이다. 수연(壽延)은 축(祝)과 함께 살펴보면 '오래 살기를 바란다', 또는 '그 통치가 오래되기를 빈다'는 내용이다.

# 거의환장목의동 鉅義還將木義同

## 마명 존자영 馬鳴尊者詠

**鉅義還將木義同 與師平出露眞風**
거의환장목의동 여사평출로진풍

**金龍千尺猶曾現 小小蟲兒莫費功**
금룡천척유증현 소소충아막비공

톱의 이치가 나무의 이치와 같으니
스승과 함께 나와서 참 가풍 드러냈네.
천(千)자나 되는 금룡이 일찍이 나타났으니
보잘것없는 작은 벌레야 쓸데없는 공력일랑 낭비하지 말라.

산보집(刪補集)에 실린 선문조사예참(禪門祖師禮懺) 가운데 제13 조사 마명 존자(馬鳴尊者)를 찬(讚)하는 가영이다.


### 거의환장목의동 鉅義還將木義同
### 톱의 이치가 나무의 이치와 같으니

이 문구를 이해하려면 조당집(祖堂集)이나 보림전(寶林傳)을 살펴보아야 한다. 그러나 여기서는 조당집을 의거하여 살펴보고자 한다. 여기에 보면 제11조 부나야사(富那耶奢) 존자 편에 보면 부나야사(富那耶奢)가 부처님 법을 펴기 위하여 다니다가 바라나성(波羅奈城)에서 마명(馬鳴) 장자를 만났는데 마명이 부나야사에게 물었다.

존자가 대답했다. 그대가 부처를 알고자 하는데 알지 못하는 바로 그것이니라. 마명이 말했다. 부처를 알지도 못하는데 어찌 그것인 줄은 알겠습니까? 그대가 알지 못한다면 어찌 아닌 줄을 알겠는가? 이는 톱의 이치[鉅義]입니다. 그것은 나무의 이치니

라. 존자가 반대로 물었다. 톱의 이치란 무엇인가? 마명이 대답했다. 스승과 함께 나왔습니다. 그리고는 마명이 반대로 물었다. 나무의 이치란 무엇입니까? 존자가 대답했다. 네가 나에게 쪼개진 것이니라. 이때 마명은 이러한 조사의 뛰어난 이치를 듣고 마음에 기쁨이 가득하여 출가할 결심을 하였다. 我欲識佛。何者即是。師日。汝欲識佛 不識者是。馬鳴日。佛旣不識。爭知是乎師日。汝旣不識。爭知不是 馬鳴日。此是鋸義。師日。彼是木義。師卻問。鋸義者何。馬鳴日。共師竝出。馬鳴卻問。云何木義。師日。汝被我解。爾時馬鳴聞師勝義。心即歡喜。而求出家。

### 여사평출로진풍 與師平出露眞風
### 스승과 함께 나와서 참 가풍 드러냈네.

여기서는 평출(平出)이라고 하였지만 조당집에는 공출(共出)이라고 하였다. 그러므로 여사평출(與師平出)은 스승과 함께 나왔다는 표현이다. 고로 웅덩이가 크면 큰 물고기가 살고 그림자가 크게 드리워지면 사람이 모이듯이 눈 밝은 부나야사(富那耶奢) 밑에서 마명(馬鳴)이 나왔다는 말이다.

### 금룡천척유증현 金龍千尺猶曾現
### 천(千)자나 되는 금룡이 일찍이 나타났으니

천척(千尺)이나 금룡은 오히려 '일찍이 보았으니'라는 표현이기에 여기서 금룡은 부나야사와 마명존자를 일컫는 표현이다. 그 길이가 천척(千尺)이나 된다고 하였음은 교화(教化)의 그림자가 그러하다는 표현이다.

### 소소충아막비공 小小蟲兒莫費功
### 보잘것없는 작은 벌레야 쓸데없는 공력일랑 낭비하지 말라.

소소(小小)는 '평범하거나 보잘것없는' 또는 '하찮은' 이러한 표현이고, 충아(蟲兒)는 '작은 벌레' 또는 '버러지 같은 놈들' 이러한 표현이다. 고로 숱한 사문들이 있지만 부나야사나 마명존자(馬鳴尊者) 같은 이는 보기가 어렵다는 표현으로 비유한 것이다.

# 건곤혼합미개통 乾坤混合未開通

## 반고왕영 盤古王詠

乾坤混合未開通 圓體寂然一太極
건곤혼합미개통 원체적연일태극

盤古至今元氣成 遍周沙界人王國
반고지금원기성 변주사계인왕국

건곤이 혼합되어 아직 개통되기 이전에
원만한 본체는 고요한 하나의 태극이었네.
반고(盤古)는 오늘날 원기(元氣)가 이루어졌기에
사바세계 주변에 인왕(人王)의 나라가 되었네.

산보집(刪補集)에 실린 반고왕청(盤古王請)에 나오는 게송이다. 반고(盤古)는 중국 신화에 등장하는 이상적인 왕으로 최초의 인간이며, 2대의 뿔과 2개의 어금니를 갖고 있으며 몸에 털이 매우 많다. 우리나라에도 전해져 민간이야기에 가끔 등장한다.


### 건곤혼합미개통 乾坤混合未開通
건곤이 혼합되어 아직 개통되기 이전에

이는 청사(請詞)에 나오는 천지혼합(天地混合)을 말하는 것이다. 천지가 아직 나누어지기 이전이라는 표현이기에 곧 무극(無極)을 말함이다.


### 원체적연일태극 圓體寂然一太極
원만한 본체는 고요한 하나의 태극이었네.

중국에서는 우주의 생명에 삼박자가 있으니 이를 무극(無極), 태극(太極), 황극(皇極)이라 하였다. 우주 조화의 근원은 무극이고, 우주 창조의 본체는 태극이며, 우주 창조의 중매자 역할을 하는 것을 황극이라고 하였다. 이를 삼원(三元)이라 한다. 여기서 음양을 나누기 이전이 무극이고, 태극은 무극 다음에 오는 것으로 무극에 혼합된 음양이 꿈틀거리면서 시작되는 것이다. 그리고 이에 대한 중매자가 황극이 되는 것이다.

## 반고지금원기성 盤古至今元氣成
### 반고(盤古)는 오늘날 원기(元氣)가 이루어졌기에

반고 왕은 천지개벽 후 처음으로 세상에 나왔다고 하는 상상 속의 천자(天子) 이름으로, 이를 반고왕청에서 살펴보면 산과 강은 뼈와 피가 되고, 물상은 가죽과 살이 되고, 사해는 사지(四肢)가 되고, 해와 달은 두 눈으로 삼으신 반고제왕(盤古帝王)이라 하였다. 山河爲骨血。物像爲皮肉。四海爲四肢。日月爲兩眼。盤古帝王。

## 변주사계인왕국 遍周沙界人王國
### 사바세계 주변에 인왕(人王)의 나라가 되었네.

변주사계(遍周沙界)는 '항하사 세계 두루두루' 이러한 표현이다. 그러나 불교에서는 이러한 표현보다는 변주법계(遍周法界)라는 표현을 더 많이 쓰며, 이는 법계에 충만하여 '미치지 아니한 곳이 없다'는 뜻이다.

화엄경(華嚴經) 세주묘엄품에 보면 '세존의 몸은 항상 일체 도량에 앉아 보살들 가운데서 그 빛나신 위엄이 혁혁하여 마치 해가 떠서 온 세계를 밝게 비추는 것과 같았다. 삼세에 행하신 온갖 복덕의 바다가 다 청정하며, 모든 불국토에 항상 태어남을 보이시니라. 끝없는 색상과 원만한 광명이 온 법계에 두루하여 차별 없이 평등하시며, 모든 법을 연설하시되 마치 큰 구름을 일으키는 듯하며, 낱낱 털끝에 일체 세계를 다 수용하되 아무런 장애가 없었다.'고 하는 말씀이 있다. 身恒遍坐一切道場。菩薩衆中。威光赫奕。如日輪出。照明世界。三世所行。衆福大海。悉已清淨。而恒示生諸佛國土。無邊色相。圓滿光明。遍周法界。等無差別。演一切法。如布大雲。一一毛端。悉能容受。一切世界。而無障礙。

# 견문여환예 見聞如幻翳

## 착관게 着冠偈

**見聞如幻翳 三界若空花 聞復翳根除 塵消覺圓淨**
견문여환예 삼계약공화 문복예근제 진소각원정

보이고 들리는 것은 마치 헛것이나 눈병 같아서
삼계는 마치 허공의 꽃과 같습니다.
들음과 눈병의 근원을 없애버리면
번뇌는 소멸하고 깨달음은 원만하여 청정하리라.

**淨極光通達 寂照含虛空 却來觀世間 猶如夢中事**
정극광통달 적조함허공 각래관세간 유여몽중사

깨끗함이 지극하면 그 빛이 두루 통하고
고요히 비추어서 허공을 모두 머금네.
다시 돌아와서 세간의 일들을 살펴보면
마치 인생사 한바탕 꿈과 같구나.

착관게着冠偈는 죽은 자를 염(殮)하면서 모자를 씌울 때 읊는 게송이다. 능엄경(楞嚴經) 권 제6에서 문수사리법왕자(文殊師利法王子)가 부처님께서 베푸신 자비로운 뜻을 받들어 부처님께 예배하고 난 뒤 부처님의 위신력을 받들어서 게송으로 부처님께 답하는 내용 가운데 일부를 인용한 것이다. 능엄경에서도 아주 중요한 부분 중 하나이다.

### 견문여환예 삼계약공화 見聞如幻翳 三界若空花
보이고 들리는 것은 마치 헛것이나 눈병 같아서 삼계는 마치 허공의 꽃과 같습니다.

각자의 안목에 따라 보이는 현상에 집착하는 것을 경계하는 내용으로 이는 환영(幻影)과 같고, 안예(眼翳)와 같음을 말한다. 고로 이를 바로 알아차리면 삼계도 허공의 꽃과 같다고 하였다. 여기서 약(若)은 '같을 약'으로 쓰인 표현이다. 그러므로 깨달은 자의 눈인 보살의 안목으로 보면 일체개공(一切皆空)이라고 반야심경(般若心經)에서 말하고 있다.

### 문복예근제 진소각원정 聞復翳根除 塵消覺圓淨
들음과 눈병의 근원을 없애버리면 번뇌는 소멸하고 깨달음은 원만하여 청정하리라.

삼계가 실재하지 않다는 것을 사무쳐 알게 되면 눈으로 보아서 집착하는 근원도 사라질 것이다. 고로 중생의 집착이 병이 되는 것이다. 집착하는 병이 없어지면 번뇌는 스스로 소멸될 것이고, 번뇌가 소멸하면 청정한 깨달음을 얻을 것이다. 그러므로 작법귀감에서 왜 망자에게 모자를 씌우면서 이 게송을 염송(念誦)하는 것인지 이쯤에서 이해를 해야 한다. 중생은 미혹이 많아서 보고 듣는 것이 언제나 문제가 된다.

### 정극광통달 적조함허공 淨極光通達 寂照含虛空
깨끗함이 지극하면 그 빛이 두루 통하고 고요히 비추어서 허공을 모두 머금네.

깨달음의 청정함이 궁극에 다다르면 그 진리는 두루 통달하지 않음이 없게 되는 것이다. 깨달음의 자리는 고요하면서도 밝은 자리이다. 그러기에 이를 적조(寂照)라고 하였다. 이러한 도리로써 살펴보면 삼계를 모두 머금고 내뱉는 일에 자유자재한 도인이 되는 것이다.

### 각래관세간 유여몽중사 却來觀世間 猶如夢中事
다시 돌아와서 세간의 일들을 살펴보면 마치 인생사 한바탕 꿈과 같구나.

'이러한 이치를 터득한 후에 다시 세간사로 돌아와서 관조해 보면 일법을 모르고 지낸 세월이 마치 꿈속의 일들과 같음을 알게 될 것이다.'라고 하면서 마무리하고 있다. 중생이 집착으로 얻은 것은 결국 손바닥의 모래와 같아서 시나브로 모두 빠지기 마련이다. 그러나 진리를 얻으면 세세생생 무가보(無價寶)가 되는 것이다.

# 결정기세간 潔淨器世間

## 정지게 淨地偈

**潔淨器世間 寂光華藏印**
**결정기세간 적광화장인**

**即以定慧水 觀念離塵法**
**즉이정혜수 관념이진법**

기세간(器世間)을 깨끗이 씻어 정결하게 하고
적광의 자리가 화엄 세계로 그대로 드러나기에
곧 선정과 지혜의 물로
관념(觀念)하여 법계의 티끌을 떠나게 하네.

산보집에서 시왕에게 대례를 올리고 공양을 하는 의식문인 대례왕공양문(大禮王供養文)과 작법귀감에서 십대왕에게 간략하게 공양을 올리는 예문인 약례왕공문(略禮王供文)에 실린 정지게(淨地偈)다. 밀교의 금강정일체여래진실섭대승현증대교왕경(金剛頂一切如來真實攝大乘現證大教王經) 심묘비밀금강계대삼매야수습유가의(深妙祕密金剛界大三昧耶修習瑜伽儀) 제1의 게송에서 인용하였다.

## 결정기세간 潔淨器世間
기세간(器世間)을 깨끗이 씻어 정결하게 하고

기세간(器世間)이라는 표현은 일체중생이 거주하는 국토를 말한다. 산하대지 등 모든 자연계를 아우르는 표현으로 기세계(器世界), 국토세간(國土世間), 주처세간(住處世間) 등으로도 말한다. 이는 삼종세간(三種世間)의 하나이다. 여기서 그릇을 나타내는 기(器)는 물건을 담는 용기이기에, 자연계는 마치 이 그릇처럼 그 속에 사는 모든 중생을 수용하고 유지하므로 기세간이라고 한다. 아비달마구사론(阿毘達磨俱舍論)

제8 분별세품(分別世品)에 보면 기세간은 곧 욕계(欲界)를 말한다고 하였다. 결정(潔淨)은 깨끗하고 말끔함을 말한다. 그러므로 기세간하고 연결하여 보면 중생이 거주하는 이 세계를 깨끗하고 말끔하게 한다는 뜻이다.

## 적광화장인 寂光華藏印
### 적광의 자리가 화엄 세계로 그대로 드러나기에

적광(寂光)이라는 말은 모든 번뇌를 남김없이 소멸한 상태에서 오롯이 드러나는 지혜를 광명으로 표현한 것이다. 그러하기에 경계도 공하고 마음도 공하여 원명적광(圓明寂光)의 자리가 되는 것이다. 화장(華藏)은 화장계(華藏界)를 말함이며, 이는 적광의 자리를 화엄경(華嚴經)의 입장으로 표현한 것이다. 이를 다시 정토삼부경(淨土三部經)의 입장에서 보면 극락(極樂)이라고 하는 것이다. 이어서 도장을 뜻하는 인(印)이라는 표현이 있으므로 적광의 경지에 다다르면 화장세계는 마치 도장을 찍듯이 그대로 드러난다는 표현이 되는 것이다.

## 즉이정혜수 卽以定慧水
### 곧 선정과 지혜의 물로

본문은 수(水)가 아닌 수(手)이다. 그리고 문장의 정황으로 보아도 수(手)가 타당하다. 이로써 '정(定)과 혜(慧)의 힘으로' 이러한 표현이다. 참고로 수(手)는 사람의 손을 나타내기도 하지만 문장에 따라 '힘'을 말하기도 한다.

즉이(卽以)는 '곧' 이러한 표현이다. 정혜수(定慧水)는 정혜의 물을 말함인데, 이를 단순하게 넘어가지 말고 좀 더 살펴보아야 한다. 정혜(定慧)에서 정(定)은 선정(禪定)을 말함이고, 혜(慧)는 지혜(智慧)를 말함이다. 다시 말하면 번뇌를 타파하고 마음을 한곳으로 모으는 것을 선정이라 한다. 그리고 현상과 본체를 그대로 관조하는 것을 지혜라고 한다. 그런데 왜? 뜬금없이 물이라는 표현을 사용하였느냐 하면, 번뇌는 곧 열(熱)에 비유하여 열뇌(熱惱)라고 말하기에 활활 타는 번뇌의 불을 끄는 데는 물이 최고이기에 물이라는 표현을 쓴 것이다. 그래서 부처님의 가르침을 법수(法水)라고 하며, 도교적인 영향으로 감로수(甘露水)라고도 한다. 다만 이러한 표현을 여기서는 정혜수(定慧水)라고 하였다.

## 관념이진법 觀念離塵法
**관념(觀念)하여 법계의 티끌을 떠나게 하네.**

여기서 관념(觀念)은 관찰사념(觀察思念)을 말한다. 부처님이 관념하신 것은 세상 만물을 대함에 있어서 '있는 그대로 관하라'고 하는 것이다. 이를 실상(實相)이라고 한다. 그러므로 이러한 수행법으로 속진(俗塵)의 법을 멀리 여의어야 한다는 것이다. 그렇게 되면 이 세상은 부처님 아님이 없기에 불국토가 이루어지는 것이다.

# 경위정전검극횡 敬衛庭前劒戟橫

## 악독귀왕영 惡毒鬼王詠

敬衛庭前劒戟橫 此王僚佐盡賢良
경위정전검극횡 차왕료좌진현량

一宮灑掃先從外 豈與無辜枉不殃
일궁쇄소선종외 기여무고왕불앙

칼과 창을 비껴차고 조정(朝廷) 앞을 공경하게 호위하지만
이 대왕을 보좌하는 관리들은 모두가 어질고 착하다네.
온 궁전을 물 뿌려 청소하는 것들을 시종들보다 앞서 행하니
어찌 무고한 사람인데 억울하게 재앙을 받게 하리오.

산보집(刪補集)에 실려 있는 악독귀왕(惡毒鬼王)의 가영(歌詠)이다. 그러나 경전에 근거하여 악독귀왕에 대하여 살펴보기는 어렵다. 왜냐하면 그 어디에도 악독귀왕에 대해서 언급되어 있지 않기 때문이다. 다만 지장경(地藏經) 가운데 염라왕중찬탄품에 큰 역할도 없이 그 이름만 등장한다. 그러나 '지장경'은 위경으로 분류되기 때문에 악독귀왕에 대해서 더 살펴볼 것이 없다고 여겨진다.


### 경위정전검극횡 敬衛庭前劒戟橫
### 칼과 창을 비껴차고 조정(朝廷) 앞을 공경하게 호위하지만

경위(敬衛)는 무례하지 아니하고 공경스럽게 호위함을 말한다. 정전(庭前)은 그냥 단순하게 보면 뜰 앞이지만 여기서는 그러한 뜻으로 쓰인 것은 아니다. 정(庭)은 조정(朝廷)이라는 뜻이 있기에 조정을 공경스럽게 호위한다는 표현으로 봐야 한다. 검극(劍戟)은 칼과 창을 말하며, 이어지는 문구가 횡(橫)이기에 이러한 '무구(武具)들을 가로로 비껴차다' 이러한 의미로 호위병들의 근엄한 모습을 나타내고자 이러한 표현

을 쓴 것이다.


## 차왕료좌진현량 此王僚佐盡賢良
이 대왕을 보좌하는 관리들은 모두가 어질고 착하다네.

차왕(此王)은 악독귀왕을 말함이고, 료(僚)는 벼슬아치를 말하므로 왕을 보좌하는 관리를 말함이다. 그리고 현량(賢良)은 어질고 착함을 나타내는 표현이다.


## 일궁쇄소선종외 一宮灑掃先從外
온 궁전을 물 뿌려 청소하는 것들을 시종들보다 앞서 행하니

일궁(一宮)은 하나의 궁전이 아니고 온 궁전을 말한다. 쇄소(灑掃)는 물을 뿌리고 비로 쓰는 일을 말하기에 궁전을 깨끗하게 하는 모든 행위를 말한다. 이어지는 표현을 보면 이러한 일들에 관리들이 남보다 먼저 솔선수범한다고 하였다. 그러므로 그만큼 어질다는 것을 표현하는 말이다.


## 기여무고왕불앙 豈與無辜枉不殃
어찌 무고한 사람인데 억울하게 재앙을 받게 하리오.

기여(豈與)는 '어찌' 이러한 표현이며, 고(辜)는 허물을 말하기에 곧 '죄'를 나타내는 표현이다. 고로 무고(無辜)는 '죄가 없다'는 것을 말하므로 '죄 없는 사람'을 이러한 표현이다. 앙(殃)은 재앙을 말한다. 그러나 이를 부정하는 불(不)이 있기에 '재앙을 받지 아니한다'는 표현이 된다.

# 계공다소 計功多少

## 오관게 五觀偈

**計功多少 量彼來處 忖己德行 全缺應供**
계공다소 양피래처 촌기덕행 전결응공

공력이 많고 적음을 살펴
저것이 어디서 왔는가를 헤아려라.
자기의 덕행이 공양을 받기에
응당 모자람이 없는가를 헤아려라.

**防心離過 貪等爲宗 正思良藥 爲療形枯**
방심이과 탐등위종 정사양약 위료형고

마음을 막아서 허물을 여의는 것은
탐욕을 버리는 것이 으뜸이네.
이 음식은 좋은 약으로 여겨
야윈 육신을 치료한다 생각하네.

**爲成道業 應受此食**
위성도업 응수차식

도업(道業)을 이루기 위하여
응당 이 공양을 받음이라고 관해라.

산보집(刪補集)에서 별식당 작법(別食堂作法)에 실린 게송이다. 공양을 할 때 이 게송을 염송하기에 보편적으로 널리 알려진 게송이다. 이를 중국에서는 식존오관(食存五觀) 또는 식시오관(食時五觀)이라고 하며 이외에도 오관문(五觀文), 식사오관문(食事五觀文), 식사훈(食事訓) 등으로도 불리고 있다. 그 출처는 당나라 때 도선(道宣)

스님이 지은 사분율행사초(四分律行事鈔)이다. 그러나 우리나라에 통용되는 오관게는 이를 좀 변형한 것으로 사분율행사초(四分律行事鈔)에 나오는 내용을 옮겨보면 다음과 같다.

| 사분율행사초 | 우리나라 |
|---|---|
| 計功多少 量彼來處<br>계공다소 양피래처 | 計功多少 量彼來處<br>계공다소 양피래처 |
| 自忖己德行 全缺多減<br>자촌기덕행 전결다감 | 忖己德行 全缺應供<br>촌기덕행 전결응공 |
| 防心離過 貪等爲宗<br>방심이과 탐등위종 | 防心離過 貪等爲宗<br>방심이과 탐등위종 |
| 正事良藥 取濟形若<br>정사양약 취제형약 | 正思良藥 爲療形枯<br>정사양약 위료형고 |
| 爲成道業 世報非意<br>위성도업 세보비의 | 爲成道業 應受此食<br>위성도업 응수차식 |

오관게(五觀偈)는 수행자가 공양을 대함에 있어서 이를 다섯 가지 관점으로 관하기 위하여 살피는 게송이다. 그러나 이를 잘못 알면 공양물에 대한 고마움을 드러내는 게송이라 여기기 쉽다.


**계공다소 양피래처 計功多少 量彼來處**
**공력이 많고 적음을 살펴 저것이 어디서 왔는가를 헤아려라.**

자신이 얼마나 많은 공덕을 쌓았는지 관(觀)해 보아라. 그리고 얼마나 일을 했는지를 반성하면서 이 공양물이 어디서 온 것인지 관(觀)해라.


**촌기덕행 전결응공 忖己德行 全缺應供**
**자기의 덕행이 공양을 받기에 응당 모자람이 없는가를 헤아려라.**

내가 이 공양을 받음에 있어서 과연 수고로운 이의 노고(勞苦)를 감당할 수 있는지를 관(觀)해라.

## 방심이과 탐등위종 防心離過 貪等爲宗
**마음을 막아서 허물을 여의는 것은 탐욕을 버리는 것이 으뜸이네.**

방심(防心)은 마음 지킴을 말한다. 그러기에 상등식(上等食)은 공양의 진미(珍味) 때문에 욕심을 부리지 아니하고, 중등식(中等食)은 공양함에 있어서 욕심을 부리지 아니하고, 하등식(下等食)은 맛이 없다고 화내지 아니한다. 그러기에 공양에 대해 지나치게 집착하고 있지는 아니한지 관(觀)해야 한다.

## 정사양약 위료형고 正思良藥 爲療形枯
**이 음식은 좋은 약으로 여겨 야윈 육신을 치료한다 생각하네.**

공양을 대함에 있어서 이 공양이 자양분이 되어 사대(四大)가 힘을 합치어 치료하는 약으로 여길 뿐 탐하는 마음을 일으키지나 아니한지 관(觀)해야 한다.

## 위성도업 응수차식 爲成道業 應受此食
**도업(道業)을 이루기 위하여 응당 이 공양을 받음이라고 관해라.**

이 몸을 받쳐 수행하여 불도를 이루고자 이 공양을 받는다. 그러므로 이 공양을 받는 것은 진실로 수행하기 위함인가를 관(觀)해야 한다.

# 계수귀의례 稽首歸依禮

## 귀의게 歸依偈

계수귀의례 稽首歸依禮
머리 조아려 귀의하며 예(禮)를 올립니다.

慈悲水月顔 神通千手眼 救苦濟人間 願降大吉祥
자비수월안 신통천수안 구고제인간 원강대길상

자비하신 관세음보살은
천수천안의 위신력을 구족하시고
중생을 고통에서 구제하여 제도하시니
원하나니 큰 길상을 내려 주시옵소서.


계수귀의례 稽首歸依禮
머리 조아려 귀의하며 예(禮)를 올립니다.

妙音甘露口 三十二應宣 迷津霑法雨 願降大吉祥
묘음감로구 삼십이응선 미진점법우 원강대길상

미묘한 음성으로 감로 법을 설하시고
서른두 가지 응신의 몸을 널리 나타내시며
세속의 번뇌를 법의 비로 적셔 주시는 분이시여
원하나니 큰 길상을 내려 주시옵소서.


계수귀의례 稽首歸依禮
머리 조아려 귀의하며 예(禮)를 올립니다.

無爲淸淨慧 三昧圓通門 甚深不思議 願降大吉祥
무위청정혜 삼매원통문 심심부사의 원강대길상

다함 없으신 청정한 지혜를 지니시고
삼매의 지혜로써 진여의 깨달음의 문으로
깊고 깊은 부사의한 분이시여
원하나니 큰 길상을 내려 주시옵소서.

작법귀감(作法龜鑑)에서 관음청(觀音請)의 작법을 진행한 후에 마무리하는 과정에서 축원을 올리는 원문(願文)에 나오는 문구이다.


### 계수귀의례 稽首歸依禮
머리 조아려 귀의하며 예(禮)를 올립니다.

계수(稽首)는 계상(稽顙)과 같은 표현으로 이마가 땅에 닿을 정도로 자신을 낮추어 부처님께 올리는 예법이다. 유교식 서간문에서 상투적으로 상대방에게 존경의 마음을 나타내는 표현으로 머리를 조아려 두 번 절한다는 표현인 계수재배(稽首再拜)가 그러하다. 그러나 여기에서는 관세음보살에게 예를 올리며 귀의한다는 뜻으로 쓰였다.


### 자비수월안 신통천수안 慈悲水月顏 神通千手眼
자비하신 관세음보살은 천수천안의 위신력을 구족하시고

수월(水月)은 물에 비친 달을 말하는 것이 아니라 관세음보살의 다른 응신이 수월관음(水月觀音)을 말하는 것이다. 그러므로 자비하신 관세음보살이시여! 이러한 표현이며 안(顏)은 얼굴을 말하기에 존안(尊顏)을 말하지만, 굳이 여기서는 해석할 필요가 없다.


### 구고제인간 원강대길상 救苦濟人間 願降大吉祥
중생을 고통에서 구제하여 제도하시니 원하나니 큰 길상을 내려 주시옵소서.

구고(救苦)는 '고통에서 구해 주다'라는 표현이며, 이어서 제(濟)는 '건너게 해준다'는 표현이다. 역시 구제(救濟)에 해당하므로 중생의 고통을 구제하여 주시는 분이라는 표현이다. 이어서 원강(願降)이라는 표현은 '바라나니 이 도량에 강림하시라'는 표현이고, 길상(吉祥)은 상서로움을 말하기에 '크게 상서로움을 내려달라'는 청원(請願)이다.

### 묘음감로구 삼십이응선 妙音甘露口 三十二應宣
미묘한 음성으로 감로법을 설하시고 서른두 가지 응신의 몸을 널리 나타내시며

묘음(妙音)은 해조음(海潮音)에 해당하기에 '묘하신 음성으로' 이러한 표현이다. 감로법을 말씀하시고 또한 중생의 근기에 맞게 32응신을 나타내시어 달라는 청원(請願)이다.

### 미진점법우 원강대길상 迷津霑法雨 願降大吉祥
세속의 번뇌를 법의 비로 적셔 주시는 분이시여 원하나니 큰 길상을 내려 주시옵소서.

미진(迷津)은 미혹한 나루터를 말하기에 이는 세속의 번뇌를 말함이다. 이러한 번뇌를 법의 비로써 젖게 하시어 번뇌가 사그라지게 해달라는 축원이다.

### 무위청정혜 삼매원통문 無爲淸淨慧 三昧圓通門
다함 없으신 청정한 지혜를 지니시고 삼매의 지혜로써 진여의 깨달음의 문으로

무위(無爲)는 인위적인 힘을 더하지 아니하더라도 청정한 지혜를 지니신 관세음보살은 삼매에 드시어 진여의 깨달음의 문으로 들어가신 분이라고 찬탄하는 내용이다.

### 심심부사의 원강대길상 甚深不思議 願降大吉祥
깊고 깊은 부사의한 분이시여 원하나니 큰 길상을 내려 주시옵소서.

이러한 위신력을 지니신 관세음보살은 그 역량을 헤아리기가 어렵고, 깊고 깊은 부사의한 위신력을 갖추신 분이시니 오늘 이 도량에 강림하시어 크게 상서로움을 더해달라는 원문이다.

# 계수시방조어사 稽首十方調御師

## 계수게 稽首偈

**稽首十方調御師 三乘五教眞如法 菩薩緣覺聲聞衆 一心歸命虔誠禮**
계수시방조어사 삼승오교진여법 보살연각성문중 일심귀명건성례

머리 숙여 시방의 중생을 조어(調御)하신 스승님과
삼승(三乘)과 오교(五教)로 갈무리된 진여의 진리와
보살승, 연각대사, 성문승 위대한 대중에게
일심으로 귀명하며 예(禮)를 올립니다.

산보집(刪補集)에서는 외로운 혼령의 영가가 성현께 예를 올리는 고혼예성편(孤魂禮聖篇)을 마친 뒤에 이 게송을 한다.


### 계수시방조어사 稽首十方調御師
### 머리 숙여 시방의 중생을 조어(調御)하신 스승님과

계수(稽首)는 계상(稽顙)과 같은 표현으로 '머리 숙여 예를 올린다'는 표현이다. 예를 올림에 있어서 상대를 극진히 존경하여 올리는 예법으로 이러한 표현은 주로 재의례(齋儀禮)에 나오는 표현이다. 이를 변형하여 귀명시방조어사(歸命十方調御師)라고 하기도 한다. 시방(十方)은 시방세계를 줄여서 표현한 말이며 '두루두루' 이러한 표현으로 보아도 무방하다.

조어사(調御師)에서 조어(調御)는 '적절히 제어한다'는 표현이다. 이는 중생의 삼업을 적절히 제어한다는 뜻이며, 여기에 스승을 나타내는 사(師)가 있으므로 조어사는 곧 부처님을 이렇게 표현한 것이다. 여래십호(如來十號)에서는 장부(丈夫)를 더하여 조어장부(調御丈夫)로 나타내고 있다. 여기서 장부(丈夫)는 출격장부(出格丈夫)를 줄여서 표현한 것이다.

## 삼승오교진여법 三乘五敎眞如法
### 삼승(三乘)과 오교(五敎)로 갈무리된 진여의 진리와

삼승은 세 가지 수레를 말함이다. 여기서 삼(三)은 부처님께서 중생을 깨달음으로 인도하기 위하여 세 가지로 설하신 가르침을 말하며 이는 성문승(聲聞乘), 연각승(緣覺乘), 보살승(菩薩乘)을 말함이다. 그런데 왜 수레를 뜻하는 승(乘)이라는 표현을 썼느냐 하면, 부처님의 가르침을 수단 삼아 피안으로 가야 하니 이를 탈것에 비유하여 승(乘)이라고 하였다. 그 상황에 따라서 삼승을 소승(小乘), 대승(大乘), 일승(一乘)으로 나타내기도 한다.

오교(五敎)는 화엄종(華嚴宗)에서 부처님의 가르침을 근기에 따라 다섯 가지로 나누어서 교리를 세운 것을 말한다. 이는 소승교(小乘敎), 대승시교(大乘始敎), 대승종교(大乘終敎), 돈교(頓敎), 원교(圓敎)이다. 이렇듯 삼승과 오교는 모두 중생을 진여(眞如)로 이끄는 법을 설하시고자 가설(假說)로 내세운 방편이다. 중생은 근기가 둔하여 삼승과 오교로써 불지(佛地)로 이끄는 것이다.


## 보살연각성문중 菩薩緣覺聲聞衆
### 보살승, 연각대사, 성문승 위대한 대중에게

이는 위에서 설명한 삼승에 대한 것을 말하며 여기서 무리를 뜻하는 중(衆)을 더하여 '삼승의 수행자들이' 이러한 표현으로 쓰였다.


## 일심귀명건성례 一心歸命虔誠禮
### 일심으로 귀명하며 예(禮)를 올립니다.

일심귀명(一心歸命)이나 계수(稽首)나 같은 맥락으로 보면 된다. 고로 모든 대중이 갖은 정성을 다하여 부처님께 지극한 마음으로 예를 올리는 것이다.

# 계수시방화장해 稽首十方華藏海

## 귀명게 歸命偈

**稽首十方華藏海 刹塵等數諸如來**
계수시방화장해 찰진등수제여래

**法身報身及化身 等覺妙覺並滿覺**
법신보신급화신 등각묘각병만각

머리 숙여 예를 올리며 시방의 화장세계와
헤아릴 수 없는 모든 국토의 여래들과
법신, 보신, 화신이시여
등각과 묘각과 아울러 원만하게 깨닫기를 원합니다.

**圓滿修多羅教海 大悲菩薩聖賢僧**
원만수다라교해 대비보살성현승

**我今祝壽爲主上 惟願三寶垂加護**
아금축수위주상 유원삼보수가호

원만한 수다라의 말씀의 바다처럼 끝없으며
대비하신 보살과 현성승(賢聖僧)이시여,
제가 지금 주상 전하를 위하여 축수하오니
오직 바라건대 삼보님이시여, 가피를 내려 보호하소서.

산보집(删補集)에서는 새해 아침에 왕실과 나라의 안녕을 축원하는 작법절차인 축상
작법절차(祝上作法節次) 중 대중들이 시방의 부처님과 시방의 가르침, 시방의 승가
에 귀명하는 게송으로 일종의 귀명게(歸命偈)라고 보아도 무방하다.

**계수시방화장해 稽首十方華藏海**
**머리 숙여 예를 올리며 시방의 화장세계와**

계수시방에 대해서는 위에서 나오는 '계수시방조어사'의 설명을 참고하길 바란다. 화장해(華藏海)는 화장세계(華藏世界)와 같은 표현으로 이는 화엄경을 바탕으로 이루어진 표현이다. 화엄경에 보면 비로자나불이 도를 이룬 곳이 연화장세계(蓮華藏世界)이다. 여기는 큰 연꽃으로 이루어졌고, 그 속에 모든 나라는 물론 모든 것들이 간직되어 있기에 화장계라고 한다.

화엄경 권 제48 여래십신상해품(如來十身相海品) 제34에 보면 '불자여! 비로자나여래는 이러한 열(十) 화장세계해의 티끌 수의 거룩한 모습이 있으니 낱낱 몸에 여러 보배 묘한 모양으로 장엄하였음이라'고 하였다. 佛子。毘盧遮那如來。有如是等。十華藏世界海微塵數。大人相。一一身分。衆寶妙相。以爲莊嚴。


**찰진등수제여래 剎塵等數諸如來**
**헤아릴 수 없는 모든 국토의 여래들과**

찰진(剎塵)은 헤아릴 수 없는 티끌 수와 같음을 비유하는 표현이다. 우리가 알지 못하는 모든 국토의 여래에게 예를 올리는 것이다. 화엄경(華嚴經) 권 제6 여래현상품(如來現相品) 제2에 보면 다음과 같은 게송이 있다.

十方佛子等剎塵 悉共歡喜而來集
시방불자등찰진 실공환희이래집

已雨諸雲爲供養 今在佛前專觀仰
이우제운위공양 금재불전전근앙

시방에 있는 세계 티끌 수같이 많은 불자들이
다 함께 기뻐하며 모여 와서
온갖 구름 비 내리어 공양 올리고
지금 부처님 앞에서 일심으로 우러러보네.

## 법신보신급화신 法身報身及化身
법신, 보신, 화신이시여

삼신불(三身佛)을 말함이며 이는 불신(佛身)을 세 가지 설(說)로 들여다보는 것을 말함이다. 외에도 이신(二身), 사신(四身) 설도 있지만 지금은 대부분이 삼신불(三身佛)로 굳어져 있다고 하여도 과언이 아니다. 삼신불에 대한 사상도 여러 가지가 있지만 여기서는 그러한 것들을 다루고자 하는 것이 아니다. 보편적으로 알려진 법신불(法身佛), 보신불(報身佛), 화신불(化身佛)에 대해서 간략하게 설명하고자 한다. 법신불은 인과관계를 떠난 법신으로서 부처님을 말함이며, 보신불은 인과관계 안에 존재하는 부처님을 말함이며, 중생의 근기에 응하여 나타난 부처님을 말하는 것이다. 이를 다시 불성(佛性)에 대비하면 삼신불성(三身佛性)이 성립된다.

## 등각묘각병만각 等覺妙覺並滿覺
등각과 묘각과 아울러 원만하게 깨닫기를 원합니다.

등각(等覺)은 등정각(等正覺)을 줄여서 나타낸 표현이다. 이는 부처님을 달리 표현하는 이름인 십호(十號) 가운데 하나이며, 그 뜻은 보편적이고 완전한 깨달음을 얻으신 분이라는 뜻이다. 그리고 이를 보살의 수행단계로 보면 등각보살(等覺菩薩)이라고 하는데, 이는 보살로서는 최고의 지위에 도달한 성자라는 뜻이다.

묘각(妙覺)은 뛰어나고 불가사의한 깨달음이라는 뜻으로, 이 역시 부처님의 깨달음을 나타내는 표현이다. 그러므로 등각이나 묘각은 다 같은 표현으로 이 지위에 오르면 번뇌를 끊고 지혜를 완성하는 경지에 해당한다.

만각(滿覺)이라고 하는 것은 이러한 경지의 모든 깨달음을 말하는 것이기에 여기서 만(滿)은 '원만하다' 이러한 표현으로, 곧 원만(圓滿)한 깨달음을 말한다.

## 원만수다라교해 圓滿修多羅教海
원만한 수다라의 말씀의 바다처럼 끝없으며

수다라(修多羅)는 stura를 음사한 표현으로 곧 부처님의 말씀을 적은 교법을 말한다. 부처님의 교법은 원만하며 중생을 제도하기 위하여 베푸신 법문이 팔만장경이기에 이를 교해(教海)라고 하였다. 여기에 대하여 법화전기(法華傳記)에서는 원만한 수다라는 감로와 같은 법보(法寶)라고 하였다. 圓滿修多羅甘露法寶也。


### 대비보살성현승 大悲菩薩聖賢僧
### 대비하신 보살과 현성승(賢聖僧)이시여

대비(大悲)는 대자대비를 줄여서 표현한 것이다. 현성승(賢聖僧)은 현인(賢人)과 성인(聖人), 그리고 스님을 아우르는 표현이다.


### 아금축수위주상 我今祝壽爲主上
### 제가 지금 주상 전하를 위하여 축수하오니

축수(祝壽)는 오래 살기를 비는 것을 말하며, 여기서는 그 대상이 주상전하(主上殿下)이다. 지금 주상전하를 축수(祝壽)하는 것은 국왕의 은혜에 보답하기 위함이며, 이러한 형식은 유교의 사상을 이어받은 것으로 보인다.


### 유원삼보수가호 惟願三寶垂加護
### 오직 바라건대 삼보님이시여, 가피를 내려 보호하소서.

유원(惟願)은 오직 바람을 말하기에 수행자의 바람은 오직 하나, 성불이다. 그러므로 삼보에 가피를 내려 주시기를 간청함이다.

# 계정진향 분기충천상 戒定眞香 氛氣衝天上

## 배헌해탈향 拜獻解脫香

戒定眞香 氛氣衝天上 施主虔誠 爇在金爐傍
계정진향 분기충천상 시주건성 설재금로방

頃刻氛氳 即遍滿十方 昔日耶輸 免難除災障
경각분온 즉변만시방 석일야수 면난제재장

계향(戒香), 정향(定香) 등 참다운 향의 기운은 하늘을 찌르고
시주자의 경건한 정성이 금향로 곁에 가득하니
순식간에 그 향기가 시방세계에 두루 퍼져서
옛날 야수다라가 어려움을 면하고 재앙의 장애를 없앤 향입니다.

산보집에서 육법공양(六法供養) 가운데 향을 올리는 공양으로 이를 배헌해탈향(拜獻解脫香)이라고 한다. 여기서 배헌(拜獻)이라는 표현은 절하며 공양물을 올린다는 표현이다. 육법공양이라고 하는 것은 부처님께 올리는 대표적인 여섯 가지 공양물인 향, 등, 꽃, 과일, 차, 쌀 등의 공양물로 수행에 대비하여 그 의미를 부여하는 공양물을 말한다. 여기서 향(香)은 해탈을 의미하는 상징성을 부여하여 해탈향(解脫香)이라고 한다.

## 계정진향 분기충천상 戒定眞香 氛氣衝天上
계향(戒香), 정향(定香) 등 참다운 향의 기운은 하늘을 찌르고

불교에서는 계향(戒香), 정향(定香), 혜향(慧香)은 삼학(三學)을 말하는데 여기서 해탈향(解脫香), 해탈지견향(解脫知見香)을 더하면 오분향(五分香)이라고 한다. 이러한 향은 모두 참다운 향이기에 그 향 기운이 하늘까지 퍼진다고 하였다.

**시주건성 설재금로방 施主虔誠 爇在金爐傍**
시주자의 경건한 정성이 금향로 곁에 가득하니

시주자가 갖은 정성으로 올린 시주물은 금향로 옆에 가득하다는 표현으로 은근히 시
주자의 정성을 추켜세우는 문장이기도 하다. 여기서 설(爇)은 불사르다, 이러한 표현
이기에 향을 사르는 것을 말하며 향을 사르는 화로를 향로라고 하는데 향을 피우는
대상이 부처님이기에 존칭으로 금(金)을 더하여 금향로라고 하였다.


**경각분온 즉변만시방 頃刻氛氳 卽遍滿十方**
순식간에 그 향기가 시방세계에 두루 퍼져서

경각(頃刻)은 아주 짧은 시간을 말하기에 흔히 '순식간에' 또는 '눈 깜짝할 사이에' 이
렇게 표현한다. 분온(氛氳)은 원래 구름이나 안개가 자욱하여 앞이 잘 보이지 않는
것을 가리키지만, 여기서는 그와 대비하여 향연(香煙)이 그러하다고 나타내었다. 이
러한 향연이 시방법계에 충만하다고 하였다.


**석일야수 면난제재장 昔日耶輸 免難除災障**
옛날 야수다라가 어려움을 면하고 재앙의 장애를 없앤 향입니다.

석일(昔日)은 옛날이라는 뜻이고, 야수(耶輸)라는 표현은 싯다르타 태자의 부인이며
라훌라의 어머니인 야수다라(耶輸多羅)를 말함이다. 어려움을 면하고 장애가 되는
재앙을 면하게 되었다고 하였는데, 이는 야수다라가 부군(夫君)인 정반왕이 세상을
떠나자 마하파사파제(摩訶波闍波提)와 함께 출가하여 비구니가 되었다는 것을 이렇
게 나타내었다.

# 계정혜해지견향 戒定慧解知見香

## 연향게 燃香偈

**戒定慧解知見香 徧十方刹常氣馥**
계정혜해지견향 변시방찰상분복

**願此香烟亦如是 熏現自他五分身**
원차향연역여시 훈현자타오분신

계향, 정향, 혜향, 해탈향, 해탈지견향이
시방 국토를 두루 덮어 향기 항상 그윽합니다.
바라건대 이 향연도 그와 같아서
저희 모두에게 배어져서 오분법신 나투어지이다.

작법귀감 삼보통청(三寶通請)이나 향을 피우고 수행하는 작법인 분수작법(焚修作法), 새해 첫날 삼보와 호법 신중, 그리고 대중들께 드리는 의식인 축상작법(祝上作法) 등에서 향을 사르면서 읊는 게송으로 욕불공덕경(浴佛功德經)에 나오는 게송 가운데 일부를 변형한 것이다.

욕불공덕경에서 욕불공덕에 보면 '선남자여, 이렇게 불상을 목욕시켰기 때문에 그대들 인천의 대중으로 하여금 현재에 부귀와 안락을 받고, 병이 없이 오래도록 평온하며, 원하고 구하는 일이 뜻대로 되지 않음이 없으며, 친한 벗과 권속이 모두 안온하고, 길이 팔난을 떠나 영원히 괴로움의 근원을 벗어나며, 여인의 몸을 받지 않고 속히 정각을 이루게 할 것이다. 불상을 안치한 뒤에는 다시 모든 향을 사르고 불상 앞에서 경건하게 정성을 다해 합장하고, 게송으로 찬탄하라.'고 하였다. 善男子。由作如是浴佛像故。能令汝等人天大衆。現受富樂無病延年。於所願求無不遂意。親友眷屬悉皆安隱。長辭八難永出苦源。不受女身速成正覺。旣安置已。更燒諸香親對像前。虔誠合掌。而說讚曰。

[관불게 灌佛偈]
我今灌沐諸如來 淨智功德莊嚴聚
아금관목제여래 정지공덕장엄취

願彼五濁衆生類 速證如來淨法身
원피오탁중생류 속증여래정법신

내가 이제 모든 여래 목욕시키니
맑은 지혜와 공덕과 장엄이 모였네.
바라건대 오탁악세의 모든 중생
여래의 맑은 법신(法身) 속히 깨치기를.

[헌향게 獻香偈]
戒定慧解知見香 遍十方剎常芬馥
계정혜해지견향 변시방찰상분복

願此香烟亦如是 無量無邊作佛事
원차향연역여시 무량무변작불사

계(戒), 정(定), 혜(慧), 해탈(解脫), 지견(知見)의 향이
시방세계 두루하여 항상 그윽해
바라건대 이 향연도 그러하여서
한량없고 끝없는 불사 지어지기를.

亦願三塗苦輪息 悉令除熱得淸涼
역원삼도고륜식 실령제열득청량

皆發無上菩提心 永出愛河登彼岸
개발무상보리심 영출애하등피안

또 세 갈래[三塗]의 괴로움 쉬고
모두가 열(熱)을 없애고 시원함 얻으며
위없는 보리심을 모두 내어서
영원히 애욕의 강 건너 피안에 오르리.

오분향(五分香)은 계향(戒香), 정향(定香), 혜향(慧香), 해탈향(解脫香), 해탈지견향(解脫知見香)을 말함이다. 여기서 계, 정, 혜는 삼학(三學)을 말함이며, 해탈향은 번뇌 망상에서 벗어나기 위하여 향을 올린다는 의미이다. 해탈지견향은 해탈자가 삼독에서 벗어나서 자신이 해탈한 것과 같이 남도 해탈시키기 위하여 향을 올리는 것이다. 그러므로 '오분향'은 다섯 가지 요소를 성취한 오분법신(五分法身)의 향을 말한다. 그리고 이를 바탕으로 하여 예를 올리면 오분향례(五分香禮)가 되는 것이다.

이러한 마음을 담은 향 공양이 시방세계에 널리 퍼지기를 간원(懇願)함을 바라기에 변시방찰상분복(徧十方刹常氛馥)이라고 표현한 것이다. 이어서 또 발원하기를 '오분향'이 저의 모두에 훈습(薰習)하여 법신의 몸으로 나투기를 원한다는 내용이다.

# 고래원채기애친 古來寃債起哀親

## 부지명위영 不知名位詠

古來寃債起哀親 莫若多生不識人
고래원채기애친 막약다생불식인

向我佛前如廣濟 無緣眞箇大悲恩
향아불전여광제 무연진개대비은

예로부터 원한과 채무는 친하고 애석함에서 일어나니
여러 생을 걸치면서 사람을 알지 못하느니만 못하구나.
우리 부처님 앞을 널리 구제하는 데는
인연 없는 것 이것이야말로 참으로 대자비의 은혜라네.

고래원채기어친(古來寃債起於親) 편의 설명을 참고하시오. 첫 구절에서 애(哀)와 어(於)만 다를 뿐이다.

# 고래원채기어친 古來寃債起於親

## 부지명위영 不知名位詠

**古來寃債起於親 莫若多生不識人**
고래원채기어친 막약다생불식인

**向我佛前如廣濟 無緣眞箇大悲恩**
향아불전여광제 무연진개대비은

예로부터 원한과 채무는 친함에서 일어나니
여러 생을 걸치면서 사람을 알지 못하느니만 못하구나.
우리 부처님 앞을 널리 구제하는 데는
인연 없는 것 이것이야말로 참으로 대자비의 은혜라네.

산보집(刪補集)에서 중단(中壇)을 청하여 맞이하는 의식인 중단영청지의(中壇迎請之
儀) 중 이름을 알 수 없는 고혼영가에 대한 가영(歌詠)으로 실려 있다.


**고래원채기어친 古來寃債起於親**
예로부터 원한과 채무는 친함에서 일어나니

고래(古來), 이를 다시 말하면 예로부터 말하기를 이러한 표현이고 원채(寃債)는 원
한과 빚진 것은 친한 사람으로부터 일어나는 것이라고 밝히고 있다. 참고로 작법귀감
(作法龜鑑)에는 이 부분이 고래원채기애친(古來寃債起哀親)으로 되어 있으며 그 나
머지는 똑같다.


**막약다생불식인 莫若多生不識人**
여러 생을 걸치면서 사람을 알지 못하느니만 못하구나.

다생(多生)에 몸을 안 받았더라면 이러한 원한을 짓지 아니하였을 것인데, 육도윤회를 벗어나지 못하여 이러한 원한을 받았음이라고 말하고 있다. 그러므로 수행자는 육도윤회를 벗어나야 하는 것이 제일 우선이다.


## 향아불전여광제 向我佛前如廣濟
### 우리 부처님 앞을 널리 구제하는 데는

우리가 부처님 앞에 서 있는 것은 이러한 중생을 널리 제도하고자 함에 있다고 하였다. 그러므로 여기서 광제(廣濟)는 광제중생(廣濟衆生)을 말한다.


## 무연진개대비은 無緣眞箇大悲恩
### 인연 없는 것 이것이야말로 참으로 대자비의 은혜라네.

고혼(孤魂)을 달래고 위로하는 마음을 나타내어 인연이 없는 고혼이 된 것이 오히려 다행이니 이것도 역시 대자대비하신 부처님의 은덕이라고 말하고 있다. 그리고 여기서 진개(眞箇)라는 표현은 '정말로' 이러한 표현이다.

# 고성흥비작차신 古聖興悲作此身

## 제10 오도전륜 五道轉輪 대왕

**古聖興悲作此身 逢場降迹現㝠因**
고성흥비작차신 봉장강적현명인

**棒杈若不橫交用 覺地猶難見一人**
봉차약불횡교용 각지유난견일인

옛 성현이 슬픈 마음을 내어 전륜왕이 되었으니
만나는 장소마다 그 자취를 드러내니 명부의 업인(業因)이 나타나네.
만약 몽둥이와 작살을 번갈아 쓰지 않는다면
깨달음의 자리에서 한 사람도 만나기 어려우리라.

산보집에서 중단을 청하여 맞이하는 의식인 중단영청지의(中壇迎請之儀) 가운데 오도전륜왕(五道轉輪王)에 대한 가영이다. 열 시왕 가운데 오도전륜왕(五道轉輪王)은 명계 시왕 중 열 번째의 왕으로 망자가 죽은 지 3년이 될 때 지나게 되는 시왕청의 왕으로, 흔히 '오도전륜대왕'이라고 한다. 그러나 이는 부처님의 가르침은 아니고 중국불교에서 도교와 어우러져서 생성된 사상이다. 중국불교는 여기에 사족을 달아 오도전륜왕은 아미타불 화현이라고 말하고 있지만, 이는 어디까지나 중화불교의 영향으로 생겨난 것이다. 그러므로 오도전륜왕이 등장하는 경(經)은 없다. 다만 위경인 지장시왕경(地藏十王經)에 등장을 할 뿐이다. 작법귀감에는 제5 염라대왕(閻羅大王)의 가영으로 되어 있다.

**고성흥비작차신 古聖興悲作此身**
옛 성현이 슬픈 마음을 내어 전륜왕이 되었으니

고성(古聖)은 옛 성인을 말하지만 여기서 옛 성인이 누구인지는 알 길이 없다. 다만 두루뭉술하게 옛 성인이라고 하였을 뿐이다. 하여튼 옛 성인이 슬픈 마음을 내어 중생을 제도하고자 오도전륜왕이 되었노라고 말하고 있다.


## 봉장강적현명인 逢場降迹現冥因
만나는 장소마다 그 자취를 드러내니 명부의 업인(業因)이 나타나네.

만나는 곳마다 오도전륜왕이 그 모습을 드러내어 우리가 몰랐던 업인(業因)을 나타내고 있다고 말한다.


## 봉차약불횡교용 棒杈若不橫交用
만약 몽둥이와 작살을 번갈아 쓰지 않는다면

봉차(棒杈)에서 봉(棒)은 몽둥이나 작대기를 말하고, 차(杈)는 긴 막대기 끝에 U자 모양의 쇠를 꽂은 무기를 말하므로 일종의 작살 같은 것이다. 이러한 무시무시한 무기를 쓰고 있는지는 다음 문구를 참고하면 된다.


## 각지유난견일인 覺地猶難見一人
깨달음의 자리에서 한 사람도 만나기 어려우리라.

위에서 설명한 무기를 쓰는 것은 중생을 제도하기 위함이라고 그 목적을 말하고 있다. 그렇지 아니하면 깨달음의 자리에서 단 한 명의 사람을 만나기가 어렵기 때문이라고 단호하게 말하고 있다.

# 고성흥비작칠성 古聖興悲作七星

## 칠성영 七星詠

**古聖興悲作七星 人間壽福各司同**
고성흥비작칠성 인간수복각사동

**隨緣赴感如月印 空界循環濟有情**
수연부감여월인 공계순환제유정

옛 성인께서 자비를 일으켜서 북두칠성이 되시어
인간의 수명과 복록을 각 관리에게 똑같이 맡기셨다네.
인연 따라 감응하심이 물에 비친 달 같아서
허공계를 돌고 돌며 유정들을 제도하시네.

작법귀감 칠성청(七星請)에 나오는 내용으로 헌다게(獻茶偈)를 하고 나서 공양게(供
養偈)를 한 후에 칠성을 탄백(歎白)하는 내용이다.

### 고성흥비작칠성 古聖興悲作七星
옛 성인께서 자비를 일으켜서 북두칠성이 되시어

고성(古聖)은 옛 성인을 말함이나 여기서는 부처님을 그렇게 표현한 것이다. 하여튼
부처님이 자비심을 흥기(興起)하여서 칠성이 되었다는 내용이지만, 이를 부처님의
가르침으로 보면 당치도 않은 이야기이다. 칠성 신앙은 부처님의 가르침이 아니라 중
국 도교에서 발생한 것으로 북두칠성의 각각 별들에 성군(星君)이라는 그럴듯한 칭
호를 붙여 믿음으로 삼았다. 이를 소개하면 다음과 같다.

북두 제일 탐랑성군(貪狼星君) : 자손의 덕을 주관.
북주 제이 거문성군(巨文星君) : 장애와 어려움을 제거.

북두 제삼 녹존성군(祿存星君) : 업의 장애를 없애 줌.
북두 제사 문곡성군(文曲星君) : 구하고자 하는 것을 얻게 해줌.
북두 제오 염정성군(廉貞星君) : 온갖 장애를 없애 줌.
북주 제육 무곡성군(武曲星君) : 복덕을 주관함.
북두 제칠 파군성군(破軍星君) : 인간의 수명을 늘려줌.


**인간수복각사동 人間壽福各司同**
**인간의 수명과 복록을 각 관리에게 똑같이 맡기셨다네.**

칠성은 위에서 열거한 인간의 수명과 복록을 관장하기에 이를 성군(星君)의 관리들에게 모두 위임하였다는 내용이다.


**수연부감여월인 隨緣赴感如月印**
**인연 따라 감응하심이 물에 비친 달 같아서**

그러므로 칠성에게 기도하면 그 인연 따라 감응하심이 마치 하늘의 달이 물에 비침과 같다고 하여 틀림없이 이루어진다는 뜻이다.


**공계순환제유정 空界循環濟有情**
**허공계를 돌고 돌며 유정들을 제도하시네.**

이렇듯 칠성은 저 높은 하늘에서 잠시도 쉬지 아니하고 인간계를 돌고 또 돌고 하여서 중생을 구제한다고 찬탄하는 내용이다.

# 공백시방삼보전 恭白十方三寶前

## 결지게 結地偈

**恭白十方三寶前 明王穢跡衆威神**
공백시방삼보전 명왕예적중위신

**梵王帝釋四天王 八部天龍咸護念**
범왕제석사천왕 팔부천룡함호념

공손하게 시방의 삼보전에 삼가 아뢰오니
명왕예적(明王穢跡)의 온갖 위엄이 신묘하기에
범천왕과 제석 그리고 사천왕
팔부의 천룡이시여, 모두 보호하시옵소서.

**此日將修平等供 要令此地異常居**
차일장수평등공 요령차지이상거

**須憑神力爲加持 清淨光明同佛刹**
수빙신력위가지 청정광명동불찰

장차 오늘 닦으려는 평등한 공양은
이 자리가 평상시와 다르게 함이라네.
모름지기 위신력에 의지하여 가지하여서
청정한 광명이 부처님 국토와 같아지기를 원합니다.

산보집에 보면 예전의 재(齋)의례는 3일 밤낮으로 진행을 하였으며 재단(齋壇)도 12단을 설치하였다. 그러므로 위의 게송은 3일 재(齋) 앞의 작법절차(三日齋前作法節次)에서 성황(城隍)을 세 번 청하고 난 뒤 다게(茶偈)를 하고 나서 행하는 결지게(結地偈)이다. 이 게송의 출처는 청(清)나라 때 지관 정응방(咒觀 鄭應房)이 결집한 법계성범수륙대재보리도량성상통론(法界聖凡水陸大齋普利道場性相通論) 권 제2에서 결지방계(結地方界)에 나오는 게송을 인용한 것으로 보인다.


## 공백시방삼보전 恭白十方三寶前
## 공손하게 시방의 삼보전에 삼가 아뢰오니

공백(恭白)은 '삼가 공손하게' 이러한 표현으로 지금 시방에 항상 계신 삼보전에 아뢴다고 하고 있다. 다만 중국의 '법계성범수륙대재보리도량성상통론'에는 삼보전(三寶前)이 아니라 삼보중(三寶衆)으로 되어 있다는 것을 참고로 밝혀둔다.


## 명왕예적중위신 明王穢跡衆威神
## 명왕예적(明王穢跡)의 온갖 위엄이 신묘하기에

명왕예적이라고 하였으나 보통 재(齋)의례에서 신중권공을 할 때 운심게(運心偈) 등에 보면 흔히 예적명왕(穢跡明王)으로 표현한다. 여기서 예적(穢跡)이라고 하는 것은 온갖 신묘한 위엄이 있기에 중생이 저지른 추악한 행적을 낱낱이 명확하게 알기에 명왕(明王)이라고 덧붙여서 '예적명왕' 또는 '예적금강'이라고 한다.


## 범왕제석사천왕 梵王帝釋四天王
## 범천왕과 제석 그리고 사천왕

범왕(梵王)은 범천왕(梵天王) 또는 대범천왕(大梵天王)이라고 말하며, 이는 색계 초선천의 세 하늘 중 가장 위에 있는 하늘로 이를 대범천(大梵天)이라고 한다. 이곳을 통치하는 왕을 일컫는 표현이다.

제석(帝釋)은 제석천왕(帝釋天王)이라고도 하고 석제환인(釋提桓因)이라고도 하며, 불교의 수호신으로 고대 인도의 신 인드라(Indra)를 수용한 것이다.

사천왕은 불교를 수호하는 외호신(外護神)으로 수미산 중턱에 있다고 하는 사천왕천(四天王天)의 주신(主神)으로, 수미산 정상 중앙에 있는 제석천왕을 섬긴다고 한다. 이를 각 방위에 대비하여 동쪽의 지국천왕(持國天王), 서쪽의 광목천왕(廣目天王), 남쪽의 증장천왕(增長天王), 북쪽의 다문천왕(多聞天王 ; 毘沙門天王)이라고 말한다.

**팔부천룡함호념 八部天龍咸護念**
팔부의 천룡이시여, 모두 보호하시옵소서.

팔부천룡은 '팔부신중'을 말하는 것으로 천(天), 용(龍), 야차(夜叉), 건달바(乾闥婆), 아수라(阿修羅), 가루라(迦樓羅), 긴나라(緊那羅), 마후라가(摩睺羅迦) 등을 말한다. 이를 줄여 팔부중(八部衆)이라 부르기도 한다.


**차일장수평등공 此日將修平等供**
장차 오늘 닦으려는 평등한 공양은

차일(此日)은 오늘을 말하므로 재(齋)를 행하는 지금을 나타내는 표현이다. 그리고 공양을 베풂에 있어서 평등 공양을 함이 곧 수행이다.


**요령차지이상거 要令此地異常居**
이 자리가 평상시와 다르게 함이라네.

차지(此地)는 지금 재(齋)를 올리는 장소를 말하며, 이어서 평상시와 다르다고 한 것은 재를 올리는 공간이 가람단(伽藍壇)이라는 청정한 곳이기 때문이다.


**수빙신력위가지 須憑神力爲加持**
모름지기 위신력에 의지하여 가지하여서

위신력은 부처님의 위신력을 말하며 빙(憑)은 '기대다, 의지하다'라는 표현이기에 부처님의 위신력에 의지한다는 뜻이다.


**청정광명동불찰 淸淨光明同佛刹**
청정한 광명이 부처님 국토와 같아지기를 원합니다.

청정한 광명은 진성(眞性)을 말한다. 중생의 마음 씀이 부처님과 같으면 곧 부처가 되고, 곧 부처님 나라가 되는 것이다.

# 공양시방삼세불 供養十方三世佛

## 공양게 供養偈 · 봉청게 奉請偈

**供養十方三世佛 龍宮海藏妙萬法**
공양시방삼세불 용궁해장묘만법

**菩薩緣覺聲聞僧 願垂慈悲哀納受**
보살연각성문승 원수자비애납수

**시방 삼세 과거, 현재, 미래의 모든 부처님과
용궁 바닷속에 갈무리된 묘한 만 가지 법과
보살, 연각, 성문승께 공양 올립니다.
바라건대 자비를 드리워서 가엾이 여겨 거두어 주옵소서!**

작법귀감에서 상단의 성현들에게 공양을 권하는 상위권공(上位勸供) 중 공양을 올리는 공양게다.

## 공양시방삼세불 供養十方三世佛
## 시방 삼세 과거, 현재, 미래의 모든 부처님과

공양게로 할 때는 공양시방삼세불(供養十方三世佛)이라고 하지만 봉청게로 할 때는 봉청시방삼세불(奉請十方三世佛)로 하기도 한다. 화엄경 세주묘엄품에서는 '공양시방삼세불'을 공양시방무량불(供養十方無量佛), 공양시방일체불(供養十方一切佛)로 나타내었으며 여래현상품에서는 공양시방제해불(供養十方諸海佛)로 나타내었다. 하지만 그 뜻은 같다고 볼 수 있으며, 이는 광수공양(廣修供養)을 나타내고 있음이다.

삼세불(三世佛)은 곧 삼세제불(三世諸佛)을 말하는 것이다. 이는 과거, 현재, 미래 등의 모든 부처님을 말하는 것이다. 그러기에 이를 일체제불(一切諸佛), 시방불(十方

佛), 삼세불(三世佛) 등으로 표현한다.


## 용궁해장묘만법 龍宮海藏妙萬法
### 용궁 바닷속에 갈무리된 묘한 만 가지 법과

용궁해장묘만법(龍宮海藏妙萬法)은 대방광불화엄경(大方廣佛華嚴經)을 말하는 것이다. 이는 천축의 용수(龍樹) 스님이 용궁에 감추어져 있던 화엄경을 찾아 널리 유포하였다고 하는 전언(傳言)에 의한 표현이다. 이러한 표현을 줄여서 용궁만장(龍宮滿藏)이라고 하는데, 이는 용궁에 가득한 불교의 경전이라는 뜻으로, 경덕전등록(景德傳燈錄) 권29에 실린 동안찰선사십현담(同安察禪師十玄談)에 보면 '용궁에 가득한 경전은 의원의 약방문'이라는 표현이 있다. 龍宮滿藏醫方義。


## 보살연각성문승 菩薩緣覺聲聞僧
### 보살, 연각, 성문승께 공양을 올립니다.

성문(聲聞), 연각(緣覺), 보살(菩薩)을 삼승이라고 한다. 성문(聲聞)은 부처님의 말씀을 듣고 깨닫는 자라는 뜻으로, 본래는 부처님의 제자를 일컬었다. 그러나 연각과 보살의 의미와 대조적으로 쓰일 때는 부처님의 교설에 따라 수행해도 자신의 해탈만을 목적으로 하는 출가 수행자를 가리킨다.

연각(緣覺)은 독각 또는 벽지불 등으로도 표현된다. 부처님의 가르침에 의하지 않고 스스로 수행하여 깨달았지만, 적정한 고독을 좋아하여 설법 교화하지 않는 성자를 가리킨다. 그러므로 오로지 자리행 만을 닦고 이타심이 없어 자비심으로 중생을 교화하지 못한다. 그리하여 불과에는 도달할 수가 없다고 한다.

보살(菩薩)이란 보리살타를 줄인 말로, 보리는 깨달음이란 뜻이고 살타는 중생을 뜻한다. 그러므로 보살은 무상보리를 구해 중생을 이익되게 하고, 여러 바라밀행을 닦아 미래에 부처님의 깨달음을 열고자 하는 자를 가리킨다. 대승불교에서는 성문승과 연각승보다 중생을 이익되게 하는 보살승을 더 수승하게 본다.


## 원수자비애납수 願垂慈悲哀納受
### 바라건대 자비를 드리워서 가엾이 여겨 거두어 주옵소서!

이러하신 모든 분이 오늘 이 자리에서 올린 공양을 자비로써 받아주시기를 간청하는 것이다. 그리고 '원수자비애납수'는 원수애납수(願垂哀納受)를 갖추어 말한 것이다. 평소 산사를 찾아 부처님 전에 과일, 음료수, 꽃, 떡, 과자 등등 어떤 공양을 올리더라도 그냥 수미단에 공양물만 덥석 올리고 절 3번 하고 나올 것이 아니다. 공양을 올렸으면 공양게라도 한번 읊조리고 나오는 자세가 필요하다. 이럴 때는 '원수애납수' 하고 절 한 번, 또 '원수애납수' 하고 절 한 번, 마지막은 '원수자비애납수' 하고 절을 한 번 하면 된다.

# 공외문종상오대 空外聞鐘上五臺

## 도의 道義 국사

空外聞鐘上五臺 曹溪門扇是誰開 因玆記得當年事 產了眞他鹿守胎
공외문종상오대 조계문선시수개 인자기득당년사 산료진타녹수태

오대산 허공 밖에서 들려오는 종소리를 들으니
조계(曹溪)의 조사당 문짝은 그 누가 열었는가?
이것으로 인하여 그해의 일들을 기억해 본다면
참으로 녹야원의 태(胎)를 지켜 출산하기를 마쳤네.

산보집에서 선문조사예참(禪門祖師禮懺) 중 나오는 도의국사(道義國師)를 찬탄하는 가영(歌詠)에 나오는 게송이다. 도의(道義) 스님은 통일신라 때의 선승이며, 생몰 연대에 대해서는 전하는 것이 없다. 다만 조당집(祖堂集) 권7 설악진전사원적선사전(雪岳陳田寺元寂禪師傳) 편에 보면 스님은 서당지장(西堂智藏)의 법을 이었고 명주(溟州)에서 살았다. 휘(諱)는 도의(道義)이고 속성은 왕씨(王氏)이며 북한군(北漢郡) 사람이라고 하였다. 스님은 남종선을 이어받아 왔으나 아직 때가 아님을 알고 설악산 진전사(陳田寺)에서 40년 동안 정진하다가 입적하였다.

### 공외문종상오대 空外聞鐘上五臺
### 오대산 허공 밖에서 들려오는 종소리를 들으니

도의 스님이 신라 선덕왕 5년인 784년에 당나라로 가는 사신 한찬(韓粲)을 따라나서 당나라에 이르자 곧바로 오대산에 올라 문수보살을 감응(感應)하자, 허공에서 성스러운 종소리가 나더니 온 산을 울리는 메아리를 듣는 신이(神異)한 경험을 하였다는 것을 밝히고 있다. 여기서 공외(空外)는 '허공 밖'이라는 표현이고, 상오대(上五臺)는 '오대산에 올라' 이러한 표현이다.

**조계문선시수개 曹溪門扇是誰開**
**조계(曹溪)의 조사당 문짝은 그 누가 열었는가?**

도의 선사는 허공의 종소리 외에도 신기한 새가 날아다니는 것을 보고는 곧장 광부(廣府)에 있는 보단사(寶壇寺)로 가서 구족계를 받았다. 이어 조계(曹溪)로 가서 조사당을 참배하려고 하니 사당의 문이 저절로 열렸고, 삼배를 마치고 나니 문이 저절로 닫혔다고 한다. 여기서 문선(門扇)은 문짝을 말한다. 이를 산보집에서는 조계(曹溪)로 나타내었고, 조당집(祖堂集)에서는 조계(曹溪)로 나타내었다. 그러나 조계(曹溪)라는 표현은 지금의 광동성 소주부(韶州府) 조후촌(曹喉村)에 있는 지명으로, 이 땅의 주인이었던 조숙량(曹叔良)이 혜능 스님에게 보시하였다. 두 봉우리 사이로 큰 시내가 있었기에 땅을 희사한 조씨(曹氏)의 성을 따고, 시내를 뜻하는 계(溪)를 붙여 조계(曹溪)라고 하였다. 혜능은 그곳에 보림선사(寶林禪寺)를 세워서 수행하였다. 그 후 조계(曹溪)라는 표현은 혜능(惠能) 스님을 일컫는 표현이 되기도 하였다.


**인자기득당년사 因兹記得當年事**
**이것으로 인하여 그해의 일들을 기억해 본다면**

도의 국사가 경험한 오대산에 있을 때 들려온 허공의 종소리, 그리고 신기한 새가 날아다니는 것을 본 것. 또 조사당을 참배하려고 하자 문이 저절로 열리고 닫힌 것을 말한다. 이는 곧 유심(唯心)의 도리를 드러낸 것이다. 그리고 도의(道義)라는 법명은 혜능의 영정을 참배한 이후 홍주에 있는 개원사(開元寺)를 찾아 서당지장(西堂智藏)을 친견하고 스승으로 섬기면서 그의 법을 이었는데, 이때 서당지장이 지어준 법명이다.


**산료진타녹수태 産了眞他鹿守胎**
**참으로 녹야원의 태(胎)를 지켜 출산하기를 마쳤네.**

이는 도의 선사의 태몽과 관련이 있다. 도의 선사 아버지와 어머니가 신이한 태몽을 꾸고 나서 그 뒤로 반 달이 지나 태기가 있었다. 그리고 태중에서 서른아홉 달 만에 태어났다. 도의 스님이 태어나던 날 저녁에 한 스님이 석장을 짚고 나타나 아기의 태를 강가의 언덕에 묻어 두라고 하고 홀연히 사라졌다. 이를 따라 아기의 태를 강가 언덕에 묻으니 큰 사슴들이 와서 한 해 동안 이를 지켰는데, 오가는 사람들도 이를 보고서 해치려는 생각을 내지 않았다. 이러한 상서로움이 있어 출가하였기에 법호를 명적(明寂)이라고 하였다.

# 관근두교불참차 觀根逗教不參差

觀根逗教不參差 説法利生咸解脱
관근두교불참차 설법리생함해탈

我今獻粥亦如是 回作自他成佛因
아금헌죽역여시 회작자타성불인

근기 살펴 가르치되 들쭉날쭉하지 않으시니
법 설하여 중생들을 모두 다 해탈시키셨네.
제가 지금 죽을 올리는 것도 이와 같으니
나와 남이 성불의 인(因)을 돌이켜 지음이네.

본사석가모니불(本師釋迦牟尼佛) 편의 설명을 참고하길 바란다.

# 관색심공인정직 觀色心空因正直

## 제산종사영 諸山宗師詠

觀色心空因正直 離言性寂折邪非
관색심공인정직 이언성적절사비

諸師玄化皆神妙 摠是靈山得大機
제사현화개신묘 총시영산득대기

물질을 보고 마음이 공(空)함은 정직하기 때문이요,
말을 여의고도 성품이 고요함은 번뇌를 꺾음이네.
여러 대사(大師)의 현묘한 교화가 모두 신묘하니
모두 영산에서 대기(大機)를 얻어서이네.

산보집에서 신입제산종사청(新入諸山宗師請)에 나오는 가영의 하나이며, 이 종사청에서는 허응보우(虛應普雨) 종사로부터 시작하여 어산(魚山)을 하던 종사인 능택(能擇) 종사에 이르기까지 62분의 다양한 종사를 청하여 공양하기를 바라는 내용이다. 참고로 앞부분은 각자사종육십이(各自嗣宗六十二)로 시작되므로 이 부분도 찾아서 살펴보기를 바란다.


관색심공인정직 觀色心空因正直
물질을 보고 마음이 공(空)함은 정직하기 때문이요,

사물을 대함에 있어서 욕탐(欲貪)이 없기에 마음이 공(空)한 것으로 그 마음을 바로 쓰기 때문이라는 표현이다.

이언성적절사비 離言性寂折邪非
말을 여의고도 성품이 고요함은 번뇌를 꺾음이네.

잡다한 말을 하지 않고 마음이 삼매에 드는 것은 번뇌를 꺾어서 그러함이라고 하였다. 여기서 사비(邪非)는 곧 번뇌를 말함이다.


제사현화개신묘 諸師玄化皆神妙
여러 대사(大師)의 현묘한 교화가 모두 신묘하니

제사(諸師)는 여기서 열거하는 62명의 종사를 말하는 것이며, 이 종사들은 모두 신력이 있어 그 현묘함으로 중생을 교화한다고 하였다.


총시영산득대기 摠是靈山得大機
모두 영산에서 대기(大機)를 얻어서이네.

총시(摠是)는 '모든 것'을 말하는 것이며, 이어서 영산(靈山)은 부처님의 가르침을 말하는 표현이다. 왜냐하면 북방불교에서 부처님의 설법 장소 가운데 한 곳인 영축산(靈鷲山)으로 이어지기 때문이다. 대기(大機)는 기틀을 말하므로 이로써 수행하여 깨달아 얻음에 있어서 큰 기틀이 되었다는 말이다.

# 관음보살대의왕 觀音菩薩大醫王

## 쇄수게 灑水偈

**觀音菩薩大醫王 甘露瓶中法水香**
관음보살대의왕 감로병중법수향

**灑濯魔雲生瑞氣 消除熱惱獲淸凉**
쇄탁마운생서기 소제열뇌획청량

관세음보살은 큰 의왕(醫王)이시라.
감로 병 안의 법수(法水)가 향기롭도다.
마의 구름을 씻어내니 상서로운 기운이 생기고,
번뇌의 열기를 없애주니 청량함을 얻게 하네.

이 게송은 조선 경종 2년인 1726년에 지환(智還) 스님이 엮은 천지명양수륙재의범음산보집(天地冥陽水陸齋儀梵音刪補集)과 조선 순조 26년인 1826년에 백파긍선(白坡亘璇) 스님이 엮은 작법귀감(作法龜鑑)에 쇄수게(灑水偈)로 실려 있다. 쇄수게(灑水偈)에서 쇄수(灑水)라는 표현은 정화하기 위해서 쓰이는 향수(香水)를 말함이다. 이는 그러한 향수를 뿌려서 정화하는 의식을 말하기도 한다. 이러한 의례는 특히 밀교에서 발전하여 보편적으로 널리 쓰이는 의례로써 도량을 청정케 하고자 하는 의식이다. 그러므로 이를 쇄정(灑淨)이라는 표현과 같은 의미로 쓰기도 하지만, 특히 호마단(護摩壇)에 뿌릴 경우에는 '쇄정'이라고 한다. 우리에게 익숙한 천수경(千手經)에 나오는 사방찬(四方讚)에 나오는 게송도 일종의 쇄수게(灑水偈)에 해당한다.

천수경에 나오는 사방찬은 다음과 같다.

一灑東方潔道場 일쇄동방결도량
첫 번째로 동쪽에 물 뿌리니 도량이 청정하게 되고

二灑南方得淸凉 이쇄남방득청량
두 번째로 남쪽에 물 뿌리니 청량을 얻게 하네.

三灑西方俱淨土 삼쇄서방구정토
세 번째로 서쪽에 물 뿌리니 정토 세계를 갖추었고

四灑北方永安康 사쇄북방영안강
네 번째로 북쪽에 물 뿌리니 영원토록 편안하네.

또한 관음보살의 화신으로 나타내는 33관음 가운데 왼손에 발우를 들고 오른손에는 버드나무 가지를 쥐고 서 있는 관음보살의 모습을 쇄수관음(灑水觀音)이라고 하며, 쇄수(灑水)를 담는 그릇을 쇄수기(灑水器)라고 한다.


## 관음보살대의왕 觀音菩薩大醫王
### 관세음보살은 큰 의왕(醫王)이시라.

관세음보살은 큰 의왕이라고 하였으니 이는 중생의 병을 잘 고치는 왕(王)이라는 뜻이다. 여기서 왕(王)이라는 표현은 주재자(主宰者)와 같은 의미이다. 주심부(註心賦) 첫머리에서는 각왕동품(覺王同稟)이라고 하였다. 여기서 각왕(覺王)은 깨달음의 왕을 나타내기에 곧 석가모니 부처님을 왕에 비유한 것이다. 또한 아미타불은 무상대왕(無上大王)이라 하기도 하고, 무상의왕(無上醫王)이라고도 하는데 모두 위와 같은 맥락이다.

그렇다면 왜 의왕이라고 하였을까? 이는 법화경(法華經) 가운데 관세음보살보문품(觀世音菩薩普門品)에 보면 14무외력(十四無畏力)이라고 하여 아주 잘 나와 있다.

14무외력(無畏力)은 다음과 같다.
① 중생을 고통 속에서 벗어나게 하는 힘.
② 불속의 중생을 타지 않게 하는 힘.
③ 물에 빠진 중생을 구제하는 힘.
④ 귀신의 해를 입지 않게 하는 힘.
⑤ 살해를 당하게 되어도 거기서 벗어나는 힘.
⑥ 야차, 나찰, 악귀를 물리치게 하는 힘.
⑦ 쇠고랑, 칼, 오랏줄 같은 것에 당하지 않게 하는 힘.

⑧ 도적이 겁탈하지 못 하게 하는 힘.

⑨ 음욕을 여의게 하는 힘.

⑩ 성내는 마음을 없애게 하는 힘.

⑪ 어리석음을 영원히 여의게 하는 힘.

⑫ 지혜 총명한 아들을 낳게 하는 힘.

⑬ 단정한 딸을 낳게 하는 힘.

⑭ 관세음보살을 한 번 부르는 것이 62억 항하사수 보살의 명호를 부르는 것과 맞먹는 복덕이 되게 하는 힘.

중생이 원하는 바를 들어줌으로 의왕(醫王)이라고 하며, 중생의 모든 고통을 다 없애줌으로 의왕(醫王)이라고 하는 것이다. 그리고 대의왕(大醫王)에서 대(大)는 '넓다', '크다'라는 뜻도 있지만 '위대하다'는 경칭으로 쓰일 때도 있다.

관세음보살보문품에 보면 무진의보살(無盡意菩薩)이 부처님께 여쭙기를 관세음보살을 무슨 인연으로 관세음보살이라고 하느냐고 하는 데 대하여, 부처님이 답하기를 '선남자여! 만일 한량없는 백천 만억 중생들이 온갖 괴로움을 받을 적에 이 관세음보살의 이름을 듣고 일심으로 관세음보살의 이름을 일컬으면 관세음보살이 곧 그 음성을 관찰하고 모든 괴로움에서 벗어나게 함이라'고 하였다. 모든 중생을 괴로움에서 벗어나게 하므로 의왕이 되는 것이다. 善男子。若有無量百千萬億衆生受諸苦惱。聞是觀世音菩薩。一心稱名。觀世音菩薩卽時觀其音聲。皆得解脫。

부처님을 의왕에 비유하는 표현은 무량의경(無量義經) 덕행품에 보면 '[부처님은]의왕이시며 대의왕이시라. 병의 상태를 분별하시고 약의 성품을 밝게 알아서 병에 따라 약을 주시어 중생으로 하여금 약을 먹게 하심이라. 부드럽게 거느리시고 크고 부드럽게 길들이심이며, 모든 것에 방일 된 행이 없으심이라'고 하였다. 醫王大醫王。分別病相曉了藥性。隨病授藥令衆樂服。調御大調御。無諸放逸行。

## 감로병중법수향(甘露瓶中法水香)
## 감로 병 안의 법수(法水)가 향기롭도다.

감로병(甘露瓶)이라고 하는 것은 감로(甘露)를 물에 비유하여 감로가 들어 있는 병(瓶)을 말하며, 만약 이를 그릇에 담으면 감로기(甘露器)가 되는 것이다. 여기서 감로(甘露)라고 하는 것은 신들이 즐겨 마시는 음료수를 말하며, 이를 다르게 표현하면 신약(神藥)으로써 이는 불가사의한 영약(靈藥)으로 마시는 자는 불로불사(不老不死)

한다고 한다. 이러한 표현은 다소 도교의 사상이 섭화된 것이다.

그러나 이를 불교적으로 살펴보면 감로는 곧 부처님의 말씀이다. 감(甘)은 그 맛이 달다는 표현도 있지만 상쾌하다는 표현도 있다. 여기서는 상쾌하다는 표현에 더 가깝게 쓰였다. 왜냐하면 해탈열반에 이르는 길을 감로도(甘露道)라고 한다. 그리고 열반에 이르는 문(門)을 감로문(甘露門)이라고 한다. 이를 맛에 비유하면 감로미(甘露味)라고 하며, 법에 비유하면 감로법(甘露法)이라고 하고, 법문에 비유하면 감로법문(甘露法門)이라고 하며, 법회에 비유하면 감로법회(甘露法會) 등으로 나타내기 때문이다. 그러므로 곧 감로는 '감미로운 부처님의 말씀'을 뜻하는 것이다.

법수(法水)라고 하는 것은 부처님의 말씀으로 중생의 고통을 씻어주거나 진리의 목마름에서 벗어나게 하므로 법수라고 한다. 고로 부처님의 가르침을 물에 비유하여 법수라 한다. 그렇다면 왜 진리를 물에 비유하는 것일까? 세상에서 때를 씻기 위해서는 반드시 물이 있어야 하며, 번뇌라는 더러운 마음의 때를 씻어내기 위해서는 부처님의 말씀이 필요하므로 진리를 물에 비유하여 표현한 것이다.

무량의경(無量義經) 설법품에 보면 부처님께서 이르시기를 '선남자야! 비유하자면 법은 물이 능히 더러운 때를 씻음과 같으니라. 혹은 샘이거나 혹은 못이거나 혹은 강이거나 혹은 시내거나 혹은 개울이거나 큰 바다가 다 능히 모든 더러운 때를 씻음과 같이, 그 법의 물 또한 이처럼 능히 중생의 모든 번뇌의 때를 씻음이라'고 하셨다. 善男子。法譬如水能洗垢穢若井若池若江若河溪渠大海。皆悉能洗諸有垢穢。其法水者亦復如是。能洗衆生諸煩惱垢。

## 쇄탁마운생서기(灑濯魔雲生瑞氣)
### 마의 구름을 씻어내니 상서로운 기운이 생기고

쇄(灑)는 '뿌린다'는 뜻이며, 탁(濯)은 '씻는다'는 의미이기에 세탁(洗濯)과 같은 표현이다. 그러므로 쇄탁(灑濯)에서 쇄(灑)는 부처님의 말씀을 흩뿌린다는 뜻이다. 고로 부처님의 말씀을 받아들임을 의미하며, 탁(濯)은 이로써 번뇌가 사라짐을 나타내는 것이다.

마운(魔雲)에서 마(魔)는 인간의 본성을 잃어버리게 하는 것들을 말함이다. 이는 다름 아닌 번뇌이다. 이러한 번뇌를 헤아릴 수 없는 구름에 비유하여 마운(魔雲)이라고 하였다. 중생은 번뇌로 인하여 갖가지 장애를 얻는다. 이러한 번뇌를 씻어내야 본성을 되찾을 수 있기에 이를 서기(瑞氣)라고 하여 상서로운 기운에 비유하였다.

마(魔)라고 하는 것은 산스크리트어의 mara의 음사어인 마라(魔羅)를 줄인 표현으로 이를 마(魔)라고 한다. 이를 한역하여 탈명(奪命), 능탈(能奪), 장애(障礙) 등으로 표기한다. 구역(舊譯)에서는 마(磨)라고 하였으나, 양(梁)나라 무제(武帝) 때부터 마(魔)라고 표현하면서 이후부터 대부분이 마(魔)라는 표현으로 통용되고 있다.

마(魔)를 탈명(奪命)이라고 하여 생명을 빼앗는다고 하는 것은, 불자가 깨달음에 이르는 길에는 반드시 보리(菩提)라는 지혜가 있어야 한다. 그것이 필수이기에 지혜를 생명으로 보아서 이러한 지혜를 빼앗는 것을 탈명이라고 하는 것이다.

또한 악마(惡魔)라고 하는 것에서 마(魔)는 당연히 선(善)함이 아니라 악(惡)함이기에 마(魔)에다 악을 덧붙여서 악마라고 하는 것이다. 그러나 대부분 사람은 악마라고 하면 나쁜 귀신으로 몰아붙이는 경향이 있는데, 불교에서 오온(五蘊)을 마(魔)라고 여기기에 온마(蘊魔)라고 한다. 결국 번뇌가 망상을 일으키기에 원초적인 마(魔)는 곧 번뇌라고 볼 수 있다. 번뇌는 집착으로 인하여 일어난다.

이러한 마(魔)를 군대에 비유하면 마군(魔軍)이라 하고, 여인에 비유하면 마녀(魔女)라고 한다. 왕에 비유하면 마왕(魔王), 귀신에 비유하면 마귀(魔鬼)가 되며, 궁전에 비유하면 마궁(魔宮)이라 한다. 힘에 비유하면 마력(魔力)이라 하고, 백성에 비유하면 마민(魔民)이라 하고, 병(病)에 비유하면 마병(魔病)이라 하며, 결박에 비유하면 마박(魔縛) 등으로 표현한다.


## 소제열뇌획청량(消除熱惱獲淸凉)
### 번뇌의 열기를 없애주니 청량함을 얻게 하네.

열뇌(熱惱)는 왕성한 번뇌를 말한다. 이러한 번뇌를 식혀주는 것은 바로 부처님의 진리뿐이다. 그러기에 부처님의 진리를 여기에서는 감로(甘露), 또는 법수(法水)에 비유하였다. 그렇다. 번뇌를 소제(消除)하고 싶은가? 여기에 답이 있다. 감로수를 마시든가 법수를 마시든가 하라. 그러면 여기에 반드시 길이 있다. 뇌(惱)가 사라지면 어떠할까? 이를 여기에서는 속이 시원하고 마음이 시원하다고 표현하였기에 이를 청량(淸凉)함이라고 한다. 그것이 바로 부처로 가는 길이다.

# 광중화불무수억 光中化佛無數億

光中化佛無數億 化菩薩衆亦無邊
광중화불무수억 화보살중역무변

四十八願度衆生 九品含靈登彼岸
사십팔원도중생 구품함령등피안

광명 가운데는 무수한 화불(化佛)이 나투시고
보살로 나투신 몸 또한 끝이 없습니다.
사십팔원 큰 원으로 모든 중생 건지시어
모든 중생을 구품의 피안으로 오르게 하십니다.

아미타불진금색(阿彌陀佛眞金色) 편의 설명을 참고하시오.

# 교능전리이중현 教能詮理理中玄

## 법보영 法寶咏

**教能詮理理中玄 依理修行果自然**
교능전리이중현 의리수행과자연

**寶偈人間方十萬 金文海內廣三千**
보게인간방십만 금문해내광삼천

가르침은 능히 온전한 이치요, 이치 속에는 현묘함 있으니
이치에 의지하여 수행하면 그 결과는 저절로 이루어지리라.
보배로운 게송은 인간 세상에 십 만이나 되는 방편이 있고
부처님의 말씀은 삼천대천세계에 널리 있사옵니다.

산보집 오로단(五路壇)에서 작법을 거행한 후 지영청소(至迎請所)에 이르러서 행하는 의례에 나오는 삼보청(三寶請) 가운데 법보단(法寶壇)에서 행하는 가영(歌詠)으로도 나오고, 대예참례(大禮懺禮)에서 경전을 찬탄하는 가영으로도 나오는 게송이다. 그리고 지영청소(至迎請所)라고 하는 것은 삼보를 맞이하는 단(壇)에 이른다는 표현이며, 범음집 중례작법(中禮作法)에도 법보영으로 수록되어 있다.

## 교능전리이중현 教能詮理理中玄
가르침은 능히 온전한 이치요, 이치 속에는 현묘함 있으니

전(詮)은 '설명하다' 이러한 표현으로 앞에 나오는 교(教)를 뒷받침하여 교리를 설명하면서 능히 이치를 갖추었으니 그 이치 가운데 현묘함이 있다는 표현이다.

**의리수행과자연 依理修行果自然**

이치에 의지하여 수행하면 그 결과는 저절로 이루어지리라.

이러한 현묘한 이치에 의지하여 수행한다면 그 결과는 저절로 이루어지리라. 이러한 내용이다.


**보게인간방십만 寶偈人間方十萬**

보배로운 게송은 인간 세상에 십 만이나 되는 방편이 있고

보게(寶偈)는 보배로운 가르침을 말하며 십만(十萬)이라고 하는 것은 많다는 것을 의미하는 표현이다. 그리고 방(方)이라는 표현은 방편을 말하기에 부처님께서 중생을 제도함에 숱한 방편을 펴시었다는 뜻이다.


**금문해내광삼천 金文海內廣三千**

부처님의 말씀은 삼천대천세계에 널리 있사옵니다.

금문(金文)은 금과 같은 문자라는 말이나, 여기서 금(金)은 부처님을 상징하는 표현이다. 이러한 금과옥조 같은 가르침은 삼천대천세계에 널리 있다고 하였으니 이는 법보를 찬탄하는 내용이다.

# 구도증무소용심 求道曾無所用心

## 제24대 조사 사자 獅子 존자

**求道曾無所用心 頓除砂礫是眞金**
구도증무소용심 돈제사력시진금

**因排五衆如雲散 從此瞿曇化轉深**
인배오중여운산 종차구담화전심

도를 구하고자 하나 일찍이 마음 씀이 없었고
단박에 모래와 자갈 모두 없애니 순금만 남았네.
다섯 무리를 물리치니 마치 구름처럼 흩어졌으니
이로부터 구담(瞿曇)의 가르침이 더더욱 깊어졌네.

산보집에서 선문조사예참(禪門祖師禮懺)에 실려 있는 제24대 조사 사자(師子) 존자에 대한 가영이다. 사자 존자는 인도의 사자상승(師資相承)으로 보면 제28대 조사 가운데 제24 조사로서 3세기경 계빈국(罽賓國) 미라굴(彌羅掘) 왕에게 살해를 당했는데, 이때 우유 같은 흰 피를 흘리고 왕의 팔이 떨어지는 영험을 보였다고 하며, 제23대 학륵나(鶴勒那) 존자의 법을 이었으며 바사사다(婆舍斯多)에게 법을 전해주었던 조사이다.

### 구도증무소용심 求道曾無所用心
도를 구하고자 하나 일찍이 마음 씀이 없었고

구도(求道)는 불법의 정도를 구하는 것을 말한다. 그러나 도를 구하겠다는 마음이 없이 도를 구했다고 하였다. 이를 금강경(金剛經)의 가르침에 보면 상(相)을 내세우지 아니한 것과 같다.

**돈제사력시진금 頓除砂礫是眞金**
**단박에 모래와 자갈 모두 없애니 순금만 남았네.**

돈제(頓除)는 '단박에 없앴다'는 표현이다. 여기서는 모래와 자갈을 없애니 순금만 남았다고 하였으므로 모래와 자갈은 방편과 비유를 말한다. 법화경(法華經)에서도 방편과 비유를 버려야만 일승으로 갈 수 있다고 하였다.


**인배오중여운산 因排五衆如雲散**
**다섯 무리를 물리치니 마치 구름처럼 흩어졌으니**

오중(五衆)은 오온(五蘊)의 구역이다. 반야심경(般若心經)에 보면 '오온이 모두 공한 줄을 알면 바라밀다에 이른다'고 하였다. 이를 오온개공(五蘊皆空)이라고 한다. 그러므로 오온으로 인한 장애를 물리친 것을 마치 구름이 흩어짐에 비유하였다.


**종차구담화전심 從此瞿曇化轉深**
**이로부터 구담(瞿曇)의 가르침이 더더욱 깊어졌네.**

종차(從此)는 '이로부터', '이 뒤로부터'라는 표현이다. 구담(瞿曇)은 석가모니 부처님의 족성(族姓)을 말하기에 곧 석가모니 부처님을 뜻한다. 사자 존자는 부처님의 가르침을 간파하였기에 법을 굴림에 있어서 더더욱 깊이 있게 하였다는 찬탄이다.

# 구족신통력 具足神通力


## 관음영 觀音詠

**具足神通力 廣修智方便**
구족신통력 광수지방편

**十方諸國土 無刹不現身**
시방제국토 무찰불현신

신통함을 모두 구족하시고
지혜와 방편까지 널리 닦으셨기에
시방세계의 모든 국토에
그 어디에서나 몸을 나타내시네.

작법귀감(作法龜鑑)에서 관음청에 나오는 탄백(歎白)이며, 이는 법화경(法華經) 제
25품 관세음보살보문품(觀世音菩薩普門品)에서 무진의보살(無盡意菩薩)이 부처님께
관세음보살은 그 어떠한 인연으로 관세음보살이라는 칭호를 얻게 되었느냐고 여쭙
자, 부처님께서 무진의보살에게 게송으로 답하는데 그 가운데 일부분이다. 이 게송은
보편적으로 주련은 물론 관세음보살의 위신력에 대하여 찬탄하는 게송으로 널리 알
려져 있다.


**구족신통력 광수지방편 具足神通力 廣修智方便**
신통함을 모두 구족하시고 지혜와 방편까지 널리 닦으셨기에

신통력을 구족하였다고 하는 것을 흔히 천수천안(千手千眼)으로 나타내고 있으며,
이것이 바로 관음보살의 신통력에 해당하는 것이다. 여기에다가 중생을 제도하기 위
한 지혜도 있으시고, 방편력도 널리 수행하여 갖추었기에, 이러한 표현이다. 이를 관
음묘지력(觀音妙智力)이라 한다.

**시방제국토 무찰불현신 十方諸國土 無刹不現身**
**시방세계의 모든 국토에 그 어디에서나 몸을 나타내시네.**

언제 어디서나 나타나지 않으심이 없다는 것은 곧 응현(應現)하심이 그러하다는 것이다. 그러기에 이는 세간의 모든 중생을 구제하기 위함이시니, 이를 능구세간고(能救世間苦)라고 하여 능히 세간의 고통을 구제하는 분이라 하는 것이다.

# 국계안녕병혁소 國界安寧兵革消

## 축원게 祝願偈

**國界安寧兵革消 雨順風調民安樂**
국계안녕병혁소 우순풍조민안락

**一衆熏修希勝進 十地頓超無難事**
일중훈수희승진 십지돈초무난사

나라가 평안하여 전쟁은 사라지고
바람, 비 순조로워 백성들이 안락하게 하소서.
대중들 도업은 날로 수승하여 앞으로 나아가서
십지를 단박에 뛰어넘음에 어려운 일이 없게 하소서.

산보집, 작법귀감 등 재(齋)의례에서 보통축원(普通祝願)에 나오는 문구 가운데 일부
이다.

### 국계안녕병혁소 國界安寧兵革消
나라가 평안하여 전쟁은 사라지고

국계(國界)는 국경을 말하고 병혁(兵革)은 전쟁을 말함이다. 그러므로 나라에 전쟁이
없어지기를 바라는 축원이다. 전쟁이 없으면 백성들은 당연히 아무 탈 없이 편안하다
는 문구가 안녕(安寧)이다.

### 우순풍조민안락 雨順風調民安樂
바람, 비 순조로워 백성들이 안락하게 하소서.

자연재해는 인류가 겪는 또 하나의 재앙이다. 그리고 농업은 국가의 가장 기본 산업이기 때문에 비가 때맞추어 오고 바람이 순조로우면 백성은 태평성대가 되는 것이다. 그러므로 안락(安樂)은 위의 문구에 나오는 안녕(安寧)과 같은 표현으로 보아도 된다.


## 일중훈수희승진 一衆熏修希勝進
### 대중들 도업은 날로 수승하여 앞으로 나아가서

일중(一衆)은 한 무리의 대중을 말하고 훈수(熏修)는 훈습(熏習)하여 수행하는 것을 말하기에 수행을 뜻하는 것이다. 그리고 승(勝)은 빼어나다, 뛰어나다의 수승(殊勝)을 말한다. 그러므로 수행 대중의 도업이 날로 수승하여 진일보하기를 축원하는 것이다.


## 십지돈초무난사 十地頓超無難事
### 십지를 단박에 뛰어넘음에 어려운 일이 없게 하소서.

십지(十地)는 수행자가 거치는 수행의 단계를 제1지에서 제10지로 구분하여 나누어 보는 것을 말한다. 그러나 십지(十地)에 대한 견해는 경(經)이나 논(論)마다 약간의 차이를 보인다. 마지막에 이르는 제10지를 법운지(法雲地)로 나타내는 것은 같다. 그리고 십지에 대한 견해는 대체로 80 화엄을 바탕으로 여기는 경우가 대부분이다. 그러므로 80 화엄경에 나타난 십지를 차례대로 소개하면 환희지(歡喜地)-이구지(離垢地)-발광지(發光地)-염혜지(焰慧地)-난승지(難勝地)-현전지(現前地)-원행지(遠行地)-부동지(不動地)-선혜지(善慧地)-법운지(法雲地)이다.

돈초(頓超)는 '단박에 초월한다'는 뜻이기에 이를 '단박에 뛰어넘는다'는 표현으로 주로 쓴다. 무난사(無難事)는 '어려운 일이 없게 해 달라' 이러한 표현이다. 고로 수행자가 십지를 뛰어넘음에 어려움이 없게 해 달라는 축원이다.

# 권박봉미륵 捲箔逢彌勒

## 개문게 開門偈

**捲箔逢彌勒 開門見釋迦**
권박봉미륵 개문견석가

**三三禮無上 遊戲法王家**
삼삼예무상 유희법왕가

발을 걷으면 미륵부처님을 만나게 되고
문을 열면 석가모니 부처님을 뵙게 될 것이니
위없는 부처님께 아홉 번 예배를 드리고서
법왕의 집에서 즐겁게 지내소서.

개문게(開門偈)를 이해하려면 먼저 예전의 재의례를 이해하여야 한다. 예전에는 재(齋)를 거행하면 법당 밖인 정중(庭中)에서 영가의 관욕(灌浴)을 마치고 법당으로 인도하였다. 그러므로 망자를 법당으로 인도하기 위하여 정중게(庭中偈)에 이어서 행하는 것이 개문게이다.

### 권박봉미륵 捲箔逢彌勒
발을 걷으면 미륵부처님을 만나게 되고

권(捲)은 말아 올리다, 박(箔)은 가늘게 쪼갠 대오리나 갈대 따위로 엮어서 만든 물건으로 주로 무엇을 가리는 데 쓰는 '발'을 말한다. 이를 한자로 나타내면 렴(簾)이라고도 한다. 그러므로 '발을 걷어 올리면 미륵부처님을 만나 뵙게 될 것이다'라고 하였는데, 이는 망자가 사바세계를 떠나 도솔천으로 가게 되면 미륵부처님을 만나 뵙게 될 것이기에 이를 먼저 호명(呼名)한 것이다. 그리고 예전에는 불상을 모신 단의 양쪽으로 번(幡)을 걸고 불상을 가리는 발을 치기도 하였는데 지금은 이러한 것을 보기가 어렵다. 다만 남방불교에서는 아직도 부처님이 보이는 얇은 커튼으로 불상을 가리는 경우를 흔히 볼 수 있다.


## 개문견석가 開門見釋迦
## 문을 열면 석가모니 부처님을 뵙게 될 것이니

문을 열면 석가모니 부처님을 만나 뵙게 될 것이라고 하였으므로 이로써 영가가 법당으로 들어가게 되는 것이다. 그리고 여기서 석가모니 부처님을 드러낸 것은 사바세계 교주가 석가모니 부처님이기 때문이다.


## 삼삼예무상 三三禮無上
## 위없는 부처님께 아홉 번 예배를 드리고서

삼삼(三三)은 아홉 번이라는 뜻이다. 그러므로 불교의 예법인 삼배를 세 번 거듭하여 극진한 예를 갖추는 것을 말하며, 이를 한자로 나타내면 구배(九拜)라고 한다. 이러한 구배의 사상은 중국의 주례(周禮)에 나오는 아홉 가지 예법이 영향을 끼친 것으로 보인다. 그리고 주례에 나오는 아홉 가지 예법은 다음과 같다. 계수(稽首), 공수(空首), 돈수(頓首), 길배(吉拜), 진동(振動), 기배(奇拜), 숙배(肅拜), 포배(褒拜), 흉배(凶拜) 등이다. 무상(無上)은 무상존(無上尊)을 뜻하기에 곧 부처님을 말한다.


## 유희법왕가 遊戲法王家
## 법왕의 집에서 즐겁게 지내소서.

유희(遊戲)는 '즐겁게 노닐다'라는 표현이며, 법왕가(法王家)에서 법왕(法王)은 법문의 왕을 말하기에 부처님을 말한다. 고로 법왕가는 극락의 다른 표현이다.

# 권형응적대보살 權衡應跡大菩薩

## 당재왕영 當齋王詠

權衡應跡大菩薩 實報酬恩是聖王
권형응적대보살 실보수은시성왕

威靈神力何煩問 觀察閻浮迅電光
위령신력하번문 관찰염부신전광

방편과 비유의 저울질 따라 자취에 응하시는 대보살은
진실로 은혜에 보답하시는 성왕이시네.
위엄 있는 신통력을 어찌 번거롭게 물으리.
염부제 관찰하심 빠르기는 번개 빛 같으시도다.

산보집에서 중위(中位)에게 공양을 권하는 중위권공(中位勸供) 가운데 당재왕(當齋王)의 가영이다. 당재왕이라고 하는 것은 금일 재를 담당하는 왕을 말한다.

### 권형응적대보살 權衡應跡大菩薩
방편과 비유의 저울질 따라 자취에 응하시는 대보살은

권형(權衡)에서 권(權)은 저울추를 말함이고, 형(衡)은 저울대를 말하기에 이는 방편과 비유를 이렇게 표현한 것이다. 문장에 따라서는 저울질이라는 표현으로 쓰일 때도 있지만 여기서는 방편과 비유로 쓰였다. 그리고 권형(權衡)이라는 단어는 경전에서는 찾아보기가 어려우며 다만 논소(論疏)나 어록에서만 볼 수가 있다. 응적(應跡)은 자취에 응한다는 표현이다. 이는 방편과 비유로 중생의 근기에 맞추어 법을 설함에 응한다는 표현이기에 부처님은 대보살이 되는 것이다. 그러므로 '보살'은 보살에 대한 존칭이며, 이를 좀 더 갖추어 말하면 대보살마하살(大菩薩摩訶薩)이라고 한다.

실보수은시성왕 實報酬恩是聖王
진실로 은혜에 보답하시는 성왕이시네.

수은(酬恩)은 은혜를 갚는다는 표현이기에 앞의 실보(實報)와 연결하면 '진실로 은혜에 보답하는 것'을 말하며, 이어서 나오는 성왕(聖王)이 그러하다는 것이다. 여기서 성왕은 위에서 나왔던 대보살(大菩薩)과 같은 뜻이다.


위령신력하번문 威靈神力何煩問
위엄 있는 신통력을 어찌 번거롭게 물으리.

대보살의 위신력에 대해서 묻는다면 이는 번거로울 뿐이라고 하였다. 왜냐하면 위에서 이미 보살의 위신력에 대해서 설명을 하였기 때문이다.


관찰염부신전광 觀察閻浮迅電光
염부제 관찰하심 빠르기는 번개 빛 같으시도다.

염부(閻浮)는 염부제(閻浮提)를 줄여서 표현한 말로써 수미산을 중심으로 펼쳐지는 사주(四洲) 가운데 남섬부주(南贍部洲)를 뜻하며 이는 인간 세상을 말함이다. 고로 대보살은 인간세계를 관찰(觀察)하면서 응적(應跡)함이 전광석화와 같다고 찬탄하고 있다.

# 귀명시방조어사 歸命十方調御師

## 귀명게 歸命偈

**歸命十方調御師 演揚淸淨微妙法**
귀명시방조어사 연양청정미묘법

**一乘四果解脫僧 願賜慈悲哀攝受**
일승사과해탈승 원사자비애섭수

시방세계의 부처님께 귀명(歸命)하시고
청정한 가르침 미묘한 법을 널리 펴시는
일승(一乘)과 사과(四果)를 얻은 해탈하신 스님들께서는
바라건대 애틋한 자비심으로 이 공양을 받으소서.

산보집에서 중단을 청해 맞이하는 의식인 중단영청지의(中壇迎請之儀) 가운데 부처님께 귀명하는 귀명게이다. 귀명게(歸命偈)는 불교 의례 때 '귀의한다'는 뜻을 가진 게송을 지송하는 것을 말한다. 그리고 이 게송은 예경(禮敬)의 문장에서 종종 인용되는 표현이다. 대장일람집(大藏一覽集)에 의하면 장경연(長慶然) 선사의 참회문에도 나오고 불소행찬(佛所行讚), 이산발원문(怡山發願文), 자비약사실참(慈悲藥師寶懺) 등 여러 문헌에도 실려 있다.

**귀명시방조어사 歸命十方調御師**
**시방세계의 부처님께 귀명(歸命)하시고**

귀명(歸命)은 삼보로 돌아가 몸과 마음을 귀의하는 것을 말하며 이를 산스크리트어로 나타내면 namas라고 한다. 한역하여 경례(敬禮), 귀례(歸禮) 등으로 표현하고, 음사하여 나타내어서 나무(南無) 또는 나모(南謨) 등으로 나타낸다. 여기에 대해서 신라의 고승 원효(元曉)의 대승기신론소기회본(大乘起信論疏記會本)에 아주 잘 설명이

되어 있기에 이를 살펴보는 것으로 설명을 대신하고자 한다.

공경하여 따르는 것이 '귀(歸)'의 뜻이며, 향하여 나아가는 뜻 역시 '귀(歸)'이다. '명'은 목숨(命根)을 말함이니, 이 목숨이 몸의 모든 기관을 통어(統御)한다. 한 몸의 요체로는 오직 이 명(命)이 주가 되며, 온갖 산 것을 중하게 여김에 이보다 앞서는 것이 없다. 이 둘도 없는 명(命)을 들어서 무상(無上)의 존귀함(즉, 삼보)을 받들어 신심의 지극함을 나타내었기 때문에 '귀명'이라고 말한 것이다. 또한 '귀명'이란 '근원에 돌아간다'는 뜻이니, 왜냐하면 중생의 육근이 일심에서부터 일어나 스스로 근원을 등지고 육진에 흩어져 달려나가는 것인데, 이제 목숨을 들어 육정(六情)을 총섭하여 그 본래 일심의 근원에 돌아가기 때문에 '귀명'이라고 말하는 것이다. 이 귀명의 대상인 일심이 곧 삼보이다. 敬順義是歸義。趣向義是歸義。命謂命根。總御諸根。一身之要。唯命爲主。萬生所重。莫是爲先。擧此無二之命。以奉無上之尊。表信心極。故言歸命。又復歸命者還源義。所以者。衆生六根。從一心起。而背自原。馳散六塵。今擧命總攝六情。還歸其本一心之原。故曰歸命。所歸一心。即是三寶故也。

이어서 나오는 시방(十方)은 동·서·남·북과 사유(四維)에 해당하는 동북·동남·서북·서남과 상·하의 열 군데를 말함이다. 이를 시방삼세라고 한다.

조어사(調御師)는 조어장부를 뜻하며 이는 부처님을 말함이다. 조어장부[調御]는 범어로 Puruadamyasārathi이며, 이는 여래 십호의 하나다. 부루사담먁사라제(富樓沙曇貌娑羅提)라 음역하고, 가화장부조어사(可化丈夫調御師)라 한역한다. 부처님은 대자대비하며 대지(大智)로써 부드러운 말, 간절한 말, 또는 여러 가지 말을 써서 중생을 조복 제어하고 바른 이치를 잃지 않게 한다는 뜻이다.


## 연양청정미묘법 演揚清淨微妙法
## 청정한 가르침 미묘한 법을 널리 펴시는

연양(演揚)에서 연(演)은 연설(演說)한다는 뜻이다. 부처님께서 중생에게 법 설함을 말하고, 양(揚)은 바람에 흩날리는 것을 말하므로 앞의 연(演)과 대비하여 부처님의 가르침이 널리 전파되는 것을 말한다. 이러한 부처님의 가르침은 털끝만큼도 틀림이 없으니 이를 깨끗함에 비유하면 청정(清淨)하다고 하는 것이다. 그만큼 묘(妙)하기에 미묘(微妙)하다고 하는 것이다.

**일승사과해탈승 一乘四果解脫僧**
**일승(一乘)과 사과(四果)를 얻은 해탈하신 스님들께서는**

삼승(三乘)은 성문승(聲聞乘), 연각승(緣覺乘), 보살승(菩薩乘)을 말함인데, 이를 벗어난 경지를 일승이라고 한다. 이를 달리 표현하여 불승(佛乘)이라고 한다. 사과(四果)는 수다원과(須陀洹果), 사다함과(斯陀含果), 아나함과(阿那含果), 아라한과(阿羅漢果)를 말하며, 이러한 내용을 좀 더 살피고자 하면 금강경(金剛經)을 보면 된다.


**원사자비애섭수 願賜慈悲哀攝受**
**바라건대 애틋한 자비심으로 이 공양을 받으소서.**

여기에서는 '원사자비애섭수'라고 하였지만 보편적으로는 '원수자비애납수'라고 한다. 그러므로 원사(願賜)는 원수(願垂)에 해당하는 표현이고, 애섭(哀攝)은 애납(哀納)과 같은 표현이다. 이 단락을 통틀어 말하면 '저희가 올린 공양을 가엾이 여겨 자비하신 마음으로 받아 달라'는 청(請)이다.

# 귀의불양족존 歸依佛兩足尊

## 삼귀의 三歸依

**歸依佛兩足尊**
귀의불양족존

**歸依法離欲尊**
귀의법이욕존

**歸依僧衆中尊**
귀의승중중존

두 가지를 구족하신 존귀하신 부처님께 귀의합니다.
탐욕을 여의신 존귀한 가르침에 귀의합니다.
대중들 속에 가장 존귀하신 승가께 귀의합니다.

산보집, 작법귀감 등 모든 의례에서 볼 수 있는 삼귀의(三歸依)이다. 삼귀의는 삼자귀(三自歸), 삼귀계(三歸戒)라고도 한다. 불문에 처음 귀의할 때나 의례를 행함에 있어서 하는 의식으로 불·법·승 삼보에 귀의하는 것을 말한다.

### 귀의불양족존 歸依佛兩足尊
두 가지를 구족하신 존귀한 부처님께 귀의합니다.

양족(兩足)이란 부처님은 '두 가지를 구족하신 분'이라는 뜻으로 복덕을 구족하시고 지혜를 구족하신 분이라는 의미이다.

**귀의법이욕존 歸依法離欲尊**
**탐욕을 여읜 존귀한 가르침에 귀의합니다.**

이욕(離欲)은 탐욕심에서 벗어났다는 표현이다. 부처님의 가르침은 중생에게 세 가지 악(惡)함의 그물에서 벗어나라고 말한다. 이를 악(惡)으로 표현하면 삼악(三惡)이고, 독(毒)으로 표현하면 삼독(三毒)이다. 그러므로 삼독의 첫 번째인 탐욕심에서 벗어나면 진심(瞋心)과 치심(癡心)은 더불어 몰록 사라지는 것이다.


**귀의승중중존 歸依僧衆中尊**
**대중들 속에 존귀하신 승가께 귀의합니다.**

승단(僧團)에 귀의한다는 표현이다. 왜냐하면 부처님의 말씀은 승가(僧伽)에 의하지 아니하면 중생심에서 벗어날 수가 없기 때문이다.

# 귀의삼보발보리 歸依三寶發菩提

## 시식게 施食偈

**歸依三寶發菩提 究竟得成無上道**
귀의삼보발보리 구경득성무상도

**功德無邊盡未來 一切衆生同法食**
공덕무변진미래 일체중생동법식

삼보께 귀의하고 보리심을 내어서
마침내 위없는 도를 성취하소서.
공덕은 가없어 미래에도 다함 없으니
모든 중생은 다 함께 법식을 드시옵소서.

산보집에서 영가에게 공양을 베푸는 게송 가운데 하나이므로 일종의 시식게(施食偈)이다.

**귀의삼보발보리 歸依三寶發菩提**
삼보께 귀의하고 보리심을 내어서

귀의(歸依)와 삼보(三寶)에 대해서는 앞서 설명하였기에 이를 참고하길 바란다. 다만 여기서 알아 두어야 할 것은 영가에게 보리심(菩提心)을 내어보라고 권하고 있다. '보리심'이란 부처님의 가르침에 대하여 깨달음을 얻고, 그 깨달음으로 중생(衆生)을 널리 교화하고자 하는 마음을 말한다. 천수경(千手經)에 보면 '제가 이제 그지없는 보리심을 광대하게 발하오니, 원하건대 선정 지혜 뚜렷하게 밝아지기를 원하나이다.'라는 발원이 있다. 即發菩提廣大願。願我定慧速圓明。

화엄경(華嚴經) 보현행원품에 보면 '부처님 세계의 아주 작은 티끌 수 세계의 중생들에게 보리심을 내게 하고, 그 근기에 따라 교화하여 성취시키며, 오는 세월이 다하도록 모든 중생을 널리 이롭게 할 것이라.'는 보현보살의 행원이 있다. 佛刹極微塵數世界衆生。發菩提心。隨其根性。教化成熟。乃至盡於未來劫海。廣能利益一切衆生。

### 구경득성무상도 究竟得成無上道
마침내 위없는 도를 성취하소서.

구경(究竟)은 마침내, 끝내, 결국, 이러한 표현이다. 여기서 발보리심으로 인하여 무상도(無上道)를 성취하라고 권유하고 있다. 그리고 무상도는 무상정등각(無上正等覺)의 도(道)를 말하기에 이는 경전에 따라 '아뇩다라삼먁삼보리'라고 하기도 한다.

### 공덕무변진미래 功德無邊盡未來
공덕은 가없어 미래에도 다함 없으니

깨달음의 공덕은 현세는 물론 미래에도 가없기에 이만한 공덕이 없다는 것을 알아야 한다고 역설함과 동시에 찬탄하는 것이다.

### 일체중생동법식 一切衆生同法食
모든 중생은 다 함께 법식을 드시옵소서.

'공덕무변진미래 일체중생동법식'이라고 우리나라에서는 대부분 통용이 되지만 중국의 시식문(施食文)에서는 '일체고혼동법식'이라고 한다. 그리고 여기서 눈여겨보아야 할 것은 법식(法食)이다. 그러므로 시식(施食)은 법을 베푸는 것이지 음식을 베푸는 것이 아니다. 어떤 재에도 영가에게 음식을 공양하라고 권하는 내용은 없다.

# 귀의삼실경 歸依三實竟

## 귀의게 歸依偈

**歸依三實竟 所作諸功德 施一切有情 皆共成佛道**
귀의삼실경 소작제공덕 시일체유정 개공성불도

**삼보의 실다움에 다함 없이 귀의하오니 지은 바 모든 공덕을**
**일체 유정들에게 베푸나니 다 함께 불도를 이루시옵소서.**

작법귀감에서 삼단을 통합해 전송하는 의례인 삼단합송규(三壇合送規) 중 하단(下壇), 중단(中壇), 상단(上壇)의 영가를 봉송하고서 마지막으로 다시 한번 부처님께 귀의시키는 게송이다.


### 귀의삼실경 소작제공덕 歸依三實竟 所作諸功德
삼보의 실다움에 다함 없이 귀의하오니 지은 바 모든 공덕을

작법귀감에서 이 게송의 앞서 설명을 종합해 판단해 보면 삼실(三實)의 세 가지 실다움이란 불·법·승 삼보를 말함이다. 경(竟)은 '다하다'는 의미가 있는 글자이기에 다함 없는 마음으로 삼보에 귀의한다는 뜻이다. 그리고 이러한 모든 공덕이라고 하였으니 공덕 가운데 삼보에 귀의하는 공덕이 제일 큰 것이다.


### 시일체유정 개공성불도 施一切有情 皆共成佛道
일체 유정들에게 베푸나니 다 함께 불도를 이루시옵소서.

시(施)는 베푼다는 뜻이기에 이는 회향(廻向)으로 보면 된다. 앞서 언급한 지은 바 공덕을 널리 회향하여 모든 중생에게 베풀고자 함이다. 그러므로 모두 함께 불도를 이루자고 하였으니 이는 자타일시성불도(自他一時成佛道)와 같은 표현이다.

# 극귀극존극묘장 極貴極尊極妙莊

## 삼선영 三禪詠

極貴極尊極妙莊 亡寶階墀遶殿堂
극귀극존극묘장 망보계지요전당

淨分勝劣由因造 難敵終時一點霜
정분승렬유인조 난적종시일점상

지극히 귀하고 지극히 높으며 지극히 미묘한 장엄
칠보로 장엄한 계단이 전당을 빙 둘렀네.
승렬(勝劣)이 분명히 나뉘는 건 지은 업 때문이니
마지막 시기에 서리 한 점 감당하기 어려우리.

산보집에서 상단을 청해 맞이하는 의식인 상단영청지의(上壇迎請之儀)를 마치고 이어서 중단을 청해 맞이하는 의식인 중단영청지의(中壇迎請之儀)에 나오는 삼선영(三禪詠)이다. 삼선(三禪)은 삼선천(三禪天)을 말하며 이는 소정천(少淨天), 무량정천(無量淨天), 변정천(遍淨天)이다.

### 극귀극존극묘장 極貴極尊極妙莊
지극히 귀하고 지극히 높으며 지극히 미묘한 장엄

삼선천은 제이선(第二禪)의 기쁨에 대한 집착에서 벗어나 고요하고, 미묘한 즐거움을 일으키기 때문에 이희묘락지(離喜妙樂地)라고 한다. 그러므로 이 자리는 지극히 존귀하고, 지극히 높으며, 지극히 미묘한 장엄이 되는 것이다.

**망보계지요전당 亡寶階墀遶殿堂**
칠보로 장엄한 계단이 전당을 빙 둘렀네.

능엄경(楞嚴經)에서 보면 '아난아, 이 뛰어난 세 부류는 뛰어난 수순(隨順)의 능력을 갖추고 몸과 마음이 고요하고 평온한 가운데, 한량없는 즐거움을 누리느니라. 비록 바르게 진실한 삼마지(三摩地)를 닦지 않았을지라도, 안온한 마음 가운데 선정의 환희를 다 갖췄기 때문에 삼선천이라 한다.'고 하였다. 阿難。此三勝流。具大隨順。身心安隱。得無量樂。雖非正得眞三摩地。安隱心中。歡喜畢具。名爲三禪。

그러므로 칠보로 장엄한 계단이 법당을 빙 둘러있다고 하는 것은 한량없는 즐거움을 표현한 것이다. 이를 법락(法樂)이라고 한다.


**정분승렬유인조 淨分勝劣由因造**
승렬(勝劣)이 분명히 나뉘는 건 지은 업 때문이니

승렬(勝劣)은 나음과 못함을 말함이다. 이렇듯 삼선천으로 나누는 것은 모두 지은 바 업으로 인하여 나누어지는 것이다.


**난적종시일점상 難敵終時一點霜**
마지막 시기에 서리 한 점 감당하기 어려우리.

삼선천에도 세 가지 허물이 있다. 첫째는 마음이 점차로 미세하게 혼침(昏沉)에 빠지며, 두 번째는 마음이 거칠게 일어나고, 세 번째는 마음이 미혹되어 번민하게 되는 것을 말한다. 이러함을 서리에 비유한 것이다.

# 근변고독상경우 近邊孤獨尙驚憂

## 수제영 水際詠

**近邊孤獨尙驚憂 何況阿鼻共九幽**
근변고독상경우 하황아비공구유

**劍樹手攀皮肉爛 刀山足下血泥流**
검수수반피육난 도산족하혈니류

가까운 주변이 고독한 것도 오히려 놀랍고 근심되는데,
더군다나 아비지옥 깊은 저승에 있는 이야 어떻겠는가?
손으로 칼 나무(劍樹) 휘어잡으니 살가죽이 문드러지고,
발아래 칼산(刀山)을 밟으니 흐르는 피 진흙탕을 이루네.

산보집 하단영청지의(下壇迎請之儀)에 실려 있고, 그 외에도 오종범음집(五種梵音集)에도 역시 수제영(水際詠)으로 실려 있다. 여기서 수제(水際)라고 하는 것은 물의 가장자리를 말한다. 그런데 왜 '물가'라는 표현을 굳이 언급하였을까? 이는 게송에 나오는 내용을 종합해 보면 칼산 지옥으로 떨어진 죄인들은 그 피가 진흙탕이 된다고 하였기에 수제영(水際詠)이라고 한 것이다.


### 근변고독상경우 近邊孤獨尙驚憂
가까운 주변이 고독한 것도 오히려 놀랍고 근심되는데,

근변(近邊)은 가까운 곳이라는 뜻이고, 고독(孤獨)은 쓸쓸하고 외로움을 말한다. 이도 인간이 겪는 고통 중 하나이다. 하물며 이러한 것마저도 놀라고 근심이 되거늘 이런 표현으로 문장을 열어 나가고 있다.

**하황아비공구유何況阿鼻共九幽**
**더군다나 아비지옥 깊은 저승에 있는 이야 어떻겠는가?**

하황(何況)은 '하물며'이며, 이어서 아비(阿鼻)는 '아비지옥'을 말함이다. 아비지옥은 팔열지옥(八熱地獄)의 하나이고, 그 명칭은 경전마다 좀 다르게 나타나고 있다. 여기서 이를 다 설명할 수는 없고, 관불삼매경(觀佛三昧經)에 보면 아비지옥은 '맹렬할 불이 속으로 들어온다'는 뜻이라고 하였다.

구유(九幽)는 사람이 죽은 뒤에 그 영혼이 가서 산다는 세상으로, 흔히 구천(九泉)이라고도 하고, 명계(冥界)라고 하기도 한다. 조선 선조 때 법견(法堅) 스님의 문집인 기암집(奇巖集) 권2에 보면 스님이 어머니 천도재를 올리면서 발원하기를, '향은 삼계에 두루 퍼지고 등(燈)은 구유(九幽)를 널리 비추며, 뭇 악기가 늘어선 가운데 일천 당번(幢幡)이 나부낍니다. 전날에 누차 음부(陰府)에 간절히 아뢰었다 하더라도 지금도 고해에 여전히 응체(凝滯)되어 있을까 걱정이 되니, 자식의 애타는 심정을 가련하게 여기시어 선비(先妣)가 악취(惡趣)에서 빠져나오게 해주소서.'라는 표현이 있다. 香普薰於三界。燈廣照於九幽。衆樂旁羅。千幢交擁。雖前日屢懇於陰府。恐于今猶滯於苦流。

**검수수반피육난 劍樹手攀皮肉爛**
**손으로 칼 나무(劍樹) 휘어잡으니 살가죽이 문드러지고**

검수(劍樹)는 칼로 된 나무를 말하는데 이를 손으로 휘어잡고 오르려고 하니 피부는 문드러진다고 하였다. 한마디로 검수지옥(劍樹地獄)의 고통을 나타내고 있다. 검수지옥은 검림지옥(劍林地獄)이라고도 하며, 16 소지옥(小地獄)의 하나로 나뭇잎이 칼로 이루어진 지옥이다. 이 숲에 들어가면 사나운 바람이 불어와 검수나무의 잎을 떨어트려 이 칼잎들이 죄인의 몸에 떨어져 고통을 준다고 한다. 그러나 이러한 지옥을 열거한 경전은 세기경(世記經) 정도만 있을 뿐이다.

**도산족하혈니류 刀山足下血泥流**
**발아래 칼산(刀山)을 밟으니 흐르는 피 진흙탕을 이루네.**

도산지옥(刀山地獄)의 고통을 말하고 있다. 도산지옥은 칼이 하늘을 향하여 꽂혀 있는 산으로 이곳에 떨어진 죄인들이 고통을 받는 지옥이다. 관불삼매해경(觀佛三昧海

經)에서 관불심품에 보면 '네 가지 칼산이 그의 몸을 베고 오리기에 스스로 견디지 못하고 기절하여 죽는다. 그러하면 옥졸과 나찰은 죄인을 몰아내어 칼산에 오르게 하는데, 산꼭대기에 오르기도 전에 칼에 발밑이 상하고 나아가 심장까지 상하지만 옥졸을 무서워하기 때문에 포복하여 올라간다. 이미 산꼭대기에 올라가면 옥졸은 손에 모든 칼 나무를 가지고 있다가 죄인을 쳐 죽인다.'고 하였다. 四種刀山割切其身。不自勝持悶絶而死。獄卒羅刹驅蹙罪人令登刀山。未至山頂刀傷足下乃至于心。畏獄卒故匍匐而上。旣至山頂。獄卒手執一切刀樹。撲殺罪人。

# 근부청장설화연 謹敷靑帳設華筵

## 헌좌게 獻座偈

**謹敷靑帳設華筵 花果香燈廣列前**
근부청장설화연 화과향등광열전

**大小宜依次第坐 專心諦聽演金言**
대소의의차제좌 전심체청연금언

삼가 푸른 휘장을 쳐서 화사한 자리를 깔고
꽃과 과일, 향과 등을 그 앞에 널리 진열하오니
크고 작은 순서에 따라 차례대로 앉으시어
마음을 오로지하여 부처님 말씀을 들으시옵소서.

헌좌게(獻座偈)는 자리에 앉으라고 권하는 게송으로, 이 게송은 산보집에서 삼대가친단(三代家親壇)에 나오는 내용이다. 가친(家親)의 권속에 앉으라고 청하는 내용이다.

### 근부청장설화연 謹敷靑帳設華筵
### 삼가 푸른 휘장을 쳐서 화사한 자리를 깔고

부(敷)는 펼친다는 뜻이기에 여기서는 청장(靑帳)과 연결되는 문구로 쓰였다. 그리고 청장(靑帳)은 푸른 휘장을 말한다. 그러므로 자신을 낮추고 윗사람을 공경하는 의미로 쓰인 근(謹)을 더하여 '삼가 푸른 휘장을 친다'는 표현이 된다. 설(設)은 베푼다는 의미이기에 설단(設壇)을 말하며, 여기서 설단이라고 하는 것은 단을 설치하는 것을 말한다. 화연(華筵)에서 화(華)는 단순하게 꽃을 지칭하는 것이 아니라 주변을 장엄했다는 뜻으로 쓰였다. 연(筵)은 깔개를 말하므로 '화사한 자리를 마련하였다'는 뜻이다. 위경이기는 하지만 대운륜청우경(大雲輪請雨經)에 보면 기우재(祈雨齋)를 지내고자 단을 만드는 내용에 단 중앙에 높은 자리를 하나 만들고, 자리 위에는 깨끗한 담요를 깔고 푸른 휘장을 친다고 하는 내용이 있다. 於壇中央。施一高座。座上敷設新青淨褥。張新青帳。

### 花果香燈廣列前 화과향등광열전
꽃과 과일, 향과 등을 그 앞에 널리 진열하오니

영가를 불러 청하기 위하여 간단한 공양 거리를 제공한다는 의미이다. 그러나 북방 불교에서는 오공양(五供養)이라고 하여 향(香), 등(燈), 다(茶), 과(果), 화(花)를 올리기도 하며, 여기에 쌀을 더하면 육법공양의 하나가 된다. 이러한 공양물은 단순한 먹거리를 올리는 것이 아니다. 향(香)은 해탈(解脫)을 의미하며, 등(燈)은 반야를 의미하고, 차는 감로법을 의미하며, 과(果)는 보리를 의미하고, 화(花)는 만행을, 미(米)는 선열(禪悅)을 의미하는 것이다.

### 대소의의차제좌 大小宜依次第坐
크고 작은 순서에 따라 차례대로 앉으시어

영가(靈駕)가 무슨 대소(大小)가 있겠느냐 하는 의문도 들지만, 여기서 대소는 '항렬에 따라' 이러한 표현이다. 예를 들면 할아버지 할머니도 앉으시고, 아버지 어머니도 앉으시고, 이러한 뜻으로 쓰인 것이다.

### 전심제청연금언 專心諦聽演金言
마음을 오로지하여 부처님 말씀을 들으시옵소서.

여기에 모신 것은 다름이 아니라 부처님 법문을 들려주기 위함이라는 목적을 분명히 밝히고 있다. 전심(專心)은 마음을 오로지 한곳에 모으라는 부탁이다. 부처님 법문도 망상이 들어가면 안 되기 때문이다. 제청(諦聽)은 부처님 가르침을 자세히 들으라는 의미다. 연(演)은 연설한다는 의미이기에 '법을 베풀다' 이러한 뜻이다. 금언(金言)은 부처님 입에서 나오는 말씀이니 곧 진리를 말하며, 이는 영원불멸하기에 금(金)에 비유하여 금언(金言)이라고 하였다. 문장에 따라서는 금구성언(金口聖言)이라 하기도 한다.

대반열반경(大般涅槃經) 권 제19 광명변조고귀덕왕보살품에 보면 부처님께서 말씀하셨다. '선남자여, 마음대로 물으라. 지금이 물을 때니라. 내가 그대를 위하여 하나 하나 설명해 주겠다. 그 까닭을 말하면 부처님을 만나기 어려움이 우담꽃과 같고, 법도 그러하여 듣기 어려우며, 12부 경전에서 방등경이 더욱 어려우니, 그러므로 전일(專一)한 마음으로 들어야 하느니라.' 佛言。善男子。隨意所問。今正是時。我當爲汝分別解說。所以者何。諸佛難値。如優曇花。法亦如是。難可得聞。十二部中。方等復難。是故應當。專心聽受。

# 금강보검최위웅 金剛寶劍最威雄

## 금강신영 金剛神詠

金剛寶劍最威雄 一喝能摧外道心
금강보검최위웅 일갈능최외도심

遍界乾坤皆失色 須彌倒卓半空中
변계건곤개실색 수미도탁반공중

금강보검은 가장 위엄 있고 웅장하여
한마디 호통으로 능히 외도 마음을 꺾기에
천지가 온통 모두 그 빛을 잃어버리고
수미산도 반공중에 거꾸러지도다.

작법귀감에서 아침저녁으로 신중단에 행하는 작법으로 이를 신중조모작법(神衆朝暮作法)이라고 한다. 여기에서 헌다게(獻茶偈)를 행하고 난 뒤 신중 가운데 금강신을 탄백하는 게송이며, 이 게송은 원나라 때 도태(道泰), 지경(智境) 등이 엮은 선림유취(禪林類聚) 제20권 가운데 권 제6에 실린 내용이기도 하다. 이는 송나라 때 분양선소(汾陽善昭 946~1023) 선사의 게송이며 이를 그대로 옮기면 다음과 같다.

金剛寶劍最威雄 一喝能摧萬刃鋒
금강보검최위웅 일갈능최만인봉

遍地乾坤皆失色 須彌倒 半空中
변지건곤개실색 수미도삽반공중

요진(姚秦)의 삼장법사 구마라습(鳩摩羅什)이 번역하고, 종경(宗鏡) 선사가 저술한 소석금강경과의회요주해(銷釋金剛經科儀會要註解) 제9에서는 고송(古頌)으로 소개하면서 다음과 같이 실려 있다. 그 내용은 대동소이하다.

金剛寶劒最威雄 一喝能摧萬仞峰
금강보검최위웅 일갈능최만인봉

徧界乾坤皆失色 須彌倒卓半空中
변계건곤개실색 수미도탁반공중

그러나 분양선소(汾陽善昭) 선사의 게송은 북방불교에서 옹호신(擁護神)으로 여기는 신중(神衆)하고는 아무런 관련이 없다. 하지만 재의례를 엮은이들이 이를 변형하여 신중의 찬으로 여겼다. 그러기에 어쩔 수 없이 신중을 찬탄하는 게송으로 보아 풀이 한다는 것을 미리 밝혀두고자 한다.

### 금강보검최위웅 金剛寶劒最威雄
### 금강보검은 가장 위엄 있고 웅장하여

금강보검(金剛寶劒)은 마음을 그렇게 표현하였으나 여기서는 이를 변형하여 금강(金剛)은 금강신(金剛神), 다시 말해 신중을 말하며 보검은 신중이 차고 있는 칼을 말함이다. 이는 신중이 지닌 칼은 위엄 있고 웅장하다, 이렇게 차용을 하였다.

### 일갈능최외도심 一喝能摧外道心
### 한마디 호통으로 능히 외도 마음을 꺾기에

일갈(一喝)은 외마디 소리이기에 선종(禪宗)에서 견성하여 자기도 모르게 툭 터져 나오는 외마디 소리를 말하지만, 여기서는 신중이 호령하는 소리로 둔갑을 하였다. 그러기에 신중이 호령하는 그 소리로 인하여 모든 외도의 마음을 꺾어버렸다고 차용하였다. 하지만 원래는 이러한 뜻은 아니고, '마음이 무엇인 줄을 알아차리면 외도의 마음을 꺾어 버린다'는 뜻이다.

### 변계건곤개실색 遍界乾坤皆失色
### 천지가 온통 모두 그 빛을 잃어버리고

신중의 위엄과 호령하는 소리는 천지를 벌벌 떨게 한다고 하였다. 여기서는 그러한 뜻은 아니다. 견성하면 천지의 주인이 바로 내가 되기 때문에 시비와 분별, 그리고 이로 인한 망상이 없어진다. 보고 듣고 하는 모든 것에 분별심이 사라지므로 집착을 멀리 여의게 되어 천지의 주인공이 바로 내가 된다는 뜻이다. 그러한 표현이 이렇게 둔갑하여 쓰였을 뿐이다.


**수미도탁반공중 須彌倒卓半空中**
**수미산도 반공중에 거꾸러지도다.**

신중의 위세가 이러함이라고 표현을 하였다. 그렇지만 선문(禪門)의 의미로 보면 견성하면 마음은 그 어디에도 걸림이 없기에 자유자재하다는 것을 나타내고 있음이다.

# 금관주취옥롱총 金冠珠翠玉瓏瑽

## 삼장영 三藏詠

**金冠珠翠玉瓏瑽 瓔珞光寒射碧空**
금관주취옥롱총 영락광한사벽공

**寶盖寶幢離寶殿 天仙天樂下天宮**
보개보당이보전 천선천락하천궁

금관에는 비취색 구슬의 영롱한 옥빛과
영락 싸늘한 빛 푸른 하늘을 쏘네.
보배로운 일산, 보배로운 당기(寶幢)가 있는 보배 궁전을 떠나
천선의 하늘 음악 울리며 천궁에서 내려오시네.

산보집(刪補集) 가운데 오로단(五路壇) 작법에서 중단(中壇)에 이르러 천도삼청(天道三請)을 하고 난 후 이어서 나오는 가영이다. 그리고 중단에 이르러서 이러한 표현을 산보집에서는 지중단(至中壇)이라고 한다.

## 금관주취옥롱총 金冠珠翠玉瓏瑽
### 금관에는 비취색 구슬의 영롱한 옥빛과

금관(金冠)은 금량관(金梁冠)의 준말로 성인의 관을 높여서 부르는 표현이다. 주취(酒臭)는 관에 장식된 구슬이 비취색이라는 말이다. 그리고 롱총(瓏瑽)은 구슬이 서로 부딪치는 소리를 말하기에 흔히 소리로 말하면 '쨍그랑'이라 하고, 빛으로 말하면 '쨍쨍'이라고 표현한다. 그러므로 이러한 어원을 살려서 영롱한 옥빛으로 보아도 된다. 그러므로 문장에 따라서 이를 잘 살펴보아야 한다. 백거이(白居易)의 야귀(夜歸)라는 시에 보면 마편고등비롱총(馬鞭敲鐙響瓏瑽)이라는 표현이 있는데, 이는 '채찍으로 등자(鐙子. 말의 발걸이)를 치니 쇠와 옥이 부딪는 소리가 나고' 이러한 표현으로 소리를 나타

낸 것이다.


## 영락광한사벽공 瓔珞光寒射碧空
## 영락 싸늘한 빛 푸른 하늘을 쏘네.

영락(瓔珞)은 구슬을 꿰어서 만든 꾸미개 장식을 말한다. 영락의 빛은 차갑다고 하였
는데, 여기서 차다는 뜻을 가진 한(寒)이라는 글자를 잘 이해하여야 한다. 날이 차면
서리가 끼고 그 빛이 햇볕을 받으면 영롱하게 빛나 더 차고, 얼음이 얼어서 햇볕을
받으면 쨍쨍한 빛이 나듯이 그 빛이 무엇 하나 잡스러움 없이 깨끗한 것을 말한다.
이러한 영락의 빛이 푸른 하늘을 향해 비춘다고 찬탄하는 것이다.


## 보개보당이보전 寶盖寶幢離寶殿
## 보배로운 일산, 보배로운 당기(寶幢)가 있는 보배 궁전을 떠나

보개(寶蓋)는 천개(天蓋)를 말함이기에 일산(日傘)으로 보는 것이다. 보당(寶幢)은
보배로운 기(旗)를 말하기도 하고, 휘장을 말하기도 한다. 그러므로 이러한 표현은 천
상을 말하는 것이다. 이러한 보배로운 궁전인 보전(寶殿)을 떠나 이 재단으로 오시라
청하는 내용이다.


## 천선천락하천궁 天仙天樂下天宮
## 천선의 하늘 음악 울리며 천궁에서 내려오시네.

천선(天仙)은 하늘에 산다는 신선을 말하기에 곧 천인(天人)을 말함이고, 천락(天樂)
은 하늘의 풍악을 말함이다. 그리고 하(下)는 내려온다는 의미로 쓰였다.

# 금령고진양삼성 金鈴高振兩三聲

## 선왕선후영 先王先后詠

**金鈴高振兩三聲 特地仙靈眼割開**
금령고진양삼성 특지선령안할개

**願承三寶加持力 高馭雲車暫下來**
원승삼보가지력 고어운거잠하래

요령을 높이 흔들어 양후(兩后)를 세 번 청하나니
특별한 곳 선령(仙靈)의 안목이 활짝 열리네.
바라건대 삼보의 가지력을 받들어
구름 수레 높이 타고 잠시나마 내려오시옵소서.

산보집 총림사명일영혼시식절차(叢林四名日靈魂施食節次)에서 선왕(先王)과 선후(先后)를 청하는 가영이다.

### 금령고진양삼성 金鈴高振兩三聲
요령을 높이 흔들어 양후(兩后)를 세 번 청하나니

금령(金鈴)은 금속으로 만든 방울을 말함이지만 이는 불교 의식에서 사용되는 불구(佛具)인 요령(搖鈴)을 이렇게 표현한 것이다. 그리고 고진(高振)은 세게 흔들어, 높이 흔들어, 이러한 표현이다. 양(兩)은 이 게송으로 청하는 주인공인 선왕과 선후를 말한다. 삼성(三聲)은 삼청(三請)과 같은 의미로 쓰였다.

### 특지선령안할개 特地仙靈眼割開
특별한 곳 선령(仙靈)의 안목이 활짝 열리네.

특지(特地)는 특별한 땅을 말하므로 이는 선지(仙地), 불지(佛地)를 말함이다. 그러므로 그곳에 계신 선령(仙靈)은 다름이 아닌 선왕, 선후를 말함이다. 고로 '선령이시여, 부처님의 말씀을 들으시고 활연개오(豁然開悟)하라'고 축원하는 것이다.


## 원승삼보가지력 願承三寶加持力
## 바라건대 삼보의 가지력을 받들어

'활연개오'하려면 삼보에 의지하지 아니하면 안 되기에 이러한 가피력을 받으시라는 것이다. 가지(加持)는 부처와 중생이 하나가 되는 경지로 들어가는 것을 말하기에, 이러한 능력(能力)을 가지력(加持力)이라고 한다.


## 고어운거잠하래 高馭雲車暫下來
## 구름 수레 높이 타고 잠시나마 내려오시옵소서.

어(馭)는 말을 부리는 것을 말하며 운거(雲車)는 구름으로 만든 수레이다. 선왕과 선후는 저 높은 곳에서 구름 수레를 타고 잠시나마 금일 법단에 내려오시라고 청하는 내용이다.

# 금로분기일주향 金爐氛氣一炷香

## 걸수게 乞水偈

**金爐氛氣一炷香 先請觀音降道場**
금로분기일주향 선청관음강도량

**願賜甁中甘露水 消除熱惱獲淸凉**
원사병중감로수 소제열뇌획청량

금향로에 가득한 기운 한 줄기 향으로
먼저 관음보살이 도량에 오시기를 청합니다.
바라건대 병 속에 있는 감로수를 주시어
열뇌를 없애 주시고 청량함을 얻게 하소서.

산보집 영산작법절차(靈山作法節次)에서 걸수게(乞水偈)는 물을 구하는 게송이다.
재의례에 있어서 물을 구한다고 하는 것은 참 의아한 일이다. 과연 무슨 물을 구한다
고 하는 것일까? 이는 법수(法水)를 구한다는 표현이다. 그러므로 걸수(乞水)는 영산
재를 행할 때 청정수(淸淨水)를 올려놓고 이를 성수(聖水)로 여겨 그 공덕을 찬탄하
는 게송이다. 이러한 의례를 행하는 것은 감로수를 내려 주어 모든 번뇌를 제거하여
서 청량한 마음을 얻고자 하는 기원에서 나온 의례다.

**금로분기일주향 金爐氛氣一炷香**
**금향로에 가득한 기운 한 줄기 향으로**

금로(金爐)는 향로를 그렇게 부른 것이다. 분기(氛氣)에서 분(氛)은 조짐이나 기운을
말하기에 향연(香煙)의 성스러움을 표현한 것이다. 그러므로 이러한 한 줄기 향을 사
른다는 뜻이다.

**선청관음강도량 先請觀音降道場**
먼저 관음보살이 도량에 오시기를 청합니다.

이 게송은 관음청(觀音請)을 집전하고 관음보살에 대한 가영(歌詠)에 이어서 나오는 게송이다. 당연히 관음보살이 이 도량에 강림하기를 청하고 있다.


**원사병중감로수 願賜甁中甘露水**
바라건대 병 속에 있는 감로수를 주시어

병 속의 감로수가 법수이다. 그러므로 '걸수게'는 감로수를 구한다는 게송이다. 여기서 감(甘)은 '달다'는 의미도 있지만 '청량하다'는 의미도 있다.


**소제열뇌획청량 消除熱惱獲淸凉**
열뇌를 없애 주시고 청량함을 얻게 하소서.

법수를 구하는 것은 다름이 아닌 왕성하게 일어나는 번뇌를 없애기 위함이다. 그러므로 법수는 곧 부처님의 말씀을 빗대어 말한 것이다. 중생은 부처님의 가르침으로 번뇌에서 벗어날 수가 있다. 왕성하게 일어나는 번뇌를 열뇌(熱惱)라고 불에 비유하였으므로 불을 끄는 데는 물이 있어야 한다. 이를 구하고자 하는 게송이 '걸수게'다.

# 금세안위전세업 今世安危前世業

## 현종 창효 顯宗彰孝 대왕

**今世安危前世業 此生仁孝後生因**
금세안위전세업 차생인효후생인

**光陰電囚如流水 覺悟輪廻夢幻身**
광음전수여류수 각오륜회몽환신

지금 세상의 안전함과 위태함은 전 세상의 업 때문이요,
이승에서 어질고 효도함은 다음 세상의 씨앗이라네.
세월은 번개처럼 빨라서 흐르는 물 같으니
윤회를 깨달으면 모두가 덧없는 것이라네.

산보집 종실단작법의(宗室壇作法儀)에서 현종(顯宗) 선가에 대한 가영이다. 현종(顯宗)은 조선의 제18대 국왕으로 본명은 이원(李棩 1641~1674)이다. 효종(孝宗)의 외아들이고 숙종(肅宗)의 아버지가 된다. 효종이 봉림대군(鳳林大君) 시절 청나라 심양(瀋陽)에 인질로 있을 때 태어났으므로 조선왕조 중 유일하게 외국에서 출생한 임금이다. 아울러 비(妃)도 후궁 없이 청풍 김씨의 명성왕후(明聖王后)만 두었다. 그리고 창효(彰孝) 대왕이라는 표현은 현종의 묘호(廟號)이다.

## 금세안위전세업 今世安危前世業
지금 세상의 안전함과 위태함은 전 세상의 업 때문이요,

금세(今世)는 지금의 세상을 말하기에 이승이라고도 한다. 안위(安危)는 안전함과 위태함을 말하기에 이러한 표현은 대부분 국사(國事)에 관한 표현으로 많이 쓰인다. 전세(前世)는 흔히 전생(前生)이라고 한다. 그러기에 효종이 나라를 통치하면서 안위가 교차하는 것은 모두 전생의 업이라는 것을 알아두라는 것이다.

**차생인효후생인 此生仁孝後生因**
이승에서 어질고 효도함은 다음 세상의 씨앗이라네.

금세(今世)나 차생(此生)이나 같은 표현이며 효종이 나라를 다스림에 있어서 어질고 부모에게 효도하는 것은 모두 다음 세상에서 인연의 씨앗이 된다고 표현하였다.


**광음전수여류수 光陰電囚如流水**
세월은 번개처럼 빨라서 흐르는 물 같으니

광음(光陰)에서 광(光)은 해를 말하고 음(陰)은 달을 말하기에 세월을 비유한 표현이다. 이어서 전(電)은 번갯불처럼 세월이 지나간다는 의미이며, 이를 또다시 비유하기를 흘러가는 물과 같이 인생사가 빨리 지나간다고 말하고 있다.


**각오륜회몽환신 覺悟輪廻夢幻身**
윤회를 깨달으면 모두가 덧없는 것이라네.

각오(覺悟)는 '도리를 깨달아라'라는 표현으로 이어지는 문구인 윤회(輪廻), 그리고 '이 몸이 몽환(夢幻)이라는 것을 알아라.'라는 표현으로 이생에 집착하지 말라고 윤회법으로 효종 대왕의 몸도 그렇게 된 것이라고 위로하고 있다.

# 금장감로다 今將甘露茶

## 다게 偈茶

**今將甘露茶 奉獻賢聖前**
금장감로다 봉헌현성전

**鑑此虔懇心 願垂哀納受**
감차건간심 원수애납수

제가 이제 감로차를 가져다가
현성(賢聖)님 앞에 받들어 올리오니
저의 경건하고 간절한 마음 굽어살피시고
애틋하게 여기시어 자비로써 받으소서.

모든 재의례에 보편적으로 나오는 다게이다. 다게(茶偈)는 헌다게(獻茶偈)라고도 하며, 이 게송은 차를 올림에 있어서 송(誦)하는 게송이다. 봉헌(奉獻)~~에 이어서 삼보전(三寶前), 관음전(觀音前) 등으로 변형하여 널리 통용되는 게송이다. 헌다를 세속의 예법으로 보면 제사 때에 국그릇을 내리고 숭늉을 차로 올리는 것도 '헌다'라고 한다.


## 금장감로다 今將甘露茶
**제가 이제 감로차를 가져다가**

금장(今將)은 제가 이제 무엇을 하려고 한다는 표현이다. 그러므로 감로차를 올리려고 한다는 것을 알 수 있다. 여기서 감로차는 감로처럼 맛있는 차라는 것을 말하며 이는 성인에게 올리는 차에 대하여 자신의 정성을 나타낸 것이다.

**봉헌현성전 奉獻賢聖前**
**현성(賢聖)님 앞에 받들어 올리오니**

봉헌(奉獻)은 물건은 받친다는 표현이다. 누구에게 올리느냐 하면 현성(賢聖)에게 올린다고 밝히고 있다. 그러나 위에서 이미 설명하였듯이 봉헌(奉獻)~~ 뒤에 그 대상을 바꾸어 문장을 변형하여 널리 쓰이고 있다.


**감차건간심 鑑此虔懇心**
**저의 경건하고 간절한 마음 굽어살피시고**

건간심(虔懇心)에서 건(虔)도 정성을 나타내는 표현이고 간(懇)도 정성을 나타내는 표현이다. 그러므로 '정성스러운 마음으로' 이러한 표현이고, 감(鑑)은 거울을 비추어 살펴보듯이 차를 올리는 저의 정성을 굽어살펴봐 달라는 표현이다.


**원수애납수 願垂哀納受**
**애틋하게 여기시어 자비로써 받으소서.**

원수(願垂)는 원하건대 받아 달라는 표현이다. 애(哀)는 불쌍히 여겨서, 애틋하게 이러한 표현이고, 납수(納受)는 소원이나 부탁을 들어준다는 뜻이다. 그리고 '원수애납수'는 세 번을 하며 마지막 세 번째는 더더욱 정성을 다하기 위하여 자비(慈悲)를 보태어 '원수자비애납수'로 마무리를 한다.

# 금장묘약급명다 今將妙藥及名茶

## 헌다게 獻茶偈

**今將妙藥及名茶 奉獻十方三寶前**
금장묘약급명다 봉헌시방삼보전

**鑑此檀那虔懇心 願垂慈悲哀納受**
감차단나건간심 원수자비애납수

제가 지금 묘한 약과 이름난 차를
시방세계 삼보전에 받들어 올립니다.
이 시주의 정성스러움과 간절한 마음 살피시어
원하건대 자비로써 애틋하게 여겨 받으시옵소서.

헌다게(獻茶偈)에 대해서는 바로 앞서 게송에서 설명하였기에 여기서는 그 설명을 생략하고자 한다. 그리고 지금 이 게송은 산보집에서 지영청소(至迎請所)에 나오는 게송이며 중복되는 단어는 앞서 나온 다게를 참고하길 바란다.

**금장묘약급명다 今將妙藥及名茶**
제가 지금 묘한 약과 이름난 차를

묘약(妙藥)은 신통하게 잘 듣는 약을 말하므로 지금 제가 올리는 차(茶)가 그러하다는 것이다. 그러므로 다게에 보면 차(茶)를 앞서 나온 게송에는 감로(甘露)라고 하였으나 여기서는 묘약(妙藥)이라고 하였다. 그리고 명다(名茶)는 세상에서 아주 맛 좋기로 이름난 차라는 뜻이다.

봉헌시방삼보전 奉獻十方三寶前
시방세계 삼보전에 받들어 올립니다.

차를 올리는 대상이 삼보(三寶)라는 것을 밝히고 있다.


감차단나건간심 鑑此檀那虔懇心
이 시주의 정성스러움과 간절한 마음 살피시어

단나(檀那)는 시주(施主), 보시(布施) 이러한 뜻이다. 그러므로 이 차를 올린 보시자
의 정성을 굽어살펴 달라는 표현이다.


원수자비애납수 願垂慈悲哀納受
원하건대 자비로써 애틋하게 여겨 받으시옵소서.

앞서 나온 다게(茶偈) 편의 설명을 참고하길 바란다.

# 금차가지공덕수 今此加持功德水

## 헌다약게 獻茶藥偈

今此加持功德水 變成甘露味馨香
금차가지공덕수 변성감로미형향

孝子虔誠跪奉獻 亡靈受已獲淸凉
효자건성궤봉헌 망령수이획청량

지금 이처럼 가지한 공덕의 물을
감로로 변하여서 그 맛 향기롭습니다.
효자가 지극한 정성으로 무릎 꿇고 올리오니
망령이시여, 이 차를 받고 나면 청량해질 것입니다.

산보집 삼대가친단(三代家親壇)에 수록된 헌다약게(獻茶藥偈)는 차와 약식을 올리는 게송이며, 이 게송은 두 개의 시구(詩句)로 이루어져서 첫 번째 시구는 '금차가지공덕수'로 시작하여 차를 올리는 게송이고, 두 번째 시구는 '의법가지명다약'으로 시작하는 약식(藥食)을 올리는 게송이다. 이 두 개의 시문을 합쳐서 헌다약게(獻茶藥偈)라고 하므로 이 게송을 올바르게 이해하려면 이 책에 실린 '의법가지명다약'을 이어서 살펴보아야 한다.

## 금차가지공덕수 今此加持功德水
지금 이처럼 가지한 공덕의 물을

가지(加持)에서 가(加)는 부처님의 가피를 말함이고, 지(持)는 섭지(攝持) 또는 호념(護念)이라는 뜻으로 이는 '부처님께서 가피를 내리신' 이러한 뜻이다. 그러므로 뒤이어 나오는 공덕수(功德水)가 그러하다는 것이다.

**변성감로미형향 變成甘露味馨香**
**감로로 변하여서 그 맛 향기롭습니다.**

공덕수가 감로수(甘露水)로 바뀌어 그 맛이 아주 향기로울 것입니다. 그러기에 이 물을 받아 달라고 하는 것이다.


**효자건성궤봉헌 孝子虔誠跪奉獻**
**효자가 지극한 정성으로 무릎 꿇고 올리오니**

재를 지내는 아들이 직접 효자라고 하는 것은 아니고 재를 집전하는 스님이 재주를 효자라고 하는 것이다. 그러므로 '재주가 무릎을 꿇고 경건한 마음으로 이 공덕수를 올리나니'라는 뜻이다.


**망령수이획청량 亡靈受已獲淸凉**
**망령이시여, 이 차를 받고 나면 청량해질 것입니다.**

망령이여! 이 공덕수를 받으면 번뇌가 사라질 것이다. 이를 여기서는 청량(淸凉)이라고 하였다.

# 금행반도 金杏班桃

## 배헌보리과 拜獻菩提果

金杏班桃 荔枝龍眼果　帶葉林檎 琵琶成雙朶
금행반도 려지용안과　대엽림금 비파성쌍타

氛鼻熏香 成就滋味多 李奈蘋婆 獻上如來座
분비훈향 성취자미다 리내빈파 헌상여래좌


금색 살구와 점이 있는 복숭아 여지(荔枝)와 용안과(龍眼果)와
잎 달린 사과와 비파는 두 떨기를 이루었는데
코끝으로 풍겨오는 향기는 많은 구미를 돋우나니
자두, 능금, 빈파과(蘋婆果)를 여래님 좌(座)에 올립니다.

산보집에 실린 영산작법절차(靈山作法節次)에서 육법공양을 올리는 가운데 과일 공양을 올리면서 염송하는 게송이다. 배헌보리과(拜獻菩提果)라는 표현은 절하면서 보리의 과일을 헌성(獻誠)한다는 표현이다.


## 금행반도 여지용안과 金杏班桃 荔枝龍眼果
금색 살구와 점이 있는 복숭아 여지(荔枝)와 용안과(龍眼果)와

금행(金杏)은 금빛 색 나는 살구라는 표현이다. 아마 이때는 살구가 엄청 귀했던 과일이라는 것을 짐작할 수 있다. 반도(斑桃)에서 반(斑)은 얼룩무늬가 있는 것을 말한다. 요즘처럼 복숭아가 품종 개량이 된 것을 생각하면 안 되고, 당시의 복숭아는 아마 그렇게 생겼던 모양이다. 려지(荔枝)에서 려(荔)는 과수의 이름을 말하며 이는 열대 과일의 한 종류로 무환자나무목에 속하며 과육은 시고 달며 독특한 향기가 있어 중국 남부에서는 과일 가운데 왕이라는 별칭을 가지고 있다. 요즘에는 영어로 표현하여 흔히 리치( Litchi)라고 한다. 용안과(龍眼果)는 용안의 열매를 말하며 흔히 용안육

(龍眼肉)이라고 하여 중국 남부지방이나 인도, 그리고 동남아시아 지방에서 볼 수 있는 과일로 영어로는 롱간(longan)이라고 한다.

## 대엽림금 비파성쌍타 帶葉林檎 琵琶成雙朶
### 잎 달린 사과와 비파는 두 떨기를 이루었는데

임금(林檎)은 능금을 말함이기에 여기에서는 사과라고 풀이를 하였다. 그리고 비파(枇杷)는 비파나무의 열매를 말하는데 대엽(帶葉)이라는 표현이 있으므로 꼭지 부분에 잎이 달려 있다는 것을 알 수 있다. 이는 싱싱한 과일이라는 것을 은근히 표현한 것이다. 그리고 비파는 그 양이 두 떨기라고 하였으니 지금까지 소개한 이러한 과일은 당시로 돌아가 살펴보면 상당히 귀한 과일임이 분명하다.

## 분비훈향 성취자미다 氛鼻熏香 成就滋味多
### 코끝으로 풍겨오는 향기는 많은 구미를 돋우나니

코끝으로 전해오는 과일 향기는 영양분 많고 맛있는 과일이기에 입맛을 당기기에 충분하다고 표현하였다.

## 리내빈파 헌상여래좌 李柰蘋婆 獻上如來座
### 자두와 버찌, 능금, 빈파과(蘋婆果)를 여래님 좌(座)에 올립니다.

리(李)는 자두를 말하며 내(柰)는 능금을 표현하는 말이지만 리내(李柰)하면 흔히 자두와 버찌를 말하기도 하고 자두와 능금을 말하기도 한다. 빈파(頻婆)는 봉안과(鳳眼果)라 하기도 하며 흔히 중국 밤나무라고 하기도 한다. 이 과일의 학술명은 Sterculia monosperma이며, 열매라기보다는 검은색의 씨앗에 가깝다. 이를 굽거나 쪄 먹으면 밤과 비슷한 맛이 난다고 하여 중국 밤나무라고 한다.

헌상(獻上)은 물건을 삼가 올린다는 표현이다. 게송에 보면 여래좌(如來座)라고 하였기에 여래좌(如來座) 또는 여래전(如來前)에 올린다는 뜻이다.

# 금향여래보좌전 今向如來寶座前

## 천선게 天仙偈

**今向如來寶座前 五禮投誠歸命禮**
금향여래보좌전 오례투성귀명례

**願滅輪迴生死因 速悟二空常樂體**
원멸윤회생사인 속오이공상락체

지금 여래의 보배 자리 앞에서
오체투지로 정성 다하여 귀명하며 예(禮)를 올리오니
바라건대 생사에 윤회하는 원인을 멸하여
이공(二空)으로 상락(常樂)의 체(體)를 빨리 깨닫게 하소서.

오종범음집(五種梵音集)에서는 천선게(天仙偈)로 되어 있으며 산보집(刪補集)하고는 그 순서가 다르게 되어 있다. 오종범음집은 1661년에 발간되었으며 산보집은 1721년에, 작법귀감(作法龜鑑)은 1826년에 발간되었다. 그러므로 산보집보다는 오종범음집의 순서가 바른 것으로 필자는 보았기에 오종범음집의 내용을 옮기면 다음과 같다.

今向如來寶座前 願滅輪回生死因
금향여래보좌전 원멸윤회생사인

五體投地歸命禮 速悟二空常樂體
오체투지귀명례 속오이공상락체

**금향여래보좌전 今向如來寶座前**
지금 여래의 보배 자리 앞에서

보좌(寶座)는 부처님께서 앉으신 자리를 말함이다. 그러므로 이 시문은 '제가 이제 부처님 계신 곳에 원(願)을 세운다'고 하였다.


## 오례투성귀명례 五禮投誠歸命禮
**오체투지로 정성 다하여 귀명하며 예(禮)를 올리오니**

부처님께 절을 올릴 때 자신의 양 무릎과 팔꿈치, 이마 등 신체의 다섯 부분이 땅에 닿기 때문에 오체투지라고 한다. 이는 자신을 최대한 낮추는 인사법이며, 이러한 인사법은 중생이 빠지기 쉬운 교만심을 억누르고 자신의 어리석음을 참회하는 예법(禮法)이다. 이러한 오체투지 법에 대해서 본생경(本生經)에서는 선혜(善慧)가 연등불(燃燈佛)에게 이러한 예법을 하였다.


## 원멸윤회생사인 願滅輪迴生死因
**바라건대 생사에 윤회하는 원인을 멸하여**

수행의 궁극적인 목표는 윤회를 끊어서 다시 생사에 얽매임이 없도록 하기 위함이다. 무상경(無常經)에 보면 다음과 같은 게송이 있다.

循環三界內 猶如汲井輪 亦如蠶作繭 吐絲還自纏
순환삼계내 유여급정륜 역여잠작견 토사환자전

삼계를 돌고 도는 것은
오르내리는 두레박질 같고
누에가 고치를 짓는 것과 같으니
실을 토해 도리어 자신이 얽힌다네.


## 속오이공상락체 速悟二空常樂體
**이공(二空)으로 상락(常樂)의 체(體)를 빨리 깨닫게 하소서.**

속오(速悟)는 하루라도 빨리 깨닫게 해달라는 뜻이다. 대보적경(大寶積經) 권 제41 다나바라밀다품(陀那波羅蜜多品) 제6에 보면 부처님께서 사리자에게 아래와 같이 말씀하셨다.

於如來聖敎 敬心而聽法 於法恭敬已 速悟大菩提
어여래성교 경심이청법 어법공경이 속오대보리

여래의 성스러운 가르침에 대하여
공경하는 마음으로 법을 들어라.
법에 대하여 공경하고 나면
속히 큰 보리를 깨치게 되리라.

이공(二空)은 아공(我空)과 법공(法空)을 말하는 것으로 아공은 분별하는 인식을 주관하는 작용이 끊어진 상태를 말함이다. 법공은 인식의 주관에 형성된 현상에 대한 분별이 끊어진 상태를 말한다. 그러므로 아공으로 보면 오온(五蘊)도 자아(自我)가 없으므로 일시적으로 화합된 상태가 되기에 집착할 바가 안 되는 것이며, 법공으로 보면 모든 현상은 인연에 의하여 일시적인 화합이기에 거기에는 불변하는 실체가 없게 되는 것이다.

'이공'을 깨달으면 상락(常樂)을 얻게 되는 것이다. 능엄경(楞嚴經)에 보면 부처님께서 말씀하시기를 '이공을 얻지 못한 이들과 보살승으로 돌아선 아라한들이 모두 일승의 적멸한 도량인 진실한 아란야의 바른 수행처를 얻게 하리니, 너는 이제 자세히 들으라'고 하셨다. 二空。廻向上乘阿羅漢等。皆獲一乘寂滅場地。眞阿練若正修行處。汝今諦聽當爲汝說。

# 나반신통세소희 那畔神通世所稀

## 나한영 羅漢詠

那畔神通世所稀 行藏現化任施爲
나반신통세소희 행장현화임시위

松巖隱跡經千劫 生界潛形入四維
송암은적경천겁 생계잠형입사유

나반의 신통은 세간에 보기 드물어서
감추고 드러냄이 자재하여 마음대로 하시네.
소나무 바위 아래 자취를 숨긴 지 일천 겁을 지났건만
중생계에 모습을 감추시고 사방으로 드나드네.

이 게송의 출전은 알 수가 없지만, 우리나라에서만 통용되고 있는 게송으로 작법귀감 독성청(獨聖請)에서 유치(由致)를 마치고 이어서 나오는 독성을 탄백하는 게송이다. 또한 진호석연(震湖錫淵 1880~1965) 스님이 편저한 석문의범(釋門儀範)에서는 독성청(獨聖請) 가영(歌詠)으로 기록되어 있다.

**나반신통세소희 那畔神通世所稀**
**나반의 신통력은 세상에서 드물어서**

석문의범에는 나한(羅漢)이 아니라 나반(那畔)으로 되어 있다. 물론 나한이라는 표현은 산스크리트어의 arhat를 음사한 것으로 이를 갖추어 표현하면 아라한(阿羅漢)이라 하고 줄여서는 나한 또는 나반 등으로 나타낸다. 나한에 대해서 좀 더 살펴보면 남방불교에서는 수행자가 수행의 정도에 따라 그 계위에 들게 되는데 이를 4단계로 나누어 보고 있다.

4단계의 계위는 수다원(須陀洹), 사다함(斯多含), 아나함(阿那含), 아라한(阿羅漢)이다. 여기서 아라한이라 하는 것은 욕망의 사슬에서 벗어난 계위로 다시 생(生)을 받지 않는다. 그러기에 부처님도 계위로 보면 아라한이 되는 것이다. 그러나 중국불교에서는 이러한 근본적인 사상이 크게 훼손되어 마치 또 하나의 수행의 부류인 아라한을 탄생시켜 십육 나한 오백 나한 등을 만들어내 급기야 나한전을 짓거나 나한을 믿는 기이(奇異)한 형태의 신앙이 생겨났다. 그리하여 대웅전이 있고 나한전이 더불어 있다면 그만 옥상옥(屋上屋)이 되는 것이다. 그러므로 나한에 대해서 바로 알아야 한다.

증일아함경에 보면 나한에 대해서 잘 나와 있다. 나한은 신통력(神通力)을 부리는 수행자가 아니라 정진을 잘하는 수행자를 뜻하는 것임을 명확하게 알아 두어야 한다. 나한에 대하여 덧칠이 가해지고 이를 또 하나의 신앙으로 여기다 보니 갖가지 신통력을 부리는 이야기로 우리에게 전해지고 있지만, 그것은 나한의 본질이 아니다. 증일아함경 역품(力品)에 보면 세상에는 여섯 가지 힘이 있음이라고 말씀을 하셨으니 이를 살펴보면 다음과 같다.

1. 어린아이는 우는 것으로 힘을 삼기에 무엇을 구하고자 하면 먼저 울음으로 말하고, 小兒以啼爲力。欲有所說。要當先啼。

2. 여자는 성내고 성내는 마음[嗔心]으로 힘을 삼아 무엇을 구하고자 하면 반드시 먼저 진심(嗔心)을 내어 하고자 하는 것을 말한다. 女人以瞋恚爲力。依瞋恚已。然後所說。

3. 사문(沙門)은 참는 것이니 무엇을 구하고자 하면 반드시 하심(下心)을 한 연후에야 할 바를 말하고, 沙門。婆羅門以忍爲力。常念下。下於人然後自陳。

4. 왕(王)은 업신여김[憍慢]으로 힘을 삼아 무엇을 하고자 하면 먼저 세력으로 할 바를 말하고, 國王以憍慢爲力。以此豪勢而自陳說。

5. 나한(羅漢)은 오로지 정진으로 힘을 삼아 무엇을 하고자 하면 먼저 정진하며, 然阿羅漢以專精爲力。而自陳說。

6. 모든 부처는 자비(慈悲)로 힘을 삼으니 항상 대자대비로써 모든 중생을 이익되게 한다. 諸佛世尊成大慈悲。以大悲爲力弘益衆生。

우리의 힘은 어디서 나오는 걸까? 빡빡 우기고, 고집부리고, 울고불고해서 무엇을 얻으려고 하는 것은 아닐까? 매사에 안 되면 화를 불같이 내지는 않는가? 아랫사람을 돌보는 하심을 하고는 있는가? 내 잘났다고 무조건 나를 따르라고 하지는 않는가? 권모술수로써 모든 이를 현혹되게 하지는 않는가? 부처님처럼 자비를 베풀고 있는가? 불자는 이를 되돌아보는 밑바탕이 되어 있어야 비로소 수행의 길로 제대로 들어서게 되는 것이다.

그러므로 여기서 이러한 신통력은 세간에서는 보기가 힘들다고 하였다. 여기서 신통력이라는 것은 하나의 방편으로 이해해야 한다. 그렇지 아니하면 나한은 그냥 도술을 부리는 것쯤으로 전락하기 때문이다.

세소희(世所稀)는 세간에서 좀처럼 보기가 드물다는 표현이다. 그러므로 이는 이렇게 해석해야 한다. '이러한 정진력을 가진 수행자인 아라한을 만나기가 어렵다'. 세상에는 숱한 수행자가 있다. 물론 불교 이외 모든 종교의 성직자들도 그러하다. 그렇지만 이를 잘 모르면 역학(易學)이라는 이름으로 남의 길흉을 점치는 수행자로 전락한다. 이는 참다운 수행자가 아니다.

## 행장현화임시위(行藏現化任施爲)
## 감추고 드러냄이 자재하여 마음대로 하시네.

행장현화(行藏現化)라는 것은 행동하지만 이를 드러내지 아니하고 행한다는 표현이다. 그러므로 아상(我相)이 없음을 말하는 것이다. 논어(論語) 술이편에 보면 공자가 안연(顔淵)에게 말하기를 '세상이 나를 알아주어 써준다면 내 뜻을 실천할 것이고, 세상이 나를 버린다면 곧 숨는다'고 하였다. 用之則行。舍之則藏。

여기서 용(用)은 행(行)과 같은 뜻이다. 장(藏)은 은(隱)과 같은 뜻으로 보아도 된다. 그러므로 행장현화(行藏現化)에서 행(行)은 현(現)과 대구(對句)가 되며, 장(藏)은 화(化)와 대구가 되기에 이를 다시 조합해 보면 행현장화(行現藏化)가 되는 것이다.

이왕에 말이 나왔으니 논어에서 말하는 용지즉행(用之則行)을 바로 알려면 중용(中庸)에 나오는 내용을 한번 살펴보기를 바란다. 공자가 말하기를 '도가 행하지 못할 것을 나는 알고 있다. 안다는 사람은 도를 지나치고, 어리석은 자는 도에 미치지 못하며, 도가 밝지 못하다는 것을 나는 아노라. 어진 자는 지나치고 못난 사람은 미치지 못함이라'고 하였다. 子曰。道之不行也。我知之矣。知者過之。愚者不及也。道之不

明也。我知之矣。賢者過之。不肖者不及也。

임시위(任施爲)에서 임(任)은 '마음대로'라는 표현이고, 시(施)는 '행한다'는 의미이다. 위(爲)는 시(施)의 글자를 이어받아 '행하다'는 것을 현재진행형으로 표현하고 있다. 그러므로 임시위(任施爲)는 '행함에 있어서 자유자재하다'는 것을 말함이다.

보살의 사명은 언제나 나를 숨기면서 상대를 이끌어 불법 문중에 들게 하여 제도하고자 함이 율(律)처럼 되어 있다고 하여도 과언이 아니다. 그러므로 경전에 나오는 보살은 보살 자신을 믿으라 하는 것이 아니라 은근슬쩍 부처님의 가르침을 믿으라고 하는 인로(引路)의 역할을 하는 것이다. 그러기에 행장현화임시위(行藏現化任施爲)도 이러한 맥락으로 흐르고 있음을 알아 두어야 한다. 화엄경(華嚴經) 입법계품에 보면 선재동자의 역할에 대해서 말씀하시는 가르침이 있다. 중생들은 캄캄한 곳에서 소경처럼 바른길을 잃어버리기에 선재동자가 길잡이 되어 편안한 곳을 보여준다고 하였다. 衆生處癡暗。盲冥失正道。善財爲導師。示其安隱處。


## 송암은적경천겁(松巖隱迹經千劫)
### 소나무 바위 아래에서 자취를 숨긴 지 일천 겁을 지났건만

이 부분은 다소 도교적인 표현이 강하다. 그러나 이를 불교의 관점으로 들여다보고자 한다. 송암은적(松巖隱迹)에서 송암(松巖)은 소나무와 바위를 말하는 것으로 이를 다시 살피면 우거진 소나무 아래 숨어서 그 자취를 감추었다는 표현이다. 여기서 '송암'은 곧 수행처를 말하는 것이다. 사찰(寺刹)이 깊은 산중으로 들어가게 된 것은 도교의 영향으로 그렇게 된 것이 가장 큰 원인 가운데 하나이다. 원효성사(元曉聖師)의 발심수행장(發心修行章)에 보면 높은 산과 우뚝 솟은 바위굴은 지혜 있는 사람이 사는 곳이며, 푸른 소나무 우거진 깊은 계곡은 수행자가 살 곳이라고 하였다. 그러므로 '송암은적'은 곧 수행자가 머물러서 수행하는 장소를 말하는 것이다. 高嶽峩巖。智人所居。碧松深谷。行者所捿。

경천겁(經千劫)에서 경(經)은 경전을 말하는 것이 아니라 여기서는 '지날 경(經)' 자로 보아 세월이 지나감을 말하는 것이다. 이를 예로 들어 경숙(經宿)이라는 표현을 보면 하룻밤이 지나갔다는 의미가 되는 것이다. 천겁(千劫)은 아주 오랜 세월을 말하는 것이다. 그러므로 경천겁(經千劫) 하면 아주 오랜 세월이 지나가도록 이러한 표현이 된다. 고로 송암은적경천겁(松巖隱迹經千劫)은 나한은 비록 그 몸을 감춘 지가 아주 오랜 세월이 지나갔건만 이러한 표현으로 보면 된다.

**생계잠형입사유(生界潛形入四維)**
중생계에 모습을 감추시고 사방으로 드나드네.

생계(生界)는 생물이 있는 생물계(生物界)를 말하므로 곧 중생계인 사바세계를 말함이다. 잠형(潛形)은 숨어서 모습과 자취를 감추었다는 표현이기에 위에서 살펴본 '송암은적경천겁'을 다시 강조한 것이다. 이를 다시 표현하면 '은장종적(隱藏踪迹)'이 되는 것이다.

입사유(入四維)에서 사유(四維)는 주역에서 말하는 건(乾), 곤(坤), 간(艮), 손(巽)을 말한다. 이를 방위에 대비하면 서북, 서남, 동북, 동남의 네 방위를 말하는 것이기에 이는 곧 사방을 말하는 것이다. 그러므로 '생계잠형입사유(生界潛形入四維)'는 비록 나한이 우리 눈에는 보이지 않는다고 여기지만, 알고 보면 늘 우리와 함께하고 있다는 표현으로 마무리하고 있다. 그러나 양산 통도사 삼성각 등의 주련에서는 다음과 같이 나타내고 있으니 이를 참고삼아 알아 두어야 한다.

松巖隱跡經千劫 生界潛形入四維
송암은적경천겁 생계잠형입사유

隨緣赴感澄潭月 空界循環濟有情
수연부감징담월 공계순환제유정

소나무 바위 아래 자취를 숨긴 지 천 겁을 지났지만
중생계에 모습을 감추시고 사방으로 드나들기에
인연 따라 감응하시기를 연못에 달빛이 내리듯이
허공과 중생계를 순환하시면서 중생을 제도하시네.

대구 파계사 응진전에는 [나한신통세소희]가 아닌 [나반신통세소희]로 되어 있으며, 양산 통도사 삼성각 주련은 다음과 같이 걸려 있다.

松巖隱跡經千劫 生界潛形入四維 隨緣赴感澄潭月 空界循環濟有情
송암은적경천겁 생계잠형입사유 수연부감징담월 공계순환제유정

지금까지 설명한 것 외에도 '동방세계명만월(東方世界名滿月)'이라는 문장을 덧붙여 주련의 문장으로 삼는 예도 있다.

# 나시의상적다전 羅時義相迹多傳

## 의상 義相 화상

**羅時義相迹多傳 水畔山前幾處延**
나시의상적다전 수반산전기처연

**講釋華品常式事 至今靈迹滿山川**
강석화품상식사 지금영적만산천

신라 시대 의상 스님은 많은 자취를 전했으니
물가와 산 앞에 몇 곳이나 늘어놓았던가?
화엄을 강론하는 자리엔 항상 법식(法式)이 있었는데
지금까지 영혼의 자취 산천에 가득하도다.

산보집에서 선문조사예참(禪門祖師禮懺)에 나오는 내용으로 의상 스님은 해동조사
(海東祖師)이며, 여러 산을 순력(巡歷)하며 다니셨고 용(龍)의 딸이 의상(義相) 화상
에게 귀명하고 예를 올린다고 하였다.


### 나시의상적다전 羅時義相迹多傳
신라 시대 의상 스님은 많은 자취를 전했으니

나시(羅時)는 신라 시대를 말함이며 의상(義相 625~702)은 의상 스님을 말한다. 의
상 스님은 우리나라 화엄종의 개조로 추앙을 받고 있으며 19세 때 경주 황복사(皇福
寺)에서 출가하였다. 원효(元曉) 스님과 함께 당나라로 구법을 위해 떠났다가 요동
(遼東) 지방에서 고구려 순찰병에게 정탐자로 오인되어 수십 일간 구금되어 있다가
돌아왔다. 그로부터 10년 뒤인 문무왕 1년인 661년에 당나라 사신의 배를 타고 당나
라로 들어가서 화엄종의 대가인 지엄(智儼) 스님 문하에서 수행을 하였다. 지엄 스님
이 입적하자 스님의 뒤를 이어 수행자를 지도하다가 문무왕 11년인 671년에 귀국해

지금의 영주 부석사(浮石寺)를 창건하여 화엄경을 강론하였기에 우리나라 화엄종의 초조라고 한다. 산보집에서는 스님의 법명을 의상(義相)이라고 하였으나 대부분은 의상(義湘)으로 통용되고 있다는 것도 알아 두어야 한다.

많은 자취를 남겼다고 하는 것은 영주 부석사(浮石寺)를 비롯하여 중악 팔공산 미리사(美里寺), 남악 지리산 화엄사(華嚴寺), 강주 가야산 해인사(海印寺), 웅주 가야현 보원사(普願寺), 계룡산 갑사(甲寺), 삭주 화산사(華山寺), 금정산 범어사(梵魚寺), 비슬산 옥천사(玉泉寺), 전주 모악산 국신사(國神寺) 등 화엄십찰(華嚴十刹)을 말함이다. 이 밖에도 울진 불영사(佛影寺), 삼막사(三幕寺), 초암사(草庵寺), 홍련암(紅蓮庵) 등을 창건한 것으로 전한다.

### 수반산전기처연 水畔山前幾處延
### 물가와 산 앞에 몇 곳이나 늘어놓았던가?

위에서 이미 많은 자취를 남겼다고 하는 것과 같은 맥락으로 의상 스님은 부석사를 비롯하여 무수히 일으킨 사찰을 말한다.

### 강석화품상식사 講釋華品常式事
### 화엄을 강론하는 자리엔 항상 법식(法式)이 있었는데

강석(講釋)은 강의하여 그 뜻을 풀이하는 것을 말하는 것이며, 이어서 화품(華品)이라고 하였으니 화엄경의 품(品)을 풀이하였다는 것을 말한다. 그리고 항상 법식(法式)이 있다고 하였는데 이는 부처님 앞에 재를 올리는 것을 말하나 여기서는 화엄경을 강석(講釋)하는 법석을 말하는 것이다.

### 지금영적만산천 至今靈迹滿山川
### 지금까지 영혼의 자취 산천에 가득하도다.

지금까지도 의상 스님의 법풍(法風)은 전국에 많은 영향을 끼치고 있기에 스님의 업적을 찬탄하고 있음이다.

# 남방보성여래불 南方寶性如來佛

## 보성영 寶性詠

**南方寶性如來佛 常住普光般若宮**
남방보성여래불 상주보광반야궁

**福德莊嚴皆具足 圓明性智接羣蒙**
복덕장엄개구족 원명성지접군몽

남방의 보성여래 부처님은
항상 빛을 널리 놓으시며 반야궁에 머무시네.
복덕과 장엄을 모두 갖추시고
원만하게 밝힌 성지(性智)로 중생들을 깨우쳐 주시네.

산보집에 불상점안작법(佛像點眼作法)에 실려 있으며 방위마다 부처를 설정하여 이를 찬탄하는 가영이다. 여기서 보성영(寶性詠)이라고 하는 것은 보성여래불(寶性如來佛)의 가영이라는 뜻이다.


**남방보성여래불 南方寶性如來佛**
남방의 보성여래 부처님은

남방의 보성여래불이 무엇이라고 설명할 방법이 없다. 방위마다 부처를 배대하는 것을 흔히 오방불(五方佛)이라고 하는데, 이는 중국의 풍수지리설과 오행 사상이 결합하여 생겨난 것이다. 이러한 사상은 표준적으로 자리를 잡은 사상도 아니기 때문에 문헌마다 이를 달리 표현하고 있다. 보성불(寶性佛)은 불교 사전에도 등재되어 있지 아니하다.

**상주보광반야궁 常住普光般若宮**
항상 빛을 널리 놓으시며 반야궁에 머무시네.

상주(常住)는 항상 머무른다는 표현이며 보광(普光)은 널리 빛을 놓는다는 표현이다. 그리고 여기서 빛은 곧 진리를 말함이다. 반야궁(般若宮)은 모든 법을 여실히 아는 지위를 말함이다.


**복덕장엄개구족 福德莊嚴皆具足**
복덕과 장엄을 모두 갖추시고

복과 덕으로 장엄을 모두 갖추신 분이 보성불이라는 표현이다.


**원명성지접군몽 圓明性智接羣蒙**
원만하게 밝힌 성지(性智)로 중생들을 깨우쳐 주시네.

원명(圓明)은 명백하게 안다는 표현이므로 여기서는 타고난 지혜가 그러하다는 것이다. 군몽(羣蒙)은 중생을 달리 이르는 표현이다.

# 내왕군관지로두 來往群官指路頭

## 사자영 使者詠

**來往羣官指路頭 黃泉風景即仙遊**
내왕군관지로두 황천풍경즉선유

**行人不識桃源洞 只説香葩泛水流**
행인불식도원동 지설향파범수류

뭇 관리 오고가며 길머리를 곧장 인도하는데
황천의 풍경이 곧 신선 노는 경계와 같네.
길 가는 사람은 도원桃源) 마을을 알지 못하고
다만 향내 나는 꽃잎 떠다니는 물만 보고 말하네.

산보집 대례왕공양문(大禮王供養文)에서 중단거불(中壇擧佛)을 행하고 난 뒤 시왕(十王) 등을 비롯한 가영 중 사자(使者)에 대한 가영(歌詠)이다. 여기서 사자(使者)라고 하는 것은 죽은 사람의 혼을 저승으로 데려간다는 귀신을 말한다.

**내왕군관지로두 來往羣官指路頭**
뭇 관리는 오고 가며 길머리를 곧장 인도하는데

군관(羣官)에서 군(羣)은 군(群)과 같은 글자이며 여기서 관(官)은 관리를 나타내어 저승사자를 말함이다. 그러므로 여러 저승사자가 죽은 자의 영혼을 데리고 가고자 오간다는 표현이며, 지로두(指路頭)는 곧장 가라는 표현이다. 선문어록(禪門語錄)에 보면 천장초(天章楚)가 송(頌) 하기를 아래와 같다.

**驀直臺山指路頭 不知賺殺幾禪流**
맥직대산지로두 부지잠살기선류

若非饒舌傍觀老 也塞婆婆口未休
약비요설방관로 야색파파구미휴

오대산 가는 길을 곧장 가라 하였거늘
얼마나 많은 선객이 속았던가?
곁에서 쳐다보던 말 많은 조주(趙州)가 아니었다면
아직도 할머니의 입을 막아 쉬게 하지 못했을 것이다.


## 황천풍경즉선유 黃泉風景卽仙遊
### 황천의 풍경이 곧 신선 노는 경계와 같네.

황천(黃泉)은 저승 또는 명부(冥府), 구천(九泉), 황토(黃土), 명도(冥途) 등으로도 나타내며 사람이 죽은 뒤 그 혼이 가서 산다고 하는 세상을 말함이다. 그런데 왜? 저승 세계를 흙을 나타내는 황(黃)이라는 표현을 사용하였을까? 이는 중국의 고대사상인 오행에서 땅의 색은 노란색이기에 황(黃)으로 나타낸 것이다. 천당은 하늘에 있다고 여기고 지옥은 땅속에 있다고 여겼기 때문이다. 선유(仙遊)는 신선들이 노닌다는 뜻이므로 곧 신선의 세계를 말한다. 그러나 여기서는 황천의 풍경이 곧 신선이 노니는 풍경과 다름이 없다고 하였으므로 이는 심조만유(心造萬有)를 말함이다.


## 행인불식도원동 行人不識桃源洞
### 길 가는 사람은 도원(桃源) 마을을 알지 못하고

도원동(桃源洞)에서 도원(桃源)은 무릉도원을 말하고 동(洞)은 신선들이 산다는 동천(洞天)을 말한다. 이를 달리 표현하여 동학(洞壑)이라고도 한다. 그러므로 도원이나 동천은 같은 표현이다. 이 게송에 보면 많은 사람이 무릉도원이 자기 마음에 있는 줄을 알지 못하고 자꾸 바깥으로 눈을 돌려 찾으려고 하는 어리석음을 짓는다고 경책하고 있다.


## 지설향파범수류 只說香葩泛水流
### 다만 향내 나는 꽃잎 떠다니는 물만 보고 말하네.

지설(只說)은 다만 설명하기를 또는 말하기를 이러한 표현이다. 파(葩)는 꽃을 나타

154

내는 한자이다. 향파(香葩)라고 하였으니 이는 향기 나는 꽃잎을 말하며, 이를 좀 더 구체적으로 말하면 복사꽃 향기를 말한다. 사람들은 주객(主客)을 잘 모르고 본질을 뒤로 한 채 엉뚱한 곳에서 무릉도원을 찾으려고 한다는 것을 말한다.

동안상찰(同安常察) 선사의 십현담(十玄談) 가운데 만해용운(卍海龍雲) 스님은 비주(批註)하여 말하기를 아래와 같다.

網盡桃花武陵春 漁郎依舊到仙源
망진도화무릉춘 어랑의구도선원

무릉도원의 복사꽃을 그물로 모두 건져 올렸거늘
어부들은 여전히 선원(仙源)을 찾아온다.

# 노애래자조계실 露靄來自曹溪室

## 헌다게 獻茶偈

露靄來自曹溪室 活水烹茶一味新
노애래자조계실 활수팽다일미신

今將奉獻星君衆 願垂慈悲哀納受
금장봉헌성군중 원수자비애납수

조계의 방에서는 이슬과 안개 자욱하게 내리는데
솟아오르는 물로 차 다리니 맛이 한결 새롭구나.
이제 성군(星君) 앞에 받들어 올리고자 하나니
바라건대 자비로써 애틋하게 여겨 받아 주시옵소서.

작법귀감에서 칠성청(七星請)에 나오는 게송으로 칠성에게 차를 올리면서 풍송(諷頌)하는 게송이다.

### 노애래자조계실 露靄來自曹溪室
조계의 방에서는 이슬과 안개 자욱하게 내리는데

조계실(曹溪室)이라고 하는 것은 선종에서 내세우는 조계의 종풍(宗風)을 말하는 것이다. 노애(露靄)는 이슬과 아지랑이를 말하지만 여기서는 선종의 종풍이 은근히 미치는 것을 말한다.

### 활수팽다일미신 活水烹茶一味新
솟아오르는 물로 차 다리니 맛이 한결 새롭구나.

활수(活水)는 흐르거나 솟아오르는 물을 말하므로 곧 부처님 말씀을 이렇게 비유한 것이다. 이러한 물을 길어다가 차를 다려 맛있게 우려서 싱그러운 맛이 되었다는 것을 나타내고 있으므로 이는 곧 법차(法茶)를 말한다. 중생은 차(茶)를 마셔 제도되는 것이 아니라 법(法)으로 제도되기에 법차(法茶)라고 하는 것이다.


### 금장봉헌성군중 今將奉獻星君衆
이제 성군(星君) 앞에 받들어 올리고자 하나니

이러한 차를 경건하게 북두칠성에 올린다고 하여 그 대상을 나타내고 있다.


### 원수자비애납수 願垂慈悲哀納受
바라건대 자비로써 애틋하게 여겨 받아 주시옵소서.

원수자비애납수(願垂慈悲哀納受)는 이미 설명하였기에 여기서는 설명을 생략하고자 한다.

# 뇌옥인간고막궁 牢獄人間苦莫窮

## 불무영 不務詠

牢獄人間苦莫窮 輕囚重禁古今同
뇌옥인간고막궁 경수중금고금동

啣冤負屈歸冥府 到底須知罪性空
함원부굴귀명부 도저수지죄성공

옥에 갇힌 인간의 괴로움 다함이 없고
가벼운 죄 무거운 죄가 있음은 고금에 같구나.
억울함을 당하여 원한 품고 명부로 돌아가니
저 속에 이르면 죄의 성질 공(空)함을 알리라.

산보집(刪補集)에서 하단영청지의(下壇迎請之儀)에 나오는 가영(歌詠)이다. 불무영
(不務詠)에서 불무(不無)는 애써 행하지 않는다는 표현이다.

### 뇌옥인간고막궁 牢獄人間苦莫窮
### 옥에 갇힌 인간의 괴로움 다함이 없고

뇌옥(牢獄)은 감옥(監獄), 수옥(囚獄) 이러한 표현으로 죄인을 가두어 두는 곳을 말한
다. 이러한 인간의 괴로움은 그 다함이 없다.

### 경수중금고금동 輕囚重禁古今同
### 가벼운 죄 무거운 죄가 있음은 고금에 같구나.

죄에도 경중(輕重)이 있으니 예나 지금이나 변함없는 이치다.

## 함원부굴귀명부 啣冤負屈歸冥府
## 억울함을 당하여 원한 품고 명부로 돌아가니

함원(啣冤)은 억울한 마음을 품고 이러한 표현이고, 부굴(負窟)은 억울하다는 생각을 짊어지고 명부로 돌아간다는 뜻이다.


## 도저수지죄성공 到底須知罪性空
## 저 속에 이르면 죄의 성질 공(空)함을 알리라.

명부 세계에서도 모름지기 죄가 공(空)하다는 것을 알면 명부 세계에서 벗어날 수가 있는 것이다. 이를 천수경에서는 죄무자성종심기(罪無自性從心起)라고 하여 죄는 본디 자성이 없으나 마음 따라 일어나는 것이라고 하였다.

# 능례소례성공적 能禮所禮性空寂

## 예불찬 禮佛讚

**能禮所禮性空寂 感應道交空不空**
능례소례성공적 감응도교공불공

**現相應機水中月 爲寧衆等現神通**
현상응기수중월 위령중등현신통

예배를 받는 부처님의 성품은 비고 고요하여서
서로 호응하는 이치는 공(空)하면서 공(空)하지 아니함이라.
모습 나타내어 근기에 응함이 물에 비친 달 같고
중생들의 평안을 위하여 신통력을 나타내시네.

작법귀감에 나오는 예불에 대한 찬탄으로 예불찬(禮佛讚)이라고 한다. 그리고 이 게송의 일부는 원각경심경(圓覺經心鏡)에 나오는 두 구절을 일부 변형하였다. 원감심경에는 다음과 같이 되어 있다.

能禮所禮性空寂 感應道交難思議
능례소례성공적 감응도교난사의

### 능례소례성공적 能禮所禮性空寂
예배를 받는 부처님의 성품은 비고 고요하여서

능례(能禮)는 예경을 하는 중생을 말함이고 소례(所禮)는 예경을 받는 부처님을 말함이다. 여기서 능(能)은 동작하는 행위를 나타내고 소(所)는 그 동작을 받는 것을 말한다. 그러므로 여기서 능례와 소례가 모두 그 마음을 텅 비워서 예를 올려도 올린 바 없이 예를 올려야 그 마음이 공적(空寂)하게 되는 것이라고 하였다.

**감응도교공불공 感應道交空不空**
서로 호응하는 이치는 공(空)하면서 공(空)하지 아니함이라.

능례, 소례의 이치는 헤아리기가 공(空)하면서 공(空)하지 아니하다고 하였으므로 공적한 자리가 되는 것이다. 금강경(金剛經) 제25 화무소화분(化無所化分)에 보면 이같은 말씀이 있다. '실로 나에게는 제도할 중생이 없기 때문이니 만약 부처님에게 중생이 있고 또 부처님이 제도함이 있다면 부처님은 곧 나라는 생각, 남이라는 생각, 중생이라는 생각, 오래 산다는 생각이 있는 것이기 때문이니라.' 實無有衆生如來度者。若有衆生如來度者。如來卽有我。人。衆生。壽者。

**현상응기수중월 現相應機水中月**
모습 나타내어 근기에 응함이 물에 비친 달 같고

중생의 근기에 따라 응현하심이 마치 물에 비친 달과 같다고 하는 것은 응현하지 않음이 없음이요, 또한 응현하되 그 상(相)을 내세우지 아니하는 것이다.

**위령중등현신통 爲寧衆等現神通**
중생들의 평안을 위하여 신통력을 나타내시네.

이러한 모든 것은 중생을 안녕하게 하기 위함이기 때문에 신통을 드러내는 것이다.

# 단월소수복 檀越所修福

## 시식게 施食偈

檀越所修福 普霑於鬼聚 食者免飢虛 得生安樂處
단월소수복 보점어귀취 식자면기허 득생안락처

시주자가 닦은 복은 널리 귀신의 무리에 적시나이다.
이 음식 먹은 이는 기갈을 면하고 안락한 곳에 태어나소서.

菩提之勝報 無盡若虛空 是獲如是果 增長無休息
보리지승보 무진약허공 시획여시과 증장무휴식

보리의 수승한 과보 다함이 없어 허공과 같기에
이와 같은 과를 얻어서 쉼 없이 증장케 하여서

天地普衆生 總願成佛道
천지보중생 총원성불도

천지의 모든 중생 다 함께 부처님 도를 이루시옵소서!

산보집 시식단규(施食壇規)에서 시식게로 나오는 게송이다. 이 게송은 명나라 사문 홍찬재삼(弘贊在犙)이 찬집(纂輯)한 사분률명의표석(四分律名義標釋) 권 제32 식상 법(食上法)에 나오는 게송을 일부 변형하여 시식게로 삼았기에 이를 그대로 옮겨보 면 다음과 같다.

以今所修福 普霑於鬼趣 食已免極苦 捨身生樂處
이금소수복 보점어귀취 식이면극고 사신생락처

162

菩薩之福報 無盡若虛空 施獲如是果 增長無休息
보살지복보 무진약허공 시획여시과 증장무휴식


단월소수복 보점어귀취 식자면기허 득생안락처
檀越所修福 普霑於鬼聚 食者免飢虛 得生安樂處
시주자가 닦은 복은 널리 귀신의 무리에 적시나이다.
이 음식 먹은 이는 기갈을 면하고 안락한 곳에 태어나소서.

단월(檀越)은 보시자를 말함이다. 보시자가 닦은 복으로 인하여 귀신들의 무리에게 널리 스며들 것이다. 그러므로 이 공양을 먹은 자는 허기짐을 면하고서 안락한 곳에 태어나기를 원한다고 하였다. 그러나 시식게(施食偈)에서 시식은 귀신에게 어떠한 음식을 베푸는 것이 아니다. 여기서 시식은 법식(法食)을 말함이기에 부처님의 말씀을 알아들은 이는 영원히 진리의 굶주림에서 벗어날 것이고, 그로 인하여 안락국(安樂國)에 태어날 것이라는 내용이다. 그러나 이를 잘못 이해하면 죽은 자가 음식을 먹는 것으로 착각할 수가 있는데 큰 오해이다. 재(齋)의례 어디에도 망자에게 음식을 권하는 내용은 없다는 것을 알아야 한다.


보리지승보 무진약허공 시획여시과 증장무휴식
菩提之勝報 無盡若虛空 是獲如是果 增長無休息
보리의 수승한 과보 다함이 없어 허공과 같기에
이와 같은 과를 얻어서 쉼 없이 증장케 하여서

보리(菩提)는 지혜이다. 이러한 지혜가 있는 수승한 과보는 허공처럼 다함이 없기에 이처럼 보리과(菩提果)를 얻기 위하여 쉼 없이 정진해야 보리가 날로 증장하는 것이다.


천지보중생 총원성불도 天地普衆生 總願成佛道
천지의 모든 중생 다 함께 부처님 도를 이루시옵소서!

이 두 구절은 사분률명의표석(四分律名義標釋)에 없는 내용이다. 천지(天地)는 시방 세계를 말함이기에 여기서는 모든 중생을 광범위하게 나타내는 표현으로 쓰였다. 이러한 모든 중생이 법식을 받아먹어서 모두 성불하기를 원하는 것으로 이 계송을 마무리하고 있다.

# 달마전등위계활 達摩傳燈爲計活

## 할등 喝燈

**達摩傳燈爲計活 宗師秉燭作家風**
달마전등위계활 종사병촉작가풍

**燈燈相續方不滅 代代流通振祖宗**
등등상속방불멸 대대유통진조종

달마께선 전등(傳燈)을 생활로 삼으시니
종사께선 등을 밝혀 가풍을 지으셨네.
등과 등이 이어져서 꺼지지 아니하니
대대로 유통하여 조사의 종지를 떨치리라.

산보집 영산작법절차(靈山作法節次)에서 할등(喝燈)으로 소개되어 있으며 오종범음집(五種梵音集)에도 수록되어 있다.

**달마전등위계활 達摩傳燈爲計活**
달마께선 전등(傳燈)을 생활로 삼으시니

달마대사가 법등을 전하였다고 하는 것은 곧 심등(心燈)을 말함이다. 그리고 계활(計活)은 일상의 생활을 꾀했다고 하는 표현이다. 곧 달마대사는 법을 전하는 것으로 사명을 삼았다고 하는 것이다.

**종사병촉작가풍 宗師秉燭作家風**
종사께선 등을 밝혀 가풍을 지으셨네.

이러한 달마대사의 법등은 꺼지지 아니하고 이어지고 이어져서 전등 되고 있다. 주심부(註心賦) 첫머리에서는 부처님께서 다 같은 가르침을 내리셨고 이를 조사께서 계승하여 전해주었다고 하였음도 이와 같은 논리이다. 覺王同禀。　祖胤親傳。

## 등등상속방불멸 燈燈相續方不滅
### 등과 등이 이어져서 꺼지지 아니하니

법등(法燈)은 이어지고 이어지기에 멸하지 아니함은 모두 눈 밝은 종사가 있으므로 가능한 것이다. 그러므로 이를 찬탄하는 것이다.

## 대대유통진조종 代代流通振祖宗
### 대대로 유통하여 조사의 종지를 떨치리라.

이러한 법등을 불자라면 계속 이어지고 유통되도록 하여 종사(宗師)가 전하고자 하는 그 종지(宗旨)를 계속해서 이어 나아가야 그 은혜를 갚는 것이다.

# 대비복지무연주 大悲福智無緣主

## 봉송게 奉送偈

大悲福智無緣主 散花普散十方去
대비복지무연주 산화보산시방거

一切賢聖盡歸空 散花普願歸來路
일체현성진귀공 산화보원귀래로

큰 자비와 복과 지혜로 인연 없는 중생을 제도하는 분이시여
꽃을 널리 뿌리니 시방세계로 흩어져 가십시오.
모든 현인과 성인들도 다 공계(空界)로 돌아가고자 하오니
꽃을 뿌리오니 오시던 길로 돌아가시옵소서.

산보집 봉송의(奉送儀)에 나오는 내용이므로 이는 경신봉송(敬伸奉送)에 해당하는
것으로 산보집에 실려 있는 다섯 수 가운데 한 수이다.

### 대비복지무연주 大悲福智無緣主
큰 자비와 복과 지혜로 인연 없는 중생을 제도하는 분이시여

대비(大悲)는 대자대비를 줄여서 표현한 것이며 지복(智福)은 지혜와 복을 아울러 표
현한 말이다. 무연(無緣)은 무연중생(無緣衆生)을 말하는 것으로 이는 부처님이 중생
을 제도함에 있어서 모든 중생을 제도하시는 분이기에 그 대상을 설정하지 아니하는
것을 말한다. 그리고 주(主)는 주인을 말하기에 결국 부처님을 일컫는 것이다.

### 산화보산시방거 散花普散十方去
꽃을 널리 뿌리니 시방세계로 흩어져 가십시오.

산화(散花)는 꽃을 흩뿌리는 것을 말하는데, 이는 단순하게 꽃을 뿌리는 것을 말하는 것이 아니라 꽃을 법으로 보아 법의 공덕을 표현한 것이다. 보산(普散)은 널리 흩어지게 한다는 표현이므로 산화라는 의미를 되새겨보면 법의 공덕이 널리 흩어져서 부처님 법이 널리 전하기를 바라는 의미에서 행해지는 의례이다. 시방으로 간다는 것은 모든 중생을 제도한다는 의미이다.

### 일체현성진귀공 一切賢聖盡歸空
### 모든 현인과 성인들도 다 공계(空界)로 돌아가고자 하오니

봉송(奉送)으로 비록 일체 현성을 떠나보냈기에 이들은 모두 공적한 자리로 돌아가야 하는 시간이다.

### 산화보원귀래로 散花普願歸來路
### 꽃을 뿌리오니 오시던 길로 돌아가시옵소서.

그러므로 청사(請詞)를 통하여 이 자리에 모셨으나 이제 제자들이 꽃을 뿌리며 보내드리오니 오시던 길로 편히 돌아가시라는 표현이다.

# 대상불유어토경 大象不遊於兔徑

## 석실련 石室璉 선사

大象不遊於兔徑 年將八十尚愚癡
대상불유어토경 년장팔십상우치

深深道意碁盤處 隱隱玄風懶卧時
심심도의기반처 은은현풍나와시

큰 코끼리는 토끼의 길로 가지 아니하고
나이 여든에도 오히려 어리석다 하시네.
깊고 깊은 도의 뜻으로 바둑판처럼 반듯하거늘
은은(隱隱)하고 현묘한 선풍에 게을리 누워만 있다 하시네.

산보집에서 시왕단작법(十王壇作法)을 거행하면 제산단(諸山壇)을 설치하고 제산조사(諸山祖師)를 청하고 난 뒤 시왕을 청하는 과정에서 먼저 대덕 화상을 청하는 가운데 석실연(石室璉 ?~?) 선사에 대한 가영이다. 석실연 선사는 고려 말 나옹 혜근(懶翁惠勤) 선사의 법을 이은 석실각연(石室覺璉) 스님을 말한다. 그러나 스님의 이력에 대해서는 전하는 것이 없다. 그리고 이 게송의 일부는 다른 어록의 것을 가져다가 게송으로 삼은 것도 있다.

### 대상불유어토경 大象不遊於兔徑
### 큰 코끼리는 토끼의 길로 가지 아니하고

대상(大象)은 큰 코끼리이기에 성인(聖人)을 말함이고 토끼는 범부를 말함이다. 또 이를 다르게 보면 일승은 이승, 삼승과 짝하지 않는 법이다.

이 시문은 남명천화상송증도가기사실(南明泉和尚頌證道歌事實) 권 제3에 있는 내용을 옮긴 것으로 보이기에 이를 소개하면 다음과 같다.

大象不遊於兔徑 彈偏折小豈徒然
대상불유어토경 탄변절소기도연

無中有路如能入 金鎖玄關盡葉捐
무중유로여능입 금쇄현관진엽연

큰 코끼리는 토끼의 길로 다니지 않나니
치우침을 꾸짖고 작은 것을 배척함이 어찌 헛된 짓이랴.
없음 가운데 있는 길로 만약 들어갈 수가 있다면
쇠 빗장 건 현묘한 관문 모두 없앨 수 있으리라.

또한 선문염송(禪門拈頌) 제33칙에 보면 큰 코끼리는 토끼의 길에 놀지 않나니 제비
와 참새가 어찌 기러기와 고니의 뜻을 알겠느냐 하는 내용이 있다. 大象不遊兔徑。
鷰雀安知鴻鵠。

이외에 증도가(證道歌)에도 나오지만 이미 두 가지 예를 들었기에 여기서는 '증도가'
에도 있다는 사실만 말하고자 한다.


## 년장팔십상우치 年將八十尙愚癡
**나이 여든에도 오히려 어리석다 하시네.**

석실각연(石室覺璉) 스님이 자신을 스스로 낮추어 말함이다. 그러므로 성인은 스스
로 낮추어 천하를 가지고 소인은 스스로 우쭐거리다가 낭패를 보는 것이다. 우치(愚
癡)는 어리석음을 말한다.


## 심심도의기반처 深深道懿碁盤處
**깊고 깊은 도의 뜻으로 바둑판처럼 반듯하거늘**

석실각연(石室覺璉) 스님의 수행이 반듯하다는 것은 그 깊이가 실로 어긋남이 없음
을 말하고 있으며, 기반(碁盤)은 바둑판을 말함이다. 그리고 심심(深深)은 깊고 깊다
는 표현이다.

**은은현풍나와시 隱隱玄風懶臥時**

은은(隱隱)하고 현묘한 선풍에 게을리 누워만 있다 하시네.

은은(隱隱)은 숨어 있다는 표현이기에 초연한 삶을 말하며, 현풍(玄風)은 깊고 그윽한 풍취를 말함이다. 석실간연 선사의 법풍이 그러하다는 것이다. 그러나 스스로 자신을 낮추어 게으르기만 하다고 하였다.

# 대원만각 大圓滿覺

## 사자게 四字偈

大圓滿覺 應跡西乾 心包大虛 量廓沙界
대원만각 응적서건 심포대허 양확사계

크고 원만하게 깨달으심으로 서역에서 자취에 응하시니
마음은 하늘을 감싸시어 사계(沙界)보다 넓어 헤아리기 어렵네.

佛功德海 秘密其深 殑伽沙劫 讚揚難盡
불공덕해 비밀심심 긍가사겁 찬양난진

바다와 같은 부처님 공덕은 비밀스러움이 매우 깊고 깊어
긍가강 모래처럼 많은 겁을 찬양해도 다하기 어려워라.

산보집 지영청소(至迎請所)에서 찬예삼보(讚禮三寶) 편을 마치고 나오는 여러 가지 가영 가운데 하나이다. 그리고 사자게(四字偈)라고 하는 것은 게송이 넉 자로 이루어 져 있다는 표현이다.

이 게송은 선림비용청규(禪林備用淸規), 제경일송집요(諸經日誦集要), 대방광원각수 다라료의경수학기(大方廣圓覺修多羅了義經修學記) 등에 실려 있는 게송이다. 산보집 에서는 이를 온전하게 인용하지 아니하고 일부를 변형하여 부처님을 찬탄하는 가영 으로 삼았다.

대원만각 응적서건 大圓滿覺 應跡西乾
크고 원만하게 깨달으심으로 서역에서 자취에 응하시니

대원만각에서 대(大)는 부처님의 깨달음이 위대하다는 것을 나타내기 위하여 붙여진

표현이다. 깨달음의 원만하심이 크기로 비유하면 비할 수 없이 크고 위대하기로 비하여도 여기에 견줄 자가 없음이다.

서건(西乾)은 서역을 말함이나 관례상으로 부처님께서 탄생하신 인도를 가리키는 표현으로 흔히 사용한다. 응적(應跡)하였다는 것은 응하여 나타나심이니 부처님께서 서역에서 탄생하심을 의미한다.


## 심포대허 양확사계 心包大虛 量廓沙界
## 마음은 하늘을 감싸시어 사계(沙界)보다 넓어 헤아리기 어렵네.

선림비용청규에는 대허(大虛)라고 되어 있으며 제경일송집요에서는 태허(太虛)로 되어 있다. 여기서 대허(大虛), 태허(太虛)는 큰 허공을 말하기에 곧 하늘을 말함이다. 그러므로 부처님께서 중생에게 베푸시는 마음은 하늘을 감싸고도 남음이 있다는 뜻으로 이는 자비심을 말하는 것이다.

양확사계(量廓沙界)에서 곽(廓)으로 읽으면 둘레를 말하지만, 확 트였다는 의미로 본다면 확(廓)으로 읽어야 한다. 여기에 대해서 선림비용청규에서는 양주사계(量周沙界)라고 하였으며 제경일송집요에서는 양주사계(量週沙界)라고 하였다. 여기까지는 중국의 문헌을 인용하였으며 이어지는 게송은 그렇지 아니하며, 또한 그 출전도 알 수가 없다.


## 불공덕해 비밀심심 긍가사겁 찬양난진 佛功德海 秘密甚深 殑伽沙劫 讚揚難盡
## 바다와 같은 부처님 공덕은 비밀스러움이 매우 깊고 깊어
## 긍가강 모래처럼 많은 겁을 찬양해도 다하기 어려워라.

부처님의 공덕을 드넓은 바다에 비유하여 그 깊이를 알 수 없기에 비밀스럽다고 하였다. 긍가(殑伽)는 고대인도 동북에 있는 대하(大河)를 말하며, 그 발원지는 설산(雪山)이다. 경전 대부분에서는 이를 항하(恒河)로 나타내고 있지만, 중국에서는 문헌에 따라 강가(强伽), 강가(弶伽), 항가(恒伽), 항가(恒架) 등으로 나타내기도 한다.

당나라 현장(玄奘) 스님의 대당서역기(大唐西域記)에서 솔록근나국(窣祿勤那國)을 소개하는 내용에 보면 '염모나하의 동쪽으로 8백여 리를 가다 보면 긍가하에 이르는데 강의 원천은 너비가 3~4리 정도 되며, 동남쪽으로 흘러서 바다로 유입되는 곳은

172

너비가 10여 리가 된다. 물의 색은 새파랗고 그 물결은 광대하다. 신기한 일들이 많이 일어나지만 해(害)를 끼치는 일은 없다. 물맛은 달콤하고, 고운 모래가 함께 흘러 간다'고 하였다. 閻牟那河東行八百餘里。至殑伽河河源。廣三四里。東南流入海處廣十餘里。水色滄浪。波流浩汗。靈怪雖多。不爲物害。其味甘美。細沙隨流。

'이토록 부처님을 찬양하여도 다할 수가 없다.'라고 게송을 마무리하고 있다.

# 대원위주대비유 大願爲炷大悲油

## 연등게 燃燈偈

大願爲炷大悲油 大捨爲火三法聚
대원위주대비유 대사위화삼법취

菩提心燈照法界 阿呵吽 照諸羣生願成佛
보리심등조법계 아아훔 조제군생원성불

큰 원으로 심지를 삼고 큰 슬픔으로 기름을 삼으며
큰 희생으로 불을 삼으니 삼법(三法)이 모두 모였네.
보리심의 등불이 법계를 비추니 아아훔
모든 중생 고루 비춰 성불하게 하옵소서.

산보집 영산작법절차에서 등을 올리면서 행하는 게송이다. 연등(然燈)은 부처님 전에 등을 달고 불을 켜는 것을 말하며, 이러한 행위를 연등공양이라고 한다. 40권 본 화엄경(華嚴經) 권 제36 입부사의해탈경계보현행원품(入不思議解脫境界普賢行願品)에 보면 다음과 같은 내용이 있다.

부처님께서 말씀하시기를 '선남자여! 등잔의 심지가 그 크고 작음을 따라 광명을 내는데, 기름만 넣어 주면 밝은 빛이 끊이지 않나니, 보살마하살의 보리심 등잔도 그와 같아서, 서원이 심지가 되어 지혜의 광명을 내어 법계를 비추는데, 대비(大悲)의 기름만 더하면 중생을 교화하고 세계를 장엄하며 부처님 사업을 많이 지어 큰 위덕을 나타내되 쉬지 아니하느니라.'라 하였다. 이 가르침을 바탕으로 게송을 만든 것으로 보인다. 善男子。譬如燈炷。隨其大小而發光明。若益膏油。明終不絶。菩薩摩訶薩菩提心燈亦復如是。大願爲炷。發智慧光。照明法界。益大悲油。教化衆生。莊嚴國土。施作佛事。現大威德。無有休息。

또한 같은 경 권 제35에 보면 다음과 같은 게송이 있다.

善財然法燈 信炷慈悲油 念器功德光 滅除三毒暗
선재연법등 신주자비유 념기공덕광 멸제삼독암

선재는 불타는 법의 등불, 믿음은 심지, 자비는 기름
생각은 그릇, 공덕은 빛이 되어 삼독의 어둠을 멸하여 제거하네.

80권 본 화엄경에서는 권 제78 입법계품 제39에 나오는 말씀이라는 것도 참고로 알아 두었으면 한다.


## 대원위주대비유 大願爲炷大悲油
## 큰 원으로 심지를 삼고 큰 슬픔으로 기름을 삼으며

크나큰 원을 심지로 삼음이니, 이는 심지로 인하여 불을 밝힐 수가 있기 때문이다. 기름으로 대비를 삼는다고 하는 것은 심지도 기름이 있어야만 제구실을 할 수 있기 때문이다.


## 대사위화삼법취 大捨爲火三法聚
## 큰 희생으로 불을 삼으니 삼법(三法)이 모두 모였네.

대사(大捨)는 크게 버림이니 이는 집착이 없는 것을 말하므로 곧 희생을 말하는 것으로 이를 불로 삼는다고 하였다. 이것으로 삼법(三法)이 모두 모인다고 하였는데, 여기서 삼법이라고 하는 것은 부처님께서 말씀하신 십이분교인 교법(敎法), 사성제, 십이연기, 육바라밀 등의 행법(行法), 수행하여 얻은 깨달음과 열반인 증법(證法)을 말함이다.


## 보리심등조법계 아아훔 菩提心燈照法界 阿呵吽
## 보리심의 등불이 법계를 비추니 아아훔

이러한 것이 곧 보리심이니, 부처님은 이것을 자량으로 삼아 법계를 두루 비춤이다. 이어서 나오는 진언인 '아아훔'을 대일경소(大日經疏)에서 살펴보면 첫 번째 아(阿)는 짧은소리로 '보리심'이라는 뜻이고, 두 번째 아(阿)는 늘어나는 소리니 '보리행'이라는 뜻이다. 그리고 '훔'은 이러한 공덕을 찬양하는 표현이다.

**조제군생원성불 照諸羣生願成佛**
**모든 중생 고루 비춰 성불하게 하옵소서.**

군생(羣生)은 군생(群生)과 같은 표현으로 곧 중생을 말한다. 보리의 등불이 널리 널리 비추어서 모든 중생이 성불하기를 원한다는 표현이다.

# 대자대비민중생 大慈大悲愍衆生

## 사무량게 四無量偈

大慈大悲愍衆生 大喜大捨濟含識
대자대비민중생 대희대사제함식

相好光明以自嚴 衆等至心歸命禮
상호광명이자엄 중등지심귀명례

대자대비로 중생을 불쌍히 여기시고
대희(大喜)와 대사(大捨)로 중생을 건지시네.
상호의 광명으로 저절로 장엄하시니
대중들은 지극한 마음으로 귀명하여 예를 올립니다.

산보집, 작법귀감, 범음집에 수록된 사무량게다. 사무량게는 사무량심인 자(慈), 비(悲), 희(喜), 사(捨)를 게송으로 나타낸 것이다. 사무량심은 중생을 향한 부처님께서 지니신 네 가지 광대한 마음을 말하며 이를 줄여서 사등심(四等心)이라 하기도 한다.

사무량심을 정리하면 다음과 같다.

자무량심(慈無量心)
한량없는 중생에게 즐거움을 주려는 마음.

비무량심(悲無量心)
한량없는 중생의 괴로움을 덜어 주려는 마음.

희무량심(喜無量心)
한량없는 중생이 괴로움을 떠나 즐거움을 얻으면 기뻐하려는 마음.

사무량심(捨無量心)
한량없는 중생을 평등하게 대하려는 마음.

사무량게의 출처에 대해서 살펴보면 자비수참법(慈悲水懺法), 팔십팔불대참회문(八十八佛大懺悔文) 등에 실려 있다.


## 대자대비민중생 大慈大悲愍衆生
### 대자대비로 중생을 불쌍히 여기시고

부처님은 큰 자비로써 중생을 불쌍히 여기시기에 언제나 중생을 굽어살피신다는 표현이다.


## 대희대사제함식 大喜大捨濟含識
### 대희(大喜)와 대사(大捨)로 중생을 건지시네.

대희(大喜)는 크게 기뻐함을 말하고, 대사(大捨)는 크게 버림을 뜻하기에 그 어디에도 상(相)을 내세워 집착하는 바가 없음을 말한다. 그러므로 이러한 마음으로 중생을 구제하신다는 표현이며, 여기서 함식(含識)은 곧 중생을 말한다.

화엄경(華嚴經) 세주묘엄품에 보면 '부처님은 모든 세간의 근심을 떠나고, 큰 기쁨을 내게 해서 근심과 욕망을 깨끗이 다스리시니 가애락주가신이 깨달아 들어갔다'는 말씀이 있다. 佛於一切諸世間。悉使離憂生大喜。所有根欲皆治淨。可愛樂神斯悟入。

또한 화엄경(華嚴經) 비로자나품에서 대위광태자(大威光太子)가 법을 얻는 장면을 보면, '이른바 온갖 부처님의 공덕륜(功德輪) 삼매를 증득하고, 온갖 부처님 법의 보문다라니를 증득하고, 넓고 큰 방편의 창고인 반야바라밀을 증득하고, 온갖 중생을 조복하는 큰 장엄 대자(大慈)를 증득하고, 넓은 구름 소리 대비(大悲)를 증득하고, 끝없는 공덕과 가장 수승한 마음을 내는 대희(大喜)를 증득하고, 일체 법을 실지대로 깨달은 대사(大捨)를 증득하고, 넓고 큰 방편 평등한 창고인 큰 신통을 증득하고, 믿고 이해하는 힘을 증장하는 대원(大願)을 증득하고, 온갖 지혜의 광명에 두루 들어가는 변재문(辨才門)을 증득하였다.'는 가르침이 있다. 所謂。證得一切諸佛。功德輪三昧。證得一切佛法。普門陀羅尼。證得廣大方便藏。般若波羅蜜。證得調伏一切衆生。大莊嚴大慈。證得普雲音大悲。證得生無邊功德。最勝心大喜。證得如實覺悟一

178

切法大捨。證得廣大方便。平等藏大神通。證得增長信解力大願。證得普入一切智。
光明辯才門。


## 상호광명이자엄 相好光明以自嚴
### 상호의 광명으로 저절로 장엄하시니

상호(相互)를 구체적으로 나타내면 삼십이상팔십종호(三十二相八十種好)가 되지만
여기서 당체(當體)로써의 부처님을 말함이며, 자엄(自嚴)이라고 하는 것은 '꾸미지
아니하여도 법의 위엄으로 장엄을 한다'는 뜻이다.


## 중등지심귀명례 衆等至心歸命禮
### 대중들은 지극한 마음으로 귀명하여 예를 올립니다.

중등(衆等)은 모든 무리를 말하기에 곧 중생을 말하며 이와 같은 이유로 부처님에게
귀명하여 예를 올린다는 표현이다.

# 대중일편무가향 大衆一片無價香

## 할향게 喝香偈

**大衆一片無價香 普熏十方諸剎海**
대중일편무가향 보훈시방제찰해

**遇聞香者皆成佛 上體恒安壽萬歲**
우문향자개성불 상체항안수만세

대중이 값을 매길 수 없는 한 조각의 향을 올리나니
시방 찰해에 널리 훈연(薰煙)하기를 원합니다.
이 향냄새 맡는 이 모두 성불하시고
주상(主上) 옥체 항상 평안하여 만세를 누리소서.

할향게(喝香偈)는 향의 공덕을 찬탄하는 게송이며, 산보집과 작법귀감에서는 축상작법(祝上作法)에 나온다. 여기서 축상작법이라고 하는 것은 새해 첫날 삼보와 호법 신중, 그리고 대중에게 드리는 의식이다.

### 대중일편무가향 大衆一片無價香
대중이 값을 매길 수 없는 한 조각의 향을 올리나니

작법귀감(作法龜鑑)에서는 무가향(無價香)이 아니라 몰가향(沒價香)으로 되어 있다. 일편(一片)은 한 조각이라는 뜻이며, 무가향(無價香)은 그 향은 값어치를 매길 수 없다는 표현이다. 여기서 몰가(沒價)는 가치가 없다는 표현이고, 무가(無價)는 값이 없다는 표현이기에 '몰가'보다는 '무가'가 오히려 더 합리적인 표현이다. 값을 매길 수 없는 귀중한 보배를 무가지보(無價之寶)라고 표현하기 때문이다.

**보훈시방제찰해 普熏十方諸刹海**
**시방 찰해에 널리 훈연(薰煙)하기를 원합니다.**

보훈(普熏)은 향연이 널리 퍼지기를 바란다는 뜻이다. 그러므로 여기서 이 향연이 모든 시방세계에 널리 퍼지기를 간절히 바라고 있다. 시방찰해(十方刹海)는 시방세계(十方世界)와 같은 표현이다. 화엄경(華嚴經) 세주묘엄품에 보면 '지족천왕(知足天王)이 부처님의 위신력을 게송으로 찬탄하기를 시방세계의 미진수 같은 모든 부처님 처소에 모두 모여서 공경하고 공양하며 법문 들음을 장엄당천왕이 보았도다.'라는 내용에도 '시방찰해'가 있다. 十方刹海微塵數。一切佛所皆往集。恭敬供養聽聞法。此莊嚴幢之所見。


**우문향자개성불 遇聞香者皆成佛**
**이 향냄새 맡는 이 모두 성불하시고**

우연히 이 향기를 맡는 자는 모두 성불하라는 기원이다. 그러므로 부처님께 올리는 향이 단순한 향이 아니라 법향(法香)이라는 것을 알아야 한다.


**상체항안수만세 上體恒安壽萬歲**
**주상(主上) 옥체 항상 평안하여 만세를 누리소서.**

여기서 상체(上體)는 몸의 윗부분을 말하는 것이 아니라 주상전하(主上殿下)의 몸을 말한다. 그러므로 한 나라를 통치하는 주상의 옥체는 항상 편안하여 만세토록 수명장수하라는 기원이다.

# 대해증운화불난 大海曾云化不難

## 제13대 조사 가비마라 迦毘摩羅 존자

大海曾云化不難 還如平地起波瀾
대해증운화불난 환여평지기파란

頂門拶着無言處 萬派千流徹底乾
정문찰착무언처 만파천류철저건

일찍이 바다도 변화시키기 어렵지 않다고 말했는데
도리어 평지와 같은 데서 파도 물결이 이네.
정수리 어루만지면서 아무 말이 없는 곳에
일만 파도 일천 물결이 밑바닥까지 말랐네.

산보집 선문조사예참(禪門祖師禮懺)에 실린 가비마라(迦毘摩羅) 존자를 찬탄하는 게송이다. 가비마라는 부법전(付法傳) 제13대 조사로 인도 마가다국 화씨성(華氏城)의 출신으로 제자 3천 명을 거느린 외도의 우두머리이다. 마명(馬鳴) 보살과 대립하였으나 그에게 설복(說伏)당하여 따르던 제자들과 함께 불교에 귀의하였다고 하며, 자신의 법을 용수(龍樹)에게 전하였다.

**대해증운화불난 大海曾云化不難**
**일찍이 바다도 변화시키기 어렵지 않다고 말했는데**

일찍이 말하기를 큰 바다도 변화시키는 것은 어렵지 않다고 하였다는 내용인데, 이 문구의 출처는 찾을 수 없다. 여기서 불난(不難)은 '어렵지 않다'는 표현이다. 다만 중국 고사에 바다가 변하여 육지가 된다는 표현이 있는데, 이를 동해양진(東海揚塵)이라고 한다.

**환여평지기파란 還如平地起波瀾**
도리어 평지와 같은 데서 파도 물결이 이네.

평지파란(平地波瀾)은 평지에서 물결이 일어난다는 뜻이다. 그리고 평지가파란(平地起波瀾)이라는 문구는 중국의 잡곡가사(雜曲歌辭) 등에도 나오는 표현이다.

**정문찰착무언처 頂門拶着無言處**
정수리 어루만지면서 아무 말이 없는 곳에

정문(頂門)은 정수리를 말함이고 찰착(拶著)은 어루만진다는 표현이다. 그러므로 말 없이 정수리를 어루만져 주었다는 표현은 도(道)는 말로 전하려야 전할 수가 없는 까닭이다.

**만파천류철저건 萬派千流徹底乾**
일만 파도 일천 물결이 밑바닥까지 말랐네.

헤아릴 수 없는 파도와 물결이 밑바닥까지 말라 버렸다고 하였으니, 여기서 파도나 물결은 번뇌를 말함이다. 밑바닥까지 말랐다고 하는 것은 번뇌를 다하였다는 뜻이다.

# 덕택침심시불리 德澤沉深時不利

## 등계정심 登階淨心 선사

**德澤沉深時不利 水多幽壑晦威光**
덕택침심시불리 수다유학회위광

**孤雲蔽日明何損 末路重宣大法場**
고운폐일명하손 말로중선대법장

덕의 혜택 깊고 깊으나 불리한 때를 만났으니
물 많고 깊은 골짜기에 위광을 감추었다네.
한 점 구름이 해를 가린다고 한들 밝음이 덜어질까?
말로(末路)에 큰 법의 도량을 거듭 펼쳤다네.

산보집 제3권 시왕단작법(十王壇作法)에서 먼저 제산단(諸山壇)을 설치하고, 이어서 시왕청좌(十王請坐)를 하는데 여기서 제산단에 나오는 등계정심(登階淨心) 선사에 대한 가영이다. 등계정심(登階淨心 ?~?) 선사는 경북 금릉군 출신으로, 성은 최씨이며 고려 말 조선 초의 스님으로 구곡각운(龜谷覺雲 ?~?) 또는 환암혼수(幻菴混修 1320~1392)의 법을 이었다고 한다. 선사는 구법을 위해 명나라에 들어가 임제종 총통(摠統) 스님의 법을 이어 고려 제3대 왕이 통치하던 공양왕(恭讓王) 때 귀국하였다. 그러나 이후 고려가 망하고 조선(朝鮮)의 제3대 왕인 태종(太宗)이 불교를 억압하며 사문을 강제로 환속시키자 황간 황악산(黃嶽山) 고자동(古紫洞)에서 은거하며 수행을 하였다. 선사의 선맥(禪脈)은 벽송지엄(碧松智嚴 1464~1534)에게 이어지고, 교맥(教脈)은 정련법준(淨蓮法俊 ?~?)에게 이어졌다고 한다.

**덕택침심시불리 德澤沉深時不利**
덕의 혜택 깊고 깊으나 불리한 때를 만났으니

덕택(德澤)은 남에게 끼친 덕이나 혜택을 말하며, 침심(沉深)은 깊고 깊다는 표현이다. 그만큼 등계정심 선사의 법맥은 깊었으나 조선의 이방원(李芳遠)이 섭정하던 암울한 시대를 만났다는 것을 말하고 있다. 이는 시절 인연이 좋지 않다는 것을 말함이다.


### 수다유학회위광 水多幽壑晦威光
## 물 많고 깊은 골짜기에 위광을 감추었다네.

불교의 억압을 피하여 황간에 있는 황악산 고자동에 은거하며 수행하였기에 그 법을 널리 펴기가 힘들었다고 하는 시구(詩句)이다.


### 고운폐일명하손 孤雲蔽日明何損
## 한 점 구름이 해를 가린다고 한들 밝음이 덜어질까?

비록 불교를 억압한다고 하더라도 이는 손바닥으로 하늘을 가리려고 하는 것과 같음이니 어찌 부처님의 가르침을 단절시킬 수가 있겠는가 하는 뜻이다.


### 말로중선대법장 末路重宣大法場
## 말로(末路)에 큰 법의 도량을 거듭 펼쳤다네.

인생 말로에 벽송지엄(碧松智嚴)을 만나고 정련법준(淨蓮法俊)을 만났으니 스님의 법은 면면히 이어지게 되었다는 표현이다.

# 도량청정무하예 道場淸淨無瑕穢

## 도량게 道場偈

道場淸淨無瑕穢　三寶龍天降此地
도량청정무하예 삼보룡천강차지

我今持誦妙眞言　願賜慈悲密加護
아금지송묘진언 원사자비밀가호

도량이 청정해 더러움이 없사오니
삼보와 천룡은 우리와 함께하소서.
제가 이제 묘한 진언을 외우오니
은밀한 가호와 자비를 베푸시길 원하옵니다.

산보집, 작법귀감 등에 수록된 도량게(道場偈)는 도량을 찬탄하는 게송이며, 이는 우리 나라에서 널리 유통되는 천수경(千手經)에서도 도량찬(道場讚)으로 나오는 게송이다.

**도량청정무하예 道場淸淨無瑕穢**
**도량이 청정해 더러움이 없사오니**

도량은 부처님을 모시고 수행하는 절이라는 의미도 있지만, 지금 부처님 앞에서 경을 봉독하는 나 자신의 마음 밭도 함께 말하는 것이다. 그러기에 언제 어디서나 부처님의 경을 대하는 그 자리가 청정한 도량이 되어서 우리의 마음도 함께 청정해지는 것이다. 그러므로 하예(瑕穢)는 티끌, 먼지를 말하는 것이 아니라 나 자신이 가지고 있는 번뇌 망상을 말하는 것이다.

화엄경(華嚴經) 십회향품 제25에 보면 '보살이 이처럼 선근으로써 올바르게 회향하고, 몸과 말과 뜻의 청정한 업을 성취하여 보살의 자리에 머물며, 모든 허물이 없으며, 선한 업을 닦으며, 몸과 말의 악을 떠나서 마음에 때와 더러움이 없으며, 온갖 지혜를 닦아 광대한 마음에 머물며, 일체 법이 지을 것 없음을 알고, 출세간 법에 있어 세간법이 물들이지 못하며, 한량없는 업을 분별하여 알아서 회향하는 좋은 방편을 성취하며, 온갖 집착하는 근본을 영원히 빼어버린다.'고 하셨다. 菩薩如是。以諸善根。正廻向已。成就淸淨身語意業。住菩薩住。無諸過失。修習善業。離身語惡。心無瑕穢。修一切智。住廣大心。知一切法。無有所作。住出世法。世法不染。分別了知無量諸業。成就廻向。善巧方便。永拔一切取著根本。

### 삼보룡천강차지 三寶龍天降此地
**삼보와 천룡은 우리와 함께하소서.**

삼보(三寶)는 불(佛), 법(法), 승(僧)을 아울러 표현하는 것이다. 천룡(天龍)은 불법을 옹호하는 신중을 말하는 것이다. 그리고 차지(此地)는 이 땅이라는 뜻이니, 이는 둘로 나누어 보아야 한다. 하나는 수행의 공간이며, 또 하나는 나의 마음 밭인 심전(心田)을 말하는 것이다. 이 심전(心田)을 다른 표현으로 심지(心地)라고 하는 것이다.

### 아금지송묘진언 我今持誦妙眞言
**제가 이제 묘한 진언을 외우오니**

여기서 묘한 진언은 신비하고 미묘한 큰 다라니의 주문을 말함이며, 이는 천수경(千手經)의 핵심이 되는 신묘장구대다라니(神妙章句大陀羅尼)를 말함이다.

### 원사자비밀가호 願賜慈悲密加護
**은밀한 가호와 자비를 베푸시길 원하옵니다.**

가호(加護)는 부처님께서 자비를 더하여 중생들을 돕고 보호하시는 것을 말한다. 그러므로 이를 다르게 표현하여 가념(可念)이라 하기도 한다. 위의 게송에서는 밀(密)을 더하여 밀가호(密加護)라고 하였으니, 여기서 밀(密)은 은밀(隱密)함을 말하므로 '은밀한 가호'이다. 이를 또 다르게 표현하면 '명훈가피력(冥熏加被力)'이라고 한다.

# 도솔야마영선서 兜率夜摩迎善逝

## 화신영 化身詠

**兜率夜摩迎善逝 須彌他化見如來**
도솔야마영선서 수미타화견여래

**同時同會皆如此 月印千江不可猜**
동시동회개여차 월인천강불가시

도솔천과 야마천에서 부처님을 맞았는데
제석천과 타화천에서도 여래를 뵙네.
같은 시각 같은 모임, 다 같이 이러하니
달이 천강에 비치는 뜻 의심할 수 없어라.

산보집 상단영청지의(上壇迎請之儀)에 실린 화신영(化身詠)이다. 여기서 화신(化身)
이란 석가모니 부처님을 말함이다. 이 게송의 출전이 어디 있는지는 알 길이 막연하
다. 다만 내가 소장하고 있는 책 가운데 진호석연(震湖錫淵) 스님이 1968년에 편찬
한 석문의범(釋門儀範) 가운데 가사(袈裟) 점안 편에 보면 가영(歌詠)이 세 번 나오
는데, 마지막 세 번째에 나오는 가영에 보면 실려 있다.


### 도솔야마영선서(兜率夜摩迎善逝)
### 도솔천과 야마천에서 부처님을 맞았는데

도솔(兜率)은 도솔천을 말하고 야마(夜摩)는 야마천을 말한다. 그리고 이어지는 문
장에도 제석천과 타화천이 나오는데, 여기서 먼저 알아 두어야 할 것은 천(天)이라는
것이다. 천(天)은 일종의 세계(世界)를 말함이다. 그리고 천(天)이라는 글자는 하늘
을 나타내는 글자이기에 자재하다는 뜻도 있어서 걸림이 없는 세상을 말하기도 하고,
하늘은 청명(淸明)함이 근본이기에 맑고 밝다는 뜻이 있다는 것도 알아 두어야 한다.

그리고 이 게송은 마치 화엄경 약찬게 한 대목을 보는 것처럼 이루어져 있다.

화엄경 약찬게에서는 칠처구회(七處九會) 39품에 대하여 언급을 하고 있는데 여기에 보면 다음과 같은 내용이 있다.

菩薩十住梵行品 發心功德明法品
보살십주범행품 발심공덕명법품

佛昇夜摩天宮品 夜摩天宮偈讚品
불승야마천궁품 야마천궁게찬품

보살십주범행품과 발심공덕 명법품은
도리천의 셋째 모임 여섯 품씩 설해지고
넷째 모임 야마천회 야마천궁 오르신 품
야마천궁게찬품과

도솔천(兜率天)은 욕계육천(欲界六天)의 네 번째 하늘이며, 이를 기준으로 밑에는 야마천(夜摩天)이 있고 위로는 낙변화천(樂變化天)이 있다. 그렇다면 도솔천은 무엇을 말하는가 하면 지족천(知足天), 묘족천(妙足天), 희족천(喜足天), 상족천(上足天), 희락천(喜樂天) 등으로 한역을 한다. 그리고 이를 산스크리트어로 나타내면 Samitusita이라고 하며, 이를 음사한 도솔천(兜術天), 도솔타천(兜率陀天) 등이 있지만 대개 도솔천으로 통용하여 쓰고 있다.

야마천(夜摩天)은 욕계육천 가운데 세 번째의 하늘이며, 이를 다르게 표현하여 염마천(焰摩天) 등으로 표현하고, 한역하면 묘선(妙善), 선시(善時), 창락(唱樂) 등으로 말한다. 고대인도의 베다 시대에는 야마(夜摩)는 본래 하늘 가운데에서도 가장 높은 곳에 있던 천(天)이어서, 모든 것이 풍족하고 즐거움이 넘쳐나고 죽은 이가 왕생하기를 원하였던 이상적인 천(天)이었다. 그러나 야마천왕(夜摩天王)이 망자를 심판하는 심판관의 이미지로 전락하면서 귀취(鬼趣), 지옥의 주인이 되었지만 이를 불교에서 수용하면서 육욕천(六欲天) 가운데 세 번째 천(天)으로 변하여 염천(焰天)으로 불리게 된 천(天)이다. 여기에 대해서 좀 더 공부하고자 한다면 정법염처경(正法念處經) 권 36을 찾아보기를 권하는 바이다.

참고로 야마천이 사는 궁전을 야마천궁(夜摩天宮)이라고 하는데 화엄경에서는 이곳이 화엄경 설하신 장소 가운데 하나로 보고 있기도 하다. 이러한 말씀은 화엄경 승도솔천궁품(昇兜率天宮品)에 보면 '그때 세존께서는 다시 신력으로 이 보리수 아래와 수미산 꼭대기와 야마천궁을 떠나지 않고서 도솔타천으로 가시어 모든 묘한 보배로 장엄한 궁전으로 향하시었다'는 말씀이 있다. 爾時。世尊。復以神力。不離於此菩提樹下。及須彌頂。夜摩天宮。而往詣於兜率陀天。一切妙寶所莊嚴殿。

그러기에 화엄경이 설하여진 장소를 칠처팔회(七處八會)라고 하는데, 그중의 네 번째 법회가 이루어진 곳에 대한 말씀이 제15 불승야마천궁품으로부터 제18 보살십신무진장품까지 모두 4품이 설해졌으며, 그 주된 내용은 십행(十行)에 대하여 말씀하셨다. 그러므로 이 법회를 흔히 야마천궁회(夜摩天宮會)라고 한다.

산스크리트어의 sugata를 음사하여 수가타(修伽陀)라고 하며 이를 한역하면 선서(善逝), 선거(善去), 호거(好去), 호설(好說) 등으로 표현한다. 그러기에 선(善)을 호(好)로도 나타내고, 서(逝)를 거(去)로 나타내기도 한다. 그렇지만 가장 보편적으로 널리쓰이는 단어는 선서(善逝)이며, 이는 부처님의 열 가지 명호(名號) 가운데 하나이다.

선서라는 뜻은 갖가지 깊은 삼매와 헤아릴 수 없는 많은 지혜의 세계로 들어간다는 뜻이다. 그리고 호설(好說)이라는 말은 부처님께서는 모든 법의 실상을 그대로 따른다는 것으로 '그' 뜻에 따른다는 표현이다. 그러므로 선서는 여래십호 가운데 여래와 대칭으로 짝을 짓기도 하는 표현이다. 그렇다면 여래와 선서는 어떤 대칭 관계가 있을까?

여래(如來)는 진실 그대로의 도에 의지하여 사바세계에 잘 오셨다는 뜻이고, 선서(善逝)는 진실 그대로 피안으로 잘 가셨기에 다시는 생사의 바다에 빠지지 않는다는 뜻이다. 그러므로 이 두 가지 명호를 골똘히 들여다보면 오고 감에 있어서 그 어디에도 걸림이 없는 부처님의 덕을 나타내고 있는 것이다.

십호경(十號經)에 보면 왜 여래라고 합니까? 부처님께서 비구[苾芻]들에게 말씀하셨다. 나는 옛날 인지(因地)에서 보살로 있을 때 많은 행을 두루 닦으면서 위없는 정등정각(正等正覺)을 구하였고, 이제 보리와 열반과 일체 진실을 얻어 팔성도(聖道)의 바른 소견으로 깨달아 얻었으므로 이름을 여래라 한다. 이는 지나간 세상의 정등정각이 조복하여 마음을 쉬고 열반에 이르게 된 까닭에 여래라고 한다고 하였다. 云何如來。佛告苾芻。我昔因地爲菩薩時歷修衆行。爲求無上正等正覺。今得菩提涅槃一切眞實。以八聖道正見所證。名爲如來。如過去正等正覺。調伏息心得至涅槃故。名如來。

왜 선서라고 합니까? 부처님께서 말씀하셨다. 곧 묘하게 간다는 뜻이니, 만일 탐냄·성냄·어리석음 등으로 모든 유정을 인도하여 저 나쁜 세계로 간다면 선서라 할 수 없다. 여래는 바른 지혜로 모든 미혹을 끊고 묘하게 세간을 벗어나 부처님의 깨달은 지위로 나아간다. 그러므로 선서라 한다고 하였다. 云何善逝。佛言。卽妙往之義。如貪瞋癡等引諸有情往彼惡趣。非名善逝。如來正智能斷諸惑。妙出世間能往佛果。故名善逝。

도솔야마영선서(兜率夜摩迎善逝), 다시 말해 도솔천과 야마천에서 부처님을 맞이하였다고 하였으니 진리는 시공을 초월하여 늘 함께하는 것이다. 야마궁중게찬품(夜摩宮中偈讚品)에서 공덕림보살의 게송을 보면 다음과 같다.

佛放大光明 普照於十方 悉見天人尊 通達無障礙
불방대광명 보조어시방 실견천인존 통달무장애

부처님의 큰 광명을 놓으시니
시방을 두루 비춤이로다.
천상(天上) 인간의 높은 어른 뵈옵기
환희 트이어 걸림이 없음이로다.


## 수미타화견여래 須彌他化見如來
### 제석천과 타화천에도 여래를 뵙네.

수미산(須彌山)은 불교의 우주관에서 나오는 산이다. 이 산을 중심으로 하여 네 개의 주(洲)가 있는데, 이를 동서남북 순으로 살펴보면 승신주(勝身洲), 우화주(牛貨洲), 섬부주(贍部洲), 구로주(俱盧洲)이다. 그리고 수미산 중턱의 사방에는 사왕천이 있는데 이것도 역시 동서남북으로 소개하면 지국천(持國天), 광목천(廣目天), 증장천(增長天), 다문천(多聞天)이 있어서 각각의 천왕이 다스리고 있으며 이 산의 정상에는 제석천이 살고 있다고 한다. 그러므로 여기서 수미(須彌)는 수미산을 말하며, 더불어 제석천을 말하는 것이다.

타화(他化)는 타화천(他化天)을 말하며, 이를 갖추어 다시 말하면 타화자재천(他化自在天)이라고 한다. 타화천은 육욕천(六欲天) 가운데 하나로써 욕계 가운데 가장 높은 곳으로, 이는 다른 이로 하여금 자재롭게 오욕의 경계를 변화하게 하는 곳을 말함이다.

화엄경에서는 십지품(十地品)이 설해진 장소가 바로 타화자재천궁이며 법주는 금강 장(金剛藏) 보살이다. 그렇다면 십지는 무엇을 말하는가. 첫째는 환희지(歡喜地)요, 둘째는 이구지(離垢地)요, 셋째는 발광지(發光地)요, 넷째는 염혜지(焰慧地)요, 다섯째는 난승지(難勝地)요, 여섯째는 현전지(現前地)요, 일곱째는 원행지(遠行地)요, 여덟째는 부동지(不動地)요, 아홉째는 선혜지(善慧地)요, 열째는 법운지(法雲地)이다.

부처님께서 화엄경을 설하실 때 일곱 군데 장소에서 아홉 번의 모임으로 인하여 설 해졌다고 하여서 이를 칠처구회(七處九會)라고 한다. 그런데 제3회부터는 부처님께 서 지상을 벗어나시어 하늘로 오르셔서 법문하게 되는데, 먼저 욕계육천 가운데 제2 천인 도리천궁으로 올라가시어 파라질다라수 아래의 보석전(寶石殿)에서 석 달 동안 안거하시면서 마야부인을 위하여 설법을 하셨다.

이어서 제4회 법회는 욕계의 제3천인 야마천궁(夜摩天宮)에서 십행(十行)의 지위에 대해서 말씀하셨으며, 특히 이 법회에서는 불법(佛法)이 세간법(世間法)과 전혀 다르 지 않다는 가르침을 주셨다. 여기에 대한 가르침을 요약한 것이 육조단경(六祖壇經) 에 나오는 게송이다.

佛法在世間 不離世間覺 離世覓菩提 恰如求兎角
불법재세간 불리세간각 이세멱보리 흡여구토각

불법이 세간에 있노라.
세간을 떠나서 깨달음을 얻을 수가 없도다.
세간을 떠나 깨달음을 구하려고 한다면
마치 토끼의 뿔을 구하고자 함과 같음이다.

제5회는 욕계 제4천인 도솔천궁에서 십회향(十回向)에 관한 가르침을 주셨다. 도솔 천은 미륵보살이 상주하시며 하늘 사람들을 제도하시고, 우리가 사는 남섬부주에 내 려오기를 기다리고 있다는 하늘이다.

제6회는 욕계 제5천이며 욕계에서 가장 높은 곳에 있는 타화자재천궁(他化自在天宮) 에서 십지품을 설하셨다. 그리고 이어지는 제7회부터는 부처님께서 다시 지상으로 내려오시어 제2회 때와 마찬가지로 보광명전(普光明殿)에서 십정품부터 여래출현품 까지 11품을 설하시게 된다.

화엄경의 제3회 도리천궁 법회에서부터 제7회 보광명전 법회까지의 내용을 요약하면 십주(十住), 십행(十行), 십회향(十回向), 십지(十地), 등각(等覺), 묘각(妙覺) 등을 설하셨다. 그러므로 이는 보살의 성불 과정을 말씀하신 것이다.


## 동시동회개여차 同時同會皆如此
### 같은 시각 같은 모임, 다 같이 이러하니

화엄경 세주묘엄품에서 가애락법광명당천왕(可愛樂法光明幢天王)의 게송을 보면 다음과 같은 내용이 있다.

一切法門無盡海 同會一法道場中
일체법문무진해 동회일법도량중

如是法性佛所說 智眼能明此方便
여시법성불소설 지안능명차방편

온갖 법문의 끝없는 바다가
한 법문 도량 안에 모두 모임이라
이와 같은 법의 성품을 부처님이 설하신 바니
지안천왕이 이러한 방편을 잘 밝혔도다.

이를 다시 살펴보면 부처님께서 설하시는 갖가지 법문은 모두 한 도량 안에서의 모임이라고 하였다. 화엄종(華嚴宗)의 십현문(十玄門) 가운데 첫째가 동시구족상응문(同時具足相應門)이다. 이는 모든 현상은 동시에 상응하고 동시에 원만한 도리를 갖추며, 연기의 도리에 따라서 성립되어서 일(一)과 다(多) 등이 일체가 되어 앞뒤의 차별이 없는 것을 말한다. 그러므로 여기서 동시(同時)라는 것은 전후의 시간적 차별이 없음을 말하는 것이다. 그리고 이어지는 구족(具足)이라는 표현은 진리를 드러냄에 있어서 남기거나 빠지거나 함이 없이 골고루 다 갖추었다는 뜻이며, 이어서 상응(相應)이라고 하는 것은 서로 어긋남이 없다는 뜻이다.

그러므로 부처님 법은 서로 다른 이치나 존재가 동시에 성립된다고 할지라도 서로 장애가 전혀 되지 아니하기에 이를 동시무애(同時無碍)라고 한다.

동시구족상응문은 그 나머지 아홉 개의 문(門)을 총괄하는 문으로 이는 부처님만이 가지고 계신 대신통력을 말한다. 이를 반야심경(般若心經)에 대비하여 보면 바라승

아제(波羅僧揭諦)라고 하는데 이는 빨리 부처가 되라고 하는 말이다.

금강경(金剛經)에서는 이 문으로 가기 위해서는 항복기심(降伏其心)이라고 하여 번뇌의 마음을 항복 받으라고 하셨으며, 열반경(涅槃經)에서는 금강과 같이 일체 걸림이 없이 모든 법에 통달하는 삼매를 얻으라고 하셨다. 이를 금강삼매(金剛三昧)라고 한다. 다시 화엄경의 세주묘엄품의 게송을 보면 다음과 같은 가르침이 있다.

十方所有諸國土 悉在其中而說法
시방소유제국토 실재기중이설법

佛身無去亦無來 愛樂慧旋之境界
불신무거역무래 애락혜선지경계

시방에 있는 바 모든 국토에
다 그 가운데서 설법하시되
부처님의 몸은 감도 없고 또한 옴도 없으시니
애락선혜천왕의 경계로다.

여기에 보면 부처님의 몸은 오고 감도 없고 머묾도 없으시다고 하였다. 이러한 표현을 흔히 무거무래역무주(無去無來亦無住)라고 하기도 한다. 그러므로 부처님의 가르침은 동시상응(同時相應)으로 이루어지기에 모든 가르침이 이와 같다고 표현한 것이다. 다시 보충 설명을 하기 위하여 화엄경 광명각품의 게송을 보면 문수보살이 각각 부처님 계신 곳에서 동시에 소리를 내어 아래와 같이 말한다.

一念普觀無量劫 無去無來亦無住
일념보관무량겁 무거무래역무주

如是了知三世事 超諸方便成十力
여시요지삼세사 초제방편성십력

한 생각에 한량없는 겁을 널리 보니
감도 없고, 옴도 없고 머묾도 없네
이처럼 삼세의 일을 분명히 아사
모든 방편 뛰어나서 열 가지 힘 이루었도다.

그러므로 부처님의 가르침은 공간적으로 보면 무변(無邊)하고, 시간상으로 보면 무한(無限)하기에 항상 영원한 것이다.


## 월인천강불가시 月印千江不可猜
**달이 천강에 비치는 뜻을 가히 의심할 수 없도다.**

월인(月印)은 부처님의 가르침을 말하는 것이다. 그러므로 월(月)은 부처님의 원만한 가르침을 말하는 것이고, 인(印)은 도장을 말한다. 도장은 새겨진 대로 찍혀지기에 부처님의 가르침이 그러하다는 것이다. 고로 천강(千江)은 일천 개의 강을 말하므로 곧 중생의 근기가 다양하므로 일천 개의 강이라고 말한 것이다. 그러므로 월인천강(月印千江)이라는 것은 부처님의 가르침인 자비가 달빛처럼 모든 중생에게 골고루 비춘다는 뜻이다.

시(猜)는 샘하다, 원망하다, 의심하다, 두려워하다 등의 뜻이 있지만 여기서는 의심한다는 뜻으로 쓰였다. 여기서 의심할 수 없다는 것은 바로 의심치 아니하고 받아들인다는 뜻이다. 화엄경 세주묘엄품(世主妙嚴品)에 보면 부처님께서는 중생의 근기에 맞게 설법하시므로 중생들이 가지고 있는 의심을 끊어 없애 버리신다고 하셨다.

如來出現遍十方 普應群心而說法
여래출현변시방 보응군심이설법

一切疑念皆除斷 此妙幢冠解脫門
일체의념개제단 차묘당관해탈문

여래께서 온 시방에 출현하시어
널리 중생들의 마음을 따라 설법하사
모든 의심을 다 끊어 없애시니
이것은 묘당관천왕의 해탈문이로다.

# 돈사탐진치 頓捨貪嗔癡

## 회향게 廻向偈

頓捨貪嗔癡 常歸佛法僧
돈사탐진치 상귀불법승

念念菩提心 處處安樂國
염념보리심 처처안락국

탐냄, 성냄, 어리석음을 완전히 버리고서
항상 부처님과 가르침과 승가에 귀의하여
생각 생각에 보리의 마음 가져서
가는 곳마다 안락한 정토 이루소서.

수아차법식(受我此法食) 편의 설명을 참고하시오.

# 돌돌서래벽안호 咄咄西來碧眼胡

## 제28조 달마 達磨 대사

**咄咄西來碧眼胡 廓然無聖更多圖**
돌돌서래벽안호 확연무성갱다도

**九年端坐撈籠盡 只有梁王是丈夫**
구년단좌로농진 지유양왕시장부

쯧쯧, 서쪽에서 온 푸른 눈의 오랑캐가
확연히 성스러운 것도 없는데 다시 많은 도모를 하네.
9년 동안 단정히 앉아 다 끌어냈으니
단지 양나라 무제(武帝)만 대장부로구나.

산보집 권지중(卷之中)에서 선문조사예참(禪門祖師禮懺)에 실린 달마대사 가영이다. 달마대사는 남인도 향지국(香至國)의 왕자로 알려져 있으며 반야다라의 법을 이은 뒤 중국으로 건너와서 양나라 무제를 만났으나 상통(相通)하지 아니하였다. 그리하여 양자강(揚子江)을 건너 쑹산 소림사(少林寺)에서의 구년면벽(九年面壁)을 통하여 새로운 수행법을 제시하였고 오늘날까지 그 법통이 이어지고 있으며 혜가(慧可)에게 자신의 법을 전수하였다.

### 돌돌서래벽안호 咄咄西來碧眼胡
쯧쯧, 서쪽에서 온 푸른 눈의 오랑캐가

돌돌(咄咄)은 쯧쯧, 이러한 정도로 표현을 하며 그 뜻은 괴이하게 여겨서 놀라는 모양을 나타낸다. 그도 그럴 것이 당시로는 눈 푸른 사람을 본다는 게 그리 쉽지 않았을 것이기 때문이다. 서래(西來)는 중국의 입장에서 보아 서역(西域)을 말함이다. 그러나 서역 가운데 인도(印度)를 그렇게 나타내기도 한다. 벽안(碧眼)은 파란 눈동자를 가진 사람을 말하기에 여기서는 이방인 달마대사를 말함이다. 그리고 오랑캐를 뜻하는 호(胡)가 있음은 당시 중국 한족들은 자신들 기준으로 이웃하는 다른 나라들은 모두 오랑캐로 취급하는 못된 습성이 있었다. 서역을 서융(西戎)이라 하고, 동쪽에 있는 나라를 동이(東夷), 남쪽에 있는 나라를 남만(南蠻), 북쪽에 있는 나라를 북적(北狄)이라 하였는데 모두 이와 같은 연유이다.


## 확연무성갱다도 廓然無聖更多圖
## 확연히 성스러운 것도 없는데 다시 많은 도모를 하네.

확연무성은 달마대사가 양나라 무제를 만나서 법담을 나누었을 때의 표현이다. 양나라 무제가 달마대사에 묻기를 무엇이 가장 성스러운 진리입니까? 이에 달마가 이르기를 [확연무성] 텅 비어 있어서 성스럽다고 여길 것도 없습니다. 그럼 내 앞에 있는 그대는 누구입니까? 이에 달마대사가 말하기를 나도 모르겠다고 하였다. 사실 이외에는 전할 법도 없는데 양무제가 이를 알아차리지 못하고 엇길로 새고 말았다. 그러기에 여기서는 이를 다시 다른 수작을 한다는 뜻으로 갱다도(更多圖)라고 하였다.


## 구년단좌로농진 九年端坐撈籠盡
## 9년 동안 단정히 앉아 다 끌어냈으니

양무제와 헤어진 달마대사가 양쯔강을 건너 쑹산 소림사에 이르러 9년 동안 면벽수행을 하였기에 이를 면벽구년(面壁九年)이라고 한다. 이로써 중국 불교에서 선(禪)이라는 독특한 수행법이 일어나 들불처럼 번져나가기 시작하였다. 달마대사가 면벽수행을 하였다고 하는 것은 관법(觀法)이다. 그렇다면 달마대사는 무엇을 관했을까? 이는 마음을 관했으므로 이를 달리 말하여 관심법(觀心法)이라고 하여 오직 마음을 관하여 부처를 찾는 수행법이다. 왜냐하면 마음이란 만법의 근원이기 때문이다.

로농진(撈籠盡)이라는 표현은 다 끌어내었다는 뜻으로 이는 마음이라는 것을 내세워 부처님의 가르침인 팔만대장경을 모두 끌어내었다는 뜻이다. 그러므로 불교는 펼치면 팔만대장경이지만 모두 일심으로 귀납(歸納)되는 것이다.


## 지유양왕시장부 只有梁王是丈夫
## 단지 양나라 무제(武帝)만 대장부로구나.

양무제는 남북조시대에 양나라의 초대 황제이며 불교를 장려하였으며 자신을 불심천자(佛心天子)로 표명하며 불교를 강설하고 스스로 불교의 계율을 따르기도 하였다. 여기서는 다만 양무제를 추켜세워 대장부라고 하였다. 이는 양무제가 아직 부처님의 가르침의 핵심을 꿰뚫지 못하여 스스로 자만심에 빠져 불심천자라고 하였기에 이를 은근슬쩍 빗대어 말하는 것이다.

# 동방세계명만월 東方世界名滿月

## 약사영 藥師詠

東方世界名滿月 佛號琉璃光皎潔
동방세계명만월 불호유리광교결

頭上旋螺靑似山 眉間毫相白如雪
두상선라청사산 미간호상백여설

동방 세계 그 이름은 만월이라 하며
부처님 명호는 유리광이니 달빛처럼 깨끗하네.
머리 위의 나계(螺髻)는 산처럼 푸르고
미간의 흰 털의 모습은 눈같이 희네.

산보집 상단영청지의(上壇迎請之儀)에 수록된 약사영이다. 약사영(藥師詠)은 약사여래를 찬탄하는 가영이다. 이 가영은 불설소재연수약사관정장구의(佛說消災延壽藥師灌頂章句儀) 제1권에 실린 소재연수약사불(消災延壽藥師佛)에 대한 가찬(歌讚)에 실린 내용을 일부 변형하여 옮긴 것으로 보인다. 이를 소개하면 다음과 같다.

東方有佛名滿月 佛號琉璃光皎潔
동방유불명만월 불호유리광교결

頂上璇螺靑繫髻 眉間臺相珂入雪
정상선라청계계 미간대상가입설

이 게송에 더하여 더 살펴보려면 불소행찬(佛所行讚) 권제1, 약사유리광여래본원공덕경(藥師琉璃光如來本願功德經) 등을 살펴보기를 권한다.

## 동방세계명만월 東方世界名滿月
### 동방 세계 그 이름은 만월이라 하며

동쪽에 한 불국토가 있다는 표현이다. 여기서 세계는 불국토를 말함이며 그 이름은 만월(滿月)이라고 하였다. 이는 만월불국토를 말하는 것이다. 여기서 만월(滿月)은 영월(盈月)이라고도 하며, 이는 보름달을 말하기에 원만한 국토를 말한다. 깨달음의 세계를 나타내는 표현이며, 이를 약사경에서는 만월세계의 부처님 이름을 명행원만(明行圓滿)이라고 하였다.


## 불호유리광교결 佛號琉璃光皎潔
### 부처님 명호는 유리광이니 달빛처럼 깨끗하네.

약사경(藥師經)에 보면 부처님께서는 문수사리에게 말씀하였다. '이곳으로부터 동쪽으로 10긍가(殑伽:갠지스강)의 모래 수처럼 많은 불토(佛土)를 지나서 세계가 있으니 정유리(淨琉璃)라고 이름하며, 부처님의 명호는 약사유리광(藥師琉璃光)여래·응공(應供)·정등각(正等覺)·명행원만(明行圓滿)·선서(善逝)·세간해(世間解)·무상장부(無上丈夫)·조어사(調御士)·천인사(天人師)·불박가범(佛薄伽梵)이시다.'라고 하였다.

교결(皎潔)은 희고 깨끗하다는 표현이다. 약사경에 등장하는 약사유리광불(藥師琉璃光佛)에서 유리광(琉璃光)이라는 표현이 곧 교결(皎潔)이다.


## 두상선라청사산 頭上旋螺靑似山
### 머리 위의 나계(螺髻)는 산처럼 푸르고

이 부분에 대해서는 약사경(藥師經) 또는 약사본원경(藥師本願經)에는 언급이 전혀 없다. 선라(旋螺)는 곧 나계(螺髻)를 말함이기에 이를 달리 표현하여 나발(螺髮)이라 하기도 한다. 이는 소라껍데기처럼 틀어 말린 모양이라고 하여 이렇게 부르며, 삼십이상팔십종호(三十二相八十種好) 가운데 하나이다. 그리고 머리카락의 색깔이 푸른 산과 같다고 하였는데 나계는 감청색(紺靑色)이기 때문에 이렇게 표현하였다.

**미간호상백여설 眉間毫相白如雪**

미간의 흰 털의 모습은 눈같이 희네.

미간호(眉間毫)는 미간(眉間) 사이에 있는 백호(白毫)를 말하기에 이를 미간백호상(眉間白毫相)이라고 한다. 이 역시도 삼십이상팔십종호 가운데 하나이며 대승불교에서는 백호를 통하여 광명을 무량세계에 두루 비춘다고 하였다. 그리고 백호(白毫)를 다시 찬탄하여 백설(白雪)에 비유하였다.

법화경(法華經) 서품에 보면 '그때 부처님은 미간의 백호상으로부터 광명을 놓아 동방으로 1만 8천 세계를 골고루 빠짐없이 비추었다'는 가르침이 있다. 爾時佛放眉間白毫相光。照東方萬八千世界。靡不周遍。

# 동방아축무군동 東方阿閦無群動

## 아축영 阿閦詠

**東方阿閦無群動 般若宮中自性持**
동방아축무군동 반야궁중자성지

**常住安心歡喜國 金剛鏡智似須彌**
상주안심환희국 금강경지사수미

동방의 아축불(阿閦佛)은 온갖 동요함이 없이
반야궁(般若宮) 안에서 자성을 지키시네.
항상 편안한 마음으로 환희국(歡喜國)에 머무시며
금강경지(金鋼鏡智)가 수미산과 같습니다.

산보집에서 불상을 점안하는 불상점안작법(佛像點眼作法)에서는 아축영(阿閦詠)은 아축불을 찬탄하는 가영이다.


**동방아축무군동 東方阿閦無群動**
**동방의 아축불(阿閦佛)은 온갖 동요함이 없이**

아축불(阿閦佛)은 밀교 금강계의 오불 가운데 한 분으로 동방 아비라제 세계의 주존이며 산스크리트어로는 Aksobhya이다. 이를 다시 한역하여 부동(不動), 무동(無動), 무노(無怒), 무진에(無瞋恚)등으로 나타내고 있으므로 무군동(無群動)은 곧 무동(無動)을 말하며 이는 양극단(兩極端)에 흔들리지 않는다는 표현이다.

법화경(法華經) 화성유품에서는 16사미들의 고금의 인연을 밝히는 말씀에 보면 '그 두 사미는 동방에서 성불하였는데, 한 분의 이름은 아축(阿閦)이니 환희국(歡喜國)에 계시고, 다른 한 분의 이름은 수미정(須彌頂)이니라. 동남방에 계시는 두 부처님은 한

분은 사자음(師子音)이시고, 다른 한 분의 이름은 사자상(師子相)이라'고 하였다. 其
二沙彌。東方作佛。一名阿。在歡喜國。二名須彌頂。東南方二佛。一名師子音。二
名師子相。

## 반야궁중자성지 般若宮中自性持
반야궁(般若宮) 안에서 자성을 지키시네.

반야(般若)는 지혜를 말하기에 이를 궁궐에 비유하여 반야궁(般若宮)이라고 하였다.
그러므로 반야궁에 이르고자 한다면 진여자성(眞如自性)을 지켜야 반야궁에 다다를
수가 있다.

## 상주안심환희국 常住安心歡喜國
항상 편안한 마음으로 환희국(歡喜國)에 머무시며

반야의 도리를 알면 항상 마음이 편안하므로 곧 환희국에 이를 수 있음이다.

## 금강경지사수미 金剛鏡智似須彌
금강경지(金鋼鏡智)가 수미산과 같습니다.

반야의 도리를 알면 금강의 거울과 같은 지혜가 생겨남이 수미산과 같이 높다고 말
함이다.

# 동서남북급중앙 東西南北及中央

## 하원수궁영 下元水宮詠

**東西南北及中央 各用神功主一方**
동서남북급중앙 각용신공주일방

**無事總歸於本位 有時同聚向淸凉**
무사총귀어본위 유시동취향청량

동쪽 서쪽 남쪽 북쪽 그리고 중앙
각각 신통한 공력(功力)을 쓰지만 한 방위에서 주재하네.
일 없으면 모두 본래 자리로 돌아가고
때로는 함께 모여 청량함에 향하시네.

산보집에서 중단을 청해 맞이하는 의식인 중단영청지의(中壇迎請之儀)에 수록된 하원
수궁영(下元水宮詠)이다. 하원수궁영(下元水宮詠)에서 하원(下元)은 도교에서 말하는
삼원(三元) 가운데 하나로 하늘을 상원(上元), 땅은 중원(中元), 그리고 물은 하원(下
元)이라고 한다. 그러므로 하원이 물에 해당하므로 수궁(水宮)이라고 한 것이다.

**동서남북급중앙 東西南北及中央**
동쪽 서쪽 남쪽 북쪽 그리고 중앙

오방(五方)을 각각 가리키는 표현이다.

**각용신공주일방 各用神功主一方**
각각 신통한 공력(功力) 쓰지만 한 방위에서 주재하네.

각 방위마다 신통한 공력이 있지만 이를 다스림에 있어서는 한 방위에서 모두 주재하여 다스림이라고 하였다.

## 무사총귀어본위 無事總歸於本位
## 일 없으면 모두 본래 자리로 돌아가고

일 없으면 모두 본래의 자리로 돌아간다고 하였으나 궁극적으로 무엇을 말하는지 알 길이 막연하다.

## 유시동취향청량 有時同聚向淸凉
## 때로는 함께 모여 청량함에 향하시네.

유시(有時)는 때로는 이러한 표현이며, 동취(同聚)는 함께 모인다는 표현이다. 시문을 보면 때로는 함께 모여서 시원한 곳으로 향한다고 하였지만 이 역시도 그 전거를 들어 밝히기에는 막연하다.

# 등광층층 燈光層層

## 배헌반야등 拜獻般若燈

燈光層層 遍照於大千 智慧心燈 明了得自然
등광층층 변조어대천 지혜심등 명료득자연

我今自然 滿盞照長天 光明破暗 滅罪福無邊
아금자연 만잔조장천 광명파암 멸죄복무변

등 빛은 겹겹으로 대천세계를 두루 비추니
지혜로운 마음의 등도 저절로 명료해지네.
나도 지금 자연히 등잔에 기름 채워 먼 하늘 비추니
빛이 암흑을 깨뜨려 죄는 멸하고 복은 그지없나이다.

산보집 영산작법절차(靈山作法節次)에 수록된 배헌반야등(拜獻般若燈)이다. 배헌반야등이란 부처님께 올리는 육법공양 가운데 절을 하고 반야의 등을 올리면서 염송하는 게송이다. 반야등은 반야를 등불에 비유한 것으로 여기서 반야는 실상을 관찰하는 지혜를 말함이다. 중생은 이로 인하여 무명을 타파할 수 있기 때문에 이를 등불에 비유한 것이다.

대반야바라밀다경(大般若波羅蜜多經) 권제572 제6 분현덕품에 보면 '그때에 부처님께서 적정혜보살에게 말씀하셨다. 이 다라니는 마군들을 항복시키고, 온갖 외도로서 바른 법을 질투하는 사람들을 무찌르며, 반야의 등불을 켜고 번뇌의 불을 끄며, 설법하는 이를 보호해서 열반에 이르게 하며, 안 마음을 조복시키고 밖의 무리를 잘 교화하며, 위의가 정숙하여 보는 이가 기뻐하며, 바른 수행을 하는 이에게 평등이 설법하며, 유정의 근성을 여실히 관찰하여, 법을 전해주되 때에 맞추어 늦지도 빠르지도 않게 하느니라.'라고 하셨다. 爾時。佛告寂靜慧言。此陁羅尼能伏魔衆。摧諸外道。壞嫉法人。然般若燈滅煩惱火。護說法者令至涅槃。調伏內心。善化外衆。容儀整肅見者歡喜。爲正行人平等說法。如實觀察有情根性。授法應時非前非後。

**등광층층 변조어대천 燈光層層 遍照於大千**
등 빛은 겹겹으로 대천세계를 두루 비추니

등광(燈光)은 등의 불빛을 말한다. 그러나 여기에서는 불빛을 진리에 비유하기에 화(火)라는 표현보다 광(光)이라는 표현을 썼다. 그리고 층층(層層)은 여러 겹으로 쌓였다는 표현이기에 등불을 아주 여러 개를 매달아 놓은 모습을 말한다. 변조(遍照)는 불빛이 비추듯이 부처님의 지혜가 두루두루 널리 비추는 것을 말하기에 이러한 표현을 뒷받침하고자 대천(大千)이라고 하였다. 이는 삼천대천세계를 말함이다.


**지혜심등 명료득자연 智慧心燈 明了得自然**
지혜로운 마음의 등도 저절로 명료해지네.

반야의 등은 지혜의 등이며, 심등(心燈)이다. 반야를 체득하면 부처님의 가르침은 저절로 명료(明了)하게 깨우칠 수 있는 것이다.


**아금자연 만잔조장천 我今自然 滿盞照長天**
나도 지금 자연히 등잔에 기름 채워 먼 하늘 비추니

그러기에 반야의 등을 올리는 자 스스로가 등잔에 가름을 가득 채우나니 이 불빛이 먼 하늘까지 비추기를 소망하고 있다.


**광명파암 멸죄복무변 光明破暗 滅罪福無邊**
빛이 암흑을 깨뜨려 죄는 멸하고 복은 그지없나이다.

반야의 등이 어둠을 깨트린다고 하였으니 이는 지혜로써 미망을 깨트리는 것에 비유한 것이다. 중생은 어리석음으로 인하여 죄를 짓게 되는데 미망이 없어지면 저절로 복을 지음이니 그 복은 한량이 없다.

# 등전혜은숙능첨 燈傳慧隱孰能瞻

## 도헌 道憲 국사

燈傳慧隱孰能瞻 唯見靈蹤在碧巖
등전혜은숙능첨 유견영종재벽암

山鳥似嫌僧不管 水邊林下語喃喃
산조사혐승불관 수변임하어남남

법등 전해 준 숨은 은혜를 누가 능히 마주 대하겠는가?
오직 영험한 자취 푸른 바위에 나타내 보이네.
산새들이 혐오하는 듯하나 스님은 상관치 않고
물가, 언덕 숲 아래서 재잘재잘 울어대네.

산보집 선문조사예참(禪門祖師禮懺)에서 희양산(曦陽山) 조사이신 도헌국사(道憲國師)에 대한 가영에 나오는 게송이다. 도헌국사(道憲國師 824~882)는 신라 후기의 사문으로 문경 희양산 봉암사를 창건하였으며 17세에 영주 부석사에서 출가하였다. 법명은 지선(智詵)이다. 882년 헌강왕 8년 12월 8일에 가부좌하고 마주보고 앉아 이야기를 마치고 단정히 열반하였다. 그러자 문도들이 현계(賢溪)에 가빈(假殯)을 하였다가 1년 후에 다시 옮겨와 희양산 들판에서 장사를 지냈다고 문경 봉암사에 있는 지증대사 비문(碑文)에서 밝히고 있다.

### 등전혜은숙능첨 燈傳慧隱孰能瞻
법등 전해 준 숨은 은혜를 누가 능히 마주 대하겠는가?

등전(燈傳)은 법등을 전하여 단절되지 아니하고 이은 것을 말하며, 혜은(慧隱)은 숨은 은혜를 말한다. 그리고 숙(孰)은 부사로 쓰여서 누구, 무엇, 이러한 표현으로 쓰였다. 능첨(能瞻)은 마주대하다, 이러한 표현이기에 누가 감히 쳐다보겠는가 이러한 표현으로 해석해도 된다.

## 유견영종재벽암 唯見靈蹤在碧巖
**오직 영험한 자취 푸른 바위에 나타내 보이네.**

오직 스님의 영험한 종적은 푸른 바위에 나타내 보인다고 하였기에 여기서 벽암(碧巖)은 푸른 바위를 말함인데, 이는 진리를 빗대어 표현한 것이다. 왜냐하면 푸르다고 하는 것은 살아 있다는 뜻이고, 바위는 변하지 아니하기에 진리를 이처럼 비유한 것이다. 또한 봉암사(鳳巖寺)를 말하기도 한다.

## 산조사혐승불관 山鳥似嫌僧不管
**산새들이 혐오하는 듯하나 스님은 상관치 않고**

이 시문은 스님이 세납 59세에 입적을 하자 바로 다비를 하지 아니하고 현계(賢溪)에 가빈(假殯)을 만들었다. 산새들이 이를 혐오스럽게 여기는 듯하나 스님은 여기에 전혀 개의치 아니함이라는 표현이다.

## 수변임하어남남 水邊林下語喃喃
**물가, 언덕 숲 아래서 재잘재잘 울어대네.**

수변(水邊)은 물가를 말하고 임하(林下)는 수풀 아래를 말한다. 위에서 설명한 '현계'를 말함이다. 여기서 현계는 봉암사가 있는 희양산 계곡을 말한다. 남남(喃喃)은 재잘거리는 소리가 요란한 것을 말하므로 현계에는 새들만 재잘거리기에 이는 공적(空寂)함을 표현한 것이다.

# 라자색선백 羅字色鮮白

## 정법계영 淨法界詠

羅字色鮮白 空點以嚴之 如彼髻明珠 置之於頂上
라자색선백 공점이엄지 여피계명주 치지어정상

라(羅)의 글자는 곱고 고운 흰색인데
공(空)의 점으로써 장엄을 하였네.
저것은 상투 위에 둥근 구슬과 같은데
그것을 정상에 놓아두었네.

眞言同法界 無量衆罪除 一切觸穢處 當可此字門
진언동법계 무량중죄제 일체촉예처 당가차자문

이 진언으로 법계와 하나가 되면
한량없는 죄를 소멸케 한다.
일체의 더러운 곳에 닿을 때마다
마땅히 이 글자 문을 더하여라.

이 게송은 우리나라에서 널리 알려진 천수경(千手經)에 나오는 게송이다. 그러나 천수경(千手經)은 후대에 부처님의 말씀을 엮은 것이다. 일상의 기도에 있어서 참회와 더불어 서원을 세우는 용도로 만들어진 경(經)이기에 여시아문이 없음이다. 그러나 위의 게송 일부는 대비로자나성불신변가지경연화태장비생만다라광대성취의궤(大毘盧舍那成佛神變加持經蓮華胎藏悲生曼茶羅廣大成就儀軌)와 섭대비로자나성불신변가지경입연화태장해회비생만다라광대념송의궤공양방편회(攝大毘盧遮那成佛神變加持經入蓮華胎藏海會悲生曼茶羅廣大念誦儀軌供養方便會)에도 실려 있다.

211

라자색선백 공점이엄지 여피계명주 치지어정상
羅字色鮮白 空點以嚴之 如彼髻明珠 置之於頂上
라(羅)의 글자는 곱고 고운 흰색인데 공(空)의 점으로써 장엄을 하였네.
저것은 상투 위에 둥근 구슬과 같은데 그것을 정상에 놓아두었네.

우리나라 천수경에서는 라(羅)로 되어 있지만 중국에 실려 있는 문헌에는 대부분 라(囉)로 되어 있다. 그러나 우리나라 모 스님께서 라(羅)는 오류이며 화엄경 입법계품에 전거하여 라(邏)로 고쳐야 한다고 주장을 하지만 이는 그렇지 않다. 왜냐하면 천수경과 화엄경은 그 맥이 다르기에 천수경을 화엄경에 비유하는 것은 적절치 않다. 그리고 우리나라 경전의 원천이 되는 중국의 문헌에는 라(囉)로 되어 있지만 이는 어디까지나 범어의 소리를 음사한 표현이라고 보아야 한다.

여기에 대하여 대만의 불교학자들은 범서에서 라(邏. 범서를 옮기지 못함이 안타깝다)는 변유광명(遍有光明)이라고 밝히고 있다. 그기에 뒤이어서 나오는 계명주가 바로 이러함이라고 하였다. 그리고 명주(明珠)를 다르게 표현하여 만월(滿月)이라 한다고 부가적인 설명을 하고 있다.


진언동법계 무량중죄제 일체촉예처 당가차자문
眞言同法界 無量衆罪除 一切觸穢處 當可此字門
이 진언으로 법계와 하나가 되면 한량없는 죄를 소멸케 한다.
일체의 더러운 곳에 닿을 때마다 마땅히 이 글자 문을 더하여라.

여기서 진언이라고 하는 것은 천수경에 나오는 정법계진언(淨法界眞言)인 '나무 사만다 못다남'을 말한다. 진언과 법계가 하나가 되었다고 하는 것은 곧 삼매에 들어가는 것을 말한다. 삼매에 들면 한량없는 죄업을 소멸하게 되기에 실답지 아니한 것을 만날 때마다 라(邏)의 문으로 들어가라는 표현이다. 이는 곧 정법계진언을 하라는 가르침이다.

그리고 당가차자문에서 산보집은 가(可)로 나타내었으나 이는 오기이며 가(加)가 맞는 표현이다.

# 래시시하물 來時是何物

## 착의게 着衣偈

**來時是何物 去時是何物**
래시시하물 거시시하물

**我師得見燃燈佛 多刼曾爲忍辱仙**
아사득견연등불 다겁증위인욕선

올 때에는 이것이 어떤 물건이었으며
갈 때에는 이것이 어떤 물건입니까?
우리 스승께서 연등부처님을 뵙고 나서
다겁(多劫)에 일찍이 인욕선인이 되셨답니다.

작법귀감 다비작법에서 시신에 겉옷을 입히면서 외우는 게송으로 이를 착의게(着衣偈)라고 하며 승가예의문, 범음집도 이와 같다.


**래시시하물 來時是何物**
올 때에는 이것이 어떤 물건이었으며

이 단락과 이어지는 단락은 영가에게 질문을 던지는 것이다. 속세에서는 공수래공수거(空手來空手去)라고 했는데 불교는 이와 다르다. 여기서 말하는 일물(一物)은 무엇일까?


**거시시하물 去時是何物**
갈 때에는 이것이 어떤 물건입니까?

어떤 남자가 조주종심(趙州從諗) 선사를 찾아가 물었다. 한 물건도 가져오지 않았을 때는 어찌 합니까? 이에 조주(趙州) 선사가 답하기를 내려놓아라. 一物不將來時如何。云放下着。

여기서 일물은 곧 마음을 말하는 것이다. 불교는 형상을 믿는 종교가 아니라 심교(心教)이다.

## 아사득견연등불 我師得見燃燈佛
### 우리 스승께서 연등부처님을 뵙고 나서

위의 두 구절은 질문이고 여기서부터 이어지는 구절은 질문에 대한 답이다. 이 게송은 자문자답(自問自答)으로 이루어져 있다. 여기서 스승은 석가모니 부처님을 말함이며 연등불(燃燈佛 디팡카라 DIpamkara-Buddha)은 부처님의 과거전생에 선혜(善慧, 수메다 Sumedha)로 있을 때 당시의 부처님이다. 선혜는 희락성(喜樂城)의 선현정사(善現精舍)에 머무르실 때 연등불을 만났다. 선혜가 길가의 웅덩이를 다 메우기 전에 연등불이 다가오자 진창에 엎드려 머리를 풀어 자신의 몸을 다리 삼아 지나가도록 하였다. 이에 연등불이 다음 생에 싯다르타로 태어나서 성불할 것이라는 수기를 주셨다. 여기에 관하여 더 알아보고자 한다면 본생담(本生譚) 가운데 원인연담(遠因緣譚) 편을 살펴보기를 권한다.

## 다겁증위인욕선 多刧曾爲忍辱仙
### 다겁(多劫)에 일찍이 인욕선인이 되셨답니다.

선혜가 자신의 몸을 낮추어 머리를 풀어헤침은 곧 인욕을 보인 것이다. 이를 옷에 비유하여 인욕의(忍辱衣)라고 하는 것이다. 그러므로 영가에게 입히는 옷은 다름이 아닌 인욕의 옷이라고 일러주는 것이다. 법화경 법사품에서 '법사는 인욕의 옷을 입고 법을 전하라'는 가르침도 그러하다.

# 마갈천검평산갈 摩竭千劍平山喝

## 공민왕사 보제 恭敏王師普濟 존자

摩竭千劍平山喝 選擇工夫對御前
마갈천검평산갈 선택공부대어전

寂後神光遺舍利 三韓祖室萬年傳
최후신광유사리 삼한조실만연전

마갈(摩竭)의 천검과 평산(平山)의 할을 받고
어전에서 승려들 공부를 시험했네.
최후에 신령한 빛의 사리를 남기시니
삼한의 조실로서 만년토록 전해지리라.

산보집 선문조사예참(禪門祖師禮懺)에서 보제존자(普濟尊者)의 가영이다. 보제존자(普濟尊者)는 경북 영덕 출생으로 고려 말의 고승이었던 나옹혜근(懶翁惠勤 1320~1376) 스님을 말한다. 20세 때 문경 묘적암(妙寂庵)에서 요연(了然) 선사에게 출가를 하였다. 1374년 원나라로 들어가 연경(燕京)에 있는 법원사(法源寺)에 머물면서 인도 출신의 지공(指空) 스님의 가르침을 받았으며 그 후 항주(杭州)에 있는 정자사(淨慈寺) 평산처림(平山處林 1279~1361)의 법을 이었다. 순제(順帝)의 청을 받고 연경 광제사(廣濟寺)에 머물며 법을 설하다가 고려 공민왕 7년인 1358년에 귀국하여 오대산 상두암(象頭庵), 해주 신광사(神光寺), 개성 광명사(廣明寺), 순천 송광사(松廣寺) 등 여러 절에 머물다가 1371년 공민왕 18년에 왕사가 되어 보제존자라는 시호(諡號)를 받았다. 양주 회암사(檜巖寺)에 머물다 왕명으로 밀양 영원사(靈源寺)로 가는 도중 여주 신륵사(神勒寺)에서 5월 15일에 세납 56세에 입적을 하였다. 문집으로는 나옹화상어록(懶翁和尚語錄), 나옹화상가송(懶翁和尚歌頌), 보제존자삼종가(普濟尊者三種歌) 등이 있으며 제자로는 조선을 건국한 태조(太祖) 이성계의 왕사인 무학(無學 1327~1405) 대사가 있다.

**마갈천검평산갈 摩竭千劍平山喝**
**마갈(摩竭)의 천검(千劍)과 평산(平山)의 할(喝)을 받고**

마갈(摩竭)은 마갈다국(摩竭陀國)을 말하며 부처님 재세시 16대국의 하나로 수도는 왕사성(王舍城)이고, 국왕은 빔비사라(頻婆娑羅 Bimbisāra)이며 부처님께서 성도하신 붓다가야도 마가다국에 속하는 지역이다. 부처님의 포교는 대부분 이 지역을 중심으로 이루어진다. 그리고 불교 최초의 사원인 죽림정사(竹林精舍)도 빔비사라 왕이 부처님께 귀의하며 보시한 곳이다. 천검(千劍)은 1천 개의 칼을 말함이므로 장수가 전장에서 많은 부하를 얻고 의기양양함을 말함이다. 그러므로 마갈다국은 부처님을 말하고 천검은 부처님의 가르침을 말한다. 그러나 이 시문에 얽힌 고사를 보면 마갈(摩竭)은 지공(指空)을 말하기도 한다.

평산(平山)은 나옹화상에게 법을 전해준 평산처림(平山處林)을 말한다. 어록에 보면 평산이 묻기를 그대는 어디서 왔는가? 대도(大都)에서 왔습니다. 일찍이 누구를 만났더냐? 서천의 지공(指空)을 만났습니다. 그렇다면 지공은 매일 무엇을 하던가? 지공은 매일 천검을 씁니다. 지공의 천검은 그만두고 너의 일검(一劍)을 내놓아라. 그러자 나옹이 좌구(坐具)로 평산을 후려쳤다. 평산이 쓰러지면서 이 도둑놈이 나를 죽이려고 한다고 하자, 나옹이 평산을 일으켜 세우며 오검능살 역능활인(吾劍能殺 亦能活人)이라고 하였다. 그러자 평산이 박장대소하고 나옹의 손을 이끌어 방장으로 가서 전법을 하였다고 한다.

**선택공부대어전 選擇工夫對御前**
**어전에서 승려들 공부를 시험했네.**

선택(選擇)은 가려 뽑음이니 이는 고려시대에 교종(敎宗)과 선종(禪宗)으로 나누어 3년마다 실시되었던 승과(僧科)를 말함이다. 조정에서는 승과를 통하여 승려들에게 승계(僧階)를 수여하기도 하였다. 그러므로 어전(御前)에서 이를 주관하였다는 표현이다.

**최후신광유사리 最後神光遺舍利**
**최후에 신령한 빛의 사리를 남기시니**

여주 신륵사에 있는 스님의 비문인 보재존자 사리석종비문(普濟尊者 舍利石鐘碑文)

에 보면 강월헌(江月軒)은 나옹 스님이 주석하던 당호(堂號)이다. 보제(普濟)의 육신은 이미 불에 타서 없어졌으나 여천강(驪川江)과 달은 전일(前日)과 조금도 다름이 없다. 지금도 신륵사는 장강을 굽어보고 있으며 석종탑(石鐘塔)은 강변 언덕에 우뚝하게 서 있다. 달이 뜨면 달그림자가 강물 속에 거꾸로 비치어서 천광(天光)과 수색(水色)과 등불 그림자와 향불 연기가 그 가운데 서로 교잡(交襍)하니 이른바 강월헌은 비록 진묵겁(塵墨劫)이 지나가더라도 보제선사의 생존 시와 조금도 다름이 없을 것이라고 하였다. 江月軒。普濟之所居也。普濟之身。旣火之矣。而江與月。猶夫前日也。今神勒。臨長江。石鐘峙焉。月出則影倒于江。天光水色。燈影篆香。交襍乎其中。所謂江月軒。雖歷墨劫。如普濟之生存也。


## 삼한조실만연전 三韓祖室萬年傳
### 삼한의 조실로서 만년토록 전해지리라.

삼한(三韓)은 신라, 고구려, 백제를 통틀어 말함이다. 그런데 여기서 삼한의 조실이라고 하는 것은 곧 삼한의 사표(師表)가 되기에 그 법이 오래도록 이어질 것이라고 하였다.

# 마답신망불가관 馬踏身亡不可觀

## 인중영 因中詠

馬踏身亡不可觀 車輪碾殺更心酸
마답신망불가관 거륜년살갱심산

四肢折碎難裨合 五臟隳糜怎補完
사지절쇄난잡합 오장휴미즘보완

말에 밟혀 죽은 몸은 차마 볼 수 없고
수레에 치이고 맷돌에 갈려 죽은 사람 보니 다시 가슴 시리네.
사지가 꺾이고 부서져 합하기 어렵고
오장은 찢어지고 무너지니 어찌 보완하리요.

산보집 하단영청지의(下壇迎請之儀)에 수록된 인중영(因中詠)이다. 인중영(因中詠)에서 인(因)은 인연(因緣)을 말하는 것이다. 인중은 인연을 일으키는 원초적인 원인을 제공하는 것이기에 인(因)으로 인하여 과(果)가 있는 것이다. 그러므로 중생이 고통을 받는 것도 그 인(因)으로 인한 과(果)이기에 이를 '과보'라고 한다.

### 마답신망불가관 馬踏身亡不可觀
말에 밟혀 죽은 몸은 차마 볼 수 없고

마답(馬踏)은 말에 밟혀서 당하는 고통을 말하며 이로써 신망(身亡)이라고 하였으니 죽임을 당하는 것을 말한다. 뒤이어서 나오는 문구를 보면 차마 이를 볼 수 없음이다.

### 거륜년살갱심산 車輪碾殺更心酸
수레 치이고 맷돌에 갈려 죽은 사람 보니 다시 가슴 시리네.

거륜(車輪)은 수레에 치여서 죽음을 당함을 표현한 말이며, 이어서 년(碾)은 맷돌을 말하기에 맷돌에 갈려 죽은 것을 보니 다시 마음이 시리다고 하였다.


### 사지절쇄난비합 四肢折碎難裨合
### 사지가 꺾이고 부서져 합하기 어렵고

절(折)은 꺾임을 말하고 쇄(碎)는 잘게 부수는 것을 말한다. 여기서는 사지를 그렇게 한다는 표현이다. 잡(襍)은 잡(雜)의 속자이다. 이렇듯 찢어지고 갈아지고 하였으니 다시 합하기 어렵다고 하여서 지옥의 고통을 말하고 있다.


### 오장휴미즘보완 五臟隳糜怎補完
### 오장은 찢어지고 무너지니 어찌 보완하리요.

여기서 오장(五臟)은 신체를 통틀어 말함이다. 휴(隳)는 무너뜨리다, 깨지다, 쓸모없게 되다, 이러한 표현이다. 즘(怎)은 어찌하여 또는 어찌 이러한 뜻이기에 무너진 신체는 보완(補完)할 수가 없노라고 하는 표현이다.

# 마야성후하천당 摩耶聖后下天堂

## 신의왕태후 伸懿王太后 선가

**摩耶聖后下天堂 出現三韓一國坊**
마야성후하천당 출현삼한일국방

**產得聖王傳萬代 巍巍大德熟能量**
산득성왕전만대 외외대덕숙능량

마야 성후께서 천당에서 내려오시어
삼한의 한 나라에 출현하셨네.
거룩한 왕을 낳아 만대에 전했으니
높고 높은 큰 덕을 어느 누가 헤아리랴.

산보집 종실단작법의(宗室壇作法儀)에서 신의왕태후(伸懿王太后) 선가에 대한 가영이다. 신의왕태후(伸懿王太后)는 정확한 표현을 먼저 알아야 하므로 여기에 사족을 달면 '신의왕 태후'가 아니라 '신의(神懿) 왕후'가 맞는 표현이다. 신의왕후(神懿王后 1337~1391)에 대해 간단하게 살펴보면 조선을 건국한 태조의 첫 번째 부인으로 정종(正宗)과 태종(太宗)의 생모이다. 그러나 태조 이성계가 왕으로 등극하기 1년 전에 지병인 위장병으로 인하여 55세에 사망하였다. 능(陵)은 개성시 개풍군 대련리에 있으며 묘호(廟號)는 제릉(齊陵)이다.

## 마야성후하천당 摩耶聖后下天堂
마야 성후께서 천당에서 내려오시어

신의왕후(神懿王后)를 추켜세워도 너무 추켜세워서 부처님을 출산한 마야부인에 비교를 하였다. 그러기에 천당에 계신 마야부인이 신의왕후의 몸으로 다시 출생하였다고 추앙하고 있다.

**출현삼한일국방 出現三韓一國坊**
**삼한의 한 나라에 출현하셨네.**

그리하여 삼한(三韓) 가운데 한 나라에 출현하였다고 하였음이다. 신의왕후의 본관은 안변(安邊)이며, 안천부원군 한경(安川府院君 韓卿)과 삼한국대부인 신씨(三韓國大夫人 申氏)의 딸로 1337년인 고려 충숙왕 6년에 태어났다. 그러므로 여기서 삼한이라고 하는 것은 신라, 백제, 고구려 등 삼국을 통칭하는 표현으로 쓰였다.


**산득성왕전만대 産得聖王傳萬代**
**거룩한 왕을 낳아 만대에 전했으니**

세자(世子)를 출산하여 왕통을 만대에 전하였다고 하였다. 이는 신의왕후의 소생으로 정종(定宗)과 태종(太宗)을 비롯하여, 이방우(李芳雨), 이방의(李芳毅), 이방간(李芳幹), 이방연(李芳衍) 등의 6남과 경신(慶愼), 경선(慶善) 등 두 공주가 있다. 여기서 조선의 제2대 왕인 정종(定宗)은 신의왕후의 둘째 아들이며 이름은 경(曔), 초명은 방과(芳果)이다. 또 조선의 제3대 왕인 태종(太宗)은 다섯째 아들로 휘(諱)는 방원(芳遠)이며, 세자책봉에 불만을 품고 정도전 등을 살해하는 왕자의 난을 일으켰던 장본인이다.


**외외대덕숙능량 巍巍大德孰能量**
**높고 높은 큰 덕을 어느 누가 헤아리랴.**

이러한 높고 높은 덕을 누가 헤아릴 수 있겠느냐고 반문하면서 추켜세우고 있다. 그리고 시문에서 숙(熟)은 숙(孰)의 오자(誤字)다.

# 막언지장득한유 莫言地藏得閑遊

## 지장영 地藏詠

**莫言地藏得閑遊 地獄門前淚不收**
막언지장득한유 지옥문전누불수

**造惡人多修善少 南方敎化幾時休**
조악인다수선소 남방교화기시휴

지장보살이 한가롭게 노닌다고 함부로 말하지 마라.
지옥의 문 앞에서 눈물 마를 날이 없으시니
악한 사람은 많아지고 착함을 행하는 사람은 적구나.
남방의 교화는 그 언제나 끝이 날꼬.

산보집을 기준으로 의식의 순서를 보면 사자단(使者壇) - 오로단(五路壇) - 상단(上壇) - 중단(中壇) - 하단(下壇) - 상단권공(上壇勸供) - 중단권공(中壇勸供)으로 이어지는데, 여기서 중단권공에서 지장보살의 가영으로 실려 있다.


**막언지장득한유 莫言地藏得閑遊**
지장보살이 한가롭게 노닌다고 함부로 말하지 마라.

막언(莫言)이라는 표현은 함부로 말하는 것을 말한다. 한문에서는 막(莫)이라는 표현이 다양하게 쓰이는데 여기서는 부사로 쓰였고, 하지 말 것을 충고하는 표현으로 ~해서는 안 된다, ~하지 마라, 등으로 쓰였다. 막언(莫言)은 함부로 말하지 말라는 표현으로 쓴 것이다. 이는 섣부르게 판단하여 말하는 것을 말함이다.

한유(閑遊)는 한가히 노니는 것을 말한다. 그러므로 지장보살이 보살의 경지에 올랐다고 하여 편하게 있다는 것은 아니라는 뜻으로 표현한 것이다.

지장보살은 인도의 지신(地神)에서 유래되었다고 보고 있으며, 이를 불교와 접목시킨 것으로 간주하며 수(隨)나라 이후에는 대승대집지장십륜경(大乘大集地藏十輪經), 지장보살본원경(地藏菩薩本願經), 점찰선악업보경(占察善惡業報經) 등, 이 세 가지 경전을 지장삼부경(地藏三部經)이라 하기도 한다.

지장보살이라는 이름에 대해서 대승대집지장십륜경(大乘大集地藏十輪經) 서품에서 살펴보면 지(地)라는 표현은 대지처럼 편안히 참아내는 부동심을 말함이고, 장(藏)은 비장의 보물처럼 고요하게 생각에 잠겨 깊고 은밀한 성품을 말한다고 하였다. 安忍不動如大地。靜慮深密如秘藏。

이러한 지장보살 사상은 당나라 때에 이르러 중국 도교의 시왕(十王) 사상과 결부되어 지장보살은 명부(冥府)의 교조로 받드는 신앙으로 자리매김을 하게 된다. 지장보살의 사명이 무엇인가에 대해서 지장보살본원경(地藏菩薩本願經)을 통해서 살펴보면 다음과 같다.

중생을 모두 구제하고 비로소 깨달음을 이루겠다. 지옥이 텅텅 비기 전에는 성불하지 않겠다. 내가 지옥으로 들어가지 않으면 누가 지옥으로 들어가겠는가? 地獄未空。誓不成佛。衆生度盡。方證菩提。


## 지옥문전누불수 地獄門前淚不收
## 지옥의 문 앞에서 눈물 마를 날이 없으시니

지장경(地藏經) 분신집회품에 보면 지장보살이 눈물을 흘리며 서원을 세우는 장면이 있다. 그때 여러 세계에 화신을 하였던 지장보살이 다시 하나의 형상으로 돌아와 슬픈 생각으로 눈물을 흘리면서 부처님께 아뢰기를, 저는 구원겁(久遠劫)으로부터 지금까지의 부처님의 인도하심으로 인하여 불가사의한 신력을 얻고 큰 지혜를 갖추었으므로 저의 분신이 백천 만억의 항하사 세계에 가득하오며 한 세계마다 백천 만억의 몸으로 화하여서 한 세계마다 백천 만억의 사람을 제도하여 그들이 삼보에 귀의하여 공경하게 하며, 영원히 생사를 여의고 열반의 즐거움에 이르게 하되 다만 불법 가운데서 선한 일을 한 것은 터럭 한 개, 물 한 방울, 모래 한 알, 티끌 한 개와 털끝만한 것이라 하더라도 제가 점차 도탈하여 그들이 큰 이로움을 얻도록 할 것이옵니다. 바라옵건대 세존께서는 후세에 악업을 짓는 중생을 가지고는 심려하지 마시옵소서! 하고 이처럼 세 번이나 부처님께 아뢰었다. 爾時。諸世界分身地藏菩薩。共復一形。涕淚哀戀。白其佛言。我從久遠劫來。蒙佛接引。使獲不可思議神力。具大智慧。我

所分身。遍滿百千萬億恒河沙世界。每一世界化百千萬億身。每一身度百千萬億人。令歸敬三寶。永離生死。至涅槃樂。但於佛法中所爲善事。一毛一渧。一沙一塵。或毫髮許。我漸度脫。使獲大利。唯願世尊。不以後世惡業衆生爲慮。如是三白佛言。

그렇다면 지장보살은 왜 눈물을 흘렸을까? 이는 중생들이 심성이 고르지 못하고 사악하여 그만큼 제도하기가 어렵기 때문이라는 것을 간접적으로 말하고 있음이다.

유가(儒家)의 명심보감(明心寶鑑)에 보면 '공자가 말하기를 선을 행하는 사람은 하늘이 복으로 갚고, 착하지 않은 사람은 하늘이 화(禍)로써 갚는다'고 하였다. 子曰。爲善者天報之以福。爲不善者天報之以禍。

그러므로 성인들이 말하기를 '복(福)과 화(禍)는 문이 없거늘 오직 사람이 스스로 불러들이는 것이다.'고 하였다. 福禍無門。唯人自招。


## 조악인다수선소 造惡人多修善少
**악한 사람은 많아지고 착한 사람은 적구나.**

사바세계에 사는 중생은 악한 사람은 많고 착한 사람은 적다는 단적인 표현이다. 그렇다면 선악의 근원은 무엇을 말미암아 일어나는가. 바로 마음 씀에 따라서 선악이 생겨나는 법이다. 이를 용심(用心)이라고 한다.

용심(用心)은 누구나 다 가지고 있지만 이를 씀에 있어서 선량한 마음인 선심(善心)을 쓰느냐 아니면 악한 마음인 악심(惡心)을 쓰느냐에 따라서 그 표준으로 삼는다. 악인의 경우에는 자신의 이익을 위하여 마음을 쓰는 경우가 대부분이다. 이를 불교에서는 탐심(貪心)이라고 한다. 고로 수행자는 반드시 알아 두어야 할 것이 있다. 삼악(三惡)은 모두 마음의 작용으로 기인하는 것이기에 모두 마음을 나타내는 심(心)이 붙어 있는 것이다.

그러므로 지장경(地藏經)에서는 이러한 무리를 구제하기 위하여 지장보살이 서원을 세웠는데 이를 지장보살의 본원(本願)이라고 한다. 지장경 가운데 염부중생업감품(閻浮衆生業感品)에 보면 '미래세 중에 만약 어떤 남자와 여인이 있어서 선을 행하지 않는 자와 악을 행하는 자와 인과를 믿지 않는 자와 사음하고 거짓말하는 자와 두개의 혀로 욕하는 자와 대승을 훼방하는 자 등. 이와 같은 여러 업을 짓는 중생들은 반드시 악도에 떨어지게 된다. 그러나 만약 선지식을 만나 권유를 받아 손가락을 한

번 튕기는 잠깐만이라도 지장보살에게 귀의하면 이러한 모든 중생은 곧 삼악도의 과보에서 벗어나 해탈을 얻게 될 것이다.'고 하였다. 未來世中。若有男子女人。不行善者。行惡者。乃至不信因果者。邪婬妄語者。兩舌惡口者。毁謗大乘者。如是諸業衆生必墮惡趣。若遇善知識勸。令一彈指間。歸依地藏菩薩。是諸衆生。卽得解脫三惡道報。


## 남방교화기시휴 南方敎化幾時休
남방의 교화는 그 언제나 끝이 날꼬.

그러기에 지장경(地藏經) 분신집회품에 보면 '네가 누겁(累劫) 동안 부지런히 고생하면서 이와 같은 교화하기 어려운 강하고 굳센 죄고 중생을 도탈시킨 것을 보아라. 그래도 조복되지 못한 자가 있어 죄고에 따라 과보를 받게 되는데 만약 악취에 떨어져서 큰 고통을 받을 때는 너는 마땅히 내가 도리천궁에서 은근히 부족하던 것을 생각해서 사바세계로 하여금 미륵이 출세할 때까지의 중생을 모두 해탈시켜서 영원히 모든 고통에서 벗어나게 하고 부처님의 수기를 받도록 하라'고 하셨다. 汝觀吾累劫勤苦。度脫如是等難化剛彊罪苦衆生。其有未調伏者。隨業報應。若墮惡趣。受大苦時。汝當憶念。吾在忉利天宮殷勤付囑。令娑婆世界至彌勒出世已來衆生。悉使解脫。永離諸苦。遇佛授記。

# 만국천방향일시 萬國千邦向一時

## 제7 태산 泰山 대왕

**萬國千邦向一時 分身百億應無虧**
만국천방향일시 분신백억응무휴

**盛朝際會何煩問 臣庶來從聖化儀**
성조제회하번문 신서래종성화의

만국천방을 일시에 향하여서
백억으로 몸 나누어 빠짐없이 감응하네.
융성한 조정에 모였으니 어찌 번거롭게 묻고 따지랴.
신하와 백성들 모두 와서 성인의 교화를 따르네.

제7 태산대왕의 위엄을 나타내는 가영으로 산보집(刪補集) 외에도 조선 전기에 대우(大愚) 스님이 안동 광흥사(廣興寺)에서 간행한 예수시왕생칠재의찬요(預修十王生七齋儀纂要)에도 실려 있다.


**만국천방향일시 萬國千邦向一時**
만국천방을 일시에 향하여서

만국(萬國)과 천방(千邦)은 같은 표현이며, 만국은 세계의 모든 나라를 말함이기에 흔히 만방(萬邦)이라 하기도 한다. 그러므로 재의례(齋儀禮) 가운데 나한청(羅漢請)에서는 천방만국(千邦萬國)이라고 하였는데 이 역시도 같은 표현이다. 하여튼 태산대왕은 온 나라를 살펴봄에 있어서 일시에 향한다고 하여 태산대왕의 위신력을 추켜세우고 있다.

**분신백억응무휴 分身百億應無虧**
백억으로 몸 나누어 빠짐없이 감응하네.

태산대왕이 그 몸을 나툼에 있어서 백억(百億)으로 나툰다고 하였으니 여기서 백억 (百億)은 숫자를 헤아려 나타내기보다는 분신을 나툼에 있어서 무한하다는 표현이 다. 무휴(無虧)는 이지러짐이 없다는 뜻이기에 빠짐없이 감응한다는 표현이다.


**성조제회하번문 盛朝際會何煩問**
융성한 조정에 모였으니 어찌 번거롭게 묻고 따지랴.

성조(盛朝)는 융성한 조정을 말하고 제회(際會)는 임금과 신하 간에 그 뜻이 잘 맞음 을 말한다. 태산대왕이 다스리는 조정이 그러하다고 표현하고 있다. 고로 어찌 번거 롭게 물어서 무엇하겠느냐 하는 것이다.


**신서래종성화의 臣庶來從聖化儀**
신하와 백성들 모두 와서 성인의 교화를 따르네.

신서(臣庶)는 신하와 서민을 말하므로 이는 만백성을 말하는 것이다. 태산대왕의 신 하는 물론이고 백성들도 모두 태산대왕의 설법을 듣고 교화가 됨이라고 하였다. 여기 서 화의(化儀)는 부처님이 중생을 교화하기 위하여 설하신 가르침의 형식이나 방법 을 말한다.

# 만목청산무촌수 滿目靑山無寸樹

## 세수게 洗手偈

**滿目靑山無寸樹 懸崖撒手丈夫兒**
만목청산무촌수 현애살수장부아

**나무 없는 청산은 눈앞에 가득한데**
**벼랑 끝에서 손을 놓으면 대장부라네.**

작법귀감에서 망자를 목욕시키는 가운데 세수를 마치고 나서 왜 세수를 시키느냐 하는 이치를 망자에게 설해주는 게송이다.

금강경오가해(金剛經五家解)에서 제6 정신희유분(正信希有分)에 보면 이와 같은 까닭으로 응당 법을 취하지 말아야 하며, 응당 법 아님도 취하지 말라[是故 不應取法 不應取非法]는 가르침에 대하여 야보도천(冶父道川) 선사가 가로되 아래와 같이 말하였다.

得樹攀枝未足奇 懸崖撒手丈夫兒
득수반지미족기 현애살수장부아

水寒夜冷魚難覓 留得空船載月歸
수한야냉어난멱 류득공선재월귀

(벼랑에서)나뭇가지를 잡음은 그다지 기이한 일이 아니니
벼랑에서 손을 놓아야 장부라고 할 수 있다.
물도 차고 밤도 싸늘하여 고기도 찾기가 어려우니
빈 배에 달빛만 가득 싣고 돌아오도다.

그 나머지는 이어지는 설명을 참고하길 바란다.

**만목청산무촌수 滿目靑山無寸樹**
**나무 없는 청산은 눈앞에 가득한데**

전등록 제10권에 보면 만목청산만만추(滿目靑山萬萬秋)라는 게송이 있다.

萬丈竿頭未得休 堂堂有路少人游
만장간두미득휴 당당유로소인유

禪師願達南泉去 滿目靑山萬萬秋
선사원달남전거 만목청산만만추

만 길이나 되는 장대 끝에서 멈추지 못하고
당당한 길에도 가을이 없네.
선사들이 남전(南泉)을 본받기를 원하라.
눈에 가득한 청산은 온통 가을이구나!

다시 전등록(傳燈錄) 권제25 천태산(天台山)의 덕소국사(德韶國師)편에 보면 비로소 예로부터 배운 것이 다만 생사의 근원이며, 음계(陰界) 속에서의 살림이었음을 알 것이다. 고로 옛사람들이 말하기를 보고 들음을 벗어나지 못함이 물속의 달과 같다고 하였다. 이에 게송에서 말하기를 아래와 같이 하였다.

通玄峰頂 不是人間 心外無法 滿目靑山
통현봉정 불시인간 심외무법 만목청산

현묘함을 통하는 봉우리는
인간 세상이 아니다.
마음 밖에 법이 없음이니
눈에 가득한 청산뿐이다.

결국 여기서 하고자 하는 말은 마음속에 일어나는 모든 번뇌를 없애고 그 어떠한 얽매임에도 얽히지 아니하는 마음을 청정한 자연에 비유한 것이다.


**현애살수장부아 懸崖撒手丈夫兒**
**벼랑 끝에서 손을 놓으면 대장부라네.**

전등록(傳燈錄) 제20권 소주(蘇州)의 영광원(永光院)의 진(眞) 선사가 상당하여 대중에게 이르기를 말이 조금만 어긋나도 고향은 만 리이거늘 모름지기 절벽에 매달려 손을 놓아야 스스로 깨달을 수 있다. 죽어서 다시 소생하는 일 그대를 속일 수 없음이고 비상한 종지를 누구라서 숨기겠느냐고 하였다. 上堂謂衆曰。言鋒若差。鄕關萬里。直須懸崖撒手。自肯承當。絶後再蘇。欺君不得。非常之旨。人焉庾哉。

또한 무문관(無門關) 제32 외도문불(外道問佛)에 보면 외도가 세존에게 여쭙는 문답에서 무문혜개(無門慧開) 선사가 송하기를 아래와 같이 하였다.

劍刃上行 氷稜上走 不涉階梯 懸崖撒手
검인상행 빙능상주 불섭계제 현애살수

칼날 위를 걷고 얼음의 모서리를 달린다.
계단이나 사다리를 딛지 않고 낭떠러지에서 잡은 손을 놓았네!

집착하면 중생이요, 놓아버리면 성인이다. 끝까지 놓지 못하는 그 모든 것도 알고 보면 모두 허위(虛僞)에 지나지 않는다. 그리고 여기서 장부(丈夫)는 출격장부(出格丈夫)를 말하는 것이므로, 곧 깨달은 자를 말한다. 다만 한자 표현에서 '놓다, 놓아주다'라는 뜻인 살(撒)을 잘못 적어서 '거두다'라는 뜻을 가진 철(撤)로 적은 경우가 많은데 이는 잘못 적은 것이다.

# 만타청산위범찰 萬垜靑山圍梵刹

## 발인게 發引偈

萬採靑山圍梵刹 一竿紅日照十方
만타청산위범찰 일간홍일조시방

願承三寶加持力 高馭雲車向蓮臺
원승삼보가지력 고어운거향련대

숱한 산기의 푸른 산은 사찰을 위요하고
한 줄기 붉은 해는 시방세계 비추네.
바라건대 삼보님 가지의 힘을 이어받아
운거(雲車)를 높이 몰아 극락세계 향하소서.

작법귀감이나 산보집 등에서 불교 장례(葬禮) 과정 중 발인(發引)할 때 다비를 주관하는 법사가 요령을 세 번 흔들고 영가의 이름을 부르고 난 다음에 행하는 게송이다.

### 만타청산위범찰 萬採靑山圍梵刹
숱한 산기의 푸른 산은 사찰을 위요하고

산보집에 나오는 타(垜)는 '살받이 타'라는 글자로 이는 활쏘기를 연습할 때 흙을 두둑하게 쌓아올려 과녁을 세우는 곳을 말한다. 그러나 작법귀감에서는 타(採)라고 나타내고 있는데 이는 '헤아릴 타'라고 하여 양이나 높이를 헤아리는 표현이다. 그러므로 문장을 보면 산보집에 실린 표현이 올바르다고 할 수 있다.

만타(萬垜)를 해석하여 만 떨기라고 흔히 말하지만 여기서 떨기라는 것은 무더기가 된 꽃이나 풀 따위를 세는 단위이다. 타(垜)하고는 어울리지 않는 해석이다. 그러므로 만타는 큰 산에서 길게 뻗어 나간 산의 줄기를 말한다. 그리고 위(圍)는 '둘러싸다'라는 표현이기에 곧 위요(圍遶)함을 말하며 이는 에워싸는 것을 말한다. 그러므로 망자를 다비장으로 옮기려고 발인하면서 제불보살이 중생을 위요하듯이 지금 망자를 발인하는 산사(山寺)는 숱한 산들이 빙 둘러 위요를 하고 있다는 표현이다.


## 일간홍일조시방 一竿紅日照十方
### 한 줄기 붉은 해는 시방세계 비추네.

일간(一竿)은 하나의 장대를 말함이기에 이어지는 문장을 보면 붉은 해가 비추는 빛줄기를 그렇게 표현한 것이다. 이러한 빛은 시방세계를 비추고 있다는 뜻이다. 그러므로 부처님의 자비광명이 비추는 것은 붉은 해가 시방을 비춤과 같다고 비유하고 있다.


## 원승삼보가지력 願承三寶加持力
### 바라건대 삼보님 가지의 힘을 이어받아

이렇듯 망자는 삼보의 '가피력을 이어받아' 이러한 표현이다.


## 고어운거향련대 高馭雲車向蓮臺
### 운거(雲車)를 높이 몰아 극락세계 향하소서.

어(馭)는 말 부리는 것을 나타내는 '말부릴 어'라는 뜻이다. 그러므로 구름 수레를 높이 몰아서 연대(蓮臺)를 향해 가라는 표현이며 여기서 연대(蓮臺)는 곧 연화대(蓮花臺)를 말하기에 극락세계를 다르게 표현한 것이다. 망자가 구름을 타고 극락세계로 가기를 염원하고 있다.

# 망형계리세운희 忘形契理世云稀

## 벽송지엄 碧松智嚴 선사

忘形契理世云稀 淸逈道皃誰與比
망형계리세운희 청형도모수여비

杜口昆邪似訥痴 水中明月玉無泥
두구곤사사눌치 수중명월옥무니

형상 잊고 이치에 계합하니 세상에 드문 사람이요
맑고 뛰어난 도의 풍모 누구하고 비교하리요.
비야리(昆耶離)의 두구(杜口)와 같아서 어눌한 바보인가 생각하지만
물속에 밝은 달이요, 티 없는 옥이라네.

산보집 시왕단작법(十王壇作法)에서 시왕의 찬탄을 마치고, 이어서 대덕 스님들을 찬탄함에 있어 벽송지엄(碧松智嚴 1464~1534) 선사를 찬탄하는 가영이다. 벽송지엄(碧松智嚴) 스님은 전북 부안출생이며 1491년 여진족이 침공하자 출전하여 큰 공을 세웠으나 사람을 죽이는 일에 허무함을 느끼고 계룡산 상초암(上草庵)의 조징(祖澄)을 은사로 하여 출가를 하였다. 그때 나이가 28세이다. 그 후 능엄경, 법화경, 전등록을 배웠다. 1534년 제자들을 수국암(壽國庵)으로 불러들여 법화경을 강론하다가 입적을 하였으니 세납은 71세요, 법랍은 43년이다.

### 망형계리세운희 忘形契理世云稀
형상 잊고 이치에 계합하니 세상에 드문 사람이요

망형(忘形)이라는 표현은 자신의 모습을 몰록 잊어버리는 것을 말한다. 그러므로 몸을 치장함에 있어서 전혀 개의치 않음을 말하기에 오직 수행만 우선하는 납자를 말한다. 그러나 도의 이치에는 계합하여 언제나 세상 사람에게 추앙을 받기에 이러한 수행자

는 참으로 드물다고 하는 것이다. 그만큼 드높게 벽송지엄 스님을 찬탄하고 있다.


## 청형도모수여비 清逈道皃誰與比
맑고 뛰어난 도의 풍모 누구하고 비교하리요.

스님의 도(道)는 멀리 퍼져 나감이니 청형(清逈)이다. 그러므로 스님의 도는 주머니 속의 사향과 같아 바람 불지 아니하여도 그 향이 멀리 퍼짐과 같기에 누구도 스님의 도를 따라잡을 수가 없다는 표현이다.


## 두구곤사사눌치 杜口昆邪似訥痴
비야리(毘耶離)의 두구(杜口)와 같아서 어눌한 바보인가 생각하지만

두구(杜口)는 유마경(維摩經)의 주인공인 유마거사(維摩居士)를 말함이다. 비(毘)는 유마거사가 머물렀던 비야리성(毘耶離城)을 말한다. 유마경에 보면 유마거사에게 법이 무엇이냐고 묻자 유마거사는 입을 다물어 법문을 대신하였다. 하여 두구(杜口)라고 한다. 이렇듯 벽송 스님은 쓸데없는 말을 삼가고 묵언 정진하였다. 남들 보기는 어눌한 바보처럼 보였을지는 몰라도 이는 유마거사처럼 묵묵히 정진을 하였다는 것을 알 수가 있다.


## 수중명월옥무니 水中明月玉無泥
물속에 밝은 달이요, 티 없는 옥이라네.

물속의 밝은 달이라는 표현은 그 덕화를 입지 않은 이가 없다는 표현이다. 티 없는 옥이라는 것은 스님의 법도(法道)가 그러하다는 표현이다. 조선 중기 때 유학자인 하서 김인후(河西 金麟厚)의 백련초(百聯抄)에 보면 물속에 비친 달은 물속의 구슬이라는 표현이 있다. 水中明月水中珠.


234

# 면연대사서홍심 面燃大士誓弘深

## 면연아귀영 面燃餓鬼詠

**面燃大士誓弘深 化現咽喉細似針**
면연대사서홍심 화현인후세사침

**法食供飡知上味 金鈴同聽悟圓音**
법식공손지상미 금령동청오원음

면연(面燃) 대사의 서원은 크고 깊어서
화현하여 나타나니 목구멍이 바늘처럼 좁으나
법식의 공양이 최상이라는 것을 알 때
요령 소리 다 함께 들으면 원만한 법음을 깨닫네.

산보집에서 영산재를 마친 뒤 작법 절차인 재후작법절차(齋後作法節次) 중 면연아귀를 불러 지옥의 참상을 증명으로 삼는 가영이다. 또한 오로단(五路壇) 작법에서는 하단(下壇)에 이르러 전종(轉鍾)을 치고 바라를 울린 뒤 아미타불과 좌우보처의 거불을 한 후 진행되는 의식에 나오는 면연귀왕에 대한 가영이다.

## 면연대사서홍심 面燃大士誓弘深
면연(面燃) 대사의 서원은 크고 깊어서

면연(面燃)은 아귀의 하나다. 당나라 우전국(于闐國) 실차난타(實叉難陀)가 한역한 면연아귀경(面然餓鬼經)에 보면 아난이 면연이라고 하는 아귀를 만나게 된다. 이때의 모습을 말하기를 이 면연 아귀를 보니 몸은 파리하고 수척하며 마르고 초췌하여 아주 추해 보였고, 얼굴은 불이 붙은 듯하며, 목구멍은 바늘구멍처럼 좁고, 머리카락은 제멋대로 헝클어지고, 털과 손톱은 길고 날카로우며, 몸은 무거운 것을 짊어진 듯하였다. 게다가 이런 공손하지 못한 말까지 듣고 나니, 몹시 놀랍고 두려워 몸의 털이 모두 곤두서는 듯하였다. 阿難見此面然餓鬼。身形羸瘦。枯燋極醜。面上火然。其咽如鍼。頭髮蓬亂。毛爪長利。身如負重。又聞如是不順之語。甚大驚怖身毛皆豎。

그러나 여기서 면연(面燃)이라는 아귀를 대사(大士)라고 한 것은 면연 아귀도 부처님의 화신으로 중생의 죄업을 막아주기 위하여 방편으로 설정된 것이다. 그러므로 면연대사는 중생을 구제하겠다는 서원을 세웠노라고 밝히고 있다.

### 화현인후세사침 化現咽喉細似針
### 화현하여 나타나니 목구멍이 바늘처럼 좁으나

화현(化現)은 변화신으로 나타난다는 표현이며, 인후(咽喉)는 음식물을 삼키는 목구멍을 말한다. 그러나 면연(面燃)의 목구멍은 마치 가느다란 바늘구멍과 같다고 표현하고 있다. 그러므로 면연은 곧 아귀라고 할 수 있다. 왜냐하면 아귀는 눈앞에 먹을 것이 넘쳐나도 목구멍이 바늘구멍처럼 가늘어서 넘기지를 못하므로 항상 굶주리고 갈증으로 인하여 괴로워하는 귀신을 말하기 때문이다.

### 법식공손지상미 法食供飡知上味
### 법식의 공양이 최상이라는 것을 알 때

재(齋)를 거행함에 있어서 재단(齋壇)에 많은 음식을 진설(陳設)하지만 이는 유교적 관념이 스며들어 이렇게 된 것이다. 모든 재(齋)에서는 영가에게 음식을 공양하라는 말씀은 단 한마디도 없다. 그렇다면 영가에게 베푸는 공양은 무엇인가. 바로 불법(佛法)이다. 그러므로 부처님의 말씀을 베풀어서 영가를 제도하는 것을 법식(法食)이라고 한다.

손(飡)은 먹는다는 뜻이다. 그러므로 공손(供飡)은 먹을 것을 이바지한다는 표현이다. 곧 법식을 이바지한다는 표현이라는 것을 알아 두어야 한다. 법을 듣는 자가 법식이 곧 최상의 맛을 가진 공양이라는 것을 알아야 한다는 표현이 지상미(知上味)다. 흔히 이를 표현하여 선열식(禪悅食)이라 한다.

### 금령동청오원음 金鈴同聽悟圓音
### 요령 소리 다 함께 들으면 원만한 법음을 깨닫네.

금령(金鈴)은 금속으로 만든 방울을 말한다. 물론 이를 격상하여 금방울이라 하기도 한다. 동청(同聽)은 다 함께 들어라, 이러한 표현이다. 까닭에 영가와 인연이 있는 모든 영가는 이 자리에 함께하여 부처님의 말씀을 들으라는 의미이다. 그러므로 재는 죽은 자를 위한 법회다. 이를 모르면 재단에 음식물만 잔뜩 올리고 찬패(讚唄)하고 축원(祝願)을 한다면 재가 아니라 굿이 되는 것이다.

법을 들려주기 위한 목적은 무엇인가. 원음(圓音)을 들어서 깨달아라, 이러한 권청(勸請)이다. 여기서 원음은 불음(佛音)을 말하므로 이는 부처님께서 설하신 진리의 말씀이다.

# 명간일십대명왕 冥間一十大明王

## 염화게 拈花偈

**冥間一十大明王 能使人天壽筭長**
명간일십대명왕 능사인천수산장

**願承佛力來降赴 現垂靈驗坐道場**
원승불력래강부 현수영험좌도량

명부의 명철하신 십대왕들은
능히 하늘로 하여금 인간의 수명을 길게 하시네.
원하옵건대 부처님의 가지함으로 이 법단에 강림하여
영험함을 나타내어 이 도량에 앉으소서.

산보집 시왕단작법(十王壇作法)에 나오는 게송이며 원문에는 능사인천수산장(能使
人天壽筭長) 외에 능사망령도정방(能使亡靈到淨方)이라는 표현이 잔글씨로 기록되
어 있다. 이는 '망령을 능히 정토세계에 이르게 한다'라는 표현이다.


**명간일십대명왕 冥間一十大明王**
명부의 명철하신 십대왕들은

명간(冥間)은 명부세계를 말하며 '십대명왕'에서 십대(十大)는 명부시왕(冥府十王)을
말하고, 명왕(明王)은 정사(政事)에 밝고 현명한 왕을 말하므로 곧 시왕을 말함이다.


**능사인천수산장 能使人天壽筭長**
능히 하늘로 하여금 인간의 수명을 길게 하시네.

시왕들이 능히 하늘에게 명하여 인간의 수명을 길게 해준다는 의미이며 여기서 수산장(壽筭長)을 줄여서 표현하면 연명(延命)이다. 그러므로 이는 수산연장(壽筭延長)을 말한다.


## 원승불력래강부 願承佛力來降赴
## 원하옵건대 부처님의 가지함으로 이 법단에 강림하여

불력(佛力)은 부처님의 위력을 말하므로 이를 달리 표현하여 가지(加持)라고 한다. 그러므로 시왕은 부처님의 가지로써 이 법회에 강림해달라는 표현이다.


## 현수영험좌도량 現垂靈驗坐道場
## 영험함을 나타내어 이 도량에 앉으소서.

영험(靈驗)은 곧 영검함을 말하므로 부처님의 가지를 입은 시왕을 이렇게 나타내었다. 이어서 현수(現垂)는 이러한 영험함을 법회를 여는 이 도량에 나타내 달라는 청원이다.

# 명경당대조담간 明鏡當臺照膽肝

## 제8 평등 平等 대왕

明鏡當臺照膽肝 物逃研媸也應難
명경당대조담간 물도연치야응난

諒哉入妙皆神決 鑑與王心一處安
양재입묘개신결 감여왕심일처안

명경대는 마땅히 간담(肝膽)까지 비추어 보니
중생들은 곱고 미움마저도 감추기 어렵다네.
진실하도다, 미묘한 데 들어가서 모두 신통으로 판결하니
밝은 거울 같은 평등왕의 마음 어느 곳이라도 편안케 하네.

산보집, 작법귀감, 오종범음집, 예수시왕생칠재의찬요(預修十王生七齋儀纂要) 등에
서 제8 평등대왕(平等大王)의 탄백으로 실려 있는 내용이다. 여기서 평등대왕이라고
하는 것은 망자의 죄를 공평하게 재판하기 때문에 붙여진 이름이다.


명경당대조담간 물도연치야응난 明鏡當臺照膽肝 物逃研媸也應難
명경대는 마땅히 간담(肝膽)까지 비추어 보니
중생들은 곱고 미움마저도 감추기 어렵다네.

벽암록(碧巖錄) 제9칙 수시(垂示)에 보면 '밝은 거울 앞에는 아름다움과 추함이 확연
하게 구분되고 명검이 손에 있으니 죽이고 살리기를 멋대로 한다.'고 하였다. 明鏡當
臺。妍醜自辨。莫邪在手。殺活臨時。

명경당대(明鏡當臺)의 표현은 선어록에 자주 등장하는 표현이다. 법연록(法演錄)에
보면 명경(明鏡)이 대(臺)에 놓여있으므로 예쁘고 추함이 저절로 나타난다고 하였다.

경대(鏡臺)위에 놓인 밝은 거울은 간담(肝膽)까지 비추어 본다고 하였는데 여기서 '간담'이라는 표현은 간과 쓸개를 말하는 것이 아니라 속마음을 말한다.


**양재입묘개신결 감여왕심일처안 諒哉入妙皆神決 鑑與王心一處安**
**진실하도다, 미묘한 데 들어가서 모두 신통으로 판결하니**
**밝은 거울 같은 평등왕의 마음 어느 곳이라도 편안케 하네.**

양재(諒哉)는 진실하다, 짐작하다, 어질다, 의심하지 아니하다, 이러한 표현이다. 입묘(入妙)는 곧 중생의 속마음까지 들여다보는 것을 말하므로 곧 신통력을 말함이다. 그리고 신결(神決)은 신통스러운 판결을 뜻한다.

이처럼 평등대왕의 신통력은 마치 명경과 같아서 평등대왕의 마음 씀은 중생을 편안케 하고자 한다는 내용이다.

# 명왕법령통천고 明王法令通千古

## 명종 공헌 恭憲 대왕

**明王法令通千古 恭順先王法制匡**
**명왕법령통천고 공순선왕법제광**

**四海安淸無警急 山童野老各安鄕**
**사해안청무경급 산동야로각안향**

명왕의 법령은 천고에 통하나니
선왕(先王)의 법률과 제도를 따라 공손하게 바로잡았네.
온 나라 평안하고 깨끗하여 놀라거나 다급한 일 없으니
산에 사는 동자나 시골의 늙은이들도 저마다 편안하네.

산보집 종실단작법의(宗室壇作法儀)에 나오는 조선 제13대 왕 명종(明宗)을 찬탄하는 게송이다. 명종의 이름은 이환(李峘 1534~1567)이고 중종(中宗)의 둘째 적자(嫡子)이며 인종(仁宗)의 아우이다. 명종은 인재를 고르게 등용하며 선정(善政)을 베풀려고 노력하였으나 그 뜻을 이루지 못하고 34세의 젊은 나이로 승하(昇遐)하였다. 재위 기간은 1545년~1567년이며 시호(諡號)는 공헌(恭憲)이다.

### 명왕법령통천고 明王法令通千古
명왕의 법령은 천고에 통하나니

명왕(明王)은 정사에 밝고 현명한 왕을 말하기도 하지만 여기서는 위에서 이미 밝힌 조선의 제13대 왕을 지칭하는 것이다. 법령(法令)은 법률과 명령을 말하는 것으로 명왕이 나라를 통치함에 있어서 갖가지 규율(規律) 등을 말한다. 천고(千古)는 먼 옛적 또는 아주 오랜 세월을 말하며 이는 명왕이 통치하던 시기를 통틀어 말하는 것이다. 그러므로 '통천고'라는 표현은 그 법령이 올발라서 예나 지금이나 통하는 법령이라고 찬탄하고 있다.


### 공순선왕법제광 恭順先王法制匡
선왕(先王)의 법률과 제도를 따라 공손하게 바로잡았네.

선왕(先王)은 조선을 개국한 태조(太祖)로부터 명종의 아버지가 되는 중종(中宗)을 말한다. 이러한 선대왕들의 좋은 제도와 법령을 공손하게 받들어서 바로잡아 나갔다고 하는 뜻이다. 여기서 광(匡)은 '굽은 것을 바로잡다'라는 뜻을 가지고 있다.


### 사해안청무경급 四海安淸無警急
온 나라 평안하고 깨끗하여 놀라거나 다급한 일 없으니

사해(四海)는 사방의 바다를 뜻하는 것이 아니라 조선국 전체를 말한다. 명종이 통치하는 모든 영역을 말하며, 안청(安淸)은 편안하여 사념(邪念)이 없다는 표현이다. 명종의 백성들이 그러하다는 것이다. 경급(警急)은 놀라거나 다급한 일을 말하기에 전쟁이나 외침이 없어서 나라 전체가 태평하다는 것을 나타내고 있다. 그러나 명종이 통치하던 때에 양주의 백정 출신 임꺽정(林巨正)이 황해도와 경기도 일대를 휘젓고 다녔으며, 밖으로는 왜인들이 1555년에 60여 척의 배를 이끌고 전라도를 침입하는 등 정세는 혼란 속에 있었다.


### 산동야로각안향 山童野老各安鄕
산에 사는 동자나 시골의 늙은이들도 저마다 편안하네.

산동야로(山童野老)는 온 백성을 말하며, 안향(安鄕)은 방방곡곡의 백성들은 명종의 선정으로 인하여 편안한 생활을 영위하였다는 표현이다.

# 명위독출시왕중 冥威獨出十王中

## 제5 염라 閻羅 대왕

冥威獨出十王中 五道奔波盡向風
명위독출시왕중 오도분파진향풍

聖化包容如遠比 人間無水不朝東
성화포용여원비 인간무수불조동

명부 세계의 위엄은 시왕 중에서도 뛰어나니
오도를 향하여 분주하게 바쁨이 다함없는 바람같네.
성인의 교화와 포용함은 먼 곳에 비유한다면
인간 세상의 물은 동해로 흐르지 않는 것이 없다네.

산보집 대례왕공양문(大禮王供養文)에서 시왕 탄백 가운데 제5 염라대왕의 탄백에 해당하며, 작법귀감에서는 시왕을 따로따로 초청하는 의식인 시왕각청(十王各請) 제 10 오도전륜대왕의 가영으로 되어 있다. 또한 오종범음집과 예수재찬요(預修齋纂要)에서는 염라대왕 가영으로 되어 있다.

### 명위독출시왕중 冥威獨出十王中
명부 세계의 위엄은 시왕 중에서도 뛰어나니

명(冥)은 명간(冥間)을 말하므로 이는 명부 세계를 가리키는 표현이므로 명위(冥威) 하면 명부 세계의 위엄을 말한다. 그러므로 이 시문을 보면 명부에서 가장 뛰어난 위엄을 가진 이가 바로 염라대왕이라고 말하고 있다. 독출(獨出)은 홀로 출중하다는 뜻으로 쓰였다. 참고로 '독출'은 문장의 흐름에 따라 외롭다, 홀로, 이러한 표현으로 쓰일 때도 있다.

**오도분파진향풍 五道奔波盡向風**
오도를 향하여 분주하게 바쁨이 다함없는 바람과 같네.

오도(五道)는 중생이 지은 선악의 과보에 따라 받는다고 하는 지옥도(地獄道), 아귀도(餓鬼道), 축생도(畜生道), 인도(人道), 천도(天道) 등 다섯 가지를 말함이며 이를 다르게 표현하여 오취(五趣)라고도 한다.

분파(奔波)는 파도가 철석이듯 바쁘게 내달리듯 분주한 것을 말함이며 중생이 오도를 향해 분주하게 치달리는 것이 마치 다함없는 바람과 같다고 하였다.


**성화포용여원비 聖化包容如遠比**
성인의 교화와 포용함은 먼 곳에 비유한다면

여기서 성인의 교화와 포용은 염라대왕이 그러하다는 말이며 이러한 자비가 멀고 가까움을 따지지 않는다고 하였다.


**인간무수불조동 人間無水不朝東**
인간세상의 물은 동해로 흐르지 않는 것이 없다네.

이 구절은 선어록에 나오는 말을 인용하였다. 선문염송(禪門拈頌) 제420칙 대홍은(大洪恩) 송(頌)에 보면 다음과 같은 내용이 있다.

不是幡兮不是風 石城山頂望何窮 天上有星皆拱北 人間無水不朝東
불시번혜불시풍 석성산정망하궁 천상유성개공북 인간무수불조동

이 깃발이 아니며 이 바람도 아니다.
석성산(石城山) 꼭대기에서 바라봄에 있어서 어찌 다함이 있으리오.
천상에 있는 별은 다 북두성을 공경히 받들고,
인간세상의 물은 동해로 향하지 않는 게 없다네.

그러므로 중생은 염라대왕의 위신력을 벗어나지 못함이라고 하였다.

# 목단작약연화위존귀 牧丹芍藥連花爲尊貴

## 배헌만행화 拜獻萬行花

牧丹芍藥連花爲尊貴 曾與如來櫬足眞金體
목단작약연화위존귀 증여여래츤족진금체

九品之中化生菩提子 不錯金錢買獻龍華會
구품지중화생보리자 불착금전매헌용화회

목단, 작약 등 꽃 가운데 연꽃이 으뜸이라
일찍이 여래의 몸과 더불어 진금색의 몸을 베풀었네.
구품연화 연못 가운데 피어난 보리 종자 화생(化生)하나니
돈을 아끼지 아니하고 사서 미륵보살께 올립니다.

산보집, 백열록(栢悅錄), 범해선사문집(梵海禪師文集) 등에 실려 있으며 배헌(拜獻)
은 절하며 공양 올린다는 뜻이다. 만행화(萬行花)는 육법공양의 하나로 부처님께 올
리는 꽃을 말한다. 여기서 만행이라는 뜻은 꽃을 공양한 이 공덕으로 만행이 이루어
지기를 소망한다는 뜻이 담겨 있어 만행화라고 한다.


## 목단작약연화위존귀 牧丹芍藥連花爲尊貴
목단, 작약 등 꽃 가운데 연꽃이 으뜸이라

작약 꽃은 함박꽃이라고도 하고, 목단(牧丹)은 중국에서 모란(牡丹)이라고 한다. 목
단과 작약을 구분하는 방법은 목단은 나무줄기에서 꽃이 피고, 작약은 여러해살이 풀
에서 꽃을 피운다는 점이 다르다. 하지만 모두 미나리아재비 과에 속한다. 중국에서
는 목단이나 작약 꽃은 부귀를 상징하는 꽃이기에 아주 귀하게 여긴다. 까닭에 아무
리 귀한 꽃이더라도 연꽃보다는 못하다고 비유를 하고 있다. 이어서 존귀(尊貴)는 귀
하다는 뜻이 되므로 으뜸이라는 말이다.

증여여래츤족진금체 曾與如來櫬足眞金體
일찍이 여래의 몸과 더불어 진금색의 몸을 베풀었네.

츤(櫬)이라는 표현은 시체에 가까운 관(棺)의 안쪽이라는 뜻이 있기에 가까이하다, 친하다라는 의미이다. 족(足)은 발이라는 뜻도 있지만 여기서는 그러한 뜻보다는 모자람을 채운다는 뜻으로 쓰여서 족하게 하다, 충분하게 하다라는 뜻으로 쓰였다. 진금체(眞金體)는 곧 부처님의 몸을 말하므로 곧 여래와 같은 표현이다. 그러므로 이 단락을 종합해보면 목단이나 작약도 부처님 전에 일찍이 공양을 올려서 장엄을 하였다는 표현이다.


구품지중화생보리자 九品之中化生菩提子
구품연화 연못 가운데 피어난 보리 종자 화생(化生)하나니

극락을 아홉 가지 등급으로 나누어 상·중·하로 분류한 각각을 다시 상·중·하로 분류한 것으로, 상상품(上上品)·상중품(上中品)·상하품(上下品)·중상품(中上品)·중중품(中中品)·중하품(中下品)·하상품(下上品)·하중품(下中品)·하하품(下下品)으로 나누어 보는 것을 말한다. 그러므로 이를 구품안양(九品安養)이라 하며 중생이 지은 바 행업에 따라 구품의 극락정토 가운데 한 곳에 왕생하는 것을 구품안양지화생(九品安養之化生)이라고 한다. 보리자(菩提子)는 보리의 종자(種子)를 말한다. 여기서 보리(菩提)는 정각을 이루기 위하여 필수조건의 하나인 지혜를 말한다.


불착금전매헌용화회 不錯金錢買獻龍華會
돈을 아끼지 아니하고 사서 미륵보살께 올립니다.

불착(不錯)이라는 표현은 그릇되지 않게, 그르치지 않게 이러한 표현이다. 그러므로 연꽃을 사서 미륵보살님께 올림에 있어서 그릇되지 않게 하겠다는 다짐이다.

용화회(龍華會)는 용화회상(龍華會上)을 말한다. 석가여래행적송(釋迦如來行蹟頌)에 보면 대지도론(大智度論)에 이르기를 용화회상(龍華會上) 첫 번째 법회에서 99억의 성문들을 제도하고, 두 번째 법회에서 96억의 성문들을 제도하고, 세 번째 법회에서 93억의 성문들을 제도한다고 하였다.

대승본생심지관경(大乘本生心地觀經) 권 제3 게송에 보면 '내가 이제 제자를 미륵에

게 맡겨 용화회(龍華會) 가운데 해탈을 얻게 할 것이라'고 하였다. 我今弟子付彌勒。
龍華會中得解脫。

# 목단화왕함묘향 牧丹花王含妙香

## 활화 喝花

牧丹花王含妙香 芍藥金蘂體芬芳
목단화왕함묘향 작약금예체분방

菡萏紅蓮同染淨 更生黃菊霜後新
함담홍련동염정 갱생황국상후신

모란은 꽃 중의 왕이므로 묘한 향기 머금었고
작약의 금색 꽃술에 온몸이 향기롭네.
붉은 연꽃 봉우리는 깨끗함과 더러움에 물들지 않으니
다시 핀 노란 국화 서리 뒤에 새롭도다.

산보집 영산작법절차(靈山作法節次)에서 활화게(喝花偈)이며 오종범음집에서는 화찬(花讚)으로 실려 있다.


**목단화왕함묘향 牧丹花王含妙香**
모란은 꽃 중의 왕이므로 묘한 향기 머금었고

목단을 말하는 모란은 사실상 향기가 없다. 그러나 모란꽃은 예로부터 부귀를 상징하므로 화왕(花王)이라고 한 것이다.


**작약금예체분방 芍藥金蘂體芬芳**
작약의 금색 꽃술에 온몸이 향기롭네.

예(蘂)는 꽃술을 말하므로 금예(金蘂)하면 금색의 꽃술을 말한다. 실제 작약 꽃의 수

술은 금색이다. 분방(芬芳)은 꽃이나 풀에서 나는 향기를 말한다. 그러나 작약 꽃도 목단과 마찬가지로 향기는 없다. 다만 목단이나 작약이나 모두 부귀를 상징하므로 그렇게 말한 것이다.


## 함담홍련동염정 菡萏紅蓮同染淨
## 붉은 연꽃 봉우리는 깨끗함과 더러움에 물들지 않으니

함담(菡萏)은 연꽃 봉우리를 말하므로 함담홍련(菡萏紅蓮)하면 붉은 연꽃의 봉우리를 말한다. 연꽃은 깨끗함에도 더러움에도 물들지 아니하므로 처염상정(處染常淨)이라고 하며 이는 맑은 불성을 그대로 간직하고 있음을 말한다. 그러기에 연꽃은 불교를 상징하는 꽃이다.


## 갱생황국상후신  更生黃菊霜後新
## 다시 핀 노란 국화 서리 뒤에 새롭도다.

갱생(更生)은 다시 살아남을 말함이며 황국(黃菊)은 노란색을 띤 국화를 말한다. 황국이 서리를 맞고 나서 다시 태어나 소생한다고 하였으므로 여기서 서리 맞은 국화는 번뇌가 다 떨어져 나간 모습을 말한다. 이러한 표현에 대해서 벽암록(碧巖錄) 제27칙에 보면 운문문언(雲門文偃) 선사에게 학인이 찾아와 묻기를 나무가 시들고 잎이 떨어질 때는 어찌합니까? 이에 운문(雲門)이 이르기를 가을바람에 진면목이 드러난다고 하였다. 이 내용을 공안으로 삼은 것이 체로금풍(體露金風)이다. 僧問雲門。樹凋葉落時如何。雲門云。體露金風。

# 목마도기번일전 木馬倒騎飜一轉

## 하화게 下火偈

木馬倒騎飜一轉 大紅焰裏放寒風
목마도기번일전 대홍염리방한풍

나무 말을 거꾸로 타고 몸 한번 뒤집으니
이글거리는 불속에서 찬바람이 이는구나.

작법귀감(作法龜鑑), 승가예의문(僧家禮儀文), 다비문(茶毘文) 등에서 망자를 다비하기 위하여 시신에 불을 붙이는 의식인 하화(下火)에 나오는 송(頌)이다.


### 목마도기번일전 木馬倒騎飜一轉
### 나무 말을 거꾸로 타고 몸 한번 뒤집으니

목마(木馬)는 나무로 만든 말을 말한다. 그러나 이를 모르는 사람이 어디에 있으랴. 그러므로 이러한 단순한 용어를 말하자고 하는 것은 아니다. 목마는 선종의 법담에 종종 등장하는 용어. 목마는 유정물이 아닌 무정물이기에 분별심이 없다. 그러므로 목마는 이러한 무분별의 묘용을 말하는 것이다. 그리고 나무 말을 거꾸로 탔다는 것은 걸림이 없는 것을 말하므로 곧 자유자재한 도리를 말하는 것이다. 이러한 경지에 이르면 한 생각 바꾸는 것은 분명 어렵지 않을 것이다. 이를 몸 한번 뒤집는 것이라고 표현하였다.


### 대홍염리방한풍 大紅焰裏放寒風
### 이글거리는 불속에서 찬바람이 이는구나.

홍염(紅焰)은 붉은 불꽃이므로 여기에 대(大)를 더하여 표현하였으므로 활활 타는 불

251

꽃, 이글거리는 불꽃, 불구덩이 이러한 표현이다. 그렇다면 이글거리는 불꽃은 무엇을 말하는 것일까. 이는 중생이 가지고 있는 고약한 번뇌를 말하는 것이다. 까닭에 불구덩이 속에 처하더라도 찬바람이 일어난다고 하는 것은 번뇌가 사그라지면 저절로 평상심으로 돌아오는 것을 말한다.

고림청무록(古林淸茂錄)에 보면 아래와 같은 게송이 있다.

菴內不知菴外事 一堆紅焰藕花香
암내불지암외사 일퇴홍염우화향

암자 안에서 암자 밖의 일을 알지 못하면
한 무더기 붉은 화염이 연꽃의 향기라.

# 묘경공덕설난진 妙經功德說難盡

## 찬경게 讚經偈

妙經功德說難盡 佛佛臨終最後談
묘경공덕설난진 불불임종최후담

山毫海墨虛空紙 一字法門書不咸
산호해묵허공지 일자법문서불함

미묘한 경전 공덕 말로는 다하기 어려워
모든 부처 임종 시에 최후의 말씀이라네.
산을 붓 삼고, 바닷물을 먹물 삼고, 허공을 종이 삼아도
한 글자의 법문을 써도 글로는 다 쓰지 못한다네.

산보집에서 경함이운(經函移運)에 나오는 게송으로 경전을 찬탄하는 게송이다.

### 묘경공덕설난진 妙經功德說難盡
미묘한 경전 공덕 말로는 다하기 어려워

묘경(妙經)은 부처님 말씀 모두가 미묘한 가르침이다는 표현이다. 그러나 일부 역자(譯者)들은 법화경을 두고 말하지만 이는 너무 좁게 보는 식견이다. 부처님께서 설하신 말씀의 공덕은 이루 말할 수 없기에 설난진(說難盡)이라고 하였다. 그러므로 경(經)의 공덕은 무진한 것이다.

### 불불임종최후담 佛佛臨終最後談
모든 부처 임종 시에 최후의 말씀이라네.

불불(佛佛)은 곧 제불(諸佛)을 말함이다. 부처님이 임종할 때 하신 최후의 말씀이라는 것은 중생의 눈높이에서 하신 말씀이다. 왜냐하면 죽음에 이르는 자가 마지막으로 하는 말은 진실하고 간절하기 때문이다. 그러므로 이 단락의 표현은 부처님 말씀은 그 무엇 하나라도 진실하지 않은 것이 없다는 표현이다.

## 산호해묵허공지 山毫海墨虛空紙
## 산을 붓 삼고, 바닷물을 먹물 삼고, 허공을 종이 삼아도

담무참(曇無讖)이 한역한 40권본 대반열반경(大般涅槃經) 권 제32 사자후보살품 제11-6에 보면 몸을 갈아 등잔을 만들면서, 천으로 살을 싸고 기름을 부어 심지를 만들어 불을 켜는 등의 여러 가지 비유가 있다.

산호(山毫)는 산을 붓으로 삼는다는 것이다. 곧 붓이 산처럼 많다고 하더라도 라는 표현은 부처님 법을 글로써 나타낸다고 하더라도 무척 어려우며, 해묵(海墨)은 먹물이 바닷물처럼 많더라도 부처님 법을 찬탄함에 있어서 다 나타낼 수가 없다는 것을 비유한 것이다. 이어지는 공지(空紙)도 그러한 표현이다.

## 일자법문서불함 一字法門書不咸
## 한 글자의 법문을 써도 글로는 다 쓰지 못한다네.

부처님 말씀이 무궁무진하다는 것을 나타내고 있다. 부처님의 가르침은 중생의 근기에 따라 방편과 비유를 들어 설명하기에 그러하다. 수(隋)나라의 사나굴다(闍那崛多)가 한역한 금강장다라니경(金剛場陀羅尼經)에 보면 부처님께서 문수사리에게 말씀하셨다. 일자법문(一字法門)이 있으니 보살이 그것을 얻고 나면 능히 천만 자(字)의 법문을 말할 수 있다. 이 일자법문은 또한 다할 수 없는 것이어서 어디에 있든지 어느 곳에서나 모든 법의 상(相)을 설하여 변제(邊際)가 없다. 이 모든 법의 상(相)을 얻게 되면 저절로 걸림이 없는 변설(辯說)을 얻게 되어 일체의 법을 설함에 다함이 없으며 제법을 설하고 나면 다시 일자법문에 섭수해 들어가서 걸림이 없는 변설을 얻는 까닭에 일구법문(一句法門)을 설할 수 있으며, 더욱더 설하고 나면 다시 일자법문 가운데로 섭수되어 들어가게 되는 것이라고 하였다. 佛告文殊師利。有一字法明門。菩薩得已。能說千萬字法門。而此一字法門。亦不可盡。在在處處。說諸法相。無有邊際。得此諸法明時。自然得無障导辯說。一切法不可窮盡。說諸法已。還復攝入一字法門。

남명전화상송증도가사실(南明泉和尙頌證道歌事實) 제1권에 보면, 이 때문에 선재가 중예동자(衆藝童子)를 참방해서 친견하고 말하기를 나는 항상 이 자모(字母)를 노래 하면서 반야바라밀문(般若波羅密門)에 든다고 한 것이다. 그렇다면 일자법문(一字法門)은 바닷물처럼 많은 먹으로 써도 다하지 않음을 알 수 있다. 여기에서 밝히지 못 하면 설사 언사가 유창하고[同輠] 언변을 도도히 흐르는 강물[懸河]처럼 쏟아낸다 해도 문자(文字)와 어언(語言)에 휩쓸려서 요달할 날이 없다. 일월(日月)이 왕래하여 한묵(翰墨:필묵)이 구름처럼 일어나고, 세월과 시일이 장구하게 흘러서 편찬한 책이 산처럼 쌓이더라도 구경의 심회는 길이 탄식하고 답답해하니, 심지법문(心地法門)과 는 멀고도 멀어진다고 하였다. 所以善財參。見衆藝童子言。我常唱此字。母入般若波 羅密門。則知一字法門海。畢書而不盡也。於此不明。設使辭同炙輠。辯瀉懸河。翻 被文字語言流浪無有了時日來月往翰墨雲興。歲久時長。編卷山積。究懷永歎。罔弗 長嗟。心地法門遠之遠矣。

# 묘고정상중천인 妙高頂上衆天人

## 욕계영 欲界詠

**妙高頂上衆天人 福德巍峩越衆辰**
묘고정상중천인 복덕외아월중진

**徧體珠瓔光奪目 隨身宮殿色長新**
변체주영광탈목 수신궁전색장신

묘고산(妙高山) 꼭대기 하늘 사람들은
복과 덕이 높고 커서 뭇 하늘을 뛰어넘네.
몸에 구슬을 두루 둘러 광채가 눈부시고
사람마다 딸린 궁전들은 그 색채가 새롭도다.

욕계(欲界)는 욕망이 강한 유정들의 세상을 말한다. 그러므로 욕계영(欲界詠)은 요계를 찬탄하는 게송이며 이 게송은 산보집, 범음집 등에 수록되어 있다.

### 묘고정상중천인 妙高頂上衆天人
묘고산(妙高山) 꼭대기 하늘 사람들은

묘고산은 불교의 우주관에서 세계의 중앙에 있다는 산으로써 그 꼭대기에는 제석천이 있고 중턱에는 사천왕이 살고 있다고 여기는 산이다. 일반적으로는 수미산이라고 표현한다. 천인들은 당연히 수미산에 사는 천인들을 말한다.

### 복덕외아월중진 福德巍峩越衆辰
복과 덕이 높고 커서 뭇 하늘을 뛰어넘네.

외아(巍峩)는 외외(巍巍)와 같은 뜻으로 높고 크다는 뜻이다. 그리고 진(辰)은 달과 별을 총칭하는 표현으로 쓰였으므로 곧 하늘을 나타낸다. 까닭에 묘고산 천인들의 복덕이 크기가 이만하다고 찬탄하고 있다.


### 변체주영광탈목 偏體珠瓔光奪目
### 몸에 구슬과 영락을 두루 둘러 광채가 눈부시고

천인들은 몸에 갖은 구슬과 영락으로 장엄을 하고 있기에 그 장엄이 눈부실 정도라고 여김이다. 그러므로 욕계라고 한 것이다. 주영(珠瓔)은 구슬과 영락(瓔珞)이라는 표현이며 탈목(奪目)은 눈부시다라는 표현이다.


### 수신궁전색장신 隨身宮殿色長新
### 사람마다 딸린 궁전들은 그 색채가 새롭도다.

수신(隨身)은 붙어 따름 또는 따라간다는 표현이므로 하늘 사람들은 저마다 궁전이 있는데 그 아름다움이 방금 채색한 것처럼 아름답다고 표현한 것이다.

# 묘담총지부동존 妙湛總持不動尊

## 능엄게 楞嚴偈

妙湛總持不動尊 首楞嚴王世希有
묘담총지부동존 수능엄왕세희유

銷我億劫顚倒想 不歷僧祇獲法身
소아억겁전도상 불력승기획법신

묘하고 고요한 총지로 부동하신 세존이시여,
수능엄왕은 세상에서 가장 희귀한 법입니다.
억겁 동안 뒤바뀐 생각을 말끔히 씻어내시어
아승기겁 밟지 않고 법신을 얻게 하셨습니다.

'묘담총지부동존'은 부처님을 가리키는 표현이다. 여기서 담(湛)은 청정하다는 표현
이며, 총지(總持)는 모든 법을 총괄해 가졌다는 뜻이다.

'수능엄왕세희유'는 아난이 부처님께 이 법문을 듣고 깨달았으므로 이러한 가르침은
희유(稀有)하다는 것을 나타내고 있다.

'소아억겁전도상'은 이러한 가르침으로 대중들은 억겁 동안 무명과 번뇌로 전도(顚
倒)된 생각을 말끔하게 녹여주었다는 뜻이다.

'불력승기획법신'은 이로 인하여 대중들은 아승기겁을 거치지 아니하고 법신을 얻었
다는 것을 나타내고 있다.

願今得果成寶王 還度如是恒沙衆 將此深心奉塵刹 是則名爲報佛恩
원금득과성보왕 환도여시항사중 장차심심봉진찰 시즉명위보불은

저도 이제 거룩한 과위를 얻고 성불한 뒤에
다시 돌아와 한량없는 중생을 건지렵니다.
이 깊은 마음으로 많은 부처님들을 받들어서
그 무거운 부처님의 은혜를 갚으려 하옵니다.

부처님의 가르침을 들은 대중들이 깨달음을 얻었으므로 발심하고 발원하여 보현행
(普賢行)을 서원하게 된다. 보왕(寶王)은 곧 부처님을 말하며 이 단락은 대승불교의
슬로건인 상구보리하화중생(上求菩提下化衆生)의 이념이 아주 잘 드러나 있다.


伏請世尊爲證明 五濁惡世誓先入 如一衆生未成佛 終不於此取泥洹
복청세존위증명 오탁악세서선입 여일중생미성불 종불어차취니원

엎드려 세존께 청하오니 증명하여 주옵소서.
굳은 서원으로 오탁악세에 먼저 들어가서
만일 한 중생이라도 성불하지 못한다면
열반에 들지 않고 끝까지 교화하렵니다.

상구보리하화중생하겠다는 대중들의 다짐을 증명하여 주시기를 부처님께 청하는 장
면이다. 오탁악세는 곧 사바세계를 말하며 이를 감인토(堪忍土)라고 하고 오탁은 겁
탁(劫濁), 견탁(見濁), 번뇌탁(煩惱濁), 중생탁(衆生濁), 명탁(命濁) 등을 말한다. 니원
(泥洹)은 열반과 같은 표현이다.

여일중생미성불이라는 표현은 지장경 염부중생업감품(閻浮衆生業感品) 제4에 보면
'지장보살의 서원은 백천만 억겁 중이라도 세계마다 있는 지옥과 삼악도에서 모든 죄
고에 시달리는 중생들은 빼어내어 구원하여 영원히 지옥, 악취, 축생, 아귀 등을 여의
도록 서원하고 이와 같은 죄보를 받는 사람들이 모두 성불한 뒤에 나는 바야흐로 정
각을 성취할 것을 원하옵니다.' 하는 서원을 발하여 마치는 내용과 같은 흐름이다. 却
後百千萬億劫中。應有世界所有地獄。及三惡道諸罪苦衆生。誓願救拔令離地獄惡趣
畜生餓鬼等。如是罪報等人盡成佛竟。我然後方成正覺。發誓願已。


大雄大力大慈悲 希更審除微細惑 令我早登無上覺 於十方界坐道場
대웅대력대자비 희갱심제미세혹 영아조등무상각 어시방계좌도량

큰 용맹이시여, 큰 힘이시여, 큰 자비시여,
더욱 깊이 살피시어 미세 번뇌 끊게 하여
보다 일찍 깨달음의 정상에 오르게 하고
시방 법계의 도량에 앉게 하소서.

대웅대력대자비는 부처님을 가리키는 표현이며, 대웅(大雄)은 법화경에 나오는 내용
이다. 미세혹(微細惑)은 미세한 번뇌를 말하므로 곧 근본무명을 말한다. 지말무명(枝
末無明)보다 더 미세한 무명이다. 무상각(無上覺)은 무상정등각(無上正等覺)을 줄여
서 표현한 것이며, 시방 법계의 도량에 앉게 해달라는 것은 곧 성불을 의미하는 표현
이다.


舜若多性可銷亡 爍迦囉心無動轉
순야다성가소망 삭가라심무동전

끝없이 넓은 허공 다하여 없어진다 해도
금강처럼 견고한 마음 흔들리지 않으리다.

순야다(舜若多)는 허공을 가리키는 표현이다. 천지가 개벽을 한다고 하더라도 허공
은 없어지지 아니한다는 가르침이다. 삭가라(爍迦羅)는 동전(動轉)함이 없다, 견고하
다라는 표현이며 여기에 다시 마음을 붙여서 '삭가라심'이라고 하였으므로 이는 부동
심(不動心)을 나타낸 것이다.

지금까지 살펴본 내용은 부처님께서 아난에게 여래장에 대해서 말씀을 마치시자 아
난은 세간의 모든 사물들이 다 깨달음의 묘명원심(妙明元心)이라는 것을 알았다. 그
리하여 본래부터 묘하게 밝은 마음은 항상 머물러 없어지지 않는 것임을 확실하게
깨달았으므로 부처님께 예배하고 미증유(未曾有)함을 얻었기에 게송으로 부처님을
찬탄하는 내용이다. 능엄경 제3권에 나오는 말씀이다.

# 묘법하수별처토 妙法何須別處討

## 경함이운게 經函移運偈

**妙法何須別處討 花花草草露全機**
묘법하수별처토 화화초초로전기

**人人不識圓珠在 也使能仁捲蔽衣**
인인불식원주재 야사능인권폐의

미묘한 법을 하필이면 다른 곳에서 찾으려고 하는가.
온갖 꽃이며 풀까지 온전한 기틀을 드러내고 있는데
사람마다 제 몸에 둥근 구슬 있음을 미처 알지 못하고,
능인(能仁)으로 하여금 낡은 옷을 걷어 올리게 하는구나.

산보집에 보면 영산재(靈山齋)나 예수재(豫修齋)의 경함이운(經函移運)에 주로 나오는 게송이다. 여기서 '경함이운'이라고 하는 것은 재(齋)가 베풀어질 장소까지 경전을 담은 상자를 옮기는 의식을 말한다.

## 묘법하수별처토 妙法何須別處討
미묘한 법을 하필이면 다른 곳에서 찾으려고 하는가.

미묘한 부처님의 가르침을 모름지기 그 어느 곳에 따로 있다고 여기지 말라는 경책(警責)이다. 마치 얼 된 수행자가 도를 구한다고 물 좋고 산 좋은 곳을 찾아 심산유곡(深山幽谷)으로 들어가는 것과 같다. 도는 민중 속에 있지 민중을 벗어난 도는 없다는 것을 알아야 한다. 그러나 대부분은 이를 모르고 산속에서 좌청룡 우백호를 논하면서 명당이다, 길지다 하는 것은 자기 꾐에 자기가 속은 줄 모르는 것이다. 육조단경(六祖壇經)에 보면 '불법은 세간에 있다. 세간을 떠난 깨달음은 없기에 세간을 떠나 깨달음을 찾는다면 이는 마치 토끼 뿔을 구하는 것과 같다'고 하였다. 佛法在世間。

不離世間覺。離世覓菩提。恰如求兎角。


## 화화초초로전기 花花草草露全機
**온갖 꽃이며 풀까지 온전한 기틀을 드러내고 있는데**

화화초초(花花草草)는 꽃과 풀에 국한하는 것이 아니다. 이 세상의 모든 것들을 두고한 표현이다. 그러므로 유정이든 무정이든 세상 만물이 오롯이 진리를 드러내고 있다고 하였다. 이는 중도실상(中道實相)으로 바라볼 때 그러하다는 것이다. 산천초목이모두 부처라고 하는 것이며, 가는 곳곳마다 극락세계라고 하는 것이다. 그러나 실상(實相)을 제대로 보지 못하면 자신의 염오(染汚)로 얼룩진 감정으로 이 세상을 바라보기에 이분법적 분별심이 나오는 것이다.

우리나라에 널리 알려진 무상게(無常偈) 끝부분이나 승가예의문(僧家禮儀文) 제1권에 보면 '서쪽에서 오신 달마조사의 법은 당당하여 으뜸이시니 스스로가 뜻을 맑게하면 곧 마음의 본향이라. 묘한 본체는 맑고 밝아서 있는 곳이 따로 없기에 산하대지그대로가 자성불(自性佛)을 드러내고 있음이라.'고 하였다. 西來祖意最堂堂。自淨其心性本鄉。妙體湛然無處所。山河大地現眞光。


## 인인불식원주재 人人不識圓珠在
**사람마다 제 몸에 둥근 구슬 있음을 미처 알지 못하고**

제 각기 둥근 구슬이 있음을 알지 못한다고 하였으므로 여기서 원주는 곧 불성(佛性)을 말함이다. 그런데 왜 불성을 둥글다는 표현인 원(圓)으로 표현하였을까. 이는 불성은 완전무결하기에 원(圓)으로 표현한 것이다. 여기서 불성(佛性)은 곧 마음을 말한다. 그러기에 부처님 가르침은 마음을 벗어나는 일이 없다. 만약 이를 벗어나서 부처를 찾고자 하는 것을 토끼 뿔이나 거북이 털로 비유를 하고 있다.


## 야사능인권폐의 也使能仁捲蔽衣
**능인(能仁)으로 하여금 낡은 옷을 걷어 올리게 하는구나.**

능인(能仁)은 능히 어질다는 표현으로 곧 석가모니 부처님의 다른 이름이다. 이를 갖추어 말하면 능인여래(能仁如來)라고 한다. 아유월치차경(阿惟越致遮經) 가운데 불퇴전법륜품(不退轉法輪品)에 보면 '능인여래께서는 오탁악세(濁惡世)의 중생들은 발심시키고 이 훌륭한 방편으로써 이치를 따르게 하여 제도하시고자 함이라'고 하였다. 能仁如來興五濁世。以斯善權隨時之義而濟度之。

그러나 여기서 알아 두어야 할 것은 부처님을 능인(能仁)이라고도 표현하지만 능인(能忍)이라고 하여 부처님께서는 오탁악세에 출현하시어 중생을 제도함에 있어서 어려운 일을 능히 참고 견디시므로 능인(能忍)이라고도 표현한다는 것을 꼭 알아 두어야 한다. 그리고 여기서 야(也)는 형용의 의미를 강하게 하는 조사로 쓰여서 사(使)를 뒷받침하여 야사(也使)하면 뒤이어 나오는 능인과 어우러져서 능인으로 하여금 이러한 표현이 된다.

권폐의(捲蔽衣)는 소매를 걷어 올리다, 옷을 말아 올리다 이러한 표현이므로 법화경에 나오는 의주유(衣珠喩)를 연상하게 한다. 그러므로 고덕(古德)이 다음과 같은 가르침을 주었다.

佛在靈山莫遠求 靈山就在汝心頭
불재영산막원구 영산취재여심두

人人皆有靈山塔 好向靈山塔下修
인인개유영산탑 호향영산탑하수

부처님 계신 영산을 멀리서 찾지 말게나.
영산은 이미 그대의 마음속에 있다네.
누구라도 영산의 탑을 가지고 있으니,
영산 탑 아래서 부지런히 수행하세.

# 묘보리좌승장엄 妙菩提座勝莊嚴

## 헌좌게 獻座偈

妙菩提座勝莊嚴 諸佛坐已成正覺
묘보리좌승장엄 제불좌이성정각

我今獻座亦如是 自他一時成佛道
아금헌좌역여시 자타일시성불도

묘한 보리좌가 참으로 장엄하오니
모든 부처님께서 앉으시어 이미 정각을 이루셨네.
저도 지금 이와 같이 자리를 받치오니
우리 모두 한꺼번에 성불하여지이다.

모든 재의례에서 헌좌게는 부처님을 청한 뒤 자리를 올려 좌정(坐定)하시기를 권하는 게송으로 모든 불교의 의례에서 자주 등장하는 게송이다.

### 묘보리좌승장엄 妙菩提座勝莊嚴
묘한 보리좌가 참으로 장엄하오니

보리(菩提)는 수행 결과로 얻어지는 깨달음의 지혜를 말한다. 이는 산스크리트어의 보디(Bodhi)를 음역한 표현으로 이를 의역하면 각(覺)·지(智)·지(知)·도(道)라고 한다.

묘보리좌(妙菩提座)는 부처님께서 성불할 당시에 청년 스바스티카(Svastika.길상)가 보시한 풀을 깔고 앉으셨던 보리수 아래의 길상초(꾸사Kusa) 자리를 가리키는 표현이다. 그러기에 이 자리를 길상좌(吉祥座) 또는 깨달음을 이룬 자리라고 하여 금강보좌(金剛寶座)라고 표현을 하기도 한다. 묘(妙)는 말할 수 없이 빼어남을 강조하는 표현이다. 승(勝)은 뛰어난 것을 표현한 것으로 수승(殊勝)하다는 의미로 쓰였다.


## 제불좌이성정각 諸佛坐已成正覺
**모든 부처님께서 앉으시어 이미 정각을 이루셨네.**

그러므로 모든 부처님도 보리를 구함으로써 정각을 이루신 것이다. 이로 인하여 부처님께서 앉으신 자리를 보리좌(菩提座)라고 한 것이다.


## 아금헌좌역여시 我今獻座亦如是
**저도 지금 이와 같이 자리를 받치오니**

저도 이와 같이 자리를 받친다고 하는 것은 부처님과 같이 자리에 앉아 수행하기를 원한다는 표현이다.


## 자타일시성불도 自他一時成佛道
**우리 모두 한꺼번에 성불하여지이다.**

보리좌를 올리는 이유에 대한 결론으로 자타가 일시에 성불하기 위함이며, 이는 대승불교의 케치프레이스(cátch phràse)이다. 그러나 古文에서는 자타일시성불도라고 하지 아니하고 회작자타성불인(廻作自他成佛因)이라고 기술되어 있다. 이는 자타가 모두 성불의 인연을 돌이켜 지으라는 표현이다. 그러므로 묘보리좌승장엄이 인(因)이라면 자타일시성불도는 과(果)에 해당하며 이는 인(因)을 일으켜야 과(果)가 형성되기 때문이다. 여기서 하나 더 알아 두어야 할 것은 신중단에서 신중에게 자리를 올릴 때의 헌좌게는 이와 다르다. 여기에 대해서는 신중단 헌좌게가 나올 때 설명하고자 한다. 헌좌게는 재의식에서 재자(齋者)들이 불공(佛供)을 올린 인연으로 모두 깨달음의 세계로 안내하는 진언이다.

# 묘색요료수정가 妙色瓊瓊誰定價

## 청진 淸眞 국사

**妙色瓊瓊誰定價 六窓寒月照無時**
묘색요료수정가 육창한월조무시

**琮光永淨周沙界 和與淸風入戶飛**
진광영정주사계 화여청풍입호비

미묘한 색을 띤 아름다운 옥 그 누가 값을 매기리오.
여섯 창문에 싸늘한 달빛 때도 없이 비추는데
보배 옥의 광채 영원히 깨끗하여 사바세계에 두루하고
맑은 바람과 조화를 이루어 집마다 문으로 날아드네.

산보집에서 선문조사예참(禪門祖師禮懺) 가운데 청진국사(淸眞國師)에 대한 가영이
다. 청진국사(? ~ 1252)는 고려 중기에 순천 조계산 수선사(修禪社:송광사)의 16 국
사 가운데 제3세 국사이며, 진각혜심(眞覺慧諶 1178~1234)의 제자다. 스님은 수선
사 제3세로 활약하던 시기는 진각혜심이 입적한 1234년(고종 21)부터 그가 입적하
기까지의 18년간으로 미루어 짐작하고 있다. 이때 고려 불교는 거란과 몽골(蒙古)의
침략으로 경주 황룡사 구층탑이 불타는 등 암울한 시기였다. 하지만 수선사에서 보조
지눌(普照智訥)의 선풍을 크게 진작시켰다. 아울러 혜심의 비를 세우고, 스승 진각혜
심의 어록인 선문염송(禪門拈頌)에 347칙(則)을 덧붙이고 보완하는 등 선풍을 잇게
하는 데 크게 공헌하였던 스님이다.

### 묘색요료수정가 妙色瓊瓊誰定價
미묘한 색을 띤 아름다운 옥 그 누가 값을 매기리오.

묘색(妙色)은 흔히 볼 수 없는 기기묘묘한 색을 말하며 요료(瓊瓊)에서 료(瓊)는 미

옥(美玉)을 나타내는 표현으로 쓰인다. 그러므로 묘색요료(妙色瓊瓊)가 무엇을 뜻하는지를 알아야 이 시문을 이해할 수 있다. 여기서 말하는 '묘색요료'는 곧 마음을 말함이다. 까닭에 마음을 어찌 값으로 매길 수 있겠는가. 다만 중생은 무명에 가려져서 자신이 이러한 옥인 줄을 모르는 것이 안타까울 뿐이다. 그러므로 선종(禪宗)은 마음을 찾아가는 길을 가르쳐 주는 것을 말한다.

### 육창한월조무시 六窓寒月照無時
### 여섯 창문에 싸늘한 달빛 때도 없이 비추는데

육창(六窓)은 곧 육근(六根), 육식(六識)을 말함이며 한월(寒月)은 차가운 겨울 달을 말하므로 곧 진성(眞性)을 말한다. 참 성품이 늘 육식(六識)과 함께한다고 말하고 있다.

### 진광영정주사계 瓊光永淨周沙界
### 보배 옥의 광채 영원히 깨끗하여 사바세계에 두루하고

진(瓊)은 보배를 나타내는 진(珍)과 같은 글자이다. 고로 진광(珍光)은 앞서 설명한 묘색요료(妙色瓊瓊)와 같은 표현으로 곧 마음을 말하는 것이다. 마음의 광채는 요료(瓊瓊)하므로 곧 정(淨)이 되는 것이다.

### 화여청풍입호비 和與淸風入戶飛
### 맑은 바람과 조화를 이루어 집마다 문으로 날아드네.

청풍(淸風)은 서늘한 바람을 말하므로 견성의 경지를 나타낸 것이다. 이러한 마음은 누구라도 다 가지고 있으므로 집마다 다 있다고 말한 것이다.

# 묘음감로구 妙音甘露口

妙音甘露口 三十二應宣
묘음감로구 삼십이응선

迷津霑法雨 願降大吉祥
미진점법우 원강대길상

미묘한 음성으로 감로 법을 설하시고
서른두 가지 응신의 몸을 널리 나타내시며
세속의 번뇌를 법의 비로 적셔 주시는 분이시여
원하나니 큰 길상을 내려 주시옵소서.

계수귀의례(稽首歸依禮) 편의 설명을 참고하시오.

# 무독왕수일도명 無毒王隨一道明

## 보처영 補處詠

無毒王隨一道明 兩家眞俗作同行
무독왕수일도명 양가진속작동행

南方座下叅眞聖 大振玄風濟有情
남방좌하참진성 대진현풍제유정

무독귀왕 도명 존자가 한결같이 따르니
무독과 도명은 진속을 늘 똑같이 같이 다니네.
남방의 자리 아래서 진성을 참례하니
현풍을 크게 떨쳐 중생들 건지시네.

산보집 대례왕공양문(大禮王供養文)에서 지장보살 가영(歌詠)에 이어 나오는 지장보
살의 좌우보처에 대한 가영이다. 여기서 지장보살의 우보처는 무독귀왕(無毒鬼王)이
며 좌보처는 도명존자(道明尊者)다. 그러나 무독귀왕과 도명존자의 역할에 대해 경
전에서 찾아보기가 어려운 것은 지장경이 위경이기 때문이다. 또한 작법귀감 시왕각
청(十王各請)에도 실려 있다.

## 무독왕수일도명 無毒王隨一道明
무독귀왕 도명 존자가 한결같이 따르니

무독귀왕과 도명존자는 언제나 지장보살을 따른다는 표현이다.

## 양가진속작동행 兩家眞俗作同行
무독과 도명은 진속을 늘 똑같이 같이 다니네.

양가(兩家)는 두 집을 말하므로 무독귀왕과 도명존자를 말함이며 진속(眞俗)은 출세간과 세간을 말한다. 이 두 세상을 늘 함께하며 지장보살을 도와서 교화한다는 내용이다.


**남방좌하참진성 南方座下叅眞聖**
**남방의 자리 아래서 진성을 참례하니**

남방좌하(南方座下)는 남방의 자리 아래라기보다는 지장보살 아래라는 뜻이며 이어서 나오는 진성(眞聖)도 역시 지장보살을 말한다.


**대진현풍제유정 大振玄風濟有情**
**현풍을 크게 떨쳐 중생들 건지시네.**

대진(大振)은 크게 떨친다는 것이므로 이는 지장보살의 법풍을 나타내는 것이다. 다만 여기서는 법풍을 현풍(玄風)이라고 나타내고 있다. 지장보살의 법풍을 떨치는 목적은 중생구제라는 것을 밝히고 있다.

# 무명업장진견제 無明業障盡蠲除

## 회향게 廻向偈

**無明業障盡蠲除 發悟心花成正覺**
무명업장진견제 발오심화성정각

**願此燈光徧法界 幽顯聖凡哀納受**
원차등광변법계 유현성범애납수

무명으로 인한 업장을 깨끗하게 제거하여
깨달음 마음의 꽃을 피워 정각 이루나니
바라건대 이 등불이 법계에 두루하여서
저승과 이승의 성인, 범부를 불쌍히 여겨 받아 주소서.

산보집 가등작법(加燈作法) 가운데 아이법륜무진등(我以法輪無盡燈)에서 이어 나오는 게송이다.

**무명업장진견제 無明業障盡蠲除**
무명으로 인한 업장을 깨끗하게 제거하여

견(蠲)은 깨끗하다, 제거하다라는 뜻이다. 그러므로 견제(蠲除)하면 깨끗하게 제거한다는 뜻이다. 여기서는 무명으로 인한 업장을 제거한다는 표현이다. 그러므로 가등(加燈)은 등불의 가지력을 말하므로 여기서 등(燈)은 당연히 진리의 등인 법등(法燈)이다.

**발오심화성정각 發悟心花成正覺**
깨달음 마음의 꽃을 피워 정각 이루나니

업장을 제거하고자 하는 것은 견성하기 위함이며 이는 각오(覺悟)를 말함이다. 이를 꽃에 비유하여 오심화(悟心花)라고 하였으며 이는 곧 아뇩다라삼먁삼보리(阿耨多羅三藐三菩提)인 등정각(等正覺)을 말한다.


**원차등광변법계 願此燈光徧法界**
**바라건대 이 등불이 법계에 두루하여서**

법등이 시방세계에 널리 퍼지기를 원하는 발원이다. 왜냐하면 법등이 있어야 무명의 암흑에서 벗어날 수 있기 때문이다.


**유현성범애납수 幽顯聖凡哀納受**
**저승과 이승의 성인, 범부를 불쌍히 여겨 받아 주소서.**

유현(幽顯)은 저승과 이승을 말하며 성범(聖凡)은 성인과 범부를 말하므로 중생계를 통틀어 말하는 것이다. 재자(齋者)가 등불을 올리는 것은 모든 중생이 깨닫기를 바라는 마음에서 올림으로 재자들의 등(燈) 공양의 건성(虔誠)을 섭수(攝受)해 달라는 표현이다.

# 무박명명해탈신 無縛明明解脫身

## 제31조 도신 道信 대사

**無縛明明解脫身 西山堆裏一花春**
무박명명해탈신 서산퇴리일화춘

**直饒不受文皇詔 也是蘄州廣濟人**
직요불수문황조 야시기주광제인

밝디밝은 해탈한 몸은 얽어맬 수 없는 법
서산의 언덕에 봄꽃이 피었구나.
비록 문황(文皇)의 조서를 받지 않았지만
역시 기주(蘄州)의 광제(廣濟) 사람이다.

산보집 선문조사예참(禪門祖師禮懺)에 수록된 부법장 제31조 도신(道信) 대사에 대한 가영이다. 대의도신(大醫道信 580~651)은 중국 선종의 제4조이며 기주(蘄州) 광제(廣濟)의 출신이다. 속성은 사마(司馬)이며 서주(舒州)의 완공산(晥公山)에 들어가 감지 승찬(鑑智僧璨)의 문하에서 깨달음을 얻었으며 9년 동안이나 스승을 시봉하였다.

617년에 대중을 이끌고 길주(吉州)의 여릉(廬陵)으로 가다가 도적 떼를 만나 70일 동안 성안에 포위되었다. 또한 샘물마저 고갈되자 대중들이 동요하는 것을 보고 마하 반야(摩訶般若)를 염송토록 하였는데 도적들이 이를 보고 성안에 신(神)의 병사들이 있는 것으로 환상을 일으켜서 도망갔다고 한다. 그러므로 신병퇴적(神兵退賊)이라는 표현은 바로 여기에서 기인한 것이다. 643년 태종(太宗)이 스님을 세 번이나 초청하 였으나 이를 모두 거절하자 태종이 대노하여 사신을 보내 입궁하지 않으면 목을 베 어오라 명령을 내렸다. 사신이 명을 받들고 도신에게 왔으나 도신 스스로 목을 내밀 자 감탄하여 태종에게 이를 알리니 오히려 스님을 존경했다고 전한다. 651년 윤9월 에 세수 72세로 좌탈입망(坐脫立亡)하였다.

**무박명명해탈신 無縛明明解脫身**
밝디밝은 해탈한 몸은 얽어맬 수 없는 법

무박(無縛)은 얽매이지 않는다는 뜻이므로 뒤이어 나오는 해탈신(解脫身)과 같은 표현이다. 명명(明明)은 명명백백(明明白白)함을 나타내는 것이다.


**서산퇴리일화춘 西山堆裏一花春**
서산의 언덕에 봄꽃이 피었구나.

서산(西山)은 서쪽의 산을 말하는 것이 아니라 깨달음을 나타내는 표현이다. 아미타경에 나오는 서방도 역시 같은 뜻이다. 퇴(堆)는 언덕을 말하며 일화춘(一花春) 역시 깨달음을 나타낸 것이다.


**직요불수문황조 直饒不受文皇詔**
비록 문황(文皇)의 조서를 받지 않았지만

문황(文皇)의 조서(詔書)를 받지 않았다고 하였는데 이는 위에서 이미 설명하였다. 문황은 태종을 말함이다.


**야시기주광제인也是蘄州廣濟人**
역시 기주(蘄州)의 광제(廣濟) 사람이다.

기주(蘄州)는 도시 이름이다. 광제(廣濟)는 지금의 호남성(湖南省)을 말한다. 그러므로 광제인(廣濟人)을 '널리 사람을 구했다'고 해석하면 안 된다.

# 무상계언출방일 無上戒言怵放逸

## 지장영 地藏詠

無上戒言怵放逸 有情唱氣轉難當
무상계언출방일 유정창기전난당

今霄願赦諸魂魄 來詣菩提解脫鄉
금소원사제혼백 내예보리해탈향

위없는 경계의 말씀으로 방일함을 두려워하라.
유정들의 습기로는 응당 윤회하는 고난을 면하기 어렵도다.
오늘 밤에는 원하나니 모든 혼백을 방면(放免)하여
보리의 해탈 고향에 돌아오게 하소서.

산보집 중단영청지의(中壇迎請之儀)에 지장영(地藏詠)으로 실려 있다. 여기서 영(詠)
이라고 하는 것은 가영(歌詠)을 말한다.


### 무상계언출방일 無上戒言怵放逸
위없는 경계의 말씀으로 방일함을 두려워하라.

담무덕부사분율산보수기갈마서(曇無德部四分律刪補隨機羯磨序)에 보면 '그러므로
경에 이르기를, 계(戒)는 무상보리(無上菩提)의 근본이니 마땅히 한결같은 마음으로
청정한 계율을 지켜야 한다.'고 하였다. 故經云。戒爲無上菩提本。應當一心持淨戒。

부처님의 가르침을 추월할 수 있는 것은 아무것도 없기에 무상(無上)이다. 계언(戒
言)은 경계의 말씀이다. 출(怵)은 두려워한다는 뜻이다. 까닭에 부처님께서 하신 경
계의 말씀은 방일함을 경계한다는 뜻이다. 방일(放逸)이라는 것은 자기 멋대로 노는
것을 말한다.

**유정창기전난당 有情唱氣轉難當**
유정들의 습기로는 응당 윤회하는 고난을 면하기 어렵도다.

유정(有情)은 인정(人情)이나 동정심(同情心)이 있는 것을 말하기에 곧 중생을 말한다. 전난(轉難)은 육도를 윤회하는 고난을 말한다. 금광명최승왕경(金光明最勝王經) 몽견금고참회품(夢見金鼓懺悔品) 제4에 보면 묘당(妙幢)보살이 부처님 앞에서 게송으로 말씀드리는 가운데에 보면 탐애를 일으켜 육도를 윤회하는 고난을 면하기 어렵다는 가르침이 있다. 常起貪愛流轉難。

**금소원사제혼백 今霄願赦諸魂魄**
오늘 밤에는 원하나니 모든 혼백을 방면(放免)하여

산보집에서는 소(霄)로 되어 있으나 이는 하늘을 가리키는 표현이기에 오기(誤記)로 보인다. 그러므로 밤이라는 뜻을 가진 소(宵)가 맞는 표현이다. 범음집에서는 소(宵)라고 표기하였으므로 이게 바른 표현이다.

사(赦)는 용서하다, 사면하다, 이러한 뜻이므로 오늘 밤에는 모든 혼백이 사면받기를 원한다는 내용이다.

**내예보리해탈향 來詣菩提解脫鄉**
보리의 해탈 고향에 돌아오게 하소서.

내예(來詣)는 온다는 표현이므로 내예불소(來詣佛所)하면 부처님 처소에 와서 이러한 표현이 된다. 해탈향(解脫鄉)은 본심을 말함이다. 어제연화심륜회문게송(御製蓮華心輪廻文偈頌) 제11권에 보면 구족계에 의지하여 근본을 알고 최상의 법을 읊조리고, 많은 무리의 대중을 교화하여 해탈의 고을로 들어간다는 표현이 있다. 依具知根吟最上法化多類衆入解脫鄉。

# 무상대열반 無上大涅槃

無上大涅槃 圓明常寂照
무상대열반 원명상적조

위없는 큰 열반이여,
원융하고 밝아서 항상 고요히 비추네.

劫火燒海底 風皷山上擊 眞常寂滅樂 涅槃相如是
겁화소해저 풍고산상격 진상적멸락 열반상여시

겁화가 일어나 바다 밑까지 태우고
바람이 불어와서 산이 서로 부딪칠지라도
참되고 영원한 것은 적멸의 즐거움이니
열반에 든 모습도 이와 같다네.

작법귀감, 석문가례초(釋門家禮抄) 등에 보면 거감편(擧龕篇)에서 노제(路祭)를 지내고 나서 영가에게 일러주는 축문에 나오는 내용이며 법보단경(法寶壇經)에서 인용하였다.


무상대열반 無上大涅槃
위없는 큰 열반이여,

망자가 열반에 들었으니 슬퍼하지 말고 의당 기뻐하라는 것이다. 송나라 때 혜엄(慧嚴) 등이 한역한 대반열반경 제23권 광명변조고귀덕왕보살품에 보면 대반열반(大般涅槃)의 보배를 얻게 되나니, 이런 뜻으로 법을 들은 인연으로 대반열반에 가까이 간다고 하였다. 獲得無上大涅槃寶。以是義故。聽法因緣則得近於大般涅槃。

**원명상적조 圓明常寂照**

원융하고 밝아서 항상 고요히 비추네.

마음의 본바탕을 말함이다. 마음은 원래 원융하고 명철하고 고요하기에 이를 되찾음이 곧 열반이다. 그러므로 열반에 대해서 망자에게 다시 한번 일러주는 것이다.


**겁화소해저 풍고산상격 劫火燒海底 風鼓山相擊**

겁화가 일어나 바다 밑까지 태우고 바람이 불어와서 산이 서로 부딪칠지라도

**진상적멸락 열반상여시 眞常寂滅樂 涅槃相如是**

참되고 영원한 것은 적멸의 즐거움이니 열반에 든 모습도 이와 같다네.

이 게송은 법보단경(法寶壇經)에서 혜능(慧能)이 지도(志道)에게 전한 게송을 인용하여 축문으로 삼았다.

겁화(劫火)가 일어나 온 세상을 다 태우더라도 마음은 요지부동할 것이며, 산이 서로 부딪쳐 천지개벽(天地開闢)이 일어나더라도 마음은 본위(本位)에 있다는 것이다. 고로 마음의 본성(本性)이 진상(眞常)이라는 것을 알면 적멸의 즐거움을 누릴 것이다. 적멸과 열반은 같은 표현이다. 까닭에 열반에 든다고 하는 것은 본고향(本故鄕)을 말함이다.

# 무상무공무불공 無相無空無不空

## 기골게 起骨偈

**無相無空無不空 即是如來眞實相**
무상무공무불공 즉시여래진실상

형상도 없고 공한 것도 없고 공(空)하지 않음도 없으면
이것이 바로 여래의 진실한 모습이로다.

작법귀감에서 기골(起骨)을 하면서 영가에게 들려주는 게송이다. 여기서 기골이라고
하는 것은 유골을 수습하는 것을 말한다. 그리고 이 게송은 금강경오가해(金剛經五家
解) 제14 이상적멸분에서 '세존이시여, 이 실상이란 곧 이 상이 아님이니 이 까닭에
여래께서 실상이라고 말씀하셨습니다.[世尊。是實相者。則是非相。是故。如來。說
名實相。]'라는 부처님의 가르침에 대해서 설의(說誼)에 나오는 내용을 인용하였다.

### 무상무공무불공 無相無空無不空
형상도 없고 공한 것도 없고 공(空)하지 않음도 없으면

'상(相)도 없고, 공(空)도 없고, 불공(不空)도 없음을 알면'이라고 말한다.

### 즉시여래진실상 即是如來眞實相
이것이 바로 여래의 진실한 모습이로다.

그러하면 그것이 곧 여래의 진실한 모습이라고 하였다. 이는 두두물물(頭頭物物)이
실상인 줄을 알면 참다운 불법을 알게 되는 것이다.

# 무상심심미묘법 無上甚深微妙法

## 개경게 開經偈

**無上甚深微妙法 百千萬劫難遭遇**
무상심심미묘법 백천만겁난조우

**我今聞見得受持 願解如來眞實意**
아금문견득수지 원해여래진실의

가장 높고 매우 깊은 미묘한 법
백천만겁 지나도록 만나 뵙기 어려워라.
나는 이제 다행히도 듣고 보고 지니오니
부처님의 진실한 뜻 알고자 하옵니다.

우리나라 불교 의례에서 경전을 독송하기 전에 경전의 만남을 찬탄하고 또한 자신의 서원을 세우는 아주 중요한 게송으로 천수경(千手經)을 통하여 널리 알려진 게송이 기도 하다. 개경게는 중국 역사상에서 유일한 여자 황제인 후주(後周)의 측천무후(則天武后 624~705)가 지은 것이다. 실차난타(實叉難陀)가 화엄경을 한역하여 측천무후에게 봉정(奉呈)하였는데 이때 측천무후가 환희심을 내어 경전을 펼치기 전에 지은 것으로 개경게라고 전한다.

**무상심심미묘법 無上甚深微妙法**
**가장 높고 매우 깊은 미묘한 법**

이 세상에서 부처님 법을 능가하는 것은 아예 없다는 당당함을 내세우고 있다. 왜냐하면 부처님의 법은 미묘한 가르침이기 때문에 그러하다는 것을 내세워 불법을 찬탄하고 있다.

**백천만겁난조우 百千萬劫難遭遇**
**백천만겁 지나도록 만나 뵙기 어려워라.**

이러한 가르침은 만나기가 쉽지 않다는 말씀이다. 이 세상에는 숱한 종교가 있지만, 부처님 가르침을 따라잡을 수 있는 것은 아무것도 없다. 이러한 가르침을 만나고 있음에 안위(安慰)하고 있다.

**아금문견득수지 我今聞見得受持**
**나는 이제 다행히도 듣고 보고 지니오니**

부처님의 가르침은 만난 것은 천만다행이라고 스스로 위안하며 감사하는 마음을 내고 있다. 그러므로 이는 발심을 하게 되는 계기가 된다.

**원해여래진실의 願解如來眞實意**
**부처님의 진실한 뜻 알고자 하옵니다.**

경전을 펼치기 전에 서원하고 있다. 제가 이 경을 독송하여 부처님의 진실한 가르침이 무엇인지 알고자 한다는 염원이다.

# 무상여래시현신 無上如來示現身

## 우파국다 優婆毱多 존자

無相如來示現身 衆魔降處絶纖塵
무상여래시현신 중마강처절섬진

室高丈六籌空滿 度了何曾度一人
실고장륙주공만 도료하증도일인

모습 없는 여래께서 몸으로 나타나 보이시니
온갖 마군 항복 받은 곳에 작은 번뇌 끊어졌네.
열여섯 자 드높은 방에 산가지가 가득 찼으니
그가 일찍이 얼마나 많은 사람을 제도했는지 알겠네.

산보집 선문조사예참(禪門祖師禮懺)에서 우파국다(優婆鞠多) 존자에 대한 가영이다. 존자는 부법장(付法藏) 제4조이며 상나화수(商那和修)로부터 법을 이어받아 제다가(提多迦)에게 법을 부촉하였다. 아소카왕은 우파국다의 권유에 따라 부처님 유적지에 팔만사천 개의 탑을 세웠다고 전한다. 이 가영은 산보집 선문조사예참(禪門祖師禮懺)에 실린 내용이다.

### 무상여래시현신 無相如來示現身
### 모습 없는 여래께서 몸으로 나타나 보이시니

무상(無相)은 모습이 없음을 말한다. 이는 사람들이 모습으로 여래를 찾으려고 하는 것을 경계한 표현이기도 하다. 시현(示現)은 영험을 나타내 보이는 것을 말하므로 모습은 비록 볼 수 없지만, 영험으로 그 몸을 대신함이라고 하였으며 이것이 곧 여래시현(如來示現)이라고 밝히고 있다.

금강정유가중략출염송경(金剛頂瑜伽中略出念誦經) 권 제4에 보면 '여래는 대신변을 나타내 보이시고 응당 갖가지 몸을 보이신다'는 말씀이 있다. 如來示現大神變。隨應顯現種種身。


**중마강처절섬진 衆魔降處絶纖塵**
**온갖 마군 항복 받은 곳에 작은 번뇌 끊어졌네.**

중마(衆魔)는 수행을 방해하는 모든 것들을 말하며 섬진(纖塵)은 매우 잔 티끌을 말한다. 곧 미세한 번뇌를 비유한 것이다. 원각경(圓覺經) 제6 청정혜보살장에 보면 '선남자여, 비춤이 있고 각이 있음을 모두 장애라'고 하였다. 善男子。有照有覺。俱名障礙。


**실고장륙주공만 室高丈六籌空滿**
**열여섯 자 드높은 방에 산가지가 가득 찼으니**

장육(丈六)은 1장 6척을 줄여서 표현한 것이다. 그러나 이를 주(周)나라 환산법을 적용하면 약 392cm 전후가 되고, 당나라 척도를 적용하면 약 480cm 전후가 된다. 주(籌)는 무엇을 헤아리는 데 쓰던 막대기를 말하며, 이를 흔히 산가지라고 한다. 여기서 산가지가 열여섯 자 방안에 가득 찼다고 하는 것은 우파국다가 제도한 이가 헤아릴 수 없이 많다는 표현이다.


**도료하증도일인 度了何曾度一人**
**그가 일찍이 얼마나 많은 사람을 제도했는지 알겠네.**

여기에 대해서는 이미 위에서 설명하였다. 그러므로 우파국다가 수많은 이를 제도했다고 찬탄하는 것이다.

# 무수인중제일기 無數人中第一機

## 혜각 慧覺 존자

**無數人中第一機 僧中統御盡歸依**
무수인중제일기 승중통어진귀의

**年登七十加雙四 世道俱全事事輝**
연등칠십가쌍사 세도구전사사휘

수없이 많은 사람 중 제일의 근기라서
승가를 통솔하여 다스리니 모두 귀의하네.
나이 이미 칠십 하고도 여덟에
세상의 도는 모두 완전하니 일마다 빛나네.

산보집 시왕단작법에서 혜각존자(慧覺尊者)에 대한 가영이다. 혜각존자 신미(信眉 1405?~1480?)는 조선 전기 승려로서 선교도총섭(禪敎都摠攝)을 역임하였다. 세조 때 선승(禪僧)으로 속리산 법주사(法住寺)에서 출가하였으며 세조의 총애를 받아 왕사(王師)를 역임하기도 하였다. 1458년인 세조 4년에 동생 김수온(金守溫)과 함께 월인석보(月印釋譜)를 편찬하였으며 그 후에도 훈민정음을 널리 유통하기 위하여 경전의 국역 사업에 참여하였다. 스님의 부도는 법주사에 있으며 세조는 혜각존자(慧覺尊者)라는 시호(諡號)를 추증하였다.


**무수인중제일기 無數人中第一機**
**수없이 많은 사람 중 제일의 근기라서**

수없이 많은 사람이라는 표현은 여러 스님 가운데에서도 상근기(上根機)를 가졌다는 뜻이며, 세종 말년에 왕을 도와 불사를 중흥시켰다. 또한 세종 때에는 궁 안에 내원당(內願堂)을 짓고 법요를 주관하기도 하였다.

**승중통어진귀의 僧中統御盡歸依**
**승가를 통솔하여 다스리니 모두 귀의하네.**

문종 때는 선교도총섭(禪敎都摠攝)에 임명되었으며 세조가 왕위에 오르자 왕사 역할
을 하면서 불교의 중흥을 꾀하기도 하였으므로 많은 불자의 귀의처가 되었다.


**연등칠십가쌍사 年登七十加雙四**
**나이 이미 칠십 하고도 여덟에**

'78세'라는 표현은 만년(晚年)에도 포교하면서 자신의 역량을 아끼지 아니하였다는
뜻을 대신한 것이다.


**세도구전사사휘 世道俱全事事輝**
**세상의 도는 모두 완전하니 일마다 빛나네.**

신미(信眉) 스님의 업적이 혁혁하여서 모든 이들이 추앙하였기에 신미 스님을 추존
(推尊)하고 있음이다.

# 무시이래도차시 無始以來到此時

## 참회게 懺悔偈

**無始以來到此時 皆由十惡見聞隨**
무시이래도차시 개유십악견문수

**八萬四千無量罪 證明達道盡懺悔**
팔만사천무량죄 증명달도진참회

시작 없는 과거부터 오늘날까지
모두 다 열 가지 악을 보고 듣고 따르다가
팔만사천 가지 한량없이 많은 죄
도통하신 존숙이시여, 참회를 증명하여 주소서.

산보집 신입제산종사청(新入諸山宗師請)에서 마지막으로 조선의 사문 가운데 불도에 통달하신 이름 없는 존숙(尊宿)들에게 정례를 올리면서 자신의 지은 업을 참회하는 데 있어서 증명해 주기를 청하는 가영이다. 여기서 존숙이라고 하는 것은 수행이 뛰어나고 덕이 높은 노승(老僧)을 일컫는 표현이다. 범음집에서는 입실게(入室偈) 중 다게(茶偈)를 하고 나서 이어지는 참회게(懺悔偈)이다.

### 무시이래도차시 無始以來到此時
### 시작 없는 과거부터 오늘날까지

무시이래(無始以來)라는 표현은 시작 없는 과거부터 오늘날까지라는 표현이기에 이를 자종무시이래지어금일(自從無始以來至於今日)이라 표현을 하기도 한다. 예를 들어 이러한 표현을 경(經)을 통해 살펴보면 과거장엄겁천불명경(過去莊嚴劫千佛名經)에 '제자는 무시이래(無始以來)로부터 오늘에 이르도록 이 마음에 참독심(慘毒心)을 품어 자애하고 연민하는 마음[慈愍心]이 없었습니다.'라는 표현이 있다. 弟子。自從

無始以來至於今日。有此心識。常懷磣毒。無慈愍心。

### 개유십악견문수 皆由十惡見聞隨
### 모두 다 열 가지 악을 보고 듣고 따르다가

개유(皆由)는 '모두'라는 뜻이다. 그러므로 중생의 업은 모두 십악을 보고 듣고 이를 따랐기 때문이라는 표현이다.

### 팔만사천무량죄 八萬四千無量罪
### 팔만사천 가지 한량없이 많은 죄

중생의 번뇌가 팔만사천 가지이므로 죄도 역시 팔만사천 가지가 된다. 그러므로 중생의 죄업은 한량없다는 표현이다.

### 증명달도진참회 證明達道盡懺悔
### 도통하신 존숙이시여, 참회를 증명하여 주소서.

달도(達道)는 도에 통달하였음을 나타내는 표현이다. 그러므로 죄를 참회하면서 도에 통달하신 존숙들이 증명해 주기를 간청하는 표현이다.

# 무시이래지금시 無始以來至今時

## 참회게 懺悔偈

無始已來至今時 由貪嗔痴動三業
무시이래지금시 유탐진치동삼업

知不知作及自作 教他人者見聞隨
지불지작급자작 교타인자견문수

아주 먼 예전부터 오늘날까지
탐내고, 성내고, 어리석음으로 삼업이 동하여서
알고 짓고 모르고 짓는 죄와 더불어 스스로 지은 죄
다른 이가 짓는 것을 보고 듣고 따라 배워서

所造十惡五無間 八萬四千偈沙罪
소조십악오무간 팔만사천게사죄

於三寶前盡懺悔 惟願慈悲皆消滅
어삼보전진참회 유원자비개소멸

열 가지 악을 지어 오무간(五無間) 지옥에 떨어지고
팔만사천 항하 모래처럼 한량없는 죄업을
삼보전에 모두 다 참회하오니
오직 바라건대 자비로 다 소멸하여 주소서.

산보집 종실단작법의(宗室壇作法儀)에 나오는 보례문(普禮文)에서 참회게(懺悔偈)
다.

무시이래지금시 유탐진치동삼업 無始已來至今時 由貪嗔痴動三業
아주 먼 예전부터 오늘날까지
탐내고, 성내고, 어리석음으로 삼업이 동하여서

지불지작급자작 교타인자견문수 知不知作及自作 教他人者見聞隨
알고 짓고 모르고 짓는 죄와 더불어 스스로 지은 죄
다른 이가 짓는 것을 보고 듣고 따라 배워서

무시이래는 이 몸 받기 전부터 오늘에 이르기까지 이러한 표현이다. 모든 죄업은 삼
업이 동함으로 말미암아 갖가지 죄를 지었으며, 또한 다른 이가 죄를 짓는 것을 보고
듣고 함으로 인하여 죄를 짓게 된다. 이것이 중생이 죄를 짓는 근본 원인이 되는 것
이다.


소조십악오무간 팔만사천게사죄 所造十惡五無間 八萬四千偈沙罪
열 가지 악을 지어 오무간(五無間) 지옥에 떨어지고
팔만사천 항하 모래처럼 한량없는 죄업을

어삼보전진참회 유원자비개소멸 於三寶前盡懺悔 惟願慈悲皆消滅
삼보전에 모두 다 참회하오니
오직 바라건대 자비로 다 소멸하여 주소서.

죄를 크게 나누면 열 가지로 나누기에 이를 십악이라고 하며 중생은 십악으로 인하
여 오무간 지옥에 떨어지게 된다. 이러한 죄업은 헤아리기가 어려우므로 팔만사천 가
지나 되어 이를 항하(恒河)의 모래 수에 비유한 것이다.

# 무위청정혜 無爲淸淨慧

無爲淸淨慧 三昧圓通門
무위청정혜 삼매원통문

甚深不思議 願降大吉祥
심심부사의 원강대길상

다함 없으신 청정한 지혜를 지니시고
삼매의 지혜로써 진여의 깨달음의 문으로
깊고 깊은 부사의한 분이시여
원하나니 큰 길상을 내려 주시옵소서.

계수귀의례(稽首歸依禮) 편의 설명을 참고하시오.

# 무저발경향적반 無底鉢擎香積飯

## 헌다게 獻茶偈

無底鉢擎香積飯 穿心椀貯趙州茶
무저발경향적반 천심완저조주다

慇懃奉勸仙陀客 薦取南泉翫月華
은근봉권선타객 천취남전완월화

밑 없는 발우에 향적(香積) 세계의 음식을 받쳐 들고
구멍 뚫린 찻잔에 조주(趙州) 선사의 차를 담아서
은근(慇懃)하게 선타객(仙陀客)에게 받들어 권하오니
남전(南泉) 선사의 완월화(翫月華)를 알아보시오.

작법귀감 상용시식의(常用施食儀)에서 고혼청(孤魂請)에 나오는 헌다게(獻茶偈)이다.

### 무저발경향적반 無底鉢擎香積飯
밑 없는 발우에 향적(香積) 세계의 음식을 받쳐 들고

무저발(無底鉢)은 글자 그대로 밑 없는 바리때를 말한다. 여기서 바리때는 발우(鉢盂)라고도 하는데 스님들의 공양 그릇이다. 밑바닥 없는 발우는 그 어떠한 것도 담을 수 없는 그릇이기에 아무리 채워도 채워질 수가 없는 여유로운 그릇이다. 그러므로 이는 집착이 완전하게 탈락한 경지를 비유한 것이다.

경(擎)은 들다, 높이 들다, 떠받치다라는 표현이다. 향적반(香積飯)은 향적여래(香積如來)가 먹는다는 음식을 말하며 이는 유마경(維摩經) 제10 향적불품에 보면 '그때 향적여래는 많은 향기로운 발우에 향기가 그윽한 음식[香飯]을 가득 담아 화보살(化

菩薩)에게 주었다. 그러자 이 나라의 9백만 보살들은 모두 입을 모아 말하였다. 우리도 사바세계에 가서 석가모니 부처님께 공양을 올렸다.'라는 말씀이 있다. 於是香積如來。以衆香貖。盛滿香飯。與化菩薩。時彼九百萬菩薩俱發聲言。我欲詣娑婆世界供養釋迦牟尼佛。

청량징관(淸凉澄觀)이 저술한 화엄경소(華嚴經疏) 권 제3에 보면 또 '향적 세계는 향반(香飯)을 먹으면 삼매가 나타나고 극락불국(極樂佛國)은 나뭇가지에 부는 바람을 들으면 정념을 이룬다'고 하였다. 又香積世界。食香飯而三昧顯。極樂佛國。聽風柯而正念成。


## 천심완저조주다 穿心椀貯趙州茶
## 구멍 뚫린 찻잔에 조주(趙州) 선사의 차를 담아서

천심완(穿心椀)은 구멍 뚫린 찻잔을 말한다. 조주 선사는 누가 불법의 대의가 무엇이냐고 물어오면 차나 한잔 마시라고 하였으므로 이를 끽다거(喫茶去)라고 한다. 참고로 여기서 거(去)는 조사(助詞)로 쓰였다.

굉지록(宏智錄)에 보면 '밑이 없는 합반(合盤)에 푸짐하게 담아서 다하지 않거든 구멍 뚫린 주발에 괴어 오너라.'라는 표현이 있다. 無底合盤盛不盡。穿心椀子釘將來。

그리고 천심완의 의미는 무저발과 같은 표현이며 이는 무집착의 경계를 말한다.


## 은근봉권선타객 慇懃奉勸仙陁客
## 은근(慇懃)하게 선타객(仙陀客)에게 받들어 권하오니

은근(慇懃)은 정성을 다하는 것을 말함이며 선타객(仙陀客)의 원래 뜻은 주인의 의중을 잘 알아차리는 종(僕)을 말한다. 그러나 선종에서는 이를 변형하여 선어록에 종종 나타나는데 스승의 뜻을 잘 이해하는 제자를 말한다. 까닭에 말이나 행위 희미한 단서를 보고 그 숨은 뜻을 잘 판단하는 사람을 가리킨다. 이러한 표현은 종용록(從容錄), 천성광등록(天聖廣燈錄) 등에도 나온다.

정성을 다하여 선타객에게 받들어 권한다고 하는 것은 불법의 대의를 알아차린 선사를 존경한다는 의미이기도 하다.

## 천취남전완월화 薦取南泉翫月華
남전(南泉) 선사의 완월화(翫月華)를 알아보시오.

남전(南泉)은 당나라의 남전보원(南泉普願 748~834) 선사를 말한다. 그리고 전(泉)이라는 표현은 돈이라는 의미도 있어서 돈은 돌고 돌아야 그 가치가 있듯이 법도 또한 그러하다는 표현으로 쓰였으니 천(泉)으로 읽지 아니하고 전(泉)으로 읽어야 한다.

천취(薦取)는 보자기 등에 싸서 전부 가져다가 자기 것으로 취하는 것을 말한다.

남전완월(南泉翫月)이라는 표현은 남전보원이 달을 사랑하고 있을 때, 조주(趙州)께서 언제부터 이랬느냐고 하자 20년 전부터 이러했다고 했다. 여기서 완월(玩月)이란 달과 일체가 된 것을 말하며 이는 곧 주객과 시공을 초월하여 자재한 경지에 있음을 나타낸 것이다. 이는 선문염송(禪門拈頌) 제205칙에 실려 있다.

남전지화(南泉指花)는 남전보원과 육긍대부(陸亘大夫 764~834)와의 문답에 보면 뜰에 핀 목단(牧丹)을 가리켜 천지는 나와 같은 뿌리요, 만물은 나와 더불어 일체라고 하였음을 나타낸 것이다. 선문염송(禪門拈頌) 제209칙에 실려 있다.

# 묵계증관만월륜 默契曾觀滿月輪

## 가나제바 迦那提婆 존자

**默契曾觀滿月輪 佛身無相始知眞**
묵계증관만월륜 불신무상시지진

**至今得座披衣者 須憶當時洩破人**
지금득좌피의자 수억당시설파인

일찍이 둥근 보름달 모습을 보고 묵묵히 인연 맺으니
모습 없는 부처님 몸이 비로소 참인 줄 알았네.
지금 자리를 얻어 옷을 걸쳐 입은 이가
모름지기 당시에 설파했던 사람임을 반드시 기억하게나.

산보집에서는 가나제바(迦那提婆 ?~161) 존자라고 표현하였으나 불교사전에는 가나제바(伽那提婆)라고 기록을 하고 있다. 가나제바 존자는 남인도 출신으로 선종 부법장(付法藏) 제15조에 해당하며 용수보살(龍樹菩薩)과 함께 삼론종(三論宗)의 시조이기도 하다.

**묵계증관만월륜 默契曾觀滿月輪**
일찍이 둥근 보름달 모습을 보고 묵묵히 인연 맺으니

묵계(默契)는 묵묵히 계합한다는 뜻이다. 그러므로 묵계보리대도심(默契菩提大道心)이라는 선구와 같은 맥락이다.

**불신무상시지진 佛身無相始知眞**
모습 없는 부처님 몸이 비로소 참인 줄 알았네.

부처는 형상이 아니다. 그러므로 깨달음을 형상으로 구하려고 한다면 이는 어리석은 수행이다. 금강경 제9 일상무상분(一相無相分)이며 이는 진리는 어떤 형상도 없다는 말씀이다.

## 지금득좌피의자 至今得座披衣者
### 지금 자리를 얻어 옷을 걸쳐 입은 이가

주인공을 말함이다. 주인공을 잃어버리면 천하를 잃어버리는 것이다. 그러므로 멍청이가 되는 것이다. 앉은 그 자리에서 주인공을 찾아야 한다. 그러면 옷을 걸쳐 입은 이가 누구인지 알게 될 것이다.

## 수억당시설파인 須憶當時洩破人
### 모름지기 당시에 설파했던 사람임을 반드시 기억하게나.

설파(洩破)는 누설하여 깨트렸다는 뜻이다. 이를 다시 말하면 마음이 곧 주인공이라고 천기를 누설한 사람이 누구냐고 한 사람을 기억하라는 것이다. 그러므로 곧 부처님을 말하는 것이다.

# 문경개오의초연 聞經開悟意超然

## 수경게 收經偈

聞經開悟意超然 演處分明衆口宣
문경개오의초연 연처분명중구선

取捨由來元不動 方知月落不離天
취사유래원부동 방지월락불리천

경의 말씀 듣고 깨달으면 뜻이 초연해지네.
펼치는 곳마다 말씀하신 바가 분명하다고 대중들이 입을 모으네.
취하거나 버리기도 하였으나 원래 움직이지 않음이니
비로소 달이 져도 하늘을 떠나지 않는 이치를 알겠나이다.

수경게(收經偈)는 경전의 독송을 끝내고 나서 경전을 거두면서 경(經)을 찬탄하는 게송이다. 또 한편으로는 설법이 끝난 뒤에 부처님의 가르침을 알게 된 환희와 깨달은 경지를 노래하는 게송이다. 이러한 수경게는 산보집, 작법귀감, 범음집 등에 나타나는 게송이며 대부분 설법게(說法偈)에 이어 나오는 편이다.

### 문경개오의초연 聞經開悟意超然
경의 말씀 듣고 깨달으면 뜻이 초연해지네.

문경(聞經)은 경을 듣는 것을 말함이며 그 목적은 지혜를 얻어 진리를 깨닫는 개오(開悟)다. 까닭에 개오하면 초연(超然)해지는 것이다.

### 연처분명중구선 演處分明衆口宣
펼치는 곳마다 말씀하신 바가 분명하다고 대중들이 입을 모으네.

연처(演處)는 말씀을 펼치는 곳마다. 이러한 뜻이기에 그 말씀하신 바가 분명하다고 하였다. 곧 체(體)가 올곧게 나타나는 것을 말한다. 부처님의 말씀을 들은 대중들은 부처님의 말씀을 듣고 나서 환희용약(歡喜踊躍)하고 신수봉행(信受奉行)했다는 표현이 모두 여기에 해당한다.

## 취사유래원부동 取捨由來元不動
### 취하거나 버리기도 하였으나 원래 움직이지 않음이니

취사(取捨)는 취하고 버림을 말하지만, 이 문장을 잘 살펴보면 버리기도 하고 취하기도 하였으나 그 근본은 요지부동(搖之不動)하였다고 하였으니 이는 우리들의 마음자리가 그러하다는 것이다.

## 방지월락불리천 方知月落不離天
### 비로소 달이 져도 하늘을 떠나지 않는 이치를 알겠나이다.

방지(方知)는 '비로소 알겠다'라는 표현이다. 달이 져도 하늘을 떠나지 않았다고 하는 것은 우리가 어떠한 일을 하든지 간에 마음 밖에서는 이루어지지 않는다. 그러므로 마음은 늘 나와 함께하는 것이다.

# 문장덕업변천하 文章德業遍天下

## 문선 文宣 왕

文章德業遍天下 六藝神通又十賢
문장덕업변천하 육예신통우십현

正道衣冠垂萬世 宣王教化古今傳
정도의관수만세 선왕교화고금전

문장과 덕업은 천하에 두루하고
육예(六藝)와 신통을 겸하여 또한 십현을 배출했네.
바른 도의 의관을 만세에 드리우니
선왕(宣王)의 교화는 고금에 전해지도다.

산보집 태고제왕청(太古帝王請)에 수록된 문선왕(文宣王)의 가영이다. 문선왕은 공자(孔子)를 높여서 부르는 시호(諡號)이다. 당나라 개원(開元) 27년에 공자를 문선왕으로 봉(奉)하고 송나라 상부(祥符) 원년에는 지성문선왕(至聖文宣王)으로 가시(加諡)하였다. 원(元)나라 대덕(大德) 10년에 다시 대성지성문선왕(大成至聖文宣王)으로 가시(加諡)하였다가 명(明)나라 가정(嘉靖) 9년에 지성선사(至聖先師)로 개칭하였다. 그러나 우리나라는 개성문선왕의 시호를 그대로 쓰고 있다.


**문장덕업변천하 文章德業遍天下**
문장과 덕업은 천하에 두루하고

문장은 공자의 모든 어록을 말하며 이는 유교(儒教)를 이루는 근간이 된다. 그리고 덕업은 공자가 베푼 말씀을 말하며 이러한 가르침이 천하에 두루하다고 칭송하는 것이다.

**육예신통우십현 六藝神通又十賢**
육예(六藝)와 신통을 겸하여 또한 십현을 배출했네.

육예(六藝)는 주례(周禮)에서 이르는 여섯 가지 기예(技藝)를 가리키는 말이다. 이는 예(禮), 악(樂), 사(射), 어(御), 서(書), 수(數)이다. 각각 예학(예법), 악학(음악), 궁시(활쏘기), 마술(말타기 또는 마차몰기), 서예(붓글씨), 산학(수학)에 해당한다고 여겨진다.

참고로 육덕과 육행을 살펴보면 다음과 같다.
육덕(六德) : 지(智), 인(仁), 성(聖), 의(義), 충(忠), 화(和).
육행(六行) : 효(孝), 우(友), 목(睦), 인(姻), 임(任), 휼(恤).


**정도의관수만세 正道衣冠垂萬世**
바른 도의 의관을 만세에 드리우니

여기서 정도(正道)라고 하는 것은 인의예지신(仁義禮智信)을 근간으로 한 여러 가지 공자의 가르침을 말한다. 의관(衣冠)을 만세에 드리웠다고 하는 것은 공자의 덕화(德化)를 말한다.


**선왕교화고금전 宣王敎化古今傳**
선왕(宣王)의 교화는 고금에 전해지도다.

선왕(宣王)은 곧 공자를 가리키는 표현이다. 그리고 공자의 가르침이 지금까지 면면히 이어지고 있음을 칭송하는 것이다.

# 박사방도도 剝士放屠刀

## 제2 불투도 不偸盜

**剝士放屠刀 諸天與衣食**
**박사방도도 제천여의식**

**박사(剝士)가 짐승 잡는 칼을 놓으면**
**모든 하늘이 옷과 음식을 준다.**

작법귀감에서 사미(沙彌)에게 열 가지 계율을 주는 사미십계(沙彌十戒)이다. 열 가지 계를 바로 설해주는 정설십계(正說十戒) 가운데 두 번째 훔치지 말라는 불투도계(不偸盜戒)에 나오는 내용이며 여기에 보면 다음과 같은 내용이 덧붙여 기록하고 있다.

대개 도적질을 하면 반드시 소가 되어서 다른 물주(物主)에게 갚게 된다. 그러하거늘 지금 만약 도적질하지 않으면 뒷세상에 소가 되지 않는다. 까닭에 너는 잘 관찰하라. 박사(剝士)가 짐승 잡는 칼을 쓸 데가 없어서 놓아 버렸는데 다른 사람이 그 칼을 가지고 도적질을 하여 소가 되었으니 그것은 단절되지 않았기 때문이다. 그것은 박사가 짐승 잡는 칼을 놓았으나 놓은 것이 못되기 때문이다. 비록 지극히 가난한 사람이라 하더라도 만약 의리를 지키고 도적질을 하지 않으면 하늘이 틀림없이 몰래 도와서 저절로 선한 잘못이 되기 때문이라고 하였다. 옛사람이 자식을 땅속에 묻으려다가 금(金)을 얻는 일이 있었고, 또 삼전(三錢)을 모두 보시하고 5리를 걸어가면서 기뻐했는데 뒤에 땅속에서 많은 황금을 얻은 일 등과 같은 것이 어찌 하늘이 준 것이 아니겠는가? 盖盜必爲牛。償他物主。而今若不盜。則後不爲牛故。以汝觀之。剝士屠刀。無用可放。而以他爲盜作牛者。不絶故。剝士屠刀。亦無可放時也。雖至貧之人。若能守義不盜。則天必冥資。自然善過。故古人理子而得金。又三錢普施五里歡。後得伏藏如斯廣。豈非天與耶。

**박사방도도 剝士放屠刀**
**박사(剝士)가 짐승 잡는 칼을 놓으면**

박사(剝士)는 짐승의 껍질을 벗기는 사람을 말하기에 곧 백정을 말한다. 죄를 지은이가 자신의 피부를 벗기는 고통을 당하는 것을 박피(剝皮) 지옥이라고 한다.

주자어류(朱子語類) 권 제30에 보면 불가(佛家)에서는 이른바' 백정도 손의 칼을 내려놓으면 즉시 부처가 된다'고 하였다. 佛家所謂。放下屠刀。立地成佛。


**제천여의식 諸天與衣食**
**모든 하늘이 옷과 음식을 준다.**

모든 하늘이 음식을 준다고 하는 것은 하늘의 이치가 그러하다는 것이다. 이를 철리(哲理)라고 한다. 여기에 대해서 덧붙여 기록한 내용에 이미 예를 들어 놓았다.

# 반문문성오원통 返聞聞性悟圓通

## 관음찬 觀音讚

**返聞聞性悟圓通 觀音佛賜觀音號**
반문문성오원통 관음불사관음호

**上同慈力下同悲 三十二應遍塵刹**
상동자력하동비 삼십이응변진찰

듣는 성품 돌이켜 듣고 이근원통(二根圓通)을 깨치니
관음 부처님께서 관음이란 명호를 내리셨네.
위로는 자비의 힘 함께하고 아래로는 슬픔을 같이하니
서른두 가지 응하는 몸 티끌 같은 세계에 두루하네.

산보집, 범음집에서 관음찬(觀音讚)으로 나오는 탄백이다.

## 반문문성오원통 返聞聞性悟圓通
듣는 성품 돌이켜 듣고 이근원통(二根圓通) 깨치니

수심결(修心訣)에 보면 '진리에 들어가는 길은 많지만, 그대에게 한 길을 가리켜서
그대의 근원으로 돌아가게 하리라. 그대는 저 까마귀 우는 소리와 까치가 지저귀는
소리를 듣는가? 예 듣습니다. 그대는 돌이켜서 그대가 듣고 있다는 성품을 들어 보아
라. 거기에도 많은 소리가 있는가? 거기에는 모든 소리와 모두 분별도 없습니다. 기
특하고 기특하구나. 이것이 바로 관음보살이 진리에 들어간 문이라'고 하였다. 且入
理多端。指汝一門令汝還源。汝還聞鴉鳴鵲噪之聲麼。日聞。日汝返聞汝聞性還有許
多聲麼。日到這裏一切聲一切分別俱不可得。日奇哉奇哉。此是觀音入理之門。

**관음불사관음호 觀音佛賜觀音號**
관음 부처님께서 관음이란 명호를 내리셨네.

관음불(觀音佛)이 곧 관세음보살(觀世音菩薩)이다. 그러므로 이를 명확하게 알아야 한다. 그렇지 아니하면 불(佛)과 보살(菩薩)이 따로 존재하는 줄 안다.

**상동자력하동비 上同慈力下同悲**
위로는 자비의 힘 함께하고 아래로는 슬픔을 같이하니

동체대비(同體大悲)를 말함이기에 부처님의 대자대비도 모두 여기에서 기인하는 것이다.

**삼십이응변진찰 三十二應遍塵刹**
서른두 가지 응하는 몸 티끌 같은 세계에 두루하네.

중생을 위하여 갖가지 몸으로 화현하는 것을 말한다. 그러므로 처처시불(處處是佛)이라고 한다.

# 발심대약공 發心大若空

## 입송 入頌

**發心大若空 立志卓如山**
발심대약공 입지탁여산

**祖師公案上 盡力起疑團**
조사공안상 진력기의단

큰 발심은 마치 허공과 같고
세운 뜻의 높기가 마치 산과 같아라.
조사의 빼어난 공안에서
가진 힘을 다하여 의심 덩이를 일으키네.

작법귀감의 아침 순례[朝巡]에서 입송(入頌)에 나오는 게송이다.


**발심대약공 發心大若空**
**큰 발심은 마치 허공과 같고**

모든 종교에서 발심은 가장 기본이며 이것이 믿음의 원동력이 된다. 불교에서 발심은
위없는 보리(菩提)를 얻으려는 마음을 말한다. 이를 발보리심(發菩提心)이라고 하며
또는 초심(初心)이라 하기도 한다. 여기서는 이러한 발심을 허공에 비유한 것은 허공
은 가없기 때문이다.


**입지탁여산 立志卓如山**
**세운 뜻의 높기가 마치 산과 같아라.**

입지(立志)는 뜻을 세워서 원대한 포부를 가지는 것을 말하므로 여기서는 이를 산(山)에 비유하였다. 그리고 탁(卓)은 높다, 뛰어나다라는 표현으로 쓰였다.


## 조사공안상 祖師公案上
### 조사의 빼어난 공안에서

상(上)은 명사로 쓰여서 등급이나 품질이 매우 빼어나다는 뜻으로 쓰였으므로 공안상(公案上)은 공안 가운데 빼어난 공안을 말한다.


## 진력기의단 盡力起疑團
### 가진 힘을 다하여 의심 덩이를 일으키네.

진력(盡力)은 있는 힘을 다한다는 의미로 쓰였다. 그러나 있는 힘을 다하여 의심 덩이를 일으킨다고 하는 것은 대의단(大疑團)이 있어야 공안을 타파할 수 있기 때문이다. 까닭에 간화선(看話禪)의 삼요(三要)는 대신심(大信心), 대분심(大憤心), 대의심(大疑心)이다.

# 방일자정청장리 放逸恣情靑嶂裏

## 후토영 后土詠

**遊逸恣情靑嶂裏 逍遙快樂碧巒中**
유일자정청장리 소요쾌락벽만중

**蹔屈雲駢親法會 了聽圓音悟大空**
잠굴운병친법회 요청원음오대공

푸른 산속에서 뜻에 따라 마음대로 노닐면서
푸른 산등성이 가운데 즐겁게 소요(逍遙)하시네.
잠시 구름 수레 몰고서 법회에 친히 와서
원만한 법음 듣고 공함을 크게 깨달으시네.

산보집, 작법귀감, 범음집 등에 실려 있다. 범음집에서는 후토영(後土詠)으로 되어 있다. 청사(請詞)에 보면 후토(后土)가 맞는 표현으로 보인다.

후토(后土)는 토지신을 말한다. 이에 대비하여 하늘을 황천(皇天)이라고 하며 도교의 신들 가운데 하나이다. 중국에서는 성(城)이라는 표현은 도시를 의미하기에 도시를 수호하는 신을 성황신(城隍神)이라고 하며 성외(城外)를 수호하는 신을 후토신(后土神)이라고 한다.

### 유일자정청장리 遊逸恣情靑嶂裏
**푸른 산속에서 뜻에 따라 마음대로 노닐면서**

유일(遊逸)의 원래 뜻은 일은 안 하고 제멋대로 논다는 뜻이다. 그러나 여기서는 유유자적(悠悠自適)함을 표현하였다. 자정(恣情)은 그 어디에도 얽매이지 아니하고 자유롭다는 뜻이며 청장(靑嶂)은 푸르고 가파른 산을 말한다. 그러므로 후토신은 청산속에 묻혀있으나 자유롭다는 표현이다.


**소요쾌락벽만중 逍遙快樂碧巒中**
**푸른 산등성이 가운데 즐겁게 소요(逍遙)하시네.**

소요(逍遙)는 위에서 설명한 '방일'과 같은 맥락이며 벽만(碧巒)은 '청장'과 같은 문맥으로 푸른 산을 말한다.


**잠굴운병친법회 蹔屈雲軿親法會**
**잠시 구름 수레 몰고서 법회에 친히 와서**

잠(蹔)은 잠(暫)과 같은 글자이다. 잠굴(蹔屈)은 잠시 이러한 표현이다. 운병(雲軿)은 운병(雲輧)과 같은 뜻으로 구름 수레를 말한다.


**요청원음오대공 了聽圓音悟大空**
**원만한 법음 듣고 공함을 크게 깨달으시네.**

후토신이 법회에 와서 부처님의 말씀을 듣고 공(空)함을 크게 깨달았다고 찬탄하는 것으로 마무리하고 있다.

<h1 align="center">방편지혜청정도 方便智慧清淨道</h1>

## 하상게 下床偈

**方便智慧清淨道**
방편지혜청정도

**我爲汝等已略說 若欲次第廣分別 經於億劫不能盡**
아위여등이약설 약욕차제광분별 경어억겁불능진

방편과 지혜로운 청정한 도를
내가 그대를 위해 이미 대략 설명했으나
만약 그 차례를 자세히 분별하려면
억겁을 지난다 해도 다 말할 수 없다네.

산보집 가운데 법사가 법을 설하고 나서 법단(法壇)에서 내려올 때 하는 게송이다. 이 게송의 마지막 구절을 제외하고는 화엄경 십지품(十地品)에 나오는 구절을 인용하여 게송으로 삼았다.

**방편지혜청정도 方便智慧清淨道**
방편과 지혜로운 청정한 도를

화엄경 권 제37 십지품 마지막에 보면 다음과 같은 게송이 있다.

此是菩薩遠行地 方便智慧清淨道
차시보살원행지 방편지혜청정도

一切世閒天及人 聲聞獨覺無能知
일체세한천급인 성문독각무능지

이것은 보살들이 원행지에서
방편 지혜 청정한 공덕들이니
모든 세계 천인이나 여러 사람과
성문과 독각들도 알지 못하리.

참고로 불설십지경(佛說十地經) 권 제5 보살원행지(菩薩遠行地) 제7에 보면 화엄경
과 비슷한 게송이 있다.

此是菩薩遠行地 方便智慧淸淨道
차시보살원행지 방편지혜청정도

一切世間天及人 聲聞獨覺無能測
일체세한천급인 성문독각무능측

이것이 바로 보살 원행지의
방편과 지혜와 청정한 도이니
일체 세간의 하늘과 사람
성문과 독각들은 측량치 못한다.


**아위여등이약설 我爲汝等已略說**
**내가 그대를 위해 이미 대략 설명했으나**

**약욕차제광분별 경어억겁불능진 若欲次第廣分別 經於億劫不能盡**
**만약 그 차례를 자세히 분별하려면 억겁을 지난다 해도 다 말할 수 없다네.**

화엄경 권 제38 십지품 제26-5에 나오는 게송을 인용하였다.

菩薩第八不動地 我爲汝等已略說
보살제팔부동지 아위여등이약설

若欲次第廣分別 經於億劫不能盡
약욕차제광분별 경어억겁불능진

보살들의 여덟째 부동지 공덕

그대에게 간략히 말했거니와
차례차례 자세하게 분별한다면
억만겁 지내어도 다할 수 없다.

불설십지경 권 제6 보살부동지(菩薩不動地) 제8에도 다음과 같은 게송이 있다.

菩薩第八不動地 我爲汝等已略說
보살제팔부동지 아위여등이약설

若以次第廣分別 經於億劫不能盡
약이차제광분별 경어억겁불능진

보살의 제8 부동지(不動地)를
나는 그대들을 위하여 대략 설명하였나니
만일 차례로 더 자세히 설명하려면
억겁을 지나더라도 다 말하지 못하리라.

# 백겁적집죄 百劫積集罪

## 참회게 懺悔偈

百劫積集罪 一念頓蕩除 如火焚枯草 滅盡無遺餘
백겁적집죄 일념돈탕제 여화분고초 멸진무유여

오랜 세월 동안 쌓인 죄업들이 한 생각에 모두 없어짐이
마치 마른 풀을 불태우듯이 남김없이 사라지네.

산보집, 작법귀감, 범음집 등 모든 의례집(儀禮集)에서 참회게(懺悔偈)로 나오며 특히 우리나라에서는 천수경을 통하여 널리 알려진 게송 가운데 하나이다. 이외에 유가집요염구시식의(瑜伽集要焰口施食儀), 수습유가집요시식단의(修習瑜伽集要施食壇儀) 등에도 실려 있다.

**백겁적집죄 일념돈탕제 百劫積集罪 一念頓蕩除**
오랜 세월 동안 쌓인 죄업들이 한 생각에 모두 없어짐이

백겁(百劫)은 무시이래(無始以來)로 이러한 뜻으로 아주 오랜 세월을 말하며 이러한 세월 동안 죄를 지어서 축적되었기에 그 죄가 무겁다고 흔히 말한다.

일념(一念)은 오직 한 생각이라는 표현이라기보다는 깨닫는 그 순간을 말한다. 왜냐하면 깨닫는 그 순간이 곧 일념이기 때문이다. 돈(頓)은 돈오(頓悟)를 나타내는 표현이다. 까닭에 깨달으면 죄업이 몰록 사라지기 때문에 결국은 깨달음으로 인하여 참회를 말하는 수준 높은 가르침이다.

**여화분고초 멸진무유여 如火焚枯草 滅盡無遺餘**
마치 마른 풀을 불태우듯이 남김없이 사라지네.

돈오(頓悟) 하면 그 죄업을 참회함이 바싹 마른풀을 불태우듯 하다고 말하는 것이다. 그러므로 참된 참회는 돈오(頓悟)이다. 죄업을 참회하고 싶은 자는 돈오(頓悟)하라는 메시지를 던져주고 있다.

# 백의관음무설설 白衣觀音無說說

## 관음찬 觀音讚

白衣觀音無說說 南巡童子不聞聞
백의관음무설설 남순동자불문문

瓶上綠楊三際夏 巖前翠竹十方春
병상녹양삼제하 암전취죽시방춘

백의 관음보살은 말없이 설하여 법을 전했고
남순동자는 들은 바 없이 들었노라.
병(瓶) 위의 푸른 버들 삼제에 여름이고
바위 앞의 푸른 대나무는 온통 봄날이네!

관세음보살을 찬탄하는 내용이지만 석문의범(釋門儀範)에 수록된 관음예문(觀音禮文)에는 실려 있지 아니하다. 백파긍선(白坡亘璇 1767, 조선 영조 43~1852, 조선 철종3) 스님이 1826년인 조선 순조 26년 당시에 행해지던 의례를 정리하고 이를 다시 편집한 작법귀감(作法龜鑑)에서 관음청(觀音請)의 가영(歌詠)으로 실려 있다. 그리고 고려 불화 가운데 수월관음도(水月觀音圖)를 보면 위의 게송 내용과 일치함을 알 수가 있다. 이 게송의 내용은 오직 우리나라에서만 관음보살을 찬탄하는 송(頌)으로 널리 퍼져 있기에 관음전의 주련이나 재(齋)의례에서 가영으로 많이 쓰이는 문구이다.

고려 불화의 수월관음도(水月觀音圖)와 위의 게송 내용을 제대로 알려면 화엄경(華嚴經) 가운데 입법계품(入法界品)을 알아야 한다. 그러나 입법계품의 내용은 방대하여 80권 본 화엄경을 품(品)으로 보면 40품이고 권으로 보면 80권이다. 이 가운데 제39품이 입법계품(入法界品)이며 이 입법계품은 60권~80권까지 이어진다. 이는 화엄경 전체의 내용 가운데 4분의 1에 해당하는 내용이다. 이러한 입법계품의 내용 가운데 제68권에 나오는 내용 일부를 그림으로 나타낸 것이 수월관음도(水月觀音圖)이고 게송으로 나타낸 것이 위에서 소개한 게송의 내용이다.

간혹 사람들은 화엄경에는 관세음보살이 등장하지 않는다고 말한다. 왜냐하면 법화경에는 관세음보살보문품이 있을 정도로 관세음보살이 등장하지만, 화엄경 80권 그 어디에도 관세음보살이라는 단어가 없기 때문이다. 그렇지만 이는 오해(誤解)이다. 화엄경 제68권에서 선재동자가 선지식을 만나는 차례를 보면 다음과 같다.

바수밀(婆須蜜)여인-비슬지라(鞞瑟胝羅)거사-관자재보살(觀自在菩薩)-정취보살(正趣菩薩)-대천선인(大天仙人)-안주주지신(安住主地神)-바산바연주야신(婆珊婆演主夜神)이다. 여기서 관자재보살이 바로 관세음보살을 말한다. 마치 반야심경(般若心經)에서 관세음보살을 관자재보살이라고 하였던 것과 같은 이치다.

입법계품에서는 선재동자(善財童子)가 53인의 선지식을 친견하는 줄거리로 이어진다. 불교에서는 무엇을 하든 간에 마음을 일으켜야만 가능한 일이다. 이를 발심(發心)이라고 흔히 말한다. 선재동자는 문수보살의 가르침을 받고 남쪽으로 구법 여행을 떠나게 되는데, 이때 만난 선지식이 모두 53명이기에 이를 53선지식이라고 한다. 남순동자가 만난 53명의 선지식(善知識)은 우리가 보편적으로 알고 있는 선지식과는 사뭇 다르다. 이를 쉽게 말하면 만나는 모든 사람이 선지식이다.

그러나 선지식을 만나더라도 주의할 점이 있다. 이를 문수보살이 선재동자에게 일러주는 가르침을 보면 '그대가 이미 아뇩다라삼먁삼보리심을 내고 보살의 행을 구하는구나. 선남자여! 어떤 중생이 아뇩다라삼먁삼보리심을 내는 것이 매우 어려운 일이거니와 마음을 내고 또 보살의 행을 구하는 것은 더욱 어려운 일이니라. 선남자여! 온갖 지혜의 지혜를 성취하려거든 결정코 선지식을 찾아야 하느니라. 선남자여! 선지식을 찾는 일에 고달프고 게으른 생각을 내지 말고, 선지식을 보고는 싫어하는 마음을 내지 말고, 선지식의 가르치는 말씀은 그대로 순종하고, 선지식의 교묘한 방편에 허물을 보지 말라'고 하셨다. 汝已阿耨多羅三藐三菩提心。求菩薩行。善男子。若有衆生。能阿耨多羅三藐三菩提心。是事爲難。能發心已。求菩薩行。倍更爲難。善男子。若欲成就一切智智。應決定求眞善知識。善男子。求善知識勿生疲懈。見善知識勿生厭足。於善知識所有教誨皆應隨順。於善知識善巧方便勿見過失。

## 백의관음무설설 白衣觀音無說說
### 백의관음보살은 말없이 설하여 법을 전했고

수월관음도(水月觀音圖)에서 수월(水月)이라는 표현은 관세음보살이 물에 비친 달을 보는 모습을 말한다. 여기에 보면 보타락가산(普陀洛伽山)의 금강보좌(金剛寶座. 바위)에 걸터앉아 있는 관세음보살을 찾아가 선재동자가 법을 구하는 장면으로 이루어져 있다. 여기서 관세음보살은 흰색의 사라(紗羅)를 입고 있는 모습이기에 백의관음(白衣觀音)이라고 한다.

그런데 왜 백의관음일까. 이를 단순하게 생각하고 그냥 지나치면 안 된다. 관세음보살이 중생을 교화하기 위하여 나타내는 33가지 형상 가운데 하나이다. 여기서 흰색은 보리심의 상징이다. 그러므로 백의(白衣)는 청정한 보리심에 머물고 있음을 나타내는 것이다. 이러한 내용을 주제로 벽화를 나타낸 것을 백의관음 벽화라고 하며, 전남 여수의 흥국사 대웅전, 충남 공주의 마곡사 대광보전 등에서 볼 수가 있다.

대일경소(大日經疏) 제10권에 보면 '백(白)은 보리심이다. 고로 보리심에 머무르기에 백주처(白住處)라고 한다. 이러한 보리심은 부처님의 경계에서 생겨나는 것이며, 항상 이곳에 머물기에 능히 여러 부처를 낳는다. 이것은 관음의 어미가 되며 연화부의 주인이 되는 것이다'고 하였다. 白者卽是菩提之心。住此菩提之心。卽是自住處也。此菩提心從佛 境界生也。常住於此能生諸佛也。此是觀音母。卽蓮花部主也。

고로 백의관음에 대해서 예문(禮文)으로 말하면 백의관음예참문(白衣觀音禮懺文)이 있고, 이를 보살로 나타내면 백의관자재보살(白衣觀自在菩薩)이라 하고, 대사(大士)로 나타내면 백의대사(白衣大士)라 하며, 진신(眞身)으로 나타내면 백의대사진신(白衣大士眞身)이라 하고, 보살로 나타내면 백의보살(白衣菩薩) 등으로 나타낸다.

이쯤에서 화엄경(華嚴經)에 나오는 남순동자가 관세음보살을 친견하는 장면을 살펴보고 넘어가 보자.

선남자여! 여기서 남으로 가면 보달락가(補怛洛迦)산이 있고, 거기 보살이 있으니 이름이 관자재(觀自在)니라. 그대는 그에게 가서 보살이 어떻게 보살의 행을 배우며 보살의 도를 어떻게 닦느냐고 물어보아라. 善男子。於此南方。有山。名補怛洛迦。彼有菩薩。名觀自在。汝詣彼問。菩薩云何。學菩薩行。修菩薩道。卽說頌曰。

海上有山多聖賢 衆寶所成極淸淨
해상유산다성현 중보소성극청정

華果樹林皆遍滿 泉流池沼悉具足
화과수림개편만 천류지소실구족

바다 위에 산이 있고 성현이 많으니
보배로 이루어져 그곳은 매우 깨끗해
꽃과 과실 나무들로 모두 우거져 있고
샘과 못과 시냇물을 모두 갖추어 있는데

勇猛丈夫觀自在 爲利衆生住此山
용맹장부관자재 위리중생주차산

汝應往問諸功德 彼當示汝大方便
여응왕문제공덕 피당시여대방편

용맹한 장부이신 관자재보살이
중생을 이익되게 하시려고 거기 계시니
너는 그곳에 가서 모든 공덕을 물어보아라
그대에게 큰 방편을 제시하여 줄 것이다.

이때 선재동자는 그의 발에 절하고 한량없이 돌고 은근하게 우러러 사모하면서 하직하고 물러갔다. 時善財童子。頂禮其足。遶無量币已。慇懃瞻仰。辭退而去。

그때 선재동자는 일심으로 저 거사의 가르침을 생각하여 저 보살의 해탈하는 갈무리에 들어가고, 저 보살의 생각을 따라 주는 힘을 얻었고, 저 부처님들의 나타나시는 차례를 기억하고, 저 부처님들이 계속하는 차례를 생각하고, 저 부처님의 명호의 차례를 지니고, 저 부처님들의 말씀하시는 법을 관찰하고, 저 부처님들의 갖추신 장엄을 알고, 저 부처님들의 정등각을 이룸을 보고, 저 부처님들의 부사의한 업을 분명하게 알고서, 점점 다니다가 그 산에 이르러 가는 곳마다 이 대보살을 찾고 있었다. 爾時。善財童子。一心思惟彼居士教。入彼菩薩解脫之藏。得彼菩薩能隨念力。憶彼諸佛出現次第。念彼諸佛相續次第。持彼諸佛名號次第。觀彼諸佛所說妙法。知彼諸佛具足莊嚴。見彼諸佛成正等覺。了彼諸佛不思議業。漸次遊行。至於彼山。處處求覓此大菩薩。

문득 바라보니, 서쪽 골짜기에 시냇물이 굽이쳐서 흐르고 수목은 우거져 있으며 부드러운 향기 나는 풀이 오른쪽으로 쓸려서 땅에 깔렸는데, 관자재보살이 금강보석 위에서 가부하고 앉았고, 한량없는 보살들도 보석 위에 앉아서 공경하여 둘러 모셨으며, 관자재보살이 대자대비한 법을 말하여 그들에게 모든 중생을 거두어 주게 하고 계시었다. 見其西面巖谷之中。泉流縈映。樹林蓊鬱。香草柔軟。右旋布地。觀自在菩薩。

於金剛寶石上。結跏趺坐。無量菩薩。皆坐寶石。恭敬圍繞。而爲宣說大慈悲法。令其攝受一切衆生。

선재동자가 보고는 기뻐 뛰놀면서 합장하고 눈도 깜빡이지 않고 쳐다보면서 생각하기를 선지식은 곧 여래며, 선지식은 모든 법 구름이며, 선지식은 모든 공덕의 창고라. 선지식은 만나기 어렵고, 선지식은 열 가지 힘의 보배로운 원인이며, 선지식은 다함이 없는 지혜의 횃불이며, 선지식은 복덕의 싹이며, 선지식은 온갖 지혜의 문이며, 선지식은 지혜 바다의 길잡이며, 선지식은 온갖 지혜에 이르는 길을 도와주는 기구로다 하고 곧 대보살이 계신 데로 나아갔다. 善財見已。歡喜踊躍。合掌諦觀。目不暫瞬。作如是念。善知識者則是如來。善知識者一切法雲。善知識者諸功德藏。善知識者難可值遇。善知識者十力寶因。善知識者無盡智炬。善知識者福德根芽。善知識者一切智門。善知識者智海導師。善知識者至一切智助道之具。便即往詣大菩薩所。

그때 관자재보살은 멀리서 선재동자를 보고 말하였다. 잘 왔도다. 그대는 대승의 마음을 내어 중생들을 널리 거두어 주고, 정직한 마음으로 불법을 구하고, 자비심이 깊어서 모든 중생을 구호하며, 보현의 묘한 행이 계속하여 앞에 나타나고, 큰 서원과 깊은 마음이 원만하고 청정하며, 부처의 법을 부지런히 구하여 모두 받아 지니고, 착한 뿌리를 쌓아 싫어할 줄 모르며, 선지식을 순종하여 가르침을 어기지 않고, 문수사리의 공덕과 지혜의 바다로부터 났으므로 마음이 성숙하여 부처의 세력을 얻고, 광대한 삼매의 광명을 얻었으며, 오로지 깊고 묘한 법을 구하고, 항상 부처님을 뵈옵고 크게 환희하며, 지혜가 청정하기 허공과 같아서 스스로도 분명히 알고 다른 이에게 말하기도 하며, 여래의 지혜의 광명에 편안히 머물러 있도다. 爾時。觀自在菩薩。遙見善財。告言善來。汝發大乘意普攝衆生。起正直心專求佛法。大悲深重救護一切。普賢妙行相續現前。大願深心圓滿清淨。勤求佛法悉能領受。積集善根恒無厭足。順善知識不違其教。從文殊師利功德智慧大海所生。其心成熟。得佛勢力。已獲廣大三昧光明。專意希求甚深妙法。常見諸佛。生大歡喜。智慧清淨。猶如虛空。既自明了。復爲他說。安住如來智慧光明。

이때 선재동자는 관자재보살의 발에 엎드려 절하고 수없이 돌고 합장하고 서서 여쭈었다. 거룩하신이여, 저는 이미 아뇩다라삼먁삼보리심을 내었사오나 보살이 어떻게 보살의 행을 배우며 어떻게 보살의 도를 닦는지를 알지 못하나이다. 듣자온즉 거룩한 이께서 잘 가르치신다고 하오니 바라옵건대 말씀하여 주소서. 爾時。善財童子。頂禮觀自在菩薩足。遶無數帀。合掌而住。白言。聖者。我已先阿耨多羅三藐三菩提心。而未知菩薩云何學菩薩行。云何修菩薩道。我聞聖者。善能教誨。願爲我說。

보살이 말하였다. 좋다. 좋다. 선남자여! 그대는 이미 아뇩다라삼먁삼보리심을 내었 도다. 선남자여! 나는 보살의 크게 가엾이 여기는 행의 해탈문을 성취하였노라. 菩薩 告言。善哉善哉。善男子。汝已能阿耨多羅三藐三菩提心。善男子。我已成就菩薩大 悲行解脱門。

선남자여! 나는 이 보살의 크게 가엾이 여기는 행의 문으로 모든 중생을 평등하게 교 화하여 끊이지 아니하노라. 선남자여! 나는 이렇게 크게 가엾이 여기는 행의 문에 머 물렀으므로 모든 여래의 처소에 항상 있으며, 모든 중생의 앞에 항상 나타나서, 보 시로써 중생을 거두어 주기도 하고, 사랑하는 말로써 하기도 하고, 이롭게 하는 행으 로써 하기도 하고, 같이 일함으로써 중생을 거두어 주기도 하며, 육신을 나투어 중생 을 거두어 주기도 하고, 가지가지 부사의한 빛과 깨끗한 광명을 나타내어 중생을 거 두어 주기도 하며, 음성으로써 하기도 하고, 위의로써 하기도 하며, 법을 말하기도 하 고, 신통 변화를 나타내기도 하며, 그의 마음을 깨닫게 하여 성숙케 하기도 하고, 같 은 형상으로 변화하여 함께 있으면서 성숙케 하기도 하노라. 善男子。我以此菩薩大 悲行門。平等教化一切衆生。相續不斷。善男子。我住此大悲行門。常在一切諸如來 所。普現一切衆生之前。或以布施攝取衆生。或以愛語。或以利行。或以同事攝取衆 生。或現色身。攝取衆生。或現種種不思議色淨光明網。攝取衆生。或以音聲。或以 威儀。或爲説法。或現神變。令其心悟。而得成熟。或爲化現同類之形。與其共居。 而成熟之。

선남자여! 나는 이 크게 가엾이 여기는 행의 문을 수행하여 모든 중생을 구호하려 하 나니, 모든 중생이 험난한 길에서 공포를 여의며, 번뇌의 공포를 여의며, 미혹한 공포 를 여의며, 속박될 공포를 여의며, 살해될 공포를 여의며, 빈궁한 공포를 여의며, 생 활하지 못할 공포를 여의며, 나쁜 이름을 얻을 공포를 여의며, 죽을 공포를 여의며, 여러 사람 앞에서 공포를 여의며, 나쁜 길에 태어날 공포를 여의며, 캄캄한 속에서 공 포를 여의며, 옮겨 다닐 공포를 여의며, 사랑하는 이와 이별할 공포를 여의며, 원수를 만나는 공포를 여의며, 몸을 핍박하는 공포를 여의며, 마음을 핍박하는 공포를 여의 며, 근심 걱정의 공포를 여의어지이다 하노라. 善男子。我修行此大悲行門。願常救護 一切衆生。願一切衆生。離險道怖。離熱惱怖。離迷惑怖。離繫縛怖。離殺害怖。離 貧窮怖。離不活怖。離惡名怖。離於死怖。離大衆怖。離惡趣怖。離黑闇怖。離遷移 怖。離愛別怖。離怨會怖。離逼迫身怖。離逼迫心怖。離憂悲怖。

또 원하기를 여러 중생이 나를 생각하거나 나의 이름을 일컫거나 나의 몸을 보거나 하면, 모든 두려움에서 벗어날 것이다. 復作是願。願諸衆生若念於我。若稱我名。若 見我身。皆得免離一切怖畏。

선남자여! 나는 이런 방편으로써 중생들의 공포를 여의게 하고, 다시 가르쳐서 아뇩다라삼먁삼보리심을 내고 영원히 물러가지 않게 하노라. 善男子。我以此方便。令諸衆生。離怖畏已。復教令阿耨多羅三藐三菩提心。永不退轉。

선남자여! 나는 다만 이 보살의 크게 가엾이 여기는 행의 문을 얻었거니와 저 보살마하살들이 보현의 모든 원을 깨끗이 하였고, 보현의 모든 행에 머물러 있으면서 모든 착한 법을 항상 행하고, 모든 삼매에 항상 들어가고, 모든 그지없는 겁에 항상 머물고, 모든 세상 법을 항상 알고, 모든 그지없는 세계에 항상 가고, 모든 중생의 나쁜 짓을 항상 쉬게 하고, 모든 중생의 착한 일을 항상 늘게 하고, 모든 중생의 생사의 흐름을 항상 끊는 일이야 내가 어떻게 알며, 그 공덕의 행을 말하겠는가. 善男子。我唯得此菩薩大悲行門。如諸菩薩摩訶薩。已淨普賢一切願。已住普賢一切行。常行一切諸善法。常入一切諸三昧。常住一切無邊劫。常知一切三世法。常詣一切無邊刹。常息一切衆生惡。常長一切衆生善。常絶衆生生死流。而我云何能知能說彼功德行。

이 부분을 좀 정리해 보면 선재동자는 험난국(險難國)의 보장엄성(寶莊嚴城)에서 바수밀녀(婆須蜜女) 선지식을 만나 선정바라밀에 관한 가르침을 배웠으며, 이어서 선도성(善度城)에서 비슬지라(鞞瑟胝羅) 거사 선지식을 만나 반야바라밀을 배웠고, 비슬지라 거사가 일러준 보타락가산(普陀洛伽山)에서 관자재보살(觀自在菩薩) 선지식을 만나 방편바라밀을 배웠다. 그리고 다시 관자재보살 처소에서 정취보살(正趣菩薩) 선지식을 친견하여 원바라밀을 배웠다.

무설설(無說說)은 설한 바 없이 설했다고 하는 표현이다. 주심부(註心賦) 제2권에 보면 '상사(上士)는 신이 듣고, 중사(中士)는 마음으로 들으며, 하사(下士)는 귀로 듣는다. 그러나 신(神)이 들으면 현묘함으로 들어가는 것이니 능히 심성에 계합하는 것이라'고 하였다. 上士神聽。中士心聽。下士耳聽。神聽入玄。能契心性。

상사(上士), 중사(中士), 하사(下士)는 곧 근기를 말함이다. 상사는 신(神)이 먼저 알아듣는다고 하였으니 이는 천이(天耳)를 말함이다. 그러므로 천이는 천인(天人)이 가지고 있는 이근(耳根)을 말하는 것으로 이로 인하여 육도 중생의 모든 소리를 말하기 이전에 알아듣는 것이다. 그것이 곧 상사의 능력이며 마음의 묘용이다.

중사(中士)는 마음으로 듣는다고 하였으니 그래도 입을 열어서 알아듣는 것보다는 훨씬 더 심통(心通)한 것이다. 염화미소(拈花微笑)가 여기에 해당함이다. 이를 중국 선종에서는 삼처전심(三處傳心)이라는 명제를 앞세워서 설명하고 있다. 이외에도 천리마는 채찍의 그림자만 보아도 천 리를 간다고 하였음도 같은 비유이다.

하사(下士)는 귀로 알아들음이다. 그래서 수심(修心)이 필요하기에 선(禪) 또는 명상(冥想)이라는 가르침이 있는 것이다. 그러므로 신(神)이 들으면 현묘함에 들어가는 것은 다름이 아닌 마음에 계합하는 것이라고 하는 것을 여기서 말하고 있다.


## 남순동자불문문 南巡童子不聞聞
## 남순동자는 들은 바 없이 들었노라.

남순동자(南巡童子)는 곧 화엄경에서 53인의 선지식을 만나는 동자를 말함이며 여기서 남순(南巡)이라고 하는 것은 동자가 문수보살의 권유에 따라 남쪽으로 내려가면서 순례를 하라고 일러주었기에 남순동자(南巡童子)라고 하는 것이다. 그러므로 남순동자는 곧 선재동자(善財童子)를 말함이다.

우리나라에서는 보기가 좀 드물지만 관세음보살을 주존으로 하는 관음전(觀音殿)의 본존불은 당연히 관세음보살이고, 좌우로 협시(夾侍)에는 왼쪽에는 남순동자 오른쪽에는 해상용왕(海上龍王)을 안치한다.

고로 남순동자는 곧 선재동자이다. 선재동자는 화엄경 입법계품에 나오는 동자(童子)로서 남방을 유력하면서 54명의 선지식을 만나 가르침을 듣고서는 불도를 성취한 보살로 설정되어 있다. 복성(福城)에서 장자의 아들로 태어나 문수보살을 만나 선지식을 두루 만나 가르침을 얻고 나서, 보현행(普賢行)을 실천하라는 권유를 받고 이를 실천하여 여러 선지식으로부터 여러 가르침을 습득하고 보현도량(普賢道場)에 이르러 무생법계(無生法界)를 증득하였다.

그러나 경전을 보는 이의 견해에 따라 선재동자가 53명의 선지식을 만났다고 보는 이도 있으며, 55명의 선지식을 만났다고 하는 견해도 있다. 그러나 이는 53명의 선지식에 문수보살을 선지식으로 보느냐 안 보느냐에 따른 견해일 뿐이다. 그리고 문수보살을 제일 첫 번째로 친견하고 다시 54번째에 친견하게 된다. 이를 합하면 55명의 선지식을 만남이다. 하지만 인물로 보면 문수보살을 두 번이나 만났기에 54명의 선지식이 되는 것이다.

그리고 제51 덕생동자(德生童子)와 제52 유덕동녀(有德童女)는 같은 장소에서 같은 내용의 법문을 들었기에 이를 하나로 묶고 문수보살을 다시 하나로 묶어서 보면 53명의 선지식이라고 하는 견해도 있다. 또 다른 견해로는 제44 변우동자(遍友童子)는 실질적으로는 설법하지 않았으므로 이를 제외하고 제1, 제54의 문수보살을 하나로 묶어서 53명으로 보기도 한다.

선재동자(善財童子)에서 선재(善財)라는 의미는 그가 태어났을 때 갖가지 진귀한 보배가 저절로 솟아 나와 모든 창고를 가득 채웠기에 선재(善財)라고 불렀다고 한다. 그러나 화엄경탐현기(花嚴經探玄記)에서는 선(善)은 원인이고 재(財)는 과(果)라고 하였다.

불문문(不聞聞)은 들은 바 없이 들었다고 하는 표현이기에 위에서 이미 상사(上士), 중사(中士), 하사(下士)를 예로 들어 설명하였다. 또한 선재동자가 53인의 선지식을 만나는 과정에서 선재동자는 천주광녀(天主光女)가 있던 천궁에서 내려와 44번째로 가비라성(迦毘羅城)에 있는 변우동자(遍友童子)를 찾아가 법을 청하지만 변우동자는 설함이 없는 법문인 침묵으로 법문을 하였다. 이를 두고 말하기를 무설법문(無說法聞)이라고 한다. 선재동자는 변우동자를 만나 인욕바라밀을 배웠다. 화엄경 제76권에서 선재동자가 변우동자를 만나 가르침을 구하는 장면을 살펴보고자 한다.

선재동자는 천궁에서 내려와 가비라성을 찾아가 변우동자가 있는 곳으로 나아가 변우동자의 발에 절하고 두루 돌고 합장하고 공경하며 한 곁에 서서 말하였다. 從天宮下。漸向彼城。至遍友所。禮足圍繞。合掌恭敬。於一面立。白言。

거룩하신 변우동자시여! 저는 이미 아뇩다라삼먁삼보리심을 내었사오나 보살이 어떻게 하면 보살의 행을 배우며, 어떻게 하면 보살의 도를 닦는지를 알지 못합니다. 제가 듣자오니 거룩한 변우동자께서 잘 가르치신다고 하오니, 바라옵건대 말씀하여 주시옵소서. 聖者。我已先阿耨多羅三藐三菩提心。而未知菩薩云何學菩薩行。云何修菩薩道。我聞聖者。善能誘誨。願爲我說。

변우동자가 대답하기를 선남자여! 여기에 한 동자가 있으니 이름이 선지중예(善知衆藝)라. 중예동자(衆藝童子)는 보살의 글자로 지혜를 배웠으니 그대는 그곳으로 가서 물어라. 그대에게 말하여 줄 것이다. 遍友答言。善男子。此有童子。名善知衆藝。學菩薩字智。汝可問之。當爲汝說。

참고로 선재동자는 미륵보살의 가르침에 따라 110여 개의 성을 지나 드디어 보문국(普門國)의 소마나성(蘇摩那城)에 이르러 문수보살을 다시 친견하게 된다. 이때 문수보살은 선재동자의 정수리를 어루만져 수기하는 것으로 선재동자 순례의 대장정은 마무리하게 된다. 그리고 우리에게 익숙한 게송으로 보현보살이 부처님의 공덕을 찬탄하자 그 자리에 함께하였던 모든 대중이 크게 환희하며 부처님을 믿으며 부처님의 가르침에 대하여 의심하지 아니하고 받들어 봉행하였다.

刹塵心念可數知 大海中水可飮盡
찰진심념가수지 대해중수가음진

虛空可量風可繫 無能盡說佛功德
허공가량풍가계 무능진설불공덕

세계의 티끌 같은 마음은 헤아려 알 수 있고
큰 바닷물이라도 마셔 다 할 수 있고
허공을 헤아리고 바람을 얽어매더라도
부처님의 공덕은 이루 말로 다 할 수 없네!


## 병상녹양삼제하 瓶上綠楊三際夏
## 병(瓶) 위의 푸른 버들 삼제에 여름이고

병(瓶)을 대부분 사람이 번역하기를 화병(花瓶) 또는 단순하게 병(瓶)으로 해석하는 사람들이 많은데 그렇게 번역하면 안 된다. 여기서 병(瓶)은 감로수가 들어 있는 호리병을 말함이다. 이러한 사상은 대부분의 관음도(觀音圖)나 지물(持物)에서도 나타난다.

감로수가 든 호리병의 명칭을 격상하여 보병(寶瓶) 또는 정병(淨瓶)이라고 한다. 정병이라는 명칭은 아주 청정한 물이 들어 있기에 정병이라고 하며, 이 병에 들어 있는 정수(淨水)는 중생들의 고통과 번뇌의 갈증을 해소하여 주기에 이를 단순하게 정수라고 하지 아니하고 감로수라 하기도 하고 또는 법수(法水)라고 하기도 한다.

그렇다면 관세음보살이 들고 있는 정병(淨瓶) 안에는 진짜로 물이 들어있어서 목마른 중생에게 이 물을 먹여 주어서 구제하는 것일까? 실상은 그렇지 아니하다. 부처님의 가르침의 공덕이 감로수와 같음을 은근하게 비유한 것이기에 이는 상징적이다.

60권 본 화엄경(華嚴經) 권6 현수보살품에 보면 '광명을 비추는 것은 번뇌를 없애고자 함이며, 저 광명은 모든 중생을 깨닫게 하고자 오욕의 갈애를 모두 없애 버리고 해탈의 감로수를 즐겨 생각게 함이라'고 하였다. 又放光明名除愛。彼光覺悟一切衆。捨離五欲諸渴愛。思樂解脫甘露水。

그러므로 감로(甘露)를 왕(王)에 비유하면 감로왕(甘露王)이라 하고, 비에 비유하면 감로우(甘露雨)라 하고, 물에 비유하면 감로수(甘露水)라 하고, 제호(醍醐)에 비유하면 감로제호(甘露醍醐)라고 하며, 이러한 사상을 바탕으로 사암(寺庵)의 이름을 지으면 감로사(甘露寺), 감로암(甘露庵)이라고 하는 것이다.

녹양(綠楊)은 푸른 버들가지를 말함이다. 그런데 왜 버드나무 가지를 말하는 것일까? 이를 이해하고자 하면 천안삼거리 버드나무를 생각하면 어떨까. 왜냐하면 버드나무 가지는 바람이 부는 대로 거기에 맞추어 왔다 갔다 하면서 흔들린다. 이는 무엇을 말하는가 하면 관세음보살은 중생의 근기에 맞추어 순응(順應)하신다는 의미이다. 그러므로 이를 자비(慈悲)라고 이름하는 것이다.

삼제(三際)는 시간의 개념으로 보면 삼세(三世)를 말하기에 과거, 현재, 미래를 말함이고 공간적인 개념으로 보면 시방(十方)이라는 개념과 맥락을 같이한다. 그러므로 제(際)는 시간이나 공간에서 일정하게 한계를 지어 다른 것과 구분하는 뜻으로 쓰여서 제반(際畔), 변제(邊際), 계한(界限) 등을 나타내기도 한다. 그러므로 삼세가 한계가 없다고 표현을 할 때는 삼세무궁(三世無窮)이라 하고 삼세는 얻을 수 없다는 표현으로 쓸 때는 삼세불가득(三世不可得)이라고 한다.

하(夏)는 시간의 단위를 나타내는 수단으로 쓰이기도 하고 계절을 나타내기도 한다. 그러나 여기서는 계절을 나타내는 표현으로 쓰여서 버드나무가 무성하게 자라는 시간적인 개념을 말하기에 관세음보살의 자비는 언제나 변함이 없다는 것을 은근히 밝히고 있다. 그리고 무더운 여름날은 버드나무 밑에 가면 시원한 법이다. 여기서 무더운 여름은 중생의 갈애(渴愛)를 말하기에 이를 식혀주는 역할도 더불어 하는 것이다.


**암전취죽시방춘 巖前翠竹十方春**
**바위 앞의 푸른 대나무는 온통 봄날이네!**

암전취죽(巖前翠竹)은 바위 앞의 푸른 대나무를 말한다. 여기서 바위는 금강대좌(金剛臺座)를 말함이며 동시에 바위가 뜻하는 상징성을 알아야 이 문구를 해설할 수가 있다. 바위는 늘 변하지 않기에 영원불변한 진리를 말하는 것이다. 그러므로 이러한 뜻을 담아 절의 이름을 나타내기를 석불사(石佛寺), 정암사(淨巖寺), 석골사(石骨寺) 등으로 나타내는 것이다.

취죽(翠竹)은 푸른 대나무를 말하기를 이를 청죽(靑竹)이라고도 한다. 이는 살아 있는 상징성으로 본다면 부처님의 진리는 언제나 살아서 **활활발발(活活發發)**한 것이다. 또한 대나무는 일직선으로 쭉 곧아서 크기에 이는 부처님의 가르침은 결코 둘이 아닌 하나로 일승(一乘)을 나타내기도 한다.

시방춘(十方春)에서 시방은 언제나, 늘 이러한 표현이며 춘(春)은 만물이 생장하는 시기이므로 부처님의 법이 그러하다는 것을 나타내고 있다.

# 백제의자도기년 百濟義慈度幾年

## 백제삼십위청 百濟三十位請

**百濟義慈度幾年 唐宗蘇之合兵顚**
백제의자도기년 당종소정합병전

**落花岩下滄溟濶 三十王陵寂寞阡**
낙화암하창명활 삼십왕릉적막천

백제 의자왕까지 몇 년이나 다스렸는가?
당나라 태종의 소정방(蘇定方)과 합병하여 정복당했네.
낙화암 아래 푸른 물결은 끝없이 어그러지고
서른 분의 왕릉 가는 길 적막하다네.

산보집 종실단작법의(宗室壇作法儀)에 실린 백제의 30 왕위(王位)를 청하는 게송이
며, 삼십왕위(三十王位)를 산보집에서 인용하면 다음과 같다.

백제 시조 온조왕(溫祚王), 다루왕(多婁王), 기루왕(己婁王), 개루왕(蓋婁王), 초고왕
(肖古王), 구수왕(仇首王), 고이왕(古爾王), 책계왕(責稽王), 분서왕(汾西王), 비류왕
(比流王), 계왕(契王), 근초고왕(近肖古王), 근구수왕(近仇首王), 침류왕(枕流王), 진
사왕(辰斯王), 아신왕(阿莘王), 전지왕(腆支王), 구이신왕(久爾辛王), 비유왕(毗有王),
선노왕(善鹵王), 문주왕(文周王), 삼근왕(三斤王), 동성왕(東城王), 무령왕(武寧王),
성왕(聖王), 위덕왕(威德王), 혜왕(惠王), 법왕(法王), 무왕(武王), 의자왕(義慈王) 등
이다.

**백제의자도기년 百濟義慈度幾年**
백제 의자왕까지 몇 년이나 다스렸는가?

백제를 세운 온조왕(溫祚王 ?~28)에서 백제의 마지막 임금인 의자왕(義慈王)까지 기간을 말하므로 곧 백제를 다스린 모든 임금을 말하는 것이다. 온조왕은 고구려를 건국한 동명왕(東明王) 주몽(朱蒙)의 셋째 아들이다. 의자왕(義慈王 ?~660)은 백제의 제31대 마지막 왕이다.


## 당종소정합병전 唐宗蘇定合兵顚
### 당나라 태종의 소정방(蘇定方)과 합병하여 정복당했네.

의자왕은 삼천궁녀(三天宮女)를 거느린 호색가로 완전하게 왜곡되었지만 실상은 성군이다. 신라는 백제를 침공하기 위하여 자신의 힘으로 안 되자 당나라와 밀약하여 소정방이 13만 대군과 신라의 김유신(金庾信)이 5만의 병력과 더불어 백제의 계백(階伯)장군과 전쟁을 치러 외세의 힘으로 백제를 멸망시켰다. 그러므로 백제는 억울한 싸움을 하였다.


## 낙화암하창명활 落花岩下滄溟濶
### 낙화암 아래 푸른 물결은 끝없이 어그러지고

낙화암(落花巖)은 부소산(扶蘇山) 북쪽 백마강을 굽어보고 있는 절벽을 말한다. 나당연합군이 백제를 함락하자 의자왕을 따르던 궁녀들이 이곳에서 몸을 던졌다고 한다. 그러나 이 역시도 왜곡되어 삼천궁녀가 어쩌고저쩌고하지만, 이는 어림도 없는 이야기다. 끝까지 충절을 보인 백제 여인들의 충절을 나타내는 바위다.


## 삼십왕릉적막천 三十王陵寂寞阡
### 서른 분의 왕릉 가는 길 적막하다네.

백제 역사를 통틀어 말하는 것이며 적막하다는 것은 비운(悲運)의 역사가 그러하다는 것이다.

# 백초다엽 채취성다예 百草茶葉 採取成茶藥

## 배헌감로다 拜獻甘露茶

百草茶葉 採取成茶藥 烹出玉甌 楊子江心水
백초다엽 채취성다예 팽출옥구 양자강심수

破暗莊周 蝴蝶驚夢廻 滌去昏迷 趙州知滋味
파암장주 호접경몽회 척거혼미 조주지자미

갖가지 찻잎을 채취하여 차(茶)를 만들어
옥 다관(茶罐)에 양쯔강의 물 길어 달이니
잠에서 깨어난 장주(莊周)는 나비 꿈을 꾸다 놀라 돌아왔고
혼미(昏迷)함을 씻은 조주 스님은 차 맛을 아셨나이다.

산보집, 범음집에 실린 다게(茶偈)이다. 배헌감로다(拜獻甘露茶)라는 표현은 절을 하며 차를 올린다는 표현이다. 이 게송은 다른 다게인 백초임중일미신(百草林中一味新)과 엇비슷한 맥락으로 이루어져 있다.

**백초다엽 채취성다예 百草茶葉 採取成茶藥**
**갖가지 찻잎을 채취하여 차(茶)를 만들어**

백초(百草)는 두 가지 관점에서 볼 수 있다. 하나는 번뇌이고 다른 하나는 팔만장경(八萬藏經)이다. 번뇌로 보면 차는 번뇌를 타파한 진리이고, 경(經)으로 보면 팔만장경 가운데 근기에 맞는 말씀 한 구절로 깨닫게 된다는 말씀이다. 그러므로 여기서 차는 단순한 차가 아니고 법차(法茶)가 되는 것이다. 다예(茶藥)에서 예(藥)는 꽃 수술을 말하며 이는 차를 제다(製茶)하며 잎을 말리기에 예(藥)라는 표현을 쓴 것으로 곧 완성된 차(茶)를 말함이다.

**팽출옥구 양자강심수 烹出玉甌 楊子江心水**
**옥 다관(茶罐)에 양쯔강의 물 길어 달이니**

구(甌)는 사발이나 중발(中鉢) 또는 주발(周鉢)을 말하기에 여기서는 다구를 말하며 팽출(烹出)은 차를 우려내는 것을 말한다. 양자강(揚子江)은 중국 중앙부를 관통하는 세계에서 세 번째로 긴 강이다. 그러나 중국인들은 양쯔강이라는 표현은 잘 사용하지 아니하고 장강(長江)이라고 부른다. 여기서 양쯔강 물을 길어 차를 우린다고 하는 것은 정성을 말하기에 곧 정진을 비유한 것이다.


**파암장주 호접경몽회 破暗莊周 蝴蝶驚夢廻**
**잠에서 깨어난 장주(莊周)는 나비 꿈을 꾸다 놀라 돌아왔고**

장자(莊子)에 나오는 호접지몽(胡蝶之夢)을 말한다. 그러므로 파암(破暗)이라고 하는 것은 곧 잠에서 깨어난다는 의미이므로 무명에서 벗어남을 말한다. 참고로 호접지몽을 요약하면 장자가 꿈에 나비가 되어 즐겁게 놀다가 깬 뒤에 자기가 나비의 꿈을 꾸었는지 나비가 자기의 꿈을 꾸고 있는 것인지 알기 어렵다고 한 고사에서 유래한 말로, 자아와 외물은 본디 하나라는 이치를 설명하는 내용이다.


**척거혼미 조주지자미 滌去昏迷 趙州知滋味**
**혼미(昏迷)함을 씻은 조주 스님은 차 맛을 아셨나이다.**

척(滌)은 씻는다는 의미다. 까닭에 문장의 흐름을 보면 무명에서 벗어나면 비로소 조주(趙州) 선사의 차 맛을 알게 될 것이라는 내용이다.

# 백초임중일미신 百草林中一味新

## 헌다게 獻茶偈

**百草林中一味新 趙州常勸幾千人**
백초임중일미신 조주상권기천인

**烹將石鼎江心水 願垂慈悲哀納受**
팽장석정강심수 원수자비애납수

오만가지 풀 가운데 가장 좋은 맛을
조주 스님도 수천 명에게 권했다지요.
돌솥에다 맑은 강물로 차를 다렸으니
원컨대 영가는 자비로써 받으소서.

산보집, 작법귀감 등에 나타나는 영가에게 차를 권하는 다게(茶偈)이다.

### 백초임중일미신 百草林中一味新
### 오만가지 풀 가운데 가장 좋은 맛을

백초(百草)는 백 가지 풀이니 온갖 풀을 이야기한다. 그러나 여기서는 풀이라기보다는 다엽(茶葉)을 말하는 것이다. 그러나 여기서 한 발짝 들여다보면 백초는 갖가지 종류의 모든 풀을 말함이니 풀과 같이 무상한 모든 존재를 말하는 것이다. 이는 모든 번뇌를 일으키는 구체적인 현상을 말한다.

백초두변(百草頭邊)이라는 말이 있다. 이는 온갖 잡초가 무성한 곳을 말한다. 여기서 잡초는 곧 번뇌로써 무성하게 일어나는 번뇌를 말한다. 이와 비슷한 말로 백초두상(百草頭上)이라는 말도 모든 풀이라는 뜻이니, 이는 번뇌 망상의 풀로 뒤덮인 현상들을 말하기는 마찬가지이다.

일미(一味)는 아주 독특하게 맛있는 것을 말한다. 여기서는 부처께서 설하신 말씀은 팔만장교(八萬藏教)나 그 본지(本旨)는 같다는 뜻이다. 그러기에 법화경 약초유품에는 '부처님께서 평등하게 설법하시는 것은 한 맛의 비와 같다'고 하신 것이다. 佛平等說。如一味雨。

그러기에 일미(一味)라는 것은 부처님의 가르침은 다양하지만 그 근본의 뜻은 하나이다. 진리는 둘이 있을 수 없다는 것을 말한다. 그리고 선문(禪門)으로 일미를 들여다본다면 반야의 지혜를 깨친 이는 이보다 더 큰 기쁨이 없으므로 가장 맛있는 것에 비유하는 것이다.


## 조주상권기천인 趙州常勸幾千人
## 조주 스님도 수천 명에게 권했다지요.

조주종심(趙州從諗)은 중국 당나라 때 임제종(臨濟宗)의 선사를 말한다. 스님은 남전보원(南泉普願) 선사의 제자이다. 처음 남전 스님을 참문(慘聞)했을 때 남전 스님이 '그대는 어느 곳에서 왔는가 하니, 조주 스님이 답하기를 서상원(瑞象院)에서 왔습니다. 그러면 그대는 서상을 보았는가? 재차 물었더니 조주 스님이 응대하기를 서상은 보지 못하고 누워 있는 부처님을 보았습니다. 이에 남전 스님이 너는 유주(有主)사미냐? 무주(無主)사미냐? 라고 묻자 조주는 유주 사미입니다, 하자 남전이 다시 스승이 누구냐고 묻자 조주 스님은 동짓달이 매우 차가우니 화상은 존체를 보증하라 하고 대답하면서 조주 스님은 남전 선사를 스승으로 모시게 되었다.'는 일화가 있다.

조주 선사는 자신을 참방하러 오는 자마다 차나 한잔 마시라고 하였으니, 이를 조주 끽다(趙州喫茶) 혹은 조주끽다거(趙州喫茶去)라고 한다. 선가(禪家)에서는 항다반(恒茶飯), 항다반사(恒茶飯事) 또는 다반사(茶飯事)라는 말은 차를 마시고 밥을 먹는 것을 의미한다. 이는 일상적인 일이므로 참선을 수행하는 데는 뭐 특별나고 유별난 방법이 있는 것이 아니라 일상생활이 곧 선이라는 것이다.


## 팽장석정강심수 烹將石鼎江心水
## 돌솥에다 맑은 강물로 차를 다렸으니

팽(烹)은 잔치나 제사 때 음식을 올리기 위하여 음식을 불에 삶는 것을 말하기도 하고 사람을 물에 삶는 형벌을 뜻하기도 한다. 여기서는 차를 우려내는 일을 말한다.

석정(石鼎)은 돌솥이며 강심수(江心水)는 흐르는 강물 가운데 아주 맑은 물을 말한다. 이는 중국의 황하(黃河)는 항상 흙탕물이 흐름으로 그 안에서 맑은 물을 얻기란 실로 어려운 일이다. 그러기에 또 다른 면으로 백초(百草), 석정(石鼎), 강심수(江心水) 등은 재자들의 갖은 정성과 더불어 영가도 정진하라는 의미다.

**원수자비애납수 願垂慈悲哀納受**
**바라건대 영가는 자비로써 받으소서.**

원수자비애납수(願垂慈悲哀納受), 원하건대 이러한 자비를 드리우니 이 차를 한잔 드시고 모든 망정일랑 잊어버리시고 부처님 말씀을 증득하여 윤회의 고통에서 벗어나소서라는 말이다.

# 번뇌단진복지원 煩惱斷盡福智圓

## 나한영 羅漢詠

煩惱斷盡福智圓 位極一生補處尊
번뇌단진복지원 위극일생보처존

寂光土中不留意 放大光明助佛化
적광토중불류의 방대광명조불화

번뇌를 모두 끊어 복과 지혜 원만하여
일생보처 존귀한 자리에 이르셨네.
적광토 가운데 머무르지 않으시고
큰 광명 놓아 부처님을 도와 교화하시네.

작법귀감(作法龜鑑)에서 나한대례작법 가운데 미륵청(彌勒請)에 나오는 탄백(歎白)이다. 미륵(彌勒)은 산스크리트어의 Maitreya를 음사한 표현이며, 한역하여 자씨(慈氏)라고 한다. 그리고 일생보처보살(一生補處菩薩)이라고 하는데, 이는 한 번만 태어나면 성불할 것이 예정된 보살이라는 뜻이며, 현재는 도솔천에 머물고 있지만 아주 먼 미래세에는 사바세계에 내려와 성불한 후 많은 중생을 제도할 것이 예정되어 있는 보살이다. 따라서 아직 사바세계에 내려오지 않았기 때문에 미륵보살이라고 하지만, 또한 장차 성불할 것이 예정되어 있으므로 미륵불(彌勒佛)이라고 한다.

### 번뇌단진복지원 煩惱斷盡福智圓
번뇌를 모두 끊어 복과 지혜 원만하여

번뇌는 몸과 마음을 교란하게 하고 오염시켜 물들게 하여 중생을 무명의 바다로 빠지게 해 미혹하게 만드는 정신적 작용의 모든 것을 아우르는 표현이다. 따라서 번뇌를 마(魔)에 비유하면 번뇌마(煩惱魔)라 하고, 진흙에 비유하면 번뇌니(煩惱泥)라 하고, 그물에 비유하면 번뇌망(煩惱網)이라 하는 등 이로써 파생되는 표현은 이외에도 제법 많다. 미륵보살은 번뇌를 모두 끊으신 분이라서 복과 지혜가 원만하신 분이라고 찬탄하고 있다. 그러나 여기서 복(福)이 원만하다고 하는 것이 무엇을 말하는지 알아차려야 하므로 이는 생사의 고통에서 벗어난 것을 빗대어 말한다. 미륵대성불경(彌勒大成佛經) 게송에 보면 다음과 같은 내용이 있다.

智慧如練金 煩惱習久盡
지혜여련금 번뇌습구진

지혜는 정련(精鍊)한 금과 같고,
번뇌의 습기는 이미 다 없어진 분이라.


## 위극일생보처존 位極一生補處尊
## 일생보처 존귀한 자리에 이르셨네.

위극(位極)은 지극히 높은 자리를 말하므로 곧 일생보처의 지위를 말함이며, 이는 보살의 가장 높은 지위다. 미륵상생경(彌勒上生經)에 보면 미륵보살은 십선(十善)을 원만하게 닦아서 일생보처(一生補處)를 얻었다고 하였다. 따라서 미륵보살은 무상도심(無上道心)으로 행하시어 도솔천에 태어나셨으니 중생도 나쁜 업을 깨끗이 하고, 부처님을 생각하고, 부처님 법을 생각하고, 승가를 생각하고, 도솔천을 생각하고, 계를 생각하고, 보시를 생각하는 일을 실천하면 반드시 도솔천에 태어나 미륵보살을 친견할 것이라고 하였다.


## 적광토중불류의 寂光土中不留意
## 적광토 가운데 머무르지 않으시고

적광토(寂光土)는 중생이 사는 세계가 아닌 부처님이 사는 세계를 말하므로 극락(極樂), 정토(淨土) 등으로 나타낸다. 그러므로 여기서는 미륵부처님이 도솔천에만 머무르는 것이 아니라는 말씀을 완곡하게 표현한 것이다. 그러나 여기서 적광토(寂光土)는 법신(法身)을 말한다. 그러기에 법신은 늘 적광토에 머무름으로 상적광토(常寂光土)라고 한다. 인왕경(仁王經) 제3 보살교화품 게송에서 이르기를 다음과 같이 말하였다.

三賢十聖住果報 唯佛一人居淨土
삼현십성주과보 유불일인거정토

삼현과 십성은 과보에 머무르지만
부처 한 사람만은 정토(淨土)에 사신다.


**방대광명조불화 放大光明助佛化**
**큰 광명 놓아 부처님을 도와 교화하시네.**

큰 광명을 놓는다고 하는 것은 진리를 베푼다는 뜻으로 미륵보살은 석가모니 부처님
을 도와 중생을 교화한다는 말씀이다. 화엄경 제5 화장세계품(華藏世界品)에 보면 다
음과 같은 내용이 있다.

佛放大光明 化佛滿其中
불방대광명 화불만기중

其光普照觸 法界悉周遍
기광보조촉 법계실주변

부처님이 큰 광명을 놓으시니 화신 부처님이 그 가운데 가득하며
그 광명이 널리 비춰 법계에 다 두루하다.

그러므로 부처님을 돕는다고 하는 것은 모든 외도를 깨트려 없애는 것을 뜻하므로
이를 파제외도(破諸外道)라고 한다.

미륵신앙은 미래불(未來佛)인 미륵을 신앙의 대상으로 삼아 세상살이에서 어려움을
벗어나고자 하는 신앙이다. 미륵은 석가모니 부처님 제자 가운데 한 사람인 미륵에게
'너는 장차 부처가 될 것이라'고 수기한 것을 근거로 한다.

미륵삼부경(彌勒三部經)은 미륵보살이 이 사바세계에 내려와 중생을 제도하기를 바
라는 염원을 담은 미륵하생경(彌勒下生經), 현재 도솔천에 머무르고 있는 미륵을 믿
어 도솔천에 태어나기를 원하는 미륵상생경(彌勒上生經), 미륵보살이 이 세상에 부
처로 올 때 용화삼회(龍華三會)를 통하여 중생을 구제한다는 염원을 담은 미륵성불
경(彌勒成佛經)이 있다.

증일아함경(增一阿含經) 권35에 보면 '부처님께서 가섭에게 이르시기를 너는 내가 열반에 든 후에 계족산(鷄足山)에 머물러 있다가 미륵이 오면 법을 전하라'고 하였는데, 여기서 계족산(鷄足山)이 뜻하는 것은 닭은 새날이 밝아야 울기에 새로운 세상을 암시하는 것이다. 그렇다면 미륵부처님은 언제 오시는가? 사람들이 서로 사랑할 때, 그리고 사람이 사람의 길을 걸을 때 오심이다. 이를 인애(人愛)와 인로(人路)라고 한다. 부처님은 지금 우리에게 묻고 있다. 그대는 사람의 길로 가고 있는가?

# 범소유상 凡所有相

## 반야게 般若偈

凡所有相 皆是虛妄
범소유상 개시허망

若見諸相非相 則見如來
약견제상비상 즉견여래

무릇 있는 바 모든 상(相)은
다 허망한 것이다.
만약 상(相)이 상(相) 아닌 줄을 바로 안다면
바로 여래를 보리라.

작법귀감 상용시식의(常用施食儀)에 나오는 반야게(般若偈)로써 이 게송은 금강경
(金剛經) 제5 여리실견분(如理實見分) 가운데 부처님께서 수보리에게 가르침을 주신
말씀이다.

**범소유상 개시허망 凡所有相 皆是虛妄**
무릇 있는 바 모든 상(相)은 다 허망한 것이다.

**약견제상비상 즉견여래 若見諸相非相 則見如來**
만약 상(相)이 상(相) 아닌 줄을 바로 안다면 바로 여래를 보리라.

형상을 믿음의 대상으로 삼는 것은 부질없는 짓이다. 그러나 사람들은 형상을 쫓아가
느라 바쁘다. 부처님의 가르침은 형상이 아니라 진리다. 진리를 어찌 형상으로 나타
낼 것인가? 이를 바로 알아 차려야 한다.

# 범왕제석사천왕 梵王帝釋四天王

## 옹호영 擁護詠

梵王帝釋四天王 佛法門中誓願堅
범왕제석사천왕 불법문중서원견

列立招提千萬歲 自然神用護金仙
열립초제천만세 자연신용호금선

범천왕과 제석천왕 사천왕 들은
불법의 문을 옹호하는 그 서원 견고하네.
천만세토록 이어서 사찰을 세워
자연스런 신통묘용으로 부처님을 옹호하네.

범음집에 나오는 가영(歌詠)이다. 여기에 대해서는 범왕제석사천축(梵王帝釋四天竺)
편의 설명을 참고하기를 바란다.

# 범왕제석사천축 梵王帝釋四天竺

## 옹호영 擁護詠

梵王帝釋四天竺 佛法門中誓願堅
범왕제석사천축 불법문중서원견

列立招提千萬歲 自然神用護金仙
열립초제천만세 자연신용호금선

범천왕과 제석천왕 사천축의 대중들이
불법의 문을 옹호하는 그 서원 견고하네.
천만세토록 이어서 사찰을 세워
자연스런 신통묘용으로 부처님을 옹호하네.

산보집 불상점안작법에서 옹호영(擁護詠)이다. 그러나 작법귀감에는 신중에게 간략한 예식을 올리는 신중약례(神衆略禮) 가운데 신중을 찬탄하는 탄백으로 나온다. 다만 그 내용이 조금만 다르다.


## 범왕제석사천축 梵王帝釋四天竺
범천왕과 제석천왕 사천축의 대중들이

범왕제석(梵王帝釋)은 범천왕과 제석천왕을 말한다. 천축(天竺)은 예전에 중국에서 인도를 가리키는 표현으로 곧 부처님 나라를 지칭하는 것이다. 다만 산보집에는 사천축(四天竺)으로 되어 있으나 오히려 서천축(西天竺)이라는 표현을 오기한 것으로 보인다.

**불법문중서원견 佛法門中誓願堅**
불법의 문을 옹호하는 그 서원 견고하네.

신중은 불법을 옹호하는 존재로 자리 잡았으므로 신중의 서원은 늘 견고하다.


**열립초제천만세 列立招提千萬歲**
천만세토록 이어서 사찰을 세워

열립(列立)은 죽 늘어놓는다는 표현이며 초제(招提)는 조정(朝廷)에서 사액한 사원을 말하며 문장의 흐름을 보면 불법이 계속 이어지기를 서원하는 내용이다.


**자연신용호금선 自然神用護金仙**
자연스런 신통묘용으로 부처님을 옹호하네.

억지로 불법을 옹호하는 것이 아니라 신중은 자연스럽게 불법을 옹호한다고 여기는 것이며 금선(金仙)은 도교적인 표현으로 부처님을 나타내는 말이다.

# 범왕제석사천중 梵王帝釋四天衆

## 옹호영 擁護詠

梵王帝釋四天衆 佛法門中誓願堅
범왕제석사천중 불법문중서원견

列立招提千萬歲 自然神用護金仙
열립초제천만세 자연신용호금선

범천왕과 제석천왕 사천왕 들은
불법의 문을 옹호하는 그 서원 견고하네.
천만세토록 이어서 사찰을 세워
자연스런 신통묘용으로 부처님을 옹호하네.

작법귀감에서 신중에게 올리는 큰 예식인 신중대례(神衆大禮) 나오는 가영(歌詠)이
다. 여기에 대한 설명은 범왕제석사천축(梵王帝釋四天竺)편의 설명을 참고하시오.

# 범천삼종사무애 梵天三種事無疑

## 삼선영 三禪詠

**梵天三種事無疑 勝劣高低因植題**
범천삼종사무의 승열고저인식제

**香風馞馞天顔悅 瑞氣氲氲玉貌怡**
향풍울울천안열 서기온온옥모이

범천의 세 가지 일 의심할 바 없으니
우세하고 하열함과 높고 낮음은 심은 인(因) 때문이라네.
향풍(香風)은 무성하여 천안(天顔)은 기뻐하고
상서로운 기운이 왕성하여 옥 같은 모습 즐거워하네.

산보집 범왕단작법(梵王壇作法)에서 삼선천(三禪天)에 대한 가영이다.


**범천삼종사무의 梵天三種事無疑**
**범천의 세 가지 일 의심할 바 없으니**

세 가지 일을 의심하지 않는다고 하는 것은 대범왕(大梵王)과 범왕(梵王)의 보필과
천중(天衆)인 그들을 따르는 권속들이 하는 일을 전혀 의심하지 않는다는 표현이다.
절대적인 믿음을 나타낸다.


**승열고저인식제 勝劣高低因植題**
**우세하고 하열함과 높고 낮음은 심은 인(因) 때문이라네.**

근기의 차등은 곧 전생에 심은 인연 때문이라고 표현하고 있다. 그러므로 자신의 처

지는 자신의 인(因) 탓이지 누구를 탓할 것이 없다.


## 향풍울울천안열 香風欝欝天顔悅
### 향풍(香風)은 무성하여 천안(天顔)은 기뻐하고

향풍(香風)은 향기로운 바람을 말하므로 곧 법풍을 말함이다. 울울(欝欝)은 수풀이 울창한 것처럼 향풍이 빼곡하여 그윽하다는 표현이며 천안(天顔)이 기뻐한다고 하였으니 범왕들이 그러하다는 것이다.


## 서기온온옥모이 瑞氣氳氳玉貌怡
### 상서로운 기운이 왕성하여 옥 같은 모습 즐거워하네.

서기(瑞氣)는 상서로운 기운으로 가기(佳氣)라고도 한다. 온온(氳氳)은 기운이 왕성한 것을 말하며, 옥모(玉貌)는 옥 같은 얼굴을 말하므로 역시 범왕들을 표현하는 찬탄이다.

# 법성담연주법계 法性湛然周法界

## 고향게 告香偈

法性湛然周法界 甚深無量絶言詮
법성담연주법계 심심무량절언전

自從一念失元明 八萬塵勞俱作蔽
자종일념실원명 팔만진로구작폐

법성은 깊고 깊어 법계에 두루하고
심오하고 무량하여 진리의 설명마저 끊겼으니
스스로 한 생각 좇음으로 원래 밝음을 잃어버리니
팔만 가지 번뇌가 모두 일어나 가리네.

此日修齋興普度 肅淸意地謹威儀
차일수재흥보도 숙청의지근위의

仰憑密語爲加持 將俾自他還本淨
앙빙밀어위가지 장비자타환본정

오늘 닦은 재(齋)로 널리 제도(濟度)하고자
잘못을 바로잡아 삼가 그 뜻을 위의(威儀)롭게 하네.
비밀스런 말씀을 우러러 의지하고 가지(加持)하여
장차 나와 남 모두가 본래의 청정함으로 돌아가게 하네.

산보집에서 3일재 앞의 작법절차인 삼일재전작법절차(三日齋前作法節次) 가운데 나오는 게송으로, 송나라 때 사명산(四明山)에서 수행하던 사문 동호지반(東湖志磐)이 짓고 명나라 때 운서주굉(雲棲袾宏 1532~1612)이 교정한 법계성범수륙승회수재의궤(法界聖凡水陸勝會修齋儀軌) 권 제1에도 수록되어 있다.

**법성담연주법계 法性湛然周法界**
**법성은 깊고 깊어 법계에 두루하고**

법성은 제법의 진실한 체성을 일컫는 표현이다. 그러므로 이를 진여법성(眞如法性)이라고 한다. 이러한 법성은 만법의 근본이기에 법계에 두루하지 않음이 없다.


**심심무량절언전 甚深無量絶言詮**
**심오하고 무량하여 진리의 설명마저 끊겼으니**

심심(甚深)은 깊고 깊은 것을 말하므로 위에서 나온 담연(湛然)과 같은 맥락이다. 이러한 법성의 진리는 무량하여 언어로는 설명이 불가하다. 그러므로 언전(言詮)이라는 표현은 말이나 글로써 이를 밝혀서 설명할 수 없다는 것을 나타내는 표현이다.


**자종일념실원명 自從一念失元明**
**스스로 한 생각 좇음으로 원래 밝음을 잃어버리니**

자종(自從)은 스스로 좇아간다는 표현이다. 수행자가 일념(一念)에 빠져 원래 묘명(妙明)함을 잃어버리기 십상이라고 하는 것은 단견에 치우치는 것을 말한다.


**팔만진로구작폐 八萬塵勞俱作蔽**
**팔만 가지 번뇌가 모두 일어나 가리네.**

팔만(八萬)은 팔만사천번뇌를 말한다. 위에서 설명한 묘명(妙明)은 곧 묘심(妙心)을 말하는 것으로 곧 심성을 가리는 것이다. 여기서 진로(塵勞)는 번뇌를 말함이며 폐(蔽)는 가린다는 뜻이다. 까닭에 법성을 가리게 되는 원인은 번뇌이다.


**차일수재흥보도 此日修齋興普度**
**오늘 닦은 재(齋)로 널리 제도(濟度)하고자**

오늘 재(齋)를 하는 목적을 드러내고 있다. 재(齋)의 목적은 중생을 제도하고자 하는 것이다.

**숙청의지근위의 肅淸意地謹威儀**
잘못을 바로잡아 삼가 그 뜻을 위의(威儀)롭게 하네.

숙청(肅淸)은 제거함을 말하기에 곧 번뇌를 제거한다는 표현이며 번뇌가 제거되면
위의는 저절로 드러나는 법이다.


**앙빙밀어위가지 仰憑密語爲加持**
비밀스런 말씀을 우러러 의지하고 가지(加持)하여

앙빙(仰憑)은 우러러 의지한다는 뜻이며, 밀어(密語)는 여래의 교의(敎義)를 말한다.
그러므로 부처님의 가르침으로 가지(加持)하는 것만 법성을 밝힐 수 있는 것이다.


**장비자타환본정 將俾自他還本淨**
장차 나와 남 모두가 본래의 청정함으로 돌아가게 하네.

법성을 밝히고자 하는 것은 나와 남이 본래의 청정함으로 돌아가고자 하는 것이니
이를 자타일시성불도(自他一時成佛道)라고 한다.

# 법신변만백억계 法身遍滿百億界

## 법신영 法身詠 · 산좌게 散座偈

法身遍滿百億界 普放金色照人天
법신변만백억계 보방금색조인천

應物現形潭底月 體圓正坐寶蓮臺
응물현형담저월 체원정좌보련대

법신은 백억의 세계에 두루두루 가득하니
금빛 광명 널리 펴서 인천세계를 비추도다.
사물에 응하여 나타나심은 못 밑의 달과 같으시니
원만하신 본체로서 보련대에 앉으시옵소서!

재의례(齋儀禮)에 나오는 법신게(法身偈)로써 산보집(刪補集)에서는 대령의(對靈儀) 등에 나오며, 다비(茶毘) 의식에서는 산골(散骨)을 하면서 환귀본토진언(還歸本土眞言)을 염송한 후에 망자가 보련대(寶蓮臺)에 오르도록 권하는 게송으로 나온다. 이외에도 작법귀감, 석문가례초(釋門家禮抄) 등에도 실려 있다. 그러나 이와 유사한 게송으로는 화엄경 여래현상품에 보면 일체법승음(一切法勝音)보살이 깊은 법계를 깨달아 큰 기쁨을 내면서 부처님의 위신력을 받들어 찬탄하는 게송이 나오는데 다음과 같은 내용이다.

佛身充滿於法界 普現一切衆生前
불신충만어법계 보현일체중생전

隨緣赴感靡不周 而恒處此菩提座
수연부감미부주 이항처차보리좌

부처님의 몸 법계에 충만하시니

346

모든 중생 앞에 널리 나타나시니
인연을 따르고 감응에 다다라 두루하여서
이 보리좌(菩提座)에 항상 계시네!

또한 사찰에 따라서는 이를 변형하여 다음과 같이 나타내고 있는 곳도 있다.

法身遍滿百億界 普放金色照人天
법신변만백억계 보방금색조인천

處處稱揚佛功德 衆生有苦悉除滅
처처칭양불공덕 중생유고실제멸

법신은 백억의 세계에 두루두루 가득하니
금빛 광명 널리 펴서 인천세계를 비추도다.
곳곳에서 부처님의 공덕을 찬양하니
중생이 지닌 고통을 모조리 사라지게 하시네.

처처칭양불공덕(處處稱揚佛功德)이라는 표현은 화엄경 비로자나품에서 대위광동자
(大威光童子)가 부처님의 위신력을 받들어 찬탄하는 게송 가운데 한 구절을 취하여
나타낸 것이다.

佛身普放大光明 色相無邊極淸淨
불신보방대광명 색상무변극청정

如雲充滿一切土 處處稱揚佛功德
여운충만일체토 처처칭양불공덕

부처님의 몸이 큰 광명을 널리 놓으시니
색상이 그지없고 지극히 청정하며
마치 구름처럼 모든 국토에 충만하여
곳곳에서 부처님의 공덕을 찬탄하도다.

그리고 이어서 나오는 중생유고실제멸(衆生有苦悉除滅)이라는 표현도 위에서 설명
한 처처칭양불공덕에 나오는 게송에서 한 구절을 인용한 것이다.

光明所照咸歡喜 衆生有苦悉除滅
광명소조함환희 중생유고실제멸

各令恭敬起慈心 此是如來自在用
각령공경기자심 차시여래자재용

광명이 비추는 곳 다 환희하며
중생들의 고통을 다 소멸하네.
각각 공경하고 자비심을 일으키게 하시니
이것이 여래의 자재하신 작용일세!


## 법신변만백억계 法身遍滿百億界
## 법신은 백억의 세계에 두루두루 가득하니

법신(法身)은 불신(佛身)과 거의 같은 표현으로 부처님께서 설하신 진리의 무루법을
몸으로 보아 법신이라고 한다. 법신변만(法身遍滿)이라는 뜻은 부처님의 가르침은
두루하여 미치지 아니한 곳이 없다는 표현이다. 변만(遍滿)이라는 표현은 널리 퍼져
서 가득하다는 뜻이므로 미치지 아니함이 없다는 표현을 형용하여 나타낸 것이다. 백
억계(百億界)라고 하는 백억(百億)의 세계는 곧 시방세계를 말한다.

화엄경 여래현상품에 보면 위덕혜무진광(威德慧無盡光) 보살이 부처님의 위신력을
찬탄하는 게송을 보면 다음과 같은 내용이 있다. 이외에도 화엄경을 비롯한 여러 경
전에서 변만(遍滿)에 대해 자주 취하여 표현한 말 중 하나이다.

佛身放光明 遍滿於十方 隨應而示現 色相非一種
불신방광명 변만어시방 수응이시현 색상비일종

부처님 몸에서 광명을 놓으시니
시방에 두루 가득하여
근기에 따라서 드러내 보이시니
빛과 모양이 한 가지가 아니로다.

변만(遍滿)이라는 것은 널리 퍼져서 가득 찬 모양을 형용한 표현이다. 편(遍)이라는
글자는 두루두루 골고루 미치다라는 표현을 가지고 있다. 다만 불교에서는 편으로 읽

지 아니하고 변으로 발음을 한다.

백억(百億)이라는 표현은 수의 단위이다. 그러나 백억이라는 단위는 경전마다 조금 씩 다른데 이는 억(億)이라는 숫자의 개념이 일정하지 않기 때문이다. 여기서 백억 (百億)이란 대천세계(大千世界)를 표현하는 개념이 강하다.


## 보방금색조인천 普放金色照人天
## 금빛 광명 널리 펴서 인천세계를 비추도다.

보방광명(普放光明)은 금빛의 광명을 널리 비춘다는 표현이다. 부처님의 가르침은 언제나 시공을 초월하여 있기에 인천(人天)을 널리 비춤에 장애가 전혀 없다. 그러기 에 삼세를 넘나들고 고금을 회통하는 것이다. 화엄경 십회향품에 보면 다음과 같은 내용이 있다.

人師子王出世時 普放無量大光明
인사자왕출세시 보방무량대광명

令諸惡道皆休息 永滅世間衆苦難
영제악도개휴식 영멸세간중고난

인간의 사자 왕이 세상에 날 때
한량없는 큰 광명 널리 놓아서
나쁜 갈래에 떨어진 중생을 모두 쉬게 하여
세간의 모든 고통 영원히 멸하게 하시도다.

금색(金色)이라고 하는 것은 황금빛을 말함이며 이는 부처님 등 성인의 모습을 형상 화한 색이다. 능엄경(楞嚴經)에 보면 '이때 세존께서 대중들 가운데에 금색의 팔을 뻗으시어 아난의 정수리를 쓰다듬어 주셨다'는 말씀이 있다. 爾時世尊。在大衆中。 舒金色臂。摩阿難頂。

또한 금색(金色)은 부처님의 32상의 하나로 부처님 몸에서 발하는 황금빛을 말한다. 잡아함경(雜阿含經)에 보면 '내가 부처님을 친견하니 세간에 그에 비유할 종류가 없 음이다. 몸은 황금색의 32 상호를 구족하시고 얼굴은 맑은 보름달과 같으며, 청정한 음성은 유연하여서 모든 번뇌가 일어남을 조복시키고 항상 적멸에 처한다'는 말씀이

있다. 我見於如來。於世無譬類。作身黃金色。三十二相好。面如淨滿月。梵音聲柔
軟。伏諸煩惱諍。常處於寂滅。


## 응물현형담저월 應物現形潭底月
## 사물에 응하여 나타나심은 못 밑의 달과 같으시니

현형(現形)은 신불(神佛) 따위가 형제를 드러냄을 말한다. 그러기에 이를 연못 속에
십오야 밝은 보름달이 비춤과 같이 비유하여 표현하였다. 이와 비슷한 표현으로 지혜
는 마치 허공과 같이 가없어 물속에 달이 비춤과 같다는 표현이 있기도 하다. 智慧如
空無有邊。應物現形水中月。

현형은 사물에 따라 거기에 응하여 모습을 드러낸다고 하였으니 이는 인연법을 말한
다. 이와 비슷한 표현으로는 속전등록(續傳燈錄) 제5권 또는 오등전서(五燈全書)에
보면 응물현형 여수중월(應物現形 如水中月)이라고 하여 사물에 응하여 드러남이 마
치 물 가운데 달이 비춤과 같다고 하였다. 그러나 이 게송의 문구는 금광명경(金光明
經) 사천왕품 제6에 나오는 말씀을 의거하여 인용한 것으로 보인다.

佛眞法身 猶如虛空 應物現形 如水中月
불진법신 유여허공 응물현형 여수중월

부처님의 참된 법신
허공과도 같아
중생에게 응하시어 형상 나타내심은
마치 물속에 비친 저 달 같다.

담저(潭底)라는 표현은 못 밑을 말하므로 결국 이어지는 월(月)과 함께 살펴보면 연
못에 달이 어리는 것을 말한다. 그리고 '담저'라는 표현은 오등전서(五燈全書) 가운데
응암담화록(應菴曇華錄)에도 있어 이를 함께 소개해 본다.

竹影掃堦塵不動 月穿潭底水無痕
죽영소계진부동 월천담저수무흔

대 그림자가 섬돌을 쓸어도 티끌은 움직이지 않고
달이 못 밑을 뚫어도 물은 흔적이 없다.

## 체원정좌보련대 體圓正坐寶蓮臺
원만하신 본체로서 보련대에 앉으시옵소서!

체원(體圓)은 심체(心體)가 원명(圓明)함을 말하기에 이를 갖추어 말하면 심체원명(心體圓明)이라고 한다. 왜냐하면 심체(心體)라고 하는 것은 마음의 본체를 말하기 때문에 마음은 본디 원명(圓明)한 것이기에 그러하다. 잡독해(雜毒海)에서 각암몽진(覺菴夢眞) 선사의 게송에 보면 다음과 같은 내용이 있다.

心體圓明空不空 河沙諸佛悉皆同
심체원명공불공 하사제불실개동

阿僧祇劫難窮數 祇在當人掌握中
아승기겁난궁수 기재당인장악중

심체가 원명(圓明)하여 공(空)이면서 불공(不空)이니
항하사의 모든 부처님이 모두 다 한가지로다.
아승기겁에 수(數)를 궁구하기 어렵나니
단지 당사자의 손바닥 안에 있음이로다.

정좌(正坐)는 몸을 바르게 하고 앉음이니 이는 곧 마음이라는 것은 의젓하다는 것을 나타내는 표현이다. 고로 중생 각자의 본 모습은 참으로 당당한 것이다. 자신을 그 누구에게 비교하여 바라본다면 이는 어리석은 일이다. 마치 무착문희(無着文喜) 선사가 오대산에서 공양주 소임을 살 때 죽을 끓이다가 죽 솥에서 문수보살이 올라오자 주걱으로 문수보살의 뺨을 후려갈기면서 말하였다. '문수자문수 무착자무착(文殊自文殊 無著自無著)'. 이같이 문수는 문수고 무착은 무착이라고 하였음도 중생 각자의 마음은 고귀하다는 것을 나타내고 있다.

보련대(寶蓮臺)에서 보련(寶蓮)은 보련화(寶蓮華)를 말하는 것이다. 보련화는 보배로운 연꽃이라는 뜻이다. 연꽃이 그만큼 보배롭고 귀중하다는 것을 나타내는 말이다. 경전에 보면 부처님께서 태어나실 때 수레바퀴만 한 보련화가 피어났다고 하였다. 또한 설법하실 때는 보련화에 앉으시고 산화(散華) 공양을 하실 때는 보련화를 뿌려 공양을 하신다는 내용이 경전 곳곳에 나타나고 있다. 그만큼 보련화를 귀하게 여겼음을 나타내고 있다. 그래서 부처님을 봉안할 때 연꽃좌대를 보고 보련화사자좌(寶蓮華師子座), 이를 다시 줄여 보련화좌(寶蓮華座)라 하기도 한다. 이와 같은 맥락으로 화엄경(華嚴經) 비로자나품에 보면 다음과 같은 게송이 있다.

佛身普放大光明 色相無邊極淸淨
불신보방대광명 색상무변극청정

如雲充滿一切土 處處稱揚佛功德
여운충만일체토 처처칭양불공덕

불신으로 널리 대 광명을 놓으시니
색상이 무변하고 가없이 청정하네.
구름같이 온 땅 위에 충만하여
곳곳에 부처님의 공덕을 칭양함이라.

또한 위와 같은 게송을 변용하여 아래와 같이 주련으로 쓰기도 한다.

法身遍滿百億界 普放金色照人天
법신변만백억계 보방금색조인천

處處稱揚佛功德 衆生有苦悉除滅
처처칭양불공덕 중생유고실제멸

법신은 백억 세계에 가득 차서
황금색으로 온 누리를 비추시니
곳곳에서 부처님의 공덕을 찬탄하며
중생의 모든 고통을 소멸시키네!

화장을 한 후 유골을 흩는 것을 산골(散骨)이라고 하는데 이때 위의 게송을 염송하거
나 하관 후 취토(取土)를 하면서 위의 게송을 염송한다. 그러할 때는 산좌송(散座頌)
이라고 한다.

# 법신성해초삼계 法身性海超三界

## 법신영 法身詠

**法身性海超三界 妙用何妨具五根**
법신성해초삼계 묘용하방구오근

**湛寂凝然常覺了 人間天上揔霑恩**
담적응연상각료 인간천상양점은

법신의 성품 바다는 삼계를 초월하므로
미묘한 작용 오근을 갖춤에 어찌 방해가 있으리오.
담적하고 응연하여 항상 깨어 있어
인간이나 천상 모두에게 은혜 입히네.

산보집, 범음집에서 불상을 점안하는 작법인 불상점안작법(佛像點眼作法) 가운데 법신영(法身詠)으로 나오는 게송이다.


### 법신성해초삼계 法身性海超三界
법신의 성품 바다는 삼계를 초월하므로

법신은 부처님의 자성인 진여의 여래장을 말하는 것이다. 이를 부처로 나타내면 법불(法佛) 또는 법신불(法身佛)이라 한다. 그리고 이를 허공에 비유하기도 하고 바다에 비유하여 끝없는 공덕을 나타낸다. 법신은 삼계에 두루하기에 삼계를 초월하고도 남음이 있는 것이다.


### 묘용하방구오근 妙用何妨具五根
미묘한 작용 오근을 갖춤에 어찌 방해가 있으리오.

광석보리심론(廣釋菩提心論)에 보면 오근이 원래 청정하여 묘용을 이룬다고 하였다. 다만 중생은 무명으로 인하여 법성을 가리어 미혹해지는 것이다.


**담적응연상각료 湛寂凝然常覺了**
**담적하고 응연하여 항상 깨어 있어**

담적(湛寂)은 저 밑바닥까지 고요함을 나타내는 것이다. 응연(凝然)은 단정하고 점잖다는 표현이므로 법신이 그러하다는 것이다. 그러므로 법신은 제대로 깨달으면 늘 성성적적(惺惺寂寂)한 경지에 이르는 것이다.


**인간천상양점은 人間天上揔霑恩**
**인간이나 천상 모두에게 은혜 입히네.**

법신은 곧 자성신(自性身)을 말하므로 이를 증득하면 그 은혜가 천지에 펼쳐지는 것이다.

# 변등사자좌 遍登獅子座

## 등상게 登床偈

**遍登獅子座 共臨十方界**
변등사자좌 공임시방계

**蠢蠢諸衆生 引導蓮花界**
준준제중생 인도연화계

두루 사자좌에 오르시어
시방세계에 함께 임하소서.
꿈틀대는 모든 중생을
연화계로 인도하여 주옵소서.

산보집, 범음집에서 괘불을 옮길 때 하는 의식인 괘불이운(挂佛移運)에 나오는 등상
게이다.

**변등사자좌 遍登獅子座**
두루 사자좌에 오르시어

사자좌(獅子座)는 법상에 오름을 말하는 것으로 이는 곧 중생을 위하여 설법하여 법
을 베푸는 것을 말한다. 이러한 법이 온 누리에 퍼지기를 염원하기에 변등(遍登)이라
고 한다.

**공임시방계 共臨十方界**
시방세계에 함께 임하소서.

355

공임(共臨)은 함께 임하라는 표현으로 이는 부처님께서 시방세계에 나투시어 법을
설하여 줄 것을 간청하는 장면이다.


## 준준제중생 蠢蠢諸衆生
## 꿈틀대는 모든 중생을

준준(蠢蠢)은 벌레가 굼틀거리며 움직이는 것을 말한다. 이는 미혹하고 어리석어서
사리를 제대로 분별하지 못하는 것을 비유하므로 중생의 소견을 이렇게 나타낸 것이
다.


## 인도연화계 引導蓮花界
## 연화계로 인도하여 주옵소서.

법을 베푸는 목적은 중생을 연화계(蓮華戒)로 인도하기 위함이다. 이를 나라로 비유
하면 극락국(極樂國)이라 하고 대지에 비유하면 정토(淨土)라고 한다.

# 보력초존기우연 寶歷迢尊豈偶然


## 원종공량 元宗恭良 대왕

**寶歷迢尊豈偶然 存亡得失自由天**
보력초존기우연 존망득실자유천

**世間榮享皆如幻 那似雲扃聽法言**
세간영향개여환 나사운경청법언

높고 높은 보력(寶歷) 어찌 우연히 이룬 것이랴.
존재하고 없어지고 얻고 잃음이 하늘로 인함일세.
세간에서 누리는 영화 모두 다 환(幻)인 것을
어찌 구름 빗장 열고 와 법언을 들음만 하리오.

산보집 종실단작법의(宗室壇作法儀)에 나오는 원종(元宗 1580~1619)의 가영이다. 원종은 조선의 제14대 임금인 선조와 인빈 김 씨 사이에서 태어났다. 대원군(大院君)에서 추존(追尊)되어 왕이 된 인물이다.

선조의 아들인 원종은 첫째 아들 능양군(綾陽君)이 왕위에 올라 인조(仁祖)가 되자 왕의 사친(私親)으로서 대원군(大院君)으로 추존되었다. 그러나 인조에게는 자신의 정통에 대한 문제가 있었다. 인조는 할아버지인 선조의 양자로 입적하여 왕위를 계승하였다. 일부에서는 이에 반대하여 인조는 선조의 아들이 아닌 손자로 계승해야 하며 선조와 인조 사이가 비어 있으면 안 된다는 주장이 제기되었다. 인조와 반정공신(反正功臣)들은 이 주장을 받아들여 정원대군(定遠大君)을 왕으로 추존해야 한다는 필요성을 느끼고 추존하는 일을 본격화하였으나 일부 대신들의 강력한 반대로 어려움을 겪었다. 재위 10년 만인 1632년에 인조는 아버지 정원대군을 원종대왕(元宗大王)으로 추존하고 명나라로부터 공량(恭良)이라는 시호를 받았으며 신주를 종묘에 봉안하였다. 이로써 인조는 자신의 왕통(王統)을 조부(祖父)인 선조-아버지인 원종, 그리고 손자가 되는 인조(仁祖) 순으로 하여 정통성을 확고하게 다졌다. 결국 원종은 정치적 목적에 의하여 왕으로 추존된 인물이다.


## 보력초존기우연 寶歷迢尊豈偶然
### 높고 높은 보력(寶歷)은 어찌 우연히 이룬 것이랴.

보력(寶曆)은 임금의 나이를 높여 부르는 표현이다. 초존(迢尊)은 멀고도 존귀함을 말하기에 대원군에서 원종(元宗)으로 추존(追尊)되었다는 것은 결코 우연히 아니라는 표현이다.


## 존망득실자유천 存亡得失自由天
### 존재하고 없어지고 얻고 잃음이 하늘로 인함일세.

원종의 일생을 논하면서 원종을 위로함이다. 인생사 모두 하늘의 뜻이라고 말하고 있다.


## 세간영향개여환 世間榮享皆如幻
### 세간에서 누리는 영화 모두 다 환(幻)인 것을

왕위에 오르지 못하고 추존된 왕이지만 결국은 환(幻)이다.


## 나사운경청법언 那似雲扃聽法言
### 어찌 구름 빗장 열고 와 법언을 들음만 하리오.

그러므로 천국에만 있지 말고 이 법단에 내려와서 부처님 말씀을 들으라는 간청이다.

# 보례시방상주불 普禮十方常住佛

## 보례게 普禮偈

**普禮十方常住佛 普禮十方常住法 普禮十方常住僧**
**보례시방상주불 보례시방상주법 보례시방상주승**

**시방에 상주하는 부처님께 널리 예(禮)를 올립니다.**
**시방에 상주하는 가르침에 널리 예(禮)를 올립니다.**
**시방에 상주하는 승가에 널리 예(禮)를 올립니다.**

산보집, 범음집, 작법귀감, 석문가례초(釋門家禮抄), 승가예의문(僧家禮儀文) 등 모든 재의례(齋儀禮)에 나타나는 게송으로 삼보께 예를 올릴 때 행하는 게송이다.

보례(普禮)는 모든 성현께 일시에 배례(拜禮)하며 예를 올린다는 뜻이다. 시방(十方)은 곧 시방삼세(十方三世)를 말하기에 곧 온 세상을 말하며 상주(常住)는 늘 중생과 함께하기에 상주라는 표현을 쓰는 것이다. 그리고 불법승(佛法僧)은 불교의 근간을 이루는 삼보(三寶)다.

# 보리대도과비요 菩提大道果非遙

## 증명영 證明詠

菩提大道果非遙 正直無邪經一條
보리대도과비요 정직무사경일조

堂上雙親勤侍養 廳前百姓與耽饒
당상쌍친근시양 청전백성여탐요

보리 큰 도(大道)의 과(果)는 멀지 않나니
정직하고 삿됨이 없는 그 한 길로 나아가네.
당(堂) 위에 부모님을 부지런히 봉양(奉養)하고
관청 앞 백성들과 더불어 넉넉함을 즐기도다.

산보집, 범음집에 수록된 작법절차에서 하단영청지의(下壇迎請之儀)에 나오는 증명영(證明詠)이다.

### 보리대도과비요 菩提大道果非遙
보리 큰 도(大道)의 과(果)는 멀지 않나니

보리(菩提)는 불교의 최고의 지혜인 정각을 이루는 지혜를 말함이다. 그러므로 여기에다 마음을 붙여서 말하면 보리심(菩提心) 또는 보리대도심(菩提大道心)이라고 한다. 이에 정각을 이루는 과(果)는 그리 멀지 않다는 뜻이다.

### 정직무사경일조 正直無邪經一條
정직하고 삿됨이 없는 그 한 길로 나아가네.

그러기 위해서는 정직(正直)과 삿된 법을 멀리하여야 하며 오직 이러한 기준으로 한 길로 나가야 한다고 권하는 것이다.


## 당상쌍친근시양 堂上雙親勤侍養
### 당(堂) 위에 부모님을 부지런히 봉양(奉養)하고

당상(堂上)은 대청 위를 말하므로 부모를 높여서 부르는 표현이다. 그리고 부모님을 봉양(奉養)함을 권선하고 있다.


## 청전백성여탐요 廳前百姓與耽饒
### 관청 앞 백성들과 더불어 넉넉함을 즐기도다.

청전(廳前)은 곧 관청을 말하므로 민관이 더불어 풍요롭고 넉넉함을 즐긴다는 표현이다.

# 보살류두감로수 菩薩柳頭甘露水

## 쇄수게 灑水偈

菩薩柳頭甘露水 能令一滴洒十方
보살류두감로수 능령일적쇄시방

腥膻垢穢盡蠲除 令此道場悉清淨
성전구예진견제 령차도량실청정

관세음보살의 버들가지 끝의 감로수는
한 방울로도 능히 시방세계 다 뿌릴 수 있네.
비린내 누린내 더러운 때 모두 쓸어 없애
이 도량을 모두 청정하게 하네.

쇄수게(灑水偈)는 향수를 뿌려 정화하고자 하는 의식을 할 때 읊는 게송이다. 여기에 사용하는 물을 쇄수(灑水)라 하고, 그릇을 쇄수기(灑水器)라고 하며, 향수를 뿌릴 때 읊는 문구를 쇄수문(灑水文)이라고 한다. 만약 주문을 외우면 쇄수주(灑水呪)라고 한다. 그리고 쇄수를 다르게 표현하여 법수(法水)라 하기도 한다. 이 게송은 중국의 의례인 방생의궤(放生儀軌), 금광명참재천과의(金光明懺齋天科儀) 등 여러 의례집에도 실려 있다.

### 보살류두감로수 菩薩柳頭甘露水
### 관세음보살의 버들가지 끝의 감로수는

여기서 보살은 관세음보살을 말함이다. 그리고 류두(柳頭)는 버들가지 끝을 말한다. 관음보살의 지물(持物)에서 버들가지가 등장하는 것은 버들가지는 바람 부는 대로 따라 움직이므로 곧 관세음보살은 중생의 바람대로 따라 응한다는 비유다. 그리고 감로수는 곧 법수를 말하므로 중생의 목마름을 해갈해 준다는 의미다.

**능령일적쇄시방 能令一滴灑十方**
한 방울로도 능히 시방세계 다 뿌릴 수 있네.

능령(能令)은 능히 할 수 있다는 위신력을 말한다. 그러므로 관세음보살의 쇄수는 시방세계를 다 덮도록 흩뿌릴 수 있다고 여기는 것이다. 다만 중국의 의례문에는 쇄(灑)가 아닌 변(遍)으로 되어 있으며, 이에 더하여 쇄(灑)는 쇄(洒)와 같은 글자다.

**성전구예진견제 腥羶垢穢盡蠲除**
비린내 누린내 더러운 때 모두 쓸어 없애

성전(腥羶)에서 성(腥)은 비린내를 말하므로 물고기를 말하고, 전(羶)은 누린내를 말하므로 고기를 말한다. 견(蠲)은 '깨끗하게 하다, 제거하다'라는 의미가 있으므로 이러한 것들을 모두 없애버린다는 의미다.

**령차도량실청정 令此道場悉淸淨**
이 도량을 모두 청정하게 하네.

그러므로 관세음보살이 감로수를 뿌림으로 인하여 도량을 청정하게 한다는 찬탄이다.

# 보살제화헌불전 菩薩提花獻佛前

## 염화게 拈花偈

菩薩提花獻佛前 由來此法自西天
보살제화헌불전 유래차법자서천

人人本具終難恃 萬行新開大福田
인인본구종난시 만행신개대복전

보살이 꽃을 들어 부처님 전에 바쳤으니
이 법의 유래는 서천이라네.
사람마다 본래 갖췄으나 끝내 믿기 어려워
만행(萬行)으로 큰 복(福)밭을 새롭게 일구시네.

염화게(拈花偈)는 염화시중(拈花示衆)의 취지를 읊은 게송을 말하는 것으로, 부처님께서 영산회상에서 대중을 향하여 연꽃을 들어 보였는데 수많은 대중 가운데 오직 가섭존자가 이를 알아차리고 미소를 지었다는 고사에서 유래한 게송이다. 이를 다르게 표현하여 영취게(靈鷲偈)라고도 한다. 산보집에서는 괘불이운(挂佛移運)을 할 때 등 여러 재의(齋儀)에 나오는 게송이다.


### 보살제화헌불전 菩薩提花獻佛前
### 보살이 꽃을 들어 부처님 전에 바쳤으니

부처님이 법석에서 꽃을 들어 보이자 대중들은 이를 이해하지 못하고 웅성거렸지만 가섭은 이 도리를 알아채고 미소를 지었으니 이를 염화미소(拈花微笑) 또는 염화시중(拈花示衆)이라고 한다는 고사를 말함이다. 그 당시 법석은 야외에서 단(壇)을 만들어 이루어졌기에 야단법석(野壇法席)이라고 하는 유래도 여기에서 비롯되었다.

**유래차법자서천　由來此法自西天**
이 법의 유래는 서천이라네.

꽃을 들어 대중을 제도하는 유래는 부처님 나라 서천(西天)에서 시작되었다는 것을 말하며 여기서 서천(西天)은 곧 서역(西域)을 말하고 천축(天竺)이라 하기도 한다.


**인인본구종난시　人人本具終難恃**
사람마다 본래 갖췄으나 끝내 믿기 어려워

인인(人人)은 개개인을 말하므로 이를 풀어서 살펴보면 '누구나' 이러한 뜻이다. 본구(本具)는 본래 갖추고 있다는 뜻이므로 여기서는 불성을 누구나 다 갖추고 있다는 것을 말하며, 이러한 철리(哲理)를 근기가 약한 중생들은 믿지 않는다는 표현이다.


**만행신개대복전　萬行新開大福田**
만행(萬行)으로 큰 복(福)밭을 새롭게 일구시네.

만행(萬行)은 중생을 제도하기 위한 갖가지 행위를 말하며, 여기서는 부처님께서 꽃을 들어 대중에게 보이신 것을 말한다. 신개(新開)는 새롭게 열었다는 표현이므로 무설법(無說法)으로 중생을 제도한 것을 말한다. 이로써 중생들은 누구나 부처가 될 수 있다는 것을 알았기에 이보다 더 큰 복전(福田)은 없는 것이다.

# 보살중회공위요 菩薩衆會共圍繞

## 청법게 請法偈

菩薩衆會共圍繞 演說諸佛之勝行
보살중회공위요 연설제불지승행

勝智菩薩僉然坐 各各聽法生歡喜
승지보살첨연좌 각각청법생환희

보살의 대중은 함께 둘러싸여 있는데
모든 부처님의 좋은 행을 연설하시네.
승지보살 모두 다 앉아 있는데
제각기 법을 듣고 즐거워하네.

청법게(聽法偈)는 법사에게 법을 청하는 게송이며, 이 게송은 40권 화엄경 권제39 입부사의해탈경계보현행원품(入不思議解脫境界普賢行願品)에서 일부분을 인용하였다.

보살중회공위요 菩薩衆會共圍繞
보살의 대중은 함께 둘러싸여 있는데

연설제불지승행 演說諸佛之勝行
모든 부처님의 좋은 행을 연설하시네.

80권 화엄경 권 제6 여래현상품(如來現相品) 제2에 보면 다음과 같은 게송이 있다.

如來一一毛孔中 一切刹塵諸佛坐
여래일일모공중 일체찰진제불좌

菩薩衆會共圍遶 演說普賢之勝行
보살중회공위요 연설보현지승행

여래의 낱낱 모공(毛孔) 가운데
일체세계 티끌 수처럼 부처님이 앉으시니
보살대중들이 에워쌌는데
보현의 수승한 행을 연설하시네.

위의 게송에서 보현(普賢)을 제불(諸佛)로 변형하여 인용하였다.


승지보살첨연좌 勝智菩薩僉然坐
승지보살 모두 다 앉아 있는데

각각청법생환희 各各聽法生歡喜
제각기 법을 듣고 즐거워하네.

이 부분은 위와 같은 화엄경의 같은 품(品)에서 인용을 하였으며 이를 마저 살펴보면
다음과 같다.

一切諸佛衆會中 勝智菩薩僉然坐
일체제불중회중 승지보살첨연좌

各各聽法生歡喜 處處修行無量劫
각각청법생환희 처처수행무량겁

모든 부처님의 회중(會衆) 가운데
지혜 높은 보살들이 모두 앉으시니
제각기 법을 듣고 기쁜 마음을 내어
곳곳에서 한량없는 겁 동안 수행하도다.

# 보원고혼중 普願孤魂衆

## 헌좌게 獻座偈

普願孤魂衆 承佛威神力
보원고혼중 승불위신력

安座道場中 諦享甘露食
안좌도량중 제향감로식

널리 원하나니 고혼(孤魂) 대중이시여
부처님의 위신력을 받들어서
도량 가운데 편안히 앉아서
진리를 드리우니 감로식을 드시옵소서.

산보집 무주고혼단(無主孤魂壇) 의례에서 영가에게 자리를 드리는 게송과 주문(呪
文)에 나오는 내용이다.

### 보원고혼중 普願孤魂衆
### 널리 원하나니 고혼(孤魂) 대중이시여

보원(普願)은 널리 두루두루 원한다는 의미이며, 고혼(孤魂)은 의지할 곳이 없는 떠
돌이 넋을 말한다. 그런 고혼을 청하고자 한다는 서문이다.

### 승불위신력 承佛威神力
### 부처님의 위신력을 받들어서

위신력(威神力)은 부처님이 지닌 헤아릴 수 없는 영묘하고도 불가사의한 힘을 말한

다. 승불(承佛)은 이러한 위신력을 받들어서 이 자리에 오라는 표현이다.


## 안좌도량중 安座道場中
## 도량 가운데 편안히 앉아서

도량(道場)은 정각을 이루고자 수행하는 곳을 말하며 안좌(安坐)는 편히 앉으라는 권청(勸請)이다.


## 제향감로식 諦享甘露食
## 진리를 드리우니 감로식을 드시옵소서.

제(諦)는 자세하다는 뜻보다는 성제(聖帝), 제일의제(第一義諦), 사제(四諦), 이러한 뜻으로 쓰여서 곧 진리를 나타낸다. 향(享)은 누리다, 드리다, 이러한 뜻이다. 까닭에 진리의 감로식(甘露食)을 드린다는 표현이다.

# 보원중생고륜해 普願衆生苦輪海

## 회향게 回向偈

普願衆生苦輪海 摠令除熟得淸涼
보원중생고륜해 총령제숙득청량

皆發無上菩提心 同出愛河登彼岸
개발무상보리심 동출애하등피안

널리 바라나니 고통의 바다를 헤매는 중생은
뜨거운 번뇌를 제거하고 청량함을 얻어
모두 다 위없는 보리심을 일으켜서
다 함께 애욕의 강에서 벗어나 피안으로 가게 하소서.

산보집 식당작법(食堂作法)에서 회향게(回向偈)이다.

### 보원중생고륜해 普願衆生苦輪海
널리 바라나니 고통의 바다를 헤매는 중생은

고륜(苦輪)은 중생의 고뇌가 굴러가는 수레바퀴처럼 잠시도 쉴 사이가 없다는 표현이다. 이를 바다에 비유하여 고륜해(苦輪海)라고 한 것이다. 이러한 고통을 받는 중생들에게 부처님 말씀을 듣고 극락으로 가라는 원이다.

### 총령제숙득청량 摠令除熟得淸涼
뜨거운 번뇌를 제거하고 청량함을 얻어

총(摠)은 총(總)과 함께 모두를 나타내는 같은 글자다. 그러므로 총령(摠令)은 모두에게 명령한다는 뜻으로 쓰여 뜨거운 번뇌를 없애고 나면 시원함을 얻을 것이다라는 표현이다.


## 개발무상보리심 皆發無上菩提心
**모두 다 위없는 보리심을 일으켜서**

개발(皆發)은 다 함께 일으키자라는 뜻으로 쓰여 무상보리심을 일으키자는 뜻이다. 곧 자타일시성불도 하자는 표현이다.


## 동출애하등피안 同出愛河登彼岸
**다 함께 애욕의 강에서 벗어나 피안으로 가게 하소서.**

출애(出愛)는 애욕에서 벗어나는 것을 말하는데 이를 더 강조하기 위하여 하(河)를 붙여 애욕의 강이라고 하였다. 중생은 애욕의 강에서 벗어나면 곧 피안에 이르는 것이다. 모두 다 함께 그렇게 하자는 의미에서 동(同)이라는 표현을 썼다.

# 보전주인증작몽 寶殿主人曾作夢

## 집도게 執刀偈

**寶殿主人曾作夢 無明草茂幾多年**
보전주인증작몽 무명초무기다년

**如今斷向金剛刃 從此高開第一人**
여금단향금강인 종차고개제일인

보전(寶殿)에 주인은 일찍이 꿈이라는 것을 알았다네.
무명초만 무성하니 몇 해나 길렀는가?
지금 금강도로 끊어 버리니
이로부터 높이 열려 제일인이 되었네.

작법귀감, 범음집, 산보집 등에 실려 있으며, 산보집에서는 성도재(成道齋) 작법절차
가운데 계사(戒師) 앞에 이르러 삭도(削刀)를 잡는 게송이다.


**보전주인증작몽 寶殿主人曾作夢**
보전(寶殿)에 주인은 일찍이 꿈이라는 것을 알았다네.

보전(寶殿)의 주인은 곧 석가모니 부처님을 말한다. 그리고 일찍이 깨닫지 못하면 일
생이 꿈속의 일이라는 것을 알았다는 표현이다.


**무명초무기다년 無明草茂幾多年**
무명초만 무성하니 몇 해나 길렀는가?

무명초(無明草)는 머리카락을 말하는데 이는 잡초가 잘 자라듯이 무명으로 인한 번

뇌가 그러하기에 머리카락에 비유하여 무명초라고 하는 것이다. 그리고 몇 해나 길렀느냐고 하는 것은, 그대는 아직도 불문(佛門)에 들지 못하였는가 하고 가벼이 책망하는 것이다.

## 여금단향금강인 如今斷向金剛刃
## 지금 금강도로 끊어 버리니

인(刃)은 칼의 '날'을 말하며, 도(刀)는 무엇을 '베다'는 뜻을 가진 '칼'이라는 글자다. 따라서 금강인(金剛刃)은 금강도(金剛刀)와 서로 통용하는 단어로 '지혜의 칼'을 말한다. 그러므로 지혜의 칼로써 무명을 단박에 잘라 버리듯이 지금 그대를 삭발한다는 의미다. 참고로 범음집(梵音集), 작법귀감(作法龜鑑)에는 금강봉(金剛鋒)으로 되어 있다. 여기서 봉(鋒)은 '칼끝'을 말하기에 도(刀)나 인(刃)보다는 적절치 못한 표현이다.

## 종차고개제일인 從此高開第一人
## 이로부터 높이 열려 제일인이 되었네.

종차(從此)는 '이로부터' 라는 뜻이므로 삭발을 한 후에는 높은 혜안이 열려(高開) 부처님의 제일인자(第一人者)가 될 것이라는 뜻이다.

# 보조자성광대해 普照自性廣大海

## 자성심향공양 自性心香供養

普照自性廣大海 七寶山等最殊勝
보조자성광대해 칠보산등최수승

出興如斯供養雲 諸佛等處我奉獻
출흥여사공양운 제불등처아봉헌

두루 비추는 자성은 넓은 바다와 같고
칠보산과 비등(比等)하게 가장 뛰어나네.
이와 같은 향공양의 구름을 일으켜 내어
모든 부처님 계신 곳에 나는 받들어 올립니다.

산보집 영산작법절차(靈山作法節次)에서 자성의 심향(心香)을 올리는 게송이며 범음
집에도 자성심향공양(自性心香供養)으로 나와 있다. 당나라 사문 혜각(慧覺)이 편찬
한 대방광불화엄경해인도량십중행원상편례참의(大方廣佛華嚴經海印道場十重行願常
徧禮懺儀) 권 제41에도 같은 내용이 실려 있다.


## 보조자성광대해 普照自性廣大海
### 두루 비추는 자성은 넓은 바다와 같고

위에서 소개한 화엄경해인도량참의(華嚴經海印道場懺儀)에서는 보조(普照)가 아니
고 보주(寶珠)로 되어 있다. 자성(自性)은 중생이 본래 가지고 있는 진성(眞性)을 말
하며, 이를 자성본불(自性本佛)이라 하기도 한다. 곧 마음을 말한다. 이를 넓기에 비
유를 하면 드넓은 바다와 같다고 하여 그 끝이 없다고 말하고 있다. 까닭에 자성은
광대무변(廣大無邊)한 것이다.

**칠보산등최수승 七寶山等最殊勝**
칠보산과 비등(比等)하게 가장 뛰어나네.

칠보산(七寶山)은 극락세계를 말하며 이는 아미타경에 나오는 칠중항수(七重行樹) 등의 표현을 인용하여 칠보산이라고 하는 것이다. 불교는 지옥도 극락도 모두 마음에 있다고 한다. 그러므로 이 마음은 칠보산에 견준다고 하더라도 가장 뛰어남이라고 하는 표현이다.


**출흥여사공양운 出興如斯供養雲**
이와 같은 향공양의 구름을 일으켜 내어

출흥(出興)은 출흥어세(出興於世)를 줄인 표현으로 이는 세상에 출현한다는 표현이다. 그러므로 세간에서 보기 드문 빼어난 향공양을 올리나니 향훈(香薰)이 구름처럼 일어나기를 염원하고 있다.


**제불등처아봉헌 諸佛等處我奉獻**
모든 부처님 계신 곳에 나는 받들어 올립니다.

향을 올리는 대상을 말하기를 모든 부처님께 이와 같은 향공양을 받들어 올리나니 부디 받아달라고 염원을 하는 것이다.

# 보천한기진음강 普天寒氣振陰綱

## 제1 진광 秦廣 대왕

普天寒氣振陰綱 正令全提第一場
보천한기진음강 정령전제제일장

鍛鐵鍊金重下手 始知良匠意難量
단철간금중하수 시지양장의난량

드넓은 하늘의 싸늘한 기운은 음계(陰界)에 그 기강 떨치고
바르게 명령하여 제일도량을 제시하시네.
쇠를 단련하여 금을 만들려고 거듭 손을 쓰시기에
비로소 알겠도다. 솜씨 좋은 장인의 뜻은 헤아리기 어렵다는 것을.

산보집, 작법귀감, 범음집 등에서 진광대왕의 가영이다. 진광대왕은 도교적 개념으로 태동된 것으로 명부세계의 시왕(十王) 가운데 첫 번째인 왕이다. 진광대왕의 역할은 명도에서 죽은 자가 첫 7일의 일을 맡아보는 청부관왕(廳府官王)의 이름으로 사람으로 하여금 악을 끊고 선을 닦게 한다는 명관(冥官)의 이름이다.

### 보천한기진음강 普天寒氣振陰綱
드넓은 하늘의 싸늘한 기운은 음계(陰界)에 그 기강 떨치고

보천(普天)은 드넓은 하늘을 말하며 한기(寒氣)는 싸늘한 기운을 말하므로 이는 일을 처리함에 있어서 정(情)에 이끌리지 아니한다는 표현이다. 그러므로 이를 음계(陰界)의 기강(紀綱)으로 삼았다.

## 정령전제제일장 正令全提第一場
바르게 명령하여 제일도량을 제시하시네.

정령(正令)은 바르게 명령하여 음계 전체가 보리(菩提)의 제일도량을 삼았다는 뜻이다.

## 단철간금중하수 鍛鐵鍊金重下手
쇠를 단련하여 금을 만들려고 거듭 손을 쓰시기에

단철(鍛鐵)은 쇠를 불려서 단련하는 것을 말하므로 진금(眞金)을 얻기 위해서는 여러 번 풀무질과 담금질이 있어야 하듯이 제일의 보리도량(菩提道場)을 만드는 것 또한 이와 같다.

## 시지양장의난량 始知良匠意難量
비로소 알겠도다. 솜씨 좋은 장인의 뜻은 헤아리기 어렵다는 것을.

시지(始知)는 비로소 알겠구나! 라는 긍정을 말하는 것이며 양장(良匠)은 뛰어난 기술자를 말한다. 까닭에 진금을 얻으려고 하는 장인(匠人)의 뜻은 실로 헤아리기 어렵다고 추켜세우고 있다. 여기서 양장(良匠)은 곧 진광대왕을 말한다.

# 보타산상유리계 補陀山上琉璃界

## 관음찬 觀音讚

補陀山上琉璃界 正法明王觀自在
보타산상유리계 정법명왕관자재

影入三途利有情 形分六道曾無息
영입삼도이유정 형분육도증무식

보타산 위에 유리 보배로 이루어진 세계에
관세음보살은 중생의 고통을 봄에 자유자재하시기에
그림자를 삼도에 드리워서 중생을 이롭게 하시고
그 모습을 육도에 나누어 일찍 쉬지도 않고 제도하시네.

산보집에서 종실단작법의(宗室壇作法儀)에서 관음찬으로 실려 있으며 작법귀감에서는 향을 피우고 수행하는 작법인 분수작법(焚修作法)에서도 관음찬으로 수록되어 있다. 이외에도 설선의(說禪儀), 백의해(白衣解) 등에도 실려 있다.

이 게송은 관음보살을 찬탄하는 내용으로 이루어져 있기에 이러한 게송을 가영(歌詠)이라 하며 이를 산스크리트어로 말하면 gata라고 한다. 가영(歌詠)이라고 하는 것은 불보살 또는 신(神)을 찬탄하여 부르는 노래나 아니면 읊조려서 찬탄하는 것을 말한다. 이를 다르게 표현하여 음영(吟詠)이라고도 하지만 거의 쓰지 않는 말이다. 그러나 남방불교의 율부(律部)에서는 가영을 허용하지 아니한다. 그러므로 가영은 북방불교에서 파생된 문화 중 하나이기도 하다. 그리고 가영은 그 대상이 누구냐에 따라서 이름이 붙여지게 되는데 예를 들어 관음보살을 찬탄하면 관음찬(觀音讚)이라고 한다.

위 게송의 출전은 알 길이 없다. 다만 우리나라 불교 의례에서 관음보살을 찬탄하는 가영으로 기록되어 있을 뿐이다. 인터넷에는 이 글의 출전을 설명하면서 '관음예문영가(觀音禮文詠歌)'에서 일부 인용하고, 석문의범(釋門儀範)에서 일부를 인용을 하였다고 하는데 이는 올바르게 알지 못한 것이다. 그것이 아니면 누가 이 글을 올리면서 오기(誤記)를 한 것인데 여러 사람이 이를 따라 다시 옮기면서 일어난 일로 보인다. [관음예문영가]라는 책은 없다. 미루어 짐작하건대 '관음예문'에 나오는 '가영(歌詠)'이라는 것을 그렇게 올린 것이 아닌가 추측된다.

그리고 석문의범(釋門儀範)은 불교 전반에 걸친 의식문을 엮은 책으로 일제강점기 때 진호석연(震湖錫淵 1880~1965) 스님이 연방(蓮邦) 스님의 위탁을 받아 불자필람(佛子必覽)을 지어 출간하였다. 그러나 미비한 점이 많아 이를 다시 보충하여 퇴경상로(退耕相老 1879~1965) 스님과 대은태흡(大隱泰洽 1899~1989) 스님이 함께 교정을 보아 1931년에 다시 발간한 책이 '석문의범'이다.

석문의범 가운데 관음예문례(觀音禮文禮)는 고려 충렬왕 때 유가종(瑜伽宗)의 고승이었던 혜영(惠永 1228~1294) 스님이 지은 백의해(白衣解)를 바탕으로 편집된 것으로 보인다.


## 보타산상유리계 補陀山上琉璃界
## 보타산 위에 유리 보배로 이루어진 세계에

보타산은 중국 사람들이 설정한 관음 성지로써 갖추어 말하면 보타락가산(普陀洛伽山)이다. 이를 다시 줄여 보타산(寶陀山)이라 하기도 하고, 낙가산(洛迦山)이라 하기도 한다. 이를 중국 사람들은 지금의 절강성 정해현(定海縣) 동쪽 바닷가에 있는 산으로 여기고 있다. 이와 더불어 오대산(五臺山), 아미산(峨眉山), 주화산(九華山)과 더불어 중국 불교의 사대명산(四大名山)이라고 한다.

보타산은 소백화산(小白花山), 백화산(白花山) 등으로 한역한다. 그러므로 우리나라의 인천시 강화군에 있는 낙가산(落袈山)과 청주에 있는 낙가산(洛迦山)이라는 이름과 그 외 백화산(白花山)이라는 이름도 대개 여기에서 유래된 것이다.

보타산을 표기하기를 보타산(補陀山), 보타산(寶陀山), 보타산(普陀山) 등으로 나타내는데 그렇다면 보(補)·보(普)·보(寶), 이 가운데 어느 것이 맞는 표현일까. 백의해(白衣解)라는 책과 석문의범(釋門儀範)의 유치(由致)에서는 보타산상(寶陀山上), 보타낙가산(寶陀洛伽山)이라고 하여 모두 보배 보(寶) 자(字)로 표현을 하였다가 가영(歌詠)에 와서는 보타산(補陀山)이라고 하여 보(補)라고 표현하였다.

물론 사전에서 찾아보면 보(寶)·보(普)·보(補)는 모두 다르게 사용하고 있다. 그러나 절의 이름으로 비교해 보면 보타사(寶陀寺), 보타사(普陀寺), 보문사(普門寺) 등이 있지만 보(補)라는 글자로 나타내어 사찰의 이름으로 사용하는 곳은 없다. 그러기에 어느 글자가 더 합당한 표현인지는 생각해 볼 필요가 있다.

그리고 '보타산'이라고 하여도 될 것을 굳이 '위'라는 뜻을 가진 상(上)을 붙여서 산상(山上)이라고 한 이유는 무엇일까. 이는 방편이 통하지 않는 경계를 비유하여 그렇게 나타낸 것이다. 부처의 경계는 방편과 비유가 필요치 않음이니 불지(佛地)가 되는 것이다. 그러므로 이어지는 표현인 유리계(琉璃界)가 되는 것이다.

유리계(琉璃界)는 유리세계(琉璃世界)를 줄여서 표현한 것으로 곧 극락세계를 말함이다. 유리는 비유하면 맑고 투명하기에 보타산을 유리계라고 한다. 이러한 밝은 세상은 범계(梵界)에 있지 아니하고 마음이 밝은 자의 세계이기에 '유리계'라고 하였다. 이러한 표현법은 중국 불교 특유의 표현이다. 이로써 비유해 보면 문수보살의 상주처(常住處)인 오대산(五臺山)은 금색계(金色界)라고 하고, 보현보살의 상주처인 아미산(峨眉山)은 은색계(銀色界)라 하며, 지장보살의 상주처인 구화산은 유명계(幽冥界)라고 한다. 이러한 표현 방법은 중국의 지형과 관련이 있다. 오대산이 있는 주변은 황토로 이루어진 넓은 벌판이 많기에 황색의 세계이므로 이를 비유하여 금색계라고 하고, 아미산은 이어지는 설산이 보이므로 은색계라고 비유하고 있음이다. 그러므로 보타산(寶陀山)이나 유리계(琉璃界)는 같은 표현의 범주 안에 들어간다. 관음보살의 상주처를 산으로 보면 보타산(寶陀山)이고 세계로 보면 유리계(琉璃界)가 되는 것이다.

## 정법명왕관자재 正法明王觀自在
**관세음보살은 중생의 고통을 봄에 자유자재하시기에**

정법(正法)은 바른 법이니 여기에는 삿된 법이 있을 수가 없다. 그러므로 정법은 부처님의 가르침을 말한다. 명왕(明王)은 정사(正邪)에 밝아서 아주 현명하다는 뜻으로 이를 왕에 비유하여 명왕이라고 하였다. 이는 곧 으뜸이라는 표현과 같은 표현이지만 이 시문에서는 그런 내용으로 쓰인 것은 아니다. 이를 바르게 알려고 하면 이어지는 설명을 잘 살펴보아야 한다.

관세음보살의 별호가 정법명왕여래(正法明王如來)이다. 이는 관세음보살이 과거에 이미 성불하였을 때 명호가 정법명여래(正法明如來)이기 때문이다. 그러기에 이를 달리 표현하여 정법명왕(正法明王)이라고 한다. 우리가 흔히 염송하는 천수경(千手

經)의 원래 제목은 천수천안관세음보살광대원만무애대비심다라니경(千手千眼觀世音菩薩廣大圓滿無礙大悲心陀羅尼經)을 줄여서 천수경이라고 하는데 여기에 보면 관세음보살의 위신력에 대해서 잘 나타나 있다.

또한 관세음보살의 다른 이름 가운데 하나가 관세음자재(觀世音自在)이다. 그러므로 이를 말하고자 천수천안(千手千眼)으로 나타내어 불가사의한 위신력을 나타내는 것이다. 그러면 관세음보살은 무엇으로 그 힘을 삼는가 하면 대비(大悲)이다. 그러므로 대비원력(大悲願力)이라고 한다. 이러한 원력을 일으키는 것은 곧 모든 중생을 제도하고자 보살의 모습으로 널리 나타내기에 보문시현(普門示現)이라 한다. 고로 이러한 모든 것들은 널리 중생을 제도하고자 하는 일이기에 광도중생(廣度衆生)이라고 한다.

여기서 다시 위의 게송을 살펴보면 정법명왕관자재(正法明王觀自在) 혹은 이를 정법명왕관세음(正法明王觀世音)으로 나타내기도 하는데, 문제는 이 구절을 풀이하면서 그 뜻을 모르고 풀이하는 경우가 대부분이다.

정법명왕관자재(正法明王觀自在)
[O] 정관세음보살은 중생의 고통을 봄에 자유자재하시기에
[X] 바른 법의 왕이신 관세음보살은

여기에 대한 설명은 이미 하였기에 생략하고자 한다. 다만 정법명왕(正法明王)을 글자 그대로 풀이하여 정법(正法)은 바른 법이라 해석하고, 명왕(明王)은 밝은 왕이라고 보면 안 된다는 것을 이미 설명을 하였음을 다시 한번 기억해 두어야 한다. 또한 관자재는 곧 관세음보살을 말함이다. 신역(新譯), 구역(舊譯)을 굳이 말하지 않더라도 보고 들음에 있어서 자유자재하기에 관자재(觀自在)라고 하고, 중생의 고통을 보고 들음에 걸림이 없기에 관세음(觀世音)이라고 한다.


## 영입삼도이유정 影入三途利有情
## 그림자를 삼도에 드리워서 중생을 이롭게 하시고

영입(影入)에서 영(影)은 단순한 그림자가 아니라 위신력과 가피력을 말함이다. 그러면 이러한 위신력을 어디에 드리운다고 말하는가 하면 바로 삼도(三途)라고 말함이다. 삼도는 삼악도(三惡道)의 준말로써 이를 다르게 표현하여 삼악(三惡)이라고 한다.

불교에서 말하는 삼악은 죄에 따라 받게 되는 지옥·아귀·축생 등 세 가지 세계를 말한다. 여기에는 고통이 항상 따르기에 삼도고(三途苦)라고 말하며 여기에다 아수라를 더하면 삼악사취(三惡四趣)라고 한다.

그러면 삼악이 생기는 근본적인 원인은 어디 있느냐고 말하는가 하면 곧 욕심·성냄·어리석음으로 인하여 삼도로 빠진다고 하였다. 그러기에 불교에서는 이러한 것들을 삼독이라고 단정을 지어서 말한다. 그러므로 여기서 말하는 삼도의 세상은 어디 따로 있는 곳이 아니라 우리가 사는 세상이 바로 삼악도의 세상이 되기도 하는데, 이는 곧 마음 씀에 따라 생겨나는 것이므로 불교는 마음을 엄청나게 강조하는 것이다.

북방불교는 부처님을 관세음보살이라는 방편으로 내세워 우리와 함께한다는 것이 바로 영입(影入)이다. 그리고 뒤이어서 나오는 유정(有情)은 살아 있는 모든 것을 가리키는 것으로 이는 곧 중생을 말하며 여기에다 이(利)라는 내용을 가미하여 그 목적을 확실하게 드러내고 있다. 이를 다시 살펴보면 중생 위에 군림하고자 하는 관세음보살이 아니라 우리에게 이익을 주고자 함께한다는 메시지를 고스란히 나타내고 있다.


## 형분육도증무식 形分六道曾無息
**그 모습을 육도에 나누어 일찍 쉬지도 않고 제도하시네.**

형분(形分)은 형상을 나눈다는 뜻이다. 이는 관세음보살이 32응신으로 중생에게 늘 다가선다는 것을 말하고 있다. 그러므로 위에 설명한 영입(影入)이나 형분(形分)에 대해서 법화경(法華經) 관세음보살보문품에서는 이를 보문시현(普門示現)이라 하여 중생들의 근기에 따라 방편의 몸으로 늘 나툰다는 뜻이다. 여기서 보문(普門)은 곧 무량문(無量門)이라고 할 수 있다. 형분은 관세음보살의 광대원만(廣大圓滿)한 자비를 말하기에 이를 대자대비라고 하는 것이다.

육도(六道)는 여섯 가지 길을 말하는 것으로 모든 중생이 지은 선악의 업에 따라 지옥·아귀·축생·인간·아수라·천상으로 윤회한다는 여섯 가지 세계를 말한다. 이를 달리 표현하면 우리들의 삶을 그렇게 말한 것이다. 고로 마음에 극락이 있고 지옥이 있다고 하는 것이다.

증(曾)은 '일찍이' 이러한 표현이다. 여기에다 무식(無息)이라는 표현을 사용하여 중생을 제도하면서 단 한 번도 일찍 쉬어본 적이 없다는 표현이다. 관세음보살을 정근할 때 원력홍심(願力弘深)은 관세음보살이 중생을 구제하겠다는 넓고 깊은 원력을 말하는 것이다. 그리고 관세음보살이 방편의 몸으로 나투신 것은 곧 구고구난(求苦求難)이다. 여기서 구고(救苦)는 고통에 있는 중생들을 구하고, 구난(救難)은 어려움에 빠진 중생들을 구제한다는 뜻이다. 그러므로 관세음보살은 중생을 제도하기 위하여 끊임없이 여러 몸으로 나투어 우리와 함께하는 것이다.

# 보현행원위신력 普賢行願威神力

## 보례게 普禮偈

**普賢行願威神力 普現一切如來前**
보현행원위신력 보현일체여래전

**一身復現刹塵身 一一遍禮刹塵佛**
일신복현찰진신 일일편례찰진불

보현보살 행원의 위신력으로
널리 일체 여래 앞에 몸을 나투고
한 몸 다시 찰진수의 몸(刹塵身)을 나투어
찰진수 부처님께 빠짐없이 예배합니다.

산보집 시식단규(施食壇規)에서 보례게(普禮偈) 가운데 소유시방세계중(所有十方世界中) 편에 이어서 나오는 게송의 하나이다. 게송의 출처는 40권 화엄경 권 제40 입부사의해탈경계보현행원품(入不思議解脫境界普賢行願) 보현보살의 게송을 인용하였다.

### 보현행원위신력 普賢行願威神力
### 보현보살 행원의 위신력으로

보현을 보살로 나타내면 보현보살이며 행으로 나타내면 보현행이다. 그러므로 보현은 실천의 행을 말한다. 화엄경의 마무리는 부처님 말씀을 들었으면 실천하라는 의미이다. 실천하지 않으면 한낱 미사여구에 지나지 않기 때문이다. 그러므로 이를 실천하는 것이 곧 위신력이다.

**보현일체여래전 普現一切如來前**
**널리 일체 여래 앞에 몸을 나투고**

우리가 보현의 행을 하는 것이 곧 모든 부처님 앞에 이 몸을 나투는 것이다. 그러나 이를 모르면 방편으로 설정된 보현보살이 부처님 앞에 몸을 나타내는 것으로 착각하게 된다.

**일신복현찰진신　一身復現刹塵身**
**한 몸 다시 찰진수의 몸(刹塵身)을 나투어**

원(願)을 세웠으면 행(行)해야 하고 그 행은 한 번에 그치는 것이 아니라 계속 이어나 가야 하기에 이 몸을 먼지와 같은 몸으로 비유를 하여 그 행을 이어나감을 서원하는 것이다.

**일일편례찰진불 一一遍禮刹塵佛**
**찰진수 부처님께 빠짐없이 예배합니다.**

깨닫고 나면 이 세상 모든 이가 부처 아님이 없다. 그러므로 중생도 미진수(微塵數) 고 부처도 미진수다. 까닭에 모든 부처님께 예배한다고 하였으니 이는 곧 인즉시불 (人即是佛) 사상을 그대로 나타내고 있다.

# 복비인천리막궁 福庇人天利莫窮

## 북구로주 제4 소빈타 蘇頻陁

**福庇人天利莫窮 娑婆世界運神通**
복비인천리막궁 사바세계운신통

**衝霞帶霧離霄漢 出定辭天過月宮**
충하대무리소한 출정사천과월궁

사람과 하늘 복으로 덮어 그 이익 다함이 없고
사바세계 오고 감에 신통으로 운행하네.
노을 속으로 안개 두르고 하늘을 떠나며
선정에서 나와 하늘을 하직하고 월궁을 떠나시네.

작법귀감에서 나한에게 올리는 큰 예법인 나한대례(羅漢大禮) 중 북구로주(北俱盧洲)의 제4 소빈타(蘇頻陁)존자에게 올리는 가영이다. 소빈타 존자는 십육나한 가운데 네 번째 존자로 자신의 권속이 칠백나한과 함께 북구로주에 머물며 정법을 수호하고 유정중생들을 이롭게 한다고 여기고 있다.

북구로주는 북주(北洲) 또는 울단월(鬱單越)이라고도 하며 한역하여 승생(勝生), 승처(勝處)라고 한다. 수미산을 중심으로 하는 네 개의 주(洲) 가운데 수미산 북쪽의 바다에 있다고 하여 북구로주라고 한다.

### 복비인천리막궁 福庇人天利莫窮
사람과 하늘 복으로 덮어 그 이익 다함이 없고

비(庇)는 덮다, 감싸다라는 뜻이므로 복비(福庇)는 복으로 감싸준다는 의미다. 그리고 그 대상이 인간은 물론이고 하늘 사람까지도 그렇게 하여 그 이익도 한량이 없어서 무궁하다고 하였다. 여기서 궁(窮)은 궁(窮)과 같은 글자다.


**사바세계운신통娑婆世界運神通**
**사바세계 오고 감에 신통으로 운행하네.**

소빈타 존자의 능력을 말하는 것으로 오고 감에 걸림이 없다는 표현이다.


**충하대무리소한 衝霞帶霧離霄漢**
**노을 속으로 안개 두르고 하늘을 떠나며**

해 저무는 노을은 안개처럼 이어짐이 하늘을 찌를 듯하다는 표현은 소빈타 존자가 있다는 구로주를 미화한 것이다. 여기서 소한(霄漢)은 하늘을 말함이다.


**출정사천과월궁 出定辭天過月宮**
**선정에서 나와 하늘을 하직하고 월궁을 떠나시네.**

소빈타 존자는 선정에서 나와 천상에서 말씀을 마치고 월궁(月宮)으로 간다는 표현이며 월궁은 달 속에 있다는 전설 속의 궁전이다.

# 본사석가모니불 本師釋迦牟尼佛

## 운심게 運心偈

本師釋迦牟尼佛 六年苦行出山來
본사석가모니불 육년고행출산래

初坐菩提樹王下 臘月八日夜未晨
초좌보리수왕하 납월팔일야미신

본사이신 석가모니 부처님은
6년 동안 고행 수고를 하시고 하산하시어
처음으로 보리수 아래에 앉으시고
섣달 8일 밤 새벽 채 못되어서

因見明星成正覺 應供牧女乳味粥
인견명성성정각 응공목녀유미죽

應時降起諸形相 種種光明神通變
응시강기제형상 종종광명신통변

밝은 샛별 보시고 정각을 이루시고
목녀(牧女)의 유미죽(乳味粥) 공양을 받으셨네.
때를 따라 모든 형상을 일으키시고
갖가지 광명으로 신통 변화 보이셨네.

三十二相遍莊嚴 八十種好皆圓滿
삼십이상변장엄 팔십종호개원만

住世七十有九年 教談三百六十會
주세칠십유구년 교담삼백육십회

삼십이상(三十二相)으로 두루 장엄하시고
팔십종호(八十種好)가 모두가 원만하네.
79년 동안 이 세상에 머무시면서
360회를 설법하여 가르치셨네.

觀根逗教不參差 說法利生咸解脫
관근두교불참차 설법리생함해탈

我今獻粥亦如是 回作自他成佛因
아금헌죽역여시 회작자타성불인

근기에 따라 가르침이 고르시니
법 설하여 중생들을 모두 다 해탈시키셨네.
제가 지금 죽을 올리는 것도 이와 같으니
나와 남이 성불의 인(因)을 지음이네.

慈悲受供增善根 常住不滅轉法輪
자비수공증선근 상주불멸전법륜

자비로써 이 공양 받으시고 선근이 늘어나서
이 세상에 항상 계셔서 영원히 법륜을 굴리소서.

산보집 성도재작법절차(成道齋作法節次)에 나오는 운심게(運心偈)다. 운심게라고 하는 것은 삼보 또는 성중을 소청(召請)하는 작법에서 공양을 청하는 게(偈)를 말하며 이때 올리는 공양을 운심공양이라고 한다. 진언을 하면 운심공양진언(運心供養眞言)이다.

여기서 운심(運心)이라고 하는 것은 공양을 올리는 이의 진심을 드러내는 것을 말하므로 지극한 마음을 말한다. 그리고 게송의 주된 내용은 부처님께서 정각을 이루는 부분과 수자타가 유미(乳糜) 공양 올림을 찬탄하고 있다.

본사석가모니불 육년고행출산래

本師釋迦牟尼佛 六年苦行出山來

본사이신 석가모니 부처님은 6년 동안 고행 수고를 하시고 하산하시어

초좌보리수왕하 납월팔일야미신

初坐菩提樹王下 臘月八日夜未晨

처음으로 보리수 아래에 앉으시고 섣달 8일 밤 새벽 채 못되어서

본사(本師)는 근본이 되는 교사(敎師)를 말하므로 곧 석가모니부처님을 말한다. 이를 법화경에서는 본불(本佛)이라고 하였다. 따라서 불교는 본불의 가르침을 따르는 것이라는 것을 잊어서는 안 된다.

6년 고행이라고 하는 것은 부처님께서 도를 이루기 위하여 고행을 하였으나 고행으로는 도를 이루기 어렵다는 것을 자각하시고 고행림에서 나오셔서 네란자강으로 가목욕을 하게 되는데 이를 출산래(出山來)라고 표현을 하였다. 보리수 아래에 앉으시어 납월 팔일이 밝아오기 전에 이러한 표현이지만 산보집에 실린 운심게는 순서가 다소 이상하게 설정되었다.

인견명성성정각 응공목녀유미죽

因見明星成正覺 應供牧女乳味粥

밝은 샛별 보시고 정각을 이루시고 목녀의 유미 공양을 받으셨네.

응시강기제형상 종종광명신통변

應時降起諸形相 種種光明神通變

때를 따라 모든 형상을 일으키시고 갖가지 광명으로 신통 변화 보이셨네.

하여튼 납월 팔일 날 새벽에 밝은 별을 보시고 정각을 이루었다고 하여 이를 북방불교에서는 인견명성운오도(因見明星云悟道)라고 하지만 이를 입증하는 경전은 그 어디에도 없다. 부처님은 밝은 별을 보시고 도를 이루신 것이 아니라 자신과의 싸움에서 이긴 승리자이다.

목녀(牧女)는 수자타 여인을 말한다. 네란자강에서 목욕을 마치시고 수행처로 가시는 중에 수자타 여인이 올린 유미공양을 받으시게 된다. 그러나 산보집 운심게는 이 부분이 정각을 이룬 이후로 설정되어 이상하게 되어 버렸다. 응시(應時)는 상황에 맞

추어서 또는 때에 맞추어 갖가지 화신을 보이시고 갖가지 신통력으로 중생을 제도하였다고 찬탄하고 있다.

삼십이상변장엄 팔십종호개원만
三十二相遍莊嚴 八十種好皆圓滿
삼십이상으로 두루 장엄하시고 팔십종호가 모두가 원만하네.

주세칠십유구년 교담삼백육십회
住世七十有九年 敎談三百六十會
79년 동안 이 세상에 머무시면서 360회를 설법하여 가르치셨네.

삼십이상팔십종호(三十二相八十種好)는 부처님의 몸매의 위신력을 찬탄하는 것이다. 부처님은 79년 동안 사바세계에 머무셨고 49년 동안 중생을 위하여 설법하셨으며 이 기간 동안 법회를 여심이 360회라는 표현이다.

관근두교불참차 설법리생함해탈
觀根逗敎不參差 說法利生咸解脫
근기에 따라 가르침이 고르시니 법을 설하여 모두 다 해탈시키셨네.

아금헌죽역여시 회작자타성불인
我今獻粥亦如是 回作自他成佛因
제가 지금 죽을 올림도 이와 같으니 나와 남이 성불의 인(因)을 지음이네.

관근(觀根)은 근기를 살핀다는 뜻이므로 이는 부처님의 대자대비를 말함이다. 두교(逗敎)는 머물러서 법을 말씀하셨다는 표현이고, 참차(參差)는 길고 짧고 들쭉날쭉하여 같지 않다는 표현으로 이는 중생의 근기에 따라 법을 설하시기에 그러하다.

법을 듣는 자는 반드시 이익이 있으니 이는 해탈을 얻음이다. 이러한 마음으로 수자타가 올린 유미(乳糜)를 받으시고 깨달음을 얻으셨듯이 저도 또한 죽 공양을 올려서 깨달음을 얻기를 바란다는 표현이다.

회작(回作)은 돌이켜 짓는다는 표현으로 이는 수자타가 올린 공양처럼 오늘 죽 공양을 올리는 나도 그러한 인연이 지어지기를 바란다는 표현이다. 이로 인하여 나와 더불어 모든 사람이 성불할 수 있는 인연을 짓기를 바란다는 표현이다.


**자비수공증선근**
**慈悲受供增善根**
**자비로써 이 공양 받으시고 선근이 늘어나서**

**상주불멸전법륜**
**常住不滅轉法輪**
**이 세상에 항상 계셔서 영원히 법륜을 굴리소서.**

자비로써 제가 올린 공양을 받으시고 부디 선근의 인연을 증장시켜 달라는 간청이다. 이와 더불어 부처님이시여! 사바세계 중생과 함께하시어 법륜을 굴려 달라는 간청으로 마무리를 하고 있다.

# 본시왕궁부귀신 本是王宮富貴身

## 제26 조사 불여밀다굴 不如密多掘 존자

**本是王宮富貴身 却來弘護大乘人**
본시왕궁부귀신 각래홍호대승인

**化山復壓持來衆 徒把螢光鬪日輪**
화산복압지래중 도파형광투일륜

본시 왕궁의 부귀한 몸이었는데
돌이켜 보니 대승법을 크게 보호하는 사람 되었네.
산을 변화하여 그걸 가져온 사람을 억누르니
부질없이 반딧불을 가지고 와서 태양과 다툰 격이네.

산보집 선문조사예참(禪門祖師禮懺)에 실린 제26 조사 불여밀다굴(不如密多掘) 존자에 대한 가영이다.

불여밀다(不如密多)는 남인도 득승왕(得勝王)의 아들이며 선종의 전등 계보에서 인도의 제26 조사를 말함이다. 제25 조사 바사사다(婆舍斯多 IS Vasi-asita)가 법을 얻은 다음 돌아다니며 교화하다가 남인도에 이르렀는데, 당시 남인도의 득승왕은 외도를 신봉하여 바사사다를 원수와 같이 여기던 중 태자인 불여밀다가 간하여 감옥에 가두었다. 왕은 삿된 법을 퍼뜨린다는 죄목으로 바사사다를 죽이고자 생각하였으나 불교의 교리에 대하여 서로 문답을 나누어 그 부당함을 드러내려 했다. 그러나 도리어 바사사다의 논리에 승복하여 후회하며 절을 올리고 방면했으며 그와 동시에 불여밀다 태자도 출가하여 6년 동안 공부한 끝에 바사사다에게 법을 전수받고 26조가 되었다. 법을 얻은 다음 불여밀다는 교화를 펼치며 돌아다니다가 동인도에 이르렀다. 그 나라의 국왕인 견고(堅固)는 장조범지(長爪梵志)라는 외도를 신봉하고 있었는데, 불여밀다가 정법으로 범지의 법을 승복시키고 왕에게 법요를 설하여 불법의 진실한 가르침으로 이끌었다. 그 뒤 60년 동안 그 땅에서 중생을 교화하였다.

경덕전등록 권2에 따르면, 388년(태원13)

眞性心地藏 無頭亦無尾 應緣而化物 方便呼爲智
진성심지장 무두역무미 응연이화물 방편호위지

진실한 성품은 심지에 간직되어 있으니,
머리도 없고 꼬리도 없도다.
인연에 응하여 중생을 교화하니,
방편으로 그것을 지혜라 부른다네.

위 게송을 반야다라(般若多羅)에게 전한 다음 결가부좌를 맺은 채 입적하고, 불로 변하여 자신의 몸을 태웠다. 그러자 견고왕이 그의 사리를 수습하여 봉안했다고 한다.

참고로 산보집에서는 불여밀다굴(不如密多掘) 존자라고 하였으나 불교사전에는 이러한 표현은 없으며 불여밀다(不如密多)로 실려 있다.


**본시왕궁부귀신 本是王宮富貴身**
**본시 왕궁의 부귀한 몸이었는데**

본시(本是)는 본디, 본래 이러한 표현이다. 본디 왕궁에서 부귀를 누릴 수 있는 귀한 몸이라고 하는 것은 불여밀다 존자가 출가 이전에 득승왕(得勝王)의 아들인 태자였기 때문이다.


**각래홍호대승인 却來弘護大乘人**
**돌이켜 보니 대승법을 크게 보호하는 사람 되었네.**

각래(却來)는 돌이켜 본다는 뜻이다. 이는 불여밀다존자가 출가 이전에는 왕자였으나 출가 후에는 부처님 법을 널리 홍포하는 사문이 되었다는 것을 말한다.


**화산복압지래중 化山復壓持來衆**
**산을 변화하여 그걸 가져온 사람을 억누르니**

화산(化山)은 변화로써 이루어진 산을 말하며 복압(復壓)은 범지가 환술로써 만든 산을 존자의 이마에 올렸는데 존자가 다시 이 산을 범지의 이마 위에 올리자 범지가 그만 굴복을 하였다는 표현이다.

불여밀다가 동인도에 이르렀을 때 그 나라 견고왕은 외도의 스승인 장조범지(長爪梵志)를 따르고 있었다. 존자가 그 나라에 도착하자 견고왕과 범지는 모두 흰 서기가 위아래로 뻗은 것을 보고 왕이 묻기를 이게 무슨 상서인가 하고 묻자, 범지는 존자가 들어올 징조를 알아챘으나 왕이 불법을 믿을까 염려하여 거짓으로 답하기를 악마가 나타날 징조라고 하였다. 그러고 나서 범지는 무리들을 모아 의논하기를 불여밀다가 여기에 온다면 누가 그를 꺾겠는가? 그러자 범지의 제자들은 저희들에게는 제각기 주술이 있어 천지를 움직일 수 있고 물이나 불속에 들어갈 수도 있는데 무슨 걱정이냐고 하였다.

존자가 이르러 왕에게 가니 왕이 말하기를 그대는 여기에 무엇을 하러 왔느냐고 묻자 중생을 제도하고 한다고 하였다. 왕이 어떤 방법으로 제도를 하겠느냐고 묻자 제각기 근기에 따라 제도할 것이라고 하였다. 그러자 범지가 이 말을 듣고 분함을 참지 못하여 요술로써 큰 산을 변화시켜 존자의 정수리 위에 올려두었다. 이에 존자가 손가락으로 머리 위의 산을 가리키니 홀연히 범지의 머리 위로 옮겨갔다. 이에 범지는 존자에게 귀의하였다. 그러자 존자가 다시 그 산을 가리키자 요술로써 만든 산은 홀연히 사라졌다는 고사를 말하고 있다.


## 도파형광투일륜 徒把螢光鬪日輪
부질없이 반딧불을 가지고 와서 태양과 다툰 격이네.

범지를 따르던 무리들이 존자에게 대적하였으나 이는 반딧불을 손에 쥐고 태양과 맞서서 다투려고 한다고 비유하였으니 곧 어리석음을 말한다.

# 본시중선중상수 本是衆仙中上首

## 제6 조사 미차가 彌遮迦 존자

本是衆仙中上首 小流歸海自成波
본시중선중상수 소류귀해자성파

大乘況有干霄氣 直下求人不在多
대승황유간소기 직하구인불재다

본래부터 여러 선인들 중 우두머리였는데
작은 냇물 바다로 들어가 파도를 이루었네.
대승으로 나아감에 하물며 하늘을 찌를 듯한 기운이라서
곧바로 내려와 사람 구함은 여러 말이 필요 없다.

산보집 선문조사예참(禪門祖師禮懺)에서 제6 조사 미차가(彌遮迦) 존자에 대한 가영
이다. 미차가 존자는 중인도 출신으로 인도 28조 가운데 제6 조사에 해당한다.


**본시중선중상수 本是衆仙中上首**
본래부터 여러 선인들 중 우두머리였는데

미차가는 대선인(大仙人) 8,000여 명을 이끄는 지도자였지만 제5조 제다가(提多迦)
존자를 만나 감화하여 그를 따르던 제자들과 더불어 귀의하였다.


**소류귀해자성파 小流歸海自成波**
작은 냇물 바다로 들어가 파도를 이루었네.

소류(小流)는 실개천을 말한다. 그러나 바다도 실개천이 없으면 이루어지지 못한다.

이러하듯 미차가 존자를 따르던 8,000여 명의 제자들이 함께 불교에 귀의하게 되었으므로 이를 바다에 비유하였다.


## 대승황유간소기 大乘況有干霄氣
## 대승으로 나아감에 하물며 하늘을 찌를 듯한 기운이라서

여기서는 미차가 존자가 불교에 귀의함을 대승으로 나아감으로 비유하였으며, 이러한 행을 함에 있어서 누가 이를 간섭하겠느냐고 하는 말이다. 간소(干霄)는 하늘을 찌를 듯한 힘을 말한다.


## 직하구인불재다 直下求人不在多
## 곧바로 내려와 사람 구함은 여러 말이 필요 없다.

직하(直下)는 곧바로 내려간다는 표현이며, 부재다(不在多)는 여러 일이 필요 없다는 말로, '부재다'에서 언(言)을 붙이면 '여러 말이 필요 없다'라는 표현이 된다. 미차가 존자는 여러 사람을 불법으로 구제했다는 표현이다.

# 봉송고혼계유정 奉送孤魂泊有情

## 봉송게 奉送偈

奉送孤魂泊有情 地獄餓鬼及傍生
봉송고혼계유정 지옥아귀급방생

我於他日建道場 不違本誓還來赴
아어타일건도량 불위본서환래부

고혼과 유정과 더불어
지옥, 아귀와 방생(傍生)들까지도 봉송하옵니다.
저희들이 다른 날 도량을 세울 때에도
본래의 서원 잊지 말고 다시 돌아오소서.

작법귀감에서 일상적으로 사용하는 시식에 대한 의식인 상용시식의(常用施食儀)에
나오는 게송으로 영가를 시식시키고 나서 보내 드리면서 읊는 게송을 봉송게(奉送
偈)라고 한다.


### 봉송고혼계유정 奉送孤魂泊有情
고혼과 유정과 더불어

고혼(孤魂)은 아무도 돌봐주는 이가 없는 외로운 영혼을 말하며, 계(泊)는 급(及)하고
같은 맥락이며 부사로 쓰여서 '및'이라는 뜻이다. 유정(有情)은 인정이나 동정심이 있
는 것을 말하기에 숨 쉬는 중생을 말한다. 여기서는 호흡하는 중생과 죽은 영혼을 말
한다.

**지옥아귀급방생 地獄餓鬼及傍生**
지옥, 아귀와 방생(傍生) 들까지도 봉송하옵니다.

지옥(地獄)은 극락과 대비되는 곳으로 여기서는 지옥 중생을 말하며, 아귀(餓鬼)는 아귀도에 빠진 굶주린 중생을 말한다. 그리고 방생(傍生)은 몸이 옆으로 되어 있는 생물인 벌레, 물고기, 날짐승 등을 말한다.


**아어타일건도량 我於他日建道場**
저희들이 다른 날 도량을 세울 때에도

여기서 도량을 세웠다고 하는 것은 곧 법단을 말한다. 그러므로 다음에 법단을 차려서 법을 설할 때를 말한다.


**불위본서환래부 不違本誓還來赴**
본래의 서원 잊지 말고 다시 돌아오소서.

본래의 서원이라고 하는 것은 '성불하겠다는 서원'을 말한다. 그러므로 이러한 서원을 이루려면 법을 들어야 하기에 다시 불법을 들으러 오라는 권청(勸請)이다.

# 봉송명부예배간 奉送冥府禮拜間

奉送冥府禮拜間 錢馬燒盡風吹歇
봉송명부예배간 전마소진풍취헐

消灾增福壽如海 永脫客塵煩惱焰
소재증복수여해 영탈객진번뇌염

명부의 모든 신들 예배하고 봉송하오니
돈과 말을 다 태우니 바람 불어 날아가네.
재앙은 소멸되고 복과 수명 바다처럼 더해지며
객진 번뇌의 불속을 영원히 해탈하소서.

십전올올환본위(十殿兀兀還本位) 편의 설명을 참고하시오.

# 봉송사자귀소속 奉送使者歸所屬

## 봉송게 奉送偈

**奉送使者歸所屬 不違佛語度羣迷**
봉송사자귀소속 불위불어도군미

**普期時分摠來臨 惟願使者登雲路**
보기시분총래림 유원사자등운로

사자(使者)를 받들어 보내오니 본래 소속으로 돌아가시되
부처님의 어리석은 무리 건지란 말씀 어기지 마소서.
시와 분에 맞춰 모두 내려오시기를 기약하시고
오직 바라건대 사자들은 구름길로 오르소서.

산보집, 범음집 등에 고루 등장하는 봉송게다. 우리나라 재의례는 특이하게 불보살도 초청을 하고 영가도 초청을 하므로 재(齋)가 끝날 무렵이면 불보살과 더불어 저승사자, 영가 등을 보내는 의례를 행한다. 여기서는 사자(使者)를 청하였다가 다시 돌려보내는 의례에서 행하는 게송이다. 사자(使者)는 불보살의 교명(敎命)이나 자비 등을 받들어 전달하는 시자(侍者)로 설정되어 있으나 이는 중국 도교의 영향이지 불교하고는 관련이 없다. 이러한 설정은 좀 더 발전되어 사자도(使者圖)까지 생겨나게 되었다.

## 봉송사자귀소속 奉送使者歸所屬
사자(使者)를 받들어 보내오니 본래 소속으로 돌아가시되

사자(使者)에게 갖은 예를 다하여 보내드리는 의식으로 사자가 본래 소속의 자리로 돌아가더라도 이러한 뜻이다.

불위불어도군미 不違佛語度羣迷
부처님의 어리석은 무리 건지란 말씀 어기지 마소서.

불위(不違)는 어기지 말라, 이러한 표현이며 이는 뒤이어서 나오는 불어(佛語)가 있으므로 부처님의 가르침을 어기지 말라는 표현이다. 여기서 부처님의 가르침이란 미혹한 중생을 제도하라는 분부를 말함이다. 여기서 군(羣)은 군(群)과 같은 뜻으로 군생(群生)을 말하는 것으로 곧 중생을 뜻한다.


보기시분총래림 普期時分摠來臨
시와 분에 맞춰 모두 내려오시기를 기약하시고

다음 날 법회가 있으면 시간을 어기지 말고 모두 내려오기를 널리 기약하라는 청(請)이다.


유원사자등운로 惟願使者登雲路
오직 바라건대 사자들은 구름길로 오르소서.

유원(惟願)은 유원(唯願)과 같은 의미로 오직 원하건대 이러한 표현이다. 사자들은 돌아갈 때 구름길로 오르라는 표현이다.

# 봉송사자제권속 奉送使者諸眷屬

奉送使者諸眷屬 悉發菩提得三昧
봉송사자제권속 실발보리득삼매

我於他日建道場 不違本誓還來赴
아어타일건도량 불위본서환래부

사자와 모든 권속들을 받들어 전송하오니
깨달음의 마음을 일으켜 삼매를 증득하소서.
저희들이 다른 날 도량을 세울 때에도
본래의 서원 어기지 말고 다시 돌아오소서.

봉송풍도대제왕(奉送酆都大帝王) 편의 설명을 참고하시오.

# 봉송판관귀왕중 奉送判官鬼王衆

奉送判官鬼王衆 各離業道證菩提
봉송판관귀왕중 각리업도증보리

奉送將軍童子衆 悉除熱惱得淸涼
봉송장군동자중 실제열뇌득청량

판관과 귀왕(鬼王) 대중을 받들어 전송하오니
각각 업보의 세계를 여의고 깨달음을 증득하소서.
장군과 동자 대중을 받들어 전송하오니
치성한 번뇌를 다 없애고 맑고 시원함을 증득하소서.

봉송풍도대제왕(奉送酆都大帝王) 편의 설명을 참고하시오.

# 봉송풍도대제왕 奉送酆都大帝王

## 봉송게 奉送偈

奉送酆都大帝王 回向菩提無上果
봉송풍도대제왕 회향보리무상과

奉送十殿冥王衆 速證如來正法身
봉송십전명왕중 속증여래정법신

풍도대제(酆都大帝)의 왕을 받들어 전송하오니
보리의 위없는 불과에 회향하소서.
시왕전 명부의 왕 대중들을 받들어 전송하오니
여래의 바른 법신 하루속히 증득하소서.

※ 풍도왕(酆都王)은 풍도지옥(酆都地獄)을 담당하는 왕이다.

奉送判官鬼王衆 各離業道證菩提
봉송판관귀왕중 각리업도증보리

奉送將軍童子衆 悉除熱惱得淸涼
봉송장군동자중 실제열뇌득청량

판관과 귀왕(鬼王) 대중을 받들어 전송하오니
각각 업보의 세계를 여의고 깨달음을 증득하소서.
장군과 동자 대중을 받들어 전송하오니
치성한 번뇌를 다 없애고 맑고 시원함을 증득하소서.

奉送使者諸眷屬 悉發菩提得三昧
봉송사자제권속 실발보리득삼매

我於他日建道場 不違本誓還來赴
아어타일건도량 부위본서환래부

사자와 모든 권속들을 받들어 전송하오니
깨달음의 마음을 일으켜 삼매를 증득하소서.
저희들이 다른 날 도량을 세울 때에도
본래의 서원 어기지 말고 다시 돌아오소서.

산보집에서 시식을 끝내고 재를 지내기 위하여 청(請)한 이들을 다시 돌려보내는 봉
송게(奉送偈)다.

# 봉청시방삼세불 奉請十方三世佛

## 봉청게 奉請偈

奉請十方三世佛 龍宮海藏妙萬法
봉청시방삼세불 용궁해장묘만법

菩薩緣覺聲聞衆 不捨慈悲願降臨
보살연각성문중 불사자비원강림

받들어 청하오니 시방 삼세의 모든 부처님과
바다 속 용궁에 간직되어 있는 미묘한 온갖 법장과
보살, 연각, 성문 대중들이여!
자비를 버리지 마시고 강림하여 주시기를 원합니다.

산보집에서는 새벽에 부처님 전에 향을 사르고 의례를 행하는 신분수작법절차(晨焚修作法節次) 가운데 삼보를 청하는 가영(歌詠)으로 나오며 범음집 등에도 실려 있다.

### 봉청시방삼세불 奉請十方三世佛
받들어 청하오니 시방 삼세의 모든 부처님과

시방삼세(十方三世) 부처님을 줄여서 표현하면 제불(諸佛)이다. 그러므로 모든 부처님을 이 법회에 받들어 청한다는 표현이며, 이는 삼보 가운데 불(佛)에 대한 언급이다.

### 용궁해장묘만법 龍宮海藏妙萬法
바다 속 용궁에 간직되어 있는 미묘한 온갖 법장과

불법이 용궁의 바다 창고 안에 숨겨져 있다고 하는 표현으로 이는 부처님 말씀이 만나기 쉽지 않다는 거룩한 표현이다. 그러므로 부처님 법은 미묘하여 말씀의 창고이기에 법장(法藏)이라고 한다. 여기서는 법(法)을 논하고 있다.


## 보살연각성문중 菩薩緣覺聲聞衆
## 보살, 연각, 성문 대중들이여!

보살대중, 연각대중, 성문대중을 말하므로 이는 승보(僧寶)를 일컫는다. 보살은 산스크리트어 보디사트바(Bodhisattva)의 음사(音寫)인 보리살타(菩提薩埵)의 준말로써 그 뜻은 일반적으로 '깨달음'을 구해서 수도하는 중생, 구도자, 지혜를 가진 자 등으로 풀이된다. 연각(緣覺)은 자신의 깨달음만을 위해 홀로 수행하는 자로서 독각(獨覺), 벽지불(辟支佛)이라고도 하며, 이는 연각승(緣覺乘)의 준말이다. 성문(聲聞)은 부처의 설법을 듣고 사제(四諦)의 이치를 깨달아 아라한(阿羅漢)이 된 불제자(佛弟子)를 말한다.


## 불사자비원강림 不捨慈悲願降臨
## 자비를 버리지 마시고 강림하여 주시기를 원합니다.

불사(不捨)는 버리지 말라는 뜻이므로 이어지는 자비(慈悲)와 합하여서 자비를 버리지 마시라는 표현이다. 이는 공양 올리는 이의 정성을 받아달라는 의미이다. 강림(降臨)은 부처님이 인간세계에 내려오는 것을 말하므로 이는 오늘 법회에 함께해달라는 간청이다.

# 봉청시방제현성 奉請十方諸賢聖

## 봉청게 奉請偈

奉請十方諸賢聖 梵王帝釋及諸天
봉청시방제현성 범왕제석급제천

伽藍八部神祇等 不捨慈悲臨法筵
가람팔부신기등 불사자비임법연

받들어 청합니다. 시방세계의 모든 현성들과
범왕 제석, 그리고 여러 하늘들과
가람을 옹호하는 팔부(八部)와 더불어 신기(神祇)들이여
자비를 버리지 마시고 법회 자리에 강림하소서.

산보집 시주이운(施主移運)에서 현성(賢聖) 대중을 청하는 가영이다.


**봉청시방제현성 奉請十方諸賢聖**
받들어 청합니다. 시방세계의 모든 현성들과

봉청(奉請)이라는 표현은 법회를 거행하거나 재(齋)의례를 행할 때 제일먼저 불보살이나 제신(諸神) 등이 도량에 강림하기를 청하는 것을 말한다. 예를 들어 삼보를 청하면 봉청삼보(奉請三寶)라고 표현한다. 여기서는 시방세계의 모든 현성(賢聖)들을 권청(勸請)하고 있다는 것을 알 수 있다. 여기서 현성이라고 하는 것은 삼현십성(三賢十聖)을 줄인 표현으로 삼현은 십주(十住), 십행(十行), 십회향(十回向)의 지위를 말함이고 십성은 초지(初地) 이상에서 십지(十地)까지 지위의 보살을 말한다.

불교에서 현성(賢聖)은 현인(賢人)과 성자(聖者)를 말하며 성현(聖賢)과 같은 표현이다. 지금 시주물을 이운하므로 모든 성현대중을 청한다는 표현이며, 현성이 누구인지

에 대해서는 이어지는 게송을 보면 알 수 있다.


## 범왕제석급제천 梵王帝釋及諸天
## 범왕 제석, 그리고 여러 하늘들과

범왕(梵王)은 대범천왕(大梵天王)을 말함이고, 제석(帝釋)은 제석천왕(帝釋天王), 제천(諸天)은 사천왕(四天王)인 동방 지국천왕(持國天王), 서방 광목천왕(廣目天王), 남방 증장천왕(增長天王), 북방 다문천왕(多聞天王)을 말함이다. 그리고 여러 하늘의 대중들도 이 자리에 함께해달라고 간청하고 있다.


## 가람팔부신기등 伽藍八部神祇等
## 가람을 옹호하는 팔부(八部)와 더불어 신기(神祇)들이여

가람(伽藍)은 승가람마(僧伽藍摩)의 준말로 수행승들이 모여 사는 영역을 말한다. 곧 사원(寺院)을 뜻하며 흔히 도량(道場)이라고 한다. 팔부는 도량을 옹호하는 팔부신중(八部神衆)인 천(天), 용(龍), 야차(夜叉), 아수라(阿修羅), 건달바(乾達婆), 긴나라(緊那羅), 가루라(迦樓羅), 마후라가(摩睺羅迦) 등이다. 신기(神祇)는 천신지기(天神地祇)를 말하므로 하늘의 신(神)과 땅의 신(神)을 말한다.


## 불사자비임법연 不捨慈悲臨法筵
## 자비를 버리지 마시고 법회 자리에 강림하소서.

불사자비(不捨慈悲)는 불사(不捨)와 자비(慈悲)가 합쳐진 표현이다. 여기서 불사(不捨)는 버리지 아니하고 섭수(攝受)한다는 표현이다. 그러므로 자비로써 중생의 바람을 저버리지 아니하고 중생을 살피어 보호해달라는 뜻이다. 관무량수불경(觀無量壽佛經)에 가운데 아미타부처님의 진신(眞身)을 일념으로 관하는 진신관(眞身觀)의 말씀에 보면 무량수불에는 8만 4천 종류의 상호가 있으며, 하나하나의 상호마다 각각 8만 4천 개의 수형호(隨形好)가 있으며, 그 낱낱의 상호 중에는 다시 8만 4천 개의 광명이 있고, 낱낱의 광명이 시방세계를 두루 비추어 염불하는 중생을 버리지 않고 거두어들이신다고 하였다. 無量壽佛。有八萬四千相。一一相中。各有八萬四千隨形好。一一好中。復八萬四千光明。一一光明。遍照十方世界。念佛衆生。攝取不捨。

임법연(臨法筵)에서 임(臨)은 광림(光臨)이라는 표현을 줄여서 나타낸 것으로 그 뜻은 환영한다는 표현이다. 우리나라는 현수막을 걸 때 환영(歡迎)이라고 하지만 중국은 광림(光臨)이라고 한다. 그러므로 중국식 표현이 적용되어 있다는 것을 알 수 있으며, 이러한 표현은 재의례 전반에 골고루 나타나고 있다.

법연(法筵)이라는 표현은 부처님의 가르침을 설하고 듣는 자리를 말하는 것으로 이를 다르게 나타내면 법회(法會), 또는 법석(法席)이라고 한다. 능엄경(楞嚴經)에 보면 위없는 여래께서 자리를 펴고 편안히 앉으시어 모인 대중들에게 심오한 이치를 펴보이시니 법회[法筵]에 참석했던 청중들은 일찍이 없었던 일[未曾有]을 얻었고, 가릉빈가[伽陵]의 묘한 음성은 시방세계에 두루하였다는 표현이 있다. 即時如來敷座宴安。爲諸會中宣示深奧。法筵淸衆得未曾有。迦陵仙音遍十方界。恒沙菩薩來聚道場。文殊師利而爲上首。

# 봉헌일편향 奉獻一片香

## 할향 喝香

奉獻一片香 德用難思議
봉헌일편향 덕용난사의

根盤塵沙界 葉覆五須彌
근반진사계 엽복오수미

한 조각 향 받들어 올리오니
그 덕의 작용 헤아리기 어렵다네.
뿌리는 온 세계를 받치고
잎사귀는 다섯 수미산을 덮네.

할향(喝香)은 향을 올리면서 읊는 게송이다. 이 게송은 산보집, 작법귀감에서는 삼보를 함께 초청하는 삼보통청(三寶通請)의 할향(喝香)이다. 이외에도 범음집, 운수단가사(雲水壇歌詞) 등에도 나온다.


### 봉헌일편향 奉獻一片香
한 조각 향 받들어 올리오니

일편향(一片香)은 한 조각의 향을 말하므로 이는 자신의 공양물(供養物)이 약소하다는 표현이므로 곧 하심(下心)하는 마음이다. 승가예의문(僧家禮儀文) 게송에 보면 이러한 사상이 아주 잘 나타나 있는데 이를 소개하면 다음과 같다.

我此一片香 生從一片心 願此香烟下 熏發本眞明
아차일편향 생종일편심 원차향연하 훈발본진명

한 조각 나의 이 향은 한 조각 마음입니다
이 향 연기 아래에서 본래 참된 밝음 피어나소서.


## 덕용난사의 德用難思議
## 그 덕의 작용 헤아리기 어렵다네.

향을 올리는 보시 작용의 공덕은 실로 헤아리기 어렵다. 그만큼 중요한 보시라고 강
조하는 것이다.


## 근반진사계 根盤塵沙界
## 뿌리는 온 세계를 받치고

근반(根盤)은 뿌리를 말하며 진사계(塵沙界)는 미진수(微塵數) 세계를 말하므로 곧
온 세상을 떠받치는 공덕이라고 표현하였다.


## 엽복오수미 葉覆五須彌
## 잎사귀는 다섯 수미산을 덮네.

오수미(五須彌)는 수미산에 비하여 다섯 배가 크다고 하여 그 크기를 강조하는 표현
이다. 관무량수경(觀無量壽經)에 아미타부처님의 진신을 일심으로 관하는 수행법인
진신관(眞身觀)이 있는데, 부처님께서 아난과 위제희(韋提希)에게 말씀하시는 내용
가운데 여기에 해당하는 말씀이 있다. "다시 무량수불의 상호와 광명을 상상하여라.
아난아, 마땅히 알아라. 무량수불의 미간(眉間)에서 백호(白毫)가 마치 다섯 개의 수
미산같이 우아하게 오른쪽으로 돌고, 돈다." 佛告阿難。及韋提希。此想成已。次當更
觀無量壽佛。眉間白毫。右旋宛轉。如五須彌山。

# 부귀임정수소락 富貴任情隨所樂

## 이선영 二禪詠

富貴任情隨所樂 榮華恣意鎭連綿
부귀임정수소락 영화자의진련면

直饒勝樂無倫比 畢竟難超有相緣
직요승락무륜비 필경난초유상연

부하고 귀함을 마음대로 따라 즐겁게 누리고
영화로움 또한 마음먹은 대로 길이 이어지네.
설령 수승한 즐거움 비교할 데 없다 해도
마침내 서로 인연이 없으면 이를 초월하기가 어렵다네.

산보집의 중단을 청해 맞이하는 의식인 중단영청지의(中壇迎請之儀)에서 이선영(二禪詠)으로 실려 있다. 범음집에도 이선천영(二禪天詠)으로 되어 있다.

이선영(二禪詠)은 곧 이선천(二禪天)의 가영을 말하며 여기서 이선천(二禪天)은 사선천(四禪天)의 하나로 욕계육천(欲界六天) 위에 있는 색계(色界) 사선천(四禪天) 가운데 둘째인 선천(禪天)을 말한다.

## 부귀임정수소락 富貴任情隨所樂
### 부하고 귀함을 마음대로 따라 즐겁게 누리고

부귀(富貴)는 재산이 많고 지위가 높음을 말하나 여기서는 이선천에 머무르기에 부귀라고 하였다. 임정(任情)은 제멋대로 하다, 마음껏 하다 이러한 뜻이므로 이선천에서 즐거움을 누리는 것이 그러하다는 표현이다.

**영화자의진련면 榮華恣意鎭連綿**
영화로움 또한 마음먹은 대로 길이 이어지네.

영화(榮華)는 몸이 귀하게 되어 세상에 이름이 나는 것을 말하는데 이를 누림에 있어서 마음먹은 대로 한다는 표현이다. 까닭에 전혀 걸림이 없다는 것을 나타내고 있다. 자의(恣意)는 제멋대로 하는 생각을 말하며 연면(連綿)은 실이 끊어지지 아니하고 이어지듯이 부귀와 영화가 이어진다는 내용이다.


**직요승락무륜비 直饒勝樂無倫比**
설령 수승한 즐거움 비교할 데 없다 해도

직요(直饒)는 '설령 ~하더라도'라는 뜻이다. 그러므로 설령 그러한 즐거움을 누림은 그 무엇과 비교할 바가 못된다.


**필경난초유상연 畢竟難超有相緣**
마침내 서로 인연이 없으면 이를 초월하기가 어렵다네.

필경(畢竟)은 마침내, 결국이라는 표현이고 난초(難超)는 초월하기 어렵다는 뜻이다.

# 북두구진 北斗九辰

## 북두주 北斗呪

北斗九辰 中天大神
북두구진 중천대신

上朝金闕 下覆崑崙
상조금궐 하복곤륜

북두의 아홉 별 중천에 높이 계신 큰 신이여,
조회하고 아래로는 곤륜산을 덮으시네.

북두주(北斗呪)는 작법귀감의 칠성청(七星請)에 실려 있다. 여기서 북두주라고 하는 것은 북두칠성에 의지하여 재앙을 소멸시키고 아울러 복을 불러들이기 위한 주문이다.

이를 갖추어 말하면 북두칠성주(北斗七星呪)라고도 하는데 이는 도교의 주문이지 불교하고는 전혀 무관하다. 그러나 이러한 사상은 불교에 유입되어 지금도 법당에는 칠성도(七星圖)를 걸어 놓은 절이 제법 있다.

북두(北斗)는 북두칠성을 줄여서 부르는 표현이며, 구진(九辰)은 아홉 개의 별을 말하는데 이는 북두칠성과 삼태성(三台星)을 합하여 표현한 것이다. 중천대신이라는 표현은 하늘 가운데 이 아홉 별들이 곧 큰 신(神)이라고 여기고 있는 것이다.

상조(上朝)는 신하가 조정을 논의하기 위하여 임금을 뵙는 것을 말하므로 뭇별들이 구성(九星)을 따른다는 것이며 금궐(金闕)은 궁전, 궁궐과 같은 표현이다.

하복(下覆)은 아래를 덮고 있다는 뜻이며 이어지는 곤륜(崑崙)은 곤륜산(崑崙山)을 말하며 이는 도교에서 신선이 살고 있다고 여기는 상상의 산이다. 그러므로 곤륜산도 구성(九星) 아래에 있다고 말하므로 그 권위가 이러하다며 내세우고 있다.


調理綱紀 統制乾坤 大魁貪狼 巨門祿存
조리강기 통제건곤 대괴탐랑 거문녹존

이치를 고르시고 기강을 세우시어 하늘과 땅을 다스리네.
그 우두머리는 탐랑성군, 거문성군, 녹존성군과

조리(調理)는 이치를 고르게 하여 잘 다스린다는 표현이며 강기(綱紀)는 법과 풍속에 대한 규율을 말하며 이로써 하늘과 땅을 통제한다는 뜻이다. 대괴(大魁)는 집단의 우두머리를 말한다.


文曲廉貞 武曲破軍 高上玉皇 紫微帝君
문곡염정 무곡파군 고상옥황 자미제군

문곡성군, 염정성군, 무곡성군, 파군성군과
윗자리에는 옥황상제, 자미대제 성군께서

대괴(大魁)에 대해서 열거하고 있다. 탐랑성군(貪狼星君), 거문성군(巨文星君), 녹존성군(祿存星君), 문곡성군(文曲星君), 염정성군(廉貞星君), 무곡성군(武曲星君), 파군성군(破軍星君)으로 이는 곧 북두칠성을 성군(星君)이라는 이름으로 신격화한 것이다. 고상(高上)은 윗자리를 말하며 이 자리에는 옥황상제(玉皇上帝)와 자미대제(紫微大帝)가 있노라고 하였다.


大周天界 細入微塵 何災不滅 何福不臻
대주천계 세입미진 하재불멸 하복불진

크게는 천계에 두루하고 작게는 티끌에도 들어가시니
어떤 재난인들 소멸하지 못하고 어떤 복인들 불러들이지 못하시겠는가?

대주(大周)는 구성(九星)은 크게 운행을 한다는 표현이므로 곧 천계를 운행한다, 작게는 티끌에도 미친다고 하는 것으로 구성의 기운이 뻗치지 않는 곳이 없다는 표현이다. 이어지는 내용도 구성(九星)의 위신력을 나타내고 있다.


元皇正氣 來合我身 天罡所指 晝夜常輪
원황정기 래합아신 천강소지 주야상륜

으뜸가는 임금의 바른 정기가 와서 나의 몸과 합하시고
천강성이 가리키는 바는 밤과 낮 쉼 없이 항상 돌고

이렇듯 으뜸가는 황제의 정기는 나와 함께함이다. 천강(天罡)은 북두칠성을 말하며
이를 구체적으로 살펴보면 북두칠성 가운데 손잡이에 해당하는 제7 파군성(破軍星)
이 곧 천강성(天罡星)이다.


俗居小人 好道求靈 願見尊儀 永保長生
속거소인 호도구령 원견존의 영보장생

속세에 사는 소인이 도를 좋아하여 영감을 구하오니
높은 모습을 보아 영원히 보호받고 오래 살기 원합니다.

속거(俗居)는 속세에 산다는 표현이므로 곧 사바세계를 말하며 소인(小人)은 자신을
낮추어 나타냄이다. 구령(求靈)은 북두칠성의 영험함을 구한다는 것이며, 원견존의
(願見尊儀)는 존귀하신 칠성을 친견하기를 원하며, 영보장생(永保長生)은 영원토록
이 몸을 보호하여 장수하기를 원한다는 뜻이다.


三台虛精 六淳曲生 生我養我 護我身形
삼태허정 육순곡생 생아양아 호아신형

삼태와 허정과 육순과 곡생은
나를 낳고 나를 기르며 나의 몸을 보호하시네.

삼태는 삼태성(三台星)을 말하며 이는 상태성(上台星), 중태성(中台星), 하태성(下台
星)을 말하며, 삼태성 가운데 상태(上台)는 수명을 관장하며, 중태(中台)는 종실(宗
室)을 관장하고, 하태(下台)는 국방을 관장한다고 도교에서는 그리 여기고 있다.

괴작관행필보표 존제 급급여율령

魁魁魖魋魑魎魒 尊帝 急急如律令

魁(鬼+勺)(鬼+雚)魋魑(鬼+甫)魒 尊帝 急急如律令

이는 북두주(北斗呪)이며 괴(魁)는 탐랑성, 작(鬼+勺)은 거문성, 환(鬼+雚)은 녹존성, 행(魋)은 문곡성, 필(魑)은 염정성, 보(鬼+甫)는 무곡성, 표(魒)는 파군성을 말한다. 그러나 국어사전에 보면 괴(魁)는 북두칠성의 머리 쪽에 있는 네 개의 별로 천추(天樞), 천선(天璇), 천기(天璣), 천권(天權)을 이른다. 참고로 북두칠성에 각각 이름을 붙여 천추성(天樞星), 천선성(天璇星), 천기성(天璣星), 천권성(天權星), 옥형성(玉衡星), 개양성(開陽城), 요광성(搖光星)이라고 하며 앞의 네 별을 괴(魁)라 하고, 뒤에 세 별은 표(杓)라고 한다. 이를 합하여 두(斗)라고 한다. 그러나 위에서 이미 밝혔듯이 불교하고는 아무런 관련이 없는 내용이다.

# 분금별유상량처 分衿別有相量處

## 무학대 無學大 화상

分衿別有相量處 誰識其中意更玄
분금별유상량처 수식기중의갱현

任你諸人皆不可 我言透過空刦前
임니제인개불가 아언투과공겁전

작별에 임하여 특별히 상량할 것이 있으니
누가 알랴, 그 가운데 다시 현묘한 뜻을.
너희들이 모두 불가하다고 하더라도
나의 말은 공겁 이전을 꿰뚫고 통하리라.

산보집에서 선문의 조사에게 예참하는 의례인 선문조사예참(禪門祖師禮懺) 가운데
조선국 태조(太祖)의 왕사(王師)인 묘엄존자(妙嚴尊者) 무학 대화상(無學大和尚)에
게 귀명하고 예(禮)를 올리는 가영이다. 이는 무학 대사의 탑비(塔碑)인 묘엄존자탑
명(妙嚴尊者塔銘)에서 인용하였으므로 이를 살펴보면 다음과 같다.

나옹(懶翁) 스님이 황해도 해주 신광사(神光寺)에 주석할 때, 무학 대사 또한 함께 머
물렀다. 나옹의 제가 가운데 대사를 미워하는 자가 있음을 알고 대사는 떠나갔다. 이
때 나옹 스님이 대사에게 말하기를 '가사와 발우를 전해 주는 것이 말이나 글로 일
러주는 것만 못하다 하시고, 이에 시(詩)를 지어서 전하며 말하기를 수행하지 아니
한 중들의 무리들이 나니 너니 하는 마음을 일으키어 함부로 말하며 시비를 일으키
니 심히 유감스럽다. 이에 산승은 네 구절의 게송으로 남아 있는 의심을 영원히 끊으
라.'고 하였다. 翁在神光寺。師亦往焉。翁之徒有忌師者。師知而去之。翁謂師曰。衣
鉢不如言句。以詩遺師云。閑僧輩起人我心。妄說是非。甚不然也。山僧以此四句之
頌。永斷後疑。

分襟別有商量處 誰識其中意更玄
분금별유상량처 수식기중의갱현

任爾諸人皆不可 我言透過劫空前
임이제인개불가 아언투과겁공전

작별에 임하여 특별히 상량처(相量處)가 있으니
누가 그 속의 뜻이 현묘한 뜻을 알겠는가?
너희 모든 사람들이 모두 불가하다고 하더라도
나의 말은 공겁 이전을 꿰뚫고 통하리라.

대사가 전북 임실에 있는 고달산(高達山)으로 들어가 암자를 짓고 정진하였다. 신해년[공민왕 20년인 1371년] 겨울 공민왕(恭愍王)이 나옹을 왕사로 책봉(冊封)하였다. 나옹이 송광사에 주석할 때 의발을 대사에게 전해 주었다. 대사는 이에 게송을 지어 배례(拜禮)하였다. 師入高達山。卓麓自守。辛亥冬。前朝恭愍王。封懶翁爲王師。翁佳松廣。以衣钵付師。師以偈謝。

이 게송은 나옹화상가송(懶翁和尚歌頌), 대동영선(大東詠選), 서역중화해동불조원류(西域中華海東佛祖源流), 산보집 등에 실려 있으나 산보집 첫 구절에는 오기(誤記)가 있으므로 이어지는 설명을 참고하길 바란다.


**분금별유상량처 分衿別有相量處**
**작별에 임하여 특별히 상량할 것이 있으니**

분금(分衿)은 옷깃을 나눈다는 뜻으로 이는 손목을 마주 잡고라는 표현으로 이별을 나타내는 모습이다. 이와 같은 표현으로는 분메(分袂), 분금(分襟), 분수(分手), 분거(分袪) 등과 같은 표현이 있으며 모두 이별이라는 뜻이다.

산보집에서는 상량처(相量處)라고 하였으나 여기서 상(相)은 오기(誤記)이며 상(商)이 맞는 표현이므로 상량(商量)이 바른 표현이다. 상량(商量)은 문수(問酬) 또는 문답(問答)과 같은 표현으로 상인(商人)이 물품을 사고팔 때 서로 그 물가를 흥정하여 정한다는 뜻이다. 이게 변하여 문답심의(問答審議)한다는 표현으로 쓰인다.

**수식기중의갱현 誰識其中意更玄**
**누가 알랴, 그 가운데 다시 현묘한 뜻을.**

수식(誰識)은 누가 알겠느냐? 라는 표현이며 여기서는 대사가 한승(閑僧)의 무리 속에서 떠난 도의(道意)를 알겠느냐 하는 물음이다.


**임니제인개불가 任你諸人皆不可**
**너희들이 모두 불가하다고 하더라도**

임니(任你)는 '너희들 마음대로' 이러한 뜻이며, 제인(諸人)은 모든 사람들을 말하므로 모든 사람들이 제멋대로 왈가불가하더라도 라는 문구로 쓰여서 무리를 가볍게 질책하고 있다.


**아언투과공겁전 我言透過空刦前**
**나의 말은 공겁 이전을 꿰뚫고 통하리라.**

공겁(空刦)은 공(空)과 같은 뜻으로 세계의 생멸은 성주양공(成住壞空) 네 가지에 의하여 진행된다. 그러므로 공(空)의 후(後)라고 하는 것은 곧 미래제(未來際)를 말하는 것이며 이는 공겁이전(刦空以前)과는 반대되는 말이다.

# 분부별화선왕령 分付別化宣王令

## 태산 泰山 부군

**分付別化宣王令 惡鬼獰神護殿庭**
분부별화선왕령 악귀영신호전정

**敢報會中諸善士 明知因果大分明**
감보회중제선사 명지인과대분명

왕령으로 근기에 따라 널리 교화할 것을 분부하였기에
악귀나 흉악한 귀신은 궁전의 뜰을 보호하네.
감히 회중의 모든 착한 사람을 보고하고
인과를 분명하게 알아 큰 밝음 지니셨네.

산보집, 작법귀감 등에 실려 있는 태산부군에 대한 가영이다. 유교에서는 부군(府君)은 죽은 아버지나 남자에 대한 존칭의 뜻도 있고 관청, 장관(長官)이라는 뜻도 있다. 그러나 여기서 부(付)는 죽은 사람이 간다는 명부(冥府)를 말하므로 명부세계의 관청을 뜻하는 표현이다. 태산부군은 도교의 신으로 중요한 자리를 차지하고 있으며 일명 동악대제(東嶽大帝)라고도 한다. 그렇다고 하더라도 불교하고는 전혀 관련이 없다.

### 분부별화선왕령 分付別化宣王令
왕령으로 근기에 따라 널리 교화할 것을 분부하였기에

산보집에서는 분부(分付)라 되어 있고 작법귀감에서는 분부(分符)라고 되어 있다. 그러나 산보집의 표현이 맞는 표현이며, 작법귀감의 표현은 잘못 적은 것으로 보인다. 분부(分付)는 윗사람이 아랫사람에 명령을 내리는 것을 말하고, 별화(別化)는 따로 교화하는 것을 말한다. 태산부군은 왕령(王令)을 선포하여 분부하기를 근기에 따라 널리 교화하라고 하였다는 내용이다.

**악귀영신호전정 惡鬼獰神護殿庭**
악귀나 흉악한 귀신은 궁전의 뜰을 보호하네.

영(獰)은 용모와 성질이 흉악한 것을 말한다. 악귀나 흉악한 귀신이 궁전의 뜰을 보호한다고 하는 것은 그만큼 위엄이 있다는 의미이다.


**감보회중제선사 敢報會中諸善士**
감히 회중의 모든 착한 사람을 보고하고

감(敢)은 '감히' 이러한 표현으로 두려움이나 송구함을 무릅쓰고라는 뜻이기에 회중의 착한 일을 행한 사람을 모두 보고한다고 하였다. 고로 선사(善士)는 착한 일을 행한 인사(人士)를 말함이다.


**명지인과대분명 明知因果大分明**
인과를 분명하게 알아 큰 밝음 지니셨네.

명지(明知)는 분명하게 앎 또는 명확하게 알고 있음이라는 뜻이다. 인과(因果)에 대해서 분명하게 알고 있어서 여기에 따라 선악을 판단한다는 뜻이다.

# 분장보첩응군기 分將報牒應群機

## 사자단영 使者壇詠

**分將報牒應羣機 百億塵寰一念期**
분장보첩응군기 백억진환일념기

**明察人間通水府 周行迅速電光輝**
명찰인간통수부 주행신속전광휘

장차 중생의 근기에 응하여 보첩을 나누어 가지고
백억의 티끌 같은 인간 세상을 한결같은 마음으로 결정하네.
인간세상을 명확하게 살피시어 용궁에까지 통보하심이
두루두루 돌아다니심이 번개처럼 신속하게 빠르네.

사자단(使者壇)은 수륙재(水陸齋), 예수재(豫修齋) 등의 법요에서 명부(冥府)의 사자(使者)를 모시는 제단(祭壇)을 말하지만 불교하고는 하등의 관계가 없다. 이는 도교의 사상이 물든 것이다. 그리고 이러한 단을 설치하고 작법(作法)을 하는 것을 사자단작법(使者壇作法)이라고 하며 산보집, 범음집 등에 실려 있다. 이 가영이 나한전의 주련으로 걸리는 경우도 있는데 이는 잘못된 것이다.

## 분장보첩응군기 分將報牒應羣機
장차 중생의 근기에 응하여 보첩을 나누어 가지고

보첩(報牒)은 보장(報狀)과 같은 표현으로 이는 어떤 사실을 알리기 위하여 윗사람에게 보고하는 공문을 말한다. 군(羣)은 군(群)과 같은 글자로 무리를 나타낸다. 군기(群機)는 중생의 근기를 말한다. 금광명최승왕경(金光明最勝王經) 권 제10 시방보살찬탄품에 보면 다음과 같은 게송이 있다.

그 음성 맑고 투명해 매우 미묘하고 사자후나 천둥소리 같기도 하네. 여덟 가지 미묘한 소리로 근기에 맞추니 가릉빈가 소리보다 훨씬 뛰어나도다. 其聲淸徹甚微妙。如師子吼震雷音。八種微妙應群機。超勝迦陵頻伽等。

## 백억진환일념기 百億塵寰一念期
**백억의 티끌 같은 인간 세상을 한결같은 마음으로 결정하네.**

백억진환(百億塵寰)은 사바세계와 같은 표현이며 진(塵)은 진세(塵世)를 말하기에 곧 속세(俗世)를 말함이다. 환(寰)은 인간세상 천하를 나타냄으로 앞의 단어와 상통한다. 기(期)는 때, 시기, 기약, 약속, 기다림, 정하다, 결정하다 등의 뜻이 있지만 여기서 기(期)가 어떠한 뜻으로 쓰였는지는 좀 모호하다.

## 명찰인간통수부 明察人間通水府
**인간세상을 명확하게 살피시어 용궁에까지 통보하니**

명찰(明察)은 똑똑히 살펴본다는 표현이고, 수부(水府)는 물을 다스리는 신의 궁전을 말하기 용궁(龍宮)을 말한다.

## 주행신속전광휘 周行迅速電光輝
**두루두루 돌아다니심이 번개처럼 신속하게 빠르네.**

주행(周行)은 두루두루 돌아다닌다는 표현이므로 인간세상을 빠짐없이 살핌이 번개처럼 빠르다고 하였다. 이는 사자(使者)의 능력을 말한다.

# 분좌염화시기서 分坐拈花示起端

## 제1 조사 가섭 迦葉 존자

**分坐拈花示起端 傳持何必在金襴**
분좌염화시기단 전지하필재금란

**至今無限多聞者 依舊門前倒剎竿**
지금무한다문자 의구문전도찰간

자리를 나눠 주고, 꽃을 들어 보이고 진실함을 일으켜 보이시니
법을 전하여 지님이 어찌하여 금란가사에 있으리오.
지금 한없이 많이 듣기만 한 사람들은
옛사람처럼 문 앞의 찰간을 거꾸러뜨려 버려라.

가섭존자(迦葉尊者)는 부처님의 십대제자 가운데 두타제일(頭陀第一)이며, 중국 선종사(禪宗史)에서는 부법장(付法藏) 제1조로 추앙을 하고 있다. 흔히 마하가섭(摩訶迦葉)이라고 한다. 수륙재에서 선문의 조사에게 예참을 올리는 선문조사예참(禪門祖師禮懺)에 실려 있다.

### 분좌염화시기단 分坐拈花示起端
자리를 나눠 주고, 꽃을 들어 보이고 진실함을 일으켜 보이시니

분좌(分座)는 자리를 나누어 준다는 표현으로 선종의 삼처전심 가운데 하나인 다자탑전반분좌(多子塔前半分座)를 말한다. 그러나 좌(坐)는 앉는다는 것을 말하고 좌(座)는 자리를 말하므로 좌(座)가 더 타당한 표현이다. 이를 줄여서 분반좌(分半座)라고 한다. 그리고 여기서 자리라고 하여도 그냥 단순한 자리가 아니라 법좌(法座)를 말한다는 것을 꼭 알아 두어야 한다. '다자탑전반분좌'라고 하는 것은 가섭이 저 멀리서 다가오자 다자탑 앞에 앉아 있던 부처님이 말없이 자리의 반을 내어주니 가섭이

이를 알아차리고 내어준 자리에 앉았다고 하는 것인데 경전에는 이러한 말씀이 없으며 중국 불교에서 지어낸 설화(說話)다.

염화(拈花)는 염화시중(拈花示衆)을 말한다. 영산(靈山)에서 부처님이 대중에게 연꽃을 들어 보이자 아무도 이를 몰랐거늘 가섭이 이를 알고 미소를 지었다고 하여 염화미소(拈花微笑)라 하기도 한다. 이 설화는 대범천왕문불결의경(大梵天王問佛決疑經)에 실려 있지만 이 경은 위경(僞經)으로 분류되고 있다.

단(端)은 바름 또는 진실을 말한다. 그러므로 이러한 진리를 드러내 보였다는 표현이다.


## 전지하필재금란 傳持何必在金襴
## 법을 전하여 지님이 어찌하여 금란가사에 있으리오.

전지(傳持)는 교법을 전함을 받아서 유지하는 것을 말한다. 선종송고연주통집(禪宗頌古聯珠通集) 권 제6에 보면 이러한 내용이 있는데, 이 구절은 마지막 구절과 서로 이어지므로 이를 염두에 두고 살펴보면 다음과 같다.

가섭이 아난에게 묻기를 세존께서 금란가사(金襴袈裟)를 전한 외에 달리 어떤 물건을 전하셨습니까? 하자 가섭이 아난(阿難)을 불렀다. 아난이 대답하자 가섭이 말하기를 '문 앞의 찰간을 거꾸러뜨려 버려라.'라고 하였다. 倒却門前刹竿著。

법은 유형이 아니다. 그러나 사람들은 부처를 찾음에 있어서 형상에 집착하는 경우가 허다하기에 경책하는 말이다.


## 지금무한다문자 至今無限多聞者
## 지금 한없이 많이 듣기만 한 사람들은

자신의 증득함이 있어야지 따라쟁이는 곤란하다. 그러므로 선종에서는 이를 천하에 앵무새라고 하였다. 그러나 지금도 앵무새는 곳곳에 서식하고 있다.

## 의구문전도찰간 依舊門前倒刹竿
## 옛사람처럼 문 앞의 찰간을 거꾸러뜨려 버려라.

불자가 진불(眞佛)이 내 안에 앉아 있는 줄 모른다면 외경(外境)에 휘둘리게 된다. 그러나 불자가 말로는 이를 외치지만 실상은 형상을 좇아 분주한 것은 부처님 말씀의 핵심을 모르고 방편에 속아서 빠져 있기 때문이다. 따라서 삼처전심(三處傳心)도 방편이라는 것을 알아야 한다.

고존숙어록(古尊宿語錄)에 보면 조주종심(趙州從諗 778~897) 선사가 법좌에 올라 이르기를 다음과 같이 말하였다.

金佛不度爐 木佛不度火
금불불도로 목불불도화

泥佛不度水 眞佛內裏坐
니불불도수 진불내리좌

쇠로 만든 부처는 용광로를 지나지 못하고
목불(木佛)은 불을 건너지 못하고
흙으로 만든 부처는 물을 건너지 못하나니
진짜 부처는 내 안에 앉아 있다.

고존숙어록(古尊宿語錄) 권제19, 벽암록(碧巖錄), 제96칙에 보면 동산수초(洞山守初 910~990)가 다음과 같은 가르침을 주고 있다.

五臺山上雲蒸飯 佛殿階前狗尿天
오대산상운증반 불전계전구뇨천

幡竿頭上煎餬子 三個獼猴夜播錢
번간두상전퇴자 삼개호손야파전

오대산 꼭대기서 구름으로 밥을 찌는데
불당(佛堂) 앞에서 개가 하늘에 오줌을 싸는구나.
찰간(刹竿)의 꼭대기에서 떡을 지지는데
세 마리 원숭이가 밤에 동전을 까부르고 있구나.

# 불개광대청련안 佛開廣大靑蓮眼

## 개안게 開眼偈

**佛開廣大靑蓮眼 妙相莊嚴功德身**
불개광대청련안 묘상장엄공덕신

**人天共讚不能量 比若萬流歸大海**
인천공찬불능량 비약만류귀대해

부처님은 넓고 큰 청련화(靑蓮花)의 눈을 뜨시고
미묘한 모습으로 장엄한 공덕의 몸
사람과 하늘이 함께 찬양함에 헤아릴 길 없으니
비유하면 만 갈래 냇물이 바다로 돌아감과 같네.

개안게(開眼偈)는 불상이나 탑을 조성할 때 처음으로 불공을 드릴 때 행하는 게송을 말한다. 그러므로 개안은 불안(佛眼)은 연다는 표현이며 이 게송은 산보집, 범음집 등에 실려 있다. 40권 화엄경 권 제25 입부사의해탈경계보현행원품(入不思議解脫境界普賢行願品)의 나오는 게송을 인용하였다.

### 불개광대청련안 佛開廣大靑蓮眼
부처님은 넓고 큰 청련화(靑蓮花)의 눈을 뜨시고

불개(佛開)는 불개안(佛開眼)을 말하는 것이다. 그리고 부처님의 눈을 큰 청련화에 비유를 하였다.

### 묘상장엄공덕신 妙相莊嚴功德身
미묘한 모습으로 장엄하신 공덕의 몸은

묘상장엄은 곧 삼십이상 팔십종호를 말한다.


**인천공찬불능량 人天共讚不能量**
**사람과 하늘이 함께 찬탄함에 헤아릴 길 없으니**

부처님을 인천 모두 찬탄함에 있어서 한량이 없다는 표현이다.


**비약만류귀대해 比若萬流歸大海**
**비유하면 만 갈래 냇물이 바다로 돌아감과 같네.**

만 갈래의 물이 모두 바다로 들어감과 같다고 하는 것은 모든 중생이 부처님의 가르침에 귀의하는 것과 마찬가지라는 뜻이며 이를 흔히 만법귀일(萬法歸一)이라고 한다.

# 불래성문계반천 佛勅聲聞計半千

## 제2 가락가벌차 迦諾迦伐蹉 존자

佛勅聲聞計半千 長時應供福人天
불래성문계반천 장시응공복인천

三明之證離凡質 八解增修出盖纏
삼명지증이범질 팔해증수출개전

부처님께서 성문이라 한 이가 오백이나 되는데
오랜 세월 공양 받아 사람과 하늘의 복전 되시네.
삼명을 증득하고 중생 몸을 여의었으며
팔해(八解)를 더욱 닦아 번뇌를 벗어나셨네.

작법귀감에 보면 나한에게 올리는 예법인 나한대례(羅漢大禮) 가운데 가습미라국(迦
濕彌羅國)에 있다는 제2 가락가벌차(迦諾迦伐蹉) 존자에 대한 가영이다. 가락가벌차
에 대해서는 이렇다 할 내용이 없다. 왜냐하면 중국 불교에서 만든 설화이기 때문이
다. 그러므로 이를 근거하여 본다면 16아라한 가운데 제2대 아라한 존자라고 소개하
고 있지만 이를 뒷받침할 전거는 없다.


**불래성문계반천 佛勅聲聞計半千**
부처님께서 성문이라 한 이가 오백이나 되는데

래(勅)는 위로하다, 조서, 다스리다, 이러한 뜻이다. 그러므로 칙(勅)하고 혼돈하면 안
된다. 반천(半千)은 천(千)의 반이기에 오천을 뜻하며 이는 오백나한을 말함이다.

**장시응공복인천 長時應供福人天**
**오랜 세월 공양 받아 사람과 하늘의 복전 되시네.**

장시(長時)는 아주 오랜 시간 동안을 말하며 여기서 시간은 세월과 같은 개념이다. 응공(應供)은 응당히 공양을 받을 대상이라는 것을 말한다.


**삼명지증이범질 三明之證離凡質**
**삼명을 증득하고 중생 몸을 여의었으며**

삼명(三明)은 부처님이 가지고 있는 업보와 윤회, 번뇌 등을 정확하게 알고 벗어날 수 있는 세 가지 지혜를 말한다. 여기서는 이를 나한에게 대비하였다. 원래 나한은 아라한을 줄인 말이며 이를 과위로 보면 아라한과(阿羅漢果)이다. 부처님도 아라한이지만 중국 불교는 이를 별개로 취급하여 왜곡시킨 것이 문제다.

① 숙명지명(宿命智明) : 자아와 중생의 일과 무수한 전생의 일들을 명백하게 아는
　　　　　　　　　　　지혜를 말한다.
② 천안지명(天眼智明) : 중생이 죽고 태어나는 시기 등 앞으로 일어날 일들을 명확
　　　　　　　　　　　하게 아는 지혜를 말한다.
③ 누진지명(漏盡智明) : 사제(四諦)의 이치를 진실 그대로 증득하고 모든 속박에서
　　　　　　　　　　　완전하게 벗어나며 모든 번뇌를 소멸한 지혜를 말한다.


**팔해증수출개전 八解增修出盖纏**
**팔해(八解)를 더욱 닦아 번뇌를 벗어났다네.**

팔해(八解)는 팔해탈(八解脫)의 준말이다. 또는 팔배사(八背捨), 여덟 가지의 관념을 말한다. 이 관념에 의하여 오욕의 경계를 등지고, 그 탐하여 고집하는 마음을 버림으로 배사(背捨)라 하고, 또 이것으로 말미암아 삼계의 번뇌를 끊고 아라한과를 증득하므로 해탈이라 한다.

① 내유색상관외색해탈(內有色想觀外色解脫)
　　안으로 색욕을 탐하는 생각이 있으므로, 이 탐심을 없애기 위하여 바깥의 대상인
　　빛깔이나 모양 등을 관하여 부정관을 닦는 것을 말함.

② 내무색상관외색해탈(內無色想觀外色解脫)

안으로 색욕을 탐내는 생각은 이미 없어졌으나, 이 상태를 유지하기 위하여 부정관을 계속 닦는 것을 말함.

③ 정해탈신작증구족주(淨解脫身作證具足住)

부정관을 버리고 바깥의 대상이나 경계에 대하여 청정한 방면을 관하여 탐욕이 일어나지 않고 그 상태로 몸을 완전하게 체득하여 안주하는 것을 말함.

④ 공무변처해탈(空無邊處解脫)

형상에 대한 생각을 완전히 버리고 허공은 무한하다고 주시하는 선정으로 들어감.

⑤ 식무변처해탈(識無邊處解脫)

허공은 무한하다고 주시하는 공무변처해탈(空無邊處解脫)을 버리고 마음의 작용은 무한하다고 주시하는 선정으로 들어감.

⑥ 무소유처해탈(無所有處解脫)

마음의 작용은 무한하다고 주시하는 식무변처해탈(識無邊處解脫)을 버리고, 존재하는 것은 없다고 주시하는 선정으로 들어감.

⑦ 비상비비상처해탈(非想非非想處解脫)

존재하는 것은 없다고 주시하는 무소유처해탈(無所有處解脫)을 버리고 생각이 있는 것도 아니고 생각이 없는 것도 아닌 경지의 선정으로 들어감.

⑧ 멸수상정해탈신작증구족주(滅受想定解脫身作證具足住)

이것은 멸진정(滅盡定)이니, 멸진정은 수(受)·상(想) 등의 마음을 싫어하여 길이 무심(無心)에 머무르므로 해탈이라 말함.

# 불리당처상담연 不離當處常湛然

## 쇄골게 碎骨偈

**不離當處常湛然 覓則知君不可見**
**불리당처상담연 멱즉지군불가견**

**당처를 떠나지 아니하고 항상 담연(湛然)하니**
**찾으려고 한다면 그대가 볼 수 없다는 것을 알게 될 것이다.**

작법귀감이나 승가예의문(僧家禮儀文)에서는 죽은 자를 다비하고 나서 주운 뼈를 빻으면서 하는 예법(禮法)인 쇄골(碎骨)에 나오는 내용이다. 이 게송에 앞서 영가에게 질문을 던지는 게송이 있고 이어서 이 게송으로 영가의 답을 대신하는 구절이다. 당나라 영가현각(永嘉玄覺) 스님의 증도가(證道歌)에서 인용하였다.

### 불리당처상담연 不離當處常湛然
**당처를 떠나지 아니하고 항상 담연(湛然)하니**

자성(自性)은 당처를 떠나지 아니한다. 이를 알면 항상 담연(湛然)한 것이다.

### 멱즉지군불가견 覓則知君不可見
**찾으려고 한다면 그대가 볼 수 없다는 것을 알게 될 것이다.**

아직 자성이 외처(外處)에 있다고 한다면 아직 견성하지 못했음이라. 그러므로 자성이라고 하는 것은 증득해야 알 수가 있는 것이지 언설로써는 이를 설명할 수가 없으므로 수행이 필요한 것이다.

# 불면유여정만월 佛面猶如淨滿月

## 목욕게 沐浴偈

佛面猶如淨滿月 亦如千日放光明
불면유여정만월 역여천일방광명

부처님 얼굴은 마치 깨끗하고 맑은 둥근달과 같고
또한 천 개의 해가 광명을 놓음과 같다네.

작법귀감에서 죽은 이를 목욕시키고 나서 영가에게 게송으로 질문하고 잠시 있다가
영가에게 일러주는 법문으로 범음집, 승가예의문 등에 실려 있다. 이 게송의 출처는
금광명최승왕경(金光明最勝王經) 권 제6 사천왕호국품, 불설수호대천국토경(佛說守
護大千國土經) 하권에 실려 있다. 금광명최승왕경에 보면 사천왕이 부처님을 찬탄하
는 게송에 다음과 같은 내용이 있다.

佛面猶如淨滿月 亦如千日放光明
불면유여정만월 역여천일방광명

目淨脩廣若靑蓮 齒白齊密猶珂雪
목정수광약청련 치백제밀유가설

부처님 얼굴은 마치 깨끗하고 맑은 둥근달과 같고
또한 천 개의 해가 광명을 놓음과 같다네.
깨끗한 눈의 깊고 넓음이 마치 푸른 연꽃과 같고
치아는 하얗고 고르니 마치 흰 옥빛을 내네.

불면유여정만월 佛面猶如淨滿月
부처님 얼굴은 마치 깨끗하고 맑은 둥근달과 같고

부처님 얼굴을 보름달과 비유를 하고 있음은 덕(德)의 상호가 원만하기 때문이다. 유여(猶如)는 오히려 같다는 표현이며, 만월(滿月)은 영월(盈月)과 같은 뜻으로 보름달을 말한다. 여기에다 찬탄을 더하고자 깨끗하다는 의미인 정(淨)을 추가하였다.

**역여천일방광명 亦如千日放光明**
**또한 천 개의 해가 광명을 놓음과 같다네.**

천 개의 해가 한꺼번에 광명을 놓음과 같다고 하는 것은 중생에 진리를 베풂이 그러하다는 것이다. 이러한 내용은 재의례(齋儀禮)에 가끔 나온다. 참고로 화엄경 비로자나품에 보면 다음과 같은 말씀이 있다.

世尊坐道場 清淨大光明
세존좌도량 청정대광명

譬如千日出 普照虛空界
비여천일출 보조허공계

세존께서 도량에 앉으시니
청정한 큰 광명이
마치 천 개의 해가 함께 떠서
온 허공계를 널리 비추는 듯하네.

또 입법계품에 보면 다음과 같은 말씀이 있다.

時彼華池內 千葉蓮華出
시피화지내 천엽연화출

光如千日照 上徹須彌頂
광여천일조 상철수미정

저 연못 속에는
천엽(千葉) 연화가 피었는데
찬란하기가 천 개의 햇빛과 같아
수미산 꼭대기까지 비춤이로다.

# 불생가비라 佛生迦毘羅

## 회발게 回鉢偈 · 상념게 想念偈

佛生迦毘羅 成道摩竭陁
불생가비라 성도마갈타

說法波羅奈 入滅俱尸羅
설법바라나 입멸구시라

부처님은 가비라에 탄생하시어
마갈타에서 성도하시고
바라나시에 있는 녹원에서 설법하시고
구시라(拘尸羅) 쌍림에서 열반에 드셨네.

산보집 별식당작법(別食堂作法)에서 회발게(回鉢偈)로 나오는 게송이다. '회발게'라고 하는 것은 부처님께서 어떠한 이유로 수행을 하셨으며, 어디서 열반에 드셨는지에 대하여 돌아보는 것으로 공양의 시작으로 삼으라는 게송이다. 이 게송은 원나라 때 편찬된 선림비용청규(禪林備用清規) 권 제10에서 인용하였으며, 청규(清規)에서는 상념게(想念偈)로 되어 있다. 그리고 위의 게송에 나오는 장소는 불교의 4대 성지에 해당한다.

## 불생가비라 佛生迦毘羅
### 부처님은 가비라에 탄생하시어

부처님은 카필라국에 있는 룸비니 동산에서 태어나셨다.

**성도마갈타 成道摩竭陁**
**마갈타에서 성도하시고**

부처님께서 도를 이루신 곳은 마가다국에 있는 보드가야의 보리수 아래이다.


**설법바라나 說法波羅奈**
**바라나시에 있는 녹원에서 설법하시고**

바라나시에 있는 녹야원(鹿野苑)에서 함께 수행하였던 적이 있는 다섯 사람에게 법을 전하여서 제자로 삼았으며 이를 오비구(五比丘)라고 한다.


**입멸구시라 入滅俱尸羅**
**구시라(拘尸羅) 쌍림에서 열반에 드셨네.**

구시라를 갖추어 말하면 구시나게라(拘尸那揭羅)이다. 이곳은 부처님께서 열반하신 지역이며 말라족(末羅族)이 거주하는 말라국의 수도이다. 말라국은 부처님 재세시 16대국 가운데 하나였다.

# 불신보변시방중 佛身普遍十方中

## 삼세불영 三世佛咏

佛身普遍十方中 三世如來一切同
불신보변시방중 삼세여래일체동

廣大願雲恒不盡 汪洋覺海杳難窮
광대원운항부진 왕양각해묘난궁

부처님 지혜의 몸이 시방에 두루하시니
삼세의 여래가 다 같은 한몸이시네.
넓고 크신 서원은 구름처럼 다함이 없고
드넓은 깨달음의 바다는 아득하기 그지없네.

이 게송은 화엄경을 바탕으로 하여 부처님을 찬탄하는 게송으로 쓰인 것으로 보인다. 그 작자는 알지를 못하지만, 전법을 은근히 권유하는 게송이다. 이 가영은 산보집 오로단(五路壇) 작법에서 부처님을 청하는 가영으로 실려 있다. 작법귀감에서는 가사점안 때 부처님을 청하는 가영으로도 되어 있다. 또 범음집에서는 삼세불영(三世佛咏)으로 되어 있다.

## 불신보변시방중 佛身普遍十方中
### 부처님 지혜의 몸이 시방에 두루하시니

불신(佛身)을 글자 그대로 보면 부처님의 몸을 말함이다. 그러나 여기서는 그냥 단순한 육신의 몸을 말하는 것이 아니다. 앞의 불(佛)이라는 글을 이어받아 진리의 몸을 표현하였다. 왜냐하면 불(佛)은 곧 깨달음이다. 고로 깨달음의 원천은 지혜로부터 나오기에 불(佛)은 곧 지(智)로 연관하여 나타내기도 하는데, 그 대표적인 예로 불지(佛智)라는 표현이 있다. 덧붙여 화엄경에는 불신(佛身)이라는 표현이 226회나 나온다.

불신(佛身)이 보변(普遍)한 세계를 다르게 표현하면 삼천대천세계(三千大千世界)라고도 한다. 여기에 대하여 금강경(金剛經)에서는 항하사(恒河沙)에 비유를 하였으며, 이는 곧 광대무변(廣大無邊)한 세계를 말하기에 중생의 안목으로는 헤아리기는커녕 생각하기도 어려운 경지이다.

'불신보변시방중'이라는 표현은 화엄경(華嚴經) 세주묘엄품에 묘염해(妙焰海)천왕이 부처님의 위신력을 받들어 모든 자재천 대중들을 널리 관찰하고 게송으로 말하는 내용의 일부와 거의 같은 흐름으로 이루어져 있다. 게송을 살펴보면 다음과 같다.

佛身普遍諸大會 充滿法界無窮盡
불신보변제대회 충만법계무궁진

寂滅無性不可取 爲救世間而出現
적멸무성불가취 위구세간이출현

부처님의 몸은 모든 대회(大會)에 두루 계시고
법계에 충만하시어 다함이 없으시며
적멸하여 체성(體性)이 없어 취할 수 없건마는
세간을 구제하기 위하여 출현하셨네.

보변(普遍)은 널리, 두루두루, 미치지 않는 곳이 없다는 표현이다. 보변(普徧)과 다 같은 글자로 쓰인다. 그러나 화엄경에서는 보변(普遍)으로 나타내었다. 그리고 보변이라는 단어 속에 숨은 뜻을 잘 알아야 하는데, 보변은 곧 부처님의 위신력을 나타내는 표현이다. 화엄경(華嚴經) 세주묘엄품에 보면 석가인다라천왕이 부처님의 위신력을 받들어 삼십삼천의 모든 대중들을 널리 살피고 게송으로 말씀하셨다. 거기 나오는 보변(普遍)이라는 내용을 한번 살펴보자. 역시 화엄경에도 보변(普遍)이라는 표현이 102번이나 나온다.

諸佛出現於十方 普遍一切世間中
제불출현어시방 보변일체세간중

觀衆生心示調伏 正念天王悟斯道
관중생심시조복 정념천왕오사도

모든 부처님이 시방에 출현하시어

널리 일체 세간에 두루하시네!
중생의 마음을 살펴 조복케 하시나니
정념천왕이 이 도를 깨달았다네!

시방중(十方中)은 시방 가운데 이러한 표현이다. 여기서 시방은 보변을 뒷받침하는 표현으로 '아니 계신 곳이 없다'는 뜻으로 쓰였다. 그리고 중(中)이라는 것은 어디에도 치우치지 않는 가운데라는 뜻이다. 그렇다면 '가운데'라는 기준점은 어디일까? 나 자신이 바로 가운데가 되는 것이다. 그러기에 중(中)이라는 표현을 사용하여 나 자신부터 확고한 믿음을 갖추어야 한다는 것을 강조하는 것이다. 여기서 다시 시방중(十方中)이라는 표현을 화엄경 세주묘엄품을 통하여 살펴보자. 그리고 화엄경에는 시방중(十方中)이라는 표현이 아홉 번이 등장한다.

佛於一切十方中 寂然不動無來去
불어일체시방중 적연부동무래거

應化衆生悉令見 此是髻輪之所知
응화중생실령견 차시계륜지소지

부처님이 모든 시방 가운데에서
고요히 움직이지 않으시기에 오고 감이 없으시니
교화 받을 중생들이 다 보게 하시니
이것은 계륜주수신이 안 것이네.


## 삼세여래일체동 三世如來一體同
## 삼세의 여래가 다 같은 한몸이시네.

삼세(三世)는 과거세, 현재세, 미래세를 통틀어 말하는 것이다. 이를 다르게 나타내면 삼제(三際)라고 하기도 하고 거래금(去來今), 거래현(去來現), 이금당(已今當)이라고 하기도 한다. 결국 삼세는 시간의 개념을 말하는 것인데, 보통은 현재의 생애를 현세라고 하고 태어나기 이전을 전세(前世), 죽음 다음을 내세(來世)라고 한다. 다만 여기서 알아 두어야 할 것은 삼세의 세(世)에서 세(世)는 '흘러간다'는 의미로 보아 유(流)와 같은 뜻으로 보기도 한다. 그리고 여기에다 공간을 더하여 말하면 삼세시방(三世十方)이라 한다. 공간을 먼저 말하고 시간의 개념을 나중에 말하면 시방삼세(十方三世)가 된다.

삼세에 이어서 나오는 표현은 여래(如來)이다. 여래는 곧 부처님을 달리 표현하여 나타낸 것이다. 다시 위에서 설명한 시간과 공간의 개념으로 보아 삼세여래(三世如來)를 표현한다면 삼세시방일체제불(三世十方一切諸佛)이라 한다. 그리고 다시 이를 줄여 표현하면 삼세시방제불(三世十方諸佛), 이를 또다시 줄이면 삼세제불(三世諸佛)이라 한다. 그러기에 삼세여래(三世如來)는 과거, 현재, 미래에 출현하시는 모든 부처님을 말한다. 이를 삼세불(三世佛)이라 한다.

일체(一體)는 한 몸을 말한다. 이 게송에서 일체(一體)를 일체(一切)라고 표현하는 경우가 있는데 이는 틀린 표현이다. 앞의 게송에서 불신(佛身)이라고 하였으니, 여기에서는 일체(一體)라고 하여 앞의 주장을 다시 한번 강조하는 의미를 가진다. 지금 이 게송에서 불신(佛身)이나 일체(一體)에서 신(身)과 체(體)는 모두 진리를 나타내고 있는 표현이기에 삼세제불의 가르침은 별다르지 않다고 말하고 있다.

화엄경(華嚴經) 세주묘엄품에 보면 그때 시기대범왕(尸棄大梵王)이 부처님의 위신력을 받들어 모든 범신천(梵身天)과 범보천(梵輔天)과 범중천(梵衆天)과 대범천(大梵天)의 대중들을 두루 살피고 게송으로 말한다. 그 가운데 하나를 살펴보면 다음과 같은 가르침이 있다.

三世所有諸如來 趣入菩提方便行
삼세소유제여래 취입보리방편행

一切皆於佛身現 自在音天之解脫
일체개어불신현 자재음천지해탈

삼세의 모든 여래께서
보리에 나아가는 방편의 행을
모두 다 부처님의 몸에서 나타내시니
자재음천왕의 해탈이로다.


**광대원운항부진 廣大願雲恒不盡**
넓고 크신 서원은 구름처럼 다함이 없고

광대(廣大)는 그냥 단순하게 넓고 크다는 의미로만 해석하면 안 된다. 광대를 산스크리트어로 나타내면 udara이며 이는 뛰어나다, 훌륭하다, 그리고 빛나는, 아름다운,

고요한 등의 뜻도 있고 풍족한, 넓다 등의 뜻도 있다. 그러나 여기에서는 형용사로써 부처님의 덕이 넓고 크다는 의미로 쓰였다.

광대는 광대무변(廣大無邊)을 줄여서 나타낸 것이다. 이러한 의미로 쓰일 때는 광대공양(廣大供養), 광대공덕(廣大功德), 광대교문(廣大敎門), 광대원만(廣大圓滿), 광대행원(廣大行願) 등 다양한 표현으로 쓰인다. 광대를 부처님의 오묘한 가르침에 비유하여 나타내면 광대묘법(廣大妙法)이라고 하며, 부처님의 공덕은 헤아릴 수 없을 만큼 크고 넓기에 광대무량(廣大無量)이라 한다. 부처님의 가르침은 그 어디에도 걸림이 없기에 광대무애(廣大無礙)라고도 한다.

원운(願雲)에서 원(願)은 그 어떠한 숭고한 뜻을 성취하려는 결의를 원이라고 한다. 그러므로 이를 소원(所願), 심원(心願), 지원(志願), 염원(念願), 원망(願望) 등으로 나타내기도 한다. 이러한 뜻을 가진 원(願)을 구름에 비유하여 '많고 많은 소원'으로 표현하였다. 그만큼 중생의 근기는 다양하기에 바라는 바 원(願)이 각자 다르므로 이를 원운(願雲)이라고 하였다. 그러나 부처님의 원은 중생을 대자대비하게 여기기에 네 가지 소원으로 귀결되는데 이를 사홍서원(四弘誓願)이라 한다. 고로 사홍서원에서 홍(弘)은 구름과 같은 뜻으로 보아도 무방하며, 이어서 나오는 항부진(恒不盡)은 항상 다함이 없다는 표현이다. 화엄경 비로자나품에 보면 다음과 같은 말씀이 있다.

廣大劫海無有盡 一切刹中修淨行
광대겁해무유진 일체찰중수정행

堅固誓願不可思 當得如來此神力
견고서원불가사 당득여래차신력

광대하여 다함 없는 겁 바다의
온갖 세계에서 청정한 행을 닦아
견고한 서원이 불가사의하니
여래의 이러한 위신력을 마땅히 얻으리라.


**왕양각해묘난궁 汪洋覺海渺難窮**
**드넓은 깨달음의 바다는 아득하기 그지없네.**

왕양(汪洋)에서 왕(汪)은 넓고 깊다는 뜻도 있고, 넓고 크다는 의미도 있다. 그리고

양(洋)은 바다를 말한다. 고로 왕양(汪洋)은 넓고 큰 모양 또는 넓고 광대한 모양을 말하기에 앞서 살펴본 광대(廣大)라는 뜻과도 상통한다.

각해(覺海)는 깨달음의 세계를 바다에 비유한 것으로, 이는 깨달음의 성품은 깊고 깊어서 이는 바다와 같이 깊고 넓으므로 이를 각해라고 하여 나타낸 것이다. 覺性甚深。湛然如海 故稱覺海。

또한 부처님께서 깨달으신 진리의 세계는 그 크기를 가늠할 수 없기에 바다에 비유하여 법해(法海)라고도 한다.

묘(渺)는 물이 아득하여 멀리 작게 보이는 모양을 나타낸 글자로 아득하다는 뜻으로 쓰이는 글자이다. 고로 묘묘(渺渺)는 수면이 한없이 넓은 모양을 표현할 때를 말한다. 그러나 왕양각해묘난궁(汪洋覺海渺難窮)에서 묘(渺)를 묘하다는 뜻을 가진 묘(妙)라고 나타낸 것은 잘못된 표현이다.

난궁(難窮)은 다하기가 어렵다는 표현이다. 그러므로 난(難)은 어려움이나 장애를 말하며, 궁(窮)은 그 끝을 말하는 표현이지만 난(難)이라는 글자가 조합되면서 그 끝을 알 수가 없다는 표현이 되면서 부처님의 위신력을 찬탄하는 문장이 되는 것이다. 화엄경(華嚴經) 세주묘엄품에 보면 지국건달바왕이 부처님의 위신력을 받들어 모든 건달바 대중들을 두루 살피고 게송으로 말하였다.

十方刹海無有邊 佛以智光咸照耀
시방찰해무유변 불이지광함조요

普使滌除邪惡見 此樹光王所入門
보사척제사악견 차수광왕소입문

끝없는 시방세계를
부처님이 지혜의 광명으로 다 비추사
널리 사악한 소견을 씻어 없애시니
이것은 수화건달바왕이 들어간 문이로다.

지금까지 살펴보았듯이 이 게송은 '화엄경'을 바탕으로 하여 구성된 게송이다. 그러기에 공부자에게 도움을 주고자 특정한 단어가 화엄경에 몇 번 나온다고 하였을 뿐 그 외 별다른 의미는 없다.

# 불어무량겁 佛於無量劫

## 막제게 莫嗁偈

**佛於無量刼 勤苦爲衆生**
불어무량겁 근고위중생

**云何諸衆生 能報大師恩**
운하제중생 능보대사은

부처님께서 한량없는 겁 동안에
중생을 위하여 갖은 고행을 겪으면서
모든 중생이 어떻게 하면
대사의 은혜 능히 갚을 수 있겠는가.

산보집 별식당작법(別食堂作法)에서 오관게(五觀偈)를 하고 난 뒤 이어지는 게송이
다. '막제게'라고 하는 것은 부처님의 큰 은혜를 찬탄하는 것이다. 여기서 막제(莫嗁)
라고 하는 것은 부처님께서 과거 무량겁 동안 중생을 위하여 난행고행(難行苦行)을
하신 지극한 은혜를 갚을 길이 없어 아무리 울려고 하여도 목이 메어 울 수조차 없다
는 표현이다. 이 게송의 출처는 40권 화엄경 권 제2 입부사의해탈경계보현행원품(入
不思議解脫境界普賢行願品)에 보면 상방(上方)의 보변법계대원제(普徧法界大願際)
보살마하살(菩薩摩訶薩)이 부처님의 위신력을 찬탄하는 게송에서 인용하였다. 이 게
송은 선문염송(禪門拈頌), 염송설화절록(拈頌說話節錄) 등에도 실려 있다.

**불어무량겁 佛於無量刼**
부처님께서 한량없는 겁 동안에

겁(刼)은 겁(劫)과 같은 글자다. 부처님은 중생을 위하여 과거 무량겁에도 이미 중생을
제도하였다는 뜻이다. 이러한 이례로 인하여 과거칠불(過去七佛)이 있게 되는 것이다.

근고위중생 勤苦爲衆生
중생을 위하여 갖은 고행을 겪으면서

근고(勤苦)는 고통을 견디며 몹시 애쓴다는 표현이며, 이는 중생을 위하여 그러하다는 것이다.


운하제중생 云何諸衆生
모든 중생이 어떻게 하면

운하(云何)는 어떻게, 어찌, 이러한 뜻이다.


능보대사은 能報大師恩
대사의 은혜 능히 갚을 수 있겠는가.

대사(大師)는 인천(人天)의 스승이 부처님이기에 대사라고 표현한 것이다. 그러므로 대사은(大師恩)은 부처님의 은혜를 말한다.

# 불이일체신통력 佛以一切神通力

## 화재게 化財偈

**佛以一切神通力 加持冥財遍法界**
**불이일체신통력 가지명재변법계**

**願此一財化多財 普施鬼神用無盡**
**원차일재화다재 보시귀신용무진**

부처님께서 일체의 신통력으로
가지한 저승의 재물이 법계에 두루하게 하시네.
부디 이 한 재물이 많은 재물로 변하여
귀신에게 널리 베풀어서 아무리 써도 다함 없게 하소서.

산보집 지기단작법(地祇壇作法)에서 화재게(化財偈)로 실려 있다. 여기서 화재(化財)라고 하는 것은 재자들이 올린 저승의 재물들이 변하니 수용해 달라는 뜻이다. 이를 게송으로 말하면 화재게(化財偈)이고 문장으로 말하면 화재수용(化財受用)이라고 하여, 이를 지기단작법에는 화재수용편(化財受用篇)이라고 한다.

**불이일체신통력 佛以一切神通力**
**부처님께서 일체의 신통력으로**

80권 화엄경 권 제3 세주묘엄품에 보면 다음과 같은 게송이 있다.

如來廣大神通力 克殄一切魔軍衆
여래광대신통력 극진일체마군중

여래의 넓고 큰 신통력으로

모든 마군들을 무찌르나니

이렇듯 화엄경에서는 부처님의 신통력에 대해 자주 등장한다. 부처님의 신통력은 곧 위신력이다.


## 가지명재변법계 加持冥財遍法界
### 가지한 저승의 재물이 법계에 두루하게 하시네.

명재(冥財)는 저승세계의 재물을 말한다. 이러한 명재가 법계에 두루하기를 염원하고 있다. 이러한 명재에 가지(加持)라는 표현을 더하여 재자가 올린 명재가 저승세계의 재물로 변하기를 바라고 있다.


## 원차일재화다재 願此一財化多財
### 부디 이 한 재물이 많은 재물로 변하여

부처님의 위신력으로 적은 재물도 크게 변하게 해달라는 내용이다.


## 보시귀신용무진 普施鬼神用無盡
### 귀신에게 널리 베풀어서 아무리 써도 다함 없게 하소서.

그리하여 명재가 귀신들이 아무리 사용을 하더라도 모자람이 없게 해달라고 염원하고 있다.

# 불조전래지차의 佛祖傳來只此衣

## 가사송 袈裟頌

佛祖傳來只此衣 兒孫千載信歸依
불조전래지차의 아손천재신귀의

裂縫條葉分明在 天上人間荷者稀
열봉조엽분명재 천상인간하자희

부처님과 조사들이 전하여 내려온 이 가사는
아들과 손자들이 천 년 동안 믿고 귀의하네.
잘라서 바느질한 조각조각이 분명한데
천상이나 인간세상에서 입는 이 드물도다.

산보집에서 가사를 옮길 때 하는 의식인 가사이운(袈裟移運)에 나오는 가사송(袈裟頌)으로 실려 있으며, 작법귀감에도 역시 마찬가지다.

## 불조전래지차의 佛祖傳來只此衣
### 부처님과 조사들이 전하여 내려온 이 가사는

가사는 불교만 가지고 있는 법복(法服)의 하나로써 우리나라에는 장삼(長衫) 위에 걸쳐 왼쪽 어깨에서 오른쪽 겨드랑이 밑으로 둘러 입는 법의를 말함이다. 원래 가사는 부처님 당시에는 버린 누더기옷이라는 뜻이다. 이를 불교에서 받아들여 불규칙하게 꿰매서 만든 옷을 가사라고 한다. 가사는 요즘처럼 재봉틀로 박지 아니하고 일일이 바늘로 땀을 떠서 꿰매 나가는데 이는 콩알을 넣어서 사방으로 통하게끔 하기 위해서이다. 이러한 통로를 통문(通門)이라고 한다. 또한 가사는 전답(田畓)의 모양처럼 생겼는데 여기에 보시의 공덕을 연결시켜 복전의(福田衣)라고 하기도 한다. 인간이 모든 번뇌를 깨트린다 하여 해탈의(解脫衣)라고 하기도 한다. 우리나라 가사는 지금은 종단마다 그 색상을 다양하게 달리하지만 전통적인 가사의 색상은 빨간색이다.

불조전래지차의(佛祖傳來只此衣)의 불조는 부처님과 조사 스님들을 말한다. 여기서 이러한 가사가 지금까지 전해져 내려왔다고 하는 것은 가사는 일종의 신표(信標)이기 때문이다. 그러므로 사법(嗣法) 제자에게 가사를 전할 때는 반드시 일정한 의식을 갖추어 전하는 것이다. 참고로 여기에 하나를 더하는데, 가사는 발우와 함께 전하는 것이 통례이기 때문에 흔히 의발(衣鉢)을 전한다고 한다. 까닭에 부처님이 가사를 수하였으므로 불교의 옷은 가사(袈裟)다. 그러므로 가사는 법을 상징하는 옷이다.

### 아손천재신귀의 兒孫千載信歸依
### 아들과 손자들이 천 년 동안 믿고 귀의하네.

아손(兒孫)은 아들과 손자이니 여기서는 법손(法孫)을 말한다. 부처님 이후 법손들이 믿음의 증표인 가사에 대해여 수천 년이 이르도록 믿고 귀의하는 것은 가사는 정표(情表)가 아니라 신표(信標)이기 때문이다. 고로 가사는 법을 나타냄으로 법의(法衣)라고 한다. 천재(千載)는 곧 천년을 말한다. 여기서 재(載)는 세(歲), 년(年)과 같은 표현이다.

### 열봉조엽분명재 裂縫條葉分明在
### 잘라서 바느질한 조각조각이 분명한데

열(裂)은 해지고 찢어진 가사를 말한다. 봉(縫)은 깁고 꿰맨 것을 말하며 조(條)는 나뭇가지를 말하고 엽(葉)은 나무 잎사귀를 말한다. 고로 조엽(條葉)은 가사의 작은 한 바탕의 천을 말하는 것이다. 그러므로 찢어지고 깁고 한 가사가 아직도 이러하게 전하는 것은 숱한 풍상을 겪으면서도 부처님의 진리의 법등이 이어져 왔다는 것을 말한다.

### 천상인간하자희 天上人間荷者稀
### 천상이나 인간세상에서 입는 이 드물도다.

천상이나 인간세상이나 이러한 진리의 상징인 법의를 수하고자 하는 사람이 드물다고 하는 것이다. 고로 가사는 위대하고 거룩한 법의 증표(證票)가 되고 신표(信標)가 된다. 가사는 입는다고 표현하지 않으며 수(垂)한다고 말한다. 이는 부처님의 진리가 가사에 깃들기를 염원하는 표현이며, 또는 부처님의 진리가 가사에 드리워져 있다고 믿기 때문이다. 그러므로 가사는 출가한 사문이 입는 법의이다. 그러나 항간에는 출가한 수행자가 아니면서 버젓이 가사를 수하는 경우가 더러 있는데 이는 명백히 불조를 능멸함이며 스스로 무지함을 드러내는 어리석은 모양이다.

하자(荷者)는 불특정한 것을 말한다. 장소를 말하면 '어디' 이러한 표현이고, 사람으로 말하면 그 '누구' 이러한 표현이다. 희(稀)는 드물다라는 표현이기에 '숱한 사람이 있더라도 가사를 수하는 사람은 드물다'라는 표현으로 쓰여서 가사가 신성한 법복이라는 것을 재차 확인하고 있다.

# 비람원내강생시 毘藍園內降生時

## 입실게 入室偈

**毘藍園內降生時 金色眞身豈染疲**
비람원내강생시 금색진신기염피

**凡情利益臨河側 今灌度生亦復宜**
범정이익임하측 금관도생역부의

가비라국의 룸비니에서 부처님 강생하실 때
금색의 진신이 어찌 더러움에 물들겠는가.
중생들의 이익을 위하여 강가에 임하셨으니
지금 목욕하심도 중생 건지려는 적절한 일이라네.

산보집 권 하(卷下)에는 관욕게(灌浴偈)의 일부로 나오며, 산보집 권 중(卷中)에는 입실게(入室偈)로 나온다. 그리고 범음집에는 산보게로 실려 있다. 입실게라고 하는 것은 재의례에 있어서 관욕을 위하여 위패를 욕실(浴室)로 모실 때 하는 게송이다.


**비람원내강생시 毘藍園內降生時**
가비라국의 룸비니에서 부처님 강생하실 때

비람원(毘藍園)은 석가모니 부처님이 탄생하신 가비라성(迦毘羅城)의 룸비니동산을 일컫는 표현이다. 강생(降生)은 신(神)이 인간으로 태어나는 것을 말한다.


**금색진신기염피 金色眞身豈染疲**
금색의 진신이 어찌 더러움에 물들겠는가.

금(金)은 녹슬지 아니하므로 이는 변하지 않는 진리를 나타내는 표현이다. 부처님은 진신(眞身)이기에 곧 금색신(金色身)이 되는 것이다. 금이 더러움에 물들지 아니한다고 하는 것은 부처님은 번뇌를 여의신 분이기 때문이다.


## 범정이익임하측 凡情利益臨河側
## 중생의 이익을 위하여 강가에 임하셨으니

범정(凡情)은 속인의 감정을 말하므로 여기서는 중생을 나타내는 표현이다. 그리고 하(河)는 니련선하를 말한다. 부처님은 고행으로는 도를 이루기 어렵다는 것을 아시고 니련선하(尼連禪河)로 내려오시어 목욕하고 새로운 수행처로 가시다가 목신을 섬기는 수자타 여인에게 유미(乳糜) 공양을 받으셨다.


## 금관도생역부의 今灌度生亦復宜
## 지금 목욕하심도 중생 건지려는 적절한 일이라네.

그러므로 지금 영가에게 관욕단(灌浴壇)을 설치하여 관욕을 시키는 것도 부처님께서 니련선하에서 목욕을 하시고 나서 보리수에서 불도를 이루듯이 영가에게도 깨달음을 주기 위함이라는 표현이다.

# 비밀장함명조우 秘密藏含明照雨

## 십지영 十地詠

**秘密藏含明照雨 熾然光燭聖凡魔**
비밀장함명조우 치연광촉성범마

**智通王境難窮盡 不離胡蝶舊日窠**
지통왕경난궁진 불리호접구일과

비밀장(秘密藏)을 머금어서 비처럼 내려 밝게 비추고
왕성한 빛은 성인, 범부, 마군까지 비추네.
지통왕(智通王)의 경계는 무궁하여 다 말하기 어려운데
나비는 옛날 살던 집을 벗어나지 못하네.

산보집에서 상단을 청해 맞이하는 의식인 상단영청지의(上壇迎請之儀)에서 십지영(十地詠)으로 나오는 가영이다. 범음집에도 위와 같다. 십지(十地)는 수행의 단계를 열 가지로 구분한 것이며, 이를 경론별로 구분하면 반야십지(般若十地), 보살십지(菩薩十地), 밀교십지(密敎十地), 성문십지(聲聞十地) 등 여러 가지가 있다.

예를 들어 80권 화엄경에서는 환희지(歡喜地), 이구지(離垢地), 발광지(發光地), 염혜지(焰慧地), 난승지(難勝地), 현전지(現前地), 원행지(遠行地), 부동지(不動地), 선혜지(善慧地), 법운지(法雲地) 등으로 나누고 있다.

## 비밀장함명조우 秘密藏含明照雨
비밀장(秘密藏)을 머금어서 비처럼 내려 밝게 비추고

비밀장(秘密藏)은 궁극적인 깨달음을 모아 놓은 비밀스러운 법장을 말한다. 여기서 비밀스럽다고 하는 것은 '부처님의 말씀은 심오하여 오로지 부처님만이 알 수가 있고, 그 나머지 다른 사람들은 분명하게 알지 못한다'는 표현이다.


### 치연광촉성범마 熾然光燭聖凡魔
### 왕성한 빛은 성인, 범부, 마군까지 비추네.

치연(熾然)은 왕성하다는 뜻이다. 그러므로 진리의 빛은 왕성하여 범부 성인은 물론 마군까지 비춘다는 뜻이다.


### 지통왕경난궁진 智通王境難窮盡
### 지통왕(智通王)의 경계는 무궁하여 다 말하기 어려운데

지통왕이라는 표현은 부처님은 지혜가 무궁하여 통하지 않음이 없기에 붙여진 이름이다. 화엄경에도 일체지통왕(一切智通王)이라는 표현이 있다.


### 불리호접구일과 不離胡蝶舊日窠
### 나비는 옛날 살던 집을 벗어나지 못하네.

호접(胡蝶)은 나비를 말하며 과(窠)는 새나 벌레, 짐승의 보금자리를 말한다. 장자에 나오는 호접지몽(胡蝶之夢)의 꿈에서 벗어나지 못하고 있음을 말하며 이는 중생의 집착을 말한다.

# 비부거구급침인 悲夫炬口及針咽

## 십악영 十惡詠

**悲夫炬口及針咽 積刼飢虛命倒懸**
비부거구급침인 적겁기허명도현

**兩耳不聞醬水字 一生寧見設齋筵**
양이불개장수자 일생녕견설재연

슬프구나, 입은 크거늘 목구멍은 바늘만 하여
오랜 겁을 굶주려서 목숨은 위험하고 절박하거늘
두 귀는 장수(醬水) 소리 한 번 들어보지 못하고
일생 동안 재(齋) 여는 자리 어찌 보았을까.

산보집에서 하단(下壇)을 청해 맞이하는 의식인 하단영청지의(下壇迎請之儀)에서 십악영(十惡詠)으로 실려 있다. 범음집에도 역시 그러하다. 그리고 십악영은 아귀지옥의 내용을 다루고 있다.

십악(十惡)은 몸과 말 그리고 뜻으로 짓는 열 가지 죄악을 말한다.
(1) 살생(殺生) - 살아 있는 것을 죽이는 행위.
(2) 투도(偷盜) - 남의 것을 훔치는 행위.
(3) 사음(邪婬) - 음란한 사랑을 하는 행위.
(4) 망어(妄語) - 거짓말을 하는 행위.
(5) 악구(惡口) - 나쁜 말을 하는 행위.
(6) 양설(兩舌) - 말로써 이간질하는 행위.
(7) 기어(綺語) - 말로써 남을 속이는 행위.
(8) 탐욕(貪欲) - 욕심을 내는 행위.
(9) 진에(瞋恚) - 성내는 행위.
(10) 사견(邪見) - 그릇된 견해를 가지고 있는 행위.

결국 십악은 신구의 삼업(三業)으로 인하여 죄를 짓는 것을 말한다.

### 비부거구급침인 悲夫炬口及針咽
### 슬프구나, 무릇 입은 크거늘 목구멍은 바늘만 하여

아귀(餓鬼) 지옥을 말함이다. 음식은 눈앞에 산더미처럼 쌓여 있지만 목구멍은 바늘구멍만 하고, 설사 음식을 입에 넣더라도 불로 변하여 삼키지 못한다고 한다.

### 적겁기허명도현 積劫飢虛命倒懸
### 오랜 겁을 굶주려서 목숨은 위험하고 절박하거늘

적겁(積劫)은 아주 오랜 세월동안 이라는 표현이고 기허(飢虛)는 굶주려서 창자가 비어 있다는 표현이며, 도현(倒懸)은 거꾸로 매달렸다는 뜻으로 아주 위험하고 절박한 심정을 말한다.

### 양이불개장수자 兩耳不開醬水字
### 두 귀는 장수(醬水) 소리 한 번 들어보지 못하고

장수(醬水)는 곡물로 만든 미숫가루 따위의 음료수를 말한다.

### 일생녕견설재연一生寧見設齋筵
### 일생 동안 재(齋) 여는 자리 어찌 보았을까.

여기서 녕(寧)은 부사로써 반문을 나타내어 설마 ~일 리가 있겠는가, 이러한 표현으로 쓰였다. 그러므로 누가 재(齋) 한 번 지내주지 않았다는 표현이다.

# 비사고세동간과 悲思苦世動干戈

## 숙원영 宿寃詠

悲思苦世動干戈 殺伐生靈命幾何
비사고세동간과 살벌생령명기하

韓信捲秦千里血 張良散楚一聲歌
한신권진천리혈 장량산초일성가

슬픈 생각 괴로움은 세상의 전쟁에서 일어나고
살벌한 산 목숨들 수명이 얼마나 되었던가.
한신(韓信)은 진(秦)나라 거두는데 천 리에 피를 흘리고
장량(張良)은 초(楚)나라를 한마디 노래로 멸망시켰네.

산보집에서 하단을 청하여 맞이하는 의식인 하단영청지의(下壇迎請之儀)에 나오는
내용이며, 범음집에도 실려 있다. 숙원(宿寃)은 오랫동안 쌓인 원통함을 말한다.

### 비사고세동간과 悲思苦世動干戈
슬픈 생각 괴로움은 세상의 전쟁에서 일어나고

간과(干戈)는 방패와 창을 말하므로 곧 전쟁의 기구를 모두 말하며, 세동(世動)은 세
간의 동요가 일어나는 것을 말하니 전쟁으로 인하여 동요가 일어나 수많은 사람들이
비통함과 괴로움을 겪게 된다는 것을 뜻한다.

### 살벌생령명기하 殺伐生靈命幾何
살벌한 산 목숨들 수명이 얼마나 되었던가.

살벌(殺伐)은 분위기나 행동 따위가 거칠고 무시무시한 것을 말한다. 이는 죽고 죽이는 것이 곧 전쟁이기 때문이다. 그러므로 이로 인하여 제명(命)에 죽지 못한 자가 엄청나다는 것이다.


## 한신권진천리혈 韓信捲秦千里血
### 한신(韓信)은 진(秦)나라 거두는데 천 리에 피를 흘리고

한신(韓信?~BC196)은 전한(前漢)의 장군이자 제후(諸侯)다. 그는 유방(劉邦 BC247~BC195))의 부하로서 많은 전투에서 승리한 명장이다. 유방은 진나라를 치기 위하여 한신을 출전시켜 승리하게 되어 한나라를 건국하게 된다. 그러나 한신은 모함을 받고 유방에게 참살(斬殺)을 당한다.


## 장량산초일성가 張良散楚一聲歌
### 장량(張良)은 초(楚)나라를 한마디 노래로 멸망시켰네.

장량(張良?~기원전 186년)은 유방(劉邦)의 막료로 활약하여 그의 천하통일을 공헌한 전략가이다. 여기서 한마디 노래라고 하는 것은 전략적인 술책(術策)을 말함이다.

중국 진(秦)나라 말, 한(漢)나라 초(初)에 서한(西漢)을 건국한 유방(劉邦)을 도운 세 명의 공신을 서한삼걸(西漢三杰)이라고 한다. 이들은 한(漢)나라를 세운 책략가 장량(張良), 살림꾼이었던 소하(蕭何 ?~기원전 193), 전략가였던 한신(韓信 ?~기원전 196)이다.

# 비여정만월 比如淨滿月

## 출현게 出現偈

**比如淨滿月 普現一切水**
비여정만월 보현일체수

**影像雖無量 本月不曾二**
영상수무량 본월불증이

비유하자면 깨끗한 보름달이
모든 물에 널리 나타나 있는 것과 같아서
달그림자 형상이 한량없이 많아도
본래의 달은 애당초 둘이 아니라네.

산보집 설선작법절차(說禪作法節次)에 나오는 출현게(出現偈)이며 범음집에도 실려 있다. 출현게(出現偈)라고 하는 것은 설선작법 절차에서 기사(記事)가 방장실로 들어가서 대중을 위하여 법을 설하여 줄 것을 청한다. 그에 화상은 고개를 끄덕이며 수긍하게 되는데, 이때 외우는 게송으로 그 출처는 80권 화엄경 도솔궁중게찬품 제24에 보면 지당(智幢) 보살이 부처님의 위신력을 받들어 찬탄하는 게송을 인용하였다. 그러나 글자가 좀 다른 것이 있다. 본문은 다음 아래와 같으며 그 내용은 같다.

譬如淨滿月 普現一切水 影像雖無量 本月未曾二
비여정만월 보현일체수 영상수무량 본월미증이

비여정만월 比如淨滿月
**비유하자면 깨끗한 보름달이**

비(比)는 비(譬)와 같은 뜻으로 쓰였으며 만월(滿月)은 일그러짐이 없는 보름달을 말

461

한다. 이는 불법을 비유한 것이다.


## 보현일체수 普現一切水
### 모든 물에 널리 나타나 있는 것과 같아서

달이 뜨면 천하를 비춤을 마치 물이 있으면 달이 있는 것과 같다. 이는 중생이 있으면 곧 부처님은 늘 함께하는 것이다.


## 영상수무량 影像雖無量
### 달그림자 형상이 한량없이 많아도

영상(靈像)은 달그림자를 말한다. '숱한 달그림자가 물마다 있듯이' 이러한 표현이다.


## 본월불증이 本月不曾二
### 본래의 달은 애당초 둘이 아니라네.

본월(本月)은 본불(本佛)을 말함이다. 본불이 둘이 아니듯이 본월(本月)도 그러하다는 것이다. 그러나 많은 사람들은 부처를 제쳐 놓고 다른 곳에 빠져 있음이 허다하다. 이는 본불을 보지 못함이니 방편에 빠진 중생이다.

# 비위신심요출가 非爲身心要出家

## 제5 제다가 提多迦 존자

非爲身心要出家 出家無我始堪誇
비위신심요출가 출가무아시감과

八十仙衆回頭處 從此蓮生火裏花
팔십선중회두처 종차연생화리화

몸과 마음을 위하여 출가한 것이 아니요
출가를 나의 자랑거리로 삼으려는 것도 아니네.
80명 신선들이 고개 돌린 곳
여기에서 연꽃이 나와 불속에서 꽃피웠네.

산보집에서 선문(禪門)의 조사에게 예참(禮懺)을 올리는 선문조사예참(禪門祖師禮懺) 가운데 제5대 조사인 제다가(提多迦 ?~기원전 690) 존자에 대한 가영이다. 제다가 존자는 인도의 마가다국 출신으로, 우파굽타(Upagupta)에게 전법(傳法)을 받은 제5대 존자로서 8천 명의 신선을 거느렸던 미차가(彌遮迦)를 제도하고 그에게 전법하였다.

**비위신심요출가 非爲身心要出家**
**몸과 마음을 위하여 출가한 것이 아니요**

제다가 존자는 자신의 몸과 마음의 안위를 위하여 출가한 것이 결코 아니라는 표현이다.

**출가무아시감과 出家無我始堪誇**
출가를 나의 자랑거리로 삼으려는 것도 아니네.

그렇다고 단순하게 출가하였다는 것을 누구에게 자랑하려는 것이 아니라 불법을 전하기 위하여 출가하였다고 은근히 밝히고 있다.

**팔십선중회두처 八十仙衆回頭處**
80명 신선들이 고개 돌린 곳

여기서 팔십(八十)은 곧 팔천(八千)을 말한다. 왜냐하면 제다가 존자는 미차가(彌遮迦)가 거느린 8천의 선인(仙人)들을 제도하였기 때문이다. 그리고 고개를 돌렸다고 하는 표현은 감화를 받았다는 뜻이다.

**종차연생화리화 從此蓮生火裏花**
여기에서 연꽃이 나와 불속에서 꽃피웠네.

종차(從此)는 이로부터 이러한 표현이며, 연생(蓮生)은 연꽃이 생겼다는 것으로 이는 참다운 불자가 생겼음을 말한다. 또한 불속에서 꽃이 피었다고 하는 것은 삼계화택(三界火宅) 속에서 불법이 피어났다는 것을 비유한 것이다.

# 사고무인법불전 四顧無人法不傳

## 석가모니불영 釋迦牟尼佛詠

四顧無人法不傳 鹿園鶴樹兩茫然
사고무인법불전 녹원학수양망연

朝朝大士生浮世 處處明星現碧天
조조대사생부세 처처명성현벽천

사방을 돌아보아도 법 전할 사람 없어 법 전하지 못했는데
녹야원 나무 하얗게 변하니 모두가 망연하네.
아침마다 대사께서 염부세계 나타나시고
곳곳에 샛별을 푸른 하늘에 나타내시네.

산보집에서 낮에 가마를 모시는 작법절차인 주시련작법(晝侍輦作法) 가운데 석가모니불을 찬탄하는 가영으로 실려 있다. 내용 일부에 오류가 있어 이 게송을 설명하는 과정에서 밝히고자 한다.

### 사고무인법불전 四顧無人法不傳
사방을 돌아보아도 법 전할 사람 없어 법 전하지 못했는데

사고(四顧)는 사방을 둘러보아도, 무인(無人)은 사람이 없다, 그러므로 사고무인은 주변에 이렇다 할 만한 사람이 없다는 표현이다. 이어지는 문장에 대비하여 보면 불법을 전할 이가 없다는 것이다.

### 녹원학수양망연 鹿園鶴樹兩茫然
녹야원 나무 하얗게 변하니 모두가 망연하네.

녹원(鹿苑)은 녹야원(鹿野苑)의 준말로 부처님께서 처음으로 법을 설하신 초전법륜(初轉法輪)의 성지를 말함이다. 학수(鶴樹)는 나무가 학(鶴)처럼 하얗게 변했다는 것으로 이는 부처님이 사라쌍수(娑羅雙樹) 아래서 열반에 드시자 산천초목이 슬픔을 나타내었다고 하여 붙여진 비유다. 그러므로 녹원(鹿苑)이라는 표현은 맞지 아니하다. 다만 이를 염두에 두고 해석하면 '녹야원에서 사라쌍수에 이르기까지' 이러한 표현으로 보아야 할 것이다. 망연(茫然)은 부처님이 사라쌍수 아래서 열반에 드시자 모두가 망연자실(茫然自失)했다는 표현이다.


## 조조대사생부세 朝朝大士生浮世
## 아침마다 대사께서 염부세계 나타나시고

부처님의 성불을 철저하게 중화불교 관점에서 본 것을 나타내고 있다. 중화불교에서는 부처님이 어느 날 새벽에 밝은 별을 보고 깨우쳤다고 하고 있으나 이러한 교리를 뒷받침할 경전은 없다. 대사(大士)는 부처님을 말함이고 생부(生浮)는 덧없는 인생살이를 하는 사바세계를 말한다. 그러므로 여기서 하고자 하는 말은 날마다 샛별이 뜨건만 깨우치는 이가 없다는 것이다.


## 처처명성현벽천 處處明星現碧天
## 곳곳에 샛별을 푸른 하늘에 나타내시네.

처처(處處)는 '곳곳에' 이러한 표현으로 어디에서나 샛별을 볼 수 있으니 이를 계기로 하여 깨달으라는 경책이다.

# 사공십팔급제천 四空十八及諸天

## 사공영 四空詠

**四空十八及諸天 不顧修心失本圓**
사공십팔급제천 불고수심실본원

**隨業輪回諸惡趣 願承佛力出黃泉**
수업윤회제악취 원승불력출황천

사공천(四空天)과 십팔천(十八天)의 모든 하늘들
마음 닦길 돌아보지 않다가 원만한 근본을 잃고
업에 따라 여러 갈래 악한 세계 윤회하니
부처님 힘을 입어 황천(黃泉)에서 나오소서.

산보집에 하단(下壇)을 청해 맞이하는 의식인 하단영청지의(下壇迎請之儀)에 나오는 가영으로 범음집에도 산보집과 같다. 사공영(四空詠)이라고 하는 것은 무색계에 속하는 네 가지 하늘에 대한 가영이다.


**사공십팔급제천 四空十八及諸天**
사공천(四空天)과 십팔천(十八天)의 모든 하늘들

사공(四空)은 사공천(四空天)을 말하며 이는 무색계에 속하는 네 가지 하늘인 공무변처(空無邊處), 식무변처(識無邊處), 무소유처(無所有處), 비상비비상처(非想非非想處) 등을 가리킨다. 능엄경(楞嚴經) 권 제9에 보면 '아난아, 이 사공천은 몸과 마음을 멸하여 다하고 선정의 성품이 뚜렷이 나타나서, 업의 과보로 받는 색[業果色]이 없으니, 이로부터 끝까지를 무색계(無色界)라고 한다'는 가르침이 있다. 阿難。是四空天。身心滅盡。定性現前。無業果色。從此逮終。名無色界。

십팔천(十八天)은 색계십팔천(色界十八天)을 일컫는 표현이며, 색계십팔천은 다음과 같다.

색계십팔천(色界十八天) - 천도(天道)
초선3천(初禪三天)
(1)범중천(梵衆天) (2)범보천(梵輔天) (3)대범천(大梵天)

2선3천(二禪三天)
(4)소광천(少光天) (5)무량광천(無量光天) (6)광음천(光音天)

3선3천(三禪三天)
(7)소정천(少淨天) (8)무량정천(無量淨天) (9)변정천(遍淨天)

4선9천(四禪九天)
(10)무운천(無雲天) (11)복생천(福生天) (12)광과천(廣果天) (13)무상천(無想天)
(14)무번천(無煩天) (15)무열천(無熱天) (16)선견천(善見天) (17)선현천(善現天)
(18)색구경천(色究竟天) 등을 말한다.


## 불고수심실본원 不顧修心失本圓
### 마음 닦길 돌아보지 않다가 원만한 근본을 잃고

사공천, 십팔천 천인들에 대하여 팔난(八難)에서 이를 설명하고 있다. 팔난에 보면 그 네 번째가 생장수천(生長壽天)으로, 외도의 수행자가 태어난다는 장수천(長壽天) 중생은 수명이 길고 편안함으로 인하여 불법을 들으려고 하지 않는다고 하였다.


## 수업윤회제악취 隨業輪回諸惡趣
### 업에 따라 여러 갈래 악한 세계 윤회하니

수업(隨業)은 업에 따라 받는 몸을 말한다. 그러므로 윤회라는 표현을 하였다. 이러한 윤회 법으로 인하여 그에 상응하는 모든 악취(惡趣)에 난다고 하였으며, 여기서 악취(惡趣)는 곧 악도(惡道)를 말함이다.

**원승불력출황천 願承佛力出黃泉**
부처님 힘을 입어 황천(黃泉)에서 나오소서.

황천(黃泉)은 저승의 명부세계를 중국문화의 표현으로 나타낸 것이다. 그러므로 명부세계에서 벗어나려면 부처님의 가피력을 입으라는 표현이다.

# 사군위기염라하 司君位寄焰羅下

## 고사단영영 庫司壇迎詠

司君位寄焰羅下 明察人間十二生
사군위기염라하 명찰인간십이생

錢財領納無私念 靈鑑昭彰利有情
전재영납무사념 영감소창이유정

사군(司君)은 염라대왕의 딸린 관리라네.
인간의 십이생(十二生)을 분명하게 살피시고
돈과 재물 출납에 사사로운 생각 없고
신령한 살핌 밝게 드러내 유정들을 유익하게 하네.

산보집에서 고사단(庫司壇)을 청하여 맞이하는 의례인 고사단영청(庫司壇迎請) 가운데 삼귀의를 마치고 이어서 나오는 가영으로 실려 있다. 범음집에는 예수문조전원장법(預修文造錢願狀法)에 같은 내용으로 실려 있다.

고사단(庫司壇)은 예수재(豫修齋) 또는 천도재를 할 때 시설하는 단(壇)의 하나로 명부의 재산관리를 맡고 있는 고사(庫司)를 위한 단(壇)으로 하단에 설치한다.

## 사군위기염라하 司君位寄焰羅下
사군(司君)은 염라대왕의 딸린 관리라네.

사군(司君)은 명부의 재산을 관리하는 고사(庫司)를 말하며 이어지는 내용을 보면 고사라는 직책은 염라대왕 아래 소속된 명부의 관리라고 말하고 있다.

**명찰인간십이생 明察人間十二生**
인간의 십이생(十二生)을 분명하게 살피시고

명찰(明察)은 사물을 똑똑히 살펴본다는 뜻이며, 십이생(十二生)은 인생사 모든 것을 말한다.


**전재영납무사념 錢財領納無私念**
돈과 재물 출납에 사사로운 생각 없고

전재(錢財)는 재물로써의 돈을 말하며 영납(領納)은 영수증을 말한다. 그러므로 명부의 재물을 입출(入出)함에 있어서 전혀 사사로움이 없다는 표현이다.


**영감소창이유정 靈鑑昭彰利有情**
신령한 살핌 밝게 드러내 유정들을 유익하게 하네.

영감(靈鑑)이나 명찰(明察)은 거의 같은 표현이며 소창(昭彰)은 분명하다, 뚜렷하다, 이러한 뜻으로 쓰여서 모든 중생을 살핌에 있어서 유익하게 한다는 내용이다.

# 사대각리여몽중 四大各離如夢中

## 봉송게 奉送偈

四大各離如夢中 六塵心識本來空
사대각리여몽중 육진심식본래공

欲識佛祖廻光處 日落西山月出東
욕식불조회광처 일락서산월출동

사대가 제각기 흩어지니 마치 한바탕 꿈과 같아서
육진과 심식은 본래가 공(空)한 것입니다.
부처님과 조사들의 회광처(廻光處)를 알고자 하면
서산에 해 지자 동녘에 달이 뜹니다.

작법귀감에서 하단의 신들을 받들어 전송하는 봉송하위(奉送下位)에 나오는 게송으로 앞의 두 구절은 원각경(圓覺經)을 바탕으로 이루어졌고 뒤의 두 구절은 선어록(禪語錄)을 바탕으로 하여 이루어진 것으로 보인다.


### 사대각리여몽중 四大各離如夢中
### 사대가 제각기 흩어지니 마치 한바탕 꿈과 같아서

사대(四大)는 이 몸이 이루어진 네 가지 요소인 지(地), 수(水), 화(火), 풍(風)을 말한다. 그러므로 이 네 가지 요소가 인연이 다하여 각기 제자리로 흩어지므로 이는 가합(假合)이기에 참답지 못하므로 몽중(夢中)이라고 하였다. 이를 더 알고자 한다면 원각경 제1 문수보살장에 보면 '이 무명이란 것은 실제로 체가 있는 것이 아니다. 마치 꿈을 꾸는 사람이 꿈꿀 때는 없지 아니하나 꿈을 깨고 나서는 마침내 얻을 바가 없는 것과 같으며, 뭇 허공 꽃이 허공에서 사라지나 일정하게 사라진 곳이 있다고 말하지 못함과 같다'고 하였다. 此無明者。非實有體。如夢中人。夢時非無。及至於醒。了無

所得。如衆空華。滅於虛空。不可說言。有定滅處。

## 육진심식본래공 六塵心識本來空
### 육진과 심식은 본래가 공(空)한 것입니다.

육진(六塵)은 인간의 심성을 더럽히는 대상의 경계를 말한다. 심식(心識)은 이를 마음으로 인식하여 갖가지 번뇌를 일으키지만 이 역시도 본래는 공(空)한 것이다. 원각경 문수보살장에 보면 '선남자여, 이 허망한 마음은 만일 육진이 없으면 있을 수 없으며, 사대가 분해되면 티끌도 얻을 수 없으니, 그 가운데 인연과 티끌이 각각 흩어져 없어지면 마침내 반연하는 마음도 볼 수 없게 되느니라.'고 하였다. 善男子。此虛妄心。若無六塵。則不能有。四大分解。無塵可得。於中緣塵。各歸散滅。畢竟無有緣心可見。

## 욕식불조회광처 欲識佛祖廻光處
### 부처님과 조사들의 회광처(廻光處)를 알고자 하면

회광처(廻光處)는 본래면목(本來面目)을 말한다. 그러므로 부처나 조사의 본래면목을 알고자 한다면 이러한 표현이다.

## 일락서산월출동 日落西山月出東
### 서산에 해 지자 동녘에 달이 뜹니다.

해가 떨어지면 달이 떠오른다. 영가에게 본래면목을 알고 나면 나고 죽음이 없는 불생불멸(不生不滅)의 도리를 알게 될 것이라고 일러주고 있다.

# 사대각리여몽환 四大各離如夢幻

## 세수게 洗手偈

四大各離如夢幻 六塵心識本來空
사대각리여몽환 육진심식본래공

欲識佛祖廻光處 日落西山月出東
욕식불조회광처 일락서산월출동

사대가 제각기 흩어지니 꿈같고 허깨비 같아서
육진과 심식은 본래가 공(空)한 것입니다.
부처님과 조사들의 회광처를 알고자 하면
서산에 해 지고 동녘에 달이 뜹니다.

작법귀감 다비작법에서 시신의 손과 얼굴을 씻기면서 염하는 게송이다. 앞서 나온 사대각리여몽중(四大各離如夢中)과 같은 표현으로 몽중(夢中)을 몽환(夢幻)이라고 표현한 것만 다를 뿐 그 내용은 같다. 그러므로 사대각리여몽중(四大各離如夢中) 편을 참고하길 바란다.

# 사대천왕위세웅 四大天王威勢雄

## 사대천왕영 四大天王詠

四大天王威勢雄 護世巡遊處處通
사대천왕위세웅 호세순유처처통

從善有情貽福癃 罰惡郡品賜災隆
종선유정이복음 벌악군품사재륭

사대천왕의 위세는 웅대하시니
인간 세상 보호하고자 순례하심이 모든 곳에 통하시어
착한 일 좇는 중생에게 복덕을 주시고
악한 무리에게 벌을 주고 재앙을 크게 내리네.

산보집 사천왕단(四天王壇) 작법에서 사천왕에게 올리는 가영이며 우리나라 사찰의
천왕문 주련으로도 더러 걸려 있다.

### 사대천왕위세웅 四大天王威勢雄
사대천왕의 위세는 웅대하시니

사대천왕(四大天王)은 수미산(須彌山)의 중턱에 있는 사왕천(四王天)의 주신(主神)
인 네 명의 외호신이다. 동쪽의 지국천왕(持國天王), 서쪽의 광목천왕(廣目天王), 남
쪽의 증장천왕(增長天王), 북쪽의 다문천왕(多聞天王 ; 毘沙門天王)을 말하며 불법을
옹호하는 신으로 여기지만 경전의 근거는 없다.

### 호세순유처처통 護世巡遊處處通
인간 세상 보호하고자 순례하심이 모든 곳에 통하시어

사천왕을 다른 표현으로 호세사천왕(護世四天王)이라고도 하지만 여기서는 그러한 표현보다는 인간세상을 보살핀다는 의미로 쓰였다. 인간세상 곳곳을 순례함에 있어서 전혀 장애가 없다는 표현이다.

## 종선유정이복음 從善有情貽福廕
### 착한 일 좇는 중생에게 복덕을 주시고

종선(從善)은 착한 일을 하는 것을 말하고 유정(有情)은 중생을 말한다. 그리고 이(貽)는 준다는 표현이며, 음(廕)은 덮어주다는 표현으로 복으로 이를 덮어준다는 뜻이다.

## 벌악군품사재륭 罰惡郡品賜灾隆
### 악한 무리에게 벌을 주고 재앙을 크게 내리네.

벌악(罰惡)은 악함에 대하여 벌을 준다는 뜻이다. 그리고 군품(郡品)은 잘못 적었으며 군품(群品)이 바른 표현이다. 륭(隆)은 크다, 두텁다라는 표현으로 재앙을 무겁게 내린다는 의미다.

# 사면도산만인위 四面刀山萬仞危

## 제3 송제 宋帝 왕

四面刀山萬仞危 突然狂漢透重圍
사면도산만인위 돌연광한투중위

丈夫不在羅籠裏 但向人間辨是非
장부부재나롱리 단향인간변시비

사면(四面)의 칼산이 만길 절벽을 이루었고
뜻밖에 미친놈이 겹겹의 포위망을 뚫었네.
장부는 그물이나 새장 속에 갇혀 있지 않고
다만 인간세계 향해 옳고 그름 가려내네.

산보집에서 시왕에 대례를 올리고 공양하는 의식문인 대례왕공양문(大禮王供養文)
가운데 제3 송제왕(宋帝王)에 대한 가영으로 실려 있다. 작법귀감에는 시왕을 따로
초정하는 의식인 시왕각청(十王各請)에서 같은 내용이 실려 있으며, 범음집 외에 예
수시왕생칠재의찬요(預修十王生七齋儀纂要) 등에도 실려 있다.

송제왕(宋帝王)은 명부세계의 시왕(十王) 가운데 세 번째로 7일간을 관장한다는 명
왕이며 흑승지옥(黑繩地獄)을 전담한다고 하나 문헌마다 다르다. 그리고 송제왕은
도교의 사상이지 불교와는 거리가 멀다.

### 사면도산만인위 四面刀山萬仞危
사면(四面)의 칼산이 만길 절벽을 이루었고

사면(四面)은 모든 주위, 그리고 사방이라는 뜻이며 칼산(刀山)은 칼로 이루어진 산
을 말한다. 만인(萬仞)은 만장(萬丈)과 같은 표현으로 흔히 만길이라고 한다. 여기서

는 위(危)라는 표현이 있으므로 깎아지른 듯한 만길이나 되는 낭떠러지를 말한다.


## 돌연광한투중위 突然狂漢透重圍
### 뜻밖에 미친놈이 겹겹의 포위망을 뚫었네.

돌연(突然)은 '예기치 못한 사이에' 혹은 '뜻밖에' 이러한 뜻이고, 광한(狂漢)은 미친 사내를 말하지만 여기서는 장부(丈夫)를 그렇게 부른 것이다. 포위망을 뚫었다고 하는 것은 칼산지옥에서 벗어났다는 표현이다. 그러나 굳이 칼산지옥에 국한되어 갇힐 필요는 없다. 왜냐하면 지옥은 무명을 말하기에 그러하다.


## 장부부재나롱리 丈夫不在羅籠裏
### 장부는 그물이나 새장 속에 갇혀 있지 않고

장부(丈夫)는 출격장부(出格丈夫)를 말하므로 무명의 틀에 갇혀 있지 아니하다는 표현이다. 여기서 라(羅)는 나망(羅網)을 말하기에 곧 그물을 말하고, 농(籠)은 조롱(鳥籠)을 말하기에 새를 가두어 놓은 틀을 말한다.


## 단향인간변시비 但向人間辨是非
### 다만 인간세계 향해 옳고 그름 가려내네.

고로 송제왕(宋帝王)은 인간세계를 향하여 시시비비를 가린다고 표현하였다.

# 사방사대제보살 四方四大諸菩薩

## 사림영 四林詠

四方四大諸菩薩 常住金剛般若中
사방사대제보살 상주금강반야중

五部多羅諸詮士 常持佛法證圓通
오부다라제전사 상지불법증원통

사방의 네 분 큰 보살은
항상 금강반야궁에 상주한다네.
오부다라니의 모든 진리 갖춘 대사이기에
불법을 항상 지켜 원통(圓通)을 증득하게 하네.

산보집에서 불상을 점안하는 작법인 불상점안작법(佛像點眼作法) 가운데 사림영(四林詠)으로 실려 있다. 그리고 사림영에서 사림(四林)은 무엇을 뜻하는지 정확하게 알수가 없으나, 게송의 내용으로 보면 사방불(四方佛)을 찬탄하는 것으로 보인다. 그러나 이것이 확실하다고 필자로서는 단정할 수가 없다.


### 사방사대제보살 四方四大諸菩薩
사방의 네 분 큰 보살은

사대보살(四大菩薩)이라고 하면 북방불교에서는 관음보살(觀音菩薩), 문수보살(文殊菩薩), 보현보살(普賢菩薩), 지장보살(地藏菩薩) 등을 말한다. 그러나 여기서는 이것이 정확한 것인지는 알 수가 없다.

**상주금강반야중 常住金剛般若中**
**항상 금강반야궁에 상주한다네.**

금강반야궁(金剛般若宮)에 항상 계신다고 하는 것은 진리의 궁전에 머물고 있다는
뜻이다.


**오부다라제전사 五部多羅諸詮士**
**오부다라니의 모든 진리 갖춘 대사이기에**

오부다라니에서 오부(五部)는 금강계(金剛界) 불보살의 다섯 가지 그룹인 불부(佛
部), 금강부(金剛部), 보부(寶部), 연화부(蓮華部), 갈마부(羯磨部) 등을 말한다. 여기
서 다라니(陀羅尼)라고 하는 것은 세계를 말하며, 전(詮)은 설명을 하다, 도리를 갖추
다라는 뜻이다. 사(士)는 대사(大士)를 지칭하여 사대보살을 말한다.


**상지불법증원통 常持佛法證圓通**
**불법을 항상 지켜 원통(圓通)을 증득하게 하네.**

상지(常持)는 늘 지닌다는 표현으로, 불법을 늘 지녀서 중생으로 하여금 원통(圓通)
함을 증득케 한다는 표현이다.

# 사십이년등보위 四十二年登寶位

## 소경 昭敬 대왕

**四十二年登寶位 艱危歷盡保宗綱**
사십이년등보위 간위역진보종강

**睿智神時難盡説 重興社稷永流芳**
예지신시난진설 중흥사직영류방

마흔두 해 동안 보위에 올라
온갖 어려운 일 겪으면서 종강(宗綱)을 보전했네.
슬기로운 지혜 신비한 일 다 말하기 어렵고
거듭 사직(社稷)을 일으켜 영원히 향기 전했네.

산보집에서 종실단(宗室壇) 작법 의식인 종실단작법의(宗室壇作法儀) 가운데 선조 소경대왕(昭敬大王)을 청하면서 찬탄하는 가영이다. 소경대왕(昭敬大王)은 조선의 제14대 임금인 선조(宣祖)를 말하며 소경대왕은 그의 시호(諡號)이다.

**사십이년등보위 四十二年登寶位**
마흔두 해 동안 보위에 올라

선조의 재위기간(1567~1608)을 말하며 보위(寶位)는 왕위(王位)를 말한다.

**간위역진보종강 艱危歷盡保宗綱**
온갖 어려운 일 겪으면서 종강(宗綱)을 보전했네.

간위(奸僞)는 어렵고도 위태한 일을 말하므로 선조 재위기간에 일어난 임진왜란(壬

辰倭亂)을 말한다. 이러한 어려움 속에서도 종실(宗室)의 기강(紀綱)을 확립하고자
노력했다고 칭송하고 있다.


### 예지신시난진설 睿智神時難盡說
### 슬기로운 지혜 신비한 일 다 말하기 어렵고

예지(叡智)는 사물의 이치를 꿰뚫어 보는 지혜를 말하며, 이러한 일처리를 신(神)이
라고 표현하였다. 그러므로 이러한 지혜는 말로 다할 수 없다고 하여 공을 추켜세우
고 있다.


### 중흥사직영류방 重興社稷永流芳
### 거듭 사직(社稷)을 일으켜 영원히 향기 전했네.

중흥(重興)은 거듭 일으켜 세워 부흥하게 했다는 표현으로, 이어지는 문구인 사직(社
稷)과 연계되어 사직을 다시 일으켜 세웠다고 함이다. 이러한 향기는 널리 이어질 것
이라고 하는 표현이다.

# 사음단여청정종 邪婬斷汝淸淨種

## 불사음 不邪婬

邪婬斷汝淸淨種 汚穢本來眞法身
사음단여청정종 오예본래진법신

但看鑊湯爐炭畔 盡是當年破戒人
단간확탕로탄반 진시당년파계인

사음은 너의 청정한 종자를 끊어 버리니
더러움도 본래는 참다운 법신임을 알라.
다만 확탕지옥과 노탄지옥을 보거라.
모두가 당년에 계율을 깨뜨린 사람뿐이네.

작법귀감에서 열 가지 계율을 설해주는 정설십계(正說十戒) 가운데 사음하지 말라고 경계하는 게송이다.

사음단여청정종 邪婬斷汝淸淨種
사음은 너의 청정한 종자를 끊어 버리니

부부 이외에 음탕한 짓을 저지르는 행위를 말하며, 이러한 행위는 청정한 종자를 끊어 버린다고 하였다. 여기서 종자라고 하는 불종(佛種)을 말함이다.

오예본래진법신 汚穢本來眞法身
더러움도 본래는 참다운 법신임을 알라.

오예(汚穢)는 지저분하고 더러운 것을 말함이다. 이 몸이 비록 번뇌에 물들여져 있으나 본디 그 본성은 청정한 것이다. 그러므로 여기서는 이를 진법신(眞法身)이라고 하였다.

### 단간확탕로탄반 但看鑊湯爐炭畔
**다만 확탕지옥과 노탄지옥을 보거라.**

단간(但看)은 다만 똑바로 쳐다보아라는 뜻이며 확탕(鑊湯)이라고 하는 것은 죄인을 벌주기 위하여 펄펄 끓은 가마솥에 넣는 것을 말한다. 노탄(爐炭) 지옥은 화로의 숯불 같은 불을 밟고 지나가는 것을 말한다. 반(畔)은 두둑을 말하기에 숯불더미를 말하는 것이다.

### 진시당년파계인 盡是當年破戒人
**모두가 당년에 계율을 깨뜨린 사람뿐이네.**

진시(盡是)는 제(諸)와 같은 뜻이다. 당년(當年)은 올해라는 뜻이 아니고 일생일대를 말함이다. 확탕지옥, 노탄지옥을 가는 것은 사음을 하였기에 받는 과보라는 것을 나타내고 있다.

# 사자좌고광 獅子座高廣

## 등상게 登床偈

獅子座高廣 人中獅子登
사자좌고광 인중사자등

淨名神力在 方丈幾多昇
정명신력재 방장기다승

사자좌가 높고 넓으니
인간세계의 사자시여 오르시옵소서.
정명(淨名)의 위신력이 있으시니
방장으로 얼마나 많이 법상에 올랐던가.

산보집에서 설주(說主)를 옮길 때 하는 의식인 설주이운(說主移運)에 나오는 게송이며 작법귀감에도 이와 같다. 등상게(登床偈)라고 하는 것은 법을 설하는 법주가 설법상(說法床)에 오르는 것을 말하며, 유마경(維摩經)의 내용을 취하여 게송으로 삼았다.

## 사자좌고광 獅子座高廣
사자좌가 높고 넓으니

사자좌(獅子座)라고 하는 것은 사자후(獅子吼)를 하는 자리이기에 곧 설법상을 말한다. 그리고 고광(高廣)은 높고도 넓다라는 표현으로 법사가 사자좌에 올라가 마음대로 법을 설하라는 의미이다. 유마경(維摩經) 향적불품 제10에 보면 '그때 장자(長者)의 우두머리인 월개(月蓋)가 팔만 사천의 사람들을 이끌고 유마힐의 집에 와서 그 방안에 수많은 보살들이 있고, 그들이 앉은 사자좌가 높고도 넓으며 훌륭히 장엄된 것을 보았다.'라는 내용이 있는데 그 일부를 인용하였다. 是長者主月蓋。從八萬四千人。來入維摩詰舍。見其室中菩薩甚多。諸師子座。高廣嚴好。

485

**인중사자등 人中獅子登**
**인간세계의 사자시여 오르시옵소서.**

인간 가운데 사자(獅子)라고 하는 것은 부처님의 말씀을 대신 설하기에 이렇게 부르는 것이다. 그러므로 어서 법상에 올라 법을 설해 달라는 간청이다.


**정명신력재 淨名神力在**
**정명(淨名)의 위신력이 있으시니**

정명(淨名)은 유마거사(維摩居士)의 다른 이름이다. 유마거사가 법에 밝아 부처님의 십대제자를 물리치듯이 법을 설하여 대중들을 깨닫게 하라는 표현이다. 유마경 보살품 제4에 보면 '세존이시여, 유마힐은 이 같은 자유자재한 신통력과 지혜와 변재(辯才)가 있습니다.'라고 하였다. 世尊。維摩詰有如是自在神力。智慧辯才。


**방장기다승 方丈幾多昇**
**방장으로 얼마나 많이 법상에 올랐던가.**

방장(方丈)은 유마거사가 거처하던 작은 방을 말함이지만 여기서 방장은 법에 자유자재했던 유마거사처럼 법상에 오르기를 몇 번이나 하였느냐고 하는 뜻으로 대중을 구제해 달라는 청(請)이다. 방장이라는 표현은 유마거사의 일화에서 유래하였다. 유마거사가 병이 나자 사람들이 문명을 왔는데, 그 수가 무려 3만 2천 명이나 되었다. 그러나 거사는 신통력으로 자신이 거처하던 사방 1장 크기의 방에 이들을 모두 앉혔다고 한다.

# 사자투격호위수 師資鬪擊互爲讐

## 보한영 報恨詠

**師資鬪擊互爲讐 父子相侵結恨愁**
사자투격호위수 부자상침결한수

**夫婦殺傷何日止 如今聞法息怨流**
부부살상하일지 여금문법식원류

스승과 제자가 치고받아 서로 원수가 되고
아비와 아들이 서로 싸워 원한을 맺네.
남편과 아내의 살상은 언제나 그치려나.
지금 법을 듣고 원수 흐름 그쳐야 하리.

산보집에서 하단을 청해 맞이하는 의식인 하단영청지의(下壇迎請之儀)에 실려 있으며, 범음집에도 그러하다. 보한(報恨)이라고 하는 것은 오래된 한(恨)을 갚는다는 뜻이다.

### 사자투격호위수 師資鬪擊互爲讐
스승과 제자가 치고받아 서로 원수가 되고

사자(師資)는 스승과 제자의 관계를 말한다. 그러나 부딪치며 서로 싸운다는 의미인 투격(鬪擊)이라는 단어가 있으므로, 이는 스승과 제자 간의 얽혀서 싸움이 일어난 것을 말한다. 그로 인하여 서로 원수가 되었다라는 표현이다.

### 부자상침결한수 父子相侵結恨愁
아비와 아들이 서로 싸워 원한을 맺네.

상침(相侵)은 서로 싸운다는 표현으로, 곧 침노(侵擄)함을 말한다. 그로 인하여 서로 원한이 맺어졌다는 것을 말한다.

### 부부살상하일지 夫婦殺傷何日止
**남편과 아내의 살상은 언제나 그치려나.**

살상(殺傷)은 죽이거나 상처를 입힘을 말하기에 부부간에 마음의 상처를 입히거나 싸우고 때리고 하는 것들을 말한다. 그러므로 이러한 것들이 언제 그치겠느냐 하고 말하고 있다.

### 여금문법식원류 如今聞法息怨流
**이제 법을 듣고 원수 흐름 그쳐야 하리.**

여금(如今)은 이제 이러한 표현이므로 이제는 부처님의 가르침을 듣고 서로 맺힌 원한을 흘려보내라고 권유하고 있다.

# 사해연진다난사 四海烟塵多亂事

## 효종 선문 孝宗 宣文 대왕

**四海烟塵多亂事 燕京三稔歷艱難**
사해연진다난사 연경삼임력간난

**太平天日君王位 滿國臣民各自安**
태평천일군왕위 만국신민각자안

나라가 호란(胡亂)의 전재(戰災)로 폐허되어 어려움이 많았으며
연경(燕京)에서 3년 동안 어려움 겪으셨네.
태평스런 세상에 군왕의 자리 올라
나라 안 신민들 저마다 편안했네.

산보집에서 종실단(宗室壇)의 작법인 종실단작법의(宗室壇作法儀)에 나오는 효종(孝宗)에 대한 가영이다. 효종(孝宗 1619~1659)은 조선의 제17대 왕이다. 인조의 둘째 아들이며 인조반정(仁祖反正) 후 봉림대군(鳳林大君)으로 봉해졌다. 1636년 인조 14년에 병자호란(丙子胡亂)이 일어나자 아우인 인평대군(麟坪大君)과 함께 강화도(江華島)로 피신했지만 잡혀서 이듬해에 형인 소현세자(昭顯世子)와 함께 볼모가 되어 청나라로 잡혀가 8년 동안 있었다. 그는 이로 인하여 청나라에 대하여 원한을 품고 이를 설욕하고자 북벌계획을 세웠으나 재위 10년 만에 승하(昇遐)하여 실행하지는 못하였다. 효종의 시호는 선문대왕(宣文大王)이다.

### 사해연진다난사 四海烟塵多亂事
나라가 호란(胡亂)의 전재(戰災)로 폐허되어 어려움이 많았으며

사해(四海)는 온 천하를 말하므로 조선을 말한다. 전쟁이 일어났다고 하는 것은 청나라가 침공한 병자호란(丙子胡亂 1637년)을 말하며, 이는 인조 때 일어난 청나라의

침략을 말한다. 연(烟)은 전재(戰災)를 말함이고, 진(塵)은 이로 인하여 티끌조차도 남김이 없었다는 전쟁의 참상을 말한다.


## 연경삼임력간난 燕京三稔歷艱難
## 연경(燕京)에서 3년 동안 어려움 겪으셨네.

이 부분은 오류가 좀 있다. 효종이 봉림대군이었던 시기에 연경(燕京)으로 인질이 되어 잡혀간 것이 아니라 심양(瀋陽)이다. 그리고 3년이 아니라 8년이다.


## 태평천일군왕위 太平天日君王位
## 태평스런 세상에 군왕의 자리 올라

태평성대한 시기에 임금의 자리에 올랐다고 추켜세웠으나 실상은 그렇지 못하였다. 청나라에서 먼저 2월에 귀국한 소현세자가 4월에 갑자기 죽자 당시 대다수의 중신들은 원손(元孫)의 세자 책봉을 주장하였으나 인조의 강한 반대로 1649년 5월에야 인조의 뒤를 이어 왕위에 올랐다.


## 만국신민각자안 滿國臣民各自安
## 나라 안 신민들 저마다 편안했네.

효종은 전란으로 인한 조선을 수습하고자 농업생산력 증대를 계획하는 등 경제재건에 많은 노력을 기울였다. 대동법(大同法)을 실시하고 상평통보(常平通寶)를 유통시키기도 하였다.

# 사해징청공일가 四海澄淸共一家

## 판관영 判官詠

四海澄淸共一家 訟庭寂寥絶囂譁
사해징청공일가 송정적요절효화

如今世亂皆羣犬 空使諸司判事多
여금세란개군견 공사제사판사다

맑고 깨끗한 사해가 한 집안이 되니
송사를 다루는 법정은 조용하고 시끄러움 끊어졌네.
지금 세상은 어지러워 개 무리와 같으니
부질없이 판관들의 일만 많게 하는구나.

산보집에서 시왕에 대례를 올리고 공양하는 의식문인 대례왕공양문(大禮王供養文) 중 판관(判官)에 대한 가영이며 작법귀감, 범음집에도 이와 같이 실려 있다. 판관(判官)은 재판관을 말하며, 여기서는 명부(冥府)의 판관을 말함이다.

### 사해징청공일가 四海澄淸共一家
맑고 깨끗한 사해가 한 집안이 되니

사해(四海)는 온 세상을 말한다. 사해가 한 집안이라고 하는 것은 모두가 다 같은 중생이기 때문이다. 징청(澄淸)은 맑음을 말하며, 중생의 본성은 원래 청정하기에 사바세계도 역시 청정한 것이다.

### 송정적요절효화 訟庭寂寥絶囂譁
송사를 다루는 법정은 조용하고 시끄러움 끊어졌네.

송정(訟庭)은 송사를 진행하는 법정(法庭)으로 재판하는 곳을 말한다. 중생의 시비가 끊기면 명부의 법정은 당연히 적요(寂寥)하게 되는 것이다. 효(囂)는 왁자지껄하게 시끄러운 것을 말하며, 화(譁)도 역시 같은 표현이다.


## 여금세란개군견 如今世亂皆羣犬
**지금의 세상은 어지러워 개 무리와 같으니**

한 마디로 지금의 세상은 이전투구(泥田鬪狗)와 같아 개판이라는 표현이다. 그러므로 질서가 없고 인의예지신(仁義禮智信)이 무너진 것을 빗대어 말함이다.


## 공사제사판사다 空使諸司判事多
**부질없이 판관들의 일만 많게 하는구나.**

공(空)은 부질없이, 헛되이 이러한 표현이다. 사(使)는 판관(判官) 아래의 벼슬아치들을 말한다. 그러므로 중생의 흉악함으로 인하여 안 해도 될 일을 공연히 하게 된다는 표현이다.


492

# 사향사과조원성 四向四果早圓成

## 나한영 羅漢詠

**四向四果早圓成 三明六通悉具足**
사향사과조원성 삼명육통실구족

**密承我佛叮寧囑 住世恒爲眞福田**
밀승아불정녕촉 주세항위진복전

사향과 사과를 일찍이 원만히 이루시고
삼명과 육통을 모두 구족하였으니
비밀스럽게 부처님의 틀림이 없는 부촉을 이어받아
세상에 머물며 언제나 참다운 복전이 되네.

작법귀감에서 나한에게 올리는 간략한 예법인 나한약례(羅漢略禮) 가운데 16나한에게 올리는 가영이다.


### 사향사과조원성 四向四果早圓成
사향과 사과를 일찍이 원만히 이루시고

사향(四向)은 수다원향(須陀洹向), 사다함향(斯陀含向), 아나함향(阿那含向), 아라한향(阿羅漢向)등 네 가지의 수행 과정을 말함이다. 이러한 네 가지 수행 과정을 한역하여 다시 나타내면 예류향(預流向)-일래향(一來向)-불환향(不還向)-무학향(無學向)이다. 덧붙여 금강경(金剛經), 잡아함경(雜阿含經) 등에 보면 아주 잘 나타나 있다. 그러면 여기서 향(向)이라고 하는 것은 무엇인가. 수다원과, 사다함과, 아나함과, 아라한과 등 성문사과로 향하는 수행 과정을 말하고, 향(向)이라고 하였으니 이는 곧 과위(果位)와 같은 개념이다.

고로 사향사과(四向四果)라고 하는 것은 위에서 설명한 네 단계의 수행 과정과 이 과정을 통하여 얻어지는 네 가지 등급의 과위를 말함이다. 그러기에 이를 사향사득(四向四得), 사쌍팔배(四雙八輩), 팔보특가라(八補特迦羅), 팔현성(八賢聖)이라 하기도 한다.

[1] 수다원향(須陀洹向)
견도(見道)에 들어갈 때 사성제(四聖諦)의 이치를 깨닫고 청정한 지혜를 얻은 과위이기에 이를 예류향(預流向)이라고 한다. 이 단계에만 이르더라도 삼악도에 떨어지지 아니하기에 무퇴타법(無退墮法)이라고 한다.

[2] 수다원과(須陀洹果)
삼계의 견혹(見惑)을 끊고 무루의 성도(聖道)에 들어간 것이기에 이를 초과(初果)라고 한다. 초과를 증득한 자는 인계(人界)와 천계(天界)를 일곱 번이나 오고 가고 하는 동안 반드시 아라한과를 얻게 되는데, 이를 극칠반유(極七返有) 또는 극칠반생(極七返生)이라고 한다.

[3] 사다함향(斯陀含向)
욕계구품의 수혹(修惑) 가운데 앞의 육품(六品)을 끊었기에 이를 일래향(一來向)이라고 한다.

[4] 사다함과(斯陀含果)
일래향(一來向)의 과보를 받는 것을 말하기에 일래과(一來果)라고 한다. 수행 정도에 따라 가가(家家), 이생가가(二生家家), 삼생가가(三生家家)로 구분한다. 예를 들어 가가(家家)라고 하는 것은, 집에서 나와 다시 집으로 간다는 뜻으로, 인계에서 천계에 태어났다가 다시 인계로 태어나는 것을 말한다.

[5] 아나함향(阿那含向)
유계구품의 수혹(修惑) 가운데 나머지 삼품(三品)을 끊고 아나함과에 들어가려고 하는 것을 말하기에 이를 불환향(不還向)이라고 한역한다.

[6] 아나함과(阿那含果)
다시 욕계에 태어나지 않는 경지이기에 이는 오종(五種)의 불환과(不還果)이다. 이를 오종불환(五種不還)이라 한다. 불환과에서 욕계의 번뇌를 일으켜 퇴보하는 것을 이욕퇴(離欲退)라고 한다.

[7] 아라한향(阿羅漢向)
불환과를 이루고 아라한과를 지향하는 경지를 말함이다.

[8] 아라한과(阿羅漢果)
색계와 무색계의 모든 견혹(見惑), 수혹(修惑) 등을 영원히 끊어 다시는 윤회하지 않는 지위를 말한다. 이러한 경지는 더 배울 것이 없는 과위이기에 무학과(無學果)라고 한다.

나한은 일찍이 이러한 경지를 원만히 이루었기에 조원성(早圓成)이라고 하였다. 그러므로 조(早)는 새벽, 이른 아침, 일찍 이러한 뜻이 있는데 여기서는 일찍이라는 표현으로 쓰였다.


## 삼명육통실구족 三明六通悉具足
## 삼명과 육통을 모두 구족하였으니

삼명(三明)은 부처나 아라한이 갖추고 있는 세 가지 자유자재한 지혜를 말한다. 이를 열거해보면 숙명지증명(宿命智證明)-나와 남의 전생을 환히 아는 지혜, 생사지증명(生死智證明)-중생의 미래의 생사와 과보를 환히 아는 지혜, 누진지증명(漏盡智證明)-번뇌를 모두 끊어 내세에 미혹한 생존을 받지 않음을 아는 지혜 등을 말함이다.

육통(六通)은 곧 육신통(六神通)을 말하는 표현으로 천안통(天眼通), 천이통(天耳通), 타심통(他心通), 숙명통(宿命通), 신족통(神足通), 누진통(漏盡通) 등을 말한다. 신통(神通)은 산스크리트어로 Abhinna이며 이를 한역하여 신력(神力), 통력(通力), 통(通) 등으로 나타낸다. 이러한 내용은 대살차니건자소설경(大薩遮泥乾子所說經), 능엄경(楞嚴經) 등에 잘 나와 있다.

천안통(天眼通)
눈으로 보는 것을 통하여 깨달음을 얻었으므로 사물을 봄에 있어서 전혀 장애가 없는 경지로 이를 천안통이라고 한다. 이를 경전에서는 천안(天眼), 혜안(慧眼), 법안(法眼), 불안(佛眼) 등으로 나타내기도 하는데 여기에는 다소 차이가 있다.

천이통(天耳通)
귀로 보는 것을 통하여 깨달음을 얻었으므로 이를 천이통이라고 한다. 이는 귀로 들음에 있어서 모든 언어를 포괄적으로 들을 수 있기에 심령감응(心靈感應)에 해당한다.

### 타심통(他心通)

남의 마음을 헤아려보는 것을 통하여 깨달음을 얻었으므로 이를 타심통이라고 한다. 이는 예지(預知)에 해당한다.

### 숙명통(宿命通)

지난 과거의 것들을 관조하여 깨달음을 얻었으므로 숙명통이라고 한다.

### 신족통(神足通)

행동을 잘 살피는 것으로 인하여 깨달음을 얻었기에 과거 현재 미래의 공간을 제약 없이 살펴볼 수 있어 이를 신족통이라고 한다. 또는 여의통(如意通), 신경통(神境通) 등으로 표현하기도 한다.

### 누진통(漏盡通)

자기 자신을 잘 살펴서 깨달음을 얻었기에 누진통이라고 한다. 그러므로 여기서 누(漏)는 번뇌(煩惱)를 말함으로 번뇌가 모두 사려져서 얻어지는 신통력이다. 그러므로 이는 부처님의 신통력이다. 고로 누진통을 제외한 다섯 가지를 오신통(五神通)이라고 한다. 이렇듯 사향사과(四向四果)와 삼명육통(三明六通)을 거론하여 나한을 찬탄하고 있는 것이다.


## 밀승아불정녕촉 密承我佛叮嚀囑
## 비밀스럽게 부처님의 틀림이 없는 부촉을 이어받아

밀승(密承)에서 밀(密)은 비밀(秘密)을 말하며, 승(承)은 계승(繼承)을 말함이다. 고로 비밀스럽게 계승한다는 표현이다. 아불(我佛)에서 아(我)는 나라는 뜻도 있고 우리라는 뜻도 있다. 그러나 여기서 아(我)는 불(佛)을 추앙하여 나타내는 표현으로 쓰였다.

정녕(叮嚀)은 틀림없이, 은근히 이러한 표현이다. 그리고 또 다르게 표현하는 정녕(丁寧)은 태도가 친절하다는 표현으로 쓰이기에, 정녕(叮嚀)과 정녕(丁寧)은 그 의미가 다르다는 것을 알아 두어야 한다.

촉(囑)은 어떤 일을 해달라고 청하거나 맡긴다는 뜻이다. 이는 부촉(付囑), 부탁(付託), 분부(分付), 촉탁(囑託)에 해당하는 표현이다. 그러기에 여기서 촉(囑)은 승(承)과 연결이 되어서 부탁을 이어가기를 바란다고 하는 표현으로 쓰였다.

**주세항위진복전 住世恒爲眞福田**
세상에 머물며 언제나 참다운 복전이 되네.

주세(住世)는 세간에 머무른다고 하는 뜻이기에 곧 사바세계에 머무르다, 계신다는 표현이다. 여기에 항(恒)이라는 글자를 더하여 항상, 늘, 언제나, 이러한 표현이다. 그러므로 여기서는 나한이 부처님의 부촉을 받아 부처님의 법을 전하기 위하여 사바세계에 머무른다고 하였지만 이를 교리적으로 보면 궁색하다. 왜냐하면 나한은 아라한의 준말이다. 불과를 이루어가는 네 가지 단계를 성문사과(聲聞四果)라고 하는데, 여기서 마지막 단계가 아라한이며 이를 과위로 말하면 아라한과이다. 부처님도 아라한과를 증득하셨기에 아라한에 해당하기 때문이다.

진복전(眞福田)은 참된 복(福)의 밭을 말하기에 이는 진실로 중생의 이익을 위한 밭이 된다는 것을 말함이다. 밭은 만물을 길러내는 것이기에 중생의 복을 길러내는 것을 밭에 비유하였음이다.

# 삭진여사퇴즉충 數進如邪退即忠

## 제8 평등왕영 平等王詠

數進如邪退即忠 事君難得古淳風
삭진여사퇴즉충 사군난득고순풍

此門別學淸平調 緩急齊彈一曲中
차문별학청평조 완급제탄일곡중

자주 나올 적에는 사특한 듯하나 물러가면 곧 충직하고
이 임금 섬길 때는 옛 순박한 풍속 얻기 어렵네.
이 문에선 특별히 맑고 공평한 곡조 배우니
한 곡조 안에서 느리고 빠른 곡을 다 탄다네.

산보집에서 중단을 맞이하는 의식인 중단영청지의(中壇迎請之儀)에 실린 명부시왕 가운데 제8 평등왕(平等王)에 대한 가영이며 예수시왕생칠재의찬요(預修十王生七齋儀纂要)에도 이와 같이 실려 있다.

### 삭진여사퇴즉충 數進如邪退即忠
자주 나올 적에는 사특한 듯하나 물러가면 곧 충직하고

삭(數)은 자주자주 이러한 표현이다. 숫자를 표시할 때는 수(數), 촘촘하다는 의미로 쓰일 때는 촉(數)으로 읽으므로 주의해야 한다. 사특(邪慝)은 간사하거나 악한 일을 말한다.

### 사군난득고순풍 事君難得古淳風
이 임금 섬길 때는 옛 순박한 풍속 얻기 어렵네.

사군(事君)은 임금을 섬기는 것을 말한다. 그러므로 올곧은 신하가 없다는 표현이다.

## 차문별학청평조 此門別學淸平調
## 이 문에선 특별히 맑고 공평한 곡조 배우니

이 문이라고 하는 것은 평등왕(平等王)이 통치하는 범위를 말하며, 청평(淸平)은 세상이 태평한 것을 말한다. 그러므로 평등왕이 다스리는 곳은 태평한 세상이라는 것을 나타내고 있다.

## 완급제탄일곡중 緩急齊彈一曲中
## 한 곡조 안에서 느리고 빠른 곡을 다 탄다네.

완급(緩急)은 일이 급하지 않음을 나타내며, 음악을 말할 때는 빠른 곡조와 느린 곡조를 말한다. 그러므로 일곡(一曲) 가운데 그러하다고 하므로 다스림에 있어서 평등하다는 것을 말하고 있다.

# 산당정야좌무언 山堂靜夜坐無言

## 출송게 出頌偈

**山堂靜夜坐無言 寂寂寥寥本自然**
산당정야좌무언 적적요요본자연

**何事西風動林野 一聲寒雁唳長天**
하사서풍동림야 일성한안려장천

고요한 밤 산당에 말없이 앉았노라니
고요하고 고요함이 물들지 않는 본래 그대로다.
무슨 일을 도모하려고 서풍(西風)에 나무숲을 흔드는가.
외마디 겨울 기러기 울음소리가 아득한 하늘에 퍼지네.

작법귀감 순당식(巡堂式) 가운데 저녁 순례를 돌 때인 석순(夕巡)에서 출송(出頌)으로 실려 있다.

금강경오가해(金剛經五家解)에서 응당 머문 바 없이 그 마음을 내라는 응무소주이생기심(應無所住而生其心)에 대하여 송나라 때 야보도천(冶父道川) 스님이 읊은 게송이다.

이 게송을 이해하려면 금강경(金剛經) 제10 장엄정토분을 살펴보아야 한다. 대부분의 사람들은 금강경의 핵심은 장엄정토분에 나오는 응무소주이생기심(應無所住而生其心)이라고 여긴다. 그러나 이는 단정 지어서는 말하기 곤란하다. 중생의 근기와 깜냥은 모두 다르기 때문이다. 하여튼 육조 혜능은 이 대목에서 깨달았다고 하여 우리나라 대부분 선객들은 이 대목을 아주 중요히 여기는 면이 많다.

중생은 생기심(生起心)이 문제다. 생기심으로 인하여 집착을 하여 스스로 망상을 불러일으키기에 이를 주처(住處)로 삼는다. 그러하기에 불기심(不起心)으로 무소주(無

500

所住)해야 본고향으로 돌아갈 수 있다.

비록 불교는 아니지만 설의(說誼)에서는 논어(論語) 이인(里仁) 제4에 나오는 공자(孔子)의 가르침을 인용하고 있는데 이는 다음과 같다. '공자가 말하기를 군자는 천하에서 반드시 그래야만 한다는 것도 없고, 절대로 안 된다는 것도 없으며, 오직 의로움만을 따를 뿐이라.'子曰。君子之於天下也。無適也。無莫也。義之與比。

응무소주이생기심에 대하여 야보도천 스님은 두 번이나 견해를 밝혔는데, 그 가운데 하나가 지금 살펴보고 있는 게송의 내용이며 이를 산당송(山堂頌)이라 하기도 한다.


## 산당정야좌무언 山堂靜夜坐無言
## 고요한 밤 산당에 말없이 앉았노라니

야보도천 선사는 산당(山堂)의 풍광을 동하여 선지(禪旨)의 안목을 드러내고 있다. 여기서 산당은 산사(山寺)라 하여도 좋고, 선원(禪院)이라고 하여도 좋고, 법당(法堂)이라 하여도 좋다. 왜냐하면 수행자가 머무는 곳이 곧 산당이기 때문이다. 그러므로 산당이라는 말에 현혹되어 빠질 필요는 없다. 그러나 하나는 알아 두어야 할 것이 있다. 산당도 고요함을 나타내고, 고요한 밤인 정야(靜夜)도 당연히 고요함을 나타내고, 앉았노라고 표현하는 좌(坐)도 고요함을 나타내고, 말이 없음을 나타내는 무언(無言)도 고요함을 나타내는 표현이라는 것이다. 중생은 마음이 동(動)하면 그때부터 사마(邪魔)가 침입하는 것이다.


## 적적요요본자연 寂寂寥寥本自然
## 고요하고 고요함이 물들지 않는 본래 그대로다.

마음자리는 원래 공적하기에 이러한 도리를 적적(寂寂), 그리고 요요(寥寥)이기에 이는 모두 고요한 자리를 말하는 것이다. 그러므로 본래 자연(自然)한 것이었지만 미망으로 인하여 분별을 일으키어 스스로 당달봉사를 만들어 번잡함을 더하는 것이다. 참고로 여기서 요(寥)는 쓸쓸하다는 뜻이 아니고 고요하다는 뜻이다. 이 구절의 요지는 공적(空寂)이다. 만물은 모두 자성이 없어서 마음 따라 일어나기에 생각하고 분별할 것도 없으니 이를 공적이라고 한다. 이를 증일아함경(增壹阿含經)에서는 이와 같이 말하였다. '제법이 모두 공적하거늘 어떤 것이 아(我)인가'. 諸法皆悉空寂。何者是我。

법화경(法華經) 제4 신해품에 보면 '이 세상의 모든 법이 고요하고 비었으며' 생멸도 없고 작고 큰 것도 모두 없고, 번뇌도 없고[無漏] 작위(作爲)도 없음이라'고 하였다. 一切諸法。皆悉空寂。無生無滅。無大無小。無漏無爲。

유마경(維摩經) 불국품에는 다음과 같은 내용이 있다. '세간에 물들지 않기를 마치 연꽃같이 하시고, 항상 공적(空寂)을 행하시네. 모든 법의 행상을 통달하여 걸림이 없으며 허공과 같이 의지함이 없으신 부처님께 머리 숙여 예배합니다.' 不著世間如蓮華。常善入於空寂行。達諸法相無罣礙。稽首如空無所依。

심지관경(心地觀經)의 가르침에서는 '이제 삼계의 대도사(大導師)께서 자리 위에서 가부좌하시고 삼매에 드시어 홀로 응연히 텅 비어 적막한 집에 머무시니, 몸과 마음 움직이지 않아 수미산과 같으시다'는 표현이 있는데 이도 그러한 공적을 말하는 것이다. 今者三界大導師。座上跏趺入三昧。獨處凝然空寂舍。身心不動如須彌。

금강경(金剛經)에서 말하는 '응무소주이생기심'은 곧 청정법신(淸淨法身)을 말함이며, 이를 교종(敎宗)에서는 '아뇩다라삼먁삼보리'를 얻음이라 하고, 선종에서는 견성(見性)이라고 한다.


### 하사서풍동림야 何事西風動林野
무슨 일을 도모하려고 서풍(西風)에 나무숲을 흔드는가.

하사(何事)는 무슨 일, 어떤 일을 말한다. 서풍(西風)은 서쪽에서 불어오는 바람을 말하는 것이 아니라 달마(達摩)의 종지(宗旨)를 말함이다. 알고 보면 본래 움직이지 않는 것이 마음의 본위이다. 일어탁수(一魚濁水)라고 하여 한 마리 물고기가 물을 흐리게 하는 법이니, 그 한 마리 물고기만 없어지면 흐린 물은 저절로 맑아지는 것이 이치이다. 산골짜기에 바람이 분다고 한들 산은 그대로 있는 법이다. 그러니 마음이라는 것을 가르쳐 주기 위해서는 마음이라는 명제(命題)로 우리를 흔들어 깨어나게 해야 하는 법이다.


### 일성한안려장천 一聲寒雁唳長天
외마디 겨울 기러기 울음소리가 아득한 하늘에 퍼지네.

일성(一聲)은 외마디 소리이기에 깨달음의 소리이다. 이를 일갈(一喝) 또는 일할(一

喝)이라 하며, 한안(寒雁)은 겨울 기러기를 말한다. 여기서 겨울 기러기는 번뇌가 없는 도리를 말함이고, 장천도 그러하다. 새가 허공을 날아도 흔적이 없듯이 마음도 흔적이 없기는 마찬가지다. 이 도리를 알면 일성이 나오는 것이다.

# 산시정례문선왕 刪詩定禮文宣王

## 직거영 職居詠

刪詩定禮文宣王 敎訓儒流處廟堂
산시정례문선왕 교훈유류처묘당

是等聰明神不滅 請來法會伴當陽
시등총명신불멸 청래법회반당양

시경(詩經)을 손질하고 예기(禮記)를 지은 문선왕(文宣王)은
유학의 가르침을 유통시켜 묘당(廟堂)에 계시네.
이러한 총명함은 신(神)들도 없애지 못하므로
청해서 법회에 오게 하여 당양(當陽)의 짝을 삼네.

산보집에서 하단을 청해 맞이하는 의식인 하단영청지의(下壇迎請之儀)에 실린 직거
영이며 범음집에서도 이와 같다. 직거(職居)라는 표현이 무엇을 뜻하는지 애매하다.
직(職)은 벼슬, 직분 등의 뜻도 있고 오로지라는 뜻도 있는데, 여기서는 오로지 머물
며 유학(儒學)의 저서를 지은 이들을 말하는 것 같다.

## 산시정례문선왕 刪詩定禮文宣王
시경(詩經)을 손질하고 예기(禮記)를 지은 문선왕(文宣王)은

산(刪)은 산보(刪補)를 말하며 무엇을 깎고 깁는다는 의미이기에 곧 손질함을 말한
다. 까닭에 시경(詩經)을 손보고 예기를 지었다고 밝히고 있다. 문선왕은 공자(孔子)
사후인 738년 당나라 현종이 공자를 왕으로 추봉하여 내린 시호(諡號)이다. 시경(詩
經)은 춘추시대의 민요를 중심으로 하여 모은 중국에서 가장 오래된 시집이며, 예기
(禮記)는 유가의 예법인 예(禮)에 대하여 기술(記述)한 책이다.

**교훈유류처묘당 敎訓儒流處廟堂**
유학의 가르침을 유통시켜 묘당(廟堂)에 계시네.

묘당(廟堂)은 위패를 모시는 종묘(宗廟)를 말한다. 공자는 유학의 가르침을 널리 편 성인으로 추앙되어 당연히 묘당에 위패를 모셨다는 표현이다.


**시등총명신불멸 是等聰明神不滅**
이러한 총명함은 신(神)들도 없애지 못하므로

공자의 총명함은 아무도 따를 자가 없어서 설사 귀신들도 이러한 공적을 없앨 수 없 다고 하였다.


**청래법회반당양 請來法會伴當陽**
청해서 법회에 오게 하여 당양(當陽)의 짝을 삼네.

그러므로 의당 청하오니 이 법회에 오시어서 당양(當陽)으로 짝을 삼으라고 하였다. 여기서 '당양'이라고 하는 것은 남쪽을 대한다는 표현으로, 천자가 남쪽을 바라보고 앉아 천하를 다스린다는 뜻으로 곧 '해'를 말한다.

# 산천악독중령기 山川岳瀆衆靈祇

## 안좌게 安座偈

山川岳瀆衆靈祇 幸請照題而就座
산천악독중령기 행청조제이취좌

永滅塵勞放逸心 速圓解脫菩提果
영멸진로방일심 속원해탈보리과

산과 내 악독의 영기 대중들께
다행히 조제(照題)하고 청하오니 자리에 나아가소서.
영원히 번뇌와 방일한 마음 멸하고
속히 해탈 보리과를 원만하게 해주소서.

산보집 지기단(地祇壇) 작법에 나오는 하공세계와 지계(地界)의 신기(神祇)들이 자리에 앉기를 권하는 게송이다.


산천악독중령기 山川岳瀆衆靈祇
산과 계곡의 영기 대중들께

악독(岳瀆)에서 악(岳)은 큰 산을 말하고, 독(瀆)은 도랑을 말하기에 곧 물을 말한다. 그러므로 산과 계곡을 뜻하는 표현으로, 이는 명산대천을 나타내는 표현이다. 영지 기(祇)는 토지 신을 말하므로, 모든 큰 산과 계곡의 신들을 말한다. 참고로 '祇' 이 한자는 '기'로 쓰일 때는 '땅귀신 기'이며 '지'로 쓰일 때는 '마침 지', '다만 지'라고 읽는다.


행청조제이취좌 幸請照題而就座
다행히 청하나니 조제(照題)하고 자리에 나아가소서.

조제(照題)는 살피어서 맨 앞으로 이러한 뜻으로, 오늘 이 법회에 청하오니 이러한 청을 고려하여 맨 앞으로 나아가 앉아 달라는 내용이다.


## 영멸진로방일심 永滅塵勞放逸心
### 번뇌와 방일한 마음을 영원히 멸하여서

진로(塵勞)는 번뇌를 말하며 방일(放逸)을 멋대로 거리낌 없이 구는 것을 말하므로, 이러한 마음을 없애게 해달라는 뜻이다.


## 속원해탈보리과 速圓解脫菩提果
### 속히 해탈 보리과를 원만하게 해주소서.

원(圓)은 원만(圓滿)을 말하므로 해탈을 얻기 위하여 보리과(菩提果)를 속히 얻게 해 달라는 청이다.

# 산출삼왕치태평 産出三王治太平

## 원경왕후 元敬王后

産出三王治太平 多多勝德若爲明
산출삼왕치태평 다다승덕약위명

民安國靜無逃屋 四海宴淸賊不生
민안국정무도옥 사해연청적불생

세 임금을 낳아 태평하게 나라를 다스리니
많고 많은 훌륭한 덕 마치 태양과 같네.
백성들 편안하고 나라 안정되니 도망가는 사람 없고
온 나라가 평안하고 맑으니 도적이 생기지 않네.

산보집에서 종실단(宗室壇)에 예를 올리는 종실단작법의(宗室壇作法儀) 가운데 나오는 원경왕후에 대한 가영이다.

원경왕후 민씨(元敬王后 閔氏 1365~1420)는 조선 태종(太宗)의 왕비이자 세종대왕의 어머니이며 원경(元敬)은 그의 시호(諡號)이다.


### 산출삼왕치태평 産出三王治太平
### 세 임금을 낳아 태평하게 나라를 다스리니

세 왕의 낳은 어머니라고 하였으나 사실을 그렇지 아니하다. 원경왕후는 4남 4녀를 두었는데 양녕대군(讓寧大君), 효령대군(孝寧大君), 세종(世宗), 성녕대군(誠寧大君)이다. 참고로 세종은 충녕대군(忠寧大君)이며 원경왕후의 셋째 아들이다. 첫째 아들 양녕대군은 태종 18년인 1418년에 폐세자(廢世子)를 당하게 된다. 파란만장했던 삶을 살았던 원경왕후는 1420년에 56세의 나이로 생을 마감하였다.

**다다승덕약위명 多多勝德若爲明**

많고 많은 훌륭한 덕 마치 태양과 같네.

원경왕후의 공을 추켜세우고 있다. 아마 여기서는 남편인 이방원(李芳遠)을 도와 조선을 건국한 것을 말하고 있는 듯하다.


**민안국정무도옥 民安國靜無逃屋**

백성들 편안하고 나라 안정되니 도망가는 사람 없고

원경왕후의 덕을 칭송하고 있다. 그러나 당시 나라는 바람 잘 날이 없었다.


**사해연청적불생 四海宴淸賊不生**

온 나라가 평안하고 맑으니 도적이 생기지 않네.

나라 전체가 평안하고 백성들은 평안하여 도적이 발생하지 않았음은 원경왕후의 덕이라고 내세우고 있다.

# 살생단여자비종 殺生斷汝慈悲種

## 불살생 不殺生

殺生斷汝慈悲種 殺他活己讌親賓
살생단여자비종 살타활기연친빈

異日三途還債處 只將性命作人情
이일삼도환채처 지장성명작인정

살생하지 마라, 너의 자비 종자가 끊어진다.
남을 죽여 나 살자고 친한 손님과 잔치를 벌이네.
다음 날 세 갈래 세계에 빚을 갚는 곳에서
다만 성명으로 인정을 짓게 되리라.

작법귀감에서 열 가지 계를 바로 설해주는 정설십계(正說十戒) 가운데 불살생계(不殺生戒)에 관한 게송이다.


### 살생단여자비종 殺生斷汝慈悲種
살생하지 마라, 너의 자비 종자가 끊어진다.

불교에서 살생은 매우 금기시하는 계율이기에 모든 계율 가운데 그 첫 번째다. 자비의 종자가 끊어진다고 하는 것은 불종(佛種)이 끊어지는 것을 말한다. 이는 결코 성불할 수 없음을 말함이다.


### 살타활기연친빈 殺他活己讌親賓
남을 죽여 나 살자고 친한 손님과 잔치를 벌이네.

살타(殺他)는 남을 죽이는 것을 말하고, 활기(活己)는 자기 자신을 위한 것을 말한다. 또한 친빈(親賓)은 친한 이나 손님 등을 말하며, 연(讌)은 주연을 베푸는 잔치를 말한다.


## 이일삼도환채처 異日三途還債處
### 다음 날 세 갈래 세계에 빚을 갚는 곳에서

삼도(三途)는 삼악도의 준말이며 지옥·아귀·축생을 말하므로 이러한 과보를 받을 때는 어찌하겠느냐 하는 표현이다. 능엄경(楞嚴經)에 보면 '사람이 양을 잡아먹으면 양은 죽어서 사람이 되고 사람은 죽어서 양이 되니, 이렇게 온갖 중생들[十生之類]이 죽고 또 죽고 나고 또 나기를 반복하는 가운데, 서로 만나 서로 잡아먹으며 나쁜 업을 짓고 함께 태어나기를 미래가 다하도록 쉬지 않는다'고 하였다. 以人食羊羊死爲人人死爲羊。如是乃至十生之類。死死生生互來相噉。惡業俱生窮未來際。

화엄경 십지품에서는 '그 중에서 살생한 죄로는 중생들이 지옥·축생·아귀에 떨어질 것이며, 인간에 태어나더라도 두 가지 과보를 받으리니, 하나는 단명하고, 둘은 병이 많으리라' 고 하였다. 於中殺生之罪。能令衆生墮於地獄畜生餓鬼。若生人中。得二種果報。一者短命。二者多病。


## 지장성명작인정 只將性命作人情
### 다만 성명으로 인정을 짓게 되리라.

성명(性命)은 곧 목숨을 말한다. 살생을 하게 되면 다음 세상에는 자신의 목숨을 내놓아야 한다는 경계(警戒)다.

# 삼개삼국삼조선 三開三國三朝鮮

## 삼조선제왕 三朝鮮諸王

三開三國三朝鮮 諸大君王總聖賢
삼개삼국삼조선 제대군왕총성현

宗廟玄陵幾處在 四時無祀冷雲烟
종묘현릉기처재 사시무사냉운연

세 사람 세 나라 세우니 세 조선이라
여러 큰 군왕들은 모두가 성현이시네.
종묘와 현릉이 몇몇 곳에 있는가.
사시(四時)에 제사 없으니 싸늘한 구름만 이네.

산보집에서 세 조선의 여러 왕을 청하여 공양을 올리는 의례에 나오는 가영이다. 여기서 세 조선이라고 하는 것은 단군조선(檀君朝鮮), 기자조선(箕子朝鮮), 위만조선(衛滿朝鮮)을 말하고 이를 삼한(三韓)이라고 하며 평양(平壤)을 도읍을 정하였다고 한다.

## 삼개삼국삼조선 三開三國三朝鮮
### 세 사람 세 나라 세우니 세 조선이라

단군조선(檀君朝鮮)은 고조선(古朝鮮)이라고도 하며 이는 단군왕검(檀君王儉)이 세운 우리나라 최초의 국가이다. 기자조선(箕子朝鮮)은 중국 은나라 말기에 기자(箕子)가 조선에 와서 단군조선에 이어 건국한 나라다. 그러나 현재는 이 학설을 부정하는 면이 더 많다. 위만조선(衛滿朝鮮)은 위만(衛滿)이 집권한 이후 멸망할 때까지의 고조선을 말한다. 그러나 이를 나라로 인정하지 아니하고 왕조(王朝)라고 보아서 위만왕조(衛滿王朝)라는 개념이 더 지배적이다.

**제대군왕총성현 諸大君王總聖賢**
여러 큰 군왕들은 모두가 성현이시네.

삼조선(三朝鮮)을 세운 단군(檀君), 기자(箕子), 위만(衛滿)을 지칭하는 표현이며 이들 모두를 성현으로 추앙하고 있다.


**종묘현릉기처재 宗廟玄陵幾處在**
종묘와 현릉이 몇몇 곳에 있는가.

종묘(宗廟)는 임금의 위패를 모신 사당을 말하며 현릉(玄陵)은 임금의 무덤을 말한다. 그러므로 이들을 추앙하는 사당이 별로 없다는 것을 나타내고 있다.


**사시무사냉운연 四時無祀冷雲烟**
사시(四時)에 제사 없으니 싸늘한 구름만 이네.

사시(四時)는 한해를 말한다. 무사(無祀)는 제향을 올리는 이가 없다는 표현이다. 싸늘한 구름만 인다고 하는 것은 처량하고 쓸쓸하다는 표현이다.

# 삼계유여급정륜 三界猶如汲井輪

## 조순출송 朝巡出頌

三界猶如汲井輪 百千萬劫亦微塵
삼계유여급정륜 백천만겁역미진

此身不向今生度 更待何生度此身
차신불향금생도 갱대하생도차신

삼계는 마치 우물 속의 두레박과 같아서
백천만겁이 티끌처럼 지나가거늘
이 생에 이 몸을 제도하지 못한다면
다시 어느 생에 이 몸을 제도할까?

작법귀감에서 아침 순례를 할 때 외우는 게송이다. 이 게송의 출처는 정확하게 알 수가 없다. 그러나 무상경(無常經)에 보면 다음과 같은 게송이 있다.

循環三界內 猶如汲井輪
순환삼계내 유여급정륜

亦如蠶作繭 吐絲還自纏
역여잠작견 토사환자전

삼계를 돌고 도는 것은
오르내리는 두레박질 같고
누에가 고치를 짓는 것과 같으니
실을 토해 도리어 자신이 얽힌다네.

또한 이 게송은 온전하게 전해지는 바가 없지만 이와 비슷한 문구가 여러 문헌에 가르침으로 나타나 있다. 말법 시대에는 사법이 횡행하고 사이비 교주가 등장하여 부처를 버젓이 팔아서 잇속을 챙기는 행위가 우후죽순처럼 생기는 때로, 올바른 사문을 만나 정법의 가르침을 배우기가 어려운 시기이다. 그러므로 고승(高僧)은 이를 안타까이 여겨 말하기를 부처님 가르침 듣기 어렵고 사람 몸 만나기도 어렵다고 하였으니, 이를 불법난문 인신난득(佛法難聞 人身難得)이라고 한다.

법화경(法華經) 서품에도 보면 '복이 있는 사람이라야 부처님께 공양을 올리고, 훌륭한 법을 구하여 연각의 도리를 들을 수 있다'고 하였다. 若人有福。曾供養佛。志求勝法。爲說緣覺。

또한 사십이장경(四十二章經) 가운데 제36장에 보면 '부처님께서 말씀하시기를 비록 악도를 벗어났다고 하더라도 사람의 몸을 받기 어려우며, 사람 몸 받았다고 하더라도 남자의 몸 받기 어렵고, 남자로 태어났더라도 육근이 완전하기 어려우며, 육근이 완전하더라도 그 나라의 중심에 태어나기 어렵고, 이미 중심에 태어났더라도 부처님 시대에 태어나기 어려우며, 설사 부처님 시대에 태어났더라도 선지식을 만나기 어렵고, 또한 선지식을 만났더라도 불교에 신심을 가지기가 어려우며, 이미 신심을 가졌다 하더라도 보리심을 발하기 어렵고, 보리심을 발했다 하더라도 닦을 것도 없고 깨칠 것도 없게 되기가 어렵다.'고 하였다. 佛言。人離惡道。得爲人難。既得爲人。去女即男難。既得爲男。六根完具難。六根既具。生中國難。既生中國。值佛世難。既值佛世。遇道者難。既得遇道。興信心難。既興信心。發菩提心難。既發菩提心。無修無證難。

이 게송의 주된 가르침은 사람 몸 받기가 어려우니, 사람 몸 받았을 때 정진하여 윤회의 쇠사슬을 끊으라는 가르침이다. 그렇다면 왜 이 몸을 제도하기가 어려운가 하면 집착과 망상이 주된 원인이기에 부처님은 여기에 대하여 세 가지로 그 핵심을 나타내셨다. 그게 바로 삼독(三毒)이라고 하는 탐냄과 성질냄, 어리석음이라고 하였다. 다시 이를 역으로 되짚어보면 탐내지 말고 자비를 베풀어라, 성질내지 말고 그 본성을 지켜라, 어리석지 말고 지혜를 가지라고 하는 것이다.

능엄경(楞嚴經)에 보면 '아난아, 이와 같이 지옥과 아귀와 축생과 사람과 신선과 하늘에서 아수라까지 일곱 갈래[七趣]를 자세히 추궁해보면, 모두 다 어둠에 잠겨있는 온갖 인연변화의 모양[有爲相]으로써 망상으로 태어나고 망상으로 업을 따르고 있으나, 미묘하고 원만하고 밝고 인연작용을 떠난 본마음[無作本心]에는 허공 꽃과 같이 원래 집착할 경계가 없으며 단지 한결같이 허망할 뿐, 더 이상 아무런 근거가 없느니라'고 하였다. 阿難。如是地獄。餓鬼。畜生。人及神仙。天洎修羅。精研七趣。皆是

昏沈諸有爲相。妄想受生。妄想隨業。於妙圓明無作本心。皆如空華。元無所著。但一虛妄。更無根緒。

## 삼계유여급정륜 三界猶如汲井輪
## 삼계는 마치 우물 속의 두레박과 같아서

이는 곧 윤회를 비유함이다. 왜냐하면 부처님의 가르침은 윤회를 끊으라고 하는 가르침이기 때문이다. 고려 시대의 고승인 보조지눌(普照知訥) 스님이 저술한 수심결(修心訣)에 보면 '그대는 모름지기 마음을 깨끗이 하고 자세히 들으라. 범부는 시작이 없는 아득한 옛날부터 지금까지 다섯 갈래의 세계(五道)에 흘러 다니며, 태어나고, 죽고 하되, 나라는 생각에 굳게 집착하여 뒤바뀐 망상(妄想顚到 : 현재의 번뇌)과 무명의 습기(無明種習 : 근본 번뇌)가 오랫동안 지금의 성품을 이루었다'고 하였다. 汝須淨心。諦聽諦聽。凡夫無始。曠大劫來。至於今日。流轉五道。生來死去。堅執我相。妄想顚倒。無明種習。久與成性。

삼계는 미혹한 중생이 윤회하는 세계로 곧 욕계(欲界), 색계(色界), 무색계(無色界)를 말함이다. 그러기에 이 세계를 벗어나지 못하고 윤회하는 것을 지금 우물 속의 두레박에 비유를 한 것이다.

주역(周易)의 괘(卦) 가운데는 수풍정(水風井) 괘가 있다. 예전의 우물에는 두레박을 오르고 내리는 도르래 장치를 하여 하나의 두레박이 내려가면 또 하나의 두레박이 올라왔는데 이러한 괘가 수풍정(水風井)이라는 괘이다. 여기서 주역을 말하고자 하는 것은 아니기 때문에 자세한 설명은 생략하고자 한다. 다만 두레박이 우물을 벗어나지 못하는 것을 지금 우리가 삼계를 윤회하는 것과 비교하였다. 그러므로 윤회의 성품을 급정륜(汲井輪)이라고 하였다. 여기서 급정륜(汲井輪)이라는 것은 우물 속의 물을 퍼내기 위한 두레박이라고 보아도 되고, 두레박을 오르고 내리게 하는 장치인 도르래라고 보아도 되지만 그 본질은 거기를 벗어나지 못하고 오르락내리락하는 것이나 또는 빙글빙글 제자리만 돌기만 하는 것을 말하기에 굳이 여기에 대하여 시비할 필요는 없다.

삼계유여급정륜(三界猶如汲井輪)이라는 문구는 능가아발다라보경(楞伽阿跋多羅寶經) 가운데 일체불어심품에서 따오지 않았나 생각된다. 더불어 능가아바다라보경에 나오는 말씀을 보면 다음과 같은 가르침이 있다.

어리석은 범부는 세속법[俗數]의 이름과 모습에 계착하여 마음이 따라 흘러서 흩어지며, 흩어지고 난 후 온갖 모습과 형상을 보므로 나와 나의 것이라는 견해에 치우치며, 묘한 물질[妙色]을 희망하고 계착한다. 계착하고 나면 무지(無知)가 덮고 가려 염착(染着)을 일으키며, 염착하고 나면 탐욕과 성냄으로 지은 업이 쌓이고, 쌓이고 나면 망상에 스스로 얽히니, 마치 누에가 고치를 짓는 것과 같다. 愚夫計著俗數名相。隨心流散。流散已。種種相像貌。墮我我所見。悕望計著妙色。計著已。無知覆障。生染著。染著已。貪恚所生業積集。積集已。妄想自纏。如蠶作繭。

생사의 바다와 모든 취(趣)의 광야에 떨어지는 것이 마치 우물의 도르래와 같건만, 어리석은 까닭에 환(幻)과 같고, 아지랑이와 같고 물에 비친 달과 같이 자성(自性)이나[我]와 나의 것[我所]을 벗어난 줄을 알지 못하고, 온갖 진실하지 못한 망상을 일으킨다. 墮生死海。諸趣曠野。如汲井輪。以愚癡故。不能知如幻野馬水月自性。離我我所。起於一切不實妄想。

형상과 형상이 나타내는 것, 생기고 머물고 없어짐을 벗어나건만 자심(自心)의 망상으로 일으키고, 자재천(自在天)이나 시절(時節)이나 미진(微塵)이나 승묘(勝妙)에서 생기는 것이 아닌데 어리석은 범부는 이름과 모습을 따라 유전(流轉)한다. 離相所相及生住滅。從自心妄想生。非自在。時節。微塵。勝妙生。愚癡凡夫隨名相流。

## 백천만겁역미진 百千萬劫亦微塵
## 백천만겁이 티끌처럼 지나가거늘

백천만겁(百千萬劫) 다시 말하면 헤아릴 수 없는 숱한 세월이 마치 티끌처럼 지나간다고 하였다. 이를 다시 말하면 그렇게 수많은 세월을 보내고도 아직 삼계를 벗어나지 못하고 있음을 경책하는 것이다. 그러므로 이렇게 부질없이 흘러간 시간을 여기서 두 가지로 나타내어서 표현하였는데, 하나는 백천만겁(百千萬劫)이라고 하였으며 또 다른 하는 미진(微塵)이라고 하였다. 그러므로 부처님 가르침을 만났을 때 열심히 수행해야 하는 것이다. 천수경 개경게(開經偈)에 보면 다음과 같은 가르침이 있다.

無上甚深微妙法 百千萬劫難遭遇
무상심심미묘법 백천만겁난조우

我今見聞得受持 願解如來眞實義
아금견문득수지 원해여래진실의

517

위없이 높고 깊은 미묘한 법
백천만겁 지나도록 만나기 어려워라.
제가 지금 보고 듣고 수지하여
여래의 참된 뜻을 알고자 하나이다.

이러한 가르침도 모두 삼계를 벗어나기를 원하는 가르침의 범주에 들어가는 말씀이다. 그렇다면 우리가 왜 삼계를 벗어나기가 그토록 어려운 일인가에 대해서 살펴볼 필요가 있다. 법화경(法華經) 권지품에 보면 '후세의 나쁜 세상 중생들이 선근은 적어지고 뛰어난 체하는 이가 많아 공양에 탐을 내며, 착하지 못한 뿌리를 증장시키고 해탈을 멀리 여의어 교화하기 어렵다'고 하였다. 後惡世衆生。善根轉少。多增上慢。貪利供養。增不善根。遠離解脫。雖難可敎化。

불설비유경(佛說譬喩經)에 보면 어떤 나그네가 광야(曠野)에서 사나운 코끼리를 만나 황급히 달아나다가 언덕에 있는 나무뿌리를 잡고 내려가서 우물 속에 몸을 숨겼다. 두 마리 쥐가 나타나 나무뿌리를 갉아 먹자 그 아래를 내려다보니 우물 사방에는 네 마리 독사가 그를 물려고 기다리고 있었지만, 나무에 있는 벌집에서 꿀이 입에 떨어지자 그 모든 것을 다 잊어버리고 꿀맛에 빠졌다. 그 비유가 안수정등(岸樹井藤)이라는 가르침이다. 여기서 벌꿀은 오욕락을 비유한 것이고, 벌은 삿된 소견에 비유한 것이며, 네 마리 독사는 사대(四大)에 비유를 한 것이다. 그러므로 중생은 오욕락에 빠져서 광야(曠野)에 버려지는 신세가 되기에 삼계를 벗어나기가 어려운 것이다.

## 차신불향금생도 此身不向今生度
## 이 생에 이 몸을 제도하지 못한다면

'차신불향금생도'에서 차신(此身)을 차생(此生)이라 하기도 한다. 차신불향금생도라는 가르침은 고덕(古德)이 전하는 가르침에도 나오는 말씀이다. 이 가운데 여기에 해당하는 내용을 보면 다음과 같다.

人身難得今已得 佛法難聞今已聞
인신난득금이득 불법난문금이문

此身不向今生度 更向何生度此生
차신불향금생도 갱향하생도차생

사람 몸 받기 어려우나 나는 이미 받았고
부처님 말씀 듣기 어려우나 나는 이미 들었네.
이 몸을 이승에 제도하지 아니하면
어느 생에 이 몸을 제도하리요.


**갱대하생도차신 更待何生度此身**
**다시 어느 생에 이 몸을 제도할까.**

잡아함경(雜阿含經)과 법화경(法華經)에 보면 망망대해에 눈먼 거북이가 바닷속에 살고 있었는데 숨을 쉬기 위하여 일백 년에 한 번 바다 밖으로 머리를 내민다. 그때 파도에 휩쓸려 이리저리 표류하는 구멍 뚫린 나무토막을 만나 그것에 머리를 들이밀어 쉬게 되는데 이게 그리 쉬운 일이 아니다. 이는 맹귀우목(盲龜遇木)이라는 가르침이다. 여기서 눈먼 거북이는 지혜가 없는 자를 말함이고, 바다는 생사를 유전함을 비유한 것이며, 바닷속은 깊은 미혹을 말함이고, 구멍 난 나무토막은 안식처를 말함이니 곧 부처님을 말함이다. 이토록 사람 몸 받기도 어렵고, 부처님 법을 만나기도 어렵다는 것들을 비유한 가르침이다. 그리고 맹귀부목을 다른 표현으로 맹귀우목(盲龜遇木), 또는 맹귀치부목(盲龜値浮木), 맹귀부목공(盲龜浮木孔)이라 하기도 한다.

# 삼대명왕팔십오 三代明王八十五

## 삼왕영 三王詠

三代明王八十五 昭王當歲世尊出
삼대명왕팔십오 소왕당세세존출

穆霄成道昇忉利 入滅壬申春三月
목소성도승도리 입멸임신춘삼월

삼대(三代)의 밝은 왕 여든다섯 분
소왕(昭王) 당세(當歲)에 세존이 출현하셨네.
목왕(穆王)의 세상에 도를 이루어 도리천에 오르고
임신년 봄 3월에 멸도(滅度)에 드셨네.

산보집에서 태고(太古)의 제왕(帝王)을 청하는 태고제왕청(太古帝王請)에 나오는 가영이다. 삼왕(三王)에 대해서는 이어지는 설명을 참고하기 바란다.


### 삼대명왕팔십오 三代明王八十五
삼대(三代)의 밝은 왕 여든다섯 분

삼대(三代)는 하(夏)나라, 은(殷)나라, 주(周)나라를 말하며 85는 모두 85명의 임금을 말한다.


### 소왕당세세존출 昭王當歲世尊出
소왕(昭王) 당세(當歲)에 세존이 출현하셨네.

소왕(昭王)은 주나라 서주(西周)시대의 제4대 왕을 말한다. 당세(當歲)에 세존이 출현하였다고 하는 것은 주나라 소왕 26년인 1027년 4월 8일에 부처님이 가비라국(迦毗羅國)에서 탄생하였다는 표현이다.


## 목소성도승도리 穆霄成道昇忉利
## 목왕(穆王)의 세상에 도를 이루어 도리천에 오르고

목왕(穆王)은 주나라의 제5대 왕을 말한다. 목왕 당시에 부처님은 19세에 출가하여 설산에 들어가 고행하신 지 6년 만에 정각을 이루셨으며 어머니 마야부인을 제도하고자 도리천에 올라가 법을 설하셨다는 뜻이다.


## 입멸임신춘삼월 入滅壬申春三月
## 임신년 봄 3월에 멸도(滅度)에 드셨네.

부처님은 79년간 세상에 머무르시다 목왕(穆王) 때인 (서기전 949) 년인 임신(壬申)년 2월 15일 밤 열반에 드셨다는 것을 말하고 있다.

# 삼도고본인애욕 三途苦本因愛欲

## 삼도영 三途詠

三途苦本因愛欲 地獄不聞大法音
삼도고본인애욕 지옥불문대법음

計咽微質何時免 飢渴幽魂日夜吟
계인미질하시면 기갈유혼일야음

세 갈래 나쁜 세계 고통의 근본은 애욕으로 인함이니
지옥의 세계에선 큰 법음을 듣지 못한다네.
바늘구멍 같은 목구멍에 연약한 체질 언제 면하랴.
배고프고 목마른 지옥의 영혼들은 밤낮으로 신음하네.

산보집에서 하단에 이르러서 행하는 지하단(至下壇)에 나오는 삼도(三途)에 대한 가영이며 범음집에도 실려 있다.


### 삼도고본인애욕 三途苦本因愛欲
세 갈래 나쁜 세계 고통의 근본은 애욕으로 인함이니

삼도(三途)는 지옥, 아귀, 축생의 중생을 말한다. 여기서 길을 뜻하는 도(途)가 의미하는 것은 그 길로 간다는 뜻이며, 중생이 겪는 고통의 근본 원인은 곧 애욕(愛欲)이라는 것을 강조하고 있다.


### 지옥불문대법음 地獄不聞大法音
지옥의 세계에선 큰 법음을 듣지 못한다네.

지옥 세계에 떨어지면 부처님의 가르침을 듣지 못한다고 하는 표현으로 여기서 법음(法音)은 곧 설법을 말한다.


## 계인미질하시면 計咽微質何時免
**바늘구멍 같은 목구멍에 연약한 체질 언제 면하랴.**

산보집 원문에 보면 계(計)는 침(針)의 오자로 보인다고 하였다. 문장의 흐름으로 보아도 침(針)이 되어야 문장이 이루어진다. 침인(針咽)은 바늘구멍만 한 목구멍을 말한다. 미미한 체질이라고 하는 것은 아귀 지옥의 중생은 먹지를 못하므로 굶주림의 고통을 당한다는 표현이다.


## 기갈유혼일야음 飢渴幽魂日夜吟
**배고프고 목마른 지옥의 영혼들은 밤낮으로 신음하네.**

기갈(飢渴)은 배고프고 목마른 것을 말하며 유혼(幽魂)은 죽은 사람의 넋을 말한다. 그러므로 지옥 중생은 밤낮으로 고생을 면할 길이 없다고 함이다.

# 삼도근본업장심 三途根本業障深

## 삼도영 三途詠

三途根本業障深 大獄不聞大法音
삼도근본업장심 대옥불문대법음

針咽微質何時免 飢渴幽魂日夜吟
침인징질하시면 기갈유혼일야음

세 갈래 나쁜 세계로 가는 근본은 깊은 업장 때문이니
큰 지옥에선 부처님의 법음을 듣지 못한다네.
바늘구멍 같은 목구멍에 미미한 체질 언제 면하랴.
기갈에 허덕이는 지옥의 영혼들 밤낮으로 신음하네.

산보집에서 하단을 청해 맞이하는 의식인 하단영청지의(下壇迎請之儀)에 나오는 삼도영으로 같은 책 지하단(至下壇) 삼도영(三途詠)에 나오는 삼도고본인애욕(三途苦本因愛欲)하고 대동소이하다. 그러므로 이 해설을 참고하기 바란다.

# 삼명육신통 三明六神通

## 나한영 羅漢詠

三明六神通 能修無漏道
삼명육신통 능수무루도

趣向涅槃樂 願降大吉祥
취향열반락 원강대길상

삼명과 육신통을 얻으셨고
무루의 도를 능히 닦으셨으며
열반의 즐거움을 향하여 나가셨으니
원하건대 큰 길상을 내려 주소서.

작법귀감에서 나한에게 올리는 큰 예법인 나한대례(羅漢大禮)에 나오는 내용 가운데
16아라한을 찬탄하며 아뢰는 탄백(歎白)의 일부분이다.


## 삼명육신통 三明六神通
삼명과 육신통을 얻으셨고

삼명은 세 가지의 자유자재한 지혜를 말하며 이는 전생을 환히 아는 숙명지증명(宿命智證明), 생사의 과보를 환히 아는 생사지증명(生死智證明), 내세에 미혹한 생존을 받지 않는 지혜인 누진지증명(漏盡智證明)이다.

육신통은 수행으로 인하여 얻어지는 불가사의한 여섯 가지 능력을 말한다.
(1) 신족통(神足通) - 마음대로 갈 수 있고 변할 수 있는 능력.
(2) 천안통(天眼通) - 모든 것을 막힘없이 꿰뚫어 환히 볼 수 있는 능력.
(3) 천이통(天耳通) - 모든 소리를 마음대로 들을 수 있는 능력.

(4) 타심통(他心通)- 남의 마음속을 아는 능력.

(5) 숙명통(宿命通)- 나와 남의 전생을 아는 능력.

(6) 누진통(漏盡通)- 번뇌를 모두 끊어 내세에 미혹한 생존을 받지 않음을
아는 능력.


### 능수무루도 能修無漏道
**무루의 도를 능히 닦으셨으며**

무루도(無漏道)는 번뇌에 물들지 않는 청정한 지혜를 말하며 이로써 사제(四諦)의 가르침을 명료하게 깨달을 수 있기에 무루도라고 한다.


### 취향열반락 趣向涅槃樂
**열반의 즐거움을 향하여 나가셨으니**

성자(聖者)는 열반으로 나가는 것을 즐거움으로 삼는다.


### 원강대길상 願降大吉祥
**원하건대 큰 길상을 내려 주소서.**

그러므로 십육 나한에게 길상을 내려 달라고 간청하는 내용이다.

# 삼분정립삼조선 三分鼎立三朝鮮

三分鼎立三朝鮮 松嶽風光問幾年
삼분정립삼조선 송악풍광문기년

恭讓王亡嶺日沒 寒雲冷霧起陵邊
공양왕망영일몰 한운냉무기릉변

셋으로 나누어 솥발처럼 선 세 조선
송악(松嶽)의 풍광 묻노니 몇 년이던가.
공양왕(恭讓王) 죽으니 산마루에 해는 지고
능침(陵寢)엔 싸늘한 구름과 찬 안개만 이네.

산보집에서 고려(高麗)의 28위(位) 왕들을 청하는 청사(請詞)를 마치고 이어지는 가영이다. 고려의 28명의 왕은 다음과 같다. 동명왕(東明王), 유리왕(琉璃王), 대무신왕(大武神王), 민중왕(閔中王), 모본왕(慕本王), 태조왕(太祖王), 차대왕(次大王), 신대왕(新大王), 고국천왕(故國川王), 산상왕(山上王), 동천왕(東川王), 중천왕(中川王), 서천왕(西川王), 봉상왕(烽上王), 미천왕(美川王), 고국원왕(故國原王), 소수림왕(小獸林王), 고국양왕(故國壤王), 광개토왕(廣開土王), 장수왕(長壽王), 문자왕(文咨王), 안장왕(安藏王), 안원왕(安原王), 양원왕(陽原王), 평원왕(平原王), 영양왕(嬰陽王), 영류왕(榮留王), 보장왕(寶藏王) 등이다.

**삼분정립삼조선 三分鼎立三朝鮮**
**셋으로 나누어 솥발처럼 선 세 조선**

후삼국(後三國)을 말한다. 견훤(甄萱)이 세운 후백제(後百濟), 궁예(弓裔)가 세운 후고구려(後高句麗), 왕건(王建)이 후백제군을 격파하고 신라 경순왕에게 항복을 받아낸 후 새로운 왕조를 구축한 것을 말하므로 결국 후고구려, 후백제, 신라를 말한다.

**송악풍광문기년 松嶽風光問幾年**
송악(松嶽)의 풍광 묻노니 몇 년이던가.

후고구려의 수도는 철원(鐵原)이었다. 그러다가 고려(高麗)가 건국되고 1년 뒤에 왕건(王建)의 근거지였던 송악(松嶽)으로 천도(遷都)하게 되는데 이를 송악 천도라고 한다. 송악은 지금의 개성(開城)이다.


**공양왕망영일몰 恭讓王亡嶺日沒**
공양왕(恭讓王) 죽으니 산마루에 해는 지고

공양왕(恭讓王 1345~1394)은 고려 제34대 왕으로 1389년 이성계(李成桂), 심덕부(沈德符) 등에 의하여 창왕(昌王)이 폐위되면서 왕위에 올랐다. 즉위 후 이성계 일파의 압력으로 인하여 고려의 제32대 우왕(禑王)을 강릉에서, 고려의 제33대 창왕(昌王)을 강화에서 각각 살해하였으며 불교를 극심하게 박해하였던 왕이다. 조선이 건국되자 원주로 방치되었다가 강원도 간성군(杆城郡)으로 다시 추방되면서 공양군(恭讓君)으로 전락하였다가 1394년 삼척으로 다시 옮겨졌다. 그리고 그곳에서 살해되었다.


**한운냉무기릉변 寒雲冷霧起陵邊**
능침(陵寢)엔 싸늘한 구름과 찬 안개만 이네.

권력에 대한 무상함을 드러내고 있다.

# 삼신극과쌍공증 三身極果雙空證

## 묘각영 妙覺詠

**三身極果雙空證 十信圓因獨主張**
삼신극과쌍공증 십신원인독주장

**寒山月下吟無盡拾 得巖前笑未休**
한산월하음무진습 득암전소미휴

삼신(三身)의 지극한 과(果), 둘 다 공하다는 증명.
십신(十信)의 원만한 인(咽), 홀로 주장함이라네.
한산(寒山)은 달빛 아래 다함이 없음을 읊고,
습득(拾得)은 바위 앞에서 웃음을 그치지 않네.

산보집의 상단을 청해 맞이하는 의식인 상단영청지의(上壇迎請之儀)에서 묘각지(妙覺地)에 대한 가영이며 범음집에도 그러하다.

### 삼신극과쌍공증 三身極果雙空證
삼신(三身)의 지극한 과(果), 둘 다 공하다는 증명.

삼신은 법신(法身), 보신(報身), 화신(化身)을 말하며 이를 부처에 대비하면 삼신불(三身佛)이라고 한다. 쌍공(雙空)은 공(空)과 불공(不空)을 말함이다.

### 십신원인독주장 十信圓因獨主張
십신(十信)의 원만한 인(咽), 홀로 주장함이라네.

십신은 보살이 수행하는 단계를 말하며 최초의 1위(位)로부터 제10위까지의 단계가 있다. 논소(論疏)마다 약간씩 다르지만, 보편적으로는 신심(信心)에서 염심(念心), 정진심(精進心), 혜심(慧心), 정심(定心), 불퇴심(不退心), 호법심(護法心), 회향심(廻向心), 계심(戒心), 원심(願心)까지를 말한다.


**한산월하음무진 寒山月下吟無盡**
한산(寒山)은 달빛 아래 다함이 없음을 읊고,

아래에 설명을 참고하기 바란다.


**습득암전소미휴 拾得巖前笑未休**
습득(拾得)은 바위 앞에서 웃음을 그치지 않네.

한산(寒山)과 습득(拾得)은 당나라 마라기에 천태산(天台山) 국청사(國淸寺)에서 은거하며 수행하였다고 하나 그 출처는 미약하며 가공의 인물로 보는 견해가 우선이다. 한산은 주로 빗자루를 들고 있는 모습으로 나타내고 있다. 풍간(豊干)의 제자로 알려져 있으며 중국 선종에서는 이들을 우상시하는 경향이 강하여 우리나라에도 이러한 사상이 그대로 전해졌다. 여기서 한산과 습득은 그 어디에도 걸림이 없는 존재로 나타내는 무애(無礙)를 말한다.

# 삼십이상변장엄 三十二相遍莊嚴

三十二相遍莊嚴 八十種好皆圓滿
삼십이상변장엄 팔십종호개원만

住世七十有九年 教談三百六十會
주세칠십유구년 교담삼백육십회

삼십이상(三十二相)으로 두루 장엄하시고
팔십종호(八十種好)가 모두가 원만하네.
79년 동안 이 세상에 머무시면서
360회를 설법하여 가르치셨네.

본사석가모니불(本師釋迦牟尼佛) 편의 설명을 참고하시오.

# 삼업동수삼보례 三業同修三寶禮

## 할향 喝香 삼업게 三業偈

三業同修三寶禮 五輪著地五輪觀
삼업동수삼보례 오륜저지오륜관

六根不動六塵滅 八識頓忘八德圓
육근부동육진멸 팔식돈망팔덕원

삼업을 모두 닦고 삼보에 예를 올리며
오륜을 땅에 던져 오륜을 관하네.
육근이 부동(不動)하면 육진이 소멸하고
팔식(八識)을 몰록 잊으면 팔덕(八德)이 원만해지리.

산보집에 향을 피우고 수행하는 작법절차인 분수작법절차(焚修作法節次)에서 향을
피우는 게송인 할향(喝香)으로 나온다. 작법귀감에서는 삼업게(三業偈)로 실려 있으
며 범음집에서는 할향찬(喝香讚)으로 되어 있다.

## 삼업동수삼보례 三業同修三寶禮
삼업을 모두 닦고 삼보에 예를 올리며

삼업(三業)은 신구의(身口意) 작용으로 인하여 짓는 업이니 신체적인 행동으로 인하
여 짓는 업을 신업(身業)이라 한다. 언어로써 짓는 업을 구업(口業)이라 하며, 생각
생각으로 짓는 업을 의업(意業)이라 한다. 그러므로 모든 업을 그 기준에 따라 세 가
지로 나눈 것이다. 중생은 신, 구, 의로 선업(善業)을 짓기도 하고 악업(惡業)을 짓기
도 한다. 그러므로 삼업을 다 함께 닦아 삼보에 예를 올리자고 다짐하는 표현이다.

## 오륜저지오륜관 五輪著地五輪觀
**오륜을 땅에 던져 오륜을 관하네.**

오륜(五輪)은 크게 두 가지로 나누어 본다. 그 첫째는 머리와 양 팔꿈치, 양 무릎에 해당하는 다섯 부분을 말한다. 이를 오체(五體)라고도 하며, 이를 륜(輪)이라고 하는 것은 이 다섯 부분의 관절이 다 돌아가므로 붙여진 이름이다.

또 다른 하나는 이 몸을 지탱하는 요소로 밀교에서는 지(地), 수(水), 화(火), 풍(風), 공(空)으로 이루어져 있다고 보아 이를 오대(五大)라고 한다. 이는 법성(法性)의 측면에서 보면 윤원구족(輪圓具足)한다고 여기기에 오륜이라고 표현한 것이다. 그러므로 윤원구족이라는 것을 만다라에서는 모든 여래의 진실한 공덕을 원만히 성취하여 구족하였기에 모자람이 없는 것으로 말한다. 고로 오륜관(五輪觀)은 오륜이 이 몸에 그대로 갖추어져 있음을 관하여 스스로 오지여래(五智如來)를 성취하는 관법이다. 이를 오륜삼매(五輪三昧), 오륜성신관(五輪成身觀), 오대성신관(五大成身觀), 오자엄신관(五字嚴身觀)이라 하기도 한다.

지금까지 설명을 갈무리하면 다음과 같다. 이 몸으로 오체투지(五體投地)하여서 오륜이 이 몸에 그대로 갖추어져 있음을 관상한다는 표현이다. 이를 반야심경(般若心經)에서는 오온개공(五蘊皆空)이라고 하였다. 또한 오체투지는 이 몸을 던져서 부처님께 예경하는 방법의 하나이니 이를 다르게 표현하여 오체귀명(五體歸命)이라고 하는 것이다.


## 육근부동육진멸 六根不動六塵滅
**육근이 부동(不動)하면 육진이 소멸하고**

육근(六根)은 육식(六識)을 낳는 여섯 가지 근원인 눈, 귀, 코, 혀, 몸, 뜻의 총칭이다. 그러므로 육근은 여섯 감각 기관의 뿌리라는 의미이다. 이를 달리 육적(六賊)이라 하기도 하는데 왜 육근을 여섯 가지 도적이라고 하는가 하면, 여섯 감각 기관은 시시때때로 좋은 것만 도적질하듯이 취하려고 하기 때문에 이를 경계하여 부르는 표현이다. 육근이 육경(六境)을 만나 일어나는 마음을 육식(六識)이라고 한다.

육진(六塵)은 인간의 심성(心性)을 더럽히는 육식(六識)의 대상계(對象界)를 말함이다. 그러므로 색(色), 성(聲), 향(香), 미(味), 촉(觸), 법(法)의 여섯 가지 욕정(欲情)을 말한다. 그러므로 여섯 가지 감각 기관의 대상을 육경(六境) 또는 육진(六塵)이라고 부른다. 여기서 육경은 대상의 경계를 나타낸 것이고, 육진은 대상의 경계가 사릴 그대로의 모습이 아니면서도 여섯 감각 속에 들어가 혼탁하게 하므로 진(塵)이라고 하는 것이다.

## 팔식돈망팔덕원 八識頓忘八德圓
**팔식(八識)을 몰록 잊으면 팔덕(八德)이 원만해지리.**

당나라 현장(玄奘) 스님과 그의 제자인 규기(窺基) 스님이 주창하였던 '법상종(法相宗)은 모든 법은 오직 식(識)이다'라고 하는 '만법유식(萬法唯識)'의 주장 때문에 식(識)이라는 말이 생겨났다. 팔식(八識)은 오관(五官)과 몸을 통해 외계의 사물을 인식할 수 있는 여덟 가지 심적 작용으로 안식(眼識), 이식(耳識), 비식(鼻識), 설식(舌識), 신식(身識), 의식(意識), 말나식(末那識), 아라야식(阿羅耶識)을 말함이다.

돈망(頓忘)은 아주 까맣게 몰록 잊어버리는 것을 말한다. 무엇을 잊어버리느냐 하면 속된 망정을 잊어버리는 것이다.

팔덕(八德)은 곧 팔정승(八淨僧)을 말함이다. 비구육물(比丘六物)이라는 말이 있다. 이는 불교 발생 초기부터 전해 내려오는 비구 스님의 필수 지참물을 말한다. 수행자의 옷인 가사(袈裟)와 바리때(鉢盂), 머리를 깎는 삭도(削刀), 옷을 꿰매는 바늘(針), 좌복(坐服), 물을 거르는 수낭(水囊)의 여섯 가지이다. 이 중 가사는 세 벌로 되어 있어 모두 비구팔물(比丘八物)이라고도 한다.

그리고 팔부정물(八不淨物)이라고 하여 금기할 것도 있으니 집이나 논밭을 소유하는 것, 농사짓기, 곡식 쌓기, 종 부리기, 짐승 기르기, 재물 모으기, 조각품 모으기, 솥을 마련해 손수 음식을 만들어 두는 것 등을 말함이다. 그러나 수행 환경이 다른 북방불교에서는 이를 융통성 있게 운영하고 있다.

# 삼혼묘묘귀하처 三魂杳杳歸何處

## 고혼청 孤魂請

**三魂杳杳歸何處 七魄茫茫去遠鄉**
삼혼묘묘귀하처 칠백망망거원향

**今日振鈴伸召請 願赴冥陽大道場**
금일진령신소청 원부명양대도량

아득하고 아득한데 삼혼(三魂)은 어디로 갔으며
칠백(七魄)은 망망(茫茫)한데 멀리 고향으로 떠났는가.
오늘 요령 울려서 널리 불러 청하오니
원하나니 속히 명부에서 양계의 큰 도량에 오시옵소서.

산보집에서 총림의 사명일에 혼령을 맞아 시식하는 절차인 총림사명일영혼시식절차 (叢林四明日迎魂施食節次) 가운데 외로운 혼을 청하여 공양을 올릴 때 고혼청(孤魂 請)에 나오는 송(頌)이다. 여기서 사명일(四明日)이라고 하는 것은 4월 8일 불탄절 (佛誕節), 12월 8일 성도절(成道節), 출가한 2월 8일 출가절(出家節), 2월 15일의 열 반에 드신 열반절(涅槃節)을 말한다.

## 삼혼묘묘귀하처 三魂杳杳歸何處
아득하고 아득한데 삼혼(三魂)은 어디로 갔으며

삼혼(三魂)은 중생의 세 가지 넋을 말하며 태광업혼신식(胎光業魂神識), 유정전혼신 식(幽精轉魂神識), 상령현혼신식(相靈現魂神識)을 말한다. 도교에서는 이를 태광(胎 光), 상령(爽靈), 유정(幽精)으로 말하고, 곧 천혼(天魂), 지혼(地魂), 인혼(人魂)을 말 한다. 불교에서는 이를 혼식설삼(魂識說三)이라고 하며 이는 모두 아뢰야식(阿賴耶 識)을 말하는 것이다.

**칠백망망거원향 七魄茫茫去遠鄉**
칠백(七魄)은 망망(茫茫)한데 멀리 고향으로 떠났는가.

칠백은 작음백신식(雀陰魄神識), 천적백신식(天賊魄神識), 비독백신식(非毒魄神識), 시구백신식(尸垢魄神識), 취폐백신식(臭肺魄神識), 제예백신식(除穢魄神識), 복시백신식(伏尸魄神識) 등을 말한다.

위에서 설명한 삼혼과 칠백을 합하여 삼혼칠백(三魂七魄)이라고 하는데 이는 도교적인 내용이 불교하고 가미된 것이다. 이를 간단하게 말하면 사람의 넋을 일컫는 것으로 여기서 백(魄)은 사람의 형체를 지배하는 것을 말하고 혼(魂)은 정신을 지배하는 것을 말한다.

**금일진령신소청 今日振鈴伸召請**
오늘 요령 울려서 널리 불러 청하오니

영가를 널리 청하여 부르는 것을 소청(召請)이라고 한다. 이에 영가를 청하고자 요령을 흔들면서 의례를 집전하고 있다.

**원부명양대도량 願赴冥陽大道場**
원하나니 속히 명부에서 양계 큰 도량에 오시옵소서.

부(赴)는 알리다, 이러한 뜻으로 고(告)와 같은 맥락이다. 명양(冥陽)에서 명(冥)은 명부(冥府)를 말하고 양(陽)은 이 세상인 양계(陽界)를 말한다.

# 상래수계법 上來受戒法

## 회향게 回向偈

**上來受戒法 皆悉普回向**
상래수계법 개실보회향

**功德悉圓滿 利益諸含識**
공덕실원만 이익제함식

이상으로 계법을 다 받았으니
모두 다 널리 회향하게 하소서.
공덕이 다 원만해지게 하여
모든 중생을 유익하게 하소서.

작법귀감 정설십계(正說十戒)에 실린 내용으로 받은 계를 널리 회향하겠노라고 다짐
하면서 읊는 게송이다.


**상래수계법 上來受戒法**
이상으로 계법을 다 받았으니

상래(上來)는 지금까지 계를 받기 위하여 진행된 절차를 말한다.


**개실보회향 皆悉普回向**
모두 다 널리 회향하게 하소서.

이러한 계(戒)를 모든 이에게 빠짐없이 널리 회향하겠노라고 다짐하는 내용이다.

**공덕실원만 功德悉圓滿**
**공덕이 다 원만해지게 하여**

계를 받는 공덕과 이를 널리 회향하는 공덕 모두 원만해지기를 바란다는 것은 중생은 계(戒)로 인하여 불성을 키워나갈 수 있기 때문이다.


**이익제함식 利益諸含識**
**모든 중생을 유익하게 하소서.**

여기서 이익이라고 하는 것은 계로 인하여 불종(佛種)을 키워서 나갈 수 있으므로 모든 중생이 계를 지녀서 유익되게 해달라는 간청이다.

# 상래현전비구중 上來現前比丘衆

## 보통축원 普通祝願

上來現前比丘衆 諷誦楞嚴秘密呪
상래현전비구중 풍송능엄비밀주

回向護法天龍衆 土地伽藍諸聖衆
회향호법천룡중 토지가람제성중

지금까지 법을 마치고 부처님 앞에서 비구 대중이
비밀스러운 능엄주(楞嚴呪)를 풍송한 공덕을
불법을 옹호하는 천룡의 무리와
토지와 가람 수호하는 모든 성중들께 회향합니다.

산보집, 작법귀감 등에 실린 보통 축원이다. 여기서 보통 축원이라고 하는 것은 일반적으로 널리 통용되는 축원이라는 뜻이며, 중국 불교에서도 널리 사용하는 축원이기도 하다.

상래현전비구중 上來現前比丘衆
지금까지 법을 마치고 부처님 앞에서 비구 대중이

현전(現前)은 '눈앞에서' 이러한 뜻이므로 부처님 앞에서라는 표현으로 비구중(比丘衆)이라는 표현을 더하면 '지금 비구들이 부처님 앞에서' 이러한 뜻이다.

풍송능엄비밀주 諷誦楞嚴秘密呪
비밀스러운 능엄주(楞嚴呪)를 풍송한 공덕을

능엄비밀주(楞嚴秘密呪)는 곧 능엄주(楞嚴呪)를 말하며, 능엄경 권 제7에 실려 있다. 이는 대불정(大佛頂) 여래의 깨달음의 공덕을 설한 427구의 주문으로 우리나라 불교의 대표적인 다라니 가운데 하나이다.

## 회향호법천룡중 回向護法天龍衆
**불법을 옹호하는 천룡의 무리와**

여기서는 회향호법(回向護法)이라고 하였으나 중국 불교에서는 회향삼보중룡천(回向三寶衆龍天)이라고 하였다.

## 토지가람제성중 土地伽籃諸聖衆
**토지와 가람 수호하는 모든 성중들께 회향합니다.**

이어지는 토지가람제성중(土地伽籃諸聖衆)도 중국 불교에서는 수호가람제성중(守護伽籃諸聖衆)이라고 하였다. 하여튼 이 부분은 회향의 대상을 삼보와 옹호 신에게 하고 있다.

三災八難俱離苦 四恩三有盡沾恩
삼재팔난구리고 사은삼유진첨은

主上殿下壽萬歲 王妣殿下壽齊年
주상전하수만세 왕비전하수제년

삼악도의 팔난의 고통 다 벗어나고
사은과 삼유 빠짐없이 은혜 입으며
주상 전하는 만세토록 수명을 누리시고
왕비 전하도 왕과 같게 수명을 누리시며

삼재(三災)는 전쟁이 일어나는 재앙인 도병재(刀兵災), 전염병에 시달리는 역려재(疫癘災), 흉년이 들어 가난함을 면치 못하는 기근재(饑饉災) 등을 말한다. 팔난(八難)은 중아함경과 사분율(四分律)에 나오는데 조금 다르게 소개되고 있다. 여기서는 사분율에 나오는 내용을 소개하면 왕난(王難), 적난(賊難), 화난(火難), 수난(水難), 병난(病難), 인난(人難), 비인난(非人難), 독충난(毒蟲難)으로 삼재나 팔난 모두 불법을 들을 수 없는 고난을 말한다.

사은(四恩)은 사람으로 태어나서 받는 네 가지 은혜를 말한다. 이는 모은(母恩), 부은(父恩), 여래은(如來恩), 설법법사은(說法法師恩)이라고도 하고 또는 부모은(父母恩), 중생은(衆生恩), 국왕은(國王恩), 삼보은(三寶恩, 천지은(天地恩))이라 하기도 한다.

삼유(三有)는 중생이 생존하는 세 가지 상태를 말하며 이는 다음과 같다. 욕유(欲有)는 탐욕이 들끓는 욕계에서 살아가는 것을 말하며, 색유(色有)는 탐욕에서는 벗어났으나 아직 형상에 얽매여 있는 색계에서 살아가는 것을 말하며, 무색유(無色有)는 형상의 속박에서 완전히 벗어난 무색계에서 살아가는 것을 말하며 계(界)를 유(有)로 나타낸 것이다. 그러므로 삼유(三有)는 삼계(三界)를 말함이다. 이어서 나라를 걱정하는 축원으로 왕과 왕비의 수명장수를 축원하고 있다.

國界安寧兵革消 雨順風調民安樂
국계안녕병혁소 우순풍조민안락

一衆熏修希勝進 十地頓超無難事
일중훈수희승진 십지돈초무난사

나라의 변방은 편안하여 전쟁은 사라지고
비바람은 순조로워 백성들은 안락하며
대중들 닦는 도업 날로 수승하여 앞으로 나아가
십지를 몰록 뛰어넘어 어려운 일 없게 하소서.

국계(國界)는 나라의 변방을 말한다. 우순풍조(雨順風調)는 자연재해가 없어서 백성이 생업에 종사하기를 안락하게 해달라는 간청이다. 일중(一衆)은 한 무리의 대중들을 말한다. 중국 문헌에서는 대중(大衆)으로 되어 있다. 훈수(熏修)에서 훈(熏)은 향내가 스며들 듯이 스며드는 것을 말한다. 그러므로 수행이 끊어지지 아니하고 이어지는 것을 뜻한다. 승(勝)은 수승(殊勝)을 말한다.

십지(十地)는 수행의 단계를 열 가지로 나누어 구분하는 것을 말하며, 돈초(頓超)는 단박에 초월하는 것을 말하므로 이러한 경지에 이를 수 있도록 그 어떠한 장애가 일어나지 않도록 바라고 있다.

山門肅靜絕悲憂 檀信歸衣增福慧
산문숙정절비우 단신귀의증복혜

十方三世佛菩薩 摩訶般若波羅密
시방삼세불보살 마하반야바라밀

사원은 근엄하고 정숙하여 근심이 끊어지고,
신심 낸 시주자는 귀의하여 복혜(福慧)를 받게 하소서.
시방세계 삼세의 모든 부처님이시여,
마하반야바라밀.

범음집에서는 산간(山間)으로 되어 있으나 이는 오기로 보이며, 다른 문헌에는 산문 (山門)으로 되어 있기에 산문이 타당한 표현이다. 그러나 중국 불교에는 삼문(三門) 으로 되어 있다. 보통 산문(山門)은 절을 들어오는 입구의 문을 말하므로 곧 절을 가 리키는 표현이다. 그러나 이 부분에 많은 사람이 오류를 보이고 있는데, 여기서 삼문 이라고 하는 것은 선문(禪門), 교문(敎門), 염불문(念佛門)을 말함이다.

단신(檀信)에서 단(檀)은 단월(檀越)을 말하므로 곧 신심이 있는 시주자를 말함이다. 복혜(福慧)는 복과 지혜(智慧)를 말하는 것이다. 산보집에서는 귀의(歸衣)라고 되어 있으나 이는 오기이며, 의(依)가 맞는 표현이다.

마하반야바라밀(摩訶般若波羅蜜)은 이것이 확실한 진리이기에 크나큰 지혜를 일으 켜서 피안으로 가자는 내용으로, 이는 분별과 집착이 몰록 끊어진 위대한 지혜의 완 성이라는 의미다.

# 상미설정노정신 霜眉雪頂老精神

## 제13 인게라 因揭羅 존자

霜眉雪頂老精神 慈悲喜捨尤更親
상미설정노정신 자비희사우갱친

笻竹枝寒敲鶴膝 水晶簾岭透蟾輪
공죽지한고학슬 수정염령투섬륜

서리 같은 눈썹과 눈 같은 이마에 노련한 정신
자비희사의 마음에 더욱더 친근하네.
대지팡이를 짚고 학(鶴)처럼 다니시며
수정과 같은 주렴(珠簾) 사이로 둥근 달빛이 비추네.

작법귀감에서 나한에게 예를 올리는 나한대례(羅漢大禮) 가운데 제13 인게라(因揭羅) 존자에 대한 가영이다. 인게라 존자는 인게타(因揭陀)라고도 하며 중인도 왕의 유일한 아들이라고 한다. 십육 나한 가운데 제13에 해당하는 존자이며 1,300명의 아라한과 함께 광협산(廣脇山)에서 수행하며 정법과 중생을 수호한다는 성자이지만 모든 게 애매모호(曖昧模糊)하다. 이는 중국 불교에서 만들어낸 설화다. 당나라 성월(禪月) 스님이 존자의 모습을 그렸다고 하나, 이 역시도 스님의 주관적인 그림일 뿐이다. 소동파(蘇東坡)의 찬(讚)에 보면 다음과 같은 게송이 있다.

捧經持珠 杖則倚肩 植杖而起 經珠乃閑
봉경지주 장칙의견 식장이기 경주내한

不行不立 不坐不卧 問師此時 經杖何在
불행불립 불좌불와 문사차시 경장하재

경을 받들고 구슬을 지니며, 지팡이는 어깨에 기대어

지팡이를 세워 놓고 일어나며, 경을 진주로 여기지만 이내 한가하다.
다니지도 아니하고 서 있지도 아니하고 앉지도 않고 눕지도 않지만
이때 스승에게 경(經)과 지팡이가 어디에 있는지를 물었다.


### 상미설정노정신 霜眉雪頂老精神
### 서리 같은 눈썹과 눈 같은 이마에 노련한 정신

상미(霜眉)는 하얀 눈썹을 말하며, 설정(雪頂)은 눈 같은 이마를 말하므로 인게라 존자에 대한 상호를 말하고 있다.


### 자비희사우갱친 慈悲喜捨尤更親
### 자비희사의 마음에 더욱더 친근하네.

인게라 존자의 마음 씀을 말하고 있다.


### 공죽지한고학슬 筇竹枝寒敲鶴膝
### 대지팡이를 짚고 학(鶴)처럼 다니시며

공죽(筇竹)은 대지팡이를 말하며 고(敲)는 가볍게 두드린다는 표현이다. 그러므로 존자는 대지팡이를 짚고 학(鶴)처럼 유유히 다녔다는 표현이다.


### 수정염령투섬륜 水晶簾岭透蟾輪
### 수정과 같은 주렴(珠簾) 사이로 둥근 달빛이 비추네.

수정과 같은 발은 곧 주렴(珠簾)이라고 한다. 섬륜(蟾輪)은 둥근달은 말한다. 그러므로 달빛은 주렴을 뚫고 들어온다는 표현이다.

# 상보사중은 上報四重恩

## 낙청게 諾請偈

**上報四重恩 下濟三途苦**
상보사중은 하제삼도고

**出家修善道 國王哀聽許**
출가수선도 국왕애청허

위로는 네 가지 지중한 은혜를 갚고
아래로는 삼도에서 고통받는 중생들을 건지리라.
출가하여 훌륭한 도를 닦으려 하오니
국왕께서는 불쌍히 여겨 허락하여 주옵소서.

작법귀감에서 사미에게 열 가지 계율을 주는 의례인 사미십계(沙彌十戒) 가운데 국왕에게 출가를 허락해 달라는 청하는 게송이다. 작법귀감의 부언(附言)에 보면 이는 중국의 법이다. 넓은 하늘 아래는 왕의 신하 아닌 이가 없다고 하였으니, 왕이 만약 허락하지 않으면 어찌 감히 승려가 되겠는가. 그런 까닭에 예조(禮曹)에서 도첩(度牒)을 받은 연후에야 비로소 승려가 될 수 있다. 그러한 까닭에 이제 너희들은 하직을 고하고 허락해 주기를 비는 것이라고 하였다. 此是中原法也。普天之下。莫非王臣。王若不許。何敢爲僧。故受禮曹度牒後。方爲僧也。故今汝等。告辭乞聽也。

## 상보사중은 上報四重恩
### 위로는 네 가지 지중한 은혜를 갚고

출가하고자 하는 목적을 밝히고 있는데 이유가 사중(四重)의 은혜를 갚고자 한다는 것이다.

사중은(四重恩)은 다음과 같다.

첫째는 국왕의 은혜다. 국왕의 물과 토지에서 나는 것을 먹기 때문이다.

　　　一國王恩。食其水土故。

둘째는 부모님의 은혜다. 나를 낳아 주시고 나를 길러 주셨기 때문이다.

　　　二父母恩。生我養我故。

셋째는 스승의 은혜다. 나를 가르쳐서 사람이 되게 하였기 때문이다.

　　　三師長恩。教我成人故。

넷째는 시주자의 은혜이다. 나에게 집과 의복과 음식을 제공해 주기 때문이다.

　　　四施主恩。施我屋宅衣食故。


## 하제삼도고 下濟三途苦
### 아래로는 삼도에서 고통받는 중생들을 건지리라.

출가를 허락해 달라는 두 번째의 이유는 삼도에 빠진 중생을 구제하기 위함이라고
하였다.


## 출가수선도 出家修善道
### 출가하여 훌륭한 도를 닦으려 하오니

출가의 당위성을 말하고 있다. 일신의 편안함을 추구하고자 하는 것이 아니라, 수선
(修善)하여 중생을 제도하고자 하는 이유를 말하고 있다.


## 국왕애청허 國王哀聽許
### 국왕께서는 불쌍히 여겨 허락하여 주옵소서.

지금까지 밝힌 이유로 국왕은 출가를 허락해 달라는 청(請)이다.

# 상수징징하파청 上水澄澄下派淸

## 염라왕영 閻邏王詠

上水澄澄下派淸 鏡懸千古暎分明
상수징징하파청 경현천고영분명

逈然海岳歸王化 自是諸賢佐太平
박연해악귀왕화 자시제현좌태평

윗물이 맑으면 아랫물도 맑아지네.
거울을 달아 놓아 천고를 분명하게 비추네.
저 먼 나라들까지 이 왕의 교화에 귀의하니
이로부터 어진 신하 왕을 도와 태평 세계 이루네.

산보집에서 중단을 청하여 맞이하는 의식인 중단영청지의(中壇迎請之儀) 가운데 제5 염라대왕에 대한 가영이다. 작법귀감에서는 명부 세계의 총판(總判)과 음사(陰司)를 거느리는 보현왕여래(普賢王如來)에 대한 탄백으로 실려 있으며 현왕불공(現王佛供)에도 이와 같다. 또한 예수시왕생칠재의찬요(預修十王生七齋儀纂要)에도 실려 있다.


**상수징징하파청 上水澄澄下派淸**
윗물이 맑으면 아랫물도 맑아지네.

징징(澄澄)은 맑고도 맑다는 표현으로 맑음을 강조하는 표현이다. 윗물이 맑으면 아래의 물결도 역시 맑다는 표현이다.


**경현천고영분명 鏡懸千古暎分明**
거울을 달아 놓아 천고를 분명하게 비추네.

경현(鏡懸)은 거울을 매달아 놓은 것을 말하므로 이 내용의 전체는 업경대(業鏡臺)를 말함이다.


**박연해악귀왕화 迫然海岳歸王化**
**저 먼 나라들까지 이 왕의 교화에 귀의하니**

산보집에서는 박(迫)이라고 하였으나 작법귀감에서는 막(邈)으로 되어 있다. 오히려 막연(邈然)하다는 표현이 옳은 듯하다. 먼 나라의 왕들까지 염라왕의 교화로 인하여 귀의한다고 하였으나 그 대상이 누구인지는 불분명하다.


**자시제현좌태평 自是諸賢佐太平**
**이로부터 어진 신하 왕을 도와 태평 세계 이루네.**

자시(自是)는 '이로부터' 이러한 뜻이다. 작법귀감에서는 대평(大平)이라고 되어 있으나 이는 태평(太平)이 맞는 표현이다.

# 생사성괴등공화 生死成壞等空花

## 착군게 着裙偈

**生死成壞等空花 冤親宿業今何在**
생사성괴등공화 원친숙업금하재

**今既不在覓無蹤 坦然無碍若虛空**
금기부재멱무종 탄연무애약허공

나고 죽음은 이루어지고 부서짐이니 허공의 꽃과 같아서
원수거나 친하거나 이런 숙업(宿業)이 지금 어느 곳에 있습니까.
이미 존재하지 않는 것이라면 찾아도 종적조차 없으니
탄연하고 걸림 없어 허공과 같아질 따름입니다.

작법귀감 다비작법(茶毗作法)에서 시신에 속옷을 입히면서 외우는 착군게(着裙偈)이며 범음집, 승가예의문(僧家禮儀文)에도 이와 같이 실려 있다. 착군(着裙)은 망자에게 속옷을 입히는 것을 말하므로 착(着)은 옷을 입는다는 뜻이고 군(裙)은 속옷을 말한다.

## 생사성괴등공화 生死成壞等空花
나고 죽음은 이루어지고 부서짐이니 허공의 꽃과 같아서

생사성괴(生死成壞)는 곧 성주괴공(成住壞空)을 말한다. 공화(空花)에 대해서 능엄경(楞嚴經) 권 제4에 보면 사람이 눈병에 걸렸으면 허공에서 헛꽃을 보겠으나 눈병이 나으면 꽃이 허공에서 사라진 것과 같다고 하였다. 如瞖人見空中花。瞖病若除華於空滅。

**원친숙업금하재 寃親宿業今何在**
원수거나 친하거나 이런 숙업(宿業)이 지금 어느 곳에 있습니까.

원수거나 친하거나 알고 보면 모두 공화(空花)이므로 부질없는 것이라고 망자에게 일러주는 법문이다.


**금기부재멱무종 今旣不在覓無蹤**
이미 존재하지 않는 것이라면 찾아도 종적조차 없으니

밉다, 곱다고 하는 마음은 모두 심용(心用)에서 나온 것이다. 그러므로 이를 놓아버리면 이는 흔적 없이 몰록 사라지는 것이다.


**탄연무애약허공 坦然無碍若虛空**
탄연하고 걸림 없어 허공과 같아질 따름입니다.

탄연(坦然)은 마음에 거리낄 것이 없다는 표현이다. 그러므로 무애(無礙)한 것이다. 이러한 마음자리를 비교하여 저 허공과 같다고 하였다.

# 생시적적불수생 生時的的不隨生

## 세족게 洗足偈

**生時的的不隨生 死去堂堂不隨死**
생시적적불수생 사거당당불수사

**生死去來無干涉 正體堂堂在目前**
생사거래무간섭 정체당당재목전

날 때도 또렷하니 생을 따른 게 아니요
죽어서 갈 때도 당당하니 죽음을 따른 게 아니로다.
나고 죽고 오고 감에 간섭이 없으니
정체(正體)가 당당하게 눈앞에 있네.

작법귀감 다비작법에서 시신의 발을 씻겨 드리며 외우는 계송으로 승가예의문, 범음
집에도 같은 내용으로 실려 있다.

**생시적적불수생 生時的的不隨生**
날 때도 또렷하니 생을 따른 게 아니요

적적(的的)은 또렷하고 명백한 것을 말한다.

**사거당당불수사 死去堂堂不隨死**
죽어서 갈 때도 당당하니 죽음을 따른 게 아니로다.

당당(堂堂)은 떳떳한 것을 말한다. 그러므로 올 때도 또렷하고 갈 때도 떳떳하다고
하는 것은 마음이 그러하다는 것이다. 까닭에 문장을 잘 살펴보면 오지도 가지도 않

왔다고 하는데, 이는 마음은 거래(去來)가 없기 때문이다.

### 생사거래무간섭 生死去來無干涉
### 나고 죽고 오고 감에 간섭이 없으니

생사(生死)가 거래하면서 아무런 간섭을 받지 않는다고 하는 이유에 대해서는 이미 위에서 설명하였으므로 이를 참고하길 바란다. 대보적경(大寶積經) 제94에 보면 '이 중생은 어디서 왔고 또 어디로 가는 것인가? 이 모든 중생은 아주 끊어져 없어지고 상속(相續)하는 것이 아니다. 자기 자신이 지은 것은 자기 자신이 받고 다른 이가 지은 것은 다른 이가 받는다.'라고 하면서 '나라는 것이 있으면 곧 내 것[我所]도 있고 내 것이 있으면 곧 나라는 것도 있다고 헤아린다.'고 하였다. 此衆生從何處來。去至何處。此諸衆生即是斷滅非有相續。自作自受。他作他受。計有我者即有我所。有我所者即是有我。

### 정체당당재목전 正體堂堂在目前
### 정체(正體)가 당당하게 눈앞에 있네.

정체(正體)라고 하는 것은 참된 본디의 형체를 말하므로 마음은 체(體)가 되고 육(肉)은 용(用)이 되는 것이다. 그러므로 여기서 정체라고 하는 것은 마음을 말하는 것이다.

# 생종하처래 生從何處來

## 삭발게 削髮偈

生從何處來 死向何處去
생종하처래 사향하처거

生也一片浮雲起 死也一片浮雲滅
생야일편부운기 사야일편부운멸

태어날 때는 어디서 왔으며
죽어서 갈 때는 어느 곳으로 가십니까.
태어남은 한 조각 뜬구름 이는 것 같고
죽음은 한 조각 뜬구름 사라지는 것 같습니다.

浮雲自體本無實 生死去來亦如然
부운자체본무실 생사거래역여연

獨有一物常獨露 湛然不隨於生死
독유일물상독로 담연불수어생사

뜬구름 자체는 실체(實體)가 없나니
나고 죽고 가고 오는 것도 이와 같습니다.
홀로 한 물건이 있어 항상 또렷하게 드러나고
맑고 자연스러워 생사를 따르지 않습니다.

작법귀감 다비작법에서 시신의 머리를 깎으면서 외우는 게송으로 이를 삭발게(削髮
偈)라고 한다. 승가예의문(僧家禮儀文), 범음집에도 같은 내용으로 실려 있다.

논어 이인편(里仁篇)에 보면 공자가 말하기를 아침에 도를 들으면 저녁에 죽어도 좋다는 말이 있는데, 이는 참된 이치를 깨달았으면 죽어도 여한이 없다는 표현이다. 이를 조문도석사가의(朝聞道夕死可矣)라고 한다.

노자(老子) 도덕경 제50장에 보면 낳음에 나와서 죽음에 들어가니 사는 무리는 열 명 가운데 셋이요 죽은 무리는 열 중 셋이다. 사람의 삶이 움직여 죽는 곳으로 가는 자가 또한 열 중 셋이라고 하였다. 出生入死。生之徒。十有三。死之徒。十有三。

**생종하처래 生從何處來**
**태어날 때는 어디서 왔으며**

다음 구절의 설명을 참고하기 바란다.

**사향하처거 死向何處去**
**죽어서 갈 때는 어느 곳으로 가십니까.**

삭발게 전체가 선문답(禪問答)의 구조로 이루어진 게송이다. 먼저 툭 하니 묻는다. 너는 이 세상에 올 때는 어디로 왔으며, 죽어서 가는 곳이 어디인지를 알고 있느냐. 얼른 말해 봐라. 이러한 문사(文辭)이다.

**생야일편부운기 生也一片浮雲起**
**태어남은 한 조각 뜬구름 이는 것 같고**

다음 구절의 설명을 참고하시오.

**사야일편부운멸 死也一片浮雲滅**
**죽음은 한 조각 뜬구름 사라지는 것 같습니다.**

그대가 이 세상에 태어남은 푸른 하늘에 한 조각 구름이 일어나는 것과 같다. 죽음이란 이 구름이 사라지는 것과 같다. 생사만 그러한 것이 아니고 공명(功名)도 뜬구름이기는 마찬가지다.

경세통언(警世通言) 2권에 보면 부귀라고 하는 것은 오경(五更) 때 봄날의 꿈과 같고, 공적과 이름은 한 조각 뜬구름과 같다고 하였다. 富貴五更春夢。功名一片浮雲。

묻고 답하고 다시 말해 자문자답(自問自答)으로 이루어져 있으며 여기서 하고자 하는 말은 육신은 무상하기에 여기에 집착할 필요가 없음을 알라는 것이다. 그러므로 무상게(無常偈)에서도 육신은 허수아비와 같아서 죽었다고 하여 괜히 슬퍼할 까닭이 없다고 하였다. 四大虛假。非可愛惜。

## 부운자체본무실 浮雲自體本無實
뜬구름 자체는 실체(實體)가 없나니

다음 구절의 설명을 참고하시오.

## 생사거래역여연 生死去來亦如然
나고 죽고 가고 오는 것도 이와 같습니다.

실체가 있는 것은 부운(浮雲)과 같다. 그러므로 실체가 있는 형상은 성주괴공(成住壞空)을 벗어나지 못하기에 열반경의 가르침에 보면 다음과 같은 말씀이 있다.

諸行無常 是生滅法 生滅滅已 寂滅爲樂
제행무상 시생멸법 생멸멸이 적멸위락

변천하는 모든 법 항상하지 않아
이것이 났다가는 없어지는 법이라네.
났다 없다 하는 법 없어지고 나면
그때가 고요하여 즐거우리라.

## 독유일물상독로 獨有一物常獨露
홀로 한 물건이 있어 항상 또렷하게 드러나고

일물(一物)은 곧 마음을 말한다. 그대의 육신은 자연으로 뿔뿔이 돌아가더라도 오직 그대의 마음만은 홀로 남을 것이다. 그러므로 독(獨)이라는 표현을 썼으며, 이는 마음은 하나기에 독(獨)으로써 이를 나타냈다. 일(一)과 같은 표현이다. 그러나 그다음 구절에 일(一)이라는 표현이 있어 이를 피하고자 독(獨)이라고 나타낸 것이다. 로(露)는 이슬을 말한다. 풀 끝에 물기가 이슬이 되어야 수기(水氣)를 드러내기에 로(露)는 '드러나다'라는 표현으로 쓰였다.


**담연불수어생사 湛然不隨於生死**
**맑고 자연스러워 생사를 따르지 않습니다.**

담연(湛然)은 맑고 자연스럽다는 표현으로 마음이 본디 그러하다는 것을 나타내고 있다. 그러므로 마음이라는 것을 확연하게 안다면 나고 죽음을 따르지 않는다는 표현이다. 성문사과(聲聞四果)에서 아나함과(阿那含果)만 증득하여도 다시 이 세상에 돌아오지 않는다고 하였다. 그러할진대 아라한과(阿羅漢果)를 증득하면 열반에 이르기에 삼계 육도 어디에도 태어나지 않는다. 그러므로 생사를 따르지 않는다고 하는 것이다.

## 제17 승가난제 僧伽難提 존자

生下分明解言語 金無動靜成虛喩
생하분명해언어 금무동정성허유

無我方令汝義成 朗然如日當空住
무아방령여의성 낭연여일당공주

태어나자마자 분명하게 말할 줄 알았고
금(金)에는 동정(動靜)이 없다는 말로 공(空)함을 비유했네.
나에겐 방령(方令)이 없는데 너는 이치가 성립되고
태양처럼 밝은 모습으로 허공에 머물렀네.

산보집에서 선문의 조사에게 예참을 올리는 의례인 선문조사예참(禪門祖師禮懺)에
나오는 가영이다. 승가난제(僧伽難提 ?~서기전 74) 부법장 제16조 또는 제17조다.
아쉽게도 승가난제에 대한 기록은 별로 전하는 게 없다.


생하분명해언어 生下分明解言語
태어나자마자 분명하게 말할 줄 알았고

생하(生下)는 태어나서 이러한 표현이다. 부법장인연전(付法藏因緣傳)이나 경덕전등
록(景德傳燈錄)에 보면 승가난제는 태어나자마자 말을 하였다고 전한다.


금무동정성허유 金無動靜成虛喩
금(金)에는 동정(動靜)이 없다는 말로 공(空)함을 비유했네.

승가난제 존자가 선정에서 일어나자 라후라다 존자가 물었다. 몸과 마음이 모두 정(定)에 든다면 어찌 들고 남이 있는가? 이에 존자가 답하기를 비록 들고 남이 있지만, 선정의 형상은 잃지를 않는다고 하면서 마치 금(金)이 우물 안에 있더라도 금의 본체는 항상 고요함과 같다고 하였다. 여기서는 금(金)에 대한 비유를 인용한 것이다.


**무아방령여의성 無我方令汝義成**
**나에겐 방령(方令)이 없는데 너는 이치가 성립되고**

라후라다 존자와 승가난제의 금(金)과 우물에 대한 문답에서 라후라다 존자가 승가난제의 법을 인정하는 내용이다. 방령(方令)이라는 것은 방도(方途)를 말한다.


**낭연여일당공주 朗然如日當空住**
**태양처럼 밝은 모습으로 허공에 머물렀네.**

승가난제가 스승인 라후라다의 가르침을 받고 마음이 활짝 열린 것을 표현하였다.

# 생하수지수악권 生下誰知手握拳

## 제25 바사사다 婆舍斯多 존자

生下誰知手握拳 明珠收得在先天
생하수지수악권 명주수득재선천

師資會遇纔拈出 無價光輝萬古傳
사자회우재념출 무가광휘만고전

태어나자마자 주먹을 펴지 않는 이유를 누가 알겠는가.
밝은 구슬 얻음은 천지보다 먼저 있었던 일이네.
스승과 제자가 서로 만나 법을 주고받으니
값을 매길 수 없을 만큼 찬란한 빛 만고에 전해졌네.

산보집에서 선문의 조사에게 예참을 올리는 의례인 선문조사예참(禪門祖師禮懺) 가운데 선문의 제25조인 바사사다(婆舍斯多) 존자에 대한 가영이다. 바사사다(婆舍斯多 ?~325)는 선종 전법상 인도의 제28조 중 제25조에 해당하며 계빈국(罽賓國) 출신이다.

**생하수지수악권 生下誰知手握拳**
태어나자마자 주먹을 펴지 않는 이유를 누가 알겠는가.

그의 어머니가 신검(神劍)을 얻는 태몽을 꾸고 잉태하였는데 태어나면서부터 손에 구슬을 움켜쥐고 손바닥을 펴지 않았다고 한다. 그러한 이유를 누가 알겠느냐고 하는 것이다.

**명주수득재선천 明珠收得在先天**
밝은 구슬 얻음은 천지보다 먼저 있었던 일이네.

명주(明珠)가 천지개벽(天地開闢)하기 전부터 먼저 있었다고 하는 것은 마음이 그러하다는 것이다. 그러므로 명주는 마음을 비유한 것이다.


**사자회우재념출 師資會遇纔拈出**
스승과 제자가 서로 만나 법을 주고받으니

사자(師資)는 스승과 제자와의 관계를 말한다. 그의 스승은 사자 존자(師子尊者)를 말하며 사자 존자가 인연법을 일깨워주자 그의 제자가 되었다.


**무가광휘만고전 無價光輝萬古傳**
값을 매길 수 없을 만큼 찬란한 빛 만고에 전해졌네.

무가(無價)는 무가보(無價寶)를 말함이며 역시 마음을 말한다. 부처님 아래로 지금까지 법은 심인(心印)으로 전하여진 것이다.

# 생하전의이자연 生下田衣已自然

## 제3조 상나화수 商那和修 존자

**生下田衣已自然 六年胎孕化功圓**
생하전의이자연 육년태잉화공원

**後人徒解流眞偈 非法非心未是傳**
후인도해유진게 비법비심미시전

태어날 때부터 복전의 옷 저절로 입혀졌고
6년 동안 태에 머물면서 변화의 공(功) 원만했네.
후세 사람이 참다운 게송 유통함을 알고 나니
법도 아니요, 마음도 아니라 전할 것도 없네.

산보집에서 선문의 조사에게 예참을 올리는 의례인 선문조사예참(禪門祖師禮懺) 가운데 선문의 제3조인 상나화수(商那和修) 존자에 대한 가영이다. 상나화수는 인도 부법장 제3조이며 마돌라국(摩突羅國) 출신이다. 그 나머지는 게송을 통하여 살펴보고자 한다.

**생하전의이자연 生下田衣已自然**
태어날 때부터 복전의 옷 저절로 입혀졌고

상나화수에서 상나(商那)라는 표현은 풀로 만든 옷을 감싸 안고 태어났기 때문에 붙여진 이름이라고 한다. 그러므로 전의(田衣)는 풀 옷을 말한다.

**육년태잉화공원 六年胎孕化功圓**
6년 동안 태에 머물면서 변화의 공(功) 원만했네.

561

어머니 태중에 6년 동안 있었다고 전해진다. 상나화수에 대해서 더 알고 싶으면 아육왕전(阿育王傳) 권 제4 또는 부법장인연전(付法藏因緣傳)을 살펴보기를 권한다.

**후인도해유진게 後人徒解流眞偈**
**후세 사람이 참다운 게송 유통함을 알고 나니**

자신의 법을 우바국다(優婆鞠多)에 전하였다.

**비법비심미시전 非法非心未是傳**
**법도 아니요, 마음도 아니라 전할 것도 없네.**

상나화수의 전법게를 인용하였다.

非法亦非心 無心亦無法
비법역비심 무심역무법

說是心法時 是法非心法
설시심법시 시법비심법

법도 아니며 역시 마음도 아니다.
마음도 없고 역시 법도 없도다.
이처럼 마음과 법을 설할 때
이 법은 역시 마음도 법도 아니다.

# 서당증각각심명 西堂證覺覺心明

## 홍척 洪陟 국사

**西堂證覺覺心明 凝寂光中萬慮灰**
서당증각각심명 응적광중만려회

**最好轉身歸故國 頭流接得片雲來**
최호전신귀고국 두류접득편운래

서당(西堂)의 법을 이은 증각 대사(證覺大師)의 각심(覺心)은 밝아서
응적(凝寂)이라는 탑호의 광명 속에 만 가지 생각을 잠재웠네.
가장 좋은 몸으로 변화하여 고국에 돌아와
두류산에 이르니 조각구름 일어나네.

산보집에서 선문의 조사에게 예참을 올리는 선문조사예참(禪門祖師禮懺) 가운데 홍척(洪陟) 국사에 대한 가영이다. 홍척 국사에 대한 기록은 그리 많이 남아 있지 않으나 실상산문(實相山門)을 개창한 주인공이다.

### 서당증각각심명 西堂證覺覺心明
서당(西堂)의 법을 이은 증각 대사(證覺大師)의 각심(覺心)은 밝아서

홍척 국사의 기록은 거의 없다. 조당집(祖堂集)에 보면 서당(西堂)의 법을 이었고 시호는 증각 대사(證覺大師)이며 탑호는 응적(凝寂)이라는 정도만 소개가 되었을 뿐이다.

### 응적광중만려회 凝寂光中萬慮灰
응적(凝寂)이라는 탑호의 광명 속에 만 가지 생각을 잠재웠네.

국사(國師)의 탑호는 응적(凝寂)이다. 고로 이를 바탕으로 하여 시문을 해설하였다.


## 최호전신귀고국 最好轉身歸故國
## 가장 좋은 몸으로 변화하여 고국에 돌아와

홍척은 당나라로 들어가서 서당(西堂) 스님의 법을 이어받았다. 그러나 당나라에서의 행적도 전하는 것이 없다. 신라 흥덕왕 원년(元年)에 신라로 귀국하여 지리산 실상사에 주석하게 된다.


## 두류접득편운래 頭流接得片雲來
## 두류산에 이르니 조각구름 일어나네.

두류산(頭流山)은 지리산(智異山)의 다른 이름이다. 지리산에 주석하니 조각구름이 일어난다고 하는 것은 불법이 일어나기 시작했다는 표현이다.

# 서래조염속서당 西來祖焰續書堂

## 혜철 慧徹 국사

**西來祖焰續書堂 南岳分輝照夜長**
서래조염속서당 남악분휘조야장

**遂使叢林迷路客 不曾攑步到家鄉**
수사총림미로객 부증대보도가향

서천에서 온 조사의 등불은 서당에 이었고
남악(南岳)에 빛을 나눠 긴긴밤 비추었네.
마침내 총림에서 길을 잃은 나그네가
한 걸음도 움직인 적 없는데 고향에 이르게 했네.

산보집에서 선문의 조사에게 예참을 올리는 선문조사예참(禪門祖師禮懺)에 나오는
혜철(慧哲 785~861) 국사에 대한 가영이다. 혜철 국사는 구산선문 가운데 태안에서
동리산문(銅裏山門)을 개창하였다.

### 서래조염속서당 西來祖焰續書堂
서천에서 온 조사 등불은 서당(西堂)에 이었고

서당(書堂)은 서당(西堂)의 오기다. 서천은 천축을 말한다. 그러므로 인도에서 일어
난 불법은 당나라 서당지장(西堂智藏 735~814)에게로 이어졌다는 표현이다. 서당지
장은 혜철 국사의 스승이다.

### 남악분휘조야장 南岳分輝照夜長
남악(南岳)에 빛을 나눠 긴긴밤 비추었네.

적인 선사 혜철은 서당의 법을 이어와 태안의 태안사에서 동리산문을 개창하고 수행하다가 77세에 입적을 하였다. 사호는 적인(寂忍)이고 탑호는 조륜(照輪)이다.


**수사총림미로객 遂使叢林迷路客**
**마침내 총림에서 길을 잃은 나그네가**

총림(叢林)에서 길을 잃었다고 하는 것은 출가하여 아직 불의(佛意)를 깨닫지 못한 수행자를 비유한 표현이다.


**부증대보도가향 不曾擡步到家鄉**
**한 걸음도 움직인 적 없는데 고향에 이르게 했네.**

말 없는 법으로써 납자를 제도하였다는 표현이다. 이는 혜철(慧哲) 선사가 당나라에서 서당지장을 만났을 때의 무설지설(無說之說)과 무법지법(無法之法)을 말함과 같다.

# 서래조의최당당 西來祖意最當當

## 무상계 無常偈

**西來祖意㝡堂堂 自淨其心性本鄕**
서래조의최당당 자정기심성본향

**妙體湛然無處所 山河大地現眞光**
묘체담연무처소 산하대지현진광

서역에서 오신 조사의 뜻이 가장 당당하시니
스스로 그 마음 깨끗이 하여 성품의 본고향에 돌아가네.
미묘한 몸은 맑고 고요하여 처소가 없으니
산과 강과 대지가 모두 참다운 빛을 발하네.

산보집 다비문에서 무상계를 설하고 나서 마지막으로 갈무리하는 계송이다. 작법귀감, 승가예의문, 석문가례초(釋門家禮抄) 등에도 이와 같다. 참고로 무상계게(無常戒偈)는 원각경의 보안보살장을 바탕으로 하여 만들어진 것으로 보이며, 우리나라에서는 '무상계게'라는 표현은 거의 사용하지 아니하고 무상게(無常偈)라고 부른다.

## 서래조의최당당 西來祖意最當當
서역에서 오신 조사의 뜻이 가장 당당하시니

서래조의(西來祖意)는 선문(禪門)에서 주로 쓰이는 표현의 하나이다. 이를 다르게 표현하여 조사서래의(祖師西來意), 서래의(西來意), 조의(祖意)라고 하기도 한다. 여기서 서래조의(西來祖意)는 크게 보면 부처님이 서역에서 동토[중국]로 오신 뜻은 이러한 표현이 되고, 좁게 보면 달마대사가 서역에서 오신 뜻이 무엇이냐고 하는 물음이 된다. 그러기에 의(意)는 뜻이나 생각을 말하는 것이 아니라 골수(骨髓), 진수(眞髓), 본질(本質), 오의(奧義), 오지(奧旨), 본지(本旨)가 무엇인지를 묻는 것으로 일반

상식을 묻는 것처럼 가벼운 질문이 아니라. 아주 엄중한 질문을 하는 것이다.

그리고 최당당(最當當)에서 최(最)는 가장, 제일, 최상, 가장 뛰어난 것이라는 표현을 가진 문자이다. 거기에다가 거리낌이 없다, 당당하다는 표현을 가진 당당(堂堂)이라는 표현이 더해져서 한결 더 강력한 문구가 된 표현이다.

그러므로 그 당당하다는 것이 도대체 무엇인가를 알아차리면 이 게송이 하고자 하는 말은 끝이 나는 것이다. 서래(西來)는 곧 지금의 인도를 말하는 것으로 중국의 측면에서 보면 인도는 서쪽 경계에 있기에 서역(西域)이라 하는 것이다. 그리고 예전에는 중국이 인도를 가리켜서 천축(天竺)이라 하였으므로 이 두 표현을 합하여 서역천축(西域天竺)이라 하기도 한다.

조의(祖意)는 조사의 뜻이라는 표현이다. 서역에서 건너온 달마대사가 불교의 당당함이 무엇인가를 알려주려고 왔는데 그 뜻이 과연 무엇일까 이러한 표현이다. 하여튼 보리달마(菩提達磨)를 시발점으로 하여 중국불교는 획기적인 변화를 맞게 된다. 이러한 변화는 신광혜가(神光慧可)-감지승찬(鑑智僧璨)-대의도신(大醫道信)-대만홍인(大滿弘忍)-대감혜능(大鑑慧能)-남악회양(南嶽懷讓) 등 역대 조사를 거쳐 지금도 그 법맥이 이어지고 있다.

당시 중국불교는 불사(佛事)만 하면 무량공덕(無量功德)을 짓는 줄로 알았다. 그러기에 벽암록(碧巖錄) 제1칙은 이러한 내용을 바탕으로 그 줄거리가 이어지고 있다. 이를 정치로 빗대어 말하면 보수는 양무제(梁武帝)이고, 진보는 보리달마(菩提達磨)이다. 그러나 오늘날의 불교를 보면 이것도 저것도 아닌 어정쩡한 걸음으로 앞으로 나아가고 있어 안타까울 뿐이다.

이 게송은 선종의 어투로 쓰인 게송이다. 다만 질문은 납자가 선사를 찾아가 대뜸 불교의 대의가 무엇이냐고 날카롭게 물었다면, 이어지는 게송은 평이(平易)한 가르침으로 우리에게 접근하고 있다. 선종에서 상투적인 어법으로 쓰이는 법거량(法擧揚)을 한번 살펴보면 이를 이해하기가 훨씬 빠를 것이다.

祖師西來意 조사서래의
조사가 서쪽에서 오신 뜻은 무엇입니까?

庭前柏樹子 정전백수자
뜰 앞에 있는 측백나무다.

## 자정기심성본향 自淨其心性本鄉
스스로 그 마음 깨끗이 하여 성품의 본고향에 돌아가네.

자정기심(自淨其心)은 스스로 그 마음을 맑게 하면 이러한 뜻이다. 여기서 자(自)는 그냥 단순하게 스스로가 아니라 마음이 무엇인지를 체득하여만 가능한 자(自)이다. 그렇지 아니하면 입으로만 스스로를 말하거나 억지로 마음을 맑게 하려 함이기 때문에 그냥 얻어들은 풍월에 불과하다.

정(淨)은 깨끗하다는 뜻이라기보다는 근심하고 염려하고 하는 따위의 모든 생각을 놓아버린 경지를 말하므로 이는 번뇌와 망상이 없는 자리를 말하는 것이다. 그러므로 공부는 글자만 풀어보면 되는 것이 아니라 그 속에 담긴 내용을 들여다보아야 한다. 그러기에 한문은 직역(直譯)과 의역(意譯)이 있는 것이다. 직역만 하면 근기가 둔한 사람은 이를 알아차리기가 어렵고 그렇다고 의역에 너무 치중하면 그 본지를 잃어버릴 수가 있으므로 적절하게 잘 활용해야 하는 법이다.

법보단경(法寶壇經) 가운데 의문품에 보면 미혹한 사람은 염불로써 저곳에 나기를 구하고, 깨달은 사람은 스스로 그 마음을 깨끗이 하노라. 그러므로 부처님께서 말씀하시기를 그 마음이 깨끗함을 따라서 곧 불국토가 깨끗하다고 하셨다. 迷人念佛救生於彼。悟人自淨其心。所以佛言。隨其心淨即佛土淨。

그렇다면 우리는 왜 청정심을 얻기가 어려울까? 여기에 대해서 법보단경 의문품에 보면 나다, 남이다 하는 생각은 수미산 같고, 삿된 마음은 바닷물 같고, 번뇌는 물결처럼 일어나며, 독해(毒害) 주는 것은 악한 용(龍)처럼 치솟고, 헛된 망상은 귀신이라. 세상살이의 괴로움은 고기나 자라(鼈)이며, 탐내고 성내는 것이 곧 지옥이며, 어리석음은 곧 축생이라고 하였다. 人我是須彌。邪心是海水。煩惱是波浪。毒害是惡龍。虛妄是鬼神。塵勞是魚鼈。貪瞋是地獄。愚癡是畜生。

성본향(性本鄉)이라고 하였으니 성(性)은 성품을 말하는 것이기에 곧 마음을 말하는 것이며 본향(本鄉)은 본디 고향을 말하는 것이다. 이는 무엇을 말하는가 하면 청정한 마음이 원래 마음의 본질이라고 말하고 있다. 이를 선종에서는 본래면목(本來面目)이라 하기도 한다. 그리고 이와 같은 맥락으로 쓰이는 표현을 좀 더 살펴보면 본지풍광(本地風光), 본분전지(本分田地), 본분사(本分事) 등이 있다.

## 묘체담연무처소 妙體湛然無處所
## 미묘한 몸은 맑고 고요하여 처소가 없으니

묘체(妙體)는 묘(妙)한 체성(體性)을 말하는 것이다. 묘체가 무엇인지를 먼저 말한다면 마음의 본바탕을 말하는 것이다. 마음의 본바탕은 본래 맑고 고요하기에 이를 본래담연(本來湛然)이라고 한다. 그러기에 이 자리는 번뇌가 가라앉은 상태의 마음을 말하므로 본래담적(本來湛寂)이라 하기도 한다.

그러므로 이 자리는 어떤 분별도 일어나지 아니하는 자리이니 마음의 근원적인 본체가 되는 것이다. 위에서 말한 본래담연이나 본래담적은 거의 같은 표현이다. 금강경에 보면 불취어상 여여부동(不取於相 如如不動)이라는 표현이 있다. 어떤 대상에도 그 마음이 흔들리지 않고 여여(如如)한 경계를 말한다. 이를 담연(湛然)이라고 하는 것이다. 물론 이외에도 담적(湛寂), 침적(沈寂), 적막(寂寞), 적정(寂靜) 등도 같은 표현이다.

묘체(妙體)는 미묘한 본체라고 이미 설명하였다. 보조지눌(普照智訥 1158~1210) 선사의 어록인 진심직설(眞心直說)에 보면 미묘한 본체는 뚜렷하고 고요하며, 온갖 희론(戲論)이 끊어져 나지도 않고 없어지지도 않으며, 있는 것도 아니고 없는 것도 아니며, 움직이지도 않고 흔들리지도 아니하며 항상 고요히 머무름이라고 하였다. 妙體凝寂絶諸戲論。不生不滅非有非無。不動不搖湛然常住。

송나라 영명연수(永明延壽 904~975)의 유심결(唯心訣)에 보면 대저 이 마음이란 온갖 미묘하고 신령스러움이 모두 모여 만법의 왕이 되고, 삼승(三乘)과 오성(五性)이 가만히 귀의하기에 모든 성인의 어머니가 된다. 홀로 높고 귀하여 견줄 데가 없으며, 짝할 것도 없으니, 진실로 대도의 근원이며 참 법의 골수(骨髓)라고 하였다. 夫此心者。衆妙群靈而普會。爲萬法之王。三乘五性而冥歸。作千聖之母。獨尊獨貴無比無儔。實大道源是眞法要。

당나라 규봉종밀(圭峰宗密 780~841) 스님은 말씀하기를 마음이란 것은 깊고도 텅 비었으며, 미묘하고도 순수하며, 빛나고 신령(神靈)하고 환하게 밝아서 가고 오는 것도 없으면서도 가만히 삼제(三際)를 통하고, 가운데도 있는 것도 아니고, 밖에 있는 것도 아니지만 시방(十方)의 모든 공간 두루 사무쳐 있다. 생멸하지도 않는데 어찌 사상(四相)이 해칠 수 있으며, 성품을 여의고 차별 상을 여의었는데 어찌 오색(五色)이 눈을 멀게 하겠는가라고 하였다. 圭峯云。心也者。沖虛妙粹。炳煥靈明。無去無來冥通三際。非中非外洞徹十方。不滅不生。豈四山之可害。離性離相。奚五色之能盲。

묘체담연무처소(妙體湛然無處所)를 묘체본래무처소(妙體本來無處所)라고 하기도 한다. 이쯤에서 이를 정리해 보면 미묘한 본체인 마음은 어디에 일정하게 머무는 곳이 없다는 가르침이다. 만약 마음이 있는 곳이 고정되어 있다면 마음은 그만 물질이 되는 것이다. 그러기에 어디에 일정하게 매여져 있는 것이 아니라 인연 따라 존재하는 것이다.

그러나 미묘한 본체는 보기가 어렵다. 금강경오가해설의(金剛經五家解說誼)에 보면 신령한 작용은 자유롭게 발휘되어도 미묘한 본체는 보기가 어렵도. 눈동자를 움직이거나 손가락을 튕겨도 알지 못하며, 견고하여 무너뜨리기도 어렵다. 생사윤회의 길에 몇 번이나 오고 갔던가? 발꿈치는 원래 청정하여 허공과 같음이라고 하였다. 이렇듯 미묘한 본체는 보기가 어렵다는 것을 표현하여 묘체난도(妙體難睹)라고 한다. 神用自由。妙體難睹。動彈不得。堅固難壞。生死路。幾度往返。脚跟。元來淸淨如空。


## 산하대지현진광 山河大地現眞光
산과 강과 대지가 모두 참다운 빛을 발하네.

산하대지는 온천지, 삼라만상, 두두물물(頭頭物物)이라는 표현이다. 이를 불교식으로 말하면 시방 삼세라고 하며 이는 모든 현상을 포괄한 세계를 말함이다. 일월성신(日月星辰)도 모두를 아우르는 것이다.

이러한 표현은 위산(潙山) 선사와 앙산(仰山) 선사 간의 문답에도 나온다. 위산영우(潙山靈祐) 선사가 앙산혜적(仰山慧寂)에게 묻기를 묘하고 맑아 밝은 마음을 너는 어떻게 아느냐고 묻자 앙산(仰山)이 말하기를 산하대지 자체가 미묘하고 청정하며 밝은 마음이라는 뜻으로 답을 하였다. 이를 산하대지묘정명심(山河大地妙淨明心)이라고 한다.

진광(眞光)은 참다운 '빛'을 말하므로 정심(淨心)으로 이 세상을 바라보면 부처가 아님이 없음을 알게 되는 것이다. 그러므로 이러한 경지에 다다르면 이 몸이 곧 부처임을 알게 되기에 진리의 세계에 우리가 살고 있음도 알게 되는 것이다. 그러나 대부분 사람은 현실의 세계에서 벗어나 또 다른 무엇을 찾겠다고 나선다. 이러한 경우 모두 허구(虛構)의 진흙에 빠져 허우적거리게 되는 것이다.

# 서방비신약수화 序方譬信藥受化

## 수경게 收經偈

序方譬信藥受化 五授法見提持安
서방비신약수화 오수법견제지안

從如分隨法常如 囑藥妙觀多妙普
종여분수법상여 촉약묘관다묘보

서품, 방편, 비유, 신해, 약초유, 수기, 화성유품과
오백제자수기, 수학무학인기, 법사, 견보탑, 제바달다, 권지, 안락행품.
종지용출, 여래수량, 분별공덕, 수희공덕, 법사공덕, 상불경보살, 여래신력품과
촉루, 약왕보살본사, 묘음보살, 관세음보살보문, 다리니, 묘장엄왕본사, 보현보
살권발품이라네.

작법귀감 다비작법에서 관(棺)에 불을 붙이는 하화편(下火篇)을 하고 나면 오방불을
초청하는 오방불청(五方佛請)을 집전하면서 향화청(香花請)을 한다. 그리고 나서 자
리를 드리는 헌좌(獻座)를 하고 다게를 한 다음 법화경이나 보현행원품 또는 금강경
이나 미타경을 독송한 후 경전을 거두는 게송이다. 그 주된 내용은 법화경 전체의 품
을 열거하고 있으므로 여기에 대한 설명을 생략하고자 한다.

서방비신약수화 序方譬信藥受化
서품, 방편품, 비유품, 신해품, 약초유품, 수기품, 화성유품과

오수법견제지안 五授法見提持安
오백제자수기품, 수학무학인기품, 법사품, 견보품탑, 제바달다품, 권지품, 안락행품.

종여분수법상여 從如分隨法常如

종지용출품, 여래수량품, 분별공덕품, 수희공덕품, 법사공덕품, 상불경보살품, 여래신력품과


촉약묘관다묘보 囑藥妙觀多妙普

촉루품, 약왕보살본사품, 묘음보살품, 관세음보살보문품, 다리니품, 묘장엄왕본사품, 보현보살권발품이라네.

# 석두일파접수미 石頭一派接須彌

## 이엄 利嚴 존자

**石頭一派接須彌 直上高峯脚不移**
석두일파접수미 직상고봉각불이

**實德如山無與等 故宜神聖禮爲師**
실덕여산무여등 고의신성예위사

석두(石頭) 스님의 일파(一派)가 수미산에 닿으니
곧바로 고봉에 올라 한 발짝도 옮기지 않았네.
알찬 덕 산과 같아 비교할 데 없고
그러므로 마땅히 신성(神聖)이 조사께 예 올렸네.

산보집에서 선문의 조사에게 예참을 올리는 선문조사예참(禪門祖師禮懺) 가운데 태조 왕사인 이엄(利嚴) 존자에 대한 가영이다. 당시의 신라 승려들은 당나라로 들어가 대개가 간화선(看話禪)을 이어받아 왔으나 이엄진철(利嚴眞澈 870~936)은 독특하게 묵조선(黙照禪)을 익히고 귀국하여 황해도 해주에 있는 수미산 아래 광조사(廣照寺)를 세워 후학을 양성하였다. 스님의 선조는 신라 사람이었으나 가세가 기울어져서 충남 공주에 이르러 정착을 하였으며, 스님의 출생지는 충남 서산이다. 12세 때 가야갑사(迦耶岬寺)로 출가를 하였다.

### 석두일파접수미 石頭一派接須彌
석두(石頭) 스님의 일파(一派)가 수미산에 닿으니

마조도일(馬祖道一)은 석두희천(石頭希遷)에게 법을 전하고 다시 약산유엄(藥山惟儼)-운암담성(雲巖曇晟)-동산양개(洞山良价)-운거도응(雲居道膺)-이엄진철(利嚴眞澈)로 그 법이 계승되었다. 이에 이엄진철은 황해도 해주에 있는 수미산에 광조사를 세워 묵조선을 펼쳤다.


## 직상고봉각불이 直上高峯脚不移
**곧바로 고봉에 올라 한 발짝도 옮기지 않았네.**

근기가 수승하여 경율론 삼장에 뛰어났으므로 스승은 이엄을 가리켜 유교의 안회(顏回)와 불교의 아난(阿難)에 비유하여 후생가외(後生可畏)라고 하였다. 이는 뒤에 태어난 사람들이 이엄진철을 두려워한다는 표현이다.


## 실덕여산무여등 實德如山無與等
**알찬 덕 산과 같아 비교할 데 없고**

이엄진철은 태조 왕건(王建)의 왕사였다. 왕건은 이엄을 찾아가 여러 가지로 조언을 구했다고 한다.


## 고의신성예위사 故宜神聖禮爲師
**그러므로 마땅히 신성(神聖)이 조사께 예 올렸네.**

스님의 법력이 깊어서 해주 광조사에서 수많은 납자를 제도하다가 고려 태조 19년인 936년 8월 17일 중야(中夜)에 법당에서 엄연히 입적하였다. 세납은 67세요, 승납은 48세였다. 태조는 진철(眞澈)이라는 법호를 내리고 탑호는 보월승공(寶月乘空)이라 하였다.

# 선산타인재여복 善筭他人災與福

## 심중영 深重詠

善筭他人災與福 不知自己禍相侵
선산타인재여복 부지자기화상침

雲騰致雨轟雷電 迷入森森荊棘林
운등치우굉뢰전 미입삼삼형극림

다른 사람의 재앙과 복은 잘도 헤아리면서
자신에게 침범하는 불행은 알지 못하네.
구름이 일면 비 오고, 천둥, 번개 일어나는 법
빽빽한 가시덤불의 미로(迷路)에 빠져드는구나.

산보집에서 하단을 청해 맞이하는 의식인 하단영청지의(下壇迎請之儀)에 나오는 심중영(深重詠)이다. 여기서 심중(深重)이라고 하는 것은 재난, 위기, 고민 따위가 매우 심하다, 혹심하다, 대단하다, 이러한 뜻이다.

**선산타인재여복 善筭他人災與福**
다른 사람의 재앙과 복은 잘도 헤아리면서

선(善)은 착하다는 의미가 아니라 '잘하다'라는 뜻으로 쓰였다. '다른 이의 재앙과 복은 잘도 셈하면서' 이러한 뜻이다.

**부지자기화상침 不知自己禍相侵**
자신에게 침범하는 불행은 알지 못하네.

화(禍)는 재난, 재앙, 불화, 근심 등을 말하므로 자신에게 미치는 재앙에 대해서는 잘 알지 못함이 문제라는 표현이다.

## 운등치우굉뢰전 雲騰致雨轟雷電
### 구름이 일면 비 오고, 천둥, 번개 일어나는 법

운등치우(雲騰致雨)는 천자문(千字文)에 나오는 표현이기도 하다. 구름이 올라가면 비가 되고 비가 오면 천둥, 번개도 따르듯이 내가 지은 죄업도 결국 나를 따르게 되는 법이다.

## 미입삼삼형극림 迷入森森荊棘林
### 빽빽한 가시덤불의 미로(迷路)에 빠져드는구나.

삼삼(森森)은 빽빽하다, 형극(荊棘)은 가시나무를 말한다. 그러므로 빽빽한 가시나무 숲의 미로(迷路)에 빠져드는 꼴이라고 하였다.

# 선재해탈복 善哉解脫服

## 정대게 頂戴偈

善哉解脫服 無上福田衣
선재해탈복 무상복전의

我今頂戴受 世世常得被
아금정대수 세세상득피

훌륭하다! 해탈의 옷이여,
더할 나위 없는 복전의 옷이로세.
내가 지금 이 가사를 받아 머리에 이었으니
태어나는 세상마다 항상 이 옷을 입으리라.

작법귀감의 가사를 점안하는 의식인 가사점안(袈裟點眼)에서 가사를 머리에 이고 읊는 게송인 정대게(頂戴偈)이다. 불교에서 정대(頂戴)라고 하는 것은 불상, 경전, 가사 등을 머리에 이는 행위를 말한다. 이 게송은 중국의 비니일용체요(毗尼日用切要) 등에도 나오는 게송이다.

**선재해탈복 善哉解脫服**
**훌륭하다! 해탈의 옷이여,**

가사는 법의(法衣)로써 해탈의(解脫衣)라고 하는 것이다.

**무상복전의 無上福田衣**
**더할 나위 없는 복전의 옷이로세.**

무상(無上)은 더할 수 없는 이러한 표현이기에 가사를 복전의(福田衣)라고 하였다. 가사는 원래 천 조각을 덧대어 만드는데 그 모양이 물이 흘러 들어가 고이는 밭두둑이 질서정연하게 팬 모양과 같다는 뜻에서 전(田)이라는 이름을 붙인 것이다. 이외도 밭에 물이 들어가면 씨앗이 자라듯이 가사를 입으면 자비희사(慈悲喜捨)가 증장되기에 복(福)이라는 이름이 붙여진 뜻도 있다.

### 아금정대수 我今頂戴受
### 내가 지금 이 가사를 받아 머리에 이었으니

그러므로 제가 지금 가사를 머리에 이는 것은 가사가 최고의 옷이기 때문에 가사에 대한 존경을 나타내는 것이다.

### 세세상득피 世世常得被
### 태어나는 세상마다 항상 이 옷을 입으리라.

세세생생(世世生生) 태어날 때마다 출가하여 가사 입기를 원한다는 다짐이다.

# 설만삼천계 設滿三千界

## 권면게 勸勉偈

**設滿三千界 造於眞金塔**
설만삼천계 조어진금탑

**勸一子出家 功德勝於彼**
권일자출가 공덕승어피

삼천세계 가득하게
진금의 탑을 세워도
아들 하나 출가를 권하면
그 공덕 저것보다 더 나으리.

작법귀감에서 사미에게 열 가지 계율을 주는 의식인 사미십계(沙彌十戒) 가운데 계를 받고 이어서 뜻을 세우는 입지게(立志偈)에 이어 부모는 사미에게 절을 한다. 그러나 부모가 출가를 권유할 생각은 있지만 이를 법사가 대신하여 찬탄하는 것이다.


**설만삼천계 設滿三千界**
삼천세계 가득하게

설(設)은 이 게송을 펼쳐나가기 위하여 설령 또는 설사 이러한 예시를 들어 설명하고자 함이다.


**조어진금탑 造於眞金塔**
진금의 탑을 세워도

석탑(石塔)도 만들기 어려운데 삼천세계를 가득 채우는 금탑(金塔)을 세운다고 하더라도 이러한 표현이다.


## 권일자출가 勸一子出家
### 아들 하나 출가를 권하면

금탑을 곳곳에 세우는 것보다도 아들 하나 출가시키는 것만 못하다고 비유하고 있으며 이는 출가의 위대함을 말하고 있다.


## 공덕승어피 功德勝於彼
### 그 공덕 저것보다 더 나으리.

승(勝)은 빼어나다, 뛰어나다, 이러한 표현으로 출가의 공덕은 그 무엇하고도 비교할 수 없음이라고 하였다.

참고로 출가의 공덕을 더 살펴보려면 출가공덕경(出家功德經)을 보기를 권한다.

# 성화천조현대기 聖化天曹現大機

## 증명영 證明詠

聖化天曹現大機 十方風月屬宜司
성화천조현대기 시방풍월속의사

沒弦琴上才傾耳 六律清音奏一時
몰현금상재경이 육률청음주일시

성현의 화신 천조(天曹)께서 큰 기미 나타내니
시방의 풍월은 명사(冥司)에 소속되어 있다네.
줄이 없는 거문고 소리에 귀 기울이자
육률(六律)의 청아한 소리 일시에 울리네.

산보집에서 상단을 청하여 맞이하는 의식인 상단영청지의(上壇迎請之儀) 가운데 증명영(證明詠)으로 나오는 게송이다. 예수시왕생칠재의찬요(預修十王生七齋儀纂要)에도 실려 있다.

## 성화천조현대기 聖化天曹現大機
### 성현의 화신 천조(天曹)께서 큰 기미 나타내니

천조(天曹)는 명부 세계의 조관(曹官)을 말하며 주로 징수(徵收)하는 일을 맡고 있기에 납조관(納曹官)이라고 한다. 그러므로 예수재(豫修齋)를 할 때 지전(紙錢)을 태우는 것은 모두 조관(曹官)이 받는다고 여기기 때문이다. 하지만 이는 도교의 사상이지 불교와는 아무런 관련이 없다.

**시방풍월속의사 十方風月屬宜司**
시방의 풍월은 명사(冥司)에 소속되어 있다네.

시방의 모든 것들은 마땅히 명사(冥司)의 소속이라고 믿고 있다.


**몰현금상재경이 沒弦琴上才傾耳**
줄이 없는 거문고 소리에 귀 기울이자

몰현금(沒絃琴)은 줄이 없는 거문고를 말하므로 이는 삼세의 한없는 시간을 말한다.
그러므로 부처님 말씀에 오롯이 귀를 기울인다는 표현이다.


**육률청음주일시 六律淸音奏一時**
육률(六律)의 청아한 소리 일시에 울리네.

12율 가운데 양(陽)을 상징하는 여섯 음을 말하며 일명 육시(六始)·육간(六間)·육
양성(六陽聲)·웅성(雄聲)·양율(陽律)이라고 한다. 악학궤범(樂學軌範)에 의하면 태
주(太簇)·고선(姑洗)·황종(黃鐘)·이칙(夷則)·무역(無射)·유빈(蕤賓) 등 이상 여
섯 음이 육률이며, 여기서는 청아한 소리를 말하기에 곧 부처님 말씀을 말한다. 그러
나 전반적인 문장의 내용은 도교의 내용이라서 불교적으로 풀이하기는 참으로 애매
하다.

# 세존당입설산중 世尊當入雪山中

## 입산게 入山偈 · 동불게 動佛偈

世尊當入雪山中 一坐不知經六年
세존당입설산중 일좌부지경육년

因見明星云悟道 言詮消息遍三千
인견명성운오도 언전소식변삼천

세존께서 설산에 들어가시어
육 년 동안 수행을 하셨네.
밝은 별을 보시고 깨달음을 얻으셨으니
그 소식은 삼천대천세계에 두루하도다.

재의례에 나오는 입산게(入山偈)로써 작법귀감, 석문의범에서는 입산게(入山偈)라고 하며, 산보집에는 동불게(動佛偈)라고 되어 있다. 이 외에도 범음집에도 실려 있다. 또한 지금은 보기가 어렵지만, 예전에는 순당(巡堂)이라는 의례가 있어서 이 게송을 염송(拈頌)하기도 하였다. 여기서 순당(巡堂)이라고 하는 것은 예불 후의 의식으로 대중들이 수행의 마음을 점검하고자 예불을 한 법당 안을 한 바퀴 도는 의식을 말한다. 그리고 위의 게송은 우리나라에서만 통용되는 게송이다.

## 세존당입설산중 世尊當入雪山中
### 세존께서 설산에 들어가시어

세존(世尊)은 부처님을 나타내는 열 가지 이름 가운데 하나로써 세상에서 가장 존중받는 이라는 뜻이며 산스크리트어로는 Bhagavat이다. 그러므로 이를 음사하여 바가바(婆伽婆), 바가범(婆伽梵) 등으로 나타낸다. 그러나 이러한 표현은 당시 인도에서 일반적으로 존중할 만한 인물에 대하여 존칭으로 나타내는 것으로 불교에서만 쓰는 표현은 아니다. 교단 안에서는 부처님에게만 국한하여 세존이라는 존칭을 사용하였다.

그러므로 세존당입(世尊當入)이라는 표현은 세존께서 당당하게 수행의 길로 들어가셨다는 것을 나타내는 표현이다. 이로써 불교의 태동이 시작되는 것이며, 수행의 본보기가 설정되는 것이다.

설산(雪山)은 눈이 쌓인 산을 말함이다. 그러나 여기서는 인도의 서북방으로 뻗은 산맥을 가리키는 표현으로 눈을 품은 산이라는 뜻이다. 이를 달리 표현하여 설령(雪嶺), 동왕산(冬王山), 대설산(大雪山) 등으로 표현한다. 인도는 드넓은 평야의 나라인지라 예로부터 산을 신성시하는 경향이 있어서 신화와 전설의 소재로 자주 등장한다. 설산 하면 일반적으로 히말라야의 산을 가리키기도 하지만 힌두쿠시산맥을 포함하는 예도 있다.

그러나 여기서 우리가 알아 두어야 할 것은 세존당입설산중(世尊當入雪山中)과 일좌부지경육년(一坐不知經六年)을 그림으로 나타내면 설산수도상(雪山修道相)이라고 한다. 그러나 이는 북방불교의 종주국인 중국불교가 문명의 교류가 빈번치 않았던 당시에 바라보았던 관점일 뿐이다. 왜냐하면 부처님은 단 한 번도 설산에 들어가시어 수행하신 적이 없기 때문이다. 그러므로 그 어떠한 경전에도 설산이라는 표현은 언급되지 않고 있다. 다만 중국불교의 논소(論疏)의 일부에서 설산에 관한 내용이 있는데 그 대표적인 것이 송나라 때 지반(志磐) 스님이 저술한 불조통기(佛祖統紀), 5세기 때 인도의 학승이었던 승가발타라(僧伽跋陀羅)가 한역한 선견율비바사(善見律毗婆沙), 그리고 당나라 때 현장(玄奘) 스님의 순례기(巡禮記)인 대당서역기(大唐西域記)에만 언급되고 있을 뿐이다.


## 일좌부지경육년 一坐不知經六年
## 육 년 동안 수행하셨네!

일좌(一坐)라는 표현은 그 자리에 한 번 앉으셔서 이러한 표현이지만 경(經)을 제대로 보았다면 여기서도 혼돈이 생기기 시작하는 것이다. 왜냐하면 부처님은 설산에서 수행하신 적이 없기 때문이다.

부지(不知)는 알지 못한다는 표현이다. 이는 이어지는 문구를 참고해서 살펴보아야 한다.

경육년(經六年)에서 경(經)은 세월을 말함이다. 경(經)이라는 글자는 대략 열여덟 가지 정도의 뜻이 있는데, 그 가운데 몇 가지를 살펴보면 다음과 같다. 피륙 따위의 세로로 놓인 실인 날실을 말할 때는 '날 경'이라고 하고, 경계를 정하여 말할 때는 '지경 경'이라 하고, 항상 변치 않는 도리나 도덕 등을 나타낼 때는 '길 경'이라 하고, 꺾어 옴, 지내 옴 등을 표현할 때는 '지낼 경'으로 표현한다. 그러나 여기서는 세월이 감, 세월을 보냄이라는 표현으로 '지날 경'이라고 본다는 것을 알아 두어야 한다. 글자 하나에 이토록 뜻이 많고 쓰임이 다르다는 것은 그만큼 문자가 과학적이지 못하는 증거이기도 하다.

그러므로 부처님은 6년을 수행하시는 동안 설산의 수도처를 떠나지 아니하시고 고행 정진하셨다는 표현이다. 그러나 그렇게 되면 보드가야의 보리수나무는 흔적도 없이 사라지는 표현이 되는 것이다. 그러므로 이 게송에는 이러한 어폐(語弊)가 있다.


## 인견명성운오도 因見明星云悟道
### 밝은 별을 보시고 깨달음을 얻으셨으니

인견명성(因見明星)에서 인견(因見)은 그 무엇을 본 것으로 인(因)하여 이러한 뜻이다. 그러므로 인(因)은 원인을 이루는 근본을 말하기에 유래, 연유, 까닭이라는 뜻이 되는 것이다. 이어지는 명성(明星)이 이를 뒷받침한다.

명성(明星)은 밝은 별을 말함이기에 흔히 샛별이라고 한다. 샛별이라는 표현은 새로 난 별이라는 표현이다. 여기서 '새로'에서 '새'는 새것을 말한다. 그러므로 이를 날로 표현하면 새날이라 하고 이른 아침으로 표현하면 새벽이라고 한다. 그러므로 샛별은 새벽의 별이라는 뜻이며, 이를 별자리의 이름으로 보면 금성(金星)이다. 우리 민족은 다 같은 금성(金星)이라도 해질녘에 보이는 금성을 '개밥바라기'라고 하였는데 이는 개의 밥그릇이라는 뜻이다. 하여튼 샛별을 한자로 나타내면 명성(明星) 또는 계명성(啓明星)이라고 한다.

금성이 이처럼 우리 민족에게 다양한 이름으로 불리게 되는 것은 궁핍했던 시기에 대부분 민중은 이른 아침에 일을 나가면서 샛별을 보게 되고 늦은 저녁에 귀가하면서 다시 개밥바라기별을 보게 되었기 때문이다. 그러므로 부처님도 그렇게 수행하셨을 것이다.

오도(悟道)는 번뇌에서 벗어나 불도의 오묘한 도리를 깨쳤다는 표현이다. 그러므로 깨달음을 길이라는 도(道)에 비유하면 오도(悟道)라 하고, 마음에 비유하면 견성(見性)이라고 한다. 그러한 도리를 깨달아 터득하면 각(覺)이라 한다. 이는 산스크리트어 Buddha이기에 이러한 표현을 음사하면 불타(佛陀)라 하고 다시 줄여서 표현하면 불(佛)이라고 하는 것이다.

그렇다면 부처님께 명성(明星)을 보시고 깨달음을 얻으셨을까? 이는 중국불교의 발상에 근거한 것이다. 그러기에 보요경(普曜經) 행도선사품에 보면 보살은 악의 뿌리를 버림으로써 탐냄과 성냄과 어리석음이 없으며, 나고 죽음이 없어지는 줄을 저절로 알았으며, 씨와 뿌리를 끊음으로써 나머지의 묘목이니 싹이니 하는 것이 없었고, 하는 일이 이루어지고 지혜가 환하여졌는데, 샛별이 돋을 때 탁 틔어 크게 깨달아서 무상정진도(無上正眞道)를 얻어 최정각(最正覺)을 이루셨다는 말씀이 있다. 菩薩自知以棄惡本。無婬怒癡生死以除。種根以斷無餘災。所作以成智慧以了。明星出時廓然大悟。得無上正眞道。爲最正覺。

또한 선문염송(禪門拈頌)에 보면 세존이 명성을 보다가 오도하셨다고 하였다. 世尊見明星悟道。

그러나 보편적으로 보면 부처님은 별을 보고 깨달음을 얻으신 것이 아니다. 마음에서 일어나는 모든 번뇌를 마구니에 비유하는데 이러한 마구니를 항복 받아서 깨달음을 이루신 것이다. 그러기에 마구니는 마귀에 비유하여 마(魔)라고 나타내기도 한다. 결국 부처님은 자기 내면에서 일어나는 모든 번뇌와의 싸움에서 승리를 하신 분이라는 것을 반드시 알아 두어야 한다.


## 언전소식변삼천 言詮消息遍三千
### 그 소식은 삼천대천세계에 두루하도다.

언전(言詮)이라는 표현은 잘 사용하지 않는 표현이다. 이는 언어로 표현하다, 언어로 설명하다, 사리를 상세하게 설명하다, 이러한 표현이다. 원오록(圓悟錄)에 보면 대도는 향배가 없고 지리는 언전(言詮)이 끊겼음이라는 표현이 있다. 大道無向背。至理絶言詮。

그러므로 언전소식(言詮消息)이라는 것은 깨달음의 소식이라는 표현이며, 이어서 나오는 문장은 이러한 대 진리의 소식이 널리 퍼지게 되었다는 표현이다.

# 세존좌도량 世尊坐道場

## 좌불게 坐佛偈

**世尊坐道場 淸淨大光明**
세존좌도량 청정대광명

**比如千日出 照耀大千界**
비여천일출 조요대천계

부처님께서 자리하신 도량은
청정한 큰 빛을 비추나니
비유하자면 천 개의 해가 뜬 것과 같아
대천세계를 밝게 비추네.

산보집에서는 낮에 가마를 모시는 작법인 주시련작법(晝侍輦作法)에 나오며, 작법귀 감에서는 설주(說主)를 이운하는 설주이운(說主移運) 편에 좌불게(坐佛偈)로 나온다. 이외에도 삼문직지(三門直指), 설선의(說禪儀) 등에도 실려 있으며 이는 화엄경의 가 르침을 인용한 것이다.

화엄경(華嚴經)은 세 가지 한역이 있으니 계빈국(罽賓國)의 반야(般若)가 한역한 40권 본, 불타발타라(佛陀跋陀羅 359~429)가 한역한 60권 본, 실차난타(實叉難陀 652~710)가 한역한 80권 본 화엄경이다. 그리고 60권 본 화엄경을 구역(舊譯)이라 하고 80권 본 화엄경을 신역(新譯)이라고 한다. 위의 게송은 80권 본 화엄경 가운데 권 제11 비로자나품 제6에 나오는 대위광태자(大威光太子)의 게송 가운데 나오는 내 용을 인용하였으나, 올바르게 인용하지 못하고 우리나라 불교 재의례(齋儀禮)에 나 오는 내용을 따라서 인용하였다.

화엄경 비로자나품은 법보리장회(法菩提場會)이며 설주는 보현보살이고 주된 설법 은 자내증(自內證)을 강조하고 있다. 그러므로 이를 증명하고자 부처님은 치방광(齒

放光)과 미간방광(眉間放光)을 놓으시고 비로장신삼매(毘盧藏身三昧)에 드셨다. 비로자나품은 연화장세계해를 장엄하신 비로자나 부처님께서 과거세에 이룬 수행 공덕의 인연으로 열 가지 법문을 증득하는 내용으로 구성되어 있으며, 화엄경은 비로자나품에서부터 본격적인 화엄 설법이 시작되는 것이다.

비로자나품은 그 옛날 승음(勝音) 세계의 대위광 태자가 부처님의 광명을 보고 예전에 닦은 선근의 힘으로 곧바로 열 가지 법문을 증득하였다. 그렇다면 대위광 태자가 증득한 열 가지 법문은 무엇인가 하면 다음과 같다.

證得一切諸佛 功德輪三昧 증득일체제불 공덕륜삼매
① 온갖 부처님의 공덕륜(功德輪) 삼매를 증득하고,

證得一切佛法 普門陀羅尼 증득일체불법 보문다라니
② 온갖 부처님 법의 보문다라니를 증득하고,

證得廣大方便藏 般若波羅蜜 증득광대방편장 반야바라밀
③ 넓고 큰 방편창고 반야바라밀을 증득하고

證得調伏一切衆生 大莊嚴大慈 증득조복일체중생 대장엄대자
④ 온갖 중생을 조복하는 큰 장엄 대자(大慈)를 증득하고,

證得普雲音大悲 증득보운음대비
⑤ 넓은 구름소리 대비(大悲)를 증득하고,

證得生無邊功德 最勝心大喜 증득생무변공덕 최승심대희
⑥ 끝없는 공덕과 가장 수승한 마음을 내는 대희(大喜)를 증득하고,

證得如實覺悟一切法大捨 증득여실각오일체법대사
⑦ 일체 법을 실지대로 깨달은 대사(大捨)를 증득하고,

證得廣大方便 平等藏大神通 증득광대방편 평등장대신통
⑧ 넓고 큰 방편 평등한 창고인 큰 신통을 증득하고,

證得增長信解力大願 증득증장신해력대원
⑨ 믿고 이해하는 힘을 증장하는 대원(大願)을 증득하고,

證得普入一切智 光明辯才門 증득보입일체지 광명변재문
⑩ 온갖 지혜의 광명에 두루 들어가는 변재문(辯才門)을 증득하였다.

이때 대위광 태자가 이와 같은 법의 광명을 얻고 나서 부처님의 위신력을 받들어 대중들을 두루 살펴보고 열 가지 게송으로 부처님을 찬탄하는데 그 첫 번째 게송이다. 그러므로 이를 온전하게 살펴보면 다음과 같다.

世尊坐道場 淸淨大光明 譬如千日出 普照虛空界
세존좌도량 청정대광명 비여천일출 보조허공계

세존께서 도량에 앉아 계시니
청정한 큰 광명이
마치 천 개의 해가 함께 떠서
온 허공계를 널리 비추는 듯하네.

그러므로 원문의 비여(譬如)를 게송에서는 비여(比如)로 고쳐 썼고, 보조(普照)를 조요(照耀)로 고쳐 썼다. 그렇다고 이를 글쓴이의 잘못으로 치부하기도 어렵다. 왜냐하면 산보집(刪補集)이나 작법귀감(作法龜鑑) 등에서 게송과 같은 내용으로 좌불게(坐佛偈)로 실려져 있기 때문이다. 그리고 오늘날까지도 우리나라 불교의 의례에서는 대부분이 위의 내용처럼 인용하고 있기 때문이다. 그러므로 한 번 악습으로 굳어지면 고쳐지기가 어려우므로 경전을 인용할 때는 원문을 충실하게 인용해야 한다.

그리고 60권 본 화엄경 권 제4 노사나불품에 보면 염광성(焰光城)을 통치하는 애견선혜왕(愛見善慧王)의 첫째 아들은 공덕승(功德勝)이고 둘째 아들은 보장엄동자(普莊嚴童子)이다. 그때 보장엄동자는 부처님의 한량없는 자재한 공덕을 보자 선근의 인연으로 열 가지 삼매를 증득하고 게송으로 부처님을 찬탄하는 가운데 그 첫 번째 게송이 다음과 같다.

猶如千日出 虛空靡不照 離垢坐道場 光明亦如是
유여천일출 허공미부조 이구좌도량 광명역여시

비유하면 일천의 해가 동시에 나와
온 허공을 안 비추는 곳이 없는 것처럼
부처님이 도량에 앉아 계시니
깨끗한 광명도 그와 같으시도다.

40권 본 화엄경 권 제19 입부사의해탈경계보현행원품(入不思議解脫境界普賢行願品)에 보면 선재 동자는 보구호일체중생위덕길상 밤차지신[普救衆生威德夜神]이 온 갖 중생을 조복하는 해탈문에 들어가서 헤아릴 수 없는 깊은 경계와 신통의 힘을 나타내는 것을 보고, 환희용약 하여 머리를 땅에 대어 예배하며 일심으로 우러러 보구중생위덕야신(普救衆生威德夜神)을 주의 깊게 살펴보며 게송으로 찬탄한다. 그 게송 가운데 하나를 살펴보면 다음과 같은 내용이 있다.

口常普放無垢光 光輪廣大如千日
구상보방무구광 광륜광대여천일

普照十方諸世界 毘盧遮那所行境
보조시방제세계 비로자나소행경

입으로도 항상 깨끗한 광명을 널리 놓으시니
광명 둘레 광대하여 마치 일 천의 해가 비추는 것처럼
시방세계 모두 고루고루 밝게 비추시니
비로자나 부처님의 행하던 경계이로다.


## 세존좌도량 世尊坐道場
### 부처님께서 자리하신 도량은

'세존당입살산중(世尊當入雪山中)'과 설명이 중첩됨으로 일부 생략하고자 한다.

좌(坐)는 앉는다는 표현이기에 이를 의역하면 계시는 이러한 표현이 된다. 도량(道場)이라는 표현은 부처님께서 깨달음을 이루신 곳이라는 뜻이며 이를 구체적으로 나타내면 인도 보드가야에 있는 보리수 아래에 있는 금강좌를 가리키는 말이다. 그러나 여기서는 이러한 뜻보다는 사원의 법당이나 그 밖의 장소로 법회가 진행되는 곳을 말한다. 또한 도량이라는 표현을 갖추어 말하면 보리도량(菩提道場) 또는 보리량(菩提場)이라고 한다. 그러나 북방불교에서는 선(禪)이라는 독특한 수행법이 들어서면서 도량이라는 뜻을 폭넓게 적용하고 있다. 그러므로 수심결(修心訣)에서는 다음과 같은 견해를 나타내고 있다.

一念淨心是道場 勝造恒沙七寶塔
일념정심시도량 승조항사칠보탑

寶塔畢竟碎爲塵 一念淨心成正覺
보탑필경쇄위진 일념정심성정각

일념의 정심(淨心)이 곧 도량이니
항사와 같이 칠보탑을 조성함보다 수승하도다.
보탑은 끝내 부서져 티끌이 되지만
일념의 정심은 정각을 이루도다.

또한 조정사원(祖庭事苑)에서는 걸음마다 도량이 아닌 곳이 없다고 하였음도 모두 이러한 뜻이다. 步步道場。

또한 모든 불세존이 왜 사바세계에 몸을 나타내시었는가에 대해서는 법화경(法華經) 방편품에 보면 아주 자세하게 밝히고 있다. '모든 부처님은 중생들로 하여금 부처님의 지견(知見)을 열어서[開] 청정하게 하려고 세상에 출현하며, 중생에게 부처님의 지견을 보여주기[示] 위하여 세상에 출현하며, 중생으로 하여금 부처님의 지견을 깨닫게[悟] 하려고 세상에 출현하며, 중생으로 하여금 부처님의 지견의 길에 들어가게[入] 하려고 세상에 출현하느니라. 사리불이여, 이것을 모든 부처님이 하나의 큰 일 인연을 위하여서 세상에 출현한 것이라 하느니라.'라고 하였다. 諸佛世尊。欲令衆生。開佛知見。使得清淨故。出現於世。欲示衆生。佛之知見故。出現於世。欲令衆生。悟佛知見故。出現於世。欲令衆生。入佛知見道故。出現於世。

## 청정대광명 清淨大光明
### 청정한 큰 광명을 비추나니

청정(清淨)은 맑고도 깨끗하다는 뜻도 있고 더럽거나 욕되지 않는다는 뜻도 있기에 이는 순진(純眞)함을 말하는 것이다. 이는 부처님의 가르침을 이렇게 비유를 한 것이다. 부처님의 가르침은 그 누구에게도 차별이 없기에 청정하며, 부처님의 가르침은 번거로움이 전혀 없기에 청정한 것이다. 모든 의문에 대하여 막힘없이 올바른 길을 제시하여 주기에 청정한 것이며, 무명 중생을 깨달음으로 인도하여 주기에 청정한 것이다. 고로 이를 빛으로 나타내면 광명(光明)이라고 하는 것이다. 왜냐하면 빛은 어둠을 밝혀주기 때문이다. 그리고 대(大)는 단순하게 크다는 의미보다는 부사로 쓰이면 정도가 높고 규모가 크거나 수량이 많은 것을 나타내며, 동사로 쓰일 때는 형용사 앞에 쓰여서 대단히 매우 이러한 뜻으로 쓰인다.

중생은 부처님의 청정하고도 광명스러운 가르침으로 인하여 계정혜(戒定慧)를 갖추어 중생이 가지고 있는 보장(寶藏)을 스스로 찾도록 해주는 것이다. 그러므로 부처님의 가르침은 보리심이 일어나도록 하는 것이다. 이를 발보리심(發菩提心)이라고 흔히 표현한다.


## 비여천일출 譬如千日出
### 비유하자면 천 개의 해가 뜬 것과 같아

비여천일출(譬如千日出)은 화엄경 원문을 따른 것이고 우리나라에서 통용되는 재의례문(齋儀禮文)을 따르면 비여천일출(比如千日出)이라고 한다. 한문에서 비(譬)는 사물을 끌어대어 비유한다는 뜻으로 쓰이기에 비유를 들어 말한다면 또는 예컨대 이러한 뜻이고, 여기에 반하여 비(比)는 무엇과 견주어 보다는 뜻으로 주로 쓰인다. 물론 넓은 의미로 보면 비(譬)나 비(比)는 모두가 비교한다는 뜻으로 쓰이기는 하지만 그래도 문장의 흐름으로 보면 비(譬)가 타당한 뜻이 되는 것이다.

여(如)는 문장에 따라서 여러 가지 뜻으로 쓰이지만 여기서는 부사로 쓰여서 마치 ~와 같다, ~듯 하다, 또는 흡사, 마치라는 뜻으로 쓰였다. 그러기에 비여(譬如)는 비유(譬喩) 또는 비방(比方)의 의미로 쓰여서 뒤이어 나오는 문장을 긍정적으로 비유하고 있다.

천일(千日)은 천 개의 해를 말함이다. 그러므로 위에서 설명한 광명을 해에 비유하면 천 개의 해가 동시에 뜬 것과 같은 밝기라고 비유하고 있음이다.

화엄경(華嚴經) 여래출현품에 제37에 보면 또 '불자여, 마치 해가 뜨면 염부제의 한량없는 중생이 이익을 얻나니 이른바 어둠을 깨뜨려 밝게 하고 젖은 것을 마르게 하며, 초목을 나서 자라게 하고 곡식을 성숙케 하며, 허공을 환히 트이게 하고 연꽃을 피게 하며, 다니는 이는 길을 보고 집에 있는 이는 일을 하게 하나니, 무슨 까닭이냐? 해가 한량없는 광명을 내는 연고니라.'라고 하였다. 復次佛子。譬如日出於閻浮提。無量衆生。皆得饒益。所謂。破闇作明。變濕令燥。生長草木。成熟穀稼。廓徹虛空。開敷蓮華。行者見道。居者辨業。何以故。日輪普放無量光故。

60권 본 화엄경 보왕여래성기품(寶王如來性起品) 제32-2에 보면 다음과 같이 나타내고 있다. '또 불자들이여, 해가 세상에 나오면 한량없는 일로 중생을 이롭게 합니다. 즉 어둠을 없애고 일체 산림과 약초와 온갖 곡식과 풀·나무 등을 기르며, 냉기와 습기를 없애고, 허공을 비춰서는 허공의 중생을 이롭게 하며, 연못을 비춰서는 연꽃을 피게 하고, 두루 비추어 일체 빛깔과 형상을 나타내며, 세간의 일들을 다 성취시킵니다. 왜냐하면 해는 광명을 두루 놓기 때문입니다.' 復次。佛子。譬如日出世間。以無量事饒益衆生。所謂。滅除闇冥。長養一切山林。藥草。百穀。卉木。消除冷。溫。照空。饒益虛空衆生。照池。則能開敷蓮華。普悉照現一切色像。世間事業皆得究竟。何以故。日能普放無量光故。

## 조요대천계 照耀大千界
**대천세계를 밝게 비추네.**

화엄경 원문에서는 보조(普照)라고 되어 있으며 재의례문(齋儀禮文)에서는 조요(照耀)라고 되어 있다. 보조(普照)는 널리 두루 비추지 아니함이 없다는 뜻이고, 조요(照耀)는 밝게 비추어 빛난다는 표현이다. 그러므로 화엄경의 원문인 보조(普照)가 더 합당하고 논리에 계합하는 것이다.

대천계는 삼천대천세계를 말함이다. 그러므로 이를 다르게 나타내면 시방삼세(十方三世), 또는 일체처(一切處) 등으로 나타낸다.

이쯤에서 알아 두어야 할 것은 대광명(大光明)은 곧 부처님의 진리를 빛에 비유하여 나타낸 것이다. 그러므로 부처님의 말씀인 불언(佛言)이 곧 빛이요, 진리라는 것을 말함이다. 부처님의 말씀은 모든 중생에게 차별이 없다. 다만 중생이 지은 바 업(業)에 따라 그 깜냥이 다르기에 근기가 달라서 이를 이해하는 데 차등이 있을 뿐이다.

60권 본 화엄경(華嚴經) 권 제34 보왕여래기성품 제32-2에 보면 '또 불자들이여, 비유하면 해가 뜨면 먼저 일체 큰 산왕(山王)을 비추고 다음에 일체 큰 산을 비추며, 다음에 금강보산을 비추고 그런 뒤에 일체 대지를 두루 비추는데, 햇빛은 나는 먼저 큰 산왕을 비추고 차례로 내지 대지를 두루 비추리라고 생각하지 않는 것과 같습니다. 다만 그 산과 대지에 높고 낮음이 있으므로 그 비침에 먼저와 나중이 있을 뿐이라.'고 하셨다. 復次。佛子。譬如日出。先照一切諸大山王。次照一切大山。次照金剛寶山。然後普照一切大地。日光不作是念。我當先照諸大山王。次第乃至普照大地。但彼山地。有高下故。照有先後。

지금 이 게송의 주된 가르침은 여래의 몸은 해와 같다는 뜻으로 비유하여 표현하고 있다. 여기에 대하여 60권 본 화엄경 보왕여래기성품 제32-2에 보면 왜 여래의 몸을 해에 비유하는지에 대하여 상세하게 가르침을 주고 있다.

여래의 몸은 해와 같아서 한량없는 일로 일체중생을 두루 이롭게 합니다. 즉 악을 없애는 이익으로 선법을 기르고, 두루 비추는 이익으로 일체중생의 어둠을 없애며, 대자(大慈)의 이익으로 중생을 구호하고, 대비(大悲)의 이익으로 일체를 제도하며, 바른 법의 이익으로 모든 근(根)과 힘[力]과 각의(覺意)를 기르고 견고한 믿음의 이익으로 마음의 때[垢濁]를 없애며, 법을 보는 이익으로 인연을 깨뜨리지 않고 하늘 눈의 이익으로 여기서 죽어 저기서 나는 중생을 다 보며, 해침을 버리는 이익으로 중생의 일체 선근을 깨뜨리지 않고 지혜 광명의 이익으로 일체중생의 마음 꽃을 피우며, 발심하는 이익으로 일체 보살행을 성취합니다. 왜냐하면 여래의 몸은 해와 같아서 모든 지혜 광명을 두루 놓기 때문입니다. 如來身日。亦復如是。以無量事。普能饒益一切衆生。所謂。滅惡饒益。長養善法。普照饒益。除滅一切衆生闇冥。大慈饒益。救護衆生。大悲饒益。度脫一切。正法饒益。長養一切根力覺意。堅信饒益。除心垢濁。見法饒益。不壞因緣。天眼饒益。悉見衆生死此生彼。離害饒益。不壞衆生。一切善根。慧光饒益。開敷一切衆生心華。發心饒益。究竟一切菩薩所行。何以故。如來身日普放一切慧光明故。

# 세존차일기염라 世尊此日記閻羅

## 성왕영 聖王詠

世尊此日記閻羅 不久當來證佛陀
세존차일기염라 불구당래증불타

莊嚴寶國恒淸淨 菩薩修行衆甚多
장엄보국항청정 보살수행중심다

세존께서 어느 날 염라에 수기하시길
멀지 않은 미래세계에 부처를 이루리니
보배로 장엄한 국토는 언제나 청정하고
보살도를 수행하는 이들 그 국토에 가득하리.

작법귀감에서 보현왕여래(普賢王如來)를 청하는 의식인 성왕청(聖王請) 가운데 유치 (由致)에 이어 나오는 탄백이다. 여기서 보현왕여래는 지옥 세계의 회주(會主) 격으 로 설정되어 있으며 이 게송은 예수시왕생칠경(預修十王生七經)에 나오는 게송을 인 용하였지만, 이 경은 위경이다.

**세존차일기염라 世尊此日記閻羅**
**세존께서 어느 날 염라에 수기하시길**

예수시왕생칠경에 보면 부처님이 대중에게 말씀하시기를 염라천자(閻羅天子)는 미 래세에 응당 수기를 얻을 것이라고 하였다. 佛告諸大衆。閻羅天子。於未來世。當得 作佛。

**불구당래증불타 不久當來證佛陀**
멀지 않은 미래세계에 부처를 이루리니

위의 내용을 이어서 살펴보면 수기를 받으면 보현왕여래(普賢王如來)라는 이름을 얻을 것이며 십호(十號)가 구족할 것이라고 하였다. 名曰普賢王如來。十號具足。

**장엄보국항청정 莊嚴寶國恒清淨**
보배로 장엄한 국토는 언제나 청정하고

생칠경에 보면 국토는 엄정(嚴淨)할 것이고 백보(百寶)로 장엄되어 있고 나라 이름은 화엄(華嚴)이라고 하였다. 國土嚴淨。百寶莊嚴。國名華嚴。

**보살수행중심다 菩薩修行衆甚多**
보살도를 수행하는 이들 그 국토에 가득하리.

그리고 그 국토에는 수행하는 보살들이 충만하리라 하였다. 이는 내용을 재편집한 것이다. 菩薩充滿。

# 세존출세간 世尊出世間


## 도생게 度生偈

世尊出世間 浩劫難値遇
세존출세간 호겁난치우

我今得慈母 願聞解脱法
아금득자모 원문해탈법

세존께서 이 세간에 출현하셨음은
많은 겁이 지나가도 만나기 어렵거늘
오늘 제가 자비하신 어머니를 만났으니
바라건대 해탈 법문을 듣기 원하옵니다.

산보집에서 설선작법절차(說禪作法節次)에 나오는 도생게(度生偈)이며 범음집에도
이와 같다. '도생게'라고 하는 것은 중생을 제도한다는 게송이다.


### 세존출세간 世尊出世間
세존께서 이 세간에 출현하셨음은

부처님께서 이 세상에 오셨음을 찬탄하는 것이다. 해의보살소문정인법문경(海意菩薩
所問淨印法門經) 권 제13에 보면 '세존이시여, 부처님께서 세간에 출현하심을 말미
암아 법보가 나오고 안락이 있음이라.'고 하였다. 世尊。由佛世尊出世閒故。即是寶
出。佛出世故。即是樂出。


### 호겁난치우 浩劫難値遇
많은 겁이 지나가도 만나기 어렵거늘

호겁(浩劫)은 헤아릴 수 없는 겁을 말한다. 치우(値遇)는 만난다는 뜻이다. 그러므로 천수경에 나오는 백천만겁난조우(百千萬劫難遭遇)와 같은 뜻이다.


## 아금득자모 我今得慈母
**오늘 제가 자비하신 어머니를 만났으니**

여기서는 부처님을 자비로운 어머니에 비유하였다. 까닭에 천수경의 아금문견득수지(我今聞見得受持)와 같은 맥락이다.


## 원문해탈법 願聞解脫法
**바라건대 해탈 법문을 듣기 원하옵니다.**

천수경의 원해여래진실의(願解如來眞實意)와 같은 뜻이며 법문을 듣기 위함은 곧 해탈에 그 목적이 있다.

# 소상성문유가경 塑象聲聞由可敬

## 승가영 僧伽詠

塑象聲聞由可敬 活如羅漢莫相經
소상성문유가경 활여나한막상경

歸依不得生分別 休擇凡聖揀聖僧
귀의부득생분별 휴택범성간성승

흙으로 빚은 성문도 오히려 공경하거늘
살아 있는 나한과 같으니 함부로 가벼이 여기지 말라.
귀의하지 않고서 분별하는 마음 내어
범부 성인 가리고 성인 승가 분별하지 말게.

산보집에서 상단을 청해 맞이하는 의식인 상단영청지의(上壇迎請之儀) 가운데 '승가영'으로 실려 있으며 범음집에도 그러하다. '승가영'이라고 하는 것은 승가를 찬탄하는 것이다.

### 소상성문유가경 塑象聲聞由可敬
흙으로 빚은 성문도 오히려 공경하거늘

소상(塑像)이 오히려 타당한 표현이다. 그러나 상(象)도 모양이나 그림을 타내는 뜻도 있지만, 상(像)이 더 보편적으로 쓰이기 때문이다. 소상(塑像)은 흙으로 만든 형상을 말한다. 유가경은 스님의 형상을 본뜬 것에도 예의를 표하거늘, 이러한 표현이다.

### 활여나한막상경 活如羅漢莫相經
살아 있는 나한과 같으니 함부로 가벼이 여기지 말라.

살아 있는 나한은 곧 스님을 말한다. 그러므로 스님은 살아 있는 나한이라 여겨서 결코 가벼이 대하지 말라는 경책이다.

**귀의부득생분별 歸依不得生分別**
**귀의하지 않고서 분별하는 마음 내어**

삼보에 한 축인 승보(僧寶)는 귀의의 대상이다. 그러므로 스님을 대하거든 경거망동(輕擧妄動)한 언사나 행위를 해서는 안 된다.

**휴택범성간성승 休擇凡聖揀聖僧**
**범부 성인 가리고 성인 승가 분별하지 말게.**

휴(休)는 '그만 두다'라는 표현으로 쓰였으며 분별심을 내지 말라는 가르침이다.

소유시방세계중 所有十方世界中

## 보례게 普禮偈

所有十方世界中 三世一切人師子
소유시방세계중 삼세일체인사자

我以淸淨身語意 一一遍禮盡無餘
아이청정신어의 일일편례진무여

시방세계에 머물러 계시는
삼세의 일체 인간 세계의 사자님께
제가 청정한 몸과 입과 뜻으로써
한 분도 빠짐없이 두루두루 예경합니다.

산보집 시식단 법규에 나오는 시식단규(施食壇規)에서 보례게(普禮偈) 가운데 일부분이다. 40권 본 화엄경 입부사의해탈경계보현행원품(入不思議解脫境界普賢行願品)권 제40에 있는 보현보살마하살의 게송이며 이를 인용하였다.


소유시방세계중 所有十方世界中
시방세계에 머물러 계시는

모든 시방 삼세 가운데 이러한 표현이다.


삼세일체인사자 三世一切人師子
삼세의 일체 인간 세계의 사자님께

삼세(三世)와 시방(十方)은 거의 같은 표현이며 사람 가운데 사자(師子)라고 하는 것은 부처님을 가리키는 표현이다.


**아이청정신어의 我以淸淨身語意**
**제가 청정한 몸과 말과 뜻으로써**

제가 이제 삼업을 청정히 하여 이러한 뜻이다.


**일일편례진무여 一一遍禮盡無餘**
**한 분도 빠짐없이 두루두루 예경합니다.**

모든 부처님께 예를 올린다는 내용이다.

이어서 다음의 게송이 이어지며 여기에 관한 내용은 보현행원위신력(普賢行願威神
力) 편에서 찾아보기를 바란다.

普賢行願威神力 普現一切如來前
보현행원위신력 보현일체여래전

一身復現刹塵身 一一遍禮刹塵佛
일신부현찰진신 일일편예찰진불

보현보살 행원의 위신력으로
널리 일체 여래 앞에 몸을 나투고
한 몸 다시 찰진수의 몸[刹塵身]을 나투어
찰진수 부처님께 빠짐없이 예배합니다.

# 소유예찬공양복 所有禮讚供養福

## 참죄 발원게 懺罪發願偈

所有禮讚供養福 請佛住世轉法輪
소유예찬공양복 청불주세전법륜

隨喜懺悔諸善根 回向衆生返佛道
수희참회제선근 회향중생반불도

부처님을 예찬하고 공양한 복과
부처님께서 세간에 머무시며 법륜 굴려 주시기를 청함과
따라 기뻐하며 참회함으로써 생기는 모든 선근을
중생들과 부처님의 도에 회향합니다.

산보집에서 선문의 조사에게 예참하는 선문조사예참(禪門祖師禮懺) 가운데 조사들께 예참을 마치고 죄를 참회하고 발원하는 참죄발원게(懺罪發願偈)이다. 이는 40권본 화엄경 권 제40 입부사의해탈경계보현행원품(入不思議解脫境界普賢行願品)에서 보현보살마하살이 시방을 관찰하면서 읊은 게송의 한 구절을 인용하였다.


### 소유예찬공양복 所有禮讚供養福
부처님을 예찬하고 공양한 복과

소유(所有)는 가지고 있음을 말한다. 예(禮)는 예경(禮敬)을 말하며, 찬(讚)은 찬불(讚佛)을 말한다. 그리고 공양 올린 복을 아뢰고 있다.


### 청불주세전법륜 請佛住世轉法輪
부처님께서 세간에 머무시며 법륜 굴려 주시기를 청함과

주세(住世)는 부처님께서 중생을 위하여 세간에 머물러 달라는 표현이다. 그리고 이로 인하여 법륜을 굴려 주시기를 청하고 있다.


**수희참회제선근 隨喜懺悔諸善根**
**따라 기뻐하며 참회함으로써 생기는 모든 선근을**

수희(隨喜)는 기쁜 마음으로 따라 하는 것을 말한다. 따라서 참회하면서 수희심(隨喜心)으로 한다는 표현이다.


**회향중생반불도 回向衆生返佛道**
**중생들과 부처님의 도에 회향합니다.**

재자(齋者)가 올린 이러한 공덕을 중생을 위하여 보리도에 회향한다는 발원이다.

# 소조십악오무간 所造十惡五無間

## 참회게 懺悔偈

所造十惡五無間 八萬四千偈沙罪
소조십악오무간 팔만사천게사죄

於三寶前盡懺悔 惟願慈悲皆消滅
어삼보전진참회 유원자비개소멸

열 가지 악을 지어 오무간(五無間) 지옥에 떨어지고
8만 4천 항하 모래처럼 한량없는 죄업을
삼보전에 모두 다 참회하오니
오직 바라건대 자비로 다 소멸하여 주소서.

滅業障菩薩摩訶薩
멸업장보살마하살

업장을 소멸해 주시는 보살마하살이시여.

무시이래지금시(無始已來至今時) 편의 설명을 참고하시오.

# 수도금은산부동 誰道金銀山不動

## 행보게 行步偈

**誰道金銀山不動 不煩天帝命夸娥**
수도금은산부동 불번천제명과아

**人間紙作冥間寶 儘是如來妙力多**
인간지작명간보 진시여래묘력다

누가 산더미처럼 쌓은 금전, 은전이 움직이지 않는다고 하였나.
번거롭게 천제(天帝)는 과아(夸娥)에게 명하는 일은 없다네.
인간이 종이로 만들었지만 명부(冥府)에는 보배이니
그것은 다 여래의 미묘한 힘이 많아서라네.

산보집에서 금은전을 옮기는 의식인 금은전이운(金銀錢移運) 가운데 옹호게(擁護偈)
를 하고 나서 발걸음을 내딛는 게송을 말하며 이를 행보게(行步偈)라고 한다. 수륙
재 등 금은전 점안을 마친 모형의 금은전을 단을 마련하여 옮기는 절차가 금은전이
운이다. 금은전(金銀錢)은 금은화(金銀貨)라고 하기도 하며 이는 영가에게 시식을 베
풀 때 귀신에게 올리는 명전(冥錢)을 말한다. 우리는 흔히 이를 저승 돈, 노잣돈이라
고 한다. 명전은 그냥 올리는 게 아니라 점안을 하여서 올리는데 이러한 의식을 전점
안(錢點眼)이라고 한다. 그러므로 금은전 이운이라고 하는 것은 전점안을 하기 위하
여 명전을 이운하는 것을 말한다. 금은전 이운이 시작되면 향탕수(香湯水)를 마련하
고 나무반야바라밀(南無般若波羅蜜)을 염송하며 주위를 돌다가 시왕 앞에 멈추고 지
전(紙錢)을 올린다. 이어서 헌전게(獻錢偈)를 한다.

**수도금은산부동 誰道金銀山不動**
누가 산더미처럼 쌓은 금전, 은전이 움직이지 않는다고 하였나.

금은산(金銀山)은 고혼과 아귀 등의 영가를 위하여 법식을 평등하게 공양시켜서 모두 구제하기 위하여 보통 종이로 엽전(葉錢) 모양을 만든 것을 말한다. 이러한 지전의 무더기를 금은산이라고 한 것이다. 부동(不動)은 움직이지 아니하는 것을 말하므로 이는 사람들이 그 돈을 만들어 봐야 죽은 자가 어떻게 가져갈 수 있는가에 대한 의심을 사전에 차단하기 위하여 이러한 문구를 쓴 것이다.

또한 우리가 사람이 죽으면 염(殮)을 하게 되는데 이때 입속에 버드나무로 만든 숟가락인 유목시(柳木匙)로 쌀을 불려서 넣어주고, 또한 노잣돈이라고 하여 동전이나 구슬을 입속에 넣어주는 풍습을 반함(飯含)이라 한다. 그러나 우리나라 문화가 서구화로 급격하게 변하면서 이러한 풍습은 거의 사라지고 지금은 관 위에 소위 노잣돈이라고 하여 망자에게 헌전(獻錢)을 하게 되는데, 이는 모두 도교의 풍습이다. 그러므로 불교에서 행하는 금은전 이운도 모두 도교의 영향을 받은 의례이다.


## 불번천제명과아 不煩天帝命夸娥
### 번거롭게 천제(天帝)는 과아(夸娥)에게 명하는 일은 없다네.

불번(不煩)은 번거롭지 않다는 표현이며 천제(天帝)는 옥황상제를 말한다. 그리고 과아(夸娥)는 옛날 신선의 이름이다. 열자(列子) 탕문(湯問)에 보면 북산(北山)의 90세 노인인 우공(愚公)이 사는 곳이 산으로 가로막혀 있어서 맨날 빙 둘러 목적지를 가야 해서 가족들과 함께 아예 이 산을 송두리째 옮기려고 매일 흙을 퍼 날랐다. 이에 감동한 옥황상제가 신력(神力)을 소유하고 있는 과아 씨(夸娥氏)의 두 아들에게 명하여 태행산(太行山)과 왕옥산(王屋山) 두 산을 지게 해 하나는 삭주(朔州)의 동쪽으로 이운을 하게 하고, 또 하나는 옹주(雍州)의 남쪽으로 이운을 하게 하였다고 하는 이야기가 있다. 이를 흔히 우공이산(愚公移山)이라고 하며 이 부분에 대해서 열자의 마지막 구절을 소개하면 다음과 같다.

하곡(河曲)의 지수(智叟)는 더는 대꾸할 수 없게 되었다. 조사신(操蛇神)이 이를 듣고 그가 그치지 않으리라는 것을 알게 되어 이를 상제에게 보고하였다. 그러자 상제는 그 정성에 감동하여 과아 씨(夸娥氏)의 두 아들을 시켜 그 산을 짊어져 하나는 삭동(朔東)으로 옮기고, 하나는 옹남(雍南)으로 옮겨 놓게 하였다. 이로부터 기주(冀州)의 남쪽과 한수(漢陰)의 북쪽은 막힌 곳 없이 통하게 되었다. 河曲智叟亡以應。操蛇之神聞之。懼其不已也。告之於帝。帝感其誠。命夸蛾氏二子負二山。一厝朔東。一厝雍南。自此。冀之南。漢之陰。無隴斷焉。

**인간지작명간보 人間紙作冥間寶**
**인간이 종이로 만들었지만 명부(冥府)에는 보배이니**

'불번천제명과아'를 잘 보면 이 문장을 이해하기가 쉽다. 우공이산(愚公移山), 다시 말해 우공(愚公)이 산을 옮기자 남들이 조롱하였는데 우공이 말하기를 제가 다 못하면 아들이 하고, 아들이 이를 이루지 못하면 자자손손 이어서 하면 된다고 말했다. 이 것을 보고 상제가 감동한 것처럼 오늘 저희가 올린 금은전도 이와 같다는 표현이다.

명간(冥間)은 사람이 죽으면 간다는 저승세계를 말함이다. 그러므로 이를 명도(冥途) 또는 명계(冥界), 명토(冥土)라고 하기도 한다. 이곳은 염라왕이 머물면서 죽어서 오는 자를 심판하여 그에 따라 합당한 벌을 준다. 이 역시도 도교의 사상이다. 또한 명 간(冥間)을 우리나라에서는 흔히 황천길이라고 하는데, 고대 인도인들은 사람이 죽 으면 모두 땅 밑으로 내려가 심판을 받는다고 하였다. 이러한 사상이 중국에 유입되 면서 중국의 오행사상과 접목되어 땅은 오행으로 황색(黃色)이라 황천(黃泉)이라고 하는 것이다.

또 저승이라는 표현도 다소 도교적인 표현이다. 왜냐하면 우리가 사는 곳을 이승이라 하고 죽어서 가는 곳을 저승이라 하기 때문에 저승사자가 있게 되는 것이다. 그러므 로 이승의 상대적인 개념이 저승이며 이를 한자로 나타내면 이승은 이승(此生)이라 하고 저승은 피생(彼生)이라고 한다. 금전(金錢), 은전(銀錢)은 모두 종이로 만든 지 전(紙錢)이나 명부 세계에서는 아주 중요한 재화(財貨)라는 표현이다.

**진시여래묘력다 儘是如來妙力多**
**그것은 다 여래의 미묘한 힘이 많아서라네.**

진(儘)은 다하다, 멋대로, 조금, 이러한 표현이 있지만 여기서는 '다하다'로 쓰였다. 그러므로 진시(儘是)는 이러하게 다한 모든 정성을 말한다. 명전을 만들고 이를 영가 에게 베풀어 줄 수 있는 것은 부처님의 힘이 아니고는 이루어질 수 없다는 말로써 끝 을 맺는다.

# 수륙공거중유정 水陸空居衆有情

## 품류영 禀類詠

水陸空居衆有情 皆迷正見墮傍生
수륙공거중유정 개미정견타방생

被毛尚自爭頭角 揷扇由來逞趐翎
피모상자쟁두각 삽선유래령혈령

물과 땅, 하늘에 사는 모든 중생
모두 미혹해서 바른 견해 잃고 방생으로 떨어졌네.
온몸을 덮은 털과 뿔 달린 짐승들이 오히려 다투고
삽선(揷扇)의 유래를 보면 새의 날개깃을 좋아했기 때문이네.

산보집에서 하단을 청해 맞이하는 의식인 하단영청지의(下壇迎請之儀)에 보면 품류영(品類詠)으로 실려 있다. 여기서 품류(品類)라고 하는 것은 중생의 갈래를 말한다.


### 수륙공거중유정 水陸空居衆有情
### 물과 땅, 하늘에 사는 모든 중생

수륙(水陸)은 물과 뭍에 사는 중생을 말하며 공거(空居)는 조류(鳥類) 등을 말한다. 그러므로 이 세상에 사는 모든 중생을 통틀어 말하는 것이다.


### 개미정견타방생 皆迷正見墮傍生
### 모두 미혹해서 바른 견해 잃고 방생으로 떨어졌네.

미(迷)는 미혹해서 이러한 표현이며, 방생(傍生)은 몸이 옆으로 되어 있는 생물인 벌레 · 물고기 · 날짐승 등을 말한다.

## 피모상자쟁두각 被毛尙自爭頭角
## 온몸을 덮은 털과 뿔 달린 짐승들이 오히려 다투고

피모(被毛)는 몸에 덮인 털을 말하므로 곧 짐승 등을 말한다. 두각(頭角)은 짐승의 머리에 난 뿔이다. 자쟁(自爭)은 누가 시키지 아니하여도 서로 다투는 것을 말한다.

## 삽선유래령혈령 揷扇由來逞趐翎
## 삽선(揷扇)의 유래를 보면 새의 날개깃을 좋아했기 때문이네.

삽(揷)은 꽂다, 끼워 넣다, 그리고 선(扇)은 부채를 말한다. 그러므로 삽선(翣扇)은 새의 깃털을 끼워 만든 부채를 말한다. 그리고 령(逞)은 굳세다, 즐겁다라는 표현이고, 혈령(趐翎)은 새 떼의 깃을 말한다. 그러므로 새는 날갯짓을 좋아했기에 죽어서도 그 깃이 부채가 되어 날갯짓한다는 표현이다.

## 제10 협불지석 脇不至席 존자

**雖飧五穀曾無漏 母腹因循六十年**
수손오구증무루 모복인순육십년

**無限葛藤先説破 更將何法化人天**
무한갈등선설파 갱장하법화인천

비록 오곡을 먹고 살았지만 일찍이 무루법으로
60년 동안을 어머니 뱃속에 있었다네.
한정 없는 갈등을 먼저 설해 깨뜨렸으니
다시 어떤 법으로 인간과 하늘을 교화하랴.

산보집에서 선문의 조사에게 예참을 올리는 선문조사예참(禪門祖師禮懺) 가운데 부법장 제10 협불지석 존자(脇不至席尊者)에 대한 가영이다. 참고로 협불지석 존자를 줄여서 흔히 협 존자(脇尊者)라고 한다. 존자는 중인도 출신이며 본래 이름은 난생(難生)이다. 잘 때는 겨드랑이를 절대 자리에 대는 일이 없으므로 붙여진 이름이다. 스승은 복타밀다 존자이다.

**수손오구증무루 雖飧五穀曾無漏**
비록 오곡을 먹고 살았지만 일찍이 무루법으로

오곡(五穀)은 쌀·보리·콩·조·기장의 다섯 가지 곡식을 말하나 여기서는 곡식을 총칭하는 말이다. 그러므로 채식만 하고 육식은 하지 않았다는 표현이다. 무루(無漏)는 셈이 없다는 표현으로 법이 그러하다는 것이다. 무루에 반대 표현은 유루(有漏)이다. 까닭에 무루는 다함이 없지만 유루는 다함이 있으므로 법은 무루법(無漏法)이 최고다.

**모복인순육십년 母腹因循六十年**
**60년 동안을 어머니 뱃속에 있었다네.**

어머니 태중에 60년간 있다고 태어났기에 이름을 난생(難生)이라고 지었다.


**무한갈등선설파 無限葛藤先說破**
**한정 없는 갈등을 먼저 설해 깨뜨렸으니**

갈등(葛藤)은 칡과 등나무를 말하므로 이들은 서로 얽히고설키고 하면서 커지기에 번뇌와 망상을 여기에 비유하였다. 그러므로 번뇌를 타파했다는 표현이다.


**갱장하법화인천 更將何法化人天**
**다시 어떤 법으로 인간과 하늘을 교화하랴.**

참다운 법으로 중생을 제도하였다는 표현으로 존자를 추켜세워 추앙하고 있다.

# 수아차법식 受我此法食

## 회향게 回向偈

**受我此法食 何異阿難飱**
수아차법식 하이아난손

**飢腸咸飽滿 業火頓清凉**
기장함포만 업화돈청량

제가 올려드린 이 법식을 받으시옵소서.
어찌 아난이 베푼 음식과 다르겠습니까.
배고픈 자는 모두 다 배가 불러서
업력의 불길이 단박에 시원해지리.

**頓捨貪嗔癡 常歸佛法僧**
돈사탐진치 상귀불법승

**念念菩提心 處處安樂國**
염념보리심 처처안락국

탐냄·성냄·어리석음을 완전히 버리고
항상 부처님과 가르침과 승가에 귀의하여
생각 생각에 보리의 마음 가져
가는 곳마다 안락한 정토 이루소서.

산보집에서 영가에게 시식을 베푸는 의례인 시식의(施食儀)에 보면 영가에게 공양을
권하는 내용인 공양게(供養偈)와 이를 회향하는 회향게(回向偈)로 이중구조를 띠고
있다. 작법귀감 등에도 같은 내용으로 글자가 다른 것이 있지만 그 뜻은 같다. 이는
게송을 설명하는 과정에서 밝힐 것이다.

**수아차법식 受我此法食**
**제가 올려드린 이 법식을 받으시옵소서.**

죽은 자는 공양을 받아먹을 수가 없다. 그러므로 죽은 자가 공양을 받는다고 하는 것은 유교의 사상이거나 샤머니즘의 발상이다. 그러므로 재자(齋者)가 올린 공양은 먹는 공양이 아닌 부처님 말씀으로 공양을 올리는 것이기에 이를 법식(法食)이라고 한다.

**하이아난손 何異阿難飧**
**어찌 아난이 베푼 음식과 다르겠습니까.**

산보집에는 저녁밥을 말하는 손(飧)으로 되어 있으나 작법귀감에는 반찬을 말하는 찬(饌)으로 되어 있다. 우리나라 재의례(齋儀禮)에서는 거의 찬(饌)으로 통용되고 있다. 아난(阿難)은 부처님의 제자인 다문제일 아난(阿難) 존자를 말하며 여기서 아난이 베푼 음식이라고 하는 것은 아난이 부처님께 들은 여러 가지 법문을 말한다. 까닭에 영가에게는 음식을 베푸는 것이 아니라 진리를 말씀을 밥과 반찬처럼 베푸는 것이다.

**기장함포만 飢腸咸飽滿**
**배고픈 자는 모두 다 배가 불러서**

기장(飢腸)은 굶주린 자를 말한다. 그러므로 이는 진리를 모르는 영가를 말한다. 고로 부처님의 말씀을 듣고 모두가 진리의 배가 부르라고 하는 염원이다. 음식을 많이 베풀어서 영가가 극락을 간다고 여긴다면 이는 아직 부처님 말씀을 제대로 모르는 자들이다.

**업화돈청량 業火頓淸凉**
**업력의 불길이 단박에 시원해지리.**

진리를 알아차리게 되면 그동안 삼업(三業)으로 인한 죄업들은 몰록 사라지게 될 것이다. 참회가 이루어진 것을 여기서 청량(淸凉)하다고 표현하였으며 여기까지는 참회를 하는 부분이다.

**돈사탐진치 頓捨貪嗔癡**
**탐냄 · 성냄 · 어리석음을 완전히 버리고**

진리를 알고 참회하면 삼독이 무너질 것이다. 이것을 천수경에서는 진참회(眞懺悔)라고 하였다.


**상귀불법승 常歸佛法僧**
**항상 부처님과 가르침과 승가에 귀의하여**

영가에게 들려주는 삼귀의게(三歸依偈)다. 그러므로 불자는 항상 삼보에 귀의해야 한다.


**염념보리심 念念菩提心**
**생각 생각에 보리의 마음 가져**

삼귀의가 이루어지면 생각 생각마다 지혜의 마음이 일어난다는 표현이다. 이는 아주 중요한 가르침이다. 이를 남방불교에서는 '삿띠'라고 하며 우리나라 말로는 '순간순간 알아차림'이다.


**처처안락국 處處安樂國**
**가는 곳마다 안락한 정토 이루소서.**

이러한 일들이 성취되면 가는 곳곳마다 극락세계가 펼쳐질 것이다.

# 수인온덕용신희 修仁蘊德龍神喜

## 비증보살영 悲增菩薩詠

修仁蘊德龍神喜 念佛看經業障消
수인온덕용신희 염불간경업장소

如是聖賢來接引 庭前高步上金橋
여시성현래접인 정전고보상금교

어짊을 닦고 덕을 쌓으니 용왕과 선신들이 기뻐하고
염불하고 경을 보는 것은 업장을 소멸케 함이네.
이와 같이하면 성현께서 오시어 맞이하여 인도할 것이니
뜰 앞으로 나아가 높은 황금 다리로 올라가 거닐게 하시네.

산보집에서 총림의 사명일(四明日)에 혼령을 맞아 시식하는 절차인 총림사명일영혼
시식절차(叢林四明日迎魂施食節次)에 나오는 초면귀왕(焦面鬼王)인 비증보살마하
살(悲增菩薩摩訶薩)에 대한 가영이다. 사명일(四明日)은 불교의 사대 명절을 말한다.
범음집에도 실려 있다.


### 수인온덕용신희 修仁蘊德龍神喜
어짊을 닦고 덕을 쌓으니 용왕과 선신들이 기뻐하고

수인온덕(修仁蘊德)은 마치 유교의 강령처럼 이루어진 문구며 이는 우란분경소효형
초(盂蘭盆經疏孝衡鈔) 권하(卷下)를 비롯한 여러 문헌에도 나온다. 이러한 수행을 하
면 용왕과 선신들이 기뻐한다고 하였다.

**염불간경업장소 念佛看經業障消**
**염불하고 경을 보는 것은 업장을 소멸케 함이네.**

염불하고 간경하는 것은 자신이 지은 업장을 소멸하기 위함이라고 그 목적을 밝히고 있다.


**여시성현래접인 如是聖賢來接引**
**이와 같이하면 성현께서 오시어 맞이하여 인도할 것이니**

이처럼 하면 성현들이 오시어 극락세계로 이끌기 위하여 맞이할 것이다.


**정전고보상금교 庭前高步上金橋**
**뜰 앞으로 나아가 높은 황금 다리로 올라가 거닐게 하시네.**

정전(庭前)은 마당을 말한다. 금교(金橋)는 금으로 만들어진 다리를 말하므로 곧 극락세계를 말한다. 그러므로 성현이 너를 맞이하러 오면 얼른 마당으로 나가 가마에 올라 극락세계로 가서 금교(金橋)를 거닐라는 표현이다.

# 수향용중유선근 雖向龍中有善根

## 제14 용수 龍樹 존자

**雖向龍中有善根 始知人畜有平論**
수향용중유선근 시지인축유평론

**回心更入無爲路 三界巍巍繼獨尊**
회심갱입무위로 삼계외외계독존

비록 용을 향하여 그 가운데 선근이 있다는 소리 듣고
비로소 알았다네. 사람과 축생이 평등하게 불성이 있다는 것을.
마음 돌이켜 다시 무위(無爲)의 길로 들어가니
삼계에 높고 높아 홀로 존귀함을 이으셨네.

산보집에서 선문의 조사에게 예참을 올리는 선문조사예참(禪門祖師禮懺) 가운데 부법장 제14조 용수 존자(龍樹尊者 ?~ 기원전 212)에 대한 가영이다. 용수 존자는 흔히 용수보살로 불리며 인도 출신으로 산스크리트어로는 나가르주나이다. 그는 중론(中論)을 저술한 중관파(中觀派)의 시조이며 반야부 경전에 나타나는 공(空)의 개념에 대하여 체계적으로 정리하였다. 산보집에서 소개한 게송의 풀이는 다소 무리가 있다. 왜냐하면 그 출처가 미약하기 때문이다. 그러므로 용수보살의 일화를 소개하면 다음과 같다.

### 수향용중유선근 雖向龍中有善根
비록 용을 향하여 그 가운데 선근이 있다는 소리 듣고

나한을 존자라고 하여 중국 특유의 신비감으로 얼룩져 있는데, 용수보살에 대한 일화도 모두 그 범주에 속한다. 용수와 친구들은 은신술로 용궁에 들어가 눈에 보이는 모든 여자를 닥치는 대로 범하였는데, 용왕이 꾀를 내어 밀가루를 바닥에 뿌려 용수와 친구들을 찾아냈다. 용수는 비록 살아났지만, 친구들은 모두 죽임을 당하고 말았다. 용수는 이것이 색욕이 원인이라는 것을 깨닫고 불문에 들었다고 한다.


## 시지인축유평론 始知人畜有平論
**비로소 알았다네. 사람과 축생이 평등하게 불성이 있다는 것을.**

불법에 능하게 되자 자만하여 새로운 종교를 세우려고 하였는데, 용왕이 나타나 그를 용궁으로 데려가 용왕이 보관하고 있던 불경을 보여주었다. 이때 화엄경을 가지고 왔다고 전하여 용궁해장만법(龍宮海藏妙萬法)이라고 한다.


## 회심갱입무위로 回心更入無爲路
**마음 돌이켜 다시 무위(無爲)의 길로 들어가니**

무위(無爲)의 길로 돌아섰다는 것은 불심으로 들어갔다는 표현이다. 용수는 왕자와의 논쟁에서 이기자 화가 난 왕자는 권력의 힘으로 그의 목을 치려고 하였다. 용수는 이를 피하지 않고 받아들였다고 한다. 전생에 낫으로 개미 한 마리를 죽인 과보가 있음을 알기에 그리하였다고 한다.


## 삼계외외계독존 三界巍巍繼獨尊
**삼계에 높고 높아 홀로 존귀함을 이으셨네.**

그의 저서로는 중론(中論) 4권, 대지도론(大智度論) 100권, 십주비바사론(十住毘婆沙論) 17권, 십이문론(十二門論) 1권, 회쟁론(廻諍論) 등이 있다.

# 순찰인간제선악 巡察人間諸善惡

## 육재영 六齋詠

巡察人間諸善惡 權衡鬼域衆魔王
순찰인간제선악 권형귀역중마왕

能驅士卒開冥府 解執符文奏上蒼
능구사졸개명부 해집부문주상창

인간세계 순찰하며 모든 선과 악을 살피고
저울같이 귀신 지역 모든 마왕의 행태를 알며
능히 사졸(士卒)을 몰고 나가 명부의 문을 열어서
이해하기 쉽게 한 부문(符文)을 가지고 이를 하늘에 알리시네.

산보집에서 중단을 청해 맞이하는 의식인 중단영청지의(中壇迎請之儀) 가운데 육재영(六齋詠)으로 실려 있다. 여기서 육재(六齋)라고 하는 것은 매달 8 · 14 · 15 · 23 · 29 · 30일의 6일을 말하며, 이날은 사천왕(四天王)이 인간세계를 순행(巡行)하면서 사람의 선 · 악을 살핀다고 한다. 이날을 맞이하여 사람들은 몸을 조심하고, 마음을 깨끗이 하여 지계(持戒) 하는 날을 말한다.

### 순찰인간제선악 巡察人間諸善惡
인간세계 순찰하며 모든 선과 악을 살피고

이미 위에서 육재일(六齋日)에 대하여 설명을 하였다.

### 권형귀역중마왕 權衡鬼域衆魔王
저울같이 귀신 지역 모든 마왕의 행태를 알며

권형(權衡)은 저울추와 저울대를 말하므로 곧 저울을 말한다. 귀역(鬼域)은 귀신의 영역을 말하는데 이는 사람의 마음을 말하기도 한다.


## 능구사졸개명부 能驅士卒開冥府
### 능히 사졸(士卒)을 몰고 나가 명부의 문을 열어서

구사(驅士)는 사졸(士卒)을 거느리고 나가는 것을 말한다.


## 해집부문주상창 解執符文奏上蒼
### 이해하기 쉽게 한 부문(符文)을 가지고 이를 하늘에 알리시네.

부문(符文)은 관아에서 증인을 찍어 발부하는 공문을 말하며, 주상(奏上)은 임금에게 아뢰던 일을 말한다. 창(蒼)은 푸름을 말하기에 하늘을 뜻한다.

# 승니유도여농상 僧尼儒道與農商

## 고혼게 孤魂偈

**僧尼儒道與農商 萬類有情降道場**
승니유도여농상 만류유정강도량

**普霑法喜禪悦味 永脫幽途到淨方**
보점법희선열미 영탈유도도정방

비구와 비구니, 유생과 도교, 더불어 농부와 상인과
온갖 종류 중생의 혼령들은 이 도량에 내려와
널리 법희의 선열(禪悦) 음식을 드시고
영원히 지옥 세계를 벗어나 극락세계 가옵소서.

작법귀감에서 일상적으로 사용하는 시식에 대한 의식인 상용시식의(常用施食儀) 가운데 고혼청(孤魂請)에 이어 나오는 가영이다.


### 승니유도여농상 僧尼儒道與農商
비구와 비구니, 유생과 도교, 더불어 농부와 상인과

사부대중과 그 외 다른 종교인과 일반 백성들을 모두 총괄하여 나타내고 있다.


### 만류유정강도량 萬類有情降道場
온갖 종류 중생의 혼령들은 이 도량에 내려와

만류(萬類)를 줄여서 보면 태란습화(胎卵濕化)로 이루어진 사류중생(四類衆生)을 말하며 이를 펼쳐서 세세하게 보면 만류(萬類)가 되는 것이다.

**보점법희선열미 普霑法喜禪悅味**
**널리 법희의 선열(禪悅) 음식을 드시고**

점(霑)은 두루 미치다, 이러한 표현이다. 보점(普霑) 하면 널리 두루 미치는 것을 말한다. 오늘 올린 공양은 법식(法食)이라서 이를 알아차리면 법희(法喜)가 일어나므로 이는 무엇과도 비교할 수 없는 최상의 맛이 되는 것이다.


**영탈유도도정방 永脫幽途到淨方**
**영원히 지옥의 길에서 벗어나 극락세계 가옵소서.**

영탈(永脫)은 영원히 벗어나라, 이러한 표현이다. 유도(幽途)는 유명세계로 가는 길을 말하며 정방(淨方)은 서방정토를 말하므로 곧 극락을 말한다.

# 승룡과호요신광 乘龍跨虎曜神光

## 제9 수박가 戍博迦 존자

乘龍跨虎曜神光 率衆咸來赴道場
승룡과호요신광 솔중함래부도량

香醉山中年代久 獼猴池側歲時長
향취산중년대구 미후지측세시장

용과 호랑이를 타고 다니며 신광(神光)을 보였으며
대중들을 거느리고 함께 도량에 이르시네.
향취산 가운데 오랫동안 머무르시니
원숭이들 사는 연못가에는 세월만 깊어 가네.

작법귀감에서 나한에게 올리는 예법인 나한대례(羅漢大禮) 가운데 제9 수박가(戍博迦) 존자에 대한 가영이다. 수박가 존자는 십육 나한의 하나로 900명의 아라한과 더불어 향취산(香醉山)에서 머무르며 정법과 중생을 수호한다는 성자이다.

### 승룡과호요신광 乘龍跨虎曜神光
용과 호랑이를 타고 다니며 신광(神光)을 보였으며

용과 호랑이를 타고 다녔다는 기록은 없다. 아마 신비감을 더하기 위하여 이러한 표현을 쓴 것으로 보인다. 신광(神光)은 신비스러운 광채라기보다는 법이 출중하다는 것을 나타낸 것으로 보인다.

### 솔중함래부도량 率衆咸來赴道場
대중들을 거느리고 함께 도량에 이르시네.

솔중(率衆)은 대중을 통솔하여 거느리고 이러한 표현이며, 이 도량에 모두 오셨다는 말이다.


### 향취산중년대구 香醉山中年代久
### 향취산 가운데 오랫동안 머무르시니

수박가 존자는 향취산(香醉山)에서 900명 대중과 머물렀다고 하기에 붙여진 문장이다.


### 미후지측세시장 獼猴池側歲時長
### 원숭이들 사는 연못가에는 세월만 깊어 가네.

원숭이가 사는 연못이라는 것은 중생을 원후취월(猿猴取月)에 비유하여 나타낸 것이다. 그러므로 언제 오셔서 우리를 제도해 줄 것이냐고 하는 간청이다.

# 승선범해섭창파 乘船泛海涉滄波

## 불순영 不順詠

乘船泛海涉滄波 命値風濤不奈何
승선범해섭창파 명치풍도불나하

萬斛舟翻如片葉 千尋浪捲若輕梭
만곡주번여편엽 천심낭권약경사

바다에 배를 띄워 푸른 파도를 건너는 일
목숨은 파도에 맡길 뿐 어찌하지 못하는데
만섬 싣는 배도 낙엽처럼 뒤집히고
천 길의 파도는 가벼운 북채로 두드리듯 하네.

산보집에서 하단을 청해 맞이하는 의식인 하단영청지의(下壇迎請之儀) 가운데 불순영(不順詠)이다. 불순(不順)은 바람이 고르지 못하여 풍랑을 만나는 것에 대한 가영이다.

### 승선범해섭창파 乘船泛海涉滄波
바다에 배를 띄워 푸른 파도를 건너는 일

창파(滄波)는 바다의 푸른 물결을 말한다. 이 게송은 머리로 상상을 하면서 읽어보면 한결 실감이 난다. 바다로 나가 배를 타고 사나운 파도를 헤쳐나간다는 것은 보통 일이 아니다. 그러한 상황을 표현한 것이다.

### 명치풍도불나하 命値風濤不奈何
목숨은 파도에 맡길 뿐 어찌하지 못하는데

도(濤)는 큰 물결을 말하므로 곧 파도를 말한다. 바다를 건너감에 이토록 위험함이 따른다는 뜻이다.


### 만곡주번여편엽 萬斛舟翻如片葉
### 만섬 싣는 배도 낙엽처럼 뒤집히고

곡(斛)은 곡식을 재는 용량으로 열 말의 용량이 1곡(斛)이며, 만곡(萬斛)은 많은 양의 화물을 말한다. 그러나 이토록 많은 양의 화물도 배 위에서는 일엽편주(一葉片舟)에 불과하다고 비유하고 있다.


### 천심낭권약경사 千尋浪捲若輕梭
### 천 길의 파도는 가벼운 북채로 두드리듯 하네.

낭(浪)도 도(濤)나 파(波)와 마찬가지로 파도를 뜻하는 표현이다. 가벼운 북채라는 것은 북을 두드리는 채가 가벼워서 북을 마구 때릴 수 있듯이 파도가 배를 때림이 그러하다는 것을 말한다. 그러므로 바다를 건넌다고 하는 것은 천신만고(千辛萬苦)의 어려움이 따른다는 것을 말한다.

# 시방삼세불 十方三世佛

## 아미타불 阿彌陀佛 탄백

十方三世佛 阿彌陁第一
시방삼세불 아미타제일

九品導衆生 威德無窮極
구품도중생 위덕무궁극

시방 삼세 부처님 가운데
아미타 부처님이 제일이시라.
구품으로 중생을 인도하시니
위엄과 덕은 그지없어라.

작법귀감에서 아미타불을 청하는 의식인 미타청(彌陀請)에 보면 미타정근을 하고 나서 아미타불을 찬탄하는 탄백으로 실려 있다. 이 게송은 비교적 널리 알려진 게송이다. 이는 대아미타경(大阿彌陀經) 권 제1에서 대아미타경의 서문(序文)을 지은 송나라 왕일휴(王日休)가 회향하고 발원하는 게문(偈文)에 나오는 내용 일부분이다.


**시방삼세불 十方三世佛**
시방 삼세 부처님 가운데

모든 부처님 가운데 이러한 표현이다.


**아미타제일 阿彌陁第一**
아미타 부처님이 제일이시라.

정토종 처지에서 보면 아미타불이 제일이다.


**구품도중생 九品導衆生**
**구품으로 중생을 인도하시니**

구품(九品)은 극락을 품류별로 아홉 가지로 나눈 것이다. 극락세계를 먼저 상·중·하로 분류하고 여기에다 다시 상·중·하로 각각 분류한 것이다.

상품(上品)
상상품(上上品)·상중품(上中品)·상하품(上下品).

중품(中品)
중상품(中上品)·중중품(中中品)·중하품(中下品).

하품(下品)
하상품(下上品)·하중품(下中品)·하하품(下下品).


**위덕무궁극 威德無窮極**
**위엄과 덕은 그지없어라.**

극락세계의 위엄과 복덕은 무궁하다는 뜻이다.

# 시방소유세간등 十方所有世間燈

## 참죄 발원게 懺罪發願偈

十方所有世間燈 最初成就菩提者
시방소유세간등 최초성취보리자

我今一切皆勸請 轉於無上妙法輪
아금일체개권청 전어무상묘법륜

시방세계의 모든 세간을 비추시는 등불이시며
처음으로 보리도(菩提道)를 성취하신 분께
제가 이제 모든 가르침을 청하옵나니
위없는 묘한 법륜을 굴려 주시옵소서.

산보집에서 선문의 조사에게 예참을 올리는 선문조사예참(禪門祖師禮懺) 가운데 죄를 참회하고 발원하는 게송인 참죄발원게(懺罪發願偈)로 실려 있다. 이는 40권 본 화엄경 입부사의해탈경계보현행원품(入不思議解脫境界普賢行願品)에서 보현보살마하살의 게송 가운데 한 구절을 인용하였다.

## 시방소유세간등 十方所有世間燈
시방세계의 모든 세간을 비추시는 등불이시며

화엄경 원본에서는 간(聞)으로 되어 있지만 그 뜻은 같다. 시방세계에서 세간의 등불이 되어 주시는 분이 곧 부처님이라는 표현이다.

## 최초성취보리자 最初成就菩提者
처음으로 보리도(菩提道)를 성취하신 분께

부처님은 보드가야 보리수 아래서 대각(大覺)을 이루시어 부처가 되었음을 말한다.


**아금일체개권청 我今一切皆勸請**
**제가 이제 모든 가르침을 청하옵나니**

부처님의 말씀은 미묘하다. 그러므로 이를 들어야만 중생도 부처가 될 수 있음이다.


**전어무상묘법륜 轉於無上妙法輪**
**위없는 묘한 법륜을 굴려 주시옵소서.**

이러한 법문을 굴려 주실 것을 간청한다는 표현이다. 참고로 아육왕경(阿育王經) 권
제6에 보면 가섭존자가 아난존자에게 제가 부처님께 들은 수다라도 있지만 듣지 못
한 수다라도 있으니 이를 설해 달라고 청하는 게송에 보면 다음과 같은 내용이 있다.

大智皆勸請 佛子汝當說 佛初修多羅 在於何處說
대지개권청 불자여당설 불초수다라 재어하처설

대지(大智)시여, 모두가 권하고 청하오니
부처님의 제자이신 그대는 응당 말씀하시오.
부처님의 첫 번째 수다라는
어느 곳에서 설하신 것입니까?

# 시방일체제중생 十方一切諸衆生

## 참회 발원게 懺罪發願偈

十方一切諸衆生 二乘有學及無學
시방일체제중생 이승유학급무학

一切如來與菩薩 所有功德皆隨喜
일체여래여보살 소유공덕개수희

시방세계의 모든 중생과
성문 연각 배우는 이, 다 배운 이와
모든 부처님과 더불어 보살이
지닌 공덕을 저도 따라 기뻐합니다.

산보집에서 선문의 조사에게 예참을 하는 의례인 선문조사예참(禪門祖師禮懺) 가운데 자신이 지은 죄를 참회하고 발원하는 게송인 참회발원게(懺罪發願偈)로 수록된 것이다. 그 가운데 하나로 삼보께 귀명례(歸命禮)를 올리면서 지극한 마음으로 참회하는 내용이며, 이 게송의 출처는 40권 본 화엄경 권 제40 입부사의해탈경계보현행원품(入不思議解脫境界普賢行願品)에 나오는 부분을 인용하였다.


시방일체제중생 十方一切諸衆生
시방세계의 모든 중생과

모든 중생을 망라하여 언급하였다.


이승유학급무학 二乘有學及無學
성문 연각 배우는 이, 다 배운 이와

이승(二乘)은 성문승과 연각승을 말하며 유학(有學)은 아직 이승을 배우고 있는 이들을 말하며 무학(無學)은 이승의 수행을 다 마친 이들을 말한다.


**일체여래여보살 一切如來與菩薩**
**모든 부처님과 더불어 보살이**

처음에는 모든 중생을 언급하고 이어서 이승을 언급하였으며 이제는 모든 불보살을 언급하고 있다.


**소유공덕개수희 所有功德皆隨喜**
**지닌 공덕을 저도 따라 기뻐합니다.**

앞서 밝힌 이들이 지닌 모든 공덕을 저도 따라 기뻐한다는 수희(隨喜)하는 마음을 내며 참회하고 있다.

# 시방제불찰 十方諸佛刹

## 배송게 拜送偈

十方諸佛刹 莊嚴悉圓滿
시방제불찰 장엄실원만

願須歸淨土 哀念忍界人
원수귀정토 애념인계인

시방 모든 부처님 세계를
장엄하여 다 원만해졌사오니
바라건대 반드시 정토에 돌아가시고
사바세계 중생들을 가엾게 여기소서.

산보집에서 봉송하는 의식인 봉송의(奉送儀) 가운데 상단에 절하고 전송하는 의식인 상단배송(上壇拜送)에 나오는 배송게(拜送偈)이다. 작법귀감에서는 상단의 성현들을 받들어 전송하는 봉송상위(奉送上位)에 실려 있다. 앞의 두 구절은 화엄경에서 인용하였다.

## 시방제불찰 十方諸佛刹
## 시방 모든 부처님 세계를

시방삼세불(十方三世佛)과 같은 표현이며 이를 줄여서 제불세계(諸佛世界) 등 다양한 표현이 있다. 80권 본 화엄경 권 제13 보살문명품 제10에 나오는 현수보살(賢首菩薩)의 게송을 인용하였으며 이를 마저 소개하면 다음과 같다.

一切諸佛刹 莊嚴悉圓滿 隨衆生行異 如是見不同
일체제불찰 장엄실원만 수중생행이 여시견불동

모든 부처님들 여러 세계를 장엄함이 모두 다 원만하건만
중생들의 수행이 다름을 따라 이렇게 보는 것이 같지 않도다.

### 장엄실원만 莊嚴悉圓滿
### 장엄하여 다 원만해졌사오니

이 게송의 출처는 위에서 이미 설명하였다. 장엄(莊嚴)은 웅장하고 위엄 있는 것을
말하는데 여기서는 원만한 법으로 장엄을 하였다고 표현하고 있다.

### 원수귀정토 願須歸淨土
### 바라건대 반드시 정토에 돌아가시고

오늘 청함은 모든 부처님은 모름지기 이제 정토로 돌아가시라고 발원하는 것이다.

### 애념인계인 哀念忍界人
### 사바세계 중생들을 가엾게 여기소서.

애념(哀念)은 슬퍼하고 가엾이 여기는 마음으로 이는 부처님이 중생을 바라보는 마음이다. 인계(忍界)는 감인세계(堪忍世界)를 말하므로 곧 중생이 사는 사바세계를 말한다.

# 시방진귀명 十方盡歸命

## 귀명게 歸命偈

**十方盡歸命 滅罪生淨身**
시방진귀명 멸죄생정신

**願生華藏界 極樂淨土中**
원생화장계 극락정토중

시방 삼세 삼보님께 귀명하오니
죄업을 멸하고 맑은 몸 생겨나서
연화장세계 극락정토에서
태어나기를 원하나이다.

산보집 영산작법절차(靈山作法節次)에서 법을 설하고 난 후 법을 거두는 수경게(收經偈)에 이어 사무량게(四無量偈)를 하는데, 이를 하지 아니하고 간략하게 하는 게송이다. 작법귀감에도 실려 있으며 이 게송은 대방광불화엄경해인도량십중행원상편례참의(大方廣佛華嚴經海印道場十重行願常徧禮懺儀) 권 제41에 있는 내용을 인용하였다.

**시방진귀명 十方盡歸命**
시방 삼세 삼보님께 귀명하오니

모든 부처님께 귀명(歸命)합니다.

**멸죄생정신 滅罪生淨身**
죄업을 멸하고 맑은 몸 생겨나서

제가 부처님께 귀명하오니 바라옵건대 모든 죄업이 소멸하여 청정신(淸淨身)을 갖추게 하여 주시옵소서라는 표현이다.


**원생화장계 願生華藏界**
**연화장세계 극락정토에서**

그리하여 화장세계(華藏世界)에 태어나기를 소원하고 있다.


**극락정토중 極樂淨土中**
**태어나기를 원하나이다.**

극락세계에 태어나기를 원한다고 부처님께 귀명을 하는 게송이다.

# 시언설심난 是言說甚難

## 설법게 說法偈

**是言說甚難 無量佛神力**
시언설심난 무량불신력

**光熖入我身 是力我能説**
광도입아신 시력아능설

이는 말로써 설하기가 매우 어렵지만
한량없는 부처님의 위신력으로
그 광명의 불꽃 나의 몸으로 들어오니
이러한 힘으로 나는 능히 설할 수 있다네.

산보집에서 삼일재(三日齋)를 지내기 전의 작법 절차인 삼일재전작법절차(三日齋前作法節次) 가운데 법사에게 법을 청하는 청법게(聽法偈)를 하고 나서 이어지는 설법게(說法偈)이다. 이는 십지경론(十地經論) 권 제2에서 환희지(歡喜地)에 나오는 게송을 인용하였다.

**시언설심난 是言說甚難**
이는 말로써 설하기가 매우 어렵지만

부처님의 진리는 증득하는 것이기에 말로써 나타내기는 참으로 어렵다는 고백이다. 왜냐하면 불도는 말로써 전하여 깨칠 수 있는 것은 아니므로 증득하라고 하는 것이다.

**무량불신력 無量佛神力**
한량없는 부처님의 위신력으로

무량(無量)은 부처님의 위신력이 그러하다는 것이다. 그러므로 이를 희유(稀有)라 하기도 하고 부사의(不思議)라 하기도 한다.

## 광도입아신 光熖入我身
## 그 광명의 불꽃 나의 몸으로 들어오니

광도(光熖)는 진리를 광명의 불꽃에 비유한 표현이다. 왜냐하면 어두운 무명은 빛으로 물리칠 수 있기 때문이다. 이러한 광도(光熖)가 나에게 들어온다고 하는 것은 곧 부처님의 위신력이 그러하다는 것이다.

## 시력아능설 是力我能說
## 이러한 힘으로 나는 능히 설할 수 있다네.

이러한 부처님의 가피력을 입어서 나는 법을 설함이라고 하였다.

# 시주발건성 施主發虔誠

## 다약게 茶藥偈

**施主發虔誠 奉獻茶及藥**
시주발건성 봉헌다급약

**朗鑒賜威靈 願垂哀納受**
낭감사위령 원수애납수

시주자들이 경건한 마음으로 정성을 다하여
차와 더불어 약식을 받들어 드리오니
밝은 살핌으로 위령(威靈)을 내리시어
바라건대 자비를 드리워 가엾이 여겨 받으소서.

산보집 지기단(地祇壇) 작법에서 다약(茶藥)을 올리는 게송이다.


**시주발건성 施主發虔誠**
시주자들이 경건한 마음으로 정성을 다하여

시주(施主)는 단월(檀越)을 말한다. 그러므로 단월이 올리는 정성을 나타낸 것이다.


**봉헌다급약 奉獻茶及藥**
차와 더불어 약식을 받들어 드리오니

다약(茶藥)은 차(茶)와 약식(藥食)을 말한다. 이러한 귀중한 공양물을 올린다는 의미이기도 하다. 약식을 다른 말로 표현하면 약밥이다. 또 다른 표현으로는 오늘 올린 공양물이 수행자들에게는 몸을 보호하는 약이라는 표현도 있다.

낭감사위령 朗鑒賜威靈
밝은 살핌으로 위령(威靈)을 내리시어

삼가 근신(謹愼)하는 마음으로 올리오니 위령(威靈)들은 이를 굽어살펴 달라는 표현이다.


원수애납수 願垂哀納受
바라건대 자비를 드리워 가엾이 여겨 받으소서.

바라건대 자비심을 버리지 마시고 단월의 공양을 받아 달라는 간청이다.

# 시탁안선세월심 示託安禪歲月深

### 제11 나호라 羅怙羅 존자

**示託安禪歲月深 形同枯木鎭灰心**
시탁안선세월심 형동고목진회심

**任從浮世桑田變 豈顧人間夢裏侵**
임종부세상전변 개고인간몽리침

안선(安禪)에 의탁한 모습을 보이신 세월 깊으니
몰골은 고목과 같고 마음은 식은 재와 같네.
뜬구름 같은 세상을 따라서 뽕밭이 변한다고 해도
어찌 돌아보겠느냐, 꿈속에 빠진 인간 세상을.

작법귀감에서 나한에게 올리는 예법인 나한대례(羅漢大禮) 가운데 필리양구주(畢利颺瞿洲)에 계시는 제11 나호라(羅怙羅) 존자에 대한 가영이다. 나호라 존자는 부처님의 아들인 나후라(羅睺羅)와 같은 인물로 여기기도 하지만 그 근거는 없다. 하여튼 나호라 존자는 1,100명의 제자와 함께 필리양구주((畢利颺瞿洲)에서 법을 전한다고 한다.

### 시탁안선세월심 示託安禪歲月深
안선(安禪)에 의탁한 모습을 보이신 세월 깊으니

시탁(示託)은 어디에 의지한 모습을 보여준다는 표현이며, 안선(安禪)은 깊은 선정에 든 모습을 말하는 것이다.

**형동고목진회심 形同枯木鎭灰心**
**몰골은 고목과 같고 마음은 식은 재와 같네.**

형(形)은 육체를 말하므로 곧 몰골을 말하며 이를 비유하여 말하기를 마른나무와 같다고 하였다. 그리고 마음은 진회(鎭灰)로 재 무더기를 말하나, 문장의 흐름으로 보면 식은 재를 말하는 것이다. 고목과 식은 재는 모두 감정이 없기에 번뇌가 떠난 몸이라는 표현이며, 이러한 어투는 벽암록(碧巖錄)에도 나타난다.


**임종부세상전변 任從浮世桑田變**
**뜬구름 같은 세상을 따라서 뽕밭이 변한다고 해도**

갈홍(葛洪)이 지은 신선전(神仙傳)에 보면 마고(麻姑)가 왕방평(王方平)에게 말하기를 스스로 모신 이래로 동해(東海)가 세 번이나 뽕나무밭으로 변하였던 것을 보았는데 이번에는 봉래(蓬萊)에 이르니 물이 갈 때보다 얕아져서 어림잡아 반쯤이나 줄어들었다. 이제 다시 언덕이 되려고 하느냐고 묻자 왕방평이 말하기를 동해가 다시 흙먼지를 일으킬 것이라고 하였다. 이를 줄여서 상전벽해(桑田碧海)라고 하여 세상이 덧없이 변함을 나타내는 표현이며, 이를 다르게 표현하면 상전창해(桑田滄海), 격세지감(隔世之感) 등으로 나타낸다.


**개고인간몽리침 豈顧人間夢裏侵**
**어찌 돌아보겠느냐, 꿈속에 빠진 인간 세상을.**

상전벽해가 된다고 하더라도 어찌 인간세계를 그리워하겠느냐고 하는 표현이다. 여기서 돌아본다고 하는 것은 그리워한다는 표현과 같은 뜻이다.

# 식노정진수운예 息怒停嗔收雲翳

## 주집영 主執詠

**息怒停嗔收雲翳 願承歡喜上飄颺**
식노정진수운예 원승환희상표양

**晴明天地增光曜 咸助冥陽大道場**
청명천지증광요 함조명양대도량

노여움 쉬고 성냄 그치기를 구름 걷히듯 하고
환희를 받들기를 바람에 휘날리듯 바라며
맑게 갠 밝은 천지에 광명을 더하고
다 함께 명계(冥界)와 양계(陽界)의 큰 도량을 도우시네.

산보집에서 중단을 청해 맞이하는 의식인 중단영청지의(中壇迎請之儀)에 보면 주집영(主執詠)으로 실려 있으며 범음집에도 그러하다. 여기서 주집영(主執詠)이라고 하는 것은 음양계(陰陽界)를 다스리는 역량을 말한다.

**식노정진수운예 息怒停嗔收雲翳**
노여움 쉬고 성냄 그치기를 구름 걷히듯 하고

노(怒)나 진(嗔)은 모두 성내거나 화냄을 말하며, 운예(雲翳)는 운영(雲影)과 같은 뜻으로 구름을 말한다. 그러므로 이러한 것들이 구름 걷히듯이 사라지기를 바란다는 표현이다.

**원승환희상표양 願承歡喜上飄颺**
환희를 받들기를 바람에 휘날리듯 바라며

표양(飄颺)에서 표(飄)는 회오리바람을 말하고 양(颺)은 날리는 것을 말한다. 그러므로 환희심이 바람에 휘날리듯이 선양(宣揚)되기를 바라는 것이다.


### 청명천지증광요 晴明天地增光曜
**맑게 갠 밝은 천지에 광명을 더하고**

청명(晴明)은 하늘이 맑은 것을 말한다. 그러므로 해가 천지에 그 빛을 비추듯이 이러한 표현으로 광명천지(光明天地)를 말한다.


### 함조명양대도량 咸助冥陽大道場
**다 함께 명계(冥界)와 양계(陽界)의 큰 도량을 도우시네.**

함조(咸助)는 다 함께 돕는다는 표현이며 명양(冥陽)은 명계와 양계를 말한다.

# 식미소락 食味酥酪

## 배헌선열미 拜獻禪悅味

食味酥酪 造出天厨供 成道當初 牧女先來送
식미소락 조출천주공 성도당초 목녀선래송

老母曾將 托在金盤奉 獻上如來 大覺釋迦尊
노모증장 탁재금반봉 헌상여래 대각석가존

맛있는 소락(蘇酪)은 천상의 주방에서 만들어온 것 같도다.
성도하시기 전에 목녀(牧女)가 먼저 보내왔다네.
일찍이 노모가 부처님께 금 쟁반에 받쳐서 올렸듯이
큰 깨달음을 이루신 석가세존께 이 공양을 받들어 올립니다.

산보집 영산작법 절차에 보면 육법공양(六法供養)이 있는데 여기서 선열미(禪悅味)
에 대한 가영이다. 배헌선열미(拜獻禪悅味)라고 하는 것은 절하면서 선열의 맛을 봉
헌한다는 의미이다. 범음집, 운수단가사(雲水壇歌詞) 등에도 그러하다. 또한 선열미
(禪悅味)라고 하는 것은 선정에 들어서 몸과 마음이 가벼워지고 고요한 상태를 느끼
는 희열을 말하며 이를 선미(禪味)라고도 한다.


## 식미소락 조출천주공 食味酥酪 造出天厨供
맛있는 소락(蘇酪)은 천상의 주방에서 만들어온 것 같도다.

식미(食味)는 공양물의 맛을 말하고, 소락(蘇酪)은 제호(醍醐)를 말하며 이를 유미
(乳糜)라고도 한다. 천주(天廚)는 하늘의 주방을 말한다. 그러므로 이 문장을 의역하
면 맛이 뛰어난 소락(蘇酪)은 마치 하늘의 주방에서 만들어진 것 같다는 표현이다.

**성도당초 목녀선래송 成道當初 牧女先來送**
**성도하시기 전에 목녀(牧女)가 먼저 보내왔다네.**

당초(當初)는 일이 생긴 처음에 이러한 표현이므로 '성도하시기 전에' 이렇게 문장을 봐야 할 것이다. 목녀(牧女)는 부처님이 니련선하(尼連禪河)에서 목욕을 마치시고 수행처로 가실 때 소락(蘇酪) 공양을 올린 '수자타' 여인을 말한다. 그리고 먼저 보내왔다고 하는 것은 먼저 공양을 올렸다는 의미다.


**노모증장 탁재금반봉 老母曾將 托在金盤奉**
**일찍이 노모가 부처님께 금 쟁반에 받쳐서 올렸듯이**

이는 일찍이 도리천에 태어나신 마야부인이 하늘에서 지은 공양을 금 쟁반에 받쳐서 올렸다는 유래에서 나온 표현이지만 경전의 출처는 없다.


**헌상여래 대각석가존 獻上如來 大覺釋迦尊**
**큰 깨달음을 이루신 석가세존께 이 공양을 받들어 올립니다.**

이러한 공양을 석가여래께 올립니다. 크게 깨달으신 석가세존이시여!

# 신광낭요이소한 神光朗耀離霄漢

## 제10 반타가 半託迦 존자

**神光朗耀離霄漢 定力潛通遍海涯**
신광낭요이소한 정력잠통편해애

**如意自然垂應供 還同影響報無差**
여의자연수응공 환동영향보무차

신광(神光)은 조요(照耀)하여 은하수에 사무치고
선정(禪定)의 힘은 바다 끝까지 두루 통했네.
뜻한 대로 저절로 공양에 응하심이
그림자와 메아리처럼 돌아와서 보답함에 차별이 없었네.

작법귀감에서 나한에게 올리는 예법인 나한대례(羅漢大禮) 가운데 제10 반타가(半託迦) 존자의 가영이며 반탁가(半託迦)라고 읽기도 한다. 존자는 16 아라한 가운데 한 분이며 인도 왕사성(王舍城) 출신이다. 1,300명의 대중과 함께 도리천에 머문다고 한다.


**신광낭요이소한 神光朗耀離霄漢**
**신광(神光)은 조요(照耀)하여 은하수에 사무치고**

신광(神光)은 밝게 빛나 조요하기를 은하수에 사무쳤다고 하는 것은 법의 밝기가 그러하다는 의미다.


**정력잠통편해애 定力潛通遍海涯**
**선정(禪定)의 힘은 바다 끝까지 두루 통했네.**

선정(禪定)의 힘은 바다 밑바닥까지 두루하다고 하였으므로 이는 위의 구절과 함께 법력이 그러하다는 뜻이다.


**여의자연수응공 如意自然垂應供**
**뜻한 대로 저절로 공양에 응하심이**

공양을 응함에 있어서 걸림이 없다는 표현이다.


**환동영향보무차 還同影響報無差**
**그림자와 메아리처럼 돌아와서 보답함에 차별이 없었네.**

영향(影響)은 그림자와 메아리를 말하므로 그 어떠한 일에 영향을 끼치는 것을 말한다. 그러므로 차별 없이 보답함에서 있어서 무애(無礙)하다고 하였다.

# 신구의업항청정 身口意業恒淸淨

## 귀명게 歸命偈

**身口意業恒淸淨 諸行刹土亦復然**
신구의업항청정 제행찰토역부연

**如是智慧號普賢 願我與彼皆同等**
여시지혜호보현 원아여피개동등

몸과 말과 뜻이 늘 깨끗하고
모든 행과 국토 역시 그러하여서
이와 같은 지혜를 일러 보현이라 하오니
바라건대 나도 저분들과 같아지이다.

산보집에서 선문조사에게 예참을 올리는 선문조사예참(禪門祖師禮懺) 가운데 참회를 마치고 대중들이 지극한 마음으로 귀명을 하는 게송 가운데 하나이다. 그리고 이 게송은 80권 본 화엄경 권 제81 보현행원품 게송 가운데 일부이다.


**신구의업항청정 身口意業恒淸淨**
몸과 말과 뜻이 늘 깨끗하고

삼업(三業)이 늘 청정하기를 바라는 원(願)이다.


**제행찰토역부연 諸行刹土亦復然**
모든 행과 국토 역시 그러하여서

더불어 자신의 모든 행동과 자신이 거주하는 곳도 삼업이 청정하듯이 그렇게 되기를 바라는 원(願)이다.

## 여시지혜호보현 如是智慧號普賢
**이와 같은 지혜를 일러 보현이라 하오니**

삼업이 청정하면 청정한 지혜가 나오므로 이를 일러 보현(普賢)이라고 한다. 이를 보살로 대비하여 인격화하면 보현보살이다.

## 원아여피개동등 願我與彼皆同等
**바라건대 나도 저분들과 같아지이다.**

나도 바라건대 보현보살처럼 되기를 원한다는 서원으로 마무리하고 있다.

# 신라고국일천년 新羅故國一千年

## 신라오십오위청영 新羅五十五位請詠

**新羅故國一千年 五十五王次第連**
신라고국일천년 오십오왕차제련

**朴昔金三相代立 至今陵墓各寒烟**
박석김삼상대립 지금능묘각한연

신라 오래된 나라 일천 년
쉰다섯 왕이 차례로 왕위에 올랐네.
박 씨, 석 씨, 김 씨 삼성(三姓)이 서로 대(代)를 이었지만
지금은 그 능묘 각각 싸늘한 안개만 피어오르네.

산보집 종실단작법(宗室壇作法)에서 신라의 55명 왕을 청하는 신라오십오위청(新羅五十五位請)에 나오는 가영이다.

### 신라고국일천년 新羅故國一千年
신라 오래된 나라 일천 년

고국(故國)은 역사가 오래된 나라를 말하며 신라는 서기전 57년(혁거세 거서간 1)부터 935년(경순왕 9)까지 56대 992년간 존속했던 고대 왕조이므로 흔히 1천 년의 역사라고 한다.

### 오십오왕차제련 五十五王次第連
쉰다섯 왕이 차례로 왕위에 올랐네.

신라 55명의 왕은 시조 혁거세(赫居世)왕, 남해(南解)왕, 유리(儒理)왕, 탈해(脫解)왕, 사바(娑婆)왕, 기마(祇摩)왕, 일성(逸聖)왕, 아달라(阿達羅)왕, 벌휴(伐休)왕, 내해(奈解)왕, 조분(助賁)왕, 첨해(沾解)왕, 미추(味鄒)왕, 유례(儒禮)왕, 기림(基臨)왕, 흘해(訖解)왕, 내물(奈勿)왕, 실성(實聖)왕, 눌지(訥祗)왕, 자비(慈悲)왕, 소지(炤智)왕, 지증(智證)왕, 법흥(法興)왕, 진흥(眞興)왕, 진지(眞智)왕, 진평(眞平)왕, 선덕(善德)왕, 진덕(眞德)왕, 태종(太宗)왕, 문무(文武)왕, 신문(神文)왕, 효소(孝昭)왕, 성덕(聖德)왕, 효성(孝聖)왕, 경덕(景德)왕, 혜공(惠空)왕, 선덕(宣德)왕, 원성(元聖)왕, 소성(昭聖)왕, 애장(哀莊)왕, 헌덕(憲德)왕, 흥덕(興德)왕, 희강(僖康)왕, 신무(神武)왕, 문성(文聖)왕, 헌안(憲安)왕, 경문(景文)왕, 헌강(憲康)왕, 정강(定康)왕, 진성(眞聖)왕, 효공(孝恭)왕, 신덕(神德)왕, 경명(景明)왕, 경애(景哀)왕, 경순(敬順)왕까지를 말한다.


### 박석김삼상대립 朴昔金三相代立
박 씨, 석 씨, 김 씨 삼성(三姓)이 서로 대(代)를 이었지만

신라의 왕위(王位)를 보면 박 씨, 석 씨, 김 씨 삼성(三姓)이 통치하였다는 표현이다.


### 지금능묘각한연 至今陵墓各寒烟
지금은 그 능묘 각각 싸늘한 안개만 피어오르네.

그러나 나라는 없어지고 왕들의 무덤을 보면 처량하기 그지없다고 하여 통한의 아쉬움을 나타내고 있다.

# 신라시유갈문왕 新羅時有葛文王

## 덕종 회간왕영 懷簡王詠

**新羅時有葛文王 欲使九原嘆喜長**
신라시유갈문왕 욕사구원탄희장

**駛請追封拜稽首 鳳唧恩詔飛窮蒼**
사청추봉배계수 봉함은조비궁창

신라에는 갈문왕(葛文王)이라는 칭호가 있었는데
구원(九原)으로 하여금 탄식과 기쁨 길게 했었지.
신속하게 청하여 추봉하고 계수하여 절하니
봉함의 은혜로운 조서 푸른 하늘에 날리네.

산보집 종실단작법의(宗室壇作法儀)에서 덕종 회간대왕(懷簡大王)의 선가(仙駕)를
받들어 청하고 나서 이어지는 가영이다. 덕종(德宗 1438~1457)은 조선 세조와 정희
왕후(貞熹王后) 윤 씨 사이의 맏아들이며, 월산대군(月山大君)과 성종(成宗)의 아버
지인 의경세자(懿敬世子)다. 조선 제조 1년인 1455년에 세자에 책봉되었으나 즉위
도 하기 전인 20세의 나이에 병으로 죽었다. 1471년 성종 2년에 덕종으로 추존되었
으며, 회간대왕(懷簡大王)이라는 시호는 명(明)나라에서 내린 덕종의 시호다. 부인은
소혜왕후(昭惠王后) 한 씨다.

### 신라시유갈문왕 新羅時有葛文王
신라에는 갈문왕(葛文王)이라는 칭호가 있었는데

갈문왕(葛文王)은 신라 때 왕의 근친으로서 왕위에 오르지 못하고 죽은 자나 살아 있
는 자에게 추존(追尊)하던 왕명이다. 그러므로 왕은 아니지만 그만한 지위는 있었다.
여기서는 왕위에 오르지도 못하고 죽음을 맞이한 덕종과 대비하여 지은 문구이다.

**욕사구원탄희장 欲使九原嘆喜長**
구원(九原)으로 하여금 탄식과 기쁨 길게 했었지.

구원(九原)은 무덤을 말한다. 이는 진(晉)나라 경대부(卿大夫)의 무덤들이 모두 구원산(九原山)에 있으므로 후세에는 무덤을 구원(九原)이라고 불렀다.


**사청추봉배계수 駛請追封拜稽首**
신속하게 청하여 추봉하고 계수하여 절하니

추봉(追封)은 추존과 같은 표현으로 임금 또는 왕족이 죽은 뒤에 존호를 올리는 제도를 말한다. 여기서는 의경세자(懿敬世子)가 사후에 덕종(德宗)으로 추존된 것을 뜻한다.


**봉함은조비궁창 鳳唧恩詔飛窮蒼**
봉함의 은혜로운 조서 푸른 하늘에 날리네.

봉함(鳳唧)은 봉황을 시켜 물어왔다는 뜻으로 높이 추존한다는 의미이며, 궁창(穹蒼)은 높고 푸른 하늘을 말한다. 까닭에 이러한 은혜로운 조칙(詔勅)은 높고 푸른 하늘에 이르도록 다함이 없다는 표현이다.

# 신수불어상옹호 信受佛語常擁護

## 신도영 神都詠

信受佛語常擁護 菩提城內折邪魔
신수불어상옹호 보리성내절사마

利益羣生常不倦 權衡鬼域護僧伽
이익군생상불권 권형귀역호승가

부처님 말씀을 믿고 받아 지녀 항상 옹호하면
보리성 안에서 삿된 마군 꺾을 수 있다네.
중생들을 유익하게 하는 일에 항상 게으르지 않고
귀신 지역을 저울처럼 살피면서 승가를 보호하네.

산보집에서 중단을 청하여 맞이하는 의식인 중단영청지의(中壇迎請之儀) 가운데 신도영(神都詠)으로 작법귀감, 범음집에도 이러한 내용이 있다. 신도영(神都詠)에서 신도(神都)는 마(魔)의 무리를 말한다. 대길의신주경(大吉義神呪經) 권 제2에 보면 신도(神都)라는 표현이 있으므로 이를 소개하면 다음과 같다. 백호개자(白胡芥子)를 불 가운데 던지면 귀신들이 모두 이처럼 불에 탈 것이라. 以白胡芥子 擲著火中。能使鬼神都如火然。

## 신수불어상옹호 信受佛語常擁護
부처님 말씀을 믿고 받아 지녀 항상 옹호하면

신수불어(信受佛語)는 부처님 말씀을 믿어서 늘 지님을 말한다. 그러므로 부처님 말씀으로 모든 것을 옹호하고자 하는 것이다. 신수불어(信受佛語)라는 표현은 대방편불보은경(大方便佛報恩經), 대보적경(大寶積經), 대지도론(大智度論), 법화경(法華經) 여래수량품 등에 나타나는 표현이며 이는 불교의 밑바탕이 되는 사상이다.

**보리성내절사마 菩提城內折邪魔**
보리성 안에서 삿된 마군 꺾을 수 있다네.

보리성(菩提城)은 지혜의 성(城)을 말하므로 곧 부처님의 가르침 안에서 이러한 표현이며 절(折)은 꺾는다는 표현이다. 파(破) 또는 퇴(退)하고 같은 의미로 보아도 된다.


**이익군생상불권 利益羣生常不倦**
중생들을 유익하게 하는 일에 항상 게으르지 않고

군생(羣生)은 곧 중생을 말한다. 부처님의 가르침은 중생을 이롭게 하기 위함이다.


**권형귀역호승가 權衡鬼域護僧伽**
귀신 지역을 저울처럼 살피면서 승가를 보호하네.

귀역(鬼域)은 신도(神都)와 같은 표현이다. 권형(權衡)은 사물의 경중을 재는 저울을 말한다. 그러므로 부처님은 귀신의 무리를 물리쳐서 승가를 보호함이다.

# 신수재분축아왕 信手纔焚祝我王

## 주지독향 住持獨香

信手纔焚祝我王 玉葉金枝萬世昌
신수재분축아왕 옥엽금지만세창

文武百僚忠補理 萬民常樂普安寧
문무백료충보리 만민상락보안녕

손 가는 대로 향 잡아 방금 분향하고 우리 왕을 축원합니다.
임금의 자손들은 만세토록 번창하시고
문관, 무관, 관료들은 충성으로 보좌하고 다스려서
백성과 더불어 항상 즐겁고 널리 안녕하도록 축원합니다.

산보집에서 새해 아침이 되면 왕실 국가를 축원하는 작법절차인 축상작법절차(祝上作法節次) 가운데 주지가 홀로 부처님 전에 향을 피우면서 읊는 게송이다. 이를 주지독향(住持獨香)이라 한다.


**신수재분축아왕 信手纔焚祝我王**
손 가는 대로 향 잡아 방금 분향하고 우리 왕을 축원합니다.

신수(信手)는 두 가지 뜻이 있다. 하던 일에 능숙하여 익숙한 솜씨를 말하고, 또 하나는 손길 닿는 대로 한다는 의미도 있다. 재분(纔焚)에서 재(纔)는 '겨우'라는 표현도 있지만 비로소, 지금, 방금, 이러한 표현도 있다는 것을 알아 두어야 한다.


**옥엽금지만세창 玉葉金枝萬世昌**
임금의 자손들은 만세토록 번창하시고

659

금지옥엽(金枝玉葉)을 말하며 이는 임금의 자손이나 집안을 말하는 표현으로 쓰였다. 임금의 자손들이 만세토록 번창하라는 축원이다.


### 문무백료충보리 文武百僚忠補理
**문관, 무관, 관료들은 충성으로 보좌하고 다스려서**

백료(百僚)는 백관(百官)이라고도 하며 임금에게 녹봉(祿俸)을 받는 벼슬아치를 말하므로 곧 신하들을 말한다. 보(補)는 보좌(補佐)를 말하고 이(理)는 보좌를 잘하여 이를 시행하여 다스리는 것을 말한다.


### 만민상락보안녕 萬民常樂普安寧
**백성과 더불어 항상 즐겁고 널리 안녕하도록 축원합니다.**

임금이 백성과 더불어 즐긴다는 여민해락(與民偕樂), 여민동락(與民同樂)을 말한다. 그러므로 태평성대를 바라며 안녕하기를 축원하고 있다.

# 신주가지정음식 神呪加持淨飲食

## 시식게 施食偈

**神呪加持淨飲食 普施河沙衆鬼神**
신주가지정음식 보시하사중귀신

**願皆飽滿捨慳貪 速脫幽冥生淨土**
원개포만사간탐 속탈유명생정토

신묘한 주문으로 가지가 된 정갈한 공양을
항하 모래처럼 많은 귀신에게 널리 베푸나니
바라건대 모두 배부르게 드시고 간탐심을 버리시어
속히 저승세계 벗어나서 정토에 왕생하세요.

이 게송은 산보집에서 총림의 사명일(四明日)에 혼령을 맞이하여 시식을 베푸는 절차인 총림사명일영혼시식절차(叢林四明日迎魂施食節次)에서 시식게(施食偈)로 나오며 운수단가사(雲水壇歌詞) 등 우리나라 재의례(齋儀禮)에 전반적으로 등장하는 게송이며 송나라 때 편집된 몽산시식의(蒙山施食儀)에 영향을 받은 것으로 보인다.

### 신주가지정음식 神呪加持淨飲食
**신묘한 주문으로 가지가 된 정갈한 공양을**

신주(神呪)는 신비한 주문이므로 밀교의 진언을 말하며, 가지(加持)는 가피력을 말하는 것으로 부처님이 중생에게 베푸는 비밀스러운 힘을 말한다. 정(淨)은 깨끗하다는 의미이므로 부처님의 말씀은 청정하기에 여기서는 문구를 맞추기 위하여 정(淨)이라고 하였다. 음식(飲食)은 곧 공양을 베푸는 것을 말한다. 여기서 공양이라는 것은 곧 부처님 말씀이라는 것을 꼭 알아 두어야 한다. 몽산시식의(蒙山施食儀)에서는 신주가지정법식(神呪加持淨法食)으로 되어 있다.

**보시하사중귀신 普施河沙衆鬼神**
**항하 모래처럼 많은 귀신에게 널리 베푸나니**

보시(普施)는 널리 베푸는 것이며 하사(河沙)는 항하(恒河)의 모래를 말하므로 헤아릴 수 없는 숫자를 말한다. 그리고 강(江)하고 하(河)는 그 개념이 다르므로 이를 주의해서 해석하여야 한다. 몽산시식의(蒙山施食儀)에서는 귀신이라는 표현은 없으며, 불자(佛子), 유정(有情), 고혼(孤魂) 등으로 나타내고 있다.


**원개포만사간탐 願皆飽滿捨慳貪**
**바라건대 모두 배부르게 드시고 간탐심을 버리시어**

포만(飽滿)은 배가 부르다는 표현이다. 그러나 죽은 자는 형상이 없으므로 공양을 먹을 수가 없다는 것을 알아야 한다. 여기서 포만(飽滿)은 부처님 말씀을 많이 들었음을 의미하는 것이다. 간탐(慳貪)은 인색하고 욕심을 부리는 것을 말한다. 그러므로 여기서 간탐심이라고 하는 것은 집착을 말함이다.


**속탈유명생정토 速脫幽冥生淨土**
**속히 저승세계 벗어나서 정토에 왕생하세요.**

속탈(速脫)은 속히 벗어나라는 주문(注文)이며 유명(幽冥)은 저승을 말하므로 무명세계(無明世界)를 말한다. 무명을 벗어나면 정토에 이룰 수 있다는 가르침이다.

歸依三寶發菩提 究竟得成無上道
귀의삼보발보리 구경득성무상도


功德無邊盡未來 一切衆生同法食
공덕무변진미래 일체중생동법식


삼보께 귀의하고 보리심을 내어서
마침내 위없는 도를 성취하소서.
공덕은 가없어 미래에도 다함 없으니
모든 중생은 다 함께 법식을 드시옵소서.

여기에 관련한 해설은 귀의삼보발보리(歸依三寶發菩提) 편의 설명을 참고하시오.


## 생반게 生飯偈

**汝等鬼神衆 我今施汝供**
여등귀신중 아금시여공

**此食遍十方 一切鬼神供**
차식변시방 일체귀신공


너희들 귀신 무리에게
내가 지금 공양을 베푸나니
이 음식이 온 시방세계 두루하여
모든 귀신 공양하여지이다.

이 게송은 생반게(生飯偈)라고도 하며 시식게(施食偈)와 같은 개념으로 널리 쓰이는 게송으로 백장청규(百丈清規)에 나오는 출생상념게(出生想念偈)를 인용한 것으로 보인다. 사미율의(沙彌律儀)에서도 상념게(想念偈)로 나오는 게송이다.


**여등귀신중 아금시여공 汝等鬼神衆 我今施汝供**
너희들 귀신 무리에게 내가 지금 공양을 베푸나니

지금 귀신의 무리에게 공양을 베푼다는 뜻이다.


**차식변시방 일체귀신공 此食遍十方 一切鬼神供**
이 음식이 온 시방세계 두루하여 모든 귀신 공양하여지이다.

오늘 베푼 이 공양이 법계에 두루하기를 원하는 문구다. 그리하여 모든 귀신은 빠짐없이 공양하기를 바라는 마음을 나타낸 것이다.

## 회향게 回向偈

**願以此功德 普及於一切**
원이차공덕 보급어일체

**我等與衆生 皆共成佛道**
아등여중생 개공성불도

바라건대 이 공덕이
모두에게 두루 미쳐서
우리와 모든 중생
다 함께 불도를 이루게 하옵소서.

이 게송은 모든 종단에서 법요를 회향할 때 주로 사용하는 회향게다.


**원이차공덕 보급어일체 願以此功德 普及於一切**
바라건대 이 공덕이 모두에게 두루 미쳐서

오늘의 공덕이라고 하는 것은 법을 베풀어 준 공덕을 말하는 것이다. 이는 법화경(法華經) 화성유품에 보면 불법을 수행하고 독송하는 공덕에 대하여 아주 잘 나타나 있다. 부처님 법은 모든 이에게 두루 미치는 것이 곧 생명이다. 그러한 연유로 포교가 필요한 것이다.


**아등여중생 개공성불도 我等與衆生 皆共成佛道**
우리와 모든 중생 다 함께 불도를 이루게 하옵소서.

우리와 모든 중생은 사부대중 모두를 말하는 것이며, 다 함께 불도를 이루자는 상구보리하화중생(上求菩提下化衆生)의 사상을 드러내고 있다.

# 신통광대변사바 神通廣大遍娑婆

## 제7 가리가 迦理迦 존자

**神通廣大遍娑婆 萬劫移爲一刹那**
신통광대변사바 만겁이위일찰나

**遊戲廻環旋日月 威靈返覆運山河**
유희회환선일월 위령반복운산하

신통은 광대하여 사바세계 두루하고
만겁이 지났으나 한 찰나이네.
유희하고 가고 오며 해와 달을 돌며
반복하는 위엄과 신령함 산과 바다 움직이네.

작법귀감에서 나한에게 올리는 예법인 나한대례(羅漢大禮) 가운데 제7 가리가(迦理迦) 존자에 대한 가영이다. 가리가 존자는 1,000명의 제자와 더불어 승가차주(僧伽茶洲, 현 스리랑카)에서 불법을 폈다고 하지만 정작 스리랑카 불교에서는 이러한 말을 하면 고개를 가로젓는다. 중국불교는 이러한 허구가 많다는 것도 알아 두어야 한다.


**신통광대변사바 神通廣大遍娑婆**
**신통은 광대하여 사바세계 두루하고**

신통이 끝이 없어서 사바세계에 두루하였다는 표현이다. 40권본 화엄경 권 제21 입부사의해탈경계보현행원품(入不思議解脫境界普賢行願品)에 보면 다음에는 비로자나 여래께서 이 도량에서 정각을 이루시고 잠깐잠깐 사이에 가지가지 신통과 엄청난 위신력을 나타내심을 만났는데, 그때에 나는 부처님을 뵈옵고 이 보살이 잠깐잠깐 동안에 큰 기쁨을 내는 장엄 해탈문을 얻었다는 말씀이 있다. 次値毘盧遮那如來於此道場成等正覺。念念示現種種。神通廣大威力。

665

**만겁이위일찰나 萬刼移爲一刹那**
만겁이 지났으나 한 찰나이네.

만겁이 지났으나 한 찰나라고 하는 것은 겁외(劫外)의 도리를 말하는 것이다.


**유희회환선일월 遊戲廻環旋日月**
유희하고 가고 오며 해와 달을 돌며

유희(遊戲)는 법의 바다에 빠져 즐겁게 지낸다는 표현이며 해와 달을 돌며 오가고 한 다는 것은 무위(無爲)를 말하는 것이다.


**위령반복운산하 威靈返覆運山河**
반복하는 위엄과 신령함 산과 바다 움직이네.

법의 위력이 대단하다고 추켜세우는 표현이다.

# 신통령의청소반 神通逞意靑霄畔

## 오통영 五通詠

神通逞意靑霄畔 呪術資心碧嶂前
신통령의청소반 주술자심벽장전

利自利他專本業 調龍調虎度彌年
이자리타전본업 조룡조호도미년

신통을 뜻대로 함에 있어서 푸른 하늘을 도반으로 삼고
푸른 산 앞에서 주술(呪術) 부림을 마음대로 하네.
나도 이롭고 남도 이롭게 하는 게 본업이요,
용과 호랑이 길들여 제도하는 데 몇 해나 걸렸네.

산보집 중단영청지의(中壇迎請之儀)에서 오통영(五通詠)으로 실려 있으며 범음집에
도 그러하다. 오통은 오신통(五神通)을 말하며 이는 신족통(神足通), 천안통(天眼通),
천이통(天耳通), 타심통(他心通), 숙명통(宿命通)을 말한다.


**신통령의청소반 神通逞意靑霄畔**
신통을 뜻대로 함에 있어서 푸른 하늘을 도반으로 삼고

령(逞)은 굳세다, 즐겁다, 왕성하다, 이러한 뜻이다. 청소(靑霄)는 푸른 하늘을 말한
다. 그러므로 신통을 부림에 있어서 푸른 하늘을 도반으로 삼아 뜻대로 한다는 표현
이다.


**주술자심벽장전 呪術資心碧嶂前**
푸른 산 앞에서 주술(呪術) 부림을 마음대로 하네.

주술(呪術)은 불행이나 재앙을 막으려고 주문을 외우거나 술법을 부리는 것을 말한다. 자심(資心)에서 자(資)는 재물을 말하는 것이 아니라 방자하다, 멋대로 하다, 이러한 뜻으로 쓰였다는 것을 알아 두어야 한다. 벽장(壁欌)은 높고 푸른 산이다.


**이자리타전본업 利自利他專本業**
**나도 이롭고 남도 이롭게 하는 게 본업이요,**

자리이타(自利利他)를 전하는 것이 본업(本業)이라는 뜻이다.


**조룡조호도미년 調龍調虎度彌年**
**용과 호랑이 길들여 제도하는 데 몇 해나 걸렸네.**

조(調)는 '길들이다'라는 표현으로 쓰여서 용과 범을 길들인다는 표현이며, 미년(彌年)은 몇 해가 지났다는 표현이다.

# 심평행직기다년 心平行直幾多年

## 고봉장영 高峯藏詠

心平行直幾多年　一領鶉衣道味全
심평행직기다년 일령순의도미전

幻住莊嚴吹草笛　忘機事業唱謳詮
환주장엄취초적 망기사업창구전

평온한 마음으로 곧은 행을 실천한 지가 몇 해이던가.
다 해진 한 벌 옷에 도의 맛도 완전하네.
허깨비 몸으로 장엄에 머물며 풀피리 불고
세욕(世慾)을 잊어버리고 하는 일이라고 경전을 읊었네.

산보집 시왕단작법(十王壇作法)에서 고봉장(高峯藏) 수좌에 대한 가영이다. 여기서 고봉장(高峯藏)은 고려 말기에서 조선 초기의 스님인 고봉법장(高峯法藏 1351~1428) 스님을 말한다. 스님은 조계산 수선사(修禪社)의 역대 법주인 제16 국사 가운데 마지막에 속한다고는 하지만 여기에 대하여 의문을 가지는 학자도 있다. 20세 때 출가를 하였으며 그 후 나옹혜근(懶翁惠勤)의 법을 이었으며 수선사에서 입적하였다.

## 심평행직기다년 心平行直幾多年
평온한 마음으로 곧은 행을 실천한 지가 몇 해이던가.

심행(心行)은 평온한 마음을 말하며, 행직(行直)은 행함이 곧은 것을 말한다. 그리고 다년(多年)은 다년간, 여러 해, 이러한 뜻이므로 늘 이러하게 사셨다는 것을 나타내고 있다. 심평(心平)과 행직(行直)에 대하여 육조단경(六祖壇經)의 게송에 살펴보면 마음이 평등하면 어찌 계가 필요하며, 행이 곧으면 선(禪)을 닦아 무엇하겠느냐고 하는

669

표현이 있다. 心平何勞持戒。行直何用修禪。


## 일령순의도미전 一領鶉衣道味全
**다 해진 한 벌 옷에 도의 맛도 완전하네.**

일령(一領)은 한 벌의 옷을 말하고, 순의(鶉衣)는 메추라기 모양인 옷을 말하므로 군데군데 기우거나 해진 낡은 옷을 말한다.


## 환주장엄취초적 幻住莊嚴吹草笛
**허깨비 몸으로 장엄에 머물며 풀피리 불고**

환주(幻住)는 허깨비 같이 머문다는 표현이며 초적(草笛)은 풀잎피리를 말한다. 스님은 머리를 제때 깎지 아니하고 두서너 치나 길었으며 표주박을 차고 다니며 풀피리를 잘 불었다는 일화가 전해오고 있다.

정혜결사문(定慧結社文)에 보면 혹 어떤 수행자는 이름과 모양에 고집스럽게 집착하여 오직 마음이라는 대승의 법문을 듣지 못하고, 또 우리 부처가 밝고 깨끗한 성(性) 가운데서 본래의 원력을 방편으로 육신과 국토를 나타내어 허깨비인 장엄으로 중생들을 거두어 인도하여, 그 눈과 귀가 좋아하는 바로써 오직 마음뿐이요. 경계가 없음을 밝게 알아, 근본으로 돌아가게 한 교묘한 방편은 알지 못하고, 도리어 말하기를 염불하여 왕생하면 오온(五蘊)으로 이루어진 몸을 가지고 한량없는 즐거움을 받는다고 한다. 或有行者。堅執名相。不聞大乘。唯心法門。又不識吾佛。於明靜性中。以本願力。權現身土。幻住莊嚴。攝引衆生。令其耳目所翫。達唯心無境。復其本之善權。却謂念佛往生。將五蘊身。受無量樂。


## 망기사업창구전 忘機事業唱謳詮
**세욕(世慾)을 잊어버리고 하는 일이라고 경전을 읊었네.**

망기(忘機)는 세욕(世慾)에 이끌리는 마음을 훌훌 털어내고 물외(物外)의 지취(旨趣)를 추구하는 것을 말하며, 사업(事業)은 사회적인 활동을 말한다. 그러므로 세상사 모든 것을 몰록 잊어버리고 이러한 뜻이다. 구(謳)는 읊조리다, 전(詮)은 설명하다, 도리, 이러한 표현이므로 곧 부처님의 말씀을 들여다보는 것을 말한다. 스님의 임종게는 다음과 같다.

清淨本然極玲瓏 山河大地絶點空
청정본연극영롱 산하대지절점공

毘盧一體從存處 海印能仁三昧通
비로일체종존처 해인능인삼매통

청정하고 영롱한 본연이여,
산하대지가 본래 공(空)하여 한 점도 없다.
청정법신 계신 곳은 어디인가.
해인(海印)과 능인(能仁)이 삼매로 통할 뿐이다.

# 심향일주기운봉 心香一炷起雲峰

## 삽향게 揷香偈

心香一炷起雲峯 直下靑霄透碧空
심향일주기운봉 직하청소투벽공

仰請佛法僧三寶 降臨千葉寶蓮臺
앙청불법승삼보 강림천엽보련대

한 줄기 마음의 향은 구름 봉우리 일으키더니
푸른 하늘 그 아래서 푸른 허공을 뚫는다.
우러러 청하옵니다. 불법승 삼보이시여,
일천의 연잎 보련대에 강림하소서.

산보집에서 새해 아침에 왕실과 국가를 축원하는 작법 절차인 축상작법절차(祝上作法節次)에 보면 축상작법절차를 하기 위하여 제일 먼저 부처님 전에 향을 사르기 위하여 향로에 향을 꽂으면서 읊는 게송이다. 작법귀감에도 이와 같다.

**심향일주기운봉 心香一炷起雲峯**
한 줄기 마음의 향은 구름 봉우리 일으키더니

심향(心香)은 자신의 마음을 향(香)에 빗대어 말한 것으로 이는 정성스러운 마음을 뜻하며 일주(一炷)는 한 개의 향을 사르는 것을 말한다. 이러한 향 연기가 구름에 둘러싸인 봉우리처럼 되었다는 표현이다.

**직하청소투벽공 直下靑霄透碧空**
푸른 하늘 그 아래서 푸른 허공을 뚫는다.

직하(直下)는 바로 그 아래 청소(靑霄)나 벽공(碧空)은 푸른 하늘을 나타냄으로 향연(香煙)이 푸른 하늘을 뚫고 올라가는 것 같다는 분위기를 나타내고 있다.


**앙청불법승삼보 仰請佛法僧三寶**
**우러러 청하옵니다. 불법승 삼보이시여,**

삼보(三寶)전에 청함이 있음을 예시하고 있다.


**강림천엽보련대 降臨千葉寶蓮臺**
**일천의 연잎 보련대에 강림하소서.**

천엽(千葉)은 연잎을 나타냄에 있어서 겹잎을 말하므로 이를 복엽(複葉), 겹꽃잎을 말한다. 보련대(寶蓮臺)는 부처님께서 앉으실 좌대를 뜻하는 것으로 전체적인 내용은 부처님께서 오늘 이 도량에 오시기를 청하는 내용이다.

# 십재한창망침선 十載寒窓忘寢膳

## 형창영 螢窓詠

十載寒窓忘寢膳 三年求試禱蒼空
십재한창망침선 삼년구시도창공

半途有病絕醫療 孤舘無親命已終
반도유병절의료 고관무친명이종

오랜 세월을 객지에서 자고 먹는 것도 잊고
3년 동안 공부하여 시험에 합격하고자 푸른 하늘에 기도하네.
순례 중에 병이 나면 의원의 치료조차 받을 수 없고
외로운 여관에서 아는 이 없이 목숨 마치네.

산보집에서 하단을 청해 맞이하는 의식인 하단영청지의(下壇迎請之儀) 가운데 형창영(螢窓詠)이며 범음집에도 실려 있다. 형창(螢窓)은 어려운 가운데서도 학문을 힘쓰는 표현을 말하며 이를 형창설안(螢窓雪案)이라고 하여 반딧불 비치는 창(窓)과 눈에 비치는 책상(冊床)이라는 표현이다. 이외에 형설지공(螢雪之功)도 같은 표현이다.

### 십재한창망침선 十載寒窓忘寢膳
### 오랜 세월을 객지에서 자고 먹는 것도 잊고

재(載)는 년(年), 세(歲), 추(秋) 등과 같은 표현이므로 십재(十載)는 십 년을 말하며 이는 오랜 세월을 나타내는 것이다. 흔히 십년공부(十年工夫)라고 하는 것도 이와 같다. 한창(寒窓)은 차가운 창가라는 의미보다는 객지라는 표현이다. 침선(寢膳)에서 침(寢)은 자는 것을 말하고, 선(膳)은 반찬을 말하므로 곧 끼니를 말한다. 오랜 세월 동안 도를 구하고자 객지에서 갖은 고생을 다한 것을 말함이다.

**삼년구시도창공 三年求試禱蒼空**
3년 동안 공부하여 시험에 합격하고자 푸른 하늘에 기도하네.

3년이라는 의미는 모든 일을 이루려면 아무리 짧아도 섣달 열흘을 해야 한다고 하였으니 이는 100일을 말하고, 제대로 알려면 3년이 걸려야 한다는 우리나라의 관념적인 사고다. 이를 예로 들면 벙어리 3년, 귀머거리 3년 등이 그러한 표현이다. 여기서 구시(求試)는 시험에서 구하고자 하는 것을 말하므로 짐작하건대 승시(僧試)를 말함이다. 이를 이루고자 푸른 하늘에 기도하였다는 염원을 밝히고 있다.


**반도유병절의료 半途有病絶醫療**
순례 중에 병이 나면 의원의 치료조차 받을 수 없고

도중(途中)은 도를 구하기 위하여 순례하는 것을 말한다. 그러다가 병이라도 생기면 의원을 만나 치료받기도 어렵다는 표현으로 구도의 역경(逆境)을 말함이다.


**고관무친명이종 孤舘無親命已終**
외로운 여관에서 아는 이 없이 목숨 마치네.

고관무친(孤舘無親)은 아무도 아는 이 없는 객지의 거처를 말하며, 더러 이러한 곳에서 생을 마감하기도 한다고 하는 것은 수행이 그만큼 어렵다는 것을 드러내고 있다.

# 십전올올환본위 十殿兀兀還本位

## 시왕배송게 十王拜送偈

十殿兀兀還本位 判官扈從歸各店
십전올올환본위 판관호종귀각점

童子徐徐次第行 使者常常行次到
동자서서차제행 사자상상행차도

시왕은 웅장한 시왕전 본래 자리로 돌아가시고
판관과 호종(扈從)들도 각자의 처소로 돌아가소서.
동자들은 천천히 차례대로 걸어가시고
사자들은 언제나 항상 순서대로 따라가소서.

奉送冥府禮拜間 錢馬燒盡風吹歇
봉송명부예배간 전마소진풍취헐

消灾增福壽如海 永脫客塵煩惱焰
소재증복수여해 영탈객진번뇌염

명부의 모든 신들 예배하고 봉송하오니
돈과 말을 다 태우니 바람 불어 날아가네.
재앙은 소멸하고 복과 수명 바다처럼 더해지며
객진 번뇌의 불속을 영원히 해탈하소서.

산보집 가운데 시왕에게 대례(大禮)를 올리고 공양하는 의식문인 대례왕공양문(大禮王供養文)에서 시왕을 청하였다가 절을 올리며 다시 배송하는 의례에 나오는 게송으로 시왕배송게(十王拜送偈)라고 한다. 작법귀감, 범음집, 예수시왕생칠재의찬요(預修十王生七齋儀纂要)에서도 이와 같다.

## 십전올올환본위 十殿兀兀還本位
### 시왕은 웅장한 시왕전 본래 자리로 돌아가시고

올올(兀兀)은 우뚝 솟은 모양을 말하므로 여기서는 웅장함을 나타내어서 시왕은 웅장한 대궐로 모두 돌아가시라는 의미이다. 환본위(還本位)는 원래 그 자리로 돌아감을 말하므로 곧 시왕전(十王殿)을 말함이다.


## 판관호종귀각점 判官扈從歸各店
### 판관과 호종(扈從)들도 각자의 처소로 돌아가소서.

판관(判官)은 시왕의 일을 처리하는 재판관을 말하며, 호종(扈從)은 시왕이 타는 수레를 호위하며 따르는 사람을 말한다. 그들도 모두 시왕을 따라 제자리로 돌아가라는 의미다.


## 동자서서차제행 童子徐徐次第行
### 동자들은 천천히 차례대로 걸어가시고

동자(童子)는 동자판관(童子判官)을 말하며, 이는 어린아이로서 망자에 대한 최종판결을 내린다고 하며 동자(童子), 동녀(童女)로 나타낸다. 그들에 대한 배려심으로 차례대로 천천히 걸어가라는 표현이다.


## 사자상상행차도 使者常常行次到
### 사자들은 언제나 항상 순서대로 따라가소서.

사자(使者)는 죽은 사람의 혼을 저승으로 데려간다는 관리를 말하며, 이러한 관리들도 항상 순서대로 질서를 지키며 따라가라는 뜻이다.


## 봉송명부예배간 奉送冥府禮拜間
### 명부의 모든 신들 예배하고 봉송하오니

명부세계의 모든 신들을 예를 갖추어 절하며 봉송한다는 표현이다.

**전마소진풍취헐 錢馬燒盡風吹歇**
돈과 말을 다 태우니 바람 불어 날아가네.

전(錢)은 금전(金錢), 은전(銀錢)을 말하며 이는 모두 지전(紙錢)으로 명부 세계의 재화이다. 마(馬)는 종이에 말 모양을 그려서 단(壇)에 붙여두는데 이는 명부시왕 등이 타고 가는 말을 상징한다. 이러한 것을 명부 세계에 봉헌하고자 사르니 바람이 일어 하늘 세계로 날아올라 간다는 표현이다.


**소재증복수여해 消災增福壽如海**
재앙은 소멸하고 복과 수명 바다처럼 더해지며

재앙은 소멸하고 복과 수명은 늘어나서 마치 바다처럼 되며, 이러한 표현으로 이를 흔히 수산고흘(壽山高屹) 또는 수산복해(壽山福海)라고 한다.


**영탈객진번뇌염 永脫客塵煩惱焰**
객진 번뇌의 불속을 영원히 해탈하소서.

영탈(永脫)은 영원히 벗어나라는 의미로 쓰여서 객진번뇌(客塵煩惱)에서 벗어나기를 바라고 있으며 이것을 이름하여 해탈이라고 한다.

# 십팔신왕승불래 十八神王承佛勅

## 가람단게 伽藍壇偈

**十八神王承佛勅 常於徧界護伽藍**
십팔신왕승불래 상어변계호가람

**維玆淸淨法王宮 必有明神來宿衛**
유자청정법왕궁 필유명신래숙위

열여덟 분 가람신 왕이 부처님의 칙명 받들어
세계에 널리 퍼져 있는 가람을 항상 보호하네.
오직 이 법왕의 청정한 궁궐
틀림없이 신이 와서 숙위하리라.

**此日虔興平等供 法音交唱眾無譁**
차일건흥평등공 법음교창중무화

**仰憑密語爲加持 慰悦神心增勝力**
앙빙밀어위가지 위열신심증승력

이날 경건하게 일으킨 평등한 공양
울려 퍼지는 법음에 대중들 숙연하네.
우러러 비밀스러운 말씀 의지하여 가지 법을 하여
신들의 마음을 위로하고 기쁘게 하며 수승한 힘 더하네.

산보집 가운데 가람단(伽藍壇)에서 사용하는 게송이라고 기록되어 있다. 가람단은
가람을 수호하는 토지신 및 여타 다른 신들을 위하여 마련하는 제단이며, 재의례 때
모시는 위치는 단상을 향하여 왼쪽 중간 부분에 배치한다. 그리고 이를 건물을 지어
모시면 가람당(伽藍堂) 또는 가람각(伽藍閣)이라고 하지만 이는 도교가 불교에 물든

것이다. 그리고 이 게송은 송나라 때 지반(志磐)이 편찬한 법계성범수륙승회수재의궤(法界聖凡水陸勝會修齋儀軌)에서 인용하였다.


## 십팔신왕승불래 十八神王承佛勅
## 열여덟 분 가람신 왕이 부처님의 칙명 받들어

이 게송의 저본인 법계성범수륙승회수재의궤에서는 래(勅)가 아닌 칙(勅)으로 실려 있다. 래(勅)는 조서(詔書)라는 뜻이 있으며 칙(勅)도 조서(詔書)라는 뜻이 있다. 그러나 보편적으로는 칙(勅)을 널리 사용한다.

십팔신왕(十八神王)은 가람을 지키는 18명의 신을 말하는데, 이는 칠불팔보살대타라니신주경(七佛八菩薩大陀羅尼神咒經) 권 제4에 보면 승가람(僧伽藍)을 보호하는 신(神)에 18명이 있는데, 각각 별명(別名)이 있다. 첫째의 이름은 미음(美音), 둘째의 이름은 범음(梵音), 셋째의 이름은 천고(天鼓), 넷째의 이름은 교묘(巧妙), 다섯째의 이름은 탄미(歎美), 여섯째의 이름은 광묘(廣妙), 일곱째의 이름은 뇌음(雷音), 여덟째의 이름은 사자음(師子音), 아홉째의 이름은 묘미(妙美), 열째의 이름은 범향(梵響), 열한째의 이름은 인음(人音), 열두째의 이름은 불노(佛奴), 열셋째의 이름은 탄덕(歎德), 열넷째의 이름은 광목(廣目), 열다섯째의 이름은 묘안(妙眼), 열여섯째의 이름은 철청(徹聽), 열일곱째의 이름은 철시(徹視), 열여덟째의 이름은 변관(遍觀)이라고 하였다. 護僧伽藍神。斯有十八人。各各有別名。一名美音。二名梵音。三名天鼓。四名巧妙。五名歎美。六名廣妙。七名雷音。八名師子音。九名妙美。十名梵響。十一名人音。十二名佛奴。十三名歎德。十四名廣目。十五名妙眼。十六名徹聽。十七名徹視。十八名遍觀。


## 상어변계호가람 常於偏界護伽藍
## 세계에 널리 퍼져 있는 가람을 항상 보호하네.

이 세상에 두루하여 항상 가람을 보호한다는 뜻이다. 여기서 가람은 사원(寺院)을 말하며 출가자들이 공동으로 생활하는 영역을 모두 말하기에 이를 흔히 사원 또는 절이라고 한다.

유자청정법왕궁 維玆淸淨法王宮
오직 이 법왕의 청정한 궁궐

청정한 법왕궁이라고 하는 것은 시왕의 궁전을 말한다.


필유명신래숙위 必有明神來宿衛
틀림없이 신들이 와서 숙위하리라.

숙위(宿衛)는 궁궐을 숙직하며 지키는 일이나 그러한 사람을 말하며, 명신(明神)은
위엄과 덕이 있는 신이나 영검스러운 신을 말한다. 그리고 신의 존칭이기도 하다.


차일건흥평등공 此日虔興平等供
이날 경건하게 일으킨 평등한 공양

오늘 재(齋)에 있어서 시왕에게 평등 공양을 올렸다는 뜻이며, 건흥(虔興)은 정성스
러운 마음을 일으켜서 이러한 뜻으로 재자(齋者)의 경건한 정성을 나타내고 있다.


법음교창중무화 法音交唱衆無譁
울려 퍼지는 법음에 대중들 숙연하네.

교창(交唱)은 한 소절씩 주고받으며 하는 노래를 말하므로 여기서는 전반적인 재의
례를 말한다. 화(譁)는 시끄러움을 뜻한다. 그러나 무화(無譁)라고 하였으므로 숙연
한 것을 말한다.


앙빙밀어위가지 仰憑密語爲加持
우러러 비밀스러운 말씀 의지하여 가지 법을 하여

밀어(密語)는 부처님께서 교의(敎義)를 설법하는 것을 말하므로 여기에 의지하는 것
으로 가지(加持)하는 법으로 삼으라는 표현이다.

**위열신심증승력 慰悅神心增勝力**
**신들의 마음을 위로하고 기쁘게 하며 수승한 힘 더하네.**

위열(慰悅)은 위안하여 기쁘게 하는 것을 말하며, 승력(勝力) 수승한 힘을 뜻하므로 위신력(威神力)과 같은 맥락이다.

# 십호위능인 十號爲能仁

## 십육나한 十六羅漢

**稽首歸依禮 계수귀의례**
부처님께 머리 조아려 귀의하옵니다.

**十號爲能仁 光明遍法界**
십호위능인 광명변법계

**此土振乾坤 願降大吉祥**
차토진건곤 원강대길상

열 가지 명호를 지니신 능인이시여!
광명이 법계에 가득 퍼지니
이 땅과 천지에 떨쳤습니다.
부디 큰 길상을 내려 주소서.

작법귀감에 보면 나한에게 예법을 올리는 나한대례(羅漢大禮)에서 나한에게 공양을
올리고 나서 십육나한에 대한 탄백 가운데 일부분이다.

## 계수귀의례 稽首歸依禮
부처님께 머리 조아려 귀의하옵니다.

제일 먼저 의례적으로 나오는 구절이다.

## 십호위능인 十號爲能仁
열 가지 명호를 지니신 능인이시여!

십호(十號)는 부처님의 공덕을 기리는 열 가지 이름을 말하며 이는 여래(如來), 응공(應供), 정변지(正邊知), 명행족(明行足), 선서(善逝), 세간해(世間解), 무상사(無上士), 조어장부(調御丈夫), 천인사(天人師), 불세존(佛世尊) 등을 말한다. 능인(能仁)은 능히 어질다는 뜻으로 석가모니 부처님에 대한 다른 이름이다.

### 광명변법계 光明遍法界
### 광명이 법계에 가득 퍼지니

광명은 진리를 말하므로 진리가 온 천하에 퍼짐을 말한다.

### 차토진건곤 此土振乾坤
### 이 땅과 천지에 떨쳤습니다.

차토(此土)는 오늘 재의례를 올리는 장소를 말하며 이러한 진리가 충만하다는 것을 나타내고 있다.

### 원강대길상 願降大吉祥
### 부디 큰 길상을 내려 주소서.

원강(願降)은 부디 강림(降臨)하여 달라는 원이며, 그리하여 큰 길상을 내려 주시기를 간청하고 있다. 길상(吉祥)은 경사스러운 일이 일어나는 조짐을 말하지만, 불교에서는 흔히 상서(祥瑞)라고 한다. 그러므로 이를 하늘에 비유하면 길상천(吉祥天)이며, 자리에 비유하면 길상좌(吉祥坐), 과일에 비유하면 길상과(吉祥菓), 풀에 비유하면 길상초(吉祥草), 경(經)에 비유하면 길상경(吉祥經)이 된다.

# 아금경설보엄좌 我今敬設寶嚴座

## 헌좌게 獻座偈

**我今敬設寶嚴座 奉獻冥間大法會**
아금경설보엄좌 봉헌명간대법회

**願滅塵勞妄想心 速圓解脫菩提果**
원멸진로망상심 속원해탈보리과

이제 저희가 경건하게 보배 자리 만들어
지옥 세계 큰 회상 대중께 올리오니
부디 번뇌와 망상의 마음 없애고
속히 해탈 보리과를 원만하게 하소서.

작법귀감, 오종범음집, 예수시왕생칠재의찬요, 설선의 등에 나오는 헌좌게(獻座偈)이
다. 그러나 그 대상에 따라 두 번째 구절이 적절하게 통용되고 있다.

**아금경설보엄좌 我今敬設寶嚴座**
이제 저희가 경건하게 보배 자리 만들어

아금(我今)은 제가 지금 이러한 표현으로 문장을 서술함에 있어서 해당하는 당사자
를 표현함과 동시에 무슨 일을 시작하겠다는 의미도 함께 포함되어 있다. 이어지는
문구를 보면 경설(敬設)이라고 하였기에 이는 경건한 마음으로, 또는 공경하는 마음
으로 설단(設壇)을 마련한다는 표현이다. 여기서 설단(設壇)이라고 하는 것은 법을
베풀기 위한 단(壇)을 마련한다는 뜻이기에 곧 법단(法壇)을 말한다.

보엄좌(寶嚴座)에서 보(寶)는 '보배스러운' 이러한 표현이고, 엄(嚴)은 설단을 꾸미는
장엄을 말하며, 좌(座)는 자리를 말하기에 이 문장을 전체적으로 보면 법좌(法座)를

만들어 드림에 있어서 갖은 정성을 다하겠노라고 하는 자신의 의지를 드러내고 있다. 이를테면 화엄경(華嚴經) 권 제26 십회향품에 보면 불자들이여, 보살마하살이 가지가지 수레를 보배로 장엄하게 장식하여, 여러 부처님과 보살과 스승과 선지식과 성문과 연각과 이러한 가지가지 복 밭과, 내지 빈궁하고 외로운 사람들에게 보시한다고 하였다. 여기에 보면 보엄(寶嚴)이라는 표현이 있다. 佛子。菩薩摩訶薩。以種種車。衆寶嚴飾。奉施諸佛。及諸菩薩。師長善友。聲聞緣覺。如是無量種種福田。乃至貧窮。孤露之者。


**봉헌명간대법회 奉獻冥間大法會**
**지옥 세계 큰 회상 대중께 올리오니**

자리를 올리는 그 대상에 따라 문장이 바뀐다. 예를 들면 봉헌옹호성현중(奉獻擁護聖賢衆), 보헌선왕선후위(普獻先王先后位), 보헌일체명왕중(普獻一切冥王衆), 보헌호법용왕중(普獻護法龍王衆), 보헌예적금강중(普獻穢跡金剛衆), 보헌사대천왕중(普獻四大天王衆), 보헌일체제제현성(普獻一切諸賢聖) 등 다양하게 적용된다.


**원멸진로망상심 願滅塵勞妄想心**
**부디 번뇌와 망상의 마음 없애고**

진로(塵勞)는 중생의 심심을 혼돈시키는 것을 말하며 흔히 번뇌라고 한다. 중생은 진로로 인하여 사상(四相)이 생기는 것이다. 무량수경(無量壽經)에 부처님께서 마침내 미묘한 법을 얻어 최상의 깨달음을 이루시는 장면을 보면, 그리고 삿된 법을 쳐부수어 모든 잘못된 견해를 소멸시키고, 모든 번뇌의 더러운 먼지를 털어 버리고, 탐욕의 구덩이를 허물어 버렸다고 하는 표현이 있다. 摑裂邪網。消滅諸見。散諸塵勞。壞諸欲塹。嚴護法城。開闡法門。洗濯垢汚。

망상심(忘想心)은 곧 망상(妄想)을 말하는 이는 이치에 어긋난 망념(妄念)을 말한다. 승만경(勝鬘經) 제13 자성청정장(自性淸淨章)에 보면 부처님께서 승만 부인에게 가르침을 주시기를 자성이 청정한 마음이면서 물듦이 있다는 것은 가히 완전히 알기에는 어려운 것이라고 하셨다. 自性淸淨心而有染汚。難可了知。

그러므로 망상심은 치우친 견해로 인하여 생겨나는 것이다. 이를 승만경 제12 전도진실장(顚倒眞實章)에서 '치우친 견해'라는 것은, 범부가 몸과 마음의 다섯 가지 구성 요소에 대하여 아견, 망상, 집착으로 두 가지 소견을 일으키는 것을 말한다. 이른바 상견(常見)과 단견(斷見)이라고 하였다. 邊見者。凡夫於五受陰。我見妄想。計着生二見。是名邊見。所謂常見斷見。


## 속원해탈보리과 速圓解脫菩提果
속히 해탈 보리과를 원만하게 하소서.

성현께 법단(法壇)을 올리는 것은 해탈하여 보리과를 빨리 얻고자 함이라고 자신의 염원을 드러내고 있다. 해탈(解脫)에서 해(解)는 얽히고설키고 하는 데 있어서 풀려나오는 것을 말함이고, 탈(脫)은 갇혀 있었던 곳에서 빠져나옴을 말하는 것이다. 예를 들면 죄수가 감방(監房)에서 빠져나오는 것을 탈옥(脫獄), 탈감(脫監)이라 표현하는 것도 그러하다.

그러나 불교에서 해탈이라고 하는 것은 고뇌와 번뇌로부터 해방이 되는 것을 말한다. 그렇다면 고뇌를 낳는 근본적인 원인은 무엇인가. 그것은 무명(無明)이며, 무명은 지혜가 없는 것을 말하기에 무명을 멸해야 중생은 비로소 해탈을 얻을 수 있다. 화엄경(華嚴經) 세주묘엄품에 보면 다음과 같은 내용이 있다.

了知法性無礙者 普現十方無量刹
요지법성무애자 보현시방무량찰

說佛境界不思議 令衆同歸解脫海
설불경계부사의 령중동귀해탈해

법의 성품이 걸림이 없음을 아시는 이여,
시방의 한량없는 세계에 널리 나타나
부처님의 경계가 부사의 함을 설해서
중생들이 해탈의 바다에 돌아가게 하도다.

그러나 중생들은 왜 해탈을 얻지 못하는가에 대해서 살펴보면 대방등대집경(大方等大集經) 권 제3 다라니자재왕보살품(陀羅尼自在王菩薩品)에 부처님께서 다음과 같이 말씀하셨다.

687

沙門梵志闇處行 不知是處非處因
사문범지암처행 부지시처비처인

衆生不知處非處 是故不能得解脫
중생부지처비처 시고불능득해탈

사문과 바라문은 어두운 곳을 행하므로
이치에 맞는 것과 맞지 않는 것의 원인을 알지 못하고
중생들은 이치에 맞는 것과 맞지 않는 것을 알지 못하니
그런 까닭에 그들은 해탈을 얻지 못하네.

# 아금관목석가존 我今灌沐釋迦尊

## 관욕게 灌浴偈

我今灌沐釋迦尊 正智功德莊嚴聚
아금관목석가존 정지공덕장엄취

五濁衆生令離苦 當證如來淨法身
오탁중생영리고 당증여래정법신

저희가 지금 목욕시키는 석가세존은
바른 지혜로 장엄하신 공덕 덩어리이시니
오탁의 중생들이 고통을 여의게 하여
여래의 청정한 법신을 증득케 하소서.

산보집 성도재작법절차(成道齋作法節次)에서 부처님을 목욕시키면서 읊는 게송이다. 범음집에도 이와 같이 실려 있다. 그리고 이 게송은 욕불공덕경(浴佛功德經)을 그대로 인용하거나 변형하였지만, 불필요하게 변형하는 것은 경전을 인용하는 데 올바르지 않은 행위다.

### 아금관목석가존 我今灌沐釋迦尊
저희가 지금 목욕시키는 석가세존은

목(沐)은 욕(浴)과 같은 의미며, 이 구절은 욕불공덕경의 말씀인 아금관목제여래(我今灌沐諸如來)를 석가존(釋迦尊)으로 변경한 것이다.

### 정지공덕장엄취 正智功德莊嚴聚
바른 지혜로 장엄하신 공덕 덩어리이시니

욕불공덕경에서는 정지(正智)가 아닌 정지(淨智)로 되었다. 그러므로 정지(淨智)가 올바른 표현이며, 이는 맑은 지혜라는 뜻이다. 그리고 부처님의 장엄은 공덕의 장엄이라고 찬탄하고 있다. 취(聚)는 모으다, 모이다라는 뜻으로 그 공덕의 장엄을 헤아릴 수 없기에 취(聚)라고 하였다. 이를 바다에 비유하면 공덕해(功德海)라 하고 산에 비유하면 공덕산(功德山)이라고 한다.

**오탁중생영리고 五濁衆生令離苦**
**오탁의 중생들이 고통을 여의게 하여**

욕불공덕경(浴佛功德經)에서는 원피오탁중생류(願彼五濁衆生類)라고 되어 있으며, 이는 오탁악세에 사는 모든 중생이라는 표현이다. 그러나 이를 변형하여 오탁악세의 중생이 고통을 여의게 하는 것이 목적이라고 하였다.

**당증여래정법신 當證如來淨法身**
**여래의 청정한 법신을 증득케 하소서.**

욕불공덕경(浴佛功德經)에서는 증여래정법신(證如來淨法身)이라고 하여 여래의 맑은 법신(法身) 속히 깨치기를 원한다고 되어 있다. 그러나 욕불게(浴佛偈)에서는 당증(當證)이라는 표현을 써서 응당 증득케 해달라고 변형하였다.

# 아금관목성현중 我今灌沐聖賢衆

## 관욕게 灌浴偈

我今灌沐聖賢衆 淨智功德莊嚴聚
아금관목성현중 정지공덕장엄취

願諸五濁衆生類 當證如來淨法身
원제오탁중생류 당증여래정법신

저희가 지금 목욕시키는 성현 대중은
맑은 지혜로 장엄하신 공덕과 덩어리이시니
바라건대 모든 오탁의 중생으로 하여금
여래의 청정한 법신을 증득케 하소서.

아금관목석가존(我今灌沐釋迦尊)편의 설명을 참고하시오. 여기서는 그 대상이 성현중(聖賢衆)으로만 바뀌었을 뿐이다.

# 아금관목천선류 我今灌浴天仙類

## 관욕게 灌浴偈

我今灌沐天仙類 願滅五衰塵垢穢
아금관목천선류 원멸오쇠진구예

誓修無上菩提因 當證如來灌頂位
서수무상보제인 당증여래관정위

제가 지금 여러 천선(天仙)을 목욕시키니
오쇠(五衰)와 번뇌의 더러움 소멸하길 원합니다.
위없는 보리의 인(因)을 닦기를 서원하나니
응당 여래의 관정위(灌頂位)를 증득하게 하소서.

以此香湯水 灌沐天仙衆
이차향탕수 관목천선중

願承法加持 普獲於清淨
원승법가지 보획어청정

이에 따뜻한 향 물로써 천선의 대중들을 목욕시키오니
바라건대 가지의 법을 이어서 널리 청정함을 얻으시옵소서.

산보집 천선단(天仙壇) 작법에서 천선(天仙) 대중을 관욕시키면서 읊는 게송이다. 천선(天仙)이라고 하는 것은 하늘에 있다는 신선을 말함이다. 이는 도교의 사상이 가미된 것이다. 그리고 천선을 위하여 단을 꾸민 것을 천선단(天仙壇)이라고 한다.

**아금관목천선류 我今灌沐天仙類**
제가 지금 여러 천선(天仙)을 목욕시키니

류(類)는 무리를 말하므로 여기서는 중(衆)과 같은 맥락이다.


**원멸오쇠진구예 願滅五衰塵垢穢**
오쇠(五衰)와 번뇌의 더러움 소멸하길 원합니다.

구예(垢穢)는 때가 묻어 더러움을 말하므로 번뇌에 찌든 것을 말한다.

천인(天人)이 죽을 때가 되어 신체에 나타나는 다섯 가지의 쇠한 모습을 말한다. 불본행집경 권 제35 야수타인연품(耶輸陁因緣品)에 보면 그때 그 도리천에 천자(天子)가 한 명 있었는데 그에게는 다섯 가지 시드는 징조가 나타나서 오래지 않아서 세간으로 떨어지게 되었다. 그 다섯 가지 시드는 징조란 무엇인가 하면, 첫째 머리 위의 미묘한 꽃이 홀연히 시드는 것이요, 둘째는 겨드랑이 밑에 땀이 흘러나오는 것이요, 셋째는 입고 있는 옷에 때가 끼는 것이요, 넷째는 몸에서 나던 빛이 자연히 변하는 것이요, 다섯째는 항상 머물러 오던 미묘한 보배 평상이 갑자기 즐겁지 않아서 이리저리 옮기는 것이라고 하였다. 時忉利天有一天子。五衰相現。不久定當墮落世閒。五衰相何。一者彼天頭上妙花。忽然萎黃。二者彼天。自身腋下。汗汁流出。三者彼天。所著衣裳。垢膩不淨。四者彼天。身體威光。自然變改。五者彼天。常所居停。微妙寶牀。忽然不樂。東西移徙。 또한 장아함경, 대방광원각경에도 오쇠에 관한 말씀이 있으나 여기서는 그 내용을 생략한다.


**서수무상보제인 誓修無上菩提因**
위없는 보리의 인(因)을 닦기를 서원하나니

서수(誓修)는 서원하며 수행한다는 뜻이며, 여기서 무상보리를 얻기 위하여 그러한 인(因)을 얻기를 원한다는 뜻이다.


**당증여래관정위 當證如來灌頂位**
응당 여래의 관정위(灌頂位)를 증득하게 하소서.

관정위(灌頂位)는 불타가 대자비의 물을 보살의 정수리에 부어 불과(佛果)를 증득케 하는 의식을 말한다. 이는 법대로 수행을 쌓은 사람에게 비법을 전해 아사리(阿闍梨)의 지위를 계승토록 하는 것을 말한다.

## 이차향탕수 관목천선중 以此香湯水 灌沐天仙衆
## 이에 따뜻한 향 물로써 천선의 대중들을 목욕시키오니

향탕수(香湯水)는 향을 넣어서 끓인 물을 말하므로 이는 위에서 나오는 진구(塵垢)를 씻기 위함이니 여기서 향탕수(香湯水)는 곧 법수(法水)를 말함이다. 흔히 말하는 감로수(甘露水)와 같은 의미다. 오늘 설치한 단(壇)은 천선단이므로 천선들을 목욕시키기 위함이다. 이에 법을 들려주는 것이다.

## 원승법가지 보획어청정 願承法加持 普獲於淸淨
## 바라건대 가지의 법을 이어서 널리 청정함을 얻으시옵소서.

원하나니 이러한 진리의 가르침을 이어서 이러한 표현이다. 가지(加持)는 가피(加被), 섭지(攝持)라고도 하며, 이는 부처님의 가호를 받아 깨달음의 경지로 들어가는 것을 말한다. 보(普)는 널리, 두루, 이러한 표현이고 획(獲)은 획득(獲得)하다는 의미다. 그러므로 청정함을 두루 얻으라는 표현이다.

아금관욕제성중 我今灌浴諸聖衆

## 관욕게 灌浴偈

我今灌浴諸聖衆 正智功德莊嚴聚
아금관욕제성중 정지공덕장엄취

五濁衆生令離垢 當證如來淨法身
오탁중생영리구 당증여래정법신

내 지금 성현들에게 물을 부어 씻기니
바른 지혜의 공덕 장엄 덩어리입니다.
오탁의 중생들도 때를 여의게 하여
지금 여래의 깨끗한 법신을 증득하게 하소서.

아금관목석가존(我今灌沐釋迦尊) 편의 설명을 참고하시오. 여기서는 그 대상이 제성
중(諸聖衆)으로만 바뀌었을 뿐이다.

# 아금신해선근력 我今信解善根力

## 서찬게 舒讚偈

我今信解善根力 及與法界緣起力
아금신해선근력 급여법계연기력

佛法僧寶加持力[阿呵吽] 所修善事願圓滿
불법승보가지력[아하훔] 소수선사원원만

제가 이제 믿고 이해하게 된 선근의 힘과
더불어 법계의 연기(緣起)하는 힘과
불법승 삼보께서 가지하시는 힘으로 아 하 훔
선행 쌓은 일들이 원만하길 바라나이다.

산보집 영산작법절차(靈山作法節次)에 나오는 서찬게(舒讚偈)이다. 여기서 서(舒)는
퍼지다, 열리다, 흩어지다라는 뜻이므로 널리 찬탄한다는 뜻이다. 운수단작법에서는
총게(總偈)로 나온다.


아금신해선근력 我今信解善根力
제가 이제 믿고 이해하게 된 선근의 힘과

신해(信解)는 부처님의 가르침을 믿어서 이해하는 것을 말하며 이를 힘에 비유하면
신해력(信解力)이라고 한다. 그러므로 신해는 근기가 둔한 자가 수행하여 그 계위를
앞으로 나가는 것을 말함이기에 불교에서는 이를 아주 중요시해서 신해행증(信解行
證)이라는 가르침을 강조한다.

**급여법계연기력 及與法界緣起力**
더불어 법계의 연기(緣起)하는 힘과

법계연기(法界緣起)는 우주 만유의 모든 현상이 서로 의존하며 발생하므로 서로가 의지하고 비추면서 끊임없이 교류하고, 융합하며 상호 의존한다는 화엄종의 교의(教義)이다. 이를 다시 네 가지로 분류하면 사법계(事法界), 이법계(理法界), 이사무애법계(理事無礙法界), 사사무애법계(事事無碍法界)라고 하여 사법계(四法界)라고 한다.


**불법승보가지력 佛法僧寶加持力 [아 하 훔 阿呵吘]**
불법승 삼보께서 가지하시는 힘으로 아 하 훔

이와 같은 모든 것이 삼보의 가지하는 힘으로, 이러한 표현이다. 아하훔(阿呵吘)은 서찬게에만 나오는 것은 아니고 보장취(寶藏聚) 등에도 실려 있다.


**소수선사원원만 所修善事願圓滿**
선행 쌓은 일들이 원만하길 바라나이다.

수행하여 쌓은 선한 일들이 모두 원만해지기를 기원하고 있다.

# 아금위여미묘법 我今爲汝微妙法

## 설법게 説法偈

**我今爲汝微妙法 汝等諸人勿有疑**
아금위여미묘법 여등제인물유의

**聞則人人當作佛 至心諦聽大歡喜**
문즉인인당작불 지심제청대환희

내가 이제 너희에게 미묘한 법을 설하노니
너희들 모두는 의심하지 마라.
듣는 사람마다 응당 부처를 이룰 것이니
지극한 마음으로 자세히 들으면 크게 환희하리라.

산보집 설선작법절차(說禪作法節次)에서 설법 베품을 수용하면서 읊는 게송이며 범음집에도 이와 같다. 전체적인 내용을 보면 법화경 방편품의 게송을 변형하여 인용한 것으로 보인다. 참고로 법화경 방편품의 게송을 소개하면 다음과 같다.

菩薩聞是法 疑網皆已除 千二百羅漢 悉亦當作佛
보살문시법 의망개이제 천이백나한 실역당작불

보살들이 이 법을 들으면 의심의 그물이 모두 없어지고
천이백 아라한들도 모두 다 성불하리라.


**아금위여미묘법 我今爲汝微妙法**
내가 이제 너희에게 미묘한 법을 설하노니

부처님 가르침은 미묘하다. 그러므로 개경게(開經偈)에도 무상심심미묘법(無上甚深

微妙法)이라고 한 것이다.


### 여등제인물유의 汝等諸人勿有疑
**너희들 모두는 의심하지 마라.**

법문을 듣는 대중을 말하며 물의(勿疑)는 함부로 의심하지 말라고 하는 충고다.


### 문즉인인당작불 聞則人人當作佛
**듣는 사람마다 응당 부처를 이룰 것이니**

문(聞)은 그냥 단순하게 듣는다는 표현이 아니라 진실하게 의심 없이 받아들임을 말한다.


### 지심제청대환희 至心諦聽大歡喜
**지극한 마음으로 자세히 들으면 크게 환희하리라.**

문(聞)이 이루어지면 지심(至心)이 됨이다. 지심이 되면 제청(諦聽)이 되기에 큰 환희심이 저절로 나오는 것이다.

# 아금의교설진수 我今依敎設珍羞

## 안좌게 安座偈

**我今依敎設珎羞 普饋孤魂及有情**
아금의교설진수 보궤고혼급유정

**各發歡心次第坐 受我供養證菩提**
각발환심차제좌 수아공양증보리

제가 이제 가르침에 의지하여 맛있는 음식을 베풀어
외로운 혼령과 유정들께 널리 공양하오니
각각 기쁜 마음 내어 차례대로 자리에 앉으시어
저의 공양 받으시고 보리를 증득하소서.

작법귀감에서 병든 이를 구해주는 시식 의례인 구병시식의(救病施食儀)에 나오는 안좌게다. 구병시식이라고 하는 것은 병든 이를 위하여 귀신에게 음식을 베풀고 법문을 들려주는 의식을 말한다.

**아금의교설진수 我今依敎設珎羞**
**제가 이제 가르침에 의지하여 맛있는 음식을 베풀어**

의교(依敎)는 법에 의지함을 말한다. 그러므로 화엄경 권 제34에 보면 부처님께 공양하고 가르친 대로 수행하는 것입니다라는 표현이 있다. 供養諸佛。依敎修行。

진수(珍羞)는 진귀한 음식을 말하므로 곧 맛이 뛰어난 음식을 말하며 설(設)은 이러한 음식을 베푼다는 의미다. 이를 유교에서는 제나 연회 때 음식을 상 위에 늘어놓은 것을 진설(陳設)이라고 한다.

### 보궤고혼급유정 普饋孤魂及有情
### 외로운 혼령과 유정들께 널리 공양하오니

궤(饋)는 먹이다, 음식을 대접한다는 뜻이다. 보궤(普饋)는 이러한 음식을 널리 베푼다는 의미며, 그 대상은 고혼(孤魂)과 유정(有情)이다.


### 각발환심차제좌 各發歡心次第坐
### 각각 기쁜 마음 내어 차례대로 자리에 앉으시어

법을 듣기 위해서는 환희심을 내어서 각자 차례대로 앉으라는 뜻이며, 환심(歡心)은 기쁘고 즐거워하는 마음을 말한다.


### 수아공양증보리 受我供養證菩提
### 저의 공양 받으시고 보리를 증득하소서.

공양을 올리는 목적을 말하고 있다. 보리(菩提)를 증득하라는 것은 부처님의 가르침인 정각을 말한다.

# 아금의교설화연 我今依教設華筵

## 안좌게 安座偈

**我今依教設華筵 花果珎羞列座前**
아금의교설화연 화과진수열좌전

**大小宜依次第坐 專心諦聽演金言**
대소의의차제좌 전심제청연금언

**제가 지금 가르침에 따라 연회(宴會)를 베풀어**
**꽃과 과일, 맛난 음식을 자리마다 올리오니**
**높고 낮은 순서에 따라 앉으시어**
**마음을 오롯이 하여 부처님 말씀 들으소서.**

이 게송은 그 상황에 따라 변형하여 유통되고 있다. 산보집에는 하단을 청해 맞이하는 의식인 하단영청지의(下壇迎請之儀)에 나오는 게송이며, 작법절차에는 외로운 혼령을 청하는 고혼청(孤魂請)에 나오는 게송이다.

**아금의교설화연 我今依教設華筵**
**제가 지금 가르침에 따라 연회(宴會)를 베풀어**

부처님 가르침을 전해주고자 연회의 자리를 만들었노라고 영가에게 일러주고 있다. 화연(華筵)은 '꽃자리'라는 표현보다는 연회(宴會)라는 표현이 적당하다.

**화과진수열좌전 花果珎羞列座前**
**꽃과 과일, 맛난 음식을 자리마다 올리오니**

갖가지 공양을 준비하여 영가에게 베풀 것이라고 알려주고 있다.


## 대소의의차제좌 大小宜依次第坐
### 높고 낮은 순서에 따라 앉으시어

대소(大小)는 신분을 말함이며, 의의(宜依)는 의지하는 표현이다.


## 전심제청연금언 專心諦聽演金言
### 마음을 오롯이 하여 부처님 말씀 들으소서.

전심(專心)은 오롯이, 한마음이라는 표현이며, 제청(諦聽)은 자세히 들으라는 뜻으로 이는 십종법행(十種法行) 가운데 하나다. 십종법행은 장아함경(長阿含經) 권 2, 현양 성교론(顯揚聖敎論) 권 제2, 승천왕반야바라밀경(勝天王般若波羅蜜經) 권 제7 부촉 품(付囑品) 등에 실려 있다.

승천왕반야바라밀경 부촉품에 보면 부처님께서 아난에게 말씀하셨다. 이 수다라를 받아 지님에 열 가지 법이 있다. 그 열 가지는 다음과 같다.

첫째 베껴 쓰는 것이고, - 서사(書寫)
둘째 공양하는 것이며, - 공양(供養)
셋째 유통하는 것이고, - 유전(流轉)
넷째는 자세히 듣는 것이며, - 제청(諦聽)
다섯째는 스스로가 읽는 것이다. - 자독(自讀)
여섯째는 기억하여 가지는 것이고, - 억지(憶持)
일곱째는 널리 설하여 주는 것이며, - 광설(廣說)
여덟째는 입으로 외우는 것이고, - 구송(口誦)
아홉째는 사유하는 것이며, - 사유(思惟)
열째는 닦는 것이라고 하였다. - 수행(修行)
佛告阿難言。受持此修多羅。有十種法。何等爲十。一者書寫。二者供養。三者流
傳。四者諦聽。五者自讀。六者憶持。七者廣說。八者口誦。九者思惟。十者修行。

법귀감(作法龜鑑)에는 다음과 같다.


我今依教設華筵 供養珎羞列座前
아금의교설화연 공양진수열좌전

唯願佛子次第坐 專心諦聽演金言
유원불자차제좌 전심제청연금언

제가 지금 가르침에 따라 연회(宴會)를 베풀어
진수 공양을 영가전에 늘어놓았으니
오직 원하나니 불자들은 차례대로 앉으시어
마음을 오롯이 하여 부처님 말씀 들으소서.

'아금의교설화연'과 '전심제청연금언'은 위의 해설을 참고하시오.


供養珎羞列座前 공양진수열좌전
진수 공양을 영가전에 늘어놓았으니

진수 공양이라는 것은 팔만사천 가지 법문을 말한다.


唯願佛子次第坐 유원불자차제좌
오직 원하나니 불자들은 차례대로 앉으시어

오늘 공양받을 대상을 말함이다.

아금이차가지식 我今以此加持食

## 시식게 施食偈

**我今以此加持食 普施孤魂及有情**
아금이차가지식 보시고혼급유정

**身心飽潤獲淸凉 悉脫幽塗生善道**
신심포윤획청량 실탈유도생선도

제가 지금 이처럼 가지(加持)한 음식을
외로운 혼령과 유정들께 널리 베풀 것이니
몸과 마음 배부르고 윤택해져 청량함을 얻고
지옥 세계 벗어나 좋은 세계에 태어나소서.

산보집에서 영가에 공양을 올리고 맺힌 원함을 풀어주는 진언인 해원결진언(解寃結眞言)을 거행한다. 그 후에 이어지는 시식게에 나오는 게송이다. 범음집에도 이와 같다.


**아금이차가지식 我今以此加持食**
제가 지금 이처럼 가지(加持)한 음식을

가지한 음식이라고 하는 것은 부처님의 힘을 빌려 영가에게 베푸는 공양을 말한다.


**보시고혼급유정 普施孤魂及有情**
외로운 혼령과 유정들께 널리 베풀 것이니

보시(普施)는 널리 베푸는 것을 말하기에 곧 차별이 없음을 나타내는 것이다. 유정(有情)은 중생을 달리 표현한 것이다.

신심포윤획청량 身心飽潤獲淸凉
**몸과 마음 배부르고 윤택해져 청량함을 얻고**

몸과 마음이 윤택해지라고 하는 것은 부처님의 가피를 입으라는 표현이다. 이러한 가피를 입으면 번뇌가 사라지기에 이를 청량(淸凉)이라고 하였다.


실탈유도생선도 悉脫幽塗生善道
**지옥 세계 벗어나 좋은 세계에 태어나소서.**

실탈(悉脫)은 모두 벗어나라는 의미로 쓰였다. 유도(幽塗)는 명도(冥途)와 같은 표현으로 흔히 지옥이라고 한다. 선도(善道)는 바르고 착한 도리를 말하므로 이는 곧 선취(善趣)를 말한다. 육도는 선도(善道)와 악도(惡道)를 말하고, 각각 천(天), 인(人), 아수라는 선도(善道)에 해당하고 지옥, 아귀, 축생은 악도에 해당한다.

# 아금이차향탕수 我今以此香湯水

## 관욕게 灌浴偈

我今以此香湯水 灌沐列位先王衆
아금이차향탕수 관목열위선왕중

身心洗滌令淸淨 證入眞空常樂卿
신심세척령청정 증입진공상락경

제가 지금 이 향기로운 목욕물로
자리에 나열한 선왕들을 목욕시키옵니다.
몸과 마음 깨끗하게 닦아 청정하게 하사
항상 즐거운 세상으로 들어가시옵소서.

산보집, 작법귀감, 설선의(說禪儀) 등에 실린 관욕게는 두 번째 구절만 그 대상에 따라 다를 뿐이다. 관욕(灌浴)은 영가를 천도하는 의식 가운데 하나이다. 이는 목욕을 시켜준다는 뜻으로 흔히 말하지만, 실상은 영가의 죄업을 참회시켜주는 법문이다.


### 아금이차향탕수 我今以此香湯水
제가 지금 이 향기로운 목욕물로

이차(以此)라는 '~한 이유로 해서'라는 표현이다. 향탕수(香湯水)는 감로수와 같은 표현으로 곧 법수(法水)를 말함이다.


### 관목열위선왕중 灌沐列位先王衆
자리에 나열한 선왕들을 목욕시키옵니다.

관목(灌沐)은 관욕(灌浴)과 같은 표현이며 우리나라에서는 주로 관욕이라고 한다. 그리고 그 대상에 따라 이 부분은 변형되므로 이를 소개하면 다음과 같다.

灌沐孤魂及有情 관목고혼급유정
고혼들과 유정들을 목욕시키옵니다.

灌浴先王先后位 관욕선왕선후위
선왕(先王)과 선후(先后)들을 목욕시키옵니다.

灌沐一切天仙神 관목일체천선신
모든 천선과 신령들을 목욕시키옵니다.


### 신심세척령청정 身心洗滌令淸淨
**몸과 마음 깨끗하게 닦아 청정하게 하사**

세척(洗滌)은 번뇌의 묵은 때를 깨끗이 하는 것을 말한다. 번뇌를 여의면 청정하게 될 것이라는 표현이다.


### 증입진공상락경 證入眞空常樂卿
**항상 즐거운 세상으로 들어가시옵소서.**

증입(證入)은 참다운 지혜로 진리의 세계로 들어가는 것을 말하므로 곧 깨달음을 표현한 것이다. 진공(眞空)은 모든 것을 초월한 것을 말한다. 근래에는 경(卿)이라는 표현을 거의 안 쓰고 향(鄕)으로 사용한다. 그러나 경(卿)이라는 표현 가운데 경운(卿雲)하면 상서로운 구름이라는 뜻도 있지만, 오히려 향(鄕)이 더 타당하다고 여겨진다.

# 아금일편무가향 我今一片無價香

## 할향게 喝香偈

**我今一片無價香 普熏十方諸刹海**
아금일편무가향 보훈시방제찰해

**遇聞香者同成佛 上體恒安壽萬歲**
우문향자동성불 상체항안수만세

**제가 지금 값을 매길 수 없는 한 조각 향을 사르니**
**시방세계 모든 찰해(刹海)에 널리 배게 하소서.**
**할향(喝香) 게송 듣는 이들은 모두 성불하여서**
**몸 항상 평안하고 수명은 만세를 누리소서.**

산보집에서 전패(殿牌)를 옮길 때 하는 의식인 전패이운(殿牌移運) 가운데 향을 사르면서 읊는 할향게(喝香偈)이다. 전패(殿牌)는 임금을 상징하는 전(殿) 자를 새겨 각 고을의 객사(客舍)에 세운 나무패를 말한다. 공무(公務)로 간 관리나 그 고을 원이 절을 하고 예(禮)를 표시하였으나 여기서는 임금의 위패를 말하며 궐패(闕牌)라고도 한다. 할향게(喝香偈)라고 하는 것은 향을 올릴 때 염송하는 게송을 말한다. 여기에 소개되는 할향게는 주로 전패(殿牌)를 이운하면서 부처님께 향을 올리는 게송이다.

## 아금일편무가향 我今一片無價香
### 제가 지금 값을 매길 수 없는 한 조각 향을 사르니

무가향(無價香)이라고 하는 것은 값어치가 없는 향을 말하는 게 아니라 값을 매길 수 없는 귀중한 향을 말한다. 그러므로 무가보(無價寶)라고 하면 값으로 산정할 수 없는 귀중한 보물을 말하는 것이다. 그러기에 향을 올리는 자의 엄정한 태도를 엿볼 수 있다.

무가보주(無價寶珠)라고 하면 무가보와 같은 표현이다. 이러한 표현은 때에 따라서 우리가 모두 가지고 있는 불성(佛性)을 말하기도 하며, 반야(般若), 일승(一乘) 등과 같이 불교의 요체를 비유하는 표현으로 쓰기도 한다. 법화경 오백제자수기품에 나오는 계주비유(繫珠譬喩)에서 친구의 소매 속에 넣어주었다고 하는 보물을 바로 무가보주를 말한다.

그리고 무가향(無價香)과 같이 만약 꽃을 올리면 무가화(無價華), 옷을 올리면 무가의(無價衣)라고 한다. 무가(無價)는 산스크리트어로 anarghya라고 하며 이는 형용할 수 없이 진귀하다는 뜻이다. 무량수경(無量壽經)에 보면 다음과 같은 게송이 있다. '모든 여러 보살이 하늘의 미묘한 꽃과 향과 보배와 한량없는 하늘 옷을 가지고 와서 무량수불께 공양 올리네.' 一切諸菩薩。各齎天妙華。寶香無價衣。供養無量覺。

### 보훈시방제찰해 普熏十方諸刹海
### 시방세계 모든 찰해(刹海)에 널리 배게 하소서.

보(普)는 널리 그리고 두루두루 미치는 것을 말한다. 훈(熏)은 향기나 연기가 우리에게 스며드는 것을 말한다. 그러므로 훈습(熏習)은 불법을 들어서 마음을 닦아가는 것을 말한다. 시방(十方)이나 찰해(刹海)나 거의 같은 맥락으로 쓰였다고 보면 된다. 그러므로 자신이 올린 향훈(香薰)이 시방 삼세에 두루 미치기를 원한다는 표현이다. 시방 찰해는 시방삼세(十方三世)와 같은 의미다.

### 우문향자동성불 遇聞香者同成佛
### 할향(喝香) 게송 듣는 이들은 모두 성불하여서

우(遇)는 우연히 만난다는 뜻이다. 그러므로 자신이 사른 향의 향내를 지나가다가 우연히 맡는 자가 있다면 자신의 이러한 공덕으로 성불하기를 바란다는 축원이 담겨 있음을 알 수가 있다. 그러기에 대승불교의 모토는 자타일시성불도다.

### 상체항안수만세 上體恒安壽萬歲
### 몸 항상 평안하고 수명은 만세를 누리소서.

이 부분은 나라를 다스리는 임금을 축원하는 내용이다. 그러므로 상체(上體)는 신체의 구조를 나타내는 상체, 하체를 말하는 것이 아니다. 여기서 상(上)은 임금을 뜻하는 표현으로 상체는 곧 임금의 몸인 옥체(玉體)를 말하는 것이다. 항안(恒安)은 언제나 편안하시라는 뜻이며 수만세(壽萬歲)는 수명 장수하라는 내용이다.

향을 올리고 전패를 봉안하면서 임금의 존체(尊體)를 걱정하는 것을 보면 당시의 불교가 얼마나 유교의 억압을 받았으며, 또한 유교의 영향이 얼마나 컸는지 알 수 있다. 그러한 측면에서 본다면 불교가 얼마나 위태롭게 지탱해 왔는지도 알 수가 있다. 그러기에 힘 있는 자에게 기울어지는 행태임을 짐작할 수가 있다.

이러한 퇴보적인 생각은 지금도 크게 다를 바가 없다. 사격이 큰 절에 가보면 정작 해당 절 신도들의 연등 크기가 작을지라도 오지도 않는 대통령, 도지사, 시장, 군수의 연등은 배나 크게 하여 중앙에 달아 부처님의 상호를 가릴 정도다. 이러한 광경이 모두 사대주의(事大主義)에 급급함을 여실히 보여주고 있다. 이러한 폐단에서 벗어나려면 불교 스스로 힘을 키워나가야 한다.

# 아금자연 我今自然

我今自然 滿盞照長天
아금자연 만잔조장천

光明破暗 滅罪福無邊
광명파암 멸죄복무변

등 빛은 겹겹으로 대천세계를 두루 비추니
지혜로운 마음의 등도 저절로 명료해지네.
나도 지금 자연히 등잔에 기름 채워 먼 하늘 비추니
빛이 암흑을 깨뜨려 죄는 멸하고 복은 그지없나이다.

등광층층(燈光層層) 편의 설명을 참고하시오.

# 아금지주차색화 我今持呪此色花

산보집에서 아금지주차색화[我今持呪此色花]가 4번이나 나오지만 거의 같으므로 다른 부분은 이 게송 끝부분에 설명하고자 한다. 그리고 작법귀감에도 산화게(散花偈)로 수록되어 있다.


## 산보집 봉송의(奉送儀)
[산화게 散花偈]
① 我今持呪此色花 아금지주차색화
　　제가 지금 주문을 외고 고운 꽃을 드는 것은

색화(色花)는 빛깔이 있는 꽃을 말하므로 예쁜 꽃이라는 표현이다. 제가 지금 꽃을 들고서 봉송주문을 외우나니 이러한 표현이다.

② 加持願成淸淨故 가지원성청정고
　　가지하여 청정함을 이루기를 바라기 때문입니다.

부처님의 가지를 더하여 청정함을 이루기를 기원하고 있는 것으로 보아 위의 꽃은 연꽃이라고 보아도 무방하다.

③ 一花供養我如來 일화공양아여래
　　제가 한 송이 꽃을 여래에게 공양 올리니

재자(齋者)가 꽃을 올리고 있다. 대승비분다리경(大乘悲分陀利經) 권 제5 입원사리신변품(立願舍利神變品)에 보면 '제가 반열반(般涅槃)에 들어간 뒤에 중생들이 갖가지 보물로 사리에 공양하고, 나아가 한 번 나무불(南無佛)을 부르며, 한 번 절하고, 한 번 돌고, 한 번 합장하고, 한 번 꽃을 공양하는 자들까지도 삼승(三乘)을 따라서 불퇴전(不退轉)을 얻도록 하겠습니다.'라는 말씀이 있다. 我般涅槃後。其有衆生以衆寶物供養舍利。乃至一稱南無佛。一禮。一旋。一合掌業。一花供養者。令彼一切隨於三

乘得不退轉。

④ 受花却歸淸淨土 수화각귀청정토
　　꽃을 받고 청정한 곳으로 돌아가소서.

수화(受花)는 이 꽃을 받으시고 이러한 표현이며, 각귀(却歸)는 각자의 자리로 돌아가라는 뜻이다. 이어서 돌아가고자 하는 자리는 당연히 정토가 되는 것이다. 80권 화엄경 권 제10 화장세계품 게송에 보면 '보현(普賢)의 원을 닦아 청정 국토 얻었으며 시방세계 장엄들이 이 가운데 나타난다'고 하였다. 諸修普賢願 所得淸淨土。三世刹莊嚴 一切於中現。

⑤ 大悲福智無緣主 대비복지무연주
　　큰 자비와 복과 지혜 인연 없는 주인이여

무연주(無緣主)는 아직 인연이 없는 주인공을 말함이다. 이는 나하고 인연이 있는 자는 불법을 베풀기가 쉽지만, 인연이 없는 사람에게는 불법을 베풀기가 어려우므로 이를 고려하여 평등하게 불법을 베풀어야 한다.

⑥ 散花普散十方去 산화보산시방거
　　시방세계에 널리 꽃을 흩뿌리니 잘 가십시오.

산화(散花)는 꽃을 흩뿌리는 것을 말함이며 이는 불법 베푸는 것을 말한다. 또한 주변을 장엄하는 것이며, 이어서 가시는 길이 정토라는 것을 암시하는 것이다.

⑦ 一切賢聖盡歸空 일체현성진귀공
　　모든 현인과 성인들도 다 공계로 돌아가시기에

모든 성현도 각자의 자리로 모두 돌아감이니 그 자리는 모든 공계(空界)라고 하였다. 여기서 공계는 허공을 말하므로 이는 그 어디에도 걸림이 없는 자리를 뜻한다.

⑧ 散花普願歸來路 산화보원귀래로
　　널리 꽃을 뿌리오며 원하나니 오시던 길로 돌아가소서.

오시던 길로 돌아가라는 의미는 본래의 자리를 깨닫고 그곳을 찾아서 돌아가라는 뜻이며 이를 환지본처(還至本處)라고 한다.

⑨ 我以如來三密門 아이여래삼밀문
　　저는 이처럼 여래의 삼밀문(三密門)으로써

삼밀(三密)이라고 하는 것은 부처님께서 베푸신 신(身), 구(口), 의(意) 삼업의 가르침이 불가사의하므로 이를 신밀(身密), 구밀(口密), 의밀(意密)로 나타내어 삼밀이라고 한다. 이를 문에 비유하면 삼밀문이라고 하고, 가지(加持)에 비유하면 삼밀가지(三密加持)라고 한다.

⑩ 已作上妙利益竟 이작상묘이익경
　　마침내 가장 묘한 이익되는 일을 이미 지었습니다.

이는 재(齋)로 인하여 부처님 말씀을 들었으니 이는 곧 삼밀가지에 해당하기에 묘한 이익을 얻어 이익됨을 끝내는 지었다는 뜻이다.

⑪ 惟願天仙星宿等 유원천선성수등
　　오직 바라건대, 천선(天仙)과 성수(星宿)들과

천선(天仙)은 하늘에 있다는 신선을 말하며 숙[宿]은 '묵을 숙' 이라고 하지만 별자리를 나타낼 때는 '수'라고 읽는다. 그러므로 성수(星宿)는 별을 나타내어 칠성(七星), 삼태(三台), 육성(六星) 등의 별들을 말하며 이는 도교의 사상이다.

⑫ 空地山河主執神 공지산하주집신
　　허공·땅·산·하천을 주재하는 신령이시여,

허공신과 산신과 수신(水神)을 말하며, 이러한 신들은 흔히 천신지기(天神地祇)라고 한다.

⑬ 熖魔羅界諸王臣 도마라계제왕신
　　염마라세계의 여러 군왕과 신하들과

도(熖)는 불꽃을 말한다. 그러나 이는 염마라(閻摩羅)를 표현한 것으로 보인다. 불교에서 도마라(熖魔羅)라는 표현은 찾아볼 수가 없기 때문이다. 그러므로 명부 세계의 군왕과 모든 신하를 아울러 나타내는 표현이다.

⑭ 亡靈孤魂泊有情 망령고혼계유정
　　망령과 고혼과 모든 중생

망령(亡靈)은 죽은 사람의 영혼을 말하며, 고혼(孤魂)은 의지할 곳이 없어서 떠도는 영혼을 말한다. 계(泊)는 급(及)과 같은 뜻으로 접속부사로 쓰였으며 유정(有情)은 살아 있는 중생을 뜻한다.

⑮ 地獄餓鬼及 지옥아귀급방생
　　지옥과 아귀, 그리고 축생들이여

더불어서 지옥 중생과 아귀 중생, 벌레, 물고기, 날짐승 등 모든 중생이라는 표현이다.

⑯ 咸願身心得自在 함원신심득자재
　　모두 몸과 마음 자재하기 바랍니다.

함원(咸願)은 모두 원한다는 표현이며 여기서 몸과 마음이 자재(自在)함을 원하므로 이는 해탈신(解脫身)을 말한다.

⑰ 憑斯勝善獲清涼 빙사승선획청량
　　이 좋고 좋은 일을 빌어 청량함을 얻고

뛰어나고 좋은 일에 의지하여 청량함을 얻으라는 기원이다. 묘법성념처경(妙法聖念處經) 권 제7 게송에 보면 '이 선한 행에 의지하여 사람은 천상에 태어나며, 또 불쌍히 여기는 마음으로 이롭게 하고 즐겁게 하면, 일체 유정들이 하늘의 사랑과 즐거움을 얻네.'라고 하였다. 依憑斯善。人生天上。又復悲心。饒益利樂。一切有情。得天愛樂。

⑱ 摠希俱得不退轉 총희구득불퇴전
　　모두 불퇴전의 정진을 얻기를 바랍니다.

총(摠)은 모두라는 뜻이다. 그러므로 모두가 바라기를 보리심에서 물러서지 않기를 기원하고 있다.

⑲ 我於他日建道場 아어타일건도량
　　제가 나중에 도량을 세우리니

내가 훗날에 도량(道場)을 세우면 이러한 뜻이다. 대방광원각경(大方廣圓覺經)에 보면 '만일 다시 다른 인연 있는 일이 없거든, 곧 도량을 세우고 마땅히 기한을 정해야 한다'고 하였다. 若復無有他事因緣。即建道場。當立期限。

⑳ 不違本誓還來赴 불위본서환래부
   본래 서원 어기지 마시고 다시 오소서.

본래 서원이라고 하는 것은 중생을 제도하겠다는 서원을 말함이며 이를 잊지 말고 다시 오기를 기원하고 있다. 문수사리불토엄정경(文殊師利佛土嚴淨經)에 보면 '그 본래의 서원을 어기지 않고 그대로 정진하여 여래라는 명호를 얻었으며, 좇아 태어나는 바[無所從生]가 없었노라'고 하였다. 不違本誓。乃能進。至得如來號。無所從生。


산보집 삼배송규(三拜送規)
삼배하고 전송하는 법
1. 2 [유원고혼계유정惟願孤魂洎有情]
15. 16. 17. 18. 19. 20 유원고혼계유정(惟願孤魂洎有情)은
14번 설명을 참고하세요.


산보집 중단배송(中壇拜送)
중단(中壇)에 절하고 전송함
1. 2. 11. 12. 13. 18. 19. 20


산보집 상단배송(上壇拜送)
상단(上壇)에 절하고 전송함
1. 2. 3. 4. 5. 6

# 아금지차길상수 我今持此吉祥水

## 시수게 施水偈

我今持此吉祥水 灌注一切衆生頂
아금지차길상수 관주일체중생정

塵勞熱惱悉消除 自他紹續法王位
진로열뇌실소제 자타소속법왕위

제가 지금 이와 같은 길상수(吉祥水)로써
모든 중생의 정수리에 뿌리오니
진로(塵勞)와 열뇌(熱惱)를 모두 소멸하여
자타가 모두 법왕의 자리를 이어지도록 하소서.

산보집에서 불상을 점안하는 작법인 불상점안작법(佛像點眼作法) 가운데 관욕(灌浴)을 하기 위하여 사용하는 물에 대한 게송이다. 이때 외우는 게송을 시수게(施水偈)라 하고 진언은 시수진언이라고 한다. 이는 불상 조성을 마치고 점안식을 행할 때 향을 담근 향수에다 솔잎에 적셔 뿌리면서 외우는 게송과 진언을 말한다.

### 아금지차길상수 我今持此吉祥水
제가 지금 이와 같은 길상수(吉祥水)로써

길상(吉祥)은 상서로운 것을 말하므로 이를 나무에 비유하면 길상수(吉祥樹), 구름에 비유하면 길상운(吉祥雲), 하늘에 비유하면 길상천(吉祥天), 물에 비유하면 길상수(吉祥水)라고 한다. 길상은 길양(吉羊)과 같은 표현이다. 이는 번영, 행운, 위엄, 위덕, 수승, 상서라는 뜻을 가진다. 이 같은 표현은 경전 곳곳에서 나타난다. 까닭에 부처님께서 수행할 때 깔고 앉으신 풀을 길상초(吉祥草)라 한다.

## 관주일체중생정 灌注一切衆生頂
### 모든 중생의 정수리에 뿌리오니

관정(灌頂)을 함에 있어서 다섯 가지 병을 준비하는데 이를 오병관정(五瓶灌頂)이라
한다. 여기서 오병(五瓶)은 오지여래(五智如來)의 지혜로 심두(心頭)를 관정하여 번
뇌의 불을 끄고 여래 해탈로 인도한다는 뜻이다. 이를 오종관정(五種灌頂)이라고도
한다.


## 진로열뇌실소제 塵勞熱惱悉消除
### 진로(塵勞)와 열뇌(熱惱)를 모두 소멸하여

진로(塵勞)는 나의 몸과 마음을 괴롭히는 번뇌를 말하며 이러한 번뇌는 무수히 많기
에 팔만사천진로(八萬四千塵勞)라고 한다. 그러므로 진로(塵勞)는 번뇌의 다른 이름
이다. 마하지관(摩訶止觀)에 보면 '하나하나의 진로가 팔만사천 진로의 문(門)이 된
다'고 하였다. 一一塵有八萬四千塵勞門。


## 자타소속법왕위 自他紹續法王位
### 자타가 모두 법왕의 자리를 이어지도록 하소서.

나와 남이 모두가 법왕(法王)의 지위를 잇게 해달라고 하는 간청이다. 여기서 법왕은
석가모니불을 말하며 그 지위를 잇게 해달라고 하는 것은 나와 남이 모두 성불하기
를 바라는 서원이다. 이를 자타일시성불도(自他一時成佛道)라고 한다. 법왕(法王)은
부처님을 부르는 다른 존칭이며 부처님의 진리는 수승하기에 법왕이라고 한다. 무량
수경(無量壽經)에 보면 '부처님께서는 진리의 왕이시고 그 존귀함이 여러 성인보다
뛰어나시어 널리 일체 천상이나 인간들의 스승이 되고, 중생들 마음속에 원하는 바에
따라서 모두 부처님의 도를 얻게 하심이라'고 하였다. 佛爲法王。尊超衆聖。普爲一
切。天人之師。隨心所願。皆令得道。

# 아금지차일완다 我今持此一椀茶 [1]

## 삼보전 다게 茶偈

**我今持此一椀茶 變成無盡甘露味**
아금지차일완다 변성무진감로미

**奉獻十方三寶尊 願垂慈悲哀納受**
봉헌시방삼보존 원수자비애납수

제가 지금 올리는 한 잔의 차가
다함 없는 감로의 맛으로 변해지이다.
시방의 삼보께 받들어 올리오니
자비를 드리워서 가엾이 여겨 받으소서.

산보집에서 상단(上壇)에 올리는 차 공양에 대한 게송이다. 이 게송은 공양을 받는
자에 따라 문구를 변형하여 널리 통용되고 있다. 범음집, 시왕재찬요, 설선의 등에도
실려 있다.

**아금지차일완다 我今持此一椀茶**
제가 지금 올리는 한 잔의 차가

일완(一椀)은 하나의 주발(周鉢)을 말하며 여기서는 다완(茶椀)을 말한다.

**변성무진감로미 變成無盡甘露味**
다함 없는 감로의 맛으로 변해지이다.

저희가 올린 차가 부처님의 위신력으로 다함 없는 감로수로 바뀌기를 염원하는 것이다.

720

**봉헌시방삼보존 奉獻十方三寶尊**
**시방의 삼보님께 받들어 올리오니**

오늘 차를 올리는 대상을 말함이며 이 부분은 그 대상에 따라 변형되어 융통하고 있다.

**원수자비애납수 願垂慈悲哀納受**
**자비를 드리우사 가엾이 여겨 받으소서.**

자비로운 마음으로 저희가 올린 차 공양을 받아주기를 간청하고 있다.

# 아금지차일완다 我今持此一椀茶 [2]

## 영산전 다게 茶偈

**我今持此一椀茶 奉獻靈山大法會**
아금지차일완다 봉헌영산대법회

**俯鑑檀那虔懇心 願垂慈悲哀納受**
부감단나건간심 원수자비애납수

제가 지금 올리는 한 잔의 차가
영산대법회에 받들어 올리오니
시주의 정성스런 마음 굽어살피시어
자비를 드리워서 가엾이 여겨 받으소서.

'아금지차일완다(我今持此一椀茶)' [1]과 거의 같은 내용으로 공양받을 대상이 다름
으로 변형하였다. 그러므로 다른 부분만 설명하고자 한다.

### 봉헌영산대법회 奉獻靈山大法會
영산대법회에 받들어 올리오니

영산법회(靈山法會)를 존경하는 마음으로 영산대법회(靈山大法會)라고 한 것이다.
이는 부처님께서 영산에서 법을 설하셨던 것을 재현하는 것으로 곧 큰 법회를 열어
법을 전하는 것을 말한다.

### 부감단나건간심 俯鑑檀那虔懇心
시주의 정성스러운 마음 굽어살피시어

부감(俯鑑)은 보아달라는 표현이며 단나(檀那)는 시주자를 말한다.

# 아금지차일완다 我今持此一椀茶 [3]

## 명부전 다게 茶偈

**我今持此一椀茶 便成無盡甘露味**
아금지차일완다 변성무진감로미

**奉獻一切冥王衆 惟願慈悲哀納受**
봉헌일체명왕중 유원자비애납수

제가 지금 올리는 한 잔의 차가
문득 다함 없는 감로의 맛 이루리다.
일체 명왕 대중들에게 바치오니
바라건대 가엾이 여겨 받으소서.

'아금지차일완다(我今持此一椀茶)' [1], [2]와 같은 내용이며 여기서는 공양받을 대
상이 명부(冥府)의 왕들이기에 봉헌일체명왕중(奉獻一切冥王衆)이라고 한 것이다.
그 나머지 설명은 이미 [1], [2]에서 하였으므로 이를 참고하길 바란다.

# 아금청정수 我今淸淨水

## 다게 茶偈

**我今淸淨水 變爲甘露茶**
아금청정수 변위감로다

**奉獻證明前 願垂哀納受**
봉헌증명전 원수애납수

이제 저희가 올리는 이 맑고 깨끗한 물을
변화시켜 감로차로 만들어서
증명님 전에 받들어 올리나니
바라옵건대 가엾이 여겨 받으옵소서.

작법귀감에서 영가를 제도하고자 법을 설함에 있어서 이를 증명하고자 증명 법사를
청하는 의식인 증명청(證明請)과 가영을 하고 나서 이어지는 다게(茶偈)로 나온다.
이 다게는 널리 알려진 다게로 그 대상에 따라 변형하여 통용되고 있다.

전반적인 내용은 아금지차일완다(我今持此一椀茶)와 거의 같은 내용이다. '아금지차
일완다'는 칠언절구로 이루어졌다면 '아금청정수'는 이를 줄여서 오언절구로 되어 있
을 뿐이다.

# 아금풍송비밀주 我今諷誦秘密呪

## 공양게 供養偈

**我今諷誦秘密呪 流出無邊廣大供**
아금풍송비밀주 유출무변광대공

**普供無盡三寶海 願垂慈悲哀納受**
보공무진삼보해 원수자비애납수

제가 지금 비밀스러운 주문을 읊으오니
가없는 넓고 큰 공양이 흘러나와서
다함 없는 삼보님께 두루 공양 올리오니
바라건대 자비로써 불쌍히 여겨 받으시옵소서.

작법귀감에 나오는 공양게다. 공양받는 대상에 따라 바뀌기에 이를 아울러서 소개하고자 한다.

**아금풍송비밀주 我今諷誦秘密呪**
제가 지금 비밀스러운 주문을 읊으오니

풍송(諷誦)은 게송은 읽는 것을 말한다. 비밀주(秘密呪)에서 비밀은 부처님 말씀이 모두 불가사의하기에 비밀이 되는 것이며 주(呪)는 다라니(陀羅尼)와 같은 개념이다.

**유출무변광대공 流出無邊廣大供**
가없는 넓고 큰 공양이 흘러나와서

유출(流出)은 물 흐르는 것처럼 계속 나오는 것을 말한다. 그러므로 여기서는 끝없는 공양을 말하므로 무변(無邊)이라는 표현을 사용하였다. 광대(廣大)는 넓고 크다는 의미이며 공(供)은 공양을 말하므로 이는 부처님 말씀의 공양이 그러하기를 염원하는 것이다. 광대공(廣大供)이라는 표현은 40권 본 화엄경에도 나온다. 여기에 보면 '많고 좋은 공양거리 차려 올리며'라는 표현이 있다. 於彼皆興廣大供.

**보공무진삼보해 普供無盡三寶海**
**다함 없는 삼보님께 두루 공양 올리오니**

이러한 공양을 삼보전에 두루 공양 올린다는 표현이며 더러는 삼보해(三寶海 )라는 표현보다 삼보전(三寶前)이라고 표현한 것도 있다. 그리고 이 부분은 그 대상에 따라 바뀌는데 명부(冥府)에 올리면 다음과 같이 변형된다.

奉獻冥間大會前 봉헌명간대회전
지옥세계 큰 회상 대중에게 받들어 올리오니

**원수자비애납수 願垂慈悲哀納受**
**바라건대 자비로써 불쌍히 여겨 받으시옵소서.**

자비로운 마음으로 저희가 올린 차 공양을 받아주기를 간청하고 있다.

# 아담반야생전회 我談般若生前會

## 반야다라 般若多羅 존자

**我談般若生前會 汝契多羅此世逢**
아담반야생전회 여계다라차세봉

**已離衆緣起蘊界 不知何處演眞宗**
이리중연기온계 부지하처연진종

나는 나기 전 회상에서 반야를 담론했더니
이 세상에 너를 만나 수다라와 계합했네.
오온이 일어난 세계에서 이미 인연을 여의었으니
어느 곳에서 진종(眞宗)을 연설했는지 모르겠네.

산보집 선문조사예참(禪門祖師禮懺)에 실린 제27대 조사 반야다라(般若多羅) 존자에 대한 가영이다. 반야다라(般若多羅 ?~457) 선종 전등사에 있어서 인도 28대 조사다. 우리에게 익숙한 보리달마(菩提達磨)에게 자신의 법을 이어주었다.

### 아담반야생전회 我談般若生前會
나는 나기 전 회상에서 반야(般若)를 담론했더니

반야다라가 나기 전에 반야(般若)를 담론했다는 기록을 찾아볼 수가 없다. 아마 반야다라가 남인도에 이르러 그 나라 왕의 세 아들에게 무가보주(無價寶珠)에 대해서 담론을 하였는데 이를 두고 말하는 것 같다.

### 여계다라차세봉 汝契多羅此世逢
이 세상에 너를 만나 수다라와 계합했네.

그러자 셋째 왕자인 보리달마가 말하기를 이는 세간의 보배이니 가히 훌륭할 것이 못 되고, 모든 보배 가운데 법보가 으뜸이라고 하자, 존자가 왕자의 지혜와 변재에 탄복하여 자신의 제자로 삼았다. 수다라(脩多羅)는 경(經)을 말하며 계합(契合)했다고 하는 것은 부처님 말씀에 어긋나지 않았다는 뜻이다.


## 이리중연기온계 已離衆緣起蘊界
### 오온이 일어난 세계에서 이미 인연을 여의었으니

오온(五蘊)이 일어났다고 하는 것은 '이 육신이 생기면서' 이러한 표현이다. 그러므로 모든 것은 인연에 의하여 생하고 멸하는 것이다.


## 부지하처연진종 不知何處演眞宗
### 어느 곳에서 진종(眞宗)을 연설했는지 모르겠네.

진종(眞宗)은 열반경, 화엄경 따위를 말하지만 여기서는 그러한 뜻보다는 '불성' 또는 '법계의 이치'를 뜻한다.

아미타불진금색 阿彌陀佛眞金色

## 미타영 彌陀詠

阿彌陁佛眞金色 相好端嚴無等倫
아미타불진금색 상호단엄무등륜

白毫宛轉五須彌 紺目澄淸四大海
백호완전오수미 감목징청사대해

아미타 부처님의 금빛 몸과
단정하고 엄숙한 상호는 비할 데 없습니다.
휘감은 백호는 다섯 수미산을 두른 것과 같고
감색(紺色)의 눈은 맑아서 사해(四海)와 같습니다.

光中化佛無數億 化菩薩衆亦無邊
광중화불무수억 화보살중역무변

四十八願度衆生 九品含靈登彼岸
사십팔원도중생 구품함령등피안

광명 가운데는 무수한 화불(化佛)이 나투시고
보살로 나투신 몸 또한 끝이 없습니다.
사십팔원 큰 원으로 모든 중생 건지시어
모든 중생을 구품의 피안으로 오르게 하십니다.

작법귀감 다비문(茶毘文)에서 죽은 자를 다비하고 나서 산골(散骨) 의식을 행하면서
마무리하는 게송이다. 이는 중국 선문일송(禪門日誦)에 나오는 내용을 변형한 것으
로 보이며 선문일송의 내용은 다음과 같다.

阿彌陀佛身金彎 相好光明無等倫 白毫宛轉五須彌 緝目澄淸四大海
아미타불신금비 상호광명무등륜 백박완전오수미 집목징청사대해


## 아미타불진금색 阿彌陀佛眞金色
### 아미타 부처님의 금빛 몸과

진금(眞金)의 색(色)이라고 하는 것은 불상의 모습을 보고 하는 말이 아니라 변하지 않는 진리를 뜻한다.


## 상호단엄무등륜 相好端嚴無等倫
### 단정하고 엄숙한 상호는 비할 데 없습니다.

부처님의 삼십이상팔십종호(三十二相八十種好)를 찬탄함이다.


## 백호완전오수미 白毫宛轉五須彌
### 휘감은 백호는 수미산을 다섯 번이나 두른 것과 같고

백호(白毫)는 부처님의 32상(相)의 하나로 두 눈썹 사이에 난 희고 빛나는 가는 터럭을 말하며, 백호로 광명을 발하여 무량세계(無量世界)를 비춘다고 한다. 완전(宛轉)에서 완(宛)은 빛을 말하는 것이 아니라 굽은 모양을 말하고, 전(轉)은 회전을 뜻하므로 완전(宛轉)이라는 표현은 백호의 모양을 말하는 것이다. 이어서 오수미(五須彌)는 흰 터럭이 돌돌 말려 있는 것이 수미산을 다섯 번이나 두른 것과 같음이라고 찬탄하고 있다.


## 감목징청사대해 紺目澄淸四大海
### 감색(紺色)의 눈은 맑아서 사해(四海)와 같습니다.

감(紺)은 검은 빛을 띤 푸른색을 말하므로 감목은 부처님의 눈동자가 이와 같다는 표현이다. 징청(澄淸)은 맑고 맑은 것을 말하며 사해(四海)는 온 세계에 있는 바다와 같음이라고 비유하고 있다.

**광중화불무수억 光中化佛無數億**
광명 가운데는 무수한 화불(化佛)이 나투시고

백호 광명으로부터 나오는 화신불(化身佛)을 말한다.


**화보살중역무변 化菩薩衆亦無邊**
보살로 나투신 몸 또한 끝이 없습니다.

이어서 변화신의 보살이 끝없이 나툰다고 하는 것은 모두 방편불(方便佛)을 말함이다.


**사십팔원도중생 四十八願度衆生**
사십팔원 큰 원으로 모든 중생 건지시어

사십팔원(四十八願)은 아미타 부처님이 중생을 제도하고자 세운 사십팔원(四十八願)을 말한다.


**구품함령등피안 九品含靈登彼岸**
모든 중생을 구품의 피안으로 오르게 하십니다.

구품(九品)은 극락세계를 아홉 개로 나눈 것이며 이로써 중생의 근기에 따라 극락세계에 가라고 하는 자비의 발로다.

## 아석소조제아업 我昔所造諸惡業

**참회게 懺悔偈**

我昔所造諸惡業 皆由無始貪瞋痴
아석소조제악업 개유무시탐진치

從身口意之所生 一切我今皆懺悔
종신구의지소생 일체아금개참회

지난 세상 내가 지은 모든 악업은
시작 없는 탐진치(貪瞋痴)로 생기었고
몸과 입과 뜻을 따라 무명으로 지었기에
저는 지금 속속들이 모두 참회하옵니다.

천수경(千手經)을 통하여 널리 알려진 참회게다. 그러나 이 게송의 출전을 아는 이가 그리 많지 않다. 이 게송은 40권 본 화엄경 권 제40 입부사의해탈경계보현행원품(入不思議解脫境界普賢行願品)에 나오는 게송이다.


**아석소조제악업 我昔所造諸惡業**
지난 세상 내가 지은 모든 악업은

예전부터 지금까지 지은 모든 죄업의 근본은 무엇인가를 말하고 있다.


**개유무시탐진치 皆由無始貪瞋痴**
시작 없는 탐진치(貪瞋痴)로 생기었고

모든 악업은 삼독(三毒)으로 인한 것이라는 것을 밝히고 있다.

**종신구의지소생 從身口意之所生**
**몸과 입과 뜻을 따라 무명으로 지었기에**

삼독으로 인하여 신구의(身口意)로 모든 악업을 지음이다.


**일체아금개참회 一切我今皆懺悔**
**저는 지금 속속들이 모두 참회하옵니다.**

그러기에 제가 지금 이러한 모든 것을 참회한다고 함이다.

# 아이금강무애수 我以金剛無碍水

## 관욕게 灌浴偈

我以金剛無碍水 灌沐一切靈祇類
아이금강무애수 관목일체영지류

各難塵勞煩惱緣 逍遙證入諸佛位
각난진로번뇌연 소요증입제불위

제가 금강의 걸림 없는 물로
일체 영기들을 목욕시키오니
저마다 진로 번뇌의 인연을 여의고
천천히 거닐어 부처님의 자리에 드시옵소서.

산보집 지기단(地祇壇) 작법에 나오는 관욕게다.


### 아이금강무애수 我以金剛無碍水
### 제가 금강의 걸림 없는 물로

금강(金剛)은 변치 않음을 나타낸 표현이며 무애수(無碍水)는 신기(神祇)들을 목욕시키고자 하는 목적인 무애(無碍)를 얻으라고 하는 것이기에 무애수라고 한 것이다.


### 관목일체영지류 灌沐一切靈祇類
### 일체 영기들을 목욕시키오니

관목(灌沐)은 관욕(灌浴)과 같은 뜻이며 여기서는 모든 신기(神祇)들에게 목욕을 시키고자 한다고 하였다. 신기는 천신지기(天神地祇)를 말하므로 하늘과 땅에 있는 모든 신령을 말한다.


**각난진로번뇌연 各難塵勞煩惱緣**
**저마다 진로 번뇌의 인연을 여의고**

각자 진로와 번뇌의 인연을 여의라는 표현이다. 그러므로 난(難)이 아니라 리(離)가 더 타당해 보인다.


**소요증입제불위 逍遙證入諸佛位**
**천천히 거닐어 부처님의 자리에 드시옵소서.**

소요(逍遙)는 무애(無礙)와 같은 개념으로 쓰였다. 그러므로 관욕의 가피를 입어서 깨달음을 얻어 부처님의 지위에 이르라는 표현이다.

# 아이법륜무진등 我以法輪無盡燈

## 등공 회향게 燈供廻向偈

**我以法輪無盡燈 上中下位普供養**
아이법륜무진등 상중하위보공양

**清淨光明照十方 六道觸光皆解脫**
청정광명조시방 육도촉광개해탈

나는 다함 없는 법륜의 등으로써
상위 중위 하위에 널리 공양합니다.
청정한 광명이 시방세계를 비추니
육도 중생 광명 받아 모두 해탈하네.

**無明業障盡蠲除 發悟心花成正覺**
무명업장진견제 발오심화성정각

**願此燈光徧法界 幽顯聖凡哀納受**
원차등광변법계 유현성범애납수

무명의 업장을 다 덜어 없애고
깨달음의 마음 꽃을 피워 정각 이루네.
바라건대 이 등불 광명 법계에 두루 펴서
저승과 이승의 성인, 범부를 불쌍히 여겨 받아주소서.

산보집 가등작법(加燈作法)에서 등공회향편(燈供廻向篇)에 나오는 게송이다.

**아이법륜무진등 我以法輪無盡燈**
나는 다함 없는 법륜의 등으로써

무진등(無盡燈)이라는 표현은 등화(燈火)를 무진(無盡)에 비유하여 부처님 가르침이 끝이 없다는 뜻으로 곧 꺼지지 않는 등불을 말한다. 유마경(維摩經) 보살품에 보면 유마힐(維摩詰)이 말하기를 꺼지지 않는 등불이라는 것은 비유하자면, 한 등불로 백천의 등불에 불을 밝혀 어둠이 모두 밝아지고 그 밝음이 끝내 사라지지 않는 것과 같다고 하였다. 無盡燈者。譬如一燈。然百千燈。冥者皆明。明終不盡。


**상중하위보공양 上中下位普供養**
상위 중위 하위에 널리 공양합니다.

그 계위(階位)에 따라 널리 공양을 올린다는 표현이다.


**청정광명조시방 清淨光明照十方**
청정한 광명이 시방세계를 비추니

청정한 광명이라고 하는 것은 흠잡을 수 없는 부처님 교의(教義)를 말하며 이러한 교의가 미치지 않는 곳이 없는 뜻이다.


**육도촉광개해탈 六道觸光皆解脫**
육도 중생 광명 받아 모두 해탈하네.

무진등이 육도를 두루 비춤에 힘입어 육도 중생이 모두 해탈하기를 원하는 내용이다. 그러므로 촉광(觸光)은 광촉(光觸)과 같은 의미다.


**무명업장진견제 無明業障盡蠲除**
무명의 업장을 다 덜어 없애고

무명은 암흑세계를 말하므로 이를 물리치고자 하면 빛이 있어야 한다. 그러므로 여기서는 이를 무진등에 비유하여 무명을 타파하는 것이다.

**발오심화성정각 發悟心花成正覺**
깨달음의 마음 꽃을 피워 정각 이루네.

여기서 화(花)는 과(果)와 같은 의미다. 이를 예를 들어 말하면 보리의 꽃이라 하지
아니하고 보리과(菩提果)라고 하는 이치다. 그러나 이러한 표현은 문장의 흐름을 잘
살펴보아야 한다.


**원차등광변법계 願此燈光徧法界**
바라건대 이 등불 광명 법계에 두루 펴서

무진등이 시방 삼세에 두루 비추기를 원하는 내용으로 이러한 부분을 서원(誓願)이
라고 한다.


**유현성범애납수 幽顯聖凡哀納受**
저승과 이승의 성인, 범부를 불쌍히 여겨 받아주소서.

모든 중생을 어여삐 여겨 저희들이 올리는 등공양(燈供養)을 받아달라고 간청하는
표현이다.

# 아이여래삼밀문 我以如來三密門

**我以如來三密門 已作上妙利益竟**
아이여래삼밀문 이작상묘이익경

**惟願天仙星宿等 空地山河主執神**
유원천선성수등 공지산하주집신

저는 여래의 삼밀문(三密門))으로써
가장 묘한 이익되는 일을 이미 마쳤습니다.
오직 바라건대, 천선과 성수(星宿)들과
허공, 땅, 산, 하천을 주재하는 신령이시여,

아금지주차색화(我今持呪此色花) 편의 설명을 참고하시오.

# 아이청정심 我以淸淨心

## 재계 齋戒

**我以淸淨心 焚燒故功德**
아이청정심 분소고공덕

**願此香烟熘 變成香雲盖**
원차향연도 변성향운개

나는 이로써 청정한 마음으로
사르는 공덕이 있는 까닭에
원하건댄 이 향 연기와 불꽃이
향연은 변하여 향 구름이 되어져서

**遍滿十方界 供養無量佛**
변만시방계 공양무량불

**諸法從緣生 亦從因緣滅**
제법종연생 역종인연멸

시방세계 두루 가득해
한량없이 많은 부처 공양하네.
모든 법은 인연을 따라 생겼다가
인연 따라 없어진다네.

**我佛大沙門 常作如是說**
아불대사문 상작여시설

우리 부처님 큰 사문도

**언제나 이렇게 설하셨네.**

작법귀감에서 파손된 불상 및 경전과 가사를 태워서 봉송하는 법인 파불급경가사소송법(破佛及經袈裟燒送法)에 나오는 재계(齋戒)이다. 대지도론(大智度論)에 보면 용수보살이 법대로 공양하고 재를 올리고 높은 대(臺)위에 올라가서 이 주문을 21번 독송하고 불에 사르면 한 발걸음도 옮기기 전에 곧 한량없이 많은 지혜와 덕을 얻으리니 새로 조성하는 공덕과 다름이 없다고 말하였다.


**아이청정심 我以淸淨心**
**나는 이로써 청정한 마음으로**

이러한 표현은 대보적경, 방광대장엄경 등에도 나온다.


**분소고공덕 焚燒故功德**
**사르는 공덕이 있는 까닭에**

분소(焚燒)는 불에 사르는 것을 말하므로 여기서는 파손된 불상, 경전, 가사 따위를 사르는 것을 말한다.


**원차향연도 願此香烟焰**
**원하건댄 이 향 연기와 불꽃이**

도(焰)는 불꽃을 말하므로 '분소된 불꽃과 연기는' 이러한 표현이며 위에서 열거한 물건을 태우기에 이를 '연기'라 하지 아니하고 향연(香煙)이라고 한 것이다.


**변성향운개 變成香雲盖**
**향연은 변하여 향 구름이 되어져서**

이러한 향연(香煙)은 변하여 향운(香雲)이 되어 달라는 염원이다.

**변만시방계 遍滿十方界**
**시방세계 두루 가득해**

향운이 온 하늘을 덮기를 염원하고 있다. 변만시방이라는 표현은 금광명최승왕경(金光明最勝王經), 대방등대집경(大方等大集經) 등 여러 경전에 나타나고 있다.


**공양무량불 供養無量佛**
**한량없이 많은 부처 공양하네.**

무수한 부처님께 공양을 올린다는 표현이며 이와 같은 표현은 대반열반경, 화엄경 등에도 나온다.


**제법종연생 諸法從緣生**
**모든 법은 인연을 따라 생겼다가**

모든 것은 인연을 따라 이루어진다는 표현이며 이는 열반경, 대방등대집경. 소바호동자청문경(蘇婆呼童子請問經) 등에도 실려 있다.


**역종인연멸 亦從因緣滅**
**인연 따라 없어진다네.**

또한 인연이 다하면 소멸되는 것이라는 뜻이다. 법원주림(法苑珠林), 자비도량참법(慈悲道場懺法), 연경별찬(蓮經別讚) 등에도 이러한 가르침이 실려 있다.


**아불대사문 我佛大沙門**
**우리 부처님 큰 사문도**

대사문(大沙門)은 석가여래를 달리 이르는 표현이다. 이러한 말씀은 불설대집회정법경(佛說大集會正法經)에도 실려 있다.

**상작여시설 常作如是說**
**언제나 이렇게 설하셨네.**

늘 이와 같은 가르침을 주셨다는 뜻이며, 보살영락본업경(菩薩瓔珞本業經), 불퇴전법륜경(不退轉法輪經) 등에 실려 있다.

지금까지 살펴본 이 게송 가운데 '제법종연생~상작여시설'까지는 대승집보살학론(大乘集菩薩學論) 권 제25에 실린 내용을 인용한 것으로 보이며 이를 소개하면 다음과 같다.

諸法從緣生 緣謝法即滅
제법종연생 연사법즉멸

我師大沙門 常作如是說
아사대사문 상작여시설

모든 법은 인연을 따라 생겼다가
인연이 사라지면 법도 곧 소멸한다고
우리 스승 큰 사문[大沙門]께서는
언제나 이처럼 말씀하셨다.

# 아인망처초삼계 我人忘處超三界

## 부용영관 芙蓉靈觀 선사

**我人忘處超三界 大悟眞空證法身**
아인망처초삼계 대오진공증법신

**無影樹頭花爛漫 靑山依舊劫前春**
무영수두화난만 청산의구겁전춘

나(我)와 인(人)을 몰록 잊은 자리는 삼계를 초월하여
진공의 이치를 크게 깨달아 법신을 증득하였으니
그림자 없는 나뭇가지마다 꽃들은 흐드러지게 피고
청산은 여전히 겁전(劫前)의 봄이로구나!

산보집 시왕단작법에서 부용영관(芙蓉靈觀) 선사의 가영으로 나와 있으나 작법귀감에서는 대예참례(大禮懺禮) 가영으로 실려 있다. 부용영관(芙蓉靈觀 1485~1571)은 조선 시대의 고승으로 진주 출생이며, 벽송지엄(碧松智嚴)의 법맥을 이어서 수행을 하다가 1571년 지리산 의신암(義神庵)에서 입적하였다. 전법 제자로는 서산휴정(西山休靜), 부휴선수(浮休善修) 등이 있다.

## 아인망처초삼계 我人忘處超三界
### 나(我)와 인(人)을 몰록 잊은 자리는 삼계를 초월하여

아인(我人)은 나(我)와 인(人)에 대한 분별이나 집착을 말함이다. 불교에서는 실체로써의 자아(自我)나 영혼을 인정하지 아니하기에 이러한 관점에서 볼 때 나(我)와 인(人)은 가장 근본적인 착각과 전도에 속하는 것이다. 이로 인하여 모든 집착의 근원이 됨이다. 여기에 대하여 금강경은 좀 더 세밀하게 나누어 사상(四相)으로 나누어 우리에게 가르침을 주고 있다.

원각경(圓覺經) 가운데 정제업보살장(淨諸業菩薩章)에 보면 '선남자여! 일체중생은 무시 이래로부터 헛된 생각에 집착하여 나와 남, 중생과 더불어 수명이 있다고 집착하는 이 네 가지가 전도되어 '나'라는 실체가 된다고 인정하느니라. 이것으로 말미암아, 곧 증오와 사랑이라는 두 가지 경계가 생기고, 이 허망한 몸에 거듭 허망하게 집착한다'고 하셨다. 善男子。一切衆生。從無始來。妄想執有我人衆生。及與壽命。認四顛倒。爲實我體。由此。便生憎愛二境。於虛妄體。重執虛妄。

원각경에도 사상(四相)에 관한 말씀이 나오지만, 우리에게 익숙한 구마라습(鳩摩羅什)이 한역한 금강경(金剛經)의 요체도 사상에 관한 말씀으로 이루어져 있다. 그러나 현장(玄奘) 스님이 한역한 능단금강경(能斷金剛經)에서는 아상(我想), 유정상(有情想), 명자상(命者想), 사부상(士夫想), 보특가라상(補特伽羅想), 의생상(意生想), 마납파상(摩納婆想), 작자상(作者想), 수자상(受者想) 등 아홉 가지로 나누어 가르침을 주고 있다. 이를 구상(九想)이라고 한다는 것도 참고로 알아 두었으면 한다.

위에서 실체로써의 자아(自我)나 영혼을 인정하지 않는다고 하였는데, 여기서 자아는 곧 개인으로서의 자아인 개아(個我)를 말함이다. 이를 뿌드갈라(pudgala-samjna)라고 하는데 여기에 대하여 구마라집은 인(人)으로 한역을 하였으며, 현장(玄奘)은 보특가라(補特伽羅)라는 표현으로 음사하였다.

이어서 영혼은 지와(jiva-samjna)라고 하는데 여기서 '지와'는 목숨, 생명이라는 말이다. 그러기에 이를 구마라집은 수자(壽者)로 옮겼고 현장은 명자(命者)라 옮겼다.

그러므로 여기서는 나와 너라는 이러한 분별상만 넘어서도 삼계를 초월함이라고 하여 초삼계(超三界)라고 하였다. 이는 월삼계(越三界)와 같은 표현이다. 보요경(普曜經)에 강신처태품에 보면 태자를 찬탄하는 게송에 월삼계(越三界)라는 표현이 있다.

光光不逮聖 聞不及一步 無敢越三界 三界無能當
광광불체성 문불급일보 무감월삼계 삼계무능당

빛마다 거룩함에 미치지 못하고
들음[聞]도 한 걸음을 미치지 못하며
삼계에서 감히 넘을 사람이 없고
삼계에서 능히 당해 낼 사람도 없습니다.

이러한 표현은 종성게(鍾聲偈)에서는 '이지옥출삼계(離地獄出三界)'라고 하여 지옥의 고통을 벗어나고 삼계를 뛰어넘으라는 가르침이 있다. 그러므로 여기서 출삼계(出三界)라는 표현으로 쓰였다.

화엄경(華嚴經) '이세간품'에서는 부처님은 항상 삼계를 멀리 여의고도 중생을 버리지 않으심이라고 하였다. 常遠離三界。而不捨衆生。

조선 중기에 서산대사로 널리 알려진 청허휴정(淸虛休靜 1520~1604) 스님이 엮은 선가귀감(禪家龜鑑)에 출가를 왜 하느냐고 하는 가르침에 대한 내용이 있다. 출가하여 중이 되는 것이 어찌 작은 일이겠는가? 몸의 편안함을 구하려는 것도 아니며, 따뜻하게 옷을 입고 배불리 먹으려는 것도 아니며, 명예와 재물을 구하려는 것도 아니며, 나고 죽음을 면하려는 것이며, 번뇌를 끊으려는 것이며, 부처님의 지혜를 이으려고 하는 것이며, 삼계를 벗어나서 중생을 건져야 가위 하늘을 찌르는 대장부라고 할 것이다고 하였다. 出家爲僧豈細事乎。非求安逸也。非求溫飽也。非求利名也。爲生死也。爲斷煩惱也。爲續佛慧命也。爲出三界度衆生也。可謂衝天大丈夫。

다시 이를 정리하면 초삼계(超三界), 월삼계(越三界), 출삼계(出三界), 이삼계(離三界)라고 하였으니 여기서 삼계는 곧 우리가 사는 오탁악세를 말함이다. 고로 사바세계는 벗어날 대상이지 안주할 대상은 아니다. 그러므로 초(超), 월(越), 출(出), 이(離) 등의 접두어를 붙여서 이를 강조하고 있다.


## 대오진공증법신 大悟眞空證法身
### 진공의 이치를 크게 깨달아 법신을 증득하였으니

이미 위에서 거론한 부분에 대한 사족이다. 대오(大悟)라는 것은 번뇌를 벗어나서 크게 깨닫는다는 표현인데, 아인망처(我人忘處)가 곧 대오(大悟)이기에 사족이라고 한 것이다. 아인망처의 견처에 이르르면 대의심(大疑心)이 필요하다. 그러므로 대혜보각록(大慧普覺錄)에서는 대의심이 있어야 반드시 대오가 있음이라고 하였다. 大疑之下。必有大悟。

진공(眞空)이라는 표현은 진여실성(眞如實性)을 말하는 것으로 모든 미혹한 생각을 여윈 상태를 말함이다. 그러기에 남방불교에서는 이를 열반이라고 표현하기도 한다. 그러므로 법(法)이라는 것을 이해시키려고 육신에 대비한 것이다. 자칫 미혹하면 법신이 그 어디에 있음이라고 착각하기 십상이다. 여기에 대하여 대승본생심지관경(大乘本生心地觀經) 보은품에 보면 부처님께서 지광(智光)이라는 장자에게 다음과 같은 가르침을 주셨다.

法身無形離諸相 能相所相悉皆空
법신무형이제상 능상소상실개공

如是諸佛妙法身 戲論言辭相寂滅
여시제불묘법신 희론언사상적멸

법신은 형체도 없고 모든 모양도 떠나서
주체의 모습과 객체의 모습이 모두 비었나니
이처럼 모든 부처님의 묘한 법신은
희롱하고 말하는 모양도 적멸하셨네.

법신(法身)은 자성신(自性身) 또는 진실신(眞實身)이라 하기도 한다. 이는 부처님께서 증득하신 청정한 마음의 상태를 몸에 비유하여 법신이라고 하는 것이다. 그러므로 이를 불(佛)에 비유하면 자성불(自性佛), 법신불(法身佛), 여여불(如如佛) 등으로 표현을 하는 것이다. 고로 법신(法身)은 법계진여(法界眞如)의 몸이 되는 것이다.

여기에 대해서 송나라 때 영명연수(永明延壽 904~975) 스님이 저술한 종경록(宗鏡錄)에 보면 법신(法身)은 '항상하여 나지도 멸하지도 않고, 늘지도 줄어들지도 아니하고, 본래 청정함이라'고 하였다. 法身是常。是不生不滅。不增不減。是本來淸淨。


## 무영수두화난만 無影樹頭花爛漫
## 그림자 없는 나뭇가지마다 꽃들은 흐드러지게 피고

무영수(無影樹)는 그림자 없는 나무라는 뜻이기에 무영탑(無影塔)과 같은 의미이다. 이러한 표현은 곧 마음을 말하는 것이므로 옛 선사들이 일찍이 사용하였던 말이다.

1395년 송나라 지소(智昭) 스님이 엮은 인천안목(人天眼目)이라는 교리서에 보면 고산규십무송(鼓山珪十無頌)에는 이러한 표현 외에도 마음을 여러 가지로 비유하면서 추(鎚)가 없는 공이라고 하여 무공추(無孔鎚), 구멍 없는 피리라고 하여 무공적(無孔笛), 이음이 없는 탑이라고 하여 무봉탑(無縫塔), 밑바닥이 없는 바구니라고 하여 무저람(無底籃), 까끄라기 없는 쇠사슬이라고 하여 무수쇄(無鬚鎖), 눈금 없는 저울이라고 하여 무성칭(無星秤), 밑바닥 없는 바리때라고 하여 무저발(無底鉢), 줄이 없는 거문고라고 하여 무현금(無絃琴), 바닥이 없는 배라고 하여 무저선(無底船) 등에 비유하였다. 물론 이외에도 소리 없는 종(鍾)이라고 하여 무성종(無聲鍾), 글 없는 책이라고 하여 무자서(無字書) 등 여러 가지 표현이 더 있지만 모두 마음을 뛰어넘지는 못하는 것이다. 이러한 표현 가운데 '고산규십무송'의 '무영수'라는 게송을 살펴보면 다음과 같다.

秀發春光搖劫外 根苗曾不染塵泥
수발춘광요겁외 근묘증불염진니

森森翠幹雲長掛 密密寒枝鳥莫棲
삼삼취간운장괘 밀밀한지조막서

빼어나게 봄빛을 발하여 공겁 밖에서 요동하고
뿌리와 싹은 티끌과 흙에 더러워진 적이 없노라.
빽빽한 쪽빛 줄기에 구름이 오랫동안 걸려있건만
빈틈없는 서늘한 가지에는 새들도 깃들지 못하네.

曉日不明花蓊欝 秋風難擺韻長凄
효일불명화옹울 추풍난파운장처

栽培肯向無何有 不落靑黃鎭四時
재배긍향무하유 불락청황진사시

밝은 해가 비추지 아니하여도 꽃으로 우거졌고
가을바람으로도 열기가 어려우나 운율은 오랫동안 쓸쓸히 울린다.
이상향에서 재배하여 자라나니
청색이나 황색 어느 편에도 떨어지지 아니하고 사계절을 누린다.

송나라 때 예장종경(豫章宗鏡 ?~?) 선사는 마음에 대해서 다음과 같이 노래를 하였다.

靑山不墨千年屛 流水無絃萬古琴
청산불묵천년병 유수무현만고금

청산은 먹으로 그리지 아니하여도 천년의 병풍이요.

흐르는 물은 줄이 없어도 만고의 거문고다.

또한 옛 선사들이 다음과 같이 말하였다.

鳥棲無影樹 花發不萌枝
조서무영수 화발불맹지

四海波濤淨 一輪明月天
사해파도정 일륜명월천

그림자 없는 나무에 새가 깃들고,
꽃은 만발하나 가지에는 싹이 없으며,
사해의 파도는 깨끗하고
하나의 둥근 달은 하늘에 있음이라.

이러한 사상은 중국은 물론 우리나라의 유가(儒家)에까지 그 영향을 미쳐 격조 높고 고아한 선비들의 정신세계를 무현금(無絃琴)에 비유하기도 하였다. 참고로 조선 시대의 문신인 추강 남효온(秋江 南孝溫 1454~1492)의 '무현금'이라는 시에 보면 이러한 사상이 잘 깃들어져 있음을 알 수가 있다.

無媒輕路樹陰陰 松月窺簷白竹心
무매경로수음음 송월규첨백죽심

琴到無絃聽者少 古桐橫在五更心
금도무현청자소 고동횡재오경심

인적 없는 오솔길에 나무는 어슴푸레하고
소나무 사이의 달은 처마 밑의 무성한 흰 대나무를 엿보니
줄이 없는 거문고 소리는 듣는 이가 적구나.
오동나무 고목은 새벽녘 잠 못 드는 마음에 빗겼으리.

이를 정리하면 무영수두화란만(無影樹頭花爛漫)이라고 하였으니 그림자 없는 나뭇가지마다 꽃들이 만발하여 흐드러지게 피었다고 하였다. 이는 곧 우리의 마음자리를 말하는 것이다. 그러므로 옛 선사들은 말하기를 아래와 같이 하였다.

圓覺山中生一樹 開花天地未分前
원각산중생일수 개화천지미분전

非靑非白亦非黑 不在春風不在天
비청비백역비흑 부재춘풍부재천

원각산 가운데 살아 있는 한 그루 나무가 있는데
천지개벽 이전부터 꽃이 피어 있었다.
그 꽃은 푸르지도 희지도 검지도 않고
봄바람 속에도 없고 하늘에도 없다.

선종의 역사를 기록한 조당집(祖堂集)권 3이나 선문답을 가려 뽑은 벽암록(碧巖錄)
제18칙에 보면 무영수하합동선(無影樹下合同船)이라는 표현이 있다. '상주의 남쪽이
요, 담주의 북쪽이로다. 거기에는 황금이 있어 나라 전체에 가득하구나! 그림자 없는
나무 아래는 함께 타는 배가 떠 있고 서방정토의 유리 궁전에는 아는 이가 없구나!'
라는 표현이 있다. 湘之南。潭之北。中有黃金充一國。無影樹下合同舡。琉璃殿上無
知識。

지금까지 살펴본 바와 같이 '무영수'는 아인(我人)이 사라진 경지를 가리키는 표현이
다. 여기에 대해서 금강경 무득무설분(無得無說分)에서는 '부처님의 설법은 모두가
취할 수가 없으며, 말할 수도 없으며, 옳은 법이 아니며, 그른 법도 아닙니다.'라고 하
였다. 이러한 가르침은 그 어디에도 흔적을 남기지 아니한 미묘한 작용이기에 곧 집
착심이 없음을 말하므로 이를 무영적(無影跡)이라고 한다. 如來所說法。皆不可取。
不可說。非法。非非法。


## 청산의구겁전춘 靑山依舊劫前春
## 청산은 여전히 겁전(劫前)의 봄이로구나!

청산(靑山)은 풀과 나무가 무성한 산을 말한다. 그리고 여기서 '푸르다'라고 하는 청
(靑)은 살아 있음을 말하는 것이다. 그리고 산(山)은 언제나 요지부동하므로 곧 우리
의 마음자리를 말하는 것이다. 온갖 세파에 흔들리고 번뇌가 켜켜이 쌓여 망상이 집
을 짓더라도 우리의 마음자리는 언제나 그 자리에 있는 것이다. 그러므로 청산의구
(靑山依舊)라고 하였다. 경허성우(鏡虛惺牛 1849~1912) 스님이 영명(永明) 스님과
불령사(佛靈寺)로 가는 도중[與永明堂行佛靈途中]에 지은 시에 보면 의구청산(依舊

靑山)이라는 표현이 있다.

摘何爲妄摘何眞 眞妄由來總不眞
적하위망적하진 진망유래총불진

霞飛葉下秋容潔 依舊靑山對面眞
하비엽하추용결 의구청산대면진

무엇을 망령이라 하고 무엇을 참이라 이르리오.
참이니 망령이니 모두 참되지 않음에서 비롯하도다.
안개 걷히고 나뭇잎 떨어져서 가을 경치가 맑아지니
의구한 청산의 참모습이 그대로 눈앞에 드러남이로다.

겁외춘(劫外春)에서 겁외(劫外)는 겁전(劫前)과 같은 표현이다. 이를 그냥 단순하게 보면 나 태어나기 이전이라고 볼 수도 있다. 또한 불교에서는 우주가 생성하고 소멸하는 시간의 개념을 성주괴공(成住壞空)이라고 하여 성겁(成劫), 주겁(住劫), 괴겁(壞劫), 공겁(空劫)으로 나누는데 이러한 사겁(四劫)을 벗어난 초연한 경지를 말하는 것을 '겁외'라고 한다.

그러므로 겁외춘은 시간의 한계를 벗어난 봄을 말한다. 상대의 차별을 넘어선 무차별의 세계를 뜻함이다. 여기에 대해서 조동종(曹洞宗)의 선사인 동산오본(洞山悟本 807~869) 선사의 어록인 균주동산오본선사어록(筠州洞山悟本禪師語錄)에서 공훈오위송(功勛五位頌) 가운데 그 하나를 살펴보면 겁외춘(劫外春)이라는 표현이 있다.

枯木花開劫外春 倒騎玉象趁麒麟
고목화개겁외춘 도기옥상진기린

而今高隱千峯外 月皎風淸好日辰
이금고은천봉외 월교풍청호일진

마른 고목에 꽃이 피니 시간의 한계를 벗어난 봄이로다.
옥으로 만든 코끼리를 거꾸로 타고 기린을 쫓아가며
지금 천봉(千峯) 밖에 높은 집을 짓고 은거하니
밝은 달 시원한 바람이 좋은 날이라네.

참고로 동산오본 선사는 당나라 때 선승이며 조동종의 개조인 동산양개(洞山良价) 선사와 같은 인물이므로 혼돈하면 안 된다. 이는 동산 스님의 시호(諡號)가 오본대사(悟本大師)이기에 더러 동산오본이라는 표현을 쓰기도 한다. 동산(洞山)의 법은 운거도응(雲居道膺), 조산본적(曹山本寂), 용아거돈(龍牙居遁), 화엄휴정(華嚴休靜), 청림사건(靑林師虔) 등의 제자들이 법을 이어받았으며, 이 가운데 조산본적(曹山本寂)의 조(曹)와 동산양개(洞山良价)의 동(洞)을 취하여 조동종(曹洞宗)이라고 부르게 되었다.

청산의구겁전춘(靑山依舊劫前春)을 요약하면 마음자리는 예나 지금이나 변함이 없다는 표현이다. 마음은 겁 밖의 자리이므로 이는 곧 상주불멸(常住不滅)하는 별천지이기에 춘(春)이라고 하였음이다. 그러기에 이를 노래로 나타내면 겁외가(劫外歌)라고 하며 이를 다시 선(禪)에 비유하면 격외선(格外禪)이라고 한다. 이러한 격외선의 도리를 선문에서는 이미 익숙하게 사용하고 있지만 다만 이를 알아차리는 사람이 드물 뿐이다. 그럼 예를 들어 격외선의 가르침 한 토막을 살펴보자.

당나라 때 어떤 납자가 조주종심(趙州從諗 778~897) 선사에게 아주 진지하게 자신의 의문에 관해서 물었다.

如何是祖師西來意 여하시조사서래의
조사가 서쪽에서 오신 뜻은 도대체 무엇입니까?

조주 선사는 다짜고짜 말했다.

庭前柏樹子 정전백수자
뜰 앞의 측백나무다.

이러한 문답이 바로 격외선이다. 위에서 백수자(柏樹子)는 측백나무를 말하지만, 우리나라 선종에서는 잣나무로 굳어지다시피 하였다. 그렇다고 이게 무슨 나무냐고 시비할 것까지는 없다. 측백나무와 잣나무는 엄연히 다르지만 이를 두고 시비가 된다면 이미 선문(禪門)의 도리에 어긋나는 것이다.

# 아차일발반 我此一鉢飯

## 시식게 施食偈

**我此一鉢飯 不下香積饌**
아차일발반 불하향적찬

**願此一味熏 禪悅飽餉餉**
원차일미훈 선열포후후

제가 올린 한 발우의 공양은
향적찬에 못지않습니다.
바라건대 이 한 맛의 훈습하시어
선열미를 배불리 드시옵소서.

작법귀감에서 영가에게 베푸는 시식게다. 중국의 승가예의문(僧家禮儀文)에서는 다
비를 마치고 영가에게 시식을 베푸는 게송으로 실려 있다.


**아차일발반 我此一鉢飯**
제가 올린 한 발우의 공양은

일발(一鉢)은 하나의 바리때를 말하고, 반(飯)은 밥을 말하지만 넓게 해석하여 공양
물을 말함이다.


**불하향적찬 不下香積饌**
향적찬에 못지않습니다.

향적찬(香積饌)에 대해서 유마경 향적불품에 보면 사리불이 유마힐 병문안을 가자

공양 시간이 다가왔다. 대중은 수천 명이나 되는데 유마힐은 아무런 준비를 하고 있지 않으므로 사리불이 나름 걱정을 하고 있었다. 이를 알아챈 유마힐이 문수보살에게 여쭈어 향적국에 향적불(香積佛)에게 한 발우의 음식을 가져오자 사리불이 대중은 많은데 이를 어찌한다는 말인가 하자, 유마힐이 이를 나누어 주어 모두가 배불리 먹고도 남음이 있었다. 이를 향적찬이라고 한다.


## 원차일미훈 願此一味熏
### 바라건대 이 한 맛의 훈습하시어

진리는 한 가지라 둘이 될 수 없다. 그러므로 일법(一法)이라고 한다. 여기서 일미(一味)는 일법을 말한다. 이를 훈습하면 해탈하는 것이다.


## 선열포후후 禪悅飽齁齁
### 선열미를 배불리 드시옵소서.

선열(禪悅)은 선열식(禪悅食)을 말한다. 유마경 불국품에 보면 비록 음식을 먹기는 하지만 선정의 즐거움으로써 맛으로 삼는다고 하였다. 雖復飮食。而以禪悅爲味。

후후(齁齁)에서 후(齁)는 코를 고는 소리를 말하므로 여기서는 음식을 배불리 먹고 코를 골며 자는 모습을 말한다.

# 아차일편향 我此一片香

## 시식게 施食偈

**我此一片香 生從一片心**
아차일편향 생종일편심

**願此香烟下 熏發本眞明**
원차향연하 훈발본진명

나의 이 한 조각 향은
한 조각 마음에서 나온 것입니다.
바라건대 이 향 연기 아래에서
본래 참됨이 밝아질 것입니다.

작법귀감 다비작법에 실려 있는 시식게이다. 이 게송은 승가예의문, 범음집 등에도
이와 같으며 중국의 승가예의문에도 실려 있다. 시식게라고 하였지만 실상은 향을 올
리는 내용으로 되어 있다.


**아차일편향 我此一片香**
나의 이 한 조각 향은

일편향(一片香)에서 일편(一片)은 한 조각을 말한다. 그러나 이는 향을 올린다는 의
미이므로 숫자는 별 의미가 없다.


**생종일편심 生從一片心**
한 조각 마음에서 나온 것입니다.

제가 올리는 향 공양은 나의 마음에서 나오는 것이라는 의미다.


**원차향연하 願此香烟下**
**바라건대 이 향 연기 아래에서**

바라건대 영가시여! 이 향 연기 아래서 이러한 표현이므로 여기서 향(香)은 법향(法香)을 말한다.


**훈발본진명 熏發本眞明**
**본래 참됨이 밝아질 것입니다.**

훈발(熏發)은 훈습으로 인하여 발로하는 마음을 말하며 이러하면 본래의 진(眞)이 밝아질 것이라고 하였다. 그렇다면 본래의 참됨이라고 하는 진(眞)은 무엇을 말하는가. 바로 마음을 말하는 것이다. 여기서 마음은 그냥 마음을 말하는 것이 아니라 불성을 뜻하는 표현이다.

# 아희당초절세정 兒戲當初絶世情

## 현욱 玄昱 국사

**兒戲當初絶世情 更叅章敬得心明**
아희당초절세정 갱참장경득심명

**暮年鳥獸何哀叫 只爲洪鐘擊不鳴**
모년조수하애규 지위홍종격불명

소꿉장난 어린 시절에 세속 정을 끊고
다시 장경(章敬) 선사를 참례하고 밝은 마음 얻었네.
모년(暮年)에 새, 짐승들 어이 그리 슬피 울며
다만 큰 종은 아무리 두드려도 울리지 않네.

산보집 선문조사예참에서 현욱(玄昱) 국사에 대한 가영이다. 현욱(玄昱 788~869) 스님은 신라 시대의 사문으로 강원도 강릉 출생이다. 일찍이 출가하여 구족계를 받고 당나라에 들어가 장경회휘(章敬懷暉) 스님 아래에서 수행하였다고 전하나 이는 시기적으로 맞지 아니하다. 837년에 귀국하여 실상사(實相寺)에서 수행하다가 혜목산(慧目山) 고달사(高達寺)로 옮겨 수행하였다. 스님이 입적하자 경문왕은 원감(圓鑑)이라는 시호를 내렸다. 스님의 제자 가운데 심희(審希)는 봉림사(鳳林寺)를 세우고 봉림산문(鳳林山門)을 개창하였다.

### 아희당초절세정 兒戲當初絶世情
소꿉장난 어린 시절에 세속 정을 끊고

아희(兒戲)는 아이들의 장난을 말하므로 이를 소꿉장난이라고 하며 이는 현욱(玄昱) 스님이 일찍이 출가하였음을 나타내고 있다.

**갱참장경득심명 更叅章敬得心明**
**다시 장경(章敬) 선사를 참례하고 밝은 마음 얻었네.**

다시 장경(章敬) 선사를 찾았다고 하는 것은 당나라로 들어가 장경회휘(章敬懷暉 754~815) 선사 아래서 수행을 하여서 법을 얻었다는 표현이다. 그러나 학자들은 여기에 대해서 시대적인 문제가 있다고 이의를 제기하고 있는 편이 더 많다.


**모년조수하애규 暮年鳥獸何哀吋**
**모년(暮年)에 새, 짐승들 어이 그리 슬피 울며**

모년(暮年)은 노년(老年), 만년(晚年), 늘그막에 이러한 뜻이다. 이는 선사가 입적하게 되자 산천초목이 모두 슬퍼했다는 표현이다.


**지위홍종격불명 只爲洪鐘擊不鳴**
**다만 큰 종은 아무리 두드려도 울리지 않네.**

다만 큰 종은 아무리 두드려도 울리지 않는다고 하는 것은 큰 스님이 입적하자 다시 친견할 수 없음을 슬퍼하는 것이다.

# 안면임하음가조 安眠林下吟歌鳥

## 태고보우 太古普愚

**安眠林下吟歌鳥 風動松頭亦有絃**
안면임하음가조 풍동송두역유현

**四海無人來問道 自甘長樂月明前**
사해무인래문도 자감장락월명전

숲 아래 편안히 잠을 자니 새가 노래하고
소나무 끝에 바람 부니 거문고 줄이 있네.
사해에 아무도 와서 도를 묻는 이 없고
스스로 밝은 달 앞에서 길이 즐거워하네.

산보집 시왕단작법에서 먼저 제산단(諸山壇)을 시설하고 고승을 청함에 있어서 태고보우(太古普愚) 스님에 대한 가영이다. 태고보우(太古普愚 1301~1382) 스님은 고려 말기의 스님으로 13세 때 양주 회암사(檜巖寺)에서 출가하였다. 스님의 호(號)는 서울 삼각산 중흥사(重興寺) 동쪽에 태고암을 짓고 수행하였으므로 생겨난 것이다. 1346년 충목왕 2년에 중국으로 들어가 석옥청공(石屋淸珙)의 법을 잇고 귀국하여 우리나라 임제종(臨濟宗) 초조가 되었다. 신돈(辛旽)이 투기하여 속리산에 금고(禁錮)되었다가 신돈이 죽은 뒤에 국사가 되었다. 소설암(小雪庵)에서 입적하자 원증(圓證)이라는 시호(諡號)가 내려졌으며 탑호는 보월승공(寶月乘空)이다.

### 안면임하음가조 安眠林下吟歌鳥
숲 아래 편안히 잠을 자니 새가 **노래하고**

안면(安眠)은 편안하게 잠을 자는 것을 말한다. 이 구절은 무애(無礙)의 경지에 오른 태고 스님의 경지를 말하는 것이다. 이를 유가에서는 망중한(忙中閑)이라고 한다.

**풍동송두역유현 風動松頭亦有絃**
소나무 끝에 바람 부니 거문고 줄이 있네.

풍동(風動)은 바람이 부는 것을 말하고 송두(松頭)는 솔잎 끝을 말한다. 솔숲을 스치는 바람을 거문고에 비유하였다.


**사해무인래문도 四海無人來問道**
사해에 아무도 와서 도를 묻는 이 없고

사해(四海)는 온 천하를 말한다. 스님의 도를 묻는 이가 없다는 것은 스님의 도가 뛰어남을 말함이다.


**자감장락월명전 自甘長樂月明前**
스스로 밝은 달 앞에서 길이 즐거워하네.

자감(自甘)은 스스로 달게 여김을 말한다. 밝은 달 아래서 이 기쁨을 스스로 달게 여겨 즐거워한다는 것은 법열(法悅)을 즐기고 있음을 나타낸 것이다.

# 암아엄영동방심 巖阿掩映洞房深

## 제16 주다반타가 注茶半託迦 존자

**巖阿掩映洞房深 永日松蘿覆地陰**
암아엄영동방심 영일송라복지음

**開塢目昏便大字 補衣熜暗懶穿針**
개권목혼변대자 보의창암나천침

바위 비탈 언덕 빛을 가려 동굴 더욱 깊숙하고
온종일 송라 그림자 땅 덮어 그늘지네.
책을 폈다가 눈이 침침하면 큰 대자로 눕고
창의 빛을 의지해 게으른 손으로 침선을 하네.

산보집 나한대례에 실린 제16 주다반타가(注茶半託迦) 존자에 대한 가영이다. 주다반탁가(注茶半託迦)는 제16 아라한 중 열여섯 번째 아라한이며 아미타경에도 등장한다.

**암아엄영동방심 巖阿掩映洞房深**
바위 비탈 언덕 빛을 가려 동굴 더욱 깊숙하고

암아(巖阿)는 바위 언덕을 말하며 엄영(掩映)은 빛이 들지 않는 곳이라는 뜻이다. 그러므로 바위 언덕 한 곳의 동굴에서 거처한다는 뜻이다.

**영일송라복지음 永日松蘿覆地陰**
온종일 송라 그림자 땅 덮어 그늘지네.

영일(永日)은 아침부터 저녁까지를 의미하므로 곧 온종일을 말함이다. 송라(松蘿)는 소나무겨우살이를 말한다. 그러므로 이 구절은 첩첩산중을 표현하고 있으며 주다반타가 존자가 은둔하며 수행하였다는 것을 나타내고 있다.

### 개권목혼변대자 開塍目昏便大字
### 책을 폈다가 눈이 침침하면 큰 대자로 눕고

권(塍)은 둥근 모양을 말하기에 '개권(開塍)' 하면 책을 펼친 모습을 말하며, 목혼(目昏)은 눈이 침침한 것을 뜻한다. 이럴 때면 존자는 큰 대자로 드러눕는다는 것을 의미하므로 이는 무애행(無礙行)을 말한다.

### 보의창암나천침 補衣牕暗懶穿針
### 창의 빛을 의지해 게으른 손으로 침선을 하네.

보의(補衣)는 옷을 깁는다는 표현이므로 존자가 누더기를 입었다는 것이다. 창(牕)은 창(窓)과 같은 글자다. 창암(窓暗)은 창문이 어두운 것을 말하기에 이는 밤이 되면 이러한 뜻이다. 천침(穿針)은 바느질하는 것을 말하므로 누더기를 깁는 일을 말한다.

# 앙계홍련원만각 仰啓紅蓮圓滿覺

## 증명게 證明偈

仰啓紅蓮圓滿覺 法身慈父大醫王
앙계홍련원만각 법신자부대의왕

威光無碍照千界 惟願光臨作證明
위광무애조천계 유원광림작증명

붉은 연꽃처럼 원만하신 깨달음을 열어 보이시길 원하오니
법신의 자비한 아버지이신 큰 의왕께서는
걸림 없는 위광으로 일천 세계 비추시고
오직 바라옵나니 이 자리 광림하여 증명하여 주옵소서.

산보집(刪補集) 가람단에서 행해지는 의례 가운데 성관자재보살(聖觀自在菩薩)에 대한 게송이다. 범음집도 그러하다.


**앙계홍련원만각 仰啓紅蓮圓滿覺**
붉은 연꽃처럼 원만하신 깨달음을 열어 보이시길 원하오니

앙계(仰啓)는 우러러보나니 열어 보이시라는 뜻이며 원만한 깨달음을 붉은 연꽃에 비유하였다.


**법신자부대의왕 法身慈父大醫王**
법신의 자비한 아버지이신 큰 의왕께서는

여기서 법신은 부처님께서 설하신 정법을 몸에 비유하여 법신이라고 하였다. 부처님

은 중생의 병을 치료하는 분이시기에 의왕(醫王)이라고 하였다.


**위광무애조천계 威光無碍照千界**
**걸림 없는 위광으로 일천 세계 비추시고**

위광변조시방중(威光遍照十方中)과 같은 표현이다.


**유원광림작증명 惟願光臨作證明**
**오직 바라옵나니 이 자리 광림하여 증명하여 주옵소서.**

광림(光臨)은 중국식 문법으로 우리말로 고치면 환영(歡迎)한다는 뜻이다.

# 애하홍용낭번천 愛河鴻湧浪翻天

## 업인영 業因詠

**愛河鴻湧浪翻天 一向沉浮動許年**
애하홍용낭번천 일향침부동허년

**黑氣旣成難拒敵 唯憑佛力布哀憐**
흑기기성난거적 유빙불력포애련

애욕의 강물은 용솟음쳐 파도가 하늘을 뒤집고
한결같이 올랐다 가라앉았다 세월을 보내네.
검은 기운 이미 이뤄져 막고 대적하기 어려우니
오직 부처님의 힘 의지해야 불쌍하고 가엾게 여기리라.

산보집에서 하단을 청해 맞이하는 의식인 하단영청지의(下壇迎請之儀) 가운데 업인영(業因詠)으로 나와 있으며 범음집에서도 이와 같다. 업인(業因)이라고 하는 것은 선악의 과보를 일으키게 되는 원인이 되는 행위를 말한다.

### 애하홍용낭번천 愛河鴻湧浪翻天
애욕의 강물은 용솟음쳐 파도가 하늘을 뒤집고

애하(愛河)는 애욕의 강을 말한다. 중생은 애욕으로 인하여 무명으로 들어가기 때문이다. 그러므로 화엄경 십지품에서는 애욕의 강에 휩쓸려서 관조할 겨를조차 없다고 하였다. 愛河漂轉不暇觀.

십주경(十住經)에서는 또 이 중생들은 온갖 번뇌의 폭포수에 가라앉아 항상 욕심의 흐름[欲流]과 존재의 흐름[有流]과 견해의 흐름[見流]과 무명의 흐름[無明流]에 떠내려가며 항상 생사를 따라 끊이지 않으며 큰 애욕의 강에 들어가 온갖 번뇌의 세력에 먹히면서도 거기서 벗어날 길을 구하지 못한다고 하였다. 是諸衆生。爲諸煩惱暴水所沒。常爲欲流。有流。見流。無明流所漂。常隨生死。相續不絕。入大愛河。爲諸煩惱勢力所食。不能得求出要之道。


## 일향침부동허년 一向沉浮動許年
한결같이 올랐다 가라앉았다 세월을 보내네.

일향(一向)은 한결같이, 꾸준히, 늘, 이러한 표현이다. 침부(沈浮)는 부침(浮沈)과 같은 표현으로 뜨고 가라앉고 이러한 표현이므로 생사를 오고 가는 것을 말한다. 이러한 표현을 삼계유여급정륜(三界猶如汲井輪)이라고도 한다.


## 흑기기성난거적 黑氣旣成難拒敵
검은 기운 이미 이뤄져 막고 대적하기 어려우니

흑기(黑氣)는 검은 기운을 말하며 이를 음산한 기운이라고도 한다. 그러나 여기서는 무명을 말하는 표현으로 쓰였다. 무명은 번뇌를 일으키므로 깨닫지 아니하면 생사를 대적하기가 어렵다.


## 유빙불력포애련 唯憑佛力布哀憐
오직 부처님의 힘 의지해야 불쌍하고 가엾게 여기리라.

생사와 무명을 벗어나려면 부처님 말씀을 증득해야 한다. 그렇지 아니하면 벗어날 방도가 없기 때문이다.

# 약이색견아 若以色見我

## 금강경 사구게 四句偈

**若以色見我 以音聲求我**
약이색견아 이음성구아

**是人行邪道 不能見如來**
시인행사도 불능견여래

만약 형상으로 나를 보거나
음성으로 나를 구하면
삿된 도를 행하는 이 사람
결코 여래를 보지 못하리라.

작법귀감에서 원적(圓寂)에 든 영가에게 들려주는 법문이며 석문가례초(釋門家禮抄)
에도 나온다. 이는 금강경(金剛經) 법신비상분의 가르침으로 우리나라 재의례(齋儀
禮)에 전반적으로 통용되는 게송이다.

### 약이색견아 若以色見我
만약 형상으로 나를 보거나

불교는 불상을 믿는 종교가 아니다. 이를 금강경에서는 삼십이상팔십종호(三十二相
八十種好)는 부처가 아니라고 하였다. 그러므로 불교는 부처를 친견하는 것이 아니라
부처님 말씀을 증득해야 한다.

### 이음성구아 以音聲求我
음성으로 나를 구하면

소리로 어찌 부처를 구하리요. 그러므로 고승들은 응화비진불(應化非眞佛)이라고 하여 보신불(報身佛), 화신불(化身佛)은 진짜 부처가 아니라 방편이며 법신불(法身佛)이 진불(眞佛)이라고 한 것이다.


### 시인행사도 是人行邪道
### 삿된 도를 행하는 이 사람

법을 좇지 아니하고 형상을 좇는 불자는 모두 헛공부하고 있음이다. 이를 사도(邪道)라고 한다. 다시 말해 사도는 잘못된 길을 가고 있는 자를 말한다.


### 불능견여래 不能見如來
### 결코 여래를 보지 못하리라.

법신(法身)을 좇지 아니하면 부처를 볼 수가 없다. 그러므로 열반경에서는 제행무상(諸行無常)하다고 하였다.

# 약인욕식불경계 若人欲識佛境界

## 목욕게 沐浴偈

若人欲識佛境界 當淨其意如虛空
약인욕식불경계 당정기의여허공

速離妄想及諸趣 令心所向皆無碍
속리망상급제취 영심소향개무애

만약 누구라도 부처님의 경계를 알고자 한다면
마땅히 그 뜻을 허공과 같이 맑게 하여서
망상과 모든 집착을 멀리 여의고
마음이 향하는 곳 걸림이 없도록 하라.

佛面猶如淨滿月 亦如千日放光明
불면유여정만월 역여천일방광명

부처님 얼굴은 깨끗하고 맑은 둥근달과 같고
또한 천 개의 해가 빛을 뿜어내는 것과도 같네.

작법귀감 다비작법(茶毗作法)에서 목욕게로 실려 있으며 승가예의문에도 이와 같다. 그러나 문답 과정에서 답을 하는 뒤의 두 구절은 서로 다르게 나타나고 있다. 이 게 송은 화엄경(華嚴經) 여래출현품에서 보현보살이 설한 게송이다. 그러나 원문하고는 좀 다르게 변형한 글자가 있다.

약인욕식불경계 若人欲識佛境界
만약 누구라도 부처님의 경계를 알고자 한다면
[원문] 약유욕지불경계 若[有]欲[知]佛境界

먼저 본문에서는 약인(若人)이 아니고 약유(若有)이다. 또한 욕식(欲識)이 아니고 욕지(欲知)이다. 그러므로 식(識)이 아니고 지(知)로 되어 있다. 지(知)는 형성글자로써 입을 나타내는 구(口)가 그 의미로 쓰이고, 화살을 나타내는 시(矢)는 소리부로 쓰여서 '알다'라는 뜻으로 쓰이게 되었다. 이는 화살이 과녁을 꿰뚫어버리듯이 상황을 날카롭게 판단하여 그 의중을 정확하게 꿰뚫어 말할 수 있는 능력이 지식에서 나온다는 말이다. 그러므로 지(知)는 안다, 깨달음, 느낌, 변별함, 기억함 등으로 쓰이는 표현이다.

여기에 반하여 식(識)이라는 한자는 말을 나타내는 언(言)이 의미부로 쓰이고, 찰 진흙을 나타내는 시(戠)가 소리부로 쓰여서 '알다'라는 뜻으로 쓰이게 되었다. 이는 머릿속에 새겨(戠) 자신의 지식이 되게 한다는 뜻을 담아서 '알다', '분별하다'라는 뜻으로 쓰이게 되었다. 다만 기록하다는 뜻으로 쓰일 때는 표지(標識)에서처럼 '식'으로 읽지 아니하고, '지'로 읽으며 이럴 때는 '알 식'이라 아니하고 '적을 지'라는 의미가 된다. 하여튼 식(識)은 '인지하다', '기억하다', '알아보다', '알다' 등으로 쓰이는 글자로써 지(知)하고 같은 듯하면서도 다른 표현으로 쓰이는 글자이다. 그러므로 성인의 문구를 인용함에 있어서는 자기의 깜냥대로 멋대로 바꾸면 안 되는 것이다.

약인(若人)은 그 누구를 가리지 않음을 나타내는 것으로 누구라도 부처님의 가르침을 알려고 하는 모든 대상을 두루두루 나타내는 표현이다. 그리고 경계(境界)라는 것은 감각이나 인식의 작용이 미치는 범위를 말하기에 곧 소연(所緣)이 되는 것이다. 그러므로 이는 각자의 능력으로 한계가 지어지는 범위를 말하지만 여기서는 그냥 단순하게 표현한다면 부처님께서 우리에게 가르침을 주고자 하는 골수(骨髓)인 핵심을 말함이다.

그렇다면 부처님의 경계를 알고자 한다면 어떻게 해야 하는가. 이 게송에서 기승전결(起承轉結)로 그 해답을 주겠지만 보충하여 설명하면 다음과 같다. 화엄경(華嚴經) 초발심공덕품의 게송에 보면 다음과 같은 가르침이 있다.

欲知一切諸佛法 宜應速發菩提心
욕지일체제불법 의응속발보리심

此心功德中最勝 必得如來無碍智
차심공덕중최승 필득여래무애지

일체 제불의 진리를 알고자 한다면

응당 보리심을 일으켜라.
이러한 마음이 공덕 중에 가장 수승한 공덕이라서
반드시 여래의 걸림 없는 지혜를 얻을 것이니라.

달마대사는 여기에 대하여 우리에게 아래와 같은 가르침을 주었다.

外息諸緣 內心無喘 心如墻壁 可以入道
외식제연 내심무천 심여장벽 가이입도

밖으로부터 얽어매지는 모든 인연을 쉬고
안으로는 마음의 헐떡거림이 없고
마음이 장벽과 같이 부동(不動)하면
가히 도에 들어갈 수 있느니라.


## 당정기의여허공 當淨其意如虛空
## 마땅히 그 뜻을 허공과 같이 맑게 하여서

여기서 뜻이라고 하는 의(意)는 마음을 말한다. 그러므로 부처를 찾고자 한다면 먼저 그 마음 쓰기를 허공과 같이하라고 하였다. 허공은 어디에도 의지하는 바가 없으니 안팎으로 얽어매는 모든 인연을 끊지 아니하고는 도에 이룰 수 없다. 수행자를 가출(家出)이라 하지 아니하고 출가(出家)라고 하는 것은 곧 세속의 인연을 끊어 버린다는 의미도 포함하고 있기 때문이다.

당정(當淨)에서 당(當)은 응당(應當)이라는 표현으로 쓰여서 '당연히', '으레'라는 표현으로 쓰인 것이다. 정(淨)은 더럽거나 속되지 아니하다는 표현으로 쓰여서 곧 청정(淸淨)함을 말하는 것이다.

그렇다면 여기에서 주(主)가 되는 체(體)는 무엇인가. 바로 마음을 말하는 심(心)이 되는 것이다. 심(心)은 곧 본질인 본체(本體)이기에 그 쓰임[用]을 어떻게 하느냐가 따라다니므로 용심(用心)에 따라서 부처도 되고 중생도 되고 하는 것이다. 고로 용심을 공간에 비유하여 허공(虛空)이라 한 것이고, 물질로 비유하면 청수(淸水), 꽃으로 비유하면 연화(蓮花)가 되고, 구슬로 비유하면 마니주(摩尼珠)가 되고, 암석으로 비유하면 금강석이 된다. 이는 어디까지나 비유이지 그 어떠한 실물이 있는 것은 아니다. 고로 금강경(金剛經)에서는 우리에게 다음과 같은 명철한 가르침을 주고 있다.

一切有爲法 如夢幻泡影
일체유위법 여몽환포영

如露亦如電 應作如是觀
여로역여전 응작여시관

인연으로 지어진 일체의 모든 것들은
꿈이나 환상과 같고 물거품이나 그림자 같고
이슬이나 번개와 같음이니
응당 이처럼 살펴야 하느니라.

마음을 허공처럼 하라고 하셨으니 이는 어디에도 치우침이 없는 평등심을 말함이며, 염오(染汚)에 물들지 않은 청정심을 말함이며, 모든 이를 지극히 사랑하는 자비심을 말함이기에 이러한 마음을 불심(佛心)이라고 한다. 고로 선종(禪宗)에서는 이를 종(宗)으로 삼기에 선종(禪宗)을 또 다르게 표현하면 불심종(佛心宗)이라고 한다.

## 속리망상급제취 速離妄想及諸趣
## 망상과 모든 집착을 멀리 여의고
### [원문] 원리망상급제취 [遠]離妄想及諸[取]

속리(速離)는 당장에 멀리하라, 하루빨리 멀리하라는 뜻으로 급박(急迫)하다는 것을 말함과 동시에 여기에 핵심을 담고 있기도 하다. 왜냐하면 불성을 찾음에 있어서 가장 큰 방해꾼은 망상과 집착이기 때문이다. 망상(妄想)이라고 하는 것은 허망한 마음으로 인하여 이치에도 맞지 않는 마음을 내는 것을 말하며 이를 전도심(顚倒心)이라고 한다. 중생은 이러한 생각으로 인하여 집착을 하게 되고 또한 이로 인하여 분별을 낳게 되는 원인이 되는 것이다.

능가아발다라보경(楞伽阿跋多羅寶經) 가운데 일체불어심품에 보면 '대혜야, 저 망상이라고 하는 것은 여러 가지 이름을 시설하여 모든 모습을 드러내 보이는 것이니, 코끼리나 말이나 수레나 걸어 다니는 남자나 여자 등의 이름[名]과 다름이 없는 것이 망상이니라'고 하였다. 大慧。彼妄想者。施設衆名。顯示諸相。如此不異象馬車步男女等名。是名妄想。

그러므로 망상이 없는 경지에 다다른 과위가 곧 아라한(阿羅漢)이다. 법화경(法華經)

서품에 '이때 스님들 1만 2천 명과 함께하였는데, 그들은 모두 아라한의 경지에 오른 이들로서 모든 망상이 이미 다하여 이제는 번뇌가 없었기에 자신의 이로움을 얻었으며, 모든 존재로부터 속박이 다 없어진 상태라 그 마음은 아주 자유자재한 이들이었다.'고 하였다. 與大比丘衆。萬二千人俱。皆是阿羅漢。諸漏已盡。無復煩惱。逮得己利。盡諸有結。心得自在。

제취(諸趣)라고 하는 것은 육도윤회를 일으키는 취착(取著)함을 말하는 것이다. 중생은 왜 육도윤회를 벗어나지를 못하는 것일까? 여기에 대해서 능가아발다라보경(楞伽阿跋多羅寶經)에 보면 아주 상세하게 나와 있다. 부처님께서 대혜(大慧)에게 말씀하셨다. 어리석은 범부는 세속법[俗數]의 이름과 모습에 계착(計著)하여 마음이 따라 흘러서 흩어지며, 흩어지고 난 후 온갖 모습과 형상을 보므로 나와 나의 것이라는 견해에 치우치며, 묘한 물질[妙色]을 희망하고 계착한다. 계착하고 나면 무지(無知)가 덮고 가려 염착(染着)을 일으키며, 염착하고 나면 탐욕과 성냄으로 지은 업이 쌓이고, 쌓이고 나면 망상에 스스로 얽히니, 마치 누에가 고치를 짓는 것과 같다. 생사의 바다와 모든 취(趣)의 광야에 떨어지는 것이 마치 우물의 도르래와 같건만, 어리석은 까닭에 환(幻)과 같고, 아지랑이와 같고, 물에 비친 달과 같이 자성(自性)이 나[我]와 나의 것[我所]을 벗어난 줄을 알지 못하고, 온갖 진실하지 못한 망상을 일으킨다. 형상과 형상이 나타내는 것, 생기고 머물고 없어짐을 벗어나건만 자심(自心)의 망상으로 일으키고, 자재천(自在天)이나 시절(時節)이나 미진(微塵)이나 승묘(勝妙)에서 생기는 것이 아닌데 어리석은 범부는 이름과 모습을 따라 유전(流轉)한다고 하였다. 佛告大慧。愚夫計著俗數名相。隨心流散。流散已。種種相像貌。墮我我所見。悕望計著妙色。計著已。無知覆障。生染著。染著已。貪恚所生業積集。積集已。妄想自纏。如蠶作繭。墮生死海。諸趣曠野。如汲井輪。以愚癡故。不能知如幻野馬水月自性。離我我所。起於一切不實妄想。離相所相及生住滅。從自心妄想生。非自在。時節。微塵。勝妙生。愚癡凡夫隨名相流。

원문에서 보면 제취(諸取)라고 하였으므로 취착(取著)하는 마음을 말하는 것이다. 왜냐하면 취착심(取著心)으로 인하여 번뇌가 일어나서 진리를 가리기 때문이다.


**영심소향개무애 令心所向皆無碍**
마음이 향하는 곳 걸림이 없도록 하라.

영(令)은 다분히 명령하듯이 또는 지시하듯이 말하는 표현이다. 왜냐하면 꼭 그렇게 해야 하기 때문이기에 이를 다시 말하면 '단도직입적으로' 이러한 표현에 가까운 문장이다.

심소(心所)라는 것은 마음과 결합하여 마음과 동시에 발생하는 모든 정신작용을 말하는 것으로 그 범위가 넓다. 그런데 여기서 왜 소(所)라는 표현을 하는가 하면 이러한 모든 작용이 마음과 결합하여 동시에 작용하므로 마음의 종속적인 요소라는 의미를 부여하여 심소라고 하는 것이다. 또한 심소를 달리 표현하면 심소법(心所法), 심소유법(心所有法), 심수(心數), 심수법(心數法)이라고도 하며, 이는 마음에 의한 소연(所緣)을 말하는 것이다. 참고로 심수(心數)라고 하는 것은 심소(心所)의 구역(舊譯)이다. 다만 여기서는 심소(心所)에 대해서 아주 간단히 그 대략만 살펴본 것에 지나지 않다. 이를 설일체유부(說一切有部)로 보느냐 아니면 유가론(瑜伽論)으로 보느냐, 유식론(唯識論)으로 보느냐 등에 따라서 각자의 논리를 앞세우고 있을 만큼 단순하고도 복잡한 설명이 필요한 해설이 있기 때문이다. 다만 여기서 심소는 간단하게 말하여 심용(心用)을 말하고 있다고 해도 무방하다.

심용(心用)은 마음의 작용을 말하는 것으로 이는 마음의 본체와 대칭하는 것이다. 그러므로 마음의 본체를 근거로 삼아 드러나는 갖가지 작용을 마음의 작용이라고 하기에 이를 심용(心用)이라고 하는 것이다.

고로 부처님의 경계를 알고자 한다면 망상과 집착도 놓아버려서 어디를 가더라도 마음에 걸림이 없는 삶을 살라는 가르침이다. 무애(無礙)는 막힘이 없다는 것으로 이는 신체적, 정신적인 능력이 매우 뛰어나서 어떤 것에도 장애를 받지 않는 것을 나타내는 표현으로 그 어디에도 장애가 없음을 말한다.

[작법귀감 作法龜鑑]
佛面猶如淨滿月 亦如千日放光明
불면유여정만월 역여천일방광명

부처님 얼굴은 깨끗하고 맑은 둥근달과 같고
또한 천 개의 해가 빛을 뿜어내는 것과도 같네.

이 구절은 금광명최승참의(金光明最勝懺儀)에 실려 있는 내용을 인용하였다. 불면(佛面)은 부처님 얼굴을 말함이나 이는 부처님 법을 얼굴에 비유한 것이다. 그러므로 불법은 일그러짐이 없기에 만월(滿月)에 대비하여 비유하였다.

만월이 온 세상을 비춤이 천 개의 붉은 해가 동시에 비침과 같다고 하였으므로 이를 화엄경 비로자나품에서 살펴보면 다음과 같은 게송이 있다.

世尊坐道場 淸淨大光明 譬如千日出 普照虛空界
세존좌도량 청정대광명 비여천일출 보조허공계

세존께서 도량에 앉아 계시니
청정한 큰 광명이
마치 천 개의 해가 함께 떠서
온 허공계를 널리 비추는 듯하네.

# 약인욕료지 若人欲了知

## 화엄경 사구게 四句偈

若人欲了知 三世一切佛
약인욕료지 삼세일체불

應觀法界性 一切唯心造
응관법계성 일체유심조

만약 어떤 사람이든지 삼세의
일체 부처님을 알고자 한다면
이 모든 법계의 성품을 보라.
모든 것은 마음이 만드는 것이라네.

산보집에서는 총림의 사명일에 혼령을 맞아 시식하는 절차인 총림사명일영혼시식절
차(叢林四明日迎魂施食節次)에 실려 있다. 작법귀감에서는 일상적으로 사용하는 시
식에 대한 의식인 상용시식의(常用施食儀)에 실려 있다. 이 게송은 화엄경 권 제19
승야마천궁품(昇夜摩天宮品)에 나오는 게송이다.

### 약인욕료지 若人欲了知
만약 어떤 사람이든지 삼세의

약인(若人)은 만약을 말하기에 그 누구라도 이러한 표현이다.

### 삼세일체불 三世一切佛
일체 부처님을 알고자 한다면

삼세의 모든 부처님이 무엇 때문에 깨달음을 얻었는지 알고자 한다면 그 방법이 있을 것이다. 그 방법은 과연 무엇이겠는가?

## 응관법계성 應觀法界性
## 이 모든 법계의 성품을 보라.

응관(應觀)은 마땅히 이러한 표현이고 법계성(法界性)은 법계의 성품을 말한다. 여기서 법(法)은 곧 심(心)이다. 그러므로 심계(心界)가 곧 법계다. 그러므로 마음을 관조해보라고 그 방법을 일러주고 있다.

## 일체유심조 一切唯心造
## 모든 것은 마음이 만드는 것이라네.

관조해서 알고 나면 세상 모든 것이 모두 마음으로 지어낸 것임을 알게 된다는 뜻이다. 까닭에 화엄경소초(華嚴經疏鈔) 권 제60에 보면 일진법계(一眞法界)라고 한 것도 이와 같다.

# 약인투득상두관 若人透得上頭關

## 쇄골게 碎骨偈

**若人透得上頭關 始覺山河大地寬**
약인투득상두관 시각산하대지관

**不落人間分別界 何拘綠水與靑山**
불락인간분별계 하구녹수여청산

만일 누구라도 높은 관문을 뚫어서 얻는다면
비로소 산하대지의 넓음도 깨달으리라.
인간 세상 분별 세계에 나지 않으리니
푸른 산과 깊은 물에 어찌 걸리랴.

**不離當處常湛然 覓則知君不可見**
불리당처상담연 멱즉지군불가견

제자리를 여의지 않고 항상 조용하지만
그대가 찾으려고 한다면 끝끝내 볼 수 없으리라.

작법귀감 다비작법(茶毗作法)에서 망자를 다비(茶毗)하고 난 뒤 주운 뼈를 빻으면서 읊어주는 게송이다. 이를 쇄골게(碎骨偈)라고 하며 문답식으로 이루어져 있다. 마지막 두 구절은 앞의 물음에 자답(自答)하는 형식이며 이 앞의 네 구절은 원(元)나라 여영(如瑛) 스님 등이 편찬한 고봉용천원인사집현어록(高峰龍泉院因師集賢語錄) 제13권에서 뼈를 갈고 나서 흩는 산회(散灰) 편에 나오는 게송을 인용하였다. 뒤의 두 구절은 당나라 영가현각(永嘉玄覺) 스님의 증도가(證道歌)에서 인용하였다. 전체적인 내용은 사대가 흩어지더라도 영식이 홀로 드러나는 이치를 알라고 하는 가르침이며 선문답 형식으로 이루어져 있다.

**약인투득상두관 若人透得上頭關**
**만일 누구라도 높은 관문을 뚫어서 얻는다면**

약인(若人)은 불특정이다. 그러므로 누구라도 이러한 표현이다. 상두(上頭)는 부처님의 가르침을 깨달을 수 있는 뛰어난 능력을 말하지만 여기서는 '수승한 선문의 관문(關門)을 뚫고 나간다면' 이러한 표현이다.


**시각산하대지관 始覺山河大地寬**
**비로소 산하대지의 넓음도 깨달으리라.**

공안을 타파하면 비로소 산하대지가 넓은 것을 안다고 하는 것은 원래 이 몸이 천지와 하나임을 안다는 표현이다. 그러므로 여기서 산하대지는 마음자리를 말하는 것이다.


**불락인간분별계 不落人間分別界**
**인간 세상 분별 세계에 나지 않으리니**

공안을 타파하였다고 하는 것은 이 마음이 곧 주인공임을 분명하게 알았다는 표현이다. 그러므로 공안을 타파하면 분별심은 몰록 사라지는 법이다. 고로 무애도인(無礙道人)이라고 한다.


**하구녹수여청산 何拘綠水與靑山**
**푸른 산과 깊은 물에 어찌 걸리랴.**

구(拘)는 구속되는 것을 말하므로 분별심으로 인하여 구속되는 것을 말한다. 그러므로 그 어디에도 걸림이 없는 경지를 말한다.


**불리당처상담연 不離當處常湛然**
**제자리를 여의지 않고 항상 조용하지만**

**멱즉지군불가견 覓則知君不可見**
그대가 찾으려고 한다면 끝끝내 볼 수 없으리라.

이 두 구절은 당나라 때 영가현각(永嘉玄覺 665~713) 스님의 증도가(證道歌)에서 인용을 하였으며, 또한 이 구절은 선문염송 제4권 124편 허공(虛空) 등에도 실려 있다.

첫 구절은 화엄경 권 제6 여래현상품에 나오는 게송 가운데 다음 구절과 같은 맥락이다.

佛身充滿於法界 普現一切衆生前
불신충만어법계 보현일체중생전

부처님 몸 온 법계에 가득하시니
널리 모든 중생 앞에 나타내시네,

화엄경은 부처님 진리 자체를 몸으로 삼으시니 이를 법신(法身)이라고 한다. 그러므로 증도가에서 인용한 두 구절의 맥락은, '이 마음은 제자리를 여의지 아니하고 항상 담연(湛然)하게 있다'는 가르침이다. 그러나 '그대가 찾으려고 한다면 끝끝내 볼 수 없으리라'고 한 것은 보고, 듣고, 말하고, 움직이고, 느끼고 하는 것 등이 모두 그대의 마음일진대 마음이 마음을 찾으려고 한다면 옳지 못하다는 것을 넌지시 일러주고 있다.

본체(本體)는 허공과 같아서 툭 트이고 텅 빈 것 같기에 이를 산하대지(山河大地)에 비유를 하였다. 그러므로 심주(心珠)를 찾으면 천하를 마음대로 희롱하는 것이다. 고로 본체(本體)는 심체(心體)다.

# 약장진물낙함정 若將珎物落含情

## 제4 오관왕 五官王

若將珎物落含情 父子相讐拔劒爭
약장진물낙함정 부자상수발검쟁

唯有聖王賢內署 臨財揖讓濟羣生
유유성왕현내서 임재읍양제군생

만약 귀중한 물건을 중생에게 떨구면
부자(父子)가 원수 되어 칼을 뽑아 다툰다.
오직 성왕이라야 관청에 어진 신하가 있나니
재물 앞에 서로 사양하며 중생을 건지네.

산보집에는 제4 오관왕 가영으로 되어 있으며, 예수시왕생칠재의찬요(預修十王生七齋儀纂要)에도 그러하다.


**약장진물낙함정 若將珎物落含情**
**만약 귀중한 물건을 중생에게 떨구면**

진물(珎物)은 진귀한 물건을 말하며, 함정(含情)은 중생을 뜻한다. 만약 중생 앞에 진귀한 물건이 뚝 떨어진다면 하고 예를 들고 있다.


**부자상수발검쟁 父子相讐拔劒爭**
**부자(父子)가 원수 되어 칼을 뽑아 다툰다.**

부자지간이라도 서로 칼을 뽑아 들고 진귀한 물건을 더 차지하려고 싸우게 될 것이라고 하였다. 이는 중생이 가지고 있는 탐욕심 때문이다.

## 유유성왕현내서 唯有聖王賢內署
### 오직 성왕이라야 관청에 어진 신하가 있나니

여기서 성왕이라고 함은 시왕 가운데 제4 오관왕을 말한다. 그러므로 오관왕은 성왕이라서 그를 따르는 신하들도 모두 어질다는 의미이다.

## 임재읍양제군생 臨財揖讓濟羣生
### 재물 앞에 서로 사양하며 중생을 건지네.

성인은 재물을 탐하지 않으므로 눈앞에 진물(珍物)이 있더라도 이를 사양하며 서로 가지려고 하지 아니하고 오직 중생을 제도하려고 하는 것만이 원(願)이다.

# 여갈사금수 如渴思今水

## 청법게 請法偈

如渴思今水 如飢思美食
여갈사금수 여기사미식

我等亦如是 願聞甘露法
아등역여시 원문감로법

목마를 때 냉수를 생각하듯이
굶주린 이 좋은 음식 생각하듯이
우리도 이와 같아서
감로의 법 듣기를 원합니다.

산보집 설선작법절차(說禪作法節次)에서 법을 청하는 청법게(請法偈)다. 이 게송은
십주경(十住經)에 나오는 내용을 인용하였으며 잘못 적은 글자도 있고 그 내용을 변
형하여 인용하였다.


### 여갈사금수 如渴思今水
목마를 때 냉수를 생각하듯이

금수(今水)는 냉수(冷水)라고 인용을 하려고 했던 것으로 보인다. 그러나 원문은 사
수(思水)다. 십주경의 원문은 비여갈사수(譬如渴思水)라고 하여 마치 목마른 이가 물
을 생각하듯 이러한 뜻이다.


### 여기사미식 如飢思美食
굶주린 이 좋은 음식 생각하듯이

미식(美食)은 맛있는 음식을 말하므로 굶주린 이가 맛있는 음식을 생각하듯이 이러한 표현이며 이도 십주경(十住經)에서 인용하였다.


**아등역여시 我等亦如是**
**우리도 이와 같아서**

이 구절과 다음 구절의 원문에는 앞의 두 구절이 더 있다. 이를 살펴보면 다음과 같다.

如病思良醫 如蜂欲食蜜
여병사양의 여봉욕식밀

병자가 훌륭한 의사를 생각하고
벌이 꿀 먹기를 생각하는 것처럼


**원문감로법 願聞甘露法**
**감로의 법 듣기를 원합니다.**

십주경 원문은 문감로법미(聞甘露法味)로 되어 있으며 이는 감로의 법을 듣기 원한다는 표현이다.

# 여등귀신중 汝等鬼神衆

## 생반게 生飯偈

**汝等鬼神衆 我今施汝供**
여등귀신중 아금시여공

**此食遍十方 一切鬼神供**
차식변시방 일체귀신공

그대 등 귀신 대중들께
우리가 이제 공양을 베푸오니
이 음식이 온 시방세계 두루하여
모든 귀신 공양하여지이다.

신주가지정음식(神呪加持淨飮食)편의 설명을 참고하시오.

# 여래수승복 如來殊勝服

## 헌불게 獻佛偈

**如來殊勝服 奉獻諸佛前**
여래수승복 봉헌제불전

**人間表福田 願垂哀納受**
인간표복전 원수애납수

여래의 수승한 옷을
받들어 모든 부처님 전에 바치옵니다.
사람들이 복전을 나타내고자 하오니
자비를 드리우사 가엾이 여겨 받으소서.

산보집에서 가사(袈裟)를 이운하여 법당 앞에 다다르면 찬패(讚唄)를 그치고 부처님
앞에 정중하게 가사를 올리는 게송이다.

## 여래수승복 如來殊勝服
**여래의 수승한 옷을**

여래의 수승한 옷이라고 하였으니 곧 가사를 말한다. 그리고 수승(殊勝)이라는 표현
은 아주 뛰어난 것을 말하며 이러한 표현은 불보살을 찬탄하는 내용으로 경전에 자
주 나온다. 그러기에 수승이라는 표현은 아주 뛰어나다, 더없이 훌륭하다, 비할 바 없
이 아주 빼어나다, 이러한 표현이다. 그러므로 비할 바 없이 훌륭한 공덕을 수승공덕
(殊勝功德)이라고 하는 것이다. 가사는 단순한 옷이 아니고 법을 나타내는 옷이기에
이를 법복(法服)이라고 하며 법복은 입는다고 하지 아니하고 수(垂)한다고 말한다.
그것은 부처님의 법이 드리워져 있다고 여기기 때문이다.

## 봉헌제불전 奉獻諸佛前
**받들어 모든 부처님 전에 바치옵니다.**

모든 부처님께 이 가사를 올린다고 하는 표현이다. 곧 가사점안에 있어서 부처님이 증명하게 되는 것이다. 봉헌(奉獻)은 물건을 받친다는 표현이다. 봉(奉)은 묘목을 두 손으로 받쳐 들고 있는 모습이다. 이는 고대 중국에서는 농작물의 풍년을 염원하기 위해서 신에게 묘목을 올리고 풍작을 기원하는 의미로 쓰였다고 보고 있다. 헌(獻)은 제사에 올릴 개고기를 솥에다 삶는 모습을 나타내는 글자이다. 그러므로 이는 제수품 (祭需品)이라는 뜻이다. 가사를 이운하여 부처님께 올려 삼배한 다음 수행자가 가사를 수하는 것이 통례이다.

우리나라와 중국은 주로 봉헌이라고 말하지만, 일본은 봉납(奉納)이라는 표현을 많이 쓴다. 더러 산사에서 만나는 석주(石柱)를 보면 봉납(奉納)이라는 것을 볼 수 있는데, 이는 일제 강점기 시대에 세워진 석주이기 때문이다.

가사를 받들어서 모든 부처님 전에 올린다고 하는 것은 곧 부처님이 이를 증명해 주기를 바란다는 표현이다.


## 인간표복전 人間表福田
**사람들이 복전을 나타내고자 하오니**

저희가 복전을 드러낸다는 말씀이다. 그러므로 표(表)는 드러낸다는 의미로 쓰인 것이다. 복전은 곧 가사를 말함과 동시에 가사는 인천의 중생들이 복을 짓는 수승한 옷이라는 표현이다. 여기서 표(表)는 예전에 가죽옷을 입었을 때 털이 있는 부위를 밖으로 드러나게 하여 입었기에 겉이라는 뜻도 있으며, 또한 드러낸다는 뜻도 있다. 표창장(表彰狀)이라고 한다면 드러냈다는 뜻으로 쓰인 것이고, 표면(表面)이라고 쓰면 겉을 말하는 것이다.

복전(福田)의 표상이라고 하는 것은 가사를 달리 표현하여 복전의(福田衣)라고 하기 때문이다. 가사를 복전이라고 하는 것은 밭에서 곡식이 자라면 열매를 맺듯이 가사는 수행의 공덕으로 인하여 보리과를 성취하고자 하기 때문이다.

**원수애납수 願垂哀納受**
**자비를 드리우사 가엾이 여겨 받으소서.**

가사를 봉헌하는 자가 원함을 말하는 원문(願文)이다. 여기서 애(哀)는 저희를 불쌍히 여겨, 또는 어여삐 여겨달라는 표현이다.

# 여래회상무고하 如來會上無高下

## 수호영 守護詠

**如來會上無高下 都在毫光一道中**
여래회상무고하 도재호광일도중

**我運虔誠修等供 奉行經典永流通**
아운건성수등공 봉행경전영류통

여래의 회상에는 높고 낮음이 없으니
모두가 부처님 백호 광명 속에 하나의 도(道)가 있네.
저도 정성스러운 마음으로 평등한 공양 닦고
경전을 받들어 실천하여 영원히 유통하시네.

산보집에서 중단을 청해 맞이하는 의식 가운데 수호영(守護詠)이며, 범음집에도 그
러하다.

### 여래회상무고하 如來會上無高下
**여래의 회상에는 높고 낮음이 없으니**

부처님 회상에는 신분의 귀천이 없다는 표현이다. 마조도일선사광록(馬祖道一禪師
廣錄) 제1권에 보면 백천이류 동귀대해(百千異流 同歸大海)라고 하여 여러 다른 물
줄기가 흐르지만 다 함께 바다로 간다고 하였다. 또한 사성(四姓) 계급이라도 출가를
하면 모두 다 같은 부처님 제자라 하여 이를 사성출가 동일석성(四姓出家 同一釋姓)
이라고 한다.

도재호광일도중 都在毫光一道中
모두가 부처님 백호 광명 속에 하나의 도(道)가 있네.

이를 현대적인 문어로 풀이하면 모두가 부처님 품 안에 있다는 표현이다.


아운건성수등공 我運虔誠修等供
저도 정성스러운 마음으로 평등한 공양 닦고

건성(虔誠)은 지성과 같은 뜻으로 경건한 마음을 말한다. 평등한 공양을 닦음이라고
서원을 세우고 있다.


봉행경전영류통 奉行經典永流通
경전을 받들어 영원히 유통하시네.

진리는 이어지고 이어지는 것이 생명이다. 그러므로 모든 경의 갈무리에 보면 부처님
께서는 진리를 유포하라는 부촉(咐囑)이 있는데 그에 모든 뜻이 들어 있다.

# 연년칠월우란회 年年七月盂蘭會

## 백종게 百種偈

**年年七月盂蘭會 是乃目連救母恩**
**연년칠월우란회 시내목련구모은**

**箇箇人人無父母 清魂共結濟寃親**
**개개인인무부모 청혼공결제원친**

매해 7월 우란분회(盂蘭盆會)
이는 목련(目連)이 부모를 구원한 날이라네.
사람마다 누군들 부모가 없으리오.
맑은 영혼이나 원수 맺은 영혼이나 친한 이 다 건지네.

산보집에서 총림의 사명일에 혼령을 맞아 시식하는 절차인 총림사명일영혼시식절차
(叢林四明日迎魂施食節次)에서 백중을 맞이하여 읊는 게송이며 범음집도 이와 같다.
백종(百種)은 백중을 달리 이르는 말이다.


**연년칠월우란회 年年七月盂蘭會**
**매해 7월 우란분회(盂蘭盆會)**

우란회(盂蘭會)는 우란분재(盂蘭盆齋)를 말하며 이는 우란분경(盂蘭盆經)을 출처로
하여 지옥과 아귀보를 받은 중생을 제도하고자 베풀어지는 법회를 말한다. 이날은 7
월 15일이며 이를 백중(百中), 백종(百種), 백중날이라고 한다.


**시내목련구모은 是乃目連救母恩**
**이는 목련(目連)이 부모를 구원한 날이라네.**

시내(是乃)는 이것이, 이는, 이러한 뜻이며 우란분경의 주인공은 목련이다. 목련이 출가하여 지옥에 빠진 어머니를 구제한다는 내용으로 이루어졌지만 이는 위경이다.


**개개인인무부모 箇箇人人無父母**
**사람마다 누군들 부모가 없으리오.**

사람마다 다 부모가 있을 것이니 우란분회(盂蘭盆會)를 맞이하여 모두가 동참하여 제도를 하라는 권유다.


**청혼공결제원친 淸魂共結濟寃親**
**맑은 영혼이나 원수 맺은 영혼이나 친한 이 다 건지네.**

그 어떠한 영혼이라도 가릴 것 없이 모두 제도하여야 한다는 것으로 마무리하고 있다.

# 염라사안판관중 焰羅四案判官衆

## 심궁영 尋窮詠

焰羅四案判官衆 冥府六曹列聖神
염라사안판관중 명부육조열성신

皆因罪決無私慮 放下塵勞證元眞
개인죄결무사려 방하진로증원진

염라왕의 사안(四案) 판관의 무리와
명부의 육조(六曹)에 늘어서 있는 성신들
모두 죄를 판결함에 사사로운 배려 없고
집착을 놓아버리면 원래의 참이 이를 증거하도다.

산보집에서 중단을 맞이하여 청하는 의식인 중단영청지의(中壇迎請之儀)에 나오는 심궁영(尋窮詠)이다.


### 염라사안판관중 焰羅四案判官衆
염라왕의 사안(四案) 판관의 무리와

사안(四案)은 어떤 뜻일까에 대해서 여러모로 생각해 보았지만 뚜렷한 결론은 내지 못했다. 그러나 필자는 사안(四案)이 책상, 네 모퉁이를 말하는 것 같다. 왜냐하면 안(案)은 안석(案席)을 말하기에 그러한 결론을 냈다. 염라대왕이 안석에 기대어 판관의 무리와 더불어 이러한 뜻인 것 같다.


### 명부육조열성신 冥府六曹列聖神
명부의 육조(六曹)에 늘어서 있는 성신들

명부의 세계를 이승에 비교하여 육조가 있노라고 하였다. 육조라고 하는 것은 이조(吏曹)·호조(戶曹)·예조(禮曹)·병조(兵曹)·형조(刑曹)·공조(工曹)를 통틀어 이르는 말이며 이러함을 명부 세계에 비유한 것이다.


**개인죄결무사려 皆因罪決無私慮**
**모두 죄를 판결함에 사사로운 배려 없고**

죄결(罪決)은 죄를 결판하는 것을 말하며 이렇듯 죄를 판결함에 사사로움을 전혀 없다고 말하고 있다. 결(決)은 결(決)의 속자다.


**방하진로증원진 放下塵勞證元眞**
**집착을 놓아버리면 원래의 참이 이를 증거하도다.**

집착하기와 내려놓기를 할 줄 알면 원래의 참 성품이 드러나는 법이다.

# 염마라계제왕신 焰魔羅界諸王臣

焰魔羅界諸王臣 亡靈孤魂洎有情
염마라계제왕신 망령고혼계유정

地獄餓鬼及傍生 咸願身心得自在
지옥아귀급방생 함원신심득자재

염마라세계의 여러 군왕과 신하들과
망령과 고혼과 모든 중생
지옥과 아귀, 그리고 축생들이여
모두 몸과 마음 자재하기 바랍니다.

아금지주차색화(我今持呪此色花) [1]의 설명을 참고하시오.

795

# 염시선념식지공 拈匙先念食之功

## 제3 송제왕 宋帝王

拈匙先念食之功 粒粒來從佛血中
염시선념식지공 입립래종불혈중

況有耕夫當夏日 汗流田土喘無風
황유경부당하일 한류전토천무풍

수저를 들면서 먼저 음식의 공로를 생각하니
알알이 부처님의 피를 좇아온 것이라네.
더구나 농부가 더운 여름날을 당해서
논밭에 땀 적시며 헐떡일 때 바람조차 없음에랴.

산보집에서 중단을 청하여 맞이하는 의식인 중단영청지의(中壇迎請之儀)에 나오는
게송으로 제삼(第三)으로 되어 있다. 시왕 가운데 세 번째인 송제왕(宋帝王)을 말함
이며 예수시왕생칠재의찬요(預修十王生七齋儀纂要)에서도 그러하다.


### 염시선념식지공 拈匙先念食之功
### 수저를 들면서 먼저 음식의 공로를 생각하니

시(匙)는 숟가락을 말하므로 염시(拈匙)하면 숟가락을 드는 것을 표현한 말이다. 이는
공양을 할 때면 먼저 이 음식이 여기에 오기까지의 숱한 공로를 생각한다는 뜻이다.


### 입립래종불혈중 粒粒來從佛血中
### 알알이 부처님의 피를 좇아온 것이라네.

립(粒)은 쌀의 낱알을 말하므로 입립(粒粒) 하면 복수를 나타내어 알알이 이러한 뜻이다. 이 공양의 음식들은 모두 부처님의 피 가운데서 나온 것이라고 하였음은 공덕의 지중(至重)함을 나타내는 표현이다.


### 황유경부당하일 況有耕夫當夏日
### 더구나 농부가 더운 여름날을 당해서

무더운 여름날에 농부가 논밭에서 땀을 흘리며 일하는 공덕을 생각하라는 뜻이다.


### 한류전토천무풍 汗流田土喘無風
### 논밭에 땀 적시며 헐떡일 때 바람조차 없음에랴.

전토(田土)는 전답(田畓)과 같은 뜻으로 논과 밭을 말하며 천(喘)은 숨이 차서 헐떡거리는 것을 말한다. 그러므로 이 게송을 보면 바람 한 점 없는 무더운 여름날 숨이 턱턱 막히는 논밭에서 일하는 농부의 은공을 생각한다면 수행자는 열심히 수행해야 이러한 은덕을 조금이라도 갚을 수가 있다는 갈무리다.

# 염왕경업경 閻王傾業鏡

閻王傾業鏡 獄卒放鎚鉗
염왕경업경 옥졸방추겸

염라대왕은 업경을 기울여 비추어 보고
옥졸들은 몽둥이와 재갈을 풀어 다스리네.

작법귀감에서 열 가지 계율을 바로 설해주는 정설십계(正說十戒) 가운데 네 번째, 거짓말을 하지 말라는 불망어계(不妄語戒)에 나오는 게송이다.


## 염왕경업경 閻王傾業鏡
염라대왕은 업경을 기울여 비추어 보고

업경(業鏡)이란 생전에 지은 선악을 모두 비추어 볼 수 있다는 저승의 거울을 말한다. 여기서는 염라왕이 업경을 손에 들고 망자의 선악을 모두 비추어 본다는 표현이다.


## 옥졸방추겸 獄卒放鎚鉗
옥졸들은 몽둥이와 재갈을 풀어 다스리네.

추(鎚)는 쇠망치를 말하고 겸(鉗)은 죄인의 목에 씌우는 칼을 말한다. 그러므로 염라왕 옥졸들이 죄지은 대로 벌을 준다는 뜻이다.

# 영광독요 靈光獨曜

## 정좌게 正坐偈

**靈光獨曜 逈脫根塵**
영광독요 형탈근진

**體露眞常 不拘文字**
체로진상 불구문자

신령한 빛이 홀로 빛나니
육근 육진을 멀리 벗어나셨네.
본체는 참되고 항상함을 드러내고
문자에 걸림이 없네.

**眞性無染 本自圓成**
진성무염 본자원성

**但離妄緣 即如如佛**
단리망연 즉여여불

참된 성품은 물듦이 없고
본래부터 스스로 원만하네.
부질없는 인연 여의게 되면
곧 여여한 부처랍니다.

작법귀감 다비작법(茶毗作法)에서 시신을 바로 앉히는 정좌(正坐)에 나오는 게송이
다. 이외에도 승가예의문, 범음집, 영허집(暎虛集), 허백집(虛白集), 영각화상광록(永
覺和尙廣錄), 융흥불교편년통론(隆興佛敎編年通論) 등에도 나온다. 이 게송은 당나
라 백장회해(百丈懷海 720~814) 선사의 게송이다. 그러나 옮기는 과정에서 일부 글

자는 본문과 다르게 인용되었다. 오등회원(五燈會元) 권3 백장장(百丈章)에 실려 있다.

### 영광독요 靈光獨曜
**신령한 빛이 홀로 빛나니**

원문은 독요(獨曜)가 아닌 독요(獨耀)다. 영광(靈光)은 중생이 본디 가지고 있는 불성을 말하며 이 불성은 청정하고 무염(無染)한 것이다. 독요(獨耀)에서 독(獨)은 홀로라는 뜻이므로 이는 일(一)과 같은 표현으로 참마음은 둘이 아니고 하나이므로 독(獨)이라고 한 것이다.

### 형탈근진 迥脫根塵
**육근 육진을 멀리 벗어나셨네.**

형(迥)은 형(逈)의 속자다. 근진(根塵)은 육근, 육진을 말한다.

### 체로진상 體露眞常
**본체는 참되고 항상함을 드러내고**

체로(體露)에서 체(體)는 본진(本眞)을 말하고, 로(露)는 현(現)을 말한다. 그러므로 벽암록 제27칙의 체로금풍(體露金風)이라는 표현에서 체로는 이와 같다.

### 불구문자 不拘文字
**문자에 걸림이 없네.**

문자에도 걸림이 없다고 하는 것은 마음은 문자로 나타내려고 하나 나타낼 수가 없으므로 문자에도 걸림이 없는 것이다.

### 진성무염 眞性無染
**참된 성품은 물듦이 없고**

본문은 진성(眞性)이 아니고 심성(心性)으로 되어 있다. 하여튼 본심은 그 어디에도 걸림이 없고 물듦이 없는 법이다. 그러므로 이를 청정심(淸淨心)이라고 하거나 불심(佛心)이라고 한다.


## 본자원성 本自圓成
본래부터 스스로 원만하네.

마음의 본바탕을 말함이다.


## 단리망연 但離妄緣
부질없는 인연 여의게 되면

망연(妄緣)은 허망한 인연을 말한다. 금강반야바라밀경파취저불괴가명론(金剛般若波羅蜜經破取著不壞假名論) 권하(卷下)에 보면 '있는 바 모든 법은 또한 이와 같아서 체성은 본래 공(空) 하지만 망연을 좇아서 생기므로 이 연(緣)이 모두 흩어지면 본래의 자리로 돌아가 귀의할 곳이 없다'고 하였다. 有爲諸法。亦復如是。體性本空。從妄緣有。有緣旣散。還復歸無。


## 즉여여불 卽如如佛
곧 여여한 부처랍니다.

망연을 여의게 되면 곧 여여한 부처라고 함이다.

# 영명각성묘난측 靈明覺性妙難測

## 안좌게 安座偈

靈明覺性妙難測 月墮秋潭桂影寒
영명각성묘난측 월타추담계영한

鈴鐸數聲傳淸信 暫辭眞界下香壇
영탁수성전청신 잠사진계하향단

신령하고 밝은 각성 미묘하여 생각조차 어려운데
가을 못에 달 떨어지니 계수나무 그림자 가득하구나.
요령을 몇 번 울려 청하는 소식을 전하오니
참된 세계 잠시 떠나 이 향단에 내려오소서.

작법귀감에서 통용하는 전의식(奠儀式)인 통용진전식(通用進奠式)에 나오는 안좌게(安座偈)이다. 승가예의문(僧家禮儀文)에도 나오지만 글자와 순서, 내용이 다소 다르게 나타난다.


### 영명각성묘난측 靈明覺性妙難測
신령하고 밝은 각성 미묘하여 생각조차 어려운데

영명(靈明)에서 영(靈)은 곧 마음을 말하며 승가예의문에는 진명(眞明)으로 되어 있다. 또한 각성(覺性)은 깨달은 성품을 말하며 승가예의문에서는 본체(本體)로 되어 있으며 전체적인 내용은 마음은 미묘하여서 실로 측량하기가 어렵다는 뜻이다.


### 월타추담계영한 月墮秋潭桂影寒
가을 못에 달 떨어지니 계수나무 그림자 가득하구나

월(月)은 심월(心月)을 말함이다. 추담(秋潭)은 가을 연못이니 달이 가을 못에 비치는 것을 말함이다. 이는 영가를 청함에 있어서 달이 연못에 비치듯이 영가도 이 법석에 이렇게 내려오기를 원함이다. 옛사람들은 달에는 계수나무가 있다고 여겼기 때문이다. 다만 여기서 한(寒)은 차다는 의미도 있지만 만(滿)과 같은 뜻으로 쓰여서 가득하다는 의미도 있다. 까닭에 그림자는 차갑고 따뜻하고 함이 없으므로 가득하다는 의미가 더 타당한 것 같다.

## 영탁수성전청신 鈴鐸數聲傳淸信
**요령을 몇 번 울려 청하는 소식을 전하오니**

영탁(鈴鐸)은 재의례에서 사용하는 불구인 요령(搖鈴)을 말함이며 승가예의문에는 금탁(金鐸)으로 되어 있지만, 그 뜻은 같다. 그러나 이를 풀이하면서 너무 앞서 금방울이라고 풀이한다면 이는 사족에 불과하다. 또한 영탁(鈴鐸)을 묘령과 목탁(木鐸)으로 구분하는 이도 있는데 이 역시도 너무 앞서나간 생각이다.

## 잠사진계하향단 暫辭眞界下香壇
**참된 세계 잠시 떠나 이 향단에 내려오소서.**

사(辭)는 말씀이라는 표현도 있지만 알리다라는 뜻도 있고 작별이라는 뜻도 있다. 그러므로 잠사진계(暫辭眞界)는 진계를 잠시 떠나서 이러한 표현이다. 그리고 전체적인 내용은 진계를 잠시 떠나 향단(香壇)에 내려오라는 뜻이다. 여기서 향단(香壇)은 재단(齋壇)을 말한다.

# 영산말회수진기 靈山末會受眞記

## 조왕영 竈王詠

**靈山末會受眞記 誓願弘深爲衆生**
영산말회수진기 서원홍심위중생

**蒙被和尚墮也破 羣邪攝伏現威靈**
몽피화상타야파 군사섭복현위령

영산회상 마지막 법회에서 참다운 수기 받고
크고 깊은 서원 세워 중생들을 위하시네.
파조타(破竈墮) 화상의 부수고 깨뜨린 것에 힘입어
모든 요사 항복 받고 위엄과 신령함 나타냈네.

작법귀감에서 조왕(竈王)을 청하는 의식인 조왕청(竈王請) 가운데 유치(由致)를 하고 나서 행해지는 조왕에 대한 가영이다. 조왕(竈王)은 화신(火神)으로 부엌에 모셔지는 신령이지만 정작 그 연원은 알 수가 없으며 불교하고도 아무런 관련이 없다. 조왕대신을 주존으로 그려진 그림을 조왕도(竈王圖)라고 하며 좌우에는 공양물을 받쳐 들고 있는 조식취모(造食炊母)와 도끼나 장작을 들고 있는 담시력사(擔柴力士)가 있다.

### 영산말회수진기 靈山末會受眞記
### 영산회상 마지막 법회에서 참다운 수기 받고

조왕(竈王)이 영산회상에서 부처님의 마지막 설법을 듣고 수기를 받았다고 하는 표현이지만 전혀 근거 없는 표현이다. 여기서 영산(靈山)이라고 하는 것은 영산회상(靈山會上)을 말하며, 이는 석가모니 부처님 재세시(在世時) 영축산에서 법회를 열어 중생을 제도하셨기에 붙여진 이름이다. 특히 북방불교에서 영산법회를 강조하는 것은 삼처전심(三處傳心) 가운데 그 첫 번째가 염화시중(拈花示衆)이기 때문이다.


## 서원홍심위중생 誓願弘深爲衆生
## 크고 깊은 서원 세워 중생들을 위하시네.

조왕(竈王)이 영산 법회에서 부처님께 수기를 받고 중생을 제도하기를 원했다는 표현이지만 이는 허구다.


## 몽피화상타야파 蒙被和尙墮也破
## 파조타(破竈墮) 화상의 부수고 깨뜨린 것에 힘입어

여기에 대한 전거는 선문염송 제153칙, 오등전서(五燈全書) 권 제4 파조타장(破竈墮章)에 보면 파조타(破竈墮) 화상이 숭악(嵩嶽)에서 은거하고 있을 때 산기슭에 묘당(廟堂)이 있었는데 매우 영험하였다. 그 묘당 안에 부뚜막 하나가 있는데, 멀고 가까운 이들이 모두 와서 끊임없이 제사가 그치지 아니하기에 산목숨을 죽이고 삶기를 많이 하였다. 선사가 어느 날 시자를 데리고 묘당에 들어가서 주장자를 세 번 두드리고 가리키면서 말하였다. 그대는 본래 진흙과 기왓장을 합쳐서 이루어진 것인데 영험이 어디서 왔으며, 성스러움은 어디서 생겼는가? 그러고는 다시 세 번 두드리고 말하기를, 이러하거늘 어찌 살아 있는 생명을 해치는가? 그러자 부뚜막이 기울어져 깨어지고 떨어졌다. 그러자 조금 있다가 푸른 옷에 높은 관을 쓴 이가 나타나 스님 앞에 절을 올리며 말하기를 저는 본시 이 묘당에 있는 조왕신입니다. 오랫동안 업보에 끄달려있다가 이제 화상의 무생법(無生法)을 듣고 해탈을 얻어서 이미 하늘 가운데 태어났지만, 특별히 와서 사례를 올립니다. 이에 선사가 말하기를 이는 그대가 본래 지닌 본성이지 내가 억지로 한 말은 아니다. 그러자 신이 두 번 절하고 사라졌다. 나중에 대중이 말하였다. 저희는 오랫동안 좌우에서 모셨는데도 가르침을 받지 못했거늘 조왕신은 어떤 법을 들었기에 생천(生天)함을 얻었습니까? 이에 선사가 말하였다. 나에게 특별한 도리가 없다. 이에 시자가 말이 없자, 스님이 가로되 단지 그에게 진흙과 기왓장을 합쳐서 이뤄졌는데 영험이 어디서 생기고 거룩함이 어디서 일어났는가? 하고 말했을 뿐이다. 그대들은 왜 일어나서 절을 하지 않는가? 그러자 대중들이 일어나서 절을 하는데 선사가 주장자로 머리를 때리면서 말하였다. 깨졌다! 떨어졌다!' 그러자 대중들이 일시에 크게 깨달았다. 이 내용에서 기인한 말이다.

군사섭복현위령 **羣邪攝伏現威靈**
모든 요사 항복 받고 위엄과 신령함 나타냈네.

조왕의 신령함이 그러하다는 표현이다.

# 영산미묘설 靈山微妙說

靈山微妙説 天上及人間
영산미묘설 천상급인간

三世總流通 願降大吉祥
삼세총류통 원강대길상

영산에서 설하신 미묘한 법문은
하늘 세상과 더불어 인간세계와
삼세에 모두 흘러 통하오니
원하건대 크게 길상(吉祥)을 내려 주소서.

작법귀감에 나오는 부처님에 대한 탄백이다.


영산미묘설 靈山微妙説
영산에서 설하신 미묘한 법문은

영산(靈山)은 영축산(靈鷲山)을 줄여서 표현한 것이다. 북방불교에서는 부처님의 법문은 대개 영축산에서 한 것으로 통용된다. 이는 여기에서 법화경 등을 설하셨기에 법화사상이 널리 퍼지게 되면서 영산회상(靈山會上), 영산법회(靈山法會) 등의 표현이 나타나게 된다.


천상급인간 天上及人間
하늘 세상과 더불어 인간세계와

부처님의 말씀은 하늘이나 인간이나 두루 미치어 그 누구라도 부처님의 말씀을 들으면 해탈할 수 있음이다.

**삼세총류통 三世總流通**
**삼세에 모두 흘러 통하오니**

삼세를 삼제(三際)라고도 하며, 이는 앞서 말한 바와 같이 거래금(去來今), 거래현(去來現), 이금당(已今當)이라고 표현하기도 한다. 부처님 말씀은 시공을 초월하여 존재하므로 삼세에 모두 통용되는 것이다.


**원강대길상 願降大吉祥**
**원하건대 크게 길상(吉祥)을 내려 주소서.**

그러므로 원하건대 크게 길상을 내려 주시라고 간청하는 것이다.

# 영산석일여래촉 靈山昔日如來囑

## 산신탄백 山神歎白

靈山昔日如來囑 威振江山度衆生
영산석일여래촉 위진강산도중생

萬里白雲靑嶂裏 雲車鶴駕任閒情
만리백운청장리 운거학가임한정

그 옛날 영산 당시 부처님의 부촉으로
이 강산에 위엄 떨쳐 중생들을 건지시고
흰 구름 만 리 감싼 청산 깊은 곳에서
구름수레 학(鶴)의 가마 타고 한가롭게 노니시네.

작법귀감 산신청(山神請)에서 산신에 대한 탄백이다. 산신은 산을 수호한다는 신령
으로 산군(山君), 산왕(山王), 산신령(山神靈) 등으로 나타내기도 한다. 그러나 산신
은 불교하고는 아무런 관련이 없는 것으로, 민간신앙에서 칠성과 더불어 알게 모르게
우리나라 불교에 스며들어 도량의 호법신(護法神)으로 자리를 잡았다. 산신을 모신
건물을 산신각(山神閣)이라 하며 이를 그림으로 나타내면 산신도(山神圖)라고 한다.


### 영산석일여래촉 靈山昔日如來囑
### 그 옛날 영산 당시 부처님의 부촉으로

영축산에서 부처님이 설법하실 때 산신에게 중생을 제도하라는 부촉을 받았다는 내
용이지만 이는 어디까지나 허구다. 영산은 영축산을 말하고 석일(昔日)은 옛날이라
는 표현보다는 부처님이 영산에서 법을 설하실 때를 말한다. 그리고 촉(囑)은 부촉
(附囑)을 말함이다. 그렇지만 경전 그 어느 곳에서도 이러한 부촉은 없다.

**위진강산도중생 威振江山度衆生**
이 강산에 위엄 떨쳐 중생들을 건지시고

강과 산에서 위엄을 떨친다며 산신을 추켜세우고 있으며 이러한 위엄으로 중생을 제도한다고 함이다.


**만리백운청장리 萬里白雲靑嶂裏**
흰 구름 만 리 감싼 청산 깊은 곳에서

산신의 주처(住處)를 밝히고 있으며 청장(靑嶂)은 푸르고 가파른 산을 말한다.


**운거학가임한정 雲車鶴駕任閒情**
구름수레 학(鶴)의 가마 타고 한가롭게 노니시네.

구름을 수레로 나타내어 운거(雲車)라고 하였으며 학(鶴)을 가마로 나타내어 학가(鶴駕)라고 하였다. 학가(鶴駕)는 왕세자가 대궐 밖을 나갈 때 타는 수레를 말하기도 한다. 임한(任閒)은 한가로운 것을 말한다.

# 영총이환수전지 靈聰二丸酬前志

## 여래친제영 如來親諸詠

靈聰二丸酬前志 惡境林中一慣常
영총이환수전지 악경임중일관상

鐵面夜叉圍沸鼎 銅牙猛獸繞屠場
철면야차위비정 동아맹수요도량

신령함과 총명한 두 눈은 전생의 뜻을 보답받음이니
악의 경계 숲속에서 늘 한결같으시다네.
철면피의 야차들은 펄펄 끓는 확탕지옥을 에워싸고
구리 어금니를 가진 사나운 맹수들은 도살장을 둘러싸고 있네.

산보집에서 중단을 청해 맞이하는 의식인 중단영청지의(中壇迎請之儀)에 수록된 여래친제영(如來親諸詠)이며 범음집에서도 이와 같다.


### 영총이환수전지 靈聰二丸酬前志
신령함과 총명한 두 눈은 전생의 뜻을 보답받음이니

영총(靈聰)은 신령함과 총명함을 말함이며 이환(二丸)에서 환(丸)은 '환약'이라는 뜻도 있지만, '알이'라는 뜻도 있다. 여기서는 두 개의 환약이라는 뜻이라기보다는 두 개의 눈을 말한다. 수(酬)는 갚는다는 표현이기에 보답함을 말한다. 그리고 전(前)은 전생을 말한다. 부처님께서 영총한 법견(法見)을 가진 것은 모두 전생의 그러한 인(因)이 있었기 때문이다.

**악경임중일관상 惡境林中一慣常**
**악의 경계 숲속에서 늘 한결같으시다네.**

악경(惡境)은 악의 경계를 말한다. 이러한 악의 경계는 숱하게 닥치기에 이를 수풀에 비유하였다. 그렇지만 이러한 경계에 부딪히더라도 그 마음은 부동하여 늘 한결같으심이다.


**철면야차위비정 鐵面夜叉圍沸鼎**
**철면피의 야차들은 펄펄 끓는 확탕지옥을 에워싸고**

철면(鐵面)은 철면피(鐵面皮)를 말하며 이는 쇠처럼 두꺼운 낯가죽이라는 뜻이다. 여기서는 인정사정 보지 않는다는 표현으로 야차(夜叉)들이 이러하다는 것이다. 야차(夜叉)는 북방불교에서 사람을 해치는 무서운 귀신을 말한다. 그러나 인도 보팔에 있는 산치대탑의 부조에 나오는 약시[yaksa]는 다산과 풍요의 상징으로 나온다. 참고로 산스크리트어의 yaksa를 음역하여 약차(藥叉), 야차(夜叉) 등으로 나타낸다.


**동아맹수요도량 銅牙猛獸繞屠場**
**구리 어금니를 가진 사나운 맹수들은 도살장을 둘러싸고 있네.**

동아(銅牙)는 이가 구리로 되어 있다는 것으로 곧 사나운 것을 표현한 것이다. 지옥 세계의 맹수들이 그러하다는 것이다. 이러한 맹수들이 도살장을 둘러싸고 으르렁거리고 있다는 것을 표현하였다.

# 영축염화시상기 靈鷲拈花示上機

## 염화게 拈花偈

靈鷲拈花示上機 肯同浮木接盲龜
영축염화시상기 긍동부목접맹구

飮光不是微微笑 無限淸風付與誰
음광불시미미소 무한청풍부여수

영축산에서 꽃을 들어 상근기를 보이셨음은
눈먼 거북이가 떠다니는 나무토막을 만난 것과 다름없거늘
음광(飮光)이 이를 보고 미소 짓지 아니하였다면
한량없이 맑은 바람을 누구에게 주었을까.

선문염송(禪門拈頌) 가운데 염화(拈花)에 대한 공안에서 삼계익(雪溪益 ?~?) 선사가
염송(拈頌)한 게송이다. 삼계익 선사는 송나라 임제종의 스님으로 일익(日益) 선사를
말함이며 '삼계익'이라는 칭호는 세간에서 스님을 부르던 세칭(世稱)이다. 스님은 보
녕인용(保寧仁勇 ?~?) 스님의 법을 이었으며 안길주(安吉州)에 있는 상방사(上方寺)
에서 수행하였다. 스님에 대한 기록은 오등회원(五燈會元), 그리고 속전등록(續傳燈
錄)에 나와 있다.

그리고 위의 게송은 우리나라 재의례(齋儀禮)에서는 염화게(拈花偈)라고 하며 산보
집(刪補集)의 경우에는 상단영청지의(上壇迎請之儀) 등에 나오는 게송 가운데 하나
로 수록되어 있다. 이 게송을 설명하면서 밝히겠지만 마지막 게송 가운데 청풍(淸風)
이라는 문구는 원문과 다르다. 원문은 청향(淸香)으로 되어 있으며 이는 원문을 따르
는 것이 더 타당하다.

## 영축염화시상기 靈鷲拈花示上機
### 영축산에서 꽃을 들어 상근기를 보이셨음은

영축산으로 발음해야 할까 영취산으로 해야 할까. 결론적으로 말하면 영축산으로 읽어야 한다. 왜냐하면 불보종찰(佛寶宗刹)인 통도사를 영축도량(靈鷲道場)이라고 표현하지 '영취도량'이라고 읽지 않기 때문이다. 그러나 축[鷲]을 자전에 근거하면 맹금류인 독수리를 나타내는 '수리 취' 또는 '독수리 취'로 읽는다. 이는 불교에서만 고유한 발음이기 때문이다. 그러기에 불교에서는 '영축산'으로 읽고 세속에서는 '영취산'으로 읽는다. 이는 불교에서 지금까지 전해 내려오는 고유한 영역이기에 참고하여 이해하고 넘어가야지 시빗거리로 삼으면 안 된다. 불교는 이러한 글자의 예(例)가 제법 많다. 도장(道場)이라 아니하고 도량(道場)이라고 읽는 경우도 그러하다. 남천(南泉)이라 읽지 아니하고 남전(南泉)이라고 읽는다. 또 하나의 예를 들면 지혜를 보리(菩提)라고 하는데 이를 자전에 적용하면 보제(菩提)가 된다. 불교에서 법당에 걸어 놓은 불화를 흔히 탱화(幀畵)라고 하는데 '탱화'에서 '탱'이라는 글자는 정(幀)이라는 글자이다. 자전을 적용하여 읽으면 정화(幀畵)라고 읽어야 한다. 이러한 실례를 들어 설명하였듯이 자전에는 분명히 취(鷲)이지만 불교에서는 축(鷲)으로 읽는다는 것을 알아 두어야 오해가 안 생긴다.

영축(靈鷲)은 곧 영축산을 말함이다. 이는 부처님 당시 마가다국 라자그리하[왕사성]의 동북쪽에 있는 산으로 지금은 인도의 비하라(Bihar)주 라즈기르(Raigir) 동쪽에 있는 산이다. 이 산의 이름을 산스크리트어로 말하면 그리드라쿠타(Gṛdhrakūṭa)라 하고, 팔리어로는 기자쿠타[Gijjha-kuuTa-pabbata, (Gijhakuta)]라고 하며 이는 독수리산이라는 뜻이다. 이 산은 북방불교인 중국에서 한역하여 영축산(靈鷲山), 기사굴산(耆闍崛山), 축봉산(鷲峰山), 영두산(靈頭山), 영산(靈山) 등으로 번역하였다.

부처님께서 꽃을 들어 대중에게 보였다는 근거는 대범천왕문불결의경(大梵天王問佛決疑經)의 염화품(拈花品)에 나오는 말씀이지만, 문제는 이 경전이 위경이라는 것이다. 그렇다면 다른 경전에는 이와 유사한 표현이 있을까? 결론적으로 말하면 없다.

위에서 밝힌 문불결의경에 보면 영축산에 대비구 8만 명이 모여서 부처님의 법을 듣고자 하였는데 이때 방광대범천왕(方廣大梵天王)이 묘법연금광명대바라화(妙法蓮金光明大婆羅華)라는 연꽃을 들어 부처님께 올렸다. 그러나 보좌(寶座)에서 이 연꽃을 받으신 부처님은 아무런 말씀을 하지 아니하시고 다만 연꽃을 들고 계셨다. 이에 대중들도 어리둥절하여 침묵하고 있을 때 장로 마하가섭이 파안미소를 보였다. 그러자 부처님은 나의 정법안장(正法眼藏)과 열반묘심(涅槃妙心)을 가섭에게 부족한다고 하셨다. 이러한 도리를 염화시중(拈花示衆) 또는 염화미소(拈花微笑)라고 한다.

시상기(示上機)는 상근기의 법문을 보이셨다는 표현이다. 그러나 아무도 이를 알아듣지 못하였고 제자 가섭만이 이 도리를 단박에 알아차렸을 뿐이다. 그렇다면 가섭은 왜 단 한마디도 하지 못하고 미소만 지었을까? 부처님은 어찌하여, 무슨 근거로 가섭에게 법을 전하였다고 하였을까? 이를 알아차려야 한다. 먼저 이러한 도리를 심야불어(心也不語)라고 한다. 마음은 말로써 전할 수 없기에 부처님과 가섭은 이러한 도리를 지금 우리에게 설명하여 주고 있음이다. 이러한 가르침을 무설설(無說說)하고 불문문(不聞聞)하였다고 하는 것이다. 말한 바 없는데 말한 것이요, 들은 바 없는데 들었음을 말하는 것이다. 그러므로 이를 달리 표현하여 염화시중가섭미소(拈花示衆迦葉微笑)라고도 한다.

부처님께서 가섭에게 정법안장을 너에게 주노라고 하였으니 이는 무슨 말인가. 정(正)은 삿됨을 배제하기에 정(正)이 되고, 이러한 것은 본보기가 되는 것이기에 궤범(軌範)이 되는 것이다. 고로 법(法)이라 한다. 안(眼)은 이를 밝게 비춤이기에 안(眼)이라 하고, 장(藏)은 이러한 것들을 모두 감싸 들이기에 장(藏)이라고 하는 것이다.


## 긍동부목접맹구 肯同浮木接盲龜
## 눈먼 거북이가 떠다니는 나무토막을 만난 것과 다름없거늘

이 내용은 곧 맹구부목(盲龜浮木) 또는 맹구우목(盲龜遇木)을 말함이다. 잡아함경(雜阿含經) 가운데 맹구경(盲龜經)에 보면 부처님께서 미후(獼猴)라는 연못가에 있는 중각강당(重閣講堂)에서 비구들에게 비유하여 말씀하셨다. 이 큰 대지가 모두 큰 바다로 변할 때, 한량없는 겁을 살아온 어떤 눈먼 거북이 있는데, 그 거북이는 백 년에 한 번씩 머리를 바닷물 밖으로 내민다. 그런데 바다 가운데에 구멍이 하나뿐인 나무가 떠돌아다니고 있는데, 파도에 밀려 표류하고 바람을 따라 동서로 오락가락한다고 할 때 저 눈먼 거북이 백 년에 한 번씩 머리를 내밀면 그 구멍을 만날 수 있겠느냐. 爾時。世尊告諸比丘。譬如大地悉成大海。有一盲龜壽無量劫。百年一出其頭。海中有浮木。止有一孔。漂流海浪。隨風東西。盲龜百年一出其頭。當得遇此孔不。

중략(中略)하고 다시 부처님께서 아난에게 말씀하셨다. 눈먼 거북과 뜬 나무는 비록 서로 어긋나다가도 혹 서로 만나기도 할 것이다. 그러나 어리석고 미련한 범부가 오취에 표류하다가 잠깐이나마 사람의 몸을 받는 것은 그것보다 더 어려우니라. 盲龜浮木。雖復差違。或復相得。愚癡凡夫漂流五趣。暫復人身。

이러한 가르침은 선종(禪宗)에도 영향을 끼쳐서 벽암록(碧巖錄) 제19칙에 보면 그 유명한 구지(俱胝) 화상의 손가락에 대한 공안이 있는데 이를 구지일지선(俱胝一指禪)이라고 한다. 다음 송(頌)에 보면 이러한 내용이 있다.

對揚深愛老俱胝 宇宙空來更有誰
대양심애노구지 우주공래갱유수

曾向滄溟下浮木 夜濤相共接盲龜
증향창명하부목 야도상공접맹구

구지 화상의 제접(提接) 법을 너무 좋아하시니
우주가 생긴 이래 누가 또 있겠는가?
일찍이 푸른 바다에 구멍 뚫린 나무를 띄워
밤 파도 속에서 눈먼 거북이를 건져 올렸네.

법화경(法華經) 가운데 묘장엄본사품에 보면 '그 이유는 부처님 만나기 어려움이 우담발라꽃과 같습니다. 또 외눈박이 거북이가 떠 있는 나무의 구멍을 만나는 것과 같습니다. 이제 우리가 숙세의 복이 두터워서 이승에 불법을 만났습니다.' 하는 말씀이 있다. 所以者何。佛難得值。如優曇鉢羅華。又如一眼之龜。值浮木孔。而我等宿福深厚。生值佛法。

그런데 여기서 긍동(肯同)이라는 표현에서 긍(肯)은 수긍하다, 들어주다, 즐거이, 감히 이러한 뜻이지만 조동사(助動詞) 격으로 그 의지를 나타낼 뿐 굳이 해석할 필요는 없다. 동(同)은 한가지라는 표현이다. 그리고 만나다라고 하는 접(接)의 표현과 더불어 긍동(肯同)은 눈먼 거북이가 나무토막을 만나는 것과 같다, 이러한 표현이 된다.


## 음광불시미미소 飲光不是微微笑
## 음광(飲光)이 이를 보고 미소 짓지 아니하였다면

음광(飲光)은 부처님의 십대제자 가운데 한 분인 가섭존자(迦葉尊者)를 말함이다. 그는 전생에 단금사(鍛金師)로 일을 하였기에 몸에 금빛이 나서 음광승존(飲光勝尊)이라고 불렀다고 한다. 그러기에 음광(飲光)이라고 하는 것이다. 가섭(迦葉)은 산스크리트어로 마하카샤파(Mahakasyapa)이다. 그러므로 이를 음사하여 마하가섭(摩訶迦葉)이라고 하며 여기서 가섭(迦葉)은 성씨이다. 일체경음의(一切經音義)에서는 가섭의 선조는 대선인(大仙人)이었다. 그 선인의 몸에서 광명이 났는데 그 광명이 등불을 삼켜버릴 정도였기에 당시 사람들은 이것을 기이하게 여겨 그를 음광선인(飮光仙人) 이라고 불렀다고 한다.

불시(不是)는 시(是)의 부정이며 이는 ~이 아니다, 이러한 뜻이다. 고로 미미소(微微笑)가 있기에 미소 짓지를 아니하였다면, 이러한 표현이 되는 것이다.

가섭이 미소를 짓지 아니하였더라면, 여기에 대해서는 제일 첫 구인 '영축염화시상기'를 설명하면서 이미 밝혀두었으니 다시 한번 이를 참고하길 바란다.


**무한청풍부여수 無限淸風付與誰**
**한량없이 맑은 바람을 누구에게 주었을까.**

원문을 잘못 옮겼다. 원문은 청풍(淸風)이 아니고 청향(淸香)이다. 그리고 문맥으로 보아도 청향이 올바른 표현임이 틀림없다. 고로 무한청향(無限淸香)은 한없는 맑은 향기이기에 곧 법향(法香)을 말함이다. 그렇다면 여기서 법(法)은 무엇인가. 중생의 본성이 되는 마음을 말함이며 법의 도리를 알아차렸기에 이를 무한청향(無限淸香)이라고 표현한 것이다.

부여수(付與誰)라는 표현은 누구에게 전했겠는가. 이러한 표현은 그대도 곧 이러한 도리를 깨달으라는 뜻이다.

# 영통광대혜감명 靈通廣大慧鑑明

## 칠성탄백 七星歎白

靈通廣大慧鑑明 住在空中映無方
영통광대혜감명 주재공중영무방

羅列碧天臨剎土 周天人世壽筭長
나열벽천임찰토 주천인세수산장

영험한 신통력과 광대한 지혜로 분명하게 보살피시며
허공 가운데 머물면서 비추지 않는 곳 전혀 없으며
푸른 하늘에 나열하신 성군(星君), 이 국토에 강림하시어
하늘과 인간세계 골고루 수명과 복을 길게 하시네.

작법귀감 칠성청(七星請)에 나오는 칠성에 대한 탄백이다. 그러나 칠성하고 불교하
고는 아무런 관련이 없다. 칠성 신앙은 북두칠성을 신격화한 것으로 이는 중국 도교
에서 일어난 사상일 뿐이다.


**영통광대혜감명 靈通廣大慧鑑明**
영험한 신통력과 광대한 지혜로 분명하게 보살피시며

영통(靈通)은 신령스러운 우주의 진리를 통달하였다는 표현으로 칠성을 추켜세우고
있다. 여기에 더하여 광대한 지혜로 거울로 들여다보듯이 분명하게 인간 세상을 살펴
본다는 표현이다. 이러한 표현은 화엄성중을 탄백하는 화엄성중혜감명(華嚴聖衆慧鑑
明)이라는 표현과도 같다.

**주재공중영무방 住在空中映無方**
허공 가운데 머물면서 비추지 않는 곳 전혀 없으며

주재(住在)는 주처(住處)와 같은 표현으로 그 주처가 허공 가운데라고 하였다. 곧 하늘을 말한다. 영(映)은 비춘다는 표현이고, 무방(無方)은 그 방소(方所)가 없으므로 비추지 않는 곳이 없다는 표현이다.


**나열벽천임찰토 羅列碧天臨刹土**
푸른 하늘에 나열하신 성군, 이 국토에 강림하시어

나열(羅列)은 죽 늘어놓은 것을 말하며 벽천(碧天)은 벽공(碧空)과 같은 뜻으로 곧 푸른 하늘을 말한다. 찰토(刹土)는 국토를 달리 이르는 말로 곧 사바세계를 가리킨다. 다시 말하면 칠성의 주처인 푸른 하늘에서 사바세계로 강림한다는 뜻이다.


**주천인세수산장 周天人世壽筭長**
하늘과 인간세계 골고루 수명과 복을 길게 하시네.

주(周)는 골고루, 두루라는 표현으로 이어지는 문구에 대비하여 보면 하늘 세상이나 인간 세상을 관장하여 수명을 복을 늘려 준다고 칭송하고 있다.

# 예적자광불가진 穢跡慈光不可陳

## 대예적금강영 大穢跡金剛詠

穢跡慈光不可陳 爲降魔業現全身
예적자광불가진 위항마업현전신

如藍澱色埋釘刺 似惡雷聲嚙劒輪
여람전색매정자 사악뢰성교검륜

예적금강의 자비 광명은 다 말할 수 없으니
마군의 업 항복 받기 위해 화현하여 몸을 드러냈네.
남전색(劒輪色)과 같은 몸을 못 같은 가시에 묻고
마치 사나운 우렛소리 같은 목소리에 검륜(劒輪)을 물고 있네.

산보집 예적단(穢跡壇) 작법에서 대예적금강(大穢跡金剛)의 가영으로 수록되어 있
다. 대예적금강에서 대(大)는 예적금강에 대한 존칭이다. 예적금강은 밀교의 오대명
왕(五大明王) 가운데 한 분인 부동명왕(不動明王)의 화현으로, 중생에 대한 깊은 자
비심으로 더러운 곳을 파하지 아니하고 구제하는 명왕이다. 예적금강이라고 하며 적
(跡)은 적(迹) 또는 적(積)으로 나타내기도 한다. 또한 예적금강을 모신 단에서 행해
지는 의례를 예적단작법(穢跡壇作法)이라고 한다.

### 예적자광불가진 穢跡慈光不可陳
예적금강의 자비 광명은 다 말할 수 없으니

예적금강(穢跡金剛)에 대해서는 이미 위에서 설명하였다. 자광(慈光)은 자애로운 빛
을 말하며 진(陳)은 늘어놓다라는 표현으로 불가진(不可陳)하면 자애로운 빛을 늘어
놓음에 있어서 그 다함이 없다는 표현으로 곧 끝없는 자비 광명을 말한다.

**위항마업현전신 爲降魔業現全身**
마군의 업 항복 받기 위해 화현하여 몸을 드러냈네.

예적명왕은 마군들이 저지르는 악업을 항복(降伏) 받기 위하여 부동명왕의 화현으로 이 세상에 화현하신 분이라고 하고 있다.


**여람전색매정자 如藍澱色埋釘刺**
남전색(劒輪色)과 같은 몸을 못 같은 가시에 묻고

남전(藍澱)은 남전(藍靛)으로 나타내기도 하며 여기서 남(藍)은 쪽을 말하고 전(澱)은 앙금을 나타낸다. 그러므로 남전색(藍澱色)은 쪽빛을 말하며 이는 예적금강의 피부색을 말하며 정자(釘刺)는 뾰족한 못을 말하므로 복장에는 정자가 드러나도록 한 복장을 하고 있다는 표현이다.


**사악뇌성교검륜 似惡雷聲嚙劒輪**
마치 사나운 우렛소리 같은 목소리에 검륜(劒輪)을 물고 있네.

악뢰(惡雷)는 사나운 천둥소리를 말하므로 예적금강의 호령함이 그러하다고 여기는 것이다. 교(嚙)는 깨물다라는 표현이고 검륜(劒輪)은 둥근 칼을 말한다. 그러므로 예적금강은 둥근 칼을 입에 물고 있다며 그 위엄을 상징하고 있다.

# 오로경순위대통 五路敬巡爲大統

## 동자영 童子詠

**五路敬巡爲大統 監生追死總爲君**
오로경순위대통 감생추사총위군

**將軍號令通今古 生死其誰不見聞**
장군호령통금고 생사기수불견문

오로(五路)를 공경하게 순시함을 대통(大統)으로 삼고
감생(監生)들은 추사(追死)로 임금이 되네.
장군들은 호령으로 고금을 통하니
나고 죽음을 그 누가 보고 듣지 못하였는가.

산보집에서 중단을 청해 맞이하는 의식인 중단영청지의(中壇迎請之儀) 가운데 동자(童子)에 대한 가영이다.


### 오로경순위대통 五路敬巡爲大統
**오로(五路)를 공경하게 순시함을 대통(大統)으로 삼고**

오로(五路)는 다섯 가지 길을 말하는 것이 아니고 오방(五方)을 말한다. 그러므로 수륙재 등에서 오로단(五路壇)에서 행해지는 작법이 있는데 여기서 오로단은 오방을 관장하는 오제(五帝)를 대상으로 하므로 오방단(五方壇)이라 하기도 한다. 오제(五帝)는 고대 중국의 다섯 성군(聖君)인 소호(少昊), 전욱(顓頊), 제곡(帝嚳), 요(堯), 순(舜)을 말한다.

경순(敬巡)은 오방을 순시함에 있어서 경(敬)은 경건하게 순(巡)은 순시(巡視)를 말하며 이러한 대의(大義)로 순시함을 대통(大統)으로 삼는다는 표현이다. 여기서 통

(統)은 큰 줄기를 말하므로 본의(本義)를 뜻한다.


### 감생추사총위군 監生追死總爲君
### 감생(監生)들은 추사(追死)로 임금이 되네.

감생(監生)은 대신에게 딸린 관원을 말하며, 추사(追死)는 '죽음을 무릅쓰고' 이러한 표현이며 여기에다 총(總)이라는 표현이 있으므로 관리들은 죽을힘을 다하여 임금을 위한다는 뜻이다.


### 장군호령통금고 將軍號令通今古
### 장군들은 호령으로 고금을 통하니

호령(號令)은 지휘하여 명령함을 말한다. 그러므로 장군들은 호령으로 명령하고 통솔하는 것이 예나 지금이나 같다는 표현이다.


### 생사기수불견문 生死其誰不見聞
### 나고 죽음을 그 누가 보고 듣지 못하였는가.

나고 죽음을 보지도 못하고 듣지도 못한 이가 그 누구인가, 라는 표현으로 수행을 재촉하는 표현이지만 시문의 전체적으로 보면 그 결론이 다소 생뚱맞다.

# 오방사해구용왕 五方四海九龍王

## 구룡찬 九龍讚

五方四海九龍王 曾會毘藍吐水昻
오방사해구용왕 증회비람토수앙

灌沐金身成勝果 願流甘露滿蘭堂
관목금신성승과 원류감로만난당

다섯 방위 사방의 바다 아홉 용왕이
일찍이 룸비니동산에 모여 물을 뿜어 올리고
금신을 목욕시켜 수승한 과(果)를 이루었나니
부디 감로를 흘려 난당을 가득 차게 하소서.

산보집에서 상단을 청하여 맞이하는 의식인 상단영청지의(上壇迎請之儀)에 나오는
구룡찬(九龍讚)이며 범음집에도 같은 내용으로 실려 있다. 구룡찬에서 구룡(九龍)은
북방불교에서 싯다르타가 탄생하자 아홉 마리 용왕이 나타나 물을 뿜어 싯다르타를
목욕시켰다고 하여 이를 구룡토수(九龍吐水)라고 한다. 하지만 이는 중국불교가 지
어낸 허구다. 경전 그 어디에도 이러한 내용은 없으며 싯다르타를 목욕시킨 것은 범
천왕, 제석천왕이다.


## 오방사해구용왕 五方四海九龍王
다섯 방위 사방의 바다 아홉 용왕이

오방(五方)은 다섯 방위를 말하며 사해(四海)는 사대해를 말하며 이는 사방의 바다를
말한다. 참고로 중국에서는 사방의 바다를 관리한다는 용왕이 있는데 동해의 오광(敖
廣), 남해의 오윤(敖潤), 서해의 오흠(敖欽), 북해의 오순(敖順)이 있다. 그러나 구룡
왕의 명호에 대해서는 기록된 것은 없다.

**증회비람토수앙 曾會毘藍吐水昂**
**일찍이 룸비니동산에 모여 물을 뿜어 올리고**

마야부인이 룸비니동산에서 싯다르타를 출산하자 구룡이 나타나 물을 뿜어 부처님을 목욕시켰다고 하는 것이다.


**관목금신성승과 灌沐金身成勝果**
**금신을 목욕시켜 수승한 과(果)를 이루었나니**

금신(金身)은 싯다르타를 말하고 관목(灌沐)은 목욕을 말한다. 이러한 행위로 인하여 수승한 과(果)를 이루게 되었다는 표현이다.


**원류감로만난당 願流甘露滿蘭堂**
**부디 감로를 흘려 난당을 가득 차게 하소서.**

난당(蘭堂)은 아란야(阿蘭若)의 당(堂)을 말하므로 곧 법당을 말한다. 그러므로 감로수를 흐르게 하여 법당에 감로수를 가득 차게 한다는 표현으로 부처님의 가피가 있기를 원하고 있다.

# 오본래차토 吾本來此土

## 찬화 讚華

吾本來此土 傳法救迷情
오본래차토 전법구미정

一華開五葉 結果自然成
일화개오엽 결과자연성

내가 본래 이 땅에 온 것은
법을 전하여 헤매는 중생 구제하려 함이네.
꽃 한 송이에 다섯 개의 잎이 피어났으니
그 결과가 저절로 이루어졌네.

산보집에서 향을 피우고 수행하는 작법절차인 분수작법절차(焚修作法節次)에 수록되어 있다. 작법귀감 분수작법(焚修作法)에는 꽃을 찬탄하는 찬화(讚華)로 나와 있다. 그러나 이 게송의 출처는 달마혈맥론(達磨血脈論)으로 보리달마가 자신의 제자인 혜가(慧可神光)에게 법을 전하는 전법게로 나와 있다. 이외에 조당집(祖堂集) 등에도 실려 있지만 모두 혈맥론에 나오는 내용을 인용한 것이다.

달마혈맥론(達磨血脈論)에 보면 달마대사가 혜가에게 법을 전하는 말씀이 나온다. 마음 마음이여 찾기가 어렵구나! 너그러울 때는 법계에 두루하지만 좁아져 버리면 바늘 끝도 용납하지 않는구나! 난 본래 마음을 찾았을 뿐 부처를 찾지 않았느니라. 삼계가 텅 비어서 아무것도 없음을 분명히 알라. 만약 부처를 찾고자 한다면 오직 마음을 찾아라. 다만 이 마음, 마음이 부처이니라. 내 본래 마음을 찾지만, 마음은 스스로 지니고 있으니, 마음을 찾으려거든 마음으로 알기를 바라지 말라. 부처의 성품은 마음 밖에서 얻는 것이 아니니 마음이 생기면 곧 죄가 생기는 때니라. 법을 전하는 게송이라. 내가 본래 이 나라에 온 것은 법을 전하여 미혹한 중생을 구제하려 함이네. 꽃송이 하나에 다섯 개의 잎이 피어났으니 결과가 저절로 이루어지리라. 心心心難

可尋。寬時遍法界。窄也不容針。我本求心不求佛。了知三界空無物。若欲求佛但求心。只這心這心是佛。我本求心心自持。求心不得待心知。佛性不從心外得。心生便是罪生時。偈曰 吾本來此土。傳法救迷情。一華開五葉 結果自然成。

## 오본래차토 吾本來此土
### 내가 본래 이 땅에 온 것은

여기서 '나'라는 뜻을 가진 오(吾)는 달마대사를 말한다. 그리고 혈맥론이나 조당집(祖堂集) 등에는 차토(此土)라고 되어 있지만, 육조단경(六祖壇經), 전등록 등에서는 자토(玆土)로 되어 있다. 그러나 그 뜻은 같다. 그리고 차토(此土)는 중국 땅을 말한다.

## 전법구미정 傳法救迷情
### 법을 전하여 헤매는 중생 구제하려 함이네.

미정(迷情)이라는 것은 미혹(迷惑)한 마음이니 범부중생이 미혹하여 어떤 대상에 집착하는 마음을 말한다. 왜냐하면 중생은 실상의 도리를 알지 못하여 상(相)에 집착하기에 허망한 생각을 끊이지 않고 일으키는 것이다.

달마 스님은 중국 땅에서 불립문자(不立文字), 교외별전(教外別傳), 직지인심(直指人心), 견성성불(見性成佛) 사상을 펼침으로써 당시 중국불교에 엄청난 파국과 지대한 영향을 끼쳐서 중국불교의 근간을 송두리째 흔들어 놓고 말았다. 이러한 사상은 지금까지 이어져서 아직도 그 틀에서 벗어나지 못하고 있는 실정이다. 그러나 이러한 달마 스님의 사상을 도가적인 사상도 많이 가미되었다고 보는 견해도 있다.

## 일화개오엽 一華開五葉
### 꽃 한 송이에 다섯 개의 잎이 피어났으니

한 송이 꽃에 다섯 잎이 피어난다고 하였는데, 여기서 일화(一華)는 보리달마를 말하고 오엽(五葉)은 선종(禪宗), 교종(教宗), 율종(律宗), 정토(淨土), 밀교(密教)를 말한다. 또 혜가(慧可), 승찬(僧璨), 도신(道信), 홍인(弘忍), 혜능(惠能)을 말하기도 한다. 그러나 중국 선종 제6조 혜능(惠能) 이후에 형성된 조동종(曹洞宗), 임제종(臨濟宗), 운문종(雲門宗), 위앙종(潙仰宗), 법안종(法眼宗) 등을 나타내는 것이 보편적인 견해다.

## 결과자연성 結果自然成
## 그 결과가 저절로 이루어졌네.

그 결과가 저절로 이루어질 것이라는 표현은 달마대사가 전한 심인(心印)의 법은 끊임없이 이어질 것이라는 표현이다. 여기서 자연(自然)은 저절로라는 표현도 있지만, 천연(天然)이라는 뜻도 있다. 그러므로 저절로 이루어진다고 하는 것은 그 체(體)가 진리를 말하기에 천연하게 이루어진다고 하는 것이다.

달마 스님에 관한 일화로 경덕전등록(景德傳燈錄) 제3권에 실려 있는 내용을 살펴보면 다음과 같다. 숭산 소림사(小林寺)에 머무르며 해가 지도록 면벽을 하고 잠자코 앉았으니, 아무도 대사를 아는 이가 없어 대사를 일러 벽을 보는 바라문이라 하여 벽관바라문이라 하였다. 이때 신광(神光)이라는 중이 있었는데 성격이 활달한 사람이었다. 그는 오랫동안 낙양에 살면서 여러 서적을 많이 읽고, 묘한 이치를 조리 있게 잘 말하였지만, 그는 늘 탄식하기를 공자와 노자의 교리는 예절(禮)·술수(術)·풍류(風)·법규(規)뿐이요, 장자(莊子)와 주역(周易) 따위 글은 묘한 진리를 다하지 못했음을 한탄하였다. 寓止于嵩山少林寺。面壁而坐終日默然。人莫之測。謂之壁觀婆羅門。時有僧神光者。曠達之士也。久居伊洛。博覽群書善談玄理。每歎日。孔老之教禮術風規。莊易之書未盡妙理。

요사이 듣건대 달마대사가 소림에 계시는데 찾아가는 사람을 맞이하지 않고 현묘한 경지에 이르렀다 한다. 그리하여 그에게 가서 조석으로 섬기고 물었으나 아무런 가르침도 듣지 못했다. 신광 스님은 생각하기를 대저 옛사람이 도를 구할 때는 뼈를 깨뜨려서 골수를 빼고, 피를 뽑아서 주린 이를 구제하고, 머리를 진 땅에 대고, 스스로 벼랑에서 떨어져 주린 호랑이를 먹였다고 하였는데, 옛사람도 이러하였거늘 나는 어떤 사람인가? 라고 스스로 반문하며 생각하였다. 近聞。達磨大士住止少林。至人不遙。當造玄境。乃往彼晨夕參承。師常端坐面牆。莫聞誨勵。光自惟日。昔人求道敲骨取髓刺血濟饑。布髮掩泥投崖飼虎。古尚若此。我又何人。

그해 12월 9일 밤에 큰 눈이 왔는데, 신광 스님은 요지부동으로 서 있으니 새벽이 되자 눈이 무릎이 지나도록 쌓여 있었다. 이에 대사가 민망히 생각하여 물었다. 그대가 눈 속에 오래 섰으니, 무엇을 구하려고 하는가? 신광이 슬피 울면서 말하기를 바라옵건대 화상께서 감로의 문을 여시어 여러 중생을 널리 제도하여 주시옵소서. 其年十二月九日夜天大雨雪。光堅立不動。遲明積雪過膝。師憫而問日。汝久立雪中。當求何事。光悲淚日。惟願和尚慈悲。開甘露門廣度群品。

대사가 답하기를 부처님들의 무상대도는 여러 겁을 부지런히 정진하여야 하며 또한 행하기 어려운 일을 참아야 하거늘 어찌 작은 공덕과 작은 지혜와 경솔한 마음과 교만한 마음으로 참 법을 바라느냐. 그대는 공연히 헛수고할 뿐이다. 신광 스님은 이 말을 듣고 슬며시 칼을 뽑아서 자신의 왼쪽 팔을 끊어 대사 앞에 놓으니 대사가 비로소 그가 법기임을 알고 말했다. 부처님들이 처음 도를 구하실 때는 법을 위해 몸을 던지셨다. 師曰。諸佛無上妙道。曠劫精勤。難行能行非忍而忍。豈以小德小智輕心慢心。欲冀真乘徒勞勤苦。光聞師誨勵。潛取利刀自斷左臂。置于師前 師知是法器。乃曰。諸佛最初求道爲法忘形。

네가 이제 내 앞에서 팔을 끊으면서 도를 구하니, 가히 할 만한 일이다. 대사가 그의 이름을 혜가(慧可)라 고쳐주자 신광 스님이 말했다. 스승님은 저에게 부처님들의 법인(法印)을 들려주십시오. 汝今斷臂吾前。求亦可在。師遂因與易名曰慧可。

대사가 대답했다. 부처님들의 법인은 남에게 얻는 것이 아니니라. 그렇다 하더라도 제 마음이 편치 못하니 스님께서 저를 편안케 해주소서. 그럼 그대의 마음을 가지고 오너라. 내가 편안케 해주리라. 마음을 찾아도 얻을 수 없습니다. 그러기에 내가 이미 너의 마음을 편안케 했다. 光曰。諸佛法印可得聞乎。師曰諸佛法印匪從人得。光曰。我心未寧。乞師與安。師曰。將心來與汝安。曰覓心了不可得。師曰。我與汝安心竟。

뒤에 북위(北魏) 효명황제가 대사의 특이한 행적을 듣고 사자와 조서(詔書)를 보내어 부르기를 세 차례나 하였지만, 대사는 끝내 소림을 벗어나지 아니하였다. 그러나 황제의 뜻은 더욱 굳어져서 마납가사 두 벌과 금 발우, 은병, 비단 따위를 하사하였으나 대사는 굳이 사양하여 이를 세 번이나 물리쳤다. 그런데도 황제의 뜻이 더욱 굳어지니, 대사는 그제야 비로소 받았다. 그로부터 승속(僧俗)이 배나 더 믿고 귀의하여 스님을 따르기를 9년이 되니 대사는 서쪽의 인도로 돌아갈 생각을 내고 문인(門人)들에게 물었다. 後孝明帝聞師異跡。遣使齎詔徵前後三至。師不下少林。帝彌加欽尚。就賜摩衲袈裟二領。金鉢銀水瓶繒帛等。師牢讓三返。帝意彌堅。師乃受之。自爾緇白之。倍加信向。訖九年已欲西返天竺。乃命門人曰。

이제 되었으니 너희들은 그동안 수행하여 얻은 바를 말해 보아라. 時將至矣。汝等蓋各言所得乎。

이때 문인 가운데 도부(道副)가 대답하기를 제가 보기에는 문자에 집착하지 아니하고, 문자를 여의지도 않음으로써 도를 삼가는 것이라고 생각합니다. 대사가 말하기를 너는 나의 가죽을 얻었노라. 時門人道副對曰。如我所見。不執文字不離文字而爲道用。師曰。汝得吾皮。

이어서 총지(總持) 비구니가 말했다. 제가 알기에는 아난이 아촉불국(阿佛國)을 보았을 때 한 번 보고 다시 보지 않은 것 같습니다. 그럼 너는 나의 살을 얻었구나. 尼總持曰。我今所解如慶喜見阿閦佛國。一見更不再見。師曰。汝得吾肉。

도육(道育)이 말했다. 사대가 본래 공하고 오온이 따로 있지 않으니, 제가 보기에는 한 법도 얻을 것이 없습니다. 음 너는 나의 골수를 얻었노라고 대사가 말했다. 道育曰。四大本空五陰非有。而我見處無一法可得 師曰。汝得吾骨。

마지막에 혜가가 절을 하고 묵묵히 서 있으니 대사가 이내 돌아보고 혜가에게 이르기를 옛날에 여래께서 정법안장을 가섭에게 전하였는데 차츰차츰 전해서 나에게까지 이르렀다. 내가 이제 다시 그대에게 전하노니, 그대는 잘 지키도록 하여라. 그리고 가사를 겸해 주어서 법의 사표로 삼노니, 제각기 표시하는 바가 있음을 알라. 最後慧可禮拜後依位而立。乃顧慧可而告之曰。昔如來以正法眼付迦葉大士。展轉囑累而至於我。我今付汝。汝當護持。幷授汝袈裟以爲法信。各有所表宜可知矣。

혜가가 말했다. 자세히 설명해 주십시오. 대사가 대답하기를 안으로 법을 전해서 마음을 깨쳤음을 증명하고, 겉으로 가사를 전해서 종지(宗旨)를 확정함이라. 후세 사람들이 얄팍하여 갖가지 의심을 해서 내가 인도 사람이요, 그대는 이곳 사람이니 무엇으로써 법을 증득했다는 것을 증명할 것이냐고 할 것이니 그대가 지금 이 가사를 받아 두었다가 뒤에 환란이 생기거든 이 가사와 나의 게송을 내놓아 증명으로 삼으면 교화하는 일에 큰 지장이 없으리라. 可曰。請師指陳。師曰。內傳法印以契證心。外付袈裟以定宗旨。後代澆薄疑慮競生。云吾西天之人。言汝此方之子。憑何得法以何證之。汝今受此衣法。卻後難生但出此衣幷吾法偈。用以表明其化無礙。

내가 열반에든 지 200년 뒤에 가사는 전하지 않아도 법이 항하사(恒河沙) 세계에 두루하리라. 하지만 도를 밝힌 이는 많아도 행하는 이가 적으며, 진리를 말하는 이는 많으나 진리를 통달하는 이는 적으리라. 진리에 부합해서 비밀히 증득할 이가 1천만이 넘으리니 그대는 잘 선양하여 깨닫지 못한 이를 가벼이 여기지 말라. 한 생각 돌이키면 본래 깨달은 것과 같으리라. 나의 게송을 들어두어라. 至吾滅後二百年。衣止不傳法周沙界。明道者多。行道者少。說理者多。通理者少。潛符密證千萬有餘。汝當闡揚勿輕未悟。一念廻機便同本得。聽吾偈曰。

吾本來此土 傳法救迷情
오본래차토 전법구미정

一花開五葉 結果自然成
일화개오엽 결과자연성

내가 본래 이 땅에 온 것은
법을 전해 어리석은 이를 제도하려는 것이다.
한 송이의 꽃에 다섯 꽃잎이 열리어
열매는 자연히 이루어지리라.

# 오시각이근심천 五時各異根深淺

## 달마영 達摩詠

**五時各異根深淺 二諦雙融機頓圓**
오시각이근심천 이제쌍융기돈원

**經卷塵中須具眼 擧頭龍藏滿山川**
경권진중수구안 거두용장만산천

오시(五時)가 각각 다른 건 근기가 깊고 얕기 때문이며
진제와 속제가 다 원융함은 돈교와 원교에 그 기미가 있다.
경전의 말씀 가운데 반드시 안목 갖추리니
머리 드니 용궁에 간직한 경전 산천에 가득하네.

산보집에서 상단을 청해 맞이하는 의식인 상단영청지의 가운데 달마영(達摩詠)으로
수록되어 있으며 범음집에도 이와 같다.


### 오시각이근심천 五時各異根深淺
오시(五時)가 각각 다른 건 근기가 깊고 얕기 때문이며

오시는 부처님께서 50여 년간 하신 설법을 경전에 따라 다섯 단계로 나눈 것을 말한
다. 이는 화엄시(華嚴時), 아함시(阿含時), 방등시(方等時), 반야시(般若時), 법화열
반시(法華涅槃時)이다. 이토록 다섯 단계가 있는 것은 중생의 근기의 차이에 따라 법
을 설하셨기 때문이다. 그리고 화의사교(化儀四教)라고 있는데 이는 돈교(頓教), 점
교(漸教), 비밀교(秘密教), 부정교(不定教)이다. 이 화의사교를 오시에 대입하면 돈교
에는 화엄시, 점교에는 녹원시, 방등시, 반야시이며 부정교에는 법화열반시가 여기에
해당한다.

### 이제쌍융기돈원 二諦雙融機頓圓
### 진제와 속제가 다 원융함은 돈교와 원교에 그 기미가 있다.

이제(二諦)는 진제(眞諦)와 속제(俗諦)를 말하고 그 원융함의 기미는 돈교(頓教)와 원교(圓教) 안에 그 기미가 다 있음이다.


### 경권진중수구안 經卷塵中須具眼
### 경전의 말씀 가운데 반드시 안목 갖추리니

경권(經卷)은 곧 경전을 말하고 진중(塵中)에서 진(塵)은 자세한 부처님 말씀을 말하기도 하고 또한 말씀 한 구절을 말하기도 한다. 그러므로 모름지기 부처님 말씀 한 구절에 안목을 갖추게 되는 것이다.


### 거두용장만산천 擧頭龍藏滿山川
### 머리 드니 용궁에 간직한 경전 산천에 가득하네.

거두(擧頭)는 머리를 들어 보니 이러한 뜻이지만 실은 한 생각 돌리면 이러한 의미이다. 그러므로 한 생각 바꿔서 보면 부처님 말씀을 수록한 경전 외에도 삼라만상이 모두 부처님 가르침 아님이 없다는 말씀이다.

# 오십년래유불어 五十年來由不語

## 제9대 복타밀다 伏陀密多 존자

**五十年來由不語 始知大法誠難擧**
오십년래유불어 시지대법성난거

**外求有相盡皆非 合掌當胸行七步**
외구유상진개비 합장당흉행칠보

나이 50이 되도록 말도 하지 못하다가
비로소 큰 법을 알았으니 진실로 거론하기 어렵네.
밖에서 형상 있는 부처 구하는 건 모두 다 잘못이니
합장하여 가슴에 대고 일곱 걸음 걸었네.

복타밀다 존자는 선종의 전등사(傳燈史)에 있어서 제9조이며 인도 제가국(提加國) 출신으로 불타난제(佛陀難提)의 법을 이었고 협존자(脇尊者)에게 법을 전하였다. 성은 비사라이며 주로 중인도 지역에서 교화를 펼쳤다고 한다. 복타밀다는 산스크리트어로는 Buddhamitra이며 이를 음사하여 복타밀다(伏陀密多), 또는 복타밀다(伏馱蜜多) 등으로 나타내고 있으나 불교사전에는 복타밀다(伏馱蜜多)로 되어 있다. 종경록(宗鏡錄) 권 97, 전등록(傳燈錄) 권1 등에 복타밀다에 대한 기록이 있다.

**오십년래유불어 五十年來由不語**
**나이 50이 되도록 말도 하지 못하다가**

복타밀다는 50세 때까지 말을 하지 못하고 걷지도 못하였다고 하는 전설적 유래에서 비롯된 표현이다.

**시지대법성난거 始知大法誠難擧**
비로소 큰 법을 알았으니 진실로 거론하기 어렵네.

종경록에 보면 제9조 복타밀다(伏馱密多) 존자가 다음과 같이 불타난제 존자에게 게송으로 물었다.

父母非我親 誰爲最親者
부모비아친 수위최친자

諸佛非我道 誰爲最道者
제불비아도 수위최도자

부모는 나와 친한 이가 아니며
누가 가장 친한 이가 됩니까
모든 부처님은 나의 도가 아니며
무엇이 으뜸가는 도가 됩니까.

이에 게송으로 대답했다.

汝言與心親 父母非可比
여언여심친 부모비가비

汝行與道合 諸佛心即是
여행여도합 제불심즉시

너의 말은 마음과 친한지라
부모로서는 비할 것 아니며
너의 행(行)은 도와 계합되는데
부처님들 마음이 바로 그것이다.

外求有相佛 與汝不相似
외구유상불 여여불상사

欲識汝本心 非合亦非離
욕지여본심 비합역비치

바깥에서 구하는 것 모양 있는 부처라
너와는 서로가 비슷하지 않나니
너의 본래 마음 알고자 하면
합한 것도 아니고 어려운 것도 아니다.

이로 인하여 도를 깨쳤다.

법을 부족하는 게송에서 말했다.

眞理本無名 因名顯眞理
진리본무명 인명현진리

受得眞實法 非眞亦非僞
수득진실법 비진역비위

진리에는 본래 이름이 없되
이름으로 인하여 진리가 드러나고
진실한 법을 받고 얻게 되면
참됨도 아니고 거짓도 아니다.


**외구유상진개비 外求有相盡皆非**
**밖에서 형상 있는 부처 구하는 건 모두 다 잘못이니**

여기에 대해서는 이미 위의 게송에서 함께 설명하였다.


**합장당흉행칠보 合掌當胸行七步**
**합장하여 가슴에 대고 일곱 걸음 걸었네.**

여기에 대하여 설명을 하고자 하였지만, 경덕전등록(景德傳燈錄)과 종경록(宗鏡錄)
에는 이러한 기록이 없다. 다른 문헌에도 이 부분에 관한 내용을 찾을 수가 없었다.

# 오제신왕각유정 五帝神王各有情

## 오로단영 五路壇詠

**五帝神王各有情 淸眞黑白濟羣生**
오제신왕각유정 청진흑백제군생

**總願五路能開闢 凡聖咸通任途程**
총원오로능개벽 범성함통임도정

오제의 신왕은 각각 중생들의
검고 흰 것을 맑고 참되게 해 중생을 건지시네.
모두 바라건대 다섯 길을 열어서
범부 성인 다 함께 그 길 마음대로 오갔으면.

산보집에서 영산재를 마친 뒤 행해지는 작법절차인 재후작법절차(齋後作法節次) 가운데 오로단(五路壇)에서 행해지는 가영이다.

### 오제신왕각유정 五帝神王各有情
오제의 신왕은 각각 중생들의

오제(五帝)는 고대 중국의 다섯 성군(聖君)인 소호(少昊), 전욱(顓頊), 제곡(帝嚳), 요(堯), 순(舜)을 말한다. 그러나 다섯 제왕은 일정하지 않아서 번역명의집(翻譯名義集)에서는 소호금천씨(少昊金天氏), 전욱고양씨(顓頊高陽氏), 제곡고신씨(帝嚳高辛氏), 제요도당씨(帝堯陶唐氏), 제순유우씨(帝舜有虞氏)를 말하기도 한다.

산보집 오로단 작법에 보면 동방 금강사두불(金剛沙兜佛), 남방 묘련보승불(妙蓮寶勝佛), 서방 아미타불(阿彌陀佛), 북방 유의성취불(有意成就佛), 중방 비로자나불(毘盧遮那佛)이라고 밝히고 있다.

**청진흑백제군생 清眞黑白濟羣生**
검고 흰 것을 맑고 참되게 해 중생을 건지시네.

오제(五帝)가 중생의 근기에 따라 제도한다는 표현이다. 그러나 오제(五帝)가 위에서
열거한 오불(五佛)을 말하는지는 정확하지 않다.

**총원오로능개벽 總願五路能開闢**
모두 바라건대 다섯 길을 열어서

오로(五路)가 오제(五帝)를 말하는지, 오불(五佛)을 말하는지는 부정확하다.

**범성함통임도정 凡聖咸通任途程**
범부 성인 다 함께 그 길 마음대로 오갔으면.

범부나 성인이 모두 마음대로 그 길을 오고 가기를 원한다고 하였으나 이 역시도 그
목적하는 바가 무엇인지에 대해서는 알 수가 없다.

# 오즉범태작성태 悟則凡胎作聖胎

## 제5 낙구라 諾矩羅 존자

悟則凡胎作聖胎 心如明鏡絶纖埃
오즉범태작성태 심여명경절섬애

千株林下安禪定 七葉巖間赴會來
천주림하안선정 칠엽암간부회래

깨달으면 범부의 태가 성인의 태 되고
마음은 거울 같아 티끌 하나 없다네.
천 그루 나무 아래 선정에 들고
칠엽굴에서 이 법회에 오시었네.

작법귀감에서 나한에게 올리는 예법인 나한대례(羅漢大禮) 가운데 제5 낙구라 존자
에 대한 가영이다. 낙구라 존자는 십육 나한 가운데 다섯 번째이며, 권속 8백 아라한
과 함께 남섬부주에 머물며 정법을 호지하고 중생을 요익(饒益)케 한다는 성자이다.
낙거라(諾矩羅)라고 하지만 불교사전에서는 '낙구라'로 통용되고 있다.

오즉범태작성태 悟則凡胎作聖胎
깨달으면 범부의 태가 성인의 태 되고

범부도 깨달으면 성인이 된다는 표현이다.

심여명경절섬애 心如明鏡絶纖埃
마음은 거울 같아 티끌 하나 없다네.

낙구라 존자의 깨달음에 대해서 찬탄하고 있다.


**천주림하안선정 千株林下安禪定**
**천 그루 나무 아래 선정에 들고**

낙구라 존자가 한적한 곳을 찾아서 선정에 들었다는 표현이다.


**칠엽암간부회래 七葉巖間赴會來**
**칠엽굴에서 이 법회에 오시었네.**

낙구라 존자와 칠엽굴(七葉窟)과의 관계는 그 어느 기록에도 찾아볼 수가 없었다.

# 옥부삭성산세용 玉斧削成山勢聳

## 활향게 喝香偈

玉斧削成山勢聳 金爐熱處瑞烟濃
옥부삭성산세용 금로설처서연농

撩天鼻孔悉遙聞 戒定慧香熏法界
료천비공실요문 계정혜향훈법계

옥도끼로 깎고 다듬으니 산세처럼 우뚝 솟구치고
향로 속 타는 곳엔 상서로운 연기가 자욱하네.
하늘까지 엉키어서 냄새 맡나니 그 소리는 멀리까지 들리고
계향, 정향, 혜향이 온 법계에 배는구나.

산보집 영산작법절차(靈山作法節次)에서 활향게(喝香偈)로 실려 있으며, 이 게송은 고봉용천원인사집현어록(高峰龍泉院因師集賢語錄) 제3권에 일곱 가지 공양을 올리는 가운데 향 공양에 대한 게송에서 인용하였다. 하지만 일부 글자가 다르다. 참고로 고봉용천원인(高峰龍泉院因)이라는 표현에서 고봉(高峰)은 사천성에 있는 고봉산(高峰山)을 말하며, 용천원(龍泉院)은 사원의 이름이다. 인(因)은 덕인(德因)을 말한다. 덕인 스님은 용천원 제11대 주지를 역임하였다.


## 옥부삭성산세용 玉斧削成山勢聳
옥도끼로 깎고 다듬으니 산세처럼 우뚝 솟구치고

옥부(玉斧)는 옥도끼를 말하므로 향을 자르는 도끼마저도 성스럽게 표현한 것이다. 그리고 여기서 향은 목향(木香)을 말하기에 도끼가 등장하는 것이다. 이러한 목향을 다듬어서 수북하게 만들어 놓은 것을 위엄 있게 나타내어 산처럼 높이 솟았다고 표현하였다.

**금로설처서연농 金爐爇處瑞烟濃**
향로 속 타는 곳엔 상서로운 연기가 자욱하네.

금로(金爐)는 금으로 만든 향로를 말하는 것이 아니라 그 어떠한 재질로 만든 향로더라도 부처님 전에 향을 사르기에 금로(金爐)라고 한 것이다. 산보집에는 '금로설처(金爐爇處)'로 되어 있으나 원문에는 '금로설기(金爐爇起)'로 되어 있다. 하여튼 향로에 피어오르는 향연은 상서로우며, 이러한 향기가 주변에 자욱하다고 하였다.


**료천비공실요문 撩天鼻孔悉遙聞**
하늘까지 엉키어서 냄새 맡나니 그 소리는 멀리까지 들리고

료천(撩天)에서 료(撩)는 료(繚)와 통하여서 감기다, 얽히다, 엉키어 어지러워지다, 라는 뜻으로 쓰여서 료천(撩天) 하면 '그 향연이 하늘까지 엉키었다'는 표현이다. 비공(鼻孔)은 단순하게 콧구멍을 말하는 것이 아니라 '이러한 진리를 아는 자는' 이러한 뜻이다. 그러므로 혜안이 열린 자는 멀리서도 부처님 말씀을 다 알아차린다는 뜻이다.


**계정혜향훈법계 戒定慧香熏法界**
계향, 정향, 혜향이 온 법계에 배는구나.

계정혜(戒定慧)는 삼학을 말하며 이를 향으로 대비하면 계향(戒香), 정향(定香), 혜향(慧香)이 되는 것이다. 원문에는 혜(惠)로 되어 있으나, 이는 혜(慧)의 오기로 보인다.

# 옥초산작함인기 沃焦山作陷人機

## 제2 초강 初江 대왕

**沃焦山作陷人機 上下烘窰火四支**
옥초산작함인기 상하홍요화사지

**忍見忍聞經幾刼 外威還似不慈悲**
인견인문경기겁 외위환사불자비

옥초산(沃焦山)은 사람을 빠뜨리는 실마리가 되니
위아래 이글대는 활활 타는 가마에 사지를 태우는구나.
차마 보고 듣지 못할 일이 몇 겁이던가?
바깥에 위엄 있어 도리어 자비하지 못한 듯하네.

산보집 권중(卷中)에서는 중단을 청하여 맞이하는 의식인 중단영청지의(中壇迎請之儀) 가운데 제2(第二) 초강대왕 가영으로 나온다. 작법귀감, 오종범음집, 예수시왕생칠재의찬요(預修十王生七齋儀纂要)에도 이와 같다.

**옥초산작함인기 沃焦山作陷人機**
옥초산(沃焦山)은 사람을 빠뜨리는 실마리가 되니

옥초(沃焦)는 큰 바다 밑에서 물을 증발시키는 돌로 이루어졌다는 산을 말한다. 이를 옥초산(沃焦山) 또는 옥초석(沃焦石)이라고 한다. 옥초는 아비지옥(阿鼻地獄) 위에 있어서 그 열기로 물을 증발시켜 바닷물이 늘어나지 않는다고 한다. 또한 사바세계가 번뇌의 열기로 끊임없이 생사를 윤회하기에 이를 비유하는 말로 쓰고 있다. 그러므로 석가모니를 도옥초(度沃焦)라고도 비유하여 표현하기도 한다. 또한 함(陷)은 빠지다, 함정 등의 뜻이 있고, 기(機)는 여러 가지 뜻이 있지만 여기서는 실마리, 단서(端緖) 등의 표현으로 쓰였다.

**상하홍요화사지 上下烘窰火四支**
위아래 이글대는 활활 타는 가마에 사지를 태우는구나.

홍(烘)은 횃불을 말하고, 요(窰)는 요(窯)와 같은 자로 기와나 오지그릇을 굽는 가마를 뜻한다. 그러므로 불꽃이 이글대는 가마에 사지를 태운다는 표현으로 무시무시한 고통을 표현하고 있다.


**인견인문경기겁 忍見忍聞經幾刼**
차마 보고 듣지 못할 일이 몇 겁이던가?

인견(忍見)은 목불인견(目不忍見)을 말하며 이는 눈으로는 차마 볼 수 없는 처참한 광경을 말한다. 인문(忍聞)은 이불인문(耳不忍聞)의 뜻으로 차마 들을 수 없다는 표현이다. 죄업으로 말미암아 지옥 가기를 몇 번이나 하였는가? 하는 표현이다.


**외위환사불자비 外威還似不慈悲**
바깥에 위엄 있어 도리어 자비하지 못한 듯하네.

중생을 보살핌에 있어서는 자비롭지만, 그 죄업을 받게 할 때는 한 치의 인정도 베풀지 않는다는 뜻이다.

# 옹호성중만허공 擁護聖衆滿虛空

## 신중영 神衆詠

**擁護聖衆滿虛空 都在毫光一道中**
옹호성중만허공 도재호광일도중

**信受佛語常擁護 奉行經典永流通**
신수불어상옹호 봉행경전영류통

허공에 가득한 불법을 옹호하는 성중들은
항상 부처님의 백호 광명 속에 있다네.
부처님 말씀을 믿고 받아 항상 옹호하고
경전을 받들어 실천하여 길이 유통시키게 한다.

이 게송은 작법귀감(作法龜鑑)에서 신중에게 올리는 큰 예식인 신중대례(神衆大禮) 가운데 신중(神衆)의 가영(歌詠)으로 실려 있다. 산보집(刪補集) 용왕단작법(龍王壇作法)에는 옹호성중만허공(擁護聖衆滿虛空)이 아니라 천룡팔부만허공(天龍八部滿虛空)으로 되어 있지만, 그 뜻은 같다고 보아도 된다. 그리고 같은 책 수호영(守護詠)에는 다음과 같은 내용이 있는데 이를 소개하면 다음과 같다.

如來會上無高下 都在毫光一道中
여래회상무고하 도재호광일도중

我運虔誠修等供 奉行經典永流通
아운건성수등공 봉행경전영류통

여래의 회상에는 높고 낮음이 없으니
모두가 백호 광명 한 도(道) 안에 있네.
저도 정성스러운 마음으로 평등한 공양 닦고

경전을 받들어 실천하여 영원히 유통하시네.


## 옹호성중만허공 擁護聖衆滿虛空
## 허공에 가득한 불법을 옹호하는 성중들은

옹호(擁護)는 두둔하고 편들어 지킨다는 뜻이고, 여기서는 불법을 옹호하고 지킨다는 뜻이다. 그리고 성중(聖衆)은 성자의 무리를 말하며 보편적으로는 신중(神衆)이라고 한다. 신중은 신들, 또는 신들의 무리로써 북방불교에서는 정법을 수호하는 호법의 신으로 자리매김을 하였다. 신중은 불교 발생 이전에 고대 인도 신화 속에 등장하며 대중들로부터 경애의 대상이 되었던 신중들은 불교에 귀의하여 호불(護佛), 호법(護法)의 신들로 설정되었다. 화엄경(華嚴經)에 등장하는 화엄신중(華嚴神衆), 그리고 법화경(法華經)의 영산회상(靈山會上)에 나오는 수호 신장들과 반야경(般若經) 등에 나오는 호국선신(護國善神)들이 그러하다. 이외에도 제석천(帝釋天), 인왕(仁王), 사천왕(四天王), 팔부중(八部衆), 십이지신상(十二支神像) 등이 있다. 그러나 신중은 믿음의 대상이 아니라는 것을 알아 두어야 한다.

만허공(滿虛空)은 허공에 가득하다는 의미이다. 신중의 주처(住處)는 허공으로 보고 있으며 더불어 언제나 불법을 수호하기에 불법이 있는 곳에 신중이 있다는 표현이다.


## 도재호광일도중 都在毫光一道中
## 항상 부처님의 백호 광명 속에 있다네.

도재(都在)를 '모두'로 해석하면 안 된다. 여기서 도재는 '항상' 이러한 표현이다. 호광(毫光)은 백호 광명을 말하며 이는 부처님의 두 눈썹 중간에 나 있는 흰털에서 나오는 광명을 말한다. 중생이 이 광명을 보면 무량한 공덕을 얻는다고 하므로 백호광(白毫光)은 곧 부처님의 위신력을 말하므로 신중도 부처님의 위신력을 벗어나지 못하는 것이다. 또한 일도(一道)는 한가지의 도리를 말하므로 여기서 도리(道理)는 곧 백호광을 말한다.


## 신수불어상옹호 信受佛語常擁護
## 부처님 말씀을 믿고 받아 항상 옹호하고

그러므로 신중들은 부처님의 가르침을 믿고 받들어서 항상 옹호하는 무리라고 그 목적을 말하고 있다.


**봉행경전영류통 奉行經典永流通**
**경전을 받들어 실천하여 길이 유통하게 한다.**

신중이 불법을 옹호하는 것은 부처님 법을 널리 유통하여서 영원히 이어지게 하기 위함이다. 그것이 곧 신중의 사명이다.

# 옹호회상성현중 擁護會上聖賢衆

## 신중탄백 神衆歎白

**擁護會上聖賢衆 佛法門中誓願堅**
옹호회상성현중 불법문중서원견

**列立招提千萬歲 自然神用護金仙**
열립초제천만세 자연신용호금선

회상(會上)을 옹호하는 성현 대중이시여
부처님의 법문 속에 그 서원 견고하네.
초제에 나열해 서서 천만 년 지내면서
자연스러운 신통 묘용 부처님을 옹호하네.

작법귀감에서 신중을 찬탄하는 탄백이다. 이외에도 작법귀감에 더 이어지는 문장이
있지만, 이 부분은 생략하고자 한다. 참고로 이와 같은 게송은 범왕제석사천왕(梵王
帝釋四天王), 범왕제석사천축(梵王帝釋四天竺), 범왕제석사천중(梵王帝釋四天衆)에
도 첫 구절만 다르고 나머지 구절은 모두 같은 내용으로 되어 있다.


**옹호회상성현중 擁護會上聖賢衆**
회상(會上)을 옹호하는 성현 대중이시여

회상(會上)이라고 함은 대중이 모인 법회를 말한다.


**불법문중서원견 佛法門中誓願堅**
부처님의 법문 속에 그 서원 견고하네.

문중(門中)은 문내(門內)라는 표현으로 한 가족을 말한다. 그러므로 신중도 불자라는 뜻으로 쓰였다. 신중은 부처님의 가르침으로 인하여 불법을 옹호하고자 하는 굳은 서원을 세웠다는 표현이다.


**열립초제천만세 列立招提千萬歲**
**초제에 나열해 서서 천만 년 지내면서**

초제(招提)는 사원의 또 다른 이름이다. 그러므로 신중들이 사원을 둘러싸며 불법을 옹호하기를 오랫동안 해왔다는 뜻이다.


**자연신용호금선 自然神用護金仙**
**자연스러운 신통 묘용 부처님을 옹호하네.**

금선(金仙)은 부처님을 도교적으로 나타내는 별칭이다. 신중은 자연스러운 신통 묘용을 부려서 부처님을 옹호한다는 내용이다.

# 왕석유무지혜력 往昔由無智慧力

## 참회게 懺悔偈

往昔由無智慧力 所造極惡五無間
왕석유무지혜력 소조극악오무간

誦此普賢大願王 一念速疾皆滅滅
송차보현대원왕 일념속질개멸멸

지난 옛날 지혜가 없음을 말미암아
극악을 지어 오무간(五無間) 지옥에 떨어졌더라도
보현의 대원왕을 염송하면은
한 생각에 모든 죄업 소멸하리라.

산보집 시식단규(施食壇規)에서 참회게로 실려 있다. 이는 화엄경 보현행원품의 내용을 인용하였다. 그러나 마지막 구절의 한자는 잘못 인용되었다.

### 왕석유무지혜력 往昔由無智慧力
지난 옛날 지혜가 없음을 말미암아

왕석(往昔)은 옛적이라는 말이다. 그러므로 제가 옛적에 지혜가 없으므로 말미암아 무명에 갇히어 죄를 지었음이다.

### 소조극악오무간 所造極惡五無間
극악을 지어 오무간(五無間) 지옥에 떨어졌더라도

소조(所造)는 지혜가 없으므로 인하여 극악한 죄를 지어서 오무간 지옥에 떨어졌음이라고 하였다. 여기서 오무간 지옥은 아비지옥(阿鼻地獄)을 달리 이르는 표현이다. 오무간 지옥은 다섯 가지 무간(無間)의 특징을 지니고 있으므로 붙여진 이름이다. 오무간 죄에 대해서는 지장경에 잘 나타나 있다.


**송차보현대원왕 誦此普賢大願王**
**보현의 대원왕을 염송하면은**

보현대원왕은 보현보살을 말함이다. 그러므로 누구라도 보현보살을 염송한다면 이러한 뜻이다.


**일념속질개멸멸 一念速疾皆滅滅**
**한 생각에 모든 죄업 소멸하리라.**

염불하면 어느 순간에 그 죄업이 몰록 소멸하리라는 말씀이다. 천수경에 나오는 백겁적집죄 일념돈탕제(百劫積集罪 一念頓湯除)라고 하여 백 겁 동안이나 쌓인 나의 모든 죄업을 한순간 몰록 소탕해서 제거된다는 취지와 같은 맥락이다. 그리고 산보집에서는 멸멸(滅滅)로 되어 있으나 원문인 화엄경에는 소멸(銷滅)로 되어 있다.

# 왕업간난조일기 王業艱難粗一基

## 인선공정 仁宣恭靖 대왕

王業艱難粗一基 浮雲富貴又何之
왕업간난조일기 부운부귀우하지

好將家法推梨棗 不向山花恨子規
호장가법추리조 불향산화한자규

왕업은 어려워 겨우 1기(基)를 마련했으나
뜬구름 같은 부귀를 또한 어이하리.
가법(家法)을 잘 가져다 배와 대추(梨棗)를 미뤄 주어야
산의 꽃 향해 우는 두견의 한이 없다네.

산보집에서 종실(宗室)에 작법하여 예를 올리는 종실단작법의(宗室壇作法儀) 가운데 인선공정(仁宣恭靖) 대왕에 대한 가영(歌詠)이다. 공정대왕은 조선 제2대 왕인 정종(定宗)은 이방과(李芳果 1357~1419)를 말하며 태조의 둘째 아들이기도 하다. 제1차 왕자의 난이 수습되고 난 뒤 왕위에 올랐으나 실권이 없어 재위 기간은 1398~1400년에 불과했다. 왕위에서 물러난 뒤 정사에는 전혀 참여하지 않다가 1419년 63세의 일기로 생을 마감하였다. 정종은 사후 묘호도 없이 공정왕((恭靖王))으로 불리다가 숙종 7년 1681년에 정종(定宗)이라는 묘호를 받았다. 능은 개풍군 흥교리에 있으며 시호는 정종공정의문장무온인순효대왕(定宗恭靖懿文莊武溫仁順孝大王)이다.


### 왕업간난조일기 王業艱難粗一基
왕업은 어려워 겨우 1기(基)를 마련했으나

태조 6년인 1398년 동생 정안군(靖安君)이 제1차 왕자의 난을 일으키자 이를 수습하

려던 태조는 영안군(永安君)인 방과(芳果)를 1398년 9월 제2대 조선의 국왕으로 등극시켰다. 그러나 1400년에 제2차 왕자의 난이 일어나자 그해 11월에 왕위를 정안공(靖安公) 태종에게 왕위를 물려주었다. 이러한 역사의 전개 과정을 나타낸 것이며 기(基)는 도모한다는 의미로 쓰여서 겨우 1년 넘게 왕위 자리를 도모하였다는 표현으로 쓰였다.


**부운부귀우하지 浮雲富貴又何之**
뜬구름 같은 부귀를 또한 어이하리.

형제간의 골육상쟁인 왕자의 난을 두 번이나 겪으면서 또한 목숨을 부지하고자 왕위의 자리에서 스스로 물러난 것 등을 말한다.


**호장가법추리조 好將家法推梨棗**
가법(家法)을 잘 가져다 배와 대추(梨棗)를 미뤄 주어야

정종은 태조 이성계의 아들로서 원래 성품이 온화하며 용맹하고 지략이 뛰어나고 특히 형제간의 우애가 깊었던 것을 두고 가법을 잘 가져왔다고 표현하였다. 그리고 이조(梨棗)는 배와 대추를 서로 권하고 사양한다는 뜻으로 우정이나 우애가 돈독함을 비유한 말이다.


**불향산화한자규 不向山花恨子規**
산의 꽃 향해 우는 두견(杜鵑)의 한이 없다네.

두견(杜鵑)은 두견새를 말한다. 봄날 꽃이 만발한 산에 두견새가 한(恨) 없이 우는 것과 마찬가지로 비록 재위 기간은 짧지만 거기에 대하여 아무런 미련도 없다는 뜻이다.

# 외외낙락정나나 嵬嵬落落淨裸裸

## 출산게 出山偈

嵬嵬落落淨裸裸 獨步乾坤誰伴我
외외낙락정나나 독보건곤수반아

若也山中遇子期 豈將黃葉下山下
약야산중우자기 기장황엽하산하

높고 높아 우뚝 솟아 감춤 없이 드러나니
천지지간에 따를 자가 없으니 누가 함께하리오.
행여 산중에서 종자기(鍾子期)를 만났더라면
어찌 황엽(黃葉)을 가지고 산에서 내려왔으리오.

산보집 설선작법절차(說禪作法節次)에서는 작법귀감에서도 그러하다. 출산(出山)이라고 하는 것은 부처님께서 정각을 이루시어 법을 널리 전하기 위하여 보드가야에서 나오심을 말하는 것이다.


### 외외낙락정나나 嵬嵬落落淨裸裸
높고 높아 우뚝 솟아 감춤 없이 드러나니

외외(嵬嵬)에서 외외를 갖추어 표현하면 외외(巍巍)다. 외(嵬)는 높은 뫼를 말하므로 외외(巍巍)하면 산이 높고 큰 모양을 말한다. 이는 혼자 선 모양을 나타내어 독립된 모양을 표현해 부처님의 깨달음이 그러하다는 것을 나타낸 것이다. 낙락(落落)은 우뚝 솟은 모양을 말하므로 이는 외외(巍巍)와 같은 문맥이다. 그러므로 사물이 생긴 모양이 고고(孤高)함을 말한다. 부처님의 깨달음이 천상천하에 누구하고도 비교할 수 없는 독보적인 경지라는 것을 찬탄하고 있다. 이어서 나(裸)는 적나라(赤裸裸)를 줄여서 표현한 것으로 이는 발가벗은 상태를 말하므로 있는 그대로를 드러낸다는 것으로 본디 그대로를 드러내었다는 뜻이다.


### 독보건곤수반아 獨步乾坤誰伴我
### 천지지간에 따를 자가 없으니 누가 함께하리오.

독보(獨步)는 홀로 걷는다는 뜻이 아니라 아무도 이를 따를 수 있는 자가 없다는 독보적(獨步的)이라는 표현이다. 건곤(乾坤)은 하늘과 땅을 말하므로 천상천하(天上天下)를 나타내며 반아(伴我)는 반아동행(伴我同行)을 나타내고 있다. 그러므로 반아(伴我)는 나와 더불어 라는 표현이다.


### 약야산중우자기 若也山中遇子期
### 행여 산중에서 종자기(鍾子期)를 만났더라면

자기(子期)는 열자(列子) 탕문편에 나오는 백아(伯牙)와 종자기(鍾子期)에 관한 내용을 인용하였다. 이를 줄여서 살펴보면 백아는 거문고를 잘 탔다. 백아가 흘러가는 장강을 연상하면서 거문고를 타거나 소나기를 내리는 것을 연상하면 틀림없이 종자기는 이를 알아맞혔다. 이처럼 곡을 연주할 때마다 그 곡을 알아주던 종자기가 죽자 백아는 거문고를 내던지고 한 번도 타지 않았다고 한다. 까닭에 부처님께서 보드가야에서 저잣거리로 나오실 때 깨달음의 본지를 알아차리는 이가 있었다면 숱한 방편과 비유는 물론 팔만대장경까지도 없었을 것이라는 뜻이다.


### 기장황엽하산하 豈將黃葉下山下
### 어찌 황엽(黃葉)을 가지고 산을 내려왔으리오.

황엽은 누런 잎을 말하므로 옛날의 책이 모두 황지(黃紙)였기에 이를 나타낸 것이다. 궁극적으로는 방편으로 설정된 경(經)을 말하는 것이다.

# 외외일좌대수미 嵬嵬一坐大須彌

## 보조국사영 普照國師詠

**嵬嵬一坐大須彌 無限風波不暫歇**
외외일좌대수미 무한풍파불잠의

**放普光明淸淨日 照先東土破昏迷**
방보광명청정일 조선동토파혼미

드높은 자리는 큰 수미산과 같아서
끝없는 풍파 잠시도 쉬지 않음에도 불구하고
널리 광명 놓으시는 청정한 혜일(慧日)이여
먼저 동녘 땅을 비추어 어둠을 깨뜨리셨네.

산보집에서 선문의 조사에게 예참을 올리는 선문조사예참(禪門祖師禮懺) 가운데 우리나라의 불일보조 국사(佛日普照國師)에 대한 가영으로 실려 있다. 보조국사는 지눌(知訥 1158~1210) 스님으로 고려 시대의 스님이다. 자호는 목우자(牧牛子)이며, 시호는 불일보조(佛日普照) 국사다. 스님은 지금의 황해도 서흥군에서 출생하였으며 8세 때 출가하였다. 전남 담양 청원사(淸願寺)에서 육조단경을 보다가 대오각성하였다. 1188년에는 팔공산 거조암에서 거처를 옮겨 정혜결사(定慧結社)를 조직하고, 1190년 권수정혜결사문(勸修定慧結社文)을 반포하였다. 1200년에는 순천 송광산 길상사(吉祥寺)에 주석하면서 많은 납자들을 제도하다 1210년 법좌에 올라 법을 설하다가 주장자(拄杖子)를 잡은 채 입적하였다. 저서로는 권수정혜결사문(勸修定慧結社文), 원돈성불론(圓頓成佛論), 간화결의론(看話決疑論), 진심직설(眞心直說), 계초심학입문(誡初心學入門), 법집별행록절요병입사기(法集別行錄節要並入私記), 화엄론절요(華嚴論節要), 염불요문(念佛要門), 수심결(修心訣), 육조혜능대사법보단경발(六祖慧能大師法寶壇經跋) 등이 있다.

**외외일좌대수미 兀兀一坐大須彌**
**드높은 자리는 큰 수미산과 같아서**

외외(兀兀)에 대한 설명은 외외낙락정나나(兀兀落落淨裸裸) 편을 참고하길 바란다. 일좌(一坐)는 자리에 앉았다고 하는 표현으로 이는 앞의 외외라는 표현을 이어받아 드높은 도의 자리를 말한다. 이러한 스님의 도력을 큰 수미산에 비교하였다.


**무한풍파불잠의 無限風波不暫歆**
**끝없는 풍파 잠시도 쉬지 않음에도 불구하고**

풍파(風波)는 세찬 바람과 험한 물결을 말하기에 수행하면서 닥쳐오는 갖가지 마장을 말한다. 의(歆)는 감탄하여 기리는 표현이다. 까닭에 분분초초로 달려오는 마장에도 불구하고 도업을 이루시었다는 찬탄이다.


**방보광명청정일 放普光明淸淨日**
**널리 광명 놓으시는 청정한 혜일(慧日)이여**

방보광명(放普光明)은 곧 불일보조(佛日普照)를 말하며 이러한 지눌의 법은 청정하심이니 혜일(慧日)이 되는 것이다.


**조선동토파혼미 照先東土破昏迷**
**먼저 동녘 땅을 비추어 어둠을 깨뜨리셨네.**

동토는 우리나라를 말하고 어둠을 깨트렸다고 하는 것은 미망에서 벗어났음을 말한다.

# 용의청평재득현 用議淸平在得賢

## 제6 변성 變成 대왕

用議淸平在得賢 共評公道奏王前
용의청평재득현 공평공도주왕전

寧將勝氣凌孤弱 哀念貧兒一紙錢
영장승기능고약 애념빈아일지전

용의가 맑으면 태평한 세상이 되어 어진 신하 얻는다.
공평하고 떳떳한 도를 변성왕에게 주청하네.
오히려 이길 수 있다 하여 외롭고 약한 이 능멸하리.
가난한 아이의 한 지전(紙錢)을 불쌍히 생각하네.

산보집에서 중단을 청하여 맞이하는 의식인 중단영청지의(中壇迎請之儀) 가운데 시왕(十王) 중 여섯 번째인 변성대왕(變成大王)에 대한 가영으로 실려 있다. 예수시왕생칠재의찬요(預修十王生七齋儀纂要)에서도 이와 같다.

용의청평재득현 用議淸平在得賢
용의가 맑으면 태평한 세상이 되어 어진 신하 얻는다.

의(議)는 평의(評議)를 말하며 이는 여러 가지 뜻이 있지만 심의(審議)하는 것을 여기서는 용의(用議)라고 하였다. 청평(淸平)은 세상이 태평한 것을 말한다. 그러므로 그 다스림에 있어서 공평하게 해야 어진 신하를 얻을 수 있다고 하였다.

공평공도주왕전 共評公道奏王前
공평하고 떳떳한 도를 변성왕에게 주청하네.

공평(公評)은 공정하게 비판하는 것을 말하며 공도(公道)는 공평하고 떳떳한 도리를 말한다. 까닭에 어진 신하들이 변성대왕 전에 주청(奏請)한다는 표현이다.


## 영장승기능고약 寧將勝氣凌孤弱
**오히려 이길 수 있다 하여 외롭고 약한 이 능멸하리.**

영장(寧將)은 오히려 편안하다고 이러한 표현이다. 승기(勝氣)는 남에게 지지 않고 이기려고 하는 꿋꿋한 기개(氣槪)를 말한다. 고약(孤弱)은 돌보아주는 사람이 없어 외롭고 힘이 약한 것을 말하므로 변성왕은 이러한 사람들이라고 하여 절대로 업신여기지 않는다는 뜻이다.


## 애념빈아일지전 哀念貧兒一紙錢
**가난한 아이의 한 지전(紙錢)을 불쌍히 생각하네.**

애념(哀念)은 슬프게 생각한다, 불쌍하게 생각한다. 빈아(貧兒)는 가난한 아이라는 뜻이지만 중생을 이렇게 나타내었다. 지전(紙錢)은 음전(陰錢)을 말하며 이는 종이로 만든 돈이다. 시식이나 우란분회 때 불사가 끝나면 이를 불살라서 귀신에게 이바지한다. 이를 우리나라에서는 금은전(金銀錢)이라 하며 이것에 대하여 점안하는 것을 명전점안이라 하고, 옮기는 의식을 금은전이운(金銀錢移運)이라고 한다.

# 우화동지방신광 雨華動地放神光

## 제7 가리가 迦理迦 존자

雨華動地放神光 大騁靈通遍十方
우화동지방신광 대빙령통변시방

出定乘龍離海嶠 歸山跨虎入松房
출정승룡이해교 귀산과호입송방

꽃비 내리고, 대지는 진동하고, 신광(神光)을 발하고
크게 돌아다님은 영통하여 시방에 가득하네.
선정에서 나와 용을 타고 해교(海嶠)를 떠나고
산으로 돌아올 땐 호랑이 타고 송방에 들어가네.

작법귀감에서 나한에게 올리는 예법인 나한대례(羅漢大禮) 가운데 승가다주(僧伽茶
洲)에 계시는 제7 가리가(迦理迦) 존자에 대한 가영이다. 가리가 존자의 가영에 대해
서는 이미 신통광대변사바(神通廣大遍娑婆)에 나온 적이 있으니 가리가 존자에 대한
이력은 거기서 찾아보면 된다. 참고로 승가다주(僧伽茶洲)는 승가도주(僧伽茶洲)라
고도 한다. 그리고 이곳은 오늘날 스리랑카를 가리킨다고 SNS에 떠돌고 있지만 그러
한 기록은 그 어디에도 없다.


### 우화동지방신광 雨華動地放神光
꽃비 내리고, 대지는 진동하고, 신광(神光)을 발하고

이 구절은 마치 법화경 서품을 연상케 한다. 왜냐하면 법화경 서품에 보면 부처님의
여러 가지 서상(瑞祥) 가운데 우화(雨華)는 우화서(雨華瑞), 동지(動地)는 지동서(地
動瑞), 방신광(放神光)은 방광서(放光瑞)를 말하기 때문이다. 그러므로 법화경 서품
을 이끌어서 게송으로 삼은 것으로 보인다.

### 대빙령통변시방 大騁靈通遍十方
크게 돌아다님은 영통하여 시방에 가득하네.

빙(騁)은 내키는 대로 한다는 뜻이며, 여기에다 대(大)를 더하여 운신의 폭이 넓음을 말하기에 거리낌이 없는 것을 나타낸다. 그러므로 가리가 존자는 그 영통함이 시방에 두루 미친다는 표현이다.


### 출정승룡이해교 出定乘龍離海嶠
선정에서 나와 용을 타고 해교(海嶠)를 떠나고

출정(出定)은 선정을 마치고 나오는 것을 말하며 승룡(乘龍)은 용을 타고 다는 것을 말한다. 해교(海嶠)는 바닷가의 험준한 산을 말한다. 그러나 이 게송은 신비감을 더할지는 몰라도 무엇을 뜻하는지는 그 체(體)가 없는 문장이다.


### 귀산과호입송방 歸山跨虎入松房
산으로 돌아올 땐 호랑이 타고 송방에 들어가네.

위에서는 용을 타고 나갔다가 돌아올 때는 호랑이를 타고 돌아온다고 하였다. 신통을 부림에 자유자재하다는 것을 말하고 있으며 송방(松房)은 소박한 작은 거처를 말한다.

# 원단음노치 願斷婬怒癡

## 가피게 加被偈

願斷婬怒癡 常逢佛法僧
원단음노치 상봉불법승

勤修戒定慧 獲蒙摩頂記
근수계정혜 획몽마정기

바라건대 음욕과 성냄과 어리석음을 끊고
항상 부처님과 가르침과 승가를 만나
계와 정과 혜를 부지런히 닦아서
이마를 어루만져 주시는 수기 받기를 원하옵니다.

작법귀감에서 비구에게 열 가지 계율을 주는 의식인 비구십계(比丘十戒)에 나오는
게송이다. 부처님께 은밀하게 가피를 입게 해달라는 내용이다.


### 원단음노치 願斷婬怒癡
### 바라건대 음욕과 성냄과 어리석음을 끊고

음노치(婬怒癡)에서 음(婬)은 음욕을 말하고, 노(怒)는 성냄을 말하며, 치(癡)는 어리
석음을 말한다. 이는 넓은 의미에서 탐진치 삼독과 같은 개념이다.


### 상봉불법승 常逢佛法僧
### 항상 부처님과 가르침과 승가를 만나

불법승(佛法僧) 삼보를 항상 만나기를 염원하고 있다.

**근수계정혜 勤修戒定慧**
**계와 정과 혜를 부지런히 닦아서**

계정혜(戒定慧)는 삼학(三學)을 말한다. 그러므로 삼학을 열심히 수행하여 성불하기를 기원함이다.


**획몽마정기 獲蒙摩頂記**
**이마를 어루만져 주시는 수기 받기를 원하옵니다.**

마정기(摩頂記)는 마정수기(摩頂授記)를 말한다. 그러므로 십선계를 받고자 하는 것은 마정수기는 곧 성불하기를 원한다는 내용하고 일맥상통한다.

# 원만수다라교해 圓滿修多羅敎海

圓滿修多羅敎海 大悲菩薩聖賢僧
원만수다라교해 대비보살성현승

我今祝壽爲主上 惟願三寶垂加護
아금축수위주상 유원삼보수가호

원만한 수다라의 말씀의 바다처럼 끝없으며
대비하신 보살과 현성승(賢聖僧)이시여,
제가 지금 주상 전하를 위하여 축수하오니
오직 바라건대 삼보님이시여, 가피를 내려 보호하소서.

계수시방화장해(稽首十方華藏海) 편의 설명을 참고하시오.

# 원승삼보력가지 願承三寶力加持

## 지옥게 地獄偈

**願承三寶力加持 地獄變成蓮花池**
원승삼보력가지 지옥변성연화지

**居人欲識圓通境 返聞聞性始應知**
거인욕식원통경 반문문성시응지

바라건대 삼보의 힘으로 가지함을 받들어
지옥이 변하여 연화지(蓮花池)가 되게 하옵소서.
사람들이 원만하게 통한 경계 알고자 한다면
듣는 성품 돌이켜 들어야 비로소 알게 되리라.

산보집에서 총림의 사명일(四明日)에 혼령을 맞아 시식하는 절차인 총림사명일영혼
시식절차(叢林四明日迎魂施食節次)에 실린 지옥게(地獄偈)다.

**원승삼보력가지 願承三寶力加持**
바라건대 삼보의 힘으로 가지함을 받들어

력가지(力加持)는 옹호, 가피, 가호(加護)와 상통하는 표현이다. 그러므로 삼보의 가
지력(加持力)에 감사함을 표하고 있다.

**지옥변성연화지 地獄變成蓮花池**
지옥이 변하여 연화지(蓮花池)가 되게 하옵소서.

연화지(蓮花池)는 극락세계를 말함이다. 지옥이 변하여 극락이 되었다고 함은 깨우

치고 보니 그러하더라는 뜻이다.


## 거인욕식원통경 居人欲識圓通境
## 사람들이 원만하게 통한 경계 알고자 한다면

거인(居人)에서 거(居)는 사바세계를 말하는 것으로 거인하면 중생을 나타내는 또 다른 표현이다. 까닭에 누구라도 이러한 경계를 원만하게 알고자 한다면 이러한 표현이다.


## 반문문성시응지 返聞聞性始應知
## 듣는 성품 돌이켜 들어야 비로소 알게 되리라.

반문문성(返聞聞性)은 듣는 자기의 성품을 돌이켜 보라는 뜻이다. 부처는 나의 마음을 떠나서는 존재하지 않음이니 부질없이 밖으로 구하지 말아야 한다. 목우자(牧牛子)의 수심결(修心訣)에 보면 그대는 저 까마귀 우는 소리와 까치가 지저귀는 소리를 듣는가? 예 듣습니다. 그대는 돌이켜서 그대가 듣고 있다는 성품을 들어 보아라. 거기에도 많은 소리가 있는가? 거기에는 모든 소리와 모든 분별도 없습니다. 기특하고 기특하구나. 이것이 바로 관음보살이 진리에 들어간 문이라고 하였다. 汝還聞鴉鳴鵲噪之聲麼。日聞。日汝返聞汝聞性還有許多聲麼。日到這裏一切聲一切分別俱不可得。日奇哉奇哉。此是觀音入理之門。

이러한 도리를 알게 되면 비로소 지옥이 몰록 극락으로 변하는 것을 알 수 있으리라는 가르침이다.

# 원시방불위신력 願十方佛威神力

먼저 이 게송은 산보집 재후작법절차(齋後作法節次) 사자단(使者壇)-오로단(五路壇)-지영청소(至迎請所)-지하단(至下壇)-상단권공(上壇勸供)-중단권공(中壇勸供)을 마치면 시식(施食)을 하게 되는데 여기에 나오는 가지게(加持偈)이므로 올리는 공양물에 따라 첫 구절을 빼고는 그 내용을 달리한다. 그러므로 조금 복잡한 면이 있어 설명은 생략하고 게송의 내용만 소개하고자 한다.


종두(鐘頭)는 향로를 들고 단(壇) 위에 올린다.

願十方佛威神力 加持爐中殊勝香
원시방불위신력 가지로중수승향

令此香雲遍法界 普熏衆生皆解脫
령차향운변법계 보훈중생개해탈

원하나니 시방의 모든 부처님의 위신력으로
향로의 빼어난 향을 가지하시어
이 향 구름이 법계에 두루하여서
널리 중생들이 훈습하여 모두 해탈케 하소서.


종두(鐘頭)는 등촉을 들고 단 위에 올린다.

願十方佛威神力 加持壇中淸淨燈
원시방불위신력 가지단중청정등

令此燈光遍法界 普照幽途皆晃朗
령차등광변법계 보조유도개황랑

원하나니 시방의 모든 부처님의 위신력으로
단(壇) 가운데 청정한 등(燈)을 가지하시어
이 등 빛이 법계에 두루하여서
널리 어두운 길을 두루 비추어 환해지게 하시옵소서.


종두(鐘頭)는 물그릇을 들고 단 위에 올린다.


願十方佛威神力 加持鉢中甘露水
원시방불위신력 가지발중감로수


令此甘露遍法界 普灑衆生除熱惱
령차감로변법계 보쇄중생제열뇌


원하나니 시방의 모든 부처님의 위신력으로
발우에 담긴 감로수를 가지하시어
이 감로수가 법계에 두루하여서
널리 중생들에게 뿌려져서 번뇌를 없애 주옵소서.


종두(鐘頭)는 밥그릇을 들고 단 위에 올린다.


願十方佛威神力 加持斛中無礙食
원시방불위신력 가지곡중무애식


令此淨食遍法界 普饋衆生皆飽滿
령차정식편법계 보궤중생개포만


원하나니 시방의 모든 부처님의 위신력으로
가지하여 곡(斛) 가운데 걸림이 없는 밥이 되게 하소서.
이 정갈한 밥이 법계에 두루하여서
널리 중생들을 먹여서 모두 배부르게 하소서.


종두(鐘頭)는 금강경을 들고 단 위에 올린다.

願十方佛威神力 加持救苦大明經
원시방불위신력 가지구고대명경

令此經聲遍法界 普使聞者皆解脫
령차경성변법계 보사문자개해탈

원하나니 시방의 모든 부처님의 위신력으로
고통에서 구제하는 대명경(大明經)에 가지하시어
이 경 읽는 소리가 법계에 두루하여
널리 들은 자는 모두 해탈케 하시옵소서.

# 원아소주수 願我所呪水

## 감로게 甘露偈

**願我所呪水 普變作甘露**
원아소주수 보변작감로

**一滴之所霑 衆生皆離苦**
일적지소점 중생개리고

저는 바라옵니다. 주문으로 가지한 물이
두루 변하여 감로의 물로 변화하여서
한 방울의 물이라도 적시게 되면
중생들의 고통을 모두 여의게 하소서.

산보집 시식단 법규(法規)인 시식단규(施食壇規)에서 감로게(甘露偈)다.

**원아소주수 願我所呪水**
저는 바라옵니다. 주문으로 가지한 물이

여기서 주(呪)는 감로다라니주(甘露陀羅尼呪)를 말한다. 참고로 재(齋)의례에서 감로
수 진언은 '나무 소로바야 다타아다야 다냐타 옴 소로소로 바라소로 사바하'이다.

**보변작감로 普變作甘露**
두루 변하여 감로의 물로 변화하여서

가지한 물이 변하여 감로수가 되어주기를 원함이다.

**일적지소점 一滴之所霑**
**한 방울의 물이라도 적시게 되면**

한 방울의 물은 곧 감로수 한 방울을 말한다.


**중생개리고 衆生皆離苦**
**중생들의 고통을 모두 여의게 하소서.**

감로수를 마시는 자는 모두 해탈케 하도록 염원하고 있다.

# 원이차공덕 願以此功德

## 회향게 回向偈

願以此功德 普及於一切
원이차공덕 보급어일체

我等與衆生 皆共成佛道
아등여중생 개공성불도

바라건대 이와 같은 공덕이
널리 일체 세계 두루 미쳐서
나와 더불어 모든 중생이
모두 함께 불도를 이루게 하옵소서.

산보집 등 모든 의례 가운데 대체로 마무리를 하는 절차에서 회향게로 풍송(諷誦)되는 게송이다. 여기서 '회향게'라고 하는 것은 자신이 지은 공덕을 모든 중생에게 되돌리는 게송으로 널리 알려진 게송이다. 이 게송의 출처는 법화경 제7 화성유품 가운데 범천왕이 부처님 앞에서 한결같은 마음을 게송으로 찬탄하는 부분에서 인용하였다.

**원이차공덕 願以此功德**
바라건대 이와 같은 공덕이

이차(以此)는 앞에서 이루어진 행위를 말함이다.

**보급어일체 普及於一切**
널리 일체 세계 두루 미쳐서

자신이 지은 바 공덕이 널리 회향 되기를 바라는 원이다.


**아등여중생 我等與衆生**
**나와 더불어 모든 중생이**

나와 남을 모두 생각하는 사상을 북방불교에서는 대승(大乘)이라고 한다.


**개공성불도 皆共成佛道**
**모두 함께 불도를 이루게 하옵소서.**

자타일시성불도(自他一時成佛道)를 염원하고 있음이다.

# 원정방포계불등 圓頂方袍繼佛燈

## 승보영 僧寶咏

**圓頂方袍繼佛燈 傳依説法利羣生**
원정방포계불등 전의설법리군생

**歸依不得生分別 休擇凡僧揀聖僧**
귀의부득생분별 휴택범승간성승

삭발하고 가사를 수하여 부처님의 교법을 이어나가니
의발을 전하고 법을 설하여 중생을 이롭게 하네.
귀의하되 분별하는 마음을 일으키지 아니하며
범승(凡僧)과 성승(聖僧)을 분별하는 일하지 않네.

산보집에서 영산재를 마치고 난 후에 이어지는 작법절차인 재후작법절차(齋後作法節次)에 실려 있는 승보(僧寶)에 대한 가영이다. 작법귀감에서는 나한에게 올리는 간략한 예법인 나한약례(羅漢略禮)에 실려 있다.

### 원정방포계불등 圓頂方袍繼佛燈
삭발하고 가사를 수하여 부처님의 교법을 이어나가니

선림소어고증(禪林疏語考證)에 보면 원정방포(圓頂方袍)라는 표현이 있다. 여기서 사문은 삭발하기에 원정(圓頂)이라 하고, 세 가지 가사가 모두 네모졌으므로 방포(方袍)라고 한다. 그러므로 원정방포는 사문을 나타내는 표현이다. 불등(佛燈)에서 등(燈)은 부처님의 교법으로 인하여 미망의 어둠을 등불로 물리칠 수 있기에 등(燈)이라는 표현을 사용하여 불등이라고 하였다. 이는 부처님의 교법을 말한다. 고로 계(繼)가 있으므로 사문은 부처님의 가르침을 이어나가야 하는 의무가 있다.

**전의설법리군생 傳依說法利羣生**
의발을 전하고 법을 설하여 중생을 이롭게 하네.

전의(傳衣)는 의발(衣鉢)을 전한다는 표현으로 곧 법을 전하는 것을 말하며 이는 다분히 선종(禪宗)적인 표현이다. 법을 이어받아 중생에게 법을 설하는 것은 중생을 이롭게 하기 위함이다.


**귀의부득생분별 歸依不得生分別**
귀의하되 분별하는 마음을 일으키지 아니하며

삼보에 귀의하되 자기의 깜냥대로 분별을 일으키면 곧 마장이 뒤따르기 마련이다. 그러므로 수행은 부동심(不動心)이 필요하다. 꾸준히 쉬지 않고 정진하다 보면 때가 되어 이루어지는 법이다.


**휴택범승간성승 休擇凡僧揀聖僧**
범승(凡僧)과 성승(聖僧)을 분별하는 일하지 않네.

택(擇)은 간택(揀擇)을 말하므로 이는 분간하여 선택하는 것을 말한다. 그러나 부정적 의미로 휴(休)가 있으므로 분간하지 않음을 나타낸다. 범승(凡僧)과 성승(聖僧)을 들먹거리며 말하는 것은 곧 삼보를 비방함이니 이는 바라이죄(波羅夷罪)에 해당한다.

# 원제불이신통력 願諸佛以神通力

## 화재게 化財偈

**願諸佛以神通力 加持冥財遍法界**
원제불이신통력 가지명재변법계

**願此一財化多財 普施冥府用無盡**
원차일재화다재 보시명부용무진

원하오니 모든 부처님의 신통력으로
가지(加持)하여 명부에 보낼 재물을 법계에 두루하게 하소서.
부디 이 적은 재물이 많은 재물로 변화하여서
널리 명부에 보시하여 사용함에 다함 없게 하소서.

산보집 권중(卷中)에서 여러 지위에 세 번 절을 하고 전송하고자 할 때 나열해 서는
규칙인 제위삼배송열립규(諸位三拜送列立規) 가운데 여러 지위의 신을 적은 번(幡)
을 불사르며 전송하는 예를 올리는 제위소송지례(諸位燒送之禮)에 나오는 화재게(化
財偈)다.

**원제불이신통력 願諸佛以神通力**
원하오니 모든 부처님의 신통력으로

재자(齋者)가 모든 부처님의 가피력을 바라는 마음을 나타내고 있다.

**가지명재변법계 加持冥財遍法界**
가지(加持)하여 명부에 보낼 재물을 법계에 두루하게 하소서.

명부 세계에 보낼 재물이 부처님의 신력(神力)으로 법계에 차고 넘치기를 원하고 있다.


**원차일재화다재 願此一財化多財**
**부디 이 적은 재물이 많은 재물로 변화하여서**

일재(一財)는 하나의 재물을 말하므로 곧 적은 재물이라고 하여 재자(齋者)가 올린 공양물에 대하여 스스로 겸손함을 나타내고 있다. 비록 적은 재물이라도 부처님의 위신력으로 헤아릴 수 없는 재물(財物)이 될 것을 믿어 의심치 않고 있다.


**보시명부용무진 普施冥府用無盡**
**널리 명부에 보시하여 사용함에 다함 없게 하소서.**

시(施)는 베풂을 말하므로 이를 보시라고 한다. 까닭에 명부 세계에 널리 보시하나니 그 쓰임이 다함이 없게 해달라는 간청이다.

# 원차가지식 願此加持食

## 시식게 施食偈

**願此加持食 普遍滿十方**
원차가지식 보변만시방

**食者除飢渴 得生安養國**
식자제기갈 득생안양국

원하오니 이 가지가 된 음식이
널리 시방세계에 두루 퍼져서
먹는 이마다 기갈을 면하여서
안양국에 태어나소서.

산보집에서 영가에게 시식하는 의식인 시식의(施食儀)에 수록되어 있다. 이 게송은 우리나라 재의식 가운데 시식을 베푸는 의례에 보편적으로 실려 있는 내용이다. 연공취자법수법의궤(煙供聚資法修法儀軌)에도 실려 있지만, 여기에서 몇 글자를 달리하여 인용하였는지는 불확실하다.

**원차가지식 願此加持食**
원하오니 이 가지가 된 음식이

원하옵나니 부처님의 위신력으로 가지한 이 공양이 이러한 표현이다. 수법의궤(修法儀軌)에서는 식(食)이 아니고 물(物)로 되어 있다.

**보변만시방 普遍滿十方**
널리 시방세계에 두루 퍼져서

878

보변(普遍)은 널리 두루두루 미치기를 바라는 표현이다. 또한 이러함을 더 강조하기 위하여 시방세계에 가득하기를 바라고 있다.

## 식자제기갈 食者除飢渴
### 먹는 이마다 기갈을 면하여서

여기서 먹거리를 뜻하는 식(食)이 무엇인지를 명확하게 알아 두어야 한다. 식(食)은 밥을 비롯하여 음식물 따위를 말하는 것이 아니라 법식(法食)을 말한다. 그러므로 법식을 알아차린 이는 진리의 굶주림에서 벗어날 수가 있다는 뜻이다. 또한 수법의궤 (修法儀軌)에서는 기(飢)가 아닌 기(機)로 되어 있다.

## 득생안양국 得生安養國
### 안양국에 태어나소서.

안양(安養)은 안양정토(安養淨土)를 줄인 표현이며, 국(國)은 그 어떠한 나라라는 표현보다는 세계를 나타내어 안양의 세계에 태어나기를 기원하고 있다. 참고로 수법의궤(修法儀軌)에서는 득생안락극락국(得生安樂極樂國)으로 되어 있다.

# 원차가호력 願借加護力

## 삼보탄백 三寶歎白

**願借加護力 頓斷婬怒癡 常逢佛法僧 勤修戒定慧**
원차가호력 돈단음노치 상봉불법승 근수계정혜

바라건대 가호의 힘 빌어 음욕, 성냄, 탐냄을 완전히 끊고,
항상 불 · 법 · 승을 만나서 계, 정, 혜를 부지런히 닦으며,

**惺惺更不昧 不退菩提心 當生極樂國 親見無量壽 獲蒙摩頂記**
성성갱불매 불퇴보리심 당생극락국 친견무량수 획몽마정기

또렷이 깨어 다시는 어두워지지 말고 보리의 마음에서 물러나지 말며
미래에는 극락세계에 태어나 친히 무량수 부처님을 뵈옵고
이마를 어루만지는 수기를 받으소서.

작법귀감에서 삼보에 널리 예를 올리는 보례삼보(普禮三寶) 탄백 이후에 나오는 게송이다.


원차가호력 돈단음노치
**願借加護力 頓斷婬怒癡**
바라건대 가호의 힘 빌어 음욕, 성냄, 탐냄을 완전히 끊고,

상봉불법승 근수계정혜
**常逢佛法僧 勤修戒定慧**
항상 불 · 법 · 승을 만나서 계, 정, 혜를 부지런히 닦으며,

차(借)는 '빌리다'를 뜻하고 있으므로 부처님께서 가호(加護)하는 힘을 원하고 있다.

돈단(頓斷)은 머뭇거림 없이 단박에 끊는 것을 말하므로 여기서는 음욕과 성냄과 어리석음을 단박에 끊는다는 맹세다. 상봉(常逢)은 항상 만나는 것을 말하고 곧 귀의심을 나타낸 것으로 귀의불법승(歸依佛法僧)와 상통하는 표현이다. 계정혜(戒定慧)는 삼학(三學)을 말하며 이를 갖추어 말하면 계학(戒學), 정학(定學), 혜학(慧學)이라고 한다.


성성갱불매 불퇴보리심
惺惺更不昧 不退菩提心
또렷이 깨어 다시는 어두워지지 말고 보리의 마음에서 물러나지 말며

당생극락국 친견무량수 획몽마정기
當生極樂國 親見無量壽 獲蒙摩頂記
미래에는 극락세계에 태어나 친히 무량수 부처님을 뵈옵고
이마를 어루만지는 수기를 받으소서.

성성(惺惺)은 정신이 또렷한 것을 말한다. 그러므로 불매(不昧)할 수 있는 바탕이 되기에 이로써 영지불매(靈知不昧)가 되는 것이다. 보리심(菩提心)에서 물러나지 않는다고 함은 곧 법열(法悅)을 느꼈기 때문이다. 깨달으며 기쁘고 환희로워서 물러서는 법이 없다. 당생(當生)은 미래에 생기게 하는 것을 말한다. 그러므로 미래세는 극락국(極樂國)에 태어나기를 발원하고 있다. 친견(親見)은 몸소 뵙는다는 표현이며, 무량수(無量壽)는 아미타불을 달리 부르는 표현이다. 마정기(摩頂記)는 마정수기(摩頂授記)를 말하며, 이는 부처님이 손으로 이마를 만져 주면서 기별을 주는 것을 말한다. 이러한 공덕으로 말미암아 성불을 성취할 것이라고 예언해 주고 있다.

# 원차령성투현관 願此鈴聲透玄關

## 봉청게 奉請偈

願此鈴聲透玄關 地藏大聖遙聽聞
원차령성투현관 지장대성요청문

陰府諸王共聞知 今日今時來赴會
음부제왕공문지 금일금시래부회

바라나니 이 요령 소리 깊은 관문 뚫어서
지장대성은 멀리서나마 이 소리를 들으소서.
음부의 여러 왕은 다 함께 들어 아시고
오늘 이 시간에 이 법회에 오시옵소서.

작법귀감 하편에서 명부의 자리에 있는 신을 불러 청하는 소청명부위(召請冥府位)에
나오는 게송이다.


원차령성투현관 願此鈴聲透玄關
바라나니 이 요령 소리 깊은 관문 뚫어서

원하나니 이 요령(搖鈴) 소리가 명부 세계의 관문을 뚫고 나가기를 염원하는 내용이
다.


지장대성요청문 地藏大聖遙聽聞
지장대성은 멀리서나마 이 소리를 들으소서.

지장대성(地藏大聖)은 지장보살을 대성(大聖)에 비유하여 표현한 것이다. 그리고 요

령 소리가 지장보살이 꼭 듣기를 다시 한번 바라고 있다.


## 음부제왕공문지 陰府諸王共聞知
**음부의 여러 왕은 다 함께 들어 아시고**

음부(陰府)는 명부(冥府)를 말하며 이는 사람이 죽어서 간다는 저승세계를 말한다. 제왕(諸王)은 여러 임금을 말하므로 곧 시왕을 말한다. 이어서 공문지(共聞知)라고 하였으므로 이는 시왕에 딸린 권속들도 모두 듣기를 바라고 있다.


## 금일금시래부회 今日今時來赴會
**오늘 이 시간에 이 법회에 오시옵소서.**

오늘 열리는 재(齋)에 함께 하여주시기를 청함이다.

# 원차청정묘향찬 願此淸淨妙香饌

## 운심게 運心偈

願此淸淨妙香饌 普供天台諸聖衆
원차청정묘향찬 보공천태제성중

慈悲受供增善根 令法住世報佛恩
자비수공증선근 령법주세보불은

바라건대 이 청정하고 미묘하며 향기로운 음식을
천태산 여러 성중에게 널리 공양하오니
자비로 이 공양을 받으시어 선근이 늘어나게 하시고
법이 세상에 머물게 하여 부처님 은혜 갚게 하여지이다.

작법귀감에서 독성을 청하는 의식인 독성청(獨聖請)과 보현왕여래를 청하는 의식인
성왕청(聖王請), 그리고 칠성을 청하는 의식인 칠성청(七星請) 등에 나오는 운심게
(運心偈)다.

### 원차청정묘향찬 願此淸淨妙香饌
바라건대 이 청정하고 미묘하며 향기로운 음식을

재자(齋者)들이 경건한 정성으로 올린 공양물에 대한 표현이다.

### 보공천태제성중 普供天台諸聖衆
천태산 여러 성중에게 널리 공양하오니

천태(天台)는 천태산(天台山)을 말하며 이 산은 중국 절강성(浙江省)에 있는 산으로

중국불교에서는 이 산에서 독성(獨聖)이 출현하였다고 여기며, 독성을 달리 표현하여 나반존자(那畔尊者)라 하기도 한다. 또한 이 부분은 성왕청에서는 보공보현제성왕(普供普賢諸聖王)이라 한다. 다만 칠성청에서는 다른 면이 있기에 이 글 하단에서 따로 소개하고자 한다.


**자비수공증선근 慈悲受供增善根**
**자비로 이 공양을 받으시어 선근이 늘어나게 하시고**

공양을 받는 대상이 자비로써 이 공양을 받으시고 오늘 공양을 올린 재자(齋者)들의 선근공덕을 증장시켜 달라는 의미다.


**령법주세보불은 令法住世報佛恩**
**법이 세상에 머물게 하여 부처님 은혜 갚게 하여지이다.**

부처님 법이 이 세상에 오래도록 머물러서 재자(齋者)들이 부처님의 은혜를 갚게 해 달라는 청(請)이다.

칠성청(七星請)에서 운심게는 다음과 같다.

願此淸淨妙香饌 普供熾盛諸如來
원차청정묘향찬 보공치성제여래

及與日月諸星衆 不捨慈悲受此供
급여일월제성중 불사자비수차공

원하나니 이 청정하고 미묘하며 향기로운 음식을
널리 치성광여래(熾盛光如來)와 더불어 모든 여래께
더불어 해와 달 여러 성군께 공양하오니
부디 자비를 버리지 마시고 이 공양 받으소서.

# 원차향공변법계 願此香供徧法界

## 운심게 運心偈

**願此香供徧法界 普供穢跡明王衆**
원차향공변법계 보공예적명왕중

**天神地祇聖賢等 不捨慈悲受此供**
천신지기성현등 불사자비수차공

바라나니 이 향기로운 공양 법계에 두루 펴서
예적금강 성자와 십대명왕 대중들과
하늘 신과 땅의 신 성현 등께 공양을 올리오니
자비를 버리지 마시고 이 공양을 받으소서.

작법귀감에서 신중에게 올리는 간략한 의례인 신중약례(神衆略禮)와 조왕을 청하는 의식인 조왕청(竈王請) 가운데 운심게로 나온다. 그러나 그 대상에 따라 게송의 내용이 바뀌게 된다.

**원차향공변법계 願此香供徧法界**
바라나니 이 향기로운 공양 법계에 두루 펴서

공양을 올리는 자의 마음이 간절하게 담겨 있는 내용이다. 편(遍)은 두루두루 미치다, 골고루 미치다라는 뜻으로 쓰인다. 그렇지만 불교에서는 이를 편(遍)으로 읽지 아니하고 통상적으로 변(遍)으로 발음을 한다.

**보공예적명왕중 普供穢跡明王衆**
예적금강 성자와 십대명왕 대중들과

신중약례에 나오는 게송이기에 예적금강(穢跡金剛)과 명왕(明王)의 무리께 공양을 올린다는 표현이다. 여기서 명왕(明王)은 악마를 굴복시키는 신장(神將)을 말한다.


**천신지기성현등 天神地祇聖賢等**
**하늘 신과 땅의 신 성현 등께 공양을 올리오니**

공양을 받는 대상을 밝힘이다. 천신지기(天神地祇)는 하늘의 신령과 땅의 신령을 말한다.


**불사자비수차공 不捨慈悲受此供**
**자비를 버리지 마시고 이 공양을 받으소서.**

재자(齋者)가 올린 정성을 받아들여 이 공양을 받아주기를 청하는 내용이다.


조왕청(竈王請)에는 다음과 같이 되어 있으며, 조왕(竈王)은 부엌을 담당하는 신(神)을 말한다.

願此香供徧法界 普供無盡竈王衆
원차향공변법계 보공무진조왕중

及與一切諸眷屬 不捨慈悲受此供
급여일체제권속 불사자비수차공

바라나니 이 향기로운 공양 법계에 두루 펴서
널리 다함 없는 조왕(竈王)의 대중들과
더불어 조왕의 모든 권속께 이 공양을 올리오니
자비를 버리지 마시고 이 공양 받으소서.

또한 작법귀감에서 육법 공양을 올리고 난 후 운심게(運心偈)를 행하는데 그 내용은 다음과 같다.

願此香供遍法界 普供無盡三寶海
원차향공변법계 보공무진삼보해

慈悲受供增善根 令法住世報佛恩
자비수공증선근 영법주세보불은

원하건대 향기로운 이 공양 법계에 두루하여서
바다처럼 다함 없는 삼보님께 널리 공양하여지이다.
자비롭게 이 공양을 받으시고 선근을 늘려주시어
진리가 세간에 머물게 하여 부처님 은혜 갚게 하소서.


**원차향공변법계 願此香供遍法界**
**원하건대 향기로운 이 공양 법계에 두루하여서**

위의 내용을 참고하기 바란다.


**보공무진삼보해 普供無盡三寶海**
**바다처럼 다함 없는 삼보님께 널리 공양하여지이다.**

보공(普供)은 보공양(普供養)을 줄여서 표현한 말이다. 이는 밀교(密教)의 본존계회 (本尊界會)에 여러 가지 공양을 받치는 것을 말함이다. 이는 보공양일체성중(普供養 一切聖衆) 또는 마니공양(摩尼供養)이라 표현하기도 한다. 이러한 표현은 마치 마니 보주(摩尼寶珠)가 비 내리듯이 헤아릴 수 없을 정도로 광대하고, 무변한 공양의 구름 바다를 유출하여 법계도량의 모든 성중이 두루 공양하기를 원한다는 내용이다.


**자비수공증선근 慈悲受供增善根**
**자비롭게 이 공양을 받으시고 선근을 늘려주시어**

앞서 게송인 원차향공변법계를 이어받는 내용이다. 저희가 올리는 공양을 부디 자비 로운 마음으로 받으시어 선근이 날로 증장케 해달라는 간원(懇願)을 다시금 밝히는 내용이다. 그러므로 부처님께 올리는 공양물은 무엇을 올리더라도 그냥 올려지는 법 이 없는 것이다.

선근(善根)이란 선을 낳는 뿌리를 말하는 것이다. 여기에는 삼선근(三善根)이 있으니 무탐(無貪), 무진(無瞋), 무치(無癡)이다. 그래서 이를 선본(善本) 또는 덕본(德本)이라 하기도 한다. 그러므로 더하는 증(增)을 써서 선근(善根)을 늘리기를 원한다는 내용으로 이루어진 게송이다.


**영법주세보불은 令法住世報佛恩**
**진리가 세간에 머물게 하여 부처님 은혜 갚게 하소서.**

령(令)은 우두머리를 나타내는 표현이다. 이는 회의(會意) 문자로 모자를 쓰고 앉아 있는 모습을 표현한 것이다. 그러므로 우두머리가 아랫사람에게 내리는 명령을 말한다. 그러나 이 외에도 다른 뜻이 있으니 좋다, 훌륭하다, 또는 상대방에 대한 존경을 나타내는 접두어로 쓰이기도 한다. 부처님의 말씀이 이 세상에 퍼지고 퍼져서 모든 이와 함께하여 저희가 부처님의 은혜를 갚게 해달라는 염원으로 이 공양을 올린다는 내용이다.

# 원차향화변법계 願此香花徧法界

산보집 영산작법절차에 수록된 향화게(香花偈)이며, 범음집에서는 향화운심게(香花運心偈)로 되어 있다. 그러나 내용이 길어서 게송 소개만 하고자 한다.

願此香花徧法界 원차향화변법계
바라건대 이 향과 꽃이 법계에 두루하여

以爲微妙光明臺 이위미묘광명대
미묘하고 빛나는 광명대(光明臺)가 되고

관무량수불경(觀無量壽佛經)에 보면 낱낱의 보배 속에서는 5백 가지 색이 빛나고, 그 빛이 꽃과 같으며 또한 별이나 달과 같이 허공에 걸려 있어 광명대(光明臺)를 이룬다고 하였다. 一一寶中。有五百色光。其光如花。又似星月。懸處虛空。成光明臺。

諸天音樂天寶香 제천음락천보향
모든 하늘나라 음악과 보배 향 되고

諸天餚饍天寶衣 제천효선천보의
모든 하늘나라 음식과 보배 옷 되네.

효선(餚饍)은 맛있는 음식을 말한다. 법화경 서품의 게송에 보면 또 어떤 보살은 맛있는 반찬과 좋은 음식과 백 가지 탕약으로 부처님과 스님들에게 보시한다는 말씀이 있다. 或見菩薩。餚饍飮食。百種湯藥。施佛及僧。

不可思議妙法塵 불가사의묘법진
헤아려 짐작하기 어려운 미묘한 법진(法塵)

육진(六塵)의 하나로 의근(意根)의 대상인 여러 가지 법을 가리키며 이를 법진번뇌(法塵煩惱)라고 한다.

一一塵出一切佛 일일진출일체불
낱낱의 법진에서 모든 부처님 출현하고

一一塵出一切法 일일진출일체법
낱낱 법진에서 모든 법문 나오네.

旋轉無碍好莊嚴 선전무애호장엄
빙빙 돌아 걸림 없어 좋게 장엄하여

선전(旋轉)은 빙빙 돌며 굴러가는 것을 말한다.

徧至一切佛土中 변지일체불토중
모든 불국토에 골고루 이르네.

十方法界三寶前 시방법계삼보전
시방법계 삼보님 계신 곳마다

皆有我身修供養 개유아신수공양
그곳에서 내 몸이 공양 받들며

一一皆悉徧法界 일일개실변법계
낱낱이 빠짐없어 법계에 두루하지만

彼彼無雜無障碍 피피무잡무장애
저들 모두 섞임 없고 장애 없다네.

피피(彼彼)는 피차(彼此), 상호(相互), 쌍방, 이러한 뜻이다.

盡未來際作佛事 진미래제작불사
오는 세상 다하도록 불사를 지어

普熏一切諸衆生 보훈일체제중생
모든 중생이 두루 훈습하면

蒙薰皆發菩提心 몽훈개발보리심
향기를 훈습한 중생들은 보리심을 내어

同入無生證佛智 동입무생증불지
함께 생멸 없는 경지에 들어 불지(佛智)를 증득케 하여지이다.

# 월마은한전성원 月磨銀漢轉成圓

## 화신영 化身詠

**月磨銀漢轉成圓 素面舒光照大千**
월마은한전성원 소면서광조대천

**連臂山山空捉影 孤輪本不落青天**
연비산산공착영 고륜본불낙청천

달이 갈려서 은하수가 되고, 돌고 돌아서 둥근 모습 이루니
맑은 얼굴에 빛을 놓아 대천세계를 비추네.
원숭이가 팔을 이어 부질없이 못 속의 달을 건지려고 하지만
홀로 뜬 달은 하늘에서 본디 떨어진 적이 없다네.

이 게송의 출전은 진호석연(震湖錫淵) 스님이 발행한 석문의범(釋門儀範) 대예참례(大禮懺禮) 가운데 석가모니 부처님을 탄백(歎白)하는 게송으로 나와 있다. 산보집(刪補集)에는 법신영(法身詠), 보신영(報身詠)에 이어 화신영(化身詠)으로 나오는 가영이다. 다만 산보집에는 고륜본불낙청천(孤輪本不落清天)으로 되어 있다. 그러므로 '홀로 뜬 달은 본디 맑은 물에 떨어지지 아니하였다'고 나온다.

혹자는 이 게송이 소동파(蘇東坡 1037~1101)의 여동생인 소소매(蘇小妹)가 지었다고 하는데, 이러한 근거는 없다. 이 게송은 중국, 일본 어디에도 없는 게송이다. 다만 우리나라에서만 전하는 게송이라는 것도 이를 뒷받침해 주고 있다.

월마은한전성원 月磨銀漢轉成圓
달이 갈려서 은하수가 되고, 돌고 돌아서 둥근 모습 이루니

달은 마음을 말하는 것이고, 마(磨)는 수행을 말하는 것이다. 또한 달은 부처님을 말

893

하는 것이고, 은한(銀漢)은 부처님의 말씀을 말하는 것이다. 중생이 부처를 이루고자 하면 갖은 수행을 해야 한다. 달이 둥글게 되려고 얼마나 돌고 돌았는지 그 부스러기가 흩어져서 은하수가 되었다고 지금 말하고 있다.

그러므로 월마은한(月磨銀漢)이라는 표현은 달이 둥글게 되는 과정에서 그 부스러기가 은하수가 되었다는 표현이다. 본성을 찾아가는 것이 곧 부처를 찾아가는 것이다. 고로 '환하게 둥근달'이 '부처'라고 한다면, 은한(銀漢)이라고 표현한 '은하수'는 '부처님의 말씀'이 되는 것이다. 그러한 관점에서 김해에 있는 은하사(銀河寺), 영천에 있는 은해사(銀海寺)도 모두 부처님의 법을 나타내는 표현임을 아는 이가 거의 없다. 그러기에 은해사(銀海寺)를 그냥 단순하게 문자를 좇아서 '은빛 바다'라고 한다면 이는 사명(寺名)의 본지(本旨)에 어긋나는 해석이다. 또한 이 게송을 설명하면서 은하수를 오가면서 달이 닳아져서 둥글다, 초승달이 은하수에 갈려 둥글다, 달이 은하수에 깎여서 둥글다 등등의 해석이 있지만, 이는 그 뜻을 잘못 풀이한 해석이다.

전(轉)은 마(磨)를 뒷받침하는 표현이다. 그리고 성원(成圓)은 원만하게 이루었다는 표현이다. 부처님의 가르침인 법이 원만한 것이기에 부처님의 성품도 아울러서 원만한 것이다. 그러므로 이 게송의 첫 구절은 부처가 되는 과정을 읊은 것이며, 또한 부처의 성품과 법을 노래한 것이다.

## 소면서광조대천 素面舒光照大千
맑은 얼굴에 빛을 놓아 대천세계를 비추네.

소면(素面)이라는 표현은 소박한 얼굴, 흰 얼굴, 또는 달을 표현하기도 한다. 그러므로 그 뜻을 전하여 '번뇌가 없는 얼굴'을 말함이다. 이는 부처님의 얼굴이 되는 것이며, 이를 바탕으로 좀 더 확장해서 살펴보면 부처님의 말씀도 여기에 해당하는 것이다.

서광(舒光)은 빛을 널리 퍼뜨리다, 이러한 표현이다. 고로 소면서광(素面舒光)이라고 하는 것은 부처님의 성품으로 보면 자비를 말함이며, 가르침으로 보면 진리를 말하는 것이다. 빛을 이러한 가르침으로 말해 시방세계에 널리 비추어서 뭇 중생을 제도하심이라는 표현이다. 이 게송에서 첫 구절과 둘째 구절은 부처님에 관한 문구라고 한다면, 이어지는 두 구절은 우둔한 중생들에 관한 문구이다.

**연비산산공착영 連臂山山空捉影**
**원숭이가 팔을 이어 부질없이 못 속의 달을 건지려고 하지만**

연비(連臂)는 '팔을 서로 잇는다'는 표현이며, 이는 원숭이가 서로 팔을 잇는다고 하는 말이다. 마하승기율(摩訶僧祇律) 제7권에 나오는 말씀으로, 이 문장을 바탕으로 하여 만들었다고 봐도 무리가 아니다. 그리고 이를 이해하려면 주심부(註心賦) 제1권에 나오는 내용을 한번 살펴보아야 한다. 주심부(註心賦)에 보면 다음과 같은 표현이 있다.

[주심부註心賦]
痴猿捉月而費力 渴鹿逐焰而虛尋
치원착월이비력 갈녹축염이허심

어리석은 원숭이가 달을 움켜잡으려고 괜히 수고를 하고
목마른 사슴이 아지랑이를 쫓아다니지만 헛일이 되는 것과 같도다.

달을 건지려는 원숭이의 비유는 부처님께서 승잔계(僧殘戒)를 밝히는 말씀인 마하승기율(摩訶僧祇律) 제7권에 나오는 내용이다. 여기에 보면 부처님께서 사위성에 계실 때, 수행승에게 서로 간의 허물을 들추지 아니하고 화합하라는 인연법을 들려주는 말씀 가운데 한 줄거리이다. 과거세 바라나성 가시(伽尸)라는 나라의 숲속에 5백 마리 원숭이가 살고 있었다. 이들은 어느 날 밤중에 니구율(尼拘律)이라는 나무에 이르렀는데 나무 밑 우물 가운데 달이 떨어져 있었다. 그러자 원숭이 무리가 물에 빠진 달을 구하려고 나무 위에서부터 서로가 손을 맞잡고 달을 건져 올리려고 하다가 모두 물에 빠지고 만다. 그러자 수신(水神)이 게송으로 말하였다.

是等駭榛獸 癡衆共相隨 坐自生苦惱 何能救世間
시등애진수 치중공상수 좌자생고뇌 하능구세간

이렇게 미련한 짐승에게는
어리석은 무리만 따른다네.
앉아서 스스로 고뇌를 내니
어떻게 세간을 구하겠는가?

이어서 목마른 사슴이 아지랑이를 쫓아간다고 하였다. 이는 구나발타라(求那跋陀羅)가 한역한 능가아발다라보경(楞伽阿跋多羅寶經) 가운데 일체불어심품(一切佛語心

品)에 나오는 말을 인용한 것이다. 여기에 보면 다음과 같은 비유가 있다.

부처님께서 대혜(大慧)에게 이르기를 심량(心量)이 어리석은 범부는 안팎의 성(性)을 취하되 같은 것과 다른 것, 함께인 것과 함께가 아닌 것, 있는 것과 없는 것, 있지도 않은 것과 없지도 않은 것, 상(常)과 무상(無常)에 의지하나니 이는 자성에 훈습된 인(因)으로 망상에 계착하는 것이다. 비유하자면 마치 사슴의 무리가 갈증을 일으켜서 봄날의 아지랑이를 보고 물로 생각하여 미혹되고 혼란되어 달려나가지만, 그것은 물이 아닌 줄을 알지 못함과 같다고 하셨다. 佛告大慧。不知心量愚癡凡夫。取內外性。依於一異。俱不俱。有無非有非無。常無常。自性習因計著妄想。譬如群鹿。爲渴所逼。見春時焰。而作水想。迷亂馳趣。不知非水。

능가아발다라보경에는 여기에서 그치지 아니하고 말씀하기를 물거품을 마니 보배로 여기고 쥐불놀이하는 불 바퀴는 바퀴가 아닌데 바퀴라고 여기고, 물속의 나무 그림자를 보고 나무라 여긴다고 하였다. 이는 모두 끝없는 옛날부터 허위(虛僞)의 망상에 훈습된 삼독 때문에 일어나는 경계이다. 그러므로 이는 모두 어리석음을 말하는 것이다. 심지관경(心地觀經) 이세간품에도 다음과 같은 말씀이 있다.

譬如群鹿居林藪 食於豐草而自養
비여군녹거림수 식어풍초이자양

獵師假作母鹿聲 尋聲中箭皆致死
엽사가작모녹성 심성중전개치사

비유컨대 사슴 떼가 숲에 살면서
풍부한 풀을 먹으며 스스로 크다가
사냥꾼이 거짓으로 어미 사슴 소리를 내면
소리를 찾다가 화살을 맞아 죽음에 이르나니.

지금까지 살펴본 바와 같이 원숭이 무리가 물에 비친 달을 진짜라고 여기며 건지려고 하지만 이는 헛수고일 뿐이라고 하는 가르침이다. 여기서 원숭이는 어리석은 수행자를 그렇게 비유한 것이다. 물에 비친 달은 마음의 실체를 몰라 마음을 외연(外緣)에 집착하여 찾으려고 하여 수고로움만 더할 뿐이라고 경책하고 있다.

벽암록 제24칙에 보면 '유철마(劉鐵磨) 비구니가 위산영우(潙山靈祐) 선사를 찾아가자, 위산 선사가 이르기를 늙은 암소가 왔구나! 그러자 유철마가 이르기를 내일 오대산(五臺山)에서 큰 법회가 있는데 화상은 가시렵니까? 이에 위산 선사는 방에 드러 눕는 척하였다. 그러자 유철마는 그만 나가버렸다.'라는 본칙(本則)이 있다. 擧。劉鐵磨到潙山。山云。老牸牛。汝來也。磨云。來日臺山大會齋。和尚還去麼。潙山放身臥。磨便出去。

이를 염두에 두고 보면 유철마(劉鐵磨)와 위산영우(潙山靈祐) 선사의 법거량(法擧揚)의 본지를 알 수 있을 것이다. 마하승기율(摩訶僧祇律)에 나오는 달을 건지려는 원숭이나 능엄경(楞嚴經)에 나오는 말씀 가운데, '부처님께서 아난에게 말씀하셨다. 너희들은 오히려 인연 있는 마음으로 법을 듣고 있으니, 이 법도 인연일 뿐 법의 본성을 얻은 것이 아니니라. 어떤 사람이 손으로 달을 가리켜 다른 사람에게 보인다면, 그 사람은 당연히 손가락을 따라 달을 보아야 한다. 여기서 만일 손가락을 보고 달 자체로 여긴다면, 그 사람은 어찌 달만 잃었겠느냐? 손가락도 잃었느니라.' 하였다. 이 모두가 뜻을 같이하는 말씀이다. 佛告阿難。汝等尚以緣心聽法。此法亦緣非得法性。如人以手指月示人。彼人因指當應看月。若復觀指以爲月體。此人豈唯亡失月輪。亦亡其指。

## 고륜본불낙청천 孤輪本不落靑天
### 홀로 뜬 달은 하늘에서 본디 떨어진 적이 없다네.

고륜(孤輪)을 외로운 달이라고 번역한다면 이는 교(敎)를 보는 것이 아니라 시문(詩文)을 보는 것이다. 여기서 고륜은 '홀로 뜬 달'을 말함이다. 그러기에 고(孤)는 일(一)과 같은 맥락으로 쓰여서 일불(一佛), 일심(一心)을 말한다.

고륜(孤輪)이라는 표현은 선어록에 더러 등장한다. 임제록(臨濟錄)에 보면 '홀로 비추는 달 아래 강산이 고요한데 스스로 웃는 한 소리에 천지가 경동한다.'는 표현이 있다. 孤輪獨照江山靜。自笑一聲天地驚。

달은 본디 푸른 하늘에 있기에 떨어진 적이 없다라는 표현이다. 그러기에 푸른 하늘을 표현한 청천(靑天)이라는 의미 외에 맑은 물이라는 표현인 청천(淸川)으로 나타내는 경우가 있는데, 그 대표적인 것이 산보집(刪補集)이다. 자신의 마음 안에 있는 부처를 찾으려고 하지 아니하고, 자꾸 밖으로 기웃거려서 부처를 찾으려고 한다면 물에 어린 달을 끄집어내겠다고 하는 어리석은 원숭이와 다를 바가 없다는 것이다.

오등전서(五燈全書)에 보면 당나라 때 낭주자사(朗州刺史)로 부임한 이고(李皐

772~841)는 낭주(朗州)에서 크게 선풍을 떨치고 있던 약산유엄(藥山惟儼) 선사를 찾아갔다. 그러나 그 모습만 보고 크게 실망하여 중얼거리기를, 얼굴 보는 것이 이름 듣는 것만 못하다고 하였다. 그러자 약산(藥山) 선사가 말하기를, 그대는 귀를 귀하게 여기고 눈은 왜 천하게 여기는가? 하자 그제야 정신을 차린 자사(刺史)는 정색하여 다시 묻기를 무엇이 도(道) 입니까? 이에 선사가 말하기를 [운재청천수재병 雲在青天水在瓶] '구름은 푸른 하늘에 있고 물은 병 속에 있다'고 하였다. 그렇다면 구름은 하늘에 있고 물은 병 속에 있다고 하는 말은 무엇일까? 원후착월(猿猴捉月)과 비교해 보라. 하여튼 자사는 이 말이 떨어지기가 무섭게 크게 깨달음을 얻어 약산 선사에게 게송을 지어 올렸으니 참고로 살펴보기를 바란다.

鍊得身形似鶴形 千株松下兩函經
연득신형사학형 천주송하양함경

我來問道無餘說 雲在青天水在瓶
아래문도무여설 운재청천수재병

수행으로 체득한 몸은 학과 같아 보이시고
울창한 소나무 아래 두어 개의 경함(經函)뿐이네.
내가 와서 도를 물으니 다른 말 하지 않고
구름은 하늘에 있고 물은 병 속에 있다 하시네.

# 월미침빈연천벽 月眉侵鬢連天碧

## 사가행영 四加行詠

月眉侵鬢連天碧 相好舒光暎日紅
월미침빈연천벽 상호서광영일홍

萬行齊修皆十地 塵沙世界體皆同
만행제수개십지 진사세계체개동

반달과 같은 눈썹은 귀밑머리로 이어져 푸른 하늘 잇닿았고
상호(相好)에서 나는 광명 붉은 해를 비추네.
만행을 일제히 닦는 것 십지보살과 똑같고
진사(塵沙)처럼 많은 세계에 이 몸과 같다네.

산보집에서 상단을 청해 맞이하는 의식인 상단영청지의(上壇迎請之儀)에 나오는 사가행영(四加行詠)이다. 다만 범음집에서는 둘째 구절이 좀 다르게 되어 있다. 사가행(四加行)은 대승의 법상종에서 내세우는 난위(煖位), 정위(頂位), 인위(忍位), 세제일위(世第一位) 등의 네 가지 지위를 말한다. 이 네 가지 선근으로 역행위(力行位)를 삼기 때문에 사선근(四善根)이라고도 한다.

## 월미침빈연천벽 月眉侵鬢連天碧
반달과 같은 눈썹은 귀밑머리로 이어져 푸른 하늘 잇닿았고

월미(月尾)는 달의 꼬리라는 표현이기에 반달을 말하며 이를 눈썹에 비유한 것이다. 이러한 눈썹은 귀밑머리까지 닿았다고 하여, 푸른 하늘까지 이어진 것처럼 장엄하다고 찬탄하는 것이다. 참고로 빈(鬢)은 '살쩍'이라는 뜻이 있으며, 이는 귀 앞에 난 머리털을 말한다. 또한 살쩍은 '살쩍밀이'의 준말이다.

**상호서광영일홍 相好舒光暎日紅**
상호(相好)에서 나는 광명 붉은 해를 비추네.

이 단락은 범음집에서 호상서광영일홍(毫相舒光暎日紅)으로 되어 있다. 상호(相好)는 삼십이상 팔십종호를 말한다. 서광(舒光)은 밝은 빛을 말하고 영(暎)은 비춘다는 뜻이 있으며, 일홍(日紅)은 붉은 해를 말한다. 까닭에 부처님의 백호 광명은 붉은 해가 천하를 비추는 것과 같다는 논조다.


**만행제수개십지 萬行齊修皆十地**
만행을 일제히 닦는 것 십지보살과 똑같고

만행(萬行)은 온갖 행위를 말하며, 재수(齋修)는 재계(齋戒)하며 수행하는 것을 나타낸다. 이러한 모든 행위는 십지보살과 같음이라고 표현하고 있다.


**진사세계체개동 塵沙世界體皆同**
진사(塵沙)처럼 많은 세계에 이 몸과 같다네.

진사(塵沙)는 티끌과 모래를 말하므로 진사세계(塵沙世界)는 무한한 세계를 말한다. 이러한 무량한 세계에 항상 위에서 살펴본 바와 같이한다고 찬탄함이다.

# 위광변조만건곤 威光遍照滿乾坤

## 법신영 法身詠

威光遍照滿乾坤 眞淨無爲解脫門
위광변조만건곤 진정무위해탈문

雲暗日明身內影 山靑水碧鏡中痕
운암일명신내영 산청수벽경중흔

부처님 위광(威光)의 비춤이 천지에 충만하니
참답고 깨끗한 무위가 해탈문이로다.
구름 어둡고 해 밝음은 몸속의 그림자요,
산 맑고 물 푸름은 거울 속에 흔적이다.

산보집에서 비로청(毘盧請)에 대한 가영으로도 나오고, 상단을 청해 맞이하는 의식인 상단영청지의(上壇迎請之儀)에서는 법신영(法身詠)으로도 나온다.


**위광변조만건곤 威光遍照滿乾坤**
부처님 위광(威光)의 비춤이 천지에 충만하니

위광(威光)은 감히 범하기 어려운 위엄과 권위를 말함이다. 이는 부처님의 거룩하신 모습이니, 흔히 대위광이라고 한다. 건곤(乾坤)은 하늘과 땅을 주역(周易)의 논리로 표현한 것이며, 변조(遍照)는 빠짐없이 두루 비추는 것을 말한다.


**진정무위해탈문 眞淨無爲解脫門**
참답고 깨끗한 무위가 해탈문이로다.

이는 참되고 정청한 무위(無爲)의 해탈문(解脫門)이로다. 여기서 무위(無爲)는 조작함이 없다는 표현이다.

## 운암일명신내영 雲暗日明身內影
**구름 어둡고 해 밝음은 몸속의 그림자요,**

운암(雲暗)은 두꺼운 구름을 말하므로 먹구름 등이 여기에 해당한다. 그러므로 두꺼운 구름 속에 해가 가려져 있다가 구름 밖으로 나와서 밝게 비춤이 부처님의 '대위광'이며, 이는 곧 법신(法身)을 말하는 것이다.

## 산청수벽경중흔 山靑水碧鏡中痕
**산 맑고 물 푸름은 거울 속에 흔적이다.**

푸른 산 푸른 물은 거울 속에 흔적이라고 하였으니 이는 수벽산청(水碧山靑), 또는 수록산청(水綠山靑)과 같은 표현으로 변하지 않음과 청정함을 나타내는 뜻이다. 그러기에 비로자나불(毗盧遮那佛)을 청정법신(淸淨法身)이라고 한다.

경중흔(鏡中痕)은 거울 가운데 흔적이라는 표현보다는 비춤이라고 해야 더 알맞다. 그러나 사물이 사라지면 그 비춤도 사라지는 것이다. 비로자나불에 대한 탄백에 흔히 등장하는 보화비진요망연(報化非眞了妄緣)이라고 하여 보신(報身), 화신(化身)이 참다운 모습이 아닌 허망한 모습이라고 하는 것과 같은 맥락이다.

## 삼신불영 三身佛詠

威光遍照十方中 月印千江一體同
위광변조시방중 월인천강일체동

四智圓明諸聖士 賁臨法會利群生
사지원명제성사 분림법회이군생

위엄의 빛이 시방 가운데를 두루 비추니
달이 일천 강에 비치어도 모두가 하나이다.
사지(四智)에 완전하게 밝으신 모든 성현이
분연히 법회에 임하여 군생을 이롭게 하시네.

산보집 운수단작법(雲水壇作法)에서 삼신불(三身佛)에 대한 가영으로 나온다. 이 게송은 주로 불보살 등을 찬탄하는 가영으로 널리 쓰였던 게송이지만, 지금은 사찰의 주련으로 더 많이 볼 수 있는 게송이다. 불교 의식에서 가영이라고 하는 것은 불보살의 공과 덕을 노래로 읊조려서 찬탄하는 것을 말한다. 더러는 가송(歌頌)이라고도 하며, 불교의 의식을 수록한 산보집 외에도 작법귀감, 석문의범 등에 실려 있다.

가영에 대해서 법화경 법사품에 보면 '왜냐하면, 이 경전에는 이미 부처님의 전신이 있기 때문이니라. 이 탑에는 마땅히 온갖 꽃과 향과 영락과 비단, 일산과 당기와 번기와 풍류와 노래로 공양 공경하고 존중 찬탄해야 한다.'고 하였는데, 이를 게송을 만들어 찬탄하면 곧 가영이 되는 것이다. 所以者何。此中已有如來全身。此塔應以一切華香瓔珞。繒蓋幢幡。伎樂歌頌。供養恭敬。尊重讚歎。

**위광변조시방중 威光遍照十方中**
위엄의 빛이 시방 가운데를 두루 비추니

위광이라고 하는 것은 남에게 외경(畏敬)이 될 만한 덕스러운 힘을 말하며, 이를 경외(敬畏)라고 하기도 한다. 경외는 공경하면서도 두려워한다는 뜻이기에 이를 불교적으로 보면 위엄(威嚴)이라고 하며, 점잖고 엄숙하다는 뜻이다. 화엄경(華嚴經) 세주묘엄품에 선혜위광마후라가왕이 부처님의 위신력을 받들어 대중들에게 게송으로 부처님의 덕을 찬탄하는 내용이 있다. 살펴보면 '그대들은 여래의 성품이 청정함을 보라. 위엄과 광명을 널리 나타내어 중생을 이익되게 하며, 시원한 감로의 길을 보여 모든 고통이 길이 소멸하여 의지할 데 없게 하였네.'라는 찬탄이다. 汝觀如來性淸淨。普現威光利群品。示甘露道使淸凉。衆苦永滅無所依。

위광이라고 하는 것은 두 가지 내용을 포함하고 있다. 위(威)는 위엄(威嚴)을 말하는 것이며, 그 누구도 범접하지 못하는 것을 말함이니 여기에는 시비가 있을 수 없음이다. 그리고 광(光)은 빛을 말하며 곧 진리를 뜻함이다. 중생은 무명에 가려져 있고 여기에서 벗어나는 것을 깨달음이라고 하며, 깨달음을 곧 빛으로 나타내어 광명이라고 하는 것이다. 그러기에 부처님께서 가르치신 진리를 세상의 어두움을 밝히는 등불과 같다고 하여 법등(法燈)이라고 하는 것이다.

변조(遍照)는 부처님의 진리가 온 세계와 모든 사람에게 두루 비추지 아니함이 없는 것을 말한다. 그러면 왜 비춘다는 뜻의 조(照)를 썼을까? 이는 앞선 문구에 진리를 빛에 비유하였으며, 이를 대구(對句)하고자 조(照)를 사용한 것이다. 그리고 변(遍)은 두루하다, 고루 미치다라는 뜻이 있으므로 그 무엇도 장애가 되지 않는 무차(無遮)를 말하는 것이다. 편(遍. 두루 편)을 편(偏. 치우칠 편)으로 나타내는 경우도 더러 있는데, 이는 이 두 글자의 자해(字解)가 거의 같기 때문이다. 앞서 우리나라 불교에서는 遍(편)을 '편'이라 읽지 아니하고 '변'이라고 읽는다고 하였으니 거듭 알아 두어야 한다.

위광변조(威光遍照)를 변조광명(遍照光明)이라고도 하며 이는 시방세계에 두루 비추는 광명이라는 뜻이다. 관무량수경(觀無量壽經)에 보면 '무량수불에는 8만 4천 종류의 상호가 있으며, 하나하나의 상호마다 각각 8만 4천 개의 수형호(隨形好)가 있다. 그 낱낱의 상호 중에는 다시 8만 4천 개의 광명이 있고, 낱낱의 광명이 시방세계를 두루 비추어 염불하는 중생을 버리지 않고 거두어들인다.'고 하였음도 변조광명을 말하는 것이다. 無量壽佛。有八萬四千相。一一相中。各有八萬四千隨形好。一一好中。復八萬四千光明。一一光明。遍照十方世界。念佛衆生。攝取不捨。

시방(十方)은 시방세계를 줄여서 그렇게 나타낸 것이다. 그러므로 온 세상을 시방이라고 표현하였다. 위광변조시방에서 광명인 진리는 불변하는 것이기에 이를 다르게 표현하여 법(法)이라고 한다. 이러한 개념에서 본다면 첫 줄의 게송은 변조법계(遍照 法界)라고 말하기도 하며, 이러한 차원에서 부처님을 바라본다면 부처님은 변조법왕 (遍照法王)이 되는 것이다.


## 월인천강일체동 月印千江一體同
### 달이 일천 강에 비치어도 모두가 하나이다.

월(月)은 곧 보름달을 말하기에 이를 달리 표현하여 만월(滿月), 또는 영월(盈月)이라 고도 한다. 보름달은 그 밝기가 은은하며, 또한 어디에도 이지러짐이 없다. 부처님 법 이 그러하다고 비유를 하는 것이며, 다른 한편으로 달은 밤에 뜬다. 여기서 밤은 무 명을 말하는 것이며, 이를 타파하는 것이 달이기에 이로써 달을 부처님의 진리에 비 유하여 예로부터 사용하였다. 이는 부처님의 모습을 흠모하여 그렇게 나타낸 것이다. 서중무온록(恕中無慍錄)에 보면 '얼굴은 만월과 같고, 눈은 연꽃 같아서 천상과 인간 이 모두 공경한다.'고 하였다. 面如滿月目如蓮。天上人間咸恭敬。

인(印)은 도장(圖章), 인장(印章)을 말한다. 도장은 새겨진 대로 찍어 내기에 더함도 없고, 뺌도 없고, 오직 있는 그대로만 나타낼 뿐이다. 그러므로 부처님의 말씀도 왜곡 되지 아니하고 그대로 전해야만 하는 것이다. 만약 여기에서 조금이라도 벗어나면 사 이비가 되는 것이다. 월인(月印)은 부처님의 말씀을 말하는 것이다.

물초대관선사어록(物初大觀禪師語錄)에 보면 '봄이 모든 나라를 행(行)하나 자취가 없고, 달은 천(千) 강에 도장을 찍지만 나누어지지 않는다.'고 하였다. 春行萬國春無 跡。月印千江月不分。

천강(千江)은 일천 개의 강을 말하는 것으로 이미 앞서 문구에 나온 시방(十方)과 같 은 표현이다. 다만 달을 인용하여 말하고자 하기에 천강이라고 하였을 뿐이다. 이를 나라에 비유하여 만국(萬國)이라고 하는 것도 이와 같은 표현이다. 천강은 두 가지 관점에서 보아야 한다. 그 하나는 사바세계를 말함이며, 또 다른 하나는 중생 개개인 을 말한다.

일체동(一體同)은 일체가 다 똑같음이라는 표현이다. 부처님의 진리는 차별이 없기 에 무차(無遮)하다고 하며, 평등하다고 하는 것도 이와 같은 연유에서다. 그리고 체 (體)를 가끔 체(切)로 쓰기도 하는데, 그 표현은 거의 같은 맥락으로 흘러가는 표현 이다. 일체(一體)는 한몸이나, 한덩어리를 말하는 것이고, 일체(一切)는 모든 것 온갖 사물을 말하기 때문이다. 그러나 일체(一體)라는 말이 이 시문에는 좀 더 맞는 표현이라고 볼 수 있다.

금강경오가해(金剛經五家解) 가운데 약견제상 비상 즉견여래(若見諸相 非相 即見如來)를 주해하면서 나오는 내용을 보면, '보신(報身)과 화신(化身)은 참됨이 아니라 망연(妄緣)이라는 것을 깨달아 얻는다면, 법신(法身)만 청정하여 넓고 넓어서 무변하도다. 천 개의 강에 물이 있으니 천 개의 강에 달이 있으며, 만 리의 하늘에 구름 한 점 없으니 만 리가 곧 하늘이라.'고 하였다. 報化非眞了妄緣。法身淸淨廣無邊。千江有水千江月。萬里無雲萬里天。


## 사지원명제성사 四智圓明諸聖士
## 사지(四智)에 완전하게 밝으신 모든 성현이

사지(四智)는 모든 지혜를 네 가지로 분류하여 놓은 것을 말한다. 이는 불교의 유식학파 가운데 하나의 종문(宗門)인 법상종(法相宗)에서 내세웠던 견해로써 대원경지(大圓鏡智), 평등성지(平等性智), 묘관찰지(妙觀察智), 성소작지(成所作智)를 말한다. 이는 유루의 제8식, 제7식, 제6식, 제5식 등을 뒤집어 성취한 경지를 말하지만 이를 간단하게 살펴보면 다음과 같다.

대원경지(大圓鏡智)
제8식인 무명이 제거될 때 나타나는 지혜.

평등성지(平等性智)
제7식인 자의식(自意識)이 변하여 일체가 한결같이 평등하다는 것을 얻는 지혜.

묘관찰지(妙觀察智)
제6식인 의식이 변화여 얻는 지혜로서 법의 실상을 묘하게 관찰하여 중생의 의혹을 끊는 데 사용하는 지혜.

성소작지(成所作智)
전오식(前五識)이 변하여 얻어지는 지혜로서 안(眼), 이(耳), 비(鼻), 설(舌), 신(身)인 오관(五觀)이 행하는 일을 올바르게 이루도록 하는 지혜.

그러므로 이를 불과(佛果)의 네 가지 지혜라고 한다. 이는 유식종(唯識宗)의 설이며 이를 다르게 표현하여 불과사지(佛果四智), 또는 사지심품(四智心品)이라고도 한다. 그러나 여기에서 사지(四智)라고 표현한 것은 온갖 지혜를 표현한 것이기에 이를 일체지(一切智)라고 보아도 무방하다.

증도가(證道歌)에 보면 '삼신(三身)과 사지(四智)는 체성(體性) 가운데 원만하고, 팔해탈과 육신통은 마음 가운데 인(印)이로다. 상근기는 한 번 결단함에 일체를 깨달아 알지만 중근기, 하근기는 많이 들으면 많이 불신한다.'고 하였다. 三身四智體中圓。八解六通心地印。上士一決一切了。中下多聞多不信。

원명(圓明)은 한 점 의혹이나 미진함이 없이 뚜렷하게 안다는 표현이다. 이 시문에서는 사지(四智)를 뒷받침하는 표현과 뒤이어서 나오는 성사(聖士)의 지위를 말하고자 쓰였다.

성사(聖士)는 성사(聖師)와 같은 표현으로 쓰였다. 이는 지혜와 덕망이 아주 높은 분에 대한 존칭으로 부처님과 부처님의 제자들에게 널리 쓰이는 표현이다. 우리나라에서 이를 예로 든다면 원효(元曉) 스님을 원효성사(元曉聖師)라고 부르는 것도 이러한 표현의 실례(實例)라고 볼 수 있다. 부처님은 모든 성자 가운데에서도 가장 으뜸이라는 표현을 더하여 성사자(聖師子)라고 하기도 하며, 모든 짐승 가운데 왕인 사자(獅子)에 비유하여 성사자(聖獅子)라고도 하는데 모두 같은 맥락이다.


## 분림법회이군생 賁臨法會利群生
분연히 법회에 임하여 군생을 이롭게 하시네.

분림(賁臨)에서 분(賁)이 '꾸미다'는 뜻으로 쓰일 때는 '비'로 읽으며, 이외에 크다, 날래다, 솟아오르다 등으로 쓰일 때는 '분'으로 읽는다. 그리고 임(臨)은 높은 곳에서 내려다본다, 또는 임하다, 이러한 뜻으로 쓰이는 한자다. 고로 분림은 응연(應然)이라는 표현과 같은 뜻으로 '당연하게' 이러한 뜻이다. 그러나 당연하다는 뜻을 가진 응(應)이라는 표현을 쓰지 아니하고, 분(賁)이라는 표현을 써서 좀 더 생동감 있고 박진감 있게 나타내었다.

이어지는 법회(法會)는 '설법하는 모임'이라는 뜻도 있지만, 이 시문에서는 도량(道場)이라는 뜻을 포함하고 있다. 군생(群生)은 많은 사람을 나타내는 표현으로 중생(衆生)과 같은 표현이다. 이를 또 다르게 말하면 군품(群品), 군려(群黎), 군맹(群萌), 군미(群迷), 군류(群類), 함류(含類)라는 표현도 있다. 이는 문장의 흐름에 따라서 살펴보아야 한다. 또한 60권 본 화엄경(華嚴經) 입법계품에는 뭇 중생들이 사는 곳을 바다에 비유하여 군생해(群生海)라고도 하였다.

군생(群生)에서 이롭다는 이(利)를 더하여 중생들을 이롭게 한다는 뜻으로 나타내었다. 모든 성인은 자신의 안위를 내세우지 아니하고, 중생의 이로움을 더 생각하기에 성인이라고 하는 것이다. 조산록(曹山錄)에 보면 '신령스러운 기틀로 성도(聖道)를 크게 하고, 참된 지혜로 군생을 이롭게 한다.'고 하였다. 靈機弘聖道。眞智利群生。

화엄경 세주묘엄품의 게송에 보면 '부처님의 몸은 광대하여 시방에 두루하시어 미묘한 색은 비할 데 없어 중생들을 이롭게 하시고, 광명은 빛나서 미치지 않는 데가 없으시니 이 도(道)는 보칭천왕이 능히 보았네.'라고 하였다. 佛身廣大遍十方。妙色無比利群生。光明照耀靡不及。此道普稱能觀見。

이 게송의 전체적인 흐름을 보면 화엄경(華嚴經)을 바탕으로 하여 만들어진 게송이라고 볼 수 있다. 화엄경에서는 군생(群生)이라는 표현이 160번 정도 나오는데 이러한 군생(群生)이라는 표현도 이를 뒷받침해 주고 있다.

# 위광영렬전무적 威光英烈前無敵

## 숙종 肅宗 대왕

**威光英烈前無敵 六十年來致太平**
위광영렬전무적 육십년래치태평

**宇宙重明堯日月 綱常制度自然成**
우주중명요일월 강상제도자연성

위엄과 권위, 공훈은 앞 사람과 비교할 사람 없고,
60년 동안을 태평성대 이루셨네.
우주를 거듭 밝힌 요임금의 해와 달이요,
윤리 강상과 제도가 저절로 이뤄졌네.

산보집 종실단 작법의식인 종실단작법의(宗室壇作法儀)에서 현의광륜(顯義光倫) 예성영렬(睿聖英烈) 숙종대왕 선가(仙駕)를 받들어 청하면서 이 법회에 강림하기를 바라는 가영이다.

숙종(肅宗 1661~1720)은 1661년 현종과 명성왕후 김씨의 외아들로, 이름은 순(焞)이고 자는 명보(明普)다. 1674년에 현종이 서거하자 14세의 나이로 왕위에 올라 조선 제19대 왕이 되었다. 인경왕후(仁敬王后) 김씨와 혼인을 하였지만 사별하였다. 그후 계비(繼妃)로 인현왕후(仁顯王后) 민 씨와 혼인을 하였으나 후사를 잇지 못하였고, 숙종의 총애를 받은 희빈 장씨가 낳은 아들이 후사를 이어 훗날 경종이 되었다. 그러나 희빈 장씨는 당쟁의 희생물이 되어 폐비(廢妃)가 된다. 이외에도 숙빈 최씨, 명빈 박 씨, 영빈 김씨, 소의 유씨, 귀인 김씨 등의 후비를 두었다. 숙종은 46년 동안 재위한 끝에 1720년 경덕궁 융복전(隆福殿)에서 승하했다. 시호는 현의광륜예성영렬장문헌무경명원효(顯義光倫睿聖英烈章文憲武敬明元孝)이고, 능(陵)은 경기도 고양시 서오릉(西五陵)에 있는 명릉(明陵)이다.

### 위광영렬전무적 威光英烈前無敵
**위엄과 권위, 공훈은 앞 사람과 비교할 사람 없고,**

위엄과 권위는 영렬(英烈)하다고 하였으므로 영렬(英烈)은 뛰어난 공훈을 말함이다. 앞 사람과 비교할 자가 없다고 하였음은 선대 어느 왕보다도 뛰어났다는 표현이다. 실제로 숙종은 14세 때 왕위에 올랐지만, 제대로 권력을 휘둘렀던 임금이다.


### 육십년래치태평 六十年來致太平
**60년 동안을 태평성대 이루셨네.**

숙종의 재위 기간은 1674~1720년까지다. 그러므로 46년 동안을 통치하였으며, 생몰로 보면 1661~1720년이므로 59년이다. 그리고 태평(太平)은 세상이 안정되고 아무런 걱정이 없는 어진 임금이 다스리는 것을 말하며, 흔히 태평성대(太平聖代)라고 한다.


### 우주중명요일월 宇宙重明堯日月
**우주를 거듭 밝힌 요임금의 해와 달이요,**

여기서 우주는 숙종이 다스리던 세상을 말한다. 그리고 중(重)은 '무겁다'는 의미로 쓰인 것이 아니라 '거듭'이라는 뜻으로 쓰였다. 숙종의 통치를 요임금이 다스리던 세상에 비교하였다.


### 강상제도자연성 綱常制度自然成
**윤리 강상과 제도가 저절로 이뤄졌네.**

강상(綱常)은 삼강(三綱)과 오상(五常)을 말하며, 이를 삼강오상(三綱五常)이라고 한다. 이는 유교의 가장 기본적인 덕목이다.

# 위기미타반야궁 位寄彌陀般若宮

### 관음영 觀音詠

**位寄彌陀般若宮 妙觀自在放心通**
위기미타반야궁 묘관자재방심통

**雖然常住三摩地運 智興悲一體同**
수연상주삼마지운 지흥비일체동

아미타의 반야궁(般若宮)에 의지하여 계시면서
미묘하고 자재한 관찰로 심통(心通)을 놓으시네.
늘 삼마지(三摩地)에 머물면서
지혜 운행 자비 냄이 모두가 같네.

산보집에서 불상을 점안하는 작법인 불상점안작법(佛像點眼作法) 가운데 관세음보
살의 가영으로 실려 있다.


**위기미타반야궁 位寄彌陀般若宮**
아미타의 반야궁(般若宮)에 의지하여 계시면서

위기(位寄)에서 기(寄)는 '위탁하다'는 뜻이므로 이어지는 미타(彌陀)로 보면 아미타
부처님의 보처(補處)라는 표현이다. 반야(般若)는 지혜를 말하므로 반야궁(般若宮)은
'지혜의 궁전'이라는 뜻이다.


**묘관자재방심통 妙觀自在放心通**
미묘하고 자재한 관찰로 심통(心通)을 놓으시네.

미묘하고 자재하신 관찰력으로 인하여 마음으로 뜻이 통하지 않음이 없다는 뜻이다. 관자재(觀自在)하다는 표현을 이렇게 나타낸 것이다.


### 수연상주삼마지 雖然常住三摩地
### 늘 삼마지(三摩地)에 머물면서

삼마지(三摩地)는 산스크리트어 samadhi를 음사한 표현으로 이를 한역하여 삼매(三昧)라고 하며, 구사(俱舍) 오위(五位) 75법 가운데 하나다. 그러므로 관세음보살은 늘 선정에 들어 있다고 표현하고 있다.


### 운지흥비일체동 運智興悲一體同
### 지혜 운행 자비 냄이 모두가 같네.

운지(運智)는 '지혜를 운영한다'는 뜻이며, 흥비(興悲)는 자비심을 일으키는 것을 말한다. 까닭에 지혜와 자비심으로 중생을 대할 때는 사사로움이 없어서 모두에게 평등하게 대한다는 내용이다.

# 위리제유정 爲利諸有情

## 오자게 五字偈

**爲利諸有情 令得三身故**
위리제유정 영득삼신고

**淸淨身語意 歸命禮三寶**
청정신어의 귀명례삼보

모든 중생을 이롭게 하심은
그들에게 삼신(三身)을 얻게 하고자 함이다.
몸과 말, 마음을 맑고 깨끗하게 하여
삼보께 귀명하며 예를 올립니다.

산보집 오로단(五路壇) 작법에서 오자게(五字偈)로 수록되어 있다. 오자게는 다섯 글자로 이루어진 게송을 뜻한다.

### 위리제유정 爲利諸有情
모든 중생을 이롭게 하심은

유정(有情)은 중생을 말한다. 그러므로 중생을 이롭게 하고자, 이러한 내용이다.

### 영득삼신고 令得三身故
그들에게 삼신(三身)을 얻게 하고자 함이다.

삼신(三身)을 얻고자 한다는 것은 불법을 증득케 하고자 한다는 뜻이다. 삼신은 법신(法身), 보신(報身), 화신(化身)을 말하기도 하고 자성신(自性身), 수용신(受用身), 변화신(變化身)을 말하기도 한다.


## 청정신어의 淸淨身語意
### 몸과 말, 마음을 맑고 깨끗하게 하여

신어의(身語意)는 신(身), 구(口), 의(意)를 달리 나타낸 표현이다. 불교에서는 이를 삼업(三業)이라고 하여 신업(身業), 구업(口業), 의업(意業)을 말한다. 고로 삼업을 청정케 한다는 것은 불교의 가르침 가운데 가장 기본적인 수행의 지침이며 덕목이다.


## 귀명례삼보 歸命禮三寶
### 삼보께 귀명하며 예를 올립니다.

까닭에 불법승(佛法僧) 삼보에 귀의하며 예(禮)를 올림이다.

# 위엄정숙통성황 威嚴整肅統城隍

## 성황영 城隍詠

**威嚴整肅統城隍 端正靈明覇一方**
위엄정숙통성황 단정영명패일방

**炳察人間諸善惡 權衡鬼域衆魔王**
병찰인간제선악 권형귀역중마왕

성황신은 위엄 있고 정숙(整肅)하게 통제하고
단정하고 신령하고 명백하여 으뜸가는 신이기에
인간들의 선악을 환하도록 분명하게 살피시고
어김없이 처리하는 귀신무리 영역의 마왕이라네.

산보집 성황단(城隍壇) 작법에서 성황(城隍)에 대한 가영으로 나와 있기도 하고, 중단을 청해 맞이하는 의식인 중단영청지의(中壇迎請之儀) 가운데 사직영(社稷詠)으로 나와 있기도 하다. 마지막 부분이 다르게 되어 있다.

성황단은 불교와는 아무런 관련이 없다. 성황신(城隍神)에게 제사를 지내는 단을 일컫는 표현이다. 또한 성황신은 도성(都城)을 지켜준다는 신이지만 차츰 민간신앙으로 번져서 마을 입구에 사당을 지어 모시며 마을의 수호신으로 자리를 잡았다. 일명 동신(洞神)이라고도 한다.

### 위엄정숙통성황 威嚴整肅統城隍
성황신은 위엄 있고 정숙(整肅)하게 통제하고

정숙(整肅)은 의용(儀容)이 정제(精製)하고 엄숙한 것을 말하며, 통(統)은 통제(統制)한다는 의미로 쓰였다. 그러므로 성황신은 위용을 찬탄하고 악귀를 쫓음에 있어서 통제함이 뛰어나다는 표현이다.


## 단정영명패일방 端正靈明覇一方
단정하고 신령하고 명백하여 으뜸가는 신이기에

위엄(威嚴), 숙정(肅靜), 단정(端正)은 거의 같은 맥락의 문구다. 영명(靈明)은 신령스럽고 명백하다는 표현이다. 패(覇)는 으뜸을 말하므로 성황신을 지칭하는 것이다. 일방(一方)은 한편이라는 뜻으로 쓰여서, 한편 성황신은 단정하고 영명하다는 찬탄이다.


## 병찰인간제선악 炳察人間諸善惡
인간들의 선악을 환하도록 분명하게 살피시고

병(炳)은 밝다는 표현이다. 병찰(炳察)하면 환하게 살핀다는 뜻이어서 곧 명찰(明察)과 같은 뜻이다. 이어서 성황신은 인간 세상의 선악을 분명하게 살펴서 처리한다는 내용이다.


## 권형귀역중마왕 權衡鬼域衆魔王
어김없이 처리하는 귀신무리 영역의 마왕이라네.

권형(權衡)은 저울추와 저울대를 말하므로 곧 저울을 나타내어서 어김없이, 틀림없이, 분명하게, 이러한 뜻이다. 그러므로 성황신은 선악에 따라 벌과 복을 줌에 있어서 한 치의 어긋남도 없는 신이라고 나태는 것이다. 따라서 마왕은 성황신을 말한다.

# 위여선양승회의 爲汝宣揚勝會儀

## 설법게 説法偈

**爲汝宣揚勝會儀 阿難創設爲神飢**
위여선양승회의 아난창설위신기

**若非梁武重陳説 鬼聚何緣得便宜**
약비양무중진설 귀취하연득변의

너를 위해 수승한 법회 의식을 선양하노니
아귀들의 굶주림을 위해 아난이 시작하였네.
만약 양 무제가 거듭 베풀어 법을 설하지 않았더라면
귀신들이 무슨 인연으로 편의를 얻었겠는가.

영산재를 끝내고 난 뒤 이어지는 작법절차인 재후작법절차(齋後作法節次)에서 설법게(説法偈)로 실려 있으며 범음집에서도 이와 같다.


**위여선양승회의 爲汝宣揚勝會儀**
너를 위해 수승한 법회 의식을 선양하노니

선양(宣揚)은 법을 널리 떨치는 것을 말한다. 회의(會儀)에서 회(會)는 법회를 말하고, 의(儀)는 의식을 말한다. 이러한 표현은 중국 문헌 가운데 염불회의규(念佛會儀規) 등의 표현이 그러하다.


**아난창설위신기 阿難創設爲神飢**
아귀들의 굶주림을 위해 아난이 시작하였네.

구발염구아귀다라니경(救發焰口餓鬼陀羅尼經)에 보면 '아귀가 아난에게 말하기를 너는 삼 일 후에 죽을 것이며 아귀 세계에 태어날 것이라. 이 말은 들은 아난이 두려움을 이기지 못하고 아귀에게 묻기를 어찌하면 아귀 세계에 떨어지지 않겠느냐 하자, 내일 백천 나유타 항하의 모래알만큼 많은 아귀와 백천 바라문과 선인들에게 보시하되, 마가타국에서 사용하는 곡(斛:1가마, 10말의 용량)으로 각각 1곡의 음식을 보시하고, 아울러 나를 위하여 삼보에게 공양을 올리면 그대는 수명이 늘어날 것이고, 나에게 아귀의 고통을 털어 버리고 천상에 태어나게 할 수 있다.' 하였다. 阿難聞此語已。心生惶怖。問餓鬼言。若我死後。生餓鬼者。行何方便。得免斯苦。爾時。餓鬼白阿難言。汝於明日。若能布施百千那由他恒河沙數餓鬼幷百千婆羅門仙等。以摩伽陀國所用之斛。各施一斛飲食。幷及爲我供養三寶。汝得增壽令我。離於餓鬼之苦。得生天上。그러나 이 경은 위경(僞經)이다.


## 약비양무중진설 若非梁武重陳說
## 만약 양 무제가 거듭 베풀어 법을 설하지 않았더라면

양(梁)나라 무제가 자신의 부인이었던 치(郗)씨가 죽어서 어느 날 밤 나타나자 자비도량참법(慈悲道場懺法)을 지어 구제했다는 법회를 말한다.


## 귀취하연득변의 鬼聚何緣得便宜
## 귀신들이 무슨 인연으로 편의를 얻겠는가.

귀신들을 제도한 것도 모두 법을 설하여 제도하고, 시식(施食)을 하여 제도하였다는 뜻이다. 그러므로 이러한 것이 바로 귀신들에 대한 편의다.

# 위열유명도성중 位列幽冥到聖中

## 명도영 冥都詠

**位列幽冥到聖中 分明賞罰振淳風**
위열유명도성중 분명상벌진순풍

**金山建國安身臥 能使羣生業障空**
금산건국안신와 능사군생업장공

명부 세계 계위에 따라 나열된 이 성현 앞에 이르러
상 주고 벌함을 분명하게 처리함이 풍속이라네.
금산(金山)에 나라 세워 그 몸 편안히 머물고
중생들이 능히 업장을 비우게 하네.

산보집에서 중단을 청해 맞이하는 의식인 중단영청지의(中壇迎請之儀) 가운데 명도
영(冥都詠)으로 실려 있다.

**위열유명도성중 位列幽冥到聖中**
명부 세계 계위에 따라 나열된 이 성현 앞에 이르러

위열(位列)은 위계(位階)에 따른 순위를 말한다. 그러므로 명부 세계에서 위계에 따
라 명부의 성현들이 도열(堵列)된 곳에 이르러서, 이러한 표현이다.

**분명상벌진순풍 分明賞罰振淳風**
상 주고 벌함을 분명하게 처리함이 풍속이라네.

지은 바 업에 따라 상(賞)을 주고 벌을 내림에 있어서 분명하게 하여 아무도 여기에

대하여 이의를 제기하거나 불만을 가진 자가 없다고 하는 것을 순풍(淳風)이라고 표현을 하였다.


### 금산건국안신와 金山建國安身卧
### 금산(金山)에 나라 세워 그 몸 편안히 머물고

금산(金山)은 곧 진금산(眞金山)을 말하므로 이는 불신(佛身)을 비유하여 칭하는 것이다. 고로 불신을 갖추면 무량광명의 세계가 이어지는 것이다. 그러므로 극락세계에 태어나기를 원하는 내용이다.


### 능사군생업장공 能使羣生業障空
### 중생들이 능히 업장을 비우게 하네.

사(使)는 '하여금' 이러한 표현이므로 능사(能使)는 '능히 그에게' 이러한 뜻이다. 군생(羣生)은 군생(群生)을 말하므로 중생을 말한다. 이 구절에서 중생들이 업장을 비우게 한다고 하였으므로 이는 참회와 깨달음을 말하는 것이다.

# 위의정숙출천자 威儀整肅出天姿

## 공희 恭僖 대왕

威儀整肅出天姿 寶駕親臨白玉墀
위의정숙출천자 보가친림백옥지

三十九年雖享樂 不如蒙佛悟無爲
삼십구년수향락 불여몽불오무위

단정하고 엄숙한 위의(威儀)는 하늘 자태 벗어나니
백옥 같은 뜰에 보배 수레 친히 왕림하소서.
서른아홉 해 동안 비록 즐거움을 누렸으나
부처님의 힘을 입어 무위를 깨달음만 못하네.

산보집에서 종실단 작법의식인 종실단작법의(宗室壇作法儀) 가운데 중종(中宗) 임금의 선가(仙駕)에 대한 가영이다. 중종(中宗 1488~1544)은 조선 제11 왕으로 자는 낙천(樂天)이며, 휘는 역(懌)이다. 아버지는 성종(成宗)이고, 어머니는 정현왕후(貞顯王后)다. 시호는 공희휘문소무흠인성효대왕(恭僖徽文昭武欽仁誠孝大王)이다.

### 위의정숙출천자 威儀整肅出天姿
단정하고 엄숙한 위의(威儀)는 하늘 자태 벗어나니

정숙(整肅)은 의용(儀容)이 정제(精製)하고 엄숙한 것을 말한다. 그러므로 숙정(肅整)하고 같은 뜻이다. 고로 중종의 위의(威儀)는 출천(出天)한 몸가짐을 한 왕이라고 하는 찬탄이다. 그러나 중종은 조광조(趙光祖) 등을 앞세워 정치개혁을 시도하였으나 유유부단한 성격으로 인하여 뚜렷한 정치적 성과를 얻지 못한 군왕이었다.

**보가친림백옥지 寶駕親臨白玉墀**
백옥 같은 뜰에 보배 수레 친히 왕림하소서.

보가(寶駕)는 임금의 가마를 말하므로 용가(龍駕)와 같은 표현이다. 이를 산보집에서는 선가(仙駕)라고 하였다. 지(墀)는 계단 위의 빈 땅을 말한다. 그러므로 백옥 같은 계단 위의 뜰에서 어서 내려와 보가(寶駕)를 타시고 이 법회에 강림하기를 바란다는 내용이다.

**삼십구년수향락 三十九年雖享樂**
서른아홉 해 동안 비록 즐거움을 누렸으나

39년은 중종의 재위 기간이었던 1506~1544년을 말한다. 그리고 향락(享樂)은 즐거움을 누렸다는 의미보다는 재위하여 정사를 다스렸다는 뜻이다.

**불여몽불오무위 不如蒙佛悟無爲**
부처님의 힘을 입어 무위를 깨달음만 못하네.

부처님 법을 들어 깨닫는 것이 임금의 자리하고는 비교할 수가 없이 뛰어남으로 이 법회에 강림하여 깨달음을 얻어 무위(無爲)한 세계를 얻기를 염원하고 있다.

# 위재치불자 偉哉致佛者

## 사미 찬탄게 沙彌讚歎偈

**偉哉致佛者 何人不隨喜**
**위재치불자 하인불수희**

**復念與時會 我今獲法利**
**부념여시회 아금획법리**

**훌륭하구나! 부처를 이룩할 자여,**
**누군들 따라 기뻐하지 않겠는가.**
**지금 이 법회를 생각해 보면 여기 모인 대중들과**
**제가 이제 법의 이익 얻었나이다.**

작법귀감에서 사미에게 열 가지 계율을 주는 의식인 사미십계(沙彌十戒) 가운데 입지게(立志偈)에 이어서 대중들에게 절을 세 번 올리고 나서 이어지는 게송이다. 이는 법사가 사미를 찬탄하는 게송이다. 이 게송은 당나라 초기에 사문 도세(道世)가 편찬한 불교 백과사전인 법원주림(法苑珠林) 제22권, 제경요집(諸經要集) 제4권에서 인용을 하였다. 그러나 원문을 충실히 따르지 아니하고 변형하여 수록하였다.

### 위재치불자 偉哉致佛者
**훌륭하구나! 부처를 이룩할 자여,**

법원주림에서는 우재치불자(遇哉値佛者)라고 하여 부처님 법을 만난 것을 천만다행으로 여기고 있다. 그러나 작법귀감에서는 우(遇)를 위(偉)로 변형하여 '훌륭하다'라는 뜻으로 나타내었다. 또한 치(値)를 치(致)로 변형하였다. 치(値)는 값어치를 말하기에 부처님 법을 만난 것은 그 무엇에 비교할 수 없는 값어치가 있다고 찬탄함이다.

### 하인불수희 何人不隨喜
### 누군들 따라 기뻐하지 않겠는가.

법원주림에서는 하인수불희(何人誰不喜)로 되어 있다. 하인(何人)은 불특정 다수를
나타내어 '누구' 이러한 표현이다. 그러므로 수(誰)를 더하여 '누구인들' 부처님 법을
만난 것은 최고의 기쁨이라고 하고 있다.


### 부념여시회 復念與時會
### 지금 이 법회를 생각해 보면 여기 모인 대중들과

법원주림에서는 복원여시회(福願與時會)이며 부처님 법을 만난 것은 큰 복(福)이고,
더불어 이 법회에 함께한 것도 복(福)이라는 표현이다. 부념(復念)은 다시 생각해 보
면 이러한 뜻이다.


### 아금획법리 我今獲法利
### 제가 이제 법의 이익 얻었나이다.

그러므로 제가 이제 부처님의 가르침으로 인하여 무량한 이익을 얻게 되었다는 신심
을 드러내놓고 있다.

# 유력제방섭만도 遊歷諸方涉萬途

## 지공 대화상 指空大和尙

**遊歷諸方涉萬途 幾聞靈跡事崎嶇**
유력제방섭만도 기문영적사기구

**還來我國營諸刹 國統封來大聖軀**
환래아국영제찰 국통봉래대성구

여러 곳을 다니느라 물 건너고, 길을 거닐고
얼마나 들었던가, 신령한 자취와 기구한 일들을.
우리나라 돌아와선 여러 사찰 창건하고
국통(國統)에 봉해진 뒤 큰 성인이 되시었네.

산보집에서 선문의 조사에게 예참을 올리는 선문조사예참(禪門祖師禮懺) 가운데 서천(西天)의 제납박타(提納薄陁) 존자이신 지공(指空) 대화상에 대한 가영이다.

지공 선사(指空禪師)의 법명은 제납박타(提納薄陀)이고, 이를 의역하여 선현(禪賢)이라고 한다. 갖추어 나타내면 서천국제납박타존자지공대화상(西天國提納薄陀尊者指空大和尙)이며, 인도의 고승이다. 인도 나란타사(那爛陀寺)에서 계를 받았으나 이 절이 이슬람의 침입으로 폐교가 되자 인도 전역을 순례하다가 중국 원나라로 건너가서 불법을 펼쳤다. 고려 충숙왕 13년인 1326년에 고려에 들어와 3년여 동안 법을 펼치다가 다시 연경(燕京)으로 돌아가서 고려인이 세운 사찰 법원사(法源寺)에서 유학을 온 나옹(懶翁)을 만나 가르침을 전하였다.

**유력제방섭만도 遊歷諸方涉萬途**
여러 곳을 다니느라 물 건너고, 길을 거닐고

유력(遊歷)은 여러 고장을 두루 돌아다님을 말한다. 제방(諸方) 또한 여러 방면이니, 곧 여러 나라와 고장을 섭렵하였음을 의미한다. 이는 지공 화상의 포교 이력을 나타내는 것이다.

### 기문영적사기구 幾聞靈跡事崎嶇
얼마나 들었던가, 신령한 자취와 기구한 일들을.

기문(幾聞)은 부지기수로 많이 들었을 것이다. 영험한 곳과 기이한 일들을, 이러한 표현이다.

### 환래아국영제찰 還來我國營諸刹
우리나라 돌아와선 여러 사찰 창건하고

양주 회암사(檜巖寺)는 지공 선사가 창건한 사찰로 알려져 있으며, 의성 대곡사(大谷寺)는 지공과 나옹이 창건한 사찰로 알려져 있다.

### 국통봉래대성구 國統封來大聖軀
국통(國統)에 봉해진 뒤 큰 성인이 되시었네.

고려 후기에 국사(國師)는 국존(國尊)이나 국통(國統)으로 불렸다. 그러므로 지공선사도 국통(國統)으로 봉해진 성인이라는 내용이다.

유불독존천상하 惟佛獨尊天上下

## 염화게 拈花偈

**惟佛獨尊天上下 人王亦貴世人間**
유불독존천상하 인왕역귀세인간

**金沙步步香花落 含笑春風已滿顔**
금사보보향화락 함소춘풍이만안

천상천하에 오직 부처님 홀로 존귀하고
인왕(人王) 또한 인간 세상에선 귀하시다네.
금모래 위 발자국마다 향기로운 꽃 떨어지고
웃음 띤 봄바람이 이미 얼굴에 가득하네.

산보집에서 전패(殿牌)를 옮길 때 행하는 의식인 전패이운(殿牌移運)에 나오는 염화
게(拈花偈)다. 전패(殿牌)에서 전(殿)은 왕을 상징하고, 패(牌)는 전(殿)을 새긴 명패
(名牌)를 말한다.


**유불독존천상하 惟佛獨尊天上下**
천상천하에 오직 부처님 홀로 존귀하시고

유불(惟佛)에서 유(惟)는 생각한다는 뜻이므로 부처님에 대해서 골똘히 생각해 보니
천상천하에 부처님을 비교할 자가 없음을 알았기에 독존(獨尊)이라 하였다.


**인왕역귀세인간 人王亦貴世人間**
인왕(人王) 또한 인간 세상에선 귀하시다네.

927

위에 문장을 받아서 이어지는 내용이다. 그로 인하여 인간의 왕이 되는 것이며, 그러므로 인간 세상에서 가장 존귀하신 분이 석가모니 부처님이라는 말씀이다.

## 금사보보향화락 金沙步步香花落
### 금모래 위 발자국마다 향기로운 꽃 떨어지고

금사(金沙)는 금빛 모래땅이니 곧 금사세계(金沙世界)를 말하므로 사바세계(沙婆世界)가 아닌 극락정토를 말함이다. 보보(步步)는 걸음걸음으로, 부처님께서 걸으실 때마다 묘한 향기를 머금은 꽃이 흩뿌려진다는 말이다. 이러한 내용을 단독적으로 게송을 할 때는 산화게(散花偈)가 있으며, 짧게 찬탄할 때는 산화락(散花落)을 한다. 또 이러한 내용을 장엄하여 번(幡)으로 만들면 산화락번(散花落幡)이라고 한다.

## 함소춘풍이만안 含笑春風已滿顔
### 웃음 띤 봄바람이 이미 얼굴에 가득하네.

함소(含笑)는 웃음 머금은 것을 뜻하며 곧 파안미소(破顔微笑)를 말하는 것이다. 이는 부처님의 자비를 드러내는 덕상이다. 춘풍(春風)은 봄바람이므로 곧 훈풍(薰風)을 뜻하는 것이다. 봄이 오면 세상은 만화방초(萬花芳草)가 이루어지는 세상이므로 부처님의 얼굴을 만안(萬顔)이라고 하여 온갖 자비로움을 가지고 계시는 것이다.

참고로 염화게를 마치면 삼전(三殿)에 축원한다. 여기서 삼전이라고 하는 것은 주상(主上), 왕비(王妃), 세자(世子)의 전패를 말함이다. 축원은 다음과 같다.

主上殿下壽萬歲 주상전하수만세
주상 전하는 만세토록 수를 누리시옵소서.

王妃殿下壽齊年 왕비전하수제년
왕비 전하는 만세토록 함께 수를 누리시옵소서.

世子邸下壽千秋 세자저하수천추
세자 저하는 천세토록 수를 누리시옵소서.

이러한 문구를 전패로는 보기가 드물지만 법당에 글을 써서 표시한 것을 가끔 찾아

볼 수가 있다. 그 가운데 사찰 한 곳을 소개하자면 경북 의성군 다인면에 있는 대곡사(大谷寺)에 있는 대웅전 건물이 그러하다. 삼전축원에서 우리는 잘 알아차리지 못하지만 정작 뼈대가 빠져 있는 것이 있다. 임금의 권속들이 오래 살라 하는 장수기원만 있지, 정작 우리가 지향하는 성불하라는 말은 쏙 빠지고 없다는 것이다. 그만큼 조선 시대에 불교는 겨우 명맥만 유지할 정도로 나약하였다.

유교를 지향하던 조선은 아예 스님들이 수도 한양 땅을 밟는 것조차 허용하지 아니하였다. 그것이 바로 승려의 도성 출입 금지 정책이다. 이러한 정책은 1895년인 고종 32년에 일본이 우리나라를 섭정할 당시에 일본 일연종(日蓮宗) 스님이었던 사노렌레(佐野前勵)가 주선을 하고, 당시 친일파인 김홍집(金弘集) 등이 대원군을 설득하여 스님들의 도성 출입 해제가 이루어졌다. 조선의 스님들은 크게 환영하고 상당히 고무적인 반응을 보였으나 이로 인하여 조선불교가 일본불교에 왜속화하는 실마리가 되기도 하였다.

하여튼 세계 역사상 500년 동안이나 종교 탄압을 한 나라는 오직 조선국밖에 없다. 그래서 우리나라 불교는 유교의 문화와 신선을 추구하는 도교의 문화, 그리고 일본의 문화가 엄연히 숨어들어 있음에 슬퍼하지 아니할 수 없다. 다만 그것을 우리가 모르고 있을 뿐이다.

제기에 과일을 담아 부처님 전에 올리는 문화는 엄연히 유교의 문화이다. 부처님은 방편으로 열반을 보이셨을 뿐이다. 그러나 부처님 전에 올리는 그릇은 죽은 자에게 음식을 올리는 제기(祭器)이다.

부처님 전에 차를 올리는 그릇은 다기(茶器)가 아니라 도교의 정화수 그릇이다. 세 발 달린 향로(香爐) 역시 도교의 문화다.

# 유안석인제하루 有眼石人啼下淚

## 입감게 入龕偈

**有眼石人啼下淚 無言童子暗嗟噓**
유안석인제하루 무언동자암차허

눈 달린 돌사람은 눈물을 흘리며 울고
말 없는 동자는 남몰래 한숨을 쉰다.

작법귀감 다비작법(茶毗作法)에서 죽은 이를 입감(入龕)하면서 망자에게 들려주는 게송이다. 여기서 입감(入龕)은 곧 입관(入棺)과 같은 표현이다. 이 게송은 자수심화상광록(慈受深和尙廣錄) 권 4, 승가예의문(僧家禮儀文) 제1권, 건중정국속등록(建中靖國續燈錄) 제19권 등에 나오며 여기서는 승가예의문을 인용한 것으로 보인다. 그러나 원문하고는 한 글자가 다르게 옮겨졌으며, 전체적인 내용은 망자의 경계를 시험하고 있다.

**유안석인제하루 有眼石人啼下淚**
눈 달린 돌사람은 눈물을 흘리며 울고

석인(石人)은 무심한 경계를 말함이다. 승가예의문에는 제(啼)가 아니고 재(齋)이다. 그러므로 석인은 삼가 눈물을 흘린다는 표현이다.

**무언동자암차허 無言童子暗嗟噓**
말 없는 동자는 남몰래 한숨을 쉰다.

무언동자(無言童子)는 말이 없는 동자가 아니라 벙어리동자를 말하며 암차허(暗嗟噓)는 남몰래 한숨을 쉰다, 또는 거짓말을 한다는 표현이다. 까닭에 급히 마음의 경계를 알아차리라는 다그침이다.

유여의계지하염 有餘依界知何厭

## 제14 벌나파사 伐羅婆斯 존자

**有餘依界知何厭 無漏玄鄉不可期**
**유여의계지하염 무루현향불가기**

**方便化城今已悟 頭頭寶所盡相宜**
**방편화성금이오 두두보소진상의**

유여의 다른 세계도 굳이 싫어하는 마음 없고
무루의 현묘한 고향도 기약하지 않네.
방편으로 성 만들어 지금 이미 깨달으니
갖가지 보배 처소에 그 모습 다하네.

작법귀감에서 나한에게 올리는 큰 예법인 나한대례(羅漢大禮) 가운데 제14 벌나파사(伐羅婆斯) 존자에 대한 가영이다. 의(宜)는 의(宜)의 고자(古字)다.

벌나파사 존자는 십육 나한 가운데 제14 존자이며, 1400명의 제자와 함께 가주산(可住山)에 머물며 불법을 수호하고 중생을 이롭게 한다. 작법귀감에는 벌나파사(伐羅婆斯)라고 표현하였으나 불교사전에는 주로 벌나바사(伐那婆斯)로 소개하고 있다.

### 유여의계지하염 有餘依界知何厭
유여의 다른 세계도 굳이 싫어하는 마음 없고

유여(有餘)는 넉넉하여 남음이 있다는 뜻도 있고, 지나친 것을 말하기도 한다. 사기(邪氣)가 왕성한 것을 뜻하기도 한다. 그러나 여기서는 넉넉하여 남음이 있다는 뜻으로 쓰여서, 넉넉한 것도 옹색한 것도 마다하지 않는다는 '무소유'의 개념을 보이고 있다.

931

**무루현향불가기 無漏玄鄕不可期**
**무루의 현묘한 고향도 기약하지 않네.**

현향(玄鄕)은 현묘한 고향을 말하므로 곧 마음자리를 말함이다. 이 마음은 다함이 없기에 무루(無漏)라고 한 것이다. 고로 애써 마음을 구하려고 하지 않는다고 하였으니, 이는 구하고자 하는 마음이 있으면 그 마음에 집착하는 병통이 생기기 마련이기 때문이다. 이러한 경계를 이미 초월했음을 보여준다.


**방편화성금이오 方便化城今已悟**
**방편으로 성 만들어 지금 이미 깨달으니**

방편의 성(城)이란 법화경에 나오는 화성유(化城喩)를 말하는 것으로, 이미 이러한 방편 따위를 초월한 경지에 이르렀다고 하는 것이다.


**두두보소진상의 頭頭寶所盡相宜**
**갖가지 보배 처소에 그 모습 다하네.**

두두(頭頭)는 두두물물(頭頭物物)을 말하는 것으로 곧 삼라만상을 뜻한다. 이러한 경계에서도 벗어나 의연한 모습을 보인다고 하는 표현이다.

## 산신영 山神詠

遊逸恣情靑嶂裏 逍遙快樂碧巒中
유일자정청장리 소요쾌락벽만중

暫屈雲軿臨法會 了聽圓音悟大空
잠굴운병림법회 료청원음오대공

푸른 산속에 마음 가는 대로 노니시고
푸른 멧부리를 소요(逍遙)하며 쾌락을 누리시네.
잠시나마 수레를 타시고 이 법회에 강림하사
원만한 법음 듣고 크게 공(空)함을 깨달으소서.

작법귀감에서 산신을 청하는 연유(緣由)를 아뢰고 난 다음 이어지는 가영이다. 산신은 산악을 숭배하는 민간신앙으로 우리나라 불교에 버젓이 자리를 잡았으나 불교하고는 전혀 관련이 없다.


**유일자정청장리 遊逸恣情靑嶂裏**
**푸른 산속에 마음 가는 대로 노니시고**

유일(遊逸)은 일은 안 하고 제멋대로 노는 것을 말하지만, 여기서는 좋은 뜻으로 쓰여 이어서 나오는 소요(逍遙)와 같은 맥락으로 쓰였다. 자정(恣情)은 마음 내키는 대로 한다는 뜻으로, 오고 감에 있어서 거리낌이 없는 것을 말한다. 그 주처(住處)는 푸른 산속이라고 하였다.

**소요쾌락벽만중 逍遙快樂碧巒中**
푸른 멧부리를 소요(逍遙)하며 쾌락을 누리시네.

벽만(碧巒)은 푸르고 험준한 뫼를 말하며, 이는 산신의 주처를 찬탄하기 위한 표현이다.

**잠굴운병림법회 暫屈雲軿臨法會**
잠시나마 수레를 타시고 이 법회에 강림하사

잠굴(暫屈)에서 잠(暫)은 잠시, 잠깐, 이러한 뜻이다. 굴(屈)은 몸을 움직이는 것을 말하며, 운병(雲軿)은 천녀(天女)가 타고 다닌다는 수레를 말한다. 그러므로 산신이 잠시나마 이 법회에 임해줄 것을 간청하는 것이다.

**료청원음오대공 了聽圓音悟大空**
원만한 법음 듣고 크게 공(空)함을 깨달으소서.

원음(圓音)은 원만한 소리이니, 곧 부처님 말씀을 말한다. 고로 부처님 말씀을 듣고 공(空)의 이치를 크게 깨달으라고 하는 뜻이다.

# 유전삼계중 流轉三界中

## 하직게 下直偈

流轉三界中 恩愛未能脫
유전삼계중 은애미능탈

棄恩入無爲 眞實報恩者
기은입무위 진실보은자

삼계를 떠돌아다니다가
은혜와 애정에서 벗어나지 못했다네.
은혜를 버리고 무위에 들어가니
참으로 은혜를 갚는 자라네.

작법귀감에서 사미에게 열 가지 계율을 주는 사미십계(沙彌十戒) 가운데 국왕에게 하직 인사를 하고 나서 부모와 작별하는 하직게를 올려 출가를 허락해 달라고 청하는 게송이다. 이 게송은 법원주림에 의하면 청신사도인경(淸信士度人經)에서 세속의 옷을 입고 부모와 존친에게 마지막으로 절하고 하직한 다음에 읊는 게송이라고 하였다.

### 유전삼계중 流轉三界中
삼계를 떠돌아다니다가

유전삼계라고 하는 것은 나고 죽음을 거듭하는 것을 말한다. 이를 우물의 두레박에 비유하여 무상경(無常經) 게송에 다음과 같은 가르침을 전하고 있다.

循環三界內 猶如汲井輪 亦如蠶作繭 吐絲還自纏
순환삼계내 유여급정륜 역여잠작견 토사환자전

삼계를 돌고 도는 것은 오르내리는 두레박질 같고
누에가 고치를 짓는 것과 같으니 실을 토해 도리어 자신이 얽힌다네.


## 은애미능탈 恩愛未能脫
### 은혜와 애정에서 벗어나지 못했다네.

은(恩)은 은혜를 말하며, 크게 보면 나라의 은혜와 부모의 은혜를 말함이다. 애(愛)는 애정을 말하기에 많은 사람들이 출가하고자 하나 이러한 속정에 얽매여 출가하지 못함이다. 그러므로 오늘에서야 출가하는 것은 이러한 속정을 끊음이다. 작법귀감에는 미(未)로 되어 있으나 원문은 불(不)로 되어 있다.


## 기은입무위 棄恩入無爲
### 은혜를 버리고 무위에 들어가니

이미 위에서 설명한 바 무위(無爲)로 들어가는 것은 부처님 세계로 들어가는 것을 말한다.


## 진실보은자 眞實報恩者
### 참으로 은혜를 갚는 자라네.

그러므로 불도를 구하여 생사를 벗어나는 것이 국왕과 부모님의 은혜에 참답게 보답하는 것이라고 밝히고 있다.

# 유차주거근수토 維此住居勤守土

**안위제택신게 安慰諸宅神偈**

維此住居勤守土 安護人物顯諸神
유차주거근수토 안호인물현제신

威靈自用旣無私 呵禁不祥應有法
위령자용기무사 가금불상응유법

오직 여기에 머물러 살고 부지런히 이 땅 지켜서
사람을 편안하게 보호하기 위해 모든 신 드러나네.
위엄 있는 신령을 씀에 이미 사사로운 마음이 없으니
상서롭지 못함을 당연히 금하고 꾸짖기에 법도가 있네.

此日虔興平等供 聖凡俱會異常居
차일건흥평등공 성범구회이상거

仰憑密語爲加持 將使身心無畏恐
앙빙밀어위가지 장사신심무외공

이날 경건하게 일으킨 평등한 공양은
성인 범부 모두 모인 평상시와 다른 법회라네.
우러러 비밀스러운 말씀에 의지하여 가지한 법으로
장차 몸과 마음으로 하여금 두려움과 공포가 없게 하리라.

산보집에서 족성가단(族姓家壇)을 마련하여 가택신(家宅神)을 안위하는 게송이다.
이는 송나라 사문 지반(志磐)이 엮은 법계성범수륙승회수재의궤(法界聖凡水陸勝會
修齋儀軌) 권 제1에 나오는 내용을 인용하였다.

가택신은 민간신앙의 일종으로 집안을 평안하게 보살펴 준다는 신이다. 일명 가신(家神)이라고도 하며 가옥을 기준으로 마루에는 성주(城主), 안방에는 삼신(三神), 부엌에는 조왕(竈王), 화장실에는 측신(廁神), 마당에는 지신(地神), 장독대에는 칠성(七星) 등이 좌정한다고 믿는 민간신앙이다.

### 유차주거근수토 維此住居勤守土
오직 여기에 머물러 살고 부지런히 이 땅 지켜서

가택에 머무는 가택신(家宅神)을 통틀어 말함이다.

### 안호인물현제신 安護人物顯諸神
사람을 편안하게 보호하기 위해 모든 신 드러나네.

가택신이 하는 일은 사람을 편안하게 보호하기 위함이 목적이라는 것을 밝히고 있다.

### 위령자용기무사 威靈自用旣無私
위엄 있는 신령을 씀에 이미 사사로운 마음이 없으니

가택신의 공평한 일 처리와 사사로움이 없는 분임을 밝히고 있다.

### 가금불상응유법 呵禁不祥應有法
상서롭지 못함을 당연히 금하고 꾸짖기에 법도가 있네.

원문은 가(呵)가 아닌 가(訶)로 되어 있지만, 그 뜻은 모두 꾸짖는다는 뜻이다. 가택신은 상서롭지 못한 일을 보면 당연히 이를 꾸짖어서 하지 못하게 한다는 뜻이다.

### 차일건흥평등공 此日虔興平等供
이날 경건하게 일으킨 평등한 공양은

가택신에게 평등한 마음으로 공양을 올린다는 표현이다.

**성범구회이상거 聖凡俱會異常居**
성인 범부 모두 모인 평상시와 다른 법회라네.

이 법회는 성인은 물론이고 범부도 모두 모여서 진행하기에 평소와는 다른 특별한 법회라고 말하고 있다.


**앙빙밀어위가지 仰憑密語爲加持**
우러러 비밀스러운 말씀에 의지하여 가지한 법으로

부처님 말씀에 의지하여 법을 더한다는 뜻이다.


**장사신심무외공 將使身心無畏恐**
장차 몸과 마음으로 하여금 두려움과 공포가 없게 하리라.

앞으로는 몸과 마음이 두려움과 공포에서 벗어나게 해달라는 간청이다.

# 육근호용구무애 六根互用俱無碍

## 삼세불영 三世佛詠

**六根互用俱無碍 四智圓明悉混融**
육근호용구무애 사지원명실혼융

**稽首法王無上士 共垂十力接羣蒙**
계수법왕무상사 공수십력접군몽

육근이 서로 작용하나 걸림 없음을 갖추고
네 가지 지혜(四智)는 둥글고 밝아 모두 다 혼융하네.
법왕이신 부처님께 머리를 조아려 예를 올리니
십력을 드리워서 어리석은 모든 중생을 이끄시네.

산보집에서 상단을 청해 맞이하는 의식인 상단영청지의(上壇迎請之儀) 가운데 삼세불영(三世佛詠)으로 되어 있다. 작법귀감에는 다비작법(茶毗作法) 가운데 오방불(五方佛)을 청하는 오방불청(五方佛請)의 의례를 끝내고 이어지는 오방불영(五方佛詠)으로 수록되어 있다.

삼세불(三世佛)은 과거불, 현재불, 미래불을 말하며 이는 연등불(燃燈佛), 석가모니불(釋迦牟尼佛), 미륵불(彌勒佛)이다.

### 육근호용구무애 六根互用俱無碍
육근이 서로 작용하나 걸림 없음을 갖추고

육근을 부림에 있어서 전혀 걸림이 없다는 표현이다. 이는 무애자재(無礙自在)한 경계를 말한다. 까닭에 육근이 끝없는 예부터 번뇌를 여의고 청정하여서 낱낱이 근(根)이 서로 다른 근(根)의 작용을 갖춘 것을 말한다.

**사지원명실혼융 四智圓明悉混融**
네 가지 지혜(四智)는 둥글고 밝아 모두 다 혼융하네.

사지(四智)는 부처님이 갖춘 지혜인 대원경지(大圓鏡智), 평등성지(平等性智), 묘관찰지(妙觀察智), 성소작지(成所作智)를 말한다. 이러한 사지(四智)가 둥글고 밝아서 모두 섞이지만 융화됨에 전혀 걸림이 없다. 까닭에 무애한 경지가 되는 것이다. 심지관경(心地觀經)에 보면 '네 가지 지혜가 둥글고 밝아 법락을 받음은 먼저 부처님과 나중 부처님의 체(體)가 다 한가지라'고 하였다. 四智圓明受法樂。前佛後佛體皆同。

**계수법왕무상사 稽首法王無上士**
법왕이신 부처님께 머리를 조아려 예를 올리니

계수(稽首)는 머리를 숙여 예를 올리는 것을 말하며 이는 최상의 인사법이다. 법왕(法王)도 부처님을 나타내고 무상사(無上士)도 부처님을 나타내는 표현이다.

**공수십력접군몽 共垂十力接羣蒙**
십력을 드리워서 어리석은 모든 중생을 이끄시네.

군몽(羣蒙)은 어리석은 중생을 말한다. 그러므로 중생을 위하여 십력(十力)을 드리워서 모두 제도하신다는 표현이다.

십력은 석가모니 부처님만 가지고 있는 열 가지 지혜의 힘이다.
1. 처비처지력(處非處智力).
2. 업이숙지력(業異熟智力).
3. 정려해탈등지등지지력(靜慮解脫等持等至智力).
4. 근상하지력(根上下智力).
5. 종종승해지력(種種勝解智力).
6. 종종계지력(種種界智力).
7. 변취행지력(遍趣行智力).
8. 숙주수념지력(宿住隨念智力).
9. 사생지력(死生智力).
10. 누진지력(漏盡智力).

# 육력선문사사휘 戮力禪門事事輝

## 구곡각운 龜谷覺雲 선사

**戮力禪門事事輝 祖師拈丹盡添誼**
육력선문사사휘 조사념단진첨의

**已得王封尊者號 我東衰季道光威**
이득왕봉존자호 아동쇠계도광위

죽을힘 다하여 선문의 일들은 모두 빛나게 하셨으며
조사의 진리를 다하여 옳음을 더하셨으니
이미 왕으로부터 존자의 호칭에 봉해졌고
쇠퇴하는 우리 동방에 도(道)의 위광을 떨쳤네.

산보집 시왕단작법(十王壇作法)에서 구곡각운(龜谷覺雲 ?~?) 선사에 대한 가영으로 실려 있다. 스님에 대하여 산보집에는 선문의 목탁이요, 교해의 배이며, 선(禪)의 진리와 설의(說誼)를 연설하여 후손들에게 종풍(宗風)을 건립해 주신 분이라고 찬탄하고 있다. 스님은 고려 후기와 조선 초기에 걸쳐 수행하였으며 법명은 각운(覺雲)이고, 법호는 구곡(龜谷)이다.

### 육력선문사사휘 戮力禪門事事輝
죽을힘 다하여 선문의 일들은 모두 빛나게 하셨으며

육력(戮力)은 '죽을힘을 다하여' 이러한 표현이며 문장에 따라서는 서로 힘을 모으는 것이라는 뜻으로도 해석된다. 그러나 여기서는 선문(禪門)의 일이라고 하였으므로 선리를 추구하는 데 온 힘을 다하였다는 뜻으로 쓰였다. 그러므로 스님은 하시는 일마다 모두 혁혁한 공을 세우셨다고 찬탄함이다.

### 조사념단진첨의 祖師拈丹盡添誼
조사의 진리를 다하여 옳음을 더하셨으니

염단(拈丹)은 진리를 말하는 표현으로 쓰였기에 조사염단(祖師拈丹) 하면 조사의 진리를 말한다. 첨(添)은 더하다, 보태다, 이러한 뜻이고 의(誼)는 옳음을 말하므로 곧 선의(禪誼)를 말한다.


### 이득왕봉존자호 已得王封尊者號
이미 왕으로부터 존자의 호칭에 봉해졌고

선사는 고려 공민왕(恭愍王)으로부터 대조계종사선교도총섭숭신진승권수지도도대선사(大曹溪宗師禪教都摠攝崇信眞乘勸修至道都大禪師)라는 법호를 받았다.


### 아동쇠계도광위 我東衰季道光威
쇠퇴하는 우리 동방에 도(道)의 위광을 떨쳤네.

쇠계(衰季)는 쇠퇴한 말기를 말하며 아동(我東)은 아동방(我東方)의 줄인 말로 곧 우리나라를 가리킨다. 고로 구곡각운 선사가 불법이 쇠퇴해 가는 우리나라에 다시 도(道)의 위광을 떨쳤다는 표현이다.

# 육시설법무휴식 六時說法無休息

## 미륵영 彌勒詠

**六時說法無休息 三會度人非等閑**
육시설법무휴식 삼회도인비등한

**切念勞生沉五濁 今霄畧暫到人間**
절념노생침오탁 금소략잠도인간

**육시(六時)로 법을 설하시니 잠깐 쉼도 없으시고**
**세 번의 설법으로 중생을 구제하시기에 소홀함이 없도다.**
**오탁악세의 중생들 고통을 간절하게 생각하시어**
**오늘 밤 잠깐만이라도 인간 세상에 오시옵소서.**

산보집에서 상단을 청해 맞이하는 의식인 상단영청지의(上壇迎請之儀) 가운데 미륵영(彌勒詠)으로 수록되어 있다. 미륵불은 석가모니 부처님이 열반에 든 뒤 56억 7,000만 년이 지나면 사바세계에 내려와 용화수(龍華樹) 아래서 3회의 설법으로 중생을 구제한다는 부처이기에 미래불(未來佛)이다.

### 육시설법무휴식 六時說法無休息
육시(六時)로 법을 설하시니 잠깐 쉼도 없으시고

육시(六時)는 '온종일'이라는 표현이다. 인도에서 하루를 밤낮으로 오전을 신조(晨朝) 또는 일초(日初)라 하고, 정오는 일중(日中) 또는 오시(午時)라고 하며, 오후는 일몰(日沒) 또는 일후(日後)라 하고, 저녁은 초야(初夜)라 하며, 한밤을 중야(中夜)라 하고, 새벽을 후야(後夜)라 하여 여섯 때로 구분하였다. 이에 붙여진 이름이며 이를 주야육시(晝夜六時)라 하기도 한다.

### 삼회도인비등한 三會度人非等閑
세 번의 설법으로 중생을 구제하시기에 소홀함이 없도다.

삼회도인(三會度人)은 미륵부처님께서 인간의 수명이 8만 세가 될 때 이 세상에 오시어 화림원(華林園)의 용화수(龍華樹) 아래서 성불하여 세 번의 설법으로 백천 만억 중생을 제도한다는 뜻으로, 첫 번째 법회에서는 96억 사람들이 아라한과를 얻으며, 두 번째 법회에서는 94억 비구들이 아라한과를 얻으며, 세 번째 법회에서는 92억 사문들이 아라한과를 얻는다고 하였다. 이를 용화삼회(龍華三會) 또는 미륵삼회(彌勒三會)라고 한다.


### 절념노생침오탁 切念勞生沉五濁
오탁악세의 중생들 고통을 간절하게 생각하시어

절념(切念)은 '사무치도록 생각을 한다'는 표현으로 오탁악세에 빠져 고통 받는 중생을 이토록 생각한다는 뜻이다.


### 금소략잠도인간 今霄畧暫到人間
오늘 밤 잠깐만이라도 인간 세상에 오시옵소서.

금소(今宵)는 금야(今夜)와 같은 표현으로 '오늘 밤'이라는 뜻이다. 약잠(畧暫)에서 약(畧)은 약(略)과 같은 글자로 '잠깐 사이에' 이러한 표현이다. 까닭에 미륵보살께 잠깐만이라도 사바세계에 내려와 주실 것을 간청하고 있음이다.

# 윤왕오제급삼황 輪王五帝及三皇

## 세주영 世主詠

輪王五帝及三皇 堯舜周泰漢共唐
윤왕오제급삼황 요순주태한공당

曾把華夷都併統 或將吳楚各分疆
증파화이도병통 혹장오초각분강

전륜성왕과 다섯 황제 더불어 세 임금
요임금 순임금과 주나라, 진나라, 한나라, 그리고 당나라
일찍이 한족과 다른 민족이 아울러 통치했으나
때로는 오나라, 초나라로 국경을 나누기도 했다네.

산보집에서 하단을 청해 맞이하는 의식인 하단영청지의(下壇迎請之儀)에 수록된 세주영(世主詠)이다. 세주영에서 세주(世主)라고 하는 것은 세상의 주인을 말하므로 곧 임금을 말함이다.


### 윤왕오제급삼황 輪王五帝及三皇
### 전륜성왕과 다섯 황제 더불어 세 임금

전륜성왕(轉輪聖王)은 고대 인도 신화에 나오는 임금이다. 정법으로 온 세계를 통치한다는 왕이다. 오제(五帝)는 고대 중국을 다스렸다는 상상 속의 황제로 사마천(司馬遷)이 지은 오제본기(五帝本紀)에 따르면 황제(黃帝), 전욱(顓頊), 제곡(帝嚳), 요(堯), 순(舜)이라고 하였다. 또 다른 설에는 소호(少昊), 전욱(顓頊), 제곡(帝嚳), 요(堯), 순(舜)이라고도 한다. 삼황(三皇)은 중국 고대 전설에 나오는 세 임금으로 수인씨(燧人氏), 복희씨(伏犧氏), 신농씨(神農氏)를 가리키며 오제와 합하여 흔히 삼황오제(三皇五帝)라고 한다.

**요순주태한공당 堯舜周泰漢共唐**
요임금 순임금과 주나라, 진나라, 한나라, 그리고 당나라

요(堯)임금, 순(舜)임금과 더불어 고대 중국의 임금을 언급하고 있다.


**증파화이도병통 曾把華夷都併統**
일찍이 한족과 다른 민족이 아울러 통치했으나

증파(曾把)는 '서로 손을 붙잡았다'는 뜻이며, 화이(華夷)에서 화(華)는 한족을 말하고 이(夷)는 한족 이외에 다른 민족을 말한다. 그러므로 한족과 더불어 다른 민족도 중국을 통치하였다는 표현이다.


**혹장오초각분강 或將吳楚各分疆**
때로는 오나라, 초나라로 국경을 나누기도 했다네.

춘추전국 시대에 오(吳)나라와 초(楚)나라는 큰 전쟁으로 인하여 서로 국경을 나누기도 했다는 표현이다.

# 음주단여지혜종 飮酒斷汝智慧種

## 불음주계 不飮酒戒

飮酒斷汝智慧種 世世昏迷似醉人
음주단여지혜종 세세혼미사취인

佛說不持五戒者 來生決定失人身
불설불지오계자 내생결정실인신

술 마시면 너의 지혜 종자가 끊어지나니
세세생생 혼미해서 술 취한 사람 같으리라.
부처님이 설하셨네, 다섯 계율 지키지 못하면
내생에는 결정코 사람 몸을 잃으리라.

작법귀감에서 사미에게 열 가지 계율을 설하면서 그 다섯 번째인 술을 마시지 말라는 불음주계(不飮酒戒)에 나오는 게송이다

음주단여지혜종 飮酒斷汝智慧種
술 마시면 너의 지혜 종자가 끊어지나니

술 마시지 마라. 너의 지혜 종자가 끊어진다.

세세혼미사취인 世世昏迷似醉人
세세생생 혼미해서 술 취한 사람 같으리라.

세세(世世)는 대대(代代)로 이러한 뜻으로, 이어지는 혼미(昏迷)는 흐리멍덩한 삶을 말한다. 왜냐하면 술을 마시면 지혜의 종자가 끊어지기 때문이다.

**불설불지오계자 佛說不持五戒者**
**부처님이 설하신 다섯 가지 계율 지키지 못하면**

오계(五戒)는 불교에 입문한 신도들이 지켜야 할 가장 기본적인 계율이다. 다섯 가지 계율은 다음과 같다.
① 불살생(不殺生)-살생하지 마라.
② 불투도(不偸盜)-도둑질하지 마라.
③ 불사음(不邪婬)-음행을 하지 마라.
④ 불망어(不妄語)-거짓말을 하지 마라.
⑤ 불음주(不飮酒)-술을 마시지 마라.


**내생결정실인신 來生決定失人身**
**다음 생에는 결코 사람 몸을 잃으리라.**

내생(來生)은 죽은 뒤의 다음 생을 말한다. 결정(決定)은 단정지어 말하는 것으로 사람의 몸을 받지 못함이라고 준엄하게 꾸짖고 있다.

# 응공수방불탄로 應供隨方不憚勞

## 제3 가낙가바리타사 迦諾迦跋釐墮闍 존자

應供隨方不憚勞 分身濟物普相饒
응공수방불탄로 분신제물보상요

龍宮赴請遊三島 月殿辭歸下九霄
용궁부청유삼도 월전사귀하구소

공양을 청하면 언제나 응하심에 어려워 않고
몸 나누어 두루 중생을 제도함에 너그럽게 대하고
용궁에서 달려와 법을 청하면 거듭 여러 섬을 유행하며
월궁을 하직하고 높은 하늘에서 내려오시네.

작법귀감에서 나한에게 올리는 큰 예법인 나한대례(羅漢大禮)에 수록된 동승신주(東勝身洲)에 계시는 제3 가낙가바리타사(迦諾迦跋釐墮闍) 존자에 대한 가영이다. 가낙가바리타사 존자는 불교사전에는 가낙가발리타사(迦諾迦跋釐墮闍)로 수록되어 있으며, 6백 명의 아라한과 동승신주에 머무르며 정법을 수호하고 중생을 이익되게 한다는 아라한이다.

### 응공수방불탄로 應供隨方不憚勞
공양을 청하면 언제나 응하심에 어려워 않고

수방(隨方)은 '언제나 응하신다'는 표현이다. 그리고 탄(憚)은 '꺼리다'라는 표현이므로 신분을 가리지 아니하고 응하신다는 뜻이다.

## 분신제물보상요 分身濟物普相饒
**몸 나누어 두루 중생을 제도함에 너그럽게 대하고**

분신(分身)은 중생을 제도하기 위하여 갖가지 몸으로 나타낸다는 뜻이지만, 여기서는 바쁘게 움직인다는 표현이 더 적정하다. 이토록 공양에 응하여 중생을 이롭게 한다는 것은, 공양이라고 단순한 식사를 하는 행위를 말하는 것이 아니라 법문이 이어지기 때문이다. 상요(相饒)는 '너그럽게 받아들인다'는 표현이다.


## 용궁부청유삼도 龍宮赴請遊三島
**용궁에서 달려와 법을 청하면 거듭 여러 섬을 유행하며**

용궁에서 법을 청하더라도 이를 기꺼이 받아들여서 여러 섬을 다니신다는 뜻이다. 삼도(三島)에서 삼(三)은 세 번이라는 뜻으로 쓰인 것이 아니고, '거듭' 또는 '자주자주'라는 표현이다.


## 월전사귀하구소 月殿辭歸下九霄
**월궁을 하직하고 높은 하늘에서 내려오시네.**

월전(月殿)은 달 속에 있다는 전설상의 궁전이다. 사귀(辭歸)는 사임하고 귀향하는 것을 말한다. 구소(九霄)는 높은 하늘을 말한다. 그러므로 존자가 달나라에 가서 법을 설하고 내려온다는 표현이다.

# 의구논의지비의 擬求論義知非義

## 제8 불타난제 佛陀難提 존자

**擬求論義知非義 降了心猿息萬途**
의구논의지비의 강료심원식만도

**四十出家無外物 不知誰見頂中珠**
사십출가무외물 부지수견정중주

논의로써 구하는 것이 바르지 아니함을 알고,
원숭이 같은 마음 항복 받아야 만 갈래 길 쉬네.
나이 40에 출가하여 마음 밖에 다른 물건 없고
그 누가 정수리의 구슬을 보았는지 알지 못하네.

산보집에서 선문의 조사에게 예를 올리며 참회하는 선문조사예참(禪門祖師禮懺) 가운데 제8대 조사 불타난제(佛陀難提) 존자에 대한 가영이다. 불타난제는 가마라국(迦摩羅國) 출신으로 바수밀(婆須蜜) 존자를 만나서 불문에 들었다.

**의구논의지비의 擬求論義知非義**
논의로써 구하는 것이 바르지 아니함을 알고,

논의(論義)로써 구하는 것이 바름이 아님을 알았다고 하는 것은 불교의 핵심인 마음을 이치로 따져서 구하려고 하는 것을 말함이다. 마음공부는 이치로는 절대로 해결되지 않는다.

**강료심원식만도 降了心猿息萬途**
원숭이 같은 마음 항복 받아야 만 갈래 길 쉬네.

심원(心猿)은 변덕스러운 마음을 말한다. 그러므로 진심을 등져버린 마음을 말하는 것이다. 이와 비슷한 표현으로는 위백양(魏伯陽)이 저술한 주역참동계(周易參同契)에 보면 심원의마(心猿意馬)라고 하여 마음은 원숭이 같고, 생각은 말과 같다는 표현이 있다. 까닭에 무명심(無明心)을 항복 받아야 비로소 진심(眞心)이 드러나는 것이다.


## 사십출가무외물 四十出家無外物
## 나이 40에 출가하여 마음 밖에 다른 물건 없고

존자가 40세가 되어서 가마라국에 온 바수밀 존자를 만나서 진리를 토론할 것을 제의하자 바수밀이 말하기를 토론하면 이미 진리가 아니요, 진리라면 이상 토론할 필요가 없다고 하여 끝내 토론하지 못했다. 이에 존자가 깨친 바가 있어서 바수밀 존자를 스승으로 삼아 출가를 하였다.


## 부지수견정중주 不知誰見頂中珠
## 그 누가 정수리의 구슬을 보았는지 알지 못하네.

존자의 성은 '고타마'이며 태어날 때부터 정수리에 구슬이 있었는데 그 빛이 찬란하다고 하였다.

의기흉완난저적 意氣凶頑難抵敵

## 기도영 其徒詠

**意氣凶頑難抵敵 其徒百萬鎭冥司**
의기흉완난저적 기도백만진명사

**縱橫不念羣情苦 遇少逢尊即倒提**
종횡불념군정고 우소봉존즉도제

하고자 하는 기개는 흉악하고 고집스러워 대적하기 어렵고
그 무리 백만이라 명부 관리들을 억누르네.
종횡으로 많은 중생의 괴로움 생각지 않으며
젊거나 나이 많은 이 만나면 거꾸로 들어올리네.

산보집에서 중단을 청해 맞이하는 의식인 중단영청지의(中壇迎請之儀) 가운데 기도
영(其徒詠)으로 실려 있다. 기도영에서 기도(其徒)는 '그 무리'를 말하므로 문장의 정
황상으로 보면 나찰의 무리를 말하는 것 같다.

### 의기흉완난저적 意氣凶頑難抵敵
하고자 하는 기개는 흉악하고 고집스러워 대적하기 어렵고

의기(意氣)는 무엇을 하고자 하는 기개를 말한다. 그러나 그 기개가 흉악하다고 말하
고 있다. 완(頑)은 둔하다, 고집스럽다는 뜻이 있어 고집스럽기가 난감하여 대적하기
가 어렵다고 하였다.

### 기도백만진명사 其徒百萬鎭冥司
그 무리 백만이라 명부 관리들을 억누르네.

그 무리가 백만이라고 하였으나 여기서 백만은 엄청 많은 숫자를 말한다. 그리고 명사(冥司)는 명부의 관리들을 말하며 이들을 억누른다고 하였다.

### 종횡불념군정고 縱橫不念羣情苦
### 종횡으로 많은 중생의 괴로움 생각지 않으며

종횡(縱橫)은 종횡무진(縱橫無盡)을 말하며 거침없는 행동을 뜻한다. 군정(群情)은 중생을 나타내는 것으로 문장을 보면 중생의 고통은 조금도 생각지 아니한다고 하였다.

### 우소봉존즉도제 遇少逢尊卽倒提
### 젊거나 나이 많은 이 만나면 거꾸로 들어올리네.

소(少)는 '적다'라는 뜻으로 쓰인 것이 아니라 비천한 이로 쓰였으며, 존(尊)은 존귀한 이로 쓰여서 서로 대비를 이루는 문장이다. 도(倒)는 전도(顚倒)를 나타내어 넘어뜨리는 것을 말하며, 앞에 즉(卽)이 있어서 즉각 넘어뜨린다는 표현이다. 제(提)는 끌어당긴다는 표현이기에 끌어당겨서 넘어뜨린다는 뜻이다.

# 의발재전강개행 衣鉢纔傳慷慨行

## 제33조 혜능 惠能 대사

**衣鉢纔傳慷慨行 渡江南去月三更**
의발재전강개행 도강남거월삼경

**本來若道全無物 何事黃梅衆手爭**
본래약도전무물 하사황매중수쟁

의발을 전해 겨우 받자마자 강개(慷慨)하며 떠났는데
강을 건너 남쪽에 이르자 삼경(三更)이 되었도다.
본래 도(道)란 전혀 물질이 없다고 하였는데
무슨 일로 황매산의 무리와 다투었는가.

산보집에서 선문의 조사에게 예참을 올리는 선문조사예참(禪門祖師禮懺) 가운데 제 33대 혜능(惠能) 선사에 대한 가영이다. 혜능(惠能 638~713)은 당나라 선승으로 중국 선종사의 제6조다. 일찍이 아버지를 여의고 땔나무를 팔러 가다가 금강경(金剛經) 읽는 소리를 듣고 출가하였다. 24세 때 후베이성 황매산에서 홍인(弘忍)의 가르침을 받고 그의 법을 이었다. 이때 중국 선종사에서 처음으로 파당(派黨)이 생겨 신수(神秀 ?~706)가 이끄는 북종선(北宗禪)과 혜능이 이끄는 남종선이 태동하였다. 북종은 점수(漸修)를 남종은 돈오(頓悟)를 내세워 남돈북점(南頓北漸)이라는 말이 생겨났다.

### 의발재전강개행 衣鉢纔傳慷慨行
의발을 전해 겨우 받자마자 강개(慷慨)하며 떠났는데

중국 선종 제5조 홍인에게 한밤중에 인가받고 떠나는 심사를 밝힌 것이다. 여기서 재(纔)는 방금, 비로소, 겨우, 이러한 뜻이 있는데 '겨우'라고 번역한 것은 혜능이 법을 전해 받음에 있어서 우여곡절이 많았기 때문이다. 강개(慷慨)는 비분강개(悲憤慷慨)

를 말하므로 의분(義憤)이 복받쳐 올라 장차 법을 펼치기 위하여 홍인하고 작별하게 된다.

## 도강남거월삼경 渡江南去月三更
강을 건너 남쪽에 이르자 삼경(三更)이 되었도다.

혜능은 남방으로 가서 조계산(曹溪山)에서 속인의 모습으로 숨어 지내다가 시기가 무르익자 법을 펼치게 된다. 월(月)은 밤을 나타내는 표현이며, 시간은 삼경이라고 하였으므로 한밤중이라는 뜻이다.

## 본래약도전무물 本來若道全無物
본래 도(道)란 전혀 물질이 없다고 하였는데

이는 혜능과 하택신회(荷澤神會)와의 법 문답에 나오는 내용이다. 혜능이 말하기를 나에게는 한 물건이 있는데 머리와 꼬리도 없으며, 이름도 없고 글로써 나타낼 수도 없으며, 앞뒤도 없다. 대중들은 이를 알겠는가? 이에 하택신회가 답하기를 그것은 모든 부처님의 근원이며 저의 불성이라고 답하자, 혜능이 반문하기를 이름도 없고 모양도 없다고 했는데 너는 제불의 본성이며 너의 불성이라 하느냐고 다그쳤다.

## 하사황매중수쟁 何事黃梅衆手爭
무슨 일로 황매산의 무리와 다투었는가.

혜능이 출가하여 홍인이 있는 황매산에서 수행할 때 신수(神秀)를 따르던 대중들과 치열하게 돈오와 점수를 가지고 다툼을 벌였다. 그것은 올바른 부처님의 심인을 전하기 위해서다.

# 의용특달법왕봉 儀容特達法王峯

## 정순 正淳 화상

**儀容特達法王峯 三藏眞詮講似鍾**
의용특달법왕봉 삼장진전강사종

**判事曹溪名滿國 一生多半住靑龍**
판사조계명만국 일생다반주청룡

위의와 용모와 법은 통달하여서 법왕봉(法王峯)이며
삼장의 참다운 강론은 종소리처럼 멀리 퍼지고
조계의 판사 명성 온 나라에 가득하고
한평생 반쯤은 청룡산에 머물렀네.

산보집 시왕단(十王壇) 작법에서 삼한(三韓) 시대의 정순(正淳) 화상에 대한 가영으로 실려 있다. 그러나 필자는 정순 화상에 대해서 알지 못하기에 산보집에 수록된 정순 화상의 청사(請詞)를 소개하고자 한다.

일심으로 받들어 청하나니 마음은 초월하여 사물을 뛰어넘고, 계위는 무위에 이르신, 삼한(三韓)의 나랏일을 눈앞에 사물을 보듯 하고, 시방의 부처님 법 손바닥 위의 사물을 보듯 환하여 승가를 통제하신, 이름난 현인이시며 어진 대덕이신 정순(正淳) 화상이시여! 一心奉請。心超物表。位至無爲。三韓國事。了見於目前。十方佛法。皎然於掌內。僧中統御。名賢碩德。正淳和尙。

**의용특달법왕봉 儀容特達法王峯**
위의와 용모와 법은 통달하여서 법왕봉(法王峯)이며

의용(儀容)은 몸가짐을 말하므로 곧 정순 화상이 그러하다는 것이다. 특달(特達)은 남들과 다르게 달통하다는 표현이다. 법왕봉(法王峯)이라는 표현은 법에 있어서는 따를 자가 없다는 뜻이다.


### 삼장진전강사종 三藏眞詮講似鍾
### 삼장의 참다운 강론은 종소리처럼 멀리 퍼지고

삼장(三藏)은 경장(經藏), 율장(律藏), 논장(論藏)을 말한다. 진전(眞詮)은 참된 도리를 갖추었다고 찬탄하고 있다. 종(鍾)은 그 소리가 멀리 가기에 스님이 삼장을 강론하면 그 명성이 널리 퍼져나갔다는 의미다.


### 판사조계명만국 判事曹溪名滿國
### 조계의 판사 명성 온 나라에 가득하고

조계(曹溪)는 임제의 후손이라는 것을 말하고, 판사(判事)는 이판(理判)과 사판(事判)에도 뛰어났다는 뜻이다. 그러므로 명성은 삼한에 두루 미치었다고 칭송하고 있다.


### 일생다반주청룡 一生多半住靑龍
### 한평생 반쯤은 청룡산에 머물렀네.

일생(一生)은 평생을 말하므로 '일생다반'은 일생의 반은, 이러한 표현으로 청룡산(靑龍山)에 머물러서 수행하였다는 뜻이다. 그러나 앞서 밝혔듯이 필자는 정순 화상에 대해서 아는 바가 없으므로 청룡산이 어디에 있는 산인지 알지 못한다.

## 의천장검장부행 倚天長劍丈夫行

### 귀왕영 鬼王詠

倚天長劒丈夫行 各逞威風眼電光
의천장검장부행 각령위풍안전광

捧下有人知痛否 一拳拳倒泰山岡
봉하유인지통부 일권권도태산강

하늘에 의지하여 긴 칼과 장부의 행동
제각기 굳센 위풍과 전광석화와 같은 눈
방망이에 맞으면 어떤 사람이 아픔을 모르리오.
한 주먹으로 치면 태산(泰山) 마루도 무너뜨리네.

산보집에서 중단을 청해 맞이하는 의식인 중단영청지의(中壇迎請之儀) 가운데 귀왕영(鬼王詠)으로 같은 책 상권(上卷)에는 가연영(迦延詠)으로 실려 있다. 여기서 가연(迦延)은 가전연(迦栴延)을 말한다. 또한 작법귀감, 범음집에도 '가전영'으로 되어 있다.


**의천장검장부행 倚天長劒丈夫行**
하늘에 의지하여 긴 칼과 장부의 행동

귀왕(鬼王) 또는 가전연(迦栴延)의 위용(威容)을 내세우고 있다.


**각령위풍안전광 各逞威風眼電光**
제각기 굳센 위풍과 전광석화와 같은 눈

령(遑)은 굳세다, 왕성하다는 뜻이다. 위풍(威風)은 위엄이나 풍채를 말하며 안전광(眼電光)은 눈은 전광석화(電光石火)와 같이 판단력이 빠르다는 것을 나타내고 있다.

### 봉하유인지통부 捧下有人知痛否
**방망이에 맞으면 어떤 사람이 아픔을 모르리오.**

봉하(捧下)는 '몽둥이 아래'라는 표현보다는 '몽둥이에 맞으면' 이러한 표현이 더 적합하다. 그러므로 귀왕의 몽둥이에 맞으면 어찌 아프지 않겠느냐고 하는 표현이다.

### 일권권도태산강 一拳拳倒泰山岡
**한 주먹으로 치면 태산(泰山) 마루도 무너뜨리네.**

주먹 또한 위력이 대단하여 태산도 무너뜨릴 수 있다는 기세를 보여주고 있다.

# 이거인세병영전 離居人世病縈纏

## 살해영 殺害詠

離居人世病縈纏 漸瘦[風+王]羸患數年
이거인세병영전 점수리풍환수년

艾炷火針燒不較 風勞氣喘嗽難痊
애주화침소불교 풍로기천수난전

인간 세상과 떨어져 살아도 병에 얽매여서
점점 야위고, 미치고 파리하게 병이 든 해가 오래되었으나
쑥 심지에 불을 붙여 침을 달군 것은 견줄 데 없고
풍병(風病)과 숨을 헐떡거리며 기침까지 겹쳐 고치기 어렵네.

산보집에서 하단을 청해 맞이하는 의식인 하단영청지의(下壇迎請之儀) 가운데 살해
영(殺害詠)으로 실려 있다.


### 이거인세병영전 離居人世病縈纏
인간 세상과 떨어져 살아도 병에 얽매여서

이거인세(離居人世)는 인간 세상이 아닌 다른 세상을 말한다. 영(縈)과 전(纏)은 '얽
히다'라는 뜻이 있으므로 갖가지 병에 시달리는 것을 말한다.


### 점수리풍환수년 漸瘦[風+王]羸患數年
점점 야위고, 미치고 파리하게 병이 든 해가 오래되었으나

수(瘦)는 파리하다, 여위다, 이러한 표현이다. 풍(瘋)은 미치광이를 말하고, 리(羸)는

수(瘦)와 거의 같은 표현이다. 그러므로 병든 신세로 나날을 보내고 있음이 아주 오래되었다는 표현이다.


## 애주화침소불교 艾炷火針燒不較
## 쑥 심지에 불을 붙여 침을 달군 것은 견줄 데 없고

애주(艾炷)는 쑥뜸을 말하기도 하고, 불침(針)을 만들기 위하여 불을 붙이는 것을 말하기도 한다. 화침(火針)은 종기 등을 다스리기 위하여 뜨겁게 달군 침을 말한다. 그러므로 불침을 시술하기 위하여 쑥에 불을 붙였던 일은 무수히 많아서 비교할 수 없다고 말하고 있다.


## 풍로기천수난전 風勞氣喘嗽難痊
## 풍병(風病)과 숨을 헐떡거리며 기침까지 겹쳐 고치기 어렵네.

풍로(風勞)는 허로(虛勞) 병에 풍사(風邪)가 연달아 발생한 병을 말하므로 일종의 중풍(中風) 등의 풍병(風病)을 말함이다. 기천(氣喘)은 가슴이 답답하고 숨이 차서 헐떡거리며, 목구멍에서 가래 끓은 소리가 나는 증상이다. 이어서 수(嗽)는 해수(咳嗽)를 나타내어 기침하는 것을 말한다. 전(痊)은 병이 완치되는 것을 말하는데, 난전(難痊)이라고 하였으므로 고칠 방법이 없다는 뜻으로 쓰였다.

# 이구정전정불개 離垢情纏頂不開

## 십향영 十向詠

離垢情纏頂不開 法師得記未中廻
이구정전정불개 법사득기미중회

悉能嚴淨虛空界 或可安詳智慧臺
실능엄정허공계 혹가안상지혜대

번뇌를 여의었으나 정에 얽매여 정문(頂門)이 열리지 않고
법사의 수기 얻고도 중간에서 돌아서지를 못하였도다.
허공계를 모두 엄정하게 할 수 있으니
늘 지혜의 누대에 편안하게 지내네.

산보집에서 상단을 청해 맞이하는 의식인 상단영청지의(上壇迎請之儀) 가운데 십향영(十向詠)으로 실려 있다. 십향은 십회향을 줄여서 표현한 것이다. 십향은 보살이 닦은 바 공덕을 중생들에게 널리 회향하는 열 가지를 말한다. 그러나 십회향에 대해서는 경전마다 약간 다르게 나타나기도 한다.

보살영락본업경(菩薩瓔珞本業經)에서는 십회향을 다음과 같이 밝히고 있다.
1. 구호일체중생회향(救護一切衆生廻向).
2. 불괴회향(不壞廻向).
3. 등일체불회향(等一切佛廻向).
4. 지일체처회향(至一切處廻向).
5. 무진공덕장회향(無盡功德藏廻向).
6. 수순평등선근회향(隨順平等善根廻向).
7. 수순등관일체중생회향(隨順等觀一切衆生廻向).
8. 여상회향(如相廻向).
9. 무박해탈회향(無縛解脫廻向).

10. 법계무량회향(法界無量廻向).


**이구정전정불개 離垢情纏頂不開**
**번뇌를 여의었으나 정에 얽매여 정문(頂門)이 열리지 않고**

구(垢)는 티끌이나 때를 말하지만 여기서는 번뇌라는 의미로 쓰여서 이구(離垢) 하면 번뇌를 여의고, 이러한 표현이다. 정전(情纏)은 정에 얽혀서 꼼짝달싹 못하는 것을 말한다. 고로 중생은 번뇌와 속정으로 불문에 들지 못하거나, 들었다고 하더라도 향상일로(向上一路)하지 못하는 것이다.


**법사득기미중회 法師得記未中廻**
**법사의 수기 얻고도 중간에서 돌아서지를 못하였도다.**

법사(法師)의 수기를 얻고도 아직 중간에서 돌아서지를 못함이라는 내용이다. 그러나 무엇을 말하는가에 대해서는 좀 부정확한 면이 있다.


**실능엄정허공계 悉能嚴淨虛空界**
**허공계를 모두 엄정하게 할 수 있으니**

허공계를 능히 엄정하게 할 수 있다는 표현이다.


**혹가안상지혜대 或可安詳智慧臺**
**늘 지혜의 누대에 편안하게 지내네.**

혹(或)은 '혹은'이라는 뜻도 있지만 '늘'이라는 뜻도 있다.

# 이본청정수 以本淸淨水

## 헐욕찬 歇浴讚

**以本淸淨水 灌浴無垢身**
이본청정수 관욕무구신

**不捨本誓願 證明我佛事**
불사본서원 증명아불사

근본이 깨끗한 물로써
더러움 없는 몸 목욕하셨으니
본래 서원을 부디 버리지 마시고
저희의 불사를 증명하여 주시옵소서.

산보집 비로단작법(毘盧壇作法)에서 선현대중(先賢大衆)을 목욕시키는 의식을 마치고 이어지는 게송이다. 그러므로 헐욕찬(歇浴讚)이라고 함은 목욕을 마침에 대하여 찬탄하는 게송이다.


**이본청정수 以本淸淨水**
근본이 깨끗한 물로써

본(本)은 근본, 바탕, 근원, 이러한 뜻이기에 그 근원이 본디 청정한 물이라는 표현이다.


**관욕무구신 灌浴無垢身**
더러움 없는 몸 목욕하셨으니

구(垢)는 때, 더러움을 말한다. 그러므로 깨끗한 물로 목욕을 마치셨다는 의미다.


**불사본서원 不捨本誓願**
**본래 서원을 부디 버리지 마시고**

부처님의 본래 서원은 중생을 모두 제도하겠다는 원이다.


**증명아불사 證明我佛事**
**저희의 불사를 증명하여 주시옵소서.**

재자(齋者)들이 행하는 불사(佛事)를 증명해 달라는 간청이다.

# 이세영웅각진방 理世英雄各鎭方

## 천왕영 天王詠

**理世英雄各鎭方 大功爭奪法中王**
이세영웅각진방 대공쟁탈법중왕

**故來南國名歡喜 也任諸公正紀綱**
고래남국명환희 야임제공정기강

세간을 다스리는 영웅은 각각의 방위 진압하고
큰 공 세우기를 다투듯이 하였으니 법 가운데 왕이시네.
예로부터 남쪽 나라를 환희세계라 하니
마음대로 여러 일을 공정하게 하는 것이 기강이라네.

산보집에서 상단을 청해 맞이하는 의식인 상단영청지의(上壇迎請之儀) 가운데 천왕(天王)에 대한 가영으로 수록되어 있다. 천왕은 욕계나 색계 따위의 온갖 하늘의 임금을 말한다.

### 이세영웅각진방 理世英雄各鎭方
세간을 다스리는 영웅은 각각의 방위 진압하고

이세(理世)는 세상을 이치에 어긋나지 않게 다스리는 것을 말한다. 이는 우리나라 건국이념인 이화세계(理化世界)와 같은 맥락이다. 그리고 영웅(英雄)은 곧 천왕(天王)을 말한다. 그리고 진(鎭)은 제압한다는 뜻이지만 여기서는 다스린다고 보아도 무방하다.

**대공쟁탈법중왕 大功爭奪法中王**
**큰 공 세우기를 다투듯이 하였으니 법 가운데 왕이시네.**

쟁탈(爭奪)은 서로 다투어 빼앗는 것을 말하므로 큰 공을 세움에 있어서 갖은 노력을 다하였다는 표현이다. 까닭에 법(法) 가운데 왕이라고 찬탄하였다.


**고래남국명환희 故來南國名歡喜**
**예로부터 남쪽 나라를 환희세계라 하니**

금강명경 서품에 보면 동쪽의 아촉불(阿閦佛), 남쪽의 보상불(寶相佛), 서쪽의 무량수불(無量壽佛), 북쪽의 미묘성불(微妙聲佛)이 계시다고 하였다. 東方阿閦。南方寶相。西無量壽。北微妙聲。


**야임제공정기강 也任諸公正紀綱**
**마음대로 여러 일을 공정하게 하는 것이 기강이라네.**

야임(也任)은 마음대로라는 뜻이며, 공정(公正)은 공명정대(公明正大)함을 말하기에 치우치지 아니하고 올바르게, 이러한 표현이다. 따라서 공정하게 여러 일을 처리하여 기강(紀綱)을 잡음에 있어서 마음대로 할 수 있다는 뜻이다.

# 이시선시청불일 尒時善施請佛日

## 안좌게 安座偈

**尒時善施請佛日 祗園伸座獻如來**
이시선시청불일 기원신좌헌여래

**我今此會亦如然 幸請照題而就座**
아금차회역여연 행청조제이취좌

그때 좋은 보시로써 부처님 청하던 날
기원(祗園)에서 자리를 펼쳐서 부처님께 드렸네.
저의 지금 이 법회도 그와 같아서
다행히 조제(照題)하고 청하오니 자리에 앉으소서.

산보집에서 천선(天仙)에게 올리는 작법인 천선단작법(天仙壇作法) 가운데 천선을
청하여 자리에 안치하는 게송이다.

**이시선시청불일 尒時善施請佛日**
그때 좋은 보시로써 부처님 청하던 날

이(尒)는 이(爾)와 같은 뜻이다. 그러므로 이시(爾時) 하면 '그때' 이러한 표현이며,
선시(善施)는 좋은 보시를 말한다. 그 나머지 내용은 다음 구절을 참고하길 바란다.

**기원신좌헌여래 祗園伸座獻如來**
기원(祗園)에서 자리를 펼쳐서 부처님께 드렸네.

시문의 정황으로 보면 사위국 파사익왕의 아들인 기타태자(祇陀太子)가 자신의 원림

인 기수급고독원(祇樹給孤獨園)을 부처님께 보시하였던 내용으로 보인다.


**아금차회역여연 我今此會亦如然**
**저의 지금 이 법회도 그와 같아서**

기타태자와 수달다(須達多) 장자가 기원정사를 세워 부처님께서 법을 펼치게 하였듯이 오늘 천선단(天仙壇)을 마련한 것도 이와 같다는 내용이다.


**행청조제이취좌 幸請照題而就座**
**다행히 조제(照題)하고 청하오니 자리에 앉으소서.**

다행히도 맨 먼저 살피어서 청하오니 나아가 자리에 앉으시옵소서. 여기서 제(題)는 맨 앞머리를 말하며 조(照)는 비추다, 비치다, 이러한 표현이기에 살핀다는 의미로 쓰였다.

# 이십구년평천하 二十九年平天下

## 정희 貞熹 왕후

二十九年平天下 從心未滿好仙琴
이십구년평천하 종심미만호선금

江廻山壞猶可事 四海何存瀝傷心
강회산괴유가사 사해하존력상심

스물아홉 해 동안 천하를 태평하게 다스렸으니
마음대로 되지 않아 만족하지 못할 때는 선금(仙琴)을 좋아했네.
강이 돌아 흘러 산을 무너뜨림은 오히려 가능한 일이지만
온 나라에 어찌 존재하겠는가, 마음 거슬러 상하는 일들이.

산보집 종실단작법의(宗室壇作法儀)에서 정희왕후(貞熹王后 1418~1483) 선가에 대한 가영으로 수록되어 있다. 정희왕후는 조선 제7대 왕인 세조의 비(妃)이며, 충남 홍주 출신으로 파평부원군 윤번(尹璠)의 딸이다. 조선 최초로 대왕대비(大王大妃)라는 칭호를 받았으며, 또한 수렴청정(垂簾聽政)을 하였던 왕후다. 시호는 자성흠인경덕선열명순원숙휘신혜의신헌정희왕후(慈聖欽仁景德宣烈明順元淑徽愼惠懿神憲貞熹王后)이다.

### 이십구년평천하 二十九年平天下
스물아홉 해 동안 천하를 태평하게 다스렸으니

정희왕후의 재임 기간을 말한다. 정희왕후가 섭정할 때는 과단성 있는 성격과 뛰어난 정치 감각으로 조정의 안정을 구가(謳歌)하였다고 한다. 시부는 세종대왕이고, 장남은 추존 덕종(德宗), 차남은 예종(睿宗), 손자는 조선의 제9대 왕인 성종(成宗)이다. 1483년 온양 행궁에서 승하(昇遐)하였으며, 능은 경기도 남양주시 진접읍 부평리에

있는 광릉(光陵)으로 남편 세조의 능과 나란히 있다.


**종심미만호선금 從心未滿好仙琴**
**마음대로 되지 않아 만족하지 못할 때는 선금(仙琴)을 좋아했네.**

어떤 기록에도 정희왕후가 가야금을 즐겼다는 표현은 없다.


**강회산괴유가사 江廻山壞猶可事**
**강이 돌아 흘러 산을 무너뜨림은 오히려 가능한 일이지만**

강물이 굽이쳐서 산을 무너뜨리는 것이 가능할지 몰라도 정희왕후 통치는 아무도 흉내낼 수가 없다고 덕치(德治)를 찬양함이다.


**사해하존력상심 四海何存瀝傷心**
**온 나라에 어찌 존재하겠는가, 마음 거슬러 상하는 일들이.**

사해(四海)는 온 나라를 말하므로 조선 전체를 말한다. 력(瀝)은 '거르다'는 표현이고, 상심(傷心)은 마음 상함을 말한다. 고로 나라를 다스림에 남의 마음 상하는 일들이 어찌 있겠느냐고 하는 찬탄이다.

# 이제최승묘화만 以諸最勝妙花鬘

## 공양게 供養偈

以諸最勝妙花鬘 妓樂塗香及傘盖
이제최승묘화만 기악도향급산개

如是最勝莊嚴具 我以供養諸如來
여시최승장엄구 아이공양제여래

가장 좋고 아름다운 모든 꽃다발과
좋은 음악과 바르는 향 온갖 일산.
이처럼 훌륭한 장엄구으로써
제가 이제 한량없는 부처님께 공양합니다.

산보집 영산작법 절차 가운데 꽃다발과 아름다운 음악을 공양하면서 올리는 게송이다. 출처는 40권 본 화엄경 권 제40 입부사의해탈경계보현행원품(入不思議解脱境界普賢行願品)에 나오는 말씀을 인용하였다.

**이제최승묘화만 以諸最勝妙花鬘**
**가장 좋고 아름다운 모든 꽃다발과**

최승(最勝)은 수승(殊勝)과 같은 표현으로 최상을 말하며, 화만(花鬘)은 꽃다발을 말한다. 그러므로 꽃 공양을 나타내는 것이다.

**기악도향급산개 妓樂塗香及傘盖**
**좋은 음악과 바르는 향 온갖 일산.**

기악(妓樂)은 좋은 풍류를 말하며, 도향(塗香)은 바르는 향을 말하므로 지금의 향수와 같은 개념이다. 산개(傘蓋)는 일산을 말한다. 그러므로 부처님께 올리는 갖가지 공양을 말함이다.


**여시최승장엄구 如是最勝莊嚴具**
**이처럼 훌륭한 장엄구로써**

공양물을 장엄구로 표현하였다.


**아이공양제여래 我以供養諸如來**
**제가 이제 한량없는 부처님께 공양합니다.**

재자가 한량없는 부처님께 이와 같은 공양을 올리는 건성(虔誠)을 말함이다.

# 이차가지공덕수 以此加持功德水

## 목욕게 沐浴偈

**以此加持功德水 三乘聖衆沐餘湯**
이차가지공덕수 삼승성중목여탕

**身心洗滌令淸淨 證入眞空常樂卿**
신심세척령청정 증입진공상락경

이 가지가 된 공덕의 물로써
삼승 성현의 대중이 목욕하고도 남을 물이니
몸과 마음 깨끗하게 닦아 청정하게 하시고
진공에 드시어 항상 즐거운 세상을 누리시옵소서.

산보집 삼대가친단(三代家親壇)에서 인로왕을 청하는 편인 청인로편(請引路篇)에 나오는 목욕게다. 그러나 범음집 예수문조전원장법(預修文造錢願狀法)에서는 입실게(入室偈)로 되어 있다. 그 대상에 따라 문구가 바뀌어 통용된다.

**이차가지공덕수 以此加持功德水**
이 가지가 된 공덕의 물로써

가지(加持)는 부처님의 가피력을 말하며, 여기서는 그 대상이 목욕물이다. 이는 공덕을 지을 수 있는 물, 또는 부처님의 공덕이 들어 있는 물이기에 공덕수(功德水)라고 하였다.

**삼승성중목여탕 三乘聖衆沐餘湯**
삼승 성현의 대중이 목욕하고도 남을 물이니

삼승(三乘)은 성문승(聲聞乘), 연각승(緣覺乘), 보살승(菩薩乘)을 말한다. 그러므로 오늘의 목욕 대상자는 삼승의 성현들이다. 그리고 여(餘)를 더하여 모자람 없이 넉넉함을 표현하고 있다.

[범음집 상편 천선 입실게]
天仙神等遇蘭堂 천선신등우난당
寅王十殿遇蘭堂 명왕십전우난당

천선신 등과 난당에서 만나면
명왕(明王)과 시왕(十王)을 난당(蘭堂)에서 만나면

이렇게 그 대상에 따라 변형하여 나타내기도 한다.


## 신심세척령청정 身心洗滌令淸淨
**몸과 마음 깨끗하게 닦아 청정하게 하시고**

몸과 마음이 함께 청정하게 되기를 기원하고 있다.


## 증입진공상락경 證入眞空常樂卿
**진공에 드시어 항상 즐거운 세상을 누리시옵소서.**

진공(眞空)은 모든 색상(色相)을 초월한 경지를 말하며, 증입(證入)은 이를 증득해야만 들어갈 수가 있기 때문이다. 경(卿)은 벼슬을 나타내기에 향(鄕)이 올바른 표현인 듯싶다. 왜냐하면 오늘날 재의례에서 거의 향(鄕)으로 표현하는 것도 이를 뒷받침한다.

# 이차가지묘공구 以此加持妙供具


## 공양게 供養偈

**以此加持妙供具 奉獻無盡三寶前**
이차가지묘공구 봉헌무진삼보전

**鑑此檀那虔懇誠 願垂慈悲哀納受**
감차단나건간성 원수자비애납수

이처럼 가지된 미묘한 공양 거리를
다함 없는 삼보 앞에 받들어 올리오니
저 시주님의 간절한 정성 굽어살피시고
바라건대 자비로써 불쌍히 여겨 받으옵소서.

작법귀감에서 거사에게 다섯 가지 계율을 주는 의례인 거사오계(居士五戒)에 나오는
공양게다. 그러나 같은 책에 보면 그 대상에 따라 변형되어 사용되기도 하기에 이를
더불어 소개하고자 한다.


**이차가지묘공구 以此加持妙供具**
이처럼 가지된 미묘한 공양 거리를

미묘한 공양은 거리는 다름이 아닌 부처님의 가지가 된 공양이기에 미묘하다고 하는
것이다.


**봉헌무진삼보전 奉獻無盡三寶前**
다함 없는 삼보 앞에 받들어 올리오니

봉헌(奉獻)은 받들어 올린다는 뜻이므로 곧 건성(虔誠)을 나타내는 공양물이다. 이러한 공양 거리를 삼보전에 올림을 알리고 있다.

## 감차단나건간성 鑑此檀那虔懇誠
## 저 시주님의 간절한 정성 굽어살피시고

감(鑑)은 감찰(鑑察)을 말하며 이는 보아 살핀다는 뜻이며 단나(檀那)는 단월(檀越)과 같은 뜻으로 보시하는 자를 말함이다. 간성(懇誠)은 간절하고 정성스러움을 뜻한다.

## 원수자비애납수 願垂慈悲哀納受
## 바라건대 자비로써 불쌍히 여겨 받으옵소서.

바라옵건대 부처님이시여! 자비를 드리우시어 저희를 가엾이 여겨 이 공양을 받아달라는 간청이다.

이어서 작법귀감에 실려 있는 성중께 가지(加持)를 기원하는 기성가지(祈聖加持)에 보면 그 대상에 따라 달리 표현하고 있기에 소개를 하고자 한다.

## 以此加持妙供具 供養穢跡明王衆
## 이차가지묘공구 공양예적명왕중

이 가지가 된 미묘한 공양 거리를 가지고
예적명왕과 그 대중들께 공양합니다.

예적명왕은 부처님의 화신이라 여기는 예적금강(穢跡金剛)을 말하며, 일명 오추슬마(烏樞瑟摩)라고 한다.

## 以此加持妙供具 供養梵釋諸天衆
## 이차가지묘공구 공양범석제천중

이 가지된 미묘한 공양 거리를 가지고
범천과 제석천, 여러 하늘의 대중들께 공양합니다.

공양 대상자가 범천, 그리고 제석천이다.


**以此加持妙供具 供養護法善神衆**
**이차가지묘공구 공양호법선신중**

이 가지가 된 미묘한 공양 거리를 가지고
불법을 보호하는 착한 신과 그 대중들께 공양하오니

불법을 수호하고 옹호하는 호법 신중에게 공양을 올림이다.


**悉皆受供發菩提 施作佛事度衆生**
**실개수공발보리 시작불사도중생**

모두 다 공양을 받고 보리의 마음을 내어
불사를 지어 베푼 중생들을 건져 주소서.

실개(悉皆)는 '모두' 이러한 표현이며, 수공(受供)은 공양을 받으라는 뜻이다. 그리고 공양을 올리는 목적은 이 공양을 받고서 보리심을 내라는 뜻이다. 그리하여 불사(佛事)를 베풀고 지어서 모든 중생을 제도해 주기를 염원하고 있다.

# 이차진령신소청 以此振鈴伸召請

## 진령게 振鈴偈

**以此振鈴伸召請 今日靈駕普聞知**
이차진령신소청 금일영가보문지

**願承三寶力加持 今日今時來赴會**
원승삼보력가지 금일금시내부회

제가 이제 요령을 흔들어 청하나니
금일 영가는 두루두루 알아들으시고
삼보의 가지하는 힘을 입으시어
금일 이 법회에 모두 모이소서!

작법귀감에 보면 재의례를 거행하면서 요령을 흔들며 행하는 게송이기에 진령게(振鈴偈)라고 한다. 그리고 두 번째 구절은 그 대상에 따라 달리 표현하고 있다.

**이차진령신소청 以此振鈴伸召請**
**제가 이제 요령을 흔들어 청하나니**

진령게(振鈴偈)에서 진(振)이라는 글자를 살펴보면 먼저 진(辰)은 흡수관을 내밀며 땅 위를 기어가는 조개를 그린 형성 문자이다. 그리고 손을 나타내는 (扌) 부수를 더하여 마치 먹이를 포착한 조개가 갑자기 움직이듯이 손에 의한 진동을 말하는 것이다. 그러므로 진(振)은 무엇을 흔든다는 표현이 되는 것이다. 그 뒤에 나오는 령(鈴)은 청동으로 만든 방울을 뜻한다.

요령(搖鈴)은 불교 의식구의 하나로 그 시원은 밀교 의식에서부터 시작된 것이라는 추론적인 견해가 강하다. 그러기에 밀교에서 사용하는 금강저(金剛杵) 또는 사고형

(四醋形) 등이 요령에 그대로 접목되기도 하는데 이를 뒷받침하는 증표이다.

그리고 신(伸)은 요령의 소리를 내기 위하여 팔목을 움직이는 동작을 말한다. 그러므로 '진령게'라고 하는 것은 법사가 요령을 흔들어 이 종소리를 듣고 모든 영가가 이 자리에 모여서 재(齋) 받기를 청하는 게송이다.


## 금일영가보문지 今日靈駕普聞知
### 금일 영가는 두루두루 알아들으시고

영가(靈駕)는 영혼(靈魂)을 달리 이르는 말이다. 그러나 여기서 '영가'라고 하는 것은 이 목숨을 다하고 중음신(中陰神) 상태로 있을 때 사람의 영혼을 말한다. 그러므로 이생을 마치고 다음 생을 받기 이전까지의 상태를 의미한다.

여기서 가(駕)라고 하는 것은 타는 수레를 말한다. 이는 영가가 부처님 말씀을 증득하여 고통의 바다를 건너 정토 세계로 가라는 의미에서 영위(靈位), 또는 신위(神位)라고 하지 않고 '영가'라고 한다. 영위(靈位)나 신위(神位)라는 표현은 죽은 사람의 영혼이 '의지할 자리'라는 뜻으로 쓰인 것이다. 그리고 이 구절은 그 대상에 따라 다르게 나타내기도 하므로 이를 소개하면 다음과 같다.

冥途鬼界普聞知 명도귀계보문지
명도와 귀신 세계에서도 널리 듣고 아시옵소서.

諸大先師普聞知 제대선사보문지
여러 큰 선사(先師)들도 널리 듣고 아시옵소서.


## 원승삼보력가지 願承三寶力加持
### 삼보의 가지하는 힘을 입으시어

삼보(三寶)라고 하는 것은 부처님을 뜻하는 불(佛), 부처님의 가르침을 말하는 법(法), 부처님의 말씀을 따르고 전하는 제자인 스님을 말하는 승(僧)을 말한다. 불(佛)은 buddha라 말하고, 법(法)은 dharma, 승(僧)은 samgha라고 말한다. 불교는 이 세 가지를 가장 귀중하게 여기기에 보배와 같은 존재라는 보(寶)를 더하여 삼보라 하는 것이다. 그기에 불자가 삼보에 귀의하는 것은 필수이다. 영가도 삼보의 가피력을 입어야 하는 것은 지극히 당연한 일이다.

가지(加持)에서 가(加)는 가피(加被)를 말하며 지(持)는 가진다는 뜻이니 곧 섭지(攝持), 소지(所持), 호념(護念)을 말한다. 가지는 가호(加護)한다는 뜻이다. 부처님의 대비력은 중생에게 주어지는 것이고, 중생은 각자의 신심에 의하여 가피력을 입어 부처님과 계합(契合)하는 것이다. 이를 기독교에서는 은총(恩寵)이라고 한다. 그러므로 력가지(力加持)는 가지하는 힘을 입어서라는 표현이다. 재(齋)에서 영가에게 음식을 공양하라는 말은 단 한마디도 없다. 그러기에 진령게로 청함을 받아 재의식에 동참하여 부처님의 말씀을 듣고 깨닫기 위해서 법공양을 받으라는 말씀으로 이어진다.

**금일금시내부회 今日今時來赴會**
**금일 이 법회에 모두 모이소서!**

재(齋)가 열리는 이 법회에 강림하시어 함께하기를 염원하고 있다.

# 이차청정향운미 以此淸淨香雲味

## 공양게 供養偈

**以此淸淨香雲味 奉獻擁護聖賢前**
이차청정향운미 봉헌옹호성현전

**鑑此檀那虔懇誠 願垂慈悲哀納受**
감차단나건간성 원수자비애납수

이처럼 청정하고 향기로운 맛으로써
불법을 옹호하는 성현 앞에 받들어 올리오니
시주자의 간절한 정성 굽어살피시어
원하나니 자비로써 불쌍히 여겨 받으옵소서.

작법귀감에서 신중에게 간략한 예를 올리는 신중약례(神衆略禮) 가운데 신중에게 공양을 올리는 게송이다. 두 번째 구절은 그 대상에 따라 달리 표현하고 있다.

**이차청정향운미 以此淸淨香雲味**
이처럼 청정하고 향기로운 맛으로써

향운(香雲)은 두 가지 뜻이 있는데 그 하나는 만발한 흰 꽃을 구름에 비유하고, 또 하나는 구름같이 떠오르는 향불의 연기를 말한다. 그러나 여기에서 맛을 상징하는 미(味)가 있기에 향연(香煙)에 향기가 나듯이 오늘 신중에게 올리는 공양의 정갈하고 뛰어난 맛을 의미하는 것으로 쓰였다.

**봉헌옹호성현전 奉獻擁護聖賢前**
불법을 옹호하는 성현 앞에 받들어 올리오니

그 대상자가 불법을 옹호하는 신중들이고 그들에게 공양을 올린다는 뜻이다.

작법귀감에서 독성을 청하는 의식인 독성청(獨聖請)에서는 다음과 같다.

奉獻天台大法會 봉헌천태대법회
천태산의 큰 법회에 받들어 올립니다.

작법귀감에서 나한에게 올리는 큰 예법인 나한대례에서는 또 다음과 같다.

奉獻靈山大法會 봉헌영산대법회
영산 큰 법회에 받들어 올립니다.


**감차단나건간성 鑑此檀那虔懇誠**
**시주자의 간절한 정성 굽어살피시어**

시주자의 건성(虔誠)을 굽어살펴 달라는 염원이다.


**원수자비애납수 願垂慈悲哀納受**
**원하나니 자비로써 불쌍히 여겨 받으옵소서.**

시주자의 건성(虔誠)에 대하여 자비를 드리워서 슬피 여겨 이 공양을 받아달라는 애원(哀願)을 나타내고 있다.

# 이차향탕수 以此香湯水

## 목욕게 沐浴偈

**以此香湯水 沐浴諸佛子**
이차향탕수 목욕제불자

**願承神呪力 普獲於淸淨**
원승신주력 보획어청정

이 향을 넣어 끓인 물로
여러 불자를 목욕시키오니
바라건대 신비한 주문의 힘을 받들어
모두 청정하게 되시옵소서.

작법귀감에서 증명법사를 청하는 증명청(證明請) 가운데 삼보의 위신력으로 인하여 아무개 영가의 책주귀신(責主鬼神)과 여러 방위의 영기(靈祇) 및 여러 영혼을 불러 욕실로 인도하여 목욕할 때 외우는 게송이다.

**이차향탕수 以此香湯水**
이 향을 넣어 끓인 물로

향탕수(香湯水)는 향을 넣어 끓인 물을 말한다. 그러므로 재의례에서 대야에 향을 넣는 것도 향수(香水)를 만들기 위해서다. 향을 사용하는 목적은 정화(淨化)의 의미이다.

**목욕제불자 沐浴諸佛子**
여러 불자들을 목욕시키오니

관욕(灌浴)을 하는 모든 불자시여, 이러한 표현이다.


**원승신주력 願承神呪力**
**바라건대 신비한 주문의 힘을 받들어**

관욕과 더불어 신비한 주문을 더한다고 하였는데 작법귀감에 보면 다음과 같은 주문을 들려주고 있다.


唵 鉢頭暮 瑟尼灑 旃暮伽 惹嚇 吽
옴 바다모 사니사 아모가 아례 훔


**보획어청정 普獲於淸淨**
**모두 청정하게 되시옵소서.**

보획(普獲)은 널리 획득하라는 염원이며, 청정(淸淨)은 청정신(淸淨身)을 말함이다. 이는 관욕의 목적이기도 하다.

# 이행천리만허공 移行千里滿虛空

## 행보게 行步偈

**移行千里滿虛空 歸道情忘到淨邦**
이행천리만허공 귀도정망도정방

**三業投誠三寶禮 聖凡同會法王宮**
삼업투성삼보례 성범동회법왕궁

허공 끝까지 닿은 천 리 길 떠나소서.
돌아가는 길에 정만 잊으면 곧 정토에 이른다네.
삼업으로 정성 기울여 삼보께 예를 올리고
성인범부 다 함께 법왕의 궁전에서 만나소서.

산보집에서 시주물을 옮길 때 하는 의식인 시주이운(施主移運) 가운데 행보게(行步偈)로 수록되어 있다. 작법귀감에는 혼령을 부르는 바른 의식인 대령정의(對靈正儀) 가운데 행보게로 나온다. '행보게'라고 하는 것은 '발걸음을 내딛는 게송'이라는 뜻이다.

**이행천리만허공 移行千里滿虛空**
허공 끝까지 닿은 천 리 길 떠나소서.

이행(移行)은 발길을 옮겨서 가는 것을 말하며, 그곳이 끝없이 이어진 허공 가득한 곳이라고 하였다. 여기서 허공이 나타내는 뜻이 무엇인지를 알아야 이 계송을 이해할 수가 있다. 허공은 허공신(虛空身)을 나타낸 것으로, 허공신은 그 어디에도 걸림이 없음을 말한다. 이를 일러 본성불(本性佛) 또는 법신불(法身佛)이라고 하며, 이는 곧 심불(心佛)을 나타내는 것이다. 그러므로 이를 허공에 비유하여 나타내었다.

**귀도정망도정방 歸道情忘到淨邦**
**돌아가는 길에 정만 잊으면 곧 정토에 이른다네.**

귀도(歸道)는 돌아가는 길을 말하므로 곧 본성으로 돌아가는 것을 말한다. 그러기 위해서는 정망(情忘)하라고 하였으니, 이는 망정을 몰록 잊어버리라는 것이다. 우리를 중생이라고 부르는 것은 무명심으로 가득 차 있기 때문이다. 그러나 우리는 원래부터 중생이 아니라 부처였음을 알아야 한다. 이러한 망정을 잊으면 정방(淨邦)에 이른다고 하였는데, 여기서 정방은 극락이라는 표현보다는 곧 심지(心地)의 바탕인 '본성'을 말하는 것이다. 본성은 곧 진성(眞性) 또는 불성(佛性)이라고 한다.


**삼업투성삼보례 三業投誠三寶禮**
**삼업으로 정성 기울여 삼보께 예를 올리고**

투성(投誠)은 귀순하다, 항복하다는 뜻을 가지고 있다. 그러므로 신구의 삼업으로 지은 죄를 던져버리고 자신의 본성을 찾아 삼보에 예를 올림이 진정한 삼보례(三寶禮)이다.


**성범동회법왕궁 聖凡同會法王宮**
**성인범부 다 함께 법왕의 궁전에서 만나소서.**

이러한 가르침은 성인이나 범부 모두 할 것 없이 공통된 사항이다. 삼업을 진참회(眞懺悔)하고 허공신(虛空身)을 이루어서 삼보에 예를 올려 법왕궁(法王宮)에서 모두 만나자고 하는 서원이 담겼다.

# 이향천리도기춘 離鄕千里度幾春

## 승혼게 僧魂偈

離鄕千里度幾春 便是雲遊海上人
이향천리도기춘 변시운유해상인

父母只言行脚去 豈知鄕外作孤魂
부모지언행각거 기지향외작고혼

멀리 고향을 떠난 지가 몇 해나 되었던가.
문득 구름바다를 떠돌던 스님이시여!
부모는 다만 행각을 떠났다고 말하지만
어찌 알았으리오, 타향에서 외로운 혼이 될 줄을.

산보집에서 총림(叢林)의 사명일(四明日)을 맞이하여 혼령을 청하며 시식하는 절차인 총림사명일영혼시식절차(叢林四名日靈魂施食節次) 가운데 스님의 영혼을 초청하여 공양을 올리는 게송으로 실려 있다.

### 이향천리도기춘 離鄕千里度幾春
멀리 고향을 떠난 지가 몇 해나 되었던가.

춘(春)은 년(年), 세(歲) 등과 같은 표현이다. 그러므로 고향을 떠난 지가 몇 년이나 되었는가? 라고 하여 몇 년이 지났는지 알 수가 없을 정도라는 뜻이다. 또한 천리(千里)는 천리타향(千里他鄕)이라고 보아도 무방하다. 고로 천 리는 멀리 떨어져 있는 거리를 말한다.

**변시운유해상인 便是雲遊海上人**
**문득 구름바다를 떠돌던 스님이시여!**

변시(便是)는 다른 것이 아니라 '곧' 이러한 뜻이며, 운유(雲遊)는 뜬 구처럼 돌아다니는 것을 말한다. 그리고 여기에 해(海)가 있으므로 운해(雲海)를 말하고, 상인(上人)은 스님을 높여서 부르는 말이다.


**부모지언행각거 父母只言行脚去**
**부모는 다만 행각을 떠났다고 말하지만**

행각(行脚)은 선승이 수행하기 위하여 여러 곳을 여행하는 것을 말하므로 이를 운수납자(雲水衲子)라 하기도 한다. 그러나 부모의 입장에서 행각을 여행 정도로 보았을지도 모른다. 그로 인하여 스스로 안위를 삼았는지도 모를 일이다. 그게 부모의 마음이려니 그리 추측해 볼 수도 있다.


**기지향외작고혼 豈知鄉外作孤魂**
**어찌 알았으리오, 타향에서 외로운 혼이 될 줄을.**

기지(豈知)는 '어찌 알았으리오'라는 뜻이고, 향외(鄉外)는 타향객지를 말한다.

# 인견명성성정각 因見明星成正覺


## 운심게 運心偈

**因見明星成正覺 應供牧女乳味粥**
인견명성성정각 응공목녀유미죽

**應時降起諸形相 種種光明神通變**
응시강기제형상 종종광명신통변

밝은 샛별 보시고 정각을 이루시고,
목녀(牧女)의 유미죽(乳味粥) 공양받으셨네.
때를 따라 모든 형상을 일으키시고,
갖가지 광명으로 신통 변화 보이셨네.


본사석가모니불(本師釋迦牟尼佛) 편의 설명을 참고하시오.

# 인고이목예수위 人顧耳目禮雖違

## 제7 태산 泰山 대왕

**人顧耳目禮雖違 稍順冥規敬向歸**
인고이목예수위 초순명규경향귀

**智不責愚言可採 一毫微善捨前非**
지불책우언가채 일호미선사전비

사람을 뒤돌아보아 듣고 봄에 예(禮)가 비록 어긋나도
점점 명부의 법에 순종하여 공경 다해 귀의하네.
지혜가 없으면 꾸짖고 어리석은 말을 가히 말로써 가리지 못하니
한 터럭만 한 선행만 있어도 앞의 죄는 용서하네.

작법귀감에서 시왕을 따로따로 초청하는 의식인 시왕각청(十王各請) 가운데 제7 태산대왕(泰山大王)에 대한 가영이다. 시왕경(十王經)에 보면 태산왕은 인간의 선악을 기록한 왕이라고 하였다. 그 죄업에 따라 아귀, 축생, 수라, 인천 등 어느 곳으로 윤회할지를 정한다고 한다. 시왕경은 불설예수시왕생칠경(佛說預修十王生七經)이지만 위경이라고 볼 수 있다.


**인고이목예수위 人顧耳目禮雖違**
사람을 뒤돌아보아 듣고 봄에 예(禮)가 비록 어긋나도

고(顧)는 뒤 돌아보다, 관찰하다는 뜻이다. 이(耳)는 듣고, 목(目)은 보고의 뜻이며, 위(違)는 어긋나다는 뜻이다.

### 초순명규경향귀 稍順冥規敬向歸
점점 명부의 법에 순종하여 공경 다해 귀의하네.

초(稍)는 벼 줄기의 끝을 말한다. 그러므로 초순(稍順)은 작은 것 하나라도 법도에 맞게 순종함을 말하며, 명규(冥規)는 명부 세계의 법규를 말한다. 규(規)는 규(規)의 본자(本字)다.

### 지불책우언가채 智不責愚言可採
지혜가 없으면 꾸짖고 어리석은 말을 가히 말로써 가리지 못하니

책(責)은 책망하다, 꾸짖다. 우(愚)는 어리석다는 뜻이다. 채(採)는 가리다, 가려내다, 이러한 뜻이다.

### 일호미선사전비 一毫微善捨前非
한 터럭만 한 선행만 있어도 앞의 죄는 용서하네.

아주 작은 선행만 있어도 어리석음으로 인하여 남을 꾸짖고 어리석음을 책망하는 죄업은 용서받을 수 있다는 표현이다.

# 인국증구백만병 隣國曾驅百萬兵

## 제22대 조사 마나라 摩拏羅 존자

**隣國曾驅百萬兵 等閑一喝盡魂驚**
인국증구백만병 등한일갈진혼경

**不同後代叅玄者 只要安排亂作聲**
부동후대참현자 지요안배난작성

일찍이 이웃 나라가 백만 대군 몰고 침공하자
등한히 한 번 할을 하니 혼비백산 달아났네.
후대에 현묘함을 참구하는 이와는 같지 않나니
다만 난을 물리쳐 편안해지고자 소리를 질렀네.

산보집에서 선문의 조사에게 예참을 올리는 선문조사예참(禪門祖師禮懺)에 수록된 제22대 조사인 마나라(摩拏羅) 존자에 대한 가영이다.

마나라 존자는 서천의 역대 조사로서 제21조 바수반두의 법을 이은 제자로 전등록(傳燈錄)에 의하면 고대 인도의 나제국(那提國) 상자재왕(常自在王)의 왕자다. 상자재왕은 매우 지혜롭고 사리에 밝았으며 부처님 법을 믿었던 왕이다. 존자는 30세 때 바수반두를 만나 출가하였다고 하였으며, 월씨국(月氏國)에서 자신의 법을 이을 학륵나(鶴勒那) 존자를 만났다.

### 인국증구백만병 隣國曾驅百萬兵
일찍이 이웃 나라가 백만 대군 몰고 침공하자

나제국을 침공한 나라가 어느 나라인지에 대해서는 불분명하다. 그러나 전체적인 시문의 흐름에서 이웃 나라와 백만 대군이 무엇을 뜻하는지는 이어지는 구절을 보면 알 수가 있다.


### 등한일갈진혼경 等閑一喝盡魂驚
### 등한히 한 번 할을 하니 혼비백산 달아났네.

찬탄(讚歎)에 보면 이웃 나라가 침공하자 고복(鼓腹)이라는 표현을 써서 배를 두드려 물리쳤다고 하였으나, 게송에서는 일할(一喝)이라는 표현으로 나타내어 한 번의 할(喝)로써 물리쳤다고 하였다. 여기에 대한 기록은 없다.


### 부동후대참현자 不同後代叅玄者
### 후대에 현묘함을 참구하는 이와는 같지 않나니

참현자(叅玄者)에서 참(叅)은 참구(參究)하다는 뜻으로 곧 참선을 말하며, 현(玄)은 현묘한 이치를 나타내는 표현이다.


### 지요안배난작성 只要安排亂作聲
### 다만 난을 물리쳐 편안해지고자 소리를 질렀네.

여기에서 보면 이웃 나라에서 백만 대군을 몰고 침공을 하였다는 것은, 곧 자기 내면에 있는 사량 분별의 번뇌를 표현한 것임을 알 수가 있다.

# 인문정중목이연 因問庭中木耳緣

## 제16대 조사 나후라 羅睺羅 존자

**因問庭中木耳緣 提婆纔說便心歡**
인문정중목이연 제파재설변심환

**寄言受供修行者 未證圓通仔細看**
기언수공수행자 미증원통자세간

마당 가운데 있는 버섯의 인연을 물었는데
제바 존자의 설법을 듣고 문득 기쁜 마음 생겼네.
말재주에만 의존하여 공양받으며 수행하는 사람은
원통을 증득하지 못한다는 것 자세히 보라.

산보집에서 선문의 조사에게 예참을 올리는 선문조사예참(禪門祖師禮懺)에 수록된 제16대 조사인 나후라(羅睺羅) 존자에 대한 가영이다. 나후라를 갖추어 표현하면 나후라다(羅睺羅多) 존자이다. 우리는 보편상 '나후라다'라고 읽지만, 불교사전에는 라후라다(羅睺羅多)로 읽는다. 라후라다 존자는 가비라국(迦毗羅國) 출신으로 성은 범마(梵摩)이며, 아버지 이름은 정덕(淨德)이다. 존자는 가나제바(迦那提婆)의 법을 이어서 승가난제(僧伽難提)에게 전했다.

## 인문정중목이연 因問庭中木耳緣
마당 가운데 있는 버섯의 인연을 물었는데

목이(木耳)에 관한 내용은 전등록 제15조 가나제바(伽那提婆) 조사 편에 실려 있는 내용이지만 '라훌라' 존자 하고는 개연성이 별로 없는 법담(法談)이다. 존자가 용수의 법을 이은 뒤에 비라국(毘羅國)으로 갔다. 범마정덕(梵摩淨德)이라는 장자가 있었는데 하루는 후원의 나무에 큰 버섯이 있는 것을 보았다. 맛이 아주 좋아서 장자의 둘째 아들인 라후라다(羅睺羅多)만 따먹을 수가 있었는데, 버섯이 자라나면 바로 따먹어 다른 친족들은 아무도 이를 모르고 있었다. 그러자 존자는 전생의 인연임을 알고 그 집으로 가서 장자가 이러한 까닭을 물었다. 존자가 대답하기를 너희들은 전생에 어떤 비구를 공양하였거늘, 그 비구는 눈이 열리지 않았는데 헛되이 남의 시주를 받았기에 버섯이 되어 업보를 갚는 것이다. 너와 네 아들만 정성껏 공양하였으므로 받을 수 있음이요, 다른 사람들은 이를 받지 못함이라고 하였다. 그러고 나서 장자의 나이를 물으니 79세라 하였다. 이에 존자가 다음 게송으로 말하였다.

入道不通理 復身還信施
입도불통리 복신환신시

汝年八十一 此樹不生耳
여년팔십일 차수불생이

도에 들었으나 진리를 아직 깨치지 못했네.
몸이 바뀌어서 다시 지주의 물건을 갚는 것이다.
그대 나이 여든한 살이 되면
이 나무에서는 버섯이 다시 나지 않을 것이다.

장자는 게송을 듣고 나서 크게 탄복하며 자신은 너무 늙어서 스승으로 섬기지 못하니 둘째 아들을 출가시켜서 시중을 들게 하였다.

그러나 이 게송을 지은이는 제15조 가나제바에 등장하는 버섯이야기에 등장하는 라후라다(羅睺羅多)와 제16조인 라후라(羅睺羅) 존자를 착각한 것 같다. 제15조에 등장하는 '라후라다'는 남천축국(南天竺國)의 범마정덕(梵摩淨德)의 아들이고, 제16 조사는 라후라다는 가비라국(迦毗羅國) 사람이기 때문이다.


**제파재설변심환 提婆纔說便心歡**
**제바 존자의 설법을 듣고 문득 기쁜 마음 생겼네.**

제바(提婆)는 제15조인 가나제바(伽那提婆)를 말함이다. 지금 가나제바의 이야기를 듣고 기쁜 마음이 생겼다고 하였는데, 이는 전생의 이야기를 듣고 기뻐서 자신의 둘째 아들을 출가시켰다고 하는 내용이다. 여기에 대해서 이미 위에서 설명하였으므로 이를 참고하길 바란다.

**기언수공수행자 寄言受供修行者**
말재주에만 의존하여 공양받으며 수행하는 사람은

기언(寄言)은 확연하게 깨닫지 못하고 말로만 깨달은 것처럼 하는 이를 말한다. 전등록(傳燈錄)에서 다시 이 부분을 발췌하여 살펴보면 전생에 어떤 비구가 깨닫지도 못하였으면서도 헛되이 남의 시주를 받았다는 이야기가 있다. 汝家昔曾供養一比丘。道眼未明。以虛沾信施故。報爲木菌。惟汝與子精誠供養。得以享之。餘即否矣。

**미증원통자세간 未證圓通仔細看**
원통을 증득하지 못한다는 것 자세히 보라.

원통을 증득하지 못하였으면서 증득한 것처럼 하는 과보는 피할 수가 없다. 그러므로 수행자는 이러한 전생담(前生譚)을 가벼이 여기지 말라는 경구(警句)이다. 또한 스스로 자신을 관조하지 아니하면 아만(我慢)에 빠져 앞으로 나아가지 못함을 경계하는 것이다. 그러므로 단월이 올린 작은 공양이라도 헛되이 받으면 안 된다.

# 인완이목예수위 人頑耳目禮雖違

## 제칠 태산 泰山 대왕

**人頑耳目禮雖違 稍順冥規敬向歸**
인완이목예수위 초순명규경향귀

**智不責愚言可採 一毫微善捨前非**
지불책우언가채 일호미선사전비

사람은 미련해서 보고 들음에 예(禮)가 비록 어긋나도
점점 명부의 법에 순종하여 공경 다해 귀의하네.
지혜가 없으면 꾸짖고 어리석은 말을 가히 말로써 가리지 못하니
한 터럭만 한 선행만 있어도 앞의 죄는 용서하네.

산보집에서 중단을 청하여 맞이하는 의식인 중단영청지의(中壇迎請之儀)와 더불어 시왕에 대례를 올리고, 공양을 올리는 의식문인 대례왕공양문(大禮王供養文) 가운데 시왕 가운데 제7 태산왕(泰山王)의 가영으로 실려 있다. 범음집과 예수시왕생칠재의 찬요(預修十王生七齋儀纂要)에도 같은 내용으로 되어있다.

여기에 관한 설명은 인고이목예수위(人顧耳目禮雖違)에서 이미 설명하였다. 인고이목예수위(人顧耳目禮雖違)과 인완이목예수위(人頑耳目禮雖違)라는 두 가지 표현이 존재하며, 다만 고(顧)와 완(頑)이라는 표현만 다를 뿐이다.

# 인원과만증여여 因圓果滿證如如

## 보신영 報身詠

**因圓果滿證如如 依止莊嚴相好殊**
인원과만증여여 의지장엄상호수

**究竟天中登寶座 菩提樹下現金軀**
구경천중등보좌 보리수하현금구

인과(因果)가 원만함을 여여하게 증명함이니
의보(依報)와 정보(正報)의 장엄은 상호가 다르지만
마침내 하늘 보좌에 올랐다가
보리수 아래서 금빛 몸 나타내셨네.

산보집 권중(卷中)에서 상단을 청해 맞이하는 의식인 상단영청지의(上壇迎請之儀)에 보신영(報身詠)으로 실려 있다. 범음집도 이와 같다. 보신(報身)은 불교에서 말하는 삼신(三身)의 하나로 과보와 수행에 따라 얻어지는 불신(佛身)의 하나다.

### 인원과만증여여 因圓果滿證如如
인과(因果)가 원만함을 여여하게 증명함이니

인원과만(因圓果滿)이라고 함은 인행(因行)이 원만하기에 불과를 완성했다는 뜻이다. 그러므로 보신은 인과가 원만함을 증명하는 법신이라는 뜻이다.

### 의지장엄상호수 依止莊嚴相好殊
의보(依報)와 정보(正報)의 장엄은 상호가 다르지만

의보(依報)는 과거에 지은 행위로 인한 과보로, 부처나 중생의 몸에 의지하고 있는 국토와 의식주 등을 말함이다. 정보(正報)는 과거에 지은 행위의 과보로 받은 부처나 중생의 몸을 말한다. 그러나 궁극적으로는 의정불이문(依正不二門)이라고 하여 의보와 정보가 불신에 의지하며, 근본적으로 하나이기에 의(依)와 정(正)이 둘이 아니라고 본다.

### 구경천중등보좌 究竟天中登寶座
### 마침내 하늘 보좌에 올랐다가

구경(究竟)은 결국, 마침내, 이러한 뜻이다. 고로 하늘 가운데 보좌에 올랐다고 하였으니, 부처님이 도리천에서 호명보살로 계실 때를 말함이다.

### 보리수하현금구 菩提樹下現金軀
### 보리수 아래서 금빛 몸 나타내셨네.

보리수(菩提樹) 아래서 정각을 이루어 부처의 몸을 나타내었다는 표현이다. 여기서 금구(金軀)는 불신(佛身)을 말한다.

# 인의정변무왕벌 仁義政邊無枉罰

## 세종 장헌 莊憲 대왕

**仁義政邊無枉罰 惜人廳下有蒙隣**
인의정변무왕벌 석인청하유몽린

**碧山老衲千千祝 紅粉嘉人熟不延**
벽산노납천천축 홍분가인숙불연

인의의 정치 펼쳐 주변에 억울한 벌 없고
관리들을 아꼈기에 은혜 입지 않은 이 없다네.
청산의 늙은 스님들 천천세(千千歲)를 축원하니
홍분(紅粉)에 가인(嘉人)이 누군들 연명치 않겠는가.

산보집 종실단작법의(宗室壇作法儀)에서 세종 장헌(莊憲) 대왕 선가에 대한 가영이
다. 세종은 태종(太宗)의 아들로 조선 제4대 왕으로 훈민정음 창제 등으로 백성들의
생활에 실질적인 도움이 되는 문화정책을 펼쳤다. 조선 최고의 성왕으로 추앙받고 있
으며 이름은 도(祹 1397~1450)이고, 시호는 세종장헌영문예무인성명효대왕(世宗莊
憲英文睿武仁聖明孝大王)이다.

### 인의정변무왕벌 仁義政邊無枉罰
### 인의의 정치 펼쳐 주변에 억울한 벌 없고

세종은 정사를 다스림에 있어서 정치, 경제, 국방, 문화 등 여러 방면에 훌륭한 업적
을 남긴 왕이다. 조선의 기틀을 더욱 확고하게 다진 임금으로 유교를 바탕으로 인의
(仁義)의 정치를 펼쳤다. 그러므로 억울하게 누구에게 벌준 바가 없다는 것은 그만큼
성왕으로 추존 받았다고 찬탄하는 것이다.

**석인청하유몽린 惜人廳下有蒙隣**

**관리들을 아꼈기에 은혜 입지 않은 이 없다네.**

석인(惜人)은 사람을 아낀다는 표현이지만 이는 인재를 골고루 등용하고 또 아낀다는 표현이다. 그러므로 한글 창제와 강수량을 측정하는 측우기, 천체관측 기구인 혼천의(渾天儀), 이외에도 해시계인 앙부일구(仰釜日晷)와 물시계인 자격루(自擊漏) 등을 만들게 하였다는 것을 의미한다.


**벽산노납천천축 碧山老衲千千祝**

**청산의 늙은 스님들 천천세(千千歲)를 축원하니**

벽산(碧山)은 청산을 말하므로 곧 사원을 말하며, 노납(老衲)은 나이가 드신 스님을 말함이다. 이러한 수행자들이 오래 살기를 축원한다는 뜻이다. 세종은 오교(五敎)를 교종(敎宗)과 선종(禪宗)으로 통합하였으며 사찰을 정비함은 물론이고 사원전(寺院田), 상주승(常住僧), 사사노비(寺社奴婢) 등을 삭감하고 정리하였다. 말년에는 궁중에 내불당(內佛堂)을 짓는 등 불교를 장려하였다.


**홍분가인숙불연 紅粉嘉人熟不延**

**홍분(紅粉)에 가인(嘉人)이 누군들 연명치 않겠는가.**

홍분(紅粉)은 연지(臙脂)와 분을 말함이기에 얼굴과 몸, 옷차림 따위를 곱게 꾸미는 것을 말하며 가인(嘉人)은 예쁜 사람을 말한다. 그리고 숙(熟)은 숙(孰)의 오자로 보인다. 연(延)은 시간을 미루는 것을 말한다. 이 구절의 전체적인 내용은 세종의 선정으로 인하여 백성들이 모두 행복했다는 것을 나타내고 있다.

# 인이대비청정수 仁以大悲淸淨手

## 정대게 頂戴偈

仁以大悲淸淨手 攝取憶念諸衆生
인이대비청정수 섭취억념제중생

令於一切厄難中 獲得無憂安穩樂
영어일체액난중 획득무우안온락

어질고 큰 자비의 청정한 손으로
염불하는 모든 중생을 거두어 취하시니
그들이 모든 액난(厄難) 가운데서 벗어나서
근심 없고 안온한 즐거움을 얻게 하시네.

작법귀감에서 가사를 점안하는 의식인 가사점안(袈裟點眼) 가운데 정대게(頂戴偈)로 실려 있다. 이는 40권 본 화엄경 권 제16 입부사의해탈경계보현행원품(入不思議解脫境界普賢行願品)에 나오는 선재동자의 게송을 인용하였다.

### 인이대비청정수 仁以大悲淸淨手
어질고 큰 자비의 청정한 손으로

인(仁)과 대비(大悲)는 보살의 자비하심을 나타내는 것이다. 깨끗한 손은 염오(染汚)에 물들지 아니하였기에 이를 찬탄하는 것이며, 더러 고운 손이라고 번역하는 이도 있다.

### 섭취억념제중생 攝取憶念諸衆生
염불하는 모든 중생을 거두어 취하시니

부처님을 생각하는 중생을 모두 거두어서 피안으로 인도하신다는 내용이다.


**영어일체액난중 令於一切厄難中**
**그들이 모든 액난(厄難) 가운데서 벗어나서**

그리하여 고난에 빠진 모든 중생을 제도하여 주시기에 앞서 청정수(淸淨手)라는 표현을 쓴 것이다.


**획득무우안온락 獲得無憂安穩樂**
**근심 없고 안온한 즐거움을 얻게 하시네.**

액난에서 벗어나면 당연히 근심이 없고 즐거움을 얻을 수 있음이다. 이를 나라에 비유하면 극락국(極樂國)이라 하고, 땅에 비유하면 정토(淨土)라 하며, 언덕에 비유하면 피안(彼岸)이라고 한다.

# 인지법행심불퇴 因地法行心不退

## 착관게 着冠偈

**因地法行心不退 終登等妙也無疑**
**인지법행심불퇴 종등등묘야무의**

인지의 법행에서 마음이 물러서지 않으면
마침내 등묘각에 올라감은 의심 없으리.

작법귀감 다비작법(茶毘作法)에서 죽은 이에게 모자를 씌우면서 읊어주는 게송인 착
관게(着冠偈)를 하고 나서, 이제 관(冠)을 쓰셨으니 정문(頂門)의 수능엄삼매(首楞嚴
三昧)는 온갖 성현들이 함께 걸어온 길이라고 일러주면서 읊는 게송이다. 참고로 승
가예의문, 범음집에도 이와 같으며 전반적인 내용은 원각경에 나오는 말씀이다.

## 인지법행심불퇴 因地法行心不退
## 인지의 법행에서 마음이 물러서지 않으면

원각경에 보면 '법계의 성품 똑같이 끝끝내 원만하여 시방에 두루한 것과 같기 때문
이니라. 이것을 일러 인지(因地)의 법다운 수행이라 하나니, 보살은 이것을 의지하여
대승법의 청정한 마음을 내는 것이며, 말법 세계의 중생들도 이것을 의지하여 닦아
행하면 삿된 소견에 빠지지 않으리라.'고 하였다. 如法界性究竟圓滿遍十方故。是則
名爲因地法行。菩薩因此於大乘中發淸淨心。末世衆生依此修行不墮邪見。

인지(因地)라고 하는 것은 수행이 아직 부처를 이루기 전의 지위를 말하며, 법행은
부처님의 가르침 따라 수행하는 것을 말한다.

**종등등묘야무의 終登等妙也無疑**
마침내 등묘각에 올라감은 의심 없으리.

원각경 제4 금강장보살장에 보면 '오직 원하오니 막힘이 없는 대자(大慈)를 버리지 마시고 모든 보살을 위하여 비밀장을 여시어 말세 일체중생이 이와 같은 수다라교의 요의(了義) 법문을 듣고 영원히 의심을 끊게 해달라.'는 말씀이 있다. 唯願。不捨無遮大慈。爲諸菩薩。開秘密藏。及爲末世一切衆生。得聞如是。修多羅教了義法門。永斷疑悔。

# 인차향연강연석 因此香烟降筵席

## 창의게 唱衣偈

**因此香烟降筵席 證明唱衣見聞知**
인차향연강연석 증명창의견문지

**法身本來恒淸淨 斷除煩惱證菩提**
법신본래항청정 단제번뇌증보리

이에 따라 향을 사르나니 이 자리에 내려오시어
창의함을 증명하시고 보고 들어 아시옵소서.
법신은 본래부터 늘 청정하오니
번뇌를 끊고 보리를 증득하소서.

작법귀감 다비작법(茶毗作法)에서 죽은 이의 물품을 경매하는 일을 창의(唱衣)라고 한다. 창의(唱衣)라고 하는 것은 죽은 사람이 생전에 입던 옷을 갖다 놓고 물품을 경매하는 것으로, 이는 집착심을 떼어주고자 함이다. 승가예의문과 범음집에는 이어지는 두 구절이 더 있다.

**인차향연강연석 因此香烟降筵席**
이에 따라 향을 사르나니 이 자리에 내려오시어

향연(香烟)에서 연(烟)은 연(煙)과 같은 글자이며, 향연은 향의 연기를 말함이다. 곧 향을 사르는 것을 나타내며, 연석(筵席)은 경전을 강론하면서 문답하거나 의논하는 자리를 말하므로 곧 법석(法席)을 말한다.

증명창의견문지 證明唱衣見聞知
창의함을 증명하시고 보고 들어 아시옵소서.

창의(唱衣)에 대해서는 이미 설명하였다. 그러므로 창의함을 보고 듣고 하여, 왜 하는지를 알라고 하는 것이다.

법신본래항청정 法身本來恒清淨
법신은 본래부터 늘 청정하오니

법신은 본래 청정하다고 하는 것은 중생도 본디 불성을 가지고 있으므로 이를 제자리로 환원하면 부처가 되기에 법신은 본래로 늘 청정하다고 하는 것이다.

단제번뇌증보리 斷除煩惱證菩提
번뇌를 끊고 보리를 증득하소서.

번뇌가 없으면 본성이 드러나기에 보리가 생겨나는 것이다. 까닭에 보리를 증득하는 것을 깨달았다고 말한다.

범음집, 승가예의문에는 다음과 같은 두 구절이 더 있다.

浮雲散而影不留 殘燭盡而光自滅
부운산이영불류 잔촉진이광자멸

뜬구름은 흩어지면 자취를 남기지 않고
남은 초 타 버리면 빛도 없어진다네.

뜬구름도 흩어지면 그 자취가 없고, 촛불도 다 타면 그 빛이 없어진다고 하는 것은 죽은 이에게 집착하는 마음을 끊으라는 가르침이다.

# 인치흉년세검황 因値凶年歲儉荒

## 황년영 荒年詠

**因値凶年歲儉荒 或時趨熟或經商**
인치흉년세검황 혹시추숙혹경상

**身殂命喪深溝畔 犬吠鴉鴿古道傍**
신조명상심구반 견폐아감고도방

흉년을 만난 탓으로 양식은 적고 거칠어서
때로는 익은 곡식을 쫓고 혹은 장사하기도 하네.
목숨을 마친 시체는 구렁이나 언덕마다 즐비하니
옛날 다니던 길에는 개가 짖고 새가 시체를 뜯는도다.

산보집 권중에서 하단을 청해 맞이하는 의식인 하단영청지의(下壇迎請之儀) 가운데 황년영(荒年詠)으로 실려 있다. 황년(荒年)이라고 하는 것은 흉년(凶年)을 말한다. 농사를 지음에 있어서 수해(水害), 풍해(風害), 냉해(冷害), 충해(蟲害) 따위로 농작물이 잘 되지 않은 해를 이른다.

**인치흉년세검황 因值凶年歲儉荒**
흉년을 만난 탓으로 양식은 적고 거칠어서

검(儉)은 검소하다는 뜻도 있지만, 흉년이라는 뜻도 있다. 그러므로 흉년으로 인하여 양식이 거칠고 적다는 표현으로 흉년이 들어 양식이 없어 굶주림을 말한다.

**혹시추숙혹경상 或時趨熟或經商**
때로는 익은 곡식을 쫓고 혹은 장사하기도 하네.

추(趨)는 달아난다, 달려간다, 뒤쫓는다는 뜻으로 추숙(趨熟) 하면 익은 낟알의 곡식을 주우러 다니는 것을 말함이다. 경상(經商)은 장사하는 것을 말한다.


### 신조명상심구반 身殂命喪深溝畔
**목숨을 마친 시체는 구렁이나 언덕마다 즐비하니**

조(殂)는 '죽다'라는 표현이기에 신조명(身殂命) 하면 이 목숨이 다하여 죽으면, 이러한 뜻이다. 구(溝)는 봇도랑을 말하고 반(畔)은 두둑을 말하므로 깊은 고랑이나 언덕에 시체가 늘어져 있다는 뜻이다.


### 견폐아감고도방 犬吠鴉鵮古道傍
**옛날 다니던 길에는 개가 짖고 새가 시체를 뜯는도다.**

견폐(犬吠)는 '개는 짖어대고'라는 표현이고, 감(鵮)은 새가 먹잇감을 쪼는 것을 말하므로 시체를 쪼아대고 있다는 것을 나타내어 처참하다는 것을 말하고 있다.

# 일광동조팔천토 一光東照八千土

## 설법게 說法偈

一光東照八千土　大地山河如杲日
일광동조팔천토　대지산하여고일

即是如來微妙法　不須向外謾尋覓
즉시여래미묘법　불수향외만심멱

한 줄기 빛이 동으로 팔천 국토를 비추니
대지 산하가 해가 뜬 것처럼 밝아지네.
이것이 바로 여래의 미묘한 법이니
모름지기 부질없이 밖에서 찾지를 마라.

산보집 영산작법 절차인 영산작법절차(靈山作法節次)에서 설법게로 나오며, 작법귀감에는 설주이운(說主移運)에 나오는 설법게이다. 범음집, 연경별찬(蓮經別讚)에도 그러하다.


**일광동조팔천토 一光東照八千土**
**한 줄기 빛이 동으로 팔천 국토를 비추니**

일광(一光)은 곧 하나의 '빛'을 말하므로 여기서 하나는 곧 여일(如一)하다는 뜻도 있고, 일승의 진리라는 뜻이 있다. 이어서 나오는 광(光)은 곧 진리를 말함이다. 그러기에 일(一)은 참다운 진리는 하나다는 뜻을 포함하고 있다. 왜냐하면 진리의 말씀은 하나여야지 둘이 되면 어긋나기 때문이다.

동조(東照)는 곧 일광동조(日光東照)를 말함이다. 이 문구의 현판은 대구 파계사(把溪寺)에서 볼 수가 있다. 일광동조는 곧 일광변조(日光遍照)와 같은 맥락으로 햇빛이 어디에도 비추지 아니함이 없다는 표현이다. 그러므로 동조(東照)를 좁게 보아서 굳이 동쪽만 비춘다고 하면 안 된다. 해는 당연히 동쪽에서 떠오르기에 동조(東照)라고 표현한 것이다.

팔천토(八千土)는 온 세상을 말한다. 여기서 토(土)는 세계, 나라, 이러한 표현이다. '팔천토'는 팔만 사천 세계를 말하므로 부처님의 법문도 '팔만사천법문'이라고 하는 것이다. 고로 중생이 가지고 있는 병도 팔만사천병(八萬四千病)이요, 중생이 가지고 있는 번뇌도 팔만사천번뇌(八萬四千煩惱)이다. 병에 따라 약이 있으므로 법문도 팔만사천법문이 생겨나는 것이다.

일광동조팔천토(一光東照八千土)는 미루어 짐작하건대 법화경(法華經) 서품에 나오는 가르침을 나름 인용한 것으로 보인다. 법화경에서 상서(祥瑞)에 관한 질문에 보면 '이때 부처님께서 미간의 백호상으로부터 한 줄기 광명을 놓으시어 동방의 만팔천 세계를 비추시니 두루 미치지 않음이 없으시고, 밑으로는 아비지옥에 이르고 위로는 아가니타천까지 이르도록 비추시었다.'는 말씀이 있다. 爾時佛。放眉間白毫相光。照東方萬八千世界。靡不周徧。下至阿鼻地獄。上至阿迦尼吒天。

이를 게송에서 보면 다음과 같다.

眉間光明 照於東方
미간광명 조어동방

萬八千土 皆如金色
만팔천토 개여금색

미간 백호에서 놓으신 광명은 동방으로 멀리 비추어서
일만 팔천 국토를 비추시어 모두 금빛으로 빛나고 있습니다.

그리고 법화경을 주해하면 '동방'은 방위에서 '처음'에 해당한다. 이는 십주(十住)의 위계에서 처음에 해당하는 표현이기도 하지만, 여기에서는 그 정도까지의 표현은 아닌 것으로 보인다.

부처님의 말씀은 우리를 번뇌로부터 구제하고자 갖가지 방편과 비유를 들어놓은 법이다. 그러므로 부처님의 법문을 8만4천 법문이라고 한다. 그것은 우리를 마음으로부터 해방시키고자 설하신 법이다. 그러기에 부처님 설법의 목적은 심해탈(心解脫)에 있는 것이다.

심해탈은 마음이 모든 번뇌에서 온전하게 벗어난 경지를 말하는 것이다. 이를 체득하면 순간순간 선정(禪定)에 드는 것이다. 북방불교의 여러 경전의 서두에 보면 부처님께서 갖가지 삼매에 드시고 이적을 나타내시는데, 이는 모두 심해탈을 그렇게 표현한 것이다.


## 대지산하여고일 大地山河如杲日
### 대지 산하가 해가 뜬 것처럼 밝아지네.

대지(大地)는 대자연의 넓고 큰 땅을 말하며 산하(山河)는 산과 큰 내를 말한다. 그러므로 이 둘을 합쳐서 살펴보면 온 세상을 말하는 것이다. 결국 위에서 말한 팔천토(八千土)와 같은 표현으로 보아도 된다. 해가 뜨면 온 세상을 차별하지 아니하고 두루두루 비추기에 대지산하라고 한 것이다. 그러므로 대지산하는 삼라만상(森羅萬象)을 아우르는 표현이다.

고일(杲日)은 밝은 태양을 말한다. 진리가 이 세상에 드리움에 뭇 생명에게 비로소 고통에서 벗어날 수 있는 길과 발판이 마련되는 것이다. 그러기에 우리는 부처님께 지심귀명례(至心歸命禮)하는 것이다.

고덕(古德)이 말하기를 '여래의 정법안장은 열반묘심이니, 마치 해가 허공에서 밝게 비추는 것을 다 함께 보지만 미혹한 자는 스스로 미혹하고 깨달은 자는 말이 없음이라.'고 하였다. 如來正法眼藏。涅槃妙心。如杲日在空。有目共覩。迷者自迷。悟者無語。

고봉원묘(高峰原妙 1238~1295) 화상의 어록인 선요(禪要)에 보면 '밝은 해가 허공에 떠서 비추지 않는 곳이 없거늘 무엇 때문에 한 조각 구름에 가리게 되는가. 사람마다 하나씩 그림자가 있어서 한 치도 떨어지지 않거늘 무엇 때문에 밟지 못하는가. 온 대지가 모두 불구덩이거늘 무슨 삼매를 얻어야 불에 타는 걸 피하겠는가.'라고 하였다. 杲日當空。無所不照。因甚被片雲遮却。人人有箇影子。寸步不離。因甚踏不著。盡大地是箇火坑。得何三昧。不被燒却。

다시 한번 정리하여 이를 살펴보면 대지(大地)와 산하(山河)는 온천지를 나타낸 것이다. 그리고 고(杲)는 '밝다'는 뜻이다. 그러므로 두 번째 구절은 온천지가 해와 같이 밝아진다는 것이므로, 이는 부처님의 말씀으로 인하여 나의 마음이 그렇게 된다는 표현이다.

## 즉시여래미묘법 即是如來微妙法
### 이것이 바로 여래의 미묘한 법이니

즉시(即是)는 어떤 일이 행하여지는 바로 그때를 말하기도 하지만, 이를 불교적 관점에서 보면 두 현상이 완전히 하나여서 불이(不二)의 관계에 있음을 나타내는 말이다. 진리[一光]로 세상을 밝게 비추시고자 하시는 부처님 말씀은 어떤 신(神)을 추종하라는 것이 아니다. 자신 안에 있는 진성(眞性)을 알아차리면, 자신의 마음 안에도 불성이 있다는 것을 알게 된다는 부처님 말씀이야말로 참다운 진리[果日]가 아니고 무엇이겠는가. 이것이 바로 여래의 미묘한 진리임을 알아야 한다.

대승밀엄경(大乘密嚴經) 입밀엄미묘신생품에 보면 '마음의 본바탕은 청정하여 생각할 수도 말할 수도 없나니, 이것이 미묘한 여래장이며 미묘한 법이다. 마치 금이 광석 속에 감추어져 있음이라.'고 하셨다. 心性本清淨。不可得思議。是如來妙藏。如金處於礦。

그러므로 부처님의 가르침에 대하여 천수경(千手經)에서는 무상심심미묘법(無上甚深微妙法)이라고 하여 가장 높고, 가장 깊은 미묘한 법에 대하여 찬탄하고 있다.

고로 법화경(法華經)에 보면 부처님은 '여러 가지 방편으로 미묘한 법을 말하여 중생들에게 환희심을 내게 함이라'고 하셨다. 種種方便。說微妙法。能令衆生。發歡喜心。

부처님의 미묘하신 설법이 이와 같다는 표현이다. 미묘(微妙)는 언어로써 표현할 수 없을 만큼 아주 심오하고 훌륭한 부처님의 가르침을 말한다. 이를 설법으로 표현하면 미묘설(微妙說)이라 하고, 진리로 표현하면 미묘법(微妙法)이라고 하는 것이다. 법화경 게송에 보면 다음과 같은 표현이 있다.

甚深微妙法 難見難可了
심심미묘법 난견난가료

부처님의 매우 깊고 미묘한 그 법은

보기도 어렵고 알기도 어려우니라.

## 불수향외만심멱 不須向外謾尋覓
## 모름지기 부질없이 밖에서 찾지를 마라.

불수(不須)는 '모름지기 ~할 필요가 없다'는 뜻으로 불용(不用)을 나타낸다. 그리고 향외(向外)는 바깥으로 향하여, 만심(謾尋)에서 만(謾)은 속는다는 뜻이다. 만심(謾尋)은 속고 있는지도 모르고 찾는다는 것을 말하므로, 이는 부질없다는 뜻과 같은 내용이다.

자성(自性) 안에 일광(一光)이 있음을 알아야 한다. 고일(杲日)이 있음을 알지 못하고 있음은 참으로 안타까운 일이다. 그러기에 고덕이 말하기를 업은 아이를 삼 년 찾는다고 하였다. 이를 한자로 나타내면 부아삼면멱(負兒三面覓), 또는 아재부삼년수(兒在負三年搜)라고 한다. 이러한 가르침에 대하여 세속에서는 이를 건망증으로 취급하지만, 불교에서는 본질이 나에게 있음을 모르고 밖으로 헤매는 우매함을 비유한 가르침이다.

이 구절은 자성시불(自性是佛)을 강조한 표현이다. 우리들의 마음에 부처의 성품을 지니고 있으므로 이 마음을 청정(淸淨)케 하여, 번뇌에 물들지 아니하면 곧 부처를 만날 수 있음을 말하고 있다. 이러한 표현을 달리 말하면 '자심시불(自心是佛)'이라고 한다. 그리고 이와 유사한 표현에는 자성미타(自性彌陀)라고 하여, 이 마음 안에 극락이 있음을 말하고 있다.

명나라 성리학자였던 왕양명(王陽明)의 표현에 의하면 '심외무리 심외무사(心外無理 心外無事)'라는 말이 있다. '마음 외에는 이치가 없고, 마음 외에는 일이 없다'는 표현으로, 이는 마음이 곧 만유의 근원임을 나타내는 가르침이다.

살펴본 게송을 의례를 할 때 사용하면 설법게(說法偈)라고 한다. 이 글의 출처는 어디일까? 여타 어느 경전에도 이와 같은 표현은 없다. 작자도 알지 못하지만 예로부터 전해져 내려오기 때문에 이러할 때는 주로 고어(古語) 또는 고덕(古德), 선사(先師) 등으로 나타낸다.

그러나 대부분 인터넷에는 이 게송이 버젓하게 법화경(法華經)에 나오는 게송이라고 소개되고 있다. 아마 이러한 여파로 온라인에서 소개하는 이 게송의 출처를 갑이나 을이나 거의 모두가 법화경 게송이라고 소개하고 있지만, 이는 잘못된 정보다. 앞에서 이미 밝힌 바 있지만 다시 한번 살펴보면 다음과 같다.

법화경 제1 서품(序品)에 보면 '그때 부처님은 미간의 백호상으로부터 광명을 놓아 동방으로 1만 8천 세계를 골고루 빠짐없이 비추었다.'고 하였다. 爾時佛。放眉間白毫相光。照東方萬八千世界。靡不周徧。

그리고 제24 묘음보살품에 보면 '그때 석가모니 부처님이 대인상(大人相)의 육계에서 광명을 놓고 또 미간 백호상에서 광명을 놓아 동방으로 108만 억 나유타 항하사와 같은 부처님 세계를 비추었다.'고 하였다. 爾時釋迦牟尼佛。放大人相肉髻光明。及放眉間白毫相光。徧照東方百八萬億那由他恒河沙等諸佛世界。

길을 인도할 때는 그만큼 길잡이가 중요하다. 부처님의 가르침이 잘못 전해진다면 아주 곤란하다. 마치 극락에 가겠다고 되지도 않은 광명진언(光明眞言) 등을 외우는 꼴과 같은 어리석음을 행하게 되는 것이다.

달마혈맥론(達摩血脈論)에 보면 '깨달음이라고 하는 것은 자기 마음으로써 얻어지는 것인데 마음을 떠나서 어디서 부처를 찾으리오. 먼저 깨달은 분과 나중에 깨달은 분들이 다만 마음 하나만을 말씀하셨으니 마음이 곧 부처요, 부처가 곧 마음이라. 마음 밖에 부처가 있다고 한다면 부처가 어디에 있겠는가.'라고 하였다. 佛是自心作得。因何離此心外覓佛。前佛後佛只言其心。心卽是佛。佛卽是心。心外無佛。佛外無心。若言心外有佛。佛在何處。

# 일념보관무량겁 一念普觀無量劫

## 화엄게 華嚴偈

一念普觀無量劫 無去無來亦無住
일념보관무량겁 무거무래역무주

如是了知三世事 超諸方便成十力
여시료지삼세사 초제방편성십력

일념으로 널리 무량겁에 관해 보니
가고 옴도 없고 또한 머무름도 없네.
이처럼 삼세의 일을 분명히 알아차린다면
모든 방편 뛰어넘어 십력을 이루리라.

산보집 총림의 사명일에 혼령을 맞아 시식하는 절차인 총림사명일영혼시식절차(叢林四明日迎魂施食節次)에 수록되어 있으며, 작법귀감에는 삼보에 널리 예를 올리는 보례삼보(普禮三寶)에 실려 있다. 또한 승가예의문, 석문가례초(釋門家禮抄) 등에도 실려 있는 게송이다. 이 게송의 출전은 80권 본 화엄경(華嚴經) 권 제13 광명각품에서 마무리 부분에 문수보살이 부처님 계신 곳에서 동시에 소리를 내어 게송으로 말한다. 그 장면에서 발췌한 내용이다.

## 일념보관무량겁 一念普觀無量劫
일념으로 널리 무량겁을 관해 보니

일념(一念)은 그냥 간단하게 생각해서 '한 생각'이라고 하면 큰 오산이다. 여기서 일념은 '다른 생각이 전혀 없는', '오로지 한 생각'이라는 뜻이다. 그러므로 일념만년(一念萬年)을 말하는 것이다.

수(隋)나라 승찬(僧璨) 스님이 저술한 신심명(信心銘)에 보면 '시방의 모든 지혜로운 자들은 모두 이 종취(宗趣)로 들어옴이라. 종취란 짧거나 긴 것이 아니니 한 생각이 만 년이요, 있거나 있지 않음이 없어서 시방이 바로 눈앞이라.'고 하였다. 十方智者。皆入此宗。宗非促延。一念萬年。無在不在。十方目前。

그러므로 일념은 매우 짧은 시간을 말한다. 이를 불교에서는 찰나(剎那)라고 하며, 세속에서는 순식간(瞬息間)이라고 한다. 그러나 생각해 보라. 이 찰나의 순간에도 중생은 오롯한 마음이 없기에 그게 바로 문제가 되는 것이다. 고로 일념은 곧 전심(專心)을 말하는 것이다.

옛사람들이 말하기를 '끝없는 세계의 경계가 나와 너 사이에 털끝만치도 거리가 없고, 10세의 고금(古今)이라 할지라도 처음과 끝이 한 생각을 여의지 않고 있음이라.'고 하였다. 無邊刹境。自他不隔於毫端。十世古今始終。不離於當念。

왜 여기서 일념(一念)을 그토록 중요시하는가. 이 게송의 핵심이 바로 일념이기 때문이다. 불교에서는 일어나는 한 생각에 따라 극락도 생기고, 지옥도 생기고, 또한 부처가 되기도 하다가 중생이 되기도 한다. 이것은 모두 '한 생각이 일어나는 마음 작용'으로 그렇게 된다고 보기 때문이다.

능엄경(楞嚴經)에 보면 '마등가는 지난 세상에 음란하고 방탕한 여자였으나, 신비한 주문의 힘으로 그 애욕을 소멸하여, 지금은 법회 가운데 성비구니(性比丘尼)란 이름을 얻었으며, 라훌라의 어머니인 야수다라와 함께 과거 세상의 원인을 깨달았느니라. 여기에 이들은 지나온 세상을 애정의 탐욕 때문에 괴롭게 살아왔음을 알고, 일념으로 무루선(無漏善)을 닦았기 때문에, 얽힘에서 벗어나기도 하고 수기를 받기도 했는데, 너는 어찌하여 스스로 속아서 아직도 보고 듣는 경계에 멈춰 있느냐.'고 나무라는 가르침이 있다. 如摩登伽。宿爲婬女。由神呪力。鎖其愛欲。法中今名。性比丘尼。與羅睺羅母耶輸陀羅。同悟宿因。知歷世因貪愛爲苦。一念薰修無漏善故。或得出纏或蒙授記。如何自欺尚留。

또한 대법거다라니경(大法炬陀羅尼經)에 보면 '또한 지옥 중생은 태어난 곳의 이름도 없고 그 형상도 일정하지 않으며, 그 가운데는 악업의 인연이 아직 다하지 아니하여 그 과보로 일념 중에 갖가지로 변신하는 것이라.'고 하였다. 若地獄衆生。無有名字生處者。則其形亦無定。彼中惡業因緣未盡故。於一念中種種變身。

보관(普觀)은 널리 두루두루 관하는 것을 말함이다. 이는 부처님의 위신력을 뜻하고 마음의 능력을 말하고 있음이다. 무량수경(無量壽經)에는 정토와 무량수불 등을 관하여 삼매를 얻고 왕생하는 16가지 관법을 말씀하고 있다. 여기서 제12 관법이 보관(普觀)이다. 그러나 여기에서 '보관'이라는 단어는 '두루두루 살핀다'는 뜻으로 쓰이고 있다. 화엄경(華嚴經) 십회향품 게송에 보면 '인간 가운데 높으신 이 탄생하시자 사방으로 일곱 걸음 걸으시면서 묘한 법문으로 중생을 깨우쳐 주시려고 여래께서 두루두루 관찰하시었다.'는 말씀이 있다. 人中尊導現生已。 遊行諸方各七步 欲以妙法悟群生。 是故如來普觀察。

무량겁(無量劫)은 헤아릴 수 없는 긴 시간을 말한다. 그러므로 이 안에 과거, 현재, 미래를 모두 포용하고 있음이다. 이를 달리 표현하여 시방세계, 삼천대천세계라고 말하기도 한다. 결국 이러함도 일념 안에 있는 것이기에 이를 일념삼천(一念三千)이라고 하여 한 생각 가운데 삼천 법계를 모두 구족하고 있음을 강조하고 있다.

무량겁을 또 다르게 표현하면 영겁(永劫), 무변겁(無邊劫), 무량겁파(無量劫波)라고 말하기도 하지만 주로 '영겁'으로 나타낸다. 법화경에서는 '무량겁'이라는 표현이 무려 16번이나 나오는데, 그 가운데 화성유품(化城喩品)의 게송에 보면 다음과 같은 말씀이 있다.

我念過去世 無量無邊劫 有佛兩足尊 名大通智勝
아념과거세 무량무변겁 유불양족존 명대통지승

내가 생각해 보니 지나간 세상
한량없고 그지없는 겁 전에 복덕과 지혜를
구족하신 부처님이 계셨으니
이름은 대통지승불이니라.

如人以力磨 三千大千土 盡此諸地種 皆悉以爲墨
여인이역마 삼천대천토 진차제지종 개실이위묵

예컨대 어떤 사람이 기운이 세서
삼천대천세계에 있는
모든 땅덩이를 다 갈아서
전부 먹을 만들었다.

過於千國土 乃下一塵點 如是展轉點 盡此諸塵墨
과어천국토 내하일진점 여시전전점 진차제진묵

그 먼지를 가지고 일천 국토를 지나가서
먼지만 한 점 하나를 찍고
이처럼 점점 나아가면서
점 하나씩을 찍어 그 먹이 모두 다한 뒤에

如是諸國土 點與不點等 復盡末爲塵 一塵爲一劫
여시제국토 점여불점등 부진말위진 일진위일겁

그 모든 국토를 모두 모아서
먹이 찍혔거나 찍히지 않았거나
다시 부수어 먼지를 만들었을 때
그 먼지 하나로 한 겁을 친다고 하더라도

此諸微塵數 其劫復過是 彼佛滅度來 如是無量劫
차제미진수 기겁부과시 피불멸도래 여시무량겁

이 많은 먼지 수보다
그 겁의 수는 더 많으니
대통지승불이 열반한 것은
이처럼 한량없는 겁인데,

결국 무량겁이라는 표현은 헤아릴 수 없다는 무량(無量)이라는 표현과 시간을 나타내는 겁(劫)이 합쳐서 나온 용어이다. 여기서 무량이라고 하는 표현은 그 문장의 흐름에 따라 시간, 공간, 수량, 역량, 불보살의 공덕 등으로 다양하게 나타난다. 또한 무량은 끝이 없다는 무변(無邊)과 함께 사용하여 무량무변(無量無邊)이라는 중복된 표현으로, 하고자 하는 말을 더 강조하기도 한다. 그러기에 '무량수경'에서는 아미타불의 공덕은 그 수명이 다함 없고 지혜가 한량없기에 무량수(無量壽) 무량각(無量覺)이라고 한다.

겁(劫)은 산스크리트어로 kalpa이다. 이를 음역하여 겁파(劫波) 또는 갈랍파(羯臘婆)라고 하는데, 이를 한역하면 장시(長時)라고 하며 우리말로 옮기면 긴 시간을 말함이다. 그러므로 여기에다 헤아릴 수 없다는 뜻인 무량을 합쳐 무량겁(無量劫)이라고 하는 것이다. 그리고 이러한 뜻을 바다에 비유하여 무량겁해(無量劫海)라 하고, 공덕에 비유하여 무량공덕(無量功德)이라 하고, 복(福)으로 비유하여 무량대복(無量大福)이라고 한다.

지금 이 게송에서 우리에게 말하고자 하는 것은 일념의 공덕이 그러하다는 것을 말하고 있다. 일념에 대한 마무리 차원에서 다시 일념의 공덕을 살펴보고자 한다. 법화경 법사품에 보면 '성문을 구하는 이, 벽지불을 구하는 이, 불도를 구하는 이들로서 이와 같은 이들이 모두 부처님 앞에서 묘법연화경의 한 게송 한 구절을 들었거나, 내지 한 생각 동안이라도 따라서 기뻐한 이들을 내가 모두 수기하노라. 그들은 마땅히 최상의 깨달음을 얻으리라.'고 하였다. 求聲聞者。求辟支佛者。求佛道者。如是等類。咸於佛前。聞妙法華經。一偈一句。乃至一念隨喜者。我皆與授記。當得阿耨多羅三藐三菩提。

또한 분별공덕품에서는 '만일 선남자, 선여인이 내가 말하는 장구한 수명을 듣고 한 생각만이라도 믿으면 그 복은 저 공덕보다 많으리라.'고 하였다. 有善男女等。聞我說壽命。乃至一念信。其福過於彼。 이 모두는 일념의 공덕을 말하는 것이다.


## 무거무래역무주 無去無來亦無住
## 가고 옴도 없고 또한 머무름도 없네.

무거무래역무주는 마음의 공용(功用)을 말하고 있다. 마음은 가지도 아니하기에 무래(無來)라고 하였으며, 가지 않았다면 응당 오지도 않음이니 무거(無去)라고 하였다. 마음은 오고 감도 없다고 하였으니 무주(無住)라고 한 것이다. 불교는 곧 마음을 말하기에 심교(心敎)라고 하기도 한다.

금강경(金剛經) 가운데 '위의적정분'에 보면 '수보리야, 만약 어떤 사람이 말하기를 부처님이 혹 온다거나, 간다거나, 앉는다거나, 눕는다라고 하면 이 사람은 내가 말한 뜻을 이해하지 못한 사람이니라. 왜냐하면 부처님은 어디에서 오는 것도 아니며, 또한 어디로 가는 것도 없으므로 부처라고 이름하기 때문이니라.'고 하였다. 須菩提。若有人言。如來若來若去。若坐若臥。是人不解我所說義。何以故。如來者。無所從來。亦無所去。故名如來。

마음을 또 다르게 표현하는 가운데 하나가 법(法)이다. 마음은 어떤 형상이 있는 것이 아니기에 동(動)함도 없음이다. 또 마음을 허공에 비유하기도 한다. 대지도론(大

智度論) 제51권에 보면 '예컨대 허공은 항상 존재하는 상이기 때문에 들어가는 상도 없고, 머무르는 상도 없다. 이 교법[乘]도 역시 이와 같아서 미래세에 들어가는 곳도 없고, 과거세에 나오는 곳도 없고, 현재세에 머무르는 곳도 없고, 삼시(三時)를 타파하기 때문에 삼세가 평등하기에 마하연(摩訶衍)이라 한다.'고 하였음도 같은 맥락이다. 又如虛空常相故。無入相。無出相。無住相。是乘亦如是。無未來世入處。無過去世出處。無現在世住處。破三時故三世等名摩訶衍。

다시 게송을 들여다 보자. 무거무래역무주(無去無來亦無住)에서 '무거무래(無去無來)'는 곧 가는 작용도 없고, 오는 작용도 없다는 뜻이다. 이는 무엇을 말하는가. 모든 법이 자성적 실체가 없다는 집착을 없애주기 위하여 사용된 용어이다. 다시 이를 되짚어보면, 일념이 되면 무거무래역무주가 된다는 것을 지금 은근하게 강조하고 있다.

무거무래를 또 다르게 표현하면 불래불거(不來不去)이다. 이를 대승입능가경(大乘入楞伽經) 무상품에 보면 '부처님께서 말씀하셨다. 대혜여, 나의 말은 세론(로가야타)의 설이 아니요, 또 오고 감이 없다. 나는 모든 법이 오지도 않고 가지도 않는다고 말하였다. 대혜여! 온다는 것은 모여 생기는 것[集生]이요, 간다는 것은 무너져 없어지는 것이다. 오지 않고 가지도 않는 이것을 불생불멸(不生不滅)이라고 한다.'고 하셨으니 이는 모두 '무거무래'를 말하는 것이다. 佛言。大慧。我非世說亦無來去。我說諸法不來不去。大慧。來者集生。去者壞滅。不來不去。此則名爲不生不滅。

무거무래역무주에 대하여 마무리하면 '무량겁 또한 일념 가운데 있음이니 일념이 곧 무량겁이 된다'는 것이다. 無量劫在一念心中。一念心卽是無量劫。


## 여시요지삼세사 如是了知三世事
### 이처럼 삼세의 일을 분명히 알아차린다면

여시요지삼세사에서 요지(了知)는 모든 것을 훤히 깨달아 안다는 뜻으로 '명백하게 안다'는 말이다. 이를 깨달았다는 의미로 불(佛)이라 하기도 하고, 각(覺)이라 하기도 하며, 선문(禪門)에서는 견성(見性)이라고 하기도 한다.

삼세사(三世事)라고 하는 것은 곧 '삼세의 일'이라고 한 것이니, 이는 과거 현재 미래의 모든 것을 말함이다. 그러므로 이를 다르게 표현하여 거래금(去來今) 또는 이금당(已今當)이라고 하기도 한다. 우리가 지금 살아 있는 현재의 생애를 현세라고 한다면 태어나기 이전은 전세(前世)이고, 죽음 다음은 내세(來世)라고 한다. 그러므로 과거와 현재, 그리고 미래까지의 시간적인 개념을 통틀어 말하는 것이다. 그러나 삼세의 일도 모두 마음의 작용이라는 것을 알아야 한다. 그러기에 이를 심조만유(心造萬有)라고 한다.


## 초제방편성십력 超諸方便成十力
## 모든 방편 뛰어넘어 십력을 이루리라.

초제방편성십력에서 초(超)는 초월(超越)한다는 표현이다. 그렇다면 무엇을 초월한다고 말하는가. 우리를 일승으로 이끌어주기 위하여 갖가지 방편으로 유인하였는데, 이것마저 초월하여 곧바로 십력(十力)을 이룰 수 있다고 말하고 있다.

십력(十力)이라고 하는 것은 부처님만 갖추고 있는 열 가지 부사의한 힘으로, 이는 십팔불공법(十八不共法) 가운데 열 가지를 말한다. 흔히 여래십력(如來十力), 불십력(佛十力), 십신력(十神力)이라 하기도 한다. 여래십력에 대해서는 경전마다 좀 다르게 나오는데 대부분 대반야경의 내용을 예로 드는 것이 보편적이다.

대반야경(大般若經)에 나오는 여래십력은 다음과 같다.

(1) 처비처지력(處非處智力)
　　이치에 맞는 것과 맞지 않는 것을 분명히 구별하는 능력.

(2) 업이숙지력(業異熟智力)
　　선악의 행위와 그 과보를 아는 능력.

(3) 정려해탈등지등지력(靜慮解脫等持等至智力)
　　모든 선정(禪定)에 능숙함.

(4) 근상하지력(根上下智力)
　　중생의 능력이나 소질의 우열을 아는 능력.

(5) 종종승해지력(種種勝解智力)
　　중생의 여러 가지 뛰어난 판단을 아는 능력.

(6) 종종계지력(種種界智力)

중생의 여러 가지 근성을 아는 능력.

(7) 변취행지력(遍趣行智力)

어떠한 수행으로 어떠한 상태에 이르게 되는지를 아는 능력.

(8) 숙주수념지력(宿住隨念智力)

중생의 전생을 기억하는 능력.

(9) 사생지력(死生智力)

중생이 죽어 어디에 태어나는지를 아는 능력.

(10) 누진지력(漏盡智力)

번뇌를 모두 소멸시키는 능력.

그리고 보살이 가지고 있는 열 가지 능력도 있다. 지금 이 게송을 공부하는 데 있어서 같이 소개하면 번잡하기에 생략하고자 한다. 다시 한번 부처님께서 갖추고 계신 십력의 명칭을 더 살펴보면 광대력(廣大力), 최상력(最上力), 무량력(無量力), 대위덕력(大威德力), 난획력(難獲力), 불퇴력(不退力), 견고력(堅固力), 불가괴력(不可壞力), 일체세간부사의력(一切世間不思議力), 일체중생무능동력(一切衆生無能動力) 등이다.

현대사회는 복잡하고 다단하여 항상 시간에 쫓기어 허둥지둥 사는 경향이 강하다. 이럴 때일수록 나를 찾는 시간이 절실히 필요하다. 그러나 사람들은 나를 구제하는 이가 어디에 있다고 여기는데 부처님의 가르침은 그렇지 않다. 선악의 근원은 모두 마음으로 시작하는 것이다. 나를 살리고 죽이는 것도 마음의 작용이다. 이를 모르면 하늘에 또 어떠한 구제하는 신이 있는 줄로 알아 그만 맹신으로 빠지는 것이다.

일념삼매(一念三昧)가 되면 그 공능(功能)이 실로 엄청나다고 이 게송은 말하고 있다. 일념삼매가 되면 무량겁을 두루 관(觀)할 수가 있고, 마음이 부동한 줄을 알 수가 있으며, 이로써 삼세의 일을 명철하게 깨닫기에 방편을 뛰어넘어 부처를 이룰 수 있다고 우리에게 가르치고 있다. 이를 다시 말하면, 성불하고 싶은가. 그렇다면 일념삼매에 들어가 보라. 고로 여기에 명확한 길이 있고 답이 있다는 가르침이다.

무문관(無門關)에서 도솔(兜率)의 세 가지 관문이라는 공안이 도솔삼관(兜率三關)이다. 여기에 다음과 같은 게송이 있는데, 이는 위에서 소개한 게송과 거의 같은 흐름으로 이루어져 있다.

一念普觀無量劫 無量劫事卽如今
일념보관무량겁 무량겁사즉여금

如今覷破箇一念 覷破如今覷底人
여금처파개일념 처파여금처저인

일념으로 무량겁을 두루 살펴보니
무량겁 세월의 일들이 바로 지금이네.
지금, 이 순간을 꿰뚫어 보면
지금 꿰뚫어 보는 사람마저 꿰뚫어 볼 것이다.

# 일당보촉재불전 一堂寶燭在佛前

## 찬등게 讚燈偈

**一堂寶燭在佛前 猶如朗月照周天**
일당보촉재불전 유여낭월조주천

**今夜佛前壇現燭 眞空頂上照無邊**
금야불전단현촉 진공정상조무변

한 법당에 보배 촛불 부처님 앞에 놓였는데
마치 밝은 달이 온 하늘을 비추는 듯하네.
오늘 밤 부처님 단 앞에 밝은 저 촛불
진공의 이마 위를 그지없이 비추네.

산보집에서 향을 피우고 수행하는 작법절차인 분수작법절차(焚修作法節次) 가운데 찬등게로 나오며 작법귀감에도 이와 같다. 범음집에는 설선작법절차(說禪作法節次) 에서 찬등게로 되어 있다.


**일당보촉재불전 一堂寶燭在佛前**
한 법당에 보배 촛불 부처님 앞에 놓였는데

일당(一堂)은 같은 회당(會堂) 또는 한자리에서 이러한 뜻이며, 보촉(寶燭)은 보배로운 촛불을 말함이기에 곧 부처님 전에 올리는 촛불을 말한다.


**유여낭월조주천 猶如朗月照周天**
마치 밝은 달이 온 하늘을 비추는 듯하네.

보배로운 촛불은 마치 하늘에서 밝은 달이 온 세상을 비추는 듯하다고 찬탄하고 있다. 그러므로 낭월(朗月)은 맑고도 밝은 달을 말한다.


### 금야불전단현촉 今夜佛前壇現燭
### 오늘 밤 부처님 단 앞에 밝은 저 촛불이

이 구절은 별로 어려운 표현이 없다. 다만 밤에 의례를 하면 금야(今夜)라 하고, 낮에 하면 금일(今日)이라고 한다. 그리고 여기서 현(現)은 '밝다'는 뜻으로 쓰였다.


### 진공정상조무변 眞空頂上照無邊
### 진공의 이마 위를 그지없이 비추네.

진공(眞空)이라 함은 모든 색상(色相)을 초월한 경지를 말하므로 묘유(妙有)하다고 하여 진공묘유(眞空妙有)라고 한다. 정상(頂上)은 이마 위를 말하기에 최고의 경지를 말한다.

# 일대선풍취팔방 一代禪風吹八方

## 청허휴정 淸虛休靜 선사

一代禪風吹八方 百千神足秀賢良
일대선풍취팔방 백천신족수현량

非徒五濁開疑塞 能使王都萬世强
비도오탁개의색 능사왕도만세강

한 시대에 선풍을 일으켜 팔방에 드날리시고
백천 가지 신족통 빼어나게 어지신 분이여
다만 오탁악세에 막혀 있던 의심을 열어 줄 뿐만 아니라
능히 왕도를 잘 지켜 만세토록 강성케 하셨네.

산보집 가운데 시왕단에서 행하는 작법 절차인 시왕단작법(十王壇作法) 가운데 청허휴정 선사를 받들어 청하는 가영이다. 청허휴정(淸虛休靜 1520~1604)은 평남 안주(安州) 출생으로 서산(西山)인 묘향산에서 오랫동안 수행하여 세인에게는 서산대사(西山大師)로 더 알려져 있다. 스님은 부용영관(芙蓉靈觀) 스님 아래서 10여 년 동안 수행하였다. 73세 되던 해인 1592년에 임진왜란이 일어나자 팔도도총섭(八道都摠攝)에 임명되어 승군을 모집하여 평양성 탈환에 공을 세웠다. 85세에 묘향산 원적암(圓寂庵)에서 입적하였다. 저서에는 선가귀감(禪家龜鑑), 청허당집(淸虛堂集) 등이 있으며 제자로는 사명유정(四溟惟政), 편양언기(鞭羊彦機), 소요태능(逍遙太能), 정관일선(靜觀一禪) 등이 있다.

### 일대선풍취팔방 一代禪風吹八方
한 시대에 선풍을 일으켜 팔방에 드날리시고

청허유정 선사의 법풍이 한 시대를 일으켰다는 것은 스님의 법력을 이렇게 나타낸

것이다.


## 백천신족수현량 百千神足秀賢良
## 백천 가지 신족통 빼어나게 어지신 분이여

신족(神足)은 신족통의 준말로 신통을 얻기 위하여 선정에 드는 기반을 말하며, 현량(賢良)은 어질고 착한 사람이라는 뜻이다.


## 비도오탁개의색 非徒五濁開疑塞
## 다만 오탁악세에 막혀 있던 의심을 열어 줄 뿐만 아니라

비도(非徒)는 '다만' 이러한 뜻이다. 대사가 신통을 부리는 것은 중생을 제도하고자 오탁악세(五濁惡世)의 세상에서 의심을 열어 주고자 함이다. 새(塞)는 변방, 사이가 뜨다, 거리를 띄우다, 이러한 뜻도 있지만, 색(塞)으로 나타낼 경우에는 막히다, 만족시키다, 채우다 등의 뜻으로 쓰인다.


## 능사왕도만세강 能使王都萬世强
## 능히 왕도를 잘 지켜 만세토록 강성케 하셨네.

임진왜란을 당한 선조는 급히 휴정(休靜)을 불러 나라의 위급함을 알렸고, 휴정은 승군을 조직하여 명나라 군사와 함께 평양 탈환에 혁혁한 공을 세웠다.

# 일립잠앙시파기 一粒潛殃始破歧

## 십신영 十信詠

**一粒潛殃始破歧 聖胎從此漸生肢**
일립잠앙시파기 성태종차점생지

**頻修善道餘苗落 旋益玄談曉露資**
빈수선도여묘락 선익현담효로자

작은 재앙으로 인하여 비로소 깨어지고 갈라지니
성태(聖胎)는 이를 좇아 사지(四肢)가 점점 자라나네.
훌륭한 도를 자주 닦으면 남은 싹이 떨어지나니
현담(玄談)의 이로움은 날밤을 지새우는 것을 자량으로 삼네.

산보집에서 상단을 청해 맞이하는 의식인 상단영청지의(上壇迎請之儀) 가운데 십신영(十信詠)으로 수록되어 있다. 십신(十信)은 십신심(十信心)이라고도 하며 이는 보살이 처음 닦아야 할 열 가지 마음을 말한다.

십신심은 다음과 같다.
(1) 신심(信心).
(2) 염심(念心).
(3) 정진심(精進心).
(4) 정심(定心).
(5) 혜심(慧心).
(6) 계심(戒心).
(7) 회향심(廻向心).
(8) 호법심(護法心).
(9) 사심(捨心).
(10) 원심(願心).

**일립잠앙시파기 一粒潛殃始破歧**
작은 재앙으로 인하여 비로소 깨어지고 갈라지니

일립(一粒)은 한 알의 쌀을 말하므로 '작고 미미한 것'을 말한다. 모든 재앙은 이렇듯 작음에서부터 시작하여 큰 재앙이 되는 것이다. 잠앙(潛殃)은 잠재된 재앙을, 파기(破歧)는 깨어지고 갈라지고 하는 것을 말한다. 옛말에 호미로 막을 것을 가래로 막는다는 가르침도 모두 이와 같은 훈계다.


**성태종차점생지 聖胎從此漸生肢**
성태(聖胎)는 이를 좇아 사지(四肢)가 점점 자라나네.

성태(聖胎)는 성인이 될 아기를 말하므로 곧 성인이 될 사람은 작은 재앙부터 물리쳐서 점점 성장하여 뜻하는 바를 이룬다는 뜻이다.


**빈수선도여묘락 頻修善道餘苗落**
훌륭한 도를 자주 닦으면 남은 싹이 떨어지나니

선(善)은 착하다는 의미로 쓰인 것이 아니라 훌륭하다, 이러한 뜻으로 쓰였다. 선도(善道)하면 훌륭한 도를 말하며, 빈수(頻修)는 꾸준하게 수행하는 것을 말한다. 묘(苗)는 싹을 말하기에 곧 미진한 번뇌와 망상 등은 시나브로 떨어지게 된다고 하였다.


**선익현담효로자 旋益玄談曉露資**
현담(玄談)의 이로움은 날밤을 지새우는 것을 자량으로 삼네.

선익(旋益)은 이익됨이 돈다는 표현이기 곧 '이익이 많다'는 뜻으로 쓰였다. 현담(玄談)은 부처님의 말씀을 논하는 현묘한 대담을 말한다. 효로(曉露)는 새벽이슬을 말하므로 법담을 논함에 있어서 시간 가는 줄 모르고 날밤을 지새우는 모습을 나타낸 것이다.

# 일보증부동 一步曾不動

## 정중게 庭中偈

一步曾不動 來向水雲間
일보증부동 래향수운간

既到阿練若 入室禮金仙
기도아련야 입실예금선

아직 한 걸음도 움직이지 않았는데
물과 구름 사이를 지나쳐 오셨습니다.
이미 아련야(阿練若)에 도착하셨으니
법당에 들어가 부처님께 예배를 올리소서.

산보집에서 총림(叢林)의 사명일(四明日)에 혼령을 맞아 시식하는 절차총림사명일영혼시식절차(叢林四明日迎魂施食節次) 가운데 고혼의 위패와 번(幡)을 받쳐들고 천천히 걸어서 법당 뜰 가운데 이르면 영가에게 이제 절에 도착하였으니 법당에 들어가 부처님께 예를 올리라며 풍송하는 게송이다. 작법귀감에서는 혼령을 부르는 바른 의식인 대령정의(對靈正儀)에 수록되어 있으며, 다만 옛날 명칭은 정중게(庭中偈)이나 여기서는 찬불게(讚佛偈)라고 밝히고 있다.

## 일보증부동 一步曾不動
아직 한 걸음도 움직이지 않았는데

증(曾)은 일찍이, 곧, 이러한 뜻이지만 여기서는 미(未)와 같은 의미로 '아직'이라는 뜻으로 쓰여 '아직 한 걸음 떼지도 않아서 부동(不動)하였는데'라고 하는 표현이다. 이를 설명하자면 이어지는 게송을 참고하여야 한다.

**래향수운간 來向水雲間**
**물과 구름 사이를 지나쳐 오셨습니다.**

수운(水雲)은 물과 구름을 말한다. 그런데 한 걸음도 움직이지 않았다고 하였거늘 어찌하여 물과 구름 사이를 지나쳐 이곳으로 향하여 오셨다는 말인가. 이는 마음의 묘용을 말하는 것이다. 마음은 본디 부동한 것이지만 용(用)하면 천지를 오고 감에 전혀 장애가 없기 때문이다.


**기도아련야 旣到阿練若**
**이미 아련야(阿練若)에 도착하셨으니**

아련야(阿練若)는 범어로 araṇya라 하며 음사하여 흔히 아란야(阿蘭若)라고 한다. 의역하면 총림(叢林), 선림(禪林), 사원(寺院), 이러한 표현으로 곧 적정처(寂靜處), 공한처(空閑處), 원리처(遠離處), 무사처(無事處) 등으로 나타낸다. 또한 움직임도 없이 이미 사원에 도착하였다고 하는 것에 대해서는 마음의 묘용(妙用)에서 설명하였으니 참고하길 바란다.


**입실예금선 入室禮金仙**
**법당에 들어가 부처님께 예배를 올리소서.**

입실(入室)은 법당으로 들어가는 것을 말하며 금선(金仙)은 부처님을 달리 가리키는 표현이다. 그러므로 영가에게 이제 법당으로 들어가 부처님께 삼배의 예를 올리기를 권하고 있다.

# 일선서거방진종 一船西去訪眞宗

## 범일 梵日 국사

一船西去訪眞宗 八部相隨却返東
일선서거방진종 팔부상수각반동

普得鹽官犀扇子 熱忙堆裏打淸風
보득염관서선자 열망퇴리타청풍

배를 타고 서쪽 가서 진종(眞宗)을 참방하고
팔부(八部)를 거느리고 동방으로 돌아왔네.
염관(鹽官)에게 물소 뿔로 만든 부채를 널리 얻었으니
무더위를 물리치는 맑은 바람 일으키네.

산보집에서 선문의 조사에게 예참을 올리는 선문조사예참(禪門祖師禮懺) 가운데 사굴산(闍崛山)의 범일 국사(梵日國師)께 귀명하고 예를 올리는 가영이다. 범일(梵日 810~889) 국사는 신라 경주 출신의 고승으로 구산선문(九山禪門) 가운데 사굴산파(闍崛山派)를 개창하였다. 15세 때 출가하였으며, 831년 흥덕왕 6년에 왕자 김의종(金義宗)과 함께 당나라로 들어가 제안(齊安) 스님을 만나 가르침을 받았다. 약산유엄(藥山惟儼)을 찾아가 선문답을 나누다가 인가받고 나서, 847년 신라로 돌아와 백달산에서 수행하다가 명주도독(溟州都督)의 청으로 강릉 굴산사(崛山寺)에서 40여 년간 불법을 선양하다가 889년에 입적하였다.

**일선서거방진종 一船西去訪眞宗**
**배를 타고 서쪽 가서 진종(眞宗)을 참방하고**

일선(一船)은 '하나의 배'라고 하는 표현이다. 국사가 당나라로 유학하러 감에 있어서 배를 타고 들어갔음을 나타내고 있으며, 서거(西去)는 서쪽으로 갔다고 하는 뜻으로

서해를 건너기 위하여 그곳으로 갔다는 표현이다. 진종(眞宗)은 불교의 참다운 종취(宗趣)를 말하므로 이를 알고자 당나라로 들어갔다는 뜻이다.


### 팔부상수각반동 八部相隨却返東
### 팔부(八部)를 거느리고 동방으로 돌아왔네.

팔부는 팔부신중(八部神衆)을 말하며 이는 천(天), 룡(龍), 야차(夜叉), 건달바(乾達婆), 아수라(阿修羅), 가루라(伽樓羅), 긴나라(緊那羅), 마후라가(摩睺羅伽) 등을 말한다. 고로 범일 국사의 도가 수승하여 팔부 신장이 국사를 옹호하였다는 표현이며, 동방은 신라를 말한다.


### 보득염관서선자 普得鹽官犀扇子
### 염관(鹽官)에게 물소 뿔로 만든 부채를 널리 얻었으니

염관(鹽官)은 중국 항주(杭州)의 염관현(鹽官縣) 진국해창원(鎭國海昌院)에서 수행하였던 염관제안(鹽官齊安 ?~842) 선사를 말한다. 벽암록(碧巖錄) 제91칙에 보면 '제안 선사가 어느 날 시자를 불러 너는 나에게 무소뿔로 만든 부채를 가지고 오너라. 그러자 시자가 말하기를 부채가 부서졌습니다. 선사가 다시 말하기를 부채가 이미 부서졌다면 무소를 가지고 오너라. 그러자 시자가 아무 말도 못했다.'는 선문답이 있다. 與我將犀牛扇子來. 侍者云. 扇子破也. 扇子旣破. 還我犀牛兒來. 侍者無對.


### 열망퇴리타청풍 熱忙堆裏打淸風
### 무더위를 물리치는 맑은 바람 일으키네.

무더위는 열뇌(熱惱)를 말하며 무소뿔 부채는 오직 한 길로 번뇌를 떨치는 것을 말한다. 번뇌가 없는 경지를 청풍(淸風)이라고 하였다.

# 일쇄동방결도량 一灑東方潔道場

## 사방찬 四方讚

**一灑東方潔道場 二灑南方得淸凉**
**일쇄동방결도량 이쇄남방득청량**

**三灑西方俱淨土 四灑北方永安康**
**삼쇄서방구정토 사쇄북방영안강**

동방에 물 뿌려서 청정 도량 이루었고
남방에 물 뿌려서 청량함을 얻었으며
서방에 물 뿌려서 정토 세계 이루었고
북방에 물 뿌려서 영원 안락 얻었다네.

산보집에서 낮에 가마를 모시는 작법인 주시련작법(晝侍輦作法), 그리고 영산작법절차(靈山作法節次) 가운데 사방찬으로 나오며, 작법귀감에는 삼보를 널리 청하는 삼보통청(三寶通請) 가운데 사방찬으로 실려 있다. 그러나 우리나라 불자에게는 천수경(千手經)을 통하여 널리 알려진 게송이기도 하다. 사방찬(四方讚)에서 사방(四方)은 수행의 공간을 말하며 이를 도량이라고 한다.

**일쇄동방결도량 一灑東方潔道場**
**동방에 물 뿌려서 청정 도량 이루었고**

쇄(灑)는 뿌리다, 청소하다, 이러한 뜻으로 더러움을 청정하게 하는 것을 말한다. 일(一)은 하나이므로 일심을 말하기도 한다. 그로 동쪽에서 솟아오르는 태양이 하나이듯이 양명(陽明)한 이 마음도 하나이다. 이 마음이 맑아지면 마치 동쪽에서 솟아오르는 해와 같음이다. 도량(道場)은 수행 공간을 말하나 여기서는 마음의 바탕이라고 보아도 무방하다.

**이쇄남방득청량 二灑南方得清涼**
남방에 물 뿌려서 청량함을 얻었으며

이(二)는 두 번째로 이러한 뜻도 있지만 '두 눈'이라는 뜻으로 보아도 된다. 앞서 일심이 청정하면 마음 바탕이 청정하다고 하였으니, 마음이 청정하면 두 눈으로 보는 모든 것도 청량하게 되는 것이다. 고로 여기서 청량하다고 하는 것은 실상을 그대로 보기에 더럽고 깨끗함이 없으므로 청량한 안목을 얻을 수 있는 것이다.


**삼쇄서방구정토 三灑西方俱淨土**
서방에 물 뿌려서 정토 세계 이루었고

삼(三)은 불법승(佛法僧) 삼보를 말한다. 일심이 청정하면 두 눈으로 제법실상을 그대로 관조하기에 이때부터 삼보가 나와 함께함이며, 나의 마음 도량이 곧 정토(淨土)를 이루게 되는 것이다.


**사쇄북방영안강 四灑北方永安康**
북방에 물 뿌려서 영원 안락 얻었다네.

사(四)는 사대육신(四大六身)을 말한다. 이 게송의 의미를 차례대로 살펴보면 일심이 청정하면 두 눈으로 보는 것도 그러하기에, 삼보가 나의 마음에 갖추어져 있으니 이 몸은 영원히 편안하고 편안할 것이다. 까닭에 사방찬에서 물은 더러움을 정화하는 청정수를 말하기에 곧 감로수를 뜻한다. 부처님 말씀을 목마른 자에게 물 한 방울로 비유하였기에 감로수가 되는 것이다.

# 일엽홍련재해중 一葉紅蓮在海中

**一葉紅蓮在海中 碧波深處現神通**
일엽홍련재해중 벽파심처현신통

**昨夜寶陀觀自在 今日降赴道場中**
작야보타관자재 금일강부도량중

한 송이 붉은 연꽃이 바다에 떠 있더니
푸른 파도 깊은 곳을 따라 신통을 보이네.
어젯밤 보타락가산 관세음보살이
오늘은 이 도량에 강림하셨네.

산보집 영산적법절차 가운데 관음청(觀音請)에 나오는 관세음보살에 대한 가영으로 수록되어 있다. 관세음보살을 찬탄하는 주련으로 널리 쓰이는 이 글은 어느 때 누가 지었는지 그 출처는 알 수가 없다. 다만 소식(蘇軾 1037~1101)의 여동생인 소소매(蘇小妹)가 지었다고 하나 그 근거는 없다. 중국이나 일본 등에서도 이러한 시문은 알려지지 않고, 오직 우리나라에만 있는 관음찬이다. 그렇지만 이 시를 지은 수행자는 간밤의 꿈에서 푸른 바닷가의 관음보살을 친견하고, 오늘 자신이 거처하는 도량으로 다시 와 주시기를 간절히 염원하고 있는 내용이다. 참고로 북송 시대의 문학가이며 정치가인 소식(蘇軾)은 우리나라에서는 소동파(蘇東坡)라는 이름으로 더 알려졌는데, 그의 호(號)가 동파 거사(東坡居士)이기 때문이다. 참고로 소철(蘇轍 1039~1112)은 소식의 동생이며, 소순(蘇洵 1009~1066)은 그의 아버지로서 모두 당송팔대가의 한 사람이다.

**일엽홍련재해중 一葉紅蓮在海中**
한 송이 붉은 연꽃이 바다에 떠 있더니

대부분 이 게송을 번역할 때 '한 떨기 붉은 연꽃'이라고 말하지만, 일엽(一葉)에서 엽

(葉)은 떨기나 초목의 잎과 가지 등을 말한다. 그리고 붉은빛의 연꽃인 홍련(紅蓮)을 말함이다. 법화경(法華經) 서품에 나오는 상서에 보면 '만다라 꽃과 만수사 꽃을 비 오듯이 내리셨다.'는 말씀이 있다. 雨曼陀羅。 曼殊沙華。

여기서 만다라 꽃은 홍련(紅蓮)을 말함이고, 만수사 꽃은 백련(白蓮)을 말함이며, 이 는 사종천화(四種天華)의 하나이기도 하다. 니까야( Nikaya)에서는 빠두마(paduma) 는 홍련을 말하며, 뿐다리카(pundarika)는 백련을 말하며, 웁빨라(uppala)는 청련 을 말한다. 불교에서는 연꽃 하면 처염상정(處染常淨)이라고 하여, 연꽃은 비록 진흙 탕 물속에서 피지만 결코 더러운 흙탕물이 묻지 않는 것을 상징하는 꽃으로 여긴다. 비록 오탁악세의 세상에 산다고 할지라도 맑은 본성은 그 어디에도 물들지 않는다는 의미를 담고 있기에 우리의 삶도 그러해야 한다는 가르침을 주고 있는 것이다. 이 게 송에서는 백련이다, 홍련이다, 이러한 의미를 가진 내용은 아니라. 다만 연꽃이라는 것을 내세워 부처님의 가르침을 상징하는 언어의 표현으로 쓴 것이다. 굳이 홍련이라 고 한 것은 바다는 푸르기에 푸른 것과 대비되는 붉은색을 내세워 좀 더 생동감 있는 시문을 만들어 낸 것이다.

일엽홍련재해중(一葉紅蓮在海中)에서 중(中)을 동(東)으로 나타내는 예도 있는데, 이 는 글쓴이가 우리나라를 지칭하는 해동(海東)을 그렇게 나타냈을 것이다. 우리나라 불교에서 해동(海東)이라는 표현을 가끔 사용하지만, 이는 그릇된 상식이다. 중국인 의 처지에서 보면 해동은 '발해(渤海)의 변방에 있는 동쪽 나라'라는 뜻으로 불렸기 때문이다. 물론 여기서는 바다 한가운데라는 표현인 중(中)을 동(東)으로 바꾸어서 우리나라에도 관음보살이 상주한다는 표현을 사용하여 시문의 문맥을 맞추려고 그리 하였을 것이다. 그리고 금일강부도량중(今日降赴道場中)에서 일(日)을 조(朝)로 나타 내기도 한다.


**벽파심처현신통 碧波深處現神通**
**푸른 파도 깊은 곳을 따라 신통을 보이네.**

벽파(碧波)는 푸른 바다의 물결을 말한다. 대해(大海)라는 표현을 쓰지 아니하고 벽 파(碧波)라고 쓴 것은 이 글의 생명을 불어넣기 위함이다. 그리고 깊은 바다라는 뜻 인 심처(深處)를 더하여 마치 우리가 바닷가에서 한 떨기 붉은 연꽃을 바라다보고 있 는 것처럼 표현하였다. 신통(神通)은 영묘하고 불가사의한 힘을 말한다. 푸른 바다에 파도가 철썩철썩하는 곳에 떠 있는 붉은 연꽃이 물결에 따라 숨었다 나타났다 하는 것을 신통이라고 한 것이다. 또한 화엄경의 갈무리를 하는 보현보살행원품에 보면 보현보살이 선재동자에게 말하는 내용 가운데 부처님의 몸을 공덕의 바다에 비유하는 말씀이 있기도 하다.


## 작야보타관자재 昨夜寶陀觀自在
## 어젯밤 보타락가산 관세음보살이

작야(昨夜)는 어젯밤을 말함이며 보타(寶陀)는 보타락(補陀落)을 말하는 것이다. 그렇다면 보타락은 어디일까. 화엄경(華嚴經)에 보면 선재동자가 말하기를 '선남자들이여, 이곳에서 남쪽으로 가면 보달락가산(補怛洛迦山)이 있으며 거기에 한 보살이 있으니 관자재보살이다.'라는 말씀이 있다. 그러므로 여기서 관세음보살의 주처(住處)를 밝히고 있다.

보타락(補陀洛)은 팔리어의 potalaka를 음사한 표현이다. 이를 다시 한역하면 소화수(小花樹), 소백화(小白華), 광명(光明) 등으로 한역하지만 거의 유통이 되지 않고 있다. 그러나 관음도량을 더러 백화도량(白花道場)이라고 하는 것은 바로 보타락을 한역하여 표시한 때문이다.

관음신앙이 대승불교에 널리 유통되자 관음보살을 친견하였다는 성소(聖所)가 여러 군데에서 나타나기 시작한다. 내륙지방인 티베트에 있는 포탈라궁은 달라이라마가 거처하는 곳이다. 티베트에서는 달라이라마를 관음의 화신으로 여기기 때문이다. 그리고 바닷가로는 중국의 절강성(浙江省) 정해현 동해에 있는 보타산(普陀山)이 관음 성지로 꼽히고 있다. 우리나라 강원도 양양 낙산(洛山)은 낙가산을 줄여서 부르는 표현이며, 이곳 역시 관음 성지이다. 그러므로 낙산사(洛山寺)도 관음 기도 도량임을 나타내는 절 이름이다.

관자재(觀自在)는 곧 관세음보살을 말하는 것으로 구역에서는 관음(觀音), 광세음(光世音), 관세음(觀世音) 등으로 부르고 신역에서는 관자재(觀自在), 관세자재(觀世自在), 관세음자재(觀世音自在), 현음보살(現音菩薩), 규음보살(闚音菩薩) 등으로 나타낸다. 여기서는 신역을 따라서 관자재라고 하였으며 이외에도 구세보살(救世菩薩), 시무외자(施無畏者), 연화수보살(蓮華手菩薩), 원통보살(圓通菩薩) 등으로 나타내기도 한다. 우리나라에서는 양양 낙산사(洛山寺), 남해 보리암(菩提庵), 강화 보문사(普門寺), 곡성 성덕사(聖德寺) 등이 영험한 관음 도량으로 알려져 있다.

관자재에 대해서 전등록(傳燈錄)에 보면 '보고, 듣고, 깨닫고 앎에 있어서 장애가 없

1042

고, 소리·향기·맛·촉각은 늘 삼매로다. 마치 공중을 나는 새가 이렇게 날아가듯이, 취함도 없고, 버림도 없고, 미움도 사랑도 없도다. 만약 응하는 곳마다 본래 무심인 줄 안다면, 비로소 이름하여 관자재(觀自在)를 얻는다.'고 하였다. 見聞覺知無障碍。聲香味觸常三昧。如鳥空中只麼飛。無取無捨無憎愛。若會應處本無心。始得名爲觀自在。


## 금일강부도량중 今日降赴道場中
### 오늘은 이 도량에 강림하셨네.

금일(今日)을 금조(今朝)로 나타내는 예도 있는데 이럴 때는 '오늘 아침'이라는 표현이다. 그러나 쓰는 이에 따라서 금일(今日)이라 하지 아니하고 금조(今朝)라고 표현하는 사람들도 더러 있다. 도량(道場)이라고 하는 것은 산스크리트어의 Bodhimanda를 음사하여 보리만나라(菩提曼拏羅)라고 하였지만, 이를 줄여서 보리도량(菩提道場) 또는 보리량(菩提場)으로 불렀다. 지금은 거의 모두가 도량으로 나타내고 있다. 도량이라는 것은 원래 부처님께서 깨달음을 이루신 곳이라는 뜻으로, 인도의 보리가야(菩提伽耶)를 뜻한다. 지금은 이러한 공간적인 개념을 넘어서 깨달음을 성취하는 동기로써 작용하는 모든 것을 도량이라고 한다.

오늘은 이 도량에 함께하고 계신다는 것은 관음신앙을 가진 기도자의 마음 작용이다. 그러므로 본인의 기도 끝에 가피를 받은 것으로 관세음보살을 찬탄하는 내용으로 이루어져 있다.

# 일인유경천인락 一人有慶千人樂

## 소헌 昭憲 왕후

一人有慶千人樂 宮內無憂外受恩
일인유경천인락 궁내무우외수은

滿地落花僧醉臥 山家猶帶太平痕
만지낙화승취와 산가유대태평흔

한 사람의 경사 있으니 천 사람이 즐겁고
궁 안에 근심 없으니 궁 밖에도 은혜받네.
땅에 가득 떨어진 꽃잎에 취해 스님이 누웠으니
산중 절에는 아직도 태평스러운 흔적이 남아 있네.

산보집 종실단 작법 의식인 종실단작법의(宗室壇作法儀)에 수록된 소헌왕후 선가에 대한 가영이다. 소헌왕후(昭憲王后 1395~1446)는 경기도 양주(楊州)에서 태어났으며 세종의 왕비다. 태종이 즉위하자 아버지 심온(沈溫 1375~1419)과 숙부 심정(沈正 ?~1418)이 태종에 의하여 역모죄로 처형당하였으며, 어머니와 친족들도 관비가 되었다. 소헌왕후에 대해서도 폐비 논의가 있었지만, 왕자를 2명이나 출산하였으며 당시 안평대군을 임신하고 있었기에 화를 면하였다. 세종과 왕후는 불교에 귀의하여 불법을 전하였기에 집현전 학자들의 반발이 있었다. 시호는 선인제성소헌왕후(宣仁齊聖昭憲王后)이고, 능(陵)은 경기도 여주에 있다. 그리고 이 게송의 뒤 두 구절은 고려 때의 문신이었던 백운 이규보(白雲 李奎報 1168~1241)가 지은 춘일방산사(春日訪山寺)에서 인용하였다.

일인유경천인락 一人有慶千人樂
한 사람의 경사 있으니 천 사람이 즐겁고

짐작하건대 아버지와 숙부는 처형당하고 어머니와 친족들은 관노가 되었지만, 소헌왕후로 인하여 세종 9년인 1426년에 제명(除名)되고 직첩(職牒)이 복원된 것을 말하는 것 같다.


**궁내무우외수은 宮內無憂外受恩**
**궁 안에 근심 없으니 궁 밖에도 은혜받네.**

궁 안에 근심이 없었다고 하는 것은 소헌왕후에 대한 폐비(廢妃)가 논의될 때 내조의 공이 크다는 이유로 이러한 화(禍)를 면했기 때문이다.


**만지낙화승취와 滿地落花僧醉臥**
**땅에 가득 떨어진 꽃잎에 취해 스님이 누웠으니**

땅바닥에 수북하게 떨어진 꽃잎, 거기에 취하여 스님은 누워있다고 하는 것은 태평성대를 나타내는 것이다.


**산가유대태평흔 山家猶帶太平痕**
**산중 절에는 아직도 태평스러운 흔적이 남아 있네.**

산가(山家)는 산사(山寺)를 말함이며 산사의 한적한 정취를 묘사하고 있다. 참고로 이규보의 춘일방산사(春日訪山寺)는 다음과 같다.

風和日暖鳥聲喧 垂柳陰中半掩門 滿地落花僧醉臥 山家猶帶太平痕
풍화일난조성훤 수류음중반엄문 만지낙화승취와 산가유대태평흔

바람은 부드럽고 햇볕은 따뜻하고 새소리는 시끄러운데
수양버들 그늘 속에 문은 반쯤 닫혀 있다.
[나머지 두 구절은 위의 설명을 참고하시오]

# 일점영명비내외 一點靈明非內外

## 산골게 散骨偈

**一點靈明非內外 五臺空鎖白雲閑**
**일점영명비내외 오대공쇄백운한**

한 점 영명함에는 안과 밖이 없으며
오대(五臺)가 허공에 잠겨 흰 구름만 한가롭네.

작법귀감 다비작법(茶毘作法)에서 죽은 이의 화장을 마치고 뼛가루를 사방에 뿌리는 산골(散骨) 의식을 집행하면서 망자에게 들려주는 게송이다. 승가예의문(僧家禮儀文)에서는 산골함에 있어서 오방(五方)에 산골을 행하는데, 중앙을 향하여 산골할 때 행하는 게송이다.

### 일점영명비내외 一點靈明非內外
한 점 영명함에는 안과 밖이 없으며

일점(一點)은 한 점이니 이는 일심(一心)을 말하는 것으로 마음은 영명(靈明)하여 내외가 없다는 것을 일러주고 있다.

### 오대공쇄백운한 五臺空鎖白雲閑
오대(五臺)가 허공에 잠겨 흰 구름만 한가롭네.

오대(五臺)는 동서남북, 그리고 중앙을 합하여 다섯 봉우리인 오대산(五臺山)을 말하며 공쇄(空鎖)라고 하여 허공에 잠겼다는 표현이다. 여기서 오대는 곧 산을 말하며, 산은 움직임이 없기에 부동심(不動心)을 말한다. 고로 산은 움직이지 아니하고 구름만 왔다갔다 하는 것이다. 그러므로 흰 구름처럼 한가롭다는 것을 백운한(白雲閑)이라고 하였다.

# 일조상기홀생진 一朝霜氣忽生唇

## 철감 哲鑑 국사

一朝霜氣忽生唇 葉落歸根不復春
일조상기홀생진 엽낙귀근불부춘

無限南泉淸白在 喚醒多少醉眠人
무한남천청백재 환성다소취면인

어느 날 아침에 서리 같은 기운 홀연히 입에서 나와
나뭇잎 떨어져 뿌리로 돌아간 뒤 봄은 다시 안 오네.
무한한 남전(南泉) 선사의 청백함을 간직하고
취한 사람 얼마나 많이 깨우쳐 주었는가.

산보집에서 선문의 조사에게 예참을 올리는 선문조사예참(禪門祖師禮懺)가운데 사자산(獅子山)에서 법을 펼쳤던 철감(澈鑑) 국사에 대한 가영이다.

철감도윤(澈鑑道允 798~868) 선사는 영월에서 사자산문(獅子山門)을 개창한 신라의 선승으로, 18세 때 출가하여 귀신사(鬼神寺)에서 화엄경을 공부하다가 825년에 당나라로 들어가 마조도일(馬祖道一)의 제자인 남전보원(南泉普願)에게 수학하였다. 847년 범일(梵日)이 귀국하자 함께 귀국하여 법을 펼치다가 868년에 입적하였다. 시호는 철감 선사(澈鑑禪師)이며, 탑호는 징소(澄昭)이다. 부도는 화순 쌍봉사에 있으며, 국보 제57호다. 참고로 불조록찬송(佛祖錄贊頌)에도 이 게송이 실려 있다.

일조상기홀생진 一朝霜氣忽生唇
어느 날 아침에 서리 같은 기운 홀연히 입에서 나와

스님의 어머니가 신이한 빛이 방에 가득 차는 태몽을 꾸었다고 한다. 그리고 입적할 때 입에서 오색 광명이 흘러나와 공중에 상서로운 구름이 퍼져 나갔다고 하여 서기만천철감국사(瑞氣滿天澈鑒國師)라고도 한다.

### 엽낙귀근불부춘 葉落歸根不復春
**나뭇잎 떨어져 뿌리로 돌아간 뒤 봄은 다시 안 오네.**

스님이 입적하시자 스님 같으신 분이 다시 없다고 흠모하는 내용이다. 낙엽귀근(落葉歸根)은 잎이 떨어지면 뿌리로 돌아간다는 뜻으로, 모든 사물이 그 근본으로 돌아간다는 이치를 말하는 것이다. 이는 송나라 도원(道原)이 1006년에 지은 경덕전등록(景德傳燈錄)에 나오는 표현이다.

### 무한남천청백재 無限南泉淸白在
**무한한 남전(南泉) 선사의 청백함을 간직하고**

자신에게 공부를 지도하여 준 당나라의 남전보원(南泉普願 748~834) 선사를 흠모하는 내용이며, 청백(淸白)하다는 것은 재물에 대한 욕심 없이 곧고 깨끗함을 말한다.

### 환성다소취면인 喚醒多少醉眠人
**취한 사람 얼마나 많이 깨우쳐 주었는가.**

환성(喚醒)은 어리석은 이를 깨우쳐 주는 것을 말하며, 취면(醉眠)은 술에 취하여 비틀거리다가 잠을 자는 것을 말한다. 이는 어리석은 이를 비유한 표현이다.

# 일종위배본심왕 一從違背本心王

## 입실게 入室偈

**一從違背本心王 幾入三途歷四生**
일종위배본심왕 기입삼도역사생

**今日滌除煩惱染 蕭然依舊自還鄉**
금일척제번뇌염 소연의구자환향

한번 본래의 심왕(心王)을 등지고 난 후에
몇 번이나 삼도(三途)와 사생(四生)의 윤회에 헤매었던고.
오늘에야 관욕으로 번뇌에 물듦을 씻어 버리면
적적하게 옛날처럼 스스로 고향에 돌아가리.

산보집에서 영가를 인도하여 욕실(浴室)로 들어가게 하는 게송으로 이를 입실게(入室偈)라고 한다.

**일종위배본심왕 一從違背本心王**
한번 본래의 심왕(心王)을 등지고 난 후에

어긋난 심왕(心王)을 좇음으로 인하여 이 마음을 등진 것이라는 표현이다. 중생은 본심을 등지고부터 미망이 생겨나는 것이다. 본심왕(本心王)을 잃어버리면 어찌 될까? 이를 금강삼매경(金剛三昧經) 서품에서 살펴보면 '부처님께서 말씀하셨다. 보살이여, 이 법에는 옳고 그른 것이 없느니라. 만일 옳고 그른 것이 있다면, 바로 여러 가지의 생각이 발생하게 되느니라. 천 가지 생각 만 가지 분별이 생기고 소멸하는 모습이니라. 보살이여, 근본 바탕과 모습을 관찰할 적에는 이 법이 저절로 만족 하나니라. 천 가지 생각과 만 가지 분별은 도리에 유익하지 않으며, 부질없이 정신만 소란하게 하여 본래의 마음을 잃게 된다.'고 하였다. 佛言。菩薩。理無可不。若有可不。即生

1049

諸念。千思萬慮。是生滅相。菩薩。觀本性相理自滿足。千思萬慮不益道理。徒爲動亂。失本心王。

### 기입삼도역사생 幾入三途歷四生
몇 번이나 삼도(三途)와 사생(四生)의 윤회에 헤매었던고.

본심을 등지면 깨달음을 얻지 못하기에 삼도(三途)를 드나들면서 사생(四生)의 몸을 받는다고 하였다. 여기서 삼도는 삼악도(三惡道)인 지옥도, 아귀도, 축생도를 말하고 사생은 태생(胎生), 난생(卵生), 습생(濕生), 화생(化生)을 말한다.

### 금일척제번뇌염 今日滌除煩惱染
오늘에야 관욕으로 번뇌에 물듦을 씻어 버리면

이제야 관욕을 하게 되었으니 참으로 다행한 일이라는 말씀이다. 관욕의 목적은 번뇌로 물든 마음을 생전에 때를 씻어서 없애듯이 하여 준다는 말씀이다.

### 소연의구자환향 蕭然依舊自還鄉
적적하게 옛날처럼 스스로 고향에 돌아가리.

소연(蕭然)은 적적하다는 표현으로 쓰였으며, 의구(依舊)는 예전의 것으로 의지한다는 표현이다. 이는 미망에 물들기 전인 본심의 자리를 말하며, 향(鄉)은 고향을 말하므로 본고향인 진성(眞性)의 자리를 말한다. 그러나 근대의 재의례에서는 소연(蕭然)이라는 표현은 거의 사라지고, 수연(隨緣)이라는 표현을 써서 '인연 따라' 이렇게 해석하여 사용한다. 그렇지만 게송의 흐름으로 보면 소연(蕭然)이 더 어울리는 표현이다.

# 일체유위법 一切有爲法

## 금강경 사구게

**一切有爲法 如夢幻泡影**
일체유위법 여몽환포영

**如露亦如電 應作如是觀**
여로역여전 응작여시관

이 세상의 모든 현상은
꿈과 허깨비 같고, 물거품과 그림자 같고,
또한 아침 이슬이나 번갯불과 같으니,
응당 이렇게 살펴보아야 할 것이다.

산보집에서 총림의 사명일에 혼령을 맞아 시식하는 절차인 총림사명일영혼시식절차(叢林四明日迎魂施食節次) 가운데 영가에게 들려주는 법문으로 나온다. 작법귀감에는 다비작법에 수록되어 있으며, 그 목적은 산보집과 같다. 이 게송은 금강경 마지막 분(分)인 제32분 응화비진분(應化非眞分)에 나오는 게송을 인용하였다.

### 일체유위법 一切有爲法
**이 세상의 모든 현상은**

유위법(有爲法)이라고 하는 것은 온갖 분별 때문에 인식 주관에 형성된 현상을 말한다. 이는 인식하는 주관의 망념으로 조작한 차별 현상을 말한다. 그러므로 인연에 따라 발생하고 형성되는 모든 현상을 일컫는다. 다시 이를 쉽게 말하면 유위법이라고 하여, 인연에 의하여 생겨나고 멸하는 물심(物心)의 현상을 말하는 것이다. 여기서 물심(物心)이라고 하는 것은 물질적인 것과 사상적인 것을 아울러 말함이다.

**여몽환포영 如夢幻泡影**
**꿈과 허깨비 같고, 물거품과 그림자 같고,**

꿈, 허깨비, 물거품, 그림자라는 표현은 위에서 언급한 유위법이라는 것이 그러하다는 말씀이다. 이는 이 세상 모든 존재는 실체가 없음을 비유적으로 이르는 가르침이다. 그러므로 수행자는 허상에 속으면 안 된다.


**여로역여전 如露亦如電**
**또한 아침 이슬이나 번갯불과 같으니,**

풀 끝에 이슬, 후딱 지나가는 번갯불에 비유한 것은 유위법은 잠시 잠깐 존재하는 것이지 영원하지 못하다. 그러기에 이를 제행무상(諸行無常)이라고 한다. 그러나 중생은 무지하여 모든 것이 영원할 것이라고 철석같이 믿는 병이 있어 혼침(惛沉)에 빠지기에 망상이 무변하게 일어난다.


**응작여시관 應作如是觀**
**응당 이렇게 살펴보아야 할 것이다.**

이처럼 유위법에 대하여 당연하게 관조해야 한다는 분부(分付)다.

지금까지 살펴본 사구게는 구마라습(鳩摩羅什)이 한역한 것이며, 여기에 대하여 현장(玄奘) 스님은 한역하기를 다음과 같이 하였다.

諸和合所爲 如星翳燈幻 露泡夢電雲 應作如是觀
제화합소위 여성예등환 노포몽전운 응작여시관

모든 화합하여서 되는 것은 별 그림자[星翳], 등불, 요술[幻],
이슬, 물거품, 꿈, 번개, 구름 같으니 마땅히 이렇게 볼 것이니라.

# 일출춘궁미시가 日出春宮未是嘉

## 의경회간 懿敬懷幹 대왕

**日出春宮未是嘉 從天得位力堪胯**
일출춘궁미시가 종천득위력감과

**碧山霞衲千千祝 四海峯頭火不加**
벽산하납천천축 사해봉두화불가

춘궁(春宮)에 해가 뜨니 아름다운 일이 아닌가.
하늘 뜻을 따라 왕위 얻으니 자랑할 만하네.
푸른 산문 스님들이 천세를 기원했으나
온 나라 산머리에 불을 더하지는 못했다네.

산보집 종실단작법의(宗室壇作法儀)에서 의경회간(懿敬懷幹)의 가영으로 실려 있다. 의경(懿敬) 이장(李暲 1438~1457)의 아버지는 세조이고, 어머니는 정희왕후(貞熹王后)이다. 세종의 첫 손자이며 예종의 형이다. 1455년 세자에 책봉되었으나 병약하여 2년 만에 20세의 나이로 요절하였다. 이에 따라 의경왕(懿敬王)으로 추존되었다가 다시 회간왕(懷簡王)으로 추존되고, 훗날에 다시 덕종(德宗)이라는 묘호(廟號)가 올려졌다. 시호는 회간선숙공현온문의경대왕(懷簡宣肅恭顯溫文懿敬大王)이다. 산보집에는 회간(懷幹)이라고 표현하였는데 이는 회간(懷簡)의 오기로 보인다.

### 일출춘궁미시가 日出春宮未是嘉
춘궁(春宮)에 해가 뜨니 아름다운 일이 아닌가.

춘궁(春宮)은 동궁(東宮)의 다른 말로 세자가 거주하는 세자궁(世子宮)을 말한다. 그러므로 여기서는 의경세자(懿敬世子)를 말함이다.

**종천득위력감과 從天得位力堪誇**
하늘 뜻을 따라 왕위 얻으니 자랑할 만하네.

왕으로 추존되기 전에는 의경세자(懿敬世子)로 불리다가 죽은 후에 덕종(德宗)으로 추존되었음을 말한다.


**벽산하납천천축 碧山霞衲千千祝**
푸른 산문 스님들이 천세를 기원했으나

의경세자는 늘 병약하여 잔병에 시달리자 21명의 스님을 불러 경회루(慶會樓)에서 공작재(孔雀齋)를 베풀었다고 한다. 그러나 끝내 쾌유하지 못하고 생을 달리하였다.


**사해봉두화불가 四海峯頭火不加**
온 나라 산머리에 불을 더하지는 못했다네.

사해(四海)는 은나라를 말하며 봉두(峯頭)는 산봉우리를 말한다. 여기서 산봉우리에 불을 더하지 못했다고 하는 것은 왕으로서 두각을 나타내지는 못함에 아쉬워하는 내용이다.

# 일편전단몰가향 一片栴檀沒價香

## 할향게 喝香偈

一片栴檀沒價香 須彌第一最高岡
일편전단몰가향 수미제일최고강

六銖通徧熏沙界 萬里伊蘭一樣香
육주통편훈사계 만리이란일양향

한 조각 전단향은 값을 매길 수 없고
제일의 수미산은 최고 높은 산이네.
육수(六銖)의 향 두루 통해 사바세계에 배니
만 리에 퍼진다는 이란향과 같구나.

산보집에서 작법을 하면서 향을 올리는 게송으로 여러 번 나오는 게송이다. 할향게는
앞서 이미 설명하였는데 향을 올리면서 읊는 게송을 말한다.


**일편전단몰가향 一片栴檀沒價香**
**한 조각 전단향은 값을 매길 수 없고**

전단향은 전단 나무로 만든 향으로 인도 최고의 향으로 알려졌다. 그러므로 한 조각
의 전단향은 그 값을 매길 수가 없을 만큼 귀중하기에 무가향(無價香)이라고 한다.


**수미제일최고강 須彌第一最高岡**
**제일의 수미산은 최고 높은 산이네.**

고대 인도 우주관(宇宙觀)에서 세계의 중심에 있다는 상상의 산이 수미산이다. 그러

므로 전단향을 수미산에 비교하여 말하는 것이다.


### 육주통편훈사계 六銖通徧熏沙界
**육수(六銖)의 향 두루 통해 사바세계에 배니**

주(駐)는 아마 수(銖)의 오기인 것 같다. 산보집에 이 게송이 세 번 나오는데 한 번만 붉은빛을 말하는 주(駐)로 되어 있고, 나머지는 무게 단위를 나타내는 수(銖)로 되어 있다. 육수(六銖)는 가벼운 무게 단위를 말한다. 고로 작은 양의 향을 사르더라도 사바세계에 전단향 냄새가 진동한다는 찬탄이다.


### 만리이란일양향 萬里伊蘭一樣香
**만 리에 퍼진다는 이란향과 같구나.**

이란(伊蘭)은 인도에서 나는 나무로 그 냄새가 고약하여 전단 향냄새를 없앨 정도라고 한다. 그러므로 전단 향냄새 퍼짐이 이란(伊蘭)이 만 리에 퍼지는 것과 같다고 하는 비유다.

# 입설망로단비구 立雪忘勞斷臂求

## 혜가 惠可 대사

**立雪忘勞斷臂求 覓心無處始心休**
입설망로단비구 멱심무처시심휴

**後來安坐手懷者 粉骨忘身未足酬**
후래안좌수회자 분골망신미족수

눈 속에 서서 괴로움을 잊고 팔을 끊어 구했건만
마음을 찾을 수 없는 곳에서 비로소 마음 편했네.
그 후에 편안히 앉아 생각을 바로잡는 사람들아
뼈를 갈아 보답해도 다 못 갚을 은혜일세.

산보집에서 선문의 조사에게 예참을 올리는 선문조사예참(禪門祖師禮懺)에 나오는
제29대 조사인 신광혜가(神光慧可 487~593) 선사에 대한 가영이다. 혜가는 수(隋)
나라 선승이며 중국 선종의 제2대 조사다. 혜가는 보정(寶靜) 선사를 스승으로 하여
출가하였으며, 32세 때 향산(香山)에 들어가 8년간 수행하다가 520년 숭산 소림사
를 찾아가 중국 선존 제1대 조사인 보리달마(菩提達磨)의 제자가 되어 8년간 수행하
였다. 혜가가 달마를 만났을 때 쉽사리 입실을 허락하지 아니하자 눈 속에 서서 밤을
새웠다. 그래도 입실을 허락하지 아니하자 자기 팔을 잘라 달마에게 받쳤는데 달마가
그제야 허락하였다고 하여 입설단비(立雪斷臂) 또는 입설구도(立雪求道)라고 한다.
이후 자신의 법을 승찬(僧璨)에게 전수하였다.

입설망로단비구 立雪忘勞斷臂求
눈 속에 서서 괴로움을 잊고 팔을 끊어 구했건만

혜가(慧可)가 달마를 찾아가 제자 되기를 청하였으나 달마가 허락하지 아니하자 자

기 팔을 잘라 도를 구하는 의지를 나타내었다는 고사를 말한다.


**멱심무처시심휴 覓心無處始心休**
**마음을 찾을 수 없는 곳에서 비로소 마음 편했네.**

혜가가 팔을 잘라 올리면서 말하기를 제가 마음이 편하지 못합니다. 그러므로 스님의 안심(安心)을 구하고자 합니다. 달마가 이르기를 너의 마음을 가지고 온다면 너에게 안심을 주겠노라. 혜가가 아무리 마음을 찾아도 찾을 수가 없다고 하자, 달마가 다시 이르기를 너를 위한 안심(安心)하기를 마치겠노라 하였다. 그러자 혜가는 그만 깨달음을 얻었다.


**후래안좌수회자 後來安坐手懷者**
**그 후에 편안히 앉아 생각을 바로잡는 사람들아**

마음을 구하고자 좌선(坐禪)하는 것을 말한다. 선(禪)의 목적은 마음을 구하는 것이다. 그리하자면 마음을 먼저 보아야 하기에 이를 견성(見性)이라고 한다.


**분골망신미족수 粉骨㐫身未足酬**
**뼈를 갈아 보답해도 다 못 갚을 은혜일세.**

망(㐫)은 망(亡)의 본자(本字)다. 좌선하면서도 마음을 구하지 못한다면 이 몸의 뼈를 갈아 다 없앤다고 하여도 불조의 은혜와 단월의 은혜를 다 갚지 못할 것이라는 훈계다. 여기서 수(酬)는 갚는다는 의미인 '갚을 수'이다.

# 자광조처연화출 慈光照處蓮花出

## 천수찬게 千手讚偈

**慈光照處蓮花出 慧眼觀時地獄空**
자광조처연화출 혜안관시지옥공

**又況大悲神呪力 衆生成佛剎那中**
우황대비신주력 중생성불찰나중

자비로운 광명 비추는 곳에 연꽃이 피어나고
지혜 눈으로 보면 지옥이 없음이라.
하물며 천수대비주의 힘을 의지하였으니
중생들이 몰록 성불하기를 바란다.

산보집에서 총림의 사명일에 혼령을 맞아 시식하는 절차인 총림사명일영혼시식절차
(叢林四名日靈魂施食節次)에 수록된 천수찬게(千手讚偈)로 실려 있다. '천수찬게'라
하는 것은 영가에게 천수다라니(千手陀羅尼)를 들려주고자 하는 게송이다. 작법귀감
에는 일상적으로 널리 사용하는 시식에 대한 의식인 상용시식의(常用施食儀)에 같은
뜻으로 실려 있다. 범음집(梵音集), 운수단가사(雲水壇歌詞) 등에도 이처럼 실려 있
다.

## 자광조처연화출 慈光照處蓮花出
### 자비로운 광명 비추는 곳에 연꽃이 피어나고

자광(慈光)은 부처님의 자비로운 은혜를 말한다. 그러므로 부처님의 자비로움이 비
추는 곳에는 연꽃이 피어난다는 뜻으로 여기서 연화는 불국정토를 말한다. 조병문(趙
秉文)이 지은 미타참찬(彌陀懺讚)에 보면 '자광조처(慈光照處)라는 표현이 있으므로
이를 살펴보면 자비한 광명이 비추는 곳에 지옥이 무너지고, 거룩한 명호를 지닐 때

하늘의 악마[天魔]가 놀라서 겁을 낸다.'고 하였다. 慈光照處。地獄爲之崩隕。聖號
持時天魔爲之悚懼。


### 혜안관시지옥공 慧眼觀時地獄空
### 지혜 눈으로 보면 지옥이 없음이라.

혜안(慧眼)은 차별과 망집이 없는 눈을 말한다. 차별의 눈으로 보면 부처와 중생이
있고 극락과 지옥이 있지만, 혜안으로 보면 지옥은 애당초 없는 것이다. '능엄경에 이
르기를 자성을 깨닫는 것이 진공이고 자성이 공(空)한 것이 진각(眞覺)이니, 그 청정
한 본연의 모습은 법계에 두루 하다.'고 하였다. 楞嚴經云。性覺眞空。性空眞覺。淸
淨本然。周徧法界。


### 우황대비신주력 又況大悲神呪力
### 하물며 천수대비주의 힘을 의지하였으니

영가에게 깨달음을 위해 힘을 주려고 천수다라니(千手陀羅尼)를 들려주고자 한다는
뜻이다. 여기서 대비신주는 천수다라니를 말한다.


### 중생성불찰나중 衆生成佛刹那中
### 중생들이 몰록 성불하기를 바란다.

중생들은 천수다라니의 대비주(大悲呪)에 의지하여 몰록 깨닫기를 바라는 내용으로
돈오(頓悟)하라고 일러주는 것이다.

# 자미대제통성군 紫微大帝統星君

## 칠성영 七星詠

**紫微大帝統星君 十二宮神太一神**
자미대제통성군 십이궁신태일신

**七政齊臨爲聖主 三台共照作賢臣**
칠정제림위성주 삼태공조작현신

자미대제는 성군(星君)을 통솔하시니
십이궁(十二宮) 가운데에 가장 큰 신이로다.
칠정(七政)이 나란히 강림하여 성스러운 성군(星君)이 되시고
삼태성이 함께 빛을 비추어 어진 신하가 되었도다.

석문의범(釋門儀範) 가운데 칠성단(七星壇)에서 칠성을 찬탄하는 가영(歌詠)으로 나온다. 산보집(刪補集)에는 중단영청지의(中壇迎請之儀) 가운데 유공영(遊空詠)으로 나오는 내용이다. 하지만 부처님 가르침하고는 상관없는 별을 믿는 신앙으로 흔히 이러한 형태의 신앙을 칠성 신앙이라고 한다. 원시 신앙의 형태를 크게 세 가지로 나누는데 애니미즘(animism), 샤머니즘(shamanism), 토테미즘(totemism)이다. 네이버[Naver]에서 제공하는 사전을 찾아보면 여기에 대해서 다음과 같이 정의를 내리고 있다.

샤머니즘(shamanism)은 원시적 종교의 한 형태. 주술사인 샤먼이 신의 세계나 악령, 또는 조상신과 같은 초자연적 존재와 직접적인 교류를 하며, 그에 의하여 점복(占卜), 예언, 병 치료 따위를 하는 종교적 현상이다. 아시아 지역 특히 시베리아, 만주, 중국, 한국, 일본 등지에서 주로 볼 수 있다.

토테미즘(totemism)은 토템을 숭배하는 사회 체제 및 종교 형태. 심리적으로는 특정한 토템과 각 집단이 특수한 관계를 맺고 있다는 믿음을 가지고, 의례적으로는 토템

에 대한 외경이나 금기로 표현되며, 사회적으로는 집단의 성원을 통합하는 힘이 되는 동시에 외혼제를 발생하기도 한다. 오스트레일리아, 멜라네시아, 폴리네시아, 인도, 아프리카 등지에 널리 분포되어 있다.

애니미즘(animism)
자연계의 모든 사물에는 영적·생명적인 것이 있으며, 자연계의 여러 현상도 영적·생명적인 것의 작용으로 보는 세계관 또는 원시 신앙을 말한다.

그러므로 이를 염두에 두고 이어지는 구절에 대한 설명을 잘 살펴봐야 한다. 별이 인간의 길흉화복과 더불어 수명까지 지배한다고 하는 도교의 믿음에서 비롯된 것이 칠성 신앙이다. 이러한 도교의 부스러기들이 우리나라 불교에 시나브로 파고 들어 칠성각(七星閣)을 지어서 칠성신을 모시는 상황이 되었다. 그러한 불교는 우리나라밖에 없다.

## 자미대제통성군 紫微大帝統星君
## 자미대제께서 성군(星君)을 통솔하시니

자미대제는 중국에서 북두칠성의 북(北)에 있는 별의 이름을 자미(紫微)라고 한다. 거기에는 천제(天帝)가 있어서 천제의 주처(住處)가 되기에 이를 전(殿)이라 하였다. 이것이 변하여 궁(宮)이라 하기도 한다. 또한 중국에는 예로부터 하늘의 중심에는 북두칠성과 북극성이 있는 자미원(紫微垣)이 있으며, 이와 더불어 자미원 밖으로 28수(宿) 안에는 태미원(太微垣)이 있고, 28수(宿) 밖에는 천시원(天市垣)이 있다고 여기는 사상이 있었다.

그러므로 자미궁(紫微宮)은 하늘의 별들 가운데 핵심이 되는 것이다. 왜냐하면 상제(上帝)가 머물기 때문이다. 상제(上帝)는 옥황상제(玉皇上帝), 천황(天皇)이라고도 나타내며 우리말로는 하느님이 되는 것이다. 그러기에 자미대제가 모든 하늘의 별을 거느리고 보는 것이다. 또한 도교에는 북극성을 자미대제(紫微大帝) 또는 이를 부처[佛]화 하여 치성광여래(熾盛光如來)라고 하기도 한다.

자미궁(紫微宮)은 자미대제가 거처한다는 궁(宮)의 이름이다. 자미궁의 담장을 자미원(紫微垣)이라고 한다. 자미궁은 임금과 왕비, 그리고 태자와 후궁 등이 사는 곳이다. 하늘을 다스리기 위하여 신하와 장군들이 포진하는데 모두 170여 개의 별로 이루어져 있으며, 이러한 별들은 북극성 주위에 포진되어 있다. 왜냐하면 북극성은 일 년

내내 볼 수 있는 항성(恒星)의 별자리이기 때문에 하늘나라 임금이 사는 자미궁의 중심으로 생각하였다. 자미원을 중심으로 태미원, 천시원, 그리고 계절에 따라 하늘을 도는 28수(宿)를 다스린다고 여겼던 중국의 민간신앙이다.

항성(恒星)이라고 하는 것은 별자리의 이름이 아니라 천구(天球) 상에서 서로의 위치를 거의 바꾸지 아니하고 별자리를 구성하는 천체를 말한다. 이는 태양과 같이 스스로 빛을 내며, 고유 운동을 하는 별자리를 말하는데 여기에 해당하는 별은 북극성·북두칠성·견우성·직녀성 따위가 해당한다.


## 십이궁중태을신 十二宮中太乙神
### 십이궁(十二宮) 가운데에 가장 큰 신이로다.

십이궁(十二宮)이라고 하는 것은 황도(黃道)가 통과하는 12개의 별자리를 말한다. 이를 십이궁(十二宮)이라고도 하며, 이는 황도 전체를 30°씩 12등분하여 각각에 대해 별자리의 이름을 붙인 것이다.

춘분점(春分點)이 위치한 별자리부터 순차적으로 살펴보면 다음과 같다.

1. 물고기자리(雙魚宮).　　5. 게자리(巨蟹宮).　　9. 전갈자리(天蝎宮).
2. 양자리(白羊宮).　　　　6. 사자자리(獅子宮).　10. 궁수자리(射手宮).
3. 황소자리(金牛宮).　　　7. 처녀자리(處女宮).　11. 염소자리(摩竭宮).
4. 쌍둥이자리(雙子宮).　　8. 천칭자리(天秤宮).　12. 물병자리(水瓶宮).

이와 같은 열두 개의 별자리를 말하며 이는 고대로부터 인간의 길흉을 점치는 점성술로 12 별자리가 설정되었다고 보고 있다. 이를 월(月), 방위, 동물 따위에 대비하기도 하는데 이를 도표로 나타내면 다음과 같다.

| 12궁 | 서양의 별자리 | 방위 | 월 | 동양의 상징동물 |
|---|---|---|---|---|
| 수병궁(水瓶宮) | 물병자리 | 북 | 2월 | 자(子) |
| 마갈궁(摩竭宮) | 염소자리 | 북북동 | 1월 | 축(丑) |
| 사수궁(射手宮) | 궁수자리 | 동북동 | 12월 | 인(寅) |
| 천갈궁(天蝎宮) | 전갈자리 | 동 | 11월 | 묘(卯) |

| | | | | |
|---|---|---|---|---|
| 천칭궁(天秤宮) | 저울자리 | 동남동 | 10월 | 진(辰) |
| 처녀궁(處女宮) | 처녀자리 | 남남동 | 9월 | 사(巳) |
| 사자궁(獅子宮) | 사자자리 | 남 | 8월 | 오(午) |
| 거해궁(巨蟹宮) | 게자리 | 남남서 | 7월 | 미(未) |
| 쌍자궁(雙子宮) | 쌍둥이자리 | 서남서 | 6월 | 신(申) |
| 금우궁(金牛宮) | 황소자리 | 서 | 5월 | 유(酉) |
| 백양궁(白羊宮) | 양자리 | 서북서 | 4월 | 술(戌) |
| 쌍어궁(雙魚宮) | 물고기자리 | 북북서 | 3월 | 해(亥) |

황도(黃道)라고 하는 것은 태양의 시궤도(視軌道)를 말하기에 이는 지구에서 보아 태양이 지구를 중심으로 운행하는 것처럼 보이는 천구상(天球上)의 궤도를 말함이다.

태을(太乙)이라는 표현은 두 가지 뜻이 있다. 중국 철학에서 천지 만물이 나고 이루어진 근원을 말하기도 하고, 또 다른 하나는 음양설에 의하여 북쪽 하늘에 있으면서 병란이나 재화(災禍), 생사 따위를 맡아서 신령스럽게 다스린다고 여기는 별을 말한다. 이는 북극성을 그렇게 나타낸 것이다. 태을성(太乙星)의 다른 말은 태일성(太一星)이다. 고로 태을(太乙)은 태일(太一)을 말하는데, 이는 중국 고대에서 천문학적으로 나타낸 별의 이름으로 북극성을 말하며, 민간신앙에 있어서 최고의 신명(神明)으로 여기기도 하였다. 그러기에 천제(天帝)로 추앙을 받고 상제(上帝)라고 하여 하느님이라고 부르게 되었다.


## 칠정제림위성주(七政齊臨爲聖主)
### 칠정(七政)이 나란히 강림하여 성스러운 성군(星君)이 되시고

칠정(七政)은 칠요(七曜) 또는 칠위(七緯)라고도 한다. 해(日星)와 달(月星), 그리고 수성(水星), 금성(金星), 화성(火星), 목성(木星), 토성(土星)을 말한다. 이를 도표로 나타내면 다음과 같다.

| 칠정 七政 | 태양성 太陽星 | 태음성 太陰星 | 형혹성 熒惑星 | 진성 辰星 |
|---|---|---|---|---|
| 명칭 名稱 | 일 日 | 월 月 | 화성 火星 | 수성 水星 |

칠정(七政)은 일(日), 월(月), 화(火), 수(水), 목(木), 금(金), 토(土). 그 운행이 절도(節度)가 있어서 마치 국가의 정사(政事)와 같기에 이처럼 부르는 것이다. 이로써 북극성은 칠정의 호위를 받고 있다고 여긴다.

그러나 대부분 이 구절을 잘못 해석하여 칠정(七政)을 북두칠성(北斗七星)에 비유하는데 이는 잘못된 것이다. 참고로 달력에 보면 일주일을 나타내는 일, 월, 화, 수, 목, 금, 토는 모두 칠정에 따라 나타내고 있다. 이는 도교의 사상이 고스란히 반영된 것이다.

## 삼태공조작현신 三台共照作賢臣
## 삼태성이 함께 빛을 비추어 어진 신하가 되었도다.

삼태(三台)는 삼태성(三台星)을 말하는 것으로 태미원(太微垣)에 속하는 세 개의 별로써 이를 상태(上台), 중태(中台), 하태(下台)라 말한다. 이 세 가지를 합쳐서 삼태성이라고 부르며, 서양식 이름으로는 큰곰자리의 발바닥에 해당하는 자리이다. 삼태를 삼공(三公)이라고 하는데, 이는 삼정승(三政丞)을 말하는 것으로 영의정, 좌의정, 우의정을 말한다. 그러므로 중국 사람들은 북극성인 자미대제는 삼정승을 거느리고 있다고 여겼다.

삼태(三台)는 자세히 관찰해 보면 두 개의 별로 이루어져 있다. 그러므로 삼태는 모두 여섯 개의 별로 이루어져 있는데, 이를 합하여 말하면 삼태육성(三台六星)이라고 한다. 다시 이를 정리하면 상태, 중태, 하태가 모두 두 개의 별로 이루어져, 이를 합하면 여섯 개가 되는 것이다.

공조(共照)는 함께 비춘다는 표현이기에 삼태성(三台星)이 그러하다는 표현이다. 현신(賢臣)은 어진 신하를 말하고 있다.

# 자비불사수형화 慈悲不捨隨形化

## 증명청게 證明請偈

慈悲不捨隨形化 宣說聰明秘密言
자비불사수형화 선설총명비밀언

**자비를 버리지 마시고 대상에 따라 화현하시어**
**슬기롭고 비밀스러운 말씀을 선설하여 주옵소서.**

작법귀감에서 열 가지 계율을 바르게 설해 주면서 십계를 설하고 나서 수계자가 삼보께 자비를 드리워 이를 증명해 달라는 게송이다.

### 자비불사수형화 慈悲不捨隨形化
자비를 버리지 마시고 대상에 따라 화현하시어

수계자가 원하기를 부처님께서 자비로운 마음으로 중생의 근기에 따라 화현(化現)하기를 간청함이다.

### 선설총명비밀언 宣說聰明秘密言
슬기롭고 비밀스러운 말씀을 선설하여 주옵소서.

선설(宣說)은 말씀을 널리 베풀어 달라는 뜻이다. 그러므로 총명하고 비밀스러운 말씀을 널리 베풀어 달라는 원(願)이다.

# 자비수월안 慈悲水月顏

慈悲水月顏 神通千手眼
자비수월안 신통천수안

救苦濟人間 願降大吉祥
구고제인간 원강대길상

자비하신 관세음보살은
천수 천안의 위신력을 구족하시고
중생을 고통에서 구제하여 제도하시니
원하나니 큰 길상을 내려 주시옵소서.

계수귀의례(稽首歸依禮) 편의 설명을 참고하시오.

# 자성중생서원도 自性衆生誓願度

## 자성사홍서원 自性四弘誓願

**自性衆生誓願度 自性煩惱誓願斷**
자성중생서원도 자성번뇌서원단

**自性法門誓願學 自性佛道誓願成**
자성법문서원학 자성불도서원성

내 마음속에 있는 중생 제도하길 서원합니다.
내 마음속에 있는 번뇌 끊기를 서원합니다.
내 마음속에 있는 법문 배우기를 서원합니다.
내 마음속에 불도 이루기를 서원합니다.

산보집에서 총림의 사명일에 혼령을 맞아 시식하는 절차인 총림사명일영혼시식절차
(叢林四名日靈魂施食節次)에 수록된 자성사홍서원(自性四弘誓願)이다.

### 자성중생서원도 自性衆生誓願度
내 마음속에 있는 중생 제도하길 서원합니다.

불교는 타력 신앙이 아니라 자력 신앙이다. 이 구절은 자성자도(自性自度)를 내세우
고 있다. 부처와 중생은 다르지 않다. 마음 안에 우치(愚痴)가 있으면 중생이고, 어리
석음이 없으면 이 몸이 부처인 줄 알기에 스스로 제도되는 것이다.

### 자성번뇌서원단 自性煩惱誓願斷
내 마음속에 있는 번뇌 끊기를 서원합니다.

중생의 번뇌는 그 씨앗이 어디에 있는 것이 아니라 어리석음으로 인하여 번뇌가 스멀스멀 나오는 것이다. 그러므로 편집된 견해를 버려야 실상을 볼 수 있고 번뇌가 끊어지는 것이다.


### 자성법문서원학 自性法門誓願學
**내 마음속에 있는 법문 배우기를 서원합니다.**

모름지기 견성하고자 한다면 항상 정법을 받들어 수행해야 한다. 이를 진학(眞學)이라고 한다. 부처님은 우리에게 본심을 밝혀주고자 팔만사천법문을 설하신 것이다. 그래서 불교를 달리 표현하여 심교(心教)라고 하는 것이다.


### 자성불도서원성 自性佛道誓願成
**내 마음속에 불도 이루기를 서원합니다.**

부처가 마음 밖에 있다고 여긴다면 거북이 털을 구하고 토끼 뿔을 찾는 격이다. 그러므로 자성을 관조해야 불도를 이룰 수 있다.

## 제7 바수밀 波須密 존자

**自心來往一何憑 觸器常持放未能**
자심래왕일하빙 촉기상지방미능

**試暫稱名露消息 廓然無得是心燈**
시잠칭명노소식 확연무득시심등

자기 마음 오고 감에 그 무엇을 의지하랴.
술 그릇 항상 잡고 놓아 버리지 않았네.
시험 삼아 잠시 칭명한 감로의 소식
얻을 수 없는 이 마음의 등불 확연히 깨달았네.

산보집에서 선문의 조사에게 예참을 올리는 선문조사예참(禪門祖師禮懺) 가운데 제7 바수밀 존자에 대한 가영이다. 바수밀(婆須密 ?~ 기원전 588) 존자는 늘 깨끗한 옷을 입고 술병을 들고 마을을 돌아다녔다. 중얼거리기도 하고 휘파람을 불며 다니기도 하였는데, 세인들은 그를 미치광이로 여겼으나 미차가(彌遮迦) 존자를 만나 출가하였다.

**자심래왕일하빙 自心來往一何憑**
자기 마음 오고 감에 그 무엇을 의지하랴.

마음은 오고 감에 있어서 전혀 장애가 없기에 이를 무애(無碍)라고 한다. 그러므로 마음은 그 어디에 의지함이 전혀 없음이다.

**촉기상지방미능 觸器常持放未能**
술 그릇 항상 잡고 놓아 버리지 않았네.

바수밀 존자의 무애행(無礙行)을 말하고 있다.


**시잠칭명노소식 試暫稱名露消息**
**시험 삼아 잠시 칭명한 감로의 소식**

불타난제가 바수밀에게 토론을 제의하자 존자가 말하기를 '그대가 토의를 한다면 그
것은 이미 이치가 아니므로 참된 이치라면 토론을 할 수 없는 것이라'고 하였다. 불타
난제는 이에 탄복하였으며 바수밀 존자는 자신의 법을 불타난제에게 전했다.


**확연무득시심등 廓然無得是心燈**
**얻을 수 없는 이 마음의 등불 확연히 깨달았네.**

마음은 얻을 수 없는 것이다. 만약 마음이 얻을 수 있다고 한다면 이는 유위법이다.
그러므로 이를 알아차려야 한다. 마음의 등불을 확연하게 깨달았다고 하는 것을 선종
에서는 '깨달음'이라고 한다.

# 자재치성여단엄 自在熾盛與端嚴

## 불찬게 佛讚偈

自在熾盛與端嚴 名稱吉祥及尊貴
자재치성여단엄 명칭길상급존귀

如是六德皆圓滿 應當摠號薄伽梵
여시육덕개원만 응당총호박가범

부처님의 자재력과 위광이 단아하고 엄숙하시니
그 이름이 길상이라 존귀하시네.
이처럼 여섯 가지 덕이 다 원만하시니
마땅히 박가범이라 부르옵니다.

산보집 영산작법 절차에서 부처님의 위신력을 찬탄하는 불찬게(佛讚偈)로 실려 있다. 이 게송은 불지경론(佛地經論) 제1권에서 인용을 하였으나 3구와 4구는 원문과 다르게 인용되었다.


### 자재치성여단엄 自在熾盛與端嚴
부처님의 자재력과 위광이 단아하고 엄숙하시니

자재(自在)는 그 어떠한 속박이나 억압에서도 꺼둘림이 없는 것을 말한다. 어찌 보면 이는 불교의 궁극적인 목표이기도 하다. 자재는 산스크리트어로 isvara이며 이를 음사하여 이습벌라(伊濕伐羅)라고 한다. 반야부 경전에서는 이를 무애(無礙)라고 흔히 표현한다. 반야심경에 나오는 '그 어디에도 걸림도 없고, 막힘도 없고, 방해받지 않는 자유로움'을 말하는 '무가애(無罣碍)'가 바로 자재를 말하는 것이다.

자재를 또 다르게 말한다면 해탈(解脫)이다. 장자(莊子) 첫머리에 나오는 소요유(逍

遙遊)도 세속을 초월하여 그 무엇에도 구애받거나 얽매이지 않는, 그야말로 절대적인 자유로운 인간의 생활을 의미하는 대목이다. 그렇다면 절대적인 자유는 어디까지인 가. 땅에서는 무애(無碍)라고 하고, 하늘에서조차 걸림이 벗어난 천방(天放)을 말함이다. 장자는 이러한 생활이야말로 인간이 추구하는 가장 궁극적인 사상으로 보았기에 그런 삶을 영위하는 사람을 지인(至人)이라고 호칭하는 것이다.

또한 그런 사람은 인간이 인간을 초월하여 사는 사람이라고 하여 신인(神人)이라고 부른다. 그러기에 소요유 편에서는 천지사방 어디에도 걸리지 않는 자유로운 경지, 그리고 분방(奔放)한 경지를 장자(莊子)만이 가지고 있는 기상천외한 발상으로 인간을 사물에 비유하여, 동서남북을 넘나들고 좌우 종횡으로 묘사하여 소요유 편을 열어 장자 남화경(南華經)의 진수를 보여주고 있다.

장자는 우리에게 끊임없이 묻는다. 그대는 자유로워지고 싶은가? 그러면 벗어나라! 물욕에서, 권력에서, 금력(金力)에서, 애증(愛憎)에서. 그리고 자기 자신에서부터 벗어나서 무아(無我)의 경지를 가지고 이 소요유 편을 대하면 억압된 마음에서는 해방될 것이다. 속진 번뇌에서는 해탈할 것이고, 구속된 생활에서는 자유분방하여질 것이다. 금력(金力), 권력(權力), 물욕(物慾), 사랑하고, 미워하는 것들은 헛된 망상이기에 이는 허공의 꽃(空華)인 것이다.

그러면 열락(悅樂)을 얻을 것이요, 불자(佛子)라면 무위(無爲)의 정토인 열반을 얻을 것이고, 야소(耶蘇)의 신자라면 천당이 목전에 있을 것이다. 우리는 우리가 알고 있는 작은 지식에 얽매여 한 걸음도 앞으로 나아가지 못하는 경우가 있다. 더러 대지(大知)를 안다고 하더라도, 성인(聖人)의 처지에서 보면 마치 소요유(逍遙遊)에 나오는 매미이며, 조균(朝菌. 버섯)이며, 메추라기에 불과하다는 사실이다. 그렇지만 장자의 가르침은 귀가 솔깃하게 들릴지는 몰라도 좀 허황(虛荒)스럽고 장황한 가르침이 많다. 마치 국민의 귀를 홀리는 공약을 남발하는 정치인 같은 면이 다분하다.

그렇다면 불교에서 말하는 자재는 무엇일까? 바로 '나고 죽음에서 자재하라'는 것이다. 생사가 자재하면 윤회를 받지 아니할 것이고, 번뇌도 받지 않을 것이다. 이것이 모든 불보살이 수행한 공덕이라고 하는 것이다. 그러므로 부처님을 말하는 불(佛)을 다르게 말하면 자재인(自在人)이라고 하는 것이다. 이러한 가르침을 우리에게 주고자 당나라 현장(玄奘) 스님은 반야부 경전을 축약하여 반야심경을 세상에 내놓으며, 그 첫머리에 방편으로 관세음보살의 이름을 빌려 관자재(觀自在)라고 하였다. 곧 관세음보살이 부처님이며, 결국 관자재는 자재무애(自在無碍)를 말하는 것이다.

이 게송에 있어서 치성(熾盛)은 게송의 기(起)를 추임새 하는 꼴로 쓰였다. 치성은 불같이 활활 타오르다는 뜻이다. 그러므로 이는 왕성(旺盛)하다, 흥왕(興旺)하다, 번성(繁盛)하다 등과 거의 같은 표현이다.

단엄(端嚴)이라는 용어가 있기에 지금 부처님의 가르침을 찬탄하기보다는 형상으로써의 부처를 찬탄하는 의미가 강하다는 것도 알 수가 있다. 단엄은 산스크리트어로 sobha이다. 이를 한역하면 화려(華麗), 미려(美麗), 장엄(莊嚴), 우아(優雅), 엄식(嚴飾), 광식(光飾) 등으로 나타낸다. 그러므로 단엄에서 단(端)은 단정한 것을 말함이고, 엄(嚴)은 엄식(嚴飾)이라는 뜻으로 쓰여서 아름답게 장엄하다는 것을 말한다. 이는 어떤 사람이나 사물 등을 형용하는 쓰임새로 표현하고 있기에 불교에서는 당연히 불보살을 형용하는 말로 쓰이고 있다. 법화경(法華經) 서품에 보면, '또 보니 모든 여래는 자연히 불도를 이루시니 금빛 같은 그 몸이 단정하고 장엄스럽고 매우 아름답다.'는 표현이 있다. 又見諸如來。自然成佛道。身色如金山。端嚴甚微妙。

관보현보살행법경(觀普賢菩薩行法經)에서는 '이러한 생각을 마치면 보현보살이 즉시 눈썹 사이로 거룩한 모습[大人相]인 백호 광명을 놓으리니, 이 광명이 나타날 때 보현보살의 몸매[身相]가 장엄하여 붉은 금[紫金]의 산과 같이 단정하고 미묘하다.'고 하셨다. 作是念已。普賢菩薩。卽於眉間放大人相白毫光明。此光現時。普賢菩薩身相端嚴。如紫金山。端正微妙。

승만경(勝鬘經) 섭수장에서는 다른 경전과 달리 부처님의 말씀을 수미산에 비유하여 단엄(端嚴)하다는 표현을 쓰고 있음이 좀 색다르다. 여기에 보면 '이처럼 대승을 믿는 자는 조금이라도 올바른 가르침을 받아들이면 모든 이승의 선근(善根)보다도 더 뛰어난 것이니, 이는 광대하기 때문이다. 또한, 마치 수미산이 단정하고 엄숙하여 모든 산보다 뛰어난 것과 같다.'고 비유를 들고 있다. 如是大乘少攝受正法。勝於一切二乘善根。以廣大故。又如須彌山王端嚴殊特。勝於衆山。

화엄경(華嚴經)에서는 단엄(端嚴)이라는 표현과 장엄(莊嚴)이라는 표현이 제법 많이 나오는데, 이는 모두 단엄을 그렇게 말하는 것이다. 다만 여기서는 화엄경 십주품 가운데 법혜(法慧) 보살이 부처님의 위신력을 받들어 시방과 법계를 관찰하는 게송을 보면 그 흐름이 지금 밝히고 있는 게송의 흐름과 맥락이 같다고 보아도 큰 무리가 아니다.

見最勝智微妙身 相好端嚴皆具足
견최승지미묘신 상호단엄개구족

如是尊重甚難遇 菩薩勇猛初發心
여시존중심난우 보살용맹초발심

가장 뛰어난 지혜와 미묘하신 몸이
단정한 모든 상호 갖추었으니
이렇게 존중하신 분 뵙기 어렵기에
보살이 용맹하게 처음으로 발심하였네.

부처님의 자재하심과 단엄하심은 꺼질 줄 모르는 불처럼 혁혁하기에 그 이름을 길상이라고 하였으며, 그러기에 존귀하다고 하였다. 고로 여기서 치성은 곧 지혜로 보아야 한다. 왜냐하면 부처님의 지혜를 빛으로 나타내는 경우가 허다하기 때문이다. 예를 들면 화엄경(華嚴經) 비로자나품에서 대위광태자가 법의 광명을 얻은 후에 부처님의 위신력을 찬탄하는 게송에 보면 다음과 같은 내용이 있다.

世尊坐道場 淸淨大光明 比如千日出 照耀大千界
세존좌도량 청정대광명 비여천일출 조요대천계

세존께서 도량에 앉아 계시니
청정한 큰 광명이
마치 천 개의 해가 함께 떠서
온 허공 세계를 널리 비추는 것과 같음이라.


## 명칭길상급존귀 名稱吉祥及尊貴
## 그 이름이 길상이라 존귀하시네!

길상(吉祥)은 산스크리트어로 siri이며 이는 길양(吉羊)과 같은 뜻으로 한역하여 번영, 행운, 위엄, 위덕, 수승, 상서로움 등으로 쓰인다. 음사하여 나타낼 때는 사리(師利), 시리(尸利) 등으로 나타낸다. 우리나라 불교에서 가장 널리 퍼져 있는 천수경(千手經)의 수리수리(修里修里)라는 표현도 길상(吉祥)을 말하는 것이다.

부처님께서 6년의 고행을 마치시고 니련선하(尼連禪河)에 내려오시어 목욕을 마치신 후 수자타((Sujata) 여인이 올린 유미죽 공양을 받으시고 기력을 찾으신 후 수행처로 돌아가실 때 마른풀을 공양하였던 이가 슈바스티카(Svastika)이다. 슈바스티카를 한역하면 길상이며, 그가 올린 풀이 길상초(吉祥草)이다. 또한 하리제모경(訶利帝母經)

에 보면 귀자모신(鬼子母神)을 쫓아내는 데 쓰였던 과일이 길상과(吉祥果)이며, 중생에게 복덕을 준다는 여신을 길상천(吉祥天)이라고 한다.

참고로 위에서 길상을 길양(吉羊)이라고 한다고 하였는데, 이는 양(羊)이라는 글자가 동물의 양을 나타내기도 하지만 상서롭다는 뜻으로 쓰이기도 하므로 그렇게 나타낸 것이다.

존귀(尊貴)는 지위가 높고 신분이 아주 고귀하신 분이라는 뜻이다. 부처님은 어디에도 걸림이 없으시어 자재하시고 지혜는 수승하시며, 그 용모는 단엄하시기에 이름하여 길상이라고 부른다. 고로 존귀하신 분이라고 찬탄하고 있다. 최근에 보면 '상서롭고 길한 기운이 구름처럼 모여들어라'라는 뜻을 가진 '길상운집(吉祥雲集)'에서 '상(祥)'을 잘못 이해하여 바다를 뜻하는 양(洋)으로 올리는 경우가 더러 있는데 이는 잘못된 표현이다.


## 여시육덕개원만 如是六德皆圓滿
### 이처럼 여섯까지 덕이 다 원만하시니

원문은 여시육종의차별(如是六種義差別)이다. 여기서 여시(如是)는 '지금까지 살펴본 바와 같이' 이러한 뜻이다. 그러하면 지금까지 살펴본 게 무엇인가. 자재(自在), 치성(熾盛), 단엄(端嚴), 명칭(名稱), 길상(吉祥), 존귀(尊貴) 등이다. 이것이 바로 박가범의 육덕이 되는 것이며, 또한 이를 아주 원만(圓滿)하게 갖추었다고 재차 찬탄하는 것이다.

불교에서 흔히 사용하는 단어 가운데 하나가 원만(圓滿)이다. 예를 들면 원만 성취, 원만 회향 등의 표현이 그러하다. 그러나 이를 정확하게 아는 사람은 많지 아니하다. '원만'이라는 표현은 증감 없이 평등 무애한 경지, 또는 흠결 없는 법의 특징을 말하기도 하고, 구경의 깨달음 등을 형용하는 말이기도 하다.

대보적경(大寶積經) 권 제60 문수사리수기회(文殊師利授記會)편에 보면 '문수보살이 말하기를 선남자여! 만일 법이 더하지도 않고, 덜하지도 않는다면 이것을 원만하다고 하는 것입니다. 어떻게 원만하여지는가 하면, 만일 모든 법을 분명히 알지 못하면 분별이 생기지만, 분명히 알면 분별이 없는 것이니, 만일 분별이 없으면 더하거나 덜함이 없고, 더하거나 덜함이 없으면 이것은 곧 평등한 것입니다. 그러므로 선남자여! 만일 물질이 평등하다고 보면 그것이 곧 물질이 원만해진 것이니, 느낌·생각·지어감·의식과 모든 법이 원만해진 것도 그와 같다.'고 하였다. 文殊師利言。善男子。若法不增不減是名圓滿。云何圓滿。若於諸法不能了知則生分別。若能了知則無分別。若無分別則無增減。若無增減此則平等。是故善男子。若見色平等卽是色圓滿。受想行識及一切法圓滿。亦復如是。

그리기에 원만이라는 표현은 조금도 부족하거나 결함이 없다는 표현으로 모든 조건을 만족시키고 충족시켜서 이를 완성하는 것을 말하는 것이다. 이는 불교에서 유래된 용어라는 것도 불자로서 상식으로 알아두어야 한다. 또 한 가지 덧붙여 말한다면 '원만'이라는 표현은 완만(完滿)이라는 뜻과도 같은 표현이다.

고로 여시육덕개원만(如是六德皆圓滿)은 부처님은 여섯 가지 덕을, 그 어떠한 흠결 없이 원만하게 갖추신 분이라는 표현이다. 이어서 나오는 응당총호박가범(應當總號婆伽梵)은 지금까지 부처님을 찬탄한 것에 대하여 결론을 내리고 있다.


## 응당총호박가범 應當總號婆伽梵
### 마땅히 박가범이라 부르옵니다.

원문은 응지총명위박가(應知總名爲薄伽)이며, 이 게송은 박가범(薄伽梵)을 찬탄하는 게송이다. 그렇다면 박가범은 도대체 누구를 말하는 것일까. 이를 먼저 살펴보아야 한다. 박가범(薄伽梵)이라고 하는 것은 부처님의 열 가지 명호 가운데 하나로 숭배할 만한 분, 또는 지극히 존귀하신 분이라는 뜻이다. 이는 산스크리트어의 bhagavat를 음사한 것으로 이를 다시 한역하여 유덕(有德), 능파(能破), 세존(世尊) 등으로 나타내고 있다. 인도에서는 일반적으로 덕을 갖춘 성자에 대한 경칭이지만 불교에서는 부처님의 존칭으로 통용되고 있다. 그러므로 박가범최정각(薄伽梵最正覺)이라고 하면, 최상의 청정한 깨달음을 말하는 것이다. 이는 석가모니 부처님의 뛰어난 덕을 나타내는 표현이다.

원각경대소석의초(圓覺經大疏釋義鈔)에는 다음과 같이 나와 있다.

自在熾盛與端嚴 名稱吉祥及尊貴 如是六種義差別 應知總名薄伽梵
자재치성여단엄 명칭길상급존귀 여시육종의차별 응지총명박가범

그리고 우리나라에서는 이 게송을 점안 의식 및 불보살 이운 등에 널리 쓰이고 있다.

여기서 육덕(六德)이라고 하는 것은 자재(自在), 치성(熾盛), 단엄(端嚴), 명칭(名稱), 길상(吉祥), 존귀(尊貴) 등을 말하는 것이다. 육덕에 대해서 자세하게 밝혀 놓은 불지경론(佛地經論)을 통해서 살펴보면 다음과 같다.

박가범이란, 이른바 박가(薄伽)라는 소리는 여섯 가지 뜻에 따라 변전한다. 첫째는 자제(自在)의 뜻이고, 둘째는 치성(熾盛)하다는 뜻이고, 셋째는 단엄(端嚴)하다는 뜻이고, 넷째는 명칭(名稱)이라는 뜻이고, 다섯째는 길상 하다는 뜻이고, 여섯째는 존귀(尊貴)하다는 뜻이니, 게송에서 말하는 것과 같다. 薄伽梵者。謂薄伽聲依六義轉。一自在義。二熾盛義。三端嚴義。四名稱義。五吉祥義。六尊貴義。如有頌言。

自在熾盛與端嚴 名稱吉祥及尊貴 如是六種義差別 應知總名爲薄伽
자재치성여단엄 명칭길상급존귀 여시육종의차별 응지총명위박가

자재함과 치성함과 존엄함
명칭과 길상함과 존귀함
이 여섯 가지 뜻의 차별은
총체적인 명칭[總名]을 박가(薄伽)로 삼음을 알라.

이처럼 모든 여래는 일체종(一切種)을 갖추고 있어서 서로 여의지 않으니, 이런 까닭에 여래를 박가범이라고 이름하는 것이다. 그 뜻은 무엇인가? 이른바 모든 여래는 영원히 온갖 번뇌에 계박(繫縛)되거나 속하지 않았기 때문에 자재의 뜻을 갖추었고, 지혜의 불길이 맹렬하게 타올라서 태우고 단련하므로 치성의 뜻을 갖추었고, 미묘한 32상 등으로 장엄하였으므로 단엄의 뜻을 갖추었고, 온갖 뛰어난 공덕이 원만하여 알지 못함이 없으므로 명칭의 뜻을 갖추었고, 온 세상이 가까이하면서 공양하고 함께 찬탄하므로 길상(吉祥)의 뜻을 갖추었고, 온갖 덕을 갖추고 항상 방편의 이익을 일으켜서 모든 유정을 안락하게 하되 게으르거나 그만두지 않으므로 존귀(尊貴)의 뜻을 갖추었다. 如是一切如來具有於一切種皆不相離。是故如來名薄伽。梵其義云何。謂諸如來永不繫屬諸煩惱故。具自在義。焰猛智火所燒煉故。具熾盛義。妙三十二大士相等所莊飾故。具端嚴義。一切殊勝功德圓滿無不知故。具名稱義。一切世間親近供養咸稱讚故。具吉祥義。具一切德常起方便利益。安樂一切有情無懈廢故。具尊貴義。

혹은 능히 네 가지 마원(魔怨)을 쳐부수는 까닭에 박가범이라고 이름한다. 어떤 것이 네 가지 '마원'인가? 번뇌마(煩惱魔)·온마(蘊魔)·사마(死魔)·자재천마(自在天魔)이다. 或能破壞四魔怨故。名薄伽梵。四魔怨者。謂煩惱魔蘊魔死魔自在天魔。

부처님께서는 열 가지 공덕의 명호를 갖추셨는데, 어찌하여 여래의 가르침을 전하는 자는 모든 경의 첫머리에 오로지 이처럼 박가범이라는 이름만을 두는 것인가? 그것은 이 하나의 이름을 세상이 함께 존중하기 때문이다. 모든 외도는 다 같이 본사(本師)를 일컬어 박가범이라고 한다. 또 이 하나의 이름은 온갖 덕을 총체적으로 거두지만 다른 이름은 그렇지 않으므로 경의 첫머리에는 모두 이 이름을 올리는 것이다. 박가범의 덕에 관해서는 나중에 자세하게 설명한다고 하였다. 佛具十種。功德名號。何故如來。教傳法者。一切經首。但置如是。薄伽梵名。謂此一名世咸尊重故。諸外道皆稱本師名薄伽梵。又此一名。總攝衆德。餘名不爾。是故經首。皆置此名。薄伽梵德。後當廣說。

그러므로 이 게송은 부처님께서는 여섯 가지 덕을 원만히 갖추었기에 그 공덕을 통틀어 나타낸다면 박가범(薄伽梵)이라고 부름이라고 결론을 내리고 있다.

# 자종금신지불신 自從今身至佛身

## 입지게 立志偈

**自從今身至佛身 堅持禁戒不毁犯**
자종금신지불신 견지금계불훼범

**唯願諸佛作證明 寧捨身命終不退**
유원제불작증명 영사신명종불퇴

지금 이 몸이 부처가 될 때까지
계율을 굳게 지켜 범하지 않을 것이니
바라옵건대 모든 부처님께서는 이를 증명하시옵소서.
차라리 목숨을 버릴지언정 끝까지 물러서지 않겠습니다.

작법귀감에서 바로 열 가지 계율을 설해 주는 정설십계(正說十戒)에 수록된 입지게 (立志偈)이다. '입지게'라고 하는 것은 자기 뜻을 확고하게 세울 때 외우는 게송을 말 하며, 이를 견지게(堅持偈)라고도 한다. 이러한 말씀은 현우경(賢愚經)이나 범망경 (梵網經) 등에 나오는 내용을 바탕으로 하여 게송으로 삼은 것이며, 후대에 이르러 불자와 사미(沙彌)에게 주는 십계(十戒)나 재가불자에게 주는 오계(五戒) 등을 설할 때 나오는 게송이기도 하다.

**자종금신지불신 自從今身至佛身**
**지금 이 몸이 부처가 될 때까지**

자종(自從)은 개사(介詞)로써 시간의 기점을 나타내고, 이루어진 결구는 상어(狀語) 나 전구(全句)의 수식어가 되며 현재의 한어(漢語)에도 널리 쓰이는 표현이다. 여기 서 '개사'라고 하는 것은 한문의 문장에서 체언(體言)이나 용언(用言)의 앞뒤에 붙여 그것들의 시간, 장소, 원인 등의 관계를 표시해 주는 품사다. 이것이 앞에 놓이면 전치사(前置詞)라 하고, 뒤에 놓이면 후치사(後置詞)라고 한다. 상어(狀語)라고 하는 것은 일종의 부사어(副詞語)을 말함이다. 하여튼 자종(自從)은 시간의 기점을 말하기에 여기서는 '지금부터' 이러한 표현으로 쓰였으며, 이어지는 금신(今身)과 합하여 '지금 이 몸을 받았을 때' 또는 '지금 이 시각으로부터' 등의 표현으로 쓰였다.

지(至)는 이르다, 도달하다, 이러한 표현이기에 곧 궁극적인 목적을 표현하는 것이다. 그렇다면 우리가 도달하려고 하는 목적이 무엇인가. 불신(佛身)이라고 명쾌한 답을 주고 있음이다. 여기서 불신(佛身)은 곧 불체(佛體)를 말하기에 이는 진리를 법신(法身)으로 보아서 불신이라고 하는 것이다. 이를 또 다르게 표현하면 불(佛)이라고 한다.

보살영락본업경(菩薩瓔珞本業經)에 보면 종금신지불신(從今身至佛身)이라는 표현이 나온다. 이에 하나 예시를 들어보면 다음과 같다. '부처님께서 말씀하셨다. 불자여, 지금의 이 몸으로부터 부처의 몸이 되기에 이르기까지 미래제가 다하도록 그 중간에 일부러 살생해서는 안 되느니라.' 佛告佛子。從今身至佛身盡未來際。於其中間不得故殺生。

그러므로 여기서 하고자 하는 말씀은 중생신[今身]의 몸에서 벗어나려면 계(戒)를 지켜야 한다는 말씀으로 이어지고 있다. 이를 다시 말하면 계(戒)를 지키면 불신(佛身)에 이를 수 있다는 가르침이다.


## 견지금계불훼범 堅持禁戒不毀犯
## 계율을 굳게 지켜 범하지 않을 것이니

견지금계는 곧 호지금계(護持禁戒)를 말함이다. 이는 계율을 잘 지키라는 말씀과 아울러 이를 수계(受戒)하는 자의 계를 잘 지키겠다는 굳은 약속이기도 하다. 그러므로 견지(堅持)는 계를 굳게 가지겠다는 의미이고, 금계(禁戒)는 수행자가 지켜야 할 덕목임과 동시에 율법이기에 이를 잘 지키겠다는 굳은 약속을 말함이다.

계에 사미(沙彌)는 십계(十戒)가 있어 이를 사미십계(沙彌十戒)라 하고, 재가불자는 오계(五戒)가 있음이다. 이외에도 북방불교에서는 비구는 250계, 비구니는 348계 등이 있다. 불교에서 계를 중요시하는 것은 칠성재(七聖財)의 하나이기도 하며, 아울러 삼학(三學)의 한 축을 이루고 있기 때문이다. 여기서 칠성재라고 하는 것은 증일아함경(增壹阿含經)에 나오는 말씀으로 성인이 갖추고 있는 일곱 가지 재물을 말하는 것이다. 이를 살펴보면 신재(信財), 계재(戒財), 참재(慙財), 괴재(愧財), 문재(聞財), 시재(施財), 혜재(慧財)이며 이를 다시 대략적으로 설명하면 다음과 같다.

신(信) : 믿음을 일으킴과 아울러 확고한 믿음.
계(戒) : 그른 일을 하지 않도록 정한 계율.
참(慙) : 자기 잘못을 참회함.
괴(愧) : 남을 업신여기지 아니하고 하심(下心)함.
문(聞) : 부처님 가르치심을 많이 경청함.
시(施) : 내 것을 남에게 나눌 줄 아는 마음.
혜(慧) : 여러 가르침을 분별하는 능력.

삼학(三學)은 계(戒), 정(定), 혜(慧)를 말함이다. 또한 계는 십바라밀의 하나로 계를 산스크리트어로 sila라고 하는데, 이를 음사하여 시라(尸羅)라고 한다. 이는 행위, 습관, 성격, 도덕, 경건이라는 뜻도 있다. 또한 시라를 넓게 보면 좋은 습관과 나쁜 습관을 통틀어 계(戒)라고 하며, 가장 기본적인 계는 오계라고 할 수 있다. 오계는 다음과 같다.

불살생(不殺生) : 살생하지 말라.
불투도(不偸盜) : 도적질하지 말라.
불사음(不邪婬) : 부부관계 외에는 성적 행위를 하지 말라.
불망어(不妄語) : 거짓말을 하지 말라.
불음주(不飮酒) : 술을 마시지 말라.

현우경(賢愚經) 가운데 사미수계자살품에 보면 '나는 이처럼 들었다. 어느 때 부처님께서는 안타국(安國)에 계실 때 부처님께서는 간곡하게, 계율 가지는 사람을 찬탄하면서 말씀하시기를 계율을 잘 지키라. 차라리 목숨을 버릴지언정 마침내 범하지 말라. 왜냐하면, 계율은 도에 들어가는 기초이며, 번뇌를 없애는 묘한 길이며, 열반의 안락한 곳에 이르는 평탄한 길이기 때문이다. 그러므로 청정한 계율을 가지면 그 공덕은 한량없고 끝이 없느니라. 비유하면 큰 바다는 한량이 없고 끝이 없는 것처럼 계율도 또한 그와 같음이라.'고 하셨다. 如是我聞。一時佛在安陀國。爾時世尊。慇懃讚歎持戒之人。護持禁戒。寧捨身命。終不毀犯。何以故。戒爲入道之初基。盡漏之妙趣。涅槃安樂之平途。若持淨戒。計其功德。無量無邊。譬如大海無量無邊。戒亦如是。

훼범(毀犯)은 헐뜯거나 범하는 것을 말한다. 관무량수경(觀無量壽經)에 보면 '부처님께서 아난과 위제희(韋提希)에게 말씀하시기를 하품중생(下品中生)이라는 것은, 혹 어떤 중생이 오계나 팔계나 구족계를 헐뜯거나 범하는 경우이다. 이러한 어리석은 사람은 승가의 재물을 훔치고, 공양받은 승려의 물건을 도둑질하며, 청정하지 않은 설법을 하면서 부끄럽게 여기지 않고, 온갖 죄업을 저지르고도 오히려 자신이 옳다고 장엄한다면, 이와 같은 죄인은 악업으로 인하여 마땅히 지옥에 떨어질 수밖에 없음이라.'고 하셨다. 佛告阿難。及韋提希。下品中生者。或有衆生。毀犯五戒。八戒。及具足戒。如此愚人。偸僧祇物。盜現前僧物。不淨說法。無有慚愧。以諸惡業。而自莊嚴。如此罪人。以惡業故。應墮地獄。

그러므로 훼범은 곧 계를 무너뜨림을 말하기에 이를 흔히 파계(破戒)라고 하며, 가장 기본적인 파계는 부처님의 말씀을 헐뜯고 비방하는 것이다. 부처님의 가르침을 전하는 이를 모욕하고 힐난하는 것은 계율을 어기는 것으로, 이를 범계(犯戒) 또는 훼계(毀戒)라고 한다.


## 유원제불작증명 唯願諸佛作證明
바라옵건대 모든 부처님께서는 이를 증명하시옵소서.

오직 원하옵건대 나의 이러한 발심을 부처님께 맹세한다는 표현이다. 그러므로 '오직'이라는 표현으로 자신의 굳은 마음을 드러내기 위하여 유(唯)라는 표현을 쓴 것이다. 그런데 계를 지키겠다는 다짐을 대중에게 하는 것이 아니라 부처님에게 하고 있음은 그만큼 계행이 중요하기 때문이다. 계를 지킴은 곧 부처로 가는 사다리에 비유하는 것도 그와 같음이다.

증명(證明)이라고 하는 것은 증거를 들어 이와 같은 사실이 명백하다는 것을 서원하는 표현이다. 고로 계를 지키겠다는 증거를 부처님이 증명하시라는 굳은 서원의 표현이다.


## 영사신명종불퇴 寧捨身命終不退
차라리 목숨을 버릴지언정 끝까지 물러서지 않겠습니다.

영(寧)은 우리나라의 맞춤법인 두음법칙으로 인하여 영(寧)으로 읽히지만, 원래는 녕(寧)이다. 하여튼 영(寧)은 부사로써 이해득실을 비교하여 어느 한쪽을 선택하는 것을 나타내기에 일반적으로 용어(用語) 앞에 쓰여서 '차라리 ~을 원하다'는 표현으로 쓰인다. 물론 문장에 따라서 그 쓰임새가 달라 '설마', '오히려', '마침내', '편안한' 등으로 쓰일 때도 있다.

신명(身命)은 사람의 몸과 목숨을 말함이다. 그러기에 여기에서는 유정물(有情物)은 그 몸과 목숨을 가장 소중히 여기기에 이를 설사 버리는 한이 있더라도 계를 지키겠다는 표현으로 쓰였다. 범망경(梵網經)에 보면 다음과 같은 가르침이 있다.

'법대로 수행하여 부처님의 계를 굳게 지키기를 차라리 몸과 목숨을 버릴지언정 잠깐이라도 마음속에서 사라지지 않기를 원한다'는 굳은 서원의 말씀이 있다. 如法修行。堅持佛戒。寧捨身命。念念不去心。

계(戒)는 우리를 깨달음으로 인도하는 스승이기에 이계위사(以戒爲師)라고 한다. 유교경(遺教經)에 보면 '비구들이여! 내가 멸도한 후에 마땅히 바라제목차(波羅提木叉)를 존중하기를 보배와 같이 공경해야 한다. 마치 어둠 속에서 밝은 빛을 만난 듯, 가난한 사람이 보배를 얻은 것처럼 해야 한다. 너희들은 마땅히 알아들어라. 이것은 너희들의 큰 스승이나니 만약 내가 세상에 머물더라도 이와 다를 것이 없음이라.'고 하셨다. 汝等比丘。於我滅後。當尊重珍敬波羅提木叉。如闇遇明。貧人得寶。當知此則是汝等大師。若我住世。無異此也。

또한 능엄경(楞嚴經)에서는 '만약 말세에 태어나서 도량에 머물고자 한다면, 먼저 비구의 청정한 금계(禁戒)를 지켜야 하며 반드시 청정한 계행(戒行)이 가장 뛰어난 사문을 선택하여 스승으로 삼아야 한다. 만일 참답게 청정한 스님을 만나지 못한다면, 너의 계율[戒律儀]은 결코 성취하지 못할 것이라.'고 하셨다. 若有末世欲坐道場。先持比丘清淨禁戒。要當選擇戒清淨者。第一沙門以爲其師。若其不遇眞清淨僧。汝戒律儀必不成就。

# 장상명주일과한 掌上明珠一顆寒

## 지장영 地藏詠

**掌上明珠一顆寒 自然隨色卞來端**
**장상명주일과한 자연수색변래단**

**幾回提起親分付 闇室兒孫向外看**
**기회제기친분부 암실아손향외간**

**손바닥 위 하나의 밝은 투명한 구슬은**
**색상에 따라 자연히 바르게 드러나서 판별한다.**
**몇 차례나 친히 일러주었지만**
**캄캄한 방안의 아이와 손자들은 바깥으로만 향하고 있구나!**

게송의 출처는 재의례집(齋儀禮集)인 산보집(刪補集)에서 지장영(地藏詠)으로 실려 있다. 작법귀감에는 지장보살을 청하는 청사(請詞)를 마치고 이어지는 가영으로, 또한 시왕을 따로따로 초청하는 의식인 시왕각청(十王各請)에는 지장보살의 가영으로 되어 있다. 이외에도 예수시왕생칠재의찬요(預修十王生七齋儀纂要)에도 이와 같다.


**장상명주일과한 掌上明珠一顆寒**
**손바닥 위 하나의 밝은 투명한 구슬은**

지장보살 손바닥 위에는 밝고 투명한 구슬이 하나 있다고 하였는데, 이러한 근거가 어디서 나왔는지는 불확실하다. 지장본원경(地藏本願經)이나 대승대집지장십륜경(大乘大集地藏十輪經), 연명지장경(延命地藏經) 등에도 이러한 표현은 없다. 그러므로 이를 해석하자면 명주(明珠)를 마음에 비유하지 아니하면 딱히 해설할 방법이 없다. 마치 법화경(法華經) 제8 오백제자수기품에서 일승을 이해시키고자 빈인계주(貧人繫珠)로 끌어내듯이 게송은 이어지고 있다. 어찌 보면 지장보살을 바탕으로 하여 법화경의 사상이 가미되지 않았나 할 정도로 게송의 내용을 전개하고 있다. 그리고 한(寒)이라는 표현을 이해하고 넘어가야 하는데, 여기서 한(寒)은 얼음처럼 찬 것을 말하기에 빙(冫)이라는 표현이 들어가 있다. 그러므로 얼음처럼 투명하다는 뜻으로 해석하여도 본지에서 크게 어긋나지는 않을 것 같다. 하여튼 명주(明珠)는 심주(心珠)를 말한다.

### 자연수색변래단 自然隨色辨來端
**색상에 따라 자연히 바르게 드러나서 판별한다.**

수색(隨色)은 곧 수색마니(隨色摩尼)를 뜻하며 이를 달리 표현하면 마니보주(摩尼寶珠)이다. 보주는 색이 없으나 그에 해한 물색(物色)에 따라 색상을 갖추어 드러나게 된다. 변(辨)은 글자의 쓰임에 따라 분별하다, 나누다, 구별하다는 뜻으로 쓸 때는 '변'이라 읽고, 갖추다는 의미로 쓸 때는 '판'으로 읽으며, 두루하다는 뜻으로 쓸 때는 '편'으로 읽는다. 그리고 단(端)은 바르다는 의미로 쓰였다. 까닭에 본심(本心)은 그대로이지만 마음 씀에 따라 묘용이 생기는 것이다.

### 기회제기친분부 幾回提起親分付
**몇 차례나 친히 일러주었지만**

기회(幾回)는 '몇 번' 또는 '몇 차례' 이러한 뜻이다. 제기(提起)는 의견이나 문제 따위를 내어놓는 것을 말한다. 그리고 친(親)은 친히 분부하였다는 뜻이다. 여기서 친(親)은 지장보살을 말하며, 무엇을 그토록 일러주었느냐 하는 것은 중생 개인마다 명주(明珠)가 있다는 것을 일러주었다는 표현이다.

### 암실아손향외간 暗室兒孫向外看
**캄캄한 방안의 아이와 손자들은 바깥으로만 향하고 있구나!**

암실(暗室)은 캄캄한 방을 말하기에 '무명'을 이렇게 나타낸 것이다. 아손(兒孫)은 아이와 손자를 말하므로 '중생'을 말한다. 지장보살이 우리의 마음 안에 '심주'가 있다고 일러주었건만 이를 등한시하고 자꾸 밖에서 심주를 찾는다고 경책하는 것이다. 여기서 암실(暗室)은 법화경에 나오는 화택(火宅)과 다를 바 없으며, 아손(兒孫)은 같은 경에 나오는 가난한 이를 말하는 빈인(貧人)과 같은 맥락이다.

# 재강왕궁시본연 纔降王宮示本然

## 강생게 降生偈

纔降王宮示本然 周行七步又重宣
재강왕궁시본연 주행칠보우중선

指天指地無人會 獨震雷音徧大千
지천지지무인회 독진뇌음변대천

비로소 왕궁으로 내려오시자 본연의 진리를 보여주시고
사방으로 일곱 걸음을 걸으시고 거듭 설명하셨네.
하늘과 땅을 가리켜도 아무도 아는 이 없으니
혼자서 외친 소리 대천세계에 진동하였네.

선종송고연주통집(禪宗頌古聯珠通集) 또는 선문염송집(禪門拈頌集) 등에 보면 해인신(海印信) 선사의 게송으로 나온다. 해인신(海印信) 선사는 해인초신(海印超信) 선사를 말하며, 송나라 때 수행을 하였던 임제종의 스님이다. 또한 이 게송을 의례를 할 때 사용하면 강생게(降生偈)라고 하며, 산보집(刪補集)에는 설선작법절차(說禪作法節次)에 나온다.

### 재강왕궁시본연 纔降王宮示本然
비로소 왕궁으로 내려오시자 본연의 진리를 보여주시고

재(纔)는 '겨우'라는 뜻도 있지만, 근근이, 가까스로라는 뜻도 있다. 여기서는 '비로소'라고 나타내었다. 강(降)은 항복하다는 뜻으로 쓰이면 '항복할 항'으로 읽고 '내리다'라는 뜻으로 쓰이면 '내릴 강'으로 쓰인다. 그러므로 재강(纔降)이라는 표현은 부처님께서 도솔천에 계실 때 호명보살(護明菩薩)로 계시다가 사바세계 중생을 위하여 마야부인의 태를 빌려 내려오심을 뜻하는 표현이다. 여기서 호명(護明)이라는 표현은 중생을 보호하여 주기에 호(護)라 하고, 더불어 중생의 갈 길을 밝게 밝혀주기에 명(明)이라고 한다. 또한 호명보살을 일생보처보살(一生補處菩薩)이라고도 하는데, 이는 부처가 되기 바로 전의 보살이라는 뜻이다. 이는 부처님이 사바세계에 오시기 이전에 부처의 자리가 비어 있으므로 현재 비어 있는 부처의 자리를 메운다는 뜻이 있기에 보처(補處)라고 한다.

왕궁(王宮)은 정반왕(淨飯王)의 궁전인 정반왕궁(淨飯王宮)을 말함이다. 부처님은 사바세계로 오심에 있어서 비록 마야부인의 태를 빌렸지만, 마야부인의 지아비가 정반왕이기에 아버지는 정반왕, 어머니는 마야부인이 되는 것이다.

본연(本然)은 '본디 그대로의 모습'을 말한다. 그러므로 중생에게 부처의 모습을 보여준 것을 말한다. 그러기에 보인다는 시(示)를 더하여 부처의 모습을 보여주었음이다. 또한 시(示)는 '보여준다'는 뜻 외에도 가르치다, 알리다는 뜻도 있다.

부처님의 탄생에 대해서 좀 더 살펴보자. 기원전 6~5세기에 히말라야의 산 중턱에는 카필라Kapila라는 나라가 있었다. 카필라를 한역하여 가비라국이라고 하였고, 이는 지금의 네팔 지역에 있으며 인도 국경하고 아주 가까운 지역이다.

먼저 한역(漢譯)이라는 말은 중국 사람들의 관점에서 외국어를 중국의 언어인 한자로 바꾼 것을 말한다. 여기서 예를 들면 카필라를 한자로 표시하면 [라] 외에는 한자가 없으므로 중국인 처지에 맞게 소리 나는 대로 적거나, 그 뜻을 반영하여 단어로 나타낸 것이 곧 한역이다. 그러나 여기에는 문제가 아주 많다. 부처님의 이름이나 경전에 나오는 숱한 인물과 지명은 한자 문화권인 동양 삼국을 벗어나면 무용지물처럼 될 때가 있다.

카필라는 중국인들이 음사(音寫)하여 가비라국이라고 하는데, 이는 태양족의 후예인 샤까(Sakya)족의 나라였으며 코살라(Kosala)국의 속국이었다. 카필라에는 고타마(Gotama)라는 성을 가진 숫도다나(Suddhodana)라는 왕이 통치하고 있었는데, 우리는 이를 정반왕(淨飯王)이라고 부른다. 정반왕의 부인은 마야(Maya)이며 꼴리야족에 데와다하 지방에서 태어났다.

어느 날 마야 왕비는 여섯 개의 상아를 가진 흰 코끼리가 몸속으로 들어오는 태몽을 꾸고서 임신을 하게 되었다. 그리고 출산일이 다가오자 당시 관습에 따라 친정이 있는 데와다하로 가는 도중 룸비니(Lumbini) 동산에서 마야부인의 오른쪽 옆구리로 부처님을 출산하였다.

왕자의 탄생에 크게 기뻐한 숫도다나왕은 왕자의 이름을 싯다르타(Siddhatta)라고 지었는데, 이는 모든 것을 성취한 자(者)라는 뜻이다. 그러나 마야부인은 출산 후유증으로 일주일 만에 세상을 떠나게 되었다. 그러자 이모이자 양모이기도 한 마하빠자빠띠(Mahapajapati)가 싯다르타를 양육하였다.

정반왕은 왕자의 미래가 궁금하여 예언자인 아시타(Asita) 선인을 불러서 왕자의 운명을 보게 하였다. 아시타가 말하기를 왕자는 왕위에 오르면 전륜성왕(轉輪聖王)이 될 것이며, 출가를 하시면 깨달음을 얻어 인류의 스승이 되는 붓다가 될 것이라고 예언하였다.

그러면 지금부터 다시 본문을 들여다보면서 공부를 해보자. 고타마(Gotama)에서 go는 곧 소(牛)를 나타내는 말이다. 그리고 최상이라는 표현이 우따마(Uttama)이다. 그러므로 고타마는 최상 또는 최고의 소라는 표현이다. 당시 인도에서는 소는 진리를 의미하는 표현이다. 그러기에 고타마는 최상의 진리를 깨달은 자(者)라는 뜻이 있다. 이는 부처님이 태어날 당시가 농경사회이므로 가장 귀한 존재가 소(牛)였다. 이러한 사회상이 반영된 것이다.

룸비니(Lumbini)는 불교의 4대 성지 가운데 하나로 붓다의 탄생지이다. 룸비니는 인도와 네팔의 국경 테라이(Terai) 평원에 위치하는 작은 도시이다. 여기서 또 하나 알아두어야 할 것은 부처님이 인도 태생인가, 네팔 태생인가에 대해서이다. 오늘날 국토 기준으로 보면 부처님은 당연히 네팔 태생이다. 그러나 과거로 보면 룸비니는 인도에 속하는 지역이다.

룸비니를 중국 사람들은 표현할 수 없기에 람비니(藍毘尼)라고 한다. 아소카왕은 룸비니를 방문하고 나서 석주를 세웠는데 이를 '아소카왕 석주'라고 한다. 1896년 이 석주가 발견되고 석주의 비문을 판독한 결과 신들의 사랑을 받은 아소카왕은 즉위 20년이 되던 해에 이곳을 찾아 참배하였다. 이곳은 석가모니 부처님이 탄생하신 곳. 그래서 돌로 말의 형상을 만들고 석주를 세웠다. 위대한 분의 탄생을 경배하기 위한 것이며, 이에 룸비니 마을은 생산물의 1/8만 징수케 한다는 기록이 있어 이곳이 부처님 탄생지임이 확인되었다.

여기에는 육방형(六方形)의 연못이 있는데 마야부인이 부처님을 출산하기 전에 목욕하였던 곳이다. 또한 마야데비 사원에는 급다왕(笈多王) 시대로 추정되는 마야부인의 석조(石彫)가 남아 있다. 그러나 대부분 성지 순례자는 부처님의 4대 성지를 그냥 관광지처럼 둘러보고 오는 경우가 허다하다.

아시타(Asita)는 숫도다나왕의 아버지를 모시다가 그 후에 출가하여 다섯 가지 신통을 얻은 선인(仙人)으로 알려져 있다. 싯다르타 태자의 관상을 보았던 선인이다. 또한 전하는 바로는 자신의 조카인 나라까(Nalaka)를 출가시켜서 붓다의 출현을 기다리게 하였다는 설도 있다.

전륜성왕(轉輪聖王) 당시 인도에서 가장 이상적인 통치자(統治者)였다. 이를 팔리어로는 '짜까와띠-리자'라고 한다. 이는 진리의 수레를 굴리는 통치를 의미하며, 무력을 사용치 아니하고 세상을 통치하는 왕을 일컫는 표현이다. 이를 중국에 비유하면 요임금과 순임금과 같은 맥락으로 이해하면 된다. 그러기에 불교 경전에서 전륜성왕은 덕과 지혜를 갖춘 통치자로 주로 나타내고 있다. 전륜성왕은 32상을 갖추고 있으며 또한 윤보(輪寶), 상보(象寶), 마보(馬寶), 주보(珠寶), 옥녀보(玉女寶), 주장보(主藏寶), 전병보(典兵寶) 등의 칠보를 갖추고 있다. 이는 통치하는 데 필요한 것을 말하며 아울러 전륜성왕의 덕을 나타낸 것이다. 그러므로 부처님의 32상도 당시의 시대상이 반영된 것이다.


## 주행칠보우중선 周行七步又重宣
### 사방으로 일곱 걸음을 걸으시고 거듭 설명하셨네.

주(周)는 '골고루' 또는 '주위'를 말하므로 여기서는 부처님이 탄생하시자 사방 칠보를 걸으셨다는 말이며, 주(周)는 곧 동서남북 사방을 말하는 것이다.

칠보(七步)는 일곱 걸음을 말한다. 그런데 왜 일곱 걸음을 말씀하셨을까? 이는 보살이 열반에 이르려면 응당 여섯 가지 수행을 하여야 하는데 보시(布施), 지계(持戒), 인욕(忍辱), 정진(精進), 선정(禪定), 지혜(智慧)를 말한다. 그러므로 이를 실천하여 뛰어넘으면 완전한 바라밀이 이루어지기 때문이다. 여기서 바라밀(波羅蜜)이라고 하는 것은 바라밀다(波羅蜜多)를 줄여서 표현한 말로 '저 언덕'이라는 뜻이다. 이를 흔히 피안(彼岸)이라고 한다. 고로 피안은 정토(淨土)를 말함이다.

중(重)은 무게를 나타내는 표현으로 쓰일 때는 '무겁다'라는 뜻이지만 접두사(接頭辭)로 쓰일 때는 무엇이 겹쳤거나 합쳐졌음을 표현하기에 '거듭'이라는 뜻이다. 선(宣)은 베풀다, 널리 은덕을 입히다, 널리 알리다, 이러한 뜻이다. 고로 여기서 중선(重宣)은 한 방향으로만 걸으셔도 될 것을 사방으로 걸으셨다는 표현이다. 그리고 사방(四方)은 시방세계를 말하기도 하지만, 태란습화(胎卵濕化)로 태어나는 사류중생을 말하기도 한다.

## 지천지지무인회 指天指地無人會
## 하늘과 땅을 가리켜도 아무도 아는 이 없으니

부처님께서 태어나시자 한 손은 하늘을 가리키고 또 다른 한 손은 땅을 가리켜 사방 칠보를 걸으시고, 사방을 살펴보신 뒤에 이르시기를 천상천하에 오직 내가 홀로 존귀하다고 하였다고 하였다. 이러한 사상은 중국 선종에도 영향을 끼쳐서 하나의 공안(公案)으로 자리를 잡게 된다. 오등회원(五燈會元) 권50 운문장(雲門章)에 보면 '세존께서 태어나시자 한 손은 하늘을 가리키고, 또 한 손은 땅을 가리키며 사방 칠보를 걸으신 뒤에 사방을 돌아보고는 이르시기를, 하늘 위나 하늘 아래 오직 내가 홀로 존귀하다고 하였다.'고 한다. 世尊初生下。一手指天。一手指地。周行七步。目顧四方云。天上天下。唯我獨尊。

그러나 이러한 말씀의 참뜻을 제대로 알아듣는 이가 없었다. 그러므로 팔만사천의 법문이 필요하게 되는 것이다. 여기서 또 하나 알아두어야 할 것은 '주행칠보우중선(周行七步又重宣)-지천지지무인회(指天指地無人會)'라는 구절은 '오등회원' 등의 문장으로 보면 서로 뒤바뀌어야 한다. 고로 [지천지지무인회(指天指地無人會)-주행칠보우중선(周行七步又重宣)]이라고 하여야 그 순서가 맞다. 하지만 산보집이나 작법귀감 또한 여기에 바탕이 되는 '선종송고염주통집' 등 중국의 선어록에도 게송의 문장처럼 그 순서가 되어 있기에 이를 수용하여 그대로 옮긴 것 같다.


## 독진뇌음변대천 獨振雷音遍大千
## 혼자서 외친 소리 대천세계에 진동하였네.

독(獨)은 '홀로'를 말하기에 여기서는 부처님을 뜻한다. 그리고 이 부분의 말씀은 법열(法悅)을 그대로 나타내고 있다. 고로 독진(獨振)이라고 하는 것은 홀로 깨달았다, 이러한 말씀이다.

참고로 중국 선어록에서는 진(振)이라 하지 아니하고 진(震)으로 표현하고 있다. 여기서 진(振)은 떨치다, 이러한 표현이고 진(震)은 벼락이나 천둥소리를 말함이다. 고로 독진뢰음(獨振雷音)이 아니고 '선종송고염주통집' 등의 선어록에 따라 독진뢰음(獨震雷音)이 바른 표현이 되는 것이다. 그러기에 진뢰음(震雷音)은 천둥과 벼락이 되는 것이다. 고로 이를 적용하여 해석하면 '홀로 깨달으신 천둥 벼락같은 말씀이 대천세계에 두루하였다'는 뜻이 된다. 여기서 천둥 벼락같은 소리라는 것은 무명을 단박에 깨트리는 것을 그렇게 비유한 것이다.

# 저두앙면무장처 低頭仰面無藏處


## 착안게 著眼偈

**低頭仰面無藏處 雲在青天水在瓶**
저두앙면무장처 운재청천수재병

**머리를 숙여 보고 얼굴을 들어봐도 숨을 곳이 없는데**
**구름은 푸른 하늘에 있고 물은 병 속에 있구나.**

작법귀감에서 외로운 혼령을 초청하는 고혼청(孤魂請)을 마치고 영가에게 재단(齋壇)의 공양물을 돌이켜서 눈여겨보고 있느냐고 다그쳐 묻는 것이다. 이러한 이치는 선문(禪門)에서 공안(公案)을 점검하듯이 여쭈어보는 듯 그리하고 있다. 이 게송의 일부는 이고(李翱)와 약산유엄(藥山惟儼) 선사 간의 선문답에 나오는 내용이다.


### 저두앙면무장처 低頭仰面無藏處
머리를 숙여 보고 얼굴을 들어봐도 숨을 곳이 없는데

저두(低頭)는 '머리를 숙이고' 이러한 뜻이며, 앙면(仰面)은 '얼굴을 들고 쳐다보아도' 이러한 뜻이다. 그리고 무장처(無藏處)는 '감출 곳이 없다'는 표현이기에, 곧 '숨길 곳이 없다'는 뜻으로 이는 마음이 그러하다는 것을 나타내고 있다.


### 운재청천수재병 雲在靑天水在瓶
구름은 푸른 하늘에 있고 물은 병 속에 있구나.

당나라 이고(李翱)가 낭주자사(朗州刺史)로 있을 때 약산유엄(藥山惟儼 751~834) 선사를 찾아갔으나 선사는 간경을 하느라고 이고(李翱)를 돌아보지도 않았다. '이고'가 혼잣말로 얼굴 봄이 이름 듣는 것만 못하다고 하며 떠나려고 하자 선사가 이르기를, 그대는 어찌 귀를 귀하게 여기고 눈은 천하게 여기는가 하였다. 이고가 돌아와 결례를 사과하며 묻기를 무엇이 도(道)입니까? 선사가 가로되 구름은 푸른 하늘에 있고, 물은 병 속에 있구나. 이에 이고가 크게 기뻐하며 게송을 지어 선사에게 주었다. 전당시(全唐詩)에 보면 증약산고승유엄(贈藥山高僧惟儼)이라는 시제로 실려 있다.

煉得身形似鶴形 千株松下兩函經
연득신형사학형 천주송하량함경

我來問道無餘話 雲在靑天水在
아래문도무여화 운재청천수재병

수행하시는 모습이 학의 형상과 같으시고,
울창한 소나무 아래는 두어 상자의 경(經)만 있네.
내가 와서 도를 물으니 별다른 말씀은 없으시고,
구름은 푸른 하늘에 있고 물은 병에 있다고 하더라.

# 전단목주중생상 栴檀木做衆生像

## 할향게 喝香偈

**栴檀木做衆生像 及與如來菩薩形**
**전단목주중생상 급여여래보살형**

**萬面千頭雖各異 若聞熏氣一般香**
**만면천두수각이 약문훈기일반향**

전단향 나무로 중생의 모습을 만들고
여래와 보살의 모습도 만들어
비록 천만 가지 얼굴이 다 다르지만
그 향기를 맡아보면 다 같은 전단향의 향기라네.

산보집에서 팔금강과 사위보살에게 예를 올릴 때 향을 올리는 할향게(喝香偈)다.


**전단목주중생상 栴檀木做衆生像**
전단향 나무로 중생의 모습을 만들고

주(做)는 만들다는 뜻으로 전단 나무로 중생의 상을 만들었다는 표현이다.


**급여여래보살형 及與如來菩薩形**
여래와 보살의 모습도 만들어

더불어 여래와 보살상도 만들었다는 뜻이다.

**만면천두수각이 萬面千頭雖各異**
**비록 천만 가지 얼굴이 다 다르지만**

비록 전단 나무로 만든 형상은 갖가지로 다르다는 내용이다.


**약문훈기일반향 若聞熏氣一般香**
**그 향기를 맡아보면 다 같은 전단향의 향기라네.**

그러나 그 재료는 모두 전단목이라고 하여 전단목에서 나는 향이 뛰어나다는 것을 강조하며, 오늘 이토록 귀중한 향을 팔금강사위보살에게 사른다고 하며 재자들의 건성을 나타내고 있다.

# 전승불법파동방 傳繩佛法播東方

## 환암혼수 幻庵混脩 국사

**傳繩佛法播東方 花雨遐霑草有香**
전승불법파동방 화우하점초유향

**慧日重明光一國 古今神足盡賢良**
혜일중명광일국 고금신족진현량

불법의 끈을 전해 동방에 퍼뜨리고
꽃비가 멀리 적셔 풀마다 향기롭네.
지혜의 해 밝은 빛 온 나라를 비춘
고금에 신족(神足)으로 어지심 다하셨네.

산보집 시왕단작법에서 환암혼수(幻菴混修) 선사에 대한 가영이다. 환암(幻庵 1320~1392) 선사는 고려 후기의 국사로 평북 용천 출생이며, 12세 때 어머니의 권유로 계송(繼松) 스님한테 축발을 하였다. 공민왕에게 불법을 전했다.


**전승불법파동방 傳繩佛法播東方**
**불법의 끈을 전하여 동방에 퍼뜨리고**

환암 선사의 포교를 높이 칭송하는 것으로, 특히 선사는 고려 공민왕에게 불법을 전하였다. 동방(東方)은 우리나라를 말하며, 파(播)는 뿌린다는 뜻으로 곧 포교를 말한다.


**화우하점초유향 花雨遐霑草有香**
**꽃비가 멀리 적셔 풀마다 향기롭네.**

화우(花雨)는 꽃비를 말하므로 이는 법우(法雨)를 뜻한다. 그러므로 스님의 법문을 듣는 이는 아주 만족하여 불법에 귀의했다는 표현이다.


**혜일중명광일국 慧日重明光一國**
**지혜의 해 밝은 빛 온 나라를 비춘**

혜일(慧日)은 지혜로움을 태양에 비유한 것이며, 중(重)은 거듭이라는 표현이다. 이렇듯 스님의 포교는 온 나라를 거듭 밝게 비추었다는 뜻이다.


**고금신족진현량 古今神足盡賢良**
**고금에 신족(神足)으로 어지심 다하셨네.**

환암(幻庵) 선사의 수행력은 예나 지금이나 현량(賢良)으로 다함이 없다고 하면서 선사를 법력을 찬탄함이다.

# 절각천창당자리 折脚千瘡鐺子裡

## 종사다게 宗師茶偈

**折脚千瘡鐺子裡 枯枝煮茗獻先師**
절각천창당자리 고지자명헌선사

**箇中滋味非他物 趙老當機止渴來**
개중자미비타물 조로당기지갈래

다리가 부러지고 천 가지로 부서진 솥 속에
마른나무 가지로 끓인 차를 선사님께 드립니다.
그 가운데 자미(滋味)는 다른 맛이 아니라
조주 스님께서 근기 따라 갈증을 그쳐 주신 것이옵니다.

작법귀감에서 종사 영가에게 음식을 올리는 의식인 종사영반(宗師靈飯) 가운데 종사
에게 차를 올리면 읊는 게송인 종사다게(宗師茶偈)다.


**절각천창당자리 折脚千瘡鐺子裡**
**다리가 부러지고 천 가지로 부서진 솥 속에**

절각(折脚)은 다리가 부러진 것을 말하며, 천창(千瘡)은 상한 곳이 천 곳이라는 표현
이다. 당자(鐺子)는 솥을 말하며, 당(鐺)은 쟁(鎗)과 같은 표현이다. 이는 중생심을 말
하는 것으로 깨진 솥처럼 본심을 깨트려서 천 가지, 만 가지 상처를 입은 본심을 비
유하고 있다.


**고지자명헌선사 枯枝煮茗獻先師**
**마른나무 가지로 끓인 차를 선사님께 드립니다.**

마른 나뭇가지로 차를 우려서 선사에게 올린다고 하였다. 여기서 마른 나뭇가지를 주목해야 한다. 마른 나뭇가지는 아무것도 붙어 있지 아니하기에 마치 체로금풍(體露金風)과 같음이다. 그러므로 이 구절은 선사의 대기(大機)를 보여주고 있다.


## 개중자미비타물 箇中滋味非他物
## 그 가운데 자미(滋味)는 다른 맛이 아니라

자미(滋味)는 음식 따위가 맛있는 것을 말한다. 그러므로 일구(一句)를 간파한 도리야말로 그 어떠한 맛에도 비유할 수가 없는 것이다.


## 조로당기지갈래 趙老當機止渴來
## 조주 스님께서 근기 따라 갈증을 그쳐 주신 것이옵니다.

조로(趙老)는 조주종심(趙州從諗) 선사를 말한다. 누가 조주 선사에게 불법이 무엇이냐고 물으면, 선사는 끽다거(喫茶去)라고 하여 차나 한잔 마시고 물러가거라 하였다. 그러므로 조주 선사가 납자를 제접(提接)한 방법을 소개한 것이다. 응당 이러한 근기에 다다르면 갈증(渴症)은 몰록 사라질 것이다.

# 절역수방의파두 絶域殊方擬破頭

## 홍인 弘忍 대사

**絶域殊方擬破頭 最初消息更難收**
절역수방의파두 최초소식갱난수

**只應養母堂空在 長使行人暗點頭**
지응양모당공재 장사행인암점두

멀리 떨어진 다른 나라 사람 파두산(破頭山)을 찾으니
최초의 소식을 다시 거두기 어려워라.
다만 응당 선사의 어머님만 부질없이 남아있어
오래도록 길 가는 사람들 머리를 끄덕이네.

산보집에서 선문의 조사에게 예참을 올리는 선문조사예참(禪門祖師禮懺) 가운데 홍인(弘忍 601~675) 선사에 대한 가영이다. 홍인은 당나라 선승이며 중국 선종의 제5대조. 선사는 7세 때 쌍봉산(雙峯山) 아래 동산사(東山寺)에서 도신(道信)을 은사로 불문에 들었다.

**절역수방의파두 絶域殊方擬破頭**
**멀리 떨어진 다른 나라 사람 파두산(破頭山)을 찾으니**

파두(破頭)는 중국 선종 제4조인 도신(道信) 선사가 파두산(破頭山)에 머물렀음을 말하며, 이곳을 홍인이 찾아갔음을 나타낸다.

**최초소식갱난수 最初消息更難收**
**최초의 소식을 다시 거두기 어려워라.**

최초의 소식이라고 하는 것은 한 소식을 말하며 이를 견성이라 하기도 한다. 애초 견성은 거두거나 펼치는 대상이 아니다.

**지응양모당공재 只應養母堂空在**
**다만 응당 선사의 어머님만 부질없이 남아있어**

선사의 어머니가 선사에게 인가를 받았다는 내용이다. 지금도 홍인 선사가 상주하던 오조사(五祖寺)의 성모전(聖母殿)에는 홍인 선사의 어머니상이 모셔져 있다.

**장사행인암점두 長使行人暗點頭**
**오래도록 길 가는 사람들 머리를 끄덕이네.**

점두(點頭)는 옳다는 뜻으로 머리를 끄덕인다는 표현이다. 그만큼 아직도 많은 사람이 홍인을 추앙하고 있다는 뜻이다.

# 정각산중일편향 正覺山中一片香

## 할향게 喝香偈

**正覺山中一片香 須彌第一㝡高岡**
정각산중일편향 수미제일최고강

**年年此夜爐中熱 供養本師釋迦尊**
연년차야노중열 공양본사석가존

정각산(正覺山) 가운데 한 조각 향은
제일 큰 수미산의 가장 높은 산과 같네.
해마다 이 밤에 향로에 사르어서
본사이신 석가모니 부처님께 공양합니다.

산보집에서 성도재일에 행하는 작법절차인 성도재작법절차(成道齋作法節次)) 가운데 향을 올리는 할향게(喝香偈)다.

**정각산중일편향 正覺山中一片香**
정각산(正覺山) 가운데 한 조각 향은

바른 깨달음을 산에 비유하여 정각산(正覺山)이라고 하였다. 그러므로 정각산은 부처님을 빗대어 말하는 것으로 결국 부처님께 향 공양을 올린다는 표현이다.

**수미제일최고강 須彌第一㝡高岡**
제일 큰 수미산의 가장 높은 산과 같네.

이러한 향을 수미산(須彌山) 높이와 같은 정성으로 올린다는 재자의 심정을 드러내고 있다.


**연년차야노중열 年年此夜爐中熱**
**해마다 이 밤에 향로에 사르어서**

여기서 연년(年年)은 해마다 돌아오는 성도재일을 말한다. 그러므로 성도재일 밤에 법회를 열어 불전에 향을 사르고 있음을 나타내고 있다. 성도절(成道節)은 음력 12월 8일이다.


**공양본사석가존 供養本師釋迦尊**
**본사이신 석가모니 부처님께 공양합니다.**

향 공양을 받을 대상이 본사(本師)이신 석가세존이라는 뜻이다.

# 정과현형무락착 定果現形無樂着

## 사공천영 四空天詠

**定果現形無樂着 天女天仙天管絃**
정과현형무락착 천녀천선천관현

**天樂聽時增放逸 不如聞法世尊前**
천락청시증방일 불여문법세존전

정해진 과보 형상을 나타내도 음악은 없나니
하늘 여인과 하늘 신선 하늘의 관현 음악
하늘 음악 들려올 때 방일함 더해지나니
세존 앞에서 법을 듣느니만 못하리라.

산보집에서 중단을 청해 맞이하는 의식인 중단영청지의(中壇迎請之儀) 가운데 사공천(四空天)에 대한 가영이다. 사공천은 무색계의 네 가지 경지인 공무변처(空無邊處), 식무변처(識無邊處), 무소유처(無所有處), 비비상처(非非想處)를 말한다.

**정과현형무락착 定果現形無樂着**
**정해진 과보 형상을 나타내도 음악은 없나니**

사공천(四空天)에 대해서 능엄경(楞嚴經)에 보면 '네 가지 공천(空天)은 몸과 마음이 멸하고 선정의 성품이 뚜렷이 나타나서, 업의 과보인 색(色)이 없어지니 이로부터 끝까지를 무색계(無色界)라 한다.'고 하였다. 是四空天。身心滅盡。定性現前。無業果色。從此逮終。名無色界。

**천녀천선천관현 天女天仙天管絃**
하늘 여인과 하늘 신선 하늘의 관현 음악

사공천에서 일어나는 과보를 말한다.


**천락청시증방일 天樂聽時增放逸**
하늘 음악 들려올 때 방일함 더해지나니

그렇다고 사공천을 부러워하지 말라는 것이다. 사공천에 빠진 중생은 즐거움만 있기에 불심이 없어 쉽게 타락할 수 있기 때문이다.


**불여문법세존전 不如聞法世尊前**
세존 앞에서 법을 듣느니만 못하리라.

그러므로 인간세계는 성불할 수 있는 가장 좋은 기회가 되는 것이다. 고로 발심하여 수행에 매진해야 한다.

# 정극광통달 淨極光通達

淨極光通達 寂照含虛空
정극광통달 적조함허공

却來觀世間 猶如夢中事
각래관세간 유여몽중사

깨끗함이 지극하면 그 빛이 두루 통하고
고요히 비추어서 허공을 모두 머금네.
다시 돌아와서 세간의 일들을 살펴보면
마치 인생사 한바탕 꿈과 같구나.

견문여환예(見聞如幻翳) 편의 설명을 참고하시오.

# 정대낭함팔보련 頂戴琅函八寶輦

## 사리이운 僧舍利移運

**頂戴琅函八寶輦 仙童前引梵倫隨**
정대낭함팔보련 선동전인범륜수

**樂音讚唄喧山壑 花雨從天萬點垂**
낙음찬패훤산학 화우종천만점수

머리에 낭함(琅函) 이고 팔보(八寶)로 장엄한 가마를 타고
앞에서 선동이 인도하는 범륜(梵倫)을 따르네.
연주 소리 범패 소리 산골짜기 떠들썩한데
하늘에서 꽃비 내려 일만 점 드리우네.

산보집에서 고승의 사리를 옮기는 의식인 고승사리이운((高僧舍利移運)에 나오는 게 송이다.


### 정대낭함팔보련 頂戴琅函八寶輦
머리에 낭함(琅函) 이고 팔보(八寶)로 장엄한 가마를 타고

낭함(琅函)은 옥으로 만든 함을 말하는데, 여기서는 사리함을 높여서 부르는 표현이 다. 그리고 팔보(八寶)로 장엄한 가마에 태우기 위하여 사리함을 머리에 이고 가마로 이운하는 모습을 나타낸 것이다.


### 선동전인범륜수 仙童前引梵倫隨
앞에서 선동(仙童)이 인도하자 범륜(梵倫)을 따르네.

선동(仙童)은 신선 세계에 산다는 아이를 말하지만, 여기서는 가마에 앞서 나가는 동남(童男)을 말한다. 그러므로 사내아이를 앞세워 사리를 봉안하는 장소까지 가고 있음을 보여주고 있다. 여기서 범륜(梵倫)에서 륜(倫)은 인륜(人倫)을 말하는 것이 아니라, '무리' 또는 '순서'를 나타내는 표현으로 쓰였다.


**낙음찬패훤산학 樂音讚唄喧山壑**
**연주 소리 범패 소리 산골짜기 떠들썩한데**

범패 소리와 염불 소리로 법석을 열자 대중이 운집하여 산골짜기가 떠들썩한 것을 말한다. 낙음(樂音)은 곡을 연주(演奏)하는 소리를 말하며, 찬패(讚唄)는 바라와 요잡 등을 말한다. 그러므로 법회를 열어 부처님을 찬탄하고, 고승의 사리를 찬탄하는 염불 소리 등을 아울러 말함이다. 그로 인하여 대중들이 모여들어 야단법석을 이루고 있음을 드러냈다. 산학(山壑)은 산골짜기를 말한다.


**화우종천만점수 花雨從天萬點垂**
**하늘에서 꽃비 내려 일만 점 드리우네.**

하늘에서 꽃비가 내려 땅바닥에 드리운다는 표현으로 이는 심용(心用)을 말한다. 법화경에 나오는 육종진동(六種震動)과 같은 개념으로 법회를 수희(隨喜)하며 찬탄하고 있는 마음을 드러내는 것이다.

# 정문일척금강안 頂門一隻金剛眼

**공양게 供養偈**

頂門一隻金剛眼 爍破乾坤照八垓
정문일척금강안 삭파건곤조팔해

仰承三寶同體力 高馭蓮臺暫下來
앙승삼보동체력 고어연대잠하래

정수리에 있는 외짝 금강의 눈으로
천지를 비추고 꿰뚫어서 팔해(八垓)를 비추시네.
우러러 삼보의 동체대비(同體大悲)의 힘을 받들어
수레를 높이 타고 연대를 떠나 잠시 내려오소서.

산보집에서 종사에게 음식을 올리는 의식인 종사영반(宗師靈飯) 가운데 종사(宗師) 영가에게 공양을 권하는 공양게이다. 지각보명국사어록(智覺普明國師語錄)에 보면 '정문일척금강안 삭파군사자불지(頂門一尺金剛眼 爍破群邪自不知)'라는 표현이 있다. 그러나 이 문구를 산보집에서 인용하였는지는 불확실하다.


## 정문일척금강안 頂門一隻金剛眼
## 정수리에 있는 외짝 금강의 눈으로

정문(頂門)은 정수리를 말한다. 그러므로 정수리에 눈이 하나 더 있는데, 이를 금강안(金剛眼)이라고 하였다. 이는 지혜안(智慧眼)을 말하므로 그만큼 지혜를 구족하신 고승(高僧)이라고 찬탄하는 것이다.

**삭파건곤조팔해 爍破乾坤照八垓**
**천지를 비추고 꿰뚫어서 팔해(八垓)를 비추시네.**

삭파(爍破)에서 삭(爍)은 빛나는 것을 말하고, 파는 깨트리는 것을 말한다. 삭파는 속속들이 다 비추는 것을 나타낸다. 그리고 팔해(八垓)는 팔방의 끝을 말하므로 건곤(乾坤)과 같은 이치로 천지를 말한다. 이로써 금강안으로 온 세상을 훤히 꿰뚫어 본다고 하여 고승의 지덕(智德)을 사모하고 있다.


**앙승삼보동체력 仰承三寶同體力**
**우러러 삼보의 동체대비(同體大悲)의 힘을 받들어**

'고승이시여! 우러러 삼보의 힘을 이어서'라는 표현으로 이는 삼보의 가피 입기를 기원하는 것이다.


**고어연대잠하래 高馭蓮臺暫下來**
**수레를 높이 타고 연대를 떠나 잠시 내려오소서.**

고어(高馭)는 '높은 수레를 타시라'는 의미이며, 연대(蓮臺)는 연화대(蓮花臺)의 준말로 고승을 위하여 마련한 법단을 말한다. 그리고 부처님의 가피력으로 잠시나마 이 법회에 오셔 줄 것을 청하고 있다.

# 정실단거방계념 靜室端居方係念

## 아난영 阿難詠

**靜室端居方係念 面然應迹訴飢虛**
정실단거방계념 면연응적소기허

**尊觀鬼狀生惶怖 鬼覩尊顏願濟歟**
존관귀상생황포 귀도존안원제여

고요한 방에 단정히 앉아 생각을 잡아매니
면연 귀신이 꿈에 나타나 배고프다 하소연하네.
존자는 귀신 형상을 보고 두려운 마음 생기나
귀신은 존자의 얼굴 보고 제도해 주기 바라네.

산보집에서 상단을 청해 맞이하는 의식인 상단영청지의(上壇迎請之儀) 가운데 아난영(阿難詠)으로 실려 있다. 아난(阿難)은 부처님의 십대제자 가운데 한 분으로 부처님의 사촌 동생이다. 항상 부처님을 곁에서 모시면서 부처님의 가르침을 가장 많이 기억하였기에 '다문제일'이라 불렸다. 그러나 부처님이 열반하시자 깨달음을 얻지 못했다는 이유로 경전결집에서 배제를 당하여 교족정진(蹻足精進)으로 깨달음을 얻어 마하가섭에게 인가를 얻어 결집에 참여하였다는 일화가 전해진다. 그리고 이 게송은 '구면연아귀다라니신주경(救面然餓鬼陀羅尼神呪經)'을 바탕으로 하여 지어진 게송이다. 그러나 이 경은 위경이다.

### 정실단거방계념 靜室端居方係念
고요한 방에 단정히 앉아 생각을 잡아매니

정실(靜室)은 고요한 방이니 곧 승방(僧房)을 말한다. 이를 면연아귀경(面然餓鬼經)에서는 '이때 아난(阿難)이 청정한 곳에서 한마음으로 생각을 오롯이 하면서 홀로 머물러 있었다.' 고 하였다. 爾時。阿難獨居淨處。一心計念。


## 면연응적소기허 面然應迹訴飢虛
### 면연 귀신이 꿈에 나타나 배고프다 하소연하네.

'면연아귀경'에서는 그날 밤 삼경(三更)이 지난 후에 면연(面然)이라고 하는 한 아귀 (餓鬼)가 아난 앞에 나타나서 말하였다고 하였다. 허기지고 굶주린다고 하소연하는 내용은 없다. 다만 이 경에 보면 아난이 면연 아귀를 목격하는 장면이 있다. 아난이 이 면연 아귀를 보니 몸은 파리하고 수척하며, 마르고 초췌하여 아주 추해 보였다. 얼굴은 불이 붙은 듯하며, 목구멍은 바늘구멍처럼 좁고, 머리카락은 제멋대로 헝클어지고, 털과 손톱은 길고 날카로우며, 몸은 무거운 것을 짊진 듯하였다. 阿難見此面然餓鬼。身形羸瘦。枯燋極醜。面上火然。其咽如鍼。頭髮蓬亂。毛爪長利。身如負重。又聞如是不順之語。甚大驚怖身毛皆豎。


## 존관귀상생황포 尊觀鬼狀生惶怖
### 존자는 귀신 형상을 보고 두려운 마음 생기나

이런 광경을 목격한 아난은 몹시 놀랍고 두려워 몸의 털이 모두 곤두서는 듯하였다고 하였다. 甚大驚怖身毛皆豎。


## 귀도존안원제여 鬼覩尊顔願濟歟
### 귀신은 존자의 얼굴 보고 제도해 주기 바라네.

부처님이 아난에게 말씀하시기를 내가 모든 아귀에게 음식을 보시하였기 때문에 아귀의 몸을 벗어나서 천상 세계에 태어났느니라고 하였다. 以我施諸餓鬼食故。捨離此身得生天上。

# 정실등명야색유 靜室燈明夜色幽

## 입실게 入室偈

**靜室燈明夜色幽 氷壺藻鑑瑞香浮**
정실등명야색유 빙호조감서향부

**天行地步諸神衆 來詣蘭湯擧錦幬**
천행지보제신중 내예난탕거금주

고요한 방은 밝은 등불로 밤경치도 그윽한데
유리병처럼 조감(藻鑑)으로 보니 상서로운 향기 떠오르네.
하늘을 거닐고 땅을 거니는 여러 신중이여,
난탕(蘭湯)으로 내려와 비단 휘장(揮帳)을 드시네.

산보집에서 중단을 청해 맞이하는 의식인 중단영청지의(中壇迎請之儀) 가운데 영가를 맞이하여 욕실에 이르게 하는 봉영부욕편(奉迎赴浴篇)을 하고 나서 읊는 입실게이다.


### 정실등명야색유 靜室燈明夜色幽
고요한 방은 밝은 등불로 밤경치도 그윽한데

정실(靜室)은 고요한 방을 말하므로 곧 승방을 말함이다. 등명(燈明)은 신불(神佛)에게 올리는 밝은 등불을 말한다. 이러한 불빛이 그윽하게 비추고 있다는 것을 나타내고 있다.


### 빙호조감서향부 氷壺藻鑑瑞香浮
유리병처럼 조감(藻鑑)으로 보니 상서로운 향기 떠오르네.

빙호(氷壺)는 빙심옥호(氷心玉壺)를 말한다. 이는 얼음같이 맑은 마음이 항아리에 있다는 뜻으로 마음이 티 없이 맑음을 이르는 말이다. 당나라 왕창령(王昌齡)의 시문인 부용루(芙蓉樓)에서 신점(辛漸)을 보내는 시문에 보면 '일편빙심재옥호(一片氷心在玉壺)'라고 하여 '한 조각 얼음 같은 마음은 옥병 속에 있다'는 표현이 있다.

조감(藻鑑)은 사람이나 사물의 겉만 보고도 그 인품이나 좋고 나쁨을 분별하는 식견을 말하며, 이를 조경(藻鏡)이라 하기도 한다.


**천행지보제신중 天行地步諸神衆**
하늘을 거닐고 땅을 거니는 여러 신중이여,

신중(神衆)의 위력을 나타내고 있다. 그러므로 이 게송의 입실게(入室偈)는 신중을 위한 것임을 알 수가 있다.


**내예난탕거금주 來詣蘭湯擧錦幬**
난탕(蘭湯)으로 내려와 비단 휘장(揮帳)을 드시네.

난탕(蘭湯)은 곧 향탕(香湯)을 말하므로 신중의 욕탕(浴湯)을 뜻한다. 금주(錦幬)는 비단 휘장을 말하며, 이는 욕탕을 가린 장막(帳幕)을 말한다.

# 정지심지오희이 淨持心地悟希夷

## 명도영 冥道詠

**淨持心地悟希夷 心地平時萬物齊**
정지심지오희이 심지평시만물제

**日月古今誰晝夜 山河遠近自高低**
일월고금수주야 산하원근자고저

마음자리 깨끗하게 지녀 희이(希夷)를 깨닫게 하고
평상시에도 본심이면 만물이 고루 공평하네.
고금에 해와 달이 언제 밤낮을 가렸는가.
산하(山河)가 멀고 가깝고 높고 낮고 하는 것은 저절로라네.

삼보집에서 영가를 청하여 맞이하는 곳에 이르러서 작법하는 행위인 지영청소(至迎
請所)에 실려 있는 명도(冥道)에 대한 가영이다. 명도는 사람이 죽어서 간다는 저승
세계인 명부(冥府)를 말한다.


## 정지심지오희이 淨持心地悟希夷
마음자리 깨끗하게 지녀 희이(希夷)를 깨닫게 하고

심지(心地)는 마음의 본바탕을 말하기에 흔히 '마음자리'라고 한다. 그러므로 본심을
깨끗하게 지녀 희이(希夷)를 깨달아야 한다고 했다. 여기서 희이(希夷)는 노자도덕경
(道德經) 제14장에 나오는 내용을 인용하였다. '희이'는 도(道)라는 개념으로 쓰였으
며, 도덕경의 내용은 다음과 같다. 도(道)라고 하는 것은 '보아도 보이지 않으므로 이
를 일러 이(夷)라 하고, 듣고자 하나 들리지 아니하므로 이를 일러 희(希)라 하고, 잡
으려고 하나 잡을 수가 없으므로 이를 일러 미(微)라 한다.'고 하였다. 視之不見。名
曰夷。聽之不聞。名曰希。搏之不得。名曰微。

**심지평시만물제 心地平時萬物齊**
평상시에도 본심이면 만물이 고루 공평하네.

심지에 대해서는 위에서 이미 설명하였다. 평시(平時)는 평상시를 말한다. 고로 평상시에도 본성을 유지하고 있으면 만물과 더불어 공평함이라고 하였다.


**일월고금수주야 日月古今誰晝夜**
고금에 해와 달이 언제 밤낮을 가렸는가.

일월이 주야를 가리지 아니하듯이 본심이 바로 그러하다는 것이다.


**산하원근자고저 山河遠近自高低**
산하(山河)가 멀고 가깝고 높고 낮고 하는 것은 저절로라네.

천지 만물이 가깝고 멀고, 그리고 높고 낮고 하는 것은 인위적인 것이 아니라 저절로 그러하듯이 우리의 마음도 그러하다는 것이다.

# 제령한진치신망 諸靈限盡致身亡

## 고혼영 孤魂詠

**諸靈限盡致身亡 石火光陰夢一場**
제령한진치신망 석화광음몽일장

**三魂渺渺歸何處 七魄茫茫去遠鄕**
삼혼묘묘귀하처 칠백망망거원향

모든 영가시여, 기한이 다해 몸이 죽었으니
부싯돌 불꽃같이 빠른 세월 속의 한바탕 꿈이로세.
삼혼은 저 멀리 어디로 돌아가셨으며
칠백은 아득히 먼 고향으로 갔느뇨.

작법귀감에서 외로운 혼령을 초청하는 고혼청(孤魂請)을 하고 난 뒤에 이어지는 게
송이다. 범음집에서는 좀 다르게 수록되어 있으며 이 게송은 고혼청에 응한 영가를
찬탄하는 가영이며, 범음집에도 그러하다.

### 제령한진치신망 諸靈限盡致身亡
모든 영가시여, 기한이 다해 몸이 죽었으니

제령(諸靈)은 모든 영가를 통틀어 말함이며 한진(限盡)은 그 기한에 다함이 있다는
뜻이다. 이어서 나오는 신(身)을 뒷받침하여 이 몸은 그 인연이 다하면 죽음에 이르
게 된다는 것을 나타내고 있음과 동시에 영가를 위안하고 있다.

### 석화광음몽일장 石火光陰夢一場
부싯돌 불꽃같이 빠른 세월 속의 한바탕 꿈이로세.

석화(石火)는 부싯돌의 불이 잠시 번쩍이는 것과 같다는 표현으로 이를 갖추어 말하면 전광석화(電光石火)다. 번갯불이나 부싯돌의 불빛처럼 잠시 잠깐으로, 이는 몸 받아서 죽을 때까지의 삶을 돌이켜보면 그러하다는 것이다. 광음(光陰)에서 광(光)은 해를 말하고, 음(陰)은 달을 말하여 시간이나 세월이 흐름을 나타내는 것이다. 이어지는 몽일장(夢一場)은 한바탕 꿈과 같다는 표현과 어우러져 인생살이가 잠시 잠깐이라는 것을 일러주어 이러한 삼계의 삶에 애착을 두지 말라는 가르침이다.


**삼혼묘묘귀하처 三魂渺渺歸何處**
**삼혼은 저 멀리 어디로 돌아가셨으며**

삼혼(三魂)은 도가에서 말하는 인간의 몸에 세 가지 정령이 있다고 하여 이를 태광(胎光), 상령(爽靈), 유정(幽精)으로 나누어 말하는 것을 의미한다. 불교하고는 별반 관계가 없다. 여기서는 혼(魂)이라고 하는 것도 딱히 뭐라고 규정할 수가 없다. 곧 공(空)을 말하고자 할 뿐이다. 묘묘(渺渺)는 '아득하고 아득하다'는 뜻이다. 참고로 영혼(靈魂)은 영(靈)과 혼(魂)을 합쳐 놓은 표현으로, 영(靈)은 신체에 머물며 활동을 관장한다고 여기므로 사대(四大)가 각기 흩어져도 그 영혼은 소멸하지 않는다고 하여 이를 영혼불멸(靈魂不滅)이라고 한다. 다시 말해 육신이 살아 있을 때 작용하는 것은 영(靈)이라 하고, 죽은 뒤에 작용하는 것을 혼(魂)이라고 한다. 따라서 영혼이라는 표현은 불교적이기보다 유교와 도교적 관점에서의 마음에 대한 개념이다. 그러므로 경전에는 영혼(靈魂)이라는 표현을 찾아보기가 어렵다.


**칠백망망거원향 七魄茫茫去遠鄉**
**칠백은 아득히 먼 고향으로 갔느뇨.**

칠백(七魄)도 죽은 사람의 몸에 남아 있다는 일곱 가지 정령을 말한다. 이 역시도 도교적 관념이다. 그러기에 도교는 삼혼칠백(三魂七魄)을 중요시하고 있다. 칠백은 시구(尸狗), 복시(伏矢), 작음(雀陰), 탄적(吞賊), 비독(非毒), 제예(除穢), 취폐(臭肺)를 말하며, 이 역시도 공(空)을 설하고 있다. 망망(茫茫)이라는 표현은 묘묘(渺渺)와 거의 같은 뜻이다.

범음집에는 '제령한진치신망(諸靈限盡致身亡) 쇄루비련고일장(洒淚悲怜苦日長) 삼혼묘묘귀하처(三魂渺渺歸何處) 칠백유유아원향(七魄幽幽餓遠鄉)'이다.

# 제목미창경검수 題目未唱傾劍樹

## 정대게 頂戴偈

**題目未唱傾劍樹 非揚一句折刀山**
제목미창경검수 비양일구절도산

**運心消盡千生業 何況拈來頂載人**
운심소진천생업 하황념래정재인

경의 제목을 말하기도 전에 검수지옥이 기울어지고
한 구절 거량하기도 전에 도산지옥이 꺾어지네.
이처럼 마음 쓰면 천생 동안 업도 녹나니
하물며 경전을 정대(頂戴)하는 사람이랴.

산보집, 작법귀감에 수록된 정대게(頂戴偈)다. 정대(頂戴)는 부처님의 가르침을 담은 경을 머리에 이고 이운하거나 신심을 선양하고자 경을 머리에 이는 것을 말한다.

## 제목미창경검수 題目未唱傾劍樹
### 경의 제목을 말하기도 전에 검수지옥이 기울어지고

경(經)의 위신력을 나타내는 표현이다. 그러므로 경(經)의 제목을 말하기도 전에 그 무시무시하다는 칼산지옥도 기울어지고 만다고 하였다. 여기서 검수지옥(劍樹地獄)이라고 하는 것은 남을 미워하고, 시기하고, 질투하는 마음을 말하기에 이러한 사람들은 손에 칼을 쥔 것과 같다고 비유함이다. 고로 경을 대하면 자비심이 일어나므로 칼산지옥이 무너진다고 하였다. 결국 경의 위대함을 말하는 것이다. 검수(劍樹)는 칼로 만들어진 숲을 말하므로 천수경에 나오는 도산지옥(刀山地獄)과 같은 개념이다.

### 비양일구절도산 非揚一句折刀山
한 구절 거량하기도 전에 도산지옥이 꺾어지네.

비양일구(非揚一句)라고 하는 것은 경의 한 구절을 살피기도 전에 도산지옥이 무너진다는 표현이다. 이 역시도 위의 구절과 같은 개념이며, 여기에 대한 설명도 위의 구절을 참고하길 바란다.


### 운심소진천생업 運心消盡千生業
이와 같이 마음 쓰면 천생 동안 업도 녹나니

운심(運心)은 마음 씀을 말한다. 고로 경을 대하는 자는 악심이 일어나지 아니하므로 그동안 지어왔던 온갖 악업이 소진된다고 함이다. 이를 천수경에서는 '백겁적집죄 일념돈탕제(百劫積集罪 一念頓湯除)'라고 하여, '백 겁 동안에 쌓인 죄업이 한순간에 몰록 소탕(掃蕩)된다'고 하였다.


### 하황념래정재인 何況拈來頂載人
하물며 경전을 정대(頂戴)하는 사람이랴.

하황(何況)은 하물며, 이러한 뜻다. 지금까지 경의 위대함을 말하는 것으로 경의 제목을 알기도 전에, 경의 한 구절을 살피기도 전에, 검수지옥 도산지옥이 모두 무너진다고 하였다. 하물며 경을 머리에 이는 자의 공덕은 말해서 무엇하겠느냐고 하는 표현이다.

# 제법종본래 諸法從本來

## 법화게 法華偈

**諸法從本來 常自寂滅相**
제법종본래 상자적멸상

**佛子行道已 來世得作佛**
불자행도이 내세득작불

모든 법은 본래부터
항상 스스로 적멸의 형상이니
불자가 이런 도를 수행하면
오는 세상에는 성불하리라.

작법귀감에서 일상적으로 사용하는 시식인 상용시식의(常用施食儀) 가운데 영가에게 들려주는 법화경 방편품의 한 구절인 법화게(法華偈)이다.

**제법종본래 諸法從本來**
모든 법은 본래부터

여기서 법은 부처님께서 베푸신 진리인 무위법을 말한다. 그러므로 이 게송의 앞 구절을 마저 살펴보아야 이 게송을 이해하기가 쉽다.

**我雖說涅槃 是亦非眞滅**
아수설열반 시역비진멸

내가 비록 열반을 말했으나 이것은 진실한 열반은 아니니라.

비진멸(非眞滅)에서 멸(滅)은 멸도를 뜻하므로 곧 열반을 말한다. 이는 열반을 얻었다는 마음을 내면 이 순간부터 사구(死句)로 전락해 버리기 때문이다. 나머지는 이어지는 설명을 참고하길 바란다.


## 상자적멸상 常自寂滅相
### 항상 스스로 적멸의 형상이니

항상 적멸한다고 하는 것은 본디 천하 만물이 적멸함의 모습을 드러내고 있다는 것을 말한다. 다만 중생심으로 보기에 차별이 생겨나서 극락과 지옥이 있는 것이다. 그러므로 법화경에서는 모든 존재가 바로 열반 자체의 모습을 고스란히 드러내고 있다고 설하는 것이다.


## 불자행도이 佛子行道已
### 불자가 이런 도를 수행하면

불자가 이러한 이치를 바로 알아서 수행한다면 생사가 곧 열반이라는 것을 알 수 있게 된다. 이를 '생사즉열반(生死卽涅槃)'이라고 한다.


## 내세득작불 來世得作佛
### 오는 세상에는 성불하리라.

다음 세상에 성불하고자 한다면 모든 법이 무위법(無爲法)이라는 것을 체득해야 한다.


사실 이 부분은 미오(迷悟)의 경계를 말하는 것으로 천도재 의식에도 나오고, 주련으로도 아주 많이 쓰이는 구절이다. 이 부분을 이해하려면 선가귀감(禪家龜鑑)에 이러한 말씀이 있다는 것도 알아두어야 한다. '도를 닦아 열반을 얻는다면 이것은 또한 진리가 아니다. 심법(心法)이 본래 고요한 것임을 알아야 그것이 참 열반이다. 그러므로 모든 법이 본래부터 늘 그대로 열반이다.' 修道證滅。 是亦非眞也。 心法本寂。 乃眞滅也。 故。 曰。 諸法從本來。 常自寂滅相。

법화경 사구게나 선가귀감(禪家龜鑑)의 말씀은 곧 '안목'을 말하는 것이다. 다시 말해 우리가 사는 모든 현상의 모습 본래 그대로가 부처님의 세상이며 열반의 세상이다. 부처님의 제자가 되어 이 법을 실천하면 다음 세상에는 부처가 된다는 말씀이다. 그러므로 이 세상 모든 것은 부처가 아님이 없으며, 극락이 아님이 없다.

다만 우리들의 두 눈은 밉다, 곱다 하는 집착심으로 바라보기 때문에 늘 불안하고 불평과 불만으로 살아가는 것이다. 법화경 사구게를 더 쉽게 말한다면 이 세상 모든 것들에 싫다, 좋다 하는 마음을 붙이지 말아야 한다. 고로 모든 것들이 다 부처이니, 불자라면 이 도리를 깨달아야 한다는 말씀이다.

까닭에 부처님께서 법화경에 다시 말씀하시기를 '불자들은 모든 의혹을 다 풀어 버리고 일승의 가르침에 의지하여라.'고 신신당부를 하신다. 왜냐하면 '일승의 길'이 아니면 성불할 수 없기 때문이다.

# 제불대원경 諸佛大圓鏡

## 괘전게 掛錢偈

諸佛大圓鏡 畢竟無內外
제불대원경 필경무내외

爺孃今日會 眉目正相撕
야양금일회 미목정상시

모든 부처님의 대원경지는
결국 안과 밖이 따로 없네.
부모를 금일 이 법회에 만났으니
파안미소를 지으시네.

산보집, 작법귀감 등에서 시식하는 절차에 보면 전(錢)을 걸면서 행하는 게송이다. 여기서 전(錢)이라고 하는 것은, 시식하는 재단(齋壇)에 영가가 의지할 수 있도록 종이로 사람의 형상을 만들어 걸어두는 것을 말한다. 중국 문헌에 보면 음력 정월에 문지방 위에 글을 써서 붙이는 종이를 괘전(掛錢)이라고 하는 내용이 있는데, 이와 같은 표현이다.


### 제불대원경 諸佛大圓鏡
모든 부처님의 대원경지는

모든 부처님의 경지는 대원경지(大圓鏡智)라는 표현이다. 대원경지는 유식학에서 내세우는 사지(四智) 가운데 하나로, 제8 아뢰야식을 전환하여 얻은 지혜를 말함이다. 이를 풀어서 보면, 크고 둥근 거울은 모든 만물을 비춤에 있어서 조금도 보태거나 줄임이 없이 사실 그대로 비춘다. 그와 같이 부처님의 지혜가 그러하기에 곧 청정한 지혜를 말함이다. 사지(四智)는 성소작지(成所作智), 묘관찰지(妙觀察智), 평등성지(平

等性智), 대원경지(大圓鏡智) 등이다.

## 필경무내외 畢竟無內外
### 결국 안과 밖이 따로 없네.

필경(畢竟)은 마침내, 결국, 이러한 뜻이다. 법이 내외가 있으면 참다운 법이 아니다. 만약에 내외가 있다는 견해를 낸다면 이는 차별심이다. 중생은 차별심이 있고 부처님은 차별심이 없음이다. 애당초 부처다, 중생이다는 것은 없지만 무명에 가리어 차별심으로 만들어 내는 것이다.

## 야양금일회 爺孃今日會
### 부모를 금일 이 법회에 만났으니

야(爺)는 아버지를 말하고 양(孃)은 어머니를 말한다. 고로 야양(爺孃)은 부모를 말하며 이는 부처님을 부모에 빗대어 표현한 것이다. 부처님은 사생의 자부이시며 스승이시므로 오늘 법회를 통하여 만났으니 영가는 환희심을 일으키라고 하는 것이다.

## 미목정상시 眉目正相撕
### 파안미소를 지으시네.

미목(眉目)은 눈썹과 눈썹을 말하며 시(撕)는 찢다, 쪼개다는 뜻으로 여기서는 파안미소(破顏微笑)로 인하여 미간이 저절로 찌푸려지는 것을 말한다. 이 구절은 부처님이 환희심을 내는 영가를 보고 염화미소(拈花微笑)를 하듯이 파안미소를 지었다고 말한다. 이는 곧 심법(心法)을 말하며 정상(正相)은 단정(端正)하다는 표현이다.

# 제불소참회 諸佛所懺悔

## 입지게 立志偈

**諸佛所懺悔 我今亦如是 三世一切罪 願成加持力 三業悉淸淨**
제불소참회 아금역여시 삼세일체죄 원성가지력 삼업실청정

모든 부처님께서 참회한 것처럼
저희도 이제 이처럼 참회하고자 합니다.
삼세로부터 지은 모든 죄업을
부디 가지의 힘으로써 참회를 이루어
삼업이 모두 청정하게 하옵소서.

산보집 비로단작법(毘盧壇作法) 가운데 불보살들이 의지를 세우게 하는 입지게(立志偈)이다.

### 제불소참회 諸佛所懺悔
모든 부처님께서 참회한 것처럼

모든 부처님도 참회한다고 하였으니 이는 참회가 곧 수행의 기본 가운데 하나임을 확인하고 있다. 참회는 모든 종교가 각기 다른 이름으로 행하고 있다. 불교에서 말하는 참회에서 참(懺)은 타인에게 자신의 잘못에 대하여 용서를 구하는 것을 말하며, 회(悔)는 자신의 실수를 뉘우치는 것을 말한다. 참회에는 이참(理懺)과 사참(事懺)이 있다.

### 아금역여시 我今亦如是
저희도 이제 이처럼 참회하고자 합니다.

대중들이 부처님처럼 참회하고자 입지(立志)를 나타내고 있다.


### 삼세일체죄 三世一切罪
**삼세로부터 지은 모든 죄업을**

삼세에 지은 모든 죄업이라고 하는 것은 세세생생 지은 죄를 말함이다.


### 원성가지력 願成加持力
**부디 가지의 힘으로써 참회를 이루어**

부디 부처님의 가지력으로 말미암아 참회가 성공적으로 이루어지기를 염원하고 있다.


### 삼업실청정 三業悉淸淨
**삼업이 모두 청정하게 하옵소서.**

신구의(身口意) 삼업이 모두 청정하게 해달라는 간청이다.

# 제불출희유 諸佛出希有

## 내위게 來慰偈

諸佛出希有 甚於優曇花
제불출희유 심어우담화

今日坐道場 諸天速來慰
금일좌도량 제천속래위

부처님께서 세상에 나오심은 아주 드문 일
우담발라 피는 것보다 더하옵니다.
오늘 이 도량에 앉아 계시니
모든 하늘이여, 속히 와서 위로하소서.

산보집 설선작법절차(說禪作法節次)에서 선사에게 법을 청하면 화상은 묵묵히 자리에 단정하게 앉는다. 그러하면 내위게(來慰偈)를 큰소리로 읊는다. 게송의 내용은 법화경 일부분을 보는 것 같기에 법화경을 토대로 하여 설명하고자 한다.

## 제불출희유 諸佛出希有
### 부처님께서 세상에 나오심은 아주 드문 일

법화경 화성유품에 보면 다음과 같은 말씀이 있다.

世尊甚希有 難可得値遇 具無量功德 能救護一切
세존심희유 난가득치우 구무량공덕 능구호일체

세존께서 매우 희유하시어 만나 뵈옵기 어려우며
한량없는 공덕을 갖추어서 모든 중생을 구호하십니다.

**심어우담화 甚於優曇花**
우담발라 피는 것보다 더하옵니다.

법화경 화성유품에 보면 범천왕이 부처님을 찬탄하기를 다음 게송과 같이 하였다.

昔所未曾見 無量智慧者 如優曇鉢華 今日乃値遇
석소미증견 무량지혜자 여우담발화 금일내치우

옛적에 뵈옵지 못하던 지혜가 한량없는 분이십니다.
마치 우담발라꽃과 같아서 오늘에 비로소 친견합니다.


**금일좌도량 今日坐道場**
오늘 이 도량에 앉아 계시니

위의 게송에 나오는 금일내치우(今日乃値遇)가 곧 부처님께서 이 도량에 앉아 계심이다.


**제천속래위 諸天速來慰**
모든 하늘이여, 속히 와서 위로하소서.

법화경 화성유품에 보면 다음과 같은 말씀이 있다.

即作是化已 慰衆言勿懼 汝等入此城 各可隨所樂
즉작시화이 위중언물구 여등입차성 각가수소락

이렇게 큰 마을을 만들어 놓고 따르는 사람들을 위로하며 말하되
두려워하지 말라. 너희가 이 성에 들어가면 마음대로 즐기고 살아라.

# 제성자풍수불호 諸聖慈風誰不好

## 시왕도영 十王都詠

**諸聖慈風誰不好 冥王願海最難窮**
제성자풍수불호 명왕원해최난궁

**五通迅速尤難側 明察人間瞬息中**
오통신속우난측 명찰인간순식중

모든 성현의 자비로운 법풍을 누가 좋아하지 않으리오.
명왕들의 원력은 바다 같아 끝을 알기 어렵네.
오신통이 신속하여 헤아리기 더욱 어렵나니
순식간에 인간세계 분명하게 살핌에 쉴 틈이 없다네.

산보집에서 시왕을 한꺼번에 청하는 시왕도청(十王都請) 가운데 행하는 가영으로 작법귀감, 범음집에서도 그러하다.

### 제성자풍수불호 諸聖慈風誰不好
모든 성현의 자비로운 법풍을 누가 좋아하지 않으리오.

자풍(慈風)은 자비로운 바람이기에 곧 자비로운 법풍을 말함이다. 여기서 제성(諸聖)은 시왕을 통틀어 말한다. 고로 중생은 시왕의 법풍을 기대하고 있다는 표현이다.

### 명왕원해최난궁 冥王願海最難窮
명왕들의 원력은 바다 같아 끝을 알기 어렵네.

명왕(冥王)은 시왕을 말한다. 이러한 시왕의 중생을 구제하겠다는 바람은 바다처럼 끝이 없어서 아무도 알 수가 없을 정도로 무궁무진하다는 것이다. 그러므로 시왕의 위신력을 나타내고 있다.


## 오통신속우난측 五通迅速尤難側
### 오신통이 신속하여 헤아리기 더욱 어렵나니

시왕은 오신통이 있다고 여기며, 오신통이라고 하는 것은 천이통(天耳通), 타심통(他心通), 신족통(神足通), 천안통(天眼通), 숙명통(宿命通) 등을 말한다.


## 명찰인간순식중 明察人間瞬息中
### 순식간에 인간세계 분명하게 살피심에 쉴 틈이 없다네.

명찰(明察)은 사물을 분명하고 똑똑하게 살피는 것을 말함이다. 이러한 신력으로 시왕은 인간 세상을 살피심에 휴식조차 없다고 하였다.

# 제왕문무여농상 帝王文武與農

## 인도영 人道詠

帝王文武與農商 萬類有情降道場
제왕문무여농상 만류유정강도량

普沾法會珎羞味 永脫幽途到淨方
보첨법회진수미 영탈유도도정방

제왕과 문관, 무관, 그리고 농부와 상인
온갖 종류 중생들은 이 도량에 강림하여
법회의 맛있는 음식 두루 공양하고서
어두운 길 영원히 벗어나 정토에 이르네.

산보집에서 하단을 청해 맞이하는 의식인 하단영청지의(下壇迎請之儀)에 수록된 인도영(人道詠)이다. 인도영은 사람이 지켜야 할 도리를 말한다.

### 제왕문무여농상 帝王文武與農商
제왕과 문관, 무관, 그리고 농부와 상인

제왕과 문관(文官), 무관(武官)과 더불어 농부와 상인(商人) 들을 열거하므로 모든 사람을 말한다.

### 만류유정강도량 萬類有情降道場
온갖 종류 중생들은 이 도량에 강림하여

만류(萬類)는 만물을 말하므로 온갖 중생들을 말한다. 그러므로 온갖 중생들이 이 도량에 강림하기를 원하고 있다.


**보첨법회진수미 普沾法會珎羞味**
**법회의 맛있는 음식 두루 공양하고서**

이 법회에 오시어 진수(珍羞)의 공양을 드시라는 의미다. 여기서 진수 공양이라고 하는 것은 갖가지 음식을 말하는 것이 아니라 '팔만사천 가지의 법문'을 말한다.


**영탈유도도정방 永脫幽途到淨方**
**어두운 길 영원히 벗어나 정토에 이르네.**

영탈(永脫)은 영원히 벗어난다는 의미이다. 그렇다면 어디에서 벗어나느냐. 그것은 유명계(幽命界)를 말하며, 유명계를 벗어나면 정방(淨方)에 이른다고 하였다. 여기서 정방(淨方)은 곧 정방(淨邦)인 정토를 말함이다.

# 제왕보검절섬하 諸王寶劍絕纖瑕

## 약차영 藥叉詠

諸王寶劍絕纖瑕　福德難量大藥叉
제왕보검절섬하 복덕난량대약차

志益羣生心不倦　嚴持佛法願無差
지익군생심불권 엄지불법원무차

여러 대왕의 보배 칼은 작은 티 하나 없이 끊어 내고
헤아릴 길 없이 많은 복덕 지닌 큰 약차라네.
중생 이익에 뜻을 두고 마음을 게을리 않고
부처님 법 엄격하게 지니고 무차별을 서원하네.

산보집에서 중단을 청해 맞이하는 의식인 중단영청지의(中壇迎請之儀) 가운데 약차
영(藥叉詠)으로 실려 있다. 약차는 야차(夜叉)라고도 하며, 팔부중의 하나로 수미산
중턱의 북쪽을 지키는 비사문천왕의 권속으로 땅이나 공중에서 여러 신들과 불법을
수호한다는 신(神)이다. 원래는 인도 베다 신화에 나오지만, 지금은 불교화(佛教化)
된 신이다.

## 제왕보검절섬하 諸王寶劍絕纖瑕
여러 대왕의 보배 칼은 작은 티 하나 없이 끊어 내고

제왕의 보검이라고 하는 것은 곧 지혜검(智慧劍)을 말한다. 이러한 지혜검으로 작은
티 하나도 싹둑 잘라야 한다고 하였다. 섬하(纖瑕)는 실 끄트머리 같은 아주 작은 것
을 말하므로 아주 미세한 것을 뜻한다. 이는 작은 결함이나 자신도 모르게 저지르는
작은 과실을 비유하는 것이다.

**복덕난량대약차 福德難量大藥叉**
헤아릴 길 없이 많은 복덕 지닌 큰 약차라네.

약차가 중생에게 베푸는 복덕은 헤아릴 길이 없다고 약차를 찬탄함이다.


**지익군생심불권 志益羣生心不倦**
중생 이익에 뜻을 두고 마음을 게을리 않고

군생(羣生)은 중생을 말한다. 약차는 중생을 이롭게 하고자 뜻을 세움에 있어서 게으르지 않다는 표현이다.


**엄지불법원무차 嚴持佛法願無差**
부처님 법 엄격하게 지니고 무차별을 서원하네.

엄지(嚴持)는 불법을 엄격하게 호지(護持)한다는 표현이며, 또한 불법을 수호하면서 차별을 두지 않는다고 하였다.

# 제천상락유인조 諸天常樂由因造

## 천도영 天都詠

**諸天常樂由因造 定果隨身自在遊**
제천상락유인조 정과수신자재유

**極尊極貴無倫比 空住空行最自由**
극존극귀무륜비 공주공행최자유

모든 하늘 항상 즐거운 것은 지은 바 업 때문이니
정해진 과보에 따라 몸을 자재하게 노니네.
지극히 높고 지극히 귀함은 비교할 데가 없으며
허공에 머물며 허공을 다님에 가장 자유롭다네.

산보집에서 중단을 청해 맞이하는 의식인 중단영청지의(中壇迎請之儀) 가운데 천도영(天都詠)으로 수록되어 있다. 천도(天都)라고 하는 것은 하늘 세계를 말한다.


### 제천상락유인조 諸天常樂由因造
모든 하늘 항상 즐거운 것은 지은 바 업 때문이니

천인(天人)이 하늘에서 즐겁게 노니는 것은 지은 바 업 때문이라고 하였다. 그러므로 불교에서는 선인선과 악인악과(善因善果 惡因惡果)라고 하여 선악의 행위에 따라 업이 주어진다고 하였다.


### 정과수신자재유 定果隨身自在遊
정해진 과보에 따라 몸을 자재하게 노니네.

위에서 설명한 선인선과 악인악과의 설명을 참고하길 바란다.


**극존극귀무륜비 極尊極貴無倫比**
**지극히 높고 지극히 귀함은 비교할 데가 없으며**

천인들은 지극히 존귀하고 지극히 고상하여 그 무엇에도 비할 데가 없다고 함이다.


**공주공행최자유 空住空行最自由**
**허공에 머물며 허공을 다님에 가장 자유롭다네.**

무애행(無礙行)을 한다는 것을 은근히 나타내고 있다.

# 제천상락진무우 諸天常樂鎭無憂

## 오거천영 五居天詠

**諸天常樂鎭無憂 受用隨心欲便周**
제천상락진무우 수용수심욕변주

**龍起龍眠分晝夜 花開花落辨春秋**
용기용면분주야 화개화락변춘추

모든 하늘은 늘 즐거워 근심을 진압하여 주고
마음 따라 수용하여 골고루 편안케 해 주네.
용이 일어나고 용이 잠드는 것으로 밤낮을 나누고
꽃이 피고 짐으로 봄과 가을 구분되네.

산보집에서 중단을 청해 맞이하는 의식인 중단영청지의(中壇迎請之儀) 가운데 오거천(五居天) 가영으로 실려 있으며 범음집도 이와 같다. 오거천은 오정거천(五淨居天)을 말하며 이는 무번천(無煩天), 무열천(無熱天), 선현천(善現天), 선견천(善見天), 색구경천(色究竟天)이다. 또한 산보집에는 가영을 달리하여 신도영(神道詠)으로 될 때도 있다.

**제천상락진무우 諸天常樂鎭無憂**
모든 하늘은 늘 즐거워 근심을 진압하여 주고

천계(天界)는 늘 즐거워서 모든 근심을 진압하여 없애주는 곳이라는 표현으로 천계를 찬탄하고 있다.

**수용수심욕변주 受用隨心欲便周**
마음 따라 수용하여 골고루 편안케 해 주네.

수심(隨心)은 '마음 따라' 이러한 표현이고, 수용수심(受用隨心)은 '마음 따라 함에 있어서 모든 것을 수용한다'는 뜻이다. 고로 하고자 함에 있어서 두루 편안케 한다고 하였다.


**용기용면분주야 龍起龍眠分晝夜**
용이 일어나고 용이 잠드는 것으로 밤낮을 나누고

천상에 있는 용(龍)이 일어나고 용이 잠자는 것으로 밤낮을 나눈다고 하였다.


**화개화락변춘추 花開花落辨春秋**
꽃이 피고 짐으로 봄과 가을 구분되네.

꽃피고 지는 것으로 봄가을을 판가름한다고 하였다.

# 제행무상 諸行無常

## 무상게 無常偈

**諸行無常 是生滅法 生滅滅已 寂滅爲樂**
**제행무상 시생멸법 생멸멸이 적멸위락**

변천하는 모든 법 항상(恒常)하지 않아
이것이 났다가는 없어지는 법
났다 없다 하는 법 없어지고 나면
그때가 고요하여 즐거우리라.

작법귀감에서 영가에게 무상계게(無常戒偈)를 들려주고 나서 이어지는 게송이다. 이 게송은 대반열반경(大般涅槃經)에 나오는 말씀을 인용하였다.

### 제행무상 諸行無常
**변천하는 모든 법 항상(恒常)하지 않아**

제행(諸行)이라고 하는 것은 인연으로 이루어진 모든 것을 말한다. 인연의 화합으로 형성된 것은 항상 변하므로 성주괴공(成住壞空)을 순환하는 것이다. 그러므로 이는 유위법을 말한다.

### 시생멸법 是生滅法
**이것이 났다가는 없어지는 법**

인연으로 이루어진 유위법은 영원하지 못하다. 지수화풍(地水火風)을 의지하여 일어났다가 인연이 다하면 지수화풍으로 돌아가는 것이다.

여기까지는 대반열반경에 보면 부처님께서 전생에 설산동자(雪山童子)로 있을 때 어느 날 허공에서 '제행무상 시생멸법'이라는 게송이 들려왔다. 이 게송을 들은 설산동자는 크게 기뻐하며 사방을 두리번거리며 누가 이 말을 하였을까 하고 찾았다. 사람은 보이지 않고 험상궂은 나찰만 서 있기에 방금 누가 이 게송을 읊었는가 물었다. 나찰이 말하기를 그건 게송의 절반이고 나머지 구절이 더 있다고 하였다. 그러자 설산동자가 나머지 게송을 마저 들려달라고 하자, 지금 나는 허기져서 나머지 구절을 들려줄 수가 없는데 그대의 뜨거운 피를 준다면 나머지 구절을 마저 들려주겠다고 하였다. 설산동자가 기꺼이 자신의 몸을 내어놓으며 나머지 구절을 들려달라고 했다. 여기까지를 흔히 설산동자 반게살신(雪山童子 半偈殺身)이라고 한다.

**생멸멸이 生滅滅已**
**났다 없다 하는 법 없어지고 나면**

나고 죽는 법이 없는 도리를 깨닫는 것은 무위법을 말한다. 유위법은 생멸이 있지만, 무위법은 생멸이 없다.

**적멸위락 寂滅爲樂**
**그때가 고요하여 즐거우리라.**

이러한 도리를 깨달으면 적멸의 즐거움을 누릴 것이라고 하였으니 생사를 뛰어넘었다는 뜻이기도 하다.

이 두 구절은 설산동자가 약속대로 높은 나뭇가지에 올라가 나찰을 향하여 몸을 던졌으나, 몸이 땅에 닿기 전에 나찰이 제석(帝釋)으로 변하여 설산동자의 몸을 받아 평지에 내려놓았으며, 석제환인과 여러 천신과 대범천왕이 설산동자의 발에 예배하고 찬탄하였다.

# 조관조력자언명 鳥官造曆自言名

## 공양게 供養偈

**鳥官造曆自言名 分明羲和教化成**
조관조력자언명 분명희화교화성

**禪罷五絃民解慍 五王功德有誰京**
선파오현민해온 오왕공덕유수경

새 이름의 관직, 달력을 만듦, 스스로 이름을 말한 제왕
분명한 희씨와 화씨는 교화를 이룩했네.
선(禪)은 다섯 줄로 방면하여 백성들 불만을 풀거니와
다섯 왕의 공덕은 어느 누가 더 크던가.

산보집에서 태고의 제왕을 청하는 태고제왕청(太古帝王請) 가운데 태고의 여러 제왕에게 공양을 권하는 게송이다.

### 조관조력자언명 鳥官造曆自言名
새 이름의 관직, 달력을 만듦, 스스로 이름을 말한 제왕

조관(鳥官)은 새의 이름으로 관직을 기록한 소호(少昊) 금천씨(金天氏)를 말하고, 조력(造曆)은 처음으로 달력을 만든 전욱(顓頊) 고양씨(高陽氏)를 말하며, 자언명(自言名)은 적송자(赤松子)를 스승으로 삼고 그 이름을 말한 제곡(帝嚳) 고신씨(高辛氏)를 말한다.

### 분명희화교화성 分明羲和教化成
분명한 희씨와 화씨는 교화를 이룩했네.

요(堯) 임금은 희씨(羲氏)와 화씨(和氏)를 등용하여 천상(天象)을 관찰하고 일월성신의 운행을 기록하여 사계절을 명확하게 구분하도록 명해 백성들이 때맞추어 살 수 있도록 하였다.

## 선파오현민해온 禪罷五絃民解慍
### 선(禪)은 다섯 줄로 방면하여 백성들 불만을 풀거니와

선(禪)은 오종(五宗)으로 나누어져서 근기에 맞게 수행토록 하여 백성들의 불만이 일어나지 않도록 하였다는 뜻으로 보인다.

## 오왕공덕유수경 五王功德有誰京
### 다섯 왕의 공덕은 어느 누가 더 크던가.

오제(五帝)의 공덕은 누구를 가릴 것 없이 크다는 표현이다. 오제(五帝)는 고대 중국의 다섯 성군(聖君)을 말하며 이는 소호(少昊), 전욱(顓頊), 제곡(帝嚳), 요(堯), 순(舜)을 말한다. 그러나 문헌에 따라 일부는 다르게 되어 있다.

# 조성가사금정대 造成袈裟今頂戴

## 정대게 頂戴偈

**造成袈裟今頂戴 現增福壽無災害**
조성가사금정대 현증복수무재해

**禾穀豊登日漸興 一生災害不復侵**
화곡풍등일점흥 일생재해불부침

가사를 만들어서 지금 머리에 이었으니
현세에는 복과 수명 늘어나고 재해를 없게 하시며
벼와 곡식 등이 풍년 들어서 날이 갈수록 점점 흥왕하고
평생 재해는 다시 침노하지 않으며

**後得無上菩提果 一門眷屬離諸難 同得利益令淸淨**
후득무상보리과 일문권속이제난 동득이익령청정

결국에는 위없는 보리과를 이루게 하소서.
일문 권속들도 모든 어려운 일 여의고
다 함께 이익 얻어 청정하게 하소서.

산보집에서 가사를 점안하는 의식인 가사점안(袈裟點眼) 가운데 정대게에 나오는 게송이다.

**조성가사금정대 造成袈裟今頂戴**
가사를 만들어서 지금 머리에 이었으니

가사를 만들어서 지금 머리에 이었다. 가사는 불법을 상징하기에 불법을 존중하고 추

앙하므로 머리에 이는 것으로 예의를 다하는 것이며, 이를 정대(頂戴)라고 한다.


**현증복수무재해 現增福壽無災害**
현세에는 복과 수명 늘어나고 재해를 없게 하시며

가사를 조성한 공덕으로 인하여 현세에서 받는 인과를 설명하고 있는 가운데 수명장수와 복덕 증장, 그리고 무병 재해를 기원하고 있다.


**화곡풍등일점흥 禾穀豊登日漸興**
벼와 곡식 등이 풍년 들어서 날이 갈수록 점점 흥왕하고

오곡이 풍요하여 배고픔에서 벗어나기를 기원하고 있다.


**일생재해불부침 一生災害不復侵**
평생 재해는 다시 침노하지 않으며

평생 재해가 다시 일어나지 않기를 기원하고 있다.


**후득무상보제과 後得無上菩提果**
결국에는 위없는 보리과를 이루게 하소서.

가사를 조성한 공덕으로 위없는 보리과(菩提果)를 이루게 해달라는 염원이다.


**일문권속이제난 一門眷屬離諸難**
일문 권속들도 모든 어려운 일 여의고

일문(一門)은 한 가문이나 문중을 말하고 권속(眷屬)은 한집안 식구를 말한다. 그러므로 온 가족들이 모든 어려움 없기를 발원하고 있다.

**동득이익령청정 同得利益令淸淨**
**다 함께 이익 얻어 청정하게 하소서.**

이처럼 가사를 조성한 공덕으로 동참 대중 모두가 청정한 이익을 얻게 해달라고 염원하고 있다.

# 조조권박청산용 朝朝捲箔靑山聳

## 석옥청공 石屋淸珙

**朝朝捲箔靑山聳 夜夜開窓白月垂**
조조권박청산용 야야개창백월수

**雖有智深藏大道 忘形徒內座遲遲**
수유지심장대도 망형도내좌지지

아침마다 발(箔) 걷으면 청산이 솟아 있고
밤마다 창문 여니 달빛만 드리우네.
비록 지혜 깊고 큰 도를 간직하고서도
대중 속에 형체 잊고 앉았으니 세월 느리네.

산보집 시왕단 작법에서 석옥청공(石屋淸珙 1272~1352) 스님에 대한 가영으로 수록되어 있다. 석옥청공 스님은 원나라 때 스님으로 임제의현의 제18세 법손이며, 자는 석옥(石屋)이다. 고려 말기인 1346년에 태고보우(太古普愚)가 호주(湖洲)의 하무산(霞霧山) 아래 천호암(天湖庵)을 찾아가 석옥의 지도를 받았다. 그 후 석옥은 보우의 법기를 인정하여 가사를 전하였고, 고려에 임제종의 적통을 이어왔다.

**조조권박청산용 朝朝捲箔靑山聳**
아침마다 발(箔) 걷으면 청산이 솟아 있고

박(箔)은 렴(簾)과 같은 뜻으로 무엇을 가리는 데 쓰이는 발을 말한다. 아침마다 발을 걷으면 청산이 드러난다고 하였다. 이는 석옥청공이 하무산(霞霧山)에서 머물렀다고 하는 것을 은근히 드러내고 있다. 하무산에서 하무(霞霧)는 안개가 늘 자욱하다는 표현이다.

**야야개창백월수 夜夜開窓白月垂**
**밤마다 창문 여니 달빛만 드리우네.**

밤마다 창문을 여니 달빛만 드리운다고 하였다. 위에서는 아침마다 발을 걷으면 청산이 솟아 있다고 하였다. 이러한 표현은 실상을 드러내는 법문으로 이와 같은 법문을 '무정설법(無情說法)'이라고 한다.

**수유지심장대도 雖有智深藏大道**
**비록 지혜 깊고 큰 도를 간직하고서도**

석옥청공 스님은 법력이 뛰어나나 하무산(霞霧山)에서 은거하며 살았다는 표현이다.

**망형도내좌지지 忘形徒內座遲遲**
**대중 속에 형체 잊고 앉았으니 세월 느리네.**

자신을 드러내지 아니하고 수행함이니, 원래 법문은 말없이 법을 설하는 것이 으뜸이다. 그러므로 선사는 대중 속에 있으면서도 자신을 드러내지 아니하셨으니, 세월이야 가든 오든 상관하지 않음이다.

# 조주다약친배헌 趙州茶藥親拜獻

## 다게 茶偈

**趙州茶藥親拜獻 聊表冲情一片誠**
조주다약친배헌 료표충정일편성

**覺醉昏迷三界夢 翻身直到法王城**
각취혼미삼계몽 번신직도법왕성

조주 스님의 차와 약식을 친히 절하고 올리면서
자그마한 충정(衷情)으로 갖은 정성을 표하오니
삼계의 혼미한 꿈에서 깨어나 깨달음에 취해서
몸 한 번 뒤집어 법왕성에 이르소서.

산보집 다비문(茶毘文)에서 하화(下火)를 하고 나서 영가를 청하여 안좌게(安座偈)를 하고 이어서 차를 올리는 다게(茶偈)이다. 작법귀감, 석문가례초(釋門家禮抄) 등에도 그러하다.

### 조주다약친배헌 趙州茶藥親拜獻
조주 스님의 차와 약식을 친히 절하고 올리면서

조주(趙州)는 조주종심(趙州從諗) 선사를 말함이다. 조주 선사는 불법을 묻는 납자에게 차(茶)나 한잔 마시고 가거라 하는 끽다거(喫茶去)를 하였다. 그러므로 조주의 차라고 하는 것이다. 여기서 차(茶)나 약식(藥食)은 모두 불법의 진수를 말함이다.

### 료표충정일편성 聊表冲情一片誠
자그마한 충정(衷情)으로 갖은 정성을 표하오니

료표(聊表)는 약간이라는 표현이다. 충정(衷情)은 마음에 우러나오는 참된 정을 말하기에, 료표충정(聊表冲情)은 '약간의 정성으로' 이러한 표현이다. 일편(一片)은 일편단심(一片丹心)을 나타내어 '진심에서 우러나오는 마음'이라는 뜻이다. 이러한 마음으로 정성을 표한다는 뜻이다.


### 각취혼미삼계몽 覺醉昏迷三界夢
### 삼계의 혼미한 꿈에서 깨어나 깨달음에 취해서

각취(覺醉)는 '깨달음에 흠뻑 취한다'는 표현이다. 그러므로 깨달음을 얻으려면 삼계의 혼미(昏迷)한 꿈에서 깨어나야 한다. 까닭에 조주 선사는 나에게 묻지 말고 스스로 깨달으라는 뜻으로 끽다거(喫茶去)를 한 것이다.


### 번신직도법왕성 翻身直到法王城
### 몸 한 번 뒤집어 법왕성에 이르소서.

몸을 한번 뒤집는다는 것은 지금까지의 관념을 깨트리라는 표현이다. 수행자가 관념에서 벗어나지를 못하면 깨닫지 못하기 때문이다. 법왕성(法王城)에서 법왕(法王)은 부처님을 말하며, 성(城)은 국(國)과 같은 개념으로 법왕성은 곧 불국토를 말한다.

# 족하도유편처심 足下塗油遍處尋

## 제20조 사야다 奢夜多 존자

足下塗油遍處尋 逢師施拜是投針
족하도유편처심 봉사시배시투침

畧聞因果通三界 無限淸風到古今
략문인과통삼계 무한청풍도고금

발바닥에 기름칠하며 곳곳마다 두루 찾아
스승 만나면 절을 하고 곧 바늘을 던졌네.
인과법을 대략 듣고 삼계를 통하니
한정 없이 맑은 바람 고금에 이르네.

산보집에서 선문의 조사에게 예참을 올리는 선문조사예참(禪門祖師禮懺)에 나오는 사야다 존자(奢夜多尊者)에 대한 가영이다. 제20조 사야다 존자는 북천축(北天竺) 출신으로 지혜가 넓고 깊어서 존자에게 교화를 받은 중생이 한량없이 많았다고 한다. 구마라다(鳩摩邏多) 존자를 만나 출가하였으며, 나중에는 왕사성에서 돈교(頓敎)를 널리 펼쳤다고 한다.

### 족하도유편처심 足下塗油遍處尋
### 발바닥에 기름칠하며 곳곳마다 두루 찾아

발바닥에 기름을 발랐다고 하는 것은 포교하느라고 불원천리(不遠千里)를 마다치 않고 다녔기 때문이다. 그리고 처심(處尋)은 심처(深處)를 말하므로 불법이 미치지 않는 방방곡곡(坊坊曲曲)을 찾아다니면서 법 전함을 나타낸 것이다.

**봉사시배시투침 逢師施拜是投針**
스승 만나면 절을 하고 곧 바늘을 던졌네.

스승을 만나면 예를 올리고 곧 바늘을 던졌다고 하는 것은 자신의 문하(門下)에 들어오는 제자가 스승의 뜻에 부합함을 이르는 표현이다. 가나제바(伽那提婆)가 처음 스승인 용수(龍樹)를 찾아갔을 때, 용수가 발우에 물을 담아서 보이자 가나제바가 발우에 바늘을 던져서 입문하고자 하는 뜻을 보였다는 설화를 말한다. 이는 가나제바가 용수의 뜻에 부합하였다는 일화에서 유래된 말이다.


**략문인과통삼계 畧聞因果通三界**
인과법을 대략 듣고 삼계를 통하니

략(畧)은 략(略)과 같은 글자로 '간략하다'는 뜻을 가지고 있다. 그러므로 인과법을 대략 듣고서 삼계를 통하였다고 하는 것은 그 취지를 알아차리고 대오(大悟)했다는 표현이다.


**무한청풍도고금 無限淸風到古今**
한정 없이 맑은 바람 고금에 이르네.

무한청풍(無限淸風)은 끝없이 불어오는 서늘한 바람을 말한다. 그러므로 여기서는 법풍(法風)을 나타낸 것이다. 까닭에 예나 지금이나 법풍은 쉼 없이 부는 것이다.

## 제2 초강 初江 대왕

左右無非是正人 蕭然行經絶囂塵
좌우무비시정인 숙연행경절효진

赤身奪暖民休哭 到此門前有諫臣
적신탈난민휴곡 도차문전유간신

측근에 그른 사람 없으니 이야말로 바른 사람
숙연하게 행경(行經)하여 시끄러움과 번뇌를 끊네.
벌거벗은 몸의 따뜻함을 빼앗으니 백성들 울음 그치고
이 문 앞에 이르니 충간하는 신하 있었네.

산보집에 예수재를 마친 뒤의 절차인 재후작법절차(齋後作法節次) 가운데 상단을 청하여 맞이하는 의식을 끝내고, 이어서 중단을 청하여 맞이하는 의식인 중단영청지의(中壇迎請之儀)에서 시왕(十王)의 한 분인 제2 초강왕(初江王)에 대한 가영으로 수록되어 있다.

**좌우무비시정인 左右無非是正人**
**측근에 그른 사람 없으니 이야말로 바른 사람**

좌우(左右)는 왼쪽과 오른쪽을 말하므로 곧 측근을 나타낸 것이다. 이어서 무비(無非)라고 하여 그릇된 측근이 없다는 표현으로 초강왕은 바른 사람이라고 찬탄하고 있다.

### 숙연행경절효진 肅然行經絕囂塵
숙연하게 행경(行經)하여 시끄러움과 번뇌를 끊네.

행경(行經)은 경행(經行)을 말하며, 이는 걸으면서도 불경을 독경하는 것을 말한다. 이에 숙연(肅然)이라는 표현을 써서 경행할 때도 엄숙함을 잃지 않는다고 하였다. 효(囂)는 왁자지껄한 것을 말하므로 소란스러운 것을 말한다. 고로 이러한 상황에도 경행을 하며 숙연함을 유지한다고 말함이다.


### 적신탈난민휴곡 赤身奪暖民休哭
벌거벗은 몸의 따뜻함을 빼앗으니 백성들 울음 그치고

적신(赤身)은 벌거벗은 몸을 말한다. 탈난(奪暖)은 따뜻함마저 빼앗는다고 하였으므로 무시무시한 것을 말한다. 백성들이 울음을 그쳤다고 하는 것은 그만큼 살벌하다는 의미다.


### 도차문전유간신 到此門前有諫臣
이 문 앞에 이르니 충간하는 신하 있었네.

초강대왕이 있는 문전에 이르니 간신(諫臣)이 있었다고 하였다. 여기서 간신(諫臣)은 왕에게 옳은 말로 간(諫)하는 신하를 말한다. 그러므로 간(諫)은 아뢰다, 이러한 표현이다.

# 죄무자성종심기 罪無自性從心起

## 참회게 懺悔偈

**罪無自性從心起 心若滅時罪亦亡**
죄무자성종심기 심약멸시죄역망

**罪亡心滅兩俱空 是即名爲眞懺悔**
죄망심멸양구공 시즉명위진참회

죄의 본성은 본래 없어서 분별심에 따라 일어나는 것
이 분별심만 없어지면 죄 또한 사라지리라.
죄와 분별심을 모두 없애 두 가지 다 텅 비어 버리면
이 경계를 일러 진실한 참회라 부르리라.

작법귀감에 수록된 순당(巡堂)을 하는 의례인 순당식(巡堂式) 가운데 저녁 순례인 석순(夕巡)에서 입송(入頌)으로 되어 있다. 편의상 참회게(懺悔偈)라고 하였으며, 이 게송은 우리나라에서만 널리 통용되는 천수경(千手經)에 나오는 게송이다. 그리고 천수경의 본디 이름은 천수천안관세음보살광대원만무애대비심다라니경(千手千眼觀世音菩薩廣大圓滿無礙大悲心陀羅尼經)이다. 그러나 경의 이름이 너무 길기에 흔히 천수경(千手經)이라고 부르고 있다. 그렇지만 여기서 알아두어야 할 부분이 있다. 우리나라에서 일용으로 독송되는 천수경은 대장경의 목록에도 없는 경전이다. 그리고 천수경의 내용은 참회하는 부분과 관세음보살에 의지하여 성불을 서원하는 내용도 있지만, 이는 어디까지나 부수적이고 천수경의 근간은 대다라니에 목적을 두고 있다. 엄밀히 말하면 밀교(密敎)에 가까운 경전이라고 할 수 있다. 밀교는 진언(眞言)을 그 근본 바탕으로 하고 있지만, 우리나라에서 유통되는 천수경은 또 다른 한 면이 있어서 대다라니를 통하여 관음신앙으로 흐르고 있다. 그러기에 우리나라에서 통용되는 천수경은 밀교 경전이라 보기도 어렵고, 관음신앙을 바탕으로 하는 경전이라 보기도 어렵다. 다만 우리나라에서는 천수경도 선(禪)의 한 부분으로 받아들이는 경향이 있다.

중국에서 천수경은 당나라 때 서천축(西天竺)의 사문이었던 가범달마(伽梵達摩)가 한역하였다고 전해지고 있다. 그렇지만 우리나라의 천수경하고는 판이한 구조로 되어 있다. 다만 같은 면이 있다면 '신묘장구 다라니'를 중심으로 하여 관음신앙을 펼치고 있다는 점이다. 또한 가범달마가 한역한 천수경은 광명진언(光明眞言)을 소개하는 '불공견삭비로자나불대관정광진언경(不空羂索毘盧遮那佛大灌頂光眞言經)'처럼 거의 같은 맥락으로 이루어지고 있는 위경(僞經)이라는 점이다. 그러므로 가범달마가 한역하였다는 천수경은 어떨 때는 부처님의 말씀처럼 이끌고 가다가, 또 어떨 때는 해괴한 논리로 경을 이끌어 가고 있다. 또한 법화경(法華經)의 보문품의 맥락으로도 흐르는 것 역시, 당시 민중의 바람이나 고통을 반영하여 만들어진 것으로 보인다.

우리나라에서 통용되는 천수경과 가범달마가 한역한 천수경의 공통된 부분은 신묘장구 다라니와 나무대비관세음 원아속지일체법(南無大悲觀世音 願我速知一切法)으로 시작하는 이 부분부터 아약향축생 자득대지혜(我若向畜生 自得大智慧)로 끝나는 여기까지이다. 하여튼 우리나라에서 통용되는 천수경은 누가 언제 재정리를 하여 세상에 드러내었는지는 알 수가 없다.

참회게는 중국불교와 우리나라 불교가 조금 다르다. 그러므로 우리나라와 중국불교의 내용을 대비하여 소개하면 다음과 같다.

[우리나라]
罪無自性從心起 心若滅時罪亦亡 罪亡心滅兩俱空 是即名爲眞懺悔
죄무자성종심기 심약멸시죄역망 죄망심멸양구공 시즉명위진참회

[중국불교]
罪從心起將心懺 心若滅時罪亦亡 心亡罪滅兩俱空 是則名爲眞懺悔
죄종심기장심참 심약멸시죄역망 심망죄멸양구공 시즉명위진참회


## 죄무자성종심기 罪無自性從心起
### 죄의 본성은 본래 없어서 분별심에 따라 일어나는 것

죄업(罪業)이라는 자체의 성품이 없음이니 이는 곧 마음으로부터 일어나는 것이다. 다시 말해 죄(罪)라는 것과 선(善)이라는 것을 씨앗이라고 가정한다면 그러한 씨앗은 그 어디에도 없는 것이라는 말씀이다. 그러기에 죄를 일으키는 악심은 그 어디에 있는 것이 아니라 마음 씀에 의하여 일어나는 것이다. 이를 일러 용심(用心)을 잘 써야

한다고 하였다.

그러므로 죄무자성(罪無自性)이라고 하는 것은 죄라는 것은 원래 실체가 없다, 그러나 죄라는 것은 종심기(從心起)한다고 하였다. 이는 마음을 좇아서 일어난다는 뜻이고, 여기서 말하는 마음은 곧 분별심(分別心)을 말한다.

분별심이라고 하는 것은 갖가지로 차별되게 일어나는 마음을 말한다. 이로 인하여 모든 대상을 접함에 있어서 사랑함과 미워함[愛憎]이 따르고, 있고 없음[有無]을 분별하며, 어리석음과 깨달음[迷悟] 등의 마음이 일어나는 것이다. 분별심이라고 하는 것은 모든 대상에 대하여 차별하는 관념을 대립시켜서 이해하려고 하는 마음을 말한다. 중생은 이로 인하여 불평등심(不平等心)을 일으키게 되는 것이며, 이는 곧 집착하는 마음을 유발하는 뿌리가 되어서 망상을 일으키게 되는 것이다.

망상이 일어나게 되면 실상을 그대로 직시하지 못하고 자신의 깜냥에 따라서 임의로, 또는 자의적으로 이해한다. 때문에 실상을 인식하는 데 있어서 장애가 되는 것이다. 실상을 그대로 인식하는 것을 진심(眞心)이라 하고, 실상을 왜곡하여 인식하는 것은 분별심(分別心)이라 한다. 고로 죄라는 것은 분별심에 의하여 일어나는 산물이다.


**심약멸시죄역망 心若滅時罪亦亡**
**이 분별심만 없어지면 죄 또한 사라지리라.**

참회게(懺悔偈)에 나오는 심(心)을 그냥 단순하게 마음이라고 해석하면 안 된다. 왜냐하면 악심(惡心)도 마음이요, 선심(善心)도 마음이기는 매한가지다. 그리고 마음은 형상이 있는 것이 아니라서 부수어 없애버리는 물질이 아니다. 여기서 마음이라고 하는 것은 분별심이다. 그러기에 증일아함경(增壹阿含經) 서품에 보면 가섭이 아난에게 묻기를 어떤 게송 가운데서 37도품과 모든 법을 내는가에 관하여 아난이 게송으로 답하기를 다음과 같이 하였다.

諸惡莫作 諸善奉行 自淨其意 是諸佛敎
제악막작 제선봉행 자정기의 시제불교

모든 악함을 짓지 말고 모든 선을 받들어 행하라.
스스로 그 마음이 깨끗하면 이것이 모든 부처님의 가르침이다.

모든 악을 짓지 말라고 하는 것은 마음이 법의 근본으로, 곧 모든 착한 법을 내기 때문이다. 착한 법을 내기 때문에 그 마음이 청정하게 되는 것이다. 그러한 까닭에 모든 불세존(佛世尊)께서는 몸과 입과 뜻으로 짓는 행을 항상 닦아 청정하게 하시는 것이라고 하였다. 所以然者。諸惡莫作。是諸法本。便出生一切善法。以生善法。心意淸淨。是故。迦葉。諸佛世尊身。口。意行。常修淸淨。

다시 이 부분을 더 살펴보면 아난이 가섭에게 다시 말하기를 모든 악을 짓지 말라는 말은 계율을 원만하게 갖춘 것으로써 맑고 깨끗한 행(行)이기 때문이며, 온갖 선을 행하라는 말은 마음이 청정해지기 때문이며, 스스로 그 뜻을 깨끗이 하라는 말은 그릇된 뒤바뀜을 버리는 것이기 때문이며, 그것이 곧 모든 부처님의 가르침으로 어리석고 미혹한 생각을 버리는 것이기 때문이라고 하였다. 諸惡莫作。戒具之禁。淸白之行。諸善奉行。心意淸淨。自淨其意。除邪顚倒。是諸佛教。去愚惑想。云何。迦葉。戒淸淨者。意豈不淨乎。意淸淨者。則不顚倒。以無顚倒。愚惑想滅。

## 죄망심멸양구공 罪亡心滅兩俱空
### 죄와 분별심을 모두 없애 두 가지 다 텅 비어 버리면

죄라는 마음, 분별심이라는 마음, 이 두 가지를 몰록 잊어버리면 그 자리가 부처의 자리가 되는 것이다. 그러므로 이 자리는 시공을 초월한 자리이다. 시공을 초월하지 못하면 수행은 늘 그 자리에서 맴도는 것이다. 관보현보살행법경(觀普賢菩薩行法經)에 보면 다음과 같은 세존의 게송이 있다.

一切業障海 皆從妄想生 若欲懺悔者 端坐念實相
일체업장해 개종망상생 약욕참회자 단좌념실상

온갖 업장의 바다는 모두가 망상에서 생기네.
만일에 참회하고자 하는 이는 단정히 앉아 실상을 생각하라.

衆罪如霜露 慧日能消除 是故應至心 懺悔六情根
중죄여상로 혜일능소제 시고응지심 참회육정근

뭇 죄는 서리와 이슬 같으니 지혜의 햇빛이 능히 녹이리.
그러므로 마땅히 지극한 마음으로 여섯 가지 감정의 뿌리 참회하여라.

중생은 자신이 지은 죄업을 참회하는 수행이 필요하다. 수(隋)나라 때 양천군수 법지가 한역한 '불위수가장자설업보차별경(佛爲首迦長者說業報差別經)'에 보면 부처님께서 게송으로 말씀하시기를 다음과 같이 하였다.

若人造重罪 作已深自責 懺悔更不造 能拔根本業
약인조중죄 작이심자책 참회갱부조 능발근본업

만일 어떤 사람이 무거운 죄를 지었지만
짓고는 깊이 스스로 꾸짖고
뉘우치며 다시는 짓지 않으면
능히 그 근본 업을 뽑을 수 있느니라.

양구공(兩俱空)에 대해서 양(兩)은 죄와 분별심을 말함이다. 공(空)을 그냥 단순하게 텅 비워버리면, 이렇게 봐야지 이를 선(禪)에 대입시키면 그만 게송이 선어록(禪語錄)처럼 흐른다. 그렇다고 하더라도 이 구절에는 우리에게 전하고자 하는 가르침이 숨어 있다. 여기에 대해서는 다음 구절에서 살펴보도록 하겠다.

유마경(維摩經) 불국품에 보면 '사리불이여, 이처럼 중생의 죄 때문에 여래의 불국토가 깨끗하게 장엄되어 있는 것을 보지 못할지언정 여래의 잘못이 아니니, 사리불아, 나의 국토가 깨끗하지만, 그대가 보지 못하는 것이라.'고 하셨다. 舍利弗。衆生罪故。不見如來國土嚴淨。非如來咎。舍利弗。我此土淨。而汝不見。


## 시즉명위진참회 是卽名爲眞懺悔
### 이 경계를 일러 진실한 참회라고 부르리라.

진실한 참회라고 하는 것은 위에서 설명한 양구공(兩俱空)이다. 그러므로 이를 마저 살펴보아야 한다. 앞서 말하였지만 참회에는 이참(理懺)과 사참(事懺)이 있다.

'이참'은 실상의 이치를 관하여 죄를 멸하게 하는 참회를 말하며, 이를 갖추어 말하면 관찰실상참회(觀察實相懺悔)라 한다.

'사참'은 예불이나 송경(誦經), 절하는 행위 등으로 작법을 통하여 자신이 지은 죄를 뉘우치는 것을 말한다. 이를 수분별참회(隨分別懺悔)라고 하며, 일반적으로 참회라 하는 것은 사참을 말함이다.

진각국사어록(眞覺國師語錄)에 보면 가히 드러낼 죄가 있으면 이것은 참회가 아니며, 가히 드러낼 죄가 없어야 이것이 참다운 참회라고 하였다. 有罪可露。不名懺悔無罪可露。是眞懺悔。

대보적경(大寶積經) 권 제112 보명보살회(普明菩薩會) 제43에 보면 부처님께서 가섭에게 이르기를 가섭아, 비유하면 천 년 동안 어두웠던 방이 아직 광명을 본 일이 없었는데, 만일 등불을 밝히면 너는 어떻게 생각하느냐? 그 어두움은 나는 오랫동안 여기에 있었음으로 떠나고 싶지 않다고 생각하겠느냐? 아니옵니다. 세존이시여, 만일 등불을 켜게 되면 이 어둠은 세력이 없어져서 떠나고 싶지 않아도 반드시 없어져 버립니다. 그러하느니라. 가섭아, 백천만겁 동안 오래도록 익힌 번뇌[結]와 업(業)도 하나의 진실한 관[實觀]으로써 이내 모두 소멸되는 것이니라. 그 등불이란 바로 성스러운 지혜이며, 그 어둠이란 바로 모든 번뇌와 업이라 하였다. 迦葉。譬如千歲冥室未曾見明。若然燈時。於意云何。闇寧有念我久住此不欲去耶。不也世尊。若然燈時是闇無力。而不欲去必當磨滅。如是迦葉。百千萬劫久習結業。以一實觀卽皆消滅。其燈明者聖智慧是。其黑闇者諸結業是。

유가(儒家)의 논어(論語)에 보면 잘못을 하고도 고치지 않는 것이 바로 허물이라고 하였다. 過而不改。是爲過矣。

이참(理懺)을 하든 사참(事懺)을 하든 자신의 허물을 스스로 참회하라고 함을 강조하는 것은 참회를 통하여 본성을 회복하라 함이다. 왜냐하면 본성을 회복하는 것이 자신의 본마음을 회복하는 것이기 때문이다. 이를 불성(佛性) 또는 여래장(如來藏)이라고 하는 것이다.

# 죄안퇴거소작인 罪案堆渠所作因

## 제6 변성 變成 대왕

**罪案堆渠所作因 口中甘蛆幾雙親**
죄안퇴거소작인 구중감저기쌍친

**大王尚作慈悲父 火獄門開放此人**
대왕상작자비부 화옥문개방차인

언덕과 도랑처럼 많이 쌓인 지은 죄업의 문서로
어찌 부모 봉양을 버려 있는 음식으로 하였던가.
그러함에도 오히려 대왕은 자비한 아비 되어
불지옥의 문을 열어젖혀서 이 사람 놓아주네.

산보집에서 시왕에 대례를 올리고 공양하는 의식문인 대례왕공양문(大禮王供養文) 가운데 제6 변성왕(變成王)에 대한 가영으로 실려 있다. 변성대왕은 명부의 시왕 가운데 여섯 번째 왕으로 죽은 사람이 명부로 오면 42일째에 이 왕이 있는 곳에서 생전에 지었던 선악의 업에 따라 심판을 받는다고 한다. 그러나 이는 도교의 관념이지 불교와는 무관하다. 그러므로 시왕에 대한 역할은 문헌마다 다르게 나타나는 경우가 많다. 또한 변성왕의 본지는 미륵보살이라고 하는데 이 역시도 아무런 근거가 없다.

### 죄안퇴거소작인 罪案堆渠所作因
언덕과 도랑처럼 많이 쌓인 지은 죄업의 문서로

죄안(罪案)은 범죄의 사실을 기록한 문서를 말하며, 이를 바탕으로 치죄(治罪)를 하는 것이다. 퇴거(堆渠)는 언덕과 도랑을 말하므로 생전에 지은 죄업이 마치 언덕과 도랑 가득 많다는 표현이다.

**구중감저기쌍친 口中甘蛆幾雙親**
어찌 부모 봉양을 버러지 있는 음식으로 하였던가.

저(蛆)는 구더기, 지네, 노래미 등을 말하며 쌍친은 아버지와 어머니를 말한다. 이 구절을 직역하면 어찌 부모에게 구더기, 노래미 등을 단 음식처럼 먹도록 주었느냐고 하는 것으로 병든 부모를 제대로 봉양하지 않았다는 것을 의미한다.


**대왕상작자비부 大王尙作慈悲父**
그러함에도 오히려 대왕은 자비한 아비 되어

이러한 죄업에도 불구하고 변성왕은 자비로운 아비가 되어 죄인을 돌본다는 표현이다.


**화옥문개방차인 火獄門開放此人**
불지옥의 문을 열어젖혀서 이 사람 놓아주네.

화옥(火獄)은 불지옥을 말한다. 변성왕은 죄인을 위하여 불지옥에서 벗어나게 하므로 자비한 아비라고 한 것이다.

# 주상전하수만세 主上殿下壽萬歲


## 원불축수 願佛祝壽

**主上殿下壽萬歲 王妃殿下壽齊年 世子邸下壽千秋**
주상전하수만세 왕비전하수제년 세자저하수천추

주상 전하시여, 오래오래 사시옵소서.
왕비 마마시여, 오래오래 사시옵소서.
세자 저하시여, 오래오래 사시옵소서.

작법귀감 원불축수(願佛祝壽)에 나오는 표현으로 왕실의 안녕과 수명장수를 기원하고 있다.


## 주상전하수만세 主上殿下壽萬歲
주상 전하시여, 오래오래 사시옵소서.

주상(主上)은 임금을 말한다. 전하(殿下)는 왕, 왕비 등 왕족에 대한 존칭이지만 대부분 왕에 대한 존칭으로 쓰인다. 작법귀감에는 주상(主上)에 대한 원불(願佛)을 무량수불(無量壽佛)로 정하여 수명장수를 기원하고 있다.


## 왕비전하수제년 王妃殿下壽齊年
왕비 전하시여, 오래오래 사시옵소서.

왕비에 대한 수명장수를 기원하며 원불(願佛)로는 약사여래불로 정하여 장수를 기원하고 있다.

**세자저하수천추 世子邸下壽千秋**
**세자 저하시여, 오래오래 사시옵소서.**

저하(邸下)는 왕세자에 대한 존칭이며, 천추(千秋)는 오랜 세월을 말한다. 원불(願佛)로는 석가여래를 정하고 있다. 이러한 모든 행위는 왕실의 안녕과 평안을 기원하는 것이다.

# 주야공원성이진 舟若空圓性已眞

## 십주영 十住詠

**舟若空圓性已眞 位居灌頂乃方親**
주약공원성이진 위거관정내방친

**無邊刹海歸毛孔 一切含靈入細塵**
무변찰해귀모공 일체함령입세진

반야의 공이 원만한 배라면 성(性)은 이미 참다운 것
관정(灌頂)의 지위에 자리해 머물러야 비로소 친해지리.
가없이 많은 국토의 털구멍으로 들어가고
일체중생들의 작은 먼지 속으로 들어가네.

산보집에서 상단을 청해 맞이하는 의식 가운데 십주영(十住詠)으로 실려 있다. 십주
는 보살이 닦는 열 가지 수행의 단계를 말하며, 이는 진리에 안주하는 단계라고 하여
주(住)라는 표현을 쓴다.

십주는 다음과 같다.
| | |
|---|---|
| (1) 발심주(發心住). | (6) 정심주(正心住). |
| (2) 치지주(治地住). | (7) 불퇴주(不退住). |
| (3) 수행주(修行住). | (8) 동진주(童眞住). |
| (4) 생귀주(生貴住). | (9) 법왕자주(法王子住). |
| (5) 방편구족주(方便具足住). | (10) 관정주(灌頂住). |

십주(十住)에 관한 내용은 화엄경 십주품을 바탕으로 지어진 게송이다.

## 주약공원성이진 舟若空圓性已眞
### 반야의 공이 원만한 배라면 성(性)은 이미 참다운 것

주(舟)는 배를 말하며 배를 타고 목적지에 가듯이 발심주에서 법왕자주에 다다른 것을 말한다. 제9주는 법왕자주(法王子住)이며, 이 지위에 이르면 부처님의 가르침을 그대로 따름으로 지혜가 생겨서 미래세에 부처가 될 만한 단계가 됨을 말한다. 그러므로 반야(般若)의 공(空)은 도리를 체득한 단계이다.


## 위거관정내방친 位居灌頂乃方親
### 관정(灌頂)의 지위에 자리해 머물러야 비로소 친해지리.

관정(灌頂)은 공(空)을 주시함으로써 생멸을 떠난 지혜를 증득한 것을 말한다. 십주(十住)를 십지(十地)라 하기도 한다.


## 무변찰해귀모공 無邊刹海歸毛孔
### 가없이 많은 국토의 털구멍으로 들어가고

십지에 이르게 되었을 때의 걸림 없는 도리를 밝히고 있다. 무변찰해에 대해서 화엄경에 보면 '넓은 광명 눈을 얻었으니 부처님의 평등하고 헤아릴 수 없는 묘한 색신을 보는 까닭이요, 걸림 없는 광명 눈을 얻었으니 끝이 없는 온갖 세계의 이룩되고 부수어지는 모양을 살펴보는 까닭이라.'고 하였다. 得普光明眼。見佛平等不可思議妙色身故。得無礙光眼。觀察一切無邊刹海成壞相故。

남명천화상송증도가사실(南明泉和尚頌證道歌事實) 제2권에 보면 바닷물이 모공(毛孔)에 들어간다는 것은 바닷물의 진성(眞性)이 바로 모공의 진성임을 알아차릴 수 있기 때문이다. 겨자가 수미산을 받아들이는 것은 모든 중생의 무명심(無明心)이 바로 불심(佛心)이기 때문이라고 하였다. 이것을 '수미산이 개자 속에 들어간다[須彌入芥子]'라고 한다. 海水入毛孔者。識得海水眞性。即是毛孔眞性故。芥納須彌者。一切衆生無明心。即是佛心。是名須彌入芥子。

대방등대집경(大方等大集經) 권 제14에서는 항상 여러 털구멍[毛孔] 설법으로써 법을 장엄하고, 여러 부처님 법의 밝음을 보고는 자신의 밝음을 장엄하고, 부처님 나라에 두루 비추어 광명을 장엄하고, 말이 그릇되지 않아서 기별(記別)을 장엄하고, 신통으로써 곳에 따라 즐거이 말하여 가르치기[教授]를 장엄하고, 신통으로써 사신족(神足)의 저 언덕에 이르러 변화하기를 장엄한다고 하였다. 常以諸毛孔說法莊嚴於法。見諸佛法明莊嚴自明。能照諸佛國莊嚴光明。說不錯謬莊嚴所記。神通隨所樂說莊嚴教授。神通到四神足彼岸莊嚴變化。


**일체함령입세진 一切含靈入細塵**
일체중생들의 작은 먼지 속으로 들어가네.

세진(細塵)은 아주 미세하고 세밀한 것을 말한다. 그러므로 낱낱의 중생들과 어우러져 함께 함이니 이는 관정주를 깨달아 얻으면 모든 것이 부처가 아님이 없는 도리를 증득하였기 때문이다.

# 주위출진등정안 珠爲出珍登淨案

## 동경게 動經偈

**珠爲出珍登淨案 藥因療病瀉金瓶**
주위출진등정안 약인료병사금병

**大乘法力難思議 若薦亡靈轉此經**
대승법력난사의 약천망령전차경

진귀한 구슬을 드러내어 깨끗한 책상 위에 올려놓고
약으로 인하여 병을 치료하기 위하여 금병(金瓶)에서 쏟아낸다.
대승의 법력은 헤아리기 어려우니
만약 죽은 혼령을 천도하려면 이 경을 옮겨야 하리라.

산보집에서 경함(經函)을 이운할 때 하는 의식인 경함이운(經函移運) 가운데 동경게 (動經偈)이다. 동경(動經)이라고 하는 것은 모셔둔 경(經)을 특정한 장소로 옮기는 것을 말한다.


**주위출진등정안 珠爲出珍登淨案**
진귀한 구슬을 드러내어 깨끗한 책상 위에 올려놓고

진귀한 구슬이란 부처님의 가르침을 담은 경(經)을 말한다. 이러한 경(經)을 지금 깨 끗한 책상 위에 올려놓았다는 표현이다.


**약인료병사금병 藥因療病瀉金瓶**
약으로 인하여 병을 치료하기 위하여 금병(金瓶)에서 쏟아낸다.

약(藥)이 있는 것은 병든 자를 치료하기 위하여 금병(金瓶)에 있는 법수(法水)를 쏟아붓는다고 하는 것이다. 부처님 말씀을 설하여 병든 중생을 치료하기 위함이다. 여기서 병든 중생이라고 하는 것은 무명(無明)이라는 병에 걸린 중생을 말한다.

## 대승법력난사의 大乘法力難思議
## 대승의 법력은 헤아리기 어려우니

여기서 대승(大乘)은 대승과 소승을 나누는 것이 아니라 부처님 법을 찬탄하여 큰 수레에 비유하여 대승이라고 한 것이다. 수레가 커야 많은 사람이 탈 수 있기 때문이다. 그러므로 대승은 '팔만사천법문'을 말한다. 이러한 가르침은 불가사의하기에 난사의(難思議)라고 하였다.

## 약천망령전차경 若薦亡靈轉此經
## 만약 죽은 혼령을 천도하려면 이 경을 옮겨야 하리라.

지금 경함을 이운하려고 하는 것은 망자를 천도하기 위함이라고 그 목적을 밝히고 있다.

# 중생무변서원도 衆生無邊誓願度

## 사홍서원 四弘誓願

**衆生無邊誓願度 煩惱無盡誓願斷**
중생무변서원도 번뇌무진서원단

**法門無量誓願學 佛道無上誓願成**
법문무량서원학 불도무상서원성

가없는 중생을 제도하겠습니다.
무진한 번뇌를 끊겠습니다.
무량한 법문을 배우겠습니다.
드높은 불도를 이루기 원합니다.

산보집 등 제반 의례와 천수경에 나오는 사홍서원(四弘誓願)이다. 불교 의례에 있어서 법회를 시작할 때는 삼귀의(三歸依)를 하고, 마칠 때는 사홍서원으로 마무리를 짓는다.

그렇다면 사홍서원이란 무엇일까. 이는 글자 그대로 네 가지 큰 서원을 말함이다. 이는 모든 보살인 인위(因位)에서 일으키는 네 가지 넓고 큰 서원을 말하기에, 이를 다시 말하면 부처님 전에 네 가지로 큰 다짐을 하는 것이다.

중생들만 서원을 세우는 것이 아니라 모든 불보살도 서원을 세우기는 마찬가지이다. 경전에 보면 약사여래는 십이서원(十二誓願)을 세웠고, 아미타불은 사십팔서원(四十八誓願)을 세웠으며, 부처님은 오백서원(五百誓願)을 세웠다고 한다.

중생의 서원은 대부분 부(富)를 충족하고 수명장수를 바라는 서원이 많다. 불보살들은 그렇지 아니하여, 번뇌를 끊겠다는 서원과 불법을 널리 포교하겠다는 서원을 세우는 것이 중생들과 크게 다른 점이다. 이외에도 불보살들이 세운 여러 가지 서원은 게송의 문구를 설명하면서 보충하기로 한다.

사홍서원을 이해하고자 한다면 먼저 대승본생심지관경(大乘本生心地觀經) 공덕장엄품에 나오는 말씀을 살펴보아야 한다. 참고로 이 경전을 줄여 흔히 '심지관경(心地觀經)'이라고 표현하기도 한다. 그럼 심지관경에 나오는 말씀을 살펴보자.

선남자야! 모든 보살에게는 다시 네 가지 원(願)이 있으니, 유정을 성숙시켜서 삼보에 머무르게 하여 큰 겁의 바다가 다하도록 마침내 물러나지 않게 하는 것이다. 어떤 것이 넷이 되느냐 하면, 첫째는 일체중생을 제도하길 서원함이요, 둘째는 모든 번뇌를 끊기를 서원함이요, 셋째는 모든 법문을 배우길 서원함이요, 넷째는 모든 부처님 과보를 증득하길 서원함이다. 선남자여! 이와 같은 네 가지 법을 크고 작은 보살들이 모두 닦아 배웠나니, 삼세의 보살들이 배운 곳이기 때문이라. 復次善男子。一切菩薩復有四願。成熟有情住持三寶。經大劫海終不退轉。云何爲四。一者誓度一切衆生。二者誓斷一切煩惱三者誓學一切法門。四者誓證一切佛果。善男子。如是四法。大小菩薩皆應修學。三世菩薩所學處故。

이를 다시 정리하면 다음과 같음이니, 사홍서원하고 비교해서 살펴보면 거의 흡사함을 알 수가 있다.

誓度一切衆生 서도일체중생
일체중생을 제도하길 서원함이요,

誓斷一切煩惱 서단일체번뇌
모든 번뇌 끊기를 서원함이요,

誓學一切法門 서학일체법문
모든 법문 배우기를 서원함이요,

誓證一切佛果 서증일체불과
모든 부처님 과보 증득하기를 서원함이다.

육조단경(六祖壇經) 참회품에 보면 다음과 같은 내용이 있다.

선지식이여! 이제 이미 참회하였으니 여러 선지식과 더불어 네 가지 큰 서원(四弘誓願)을 일으켜야 하나니, 모름지기 각자 마음을 바르게 세워서 들을지어다.

자심중생(自心衆生)이 끝없으니 건지기를 서원합니다.
자심번뇌(自心煩惱)가 끝없으니 그치기를 서원합니다.
자성법문(自性法門)이 한없으니 배우기를 서원합니다.
자성(自性)의 위없는 불도(佛道) 이루기를 서원합니다.
善知識。既懺悔已。與善知識發四弘誓願。各須用心正聽。自心衆生無邊誓願度。自
心煩惱無邊誓願斷。自性法門無盡誓願學。自性無上佛道誓願成。

그러므로 육조(六祖) 스님도 사홍서원을 강조하였음이다.


## 중생무변서원도 衆生無邊誓願度
**가없는 중생을 제도하겠습니다.**

불교에서 중생이라는 개념은 그 범위가 아주 넓어서 인간을 위시하여 생명을 가진 모든 것을 말한다. 그러므로 인간과 다른 동물의 관계에서 절대적인 차이를 두고 있지 아니하기에 중생은 모두 평등하다. 또한 동시에 구제의 대상이 되는 존재이다. 이러한 사상을 가진 종교는 오직 불교밖에 없다. 그만큼 불교는 아주 고차원적인 종교로 귀를 간질이는 종교와는 거리가 멀다.

불교에서는 중생을 아주 폭넓게 적용하여 살아 숨쉬는 것들에서 벗어나 신화에 나오는 용(龍), 나찰(羅刹), 야차(夜叉), 건달바(乾闥婆), 가루라(迦樓羅) 등도 모두 구제의 대상으로 본다. 여기에만 그치지 아니하고 우리가 흔히 이야기하는 귀신(鬼神) 등도 모두 구제의 대상이다. 그러기에 대부분의 경전 끝부분에 보면 귀신도 부처님의 말씀을 듣고 크게 감사하며 환희로운 마음을 내었다고 하는 내용이 들어 있다. 그러나 근래에 귀신을 쫓는다는 의미로 퇴마사(退魔師) 또는 구마사(驅魔師)라는 이름이 등장하는데, 이는 부처님 가르침과는 거리가 먼 이야기이다. 귀신은 제도의 대상이지 쫓아내는 대상이 아니다.

중생은 윤회의 범주로 보면 불교에서 말하는 육도중생(六道衆生)으로 지옥, 아귀, 축생, 수라, 인간, 천상(天上) 등이다. 여기서 천상을 제외하고 나머지 세상에 있는 부류들도 모두 구제의 대상에 포함되는 중생들이다. 넓은 의미로 보면 천상도 그러하다.

무변(無邊)은 끝닿는 데가 없다는 뜻으로 무한한 것을 공간적인 의미로 나타낸 것이다. 허공이 끝이 없듯이 중생도 끝이 없다는 표현이다. 문장에 따라서는 광대무변(廣大無邊)으로 나타내기도 한다. 그만큼 중생의 숫자도 끝이 없고, 더불어 마음도 끝이 없다.

서원도(誓願度)에서 서원(誓願)은 소원이 이루어지기를 기원하는 일을 말함이다. 그러므로 서(誓)는 서약(誓約)하다, 맹세하다는 뜻이고, 원(願)은 그것을 바란다는 뜻이다. 이어서 나오는 도(度)는 중생을 고통의 바다에서 건져내는 일을 말하는 것으로 이를 갖추어 말하면 제도(濟度)라고 한다.

중생무변서원도는 아직 제도되지 않은 자에게 부처님의 말씀을 일러주어 그들을 고제(苦諦)에서 벗어나도록 내가 직접 실천하겠다는 것으로, 이를 포교의 행(行)으로 말하면 실천행(實踐行)이 되는 것이다. 다시 말하면 말보다는 실천을 해야 원하는 바가 하나라도 이루어지는 것이다.

영락본업경(瓔珞本業經) 현성학관품에 보면 십관심(十觀心)에 대해서 말씀하시는 가운데 그 첫 번째에 다음과 같은 말씀이 있다. '첫째는 두텁게 일체 선근을 모으는 것이니, 이른바 사홍서원(四弘誓願)이니라. 아직 고제(苦諦)를 건너지 못한 자는 고제를 건너게 하고, 아직 집제(集諦)를 이해하지 못한 자는 집제를 이해하게 하고, 아직 도제(道諦)에 안심하지 못한 자에게는 도제에 편안케 하고, 아직 열반을 얻지 못한 자에게는 열반을 얻게 하느니라.'고 하셨다. 一厚集一切善根。所謂四弘誓。未度苦諦。令度苦諦。未解集諦。令解集諦。未安道諦。令安道諦。未得涅槃。令得涅槃。

혜능(惠能) 선사의 어록인 육조단경(六祖壇經) 참회품에 보면 '선지식이여, 큰 가풍을 이으면서 어찌 중생무변서원도(衆生無邊誓願度)라 이르지 아니할까마는 이처럼 말하는 것은 또 이 혜능(惠能)이 누구를 건지겠다는 뜻이 아니요, 선지식들의 마음속에 있는 중생을 말하는 것이니, 이를테면 삿되고 어리석은 마음, 속이고 망령된 마음, 착하지 못한 마음, 질투하는 마음, 악하고 독한 마음, 이러한 마음들이 모두 중생(衆生)이라.'고 한다고 하였다. 善知識。大家豈不道。衆生無邊誓願度。恁麼道。且不是惠能度。善知識。心中衆生。所謂邪迷心。誑妄心。不善心。嫉妒心。惡毒心。如是等心。盡是衆生。

각자 제 성품을 스스로 제도(濟度)하는 것을 참다운 제도라고 한다. 어찌하면 제 성품을 스스로 제도한다고 하는가. 곧 자기 마음속에 있는 삿된 견해, 번뇌, 어리석음 등의 중생심을 정견(正見)으로써 제도하는 것이다. 이미 정견이 있으면 반야 지혜로 하여금 어리석음·미망(迷妄)의 중생을 타파하여 각각 스스로 제도하는 것이니, 삿된 것이 오면 바른 것으로 제도하고, 미혹함[迷]이 오면 깨우침[悟]으로 제도하고, 어리석음[愚]이 오면 지혜로서 제도하고, 악(惡)한 것이 오면 착한 것으로 제도해야 한다. 이처럼 제도하는 것을 일컬어 참된 제도라고 한다고 하였다. 各須自性自度。是名眞度。何名自性自度。卽自心中邪見煩惱愚癡衆生。將正見度。旣有正見。使般若智打破愚癡迷妄衆生。各各自度。邪來正度。迷來悟度。愚來智度。惡來善度。如是度者。名爲眞度。

부처님께서 일생 우리에게 하신 말씀은 무슨 신통이나 보이려고 하는 신비스러운 가르침이 아니라, 고통 속에 빠진 우리를 제도하기 위한 말씀이라는 것을 알아야 한다. 그러므로 '팔만대장경'은 곧 '제도경(濟度經)'이라고 할 수 있는 것이다.


## 번뇌무진서원단 煩惱無盡誓願斷
### 무진한 번뇌를 끊겠습니다.

번뇌(煩惱)는 마음이 시달려서 괴로운 것을 간단하게 단정 지어서 말하는 것이다. 이를 다시 들여다보면 중생의 몸과 마음을 힘들게 하여 오염시키고, 이로 인하여 미혹하게 함으로써 마음을 평온하지 못하도록 만드는 정신적인 작용을 포괄하여 번뇌라고 말한다. 번뇌는 산스크리트어로 kléśa라고 하는데 이는 고통받다, 학대받다, 괴로워하다는 뜻이다. 그러므로 번뇌를 마구니에 비유하여 표현할 때는 번뇌마(煩惱魔)라고 한다. 이러한 번뇌도 그 원인이 분명히 있을 터인데, 이를 좁혀서 들어가 보면 결국 탐냄과 성내, 어리석음으로 인하여 미혹을 일으키는 것을 말함이다. 이를 탐·진·치(貪瞋痴)라고 하며 삼독(三毒)이라고도 한다. 그러므로 중생에게는 탐·진·치가 아주 해악(害惡)한 독이 되는 것이다.

무진(無盡)은 끝이 없을 정도로 매우 많다는 표현이다. 이를 좀 더 갖추어 표현하면 무궁무진(無窮無盡)이라고 하여서 한이 없고 끝이 없다는 말이다. 중생의 번뇌는 무진하기에 미망(迷妄) 속에 갇혀 사는 것이다. 이러한 번뇌는 끊어야 할 대상이기에 단(斷)이라는 표현을 사용하였다. 여기서 단(斷)이라는 표현은 끊는다, 근절시키다, 이러한 표현이다.

그러면 왜 번뇌를 끊겠다고 서원을 하는가. 번뇌가 없으면 참된 마음자리가 몰록 드러남으로 이를 견성(見性)했다, 또는 성불하였다고 한다. 이를 다시 말하면 중생은 번뇌가 없으면 망상이 일어나지 않기에 진성(眞性)을 찾게 되는 것이다. 진성(眞性)은 곧 진심(眞心)이고, 진심은 진인(眞人)의 도리를 행하기에 이를 일러 '부처'라고 하는 것이다.

번뇌무진서원단은 '번뇌무량서원단'과 같은 표현이다. 보살영락본업경(菩薩瓔珞本業經) 대중수학품에 보면 번뇌에 대해서 세밀하게 그 내용이 나온다. 생소한 단어도 있고 좀 난해한 부분도 있지만, 그래도 한 번 정독해 스스로 근기만큼이라도 살펴보아야 하겠기에 여기에 옮겨 적는다.

제일의제(第一義諦)에 따라서 일어남을 선(善)이라 하고, 제일의제를 등지고 일어남을 번뇌라고 이름하느니라. 順第一義諦起名善。背第一義諦起名惑。

이 두 가지를 주지(住地)로 하기 때문에 생득(生得)의 선(善), 생득의 번뇌라고 하고, 이 두 가지 선과 번뇌를 근본으로 하기 때문에 후의 일체 선악을 일으키느니라. 以此二爲住地故。名生得善生得惑。因此二善惑爲本。起後一切善惑。

일체법의 연(緣)에 따라서 선과 번뇌의 이름이 생기고, 행위 함으로써 선을 얻고 행위 함으로써 번뇌를 얻지만, 마음은 선도 아니고 번뇌도 아니니라. 이 두 가지를 따라 이름을 얻기 때문에 선과 번뇌의 두 가지 마음이 있느니라. 從一切法緣生善惑名。作以得善作以得惑。而心非善惑。從二得名故善惑二心。

욕계의 번뇌를 일으키는 것을 욕계주지(欲界住地)라고 이름하고, 색계의 번뇌를 일으키는 것을 색계주지(色界住地)라고 이름하며, 마음[心]의 번뇌를 일으키므로 무색계주지(無色界住地)라고 이름하느니라. 起欲界惑名欲界住地。起色界惑名色界住地。起心惑故名無色界住地。

이 네 가지 주지(住地)로써 일지(一地)의 번뇌를 일으키므로 처음 일어나는[始起] 것을 사주지(四住地)라고 하고, 이 사주지 앞에 다시 법이 일어나는 것이 없으므로 무시(無始)의 무명주지(無明住地)라고 하느니라. 以此四住地。起一切煩惱故。爲始起四住地。其四住地前更無法起故。故名無始無明住地。

또다시 보살영락본업경 가운데 현성학관품에 보면 중생은 무명으로 인하여 미혹하기에 열세 가지 번뇌를 일으킨다고 가르치심을 주셨는데 이를 소개하면 다음과 같다.

불자여, 무명(無明)이란 일체 법을 이해하지 못하는 것을 말하느니라. 법계에서 미혹되어 삼계의 업과를 일으키나니, 그러므로 나는 무명장(無明藏)으로부터 열세 가지의 번뇌를 일으킨다고 말하느니라. 이른바 사견(邪見)·아견(我見)·상견(常見)·단견(斷見)·계도견(戒盜見)·과도견(果盜見)·의견(疑見)의 칠견(七見)이니, 일체처를 보고 구하기 때문에 견이라 하느니라. 이 견(見)으로부터 다시 여섯 가지 집착하는 마음을 일으키니, 탐착심(貪著心)·애착심(愛著心)·진착심(瞋著心)·치착심(癡著心)·욕착심(欲著心)·만착심(慢著心)이며, 법계 가운데에서 모든 때에 일어남이라. 佛子。無明者。名不了一切法。迷法界而起三界業果。是故我言。從無明藏起十三煩惱。所謂。邪見我見常見斷見戒盜見果盜見疑見。七見。見一切處求故說見。從見復起六著心。貪愛瞋癡欲慢。於法界中一切時起。

승만경(勝鬘經) 일승장에서는 번뇌를 다섯 가지로 나누어서 설명하였다. 이를 오주지번뇌(五住地煩惱)라고 하며, 이를 줄여서 오주지혹(五住地惑), 오주지(五住地)라고 한다.

그 내용은 다음과 같다.

1. 견일처주지(見一處住地) : 한 곳만을 보는 편견 속에 잠재된 번뇌.
2. 욕애주지(欲愛住地) : 욕망의 집착 속에 잠재된 번뇌.
3. 색애주지(色愛住地) : 육체의 집착 속에 잠재된 번뇌.
4. 유애주지(有愛住地) : 윤회 생존의 집착 속에 잠재된 번뇌.
5. 무명주지(無明住地) : 무명의 잠재적 번뇌.

보살영락본업경(菩薩瓔珞本業經), 그리고 승만경(勝鬘經)에서는 번뇌를 설명하는 과정에서 주지(住地)라는 다소 생소한 표현이 나온다. 이는 '근본 번뇌'를 표현한 단어이며, 오주지번뇌 가운데에서도 무명주지가 그 힘이 가장 크다고 하셨다. 여기에 대해서 말씀하시기를 무명의 잠재적 번뇌의 힘이 윤회 생존의 집착 속에 잠재된 번뇌나 네 가지 잠재적 번뇌보다도 그 힘이 가장 뛰어난 것이니, 항하(恒河)의 모래만큼이나 많은 부수적 번뇌의 의지하는 바가 되며, 역시 네 가지 잠재적 번뇌를 오래 머물도록 하는 것이라고 하셨다. 如是無明住地力。於有愛數四住地。其力最勝。恒沙等數。上煩惱依。亦令四種。煩惱久住。

그러므로 번뇌는 모조리 없애야 하는 대상이다. 천수경(千手經)에는 다음과 같은 내용이 있다.

洗滌塵勞願濟海 超證菩提方便門
세척진로원제해 초증보리방편문

온갖 번뇌와 망상, 무명 등을 씻어내고 괴로움의 바다를 건너기를 원하나니
보리의 법에 이르는 방편의 문을 증득하여지기를 원하나이다.

다시 말하면 번뇌를 씻으면 보리를 깨달아 얻을 수 있다는 가르침이다.

대승입능가경(大乘入楞伽經) 게송품에 보면 번뇌도 '마음에서 일어나는 소치'라 하는 가르침이 있다.

三界由心起 迷惑妄所見 離妄無世間 知已轉染依
삼계유심기 미혹망소견 이망무세간 지이전염의

삼계는 마음에 의해서 일어난 것이고
미혹하여 허망한 생각으로 본 것이니
허망한 생각이 떠나면 세간 없으므로
알고 나면 번뇌[染衣]는 바뀌리라.


## 법문무량서원학 法門無量誓願學
## 무량한 법문을 배우겠습니다.

법문(法門)이라는 단어는 법(法)과 문(門)이 합쳐서 표현한 단어이다. 여기서 법은 다르마, 즉 진리를 말한다. 그러면 왜 문(門)이라는 표현을 하였을까. 이는 부처님의 가르침으로 인하여 진리의 문으로 들어가기 때문이다. 그러므로 법문은 불법으로 들어가는 문을 말함이다.

중생은 이러한 이치를 통하여 도를 깨닫고 자기의 천연적인 본성을 되찾아갈 수 있음이다. 이는 오직 법문을 통하여서만 가능하다. 그렇다면 불교에서 말하는 문(門)은 도대체 몇 개나 될까. 흔히 불법으로 들어가는 문은 '팔만사천법문(八萬四千法門)'이라고 하였다. 즉 팔만사천의 문(門)이 있다고 하는 것은, 곧 중생에게 불법의 참모습을 가르쳐 주기 위하여 가지가지 방편을 설정하여 베푼 법이 팔만사천 가지나 된다는 말이다. 이는 일일이 그 수를 헤아려 8만 4천 개라고 하는 것이 아니라 그만큼 많다는 것을 나타낸다.

방편이 팔만사천이 있다고 하는 것은 곧 중생의 번뇌가 팔만사천 가지나 된다는 것을 의미한다. 팔만사천법문은 곧 팔만사천교문(八萬四千教門) 또는 팔만사천법온(八萬四千法蘊)이라고도 한다.

무량(無量)은 헤아릴 수 없이 많은 숫자를 말함이다. 이를 부처님의 법문에 비유하여

'법문무량'이라고 하였다. 법문이 무량한 것은 이미 위에서 개략적으로 설명을 하여 놓았으니 이를 꼼꼼히 살펴보기를 바란다. 다만 여기서 우리가 놓칠 수도 있는 것은, 번뇌는 곧 망상을 말하는 것으로, 중생의 망상이 팔만사천 가지나 되기에 그런 우리를 구제하고자 팔만사천법문이 나오게 되었다는 것이다.

법문은 삼보에 있어서 두 번째에 해당하는 법보다. 법보를 다 능히 배우겠다는 것은 '의심치 않고 받아들인다'는 뜻이기도 하다. 부처님은 중생에게 진실법(眞實法)을 일러주고자 방편법(方便法)을 쓰신 것이다. 이를 모르면 불교라는 울타리 안에 들어와서도 계속 방편에 빠져 방편의 믿음을 일으켜 더는 앞으로 나아가지 못한다. 이러함에 있어서는 승속(僧俗)이 따로 없음이니, 항상 자신의 수행을 되돌아보아야 한다. 그러므로 명안종사(明眼宗師)를 만나야 하는 이유가 바로 여기에 있다.

또한 법문 배우기를 서원하는 것은 올바른 믿음을 일으키기 위해서이다. 올바른 믿음이 있어야 작은 바람에도 흔들리지 않는 법이다. 큰 물고기는 강을 거슬러 올라가고, 큰 새는 맞바람을 두려워하지 않는 법이다. 그러므로 사홍서원 세 번째 구절은 교학(敎學)을 아주 중요시하는 것이기도 하다.

교학을 바로 아는 것에 대하여 반야심경(般若心經)에서는 '무지역무득(無智亦無得)'이라고 하였다. 깨달음도 없고, 깨달음을 얻을 바도 없다. 이러한 경계가 되어야 법문을 제대로 배우고 들었다는 증거가 된다.

유마경(維摩經) 보살행품에 보면 '아난이여! 이 세상에는 네 가지 마군[四魔]과 (그로부터 생긴) 팔만사천 번뇌문(煩惱門)이 있고, 중생은 이로부터 괴로움을 받고 있으나 모든 부처님은 그러한 법으로써 불사를 지으심이니, 이처럼 교화하여 모든 부처님의 법문에 들어감이라.'고 하셨다. 阿難。有此四魔。八萬四千諸煩惱門。而諸衆生爲之疲勞。諸佛即以此法而作佛事。是名入一切諸佛法門。

또 법화경(法華經) 방편품에 나오는 게송의 말씀을 보면 '지금 나도 또한 그와 같아서 중생들을 편안하게 하려고 갖가지 법문으로써 불도를 설하여 보이느니라. 나는 지혜로써 중생들의 성품과 욕망을 알고 방편으로 여러 가지 법을 설하여 그들을 모두 기쁘게 하느니라.'고 하셨다. 今我亦如是。安隱衆生故。以種種法門。宣示於佛道。我以智慧力。知衆生性欲。方便說諸法。皆令得歡喜。

보살영락본업경(菩薩瓔珞本業經) 불모품에서는 '불자여, 법문이란 이른바 십신심(十信心)이니, 이것이 일체 행의 근본이니라. 그러므로 십신심 중에 하나의 신심에 십품

(十品)의 신심이 있으면 백법명문(百法明門)이 되며, 또 이 백법명심(百法明心) 중에서 일심에 백심(百心)이 있으므로 천 가지 법이 밝은 문이 되고, 또 천법(千法)의 명심(明心) 중에서 일심에 천심(千心)이 있으므로 만법(萬法)의 명문(明門)이 되나니, 이처럼 늘여 나가다 보면 무량한 명(明)에 이르며, 더욱 전전하여 상상(上上)의 법에 승진(勝進)하므로 명명법문(明明法門)이 되느니라. 백만 아승기 공덕과 일체 행은 다 이 명문(明門)에 들어감이라.'고 하셨다. 佛子。法門者。所謂十信心。是一切行本。是故十信心中。一信心有十品信心。爲百法明門。復從是百法明心中。一心有百心故。爲千法明門。復從千法明心中一心有千心。爲萬法明門。如是增進至無量明。轉勝進上上法故。爲明明法門。百萬阿僧祇功德。一切行盡入此明門。

화엄경(華嚴經) 세주묘엄품에는 '불국토의 미진수 같은 무수한 법문은 바다와 같이 넓지만 한 마디도 남김없이 모두 말씀하신다.'고 하셨다. 佛刹微塵法門海。一言演說盡無餘。

대승기신론열망소(大乘起信論裂網疏)에는 '모든 불보살을 가까이하고, 머리 숙여 예를 올리고, 공양하며 공경하고, 찬탄하며 정법을 자세히 듣고, 설하신 대로 수행하며, 미래의 끝이 다할 때까지 쉬지 않음이니 이것이 곧 법문무량서원학이라.'고 하였다. 親近一切諸佛菩薩。頂禮供養。恭敬讚歎。聽聞正法。如說修行。盡未來際。無有休息。此即法門無量誓願學。


## 불도무상서원성 佛道無上誓願成
드높은 불도를 이루기 원합니다.

불도(佛道)는 불교에서 많이 사용하는 표현이라 불자라면 자주 들었을 것이다. 그 깊은 뜻을 더 들여다보고자 한다. 불도는 부처님께서 성취하신 최상의 깨달음인 무상보리(無上菩提)를 말함이다. 여기서 무상보리를 경전에는 '아뇩다라삼먁삼보리'로 나타내기도 한다.

법화경(法華經) 서품의 게송에 보면 '내가 보니, 항하의 모래처럼 많은 저 세계의 보살들이 가지가지 인연으로 부처님의 도를 구한다.'는 말씀이 있다. 我見彼土。恒沙菩薩。種種因緣。而求佛道。

부처님께서 설하신 가르침을 제대로 받아들이지 못함은 중생이 무지하여 그러함이다. 여기에 대하여 법화경 방편품의 게송에 보면 '내가 만약 중생들을 만나면 모두 부처님의 도로써 가르치건만, 지혜 없는 사람들은 잘못 알고 미혹하여 그 가르침을 받아드리지 못함이라.'고 하셨다. 若我遇衆生。盡敎以佛道。無智者錯亂。迷惑不受敎。

유마경(維摩經) 불도품에는 '문수보살이 유마힐에게 물었다. 보살은 어찌해야만 불도에 막힘없이 환하게 알 수가 있겠습니까? 그러자 유마힐이 답하기를 만약 보살이 도가 아닌 길을 행한다면 곧 불도를 통달할 것이라.'고 하였다. 文殊師利問維摩詰言。菩薩云何通達佛道。維摩詰言。若菩薩行於非道。是爲通達佛道。

불자라면 반드시 알아두어야 한다. 불자는 경전에 의지해서 수행해야지 경전에 의지하지 아니하고 수행한다면 사상누각(沙上樓閣)이 되기 십상이다. 다른 종교인들은 그들의 가르침 내용을 줄줄이 말하는데, 불자는 여기에 비하면 벙어리처럼 말 한마디 못하고 그저 어디 가면 무슨 절이 있고, 어디 가면 어느 스님이 계신다는 말들만 늘어놓으면 안 된다. 이는 작은 문제가 아니라 엄청나게 큰 문제다. 그러기에 경전에 의지하여만 올바른 신심이 생겨나고, 올바른 신심이 있어야만 올바른 수행이 됨을 명심하여야 한다.

화엄경(華嚴經) 수미정상게찬품에 보면 '우리가 세존을 뵈면 큰 이익을 얻게 되나니 이러한 묘한 법을 들으면 다 마땅히 부처님 도를 이룰 것이라'고 말씀하셨다. 그러므로 부처님의 말씀을 그냥 귓전에 바람 스치듯 흘려보내면 안 된다. 我等見世尊。爲得大利益。聞如是妙法。悉當成佛道。

원각경(圓覺經) 미륵보살장에 보면 '부처님께서 말씀하시기를 만약 미움과 사랑을 끊고 탐욕과 성냄과 어리석음도 끊으면 차별한 성품에 구애치 않고 다 불도를 이룰 것이라'고 확약을 주셨다. 若能斷憎愛。及與貪瞋癡。不因差別性 皆得成佛道。

드높은 불도를 이루는 것은 성불의 길로 가기 위함이기에 거룩한 서원을 나 자신에게 엄숙히 맹세하는 것이다. 이토록 불교는 무엇을 바라는 종교가 아니라 다짐의 종교라는 것을 알아두어야 한다.

# 중하조선천하국 中夏朝鮮天下國

## 중원본국명신명장영 中原本國名臣名將詠

**中夏朝鮮天下國 名臣文武盡忠良**
중하조선천하국 명신문무진충량

**孝孫烈女守持節 來赴無遮大道場**
효손열녀수지절 래부무차대도량

중하(中夏)와 조선(朝鮮) 천하의 나라에
명신(名臣)과 문무(文武)들이 모두 충성스럽고 어지네.
효손(孝孫)과 열녀(烈女), 절개(節槪)를 지킨 분들
막음 없는 큰 도량에 오시옵소서.

산보집에서 중원 본국의 명신과 명장을 청하는 중원본국명신명장청(中原本國名臣名將請)에 나오는 가영이다. 여기에 나오는 청사를 살펴보면 다음과 같다. '일심으로 중국과 외국의 문무(文武) 백료(百僚)와 명신(名臣), 거장(巨將)들과 고금으로 역대의 충의(忠義)로운 장수와 절개를 지킨 명현(名顯)들과 나라를 위해 억울하게 죽은 이와, 효자 순손(順孫)과 큰선비와 석사(碩士) 등 모든 명인(名人) 등 대중을 받들어 청하오니, 이 법회에 왕림하시어 이 공양을 받으시옵소서.' 一心奉請。中國外國。文武百僚。名臣巨將。古今歷代。忠義將帥。持節名顯。爲國枉死。孝子順孫。巨儒碩士。一切名人等衆。來臨法會。受此供養。

### 중하조선천하국 中夏朝鮮天下國
중하(中夏)와 조선(朝鮮) 천하의 나라에

중하(中夏)는 중국 사람이 자기 나라를 높여서 부르는 표현으로 중화(中華)와 같은 표현이다. 한족이 한족 외에는 야만인으로 취급하여 이(夷), 만(蠻), 융(戎), 노(奴) 등을 붙이는 반면, 한족은 세계의 중앙에 있다고 하여 중(中)이라고 표현하였다. 화(華)는 문명을 나타내어 문명이 가장 뛰어난 민족이라고 표현한 것이다. 그러므로 이 게송은 씁쓸한 면이 없지 않다. 그것도 조선이 먼저가 아니고, 중국을 앞세워 나타내어 사대주의(事大主義) 근성을 드러냈다.


## 명신문무진충량 名臣文武盡忠良
**명신(名臣)과 문무(文武)들이 모두 충성스럽고 어지네.**

명신(名臣)은 이름난 신하를 말하므로 곧 훌륭한 신하를 뜻한다. 문무(文武)는 문신(文臣)과 무신(武臣)을 말하고, 이를 문관(文官)과 무관(武官)이라 하기도 한다. 이어서 충량(忠良)은 충성스럽고 어진 신하를 말한다.


## 효손열녀수지절 孝孫烈女守持節
**효손(孝孫)과 열녀(烈女), 절개(節槪)를 지킨 분들**

효손(孝孫)은 효성이 극진한 손자를 말하며, 열녀(烈女)는 절개가 곧은 여자를 말한다. 그리고 절개(節槪)는 신념이나 신의 따위를 저버리지 아니하고 끝까지 지킨 이를 말한다.


## 래부무차대도량 來赴無遮大道場
**막음 없는 큰 도량에 오시옵소서.**

무차(無遮)는 막음이 없다는 표현이므로 위에서 열거한 분들이시여! 오늘 막음이 없는 이 도량에 오시옵소서! 라는 표현이다.

# 중학상수시숙인 衆鶴相隨示宿因

## 제23대 조사 학륵나 鶴勒那 존자

**衆鶴相隨示宿因 曾通至理又迷津**
중학상수시숙인 증통지리우미진

**回頭却念貪求輩 到此須知食悞人**
회두각념탐구배 도차수지식오인

학의 무리가 따라다니며 숙세의 인연 보이자
일찍이 지극한 이치 통달했거늘 다시 나루를 잃었네.
한 생각 돌려 탐하여 구하는 무리를 생각해 보니
여기에 이르러 모름지기 밥 먹다 깨달은 이를 알았네.

산보집에서 선문의 조사에게 예참을 올리는 선문조사예참(禪門祖師禮懺) 가운데 제23대 조사인 학륵나(鶴勒那 ?~A.D. 209)) 존자에 대한 가영이다.

학륵나 존자는 월씨국(月氏國) 출생이다. 학륵나 존자는 항상 오백 마리 학(鶴)이 따라다니면서 존자의 곁을 떠나지 아니하자, 이에 존자가 스승인 마라나(摩拏羅) 존자에게 묻기를 저에게 어떠한 인연이 있어서 학의 무리가 저를 따르느냐고 물었다. 이에 너는 과거 생에 500명의 제자가 있었는데, 너는 용궁(龍宮)에 가서 공양을 받았지만 너의 제자들은 복덕이 적어서 데리고 가지 않았다. 이에 제자들이 불만을 표시하자 제자들을 데리고 용궁의 공양을 받았거늘, 제자들은 용궁의 공양을 받을 만한 복덕이 없었기에 죽어서 날개 족(族)으로 떨어져서 5겁(劫)이 지난 지금 학(鶴)의 몸을 받아 너의 주위를 떠나지 않는 것이다. 이에 학륵나 존자가 학의 무리에게 이르기를 '마음이 만 경계를 따라 움직이니, 움직이는 곳마다 모두 그윽하다. 흐름에 따라 본성품 깨달으면 기쁨도 없고 근심도 없을 것이라'고 하였다. 이 말을 들은 학의 무리가 울면서 날아갔다고 한다.

중학상수시숙인 衆鶴相隨示宿因
학의 무리가 따라다니며 숙세의 인연 보이자

위에서 설명한 5백 마리 학의 무리에 관한 고사(故事)를 말함이다.


증통지리우미진 曾通至理又迷津
일찍이 지극한 이치 통달했거늘 다시 나루를 잃었네.

자신은 일찍이 도업을 이루었지만 5백 마리 학이 자신을 따라다니는 이치를 알지 못했음을 이르는 말이다.


회두각념탐구배 回頭却念貪求輩
한 생각 돌려 탐하여 구하는 무리를 생각해 보니

스승 마라나 존자에게 이러한 연유를 듣고 나서 학의 무리가 자신을 따라다니는 이유를 알게 되었다.


도차수지식오인 到此須知食悟人
여기에 이르러 모름지기 밥 먹다 깨달은 이를 알았네.

이는 존자가 학의 무리에게 설법한 내용을 말하며, 그 대강은 '마음이 만상의 주인공'이라는 것을 알라는 가르침이다.

# 증숭대각피자음 增崇大覺被慈陰

## 사선천영 四禪天詠

**增崇大覺被慈陰 始獲今生福報酬**
증숭대각피자음 시획금생복보수

**榮貴縱經八萬劫 悉免無常一旦休**
영귀종경팔만겁 실면무상일단휴

높고 숭고한 큰 깨달음의 은근한 자비로운 가피를 입었으니
금생에 비로소 복의 과보 보답을 얻었다네.
가로세로 팔만 겁을 지나도록 부귀영화 누리니
어찌 무상함을 면하여 하루아침에 그칠 수 있겠느냐.

산보집에서 중단을 청해 맞이하는 의식인 중단영청지의(中壇迎請之儀) 가운데 사선
천(四禪天)에 대한 가영으로 수록되어 있다. 사선천은 네 가지 선정을 닦은 사람이
태어나는 색계의 하늘 가운데 초선천(初禪天), 이선천(二禪天), 삼선천(三禪天), 사선
천(四禪天) 등을 말한다.


**증숭대각피자음 增崇大覺被慈陰**
높고 숭고한 큰 깨달음의 은근한 자비로운 가피를 입었으니

증숭(增崇)은 높고 숭고한 것을 말하므로, 이어지는 대각(大覺)을 뒷받침하는 표현이
다. 그리고 피(被)는 가피를 말하며, 음(陰)은 음덕을 말한다.


**시획금생복보수 始獲今生福報酬**
비로소 금생에 복의 과보로 보답을 얻었다네.

보수(報酬)는 행위에 대한 대가를 말한다. 불교에서는 요행으로 얻어지는 것은 없다. 모든 것이 인과(因果)로 인하여 얻어지는 것이다.


## 영귀종경팔만겁 榮貴縱經八萬劫
## 가로세로 팔만 겁을 지나도록 부귀영화 누리니

종경(縱經)에서 종(縱)은 가로를 말하고, 경(經)은 세로를 말한다. 종경(縱經)으로 팔만 겁(劫)이라고 하였으므로 무수한 세월을 말한다.


## 실면무상일단휴 悉免無常一旦休
## 어찌 무상함을 면하여 하루아침에 그칠 수 있겠느냐.

수행자에게는 부귀영화만이 다가 아니다. 그보다 더 중요한 것은 무명(無明)의 무상(無常)에서 벗어나는 것이니, 이것이 어찌 하루아침에 그칠 수 있겠느냐 하는 것이다. 그러므로 오랫동안 꾸준하게 수행해야 한다.

# 증축만년천자수 曾祝萬年天子壽

## 헌좌게 獻座偈

**曾祝萬年天子壽 重成五分法王身**
증축만년천자수 중성오분법왕신

**栴檀林裏占都魁 蘭麝叢中居上品**
전단림리점도괴 난사총중거상품

일찍이 천자가 만세를 누리기를 축원하였으며
거듭 다섯 가지 덕 갖춘 법왕신이 되시기를 축원하며
전단 나무 숲속에서 으뜸을 차지하시고
난향, 사향 등이 모인 가운데서도 상석에 자리하소서.

산보집에서 선왕(先王)과 선후(先后)에 대하여 육법 공양을 올리면서 행하는 게송이다. 이 게송은 능엄해원석결도량의(楞嚴解冤釋結道場儀) 권8, 고봉용천원인사집현어록(高峰龍泉院因師集賢語錄) 제3권 등에도 실려 있다. 그러나 이를 옮기면서 일부 글자를 변형하여 인용하였기에 원문을 소개하면 다음과 같다.

曾祝萬年天子壽 熏成五分法王身 旃檀林裏占都魁 蘭麝叢中居上品
증축만년천자수 훈성오분법왕신 전단림리점도괴 난사총중거상품

### 증축만년천자수 曾祝萬年天子壽
일찍이 천자가 만세를 누리기를 축원하였으며

천자(天子)는 하늘을 대신하여 나라를 다스리는 이를 말하므로 곧 황제를 말한다. 그러므로 황제의 통치가 오래도록 이어지기를 축원하였다는 내용이다.

**중성오분법왕신 重成五分法王身**
**거듭 다섯 가지 덕 갖춘 법왕신이 되시기를 축원하며**

중(重)은 무겁다는 뜻으로 쓰인 것이 아니라 '거듭'이라는 표현으로 쓰였다. 오분법신(五分法身)은 오온(五蘊)이 수행을 통하여 오분법신으로 바뀌는 것을 말한다. 이는 계(戒), 정(定), 혜(慧), 해탈(解脫), 해탈지견(解脫知見) 등을 말한다. 그러므로 오분법신은 청정한 오온을 말하는 것이다.


**전단림리점도괴 栴檀林裏占都魁**
**전단 나무 숲속에서 으뜸을 차지하시고**

전단(栴檀)은 전단향(栴檀香) 나무를 말한다. 영가 현각(永嘉玄覺) 스님의 증도가(證道歌)에 보면 전단림무잡수(栴檀林無雜樹)라고 하여 전단향 나무숲에는 잡된 나무가 없다고 하였다.


**난사총중거상품 蘭麝叢中居上品**
**난향, 사향 등이 모인 가운데서도 상석에 자리하소서.**

난사(蘭麝)는 난 꽃의 향을 말하고, 사(麝)는 수사향 노루의 향낭(香囊)에서 취한 향을 말한다. 결국은 빼어난 향을 뜻한다. 고로 이러한 가운데 상품(上品)의 자리에 앉기를 권하는 내용이다. 참고로 거(居)는 살다, 거주한다는 뜻도 있지만, 앉는다는 뜻도 있다.

# 증향능엄계교궁 曾向楞嚴計較窮

## 제2대 조사 아난 阿難 존자

**曾向楞嚴計較窮 法身雖獲證圓通**
증향능엄계교궁 법신수획증원통

**可憐欲睡方成道 始信從前枉用功**
가련욕수방성도 시신종전왕용공

일찍이 능엄경에서는 계교(計較)가 다했으며
법신은 비록 원만하게 통함을 얻었으나
가련하게도 잠을 자려다가 도를 이루고서야
비로소 종전에 쓸데없이 잘못 공(功)을 썼다는 것 아시었네.

산보집에서 선문의 조사에게 예참을 올리는 선문조사예참(禪門祖師禮懺)에 나오는 제2대 조사로 추앙받는 아난(阿難) 존자에 대한 가영으로 수록되어 있다.

아난은 아난다(Ananda)를 음사한 표현이기에 교리상으로 보면 '아난다'가 더 올바른 표현이다. 아난다는 부처님의 십대제자 가운데 한 분으로 다문제일로 추앙을 받았다. 또한 부처님의 사촌 동생이기도 하다. 아난다는 부처님을 20여 년간 모셨던 제자이며, 부처님의 열반을 지켜보았다. 그 후 경전을 결집할 때 큰 역할을 하였던 장본인이다.

### 증향능엄계교궁 曾向楞嚴計較窮
일찍이 능엄경에서는 계교(計較)가 다했으며

계교(計較)는 서로 견주어 살펴본다는 뜻으로, 여기서는 일찍이 능엄경(楞嚴經)을 살펴보아 그 궁리(窮理)를 다했다는 표현이다. 능엄경에 보면 아난다는 걸식을 나갔다가 마등가녀(摩登伽女)의 환술에 유혹되어 음실(陰室)로 가게 되었으나 부처님께서 이를 아시고 무외광명(無畏光明)을 놓으시어 문수보살을 시켜 아난다를 구제하였다.

### 법신수획증원통 法身雖獲證圓通
### 법신은 비록 원만하게 통함을 얻었으나

능엄경에 보면 아난다는 음실에서 벗어나 부처님을 뵙고 슬피 울면서, 시작 없는 옛 적부터 한결같이 불법을 많이 들어 알기만 하고, 도의 힘이 완전하지 못함을 한탄하며, 시방 여래께서 보리를 성취하신 묘한 사마타(奢摩他)와 삼마(三摩)와 선나(禪那)의 최초방편(最初方便)을 간절히 청하였다.

### 가련욕수방성도 可憐欲睡方成道
### 가련하게도 잠을 자려다가 도를 이루고서야

능엄경에 보면 부처님이 아난다에게 이르기를, 어떤 사람이 피곤하고 나른하여 잠이 들었다가 푹 자고 나서 깨었을 때, 경계를 보면 기억하고 기억을 잃으면 잊어버림이 바로 뒤바뀐 생주이멸(生住異滅)이라고 하였다.

### 시신종전왕용공 始信從前枉用功
### 비로소 종전에 쓸데없이 잘못 공(功)을 썼다는 것 아시었네.

능엄경에 보면 '일념(一念)으로 이 법문을 가지고 말겁(末劫) 가운데 배우지 못한 이들을 깨우칠 수 있다면, 이 사람의 죄와 업장은 생각 따라 소멸해서, 그 받을 지옥 고통의 원인은 변하여 안락한 국토가 된다'고 하였다. 能以一念將此法門。於末劫中開示未學。是人罪障。應念銷滅。變其所受地獄苦因。成安樂國。

# 지공타중간반야 指空陀中看般若

**서천 제108대 제납박다 提納縛多 존자**

**指空陀中看般若 忽然三處頓忘形**
지공타중간반야 홀연삼처돈망형

**當年若負衝天志 何必南天見普明**
당년약부충천지 하필남천견보명

지공(指空) 화상은 두타행(頭陀行) 중에 반야를 보고
홀연히 삼처(三處)에서 몰록 형상을 잊었다네.
만약 그해에 하늘을 찌르는 의지(意志)를 저버렸다면
하필 남쪽 하늘에서 보명(普明)을 보았겠는가.

산보집에서 선문의 조사에게 예참을 올리는 선문조사예참(禪門祖師禮懺) 가운데 서천(西天) 108대 조사 제납박다 존자(提納縛多尊者)에 대한 가영으로 실려 있다. 제납박다 존자는 우리에게 지공(指空 ?~1363) 화상으로 널리 알려져 있다. 지공 화상은 인도 출신으로 중국과 고려에서 활동하였다. 화상은 1326년 고려에 들어와 법기보살(法起菩薩)이 머문다는 금강산에 머무르기도 하였다. 그리고 서천 108대 조사라는 것은 인도의 선종 계보로 보았을 때 제108대 조사라는 뜻이다. 우리나라는 나옹혜근(懶翁惠勤 1320~1376)이 선사의 법을 이은 것으로 유명하다. 또한 지공(指空), 나옹(懶翁), 무학(無學) 스님 등 세 분을 삼화상(三和尙)이라고 한다.

**지공타중간반야 指空陀中看般若**
지공(指空) 화상은 두타행(頭陀行) 중에 반야를 보고

지공 스님은 마가다국 만왕(滿王)의 셋째아들로 태어나 8세 때 나란타사(那爛陀寺)에서 출가하였다. 19세 때 남인도 능가국 길상산에서 보명(普明)에게 의발을 전해 받

1191

고 인도를 떠나 중국으로 들어왔다고 한다. 지공 화상이 두타행을 하다가 반야를 보았다고 하는 것은 '나란타사'에서 능가국으로 떠나는 여정 가운데서 깨달음을 얻었다는 표현이다.


**홀연삼처돈망형 忽然三處頓忘形**
홀연히 삼처(三處)에서 몰록 형상을 잊었다네.

화상이 홀연히 세 곳에서 몰록 형상을 잊었다고 하였지만, 구체적으로 무엇을 말하는지는 문헌에 나타나지 않는다.


**당년약부충천지 當年若負衝天志**
만약 그해에 하늘을 찌르는 의지(意志)를 저버렸다면

당년(當年)은 일이 있었던 그해를 말하지만, 화상에 대한 기록은 거의 남아 있지 아니하여 정확하게 무엇을 말하는지는 알 수가 없다. 도를 구하고자 하는 마음을 나타내는 것으로 보인다.


**하필남천견보명 何必南天見普明**
하필 남쪽 하늘에서 보명(普明)을 보았겠는가.

남천(南天)은 지공 화상이 만행을 떠났던 남인도(南印度) 능가국(楞迦國) 길상산(吉祥山)을 말하며, 여기서 보명(普明) 스님의 문하(門下)로 들어가 수행하였을 때를 말함이다.

# 지변황금입래회 地變黃金入會來

## 제11대 조사 부나야사 富那夜奢 존자

**地變黃金入會來 心非住止定無猜**
지변황금입회래 심비주지정무시

**忽聞當座菩提樹 三昧門深自豁開**
홀문당좌보리수 삼매문심자활개

땅이 변해 황금이 되고 성인이 이 회상에 들어오니
마음은 머무름도 그침도 없으니 의심할 여지가 없네.
홀연히 들었네. 응당 보리수나무 아래 앉아 있다는 것을.
깊은 삼매의 문 저절로 활짝 열렸네.

산보집에서 선문의 조사에게 예참을 올리는 선문조사예참(禪門祖師禮懺) 가운데 선문의 제11대 조사 부나야사(富那夜奢) 존자에 대한 가영이다. 부나야사 존자는 인도 화씨성(華氏城) 출신으로 공신(空身) 장자의 일곱째 아들이다. 협존자(脇尊者)의 법을 이어받았으며, 그 후 마명(馬鳴)에게 법을 전했다.

### 지변황금입회래 地變黃金入會來
땅이 변해 황금이 되고 성인이 이 회상에 들어오니

지변황금(地變黃金)이란 땅이 황금으로 변했다는 표현이다. 벽암록(碧巖錄)에 보면 '양나라 무제(武帝)가 일찍이 가사를 수하고 스스로 방광반야경(放光般若經)을 강설하자 천화(天花)가 어지럽게 떨어지고 땅이 황금으로 변하는 것을 감득(感得)하였다.' 하는 표현이 있다. 武帝嘗披袈裟。自 講放光般若經。感得天花亂墜地變黃金。

**심비주지정무시 心非住止定無猜**
마음은 머무름도 그침도 없으니 의심할 여지가 없네.

마음의 묘용(妙用)에 대해서 말하고 있다. 마음은 불생불멸(不生不滅)하는데 어찌 머무름과 그침이 있겠는가. 여기에 대해서는 털끝만큼도 의심할 여지가 없음이다.

**홀문당좌보리수 忽聞當座菩提樹**
홀연히 들었네. 응당 보리수나무 아래 앉아 있다는 것을.

부처님이 보리수 아래에서 대각을 이루었다는 말씀을 들었다는 표현이다.

**삼매문심자활개 三昧門深自豁開**
깊은 삼매의 문이 저절로 활짝 열렸네.

깊고 깊은 삼매의 문이라고 하는 것은 곧 심문(心門)을 말함이니, 이러한 도리를 알면 대도가 저절로 활짝 열리는 법이다.

# 지옥천당구정토 地獄天堂俱淨土

**봉송게 奉送偈**

**地獄天堂俱淨土 魔宮虎穴總蓮丘**
지옥천당구정토 마궁호혈총련구

**山河不礙家鄕路 刹刹塵塵自在遊**
산하불애가향로 찰찰진진자재유

**지옥과 천당이 정토를 갖추었고**
**마구니 궁전과 범의 소굴이 다 극락일세.**
**산과 물이 고향 가는 길을 막지 못하니**
**티끌처럼 많은 세계 자재하게 노니네.**

작법귀감에서 고혼을 받들어 전송하는 봉송고혼편(奉送孤魂篇)에 나오는 봉송게(奉送偈)이다.

**지옥천당구정토 地獄天堂俱淨土**
**지옥과 천당이 정토를 갖추었고**

지옥과 천당이 모두 정토라고 하였는데, 이는 지옥과 천당이 어디에 따로 있는 것이 아니라 마음 씀에 따라 그렇게 바뀐다는 것을 말함이다.

**마궁호혈총련구 魔宮虎穴總蓮丘**
**마구니 궁전과 범의 소굴이 다 극락일세.**

마궁(魔宮)은 마구니의 궁전을 말하며, 이는 삼독의 궁전을 말하는 것이다. 호혈(虎

1195

穴)은 호랑이의 소굴을 말하므로, 이는 삼독으로 인한 행을 말하는 것이다. 그렇다고 하더라도 이 마음이 부처임을 깨달으면 삼독이 삼선(三善)으로 바뀌게 되고, 악행이 선행으로 바뀌게 되므로 모두 '연꽃의 언덕'이 되는 것이다. 그러므로 연구(蓮丘)는 곧 '정토'를 말한다.

### 산하불애가향로 山河不碍家鄉路
### 산과 물이 고향 가는 길을 막지 못하니

산하(山河)는 큰 산과 큰 내를 말하는 것으로, 이는 본고향으로 돌아감에 있어서 장애하는 것을 말한다. 가향(家鄉)은 자기 집이 있는 고향을 말하기에, 이는 마음의 고향을 말하므로 이를 달리 말하면 본성(本性)이라고 한다.

### 찰찰진진자재유 刹刹塵塵自在遊
### 티끌처럼 많은 세계 자재하게 노니네.

찰찰(刹刹)이나 진진(塵塵)이나 같은 표현으로 아주 미세한 것을 말한다. 고로 두두물물(頭頭物物)에 자재하여 노닌다는 표현이다.

# 지장대성서원력 地藏大聖誓願力

## 지장영 地藏詠

**地藏大聖誓願力 恒沙衆生出苦海**
**지장대성서원력 항사중생출고해**

**十殿調律地獄空 業盡衆生放人間**
**십전조율지옥공 업진중생방인간**

지장보살 큰 성인의 서원력은
항하 모래처럼 많은 고해의 바다에서 벗어나게 하시며
시왕전에서 법률을 조율하여 지옥이 텅 비게 하여서
중생들이 지은 업을 모두 소멸시켜 인간세계로 방면하시네.

산보집에서 중위에 공양을 권하는 중위권공(中位勸供)에 나오는 지장영(地藏詠)으로
되어 있다. 모든 의례에서 지장보살을 찬탄하는 가영으로 널리 쓰이는 게송이며, 더
불어 지장전(地藏殿)의 주련으로도 널리 쓰인다. 지장보살은 중화 불교권에서 파생
된 보살로 지옥 중생을 구제한다는 보살로 설정되어 있다. 지옥 중생이 모두 성불하
기 전까지는 자신의 성불을 미루고 지옥 중생을 교화하겠다는 슬로건을 내세운다. 그
러나 지장경은 대장경 그 어디에도 실려 있지 아니하며, 형상으로 표현할 때는 삭발
한 사문의 모습과 육환장(六環杖)이나 보주(寶珠)를 들고 있는 모습 등으로 흔히 나
타내지만, 이 역시도 경전의 근거는 없다.


## 지장대성서원력 地藏大聖誓願力
지장보살 큰 성인의 서원력은

응운공여대사유망록(應雲空如大師遺忘錄)에 보면 지장대성(地藏大聖)이라는 표현이
있다. 여기에 보면 '지장대성은 남염부제의 화주(化主)로서 옷을 벗고 지하에 들어가

지옥문에서 눈물을 거두지도 않으신다. 무릇 눈과 귀와 코와 혀와 몸과 뜻을 갖추어 사람이라고 불리는 이들은, 이 보살의 명호를 듣고 신심(信心)을 거역하지 않고 공양하고 예배하면 그 복이 무량하다.'고 하였다. 地藏大聖。南閻浮提化主。脫衣入地而地獄門。淚又不收。凡具眼耳鼻舌身意。得號爲人者。聞是菩薩名號。信心不逆。供養禮拜。其福無量。

## 항사중생출고해 恒沙衆生出苦海
### 항하 모래처럼 많은 고해의 바다에서 벗어나게 하시며

대반열반경에 보면 '보살마하살은 지옥에 갈 업이 없지만, 중생을 위하여서 서원을 세우고 지옥에 나느니라. 선남자여, 지나간 옛적 중생의 수명이 백 세이던 때에, 항하의 모래 수 같은 중생들이 지옥의 업보를 받았으므로, 내가 그것을 보고 큰 서원을 세우고 지옥의 몸을 받았느니라. 보살이 그때 그런 업이 없었지만, 중생을 위하여서 지옥의 과보를 받은 것이라.'고 하였다. 菩薩摩訶薩無地獄業。爲衆生故。發大誓願。生地獄中。善男子。往昔衆生壽百年時。恒沙衆生受地獄報。我見是已。即發大願。受地獄身。菩薩爾時實無是業。爲衆生故。受地獄果。

여기서 '지장삼부경'이 아닌 '대반열반경'의 말씀으로 예를 든 것은 '지장삼부경'에는 이러한 표현이 없기 때문이다.

## 십전조율지옥공 十殿調律地獄空
### 시왕전에서 법률을 조율하여 지옥이 텅 비게 하여서

십전(十殿)은 도교에서 말하는 시왕(十王)의 궁전을 말한다. 그러나 시왕에 관한 말씀은 부처님 말씀이 아니다. 조율(調律)은 법률을 잘 적용한다는 표현이다. 고로 시왕전에서 법률을 잘 조율하여 지옥이 텅 비게끔 한다는 표현이지만 교리상으로 보면 맞지 아니하다.

## 업진중생방인간 業盡衆生放人間
### 중생들이 지은 업을 모두 소멸시켜 인간세계로 방면하시네.

업진(業盡)은 중생들이 지은 업이 다함을 말한다. 그러므로 중생들이 지은 업을 다하게 하여 모두 인간세계로 방면(放免)한다는 뜻이다.

# 지장대성위신력 地藏大聖威神力

## 지장영 地藏詠

**地藏大聖威神力 恒河沙劫說難盡**
지장대성위신력 항하사겁설난진

**見聞瞻禮一念間 利益人天無量事**
견문첨례일념간 이익인천무량사

지장대성의 위신력은
항하사 겁을 설하여도 다할 수가 없기에
보고, 듣고, 우러러 잠깐만이라도 예배한다면
그 이익은 인간과 천상에 한량이 없도다.

재의례(齋儀禮)에 나오는 지장보살에 대한 가영으로 이는 지장보살본원경(地藏菩薩本願經)에 나오는 말씀 가운데 제12 견문이익품(見聞利益品)에 실린 게송을 바탕으로 지은 게송이다. 그러나 지장경(地藏經)은 그 어떠한 대장경(大藏經)에도 실리지 않아 위경(偽經)으로 보는 견해가 강하다. 그리고 그 어떠한 논소(論疏)에도 지장보살에 대한 언급은 거의 없다. 참고로 지장보살본원경은 당나라 때 우전국(于闐國) 삼장법사 실차난타(實叉難陀)가 한역하였다고 하나, 이는 어디까지나 차명(借名)하였을 뿐이다. 지장경에서 주인공은 당연히 지장보살이며, 지장경을 토대로 하여 지장보살 서원의 핵심을 살펴보면 다음과 같다.

衆生度盡 方證菩提 地獄未空 誓不成佛
중생도진 방증보리 지옥미공 서불성불

중생을 모두 구제하고 비로소 깨달음을 이루리라.
지옥이 텅 비기 전에는 절대로 성불하지 않으리라.

위의 문장에 대해서 또 다르게 나타나는 유형을 살펴보면 '지옥불공 서불성불 중생도진 방증보리(地獄不空 誓不成佛 衆生度盡 方證菩提)'라고도 하지만 그 내용은 대동소이(大同小異)하다.

대승대집지장십륜경(大乘大集地藏十輪經) 서품에 부처님께서 제석천에게 지장보살에 대해 말씀하시는 가운데 그 일부를 살펴보면 '지장보살은 멈추지 않고 수레가 굴러가듯이 항상 보시하고, 묘고산(妙高山)과 같이 굳건하게 계를 지키며, 무너지지 않는 금강석과 같이 정진하며, 대지(大地)와 같이 인욕하며, 깊은 선정을 비장(秘藏)하고, 등지(等至)는 오묘한 꽃 꾸미개[花鬘]와 같이 아름다우며, 지혜는 큰 바다와 같이 넓고 깊고, 허공과 같이 결코 때 묻지 않아 그가 깨달은 현재의 원인은 온갖 꽃과 잎처럼 분명한 것이다.'고 하였다. 常行惠施。如輪恒轉。持戒堅固。如妙高山。精進難壞。如金剛寶。安忍不動。猶如大地。靜慮深密。猶如祕藏。等至嚴麗。如妙花鬘。智慧深廣。猶如大海。無所染著。譬太虛空。妙果近因。如衆花葉。

또한 지장경 제2 분신집회품(分身集會品)에 보면 지장보살의 역할에 대하여 말씀하시기를 부처님이 입멸하시고 미륵보살이 이 세상에 내려오기까지의 공백 기간에 육도중생을 교화하는 보살이라고 하였다. 내가 도리천궁에서 은근히 부족하던 것을 생각해서 사바세계가 미륵이 출세할 때까지의 중생을 모두 해탈시켜서 영원히 모든 고통에서 벗어나게 하고 부처님의 수기를 받도록 하라고 하셨다. 汝當憶念。吾在忉利天宮殷勤付囑。令娑婆世界至彌勒出世已來衆生。悉使解脫永離諸苦遇佛授記。

## 지장대성위신력 地藏大聖威神力
## 지장 대성의 위신력은

지장보살본원경에 나오는 원문을 살짝 변형하였다. 지장경(地藏經)에 보면 '부처님께 관세음보살에게 이르시기를 이 지장보살은 염부제에 큰 인연이 있어 만약 모든 중생에게 보고 듣고 이익되게 하는 일을 설하려면 백 천겁을 설하더라도 다할 수가 없다. 이러므로 관세음아, 너는 신력을 가지고 이 경을 유포시켜서 사바세계의 중생에게 백천만겁 동안 영원히 안락함을 받도록 하라.'고 하였다. 佛告觀世音菩薩。是地藏菩薩於閻浮提有大因緣。若說於諸衆生見聞利益等事。百千劫中說不能盡。是故觀世音。汝以神力流布是經。令娑婆世界衆生。百千萬劫永受安樂。

그리고 이어지는 부처님의 게송 가운데 첫머리에 나오는 내용으로 원문에는 다음과 같다.

吾觀地藏威神力 오관지장위신력
내가[세존] 지장의 위신력을 관해 보니

여기서 오(吾)는 부처님을 지칭하는 것이다. 그러므로 오관지장(吾觀地藏)을 지장대성(地藏大聖)으로 변형하여 문구를 만들었다. 지장대성(地藏大聖)에서 지장(地藏)은 지장보살을 말함이고, 대성(大聖)은 불보살에 대한 존호이며, 이는 위대한 성인이라는 뜻이다. 그러기에 대성석가(大聖釋迦), 대성세존(大聖世尊), 대성관음(大聖觀音) 등으로 나타내는 것이다. 60권 본 화엄경(華嚴經)에 보면 '부처님은 사의(思議)하기가 어려워 비할 바가 없고, 상호의 광명으로 시방을 비추시니 대성세존의 올바른 가르침의 길은 마치 맑은 눈으로 명주를 보는 것 같다.'고 하였다. 佛難思議無倫匹。相好光明照十方。大聖世尊正教道。猶如淨眼觀明珠。

위신력(威神力)은 불가사의함을 말하기에 불보살은 위신력으로 중생을 제도하는 근간이 되는 것이다. 지장경 제4 염부중생업감품(閻浮衆生業感品)에 보면 '지장보살은 이와 같은 사의하지 못하는 대위신력이 있어 널리 중생을 이롭게 하니, 너희들 모든 보살은 마땅히 이 경전을 기록하여 널리 유포케 하라.'고 하시었다. 如是地藏菩薩。有如此不可思議大威神力廣利衆生。汝等諸菩薩當記是經廣宣流布。

그렇다면 지장보살의 위신력은 과연 무엇인가. 다시 염부중생업감품에 보면 '미래세 중에 만약 남자와 여인이 있어 선을 행하지 않는 자와 악을 행하는 자와 인과를 믿지 않는 자와 사음하고 거짓말하는 자와 이간질하고 욕하는 자와 대승을 훼방하는 자 등. 이와 같은 여러 업을 짓는 중생들은 반드시 악취에 떨어지게 된다. 그러나 만약 선지식을 만나 권유를 받아 손가락을 한 번 튕길 사이라도 지장보살에게 귀의하면 이 여러 중생은 곧 삼악도의 과보에서 해탈을 얻게 될 것이며,' 未來世中。若有男子女人。不行善者。行惡者。乃至不信因果者。邪婬妄語者。兩舌惡口者。毀謗大乘者。如是諸業衆生必墮惡趣。若遇善知識勸。令一彈指間。歸依地藏菩薩。是諸衆生即得解脫三惡道報。

'만약 지극한 마음으로 귀의하여 공경하고 첨례하며 찬탄하고, 향과 꽃과 의복과 갖가지의 진보와 혹은 다시 음식을 가지고 이처럼 받들어 모시는 자는 미래세의 백천만 억겁 중에도 항상 모든 하늘에 있으면서 뛰어나게 묘함과 즐거움을 받을 것이다. 만약 하늘의 복이 다하고 인간에 하생한다 할지라도 오히려 백천만겁을 항상 제왕이 되며, 능히 숙명의 인과에 대한 본말을 기억하게 될 것이다.'고 하였다. 若能志心歸敬及瞻禮讚歎。香華衣服種種珍寶或復飮食。如是奉事者。未來百千萬億劫中。常在諸天受勝妙樂。若天福盡下生人間。猶百千劫常爲帝王。能憶宿命因果本末。

그러므로 위신력이라고 하는 것은 불보살이 성취한 무한하고 신통한 힘을 말함이다. 이로써 중생에게 미치는 강력하고 불가사의한 능력의 힘을 가지는 것이며, 중생이 이를 받아 성취하면 가피(加被)를 입었다고 하는 것이다. 고로 위신력을 빛으로 나타내면 위신광명(威神光明)이라고 하며, 이와 같은 위신력이 끝이 없다고 나타내면 위신무극(威神無極)이라고 한다. 힘으로 나타내면 위신력(威神力)이라고 하기에 그 말은 본디 위신(威神)에서 나오는 것이다. 그러므로 위신(威神)이라는 뜻을 먼저 알아두어야 한다.

위신(威神)은 불지(佛地)에서 발휘되는 위엄 있고 신통하고 묘용하게 작용하는 갖가지 작용이다. 이는 불위신(佛威神)을 말함이다. 무량수경(無量壽經)에 보면 '부처님께서 아난에게 말씀하셨다. 아난아, 저 국토의 보살들이 아미타불의 위신력에 힘입어 한 번 식사하는 사이에 시방의 헤아릴 수 없는 세계를 다니면서 모든 부처님을 뵙고 공경하고 공양하느니라.'고 하셨다. 佛語阿難。彼國菩薩。承佛威神。一食之頃。往詣十方。無量世界。恭敬供養。諸佛世尊。


### 항하사겁설난진 恒河沙劫說難盡
항하사 겁을 설하여도 다할 수가 없기에

항하사(恒河沙)는 항하(恒河)의 '무수한 모래'라는 뜻이다. 이를 다시 말하면 항하의 모래알의 수량은 헤아릴 수 있어도 지장보살의 위신력은 헤아릴 수가 없다는 뜻이다. 불교에서는 헤아리거나 사량하지 못할 때 주로 사용하는 비유법이다. 이어서 나오는 겁(劫)이라는 의미는 천지가 한 번 개벽한 때부터 다음 개벽할 때까지의 기간을 뜻한다. 계산할 수 없는 무한히 긴 시간을 말함이다. 이를 항하의 모래에 비유하여 모래 하나에 한 겁으로 비유를 하였으니 그 나머지 판단은 독자들의 몫으로 남겨두고자 한다.

인도의 숫자를 표시하는 개념은 매우 폭넓게 발전하였다. 갠지스강의 모래알 숫자에 비유하여 항하사(恒河沙)라 하고, 항하사의 1억 갑절이 넘는 것을 아승기(阿僧祇)라 하고, 또 나유타(那由他), 불가사의(不可思議), 무량대수(無量大數) 등이 있다. 우리가 사용하고 있는 아라비아숫자를 고안해 낸 사람들은 인도인들이다. 그러나 아라비아 상인들이 인도와 유럽을 오가면서 상행위로 이를 사용하였는데, 유럽 사람들이 이를 아라비아숫자라고 부른 것이 그만 고정화되었다. 그렇다면 아라비아 상인들은 어느 민족을 말하는가. 아시아와 유럽, 그리고 아프리카 북부지역을 걸쳐서 활동하던 이슬람 상인들을 말한다. 이슬람 상인들은 우리나라에도 오가면서 무역을 하였다. 고려 시대에 가장 활발하게 활동을 하였으며 삼국유사(三國遺事)에 나오는 처용가(處容歌)에서 처용(處容)이 이슬람 사람이라는 견해도 있다는 것을 참고로 알아두었으면 한다.

또한 우리나라 사람들이 표현하는 골백번 죽더라도, 이러한 표현이 있다. 여기서 '골[萬]', 다시 말해 만의 '백 제곱'이라는 뜻으로 만을 100번 곱하면 100만 번이라는 숫자가 된다. 그러기에 '골'은 만(萬)을 뜻하는 토박이말이다. 백(百)을 뜻하는 토박이말은 '온'이다. 그러므로 온몸, 온갖, 온 나라 등을 표현할 때 접두어로 쓰이는 '온'은 백(百)을 뜻하며, 이는 많다는 의미로 통용된다. 예를 들어 백날 가봐야 헛일이다, 이러한 표현에서 '백'은 백(百)이라는 뜻이다.

지장보살의 위신력에 대하여 아무리 설해도 불가능하다고 하였다. 이로써 지장보살의 권능(權能)에 관해서 설명하고 있다. 이를 좀 더 쉽게 들여다보면 '백천만겁 항하사겁설난진(百千萬劫 恆河沙劫說難盡)'이라고 축약할 수가 있다. 그러므로 항하사는 무량대수(無量大數)에 해당한다.


## 견문첨례일념간 見聞瞻禮一念間
## 보고, 듣고, 우러러 잠깐만이라도 예배한다면

견문(見聞)은 보고 듣고, 이러한 표현이다. 그리고 이어지는 첨례(瞻禮)는 첨앙예배(瞻仰禮拜)를 줄여서 표현한 말로 '우러러 예경을 표한다'는 말이다. 일념간(一念間)에서 일념(一念)은 '하나의 생각'이라는 뜻으로 이는 '아주 짧은 시간'을 말한다. 그러나 때에 따라서는 한결같은 생각, 오로지 한 마음이라는 전심(專心)의 뜻으로도 쓰인다. 여기서는 짧은 시간을 나타내는 표현으로 쓰였기에 순식간(瞬息間), 탄지(彈指) 등의 표현과 비슷하다. 이러한 말씀은 법화경(法華經) 방편품에 보면 자주 등장한다.

或有人禮拜 或復但合掌 乃至擧一手 或復小低頭
혹유인예배 혹부단합장 내지거일수 혹부소저두

혹 어떤 사람이 절을 한 번 하거나 합장만 한 번 하더라도
손만 한 번 들거나 머리만 조금 숙여도

以此供養像 漸見無量佛 自成無上道 廣度無數衆
이차공양상 점견무량불 자성무상도 광도무수중

1203

이러한 일로 불상에 공양하면 점점 한량없는 부처님을 친견하고
스스로 최상의 도를 이루고는 무수한 중생들을 널리 제도하여

入無餘涅槃 如薪盡火滅
입무여열반 여신진화멸

무여열반에 들게 하기를 마치 나무가 다 타고 불이 꺼지듯 하느니라.


## 이익인천무량사 利益人天無量事
## 그 이익은 인간과 천상에 한량이 없도다.

지장보살의 말씀을 믿으면 그 이익이 중생계나 천상계나 한량이 없다는 뜻이다. 지장경(地藏經) 제13 촉루인천품에 보면 다음과 같은 말씀이 있다.

부처님께서 허공장보살에게 이르시기를 자세히 듣고 자세히 들어라. 내 너를 위해 구분하여 말하겠노라. 만약 미래세에 선남자와 선여인이 지장의 형상을 보고 이 경을 듣거나 독송하며, 향과 꽃과 음식과 의복과 진보로 보시하며, 공양하고 찬탄하고 첨례 하면 이십팔종의 이익을 얻게 된다. 佛告虛空藏菩薩。諦聽諦聽吾當爲汝分別說之。若未來世有善男子善女人。見地藏形像及聞此經。乃至讀誦香華飮食衣服珍寶布施供養讚歎瞻禮。得二十八種利益。

1) 하늘과 용이 수호하기를 생각하며, 2) 선한 과보가 날로 증가하며, 3) 성인의 상인을 모을 것이며, 4) 보리심이 퇴전하지 않을 것이며, 一者天龍護念。二者善果日增。三者集聖上因。四者菩提不退。

5) 의식이 풍족할 것이며, 6) 질병이 들지 않을 것이며, 7) 물과 불의 재난을 여읠 것이며, 8) 도적의 액난이 없을 것이며, 五者衣食豐足。六者疾疫不臨。七者離水火災。八者無盜賊厄。

9) 사람이 보고 공경할 것이며, 10) 귀신이 돕고 지킬 것이며, 11) 여자는 남자의 몸으로 바뀔 것이며, 12) 왕과 대신의 딸이 될 것이며, 九者人見欽敬。十者神鬼助持。十一者女轉男身。十二者爲王臣女。

13) 단정한 상호를 얻을 것이며, 14) 천상에 나는 일이 많을 것이며, 15) 혹 제왕

이 될 것이며, 16) 숙세의 지혜와 명을 통할 것이며, 十三者端正相好。十四者多生天上。十五者或爲帝王。十六者宿智命通。

17) 구하는 것은 모두 얻을 것이며, 18) 권속들이 기뻐할 것이며, 19) 모든 횡액이 소멸할 것이며, 20) 업도를 영원히 제거할 것이며, 十七者有求皆從。十八者眷屬歡樂。十九者諸橫銷滅。二十者業道永除。

21) 가는 곳마다 다 통할 것이며, 22) 밤에 꿈이 편안할 것이며, 23) 선대의 죽은 사람이 고통에서 벗어날 것이며, 24) 숙세의 복을 받아서 날 것이며, 二十一者去處盡通。二十二者夜夢安樂。二十三者先亡離苦。二十四者宿福受生。

25) 모든 성인이 찬탄하실 것이며, 26) 근기가 예리하고 총명해질 것이며, 27) 사랑하고 불쌍히 여기는 마음이 넉넉할 것이며, 28) 마침내 성불할 것이다. 二十五者諸聖讚歎。二十六者聰明利根。二十七者饒慈愍心。二十八者畢竟成佛。

이십팔종(二十八種)의 이익을 말씀하시고 나서 다시 일곱 가지의 이익을 설하시니, 그 일곱 가지를 살펴보면 다음과 같다.

다시 또 허공장보살아, 만약 현재와 미래에 천룡과 귀신이 지장보살의 명호를 듣고 지장보살의 형상에 배례하며, 혹 지장보살의 본원 등에 관한 일을 듣고 수행하고 찬탄하며 첨례 하게 되면 일곱 가지의 이익을 얻는다. 復次虛空藏菩薩。若現在未來天龍鬼神聞地藏名禮地藏形。或聞地藏本願事行。讚歎瞻禮得七種利益。

1) 빨리 성지에 뛰어오를 것이며, 2) 악업이 소멸할 것이며, 3) 모든 부처님이 보호하여 임할 것이요, 4) 보리심이 물러나지 않을 것이며, 5) 본력이 증가하고 깊어질 것이며, 6) 숙세의 운명을 모두 통할 것이며, 7) 필경 성불하게 되는 것이다. 一者速超聖地。二者惡業銷滅。三者諸佛護臨。四者菩提不退。五者增長本力。六者宿命皆通。七者畢竟成佛。

지장보살본원경(地藏菩薩本願經)은 스물여덟 가지의 이익과 더불어 일곱 가지의 이익을 설하는 것으로 마무리를 한다. 그러므로 그 지장보살을 믿는 공덕으로 인한 이익은 인간이나 천상이나 한량이 없다고 하는 것이다.

# 지장명사통시왕 地藏冥司統十王

## 지장영 地藏詠

**地藏冥司統十王 常於幽府放神光**
지장명사통시왕 상어유부방신광

**哀哉弱質遭塗炭 可惜眞靈陷鑊湯**
애재약질조도탄 가석진령함확탕

지장보살은 명부의 관리와 시왕을 통솔하시고
항상 명부 세계에서 신비한 광명을 놓으시네.
애달프게도 약한 체질이 도탄을 만났으며
가히 애석하도다. 참다운 영혼이 확탕지옥에 빠졌구나.

작법귀감에서 십대왕에게 공양을 올리는 간략한 예문인 약례왕공문(略禮王供文) 가운데 증명 법사를 청하는 증명청(證明請)을 하면서 지장보살이 강림하시어 증명하여 주시기를 청하는 지장보살에 대한 가영이다.


**지장명사통시왕 地藏冥司統十王**
지장보살은 명부의 관리와 시왕을 통솔하시고

명사(冥司)는 명부의 관리를 말한다. 그러므로 지장보살은 명부의 시왕과 관리들을 거느린다고 하지만 이는 어느 경전에도 없는 사상이다.


**상어유부방신광 常於幽府放神光**
항상 명부 세계에서 신비한 광명을 놓으시네.

명부 세계에서 신비한 광명을 놓는다고 하는 것은 지장보살의 지물(持物) 가운데 하나인 보주(寶珠)의 비침이 그러하다고 여겨진다.


**애재약질조도탄 哀哉弱質遭塗炭**
**애달프게도 약한 체질이 도탄을 만났으며**

도탄(塗炭)은 몹시 곤궁하거나 고통스러움을 당한 것을 말한다. 그러므로 약한 체질에 지옥이라는 도탄을 만났다고 하는 것은 그만큼 지장보살이 중생을 연민한다는 것을 말한다.


**가석진령함확탕 可惜眞靈陷鑊湯**
**가히 애석하도다. 참다운 영혼이 확탕지옥에 빠졌구나.**

진령(眞靈)은 참다운 영혼을 말하므로 이는 본성을 말한다. 누구나 다 참다운 본성을 가지고 있지만, 본심을 스스로 배신하여 애초 유혹함이 없는 지옥에 빠지는 것이다. 다만 여기서는 지옥이라는 표현을 좀 더 실감 나게 표현하고자 확탕지옥(鑊湯地獄)을 예시한 것이다.

# 지진유유일승법 知眞惟有一乘法

## 지지영 持地詠

**知眞惟有一乘法 了忘全空二轉依**
지진유유일승법 료망전공이전의

**究竟位中留不住 大圓鏡內化羣機**
구경위중류부주 대원경내화군기

**진실로 아는 건 오직 일승법이요,**
**완전한 공(空)은 잊고 이전의(二轉依)를 이루네.**
**구경위(究竟位) 가운데 머물러 안주하지 않고**
**대원경(大圓鏡) 안에서 온갖 중생 교화하시네.**

산보집에서 중단을 청해 맞이하는 의례인 중단영청지의(中壇迎請之儀)에 나오는 지지영(持地詠)이다. 지지(持地)는 지지보살을 말하며, 이는 삼장보살의 하나인 음부교주를 말한다. 참고로 삼장보살은 상계교주(上界敎主) 천장보살, 음부교주(陰府敎主) 지지보살, 유명교주(幽冥敎主) 지장보살이다. 그러나 삼장보살에 관하여 뒷받침할 만한 경전은 없다.

## 지진유유일승법 知眞惟有一乘法
**진실로 아는 건 오직 일승법이요,**

'일승법'이라고 하는 것은 모든 중생이 깨달으면 석가모니 부처님처럼 성불한다는 교법을 말한다. 부처님의 팔만사천법문은 오직 중생을 깨달음으로 인도하고자 하는 것이다. 실제 부처님의 교법은 단 하나로 중생들이 깨닫게 하고자 하는 가르침이다. 이러한 사상을 가장 잘 나타낸 경이 법화경으로, 법화경의 본지를 회삼귀일(會三歸一)이라고 하는 이유도 여기에 있다.

**료망전공이전의 了忘全空二轉依**
완전한 공(空)은 잊고 이전의(二轉依)를 이루네.

이전의(二轉依)는 2종의 전의(轉依)를 말하며, 소의(所依)의 변화 과정을 의미한다. 나아가 깨달음의 최종 목표로써 궁극의 상태를 가리키는 표현이다. 일반적으로는 번뇌와 결합된 제법(諸法)이나, 또는 아뢰야식에서 소의(所依)를 찾을 수 있으며, 깨달음의 법은 열반, 또는 보리(菩提) 2과를 말한다. 여기서 소의(所依)라고 하는 것은 신체, 개체, 개인 존재라는 의미로 사용되나 개체의 중심 원리인 점에서 아뢰야식과 일치한다. 여기서 전(轉)은 전사(轉捨) 또는 전득(轉得)이라는 뜻이며, 의(依)는 소의(所依)를 말한다. 그러므로 이전의(二轉依)를 이룬다고 하는 것은 보리와 열반을 이룬다는 뜻이다.


**구경위중류부주 究竟位中留不住**
구경위(究竟位) 가운데 머물러 안주하지 않고

구경위(究竟位)는 오위(五位)의 마지막 단계로 번뇌를 없애 궁극적인 진리를 깨달아 부처님의 지위에 도달하는 단계를 말한다.


**대원경내화군기 大圓鏡內化羣機**
대원경(大圓鏡) 안에서 온갖 중생 교화하시네.

대원경(大圓鏡)은 세상의 모든 것을 비추어 보는 지혜를 말함이다. 이로써 집착할 일이 없으니 얻을 것도 없어, 응당 그 어디에 머무름이 없기에 모든 중생을 교화하는 바탕이 되는 것이다.

# 직보외아세최웅 職寶巍峨勢最雄

## 강정 康靖 대왕

**職寶巍峩勢最雄 肅然行止合高穹**
직보외아세최웅 숙연행지합고궁

**雲騈暫屈臨佳會 了聽圖音悟法空**
운병잠굴임가회 료청도음오법공

임금의 직책은 높고 높으며 그 위세도 가장 뛰어나
숙연(肅然)한 행동거지는 높은 하늘과 부합하도다.
잠시 구름 수레 굽히어 아름다운 법회에 왕림하시어
원음(圓音)을 듣고 법공(法空)을 분명하게 깨달으소서.

산보집에서 종실단에 작법을 올리는 의식인 종실단작법의(宗室壇作法儀) 가운데 강정대왕 선가(仙駕)에 대한 가영이다. 강정대왕은 조선의 제9대 왕인 성종(成宗)을 말하며, 강정대왕이라는 표현은 중국에서 성종에게 내린 시호(諡號)이다. 묘호는 강정인문헌무흠성공효대왕(康靖仁文憲武欽聖恭孝大王)이다. 성종은 연산군(燕山君)과 중종(中宗)의 아버지다. 성종이 태어나고 두 달 만에 아버지 의경세자(懿敬世子)가 20세의 나이로 요절하자 궁을 떠나 어머니와 함께 사가에서 생활하였다. 그러나 할머니가 되는 정희왕후(貞熹王后)의 지목으로 예종(睿宗)의 양자로 입적되어 조선의 제9대 임금으로 즉위하게 되었다.

**직보외아세최웅 職寶巍峩勢最雄**
임금의 직책은 높고 높으며 그 위세도 가장 뛰어나

외아(巍峩)는 높고 높은 것을 말하며 직보(職寶)는 임금의 직책을 말한다. 고로 임금이라는 직책은 높고도 높은 것이며 가장 뛰어난 자리가 되는 것이다.

**숙연행지합고궁 肅然行止合高穹**
숙연(肅然)한 행동거지는 높은 하늘과 부합하도다.

어린 나이에 임금이 된 성종은 할머니인 정희왕후의 수렴청정을 받아 정사를 다스리다가 성인이 되고는 친정을 개시하여 나라를 다스렸다. 그리고 인재를 육성하고자 홍문관(弘文館)을 창설하고 북쪽의 여진족(女眞族)을 소탕하였다. 남쪽으로는 일본과 무역을 확대하였던 성군(聖君)이다.

**운병잠굴임가회 雲駢暫屈臨佳會**
잠시 구름 수레 굽히어 아름다운 법회에 왕림하시어

까닭에 하늘나라에서 구름 수레를 타고 이 법회에 내려오기를 간청하고 있다. 간청하는 이유는 다음과 같다.

**료청도음오법공 了聽圖音悟法空**
원음(圓音)을 듣고 법공(法空)을 분명하게 깨달으소서.

산보집에서는 도음(圖音)이라고 하였으나 이는 원음(圓音)으로 고쳐 읽어야 한다. 그러므로 도(圖)가 아닌 원(圓)이 맞는 표현이다. 성종 대왕은 아름다운 이 법회에 함께 하시어 부처님의 말씀을 들으시고 법공을 증득하라는 것으로 그 목적을 밝히고 있다.

# 진감두타화진방 眞鑑頭陀化震方

## 진감 眞鑑 국사

**眞鑑頭陀化震方 華嚴講説共鄕唐**
진감두타화진방 화엄강설공향당

**並傳魚梵明燈續 一箇心源事理常**
병전어범명등속 일개심원사리상

진감(眞鑑) 두타는 동방의 나라를 교화하시고
신라와 당나라에서 화엄경을 강설하였네.
더불어 어산, 범패 전하여 밝은 법등을 이었으며
한낱 마음의 근원은 그 사리(事理)가 항상하다네.

산보집에서 선문의 조사에게 예참을 올리는 선문조사예참(禪門祖師禮懺) 가운데 진감 국사(眞鑑國師 774~850)에 대한 가영으로 실려 있다. 진감 국사는 신라 후기의 사문으로 법명은 혜소(慧昭)이다. 당나라에 들어가서 범패를 익히고 돌아와 지리산 옥천사(玉泉寺)를 창건하고 수행하면서 어산(魚山)을 널리 전하였다. 저서로는 어산귀감(魚山龜鑑)이 있으며, 옥천사는 오늘날 하동 쌍계사(雙溪寺)를 말한다.

### 진감두타화진방 眞鑑頭陀化震方
진감(眞鑑) 두타는 동방의 나라를 교화하시고

진감(眞鑑)은 진감 국사를 말함이고, 두타(頭陀)는 속세를 떠나 번뇌를 끊고 오직 청정하게 불도를 닦는 수행자를 말함이다. 두타를 행하는 것을 두타행(頭陀行)이라고 한다. 그러므로 두타는 곧 스님을 말하며, 진방(震方)은 정동(正東)을 말하므로 동방을 말한다. 이는 해동지국(海東之國)인 신라를 가리킨다.

**화엄강설공향당 華嚴講說共鄉唐**
신라와 당나라에서 화엄경을 강설하였네.

향당(鄉唐)에서 향(鄉)은 신라를 말하고, 당(唐)은 당나라를 말함이다. 진감 국사는 신라와 당나라에서 화엄경을 강설하였다는 말이다. 그러나 이 게송에서 진방(震方)은 당나라에서 본 신라의 바위를 말하고, 또한 신라를 낮추어 표현하여 고향이라는 뜻인 향(鄉)으로 신라를 나타내었다. 스스로 사대주의(事大主義)에 빠진 시문이 되어 버린 것이 흠이라면 흠이다.

**병전어범명등속 並傳魚梵明燈續**
더불어 어산, 범패 전하여 밝은 법등을 이었으며

진감 국사는 화엄을 강설함은 물론이고, 더불어 어산(魚山)과 범패(梵唄)로 법등(法燈)을 밝게 이어 나갔다. 그리하여 위에서 두타(頭陀)라는 표현을 사용하였다.

**일개심원사리상 一箇心源事理常**
한낱 마음의 근원은 그 사리(事理)가 항상하다네.

교리를 강설하든 어산과 범패를 하든, 부처님의 가르침은 전하는 근원의 이치는 항상하다는 표현이다. 여기서 상(常)은 떳떳하다는 표현으로 쓰였다.

# 진명성체묘난측 眞明性體妙難測

## 착어게 著語偈

**眞明性體妙難測 月墮秋潭桂影寒**
진명성체묘난측 월타추담계영한

**金鐸數聲開覺路 幻軀永脫坐靈壇**
금탁수성개각로 환구영탈좌령단

참되고 밝은 성품의 체(性體)는 미묘하여 헤아리기 어렵고
가을 못에 달 떨어지니 계수나무 그림자 가득하구나.
두어 금탁 소리에 깨달음의 길이 열리니
허깨비 같은 몸 벗어버리고 영가단에 앉으소서.

산보집 다비작법(茶毗作法)에서 시신에 불을 붙이는 하화(下火)를 하고 나서 영가에게 착어(著語)를 하는 게송이다. 작법귀감, 석문가례초(釋門家禮抄) 등에도 모두 영가를 맞이하고 착어를 하는 반혼착어(返魂着語)로 나오는 게송이다. 이 게송은 안좌게(安座偈)로 나오는 영명각성묘난측(靈明覺性妙難測)과 거의 같은 내용으로 되어 있다.

**진명성체묘난측 眞明性體妙難測**
참되고 밝은 성품의 체(性體)는 미묘하여 헤아리기 어렵고

영명각성묘난측(靈明覺性妙難測) 편의 설명을 참고하시오.

**월타추담계영한 月墮秋潭桂影寒**
가을 못에 달 떨어지니 계수나무 그림자 가득하구나.

영명각성묘난측(靈明覺性妙難測) 편의 설명을 참고하시오.


### 금탁수성개각로 金鐸數聲開覺路
### 두어 금탁 소리에 깨달음의 길이 열리니

영명각성묘난측(靈明覺性妙難測) 편의 설명을 참고하시오.


### 환구영탈좌령단 幻軀永脫坐靈壇
### 허깨비 같은 몸 벗어버리고 영가단에 앉으소서.

환구(幻軀)는 덧없는 몸을 말하기에 해설하는 이에 따라서 허깨비 같은 몸이라고 표현하기도 한다. 영탈(永脫)은 영원히 육신의 몸을 벗어버린 것을 말하며, 그렇다고 하더라도 마음은 불생불멸(不生不滅) 하기에 영단(靈壇)으로 와서 앉으라는 청이다.

# 진묵겁전성정각 塵默劫前成正覺

## 찬불게 讚佛偈

**塵默劫前成正覺 度生發願幾千迴**
진묵겁전성정각 도생발원기천회

**眞淨界中留不住 興悲運智爲機來**
진정계중류부주 흥비운지위기래

진묵겁(塵默劫) 전에 정각을 이루시고
중생 제도 발원하신 지 몇천 회를 지냈는가.
참으로 깨끗한 세계 속에 만류해도 머물지 않으시고
자비심 일으키고 지혜를 운영하여 중생을 위해 오셨다네.

산보집 설선작법절차(說禪作法節次)에 법문을 청하러 방장실로 가기 전 부처님을 먼저 찬탄하는 찬불게(讚佛偈)로 수록되어 있다.

**진묵겁전성정각 塵默劫前成正覺**
진묵겁(塵默劫) 전에 정각을 이루시고

진묵겁은 겁(劫)을 먼지로 나누어 보는 시간으로 이는 헤아릴 수 없는 아주 오래전에, 이러한 표현이다. 그러므로 부처님은 이미 겁전(劫前)에 성불을 이루었던 부처님이라는 표현이다.

**도생발원기천회 度生發願幾千迴**
중생 제도 발원하신 지 몇천 회를 지냈는가.

겁전(劫前)에 이미 부처를 이루었지만, 사바세계로 오시어 보리수 아래에서 성불을 보이신 것은 중생을 제도하기 위한 방편이라는 것을 말하고 있다.


**진정계중류부주 眞淨界中留不住**
**참으로 깨끗한 세계 속에 만류해도 머물지 않으시고**

진정계(眞淨界)는 불국토를 말한다. 그러므로 불국토(佛國土)에 머물렀지만, 중생을 제도하기 위하여 사바세계로 오시고자 하니 천인(天人)들이 만류하였는데 이를 무릅쓰고 사바세계에 오셨다는 표현이다.


**흥비운지위기래 興悲運智爲機來**
**자비심 일으키고 지혜를 운영하여 중생을 위해 오셨다네.**

부처님께서 중생계에 오심은 오직 중생을 위하여 자비심을 일으켜 지심(智心)으로 이 세상에 오셨다는 말씀이다.

# 진묵겁전조성불 塵墨劫前早成佛

## 찬불게 讚佛偈

**塵墨劫前早成佛 爲度衆生現世間**
진묵겁전조성불 위도중생현세간

**巍巍德相月輪滿 於三界中作導師**
외외덕상월륜만 어삼계중작도사

진묵겁 전에 일찍이 성불하셨건만
중생을 제도하기 위하여 세간에 출현하셨네.
높고 높으신 덕상(德相)은 둥근 달처럼 원만하시어
삼계 가운데 중생 이끄시는 스승이시네.

불교의례(佛敎儀禮)를 진행하면서 산보집(刪補集), 작법귀감(作法龜鑑)에는 찬불게(讚佛偈)에 해당하는 게송으로 나온다. 그러나 작법귀감 가운데 나한대례(羅漢大禮)에 보면 '진묵겁전조성불'이라 하지 아니하고, '진점겁전조성불(塵點劫前早成佛)'로 나와 있다.

**진묵겁전조성불 塵墨劫前早成佛**
**진묵겁 전에 일찍이 성불하셨건만**

산보집(刪補集)에 나오는 진묵겁(塵墨劫)이 바른 표현일까. 작법귀감(作法龜鑑)에 나오는 진점겁(塵點劫)이 바른 표현일까? '진묵겁'이라는 표현은 '티끌 먼지가 쌓여서 먹이 될 만큼 오랜 시간'을 말함이고, '진점겁'은 '티끌 같은 먼지가 점점이 모여서 겁을 이룬다'는 뜻이다. 결과적으로는 같은 표현이다. 이와 비슷한 표현으로 반석겁(磐石劫), 개자겁(芥子劫)이라는 표현이 있다.

반석겁은 하늘에서 태어난 중생이 큰 바위 위를 백 년에 한 번씩 옷깃을 스쳐서 지나가기를 반복하여, 그 바위가 다 닳아 없어지는 동안의 시간을 말한다.

개자겁은 사방(四方) 상하가 1유순(由旬)이나 되는 철성(鐵城)에 겨자를 가득 채운 후, 백 년에 한 개씩 꺼내어 그 겨자가 다 없어지는 때가 되어도 아직 그 시간이 다하지 않을 정도의 무한한 시간을 말한다.

그러므로 진묵겁 전에 부처님께서 성불하셨다는 것은 지극히 당연한 말씀이다. 부처님은 사바세계의 중생을 제도하기 위하여 인간의 몸을 빌려 사바세계로 오셨기 때문이다.

보장신대명만나라의궤경(寶藏神大明曼拏羅儀軌經)에 보면 '부처님께서 말씀하시기를 나는 지난 과거인 진묵겁 전에 깊은 신심으로 부처님의 가르침을 믿었다.'는 표현이 있다. 佛言 我於過去。塵墨劫前。深信佛法。


## 위도중생현세간 爲度衆生現世間
**중생을 제도하기 위하여 세간에 출현하셨네.**

부처님께서 사바세계에 오신 목적을 명확하게 제시하고 있다. 그 목적은 바로 중생 제도라고 말하고 있음이다. 다만 불교에서 흔히 사용하는 사바세계를 여기서는 세간(世間)이라고 표현하였을 뿐이다.

도중생(度衆生)은 중생을 제도하는 일을 말함이다. 이를 도생(度生) 또는 도세(度世)라고 하기도 한다. 선가귀감(禪家龜鑑)에 보면 '부처와 조사라는 것은 부처님과 가섭입니다. 세상에 나타났다는 것은 [부처님과 조사가] 큰 자비를 본체로 삼아 중생들을 구하려(度衆生) 함이라.'고 하였다. 佛祖者。世尊迦葉也。出世者。大悲爲體度衆生也。


## 외외덕상월륜만 巍巍德相月輪滿
**높고 높으신 덕상(德相)은 둥근 달처럼 원만하시어**

외외(巍巍)는 외외(嵬嵬)로 나타내기도 하는데 같은 글자이다. 그리고 외외는 높고도 높다, 또는 높고도 시원하다, 이러한 뜻으로 쓰이는 표현이다. 상대방을 존경하여 찬탄하는 용어로 흔히 쓰이는 표현이기에 여기서는 부처님을 찬탄하는 표현으로 쓰였다.

논어(論語) 가운데 태백(泰伯)편에 보면 외외(巍巍)라는 표현이 나온다. '공자께서 말씀하시기를 위대하도다. 요의 임금 됨이여! 높고 높도다! 오직 하늘만이 이토록 위대하거늘 오직 요임금만이 이를 본받았도다.' 子曰。大哉。堯之爲君也。巍巍乎。唯天爲大。唯堯則之。

덕상(德相)은 부처님의 수승한 상호를 말하는 것으로 이를 다르게 나타내면 원만상호(圓滿相好)라 한다. 밀교에서는 '아자수연상(阿字隨緣相)'을 가리키는 표현이다. 그러기에 덕상은 '삼십이상팔십종호(三十二相八十種好)'를 포괄하여 나타내는 표현이다. 또한 여기서 우리가 알아야 할 것은 '삼십이상팔십종호', 이를 다시 말하면 '덕상'이라고 하는데, 이러한 덕상은 '전체가 모두 참되다'고 본다. 왜냐하면 불과(佛果)로써 얻은 몸이기 때문이다. 그러므로 그 하나하나가 진리를 드러내는 것이기에 이를 아울러 표현하여 '덕상전진(德相全眞)'이라고 하는 것이다.

석화엄지귀장원통초(釋華嚴旨歸章圓通抄)에 보면 '과거 미래의 경계 모두는 항상 부처님의 경지이기 때문이다. 왜 그러한가 하면 덕상은 전체가 참되어 시간의 차별에도 떨어지지 아니하고, 다하는 한계도 없으므로 결코 교화하여 제도할 중생도 없기 때문이라.'고 하였다. 盡前後際。恆時佛故。何以故。德相全眞。不墮時數。無盡極故。更無衆生。可化度故。

참고로 석화엄지귀장원통초(釋華嚴旨歸章圓通抄)를 줄여서 지귀장원통초(旨歸章圓通抄)라고 한다. 이는 고려 초기에 균여(均如 923~973) 스님이 당나라 법장이 지은 화엄지귀장(華嚴旨歸章) 1권을 해석하여 설명한 책으로 상·하 두 권으로 이루어졌다.

월륜만(月輪滿)은 둥근 달을 말함이기에 이는 부처님의 상호로 보면 덕을 갖춘 원만상호를 말함이다. 진리로 보면 그 어디에도 흠잡을 데 없는 원만한 진리를 뜻한다.


**어삼계중작도사 於三界中作導師**
**삼계 가운데 중생 이끄시는 스승이시네.**

어(於)는 어조사로써 이에, 이에 있어서, 이러한 뜻이다. 그러므로 위의 시문 가운데 삼구를 이어받아 말한다면, 이러한 뜻으로 쓰여서 부처님은 삼계(三界)의 모든 중생을 진리로 이끌어 주시는 길잡이라는 것을 말하고 있다. 왜냐하면 도사(導師)라는 표현은 원래 상인을 이끄는 지도자를 말한다. 이러한 속뜻이 변하여 부처님이 중생을 인도하고 교화하여 불도에 들어가도록 하는 성자임을 가리키는 표현으로 쓰인다. 그러므로 이를 좁게 보면 석가모니 부처님을 말함이고, 넓게 보면 모든 불보살을 나타내는 표현이다.

법화경(法華經) 화성비유품에 보면 '마치 오백 유순(由旬)이나 되는 험난한 길에 인적마저 끊어진 무서운 곳이 있는데 많은 사람이 이곳을 지나서 보물이 있는 곳으로 가고자 하였다. 이때 한 인솔하는 이가 있는데 총명하고 지혜가 많고 이 험한 길의 통하고 막힌 형편을 잘 알아서 여러 사람을 데리고 이 험난한 길을 통과하고 있었다. 데리고 가는 사람들이 중도에서 물러갈 마음이 생겨 인솔하는 사람에게 말하였느니라.'는 표현이 있다. 譬如 五百由旬。險難惡道 曠絕無人。怖畏之處。若有多衆。欲過此道。至珍寶處。有一導師。聰慧明達。善知險道。通塞之相。將導衆人。欲過此難。所將人衆。中路懈退。白導師言。

수능엄삼매경(首楞嚴三昧經)에 보면 '견의여, 비유컨대 길잡이가 여러 사람을 데리고 험한 길을 통과하고서, 다시 딴 사람을 건져 주는 것과 같이, 이처럼 견의여, 보살이 수능엄삼매에 머물러서는 중생들의 도(道)의 뜻을 발(發)한 바를 따라서, 성문의 도(道)이거나 벽지불의 도이거나 불도를 발하거나 간에 편의를 따라서 보여주며, 인도하여 그들에게 도탈을 얻게 하고 곧 또다시 딴 중생을 제도하나니, 그러므로 대사(大士) 보살을 길잡이라 이름한다.'고 하였다. 堅意。譬如導師。將諸人衆。過嶮道已。還度餘人。如是堅意。菩薩住首楞嚴三昧。隨諸衆生所發道意。若聲聞道。若辟支佛道、若發佛道。隨宜示導令得度已。即復來還度餘衆生。是故大士名爲導師。

# 진성무염 眞性無染

## 정좌게 正坐偈

**眞性無染 本自圓成**
진성무염 본자원성

**但離妄緣 即如如佛**
단리망연 즉여여불

참된 성품은 물듦이 없고
본래부터 스스로 원만하네.
부질없는 인연 여의게 되면
곧 여여한 부처랍니다.

작법귀감 다비작법에서 시신을 바로 앉히면서 일러주는 말씀인 정좌(正坐)에 나온
다. 영광독요(靈光獨曜)에서 이어지는 말씀이므로 이 게송의 해설을 참고하길 바란
다.

# 진언동법계 眞言同法界

眞言同法界 無量衆罪除 一切觸穢處 當可此字門
진언동법계 무량중죄제 일체촉예처 당가차자문

이 진언으로 법계와 하나가 되면
한량없는 죄를 소멸케 한다.
모든 더러운 곳에 닿을 때마다
마땅히 이 글자 문을 더하여라.

라자색선백(羅字色鮮白) 편의 설명을 참고하시오.

# 진점겁전조성불 塵點刼前早成佛

## 증명게 證明偈

塵點刼前早成佛 爲度衆生現世間
진점겁전조성불 위도중생현세간

鬼鬼德相月輪滿 於三界中作導師
외외덕상월륜만 어삼계중작도사

진점겁 이전에 일찍이 부처를 이루시고도
중생들을 제도하기 위하여 세간에 나타나시네.
우뚝하니 높은 덕의 모습 보름달 같으신데
삼계에서 중생을 인도하는 스승 되셨네.

작법귀감에서 나한에게 올리는 대례(大禮)인 나한대례(羅漢大禮) 가운데 석가모니
부처님을 청하면서 오늘 이 법회에 증명하여 달라는 게송인 증명게(證明偈)이다.

이 게송에 대한 설명은 진묵겁전조성불(塵墨劫前早成佛) 편의 설명을 참고하기 바란
다.

# 진중북방지해운 珍重北方智海雲

## 성취영 成就詠

珎重北方智海雲 雲能長雨利羣生
진중북방지해운 운능장우이군생

海含諸寶深無碍 般若宮中智月明
해함제보심무애 반야궁중지월명

북방의 지혜 구름은 평안하거늘
구름 일어 장구하게 비 내리어 중생들을 능히 이롭게 하네.
바다가 모든 보배를 깊이 간직함에 장애가 없듯이
반야궁 가운데 지혜의 달이 밝다네.

산보집에서 불상을 점안하는 작법인 불상점안작법(佛像點眼作法) 가운데 관음영(觀音詠)에 이어서 나오는 성취영(成就詠)이다.


### 진중북방지해운 珎重北方智海雲
북방의 지혜 구름은 평안하거늘

진중(珍重)은 두 가지 뜻이 있는데, 수행자가 경거망동하지 아니하고 침착하여 자중자애(自重自愛)함을 말한다. 또 하나는 매우 귀중한 것을 말한다. 그리고 珎은 珍의 속자이다.


### 운능장우이군생 雲能長雨利羣生
구름 일어 장구하게 비 내리어 중생들을 능히 이롭게 하네.

여기서 구름은 법운(法雲)을 말한다. 그러므로 법우(法雨)를 내리어 이를 맞는 중생들을 이롭게 한다는 표현이다.


## 해함제보심무애 海含諸寶深無碍
### 바다가 모든 보배를 깊이 간직함에 장애가 없듯이

해팔덕경(海八德經)에 보면 바다는 온갖 보배를 갈무려 수용하지 않는 것이 없다고 하여 이를 해함중보 미소불포(海含衆寶 靡所不包)라고 한다. 그만큼 바다는 온갖 보배를 다 가졌다. 즉, 황금·백은·유리·수정·산호·용민(龍玟)·명월신주(明月神珠). 천만 가지 기이한 것들이 있어 구해서 얻지 못할 것이 없다고 하였다. 海懷衆珍。黃金白銀。瑠璃水精。珊瑚龍玟。明月神珠。千奇萬異。無求不得。

그러므로 바다는 부처님의 가르침을 가리키며 보배는 불성을 말한다.


## 반야궁중지월명 般若宮中智月明
### 반야궁 가운데 지혜의 달이 밝다네.

반야궁(般若宮)은 지혜의 궁전이므로 무명을 걷어내고 지혜가 충만하면 반야의 밝은 달이 밝게 빛난다고 함이다.

# 진황이후지황명 秦皇以後至皇明

## 제왕영 諸王詠

**秦皇以後至皇明 聖帝明君各自英**
진황이후지황명 성제명군각자영

**相代相傳天下政 乾坤四海救蒼生**
상대상전천하정 건곤사해구창생

진황(秦皇) 이후로 명나라 황제에 이르기까지
거룩한 황제 밝은 임금 제각각 영웅일세.
서로 대를 잇고 왕위를 전해 천하를 다스리고
하늘땅 사해에 창생들을 구제했네.

산보집 종실단작법의(宗室壇作法儀)에서 천하를 평화롭게 다스린 진(秦), 한(漢), 촉(蜀), 위(魏), 진(晉), 송(宋), 제(齊), 양(梁), 진(陳), 수(隋), 당(唐), 주(周), 원(元), 명(明)의 여러 제왕을 받들어 청하면서 이 법회에 함께하여 이 공양을 받으시라는 간청에서 나오는 가영(歌詠)이다.


**진황이후지황명 秦皇以後至皇明**
**진황(秦皇) 이후로 명나라 황제에 이르기까지**

진황(秦皇)은 진나라 황제(皇帝)를 말한다. 그리하여 진나라 황제로부터라는 뜻이고, 황명(皇明)은 명나라 황제를 말하기에 곧 진나라에서 명나라까지를 말한다. 그러나 여기서 아이러니한 것은 명나라 이후 청(淸)나라가 있지만, 여기에 열거하지 않은 것은 청나라는 만주족 출신이 세웠기 때문이다. 이는 오랑캐 족이라고 하여 조선에서는 달가워하지 않았기에 임의로 빼버린 것으로 보인다. 그리고 청나라는 조선을 침략하여 병자호란(丙子胡亂)을 일으킨 뼈아픈 역사가 있어서 그리한 것 같다.

**성제명군각자영 聖帝明君各自英**
**거룩한 황제 밝은 임금 제각각 영웅일세.**

성제(聖帝)는 덕이 아주 뛰어난 임금이다. 곧 성군(聖君)을 말하며, 명군(明君)은 명주(明主)는 아주 총명한 임금을 나타내는 표현이다. 그러므로 중국 역사상에 성군은 모두 영웅(英雄)이라고 칭송하고 있다.


**상대상전천하정 相代相傳天下政**
**서로 대를 잇고 왕위를 전해 천하를 다스리고**

상대(相代)는 번갈아 대를 이어 감을 말하고 상전(相傳)은 이로써 정사를 대대로 전하는 것을 말한다. 그러므로 끊임없이 역사가 이어지는 것을 의미한다. 이러한 뜻으로 표현하여 성군들이 나타나 중국 천하를 통치하여 정사(政事)를 다스렸다는 표현이다.


**건곤사해구창생 乾坤四海救蒼生**
**하늘땅 사해에 창생들을 구제했네.**

건곤(乾坤)은 하늘과 땅을 말하며, 사해(四海)는 온 세계를 말함이다. 곧 하늘 아래 온 세계라는 뜻으로 중국 천지를 나타내는 표현이다. 창생(蒼生)은 세상의 모든 사람을 말하며, 이를 달리 표현하여 창맹(蒼氓)이라 하기도 한다.

# 집상수행거도수 執相修行去道殊

## 제21대 조사 바수반두 婆須盤頭 존자

**執相修行去道殊 還同緣木苦求魚**
집상수행거도수 환동연목고구어

**爭如渴飮飢飡飯 一覺閑眠任卷舒**
쟁여갈음기손반 일각한면임권서

모습에 집착하여 수행함은 도(道)와는 거리가 머니
나무에 올라가 고기를 잡으려 애쓰는 것 같네.
어찌 목마르면 물 마시고 배고프면 밥 먹고
한가한 잠 한 번 깨어 맘대로 거뒀다 폈다 하는 것만 하겠는가.

산보집에서 선문의 조사에게 예참을 올리는 선문조사예참(禪門祖師禮懺)에 보면 제 21대 조사인 바수반두(婆藪槃頭) 존자에 대한 가영으로 실려 있다.

바수반두(婆藪槃頭 316~396경) 존자는 우리에게 세친(世親)보살로 널리 알려진 불교 사상가며, 인도 바라문 가문의 출신이다. 존자의 형은 무착(無着)보살로 불교 사상가로서 빼놓을 수 없는 인물이다. 세친 논사의 저술 가운데 구사론(俱舍論)은 아주 유명하다. 이외에도 유식삼십송(唯識三十頌), 유식이십론(唯識二十論), 대승백법명문론(大乘百法明門論), 대승오온론(大乘五蘊論), 대승성업론(大乘成業論), 삼성론(三性論), 섭대승론석(攝大乘論釋) 등이 있다.

**집상수행거도수 執相修行去道殊**
**모습에 집착하여 수행함은 도(道)와는 거리가 머니**

세친보살이 세운 논조(論調)는 유식(唯識)이다. 유식은 '제법은 모든 심식(心識)'이라는 사상이기에 상(相)에 집착하여 불도를 구한다고 하는 것은 불도와는 천리만리로 거리가 멀다는 가르침이다. 그리고 수(殊)는 끊어지다, 단절되다는 표현으로 쓰였다.


### 환동연목고구어 還同緣木苦求魚
**나무에 올라가 고기를 잡으려 애쓰는 것 같네.**

연목구어(緣木求魚)는 나무에 올라가 고기를 구하려고 한다는 뜻으로 도저히 불가능 하다는 것을 말함이다. 이는 맹자 양혜왕(梁惠王) 편에 나오는 표현이다. 유마경(維摩經) 제3 제자품에 보면 '모든 법이 났다 없어졌다 하여 잠시도 머물지 않는 것이 허깨비와 같고 번개와 같습니다. 모든 법이 서로 의지하지 않아서 잠간이라도 머물러 있지 아니하며, 모든 법이 다 허망한 것이어서 마치 꿈속 같고 멀리서 피어나는 아지랑이 같으며 물속에 비치는 달과 같고 거울 속에 나타나는 형상과 같다.'고 하였다. 一切法生滅不住。如幻如電。諸法不相待。乃至一念不住。諸法皆妄見。如夢如燄。如水中月。如鏡中像。


### 쟁여갈음기손반 爭如渴飮飢飡飯
**어찌 목마르면 물 마시고 배고프면 밥 먹고**

평상심(平常心)을 말함이다. 평상심이라고 하는 것은 평소의 마음을 말하는 것이 아니라 치우치지 않는 중심(中心)을 말한다.


### 일각한면임권서 一覺閑眠任卷舒
**한가한 잠 한 번 깨어 맘대로 거뒀다 폈다 하는 것만 하겠는가.**

마음은 그 어디에도 걸림이 없다는 것을 말한다.

# 집지응기 執持應器

## 하발게 下鉢偈

**執持應器 當願衆生 成就法器 受天人供**
**집지응기 당원중생 성취법기 수천인공**

**발우를 들 때는 마땅히 바라건대 모든 중생이**
**법의 그릇을 성취하여 하늘과 사람의 공양 받기 위함이라.**

산보집 별식당작법(別食堂作法)에서 하발게(下鉢偈)로 수록되어 있다. 하발게에서 하발(下鉢)이라고 하는 것은 발우를 내리는 것을 말한다. 이 게송은 80권 본 화엄경 권 제14 정행품 제11에 나오는 게송을 인용하였다.


### 집지응기 당원중생 執持應器 當願衆生
**발우를 들 때는 마땅히 바라건대 모든 중생이**

응기(應器)는 응량기(應量器)를 말하므로 곧 발우를 말한다. 발우 공양을 받는 것은 도를 이루어 모든 중생을 제도하고자 함이라는 서원을 나타내는 것이다.


### 성취법기 수천인공 成就法器 受天人供
**법의 그릇을 성취하여 하늘과 사람의 공양 받기 위함이라.**

'응량기'가 곧 법기(法器)이다. 그러므로 공양을 받는 것은 부처님 법을 밥 먹듯이 하여 불도를 성취하고자 함에 그 목적이 있는 것이다. 도업을 이루면 천인(天人)의 공양을 받을 것이라는 표현이다.

# 차경심심의 此經甚深意

**청법게 請法偈**

此經甚深意 大衆心渴仰
차경심심의 대중심갈앙

惟願大法王 廣爲衆生說
유원대법왕 광위중생설

이 경의 매우 깊고 심오한 뜻을
대중들은 마음 깊이 갈앙(渴仰)하오니
바라건대 대법왕이시여,
널리 중생을 위해 법을 설해 주소서.

산보집 영산작법절차에서 법을 청하는 청법게(請法偈)로 수록되어 있다. 그러나 모든 의례에서 법사에게 법을 청함에 있어 관행적으로 널리 사용되는 게송이다.

참고로 장수멸죄호제동자다라니경(長壽滅罪護諸童子陀羅尼經)에 문수보살이 부처님께 법을 청하는 내용에 보면 다음과 같은 말씀이 있다. '한 소리로 연설하시는 대법왕이신 세존께 오직 원하옵나니 저희를 불쌍히 여기시어 널리 설해 주옵소서.' 一音演說。爲大法王。唯願世尊。哀愍廣說。

**차경심심의 此經甚深意**
이 경의 매우 깊고 심오한 뜻을

부처님의 말씀을 결집한 경전의 높고 깊은 뜻이라고 하여 먼저 경(經)을 찬탄하고 있다.

**대중심갈앙 大衆心渴仰**
**대중들은 마음 깊이 갈앙(渴仰)하오니**

청법대중(請法大衆)은 목이 말라 물을 찾듯이 법문을 청한다는 뜻을 나타내어 대중들의 심정을 드러내며 법문을 청하고 있다.


**유원대법왕 惟願大法王**
**바라건대 대법왕이시여,**

법사를 높이 존중하여 대법왕(大法王)이라고 하였다. 그러므로 법력이 높으신 법사를 경전에 이어 찬탄하고 있다. 참고로 작법귀감에는 유(唯)로 되어 있고, 산보집에는 유(惟)로 되어 있다.


**광위중생설 廣爲衆生說**
**널리 중생을 위해 법을 설해 주소서.**

넓은 마음으로 부처님의 가르침을 설하여 달라는 간청이다. 대반열반경 게송에 보면 '바라건대 부처님 비밀장(秘密藏)을 여시어, 중생들을 위하여 말씀하여 주소서.'라는 말씀이 있다. 願佛開微密。廣爲衆生說。

대보적경에는 '바라건대 법왕은 미묘한 법을 펴 주소서.'라는 게송이 있다. 願大法王宣妙法。

1233

# 차사무인응자수 此舍無人應者誰

## 제19대 구마라다 鳩摩羅多 존자

**此舍無人應者誰 開門相見絕狐疑**
차사무인응자수 개문상견절호의

**那堪更問從前夢 又落靈山第七搥**
나감갱문종전몽 우락영산제칠추

이 집에는 아무도 없는데 대답하는 놈은 누구이더냐.
문을 열고 서로 보자 의심이 끊어졌네.
어찌 다시 종전의 꿈을 따질 것인가.
또한 영산을 일곱 번 두드림에 떨어졌네.

산보집에서 선문의 조사에게 예참을 올리는 선문조사예참(禪門祖師禮懺) 가운데 제19대 구마라다(鳩摩羅多) 존자에 대한 가영으로 실려 있다. 구마라다 존자는 대월지국(大月氏國)의 바라문의 아들로 가야사다(伽耶舍多)에게 법을 배웠고, 사야다(闍夜多) 존자에게 법을 전하였다. 저서로는 일출론(日出論), 결발론(結髮論), 유만론(喻鬘論), 치만론(痴鬘論), 현료론(顯了論) 등이 있다고 하나 전하는 것은 없다.

### 차사무인응자수 此舍無人應者誰
이 집에는 아무도 없는데 대답하는 자는 누구이더냐.

제18대 조사인 가야사다(伽耶舍多) 존자가 대월지국을 갔다가 한 바라문의 집에 기운이 서린 것을 보고 그 집으로 들어가려고 문을 두드렸더니 구마라다가 묻기를 그대들은 누구냐고 하였다. 존자가 답하기를 우리는 부처님 제자라고 하였더니 열렸던 문이 다시 닫혀 버렸다. 다시 문을 두드리자 구마라다가 응답하기를 이 집에는 아무도 없소[此舍無人]. 존자가 대꾸하기를 아무도 없다고 답하는 이는 누구인가[無者

1234

誰]? 이 말을 들은 구마라다는 얼른 문을 열고 존자를 맞이하였다고 한다.


### 개문상견절호의 開門相見絶狐疑
**문을 열고 서로 보자 의심이 끊어졌네.**

문을 열고 서로 마주하자 의심이 끊어졌다고 하는 것은 현묘한 교화를 알아차렸기 때문이다. 그러고 나서 가야사다 존자는 구마라다 존자에게 법을 전하는 게송을 내렸다.

有種有心地 因緣能發萌 於緣不相礙 當生生不生
유종유심지 인연능발맹 어연불상애 당생생불생

종자도 있고 마음 바탕도 있으면 인연으로 능히 싹이 솟나니
연이 서로 가로막지 않으면 마땅히 생겨나겠지만 생겨남도 생겨남이 아니네.


### 나감갱문종전몽 那堪更問從前夢
**어찌 다시 종전의 꿈을 따질 것인가.**

종전의 꿈이라고 하는 것은 미망에서 벗어나지 못했을 때를 말한다.


### 우락영산제칠추 又落靈山第七搥
**또한 영산을 일곱 번 두드림에 떨어졌네.**

정수 선사가 찬(讚)하기를 본래부터 연마할 바가 아니거니 어찌 망치에 의존하겠느냐고 한 일화에서 나온 표현이다.

# 차안전단무별물 此岸栴檀無別物

**할향게 喝香偈**

此岸栴檀無別物 元從淸淨自心生
차안전단무별물 원종청정자심생

若人能以一塵消 衆氣自然皆具足
약인능이일진소 중기자연개구족

이 세상에는 전단향보다 더 특별한 물건 없으니
원래 청정한 자기 마음을 좇아서 생긴다네.
만약 사람이 한 티끌을 능히 소멸할 수만 있다면
온갖 기운 저절로 다 구족하게 되리라.

산보집에서 새벽에 향을 사르고 수행하는 절차인 신분수작법절차(晨焚修作法節次)에 나오는 활향게이다. 이외에 같은 책 결수작법(結手作法)에도 이와 같이 실려 있다. 또한 범음집에도 이러하다. 송나라 동호(東湖) 사문이 편찬한 법계성범수륙승회수재의궤(法界聖凡水陸勝會修齋儀軌) 권 제1에서 인용하였으나 몇 글자가 다르게 인용되었기에 원문을 옮기면 다음과 같다.

此岸栴檀[非]別物 元從淸淨自心生
차안전단[비]별물 원종청정자심생

若人能以一塵[燒] 衆氣自然皆具足
약인능이일진[소] 중기자연개구족

**차안전단무별물 此岸栴檀無別物**
이 세상에는 전단향보다 더 특별한 물건 없으니

차안(此岸)은 생사가 있는 이 세상을 말함이다. 피안은 이와는 반대 개념의 세상을 말한다. 안(岸)은 언덕을 말한다. 차안은 고통의 세상이기에, 이를 바다에 비유하여 고해(苦海)라고 함이다. 고해를 건너가 다다르고자 하는 언덕이 곧 피안이기에 언덕이라는 표현을 한 것이다. 전단(栴檀)은 전단 나무에서 나는 향기가 최고이기에 전단향이라고 한다. 그러나 이 게송을 잘 살펴보면 전단향이 무엇을 비유하는지는 다음 구절에 나온다. 참고로 '수륙제의궤'에서는 무(無)가 아닌 비(非)로 되어 있다.

전단향(栴檀香)은 인도 마라야산에서 나오는 향나무로, 향나무 가운데 아주 으뜸으로 여기며 그만큼 귀하기에 전단 나무 향을 최고로 치는 것이다. 이 향나무가 고산(高山)이라는 산에서 나오는데, 산의 생김새가 마치 소의 머리 같다고 하여 '우두전단향(牛頭旃檀香)'이라고 한다. 그러나 여기서 눈여겨보아야 할 것은 중생 세계에서 전단향이 아무리 값지고 귀중하다고 하더라도 마음을 잘 쓰는 것보다 못하다고 하고 있다. 이에 대하여 무착문희(無着文喜) 선사의 게송에 보면 '구리무진토묘향(口裏無瞋吐妙香)'이라고 하여, '성내지 아니하고 온화하게 하는 말 한마디가 미묘한 향'이라고 하였음도 이와 같은 이치다.


## 원종청정자심생 元從淸淨自心生
**원래 청정한 자기 마음을 좇아서 생긴다네.**

원종(元從)에서 원(元)은 으뜸이라는 뜻으로 쓰인 것이 아니라, 근원을 말하는 원(原)과 같은 뜻으로 쓰였다.

자성청정심(自性淸淨心)은 우리가 본래부터 갖추고 있는 청정한 마음을 말한다. 그러므로 '청정심'이라고 하는 것은 '맑고 깨끗한 우리의 본래 마음'을 말하는 것이다. 이를 다르게 표현하여 청정심시불(淸淨心是佛)이라고 하며, 미혹하면 중생이기에 미혹시중생(迷惑是衆生)이라고 하는 것이다.

육조단경(六祖壇經)에 보면 '보리(菩提)의 자성이 본래 맑고 깨끗하니 다만 이 마음만 쓰면 바로 성불할 것이라.'고 하였다. 菩提自性。本來淸淨。但用此心。直了成佛。

그러므로 자성청정심(自性淸淨心)을 전단향에 비유하였다.

**약인능이일진소 若人能以一塵消**
**만약 사람이 한 티끌을 능히 소멸할 수만 있다면**

일진(一塵)은 번뇌를 말한다. 번뇌는 아무짝에도 쓸모가 없기에 티끌에 비유하였다. 번뇌의 시작은 아주 작음에서 시작되므로 티끌에다 비유한 것이다. '수륙의궤'에서는 소(消)가 아닌 소(燒)로 되어 있다. 만약에 누구라도 능히 이러한 향을 사르는 자가 있다면, 이러한 표현이다. 그러므로 전단향은 자신의 자성이 청정함으로 곧 참된 향이라고 말하고 있다.


**중기자연개구족 衆氣自然皆具足**
**온갖 기운 저절로 다 구족하게 되리라.**

온갖 기운이 저절로 구족하게 된다는 것은 일진(一塵)이 사라지면 진성(眞性)이 저절로 드러나기에 이를 기(氣)로 보아서 모든 기(氣)가 갖추게 될 것이라고 하였다. 고로 중기(衆氣)는 모든 서기(瑞氣)를 말함인데, 이는 밖에 있지 아니하고 중생 각자의 마음에 있다는 것을 다시 한번 일깨워주고 있다.

# 차일건흥평등공 此日虔興平等供

## 할향게 喝香偈

此日虔興平等供 法音交唱衆無譁 仰憑密語爲加持 慰悅神心增勝力
차일건흥평등공 법음교창중무화 앙빙밀어위가지 위열신심증승력

십팔신왕승불래(十八神王承佛勅) 편의 설명을 참고하시오.

## 할향게 喝香偈

此日虔興平等供 聖凡俱會異常居 仰憑密語爲加持 將使身心無畏恐
차일건흥평등공 성범구회이상거 앙빙밀어위가지 장사신심무외공

유차주거근수토(維此住居勤守土) 편의 설명을 참고하시오.

## 할향게 喝香偈

此日虔興平等供 欲令法界普熏聞 仰憑密語爲加持 將使施心咸徧達
차일건흥평등공 욕령법계보훈문 앙빙밀어위가지 장사시심함편달

이날 경건하게 일으킨 평등한 공양은
법계의 중생들로 하여금 이 향기 맡게 하소서.
우러러 비밀스러운 말씀 의지하여 가지 법을 하여
장차 시주님의 마음을 두루두루 알리게 하리.

산보집에 보면 세 번이나 수록되어 있는데 그때마다 두 번째 구절과 네 번째 구절의
문장을 달리하여 나타나는 할향게(喝香偈)이다. 그리고 이 게송은 '차안전단무별물
(此岸栴檀無別物)'에 이어서 나오는 게송이다.

# 차일수재흥보도 此日修齋興普度

此日修齋興普度 肅淸意地謹威儀
차일수재흥보도 숙청의지근위의

仰憑密語爲加持 將俾自他還本淨
앙빙밀어위가지 장비자타환본정

오늘 닦은 재(齋)로 널리 제도(濟度)하고자
잘못을 바로잡아 삼가 그 뜻을 위의(威儀)롭게 하네.
비밀스러운 말씀을 우러러 의지하고 가지(加持)하여
장차 나와 남 모두가 본래의 청정함으로 돌아가게 하네.

법성담연주법계(法性湛然周法界) 편의 설명을 참고하시오.

# 차일장수평등공 此日將修平等供

## 결지게 結地偈

此日將修平等供 要令此地異常居
차일장수평등공 요령차지이상거

須憑神力爲加持 淸淨光明同佛刹
수빙신력위가지 청정광명동불찰

장차 오늘 닦으려는 평등한 공양은
이 자리가 평상시와 다르게 함이라네.
모름지기 위신력에 의지해 가지하여서
청정한 광명이 부처님 국토와 같아지기를 원합니다.

공백시방삼보전(恭白十方三寶前) 편의 설명을 참고하시오.

# 찰찰진진개묘체 刹刹塵塵皆妙體

## 착군게 着裙偈

刹刹塵塵皆妙體 頭頭物物總家翁
찰찰진진개묘체 두두물물총가옹

若得因言達根本 六塵元我一靈光
약득인언달근본 육진원아일영광

세계와 티끌들이 모두 미묘한 본체이고
낱낱 사물들이 모두가 내 집의 주인공입니다.
만일 법어(法語)로 인하여 마음의 근본을 깨닫는다면
육진도 원래 나도, 한 줄기 신령스러운 빛입니다.

작법귀감 다비작법에서 죽은 이에게 속옷을 입히면서 들려주는 게송이며 범음집, 승가예의문에도 이처럼 실려 있다.

### 찰찰진진개묘체 刹刹塵塵皆妙體
세계와 티끌들이 모두 미묘한 본체이고

찰찰진진(刹刹塵塵)과 이어서 나오는 두두물물(頭頭物物)은 삼라만상을 표현한 것이다. 그러므로 삼라만상이 모두 묘체(妙體)라고 하였으니 이는 나와 같음이라는 뜻이다.

### 두두물물총가옹 頭頭物物總家翁
낱낱 사물들이 모두가 내 집의 주인공입니다.

두두물물(頭頭物物)에 대해서는 위에서 이미 설명하였다. 위에서 말한 묘체(妙體), 그리고 여기서 말하는 가옹(家翁)은 모두 마음의 본위를 말함이다.

이어서 영가에게 들려주는 법문이 있다.

今兹着裙 淨護根門 慚愧莊嚴 超證菩提
금자착군 정호근문 참괴장엄 초증보리

이제 속옷을 입게 되었으니 육근의 문을 정갈하게 보호하여
부끄럽고 뉘우치는 마음으로 장엄하여서 단박에 보리를 증득할 것입니다.


**약득인언달근본 若得因言達根本**
**만일 법어(法語)로 인하여 마음의 근본을 깨닫는다면**

영가에게 법어를 들려주는 것은 마음의 근본을 깨닫게 해주려고 하는 마음이다. 그렇다. 마음의 근본을 깨닫는다고 하는 것은 속 불종(佛種)을 싹틔우게 하여 바로 내가 부처라는 것을 깨닫는 근원이 되기 때문이다.


**육진원아일영광 六塵元我一靈光**
**육진도 원래 나도, 한 줄기 신령스러운 빛입니다.**

육진(六塵)이 어디에 있어서 나오는 것이 아니라 나의 마음을 등지게 되면 바로 나타나는 것이다. 그러므로 여기서는 육진도 나로 인하여 나타나는 것이라고 하였다.

# 참제삼업죄 懺除三業罪

## 참회게 懺悔偈

懺除三業罪 自從過去世
참제삼업죄 자종과거세

流轉於三有 今對聖衆前
유전어삼유 금대성중전

삼업으로 지은 죄를 참회하여 없애어서
지금부터 과거 세상까지
삼유(三有)로 유전하여 오다가
이제야 성인 대중을 앞에 마주합니다.

산보집 비로단 작법에서 영가에게 참회를 일러주는 참회게이다.


### 참제삼업죄 懺除三業罪
### 삼업으로 지은 죄를 참회하여 없애어서

중생의 죄업은 신구의 삼업으로 인하여 짓는 것이기에 이를 참회하고자 하는 것이다.
그리고 모든 재(齋)는 참회를 기본으로 하고 있다.


### 자종과거세 自從過去世
### 지금부터 과거 세상까지

지금, 이 순간부터 지난 과거세에 지었던 모든 죄업을 참회하고자 한다는 선언이다.
참회가 이루어져야 진정한 보리의 길로 나아갈 수 있기 때문이다.

유전어삼유 流轉於三有
삼유(三有)로 유전하여 오다가

삼유(三有)는 본유(本有), 당유(當有), 사유(死有)의 세 가지를 통틀어 이르는 표현이다. 중생은 진정한 참회가 이루어지지 않으면 삼업을 유전하기에 지금 참회를 하라고 일러주는 것이다.


금대성중전 今對聖衆前
이제야 성인 대중을 앞에 마주합니다.

참회를 마치면 몰록 진성이 회복되기에 두두물물(頭頭物物)이 모두 부처 자리임을 깨닫게 되므로 성인의 대중들이 눈에 몰록 나타난다고 하였다.

# 창업웅도전백대 創業雄都傳百代

### 국혼게 國魂偈

創業雄都傳百代 仁王山下幾經春
창업웅도전백대 인왕산하기경춘

明君世主繩繩出 奕世威光日又新
명군세주승승출 혁세위광일우신

웅장한 도읍을 창업(創業)하여 백 대를 전하였으니
인왕산 아래에서 몇 봄을 보냈는가.
영명한 군왕과 세상의 주인이 면면히 나와
위엄스러운 광명으로 세상 빛내고 날로 새로워지네.

산보집에서 총림의 사명일(四明日)에 혼령을 맞아 시식하는 절차인 총림사명일영혼시식절차(叢林四明日迎魂施食節次) 가운데 국왕과 후비들, 그리고 권속에 이르기까지 삼보의 힘에 의지하여 이 법회에 함께하여 공양을 받으라는 국혼청(國魂請)에 나오는 가영이다. 작법귀감에도 같은 내용으로 실려 있다.

### 창업웅도전백대 創業雄都傳百代
웅장한 도읍을 창업(創業)하여 백 대를 전하였으니

창업(創業)은 나라나 왕조 따위를 처음으로 세우는 것을 말한다. 문장의 흐름으로 보아서는 조선을 말하는 것 같다.

### 인왕산하기경춘 仁王山下幾經春
인왕산(仁王山) 아래에서 몇 봄을 보내었는가.

인왕산은 조선을 건국한 수도인 한양에 있는 산으로 지금의 서울 종로구와 서대문구를 경계로 하고 있는 산이다. 서울의 진산(鎭山) 가운데 하나다. 참고로 경복궁(景福宮)은 북악산(北岳山)이 주산(主山)이다. 남산(南山)은 안산(案山), 낙산(駱山)은 좌청룡, 인왕산(仁王山)은 우백호이다. 그리고 인왕산에 인왕사(仁王寺)가 있어 인왕산(仁王山)이라는 명칭이 생겨났다.

봄을 몇 번이나 보냈느냐고 하는 것은 조선의 역사가 유구하게 이어져 내려왔다는 표현이다.


### 명군세주승승출 明君世主繩繩出
### 영명한 군왕과 세상의 주인이 면면히 나와

명군(明君)은 명주(明主)를 말하므로 총명한 임금을 나타내는 표현이다. 이로써 세상의 주인공이 되기에 세주(世主)라고 한 것이다. 승승(繩繩)은 대(代)가 끊이지 아니하고 이어진다는 표현으로 조선왕조 오백 년을 찬탄하고 있다.


### 혁세위광일우신 奕世威光日又新
### 위엄스러운 광명으로 세상 빛내고 날로 새로워지네.

혁세(奕世)는 거듭되는 여러 대(代)를 말하므로 대를 거듭하여 위엄과 권위가 나날이 새로워졌노라고 하는 칭송이다.

# 처처녹양감계마 處處綠楊堪繫馬

## 거감게 擧龕偈

**處處綠楊堪繫馬 家家門外透長安**
처처녹양감계마 가가문외투장안

곳곳의 푸른 버드나무 말 맬 만하고
집마다 문 밖은 장안으로 통하는 길이라네.

작법귀감 다비작법에서 관을 들고 밖으로 옮길 때 외우는 게송이다. 이 게송은 백운수단록(白雲守端錄)에 나오는 백운수단(白雲守端) 선사의 게송이다.

### 처처녹양감계마 處處綠楊堪繫馬
곳곳의 푸른 버드나무 말 맬 만하고

처처(處處)는 여기저기, 곳곳이, 이러한 표현이다. 녹양(綠楊)은 푸른 버드나무를 말한다. 버들가지는 바람 부는 대로 따라 흐느적거리기에 마음의 수순함을 나타낸다. 이어서 말을 맬 만하다고 하였는데, 여기서 말(馬)은 천방지축으로 날뛰는 중생의 마음을 나타낸 것이다. 관세음보살의 지물(持物) 가운데 하나인 녹양(綠楊)은 중생의 마음 따라 관세음보살은 함께하기에 지물로 삼은 것이다.

### 가가문외투장안 家家門外透長安
집마다 문 밖은 장안으로 통하는 길이라네.

가가(家家)는 '집집마다'라는 뜻으로 '누구'라도 이러한 표현이며, 장안(長安)은 부처의 자리를 말하므로 누구나 부처가 될 수 있다는 뜻이다.

# 척기미모화리간 剔起眉毛火裏看

## 습골게 拾骨偈

**剔起眉毛火裏看 分明一掬黃金骨**
척기미모화리간 분명일국황금골

눈썹을 치켜뜨고 불속을 보라.
한 줌의 황금 뼈가 분명할 것입니다.

작법귀감 다비작법에서 시신의 화장을 마친 후에 남은 뼈를 주우면서 행하는 습골게 (拾骨偈)이다. 이 게송은 고봉원묘선사어록(高峰原妙禪師語錄) 권 제2에 나오는 내용을 인용하였다.

### 척기미모화리간 剔起眉毛火裏看
눈썹을 치켜뜨고 불속을 보라.

척(剔)은 도(挑)와 같은 개념으로 쓰여서 돋다, 들다는 뜻이다. 그러므로 척기(剔起)는 그 어떠한 행(行)을 뒷받침하는 개념으로 쓰여서 눈썹을 치켜뜨는 것을 말한다. 눈썹을 치켜뜨고 불속을 보라고 하였음은 그 어떠한 상황에라도 본성을 잃지 말라는 표현이다.

### 분명일국황금골 分明一掬黃金骨
한 줌의 황금 뼈가 분명할 것입니다.

원문에서는 일국(一掬)이 아니고 일구(一具)로 되어 있다. 불은 모든 것을 태움이니 번뇌를 태우고 나면 한 줌의 황금 뼈가 분명할 것이라고 하였다. 여기서 황금은 불성 (佛性), 본성(本性), 진성(眞性)을 말한다.

# 천룡팔부만허공 天龍八部滿虛空

## 가영 歌詠

天龍八部滿虛空 都在毫光一道中 信受佛言常擁護 奉行經典永流通
천룡팔부만허공 도재호광일도중 신수불언상옹호 봉행경전영류통

허공을 가득 채운 천룡팔부 대중들
항상 부처님의 백호 광명 속에 있다네.
부처님 말씀을 믿고 받아 항상 옹호하고
경전을 받들어 실천하여 길이 유통하게 한다.

산보집에서 당산 용왕단 작법인 당산용왕당작법(當山龍王壇作法)의 가영이다. 이와 관련된 청사(請詞)에 보면 견뢰지신(堅牢地神), 금강좌신(金剛座神), 보리수신(菩提樹神) 등 법을 옹호하는 용신(龍神)과 아울러 따르는 모든 권속을 받들어 청하나니, 부디 본래 서원하였던 다짐을 어기지 말고 이 도량에 강림하여 결계(結界)를 보호하여 주기를 바라는 내용으로 청사에 이어 나오는 가영이다.

그러나 이 가영은 '여래회상무고하(如來會上無高下)' 게송에 일부가 나오고, 또한 신중영(神衆詠)으로 수록된 '옹호성중만허공(擁護聖衆滿虛空)'과 거의 같은 내용이므로 이 구절을 찾아보길 바란다.

## 천룡팔부만허공 天龍八部滿虛空
## 허공을 가득 채운 천룡팔부 대중들

불법을 옹호하는 팔부신중(八部神衆)이 허공에 가득하다는 표현이다. 나머지 구절은 위에서 이미 설명하였기에 생략한다.

# 천부연화분주야 天部蓮花分晝夜

## 삼장영 三藏詠

**天部蓮花分晝夜 神仙長樂度春秋**
천부연화분주야 신선장락도춘추

**榮華恣意無倫比 空住空行最自由**
영화자의무륜비 공주공행최자유

천부(天部)에는 연꽃이 낮과 밤을 구분하니
신선들 오래도록 즐겁게 세월을 지내네.
영화로움이 뜻대로 되는 것 비교할 데 없으며
허공에서 가장 자유롭게 머물고 다니네.

산보집에 수록된 삼장영(三藏詠)이다. 삼장은 천장(天藏) 보살, 지지(持地) 보살, 지장(地藏) 보살을 말한다.


### 천부연화분주야 天部蓮花分晝夜
천부(天部)에는 연꽃이 낮과 밤을 구분하니

천부(天部)는 천계(天界)와 같은 표현이다. 그리고 천부는 태양의 출몰로 낮과 밤을 구분하는 것이 아니라, 연꽃이 피고 지는 것으로 낮과 밤을 구분한다고 하여 천계를 찬탄하고 있다.


### 신선장락도춘추 神仙長樂度春秋
신선들 오래도록 즐겁게 세월을 지내네.

춘추(春秋)는 봄가을이라는 뜻도 있지만 흘러가는 세월을 나타내기도 한다. 이러한 것을 예로 들면 어른의 나이를 높여 부를 때 올해 춘추가 얼마나 되느냐고 묻는 것과 같다. 그러므로 신선 세계는 오래도록 즐거움을 누리느라 세월 가는 줄 모른다는 표현이다.

**영화자의무륜비 榮華恣意無倫比**
**영화로움이 뜻대로 되는 것 비교할 데 없으며**

자의(恣意)는 제멋대로, 뜻하는 대로, 이러한 표현이기에 영화로움을 오래도록 즐기는 것도 제멋대로 할 수가 있다는 뜻으로 신선들의 생활을 나타내고 있다.

**공주공행최자유 空住空行最自由**
**허공에서 가장 자유롭게 머물고 다니네.**

공주(空住)는 허공에 머무름이고, 공행(空行)은 허공을 다니는 것을 말한다. 까닭에 신선들은 허공에 자유자재로 머물기도 하고, 다니기도 한다는 뜻으로 무애행을 나타내는 것이다.

# 천산만수경난동 千山萬水境難同

## 등각영 等覺詠

千山萬水境難同 路盡何勞更立宗
천산만수경난동 노진하로갱립종

失却普賢渾相質 豈須師利覓猊蹤
실각보현혼상질 기수사리산예종

수없이 많은 산과 물의 경계는 같기가 어렵나니
갈 길이 다했는데 무엇 때문에 수고롭게 다시 종지 세우랴.
보현보살이 실각하여 그 바탕을 흐리게 한다.
어찌하여 모름지기 문수보살은 사자의 종적을 찾으랴.

산보집에서 상단을 청해 맞이하는 의례인 상단영청지의(上壇迎請之儀)에 나오는 등각영(等覺詠)이다. 등각(等覺)은 등각의 지위를 말한다. 여기에 관하여 보살영락본업경(菩薩瓔珞本業經)에서는 등각위(等覺位)를 무구지(無垢地)라고 나타내었다. 등각에 도달하면 등각대사(等覺大士) 또는 등각보살(等覺菩薩)이라고 하며, 여기서 대사(大士)라는 표현은 마하살(摩訶薩), 마하살타(摩訶薩埵) 등을 말한다. 등각은 '완전한 깨달음'이라는 뜻으로 구경각(究竟覺)이라고 하며, 이는 보살의 수행단계인 십주(十住), 십행(十行), 십회향(十廻向), 십지(十地), 불지(佛地)에 있어서 '불지'에 해당한다.

## 천산만수경난동 千山萬水境難同
수없이 많은 산과 물의 경계는 같기가 어렵나니

천산만수(千山萬水)는 수없이 많은 산과 물이라는 뜻으로 곧 깊은 산속을 말한다. 그러므로 그만큼 수행자의 경계는 각양각색이라는 표현이다. 부처님도 이 경계에 맞추어 팔만사천법문을 설하셨듯이 수행자의 경계는 그야말로 같지 않음이다.

### 노진하로갱립종 路盡何勞更立宗
**갈 길이 다했는데 무엇 때문에 수고롭게 다시 종지 세우랴.**

갈 길이 다했다고 하는 것은 부처님의 종취(宗趣)를 꿰뚫는 것을 말한다. 그러므로 부처님의 본지를 간파하면 수고로이 다른 종지(宗旨)를 세운다고 하는 것은 토끼 뿔과 같은 것이다.


### 실각보현혼상질 失却普賢渾相質
**보현보살이 실각하여 그 바탕을 흐리게 한다.**

보현보살이 발을 헛딛어 실족한다고 하는 것은, 보현보살은 부처님의 종취를 가르치고자 방편으로 설정되었기에 실각이라고 한 것이다. 그러므로 그 바탕을 흐리게 한다는 것은 종취를 꿰뚫으면 그만이기에 보현보살이라는 방편은 그 사명을 다한 것이다.


### 기수사리산예종 豈須師利覓猊蹤
**어찌하여 모름지기 문수보살은 사자의 종적을 찾으랴.**

문수사리보살은 모름지기 사자의 종적을 찾겠느냐 하였음은 사자가 곧 문수임을 뜻한다. 다시 말해 방편을 깨고 보면 부처가 문수요, 문수가 곧 부처다. 그러므로 문수가 다시 부처를 찾는다고 하는 것은 있을 수 없는 일이다.

# 천운순환동북풍 天運循環動北風

## 태조 강헌 康獻 대왕

**天運循環動北風 聊將一箭得奇功**
천운순환동북풍 료장일전득기공

**松都城裡幾中住 白岳山前築別宮**
송도성리기중주 백악산전축별궁

천운은 돌고돌아 북쪽의 바람을 움직여서
한 개의 화살로 기이한 공 이루었네.
송도성 안 궁중에 어찌 머물겠는가.
백악산 앞에다 별궁을 지었네.

산보집 종실단작법(宗室壇作法)에서 제일 처음 태조 강헌왕(康獻王) 영가를 받들어 청함에 나오는 가영이다. 태조는 조선을 건국한 제1대 왕으로 고려 말의 무신으로 고려를 무너뜨리고 조선을 건국한 이성계(李成桂 1335~1408)를 말한다. 그러나 즉위 말년에는 아들들의 불화로 불행을 겪었으며 왕위는 정종에게 물려주었다. 시호는 태조강헌대왕(太祖康獻大王)이다.

## 천운순환동북풍 天運循環動北風
천운은 돌고돌아 북쪽의 바람을 움직여서

천운(天運)은 본인이 정한 운이 아니라 하늘이 정한 운을 말한다. 그리고 북쪽의 바람을 움직였다고 하는 것은, 고려 말기 불안정한 왕권으로 불만이 쌓였던 시기에 명나라를 방어하기 위하여 압록강 위화도(威化島)로 갔으나 회군하여 우왕(禑王)을 축출하고 다시 공양왕을 폐위시키며 조선을 개국한 것을 말한다.

**료장일전득기공 聊將一箭得奇功**
한 개의 화살로 기이한 공 이루었네.

태조는 활쏘기에 능하여 대초명적(大哨鳴鏑) 쏘기를 좋아하였다고 한다. 태조가 친히 사용했다는 어궁(御弓)은 함흥에 있는 조선 왕실의 사당인 함흥본궁(咸興本宮)에 일제강점기까지 보존되었으나, 한국전쟁 때 전재로 인하여 행방을 알 수가 없게 되었다. 그리고 기이한 공을 이루었다고 하는 것은 조선을 개국한 일을 말한다.

**송도성리기중주 松都城裡幾中住**
송도성 안 궁중에 어찌 머물겠는가.

고려의 수도는 개성(開城)이며 개성의 옛 이름은 송도(松都)이다. 그러므로 고려의 왕실에서 벗어났다는 말이다.

**백악산전축별궁 白岳山前築別宮**
백악산 앞에다 별궁을 지었네.

백악산(白岳山)은 서울의 경복궁 북쪽에 있는 산을 말하며, 한양의 주산이다. 백악산이라는 명칭은 나라에서 주관하는 백악산신(白岳山神)을 진국백(鎭國伯)으로 봉하여 백악산 정상에서 제사를 지냈기에 붙여진 이름이다. 그러나 일제강점기 때 이 산을 북악산(北岳山)이라고 부르게 되었다. 그리고 별궁(別宮)을 지었다고 하는 것은 특별한 궁전을 지었다고 하는 것으로 조선의 궁궐을 지었다는 말이다.

# 천장보살대비력 天藏菩薩大悲力

## 삼장영 三藏詠

**天藏菩薩大悲力 持地菩薩智行力**
**천장보살대비력 지지보살지행력**

**地藏菩薩誓願力 哀愍衆生出苦海**
**지장보살서원력 애민중생출고해**

**천장보살의 대비의 힘과**
**지지보살의 지혜와 행원의 힘과**
**지장보살의 서원의 힘으로**
**중생들을 불쌍히 여겨 고해를 벗어나게 하소서.**

산보집에 수록된 삼장영(三藏詠)이다. 삼장영은 삼장보살을 찬탄하는 가영이며, 삼장
보살에 대해서는 이어지는 설명을 참고하길 바란다.

### 천장보살대비력 天藏菩薩大悲力
천장보살의 대비의 힘과

천장보살은 상계교주(上界敎主)를 말하며, 좌우보처로는 진주보살(眞珠菩薩)과 대진
주보살(大眞珠菩薩)로 나타낸다.

### 지지보살지행력 持地菩薩智行力
지지보살의 지혜와 행원의 힘과

지지보살은 음부교주(陰府敎主)를 말하며, 좌우보처로는 유동보살(儒童菩薩)과 용수

보살(龍樹菩薩)로 나타낸다.


### 지장보살서원력 地藏菩薩誓願力
### 지장보살의 서원의 힘으로

지장보살은 유명교주(幽冥教主)를 말하며, 좌우보처로는 도명존자(道明尊者)와 무독
귀왕(無毒鬼王)으로 나타낸다.


### 애민중생출고해 哀愍衆生出苦海
### 중생들을 불쌍히 여겨 고해를 벗어나게 하소서.

삼장보살이 중생을 애민하게 여기는 까닭은 중생을 지옥에서 벗어나도록 하기 위함
이다. 그러나 삼장보살에 대하여 뒷받침할 만한 소의 경전은 없다.

# 천주운몰도병사 天誅殞歿刀兵死

## 고혼영 孤魂詠

天誅殞歿刀兵死 寇賊虫傷凍餒凶
천주운몰도병사 구적충상동뇌망

不免飢寒長夜哭 願承佛力悟眞常
불면기한장야곡 원승불력오진상

천벌을 받아 죽었거나 전쟁통에 죽은 고혼
외적이나 해충에 죽거나, 얼거나 굶주리거나 도망가다 죽은 고혼
춥고 굶주림 못 면해서 긴긴밤 통곡하는 고혼들이여
바라건대 부처님의 힘을 입어 진상(眞常)을 깨달으소서.

산보집에서 하단을 청해 맞이하는 의식인 하단영청지의(下壇迎請之儀)에 수록된 고혼영(孤魂詠)이다. 고혼(孤魂)은 그 어디에도 의지할 바 없이 떠돌아다니는 외로운 넋을 말한다.

### 천주운몰도병사 天誅殞歿刀兵死
천벌을 받아 죽었거나 전쟁통에 죽은 고혼

천주(天誅)는 천벌(天罰)을 말하며 이는 하늘이 내리는 벌이라는 뜻이다. 운몰(殞歿)은 '죽다'라는 표현이다. 도병(刀兵)은 전쟁을 뜻하기에 전쟁통에 죽은 고혼을 말한다.

### 구적충상동뇌망 寇賊虫傷凍餒凶
외적이나 해충에 죽거나, 얼거나 굶주리거나 도망가다 죽은 고혼

구적(寇賊)은 국토를 침범한 외적을 말하며, 충(虫)은 벌레로 인하여, 상(傷)은 다쳐서, 동(凍)은 추위로 인하여 얼어서, 뇌(餒)는 굶주려서, 망(亡)은 달아나다, 도망가다 등의 뜻으로 쓰였다. 그러므로 위와 같이 죽은 고혼을 말한다.


### 불면기한장야곡 不免飢寒長夜哭
### 춥고 굶주림 못 면해서 긴긴밤 통곡하는 고혼들이여

기한(飢寒)은 굶주리고 헐벗어 배고픔에서 벗어나지 못하여 긴긴밤을 통곡하는 고혼들을 말한다.


### 원승불력오진상 願承佛力悟眞常
### 바라건대 부처님의 힘을 입어 진상(眞常)을 깨달으소서.

진상(眞常)은 진실하게 항상 머무르는 법을 말한다. 고혼들이여, 바라건대 부처님의 법력의 가피를 입으시어 진상(眞常)을 해오(解悟)하면 있는 그 자리가 바로 극락이라고 일러주는 가르침이다.

# 천척사륜직하수 千尺絲綸直下垂

## 천척게 千尺偈

千尺絲綸直下垂 一波纔動萬波隨
천척사륜직하수 일파재동만파수

夜靜水寒魚不食 滿船空載月明歸
야정수한어불식 만선공재월명귀

천자나 되는 긴 낚싯줄 곧게 드리우고자 하나
한 물결 일어나니 많은 물결이 따라 일어나네.
밤은 고요하고 물은 차가워 고기는 물지 않으니
배 가득 허공만 싣고 달빛에 돌아오네.

산보집에서 새로 여러 산문의 종사 반열에 든 종사를 청하는 신입제산종사청(新入諸山宗師請) 가운데 천척게로 수록되어 있다. 작법귀감에는 저녁 순례에 있어서 송자(頌子)로 되어 있다.

이 게송은 선자화상(船子和尙)으로 알려진 덕성선자(德誠船子 ?~?) 선사의 선시(禪詩)이다. 덕성(德誠) 화상에 대해서는 알려진 바가 거의 없으며, 당나라 때 조동종(曹洞宗)의 수행승으로 약산유엄(藥山惟儼 745~828) 선사의 법을 이은 제자로 알려졌다. 약산유엄의 제자 가운데 운암담성(雲嵓曇晟 782~841), 도오원지(道吾圓智 ?~?) 등과 함께 은거하며 수도할 것을 결의하였으나, 스승인 약산유엄의 종지가 세상에서 사라질까 염려하여 각자 흩어져서 세상에 내려가 중생을 제도하기로 한 뒤, 지금의 절강성(浙江省)에 있는 화정현(華亭縣)에서 작은 배를 하나 마련하여 배를 이용하여 오가고 하는 사람들에게 법을 설하였다. 당시 사람들은 화정(華亭)의 선자(船子)화상이라고 불렀다고 한다. 그리고 위의 게송은 선종송고연주통집(禪宗頌古聯珠通集) 권제37, 잡독해(雜毒海) 등에 실려 있으며, 스님의 별호는 화정덕성(華亭德誠)으로도 알려졌다. 또한 도오원지(道吾圓智) 선사는 도오종지(道吾宗智)로도 알려져 있다. 참고로 금강경오가해(金剛經五家解) 가운데 지견불생분(知見不生分)에 보면 야보도천(冶父道川) 선사도 이 게송을 읊조렸다.

## 천척사륜직하수 千尺絲綸直下垂
## 천자나 되는 긴 낚싯줄 곧게 드리우고자 하나

천척(千尺)은 천자[尺]를 말하므로 여기서는 긴 줄을 말한다. 참고로 한 자는 30cm를 말하지만, 그렇다고 머리를 굴려 굳이 단위를 환산하며 살펴볼 필요는 없다. 선문염송 제533칙에 보면 천자나 되는 낚싯줄을 드리움은, 비단잉어가 바로 깊고깊은 곳에 숨어 있기에 반드시 천척의 낚싯줄을 드리워야 한다고 하였다. 그러므로 누렇고 불그레한 잉어를 잡으려면 모름지기 천자의 낚싯줄을 드리워야 한다고 하였다. 이를 무위대화(無爲大化)라고 하였는데, '무위'의 '큰 교화'라는 뜻이다. 이에 천척사륜(千尺絲綸)은 도를 구하고자 하는 용심(用心)을 말하는 것이다. 그냥 단순하게 생각해 보면 천자나 되는 낚싯줄을 곧게 드리우기가 어찌 쉬운 일이겠는가? 그만큼 도를 구하는 일은 쉬운 일이 아님을 비유한 말이다.

## 일파재동만파수 一波纔動萬波隨
## 한 물결 일어나니 많은 물결이 따라 일어나네.

원문에는 재(纔)가 아니라 재(才)로 되어 있다. 그러나 우리나라에서는 대부분 재(纔)를 사용하고 있다. 중국에서는 재(才)로 나타내고 있다. 이는 재(才)가 재(纔)와 같은 의미로 통용되기 때문이다.

일파(一波)는 하나의 파도를 말한다. 이를 선문염송설화(禪門拈頌說話)에 의거하여 살펴보면 하나의 물결이 일어나자마자 만 가지 물결이 따라 일어난다는 뜻으로, 낚싯줄로 인하여 물결이 일어나는 게 아니라 바람으로 인하여 일어나는 물결을 말한다. 이것은 마치 한 생각이 일어나자마자 곧바로 오음(五陰)과 삼계가 갖추어지기에, 이로 인하여 생사의 물결이 그치지 아니하고 세차게 솟구친다고 하는 말과 같다고 하였다. 따라서 일파(一波)는 한 마음이 동(動)하는 것을 말한다. 고로 이때부터 진심은 사라지고, 망심이 걷잡을 수 없이 일어나게 되는 것이다.

**야정수한어불식 夜靜水寒魚不食**
**밤은 고요하고 물은 차가워 고기는 물지 않으니**

바다는 중생이 생사에 부침하는 고해(苦海)를 말함이다. 그러기에 대부분 경전에는 고통의 바다를 건너야 열반에 이를 수 있다고 말하는 것이다. 야정(夜靜)은 밤이 고요하다는 표현이며, 수한(水寒)은 물이 차다는 뜻이다. 밤이 고요하다는 것은 망상이 그친 평온한 마음을 말하기에 비로소 진심(眞心)이 드러나는 것이다. 그렇다면 수한(水寒)은 단순하게 물이 차다는 뜻일까? 선어록(禪語錄)에 보면 한암(漢巖), 고목(枯木), 한회(寒灰), 한안(寒雁) 등은 대개 '절대 무심의 경지'를 나타낸다. 차디찬 바위는 풀이나 이끼가 자랄 수 없으며, 차가운 잿더미에는 벌레도 의지하지 않는 법이다. 결국 번뇌와 망상이 근접하지 못함을 나타내는 경지이다.

어불식(魚不食)은 고기가 물지 않는다는 표현이다. 여기서 어(魚)는 무엇을 말함일까? 사실 이것을 알아야 이 시문을 폭넓게 이해할 수가 있다. '어'는 곧 '나를' 말하는 것이다. 그러므로 어(魚)는 주인공이다. 이 주인공이 갖가지 유혹에 이끌리거나 흔들리면 공부는 어긋나는 법이다. 그러나 알아두라. 공부는 항상 외경(外境)에 이끌리지 않아야 하는 법이다. 외경에 이끌리지 않는다고 하는 것은 곧 내심(內心)이 평정(平靜)해야 가능한 것이다. 고로 금강경에서는 일체가 여환(如幻)이라고 한 것이다. 그러므로 불식(不食)은 먹지 않는다는 뜻으로 번뇌와 망상에 흔들리지 않는 것을 말한다. 무념(無念)한 것이다. 이를 선종(禪宗)에서는 무념위종(無念爲宗)이라고 한다.

야정수한(夜靜水寒)에 대해 '선문염송설화'에서 밤은 깊고 물이 차다고 하는 뜻으로 한 중생도 제도하려야 제도할 중생이 없다고 하였다. 또한 원각경(圓覺經)에서는 일심이 청정하면 법계가 청정하다고 하였다. 고덕의 말씀에 보면 다음과 같은 가르침이 있다.

百花叢裡過 片葉不沾身
백화총리과 편엽불첨신

온갖 꽃이 만발한 꽃밭을 스쳐 지났으나
꽃잎 하나도 몸에 붙지 않았다.

**만선공재월명귀 滿船空載月明歸**
**배 가득 허공만 싣고 달빛에 돌아오네.**

비록 고기는 잡지 않고 빈 배로 돌아옴이다. 그러나 빈 배인 것 같아도 빈 배가 아니라 그 무엇인가를 가득 싣고 돌아오고 있음이다. 여기서는 교결(皎潔)한 달빛을 싣고 돌아온다고 하였다. 선사는 물고기도 놓아버리고, 나라는 것도 놓아버리고, 밝은 달빛만 가득 싣고 돌아오고 있음이다. 이를 보명(普明) 선사의 목우도(牧牛圖)에서는 쌍민(雙泯)이라고 한다. 소와 사람마저도 자취를 감추고 보이지 않는 경계. 이러한 경계를 나타낼 수가 없기에 흔히 일원상(一圓相)으로 나타내곤 한다. 사실은 일원상으로도 나타낼 수도 없지만 부득이하게 일원상으로 나타내는 것이다. 참고로 보명 선사의 '목우도'에서 쌍민(雙泯)에 대한 게송은 다음과 같다.

人牛不見杳無蹤 明月光寒萬象空
인우불견묘무종 명월광한만상공

若問其中端的意 野花芳草自叢叢
약문기중단적의 야화방초자총총

소와 사람은 보이지 아니하고 자취마저 묘연하니
밝은 달빛 차가운데 만상이 비었더라.
만약 이 가운데에서 분명한 뜻을 묻는다면
들꽃도 향기로운 풀도 스스로 무성하다고 하리라.

쌍민(雙泯)은 둘 다 없어져서 자취를 감추었다는 표현이다. 선(禪)의 궁극적인 목적은 어디에도 걸림이 없이 자유로운 것이다. 이를 증득한 사람을 가리켜 진인(眞人)이라 하기도 하고, 각자(覺者)라고 하기도 한다. 고로 이러한 절대적인 자유를 말하는 것을 무위(無爲)라고 한다.

그러므로 '만선공재월명귀'는 상적상조(常寂常照)의 대용(大用)을 말하는 것이다. 이러한 경계는 능견(能見)과 소견(所見)으로, 두 가지 모두가 없어지는 경계이기에 이를 능소쌍망(能所雙忘)이라고 한다. 또한 반야심경(般若心經)에서는 '무지역무득(無智亦無得)'이라고 하여, 지혜도 없고 얻는 것도 없다고 하였다.

당나라 말기 때 장졸수재(張拙秀才 ?~?) 거사가 석상산(石霜山)에서 수행하던 석상경저(石霜慶諸 807~888) 선사를 만나 가르침을 받고 비로소 안목이 열려 이를 시로 남겼는데 이를 살펴보면 다음과 같다. 그리고 경저(慶諸) 선사를 경제(慶諸) 선사라고 읽으면 안 된다. 제(諸)는 모두, 여러 등의 뜻이 있고, 저(諸)로 읽을 때는 대명사(代名詞) 겸, 의문 종결사로 쓰이기 때문이다.

光明寂照遍河沙 凡聖含靈共我家
광명적조변하사 범성함령공아가

一念不生全體現 六根才動被雲遮
일념불생전체현 육근재동피운차

밝은 빛이 고요하게 온 세상을 비추니
범부든 성인이든 모든 중생이 나의 가족이네.
한 생각도 일어나지 않으면 전체가 그대로 드러나지만
육근이 작용하면 구름에 가려지네.

破除煩惱重增病 趣向眞如亦是邪
파제번뇌중증병 취향진여역시사

隨順世緣無罣礙 涅槃生死等空花
수순세연무괘애 열반생사등공화

번뇌를 깨뜨려 없애려 하면 거듭 병이 늘어나고
진여를 향해 나아가고자 하나 그 또한 삿된 것이네.
세간의 인연에 수순하여 걸림이 없다면
열반과 생사가 평등하여 허공의 꽃이라네.

지금까지 살펴본 게송을 좀 더 들여다보면 1구와 2구는 속세(俗世)를 말함이다. 이어지는 3구와 4구는 진세(眞世)를 말함이다. 명월(明月)은 마음을 말한 것이다. 고로 이는 심여명월(心如明月)이라고 할 수 있다.

하여튼 지금까지 살펴본 덕성선자(德誠船子) 선사의 이 시문을 화두로 삼은 것이 덕성천척(德誠千尺) 공안이다.

# 천회봉련연하계 天回鳳輦烟霞界

## 행보게 行步偈

**天回鳳輦烟霞界 一解龍顔四海春**
천회봉련연하계 일해용안사해춘

**到此身心忘自貴 親行數步示人民**
도차신심망자귀 친행수보시인민

하늘로 돌아가는 봉련(鳳輦)이 연하계(烟霞界)로 나아가니
용안이 한 번 풀리니 천지가 온통 봄이로구나.
여기 이르러 몸과 마음 스스로 귀한 줄을 잊고
몸소 몇 걸음 걸어나가 인민들에게 보이시네.

산보집에서 전패(殿牌)를 옮길 때 행하는 의식인 전패이운(殿牌移運) 가운데 발걸음을 내딛으며 행하는 행보게(行步偈)로 수록되어 있다. 전패(殿牌)는 임금을 상징하는 글귀를 새긴 패(牌)를 말한다.

## 천회봉련연하계 天回鳳輦烟霞界
하늘로 돌아가는 봉련(鳳輦)이 연하계(烟霞界)로 나아가니

봉련(鳳輦)은 임금이 타는 가마로 가마 꼭대기에 황금으로 봉황을 만들어 장식하였기에 봉련이라고 한다. 연하(煙霞)는 안개와 노을을 말하므로, 이는 고요한 산수의 경치를 말한다. 까닭에 봉련은 연하(煙霞)의 경계(境界)로 나아가 하늘로 돌아간다고 말하고 있다.

**일해용안사해춘 一解龍顏四海春**
**용안이 한 번 풀리니 천지가 온통 봄이로구나.**

이 구절은 이백(李白)의 증종제남평태수지요이수(贈從弟南平太守之遙二首)라고 하여, 사촌 아우 남평(南平) 태수(太守) 이지요(李之遙)에게 구 수(首)를 준다는 시문 가운데 한 구절을 인용하면서 변형하여 옮겼으므로 원문은 다음과 같다.

龍顏一解四海春
용안일해사해춘

용안이 한 번 풀리니 천지가 온통 봄이로구나.

용안(龍顏)이 한번 풀어지게 웃겨드리면 온 천지가 훈훈한 봄이 온 것 같았네, 이렇게 해석을 한다.


**도차신심망자귀 到此身心忘自貴**
**이곳에 이르러 몸과 마음 스스로 귀한 줄을 잊고**

귀한 몸이지만 재(齋)의 청함에 응한다는 표현이다.


**친행수보시인민 親行數步示人民**
**몸소 몇 걸음 걸어나가 인민들에게 보이시네.**

친행(親行)은 몸소 행한다고 하는 것으로, 이어지는 수보(數步)가 있기에 몸소 몇 걸음을 옮긴다는 뜻이다. 그리고 이를 이어지는 구절과 대비해 보면, 백성을 위하여 몸소 천계에서 몸을 옮기시어 이 재(齋)의 청함에 응하여 백성들을 안위케 한다는 내용이다.

# 철위산간옥초산 鐵圍山間沃焦山

## 지옥게 地獄偈

**鐵圍山間沃焦山 鑊湯爐炭劍樹刀**
철위산간옥초산 확탕로탄검수도

**八萬四千地獄門 仗秘呪力今日開**
팔만사천지옥문 장비주력금일개

철위산 사이에 있는 옥초산과
확탕지옥, 노탄지옥, 검수지옥, 도산지옥 등
팔만사천이나 되는 모든 지옥문이
비밀주의 힘으로 지금 바로 열리소서.

작법귀감에서 혼령을 부르는 바른 의식인 대령정의(對靈正儀) 가운데 지옥게(地獄偈)로 실려 있다.

**철위산간옥초산 鐵圍山間沃焦山**
**철위산 사이에 있는 옥초산과**

철위산(鐵圍山)은 수미산을 둘러싼 구산팔해(九山八海)의 하나인 마지막 산으로 산 바깥쪽은 어둡고 캄캄한 암흑이 펼쳐져 있다고 한다. 옥초산(沃焦山)은 큰 바다 밑에서 물을 빨아들인다는 돌의 이름이며, 그 아래에는 무간지옥이 있고 이 지옥에는 화기(火氣)로 인하여 항상 펄펄 끓듯이 뜨겁다고 한다. 이 돌의 크기가 그만큼 넓고 크기에 산이라고 하며, 다르게 표현하여 옥초석(沃焦石)이라고 한다.

60권 본 화엄경 권 14에 보면 '또 생각하되, 나는 일체중생을 위해 무량한 고통을 받을지라도, 그들을 다 생사의 옥초(沃焦)에서 빠져나오게 하리라.'는 말씀이 있다. 復

作是念。我當爲一切衆生。受無量苦。令諸衆生。悉得免出生死沃燋。


## 확탕로탄검수도 鑊湯爐炭劍樹刀
### 확탕지옥, 노탄지옥, 검수지옥, 도산지옥 등

확탕(鑊湯)지옥은 펄펄 끓는 가마솥 지옥을 말하며, 노탄(爐炭)지옥은 화로에 벌건 숯이 가득한 지옥을 말하며, 검수(劍樹)지옥은 칼이 나무처럼 빽빽한 지옥을 말하며, 도산지옥(刀山地獄)은 칼이 산처럼 뾰족뾰족하게 솟은 지옥을 말한다.


## 팔만사천지옥문 八萬四千地獄門
### 팔만사천이나 되는 모든 지옥문이

중생의 번뇌 망상이 팔만사천 가지나 되기에 지옥도 팔만사천 가지나 되는 것이다. 더불어 법문도 팔만사천법문이 있는 것이다. 그러므로 중생의 병으로 인하여 법문이 많아지게 된다.


## 장비주력금일개 仗秘呪力今日開
### 비밀주의 힘으로 지금 바로 열리소서.

장(仗)은 '의지하다'는 뜻으로 쓰였으며, 비(秘)는 비밀스럽다는 표현으로 곧 영험(靈驗)이 있다는 뜻이다. 주력(呪力)은 이 의례가 이어지는 문장으로 보면 천수다라니(千手陀羅尼)를 말한다. 그러므로 지옥 중생은 '천수다라니'에 의지하여 지옥에서 벗어나라고 일러주는 것이다.

# 철위산내무변사 鐵圍山內無邊事

## 금강수제영 金剛水際詠

**鐵圍山內無邊事 權化人間不可知**
철위산내무변사 권화인간불가지

**苦痛欲言難口道 到頭審察怨他誰**
고통욕언난구도 도두심찰원타수

철위산(鐵圍山) 안에서의 끝없는 일들
방편으로 교화함을 인간들은 모르네.
고통을 말하려고 하나 차마 말하기 어렵고
가는 곳마다 자세히 살피니 누구를 원망하리.

산보집에서 중단을 청해 맞이하는 의식인 중단영청지의(中壇迎請之儀) 가운데 금강수제영(金剛水際詠)으로 나오며 범음집에도 그러하다. 금강수제(金剛水際)라고 하는 것은 금강수(金剛水)가 있는 지척을 말한다. 금강수는 관정 의식 때 사용하는 여러 가지 향을 섞어서 만든 물을 말한다.

**철위산내무변사 鐵圍山內無邊事**
철위산(鐵圍山) 안에서의 끝없는 일들

지장경(地藏經) 제8 염라왕중찬탄품(閻羅王衆讚歎品)에 보면 '철위산 안에는 많은 귀왕들과 염라천자들이 부처님 계신 곳으로 도착하였다.'는 표현이 있다. 그것으로 보아 철위산에는 갖가지 귀왕(鬼王)들이 있기에 지옥 중생들에게 벌어지는 끝없는 고통의 일들을 말하는 것 같다. 爾時鐵圍山內有無量鬼王。與閻羅天子俱詣忉利來到佛所。

**권화인간불가지 權化人間不可知**
방편으로 교화함을 인간들은 모르네.

다시 지장경에 보면 제1 도리천궁신통품(忉利天宮神通品)에 '문수사리여! 그때 장자의 아들은 그 말씀으로 인하여 맹세를 발하여 말하기를 나는 지금부터 미래세의 헤아리지 못할 겁이 다할 때까지 이러한 죄로 고생하는 육도의 중생을 위하여 널리 방편을 베풀어 그들로 하여금 모두 해탈하게 하거나 자신도 꼭 불도를 성취할 것이다.'고 하였다. 文殊師利。時長者子因發願言。我今盡未來際不可計劫。爲是罪苦六道衆生廣設方便盡令解脫。而我自身方成佛道。


**고통욕언난구도 苦痛欲言難口道**
고통을 말하려고 하나 차마 말하기 어렵고

지옥의 고통은 말할 수 없기에 이를 중생들에게 차마 말하기가 어렵다는 표현이다. 그러므로 악업을 멀리하고 선업을 행하라는 가르침이다.


**도두심찰원타수 到頭審察怨他誰**
가는 곳마다 자세히 살피니 누구를 원망하리.

가는 곳마다 중생의 그 죄업을 자세히 살피거늘 지옥에 떨어진 것도 자신의 행업으로 인한 바이니 그 누구를 원망하겠느냐고 하는 것이다.

# 철장금추향사뢰 鐵杖金鎚響似雷

## 제9 도시 都市 대왕

**鐵杖金鎚響似雷 劍牙蛇口向人開**
철장금추향사뢰 검아사구향인개

**此方不是安身處 寧貧誡言去復來**
차방불시안신처 영빈계언거부래

철 몽둥이와 쇠망치 소리가 우렛소리 같고
칼날 같은 이에 뱀의 아가리는 사람을 향해 벌리네.
이곳은 정녕 몸이 편안한 곳 아니니
어찌 경계의 말씀 저버리고 다시 이곳에 오리.

산보집에서 중단을 청하여 맞이하는 의식인 중단영청지의(中壇迎請之儀) 가운데 시왕(十王)을 청하는데 있어 제9 도시왕(都市王)에 대한 가영이다. 그러나 시왕은 불교하고는 아무런 관련이 없다.

### 철장금추향사뢰 鐵杖金鎚響似雷
철 몽둥이와 쇠망치 소리가 우렛소리 같고

철장(鐵杖)은 쇠로 만든 지팡이를 말하므로 곧 쇠막대기를 말하며, 금추(金鎚)는 쇠망치를 말한다. 그러므로 쇠막대기와 쇠망치 휘두르는 소리가 우렛소리처럼 들렸다는 표현으로, 그만큼 무시무시하다는 뜻이다.

### 검아사구향인개 劍牙蛇口向人開
칼날 같은 이에 뱀의 아가리는 사람을 향해 벌리네.

뱀의 이빨이 마치 칼날과 같으며 그 입은 사람을 향하여 아가리를 벌리고 있다는 뜻으로 독사지옥의 살벌함을 나타내고 있다.


**차방불시안신처 此方不是安身處**
**이곳은 정녕 몸이 편안한 곳 아니니**

이러한 곳은 정녕 있을 바가 안 되는 곳이므로 시급하게 이곳을 벗어나라는 뜻이다.


**영빈계언거부래 寧貧誡言去復來**
**어찌 경계의 말씀 저버리고 다시 이곳에 오리.**

어찌 부처님의 경계(警誡)를 저버리고 이토록 살벌하고 무시무시한 지옥 세계로 다시 오려고 하느냐 하는 경책(警責)이다.

# 청련좌상월여생 靑蓮座上月如生

## 나한영 羅漢詠

**靑蓮座上月如生 三千界主釋迦尊**
청련좌상월여생 삼천계주석가존

**紫紺宮中星若列 十六大阿羅漢衆**
자감궁중성약열 십육대아라한중

청련좌(靑蓮座)에 앉으신 부처님은 떠오르는 만월과 같으시니
삼천세계 주인이신 석가세존 부처님이시네.
자미궁을 중심으로 뭇별들이 늘어서듯이
십육 대 아라한의 무리가 계시는구나.

1827년에 발간된 작법귀감(作法龜鑑) 가운데 나한전(羅漢殿)에 예경을 함에 있어서
탄백(歎白)으로 실려 있다.


### 청련좌상월여생 靑蓮座上月如生
청련좌(靑蓮座)에 앉으신 부처님은 떠오르는 만월과 같으시니

연꽃은 불교를 상징하는 꽃이다. 왜 그러한가. 연꽃은 비록 진흙탕 물에 살지만 잎이나 꽃이 더러움에 물들지 아니하기 때문이다. 여기서 더러운 물이라고 할 수 있는 진흙탕 물은 곧 우리가 사는 사바세계를 말함이며, 연꽃은 중생의 마음을 말하는 것이다.

화엄경 십정품(十定品)에 보면 '마치 연꽃의 성품이 깨끗함과 같아서 중생들이 보기만 하여도 모두 환희하여 이익을 얻을 것이며, 지혜 빛으로 널리 비추어 한량없는 부처님을 뵈옵고 모든 법을 깨끗이 함이라.'고 하였다. 猶如蓮華。自性清淨。衆生見

者。皆生歡喜。咸得利益。智光普照。見無量佛。淨一切法。

또한 입법계품(入法界品)에는 '세상 법에 물들지 않음은 연꽃과 같으며, 마음에 두려움이 없기는 사자 왕과 같고, 깨끗한 계율을 보호하여 흔들리지 않음은 수미산과 같음이라.'고 하였다. 不染世法猶如蓮華。心無所畏如師子王。護持淨戒不可傾動如須彌山。

다시 보현행원품(普賢行願品)에 보현보살이 시방을 두루 살피면서 게송으로 법을 전하는 가운데 일부를 보면 다음과 같은 가르침이 있다. '모든 미혹 모든 업과 마군의 경계, 이 세간 번뇌 속에서 해탈 얻기를 연꽃에 물방울이 묻지 않듯이, 일월이 허공중에 멈추지 않듯이, 마음을 청정히 하라.'는 말씀이 있다. 於諸惑業及魔境。世間道中得解脫。猶如蓮華不著水。亦如日月不住空。

유마경(維摩經) 불국품에는 보적장자가 부처님을 찬탄하는 게송 가운데 일부를 보면 '세간에 물들지 않기를 마치 연꽃같이 하시고, 항상 공적(空寂)을 행하시네. 온갖 사물의 법상(法相)에 통달하시니 걸림이 없기를 허공과 같아 의지할 바 없으시니 경배합니다.'라고 하였다. 不著世間如蓮華。常善入於空寂行。達諸法相無罣礙。稽首如空無所依。

그러므로 진흙탕에 오염된다는 것은 객진번뇌(客塵煩惱)에 오염됨을 말함이고 연꽃이 물들지 않는다는 것은 객진번뇌에 오염되지 않음이니, 이러한 모든 가르침은 마음의 본바탕은 원래부터 청정하다는 가르침이다. 이 청정한 마음의 바탕을 회복하여 진성(眞性) 그대로 돌려놓은 그 마음자리를 불성(佛性), 또는 불심(佛心)이라고 하는 것이다.

연꽃은 그 색깔에 따라 분류를 하게 되는데 붉은 연꽃을 한자로 표현하여 홍련(紅蓮)이라 한다. 이를 산스크리트어로 나타내면 파드마(Padma)라고 하며, 중국인들은 이를 음사하여 발두마(鉢頭摩)라고 하였다. 청련(靑蓮)은 우발라화(優鉢羅華)라고 하며, 백련(白蓮)은 푼다리카(Pundarika)라고 한다.

청련좌상(靑蓮座上)이라고 하였으니 청련화(靑蓮花)로 장엄한 연화좌(蓮花座) 위에 앉아 계신 부처님이라는 표현이다. 좌(座)는 불좌(佛座)라고 하여 부처님을 모신 자리를 말함이며, 이를 달리 표현하여 대좌(臺座)라 하고, 불상을 올려놓은 자리를 대(臺)라고 표현한 것이다. 부처님을 모신 불좌를 연꽃으로 장엄하여 연화좌(蓮花座)로 만드는 것은, 부처님은 번뇌가 없어서 청정한 분이시기에 연화대좌에 봉안하는 것이다. 그러므로 연화좌는 무구청정(無垢淸淨)함을 나타내는 것이다.

월여생(月如生)에서 월(月)은 밝은 달을 표현하기에 만월(滿月)이라 하거나 보름달이라 하기도 하고, 영월(盈月)이라 하기도 한다. 만월은 일그러짐이 없기에 곧 진리의 체성을 그렇게 비유한 것이다. 여(如)는 같다, 따른다는 뜻도 있지만 여기서는 마치, 흡사, 이러한 뜻으로 쓰였다. 생(生)은 태어난다는 의미이기에 달이 떠오름을 그렇게 표현한 것이다. 고로 월여생(月如生)은 흡사 만월이 떠오르는 것과 같다는 의미이다.

## 삼천계주석가존 三千界主釋迦尊
### 삼천세계 주인이신 석가세존 부처님이시네.

삼천세계는 삼천대천세계(三千大千世界)를 줄여서 나타낸 표현으로 고대 인도의 우주관으로 온 세계를 가리키는 표현이다. 이를 삼천세계, 삼천계, 또는 대천계(大千界)라고도 한다. 삼천세계라는 것은 수미세계(須彌世界)를 1천 개를 합친 소천세계(小千世界), 소천세계를 1천 개를 합친 중천세계(中千世界), 중천세계를 1천 개를 합친 대천세계(大千世界)를 말한다. 이를 아울러 표현하여 삼천대천세계를 말함이기에 온 우주가 바로 여기에 속하는 것이다. 이를 국토(國土)로 보면 삼천국토(三千國土)라고 한다.

부처님은 삼천계를 다스리기에 삼천계주(三千界主)라고 하였으며, 이는 삼천대천세계의 주인이라는 뜻이다. 보요경(普曜經) 우바다야품에 보면 부처님께서는 '삼천대계를 다스리며 뭇 중생을 교화하시기에 시방세계에 헤아릴 수 없는 중생들이 제도 받지 않은 이가 없다.'고 하는 말씀이 있다. 領三千大界。訓化諸群生。十方不可稱。莫不蒙濟度。

석가존(釋迦尊)은 석가세존(釋迦世尊) 또는 석가불존(釋迦佛尊)을 줄여서 나타낸 표현이다. 석가모니 부처님은 포괄적으로 보면 명상가시며, 교육가시고, 사상가시며, 종교 개혁가시다. 석가모니는 산스크리트어로 표현하면 Śākyamuni이다. 석가모니불을 줄여서 불타(佛陀)라고도 하는데, 이를 의역하면 각오(覺悟)라고 하여 도리를 깨달은 자(者)라는 뜻이다.

그러기에 세존(世尊), 석존(釋尊), 석가여래(釋迦如來), 석가모니불(釋迦牟尼佛) 등으로 표현한다. 여기서 석가(釋迦)는 종족(宗族)을 나타내는 표현이며, 이를 의역하면 능히 어질고 착하다는 의미이기에 능인(能仁)이라고 한다. 모니(牟尼)는 석가의 존칭이지만 당시 인도 사회에서는 성자에게 붙여지는 존칭이었다. 이를 의역하면 적묵(寂默)이라고 한다.

증일아함경(增壹阿含經) 등견품에 보면 '모든 부처님과 세존은 모두 인간에서 나왔지 하늘로 말미암아 된 것이 아니라.'고 하였다. 불교는 그만큼 사람을 중요시하고 귀하게 여기는 인불(人佛) 사상이 아주 짙게 깔린 종교이다. 諸佛世尊皆出人間。非由天而得也。

부처님은 수많은 제자를 두셨지만, 그 가운데 특출한 제자를 십대제자(十大弟子)라고 하여 두타제일 마하가섭, 신통제일 목건련, 설법제일 부루나, 해공제일 수보리, 지혜제일 사리불, 밀행제일 나후라, 다문제일 아난다, 지계제일 우바리, 논의제일 가전연, 천안제일 아나율 비구 등이 있다. 비구니로는 대애도(大愛道) 비구니, 연화색(蓮華色) 비구니이다.

다시 증일아함경 가운데 일자품(一子品)에 보면 '만일 네가 머리를 깎고 세 가지 법의를 입고 집을 떠나 도를 배우려고 하거든 케마 비구니나 연화색(蓮華色) 비구니와 같이 돼라. 왜 그러냐 하면 그들은 그 표준이요, 그 모범이기 때문이다. 이른바 차마(差摩) 비구니와 연화색(蓮華色) 비구니는 바른 법 배우기를 좋아하고 삿된 업을 지어 그릇된 법을 일으키지 않는다.'는 말씀이다. 若女意欲剃除鬚髮。着三法衣。出家學道者。當如讖摩比丘尼。優鉢花色比丘尼。所以然者。此是其量。此是其限。所謂讖摩比丘尼。優鉢華色比丘尼。好學正法。莫作邪業。興起非法。

이 외에도 증일아함경 비구니품(比丘尼品)에 보면 비구니 상수 제자들이 소개되고 있다. 이를 좀 추려서 살펴보면 마치 비구니 십대제자라고 하여도 지나친 말은 아닐 것이다.

대애도구담미(大愛道瞿曇彌 Mahapajapat Gotamī) 비구니.
제일가는 비구니로서, 오랫동안 출가하여 도를 배워 국왕으로부터 존경을 받았다. 대애도 비구니는 마야부인의 누이이며 세존의 이모이면서 양모이고, 난타(難陀)의 생모다.

지혜제일(智慧第一)
참마(讖摩 Khema) 비구니.

신통제일(神通第一)
우발화색(優鉢華色 Uppalava na) 비구니. 번역하여 연화색(蓮華色)이라고 한다.

두타제일(頭陀第一)
기리사구담미(機梨舍瞿曇彌 Kisagotam) 비구니. 음사하여 가리사(訖哩舍)로 쓰기도 한다.

천안제일(天眼第一)
사구리(奢拘梨 Sakula) 비구니. 번역하여 현(賢)이라고 하며, 사위성 사람으로 바라문 종족이다.

선정제일(禪定第一)
사마(奢摩 Sama) 비구니. 교상미(憍賞彌) 사람이다. 우전왕(于闐王)의 부인과 절친한 친구였는데 황후가 죽고 나서 무상함을 느끼고 마침내는 출가하게 되었다고 한다.

논의제일(論議第一)
파두란사나(巴豆蘭闍那) 비구니. 이치를 분별해 널리 도(道)의 가르침을 폈다.

지율제일(持律第一)
파라차나(波羅遮那 Patacara) 비구니. 발타좌라(鉢吒左羅)라고 하기도 하며, 번역하여 미묘(微妙)라고 한다.

가전연(迦旃延) Bhaddakaccana) 비구니
신해탈(信解脫)을 얻어 다시는 물러나지 않는 비구니.

설법제일(說法第一)
최승(最勝) 비구니. 사변재(四辯才)를 얻어 두려워하지 않았다. 사변재라고 하는 것은 사무애변(四無礙辯)을 줄여서 나타낸 표현이다.

사무변은 다음과 같다.

① 법무애(法無礙) : 가르침에 관해 막힘이 없는 것.
② 의무애(義無礙) : 가르침의 뜻에 대해 막힘이 없는 것.
③ 사무애(辭無礙) : 여러 언어에 통달해 막힘이 없는 것.
④ 요설무애(樂說無礙) : 설법에 막힘이 없는 것.

이 외에도 증일아함경(增壹阿含經) 등에는 숱한 비구니가 등장한다. 그러나 불자라 하여도 부처님의 제자라고 하면 십대제자만 걸출한 제자로 아는 경우가 많다. 하지만 그에 못지않은 비구니가 있다는 것을 알려주기 위하여 증일아함경에 나오는 내용 일부를 소개한 것이다.

## 자감궁중성약열 紫紺宮中星若列
## 자미궁을 중심으로 뭇별들이 늘어서듯이

자감궁중(紫紺宮中)이라는 표현은 좀 꼼꼼하게 살펴봐야 한다. 자감(紫紺)으로만 단순하게 보면 자(紫)는 자미대제(紫微大帝)가 머무르는 자미궁(紫微宮)을 말한다. 이를 자미원(紫微垣)이라 하기도 한다. 감궁(紺宮)은 곧 감원(紺園)을 말하며 이는 도교적 표현이다. 도교에서는 도교궁을 말하며, 이를 불교적으로 보면 절을 말하는 불사(佛寺)의 별칭이기도 하다.

궁(宮)이라는 표현은 궁궐의 방사(房舍)를 말할 때는 궁실(宮室), 궁전(宮殿), 궁정(宮廷) 등으로 표현하고, 도교의 사원에서 사당을 표현할 때는 궁금(宮禁, 궁원(宮苑) 등으로 나타낸다. 신화에서 나타나는 신선이 거주하는 방사를 천궁(天宮), 용궁(龍宮), 섬궁(蟾宮) 등으로 나타내고, 문화를 선양하는 오락장을 말할 때는 문화궁(文化宮) 등으로 나타낸다. 여성의 생식기관을 말할 때는 자궁(子宮)이라고 한다.

당나라 때 시인이었던 류언사(劉言史 ?~812)의 '산사에서 흐드러진 석류꽃을 보고 [山寺看海榴花]'라는 시문에 보면 감궁(紺宮)이라는 표현이 나온다.

琉璃地上紺宮前 發翠凝紅已十年
유리지상감궁전 발취응홍이십년

夜久月明人去盡 火光霞焰遞相燃
야구월명인거진 화광하염체상연

유리로 된 땅 위 감궁(紺宮) 앞은
붉은 비취색을 이룬 지 오래되었네.
긴긴밤 달은 밝고 사람도 없는데
붉은 노을 무지개는 불타듯 하네.

중국인들은 북쪽 하늘에는 북극진군자미대제(北極眞君紫微大帝)가 있으며, 자미대제가 담당하는 현무(玄武) 방위가 북쪽이다, 이러한 개념으로 고대로부터 이십팔수(二十八宿)라는 별자리를 말하고 있다.

### 동방(東方) 청화대제(靑華大帝)

| | | | |
|---|---|---|---|
| 각성(角星) | 방성(房星) | 기성(箕星) | 항성(亢星) |
| 심성(心星) | 저성(氐星) | 미성(尾星) | |

### 서방(西方) 천황대제(天皇大帝)

| | | |
|---|---|---|
| 규성(奎星) | 위성(胃星) | 필성(畢星) |
| 누성(婁星) | 묘성(昴星) | 삼성(參星) |

### 북방(北坊) 자미대제(紫微大帝)

| | | | |
|---|---|---|---|
| 두성(斗星) | 허성(虛星) | 벽성(壁星) | 우성(牛星) |
| 위성(危星) | 여성(如星) | 실성(室星) | |

### 남방(南方) 장생대제(長生大帝)

| | | | |
|---|---|---|---|
| 정성(井星) | 성성(星星) | 진성(軫星) | 귀성(鬼星) |
| 장성(張星) | 유성(柳星) | 익성(翼星) | |

자미대제는 옥황상제(玉皇上帝)의 명을 받아 모든 별을 총괄하는 신이다. 또한 인간의 수명과 재화와 복록을 담당하는 신이다. 이러한 도교의 사상은 불교에 섭화되어 칠성도(七星圖)에 으레 등장하지만, 이는 어디까지나 잘못된 것이지 옳다고 볼 수는 없다.

이를 북극과 남극으로 보면, 북극성(北極星)은 작은곰자리에서 가장 밝은 별을 말한다. 위치가 거의 변하지 아니하기에 방위를 찾는 데 길잡이 역할을 하였다. 예로부터 중국에서는 북극성은 사계절을 바로잡고 기후변화를 주관하는 신으로 여겼다. 북극성을 중심으로 다섯 개의 별이 일직선상으로 늘어져 있는데, 이를 태자성(太子星), 제성(帝星), 서자성(庶子星), 후궁성(後宮星), 천추성(天樞星)이라 이름하고, 이들의 옹위(擁衛)를 받는다고 하였다.

남극에 있는 별을 노인성(老人星)이라고 하는데, 이는 남극노인성(南極老人星)을 줄여서 부르는 표현이다. 남극을 노인(老人)이 비유하여 노인성이라고 하는 것은 남극은 장생(長生)을 상징하기 때문이다.

자감궁중(紫紺宮中)을 다시 풀어보면 '북쪽 하늘에 자미대제가 있는 자미궁을 중심으로' 이러한 표현이다.

성약열(星若列)이라는 표현에서 성(星)은 북극성을 둘러싸고 있는 모든 별을 말함이다. 이러한 별들은 헤아릴 수가 없기에 '뭇별'이라고 하는 것이다.

약(若)은 글의 첫머리에 쓰일 때는 만약, 만일 등으로 해석하지만 이외에도 문장에 따라 너, 너희, 그들, 그녀, 이것, 이러한, 이렇게 되면, 마치, 흡사, 어쩌면, 혹은 등등으로 쓰이기에 문장의 흐름을 잘 살펴보아야 한다. 약(若)은 본래 동사(動詞)로써 현대 중국인이 쓰는 말에서 상(像)과 같은 표현이다. 예를 들어 설명하면 장자(莊子) 소요유 편에 보면 '그 날개는 하늘을 덮은 구름과도 같았다'는 표현이 '기익약수천지운(其翼若垂天之雲)'이다. 이럴 때는 같다, 똑같다, 이러한 의미로 쓰이는 것이다.

열(列)은 두음법칙으로 인하여 열(列)이라고 하였지만, 원음은 렬(列)이다. 이는 줄을 이어서 늘어선다는 뜻으로 '줄지을 렬'이라 하기도 하고, 순서를 매길 때는 '매길 렬'이라 하기도 한다. 그리고 진열하다는 의미로 '베풀 렬'이라 하기도 한다. 그러므로 성약열(星若列)은 별들이 자미궁을 중심으로 죽~ 늘어서 있는 모습을 그렇게 나타낸 것이다. 왜 이러한 표현을 썼을까? 여기에 대해서는 이어지는 결구(結句)에 그 해답이 있다.


## 십육대아라한중 十六大阿羅漢衆
## 십육 대 아라한의 무리가 계시는구나.

십육아라한(十六阿羅漢)을 존칭하여 대(大)라 표현하였다. 십육아라한(十六阿羅漢)을 줄여서 십육나한(十六羅漢) 또는 십육존자(十六尊者)라고 한다.

나한에 대해서 제대로 알려면 먼저 금강경(金剛經)이나 잡아함경(雜阿含經), 대반열반경, 법승의결정경 등에 나오는 성문사과(聲聞四果)를 알아야 한다. '성문사과'라고 하는 것은 사문들이 수행으로 인하여 도달하는 네 가지 경지를 말한다. 그 경지는 곧 결과이기에 과(果)라고 한다. 또한 성문(聲聞)이라고 하는 것은 부처님의 성스러운 진리를 듣고 깨달음을 얻은 출가 제자, 또는 그러한 '근기를 가진 자'라는 뜻이다. 그렇다면 성문사과란 무엇인가. 수다원과(須陀洹果)-사다함과(斯陀含果)-아나함과(阿那含果)-아라한과(阿羅漢果)이다. 이를 다르게 표현하면 사사문과(四沙門果)라고 하며, 줄여서 사성(四聖)이라고도 한다.

중국불교에서는 이를 다시 대승사과, 소승사과로 나누지만 이는 어디까지나 중국 특유의 버릇이 있어 중국문화가 아니면 모든 것을 낮추어 보는 습관으로 인하여 부처님의 가르침도 대승, 소승으로 나누어 보는 것이다. 부처님은 단 한 번도 나의 가르침이 파당(派黨)으로 나누어 대, 소를 나눈다고 말씀하지 아니하셨다.

그러나 중국불교는 부처님 외에 또 다른 아라한을 숱하게 만들어 내어 십육아라한, 십팔아라한, 오백아라한 등으로 나누었다. 이를 봉안한 전각을 나한전(羅漢殿) 또는 응진전(應眞殿)이라 이름하고, 노인의 형상을 한 숱한 조상(彫像)을 만들어 놓았다. 이는 어디까지나 허구이다. 부처님을 찬탄하는 열 가지 명호를 여래십호(如來十號)라고 하는데, 이 가운데에서 두 번째가 응공(應供)이다. 응공이라는 표현은 세상 사람들에게 응당 공경과 공양을 받을 만한 성인이라는 뜻이다. 이를 범어로 말하면 arhat이며 이를 음사하여 '아라한'이라고 하는 것이다.

그러기에 이어서 나오는 십육대아라한중(十六大阿羅漢衆), 다시 말하면 십육아라한 무리는 아~ 그렇구나! 정도로 알아두면 된다. 왜냐하면 여기에 대해서는 위에서 이미 설명을 하였기 때문이다.

십육아라한(十六阿羅漢), 다시 말하면 십육나한에 대해서 중국불교는 부처님께서 입멸 후 부처님의 유명(遺命)에 따라 이 세계에 머물면서 정법을 수호한다고 하는 열여섯 아라한이라고 그 당위성을 내세운다. 이를 경전을 바탕으로 대척해 본다면 그 어디에도 이러한 가르침은 없다. 십육나한에 대해서 법주기(法住記)에서는 허황(虛荒)스러울 정도로 그 당위성을 내세운다. 여기에서는 그 내용을 인용하지 아니하고자 한다. 다만 법주기(法住記)의 내용에 보면 십육나한을 소개하긴 하지만 외우고 예배할 대상은 아니라는 것을 알아두어야 한다. 그만큼 한국불교는 중국불교의 영향에서 벗어나지를 못하는 경우가 허다하다. 그 역시 공부자는 알아두어야 한다. 하여튼 십육나한에 이어 끝에 둘을 더하면 십팔나한이다.

이렇듯 중국에서는 나한의 믿음이 보편화 되어 소동파(蘇東坡)도 나한을 믿어, 이를 그림으로 그려 걸어두고 십팔대아라한송(十八大阿羅漢頌)을 짓기도 하였다. 또한 명나라 때 사양거사 오승은(射陽居士 吳承恩 1506~1582)이 지은 소설 서유기(西遊記)에도, 송나라 고승 지반(志磐 ?~?)이 찬(讚)한 불조통기(佛祖統紀) 등에도 나온다. 이미 위에서 가르침을 주었듯이 중국불교가 도교와 민간신앙 등의 섭화(攝化)로 나온 파생물을 마치 정법인 양 믿으면 곤란하다. 한마디로 말하면 나한은 결코 믿음의 대상도 아니고, 방편도 아니라는 것을 알아야 한다. 그러므로 여기서는 별들이 자미대제를 옹호하듯이 십육나한을 뭇별에 비유하고 부처님을 옹호하고 있다는 것이다.

# 청백가풍직사형 清白家風直似衡

## 제4 오관 五官 대왕

**清白家風直似衡 豈隨高下落人情**
청백가풍직사형 기수고하낙인정

**秤頭不許蒼蠅坐 些子傾時失正平**
칭두불허창승좌 사자경시실정평

오관왕의 청백한 가풍은 치우치지 않기에 저울 같은데
어찌 지위가 높고 낮음이 인정에 따르겠는가.
저울 머리에는 파리가 앉는 것도 허락하지 않으니
조금이라도 기울어지면 정평(正平)을 잃어버리기 때문이네.

산보집에서 중단을 청하여 맞이하는 의식인 중단영청지의(中壇迎請之儀) 가운데 시왕을 청함에 있어 네 번째인 오관대왕(五官大王)에 대한 가영이다. 작법귀감에는 시왕을 따로따로 초청하는 의식인 시왕각청(十王各請)에 나오는 오관왕에 대한 가영이다.

**청백가풍직사형 清白家風直似衡**
오관왕의 청백한 가풍은 치우치지 않기에 저울 같은데

청백은 청렴하고 결백한 것을 말한다. 고로 청백한 가풍은 곧고 곧아서 그 어디에도 치우치지 않다는 것을 저울에 비유하였다.

**기수고하낙인정 豈隨高下落人情**
어찌 지위가 높고 낮음이 인정에 따르겠는가.

지위가 높고 낮음은 인정에 전혀 치우치지 아니하며 다만 지은 바 업에 따라 결정되는 것이다.


**칭두불허창승좌 秤頭不許蒼蠅坐**
**저울 머리에는 파리가 앉는 것도 허락하지 않으니**

칭두(秤頭)는 저울 머리를 말하며, 창승(蒼蠅)은 파리 또는 쉬파리를 말한다. 여기서는 보잘것없는 하찮은 것을 말하기도 한다. 오관왕의 청백 가풍을 비유하고 있다.


**사자경시실정평 些子傾時失正平**
**조금이라도 기울어지면 정평(正平)을 잃어버리기 때문이네.**

조금이라도 기울어진다는 것은 '인정(人情)에 이끌리면' 이러한 표현이다. 그러므로 오관왕은 인정에 이끌리지 아니하기에 죄인을 문초하면서 털끝만큼의 오차도 없다고 하여 공평(公平)하다는 것을 나타내고 있다.

# 청산첩첩미타굴 靑山疊疊彌陀窟

## 미타영 彌陀詠

青山疊疊彌陀窟 滄海茫茫寂滅宮
청산첩첩미타굴 창해망망적멸궁

物物拈來無罣碍 幾看松亭鶴頭紅
물물염래무가애 기간송정학두홍

겹치고 겹친 푸른 산은 아미타 부처님의 법당이요,
끝없이 펼쳐진 푸른 바다는 적멸의 궁전이로다.
모든 것은 마음 따라 걸림이 없는데
소나무 위 붉은 학의 머리는 몇 번이나 보았는가.

산보집에서 상단을 청해 맞이하는 의식인 상단영청지의(上壇迎請之儀)에 수록된 미타영(彌陀詠)이다. 작법귀감에는 아미타불을 청하는 의식인 미타청(彌陀請)에서 아미타불에 대한 가영이다.

이 게송은 신라의 고승이었던 원효대사(元曉大師 617~686)의 것으로 알려져 있으나 여기에 대하여 고증할 만한 근거는 없다. 다만 전(傳)하여 그렇게 여길 뿐이다. 그러므로 누구의 시문(詩文)인지는 알 길이 없다. 그렇다고 하여 사람들의 말에 따라서 원효대사의 시문이라고 단정 지어서 말한다면 그도 올바른 견해가 아니다.

### 청산첩첩미타굴 靑山疊疊彌陀窟
겹치고 겹친 푸른 산은 아미타 부처님의 법당이요,

청산첩첩(靑山疊疊), 그리고 이어서 나오는 창해망망(滄海茫茫)은 모두 삼라만상을 말함이다. 이를 더 강조하기 위하여 중복된 표현을 사용하였다. 청산은 풀과 나무가

1285

우거진 무성한 산을 말하지만 그렇다고 여기에 집착할 필요는 없다. 잎이 떨어진 앙상한 겨울 산이라 해도 괜찮고, 바위로 이루어진 석산(石山)이라고 하여도 괜찮다. 그리고 첩첩(疊疊)은 중중첩첩(重重疊疊)의 준말로 사물이 겹겹으로 포개져 있는 모양을 말하며, 첩첩(疊疊)은 중중(重重)과 거의 같은 표현으로 쓰인다.


### 창해망망적멸궁滄海茫茫寂滅宮
**끝없이 펼쳐진 푸른 바다는 적멸의 궁전이로다.**

창해(滄海)는 넓고 큰 바다를 말하기에 장자(莊子)의 소요유편에는 이를 명해(溟海)라고 하였다. 망망(茫茫)은 넓고 멀어서 아득한 모양을 말하기에, 눈 앞에 펼쳐진 바다의 모양을 이렇게 표현하였다.

그러기에 청산첩첩이나 창해망망에 대해서는 이미 서두에서 삼라만상이라고 언급을 하였으므로 이를 염두에 두고 이 두 구절을 살펴보아야 한다. 일찍이 해인사 백련암(白蓮庵)에서 수행하셨던 퇴옹성철(退翁性徹 1912~1993) 스님께서 이르기를 원각이 보조(普照)하니 적과 멸이 둘이 아니라. 보이는 만물이 관음이요, 들리는 소리는 묘음이라고 하였다. 고로 깨달음의 경지에서 보면 너와 내가 없는 자리이기에 이를 벽암록(碧巖錄) 제40칙을 통하여 살펴보면 육긍대부(陸亘大夫 764~834)가 남전보원(南泉普願 748~834) 스님과 대화하는 가운데 승조(僧肇 384~414) 법사가 말하기를 '천지여아동근 만물여아동체(天地與我同根 萬物與我同體)'라고 하여, '천지는 나와 더불어 하나의 근원이며, 만물은 나와 더불어 한 몸이라.'고 하였다. 참으로 불가사의한 말이다.

연등회요(聯燈會要)에 보면 조주종심(趙州從諗 778~897) 선사가 오대산(五臺山)으로 행각을 떠났다가 어느 시골에 있는 절에 유숙하게 되었는데, 이 절 원주가 어디로 가는 길이냐고 묻자 조주 선사가 오대산에 문수보살을 친견하러 간다고 하였다. 그 절 원주가 말하는 게송을 보면 다음과 같은 내용이 있다.

何處靑山不道場 何須策杖禮淸凉
하처청산불도량 하수책장예청량

雲中縱有金毛現 正眼看來非吉祥
운중종유금모현 정안간래비길상

어느 청산인들 도량이 아니더냐.
그런데 지팡이를 짚고 청량산에 참배하려 하느냐?
구름 속에 비록 문수보살이 나타나더라도
바른 안목으로 보면 길상(吉祥)스러운 일은 아니로다.

그러므로 미타굴(彌陀窟)이나 적멸궁(寂滅宮)이라는 표현은 삼라만상 모두가 부처님이 계신 도량이라는 표현이다. 이를 바로 알아차리려면 본성 속에 아미타 부처님이 있고, 마음속에 극락이 있다는 것을 사무치게 알아야 한다. 이와 같은 가르침을 자성미타 유심정토(自性彌陀 唯心淨土)라고 한다. 이러한 가르침을 증명하듯이 원오록(圓悟錄)에 보면 다음과 같은 게송이 있다.

以佛見佛無異見 以法說法無別說
이불견불무이견 이법설법무별설

佛法聞見總現成 當陽直下全超越
불법문견총현성 당양직하전초월

부처로써 부처를 보므로 달리 볼 것이 없고
법으로써 법을 설하므로 달리 설할 법이 없도다.
불법이 듣고 보니 모두가 드러나 이루어졌으니
그 자리에서 곧바로 모든 것을 초월했도다.

장자(莊子)의 제물론(齊物論)에서 호접지몽(胡蝶之夢)에 보면 '천지여아병생 만물여아위일(天地與我幷生 萬物與我爲一)'이라고 하여 '하늘과 땅은 나와 아울러 함께 생겨나고 만물은 나와 하나가 되는 것이라'고 하였다.


**물물염래무가애 物物拈來無罣碍**
**모든 것은 마음 따라 걸림이 없는데**

염래(拈來)라는 표현은 생각하기 위하여 생각의 대상을 가져오거나, 또 집어온다는 뜻이다. 그러므로 앞에 사물을 뜻하는 물물(物物)이 있기에 물물염래(物物拈來)는 그 어떠한 대상[物物]을 대하더라도 무가애(無罣礙)하다고 하였다. 이를 다시 말하면 '그 어디에도 마음 걸림이 없다'는 표현이다.

물물(物物)은 곧 모든 사물을 뜻하는 두두물물(頭頭物物)을 줄여서 그렇게 표현한 것이다. '두두물물'이라는 뜻은 모든 종류의 여러 가지, 또는 가지가지, 이러한 뜻이다. 고로 '물물염래'는 사물에 대하여 걸림이 없다는 것이다. 곧 분별심이 없다는 뜻이기도 하다. 분별심이 없으므로 청산이 미타굴이 되는 것이고, 창해가 적멸궁이 되는 것이다. 원(元)나라 때 무견선도선사어록(無見先覩禪師語錄)에서 선도게(先覩偈)에 보면 다음과 같은 가르침이 있다.

蜂房蟻穴光明藏 綠水靑山正覺場 叉手進前休擬議 頭頭物物顯眞常
봉방의혈광명장 녹수청산정각장 차수진전휴의의 두두물물현진상

벌집과 개미집이 광명장이며
녹수와 청산은 정각의 도량이로다.
두 손 모으고 앞으로 나아감에 의의(擬議)를 쉴지니
두두물물이 진상(眞常)을 드러냄이라.


## 기간송정학두홍 幾看松亭鶴頭紅
**소나무 위 붉은 학의 머리는 몇 번이나 보았는가.**

기간(幾看)은 몇 번이나 보았느냐, 이러한 표현이다. 그리고 송정(松亭)이라는 표현을 글자 그대로 보면 '소나무 정자'라는 표현이다. 이는 소나무 생김새가 펑퍼짐한 것을 그렇게 표현하였을 뿐이다. 마치 쟁반처럼 생긴 소나무를 반송(盤松)이라고 하듯이 그렇게 표현한 것이다. 그러므로 소나무 위에 있는 학의 머리가 붉다는 것을 몇 번이나 보았는가에 대해서 의문을 던지고 있다. 학두홍(鶴頭紅)은 곧 본성을 말함이다. 고로 이를 되짚어보면 나의 본성 자리를 알아차려야 청산이 미타굴이 되고, 창해가 적멸궁이 된다는 것이다. 이것을 꼭 알아두어야 한다. 그렇다. 수행자가 견성을 하고자 함에도 바로 이러한 이유가 있는 것이다. 주화엄경제법계관문송(註華嚴經題法界觀門頌)에 보면 다음과 같은 내용이 있다.

頭頭盡露眞消息 物物全彰古佛心
두두진로진소식 물물전창고불심

낱낱마다 모두 참 소식을 드러내고
물건마다 온전히 옛 부처의 마음을 나타내도다.

# 청입제불연화좌 請入諸佛蓮花座

## 좌불게 坐佛偈

**請入諸佛蓮花座 降臨千葉寶蓮臺**
청입제불연화좌 강림천엽보련대

**菩薩緣覺聲聞衆 惟願不舍大慈悲**
보살연각성문중 유원불사대자비

모든 부처님 연화좌에 드시기를 청하오니
일천 잎사귀 보련대에 강림하소서.
보살, 연각, 성문 대중들이시여,
부디 큰 자비를 버리지 마옵소서.

산보집에서 상단을 청해 맞이하는 의식인 상단영청지의(上壇迎請之儀) 등에 나오는 좌불게(坐佛偈)이다. 좌불게는 부처님께서 자리에 앉으시기를 권하는 게송이다.

**청입제불연화좌 請入諸佛蓮花座**
**모든 부처님 연화좌에 드시기를 청하오니**

연화좌(蓮花座)는 사자좌(獅子座)를 말한다. 보편적으로 말할 때는 연화좌(蓮花座)라 하고, 설법을 청하여 나타낼 때는 사자좌(獅子座)라고 하는 편이다.

**강림천엽보련대 降臨千葉寶蓮臺**
**일천 잎사귀 보련대에 강림하소서.**

천엽(千葉)은 많은 잎사귀를 말하므로 흔히 복엽(複葉)이라고 한다. 그러므로 부처님께서 강림하시어 보배로운 연화대좌에 앉으시기를 청하는 내용이다.


**보살연각성문중 菩薩緣覺聲聞衆**
보살, 연각, 성문 대중들이시여,

보살, 연각, 성문의 대중은 삼승(三乘)의 대중을 말한다.


**유원불사대자비 惟願不舍大慈悲**
부디 큰 자비를 버리지 마옵소서.

오직 바라옵나니 저희의 간청을 저버리지 마시고 대자하신 부처님이시여, 하는 마음
으로 법회에 임하시기를 바란다는 뜻이다.

# 청정명다약 淸淨茗茶藥

## 다게 茶偈

**淸淨茗茶藥 能除病昏沉**
청정명다약 능제병혼침

**唯冀擁護聖 願垂哀納受**
유기옹호성 원수애납수

맑고 깨끗한 차(茶)는 약(藥)과 같아서
능히 질병과 혼침을 없애 주리니
바라옵건대 불법을 옹호하는 성중께서는
부디 가엾이 여겨 받으옵소서.

작법귀감에서 신중에게 올리는 큰 예법인 신중대례(神衆大禮)와 신중단에 아침저녁
으로 올리는 작법인 신중조모작법(神衆朝暮作法)과 사미에게 열 가지 계율을 주는
의식인 사미십계(沙彌十戒) 가운데 신중을 청하여 옹호하고자 함에 있어 차를 올리
는 다게(茶偈)이다.

### 청정명다약 淸淨茗茶藥
맑고 깨끗한 차(茶)는 약(藥)과 같아서

명다(茗茶)에서 명(茗)은 차의 싹을 말하고, 다(茶)는 차를 말하지만, 명다(茗茶)라고
하면 흔히 차를 나타내는 표현이다. 약(藥)은 이러한 차는 병을 고치는 약과 같다는
의미로 쓰였다.

**능제병혼침 能除病昏沉**
**능히 질병과 혼침을 없애 주리니**

위의 문장을 받아서 명차(茗茶)는 질병과 혼침(昏沉)과 망상(妄想)을 능히 없애 주는 차라고 말함이다.


**유기옹호성 唯冀擁護聖**
**바라옵건대 불법을 옹호하는 성중께서는**

바라나니 불법을 옹호하는 성중(聖衆)들은, 이러한 표현을 써서 차 공양을 받는 대상을 나타내고 있다.


**원수애납수 願垂哀納受**
**부디 가엾이 여겨 받으옵소서.**

원수(願垂)는 원하건대 자비를 드리워 달라는 표현이다. 애납(哀納)은 저희를 가엾게 여겨, 또는 애처롭게 여겨, 이러한 표현이다.

# 초명안첩기황주 蟭螟眼睫起皇州

## 법신영 法身詠

**蟭螟眼睫起皇州 玉帛諸候次第投**
초명안첩기황주 옥백제후차제투

**天子臨軒論土廣 大虛猶是一浮漚**
천자임헌논토광 대허유시일부구

하루살이 눈썹에 나라를 세우니
옥(玉)과 비단을 바치려는 제후들이 차례로 줄을 서네.
천자는 조정에 나아가 국토의 넓이를 논하지만
드넓은 하늘도 오히려 하나의 떠도는 거품인 것을.

산보집에서 상단을 청해 맞이하는 의식인 상단영청지의(上壇迎請之儀)에 실린 법신영(法身詠)이다.

### 초명안첩기황주 蟭螟眼睫起皇州
하루살이 눈썹에 나라를 세우니

포박자(抱朴子) 자교(刺驕)편에 보면 하루살이라는 벌레는 모기 눈썹 사이에서 진(陣)을 치는데 이는 큰 붕새가 하늘 아래서 미소 짓는 것과 같다고 하였다. 蟲焦螟之屯蚊眉之中。而笑彌天之大鵬。

소명태자(昭明太子)가 세언(細言)을 지어 말하기를 허공의 티끌을 이웃하여 앉거나 눕고 초명의 날개에 의지해 매달려 날아감에 지척을 넘는 데 삼추(三秋)가 걸린다고 하였다. 坐臥隣空塵。凭附蟭螟翼。越咫尺而三秋。

대혜보각록(大慧普覺錄), 료암청욕록(了菴淸欲錄) 등에 보면 초명의 눈 속에 야시장을 열고, 대충(大蟲)의 혀 위에서 그네를 탄다는 선어록(禪語錄)이 있다. 蟭螟眼裏放夜市。大蟲舌上打鞦韆。

초명(蟭螟)이 무엇인지는 확실하지는 않으며 다만 전설 가운데 나오는 일종의 미충(微蟲)을 말함이다. 그러기에 아주 작은 벌레인 하루살이라고 번역하는 경우가 많다.

안첩(眼睫)은 안검(眼瞼)과 같은 뜻으로 눈꺼풀, 또는 속눈썹을 말한다.

고존숙어록(古尊宿語錄)에서 불안청원(佛眼淸遠) 선사의 게송에 보면 다음과 가르침이 있다.

眉毛眼睫最相親 鼻孔脣皮作近隣
미모안첩최상친 비공순피작근린

至近因何不相見 都緣一體是全身
지근인하불상견 도연일체시전신

눈썹과 속눈썹 사이가 서로 제일 가깝고
콧구멍과 입술이 가장 가까이 붙어 있다네.
더없이 가깝거늘 어찌하여 서로 보지 못하는가.
일체 모두가 곧 전신이기 때문이다.

황주(皇州)는 제도(帝都), 황성(皇城)과 같은 표현으로 황제가 있는 수도를 말하나 여기서는 하나의 나라를 말한다. 그러므로 중생의 어리석음을 나타내어 작은 것에 집착하는 것을 말한다. 그러나 이는 알고 보면 중생의 살림살이를 비유하여 말하고 있음이다.


## 옥백제후차제투 玉帛諸侯次第投
옥(玉)과 비단을 바치려는 제후들이 차례로 줄을 서네.

옥백(玉帛)은 옥(玉)과 비단을 나타내어 옛날 중국에서 황제를 만날 때 가지고 가는 공물인 예물을 말한다.

후(候)는 기후나 상황을 말하지만, 후(侯)자와 매우 비슷하므로 같은 표현으로 쓰이기도 한다. 제후(諸侯)는 봉건시대에 영토를 가지고 그 영내의 백성을 통솔하던 사람을 말하므로 황제에 딸린 영주(領主)다.

어떤 황제가 초파리 눈썹 위에 나라를 세우자 그 황제에게 잘 보이려는 제후들이 뇌물을 가지고 앞다투어 공물을 바치려고 한다는 표현이다. 여기서 황제는 권력자를 말하고 제후는 우리를 말하며, 이는 부질없는 부귀영화를 꿈꾸는 것을 말하고 있다.


## 천자임헌논토광 天子臨軒論土廣
## 천자는 조정에 나아가 국토의 넓이를 논하지만

천자(天子)는 황제를 말하며, 임헌(臨軒)은 임금이 중전의 섬돌 위로 나아가는 것을 뜻한다. 고로 황제가 대궐의 섬돌 위로 나아가 국토의 넓이를 논한다고 하는 표현으로 이는 가히 우습다는 뜻이다. 왜냐하면 초파리 눈썹 위에 나라를 세우고 국토 넓이를 논하기 때문이다.


## 대허유시일부구 大虛猶是一浮漚
## 드넓은 하늘도 오히려 하나의 떠도는 거품인 것을.

산보집에는 대허(大虛)라고 하였지만 대부분 문헌에는 태허(太虛)로 되어 있다. 태허는 하늘을 말하며, 부구(浮漚)는 물거품을 뜻한다. 깨치고 보면 천하가 모두 나와 한 몸이기에 너와 내가 없으므로, 드넓은 하늘도 집착할 바가 아니기에 허망한 거품과 같은 것이다. 부설거사(浮雪居士) 게송에 보면 '사량야시허부구(思量也是虛浮漚)'라고 하여 이 또한 '허망한 뜬 거품'이라는 표현이 있다.

# 초인중담별비사 初因重擔別毘沙

## 인종영 因從詠

初因重擔別毘沙 建國金山永作家
초인중담별비사 건국금산영작가

陰主尚猶難免此 人生且莫逞豪奢
음주상유난면차 인생차막령호사

처음 무거운 책임으로 인하여 비사문천(毘沙門天)을 떠나와
금산(金山)에 나라 세워 영원히 살 집으로 삼으셨네.
음계의 주인도 오히려 이를 면키 어려운데
사람들은 호화로운 사치를 어찌 누리랴.

산보집에서 중단을 청해 맞이하는 의식인 중단영청지의(中壇迎請之儀)에 수록된 인종영(因從詠)이며, 범음집에도 그러하다. 인종영에서 '인종(因從)'이라고 하는 것은 '인연을 좇아서' 이러한 표현이다.

## 초인중담별비사 初因重擔別毘沙
처음 무거운 책임으로 인하여 비사문천(毘沙門天)을 떠나와

초인(初因)은 처음으로 인한 인연을 말하고, 중담(重擔)은 무거운 책임을 말한다. 비사(毘沙)는 비사문천(毘沙門天)을 말한다. 비사문천은 사천왕의 하나로 북방을 수호하는 선신(善神)이다. 경전에 따라 팔부중(八部衆), 십이천(十二天), 이십팔부중(二十八部衆)의 하나가 되기도 한다.

건국금산영작가 建國金山永作家
금산(金山)에 나라 세워 영원히 살 집으로 삼으셨네.

금산(金山)은 거룩한 부처님의 몸을 비유하는 표현이기도 하지만 여기서는 단단한 산이라는 뜻으로 쓰여서 결국 무덤을 말한다.


음주상유난면차 陰主尙猶難免此
음계의 주인도 오히려 이를 면키 어려운데

음주(陰主)는 음계(陰界)를 말하며, 이는 귀신들이 사는 세상을 말한다. 음계에도 생사를 면하기는 어렵다는 뜻이다.


인생차막령호사 人生且莫逞豪奢
사람들은 호화로운 사치를 어찌 누리랴.

차막(且莫)이라는 표현은 '당분간 ~하지 마라'는 뜻이다. 그러므로 사람마다 백 년의 호화로움을 꿈꾸지만 그렇지 못하다는 것을 나타내고 있다.

# 초제열직뢰성심 招提列職賴誠諶

## 가람영 伽藍詠

招提列職賴誠諶 固護全憑一片心
초제열직뢰성심 고호전빙일편심

寶獸未完山寺曉 義龍徵徹聖義沉
보수미완산사효 의룡징철성의침

가람에 나열하여 있으면서 정성 다하고
한 조각 마음을 굳게 지켜주심에 의지합니다.
향로에 향불 남았는데 산사에 먼동이 트고
의룡(義龍)이 깊이 사무치는데 성인의 뜻 가라앉네.

산보집에서 가람신을 찬탄하며 청하는 찬청가람신편(讚請伽藍神篇) 가운데 가람신에 대한 청사(請詞)를 마치고 이어서 나오는 가영이다.

### 초제열직뢰성심 招提列職賴誠諶
가람에 나열하여 있으면서 정성 다하고

초제(招提)는 범어(梵語) Caturdeśa의 음역으로, 사방의 사람들을 말한다. 이는 사방의 중들이 모이는 곳으로 절을 뜻한다. 대반열반경에 보면 '다른 이의 귀한 재물을 빼앗지 않고 항상 모두에게 보시를 하며 초제(招提)와 승방을 지으면 곧 부동국에 태어나리라.'고 하였다. 不奪他人財。常施惠一切。造招提僧坊。則生不動國。

### 고호전빙일편심 固護全憑一片心
한 조각 마음을 굳게 지켜주심에 의지합니다.

고호(固護)는 견고하게 보호하다는 뜻이고, 전빙(全憑)은 '완전히 ~에 의지한다'는 표현이다. 고로 가람신은 일편단심으로 사원을 굳건하게 보호하심에 전적으로 오로지 의지한다는 자신의 마음을 나타내고 있다.


**보수미완산사효 寶獸未完山寺曉**
**향로에 향불 남았는데 산사에 먼동이 트고**

보수(寶獸)는 진귀한 짐승 모양을 새긴 향로를 말한다. 그러므로 향로의 향은 아직다 사그라지지 않았는데 산사에서는 새벽이 밝아 온다는 표현이다.


**의룡징철성의침 義龍澄澈聖義沉**
**의룡(義龍)이 깊이 사무치는데 성인의 뜻 가라앉네.**

징철(澄澈)은 맑아진다는 표현이지만 여기서는 문장의 흐름을 따라서 깊이 사무친다는 표현으로 풀이하였다.

# 총명예지증진공 聰明叡智證眞空

## 함허당영 含虛堂詠

**聰明叡智證眞空 城市山林一樣風**
총명예지증진공 성시산림일양풍

**儒釋兼通疑德異 深明般若恐川公**
유석겸통의덕이 심명반야공천공

총명하고 슬기로운 지혜로 진공을 증득하였으며
도시나 산림에서나 한 모양의 가풍일세.
유학과 불경을 겸하여 그 덕이 다르지 않음을 꿰뚫어서
깊고 밝은 반야로 소통해 보면 공포에 벗어나고자 함은 같다.

산보집 시왕단작법(十王壇作法)에서 함허당 무준(無准) 선사를 받들어 청함에 있어서 가영으로 수록되어 있으며, 청사(請詞)를 살펴보면 다음과 같다.

일심으로 지혜는 진제(眞際)에 깊고 도의 모습 맑고 한가로우며, 홍행(紅杏)의 인의(仁義) 창고는 조금 탐구하고, 모니(牟尼)의 정혜(定慧) 장경(藏經)을 오래도록 궁리하여 명성 있고, 어진 대덕 수이(守伊) 함허당(含虛堂) 무준(無准) 선사를 받들어 청합니다. 一心奉請。智寞眞際。道皃淸閑。少探紅杏仁義之府。長窮牟尼之慧之藏。名賢大德。守伊含虛堂無准禪師。

함허당(涵虛堂 1376~1433)은 조선 초기의 스님으로 법명은 득통(得通)이고, 호는 함허당(涵虛堂), 화(己和), 무준(無準)이며, 속성은 유씨(劉氏)이고 무학대사의 제자다. 1420년 세종의 청으로 대자어찰(大慈御刹)에 4년간 있다가 1431년 세종 13년에 문경 봉암사를 중창하고 그곳에서 입적하였다. 저서로는 영가집십장찬송(永嘉集十章讚頌), 반야경오가해설의(般若經五家解說誼), 원각소(圓覺疏), 반야경오가해설의(般若經五家解說誼), 현정론(顯正論), 유석질의론(儒釋質疑論) 등이 있다. 다만 산보집에는 함허(涵虛)를 함허(含虛)라고 오기하였으며, 무준(無準)을 무준(無准)으로 잘못 인용하였다.


**총명예지증진공 聰明叡智證眞空**
**총명하고 슬기로운 지혜로 진공을 증득하였으며**

선사는 총명하고 슬기로움을 당할 자가 없어서 참다운 공(空)의 도리를 증득하였다는 표현이다.


**성시산림일양풍 城市山林一樣風**
**도시나 산림에서나 한 모양의 가풍일세.**

성시(城市)는 도읍과 저자를 말하므로, 이는 선사가 임금의 청으로 대자어찰(大慈御刹)에 있었음을 성(城)으로 나타내는 것 같다. 인가(人家)에서 일반 사람을 대할 때를 시(市)로 나타낸 것으로 보이며, 산림(山林)은 절을 말한다. 고로 선사는 어디를 가더라도 그 도풍(道風)을 잃지 않아 한결같았다는 뜻이다.


**유석겸통의덕이 儒釋兼通疑德異**
**유학과 불경을 겸하여 그 덕이 다르지 않음을 꿰뚫어서**

선사의 저술에 유석질의론(儒釋質疑論)이 있는데 이는 조선 초기의 유학자들이 배불론(排佛論)을 외치자 여기에 대하여 불교의 입장에서 유교를 대비하여 자문자답 형식으로 논술한 책이다. 그러므로 선사는 유불(儒佛)에 있어서도 아주 탁월하였다는 것을 알 수가 있다. '유석질의론'의 요지는 유교와 불교는 한결같이 세상을 구제하여 이롭게 하고자 함이기에 서로 공존해야지 배척한다는 것은 불합리하다는 논리를 펼치고 있다.


**심명반야공천공 深明般若恐川公**
**깊고 밝은 반야로 소통해 보면 공포에 벗어나고자 함은 같다.**

천(川)은 단순하게 보면 물이 흐르는 '내'가 되지만 문화의 교류가 물줄기를 따라서 이루어졌기에 소통의 의미가 있다. 그러므로 매우 깊은 반야로 소통해 보면 두려움에 벗어나고자 함에 있어서는 공평하다. 그리고 공(公)은 공변됨을 말하며 사사로움에 반대되는 개념의 공(公)이다. 그러기에 여기서는 공평(公平)하다는 개념으로 쓰였다.

# 최승의복최승향 最勝衣服最勝香

## 의복향등공양 衣服香燈供養

最勝衣服最勝香 抹香燒香與燈燭
최승의복최승향 말향소향여등촉

一一皆如妙高聚 我悉供養諸如來
일일개여묘고취 아실공양제여래

가장 좋은 의복들과 가장 좋은 향
가루 향과 사르는 향, 등과 촛불을
하나하나 수미산과 같은 수량을
제가 한량없는 여래께 공양합니다.

산보집 영산작법절차(靈山作法節次)에서 의복, 향, 등(燈) 공양을 올리며 행하는 송(頌)이다. 출전은 40권 본 화엄경 입부사의해탈경계보현행원품(入不思議解脫境界普賢行願品)에서 인용하였다.


**최승의복최승향 最勝衣服最勝香**
**가장 좋은 의복들과 가장 좋은 향**

최상의 의복과 향으로 공양을 올리고자 한다는 표현이다.


**말향소향여등촉 抹香燒香與燈燭**
**가루 향과 사르는 향, 등과 촛불을**

말향(抹香)은 가루 향을 말하고 소향(燒香)은 사르는 향을 말한다. 등촉(燈燭)은 등불과 촛불을 말한다.


**일일개여묘고취 一一皆如妙高聚**
**하나하나 수미산과 같은 수량을**

의복, 향, 등(燈) 공양을 수북이 쌓아 놓았음을 수미산에 비유하여 재자들의 정성이
그러하다는 것을 나타내고 있다.


**아실공양제여래 我悉供養諸如來**
**제가 한량없는 여래께 공양합니다.**

이러한 공양물을 시방의 모든 부처님께 공양 올린다는 표현이다.

# 추사이별고애재 追思離別苦哀哉

## 구통영 具通詠

追思離別苦哀哉 孝子悲啼淚滿腮
추사이별고애재 효자비제누만시

三寶切深能薦拔 九泉路遠去難廻
삼보절심능천발 구천로원거난회

이별하여 생각하고 추모하니 괴롭고 슬프다네.
효자가 슬피 우니 눈물이 두 뺨을 적시네.
삼보에 간절함이 깊으면 능히 천발(薦拔)할 수 있나니
구천은 길이 멀어서 한 번 가면 돌아오기 어렵네.

산보집에서 하단을 청해 맞이하는 의식인 하단영청지의(下壇迎請之儀)에 수록된 구통영(具通詠)이며 범음집에도 그러하다. 구통영에서 구통(具通)은 통함을 갖추었다는 표현이다.


**추사이별고애재 追思離別苦哀哉**
이별하여 생각하고 추모하니 괴롭고 슬프다네.

고애(苦哀)는 괴롭고 슬픈 것을 말하며, 이어지는 재(哉)는 재(哉)와 같은 글자로 어조사(語助辭)이다.


**효자비제누만시 孝子悲啼淚滿腮**
효자가 슬피 우니 눈물이 두 뺨을 적시네.

비제(悲啼)는 슬피 우는 것을 말한다. 문장으로 보면 효자가 부모를 여의고 애통하게 울어 두 뺨에 눈물이 흐르는 것을 말한다.


## 삼보절심능천발 三寶切深能薦拔
## 삼보에 간절함이 깊으면 능히 천발(薦拔)할 수 있나니

절심(切深)은 간절함이 깊은 것을 말한다. 천발(薦拔)의 원래 뜻은 인재를 뽑아 추천하는 것을 말한다. 여기서는 그러한 뜻으로 쓰인 것은 아니고, 천(薦)은 천도(薦度)를 말하며, 발(拔)은 고통에서 구제해 주는 것을 말한다.


## 구천로원거난회 九泉路遠去難廻
## 구천은 길이 멀어서 한 번 가면 돌아오기 어렵네.

구천(九泉)은 '땅속 깊은 밑바닥'이라는 뜻으로, 죽은 자가 간다는 세상을 말한다. 이를 구천지하(九泉地下), 또는 황천(黃泉)이라고 한다. 불교에서는 명부(冥府), 또는 명계(冥界) 등으로 나타낸다. 고로 구천(九泉)은 한 번 가면 돌아오기가 어렵다는 뜻으로 나타내어, 인도환생(人道還生)이 그만큼 어렵다는 것을 나타내고 있다.

# 춘산첩난청 春山疊亂靑

## 비로영 毘盧詠

春山疊亂靑 秋水漾虛碧
춘산첩난청 추수양허벽

寥寥天地間 獨立望何極
요요천지간 독립망하극

첩첩한 봄 산은 흐드러지게 푸르고
가을 물은 넘실넘실 허공도 파랗구나.
고요하고 고요한 하늘과 땅 사이에
홀로 서 있으니 이보다 더 지극할 것 있겠는가.

산보집에서 비로자나불을 청하는 비로청(毘盧請)을 하고 나서 이어지는 가영이다. 염송설화절록(拈頌說話節錄) 제1권에 보면 고덕(古德)의 게송으로 되어 있다. 명각록(明覺錄)에는 설두게(雪竇偈)로 되어 있는 것을 인용하였다. 다만 명각록에는 춘수(春水)로 되어 있다.

## 춘산첩난청 春山疊亂靑
첩첩한 봄 산은 흐드러지게 푸르고

봄날의 산들은 첩첩이 흐드러지게 푸르다고 하였다. 여기서 난(亂)은 어지럽다는 뜻으로 어지러울 만큼 흐드러지게 푸르다고 하였다.

## 추수양허벽 秋水漾虛碧
가을 물은 넘실넘실 허공도 파랗구나.

양(漾)은 물이 흔들리다, 출렁거리다, 일렁거리다, 이러한 뜻이기에 가을 물이 출렁거리니 허공도 파랗다고 하였다.

## 요요천지간 寥寥天地間
고요하고 고요한 하늘과 땅 사이에

요요(寥寥)는 '고요하고 고요하다'는 뜻이다.

## 독립망하극 獨立望何極
홀로 서 있으니 이보다 더 지극할 것 있겠는가.

이렇듯 고요한 천지 사이에 홀로 서 있으니 이보다 더 지극한 것은 없다고 하였다.

봄 산이 푸른 것은 당연한 일이다. 그러므로 이를 '실상의 도리'라고 하며, 실상의 도리는 곧 '진리'를 말한다. 가을 물이 푸름으로, 이에 비치는 허공의 하늘도 파랗다고 하였으니, 이를 흔히 천강유수천강월(千江有水千江月)이라고 한다. 고요한 천지 사이라고 하는 것은 번뇌와 망상이 없는 것을 말한다. 독립(獨立)은 남에게 의지하지 아니하고 홀로 서 있음을 말하며, 이는 독각(獨覺)을 말한다. 고로 깨달음보다 더 지극한 것은 없는 것이다.

# 출자수미암반 出自須彌巖畔

## 할향게 喝香偈

出自須彌巖畔 常在海藏龍宮
출자수미암반 상재해장용궁

耿耿焚熱金爐內 上通佛國與人間
경경분설금로내 상통불국여인간

수미산 암반으로부터 나와
항상 바닷속 용궁에 머물며
깜박거리며 타는 금향로 속은
위로 불국토와 인간세계에 통하네.

산보집에서 시왕에게 대례를 올리고 공양하는 의식문인 대례왕공양문(大禮王供養文) 가운데 할향게(喝香偈)이다. 작법귀감에는 시왕에게 공양을 올리는 간략한 예문인 약례왕공문(略禮王供文)에도 이와 같다. 할향(喝香)이라는 표현은 향을 올리면서 외우는 게송을 말한다.

## 출자수미암반 出自須彌巖畔
수미산 암반으로부터 나와

출자(出自)는 (~로 부터) 나오다, (~로 부터) 나타나다, 이러한 표현으로 여기서는 수미산(須彌山)에서부터 나왔다고 하였다. 이 게송의 전체적인 흐름으로 보면 수미산(須彌山)은 곧 부처님을 뜻한다. 그리고 암반(巖畔)에서 암(巖)은 바위를 뜻하기에 변치 않음을 나타내어 진리를 빗대어 표현한 말이며, 문장에 따라서는 석(石), 골(骨) 등으로 나타내기도 한다.

**상재해장용궁 常在海藏龍宮**
**항상 바닷속 용궁에 머물며**

부처님 말씀이 바닷속 용궁에 항상 머물러 있다고 함에 있어 바다는 그 끝을 알 수가 없기에 부처님의 말씀이 그러하다는 것을 비유적으로 말하고 있다. 용(龍)은 조화롭고 상서롭다고 생각하는 것으로, 이 역시도 부처님 말씀이 그러하다는 것을 표현한 말이다. 이를 용궁해장(龍宮海藏)이라고 한다.

**경경분설금로내 耿耿焚爇金爐內**
**깜박거리며 타는 금향로 속은**

경경(耿耿)은 빛이 깜박거리는 것을 말하므로 약한 불을 나타내며, 분설(焚爇)은 향을 사르는 것을 말한다. 그리고 향을 높여서 말하여 금향로(金香爐)라고 하였다.

**상통불국여인간 上通佛國與人間**
**위로 불국토와 인간세계에 통하네.**

상통(上通)은 아랫사람이 윗사람에게 의사를 전하는 것을 말하므로 오늘 부처님 전에 발원하면서 올리는 향 공양은 부처님 나라와 중생계에 서로 통하여 줄 것을 발원하고 있다.

# 치빙위신불가량 馳騁威神不可量

## 풍백우사영 風伯雨師詠

馳騁威神不可量 暫時忿怒稱威光
치빙위신불가량 잠시분노칭위광

轟雷掣電行霜雹 驟雨乖風降禍殃
굉뢰체전행상박 취우괴풍강화앙

바삐 돌아다니며 떨치는 위신력 헤아릴 수 없고
잠시 분노하면 위엄 있는 광명이라 칭송하네.
천둥 치고 번개 치며 서리와 우박을 내리고
장맛비와 태풍으로 재앙도 내리네.

산보집 풍백우사단에서 행하는 작법인 풍백우사단작법(風伯雨師壇作法)에 수록된
가영이다. 풍백(風伯)은 바람을 담당하는 풍신(風神)을 말하고, 우사(雨師)는 비를 담
당하는 신을 말한다. 그러나 이러한 신은 부처님 말씀에 없으며, 도교의 영향으로 불
교에 침투한 것이다.


### 치빙위신불가량 馳騁威神不可量
바삐 돌아다니며 떨치는 위신력 헤아릴 수 없고

치빙(馳騁)은 말을 타고 돌아다니듯이 부산하게 돌아다니는 것을 말한다. 그러므로
풍백(風伯)과 우사(雨師)의 위신력이 그러하다는 것을 말하고 있다.


### 잠시분노칭위광 暫時忿怒稱威光
잠시 분노하면 위엄 있는 광명이라 칭송하네.

잠(蹔)은 잠(暫)과 같은 글자다. 잠깐이라도 분노하며 위엄 있는 광명이라고 칭송한다고 하였다.


### 굉뢰체전행상박 轟雷掣電行霜雹
### 천둥 치고 번개 치며 서리와 우박을 내리고

굉(轟)은 천둥소리를 말하고 뇌(雷)도 굉(轟)과 같은 뜻이다. 그러므로 굉뢰(轟雷)는 천둥소리를 나타내며, 체전(掣電)은 번개 치는 것을 뜻하며, 상박(霜雹)은 서리와 우박을 말한다. 이러한 모든 것들이 풍백(風伯)과 우사(雨師)의 역할이라고 하였다.


### 취우괴풍강화앙 驟雨乖風降禍殃
### 장맛비와 태풍으로 재앙도 내리네.

취우(驟雨)는 빗발치듯이 비가 내리는 것을 말하고, 괴풍(乖風)은 사납게 부는 태풍을 말한다. 화앙(禍殃)은 이러한 자연의 재해를 말한다.

# 치악산동양성정 雉岳山東養性情

## 공정대왕영 恭定大王詠

**雉岳山東養性情 自金金榜掛名名**
치악산동양성정 자금금방괘명명

**從天得國平天下 事事恭然事事成**
종천득국평천하 사사공연사사성

치악산 동쪽에서 성정(性情)을 기르더니
과거에서 금방(金榜)에 이름이 걸렸네.
아버지를 쫓아 나라를 얻어 천하를 평정하니
일마다 공손하여 일마다 이루었네.

산보집에서 종실단 작법인 종실단작법의(宗室壇作法儀)에 수록된 공정대왕(恭定大王)에 대한 가영이다. 태종 공정대왕은 조선의 제3대 왕으로 이름은 이방원(芳遠 1367~1422)이며, 태조의 다섯째 아들이다. 왕자의 난과 정적이었던 개국공신 정도전(鄭道傳)을 제거하고 왕위에 올라 왕권을 강화하여 조선의 기틀을 다졌다. 또한 불교를 박해하고 유교를 숭상하였던 인물이며, 시호는 공정성덕신공문무광효대왕(恭定聖德神功文武光孝大王)이며, 능은 서울시 서초구 내곡동에 있는 헌릉(獻陵)이다.

## 치악산동양성정 雉岳山東養性情
### 치악산 동쪽에서 성정(性情)을 기르더니

태종은 고려 말의 충신이며 스승이었던 운곡 원천석(耘谷 元天錫 1330~?) 선생을 모시고자 치악산이 있는 원주까지 내려왔다고 전해진다. 운곡 선생은 혼란한 고려 말기의 정책을 개탄하며 치악산에 들어가 은둔생활을 하였다. 태종은 즉위하여 여러 차례 벼슬을 내렸으나 응하지 않았다고 전하며, 저서로는 야사(野史)가 있었지만 전하지 않는다. 이외에 회고가(懷古歌) 등이 있다.


## 자금금방괘명명 自金金榜掛名名
### 과거에서 금방(金榜)에 이름이 걸렸네.

원문에는 자금(自金)이라고 되어 있지만, 이는 자금(自今)이 맞는 표현으로 보인다. 금방(金榜)은 과거에 급제한 사람의 이름을 써서 붙이던 글을 말한다. 이방원(李芳遠)은 무예보다 학문을 좋아하여 성균관에서 수학하였으며, 고려 우왕(禑王) 9년에 문과에서 병과로 급제하였다.


## 종천득국평천하 從天得國平天下
### 아버지를 쫓아 나라를 얻어 천하를 평정하니

이방원은 아버지인 이성계(李成桂) 아래서 신진정객(新進政客)을 포섭하여 구세력을 제거하는 데 큰 역할을 하였다. 그러나 이방원은 임금의 야망을 달성하고자 이복형제인 방석(芳碩), 친형인 방번(芳蕃)을 살해하였다. 이를 제1차 왕자의 난이라 하고, 이어서 네 번째 친형인 방간(芳幹)을 살해하였기에 이를 제2차 왕자의 난이라 한다. 이렇듯 방원은 형제들을 죽인 장본인이다.


## 사사공연사사성 事事恭然事事成
### 일마다 공손하여 일마다 이루었네.

태종이 펼치는 정사(政事)마다 공손하여 모든 일을 다 이루었다는 표현으로 태종을 찬탄하고 있다.

# 칠전올올환본위 七殿兀兀還本位

이 게송은 작법귀감에서 칠성을 청하는 의식인 칠성청(七星請) 가운데 칠성에 대한 공양을 마치고 다시 보내드리는 의식인 봉송게다. 그리고 이 게송은 다소 길어서 문장과 같이 설명하고자 한다. 전반적인 내용은 불교가 아닌 도교와 관련이 있다.


## 봉송게 奉送偈

### 칠전올올환본위 七殿兀兀還本位
우뚝 솟은 칠성전 본래 자리로 돌아가시고

칠전(七殿)은 북두칠성을 신격화하여 탐랑성군(貪狼星君), 거문성군(巨文星君), 녹존성군(祿存星君), 문곡성군(文曲星君), 염정성군(廉貞星君), 무곡성군(武曲星君), 파군성군(破軍星君) 등으로 나타내었기에 칠전이라고 한 것이다. 올올(兀兀)은 산이나 바위가 우뚝 솟은 모양을 말하므로 이를 빗대어 위대하다고 여기고 있다. 그리고 본래의 자리로 돌아가라고 함은 칠성을 청(請)하여 공양을 마쳤으니 이제는 본래의 자리로 돌아가라고 하는 것이다.


### 좌우보필차제행 左右補弼次第行
좌우에서 보필하는 성군들도 차례대로 떠나가소서.

칠성의 좌우를 보처(補處)하는 성군들도 차례대로 제자리로 돌아갈 것을 염원하고 있다.


### 삼태육성각귀사 三台六星各歸司
삼태성과 여섯 성군도 제각기 처소로 돌아가시고

삼태(三台)는 삼태성(三台星)을 말하는 것으로 상태성(上台星), 중태성(中台星), 하태성(下台星)을 말하며, 육성(六星)은 궁수자리에 있는 여섯 개 별을 말한다. 칠성은 북쪽에 있기에 북두칠성(北斗七星)이라 하고, 남쪽에 있는 별은 남두육성(南斗六星)이라고 하여 사명성군(司命星君), 사록성군(司禄星君), 연수성군(延壽星君), 익산성군(益算星君), 도액성군(度厄星君), 상생성군(上生星君) 등을 말한다.


**이십팔숙행차도 二十八宿行次到**
스물여덟 성군들도 차례차례 가시옵소서.

자미대제통성군(紫微大帝統星君) 편에서 설명하였으므로 생략하고자 한다.


**주천열요귀래로 周天列曜歸來路**
온 하늘에 널려 있는 별들도 왔던 길로 돌아가소서.

주천(周天)은 천체가 궤도를 따라서 한 바퀴 도는 일을 말하지만 여기서는 온 하늘을 말하며, 열요(列曜)는 널려 있는 뭇별들을 말한다.


**봉송성군예배간 奉送星君禮拜間**
별들의 모든 성군께 예배하며 봉송합니다.

성군(聖君)을 봉송하고자 예배한다는 표현이다.


**전마소진풍취헐 錢馬燒盡風吹歇**
체전과 말을 다 태우니 바람 불어 날려 버리고

전마(錢馬)에서 전(錢)은 체전(體錢)을 말하며, 체천은 종이로 사람의 형상을 만들어 영단에 붙여 놓는 것을 뜻한다. 이 체전을 걸거나 붙이는 것을 전대(錢臺)라고 한다. 마(馬)는 말을 뜻하고 영가나 또는 해당하는 신들이 타고 오는 말을 말하며, 주로 종이에 그림으로 그려서 나타낸다. 이러한 전마(錢馬)는 재의례(齋儀禮)가 끝나면 사르기에 이러한 표현을 쓴 것이다.

**소재강복수여해 消災降福壽如海**
재앙은 소멸하고 복과 수명 바다처럼 더해지며

칠성을 청하는 것은 수복강녕(壽福康寧)을 빌기 위함이다.


**영탈객진번뇌도 永脫客塵煩惱熖**
객진 번뇌의 불속을 영원히 해탈하소서.

그리고 칠성으로 인하여 객진번뇌(客塵煩惱)가 사라져서 해탈하고자 하는 기도라는
것을 나타내고 있다.

# 칭인영락일년강 稱仁榮樂一年强

## 영정대왕영 榮靖大王詠

**稱仁榮樂一年强 黎庶咸平自保康**
칭인영락일년강 여서함평자보강

**端正靈明應不怢 蒙光來見法中王**
단정영명응불말 몽광래견법중왕

어질다고 칭송한 영락(榮樂) 1년 동안 강성하니
백성들 모두 다 평안했고 자신도 강녕하셨네.
단정하고도 영명(靈明)하니 잊는 일 없으셨으니
광명 입고 오시어 법 중의 왕을 친견하소서.

산보집 종실단작법의(宗室壇作法儀)에서 인종 영정대왕(榮靖大王)에 대한 가영이다. 인종(仁宗 1515~1545)은 조선 제12대 왕으로 휘(諱)는 호(峼)이며, 아버지는 중종(中宗)이고, 어머니는 장경왕후 윤씨며, 비(妃)는 인성왕후 박씨다. 불행하게도 권신들의 대립 속에서 짧은 치세를 하다가 생을 마감하였다.


**칭인영락일년강 稱仁榮樂一年强**
어질다고 칭송한 영락(榮樂) 1년 동안 강성하니

인종은 왕위에 오르기 전부터 건강이 좋지 못하였다. 왕위에 올랐어도 병을 달고 살다시피 하였다. 재위 기간은 1544~1545년으로 9개월이다. 조선의 임금 가운데 가장 짧은 통치를 하였다. 이에 반하여 조선의 임금 가운데 가장 오랫동안 통치하였던 임금은 영조(英祖)이며, 51년 7개월 동안을 잘 다스렸다. 그리고 숙종(肅宗)은 45년 10개월 동안 재위하였다.

**여서함평자보강 黎庶咸平自保康**
**백성들 모두 다 평안했고 자신도 강녕하셨네.**

여서(黎庶)는 백성(百姓), 서민(庶民), 민중(民衆)이라는 뜻으로 삼국연의(三國演義)에 보면 '상보국가 하안여서(上報國家 下安黎庶)'라고 하여, 위로는 나라에 보답하고 아래로는 백성을 편안케 한다는 구절이 있다. 보강(保康)은 강녕(康寧)을 지켰다고 하는 것으로 이는 조선의 임금 가운데 인종은 효자 임금으로 꼽히기 때문이다.


**단정영명응불말 端正靈明應不怵**
**단정하고도 영명(靈明)하니 잊는 일 없으셨으니**

말(怵)은 '잊다'는 뜻이다. 인종은 단정하고 신령스러울 정도로 명백하였다는 표현으로 인종을 찬탄하는 것이다. 그리고 불말(不怵)이라는 뜻은 '잊어버리는 일이 없다'는 표현이다.


**몽광래견법중왕 蒙光來見法中王**
**광명 입고 오시어 법 중의 왕을 친견하소서.**

몽광(蒙光)은 '부처님의 가피를 입어', 이러한 뜻으로 쓰였다. 이는 이 법회에 오시어 부디 부처님을 친견하시라는 염원을 담고 있다. 그러므로 법중왕(法中王)은 부처님을 나타내는 표현이다. 금광명경(金光明經) 부촉품에 보면 아난다가 부처님을 게송으로 찬탄하는 내용 가운데 '법중왕'이라는 표현이 있다. 이를 소개하면 다음과 같다.

我親從佛聞 無量衆經典
아친종불문 무량중경전

未曾聞如是 深妙法中王
미증문여시 심묘법중왕

제가 몸소 부처님을 따라
한량없는 여러 경전을 들었사오나
일찍이 듣지 못하였습니다.
이런 깊고 묘한 법의 왕의 가르침을.

# 타태낙잉막여한 墮胎落孕莫如閑

## 재면영 纔免詠

墮胎落孕莫如閑 命債冤酬神自還
타태낙잉막여한 명채원수신자환

貪戀恩情深似海 誰知罪業重如山
탐련은정심사해 수지죄업중여산

낙태와 유산을 대수롭지 않게 여기지 말라.
목숨 빚은 원한으로 갚고자 귀신이 되어 돌아온다.
은애의 정 바다처럼 깊으나 사랑을 탐한 죄를
누가 알리요, 그 죄업의 무거움이 산과 같다는 것을.

산보집에서 하단을 청해 맞이하는 의식인 하단영청지의(下壇迎請之儀)에 나오는 재면영(纔免詠)이며, 범음집에도 이와 같다. 재면(纔免)이라는 표현은 겨우 면하였다는 뜻이다.


타태낙잉막여한 墮胎落孕莫如閑
낙태와 유산을 대수롭지 않게 여기지 말라.

타태(墮胎)는 태아가 분만되기 이전에 약물이나 인위적인 갖가지 방법을 동원하여 뱃속에서 어미 몸 밖으로 배출시키는 것을 말하며, 이를 흔히 '낙태'라고 한다. 낙잉(落孕)에서 잉(孕)은 아이를 밴 것을 말하므로 '낙잉'은 '타태'와 같은 표현이다. 막(莫)은 '함부로' 이러한 뜻이고, 한(閑)은 등한(等閑)을 말하여 대수롭지 않게 여겨 내버려 두거나 또는 마음에 두지 않고 예사로 여기는 것을 말한다.

**명채원수신자환 命債寃酬神自還**
목숨 빚은 원한으로 갚고자 귀신이 되어 돌아온다.

명채(命債)는 사람 목숨의 빚을 말하므로 위에서 밝힌 낙태로 인한 죄업을 말한다. 원수(寃酬)에서 원(寃)은 원통하다는 표현이고, 수(酬)는 갚는다는 뜻이다. 그러므로 이러한 원통함을 갚으려고 하기에 귀신이 되어서 돌아온다고 하였다.

**탐련은정심사해 貪戀恩情深似海**
은애의 정 바다처럼 깊으나 사랑을 탐한 죄를

탐련(貪戀)은 연연해지다, 미련을 갖다, 몹시 그리워하다, 이러한 뜻이므로 사랑을 탐한 것을 말한다. 은정(恩情)은 은혜로 사랑하는 마음을 말하며, 이러한 것이 마치 바다와 같이 깊은데 사람만 탐하고 어찌 낙태했느냐고 하는 것이다.

**수지죄업중여산 誰知罪業重如山**
누가 알리요, 그 죄업의 무거움이 산과 같다는 것을.

수지(誰知)는 누가 알겠느냐는 뜻이며, 생명을 경시하여 낙태한 죄업은 그 무겁기가 산과 같다는 표현으로 경종(警鐘)을 울려주고 있다.

# 탁연일개주인공 卓然一箇主人公

## 선사영 先師詠

卓然一箇主人公 千古靈虛坐道場
탁연일개주인공 천고영허좌도량

正體堂堂明日月 徃來常在涅槃床
정체당당명일월 왕래상재열반상

의젓하신 한 주인공이시여,
천고의 허허로운 영가는 이 도량에 앉으소서.
참다운 본체는 당당하여 일월처럼 밝으며
오나가나 늘 열반의 자리에 계시네.

작법귀감에서 종사에게 공양을 올리는 의식인 종사영반(宗師靈飯) 가운데 여러 선사
에 대한 가영으로 수록되어 있다.


### 탁연일개주인공 卓然一箇主人公
의젓하신 한 주인공이시여,

탁연(卓然)은 여럿 가운데 뛰어나 의젓한 모양을 말하며, 주인공(主人公)은 선사(先
師)를 말한다.


### 천고영허좌도량 千古靈虛坐道場
천고의 허허로운 영가는 이 도량에 앉으소서.

아주 오랜 세월부터 허허로운 선사의 영가시여! 부디 이 도량에 앉으시라 하고 청하

고 있다.


**정체당당명일월 正體堂堂明日月**
**참다운 본체는 당당하여 일월처럼 밝으며**

정체(正體)는 참다운 본디의 형체를 말하므로, 곧 마음을 말한다. 고로 마음은 당당하여 마치 일월처럼 밝다고 찬탄함이다.


**왕래상재열반상 往來常在涅槃床**
**오나가나 늘 열반의 자리에 계시네.**

선사의 영가가 오고 감에 있어서 늘 열반의 자리에 계신다고 여기며 선사를 칭송하고 있다.

# 투도단여복덕종 偸盜斷汝福德種

## 불투도게 不偸盜偈

**偸盜斷汝福德種 得便宜處失便宜**
투도단여복덕종 득편의처실편의

**只爲貪他些子利 來生換面畜生皮**
지위탐타사자리 내생환면축생피

도둑질하면 너의 복덕의 종자가 끊기리니
편의를 얻은 곳에서 편의를 잃게 되리.
단지 다른 곳의 작은 이익을 탐하다가
내생에는 얼굴 바뀌어 축생 가죽 둘러쓰네.

작법귀감에서 열 가지 계를 바르게 전해 주는 정설십계(正說十戒) 가운데 도둑질하지 말라는 불투도(不偸盜)에 대한 게송이다.

**투도단여복덕종 偸盜斷汝福德種**
도둑질하면 너의 복덕의 종자가 끊기리니

투도(偸盜)는 남의 물건을 몰래 훔치는 도둑질을 말한다. 도둑질은 남의 땀을 훔치는 것이기에 복덕(福德)의 종자가 끊어진다고 경책(警責)하는 것이다.

**득편의처실편의 得便宜處失便宜**
편의를 얻은 곳에서 편의를 잃게 되리.

편의를 얻는다고 하는 것은, 남의 물건을 도둑질하여 편의(便宜)를 얻는 것 같지만 세상사는 인과(因果)가 있기에 반드시 그만한 편의를 잃게 되는 것이다. 벽암록 제66칙에 보면 '편의를 얻음이 곧 편의에 떨어짐이라'고 하였다. 得便宜是落便宜。

### 지위탐타사자리 只爲貪他些子利
### 단지 다른 곳의 작은 이익을 탐하다가

대탐대실(大貪大失)이라고 하여 모든 것을 탐내면 모든 것을 잃게 된다. 또한 수주탄작(隨珠彈雀)이라는 성어는 '귀중한 진주(眞珠)를 쏘아서 참새를 잡는다'고 하는 비유로 얻는 것보다 잃는 것이 많다는 뜻이다.

### 내생환면축생피 來生換面畜生皮
### 내생에는 얼굴 바뀌어 축생 가죽 둘러쓰네.

도둑질하면 다음 생에는 축생의 몸으로 태어나 그 과보를 갚아야 한다는 표현이다.

# 팔대군중제일당 八大君中第一當

## 문종 공순 恭順 대왕

八大君中第一當 馬年生得馬年王
팔대군중제일당 마년생득마년왕

太平聖德何煩問 綠髮將軍宿自房
태평성덕하번문 녹발장군숙자방

여덟 대군 가운데 제일에 해당하니
말의 해에 태어나 말의 해에 왕이 되었네.
태평성대를 이룬 거룩한 덕 어찌 물을 필요 있으랴.
검은 머리의 장군 자기 방에서 잠을 자네.

산보집 종실단 작법의식인 종실단작법의(宗室壇作法儀) 가운데 문종 공순대왕(恭順大王) 선가(仙駕)에 대한 가영이다.

문종(文宗 1414~1452)은 조선 제5대 왕으로 세종의 맏아들로 이름은 향(珦)이며, 어머니는 소헌왕후(昭憲王后)이다. 30여 년간 세종을 보필하다가 왕위에 올랐으나 몸이 허약하여 재위 2년 4개월만인 39세에 병사하자 어린 세자 단종이 즉위하게 되었다. 문종의 시호는 공순(恭順)이고, 능호(陵號)는 현릉(顯陵)이다.

### 팔대군중제일당 八大君中第一當
여덟 대군 중에 제일에 해당하니

여덟 대군 가운데 제일에 해당한다고 하는 것은 장남이라는 뜻이다. 세종의 아들은 여덟이기에 팔대군(八大君)이라 하였으며 이를 열거하면 다음과 같다. 문종 - 수양대군 - 안평대군 - 임영대군 - 광평대군 - 금성대군 - 평원대군 - 영응대군 등이다.

**마년생득마년왕 馬年生得馬年王**
말의 해에 태어나 말의 해에 왕이 되었네.

문종은 1414년 조선 태종 14년인 갑오년(甲午年)에 태어났으며, 1450년 세종 32년인 경오년(庚午年)에 왕위에 올랐다.


**태평성덕하번문 太平聖德何煩問**
태평성대를 이룬 거룩한 덕 어찌 물을 필요 있으랴.

문종이 통치하던 기간에는 큰 변고가 없었기에 태평성대(太平聖代)라고 하였으며, 이를 문종의 덕이라고 여겨 성덕(聖德)이라고 하였다.


**녹발장군숙자방 綠髮將軍宿自房**
검은 머리의 장군 자기 방에서 잠을 자네.

녹발(綠髮)은 검고 윤이 나는 아름다운 머리카락을 말하므로 녹발장군(綠髮將軍)이라는 표현은 젊은 장군을 말한다. 군숙(軍宿)은 군인들의 숙소를 말하고 자방(自房)은 자기의 방을 말한다. 고로 나라에 전쟁이 없었기에 젊은 장군들은 각자 자기 방에서 잠을 잔다고 하는 뜻으로 나라가 태평한 것을 말한다.

# 팔부금강호도량 八部金剛護道場

## 옹호게 擁護偈

八部金剛護道場 空神速赴報天王
팔부금강호도량 공신속부보천왕

三界諸天咸來集 如今佛剎補禎祥
삼계제천함래집 여금불찰보정상

팔부신중과 금강역사는 이 도량을 옹호하고
허공 신은 빨리 와서 사대천왕 보필하여서
삼계(三界)의 천신은 빠짐없이 모두 모여
지금 바로 불국토의 상서로움 도우소서.

산보집 또는 작법귀감, 범음집 등에 보면 재의례(齋儀禮)를 행함에 있어서 옹호게(擁護偈)로 널리 사용되고 있는 게송이다.

**팔부금강호도량 八部金剛護道場**
**팔부신중과 금강역사는 이 도량을 옹호하고**

팔부(八部)는 동서남북 따위의 방위를 나타내는 것이 아니라 팔부금강을 말하는 것이다. 팔부는 팔부금강(八部金剛), 용신팔부(龍神八部), 팔부신중(八部神衆), 팔부중(八部衆) 등으로 달리 불린다. 그러므로 팔부(八部)는 천(天), 용, 야차, 건달바, 아수라, 가루라, 긴나라, 마후라가를 말함이다. 또한 팔부신중은 육안으로는 볼 수 있는 대상이 아니므로 명중팔부(冥衆八部)라고 한다.

여기서 천(天)은 천왕(天王)을 말하므로 곧 사대천왕(四大天王)을 말한다. 이를 달리 표현하면 호세사천왕(護世四天王), 또는 사천왕(四天王)이라고 한다. 불교의 우주관인 수미산(須彌山) 정상 중앙부에 있는 제석천(帝釋天)을 섬기며, 불법(佛法)뿐 아니라, 불법에 귀의하는 사람들을 수호하는 호법신이다. 동쪽의 지국천왕(持國天王), 서쪽의 광목천왕(廣目天王), 남쪽의 증장천왕(增長天王), 북쪽의 다문천왕(多聞天王 ; 毘沙門天王)을 말한다.

도량(道場)은 불도를 닦는 곳을 말한다. 그러므로 사찰에 가면 흔히 사찰 경내를 통틀어서 도량이라고 한다. 이를 갖추어 말하면 보리도량(菩提道場)이라고 한다.

화엄경(華嚴經) 세주묘엄품에서는 어느 때 부처님께서 마가다국 아란야 법보리도량(法菩提道場)에서 처음으로 깨달음을 이루시었다고 말씀하셨다. 여기서 도량이라고 하는 것은 구체적으로 말하면 부처님께서 정각을 이루신 중인도 보리가야(菩提伽耶)에 있는 보리수 아래의 금강좌(金剛座)를 가리키는 표현이다. 그러기에 사찰의 경내를 도량이라고 하는 것은 부처님께서 깨달으신 보리수 아래의 금강좌처럼 여겨서 수행하는 모든 이가 깨달음을 이루라는 간절한 염원이 깃들어 있는 표현이다. 그러므로 오늘 부처님 전에 재자(齋者)들이 법석을 펼치니 응당 팔부신중은 옹호하라는 의미가 깃들어 있는 것이 옹호게이다.

'도량'이라는 의미를 이번 기회에 확실하게 정리하고 넘어가자. 도량은 깨달음을 성취하기 위한 염원으로 부처님을 모신 경내(境內)를 마치 보리수 아래의 금강좌처럼 여긴다고 설명하였다. 그러기에 법화경을 바탕으로 수행을 하여 깨달음을 구하고자 한다면 이를 법화도량(法華道場)이라고 한다. 화엄경을 통하여 깨달음을 얻고자 수행하는 도량을 화엄도량(華嚴道場)이라고 한다. 그러나 간혹 천도재를 하는 천도도량이라고 하는 사찰을 종종 볼 수가 있는데, 이는 도량의 본지를 벗어났으니 그 취지가 어긋난 것이다. 왜냐하면 천도재를 하여서는 깨달음을 구할 수 없기 때문이다. 그리고 불가에서는 장(場)을 통상적으로 량(場)이라고 읽는다는 것도 알아두어야 한다.


## 공신속부보천왕 空神速赴報天王
### 허공 신은 빨리 와서 사대천왕 보필하여서

공신(空神)은 허공의 신이라는 뜻이 아니다. 공(空)은 실체가 없는 것을 말하는 것이다. 그러므로 여기서 신(神)을 붙여서 실체는 영성(靈性)이 있는 것을 말하는 것이다.

속부(速赴)는 '빨리 오라'는 의미이다. 그러기에 속(速)은 빠르고 신속한 것을 말하며, 부(赴)는 나아가서 알리는 것을 말한다. 이를 부고(訃告)라고 하기도 한다. 그러므로 사람이 운명하면 이를 부고라고 하는 이유도 어떤 이가 운명한 사실을 빨리 알리라는 의미를 내포하고 있는 표현이다.

## 삼계제천함래집 三界諸天咸來集
## 삼계(三界)의 천신은 빠짐없이 모두 모여

삼계는 미혹한 중생이 윤회하는 욕계(欲界), 색계(色界), 무색계(無色界)를 말함이다. 넓은 의미로는 우리가 사는 모든 세계를 말하는 것이다. 그러기에 제천(諸天)이라고 다시 표현한 것이다.

## 여금불찰보정상 如今佛刹補禎祥
## 지금 바로 불국토의 상서로움 도우소서.

불찰(佛刹)은 부처님이 머물고 계시는 곳을 말한다. 이를 다시 표현하면 불국토(佛國土), 또는 정토(淨土)를 말하는 것이다. 여기서 찰(刹)은 산스크리트어의 크세트라(ksetra)를 줄여서 표현한 말이며, 음사어로 토(土) 또는 국(國), 처(處) 등으로 한역한다. 그러기에 팔부신중은 부처님이 계신 도량을 보필(輔弼)하고 옹호하여 상서로움을 더하라는 의미이다.

# 학수잠휘시적멸 鶴樹潛輝示寂滅

## 사리게 舍利偈

**鶴樹潛輝示寂滅 金剛舍利放光明**
학수잠휘시적멸 금강사리방광명

**閻浮處處支提在 此是如來五分香**
염부처처지제재 차시여래오분향

사라쌍수 빛이 잦아들자 적멸을 보이시니
금강과 같은 사리가 방광을 하도다.
염부제 곳곳에 사리탑이 있으니
이것이 여래의 오분향이로다.

산보집에서 부처님 사리를 이운할 때 행하는 의식인 불사리이운(佛舍利移運)에 나오는 사리게(舍利偈)이다.


**학수잠휘시적멸 鶴樹潛輝示寂滅**
**사라쌍수 빛이 잦아들자 적멸을 보이시니**

학수(鶴樹)는 석가세존께서 입멸하신 쿠시나가라의 이자와띠 강변의 사라나무 숲의 쌍림(雙林)을 말하는 것이다. 이 부분에 대해서 대반열반경(大般涅槃經)을 통하여 살펴보면 다음과 같다. 어느 때 부처님께서 역사(力士)가 나는 땅인 쿠시나가국의 아리발제 강변에서 짝을 이룬 사라나무 아래 계셨다. 그때 세존께서는 앞뒤로 둘러싸고 있는 큰 비구 팔십억 백천 사람과 함께 계셨는데 2월 15일 열반에 임하실 때였다. 如是我聞。一時佛。在拘尸那城。力士生地。阿夷羅跋提河邊。娑羅雙樹間。爾時。世尊與大比丘。八十億百千人俱。前後圍繞。二月十五日。臨涅槃時。

다시 대반열반경(大般涅槃經)에도 이와 같은 내용이 있다. 이때 쿠시나성의 사라 숲이 모두 하얗게 변했는데 그 빛이 마치 학(鶴)과 같았다. 허공중에서 저절로 칠보로된 강당이 생겼는데 아로새긴 무늬와 조각으로 아름답게 꾸며져서 분명하게 장엄되어 있었다. 爾時拘尸那城娑羅。樹林其林變白猶如。白鶴於虛空中自然而。有七寶堂閣彫文刻鏤綺飾分明。

## 금강사리방광명 金剛舍利放光明
### 금강과 같은 사리가 방광을 하도다.

부처님의 사리는 법과 더불어 영원불변한 진리를 보여주기에 이를 금강(金剛)에 비유한 것이다. 그리고 부처님의 진신사리가 항상 방광을 한다는 것은 언제나 우리에게 법을 전해 주고 있음을 나타내는 것이다. 이러한 내면을 모르면 사리가 증과(增果)한다거나 혹은 분과(分果)한다고 하는 소리에 이끌려 미혹하게 되는 것이다.

## 염부처처지제재 閻浮處處支提在
### 염부제 곳곳에 사리탑이 있으니

염부(閻浮)는 염부제(閻浮提)를 말하는 것이므로 남섬부주(南瞻部洲)를 표현한 것이다. 그러므로 우리가 사는 세계를 말하고 있다. 여기에 처처(處處)를 더하였으니 곳곳이라는 표현을 써서 사바세계 곳곳에 사리가 있다고 표현한 것이다. 그러므로 경(經)이 있는 것은 곧 사리가 있는 것과 다름없다.

지제(支堤)는 참 어려운 표현이지만 이는 산스크리트어의 cailya를 음사한 것이다. 인도 불교의 건축양식 가운데 하나로 성자나 화장한 땅에 지어지는 묘당(廟堂)이나 제단을 설립하기 위한 집을 말한다. 또한 흙이나 돌이 쌓인 무더기라는 뜻으로 부처님의 복덕이 쌓여 있다는 것을 이르는 말로써 결국 사리가 있는 불탑을 가리키는 표현이다. 그러기에 묘(廟), 또는 영탑(靈塔)이라는 표현이므로 곧 사리탑을 말한다.

## 차시여래오분향 此是如來五分香
### 이것이 여래의 오분향이로다.

여래오분향은 부처님의 공덕을 향에 비유한 것으로 계향(戒香), 정향(定香), 혜향(慧

香), 해탈향(解脫香), 해탈지견향(解脫知見香)을 말하는 것이다. 그러므로 여래의 사리는 계정혜 삼학(三學)으로 하여금 우리를 해탈의 세계로 이끄는 또 하나의 가르침이 되는 것이다.

# 한림명월입 寒林明月入

**寒林明月入 幽谷宿雲開**
한림명월입 유곡숙운개

**싸늘한 숲에 밝은 달이 비추고**
**깊숙한 골짜기에 묵은 구름이 갠다.**

작법귀감에서 열 가지 계(戒)를 바로 설해 주는 정설십계(正說十戒) 가운데 다섯 번째 계율인 제5 불음주(不飮酒)에 나오는 게송이다.

### 한림명월입 寒林明月入
**싸늘한 숲에 밝은 달이 비추고**

한림(寒林)은 단순하게 싸늘한 나무가 아니고 겨울에 잎이 떨어진 앙상한 나무를 말함이다. 이는 잎을 번뇌와 망상에 비유하여 번뇌와 망상이 없는 것을 말하며, 이를 선문(禪門)에서는 체로금풍(體露金風)이라고 한다. 번뇌와 망상이 없는 성(性)을 본성(本性)이라고 한다. 그러므로 본성이 드러나는 것을 밝은 달인 명월(明月)을 이끌어서 설명하고 있다.

### 유곡숙운개 幽谷宿雲開
**깊숙한 골짜기에 묵은 구름이 갠다.**

유곡(幽谷)은 깊은 산골짜기를 말하므로 이도 마음의 본처(本處)를 말한다. 숙운(宿雲)은 구름이며, 이는 무명을 말한다. 무명이 걷히면 그윽한 산골짜기는 몰록 드러나는 것이다. 이를 본고향(本故鄉)이라고 한다.

# 함비대한수저수 含悲帶恨首低垂

## 함원영 含寃詠

**含悲帶恨首低垂 橫死身亡怨阿誰**
함비대한수저수 횡사신망원아수

**自刺自刑寃作使 投河投井業相期**
자자자형원작사 투하투정업상기

비통하여 슬피 울고 고개를 숙이며
횡액으로 죽은 몸은 누구를 원망하리.
스스로 죽은 몸 원한 품은 사자가 되고
강과 우물에 빠져 죽으니 업이 정해졌네.

산보집에서 하단을 청해 맞이하는 의식인 하단영청지의(下壇迎請之儀)에 수록된 함원영(含寃詠)이다. 함원(含寃)이라고 하는 것은 '원통함을 머금고 있는 것'을 말한다.


**함비대한수저수 含悲帶恨首低垂**
비통하여 슬피 울고 고개를 숙이며

함비(含悲)는 비통하다, 상심하다, 이러한 뜻이다. 대한(帶恨)은 슬피 운다는 표현이다. 그러기에 고개를 숙이면서 슬퍼했다.


**횡사신망원아수 橫死身亡怨阿誰**
횡액으로 죽은 몸은 누구를 원망하리.

망(亡)은 망하다, 멸망하다, 도망하다, 없다는 표현이다. 횡사(橫死)는 뜻밖의 재앙으로 죽임을 당한 것을 말하며, 신망(身亡)은 죽음을 말한다. 고로 갑작스러운 재앙으로 죽임을 당하였으니, 이를 두고 누구를 탓하겠느냐고 하는 원망이다.


## 자자자형원작사 自刺自刑寃作使
스스로 죽은 몸 원한 품은 사자가 되고

자자(自刺)는 스스로 자신의 목을 찔러 죽은 것을 말하고, 자형(自刑)은 자신이 지은 죄로 인하여 형벌로 죽은 것을 말한다. 그러나 이로 인하여 원한을 품은 사자(使者)가 되어서, 이러한 표현이다.


## 투하투정업상기 投河投井業相期
강과 우물에 빠져 죽으니 업이 정해졌네.

투하(投河)는 물에 빠져 죽은 것을 나타내며, 투정(投井)은 우물에 빠져 죽었으니, 이러한 업(業)으로 인하여 갈 길은 이미 기약되어 있다는 뜻이다.

# 합장이위화 合掌以爲花

## 합장게 合掌偈

**合掌以爲花 身爲供養具**
합장이위화 신위공양구

**誠心眞實相 讚嘆香烟覆**
성심진실상 찬탄향연복

두 손 모아 꽃봉오리를 만들자
이 몸은 공양구가 되었네.
성실한 마음과 진실한 모습으로
향 연기 뒤덮인 법회를 찬탄합니다.

산보집, 작법귀감 등에 실린 합장게(合掌偈)다. 합장게는 합장하면서 외우는 게송이 며, 이는 보편적으로 널리 알려진 게송이다.

**합장이위화 合掌以爲花**
두 손 모아 꽃봉오리를 만들자

두 손 모아 합장을 하여 연꽃 봉우리를 만들었다는 표현으로 불심을 나타내고 있다.

**신위공양구 身爲供養具**
이 몸은 공양구가 되었네.

이 몸이 연꽃이 되었으니 이로써 참다운 공양구로 삼았다는 뜻이다.

**성심진실상 誠心眞實相**
**성실한 마음과 진실한 모습으로**

성심(誠心)은 정성스러운 마음이기에 이를 단념(丹念)이라고 하며, 성심은 곧 진실을 나타냄으로 이를 상(相)으로 표현하면 진실상(眞實相)이다.


**찬탄향연복 讚嘆香烟覆**
**향 연기 뒤덮인 법회를 찬탄하옵니다.**

찬탄(讚嘆)은 찬탄(讚歎)과 같은 표현이며, 또한 향 연기 가득한 법회를 두 손 모아 찬탄한다는 것으로 자신의 마음을 드러내고 있다.

# 해문향모월섬륜 海門向暮越蟾輪

## 제12 나가서나 那伽犀那 존자

**海門向暮越蟾輪 出定垂應福善人**
해문향모월섬륜 출정수응복선인

**身掛毳衣千片雪 手持寒錫一枝銀**
신괘취의천편설 수지한석일지은

바다에 날 저무니 달을 뛰어넘고
선정에서 나와 착한 사람 복을 주네.
몸에는 눈 같은 천 조각 누더기 걸치고
손에는 은빛 같은 한 줄기의 찬 지팡이 잡으셨네.

작법귀감에서 나한에게 올리는 큰 예법인 나한대례(羅漢大禮) 가운데 제12 나가서나(那伽犀那) 존자에 대한 가영이다. 나가서나 존자는 천축의 논사(論師)로서 1,200명의 아라한과 더불어 반도파산(半度波山)에 머물며 정법과 중생을 수호한다는 나한이다.


**해문향모월섬륜 海門向暮越蟾輪**
**바다에 날 저무니 달을 뛰어넘고**

해문(海門)은 육지와 육지 사이에 끼어 있어서 바다로 이어지는 통로를 말하며, 섬륜(蟾輪)은 달을 말한다. 이는 중국의 문헌에 보면 달 속에 섬여(蟾蜍)가 있다고 여겨서 달을 섬백(蟾魄), 섬륜(蟾輪), 섬반(蟾盤), 섬궁(蟾宮)이라고 하였다. 여기서 섬(蟾)은 두꺼비를 말한다. 또한 향모(向暮)는 날이 저물어 가는 것을 말한다. 고로 이 구절은 나가서나 존자의 위신력(威神力)이 이러하다고 말하고 있다.

출정수응복선인 出定垂應福善人
선정에서 나와 착한 사람 복을 주네.

선정에서 나올 때면 착한 사람들에게 복을 준다고 하였으므로 이는 권선(勸善)을 장
려하는 내용이기도 하다.


신괘취의천편설 身掛毳衣千片雪
몸에는 눈 같은 천 조각 누더기 걸치고

취의(毳衣)는 털옷을 말하므로 털옷을 걸치고, 천 개의 조각으로 옷을 기워 입으니,
마치 눈이 내리는 것과 같다는 표현으로 본디 부귀영화와는 거리가 멀다는 표현이다.


수지한석일지은 手持寒錫一枝銀
손에는 은빛 같은 한 줄기의 찬 지팡이 잡으셨네.

한석(寒錫)은 아무런 장식을 하지 않은 석장(錫杖)을 말한다. 그러므로 손에는 지팡
이 하나만 있을 뿐 다른 것은 없다는 뜻으로 무애행(無礙行)을 나타내었다.

# 해사모단탄거해 解使毛端吞巨海

## 제1 빈두로 賓頭盧 존자

**解使毛端吞巨海 能將芥子納須彌**
해사모단탄거해 능장개자납수미

**靈機妙用超三界 外道天魔總不知**
영기묘용초삼계 외도천마총부지

털끝으로 큰 바다를 삼키게 하며
겨자씨에 수미산을 들일 수 있다네.
신령한 근기와 미묘한 작용은 삼계를 초월하여
외도들과 천마는 모두 다 알지 못하네.

작법귀감에서 나한에게 올리는 큰 예법인 나한대례(羅漢大禮) 가운데 제1 빈두로 존자에 대한 가영이다. 빈두로 존자는 나한 가운데 제1 나한으로 빈두로파라타(賓頭盧頗羅墮)라고 하며, 이를 줄여 빈두로 존자라고 한다. 고대 인도 구섬미국(拘睒彌國)의 우전왕(優塡王)의 신하였다고 한다. 1,000명의 제자와 더불어 서구타니주(西瞿陀尼洲)에 머무른다고 하는 나한이다.


**해사모단탄거해 解使毛端吞巨海**
**털끝으로 큰 바다를 삼키게 하며**

털끝을 풀어서 큰 바다를 머금게 한다고 하였다. 이는 빈두로 존자의 부사의(不思議)를 말하지만 이러한 내용을 전하는 것은 그 어느 문헌에도 없다. 이러한 표현은 선어록에도 나오는데 굉지선사광록(宏智禪師廣錄)에 보면 '터럭이 큰 바다를 삼키고, 겨자씨에 수미산이 들어간다'고 하였다. 毛吞巨海。芥納須彌。

**능장개자납수미 能將芥子納須彌**
**겨자씨에 수미산을 들일 수 있다네.**

이 구절은 위의 구절과 거의 같은 내용이며 이는 해탈의 의미를 전하고 있다. 유마경(維摩經) 부사의품에 보면 유마힐은 말하였다. 그렇습니다, 사리불이여. 제불보살에게는 불가사의(不可思議)라는 이름의 해탈이 있어서 만약 보살이 이러한 해탈에 머무르면, 높고 넓은 수미산을 겨자씨 안에 넣어도 그 겨자씨가 늘어나거나 줄어드는일이 없으며, 수미산도 예전과 같기 때문이며, 사천왕이나 도리천과 같은 모든 천인(天人)이 자신이 어디에 들어 있는지 전혀 알지 못합니다. 다만 장차 깨달음을 얻을수 있는 사람만이 수미산이 겨자씨 안에 든 것을 알 뿐입니다. 이것을 불가사의한 해탈 법문에 머문다고 하는 것입니다. 維摩詰言。唯舍利弗。諸佛菩薩。有解脫名。不可思議。若菩薩住是解脫者。以須彌之高廣內芥子中無所增減。須彌山王本相如故。而四天王。忉利諸天。不覺不知己之所入。唯應度者乃見須彌入芥子中。是名。不可思議解脫法門。

**영기묘용초삼계 靈機妙用超三界**
**신령한 근기와 미묘한 작용은 삼계를 초월하여**

이러한 신령스러운 근기와 미묘한 작용은 이미 삼계를 초월하였다고 하였으므로 곧해탈인(解脫人)이라고 찬탄함이다.

**외도천마총부지 外道天魔總不知**
**외도들과 천마는 모두 다 알지 못하네.**

외도(外道)는 불법을 믿지 아니하는 사도(邪道)를 말하며, 천마(天魔)는 불법을 방해하는 무리를 나타낸다. 이렇듯 빈두로 존자의 위신력은 외도와 천마들은 모두 알지못한다고 하였다.

# 해상증영내외가 海上曾營內外家

## 보신영 報身詠

海上曾營內外家 往來相續幾隨波
해상증영내외가 왕래상속기수파

一條古路雖平坦 舊習依然走兩叉
일조고로수평탄 구습의연주량차

바다 위에 일찍이 안팎의 집을 경영하고
오고 가고 서로 이어 몇 번이나 물결을 따랐는가.
한 가닥 옛길이 비록 평탄하다 해도
옛 습관은 의연하여 두 갈래로 치달리네.

산보집에서 상단을 청하여 맞이하는 의식인 상단영청지의(上壇迎請之儀)에 수록된 보신영(報身詠)이다. 범음집, 예수시왕생칠재의찬요(預修十王生七齋儀纂要) 등에도 같은 내용으로 실려 있다. 보신(報身)은 삼신의 하나로 수행의 공덕으로 쌓아진 몸을 말하며, 이를 부처로 나타내면 보신불(報身佛)이라 한다. 노사나불(盧舍那佛), 아미타불(阿彌陀佛)이 그러하다.

### 해상증영내외가 海上曾營內外家
바다 위에 일찍이 안팎의 집을 경영하고

바다 위에 집을 지었다고 하는 것은 바다는 잠시도 가만히 있지 아니하여 출렁이므로 이는 일상에서 부딪히는 경계를 말함이다. 가(家)는 마음을 말하며, 내외는 내적인 경계와 외적인 경계를 말한다. 증영(曾營)은 일찍이 경영하였다는 표현이기에 일찍부터 이러한 경계에 숱하게 맞닥뜨리며 살았다는 것을 뜻한다.

왕래상속기수파 徃來相續幾隨波
오고 가고 서로 이어 몇 번이나 물결을 따랐는가.

왕래(往來)는 오고 감이고, 상속(相續)은 이어받는 것을 말한다. 마치 바다의 물결처럼 그러하다는 것이다.


일조고로수평탄 一條古路雖平坦
한 가닥 옛길이 비록 평탄하다 해도

일조(一條)는 하나의 가지를 말하므로 한 가지 또는 한 가닥을 말한다. 곧 일심을 뜻하고 고로(古路)는 옛길을 말하므로 마음의 당처를 말한다. 마음은 본디 평탄하건만 중생들의 경계로 인하여 굽고 펴고, 들쭉날쭉한 것이다.


구습의연주량차 舊習依然走兩叉
옛 습관은 의연하여 두 갈래로 치달리네.

구습(舊習)은 예로부터 내려오는 습관을 말한다. 이는 중생을 제도하고자 익혀온 의연한 습관을 말하며, 노사나불이 중생을 제도하고자 세운 서원을 뜻한다. 그리고 두 갈래로 치달린다고 하는 것은 범부중생도 제도해야 하고 지옥 중생도 제도해야 하기에 그러하다.

# 해악산변유희소 海岳山邊遊戲少

## 세조 혜장 惠莊 대왕

**海岳山邊遊戲少 含元殿裡接禪賓**
해악산변유희소 함원전리접선빈

**經云菩薩人間出 疑是觀音化現身**
경운보살인간출 의시관음화현신

바다와 산에서 유희(遊戲)하던 일이 적어지더니
함원전 안에서는 선객을 맞이하네.
경에서 말씀하기를 보살이 인간 세상에 출현한다더니
이로써 의심되도다. 관음의 몸으로 화현된 것은 아닌가 하고.

산보집 종실단 작법의식인 종실단작법의(宗室壇作法儀) 가운데 세조 혜장대왕(惠莊大王) 선가(仙駕)에 대한 가영이다.

세조(世祖)는 조선 제7대 왕으로 세종의 차남이자 문종의 아우가 되며, 이름은 이유(李瑈 1417~1468)이다. 어린 단종이 즉위하자 1453년에 계유정난(癸酉靖難)을 일으켜 왕위를 찬탈하고 스스로 왕위에 올랐다. 시호는 혜장승천체도열문영무지덕융공성신명예흠숙인효대왕(惠莊承天體道烈文英武至德隆功聖神明睿欽肅仁孝大王)이고 혜장대왕이라고 한다.

### 해악산변유희소 海岳山邊遊戲少
바다와 산에서 유희(遊戲)하던 일이 적어지더니

해악산(海岳山)이라는 표현은 어떤 산의 이름을 말하는 것이 아니고 바다와 산을 말한다. 그러므로 세조는 산천을 누비며 유희하였다는 것을 나타내는 표현이다. 그러나

1345

이러한 일들도 점점 적어졌다는 것을 암시하고 있다.

## 함원전리접선빈 含元殿裡接禪賓
함원전 안에서는 선객을 맞이하네.

함원전(咸元殿)은 조선 시대 경복궁(景福宮)의 강녕전(康寧殿) 서북쪽에 있던 전각을 말하며, 지은 연대는 알 수가 없으나 세종 때 지어진 것으로 추측하는 건물이다. 이 전각은 불상을 봉안하고 의례를 행하였던 곳이며, 또한 단종(端宗)이 거처했던 것으로 전해진다. 그러므로 세조가 이 전각에서 선객을 맞이하였다고 하는 표현이며, 실제로 세조는 불교를 중흥시킨 왕이기도 하다. 참고로 산보집에는 함원전(舍元殿)이라고 하였으나, 함원전(咸元殿)이 맞는 표현이다. 또한 빈(賓)은 빈(賓)과 같은 글자다.

## 경운보살인간출 經云菩薩人間出
경에서 말씀하기를 보살이 인간 세상에 출현한다더니

경(經)은 불경(佛經)을 말한다. 그러므로 부처님이 도솔천에서 사바세계로 출현하신 것에 비유하고 있다.

## 의시관음화현신 疑是觀音化現身
이로써 의심되도다. 관음의 몸으로 화현된 것은 아닌가 하고.

관음보살이 세조의 몸으로 화신(化身)한 것은 아닌가 하고 의심한다는 표현이지만 실상은 세조가 곧 관음보살일 거라고 추켜세우며 찬탄하는 것이다.

# 해천명월초생처 海天明月初生處

## 유희게 遊戲偈

**海天明月初生處 岩峀嗁猿正歇時**
**해천명월초생처 암수제원정헐시**

**바다 위 밝은 달이 처음 뜰 때요,**
**바위 밑에서 원숭이 울음 그칠 때이네.**

작법귀감, 승가예의문 등 다비작법에서 죽은 이의 물품을 경매하는 일인 창의(唱衣)에서 '뜬구름은 흩어지면 자취가 없고, 남은 초가 다 타면 빛도 저절로 없어집니다. 지금 이 노래를 부름은 무상(無常)을 드러내기 위함이니 대중들이 염송하는 십념을 우러러 의지하시옵소서. 위에서 창의(唱衣)하고 염송한 공덕은 아무개 영가를 위함이오니 영가는 육근과 육진을 멀리 벗어 버리고 삼계를 초월하여 모든 성현이 가신 길을 밟고, 일승의 도량에 유희하라.'고 창의게(唱衣偈)를 들려준 뒤 나오는 게송이다. 浮雲散而影不留殘燭盡而光自滅。今玆估唱。用表無常。仰憑大衆念次十念。上來唱衣。念誦功德。奉爲某靈。逈脫根塵。超出三界。驀踏千聖之路。遊戲一乘之場。

### 해천명월초생처 海天明月初生處
**바다 위 밝은 달이 처음 뜰 때요,**

해천(海天)은 바다 위 하늘을 말한다. 여기에 밝은 달이 떴는데 그것도 처음 뜰 때라고 하였다. 금강경오가해(金剛經五家解) 설의(說誼)에 보면 해천명월정소연(海天明月正簫然)이라고 하여, '바다 위의 밝은 달은 참으로 숙연하다'는 표현이 있다. 지금 이 게송에서 말하는 바다 위의 밝은 달이 처음 뜰 때라고 하였음은, 처음으로 자신의 마음이 바다 위에 달이 떠오르듯이 몰록 드러나는 것을 말한다.

**암수제원정헐시 岩峀啼猿正歇時**

바위 돌구멍 밑에서 원숭이 울음 그칠 때이네.

암수(巖峀)에서 암(岩)은 바위를 말하고 수(峀)는 바위 구멍인 암혈(巖穴)을 말한다. 제원(啼猿)은 원숭이가 우는 것을 뜻하므로, 여기서 암수는 자신의 좁은 견해를 말하고, 원숭이는 주인공 자신을 말한다. 그러므로 '원숭이 울음소리가 그칠 때'라고 하는 것은, '번뇌가 사라지면' 이러한 표현이다. 이 경지에 이르면 유희(遊戲)할 수 있을 것이다. 참고로 다른 문헌에는 암수(巖峀)가 아닌 암수(巖樹)로 되어 있기도 하다.

# 행도영롱묘탑하 行到玲瓏妙塔下

## 등상게 登床偈

**行到玲瓏妙塔下 寶嚴床上可登臨**
행도영롱묘탑하 보엄상상가등림

**數杯茶了兒孫禮 然後安棲率堵心**
수배다료아손례 연후안서솔도심

영롱하고 미묘한 사리탑 아래로 당도했으니
보배로 장엄한 법상에 가히 오를 만합니다.
여러 잔으로 문손(門孫)들이 예로써 차를 올리니
그런 뒤에 부도탑에 편안히 안치(安置)합니다.

산보집에서 고승의 사리를 이운할 때 행하는 의식인 고승사리이운(高僧舍利移運)에 수록된 사리게다. 이는 고승이 입적을 하고 나면 사리를 수습하여 부도를 만들어 탑파에서 봉안한 후 재를 모실 때나 부처님 사리를 봉안할 때 거행하는 게송이다.

**행도영롱묘탑하 行到玲瓏妙塔下**
**영롱하고 미묘한 사리탑 아래로 당도했으니**

행도(行到)는 그냥 걸어서 도착하였다는 표현이 아니라 염불을 하면서 도착을 하였다는 표현이다. 영롱(玲瓏)이라는 표현은 광채가 찬란하다, 산뜻하다는 뜻이며 또 구슬이 부딪치는 소리를 말하기도 한다. 고승의 사리를 격상시켜 그렇게 표현한 것이다. 그리고 묘탑이라는 말도 사리탑을 존엄하게 표현하여 부르는 말이다.

## 보엄상상가등림 寶嚴床上可登臨
보배로 장엄한 법상에 가히 오를 만합니다.

보엄(寶嚴)이라는 표현은 보배스럽고 단엄(端嚴), 또는 장엄한, 이러한 표현이다. 이어서 나오는 상(床)은 평상, 또는 법상을 말한다. 그러므로 극락세계의 누각에 가히 오를 만하다는 표현이다.


## 수배다료아손례 數杯茶了兒孫禮
여러 잔으로 문손(門孫)들이 예로써 차를 올리니

수배(數杯)는 영전에 올리는 잔을 헤아리는 것을 뜻한다. 오늘 동참 대중들이 영전에 이 사람 저 사람 잔을 올리는 것을 말한다. 그리고 아손(兒孫)은 자신의 아들과 손자를 아울러 표현한 것으로, 이는 문손(門孫)이나 문도(門徒)들이 지금 고승의 영전에 차를 올려서 갖은 예를 갖춘다는 표현이다.


## 연후안서솔도심 然後安棲率堵心
그런 뒤에 부도탑에 편안히 안치(安置)합니다.

연후(然後)는 한문의 문장에서 흔히 쓰는 표현으로 '그러한 뒤' 또는 '그 뒤' 이러한 표현이다. 그러므로 사리를 봉안하는 의례가 막바지임을 알 수가 있다. 서(棲)는 머물러서 휴식을 취하는 보금자리를 말하는 것이다. 그러므로 안(安)을 덧붙여서 편안하게 안식을 취하라는 염원이 담긴 내용이다. 솔도(率堵)는 시구의 자수를 맞추기 위하여 솔도파(率都婆)를 줄여서 표현한 것으로 탑(塔)이나 부도(浮屠) 등을 말하는 것이다. 여기서는 부도탑을 말한다. 솔도파는 산스크리트어로 나타내면 스투파Stupa라고 한다.

# 향수훈욕조제구 香水熏浴澡諸垢

## 쇄수게 灑水偈

**香水熏浴澡諸垢 法身具足五分香**
향수훈욕조제구 법신구족오분향

**般若圓照解脫滿 羣生同會法界融**
반야원조해탈만 군생동회법계융

향수 물로 모든 때를 씻어내고
법신은 오분향(五分香)으로 구족하였네.
반야로 원만하게 비추어 해탈 이루고
여기 모인 모든 중생 법계에 원융하네.

산보집에서 시왕에 대례를 올리고 공양하는 의식문인 대례왕공양문(大禮王供養文)
가운데 쇄수게(灑水偈)로 나온다. 이외에 작법귀감에도 그러하다. 쇄수게는 도량에
물을 뿌리면서 외우는 게송이다.

### 향수훈욕조제구 香水熏浴澡諸垢
향수 물로 모든 때를 씻어내고

향수훈욕(香水熏浴)은 향수로 목욕을 하는 것을 말하기기에 이러한 향수로써 모든
때를 씻어내야 한다는 연락이다. 조(澡)는 씻는다는 표현이다.

### 법신구족오분향 法身具足五分香
법신은 오분향(五分香)으로 구족하였네.

향수로 씻으니 법신이 되어 오분향(五分香)으로 구족하였다는 뜻이다.


### 반야원조해탈만 般若圓照解脫滿
### 반야로 원만하게 비추어 해탈 이루고

반야(般若)는 지혜를 말하며, 지혜가 원만하면 해탈이 이루어지기에 그러하다고 말하고 있다.


### 군생동회법계융 羣生同會法界融
### 여기 모인 모든 중생 법계에 원융하네.

군생(羣生)은 중생을 말한다. 고로 이 법회에 모인 중생들이 법계에 원융하게 이루어지기를 바라면서 쇄수(灑水)를 하는 것이다.

# 향연변복삼천계 香烟遍覆三千界

## 고향게 告香偈

香烟遍覆三千界 定慧能開八萬門
향연변복삼천계 정혜능개팔만문

唯願三寶大慈悲 聞此信香臨法會
유원삼보대자비 문차신향임법회

향 연기 가득하여 삼천세계 두루 덮으니
선정과 지혜로 팔만사천의 법문을 여옵니다.
오직 바라오니 삼보님의 대자비로
신심(信心)의 향을 사르오니 부디 이 법회에 임하소서.

산보집에서 새벽에 향을 사르고 수행하는 작법 절차인 신분수작법절차(晨焚修作法節次)와 영산작법절차 가운데 소직찬(小直讚), 그리고 운수단작법(雲水壇作法) 등에서 고향게(告香偈)로 수록되어 있다.

### 향연변복삼천계 香烟遍覆三千界
향 연기 가득하여 삼천세계 두루 덮으니

변복삼천계(遍覆三千界)는 삼천대천세계를 두루 덮는다는 표현이다. 아미타경(阿彌陀經) 동참권신분에 보면 '진실한 말씀으로 삼천대천세계를 뒤덮어 꼭 실다운 말씀을 하시나니 너희 중생들은 마땅히 이 헤아릴 수 없는 공덕을 칭찬한 모든 부처님이 보호하시는 이 경을 믿을지니라' 하는 표현이 있다. 出廣長舌相。偏覆三千大千世界。說誠實言。汝等衆生。當信是稱讚不可思議功德。一切諸佛의。所護念經。

그러므로 향(香)은 부처님의 말씀인 법향(法香)을 말씀하는 것이다. 이러한 향연이 온 세상에 널리 퍼지기를 기원하며 찬탄하는 내용이다.


### 정혜능개팔만문 定慧能開八萬門
### 선정과 지혜로 팔만사천의 법문을 여옵니다.

정혜(定慧)는 선정(禪定)과 지혜(智慧)를 말함이다. 부처님께서 방편으로 설하신 팔만사천법문을 제대로 알기 위해서는 마음이 산란하지 않은 선정심과 지혜심이 있어야 한다. 지혜는 다른 표현으로 반야(般若)라 하고, 지혜의 마음을 반야심(般若心)이라 말하는 것이다.


### 유원삼보대자비 唯願三寶大慈悲
### 오직 바라오니 삼보님의 대자비로

향을 올리는 대상이 불법승 삼보라는 것을 밝히고 있다.


### 문차신향임법회 聞此信香臨法會
### 신심(信心)의 향을 사르오니 부디 이 법회에 임하소서.

부처님께 향을 올리는 자의 마음을 고스란히 드러내 놓고 있다. 한 개의 향을 올리더라도 자신의 신심을 표출해야 한다. 괜히 향을 하나만 피워라, 세 개를 피워라 하는 것은 모두 군더더기에 불과하다. 다만 향을 올리는 자의 마음가짐이 중요한 것이다. 그것이 자신의 '신행심'이기 때문이다.

# 향풍울울천안열 香風馥馥天顔悅

## 초선영 初禪詠

香風馥馥天顔悅 瑞氣氳氳玉皃怡
향풍울울천안열 서기온온옥모이

逍遙富樂非長久 好悟光陰瞥地期
소요부락비장구 호오광음별지기

향풍(香風)은 무성하여 천안(天顔)은 기뻐하고
상서로운 기운이 왕성하여 옥 같은 모습 즐거워하네.
소요하며 즐기는 부귀의 즐거움은 오래가지 못하고
좋은 세월 눈 깜짝할 새 지나감을 깨닫게 되리라.

산보집에서 중단을 청해 맞이하는 의식인 중단영청지의(中壇迎請之儀) 가운데 초선
영(初禪詠)으로 수록되어 있다. 그러나 산보집 범왕단작법(梵王壇作法)에서 삼선영
(三禪詠)에 보면 앞의 두 구절은 같다. 그러하기에 이를 소개하면 다음과 같다.

梵天三種事無疑 勝劣高低因植題 香風馥馥天顔悅 瑞氣氳氳玉貌怡
범천삼종사무의 승열고저인식제 향풍울울천안열 서기온온옥모이

범천의 세 가지 일 의심할 바 없으니
우세하고 하열함과 높고 낮음은 심은 인(因) 때문이라네.
향풍(香風)은 무성하여 천안(天顔)은 기뻐하고
상서로운 기운이 왕성하여 옥 같은 모습 즐거워하네.

## 향풍울울천안열 香風馥馥天顔悅
향풍(香風)은 무성하여 천안(天顔)은 기뻐하고

범천삼종사무의(梵天三種事無疑) 편의 설명을 참고하시오.


### 서기온온옥모이 瑞氣氳氳玉皃怡
상서로운 기운이 왕성하여 옥 같은 모습 즐거워하네.

범천삼종사무의(梵天三種事無疑) 편의 설명을 참고하시오.


### 소요부락비장구 逍遙富樂非長久
소요하며 즐기는 부귀의 즐거움은 오래가지 못하고

소요(逍遙)는 슬슬 거닐며 돌아다닌다는 뜻으로 이는 한가로운 것을 말한다. 고로 편안한 부귀와 영화도 장구(長久)하지는 못하다고 하였으므로 마음을 찾아 견성하면 오래도록 즐거움을 누릴 것이라는 가르침이다.


### 호오광음별지기 好悟光陰瞥地期
좋은 세월 눈 깜짝할 새 지나감을 깨닫게 되리라.

호(好)는 호시절(好時節)을 나타내며, 광음(光陰)은 흘러가는 시간을 말하기에 이를 세월이라고도 한다. 별(瞥)은 깜짝하다, 언뜻 보다, 힐끗 보다는 뜻이 있는데, 여기서는 잠시 잠깐을 나타내는 '눈 깜짝할 새'를 말함이다. 오(悟)는 도리를 알게 될 것이라는 표현으로 쓰였다.

# 혁혁뇌음진 赫赫雷音振

## 동악게 動樂偈

**赫赫雷音振 羣聾盡豁開**
혁혁뇌음진 군농진활개

**不起靈山會 瞿曇無去來**
불기영산회 구담무거래

혁혁한 우레와 같은 음성이 진동하니
모든 귀머거리의 귀를 확 뚫어 주었네.
영산(靈山)의 모임이 없더라도
구담(瞿曇)은 오고 감도 없으시다네.

산보집에서 불상을 점안하는 작법인 불상점안작법(佛像點眼作法) 가운데 강생게(降生偈)를 한 다음 오색사(五色絲) 진언을 하고 나서 오불게(五佛偈)를 한다. 이후 이를 찬탄하기 위하여 음악을 올리는 동악게(動樂偈)이다.

### 혁혁뇌음진 赫赫雷音振
혁혁한 우레와 같은 음성이 진동하니

혁혁(赫赫)에서 혁(赫)은 성한 모양을 나타내는 것이고, 뇌음(雷音)은 우레와 같은 소리를 말하여 부처님의 사자후를 이렇게 비유한 것이다.

### 군농진활개 羣聾盡豁開
모든 귀머거리의 귀를 확 뚫어 주었네.

농(聾)은 귀머거리를 말하므로 군농(羣聾) 하면 말귀를 못 알아듣는 중생을 비유한 것이다. 그러나 오늘 우레와 같은 소리에 '활연(豁然)하게 귀가 열려서' 이러한 표현이다.


## 불기영산회 不起靈山會
### 영산(靈山)의 모임이 없더라도

영산회(靈山會)는 영산회상(靈山會上)을 말하며, 부처님께서 법회를 여신 것을 말한다. 그리고 '불기(不起)는 일으키지 않더라도' 이러한 뜻으로 쓰여서 '영산(靈山)의 법회가 없더라도' 하는 뜻이다.


## 구담무거래 瞿曇無去來
### 구담(瞿曇)은 오고 감도 없으시다네.

구담(瞿曇)은 석가종족의 성(姓)을 나타내기에 곧 석가모니 부처님을 뜻하는 다른 표현이다. 부처님이 불왕불래(不往不來)하였다는 것은 부처님의 가르침은 시공을 초월하여 있으므로 동(動)함이 없다는 것을 나타내고 있다.

# 혜검결개인아실 慧劒決開人我實

## 제15 아씨다 阿氏多 존자

**慧劒決開人我實 福星照破愛嫌藤**
혜검결개인아실 복성조파애혐등

**親承佛記阿伽度 無底船中可倚憑**
친승불기아가도 무저선중가의빙

지혜의 칼로 남과 나의 실상을 결단하여 열고
복성(福星)으로 미워하고 사랑하는 넝쿨을 비추어 깨뜨리네.
친히 부처님에게 아가도(阿伽度)가 되리라는 수기를 받고
밑바닥 없는 배 가운데 기대고 의지한다네.

작법귀감에서 나한에게 큰 예를 올리는 나한대례(羅漢大禮) 가운데 제15 아씨다(阿氏多) 존자에 대한 가영이다. 아씨다 존자는 십육나한의 한 분으로 1,500명 아라한과 함께 추봉산(鷲峯山)에 머물며 중생을 제도한다고 한다. 참고로 아씨다(阿氏多)는 '아시다'로 더러 표현하기도 하지만 불교사전에는 '아씨다'로 되어 있다. 그리고 추봉산은 취봉산(鷲峯山)이라 하기도 하지만 불교사전에는 '추봉산'을 우선시하고 있다.

**혜검결개인아실 慧劒決開人我實**
지혜의 칼로 남과 나의 실상을 결단하여 열고

혜검(慧劒)은 지혜의 칼을 말하므로 반야검(般若劒)과 같은 표현이다. 지혜의 칼로 인하여 나의 실상을 결단(決斷)한다고 하는 것은 반야의 칼로 무명(無明)을 잘라 버리면 본선이 오롯이 드러나기 때문이다. 그리고 인아(人我)는 남과 나를 가리키는 표현이기에 '모든 이들'이라는 뜻으로 보아도 된다.

**복성조파애혐등 福星照破愛嫌藤**
복성(福星)으로 미워하고 사랑하는 넝쿨을 비추어 깨뜨리네.

복성(福星)은 '길한 별'이라는 뜻으로 목성(木星)을 이르는 말이다. 목성(木星)은 태양계의 다섯 번째 행성으로 금성(金星)처럼 밝게 빛나는 별을 말하므로 역시 지혜를 뜻한다. 이러한 지혜의 빛으로 사랑과 미워하는 넝쿨을 깨뜨려 버린다는 의미다. 혐(嫌)은 싫어하다, 미워하다, 의심하다는 뜻이 있다.

**친승불기아가도 親承佛記阿伽度**
친히 부처님에게 아가도(阿伽度)가 되리라는 수기를 받고

아가도(阿伽度)는 여래와 같은 뜻으로 여래의 음사어(音寫語)인 다타아가도(多陀阿伽度)의 후반부에 해당하는 말이다.

**무저선중가의빙 無底船中可倚憑**
밑바닥 없는 배 가운데 기대고 의지한다네.

'밑바닥 없는 배'라고 하는 것은 '사량하는 분별이 없어진 도리'를 말한다. 이를 선문에서는 무근수(無根樹), 무영수(無影樹), 고목생화(枯木生花), 화중생련(火中生蓮), 무공적(無孔笛) 등으로 나타내기도 한다.

금강경오가해(金剛經五家解)에서 함허(涵虛) 선사의 설의(說誼)에 보면 '밑바닥이 없는 배를 타고 구멍 없는 피리를 분다'고 하였다. 駕無底船。吹無孔笛。

# 호승태수우화래 胡僧胎受藕花來

## 무염 無染 국사

**胡僧胎受藕花來 知向紅蓮焰裏開**
호승태수우화래 지향홍련염리개

**雖在淤泥終不染 禁庭遊踐莫疑猜**
수재어니종불염 금정유천막의시

인도 스님에게 연꽃을 받는 꿈을 꾸고 잉태하니
불꽃 속에 붉은 연꽃 활짝 필 줄 알았네.
비록 진흙탕 속에 있어도 끝내 물들지 않고
대궐에 자주 오고 가나 의심하는 이 없었네.

산보집에서 선문의 조사에게 예참을 올리는 선문조사예참(禪門祖師禮懺) 가운데 무염 국사(無染國師 808~888)에 대한 가영이다. 무염 국사는 신라 시대 스님으로 13세 때 출가하여 해동신동(海東神童)으로 불렸으며, 또한 동방대보살(東方大菩薩)로 칭송을 받았다. 821년 당나라로 들어가 지상사(至相寺)에서 화엄경을 수학하였다. 마곡 보철(麻谷寶徹) 선사의 법을 이어받고 845년 귀국하여 충남 보령 성주사(聖住寺)에서 구산산문 가운데 성주산문(聖住山門)을 개산(開山)하였다.

### 호승태수우화래 胡僧胎受藕花來
인도 스님에게 연꽃을 받는 꿈을 꾸고 잉태하니

호승(胡僧)은 벽안호승(碧眼胡僧)을 말하며, 이는 외국의 스님을 말하나 여기서는 인도의 스님을 말한다. 어머니 화씨(華氏)는 어느 날 수비천(脩臂天)이 건네는 연꽃을 받는 태몽을 꾸었고 이후 애장왕 2년인 801년 12월 28일에 태어났다.

지향홍련염리개 知向紅蓮焰裏開
불꽃 속에 붉은 연꽃 활짝 필 줄 알았네.

염리(焰裏)는 불꽃 속이라 하여도 되고, 한여름이라 하여도 무방하다. 다만 염리(焰裏)가 뜻하는 것은 번뇌와 망상을 말한다.


수재어니종불염 雖在淤泥終不染
비록 진흙탕 속에 있어도 끝내 물들지 않고

비록 진흙 속에 살더라도 물들지 아니하였다는 것은 무염(無染) 국사의 청정한 수행을 말한다.


금정유천막의시 禁庭遊踐莫疑猜
대궐에 자주 오고 가나 의심하는 이 없었네.

금정(禁庭)은 궁중의 정원을 말한다. 그러므로 국사(國師)를 역임하였다는 표현이다.

# 혹인원한혹인즉 或因怨恨或因則

## 결한영 結恨詠

**或因怨恨或因則 中毒身亾事可哀**
혹인원한혹인즉 중독신망사가애

**藥下喉中腹已爛 血噴舌上眼難開**
약하후중복이란 혈분설상안난개

혹은 원한으로 혹은 재물로 인해 죽은 이
독으로 인하여 죽은 그 사연은 정말 애처롭네.
목구멍에 약이 넘어가니 배는 이미 문드러지고
위로는 피 토하고 눈도 뜨지 못하네.

산보집 하단영청지의(下壇迎請之儀)에서 결한영(結恨詠)으로 수록되어 있으며, 결한
(結恨)은 한(恨)을 맺는다는 표현이다.

**혹인원한혹인즉 或因怨恨或因則**
혹은 원한으로 혹은 재물로 인해 죽은 이

즉(則)은 재(財)의 오기로 보인다. 혹은 원한으로 인하여, 혹은 재물로 인하여, 억울
하게 죽은 이를 말한다.

**중독신망사가애 中毒身亾事可哀**
독으로 인하여 죽은 그 사연은 정말 애처롭네.

맹독(猛毒)으로 인하여 죽은 사연을 들어보면 정말로 애처롭다는 뜻이다.

**약하후중복이란 藥下喉中腹已爛**
목구멍에 약이 넘어가니 배는 이미 문드러지고

여기서 약(藥)은 독약을 말한다. 독약을 넘기니 배는 이미 아프고, 헐고, 문드러지는 고통을 당하는 것을 말함이다.


**혈분설상안난개 血噴舌上眼難開**
위로는 피 토하고 눈도 뜨지 못하네.

혈분(血噴)은 피를 토하고 또한 혓바닥에 피가 가득한 것을 말한다. 이러한 광경은 차마 눈 뜨고 보지 못함이기에 죽어서 원한을 맺게 된다는 것을 나타내고 있다.

# 화경원성행보주 化境圓成行普周

## 십행영 十行詠

**化境圓成行普周 神通一一盡遨遊**
화경원성행보주 신통일일진오유

**遍行道遠非擡足 十度門深不用修**
변행도원비대족 십도문심불용수

조화로운 경계가 원만해져 두루 널리 행하니
신통으로 하나하나 모두 다 노니네.
머나먼 길 두루 다녀도 두 발 들어 올리지 않고
십바라밀 문이 깊어도 작용 없이 수행하시네.

산보집에서 상단을 청해 맞이하는 의식인 상단영청지의(上壇迎請之儀) 가운데 십행영(十行詠)으로 수록되어 있다. 십행(十行)은 보살의 수행계위 가운데 52위 중 제21에서 제30위까지 닦는 열 가지 이타행(利他行)을 말함이다. 이를 십행심(十行心)이라고도 한다. 십행은 환희행(歡喜行), 요익행(饒益行), 무진한행(無瞋恨行), 무진행(無盡行), 이치란행(離痴亂行), 선현행(善現行), 무착행(無著行), 존중행(尊重行), 선법행(善法行), 진실행(眞實行) 등이다.

### 화경원성행보주 化境圓成行普周
조화로운 경계가 원만해져 두루 널리 행하니

화경(化境)은 부처님이 교화할 만한 세계라는 뜻으로 시방의 국토를 일컫는 말이지만 여기서는 조화로운 경지를 말한다. 고로 조화로운 경계를 원만하게 성취하여 이를 두루 행한다는 의미이다. 보주(普周)는 두루두루 널리 미치는 것을 뜻한다.

**신통일일진오유 神通一一盡遨遊**
**신통으로 하나하나 모두 다 노니네.**

이러한 십행을 행함에 있어서 신통으로 십행 하나하나에 노닌다고 하였다. 오(遨)는 즐겁게 논다는 표현이고, 유(遊) 역시 그러한 표현이다.


**변행도원비대족 遍行道遠非擡足**
**머나먼 길 두루 다녀도 두 발 들어 올리지 않고**

변행(遍行)은 두루두루 다니는 것을 말한다. 먼 길을 이렇게 다녀도 두 발을 들어올리지 않았다고 하는 것은 모두 신통력을 말한다.


**십도문심불용수 十度門深不用修**
**십바라밀 문이 깊어도 작용 없이 수행하시네.**

십도(十度)는 십바라밀(十波羅蜜)을 말한다. 까닭에 십도문(十度門)이 깊더라도 아무런 작용 없이 수행한다고 하였다.

# 화과일시동묘법 花果一時同妙法

## 염화게 拈花偈

**花果一時同妙法 染中常淨亦如然**
**화과일시동묘법 염중상정역여연**

**今將數朶芙蓉藥 供養靈山法寶前**
**금장수타부용예 공양영산법보전**

꽃과 열매 일시라 똑같이 미묘한 법
더러움 속에서 늘 깨끗함도 그러하다네.
지금 몇 떨기 부용꽃을 가져다가
영산회상 법보 앞에 공양 올리네.

산보집에서 경함을 옮길 때 행하는 의식인 경함이운(經函移運) 가운데 경함이 움직일 때 꽃을 뽑아 들면서 행하는 게송인 염화게(拈花偈)다.


### 화과일시동묘법 花果一時同妙法
꽃과 열매 일시라 똑같이 미묘한 법

연꽃은 꽃과 열매가 동시에 맺히기에 이를 화과동시(花果同時)라고 한다. 이는 원인과 결과가 동시에 나타나는 것을 말한다. 그러기에 이를 '미묘한 법'이라고 하였다.


### 염중상정역여연 染中常淨亦如然
더러움 속에서 늘 깨끗함도 그러하다네.

연꽃은 더러운 곳에 처해 있어도 더러움에 물들지 않는다고 하여 이를 처염상정(處

染常淨)이라고 한다. 이는 본성을 그대로 간직하고 있음을 말하는 것이다.


**금장수타부용예 今將數朶芙蓉藥**
**지금 몇 떨기 부용꽃을 가져다가**

부용(芙蓉)은 연꽃을 말한다. 까닭에 연꽃을 가져다가 부처님께 공양을 올리려고 한다는 의지를 나타내고 있다. 또한 연꽃은 꽃 가운데 당연히 으뜸이 되는 꽃이다.


**공양영산법보전 供養靈山法寶前**
**영산회상 법보 앞에 공양 올리네.**

화중지왕(花中之王)인 연꽃을 영산회상의 부처님 전에 공양 올리고 있다.

## 제10 전륜왕영 轉輪王詠

**火裏探湯自不傷 始知門客化非常**
화리탐탕자불상 시지문객화비상

**世間沐雨梳風輩 空上凌煙較短長**
세간목우소풍배 공상능연교단장

불 때서 끓는 물에 손을 넣어도 자신은 상하지 않으니
비로소 알겠도다. 문객들 교화가 심상치 않음을.
세간에서 빗물에 목욕하고 바람으로 빗질하던 무리는
공중에서 연기를 능멸하며 길고 짧음을 비교하네.

산보집에서 중단을 청해 맞이하는 의식인 중단영청지의(中壇迎請之儀) 가운데 시왕들 중 열 번째인 전륜왕(轉輪王)에 대한 가영이다.

**화리탐탕자불상 火裏探湯自不傷**
불 때서 끓는 물에 손을 넣어도 자신은 상하지 않으니

탐탕(探湯)은 열탕에 손을 넣어본다는 뜻이다. 불을 때서 펄펄 끓는 물에 자신의 손을 넣더라도 상하지 않는다는 뜻이다.

**시지문객화비상 始知門客化非常**
비로소 알겠도다. 문객들 교화가 심상치 않음을.

문객(門客)은 문안(問安)으로 오는 손님을 말한다. 그러므로 제10전 전륜대왕이 다스리는 지옥으로 들어오는 죄인들을 뜻한다.


**세간목우소풍배 世間沐雨梳風輩**
**세간에서 빗물에 목욕하고 바람으로 빗질하던 무리는**

배(輩)는 배(軰)와 같은 글자로 무리를 말한다. 그리고 목우소풍(沐雨梳風)은 즐풍목우(櫛風沐雨)와 같은 표현이며, 이는 바람으로 머리를 빗고 빗물로 목욕한다는 뜻이다. 긴 세월을 객지로 떠돌며 갖은 고생을 다하였음을 비유하는 말로, 풍찬노숙(風餐露宿)과 같은 맥락이다. 장자(莊子)에 보면 '바람으로 머리를 빗고 비로 몸을 씻는다'는 표현이 있다. 以風梳髮。以雨沐浴。


**공상능연교단장 空上凌煙較短長**
**공중에서 연기를 능멸하며 길고 짧음을 비교하네.**

공중의 연기를 업신여겨 길고 짧음을 비교한다고 하는 것은 아상(我相)이 있어서 제 견해를 가지고 깝죽거리는 것을 말한다.

# 화위고혼장한발 火爲孤魂長旱魃

## 제9 도시 都市 대왕

**火爲孤魂長旱魃 佛因三難絕慈雲**
화위고혼장한발 불인삼난절자운

**乾坤盡入洪爐裏 幾望吾王雨露恩**
건곤진입홍로리 기망오왕우로은

고혼은 불 때문에 가뭄이 길어지고
부처는 삼난(三難)으로 말미암아 자비의 구름마저 끊어졌네.
천지가 모두 이글거리는 넓은 화로에 들어가
우리 왕의 은혜 비처럼 이슬처럼 내리기를 바라네.

산보집에서 중단을 청해 맞이하는 의식인 중단영청지의(中壇迎請之儀) 가운데 제9 도시대왕(都市大王)의 가영이다.

### 화위고혼장한발 火爲孤魂長旱魃
고혼은 불 때문에 가뭄이 길어지고

한발(旱魃)은 가뭄을 말한다. 고혼들은 불지옥에 있기에 오래도록 목마름에 시달리는 것을 뜻한다.

### 불인삼난절자운 佛因三難絕慈雲
부처는 삼난(三難)으로 말미암아 자비의 구름마저 끊어졌네.

삼난(三難)은 삼악도(三惡道)를 지칭하는 것으로 지옥, 아귀, 축생을 말한다. 부처님이 자비의 구름을 드리워 불지옥을 벗어나게 하고자 하나, 삼악도의 중생은 무명으로 인하여 이를 받아들이지 못하므로 자비의 구름마저 끊어졌다고 함이다.


### 건곤진입홍로리 乾坤盡入洪爐裏
**천지가 모두 이글거리는 넓은 화로에 들어가**

건곤(乾坤)은 하늘과 땅을 말하므로 곧 사바세계를 뜻한다. 홍로(洪爐)는 넓은 화로이다. 그러므로 불지옥의 크기는 가늠할 수가 없다는 표현으로, 숱한 삼악도 중생이 불지옥에 빠지는 것을 말한다.


### 기망오왕우로은 幾望吾王雨露恩
**우리 왕의 은혜 비처럼 이슬처럼 내리기를 바라네.**

기망(幾望)은 음력으로 매달 열 나흗날 밤의 달을 말하지만 여기서는 그러한 뜻으로 쓰인 것은 아니고, '어찌 바라지 않겠느냐'는 뜻으로 쓰였다. '나의 왕'은 이 게송에 해당하는 도시대왕(都市大王)을 말하므로, 도시대왕이 감로의 이슬을 내려주기를 기다린다는 바람을 나타내고 있다.

# 화지성전겸비수 化紙成錢兼備數

## 헌전게 獻錢偈

**化紙成錢兼備數 堆堆正似白銀山**
화지성전겸비수 퇴퇴정사백은산

**今將奉獻冥官衆 勿棄茫茫曠野間**
금장봉헌명관중 물기망망광야간

종이로써 많은 지전을 만들어 갖추었으니
차곡차곡 쌓아 놓은 것이 마치 은(銀)산과 같습니다.
이제 이것을 명관 대중에게 받치고자 하오니
망망한 광야 사이에 버리지는 마시옵소서.

산보집에서 금은전이운(金銀錢移運)에 나오는 헌전게(獻錢偈)로써 인성(引聲)이 요잡(繞匝)을 하고 시왕 앞에 이르면 찬패(讚唄)를 그치고 헌전게를 할 때 위의 게송을 염송한다.


### 화지성전겸비수 化紙成錢兼備數
종이로써 많은 지전을 만들어 갖추었으니

화지성전이라는 것은 종이로써 지전을 만들었다는 것으로, 여기서 화(化)는 변화했다는 말이다. 그리고 수(數)는 수량을 말하므로, 한 장이 아닌 여러 장을 정성껏 만들었다면서 운(云)을 떼고 있다.


### 퇴퇴정사백은산 堆堆正似白銀山
차곡차곡 쌓아 놓은 것이 마치 은(銀)산과 같습니다.

퇴(堆)는 높이 쌓아두는 것을 말하므로 이를 더 강조하여 퇴퇴(堆堆)라고 한 것이다. 정(正)을 더하여 반듯하게 쌓아두었다고 말하는 것이다. 그리고 은산(銀山)과 함께 문장을 연결하면, 이렇게 명전(冥錢)을 쌓아둔 것이 마치 은산과 같다고 명전을 은근 슬쩍 격상시키는 표현이다.

### 금장봉헌명관중 今將奉獻冥官衆
### 이제 이것을 명관 대중에게 받치고자 하오니

금장(今將)은 '이제', '장차로' 이러한 뜻으로, 막 무엇을 하려고 하는 것을 말한다. 그러므로 이어지는 문장을 보면 명관 대중에게 명전(冥錢)을 봉헌하려고 함을 알 수가 있다. 명관(冥官)은 저승세계의 관원을 말한다. 그런데 여기에 중(衆)이 덧붙여 있으므로 명관중(冥官衆)은 저승세계의 시왕과 그 권속들을 말한다.

### 물기망망광야간 勿棄茫茫曠野間
### 망망한 광야 사이에 버리지는 마시옵소서.

물(勿)은 부정사(不定詞)로써 없다는 무(毋)와 유사하게 쓰이거나, 또는 금지사(禁止詞)로써 '말다'는 뜻인 막(莫)의 의미로 쓰인다. 여기서는 물기(勿棄)라고 하였으니 '금지사'로써 '버리지 말라'고 하는 뜻으로 보아야 한다.

망망(茫茫)은 아득하고 아득한 것을 말하므로 저승세계가 그렇다는 것이다. 그리고 이를 강조하기 위하여 광야(曠野)가 나오게 되는데, 광야는 아득하게 너른 들판을 말하므로 이를 황야(荒野)라고 하기도 한다. 이 역시도 저승세계를 그렇게 표현한 것이다. 그러므로 황천 가는 길이 구만리장천(九萬里長天)이라고 말하기도 한다. 여기서 다시 '헌전게'의 앞 구절로 돌아가 보면 '황천으로 가는 길이 구만리장천이니 혹여 실수하여서 명전을 흘리지 말라'는 표현으로 '헌전게'를 하는 것이다.

# 화탕풍요천지괴 火蕩風搖天地壞

## 파산게 破散偈

**火蕩風搖天地壞 寥寥長在白雲間**
화탕풍요천지괴 요요장재백운간

**一聲揮破金城壁 但向佛前七寶山**
일성휘파금성벽 단향불전칠보산

불에 타고 바람에 흔들려 천지가 무너져도
고요하고 고요함이 흰 구름 사이에 그냥 있도다.
한 소리 휘둘러서 쇠로 된 벽을 허물고
다만 부처님 앞의 칠보산으로 향해 가소서.

작법귀감에서 일상적으로 사용하는 시식 의례인 상용시식의(常用施食儀)와 다비작법 가운데 시신의 머리를 깎으며 일러주는 삭발(削髮) 편에 앞의 두 구절이 나오기도 한다. 파산게는 법회를 마치고 사람들이 흩어지는 것을 말하기에 재의례가 막바지에 다다랐음을 알 수가 있다.


**화탕풍요천지괴 火蕩風搖天地壞**
**불에 타고 바람에 흔들려 천지가 무너져도**

인왕호국반야바라밀다경(仁王護國般若波羅蜜多經) 호국품의 게송에 보면 '겁의 불길이 타오르니 대천세계가 함께 무너지고 수미산과 큰 바다도 갈리어 없어진다'는 말씀이 있다. 劫火洞燃。大千俱壞 須彌巨海。磨滅無餘。

그러므로 이 구절은 이 세상이 불바다가 되고 천지가 무너지더라도 하는 가정을 달아서 다음 구절을 이어 나가고 있다.

**요요장재백운간 寥寥長在白雲間**
고요하고 고요함이 흰 구름 사이에 그냥 있도다.

요요(寥寥)는 고요하고도 고요한 것을 말하며, 이는 마음을 나타내는 것이다. 백운(白雲)은 무심함을 나타내어 이렇듯 마음의 성성한 도리를 일러주고 있다.


**일성휘파금성벽 一聲揮破金城壁**
한 소리 휘둘러서 쇠로 된 벽을 허물고

일성(一聲)은 외마디 소리를 말하므로 자신도 모르게 툭 터져 나오는 깨침의 소리를 말함이다. 고로 깨치게 되면 금성벽(金城壁)을 허물 수 있다고 함이다. 여기서 금성벽(金城壁)은 쇠로 만든 담장으로 아무런 빛도 들어올 수 없기에 곧 무명을 비유한 표현이다.


**단향불전칠보산 但向佛前七寶山**
다만 부처님 앞의 칠보산으로 향해 가소서.

정혜결사문(定慧結社文)에 보면 '너희들은 다만 자기 성품의 바다를 향해 여실히 닦을 것이요, 삼명(三明)이나 육통(六通)을 바라지 말라. 왜냐하면 그것은 성인의 지엽(枝葉)의 일이기 때문이다. 그러므로 마음을 알아 근본을 통달하기를 구할 것이니, 그 근본을 얻기만 하면 그 지엽을 걱정할 필요가 없다.'고 하였다. 汝等。但向自己性海。如實而修。不要三明六通。何以故。此是聖末邊事。如今且要。識心達本。但得其本。莫愁其末。

그러므로 단향(但向)은 일승으로 향하는 마음이 오롯한 것을 말한다. 이런 불자는 오로지 부처님 계신 곳을 생각할 뿐 다른 것은 생각지 않음이다. 칠보산은 아미타경(阿彌陀經)에 나오는 극락세계를 축약하여 표현한 것이다.

# 확탕용비사인수 鑊湯湧沸使人愁

## 확탕영 鑊湯詠

鑊湯湧沸使人愁 長夜煎熬早晩休
확탕용비사인수 장야전오조만휴

銅汁灌身燒臟腹 鐵丸入口塞咽喉
동즙관신소장복 철환입구색인후

확탕지옥 펄펄 끓는 물 시름이 절로 일어나고
긴긴밤 삶고 지지다가 아침저녁으로만 쉰다네.
구리 녹인 물로 몸 씻으니 오장육부 다 타고
쇠구슬을 입에 넣어 목구멍이 막힌다네.

산보집에서 하단을 청해 맞이하는 의식인 하단영청지의(下壇迎請之儀)에 수록된 확탕영(鑊湯詠)이다.

### 확탕용비사인수 鑊湯湧沸使人愁
펄펄 끓는 가마솥 물 시름이 절로 일어나고

확탕(鑊湯)은 펄펄 끓는 가마솥의 물을 말하므로 곧 확탕지옥을 나타낸다. 용비(湧沸)는 물이 솟구치듯이 끓는 것을 말한다.

60권 본 화엄경에 보면 '비유하면 어떤 사람이 목숨을 마칠 때 중음(中陰)의 현상을 보는데, 이른바 악업을 행한 자는 지옥·축생·아귀 등의 세계에서 온갖 고초를 당하는 것을 보고, 혹은 염라왕이 온갖 무기를 가지고 와서 그를 잡아끌고 가는 것은 보며, 혹은 도산(刀山)과 검수(劍樹)를 보고, 혹은 예리한 잎에 찔리고 베이는 중생을 보며, 혹은 확탕(鑊湯)에서 괴로워하는 중생을 보고, 혹은 갖가지 비명 소리를 듣지만, 선업을 닦은 사람은 목숨을 마칠 때 일체 천상의 궁전을 보고, 혹은 천녀들이 갖가지로 장엄하여 즐거이 유희하는 것을 보는 등, 이런 온갖 묘하고 훌륭한 일들을 다보는데, 여기서 죽어 저기서 나는 것은 깨닫지 못하고 다만 불가사의한 행업의 경계만을 보는 것처럼, 선재동자도 그와 같아서 그 누각 안에서 모든 보살의 불가사의한 훌륭한 업의 경계를 보았다.'고 하였다. 譬如有人當命終時。見中陰相。所謂：行惡業者。見於地獄。畜生。餓鬼。受諸楚毒。或見閻羅王持諸兵仗。囚執將去。或見刀山。或見劍樹。或見利葉割截衆生。或見鑊湯鬻治衆生。或聞種種悲苦音聲。若修善者。當命終時。悉見一切諸天宮殿。或見天女。種種莊嚴。遊戲快樂。見如是等諸妙勝事而不自覺。死此生彼。但見不可思議行業境界。

### 장야전오조만휴 長夜煎熬早晚休
### 긴긴밤 삶고 지지다가 아침저녁으로만 잠깐 쉰다네.

전오(煎熬)는 바싹 졸이다, 달이다는 뜻이므로 죄인을 확탕에 넣어 그렇게 한다는 뜻으로 쓰였다. 이러한 죄인은 밤낮으로 이러한 고통을 당하다가 아침저녁으로만 잠깐 쉴 뿐이라고 하였다.

### 동즙관신소장복 銅汁灌身燒臟腹
### 구리 녹인 물로 몸 씻으니 오장육부 다 타고

동즙(銅汁)은 구리를 녹인 물을 말한다. 이 물로 목욕을 하니 오장육부가 다 타는 고통을 겪게 된다는 것을 말한다.

기세인본경(起世因本經) 지옥품에 보면 '그때 옥을 지키는 자는 즉시 저들 지옥 중생을 잡아 뜨거운 쇠가 이글거리는 땅 위에 쳐서 붙박아 놓는다. 맹렬한 불길 가운데 반듯하게 눕게 하고 문득 쇠 재갈로 그 입을 벌리고는 녹아서 벌건 구리 물[銅汁]을 그 입속으로 붓는다. 그러면 저 지옥 중생의 입술과 입이 즉시 타버린다. 입술과 입이 탄 다음 혀가 타고, 혀가 탄 다음 턱이 타고, 턱이 탄 다음 목구멍이 타고, 목구멍이 탄 다음 심장이 타고, 심장이 탄 다음 가슴이 타고, 가슴이 탄 다음 장이 타고, 장이 탄 다음 위가 타고, 위가 탄 다음 소장(小腸)을 바로 뚫고 아래로 나온다.'고 하였다. 時守獄者。即取彼等地獄衆生。撲著熱鐵熾然地上。在猛焰中。仰而臥之。便取鐵鉗開張其口。融赤銅汁灌其口中。時彼地獄衆生。脣口即便燋爛。脣口爛已燒舌。燒舌已燒齶。燒齶已燒咽喉。燒咽喉已燒心。燒心已燒胸。燒胸已燒腸。燒腸已燒胃。

燒胃已。直破小腸。向下而出。

## 철환입구색인후 鐵丸入口塞咽喉
### 쇠구슬을 입에 넣으니 목구멍이 막힌다네.

철환(鐵丸)은 쇠구슬을 입에 넣으니 목구멍이 막혀서 헉헉거리는 고통을 말한다.

기세인본경(起世因本經) 지옥품에 보면 '그때 옥을 지키는 자가 저 지옥의 모든 중생을 잡아서 두들겨 땅 위에 놓으니, 활활 타는 불길은 한결같이 맹렬하였다. 반듯하게 눕혀 놓고 또 쇠 재갈로 그 입을 벌리고 뜨거운 철환을 입 안에 넣는다. 그때 그것이 타는데, 지옥 중생의 입술과 입을 태운다. 간략히 말하자면, 나아가 목구멍으로부터 내려가 소장에 이르기까지 걸림 없이 바로 지나간다. 저들은 그 중간에 엄혹하고 절박한 괴로움을 받고 극단의 무거운 괴로움을 받지만, 목숨은 끝나지 않는다. 저 착하지 못한 업이 다하지 않아서 옛날에 사람의 몸으로 지은 것을 다 갖추어 받는 것이라.'고 하였다. 時。守獄者。取彼地獄諸衆生輩。撲置地上。熾然光焰。一向猛熱。乃至仰臥。又以鐵鉗。開擽其口。持熱鐵丸著於口內。應時燒彼。地獄衆生脣口燋破。略說乃至。從咽喉下。到於小腸。直過無㝵。彼等於中。受嚴切苦。受極重苦。命旣未終。乃至未盡彼不善業。及以往昔人身作者。悉皆具受。

# 확탕풍요천지괴 鑊湯風搖天地壞

## 파산게 破散偈

鑊湯風搖天地壞 寥寥長在白雲間
확탕풍요천지괴 요요장재백운간

一聲揮破金城壁 但向佛前七寶山
일성휘파금성벽 단향불전칠보산

가마솥에 삶기고 바람에 흔들려 천지가 무너져도
흰 구름 사이에 고요하게 오래도록 있네.
한 소리 휘둘러서 쇠로 된 벽을 허물고
다만 부처님 앞의 칠보산으로 향해 가소서.

확탕(鑊湯)은 가마솥에 물이 펄펄 끓는 솥에 삶기는 지옥의 고통을 말한다.

화탕풍요천지괴(火蕩風搖天地壞) 편의 설명을 참고하시오.

# 회리쟁여회불기 會理爭如會佛機

## 제18 가야사다 加耶舍多 존자

會理爭如會佛機 百年一日了何疑
회리쟁여회불기 백년일일료하의

大圓鏡裏無瑕穢 心眼分明復是誰
대원경리무하예 심안분명복시수

이치를 아는 것이 모든 부처님의 기틀을 아는 것과 다투랴.
백 살을 살아도 하루를 분명히 깨닫는 것만 못하다.
크고 둥근 거울 속에는 더러운 티가 없으니
마음의 눈이 분명하면 다시 또 무엇이 있겠는가.

산보집에서 선문의 조사에게 예참을 올리는 선문조사예참(禪門祖師禮懺) 가운데 제 18 가야사다(伽耶舍多 ?~13. BC) 존자에 대한 가영이다. 가야사다 존자는 마제국(摩提國) 출신으로 성은 울두람(鬱頭藍)이며, 아버지는 천개(天蓋)이고 어머니는 방성(方聖)이다. 어머니가 태기를 느낀 지 7일 만에 태어났다고 하며, 승가난제(僧伽難提)를 만나 출가하였다.

### 회리쟁여회불기 會理爭如會佛機
**이치를 아는 것이 모든 부처님의 기틀을 아는 것과 다투랴.**

회리(會理)는 법회의 이치를 말하며, 쟁(爭)은 다투다는 뜻도 있지만 결단내다는 뜻도 가지고 있다. 회불(會佛)은 모든 부처님이라는 의미로 쓰였다. 고로 참다운 이치를 아는 것이 모든 부처님의 기틀을 아는 것과 같다는 의미다. 그러나 문장에 따라서 쟁여(爭如)는 '어찌'라는 뜻으로 쓰이기도 한다. 예를 들면 어제비장전(御製秘藏詮)에 보면 쟁여정초연(爭如靜悄然)이라는 표현이 있는데, 이는 '어찌 초연히 고요한 것만 같겠느냐'는 표현이다.


## 백년일일료하의 百年一日了何疑
### 백 살을 살아도 하루를 분명히 깨닫는 것만 못하다.

비록 백 살을 살더라도 깨닫지 못하면 깨달음을 얻은 이가 하루 사는 것만 못하다는 표현이다. 유가의 공자가 말하기를 '아침에 도를 깨치면 저녁에 죽어도 좋다'고 하였다. 朝聞道。夕死可矣。


## 대원경리무하예 大圓鏡裏無瑕穢
### 크고 둥근 거울 속에는 더러운 티가 없으니

크게 둥근 거울은 큰마음을 말한다. 그러므로 대심(大心)은 염오(染汚)에 물들지 아니하는 법이다. 고로 선사들이 말하기를 '큰 거울은 털끝만 한 것도 감춤이 없다'고 하였다. 大圓鏡裏。毫髮無隱。


## 심안분명복시수 心眼分明復是誰
### 마음의 눈이 분명하면 다시 또 무엇이 있겠는가.

달마다라선경(達摩多羅禪經)에 보면 '무명(無明)이 심안(心眼)을 가리었으니 영원히 생사의 심연(深淵)에 빠진다.'고 하였다. 無明覆心眼。永沒生死淵。

금강삼매경(金剛三昧經)에 보면 마음과 법에 생김이 일어나지 않으면 의지할 것이 없으며, 모든 의식의 흐름[行]에 머무르지 않고, 마음이 항상 공적하여 다른 모양이 없느니라. 예를 들자면 허공에는 움직임도 없고 머묾도 없으며, 일어남도 없고 만듦[爲]도 없으며, 저것도 없고 이것도 없는 것과 같으니라. 공한 마음의 눈[空心眼]을 얻고 법의 공한 몸[法空身]을 얻어서 오음과 육입이 모두 공적하게 된다고 하였다.

# 훼불서성현대풍 毀佛書成現大風

## 제30조 승찬 僧璨 대사

毀佛書成現大風 從玆起敎化盲聾
훼불서성현대풍 종자기교화맹롱

既知罪性無來處 釼斷浮雲水洗空
기지죄성무래처 일단부운수세공

불서(佛書)를 헐뜯어서 큰 풍병(風病)에 걸렸으니
이로부터 가르침 일으켜 눈멀고 귀먹은 이를 교화했네.
이미 죄의 성품 온 곳이 없음을 분명히 깨닫고 나니
칼로 뜬구름 베고 물로 허공을 씻는다.

산보집에서 선문조사예참(禪門祖師禮懺) 가운데 제30대 조사 감지승찬(鑑智僧璨 ?~606) 선사에 대한 가영이다. 승찬 선사는 인도 부법장(付法藏)으로는 제30조에 해당하며 중국 선종으로는 제3대 조사다. 선사는 풍질(風疾)을 앓아서 병고에 시달렸는데 제2조 혜가를 찾아가 문답을 하다가 깨달음을 얻었다. 승찬(僧璨) 선사가 수행하던 북주(北周)의 무제(武帝)가 훼불을 하며 불교를 억압하자 안휘성(安徽省)에 은거하며 불법을 전했으며, 남북조를 통일한 수나라 문제(文帝)가 불교를 장려하자 다시 대중 앞에 나서서 불법을 전하였다. 이때 지은 신심명(信心銘)은 아주 유명하다. 이후 도신(道信)에게 의발을 전한 뒤에 나무 아래서 합장한 채로 입적하였다. 그러자 당나라 대종(代宗)이 감지선사(鑑智禪師)라는 시호(諡號)를 내렸다. 그리고 이 게송은 선문염송(禪門拈頌) 제3권 105칙에 참죄(懺罪) 가운데 운거원(雲居元)의 송(頌)을 인용하였다.

훼불서성현대풍 毀佛書成現大風
불서를 헐뜯어서 큰 풍병(風病)에 걸렸으니

풍병(風病)은 요즘 말로 하면 '한센병'이다. 승찬은 한센병에 걸렸는데 이는 전생에 불서를 헐뜯은 죄의 소산이라고 여기는 것으로 표현하였다. 참고로 풍병을 다르게 나타내면 풍질(風疾), 풍양(風恙)이라고 한다.

### 종자기교화맹롱 從兹起教化盲聾
이로부터 가르침 일으켜 눈멀고 귀먹은 이를 교화했네.

자신의 죄업을 소멸하고자 출가하여 여러 사람을 제도하였다. 여기서 눈멀고 귀먹은 이는 불법을 알아듣지 못하는 범부중생을 말한다.

### 기지죄성무래처 旣知罪性無來處
이미 죄의 성품 온 곳이 없음을 분명히 깨닫고 나니

승찬(僧璨)이 혜가(慧可)와 묻고 답하기를 이와 같이 하였다. '제자는 몸에 풍병이 있으니 이를 참회시켜 주십시오. 그렇다면 죄를 가지고 오너라. 아무리 찾아도 찾을 수가 없습니다. 그대의 죄는 다 참회되었으므로 삼보에 귀의하여 살라. 제가 스님을 뵈었으니 스님인 줄을 알았는데 불법은 또 무엇입니까? 마음이 부처요, 마음이 법이다. 고로 부처와 법이 둘이 아니니, 승(僧)도 그러하다.' 승찬은 깨달음을 얻어 말하기를 '죄의 성품은 내외가 없고, 중간도 없다. 마음이 그러하듯이 부처와 법도 둘이 아님을 알았다.'고 하였다.

### 일단부운수세공 釰斷浮雲水洗空
칼로 뜬구름 베고 물로 허공을 씻는다.

동체삼보(同體三寶)를 알면 부처는 취할 수 없는 부처요, 법은 설할 수 없는 법이 되는 것이다. 고로 부질없이 마음 밖에서 부처를 찾는다면 토끼 뿔을 구하고 거북이의 털을 구하는 것과 같다.

# 훼형수지절 毁形守志節

## 착복게 着服偈

毁形守志節 割愛辭所親
훼형수지절 할애사소친

出家弘聖道 願度一切人
출가홍성도 원도일체인

**몸을 허는 것은 지조와 절개를 지키는 것이요,
사랑을 베는 것은 어버이를 하직하기 위함이라.
출가하여 성인의 도를 널리 펴고
모든 사람을 건질 것을 서원합니다.**

작법귀감에서 출가하는 사미에게 열 가지 계율을 주는 의식인 사미십계(沙彌十戒) 가운데 삭발하고 승복을 입으며 다시 부처님께 예를 올려서 마음의 결정을 보이는 것이다. 이 게송은 제덕복전경(諸德福田經)과 출가공덕인연경(出家功德因緣經)에 나오는 게송을 인용하였다.

### 훼형수지절 毁形守志節
**몸을 허는 것은 지조와 절개를 지키는 것이요,**

몸을 헌다고 하는 것은 유가(儒家)의 처지에서 보는 시각이다. 신체발부수지부모(身體髮膚受之父母)라고 하여 신체의 살과 털은 부모로부터 받은 것이기에 감히 헐어서 손상해서는 안 된다는 가르침으로 출가하여 삭발하는 것을 두고 하는 말이다. 지조(志操)는 불법을 수행하여 성불을 이루는 것이고, 절개(節概)는 그 어떠한 상황에서도 물러서지 않는 것이다. 또한 넓은 의미에서 계율을 지키는 것도 모두 여기에 포함된다.

### 할애사소친 割愛辭所親
**사랑을 베는 것은 어버이를 하직하기 위함이라.**

할애(割愛)는 애욕을 버리는 것을 말하며, 사소친(辭所親)은 친한 이도 버리는 것을 뜻하며, 더불어 부모와 형제도 아울러 말한다. 그러므로 출가는 속정(俗情)을 끊지 아니하면 몸은 산문에 있어도 마음은 속진에 있기에 발심 출가와는 거리가 먼 것이다.

### 출가홍성도 出家弘聖道
**출가하여 성인의 도를 널리 펴서**

출가를 하는 것은 성인의 도를 널리 펴고자 함이라고 하였다. 여기서 성인은 부처님을 말하고, 성도(聖道)는 부처님의 가르침을 뜻한다.

### 원도일체인 願度一切人
**모든 사람을 건질 것을 서원합니다.**

출가 목적을 밝히고 있다. 출가의 목적은 널리 중생을 제도하고자 하는 것이 원(願)이라는 것을 분명하게 나타내고 있다. 이를 전법도생(傳法度生)이라고 한다.

# 희와염제헌원씨 羲媧炎帝軒轅氏

## 사제영 四帝詠

羲媧炎帝軒轅氏 八卦造書鍊補天
희와염제헌원씨 팔괘조서련보천

耕藥市廛成車軾 威光各自衆生前
경약시전성거식 위광각자중생전

복희(伏羲)와 여와씨(女媧氏), 염제(炎帝)와 헌원씨(軒轅氏)는
팔괘와 책을 만들고 돌 다듬어 하늘 기웠네.
농사법과 약초를 개발하고 시장을 열고 수레 만드니
각자의 위광으로 중생들 앞에 나타냈네.

산보집 태고제왕청(太古帝王請) 청사에 보면, 일심으로 뱀의 몸에 사람의 머리를 하고, 처음 팔괘와 서계(書契)를 만들어 결승(結繩)을 대신하고, 처음으로 결혼 법을 제정하고, 또 그물을 만들어서 사람들에게 사냥하고 고기 잡는 방법을 가르쳤고, 다섯 줄 거문고를 만든 태호 복희씨(太昊伏羲氏)와 처음으로 생황(笙簧)을 만들고 돌을 다듬어 하늘을 막았던 여와씨(女媧氏), 사람 몸에 소머리를 하고 처음으로 농사법을 가르치고 풀을 맛보아 약을 만들고, 시장을 열어 교역(交易)하도록 한 염제 신농씨(炎帝神農氏)와 지남차(指南車)를 만들고, 구름으로써 관직의 틀을 만드신 황제 헌원씨(黃帝軒轅氏)와 여러 큰 성제(聖帝)를 받들어 지금 법회에 청하오니 이 법회에 왕림하시어 공양을 받으소서 하고, 청사(請詞)를 한 뒤에 이어지는 가영이다.

희와염제헌원씨 羲媧炎帝軒轅氏
복희(伏羲)와 여와씨(女媧氏), 염제(炎帝)와 헌원씨(軒轅氏)는

희(羲)는 복희씨(伏羲氏)를 말하며, 중국 전설에서 복희씨는 사람의 머리에 뱀의 몸

통을 하고 있다. 음양변화에 근거하여 팔괘(八卦)를 만들었으며, 거미줄을 본떠 그물을 만들어 백성에게 물고기와 목축을 가르치고, 슬(瑟)이라는 악기를 만들어 악곡을 만들었다고 한다.

와(媧)는 여와씨(女媧氏)를 말한다. 먼저 [媧]는 사람 이름 '왜', 사람 이름 '와', 사람 이름 '과' 등으로 쓰이는 글자이기에 여와(女媧), 여왜(女媧)라고 하나, 문헌에는 대부분 여와(女媧)로 되어 있다. 사람의 머리에 뱀의 형태를 하고 있으며 복희씨와는 남매 관계지만 이 둘이서 결혼을 하여 인류가 태어났다고 여긴다. 중국 전설에서는 인류 창조의 신이기도 하며, 모계사회의 수령이기도 하다. 이 둘을 합쳐서 그린 그림을 복희여와도(伏羲女媧圖)라고 한다. 돌을 다듬어 하늘을 메웠다고 하는 것은, 하늘이 무너지고 땅이 꺼지며 큰불이 나고 홍수가 넘치고 맹수가 사람을 해치는 재난이 발생하자, 여와가 오색 돌을 녹여서 하늘을 메워 보수하였다는 보천(補天) 신화를 말한다.

염제신농씨(炎帝神農氏)는 의약과 농업의 창시자이다. 또한 쟁기와 보습, 도기(陶器), 활을 발명하였다. 백성을 위해 풀을 맛보고 맹독 성분을 가려 약을 만들고, 처음으로 시장을 열었다고 한다.

헌원씨(軒轅氏)는 전설 속의 고대 천자로서 배와 지남차(指南車)라는 수레를 창조하여 교통을 편리하게 하였다.

**팔괘조서련보천 八卦造書錬補天**
**팔괘와 책을 만들고 돌 다듬어 하늘 기웠네.**

청사(請詞)와 함께 첫 구절에서 이미 설명하였으므로 내용을 참고하길 바란다. 다만 삼황기(三皇紀)에 보면 팔괘는 복희씨가 천문지리를 관찰하고자 만든 건(乾:☰)·태(兌:☱)·이(離:☲)·진(震:☳)·손(巽:☴·감(坎:☵)·간(艮:☶)·곤(坤:☷)을 말한다.

**경약시전성거식 耕藥市廛成車軾**
**농사법과 약초를 개발하고 시장을 열고 수레 만드니**

청사(請詞)와 함께 첫 구절에서 이미 설명하였으므로 내용을 참고하길 바란다.

**위광각자중생전 威光各自衆生前**
**각자의 위광으로 중생들 앞에 나타났네.**

각자(各自)의 위광이라고 하는 것은 청사에서 소개한 복희씨(伏羲氏), 여와씨(女媧氏), 염제(炎帝), 헌원씨(軒轅氏)를 말한다. 이들은 중생을 위하여 물건을 만들거나 기술을 가르쳐 주는 등 중생들을 이롭게 하였다는 뜻이다.

# 불교 재齋의례 게송을 마무리하면서

부처님의 가르침은 마음을 근간으로 하여 이루어진다. '나고 죽음이 없는 도리'를 일러주는 것, 이를 불생불멸(不生不滅)이라고 한다. 또한 불교 재(齋)의례의 대부분은 '죽은 자를 위한 법회'이기에 법문을 들려주어 무명을 타파하기를 바라는 것이 요점이다. 이를 모르면 '시식(施食)'이 음식을 베풀어 영가의 허기진 배를 채워주는 것으로 착각하기 십상이다. 본질은 '법식(法食)'이라는 것을 알아야 한다.

그렇다. 영가에게 법식을 베풀어 주려면 재를 주재(主宰)하는 이가 그 내용을 알고 있어야 한다. 그리하여야 아는 만큼만 전해줄 수 있다는 등식이 자연스럽게 성립된다. 그러므로 뜻 모르고 하는 염불을 예로부터 염불(念佛)이 아닌 구불(口佛)이라며 경책하였던 이유도 바로 여기에 있다.

고려시대 보조지눌(普照知訥) 스님이 저술한 계초심학인문(誠初心學人文)에 보면 염불하고 축원할 때 모름지기 글을 외우면서 그 뜻을 '관(觀)'하라고 하였음도 모두 이와 같은 가르침이다. 讚唄祝願。須誦文觀義。

유가의 논어(論語) 가운데 양화(陽貨)편 제17에 보면 공자가 자신의 아들인 백어(伯魚)가 시경(詩經)을 배우지 아니하자 '백어'를 나무라기를 사람으로서 주남(周南)과 소남(召南)을 공부하지 않는다면, 그것은 바로 담벼락을 마주하고 서 있는 것과 같다고 하였다. 이를 두고 세속에서는 의미가 와전되어 '알아야 면장(面長)을 한다'는 우스갯소리까지 나오게 된 것이다. 어찌 되었든 알아야 무엇을 할 수 있기는 마찬가지이다.

세상사 늘 그렇듯이 독불장군(獨不將軍)은 없는 법이다. 숲이 우거지면 새가 날아들고, 물이 깊으면 고기가 모이기 마련이다. 교(敎)가 깊으면 대중이 모여들고, 선(禪)이 깊으면 비불(非佛)은 없는 법이다. 하물며 세상일도 그럴진대 선(禪)과 교(敎)의 우열을 나누는 자가 있다면 이는 눈먼 자가 코끼리의 다리를 짚는 격이다.

사대(四大)가 모여서 만물을 이루듯이 이 책이 세상에 나오기까지도 숨은 공로자가 엄연히 존재하므로 그분들의 노고를 밝히고자 한다.

대구 해암 김승일[海巖 金昇鎰] 선생님
포항 법운 이동선[法雲 李東宣] 선생님

경북 영주공업고등학교 동창
대구 T.F 텍스추어 대표 호원 정재오[好元 鄭載五] 님

경기도 파주의 김광수, 정용숙, 허정인 님

삼계주전을 일으키신 경산 보리수 백위순 님

그리고 저와 인연 있는 모든 분께 감사의 인사를 올린다.


2022년 사월초파일에 맞추어
경남 김해 정암사 법상 합장

590수의 게송, 나고 죽음이 없는 도리를 노래하다

불교 재齋의례 게송

초판1쇄  2022년 5월 3일

지은이  지홍 법상
펴낸이  정용숙
펴낸곳  ㈜문학연대

출판등록  2020년 8월 4일(제 406-2020-000088호)
주소  경기도 파주시 헤이리마을길 24, 2층
전화  031-942-1179
팩스  031-949-1176

ISBN 979-11-6630-096-7 (03810)

만든이들  편집공방, 허정인, 변영은